全國高等院校古籍整理研究工作委員會直接資助項目
暨南大學第二十二批教學改革研究項目
暨南大學高水平建設經費資助出版

# 泰泉集

上

（明）黄佐 著
陳廣恩 點校

鳳凰出版社

圖書在版編目（CIP）數據

泰泉集 / (明) 黄佐著 ; 陳廣恩點校. -- 南京 : 鳳凰出版社, 2021.12
ISBN 978-7-5506-3540-1

Ⅰ. ①泰… Ⅱ. ①黄… ②陳… Ⅲ. ①古典詩歌一詩集一中國一明代 Ⅳ. ①I222.748

中國版本圖書館CIP數據核字(2021)第257063號

書　　名　泰泉集
著　　者　(明)黄　佐
點　　校　陳廣恩
責任編輯　陳曉清
裝幀設計　徐　慧
出版發行　鳳凰出版社(原江蘇古籍出版社)
　　　　　發行部電話025-83223462
出版社地址　江蘇省南京市中央路165號,郵編:210009
照　　排　南京凱建文化發展有限公司
印　　刷　江蘇鳳凰通達印刷有限公司
　　　　　江蘇省南京市六合區冶山鎮,郵編:211523
開　　本　880毫米×1230毫米　1/32
印　　張　44.875
字　　數　965千字
版　　次　2021年12月第1版
印　　次　2021年12月第1次印刷
標準書號　ISBN 978-7-5506-3540-1
定　　價　298.00圓(全二册)
　　　　　(本書凡印裝錯誤可向承印廠調换,電話:025-57572508)

# 目録

## 泰泉集卷第八……一四二

七言古詩……一五一

## 泰泉集卷第九……………………………………一六六

## 七言古詩長短句

## 泰泉集卷第十一 …… 二一八

## 泰泉集卷第十二

## 泰泉集卷第十三……二八三

聯句……三四四

## 泰泉集卷第二十八

## 泰泉集卷第二十九……六五六

## 泰泉集卷第三十六



## 泰泉集卷第三十七

泰泉集卷第三十八……八五〇

泰泉集卷第四十一……九一七



泰泉集卷第四十二……九四一

泰泉集卷第四十三……九六六

## 泰泉集卷第四十四 …………九九六

## 泰泉集卷第四十九……一〇九二



## 泰泉集卷第五十……一一一二

## 泰泉集卷第五十一



## 泰泉集卷第五十二

## 泰泉集卷第五十九

# 點校説明

十幾年前，我在點校整理《廣東文選》時，産生了整理《泰泉集》的想法。《廣東文選》是清初屈大均選録歷代粤人詩文而成的一部選集，其中選録黄佐的詩文共計六十篇，文章數量排在《廣東文選》所録粤人文章之首。而其他歷代嶺南文獻，如張邦翼《嶺南文獻》、温汝能《粤東文海》、羅學鵬《廣東文獻》、陳在謙《嶺南文鈔》、吴道鎔和張學華《廣東文徵》等，選録黄佐作品的數量，在各書入選的歷代粤人作品中也均排在前列，由此可見黄佐在嶺南文壇之地位。在整理《廣東文選》所録黄佐之文時，自己頗感費力，感覺黄佐的文章很難懂，於是就不自量力地有了整理黄佐文集的念頭。在完成《廣東文選》點校任務之後，我即向高校古委會申請了《泰泉集》的整理項目，獲得批准，其後開始對《泰泉集》進行點校整理。

《泰泉集》的作者黄佐（一四九〇—一五六六），字才伯，别號希齋，又號太霞子，晚號泰泉居士，又號泰泉山人，贈禮部右侍郎，謚文裕，廣東香山（今中山市）人，主要生活在明正德、嘉靖年間。事迹見《明史·文苑傳》。他與丘濬、陳獻章，被譽爲明代廣東三大學者。林子雄先生所著《黄佐》一書，稱黄佐爲「明朝嶺南的著名思想家、教育家、文學家」，可謂名副其實。

據黄佐所撰《郡志自叙先世行狀》記載，元朝時曾任西臺御史的黄憲昭，因直諫觸犯蒙古統治者，遂被貶嶺南，卒於途中。其子黄從簡，入粤後居於南海之西濠（今廣州市沿江西路），是爲嶺南黄氏始遷之祖。黄從簡次子黄教徙居疊滘（今佛山市南海區）。教之子温德徙居香山，即黄佐高祖父，是爲香山黄氏始遷之祖。温德子黄泗，即黄佐曾祖父，字惟清，隱居不仕，懋遷致富。黄佐的祖父黄瑜（一四二六—一四九七），字廷美，自號雙槐老人，曾任長樂知縣，以學行聞。父黄畿（一四六五—一五一三），字宗大，號晚琴，别號粤洲，世人稱之爲「粤洲先生」。黄畿一生不仕，致力於星氣象數之書以及軒轅釋老之學。

黄佐弱冠，舉正德五年（一五一〇）鄉試第一。正德十五年，登進士第。次年，嘉靖即位，舉行廷試，黄佐獲二甲十一名，選庶吉士，授翰林編修。其後出任江西按察司僉事、廣西督學、左春坊左司諫、右諭德兼修撰、南京國子祭酒。丁母憂，服闋，起爲詹事府少詹事、兼翰林侍讀學士，仕宦至頂峰。黄佐爲人「素不喜干謁」，入仕不久即捲入「大禮議」之爭，其後又與大學士夏言發生政見衝突。政治上的争鬥使黄佐對仕途日漸心灰意冷，後返粤講學、著述，一生仕途並不顯赫，政治上的作爲不是很大。其主要精力和時間用在著書立説和教書育人上，這也是他對嶺南文化乃至明代文化貢獻最大的地方。

黄佐的思想學説主要繼承了程朱理學，但他能够修正程朱，其「理氣之説，獨持一論」。同時與王陽明辨「知行合一」之旨，多所闡發，對王氏心學也能予以批判繼承，對佛道二教持批判態度，對明代理學有自己獨到的見解和貢獻。黄佐的弟子、明代南海學者陳紹儒，贊譽黄佐「振美瓊臺、江門二氏之後，粹然一出於正矣」。明人顧起綸稱贊黄佐「爲一代名家」。四庫館臣評價他「明習掌故，博綜今古……在明人之中，學問最有根柢」。鑒於黄佐在明代學術思想史上的地位，黄宗羲在《明儒學案》中爲黄佐專立《泰泉學案》。

黄佐一生致力於學，著述非常豐富。其八世孫黄培芳指出，黄佐「著述之富，至三十種，邱瓊山亦不能及」。據黎民表所撰《黄佐行狀》及相關文獻，黄佐著作計有《泰泉集》六十卷、《樂典》三十六卷、《詩經通解》二十五卷、《春秋傳意》十二卷、《庸言》十二卷、《泰泉鄉禮》七卷、《革除遺事》十六卷、《翰林記》二十卷、《廣州府志》六十卷、《廣東通志》七十卷、《廣西通志》六十卷、《南廱志》二十四卷、《香山縣志》八卷、《禮典》四十卷、《樂記解》十一卷、《明千家姓纂》十二卷、《小學古訓》一卷、《姆訓》一卷、《古今律吕考》一卷、《詩人名氏》一卷、《敷教録》一卷。黄佐青年時期還撰有《漱芳録》《廣州人物傳》等作品。由其門人編次删定的著作還有《六藝流别》《明音類選》《唐音類選》《羅浮山志》等。此外，黄佐著有《通曆》《理學文選》，惜未成書。據此，黄佐著述將近六百卷。上述著作中，整理出版的只有《廣州人物傳》和《翰林記》。

黄佐歸粤以後，創辦泰泉書院，聚徒授業。他學重博約，强調身體力行，也以此來嚴格要求學生。其門人衆多，其中不乏馳名者，如歐大任、梁有譽、黎民表、李時行等，即爲明代嶺南詩壇「南園後五先生」的主要成員。可見黄佐爲明代嶺南地區培養了一批傑出人才。

黄佐在明代嶺南詩壇、文壇上均佔有重要地位。其青少年時即致力於古文學習，文辭不尚虚言，文風質樸雄厚，力求中和而務實用。所撰文章銜華佩實，雄視一時。其詩歌題材多樣，境界雄闊，任氣而行，雄直恣肆，吐屬冲和，不失雅韻，因故有「粤之昌黎」之譽。朱彝尊稱贊説：「蓋嶺南詩派，文裕實爲領袖，不可泯也。」《四庫全書總目》認爲「廣中文學復盛，佐有功焉」。

黄佐死後，配祀五賢祠。五賢祠在粤秀書院西，「齋祀宋周、程、張、朱五子」，以歷代鄉賢配祀，其中明代鄉賢有丘濬、陳獻章、湛若水、方獻夫、霍韜、黄佐、海瑞等人。後人還爲黄佐建有「黄文裕祠」，祠堂位於粤秀書院之後。嘉慶十七年（一八一二），黄佐八世孫黄培芳和段佩蘭等七人於白雲山蒲澗之左建三賢祠，供奉蘇軾、崔與之、黄佐三人。

作爲黄佐的詩文集，《泰泉集》應該是黄佐所有作品中最能反映作者思想的一部，從這個意義上講，《泰泉集》也應是黄佐著作中最重要的一部。《泰泉集》又被稱作《黄泰泉先生全集》《黄文裕公泰泉先生文集》《泰泉全書》《泰泉全集》《黄泰泉集》等。足本《泰泉集》共六十卷，包括賦、騷辭、樂章、琴操、樂府、詩、對策、符命、頌、叙録、箴、贊、銘、誦、謡、祝辭、字辭、奏疏、書啓、問對、設論、策問、論、議、説、原、解、辯、考、述、禁諭、記、序、題跋、圖經、碑、神道碑、墓表、墓誌、誄、傳、行狀、祭文諸體。文集「於陰陽律曆之變，山川輿地之廣，性命道德之原，帝王經綸之業，備於論著，遜志好古，日新富有」，内容十分豐富，涉及明代政治、人物、經濟、軍事、文化、教育、民族、宗教、地理、交通、理學思想、鄉村建設、海外貿易、風土人情等方方面面，尤其是關於嶺南歷史文化方面的材料更爲集中、珍貴。該集對研究黄佐本人、明代嶺南歷史文化意義重要，對研究明代理學思想以及歷史文化，也頗具參考價值。

《泰泉集》對研究黄佐的重要性自不待言，對於研究嶺南歷史文化而言，其所保留的材料亦頗富价值。以嶺南歷史人物研究爲例，《泰泉集》保留了許多其他文獻闕載或者記載不够詳細的文獻資料。《廣州人物傳》是黄佐青年時代撰寫的一部彰顯歷代嶺南先賢事迹的著作，對於研究由漢至明嶺南歷史人物具有重要文獻價值，也是學界經常參考引用的一部著作。而黄佐另撰《廣州先賢傳》（載《泰泉集》卷五六），首高固，次鄧宓、楊孚、陳臨。此數人《廣州人物傳》皆不載，《廣州先賢傳》正可補《廣州人物傳》之闕。

再如黄佐所撰《孤忠祠記》（載《泰泉集》卷三一）一文，記載了明初廣東惠州御史王度的事迹，而王度事迹在當時即已湮没無聞，即便黄佐的父親黄畿，也僅知此人爲御史，甚至不知其姓名，連惠州本地人也「莫能道也」。黄畿將彰顯王度事迹的任務囑托給黄佐，黄佐謹記父托，且有感於「忠義逴行之臣，或幽焉弗聞，或聞焉弗遇，其人則亦終無所於闡」，在任職翰林院期間，利用史館豐富的資料，終於發現王度的相關記載，撰成《孤忠祠記》一文，使王度的事迹重爲世人所知。

《泰泉集》所載《廣東圖經》和《廣西圖經》（卷四五、四六），分别對廣東、廣西的行政地理沿革做了詳盡叙述。兩卷名爲圖經，實際上有經而無圖，但通過文字叙述，展現給讀者的正是兩廣的歷史地圖。其中《廣東圖經》於序後分廣州府、韶州府、南雄府、惠州府、潮州府、肇慶府、高州府、廉州府、雷州府、瓊州府十府，終以羅浮山；《廣西圖經》於序後分桂林府、柳州府、慶遠府、平樂府、梧州府、潯州府、南寧府、太平府、思恩軍民府、思明府、鎮安府十一府，終以田州。各府之下，先叙建置沿革，再講各府的具體地理情況，旁及山水、關隘、交通、民風民俗等，不僅對研究兩廣歷史地理有益，而且對瞭解明代嶺南地區的社會生活、民情風俗也頗具價值。

《泰泉集》的文獻價值，不僅局限在黄佐本人和明代嶺南地區，正如上文所言，對明代人物、政治、思想、經濟、軍事、教育、宗教、對外關係、社會生活的諸多方面，以及明代以前的社會歷史，均有極高的研究價值。如《泰泉集》所録《歐陽公平安南逆黨碑》對研究明朝與安南的關係，《代巡撫通市舶疏》對研究明代澳門及當時的海外貿易情況，《國子三賢傳》和《道學二先生傳》對研究明代學校教育和理學思想等，均屬珍貴資料。這方面的例子很多，《泰泉集》可資挖掘的文獻價值也很豐富，筆者所撰《〈泰泉集〉文獻價值管窺》一文（刊於《文化雜志》二〇一四年冬季刊），對該問題曾有闡述。

《泰泉集》版本有一卷本、十卷本、六十卷本三種，其中一卷本有兩種，一種是嘉靖四十五年（一五六六）無錫俞憲所刻《盛明百家詩》前編選録的《黄泰泉集》。此本乃黄佐詩歌選集，集前附俞憲爲黄佐編寫的小傳，後附《乾清宫賦》。另一種是清人羅學鵬《廣東文獻》三集中選録的《黄文裕公泰泉集》抄本，乃黄佐詩文的選録本，選録黄佐詩、文各三十六篇。詩文前附《黄佐傳》、陳紹儒序文（節録）、明穆宗賜謚敕書。

十卷本是黄佐任南京國子監祭酒時自己編定的詩集，亦有兩種版本，一是嘉靖二十一年（一五四二）嘉興知縣李時行刻本（校勘記中簡稱嘉靖本），集名《泰泉先生詩集》。此集前有屠應埈、林雲同、薛應旂三人序，後有李時行後叙。此本半頁九行，行十七字，花口，無魚尾，四周單邊。詩集分卷按天干排列，自甲至癸，共分十卷，其中甲卷爲《乾清宫賦》，其餘各卷均爲詩。該版本在《原國立北平圖書館甲庫善本叢書》《四庫提要著録叢書》等古籍影印叢書中已收録。另一種版本是文淵閣《四庫全書》本，所據底本正是嘉靖二十一年刻本，集前有提要，但首尾無序跋。

六十卷本是黄佐詩文全集，版本情況比較複雜，大致有兩個系統。一是明萬曆元年（一五七三）黄佐之子黄在中、黄在素、黄在宏等人的刻本（校勘記中簡稱萬曆本）。該本半頁十行，行二十字，花口，無魚尾，四周單邊。卷首除了目録，還有隆慶二年（一五六八）、三年、五年追贈黄佐的制誥，陳紹儒和張璧的序文，以及黎民表所撰《泰泉先生黄公行狀》，卷末有歐大任的跋文（但各藏本卷首的内容並不完全一致）。萬曆本存世僅有四部，國内蘇州圖書館、南京圖書館、湖南圖書館有收藏，國外收藏在日本宫内廳書陵部。需要指出的是，萬曆本個别版面，不同藏本略有差異，如卷二七《郊社議》，湖南圖書館藏本「大司徒奉牛牲，全胥于俎」，「升立於泰壇東、南、西面」，蘇州圖書館藏本則分别作「大司徒奉牛牲，全脊于俎」，「升立於泰壇東、南、西面」；卷三一《修舉鹽政記》，湖南圖書館藏本「大夫名默，字時言」，蘇州圖書館藏本則作「大夫名默，字時而」。説明萬曆本的各個藏本，並非是完全相同的一個版本，有的藏本個别版面版刻有所不同。

另一個系統是清代黄氏後人的重刻本，這個版本國内外收藏較多。重刻本的版式相同，均爲半頁十行，行二十字，花口，單黑魚尾，四周雙邊。首尾序跋同萬曆刻本，但各本排列順序有所不同。而重刻本與萬曆本還有一個明顯的不同，是每卷卷末所注書名和卷數後，比萬曆本多了一個「終」字。

現藏各重刻本，有的有明確刊刻時間，有的則無，由此造成各重刻本版本鑒定困難。

重刻本中有明確刊刻時間的，是中山大學圖書館藏本（校勘記中簡稱中大本）。該本在陳紹儒序文後末行，明確刻有重刻時間和刊刻者：「康熙壬戌秋七月玄孫逵卿雲孫銘重梓。」康熙壬戌即康熙二十一年（一六八二）。可見該本是康熙二十一年黄佐後人黄逵卿、黄銘父子的重刻本，而其他重刻本則均無該行刻字。廣東省中山圖書館藏本（校勘記中簡稱粤圖本），書前題記有曰：「《泰泉集》六十卷，康熙間黄逵卿重刻本，見陳子勵《粤東遺民録》。」陳子勵，即清末東莞人陳伯陶，子勵（礪）是其字。陳伯陶所著《勝朝粤東遺民録》卷二録有黄逵卿，文中説黄逵卿「刻其祖瑜及佐三世遺集十餘種，凡數十萬言」。這應該是題記判斷該藏本是黄逵卿重刻本的依據。陳建華先生主編的《廣州大典》影印該本時，據此將該本判定爲「清康熙二十一年黄逵卿刻本」。若此，這個版本應該與中大本是同一個本子。但經比對，我們發現二者儘管絶大部分版面相同，但也並非是完全相同的同一個版本。粤圖本有不少版面與中大本不同，有的版面有墨釘，而中大本無。如粤圖本卷二二第二七頁，整個版面共有七處計九字墨釘，卷六十第七頁，整個版面十二處計二十五字墨釘，但中大本兩頁均無一字墨釘。有的刻字也有不同，卷五一《封承德郎刑部福建司主事袁公墓表》，中大本「入利不問」，粤圖本「不」作「所」；卷五七《黄侍郎傳》，中大本「談倫諸人驟進」，粤圖本「倫」作「論」。與中大本相比，粤圖本多有漫漶不清、殘缺不全之頁。可見，粤圖本和中大本並不是完全相同的版本。

北京大學圖書館藏六十卷本《泰泉集》（校勘記中簡稱北大本），圖書館網站上注明是明萬曆元年香山黄氏刻本,《中國古籍總目》大概是以此爲據,也將該本注爲明萬曆刻本,但其實北大本是清代的重刻本。沈乃文先生主編的《明别集叢刊》,所收《泰泉集》影印本之底本正是這個版本。《明别集叢刊》注明該本爲「清康熙刻本」。該本的訛誤現象在重刻本中比較嚴重。

暨南大學圖書館藏本(校勘記中簡稱暨大本)首頁題爲《黄泰泉先生全集》,但書口、書根所刻書名均爲《泰泉集》。該本乃「門人黎民表編次,玄孫逵卿重梓」,「黄氏實書樓藏板」,可見該本也是黄逵卿的重刻本。但暨大本亦無中大本陳紹儒序文後的末行刻字,因此具體刊刻時間仍不清楚,而文中刻字與中大本多有出入,可見與中大本顯然是兩個不同的刻本。由此看來,《泰泉集》的清代重刻本並非只有一種版本,版刻情况比較複雜。

《泰泉集》的點校整理,以中大本作爲底本,以萬曆本爲對校本,嘉靖本、粤圖本、北大本、暨大本等版本爲參校本。選擇中大本作爲底本,理由有二:一是《泰泉集》六十卷足本中,中大本比起萬曆本及其他重刻本殘缺最少,保存最爲完好,可稱善本。而萬曆本的四種藏本,均有比較嚴重的版面及刻字殘缺不全、漫漶不清等情况。二是中大本校改了萬曆本的許多訛誤,與其他幾種重刻本,如粤圖本、北大本、暨大本、浙圖本(浙江圖書館所藏重刻本)等相比,訛誤也最少。試舉幾例:卷一《粤會賦》「林間梗概」「鋹降真伏」兩句中的「間」和「鋹」,粤圖本、北大本、暨大本均作「間」和「鋒」,均誤,中大本已校改;卷二《魚洲賦》「亂曰」,萬曆本、粤圖本、暨大本、北大本均作「辭」,中大本作「亂」,是;卷四五《廣東圖經》「其下三江分流」,萬曆本作「其三江分流」,「分」「流」之間空格,北大本則作「其三江分源流」，置諸上下文，中大本「其下三江分流」於義爲長； 卷四九《明贈奉政大夫工部郎中復庵吴公墓表》，萬曆本「之克己夫幾」，殊難解，中大本作「夫克己之幾」，則怡然理順； 卷五八《郡志自叙先世行狀》，萬曆本「天地以爲無祖，人物以爲有母」，中大本校改爲「天地以無爲祖，人物以有爲母」； 卷五九《世祐祠落成祭告文》，萬曆本、北大本「壬子以來，戊子始復； 己丑落成，年間廿六」，中大本將「壬子」校改爲「甲子」，根據下文，從甲子開始至己丑，正合二十六年之數。 此類例子，中大本中比比皆是。 儘管也有萬曆本及其他重刻本正確而中大本訛誤之處，但諸本遠不如中大本校訂訛誤之精細，可見中大本是最理想的工作底本。

整理本的校勘記以校訂底本的訛脱倒衍，補全底本殘缺不全、漫漶不清、墨釘，以及保存底本與其他版本或者引文中有價值的異文爲主。 可以確定屬於底本的訛誤，則依據其他版本或相關文獻出校勘記校改。 不能確定屬於底本的訛誤，但其他版本或引文中的異文又有一定的參考價值，則出異同校或疑似校予以説明而不改，他本之訛誤以及無關史實改變之重要異同等，則一律不出校。

整理本增加了附録，主要收録六個方面的内容。 其一，輯佚。 輯録底本失載的黄佐詩文。 限於篇幅，其中文章部分，已見於黄佐其他著作如《廣州人物傳》《南廱志》《廣東通志》者，則不録。 其二，各本《泰泉集》的題記。 其三，《泰泉集》各版本的序跋。 其四，《泰泉集》提要。 其五，黄佛頤《文裕公年譜》。 其六，選録相关文獻中附載的黄佐傳記。 其七，輯録黄佐世祠楹聯。

# 凡例

一、整理本以中山大學圖書館所藏清康熙二十一年黄逵卿、黄銘父子重刻本爲工作底本，以明萬曆元年黄在中、黄在素、黄在宏刻本爲對校本，以嘉靖二十一年黄佐弟子李時行刻本、廣東省中山圖書館所藏清重刻本、暨南大學圖書館所藏清黄逵卿重刻本、北京大學圖書館所藏清重刻本等版本爲參校本。

二、底本漫漶不清或殘缺不全處，以[□]標示，並出校勘記。校勘後仍未能補全之字，以□標示，亦出校記。底本訛、脱、衍、倒文，在改、補、删、乙正之後，據其他版本或相關文獻出校勘記。

三、有價值之異文，出校勘記，以備其説。

四、明顯的誤刻，如己、已、巳，戊、戌、戍，朿、束，剌、刺等，逕改，不出校。

五、俗體字統一爲正體字，不常見的異體字酌情統一爲通行的繁體字。

六、人名、地名等專有名詞用字，除屬於簡體字者，統一爲繁體字； 用字不統一者，如「王用賓」，又作「王用賔」，統一爲「王用賓」； 「揚雄」，又作「楊雄」，統一爲「揚雄」。其餘一如底本，不統一。

七、同一字繁簡體並行，將簡體字統一爲繁體字。

八、正文前有小序者，小序以仿宋字體標示，以與正文區别。

九、底本中雙行小字或題名後的小字，用小字號標示。屬於作者名、字、號，或因自謙等原因而刻爲小字者，以及爲節省版面而將正文刻爲小字者，一律與正文字號一致。

十、底本每卷卷末所刻書名和卷數，一律删去。

十一、古樂十二律中黄鍾、應鍾、夾鍾（圜鍾）、林鍾（函鍾）等術語，底本「鍾」「鐘」並用，統一爲「鍾」字。「太簇」「太蔟」並用，統一爲「太蔟」。

十二、異體詞如髣髴、仿佛、彷彿等，一遵底本。

十三、輯録的相關文獻中，刊刻時因避諱改字者，如爲避乾隆弘曆之諱，將「弘治」刻爲「宏治」、「萬曆」刻爲「萬歷」，今統一爲「弘治」「萬曆」，不出校。

十四、底本誣稱少數民族和農民起義的用字，爲保留原貌，一仍其舊。

# 黄文裕公泰泉先生文集序

賜進士出身資政大夫南京工部尚書

南海後學陳紹儒師孔撰

《黄文裕公泰泉集》六十卷，既梓以傳。泰泉先生，儒昔所嚴事者也。其子鄉進士在素，授集謂予序之。序曰：國朝弘治，文教敷于四海。是時南海宗臣如瓊臺、徵士如江門二先生者，文章才哲彬彬，蔚爲國華。先生産瑞庚戌，天禀明睿，國人異之，比顥朱考亭云。年十二，博通經史百家，爲古文詞。既舉進士，官翰林，益更涵茹該明。每翰篇一出，人輒傳誦。士之含經味道者，北面人宗矣。古今文章家條流殊軌，作於聖，故曰經，述於才，故曰文。源深流長，著述比興，雅馴各詣其極。夫然後經緯人文，措之天下而爲順治，初非無得於聖明述作之途，而以勒成一家之言稱者。先生嘗曰：「詞章之習勝，始有無用之文；虚寂之説騰，始有無文之學。」蓋傷之也。

夫前乎三代，夏、商而周，後乎三代，漢、唐而宋。周之文醇矣。宋則程朱大儒繼出，經明學正，天下後世始知貫道之文以爲文。文者道之華，經則道之器也。六藝正變，不能不與時高下。文變而道不變，王風世教關焉。古之人既耕且養，三年而通一經。因有鄉遂造言之令，道德一，風俗同。子夏雖賢，猶有《詩》《書》序嘆之所稱述。何者？離經畔道，立言斯朽，君子不由也。

集中摛詞酌雅，大之造化皇猷，次之彝章雜撰，始騷賦而祭文終焉。莫不鎔鈞斧藻，晰製清衷，閎乎中而肆乎外。潛神於周典，取材乎西京，劃正於李唐，研精於南宋，纚纚洋洋，振美瓊臺、江門二氏之後，粹然一出于正矣。是故論、説、辭、序，本《易》之精微也，其言奥以文；典、策、章、奏，原《書》之渾噩也，其體莊以信；賦、頌、歌、謡，傳《詩》之性情也，其思婉而正；銘、誄、箴、祝，總《禮》《樂》之統辨也，其用大以宏；傳、記、銘、考，法《春秋》之謹嚴也，其旨直而微。皆先生貫道之文，粹然一出于正者也。讀者當自得之。

蓋先生學範程朱，遡流孔孟，平生服膺博約之訓，慎獨而力於行。故其感而發也，命觚掞藻[一]，爾雅名家。閣臣李文康公疏稱程朱之學，平臺召用，《九經政要箴》疏，一何忠也！張文毅公亟嘆《樂典》一書，謂《簫韶》九成，可以復作。先生詎文焉已哉？自翰林宫端，仕止進退，海内鉅公洹野、涇野之倫，品其命世宏才，又承五百之運，則固有足徵者焉，何道揆之任時違也？謙謙無所試，徒使其文藏之名山，流聲于天下後世也？

噫！先生名佐，字才伯，泰泉其號也。正德庚辰進士，歷官翰林宫詹、侍讀學士。卒，贈禮部右侍郎，謚文裕。所著書二十二種，傳之藝苑，兹集固宜副行云。

于時歲次己卯萬曆七年九月九日。

---

〔一〕「藻」，萬曆本、北大本作「道」。

# 制誥

奉天承運，皇帝制曰：我國家敦尚古道，優禮儒臣。故德懋者生榮以官，而論定者没疏其寵。兹惟令典，匪示私恩。故詹事府少詹事、兼翰林院侍讀學士黄佐，性禀剛方，操行端潔，登名甲第，列職詞林。富大雅之文，抱弘施之學。紬書蘭室，養士辟雍。文苑掄才，收得人之效；經帷進講，陳沃心之言。爰升宫尹之華階，兼領玉堂之清秩。稍詿時論，靡玷素評。顧淪謝於先朝，宜褒録於今日。兹特贈爲禮部右侍郎，錫之誥命。於戲！學以致用，雖未究於生平；恩以顯名，尚有辭於永世。爾靈不泯，朕命其承。

隆慶二年月日。

奉天承運，皇帝制曰：責終錫謚，厥有彝章。稽實定名，必諮公議。既博聽於庶言之協，可靳榮於一字之褒。載涣明綸，用彰幽寵。爾故詹事府少詹事、兼翰林院侍讀學士、贈禮部右侍郎黄佐，以詞林之宿彦，爲法從之賢臣。講筵效啓沃之忠，史局著編摩之績。掄文而浮習以變，養士而善人居多。方嚮用於青宫，遽歸休乎丹壑。惟杜門而殫心著述，既富滿家之書；每削迹而不求聞知，甘恬在澗之節。訃音來上，贈恤已頒。顧易名之未加，屬撫臣之再請。肆惟顯號，用待元夫。兹特謚爲文裕，錫之誥命。於戲！忠信接禮之操，爾允不渝；强學好問之名，僉云克副。服兹寵渥，庸慰冥靈。

隆慶伍年月日。

維隆慶二年四月庚辰朔初三日壬午，皇帝遣廣東等處承宣布政使司右參政謝鵬舉，諭祭致仕詹事府少詹事、兼翰林院侍讀學士、贈禮部右侍郎黄佐，文曰：維爾性資明敏，學問淵純。擢秀甲科，蜚英翰苑。潛心著述，效績編摩。文能崇雅而黜浮，望可輔君而養德。宫詹二秩，翰學兼銜。方期大用於時，胡遽中道而止？顧兹俊彦之士，宜有優異之恩。特涣綸音，式侈儒林之寵；載頒諭祭，永貽泉壤之光。爾靈有知，祇歆殊渥。

# 泰泉集序

皇明興隆將二百載，海内文章遐哉盛矣！以予觀之，蓋有三變焉。洪武初基，材因勝國，大氐北士宗韓蘇，南士宗程朱，肆爲辨博，外於名理，故其體駁以腴，迤衍而弗拘。迨東里柄政，迄吾楚西涯，時館閣以歐陽子爲宗，天下趍之，故其體平易而紆徐。圭峰追古以振其衰，而力不逮。弘治中，關洛諸英出，然後霦霦優入漢域矣。岱節河涵以爲其質，大掞日揭以爲其力〔一〕，其發之彩也彪炳矣哉！江南魁壘之士，如徐禎卿輩起而應之，蓋群如也。然博而疵者，間亦有焉。

泰泉先生黄才伯氏起家南海，登進士第，被選入館。詩文皆穎出流俗，蓋博極群書而能反約於心，故發自由衷，質鉅而力雄渾乎。班馬詞章，程朱名理，合而貫一，蓋醇乎道者也。吾楚張龍湖、廖洞埜、章内方三子者〔二〕，雖才氣奇邁，輒皆遜服焉。予備員詞林，得見所作，與序庵李公皆歆羡，以爲有道之言。或有嫉之者，遂外補督學。比棄官歸養，臺察交薦久之，始起爲宫寮，尋擢殿讀，南綰院章云。

〔一〕「大」，萬曆本作「天」。
〔二〕「章内方」，萬曆本作「童内方」。

嗟乎！道之流行天地間，雖愚不肖亦知且能之，何物弗由也？《易》曰：「乾以易知，坤以簡能。」民受之以生，性本易簡，自其良知良能擴而充之，無所弗達，匡濟時措，靡有難事。惟限於見聞，則有所不能盡爾。是故「述而不作」，「信而好古」，吾夫子之所以博而反約也。圓覺神通，一超千悟，彼禪學之所以空而明心也。顔氏好學，庶乎理者〔一〕，其惟循博約之訓，與辟則殖焉。博學於文，知其根而溉之者也；約之以禮，歸其根則千華萬葉，受澤而結寔者也。博而反約於心，則視聽言動之中禮，喜怒哀樂之中節，彝倫經權之中道，一以貫之而無遺矣，詩文焉有不醇者哉？知根矣而不知溉，豈惟不得食其寔，吾見其終落也已。世之浮談明心，自謂知學者，每斥讀書支離，以遠人爲道。於戲，倍畔孔顔，乃至是邪！先生行將大拜，必能一道德以同俗。於集徵之，予日望之。

嘉靖二十一年，歲次壬寅仲冬長至，資政大夫、南京禮部尚書、前翰林院學士、掌院事、經筵日講官、兼修國史南郡張璧崇象序。

〔一〕「理」，萬曆本作「聖」。

# 泰泉先生黄公行狀

公諱佐，字才伯，别號曰希齋，又曰太霞子，晚更曰泰泉居士。系出蜀漢將軍忠之後。唐末有鶱者，石晉徵爲諫議大夫。其裔孫漢卿仕宋爲度支員外郎，始遷筠州。至元有憲昭者，官西臺御史，以直諫謫南海，因家焉。西臺之孫温德，隸香山尺籍，又徙居之。

曾祖諱泗，隱居不仕，服賈致裕。嘗平糶賑饑，以濟其邑人。祖諱瑜，中景泰丙子鄉試，卒業成均。上《正身正家》六疏，幾得罪。後補惠州長樂縣令，又遷于番禺之東。是爲雙槐先生。考諱畿，幼以孝聞，邃於理學。所著有《皇極經傳通解》《三五玄書》行於世。是爲粵洲先生。二先生没，祀於鄉賢名宦祠，詳見郡邑志。粵洲公娶陳氏，北畿督學御史東井陳公政之女。性婉嫕而有才智，通經史大義，以弘治庚戌十一月十七日生公於承宣里第。其夜，雙槐公夢有紫綬金章者入室，寤而報公誕生。粵洲公亦獻吉夢，知必大厥宗也。

公天稟明睿。晬盤之日，左手執筆，右手提劍。三歲，畫地作天字。四歲，受《孝經》。五歲，能隨粵洲公執養親禮。日探家笥藏書，問知經史難字。觀周、程六君子遺像，即自誓必如此而後爲人。及就外傅，問諸師曰：「《大學》自綱領條目之外，何以釋本末而不及終始耶？」爲文已混融如宿儒矣。師辭不能教。至十二歲，而舉子業成，乃更學爲古文詞及皇極象數之學。所著有座右銘、《正騷》《粵會賦》。

正德改元，僉事李公希顔署學事，召補弟子員。試孔氏遺書論，公謂「曾子發堯舜之所未發，慎獨是也」。大異之，置第一。明年，督學林公廷玉至，凡李公所取士，悉更試之。雖奇公，而不令入場屋，曰：「吾以成其才也。」公自是沉潛義理，至忘寢食。久之，嘆曰：「孔門之道，知行並進。然有主知者，聞一知十是也；有主行者，仁在其中是也。知爲行之始，行爲知之終，豈可偏廢乎？」公少時所見已如此。廣州太守曹公琚擇諸生之雋異者，檄請作養，首加禮於公。同學有請俸入之餘以爲利者，公獨不受，且白罷之。庚午，鄉試第一。公以所得百金上粤洲公，令給家費。不及束裝北上，作《九州問》以見志〔一〕。

癸酉，粤洲公偕公行，途次儀真，病卒。公哀號隕絶，扶柩而還。攢於先兆，每日必往。至禫，猶不食肉。丁丑，再上。值疾作，不克終試。同鄉大學士梁公儲慰留之，公竟歸，焚其路引，有終焉之志，太夫人督勸不已。庚辰，復北上。以失引，例不入試。禮部尚書毛公澄、侍郎王公瓚皆聞公名，許預試。同考檢討張公衍慶得公文，置第一。大學士石公珤病其專，抑置十八名。是時，武宗皇帝南巡車駕始還京，不及廷試。公需于慶壽寺，得觀佛書，所謂明得心源，雖愚昧小人立躋聖地，及一超千悟之説，知宋人張、陸之學，蓋出於此。

〔一〕「九州問」，原作「九洲問」，今據本書卷二三《問對》所録該文題名改。

明年，世宗皇帝即位。五月，始廷試。大學士蔣公冕閲公卷，又欲置第一，而大學士楊公廷和以公所言切直，乃移置二甲十一名。覆閲廷策，選爲庶吉士。五試皆第一。蔣公以乾清宫成，命賦題試諸吉士。公獨先成，文奇字奥，長老驚嘆，以爲張平子、王文考之流也。公素不喜干謁，而同列又有毁之者。或恐公不與館職，公曰：「即不偶，雖州守亦願爲之。」命下，授翰林院編修，蓋輿論也。偕衆往見内閣，楊公曰：「予目近視，今日乃識君耳！」色若有憾焉者。時嘉靖元年十月也。

公首上《初政要疏》，又上《修舉新政疏》，皆留中不行。惟刑部尚書林公是其議，遂與定交。癸未元日，公侍班殿上，見鴻臚寺官引戎狄來朝之使，徑至御前，命賜酒飯。公草奏謂：「《禮疏》，夏后氏之世，四夷貢樂，俱奏于四門之外。《禮記·明堂位》亦言，四夷之君長來朝，各位于門外。今宜仿三代之禮，令夷使各在東、西門外設位拜伏，傳天語以命之。」或曰「舊制也」，不果上。未幾，浙有宋素卿之變，人以爲先見。會試，充同考試官，閲北《春秋》卷。録成，而《詩》義不稱，衆不肯署名，公易之，乃授梓。

康陵既祔，大禮方興。尚書毛公謂兄終弟及，無追尊之禮，惟漢有之，當仿其禮。公從其説，書《大禮議》。後有謂公爲黨者，公以太夫人在家，求歸。會册封南渭王，充岷府副使以行。事竣，辭宴餞金幣及銀食器諸物，仍令有司封識以復。抵家，拜太夫人，即具《出使陳情疏》，未報。有旨覈復命者，公力疾還朝。禮部尚書席公書及諸議禮者皆始進用，欲援公爲助，遣人通意，公謝絶之。大學士楊公一清召還，首詢公以典故，公引證以荅。又餽文集，欲引用，公亦辭不往。三年考滿，贈粤洲公爲文林郎、翰林院編修，母陳氏封太孺人。上《省親疏》，不報。再上，益懇切，得允。出次潞河，候解凍乃行。時吴人文公徵明亦引歸，並舟而還，倡疇甚適。至杭，渡江訪陽明王公守仁。論及良知，公曰：「知猶目也，行猶足也。詢知公居足以步目，一時俱到，其實知先行後。」王公曰：「君太信宋儒。」公曰：「『知之非艱，行之惟艱』，豈宋儒耶？夫子亦曰：『知之未嘗復行也。』」王公嘆曰：「直諒多聞，蓋益友也。」抵家，太夫人得抱孫，甚喜。公晨夕問安視膳，多仿《顔氏家訓》行之。公復以程期促迫，上疏養病。有司請修《廣州志》。書成，却幣辭宴。

戊子，大禮成，釐翰林官爲二等：文學淵源者留用，政事精通者補外。公已留用，復有譖之者，乃補政事精通一疏，出公爲江西按察司僉事。公聞命，行至境上，上疏乞休，以便養親，曰：「臣之事君，子之事父母，其道一也。臣之事君，不擇事而安之，凡可以盡其心者靡不爲，忠也；子之事父母，不擇地而安之，凡可以順其志者靡不爲，孝也。仰惟陛下起臣于家，登之亨衢，正欲淬厲以樹勳業，而臣福緣淺薄，憂病相仍，雖欲盡心所職，而方寸已亂，誠慚負陛下。然天下豈有無母之人哉？《傳》曰：『不順乎親，不可以爲子。』又曰：『五刑之屬三千，罪莫大於不孝。』臣雖至愚，幼聞斯義。伏望皇上憫臣患病，察臣至情，乞敕吏部令臣致仕，以便養親，則臣母子性命庶幾可全矣。」疏下，都察院奏覆，惟列公學行甚稱，趣令赴任，隨補廣西督學官如故。

或曰君命數臨，辭謝不已，恐爲太夫人憂。公乃强起，抵蒼梧，謁軍門。舊謁者必跽，公長揖而出，撫臣不悦，公責以君臣大義，愧謝焉。道經府江，猺賊出没，召主守者詰之，諭以威信，其酋皆叩首而去。抵省城，則稽查書院，教育人材，日與諸生發明理一分殊之旨。因輯《理學本源》，頒行郡邑。又出令嚴士習，撤淫祠，行射禮，舉節孝，立鄉社，擇土民之秀者爲弟子員，以風勵之。猺、獞感悦，寇掠少輯。宗室故與諸生爲仇，督學者至，執挺而後敢出。公遺以《小學古訓》，皆遵其約束，有來觀射至終事不譁者。校士懷集，得家書云太夫人感疾，即日疏致仕，以符印付有司，棄官竟歸。撫臣益以爲慢己，偕御史劾公擅離職守，欲中以法。時大學士李公時薦公有程朱之學，宜充經筵講官。世宗皇帝亦知公名，而銓部覆覈，謂公母老且病非詐也，止令致仕而已。

公家居，遠近學者踵至，始闢粤洲草堂以居之。又以時人多宗象山之學，謂朱子爲支離者，因折衷告之曰：「朱子有萬世不易之定論，亦有一時荅問之言偶書于傳註者，則非定論也。如《易》曰：『一陰一陽之謂道。』《本義》曰：『陰陽迭運者，氣也，而其理則所謂道。』此定論也。若註《中庸》《太極圖説》《語類》，採入《性理大全》者，則非定論矣。《集註》於《論語》首章曰：『學以明善復初而本諸性，則尊德性不可以不道問學，道問學即所以尊德性也。』若註《中庸》，分道體之大小，而謂陸子靜尊德性之功多，又取其『上天之載』等語以解無極，則非定論也。既以尊德性爲存心，是即孔子稱顔心不違仁，孟子言『君子所性，仁、義、禮、智根於心』。蓋泛言理，則物各有則，專言理之受命於天者，則心也。如視之明、聽之聰、貌之恭、言之順，則心思之所發。今也有性見於身之説，則遠矣哉！且夫子贊《易》，《乾·文言》曰：『君子學以聚之，問以辨之，寬以居之，仁以行之。』仁者，性德之全也。可見德性由問學而明辨，即見於居行，豈可以道問學專爲致知哉？」

又作《格物説》，曰：「『天生蒸民，有物有則。』則也者，理也。違則，欲也。窮究其理之謂格。理欲明則好惡誠。反身而誠，强恕而行，絜矩之本也。」曰：「盈天地皆物也，將一一格諸？」曰：「否，先其大者。本則身，厚則倫，物格則萬物備於我矣。理一分殊，必自格物始，故曰『吾道一以貫之』。」曰：「扞格外物之訓，何如？」曰：「可也，未循其本也。理既窮，外物烏得而擾諸？」一時部使者如蜀張公峨、歙汪公思、閩張公岳輩，數來問難，聞言甚悦。

巡撫都御史陶公諧召還兵部，奏薦公，有「文章華國，謀猷經邦」之語。言臣董進第等以遺逸薦，禮部右侍郎吕公柟以宫僚薦，皆爲議禮者沮之，然公名聲並起，朝廷亦欲用公。丙申冬月，駕幸平臺，召大學士夏公言、顧公鼎臣等，謂之曰：「向者李時曾薦黄佐可用。今翰林少此舊臣也，可補之否？」皆叩首曰：「佐實可用。」遂以翰林院編修、左春坊左司諫起公于家。公至京師，作《九經政要箴》，先成法而後規諫。又取訓、蒙二字更正之。將以進，先啓輔臣曰：「儲貳爲天下之本，而輔導之職，則以預養爲本。故預之必早，則所聞皆正言，所行皆正事，聰明日以開，德性日以純，而駸駸乎日以入於聖域矣。」輔臣不悦，書不果上。充經筵講官。值暑輟講，陞翰林侍讀，掌南京院事。

公便道歸省，奉太夫人行，税於留院玉亭，賦詩爲壽，太夫人懽甚。大僚如張公邦奇、徐公問、馬公理日來省問，遺以甘旨，且作詩紀其事。公具疏送母還鄉，不報。陞右諭德、兼修撰、同修玉牒。至潞河，聞大臣有欲公主順天鄉試者，公遲至，以他人代之。後皆得重譴，而公免於禍。陞南京國子祭酒。頒《五倫條約》，禁止超撥之法及清餼廪之乾没者以給諸生，有《清如水》之謡。公以今之留都，猶古之東郊也，驕淫服美，士習益陋，乃作《南廱志》，訓以宗之恭儉。而成均所掌，樂教也，因出舊著《樂典》以示諸生。其《大合樂通説》有曰：

凡大合樂，天子必帥三公、九卿、二十七大夫親往視之者，合其數則含少也。元士執事其間，則八十一全律之數也。黄帝以雲紀官，人與天調，故作雲和琴瑟，以黄鍾爲宫，下管以笙爲主。第一管爲圜鍾而羽管，黄鍾最長，是謂孤竹之管，取其獨一而大也。導舞以雷鼓，面廣九尺，雷鼗面廣九寸，其聲皆在八十一數之中，人合天也。帝顓頊實處空桑，乃登爲帝，舞《咸池》《承雲》以祭上帝，故作空桑琴瑟，以太蔟爲宫，應函鍾之徵，而笙管姑洗，以羽從宫，是爲孫竹之管，取其自子而孫也。導舞以靈鼓，面廣六尺，靈鼗面廣六寸，其聲皆在五十四數之中，地承天也。帝堯修《雲門》《大卷》，命之曰《大章》，亦所以合《咸池》也。《大韶》興於禹，鑿龍門，通瀠水，地平天成，乃作龍門琴瑟，以姑洗爲宫，而應黄鍾爲角，笙管南吕，以羽從宫，是謂陰竹之管，取其自北而南也。導舞以路鼓，面廣七尺五寸，路鼗面廣七寸五分，其聲皆在六十八數之中，天合人也。合三中，琴角絃皆兼二律，而《韶箾》十六管：其十二管者，律吕之正聲也；其四管者，黄鍾至夾鍾四清聲也。瑟之十六絃，笙之十六簧，應之五聲，欲其成文不亂。又用頌琴十三絃，頌瑟二十五絃，和笙十三簧，所以依玉磬而合宫縣也。雅瑟二十三絃，其用者十七律，巢笙十九管，其十二管亦律吕之正聲，九管則黄鍾至蕤賓七清聲也。《武》音則有九，《象箾》《南籥》應焉。故六律、六同以相對爲列，而其音謂之《六英》；《韶》以相繼爲義，而其變謂之九成。九爲圜而參天，六爲方而兩地。《九招》《六列》《六英》，樂之所必有者也。

服虔曰：「姑洗、南吕以南爲南風，無射、夾鍾以北爲北風。」故《雲門》《咸池》合於《九韶》，《大夏》《大濩》合於《大武》，而歌奏則陰陽二紀唱和相命也。觀于「分樂而序之」，則可見矣。大胥以六樂之會正舞位，分干羽爲六列，行其綴兆，要其節奏，則進旅退旅，莫不得齊焉，此所以爲樂中之禮也與！

學士張公治見之，曰：「《簫韶》九成，可復聞也。」主試南都，因以策士。公始爲此書，夢夫子告以「知崇禮卑」之説，積思二十年始成，以爲洩造化之秘。嘗與洹野崔公質論之，至是其傳始廣。

公以南都炎暑，恐太夫人不安，具疏乞休。逾月而太夫人病卒，哀慟切至，諸生皆哭。歸祔，廬于先墓之側。服闋，内閣以公及北監祭酒王公用賓陞少詹事、兼翰林侍讀學士。公行至大庾，刑部侍郎劉公節逆謂之曰：「聞大臣有起用者道經留都，公惟遣人投刺，有之乎？」又曰：「翰林舊風，今亦變矣。後來者坐起，未嘗遜前輩也。」公但唯唯而已。公至京師，入西苑，見輔臣夏公，伉禮如故，惟施再拜，左右大駭。談及河套事，公又曰：「此内邊也，自馬鈞陽在兵部時已難處矣。永樂中，有三千營者正以靖難，龍旗下有三千小虜，爲近駕奇兵。既即位後，因以内邊與之，蓋河套在長城之内故也。」夏公愈不悦。會吏部右侍郎缺，議欲以公及王公用賓推補。又易以崔公桐，而公爲陪者。或來告曰：「此危機也。」公曰：「吾知安命而已。」先，崔公與同官許公成名互争，言官劾之，併及王公，謂其惡公素望出己上，爲危言以動之，然實無有也。御史艾朴受大臣意，謂公亦無不覬望。詔令王公偕公致仕，張公治爲之流涕曰：「指讓爲争，與指鹿爲馬，何以異哉！」同列多來慰籍者，公亦無所言。後三日，艾朴以事謫成大同，而夏公亦去位矣。

公抵家，諸生復請公講學，乃爲《條約》以申告之。朔望皆至精舍請業，日録所聞，至成卷帙，名曰《庸言》。大意謂道之大原，天人一也。陽動而水木以生育爲功，知仁交際而萬化出；陰静而火金以制勝爲事，禮義交際而萬化入。此謂全體太極，雖圖、書、《易》《範》，一以貫之，而理、氣奚二之有？繼善成性之後，吾能存存，知及仁守，則禮義是之自出，敍秩生於吾心，自然而然，乃明命之受於天，而流行不已者也。自私自利之念萌焉，則不受命矣。故子罕言利，以防其萌；與命、與仁，則無行而不與也。苟違聖人之言，自私用智，非惟無以知其所有，則亦無以養其所有。故必窮經明理，以盡此心，則仁知合而一者大，是曰弘于天；反身内省，以存此心，則禮義協而大者一，是曰事其天。天之在人，一而不貳者，誠也。敬以存之，無惡於志，自明而誠，如去粟中之秕，皜然一矣。發爲文章，威儀言辭，皆非我也，天也。然久溺於流俗而驟聞至道，必自餒而不敢當；舊習牽焉，必自眩而不能明；外議奪焉，必自沮而不肯奮。求勝其餒，使明而不眩，奮而不沮，其惟責志乎？志稍立矣，而又自欺以終敗，則是志分於利欲，而非真知義理之可説也。故《魯論》示人篤信好學，始乎説、樂、不愠，終乎知禮、知命、知言。必真知之，而無不誠之敬，乃成君子。否則不誠，無以自成矣，豈非盡性希天之矩，而心所不踰者乎？書成，門人何价、孫學古、陸湯臣輩爲刻以傳。

公篤信孔孟而學貴力行，先儒所是者不求自異。惟理氣之説，雖程朱弗徇也，及門者亦多以行業自飾。有宦遊四方者，人見其持論必知之，曰：「此泰泉先生弟子也。」公中歲謝病，少通賓客。前後著述，多所釐正。惟《廣東通志》，自宋、元未有修輯之者，公亦私有紀載。撫按談公愷、徐公仲楫敦請終業，公乃就局。書成，奏薦公。繼之者又數上，咸謂真儒聖于學，今罕儷云。

公操履端謹，模範嚴整，居無惰容，燕無媟語。私苐鄰府寺，敲朴喧雜，而處之裕如。布帷木榻，不求更新。細繹經文〔一〕，每至夜分不休。終歲少入私室。少癯然如列仙之儒，晚年乃更豐碩，覿之者知其所養充粹也。通籍三十年，在朝僅數載。雖屏居，有廟廊之憂。賙貧赴義，意惟恐後。嘗增置粵洲公義田，以贍族人。所至褒表孝義，居鄉必爲言於官，至以坊牌遜耆民百歲者。臨事審密而能斷。壬辰，海賊許折桂入寇，至琶琶洲，城門將閉矣。公畫策以授守者，賊遂請降。城中有夷達官舍，自永樂中安置，其後供費日廣，而軍儲至不給。武臣議請裁革，衆大噪，刑白馬爲誓，以仇主者。公聞變，亟出慰諭，仍言于院使，俾復其舊，衆始感悦。又有楊指揮者，與三學生徒詬競，其僚屬從使之，歃血教場，欲殲諸生。公言於鎮守平之，城中始安。安南莫登庸通使請封，詔大臣處分。有力言可取以覬進者，公示以永樂征交事迹，且言當從其請，以羈縻之。後登庸效順，兵費不損，公之力也。嶺外風俗日侈，伏戎漸盛，公作《鄉禮》以寓保甲之法，命諸生習行之。會有詔於廣州買香，海舶不至，責居民爲香户，人多逃匿。方伯張公鏊患之，率屬以請，公指授條約，城中大悦，而人亦願供香。有同鄉惡其繩己，力沮壞之。後盜益起不可治，而省城有叛卒之變，識者以爲不用公策至此也。

〔一〕「細」，陳澧《光緒香山縣志》卷一三《黄佐傳》引作「紬」，疑作「紬」是。

乙丑，公患羸疾，而神氣清厲。民表以南曹歸，得請間，公曰：「予殆死矣夫！」猶講《易·繫》「自天祐之，吉無不利」，當以王弼注爲是。意公年壽未艾也，孰知天之降割于二三子哉！公疾革，召門人林喬、陳冕暨民表弟襄輩，示以《十一夜偶成》，有「詒謀無厚業，忠孝種心田」之語。屬纊之夕，又作詩，有「氣完光岳，身在雲霄」之語。整襟撫帶，曰：「弘毅之學當如是也，小子識之。」乃卒，實丙寅七月二十六日也。享年七十有七。

公配夫人李氏，户部侍郎李公嗣之孫女。寬厚和惠，克孝以共。先公一年卒。側室林氏，亦仕族。子男三：長在中，府學生。次在素，以乙卯舉于鄉。次在宏，府學生。而在宏林出也。在中後公一年亦卒。女一，適廣西右參政黎民衷，即民表仲弟。孫男三：謙之、諧之、諷之。孫女五，皆幼。

公所著，有詩文集六十卷，《樂典》三十六卷，《詩經通解》二十五卷，《春秋傳意》十二卷，《庸言》十二卷，《鄉禮》七卷，《革除遺事》十六卷，《翰林記》二十卷，《廣州府志》六十卷，《廣東通志》七十卷，《廣西通志》六十卷，《南廱志》二十四卷，《香山志》八卷，《小學古訓》《姆訓》《兩京賦》《敷教録》各一卷。若《漱芳集》《廣州人物傳》，則公少時所作。若《六藝流别》《明音類選》《唐音類選》《羅浮山志》，則門人編次而删定者。若《通曆》《理學文選》，則未成書也。他如天文、輿地、兵陣、陰陽諸雜家，皆有論辨，見諸書中。

公既殁五月，今皇帝即位，遵奉遺詔，褒表忠義勳德之臣。廷臣疏公名以請，特贈禮部右侍郎，遣官諭祭。尊崇儒術，過漢之太牢遠矣，斯文其興乎！

民表童時，即以先君韶山先生之命往侍函丈，因知公履歷之詳。而公之所自負者，非譾陋所能窺測萬一，其遺書具在，以俟名世者。子在素輩將以隆慶元年十二月二十二日奉祔于永泰鄉聚龍岡之先兆，命民表撰次行狀。謹以實録，用備太史氏采詢焉。

門人黎民表撰。

# 泰泉集卷第一

## 賦上

### 粤會賦有序

佐自幼知讀書，先考躬教之。十有二而舉子業成，乃更學古文詞賦，嘗撰《越都賦》以擬左思。稍長，厭其枝瑣，乃芟整之，更曰《粤會賦》，避僭也。其辭曰：

百粤之會，是爲南海。仰稽璿璣，星紀所在，黄鍾協律，赤熛流形。上燭南斗之精，下凝衡岳之靈。左跨荆揚、五嶺之重阻，表以靈洲、黄嶺之山；右瞰牂牁、溟渤之洪波，帶以桂、鬱、湞、肄之川。神鰲奠足，星鶉頫首。睇睞甌閩，若趨若走。前有虎頭之門，限隔島夷，來航萬里，泝沿渼瀰，而凡魹羅、真臘之屬，其布猶棋焉；於後則白雲、紫雲，迤爲越臺，曹幕地湧，石門天開，蹠以羅浮，璇房瑶室，穹窿峭崒，巃嵸鬱律，朱明靚深，鐵橋嶪岌，神芝珍禽，往往叢集。近郭則會以九曜，縈以三江，表裏回游，奔峭飛淙，沉珠拾翠，礧砢盪激，入極浦而邅迴，迷不知其所適；於遠則循洸口以荒極，得静福之寒林，接黄蓮之巨嶠，信南戒之喉襟，呀峽山而陟韶石，撫神皋而挹奥區。蓋自赤縣之外，於焉重啓堪輿，晞陽光於夜半，竭靈景之扶胥，殆有大章、孺亥所不能遍，林間梗概靡得而書者矣！

方姬籙之季，嬴秦擇肉，勁越守險，尸尉睢而摧監禄，雖大荒之南徼，風氣則通乎域中。道污而污，道隆而隆。東井緯聚，龍戰函夏，季以兆王，佗以基霸。遇吕雉而自君，待漢文而後順。絶潼關以立國，迄獲嘉而始郡。鄧讓貢而漢復炎，區景攘而火終運。郭馬亂吴，盧循覆晉；馮歸隋治，劉據唐衰。至於鋹降真伏，雖百世可知也。宜其可定爲巖邑，寔係皇輿之安危，然而議者猥言荒裔，殊異要綏，豈不戾哉？

自我聖明之遹興也，淮飛神龍，陸翦長鯨，薄海内外，罔有不庭。左丞稽首，遂合三城。千雉弘麗，五暈飛騺，增拓黄圖，延納丹溟，媲周法而剗元蕆，陋嚻、鷩之所經營。於是登望則綴珠崖，亘銅柱，跨龍編，揮鱷渚。北通燕薊，吴鉤楚距，萬里帆檣，蠻煙蛋雨。胡賈鼎來，所居成聚，斷虹兆颶，戙船潴嶼。其氣候之不齊，或瞬息而備寒暑。然而謫徙寖繁，華風日邁，霜雪時降，民不告憊，允矣樂國，四方所屆，寔泉貨之淵藪，夷夏之都會也。

内則閭閻撲地，長衢廣陌，闤闠七門，溝澮六脉，町列市廛，隧分貿易，連蓋結駟，埃壒相射。莫不奴陶頓，僕翁伯，皂張里，臺濁質，囊橐孔㓒[一]，鋏斛仍溢，犬馬蹴紅腐，緡鏹朽赤仄。執牙籤以夜籌，向什一而今千百。山澤之沃，鍾爲土毛。禾稻綺錯，秔穧穭穲。塍埒交經，枕海連皋。秋成豐蔚，富

[一]「㓒」，萬曆本、北大本作「𨥻」。

侈相高。賽社祈年，或沉湎而自豪。其布帛則攀枝吉貝，機杼精工，百卉千華，凌亂殷紅，蕉苧雲浮，紬絁冰空，疏絺繭暑，密斜弭風。其材木則桹楠松樱，楓樟杉榆，檿柘穀梡，榕櫟椿樗，合抱隱岑，千仞排虛，剛柔性異，貞脆質殊，卑高沃瘠，各隨所如。其香藥則沉檀安息，白膠青木，馬牙鷄舌，龍腦天竺，卷柏茯苓，青精黄獨，宜男益母，有繁其屬。其果則盧橘楊梅，黄蕉丹荔，柑橙丸金，橼柚幄翠，橄欖餘甘，五歛千歲，人面蔫仁，宜濛醞水。其蔬則金虀玉蒻，香菌紫芝，杞吠靈厖，芋眩蹲鴟，樹茄筏蕹，紅葩緑蒧，擢蒨盈園，摇芳映畦。至於鷄豚散野，牛馬量谷；家積薆椒，户映藤竹；魚鹽漆蠟，其集如簇。豢術廣於《齊民》之篇，植品奓於桐君之《籙》。矧又火伏孽皃，海絚懷珠，山熫水封，鑿礦攻瑜。據險角力，歲罔奠居，賣身徇財，卒謚爲愚。島舶之來，有粲其寶：鍇鐐鑽釗，璠璵瑾璪，璣琲琴瑟，瑇瑁瑪瑙，玻黎珊瑚，瑠璃車渠，木難火齊，陽燧方諸，鼂筒鶴頂，犀角象齒，猫睛日耀，鵁鶄霞綺，流黄空青，縹碧紫英，其罯如雲，其熿如星。

蓋廣南之富，傳自古昔，苟非上失其道，則亦無郅於捐瘠。故其民莫不因歲時，事娱嬉，蒲澗越井，弔古探奇，騰吹峻坂，弭蓋清漪，遨遨頭以偕樂，導雙旌而前馳。亦有俠客疇人，五豪七貴；榆魚鬭鷄，攤錢角抵；六簙五白，管絃流沸；爰長騁以遐眺，挹自然之神麗。循東溪，陟北岡，度槭橋，至珠江。刺桐木槿，含榮吐芳；素馨茉莉，旖旎芬香；椰漿醉客，侑以檳榔；竹枝金縷，翠翹鳴璫，擁臺宗之娥眉，萃籠籠之衣裳。蓋處沃土而淫慆，民之常也；方和樂而謳唫，世之昌也。彼歌喬木之南有，戒《蟋蟀》之太康，則雖好樂，又奚傷焉？盍亦覽霸迹以自明乎？

昔尉佗之在秦也，力政毒痛，血民于牙；咸陽瓦崩，萬宇蠒拏。於是乘黄屋而自王，揔朱垠以爲家〔一〕。乃據秦府庫，殺其長吏；營宫建室，自置神器。誃門曲榭，坻鄂弘閎；虹梁纚連，雲構林植；既崔嵬以宏璉，又寥豁而贔屓。左纛以朝，箕踞魋結，爰立相臣、御史、中尉、將軍、郎吏，盜竊秦制，閣道圜闕，高甍甲第。上峥嶸而瑰瑋，下金臒而繪績。避暑離宫，不知其幾，汔莫能名其一二焉。猝遇陸生，築臺朝漢；蒸土切厓，揭孽隆矸；墆霓承雲立其楨，連岫複坂環其畔；視奔星之俯馳，挹流泉之滮湃〔二〕；國終殄于摎女〔三〕，歸餘基之漶漫。民生其時，亦孔之悲，工役不息，肉刑且施。辟張羅以絶飛走，又爲豺虎而毆之。

漢唐休養，施于五季；兵纏紫微，蠚及丹裔。劉龑僭據，業承先世，身爲蛟蜃，恣厥吞噬。乃自謂膺乾符，執坤樞；熙鴻名，恢駿圖；鑿翠闢郭，繚瀛作都；雙闕徼道，九軌經途，門千户萬，宿衛周廬。構乾和之寶殿，法太紫之規摹；抗應龍於閶闔，耀玉題與金鋪。罘罳洄洑以迤邐，藻井狎獵以紛敷。後宫則有禹餘、太一、景福、應龍、玉清、思玄、南宫、定聖。南薰别殿，北接明光；椒鶴貫魚，袨服靚裝，温室甲帳，永巷迴廊。飾華榱以懸黎，緣繡楄以璧璫。苑囿則有昌華、芳華、甘泉、望

〔一〕「揔」，原作「揔」，今據萬曆本改。

〔二〕「滮」，原作「彪」，今據萬曆本改。

〔三〕「摎女」，萬曆本、北大本、暨大本作「樛女」。

春。飛橋跨沼，崇桃映津，泛杯濯足，翼翼鱗鱗。離宮閒館，亘五十里；呼鸞載道，引以蘭錡；蒼蚪銜綬〔一〕，白澤銜軹。時升中於圓丘，或耕藉于東鄙；復通鄰而耀武，啓封疆而自喜；左三湘而右八桂，控賁禺而役交趾。又有玉液之池、明月之峽、含珠之亭、紫雲之閣。桀壁對峙，氿泉旁達，修篁灌木，青翠相發。風露披潰於翳薈，日月投光於巖屮。躔名勝而建浮屠，宮于四周者二十有八。叶列宿之景曜，金磬鏜鞳而互荅。遵彼北川，迄于西城，層軒疊閣，建鼓揚舲，宮娥競渡，貂璫練兵，招羽人于藥洲，陳不死之丹經。又有三事六官，府署司院，蘭臺石室，濟濟儒彥。虎鶡開幕，闒戟峨弁，張鄺列庫，征摧充羨。金稜供御，紅雲設宴，蟾姬瓊仙，握爵銜憲。學士自宮以求進，才人調謔而相見。乃設水獄，劍樹刀山。槐棘之貴，就僇猶菅。虐燄徹於黃壚〔二〕，腥德通乎玄間。民亦何辜，罹此凶艱？

蒙狄方興，宋社將屋；讖符四廣，厄鍾百六；鑾輿狩于厓門，竟膠舟而不復；百萬王師，盡化爲魚；貞后忠臣之氣，恒黮慘而不舒。然天厭其殪，神運之謀，脱揚王於潰伍，按：洪武初，追封皇外祖陳公爲揚王。王本宋末厓山潰卒，夢有神人捄之，得還，是生淳皇后。肇無疆之聖休。則夫經慈元之殿阯，瞻永福之陵丘，徹天道之終勝，而奚必詠秀麥之油油？嗟我黔首，羈縻於虜，日爲苛政所芟夷，豈徒猛於虎而已

〔一〕「銜」，原作「御」，今據萬曆本、北大本改。

〔二〕「徹」，萬曆本、北大本作「散」。

哉？乃哀籲于旻穹，而欣戴乎聖祖。皇矣聖祖，德合泰清。命彼征南，掃此攙搶。風丘月窟，款塞來庭。照幽滯以天光，振潛蟄以仁聲。故雖百粤之遐逖，仰人文而化成。列聖丕承，蕩蕩涵育。三辰受撫，四靈在畜。道胡不臻？化胡不穆？天地無爲，鼓其化者橐籥；神功不宰，分其治者岳牧。是以簡賢哲之霦霦，用班布乎南服。乃建微藩，其藩耽耽；乃建霜臬，其臬巖巖。都玆兵閫，並立爲三。驄馬行臺，以察以監。十府七州，雌塗郡閣。縣踰六十，犬牙間錯。駪駪庠序，泮宫俱作。衛所戎行，督艖理舶。巡警置郵，犴司蓮幕。峨棟宇而萃胥徒，依崇墉而臨巨壑。於是宣天彝，恤民恫，播芳猷，息囂風，開誠展才，表正景從，思齊處默，抗迹敬宗。使茂德流於有截，而芳訊垂于無窮。函氣之屬，聲教漸浹。雖椎埋之雄，游俠之客，奇衺之酋，侏㑩之域，莫不革面而澡心，沐浴於皇澤。是以邊鄙不聳，海波不揚；男勤稼穡，女務蠶桑；黄耇台背，遊戲康莊。耳不聞乎枹鼓，目不睹乎牙璋。歌禾廛之既登，談穗石之爲祥。今日之民，可謂康矣！

春王初吉，置酒交會，粲晌冠服，鏗鏘劍佩。元夕冶遊，鰲鐙絳天，士女如雲，寶馬瑶軿。清明簪柳，椒漿酹墓；端午酌蒲，錦幖競渡；中秋重陽，泛芋題糕；亦既醉止，其樂陶陶；春秋社蜡，椎牛釃酒，飲以兕觥，有濡其首。卒歲大儺，伐鼓鳴葭。侲子萬童，帊首讙譁。左靳魑魃，右殪蝼蛇，宸網爲之蹋跆，况黄丈與赤蝦？迄守歲而迎春，俗靡愛乎紛奢，觴茅柴而羹谷董，亦何恤其無家？循河南岸，市比如櫛；齒革果布，埴鑄髹漆；藤竹諸品〔一〕，巧逾天出；煙雲連騎，羅綺盈室；殊方異類，豪舉猋集。登山取材，則柯株攢霧，篠簜封塵；花梨蒲蓮，積猶棘薪；煮海爲鹽，則雪濤漂紺，炎甗烹素；神液磊磈，甘鹵布濩。至於狍犳璀瑽，豻鰾紛披；握椒片糖，天下所資；每易致而輕視，或塵泥而棄之。今日之民，可謂庶且富矣！

且夫世方俶擾，則龍蛇起陸，夷羊在野，山呈古劍，海出丹馬。今也青雲干呂，靈斿順經〔二〕，和飆甘澍，疵癘不興，不童不涸，不騫不騰；岳祇隤祉，川后效禎；城堚隍社，群公先正。春秋秩其祀事，莫不流盼鑾而飲德馨。然則山川鬼神，又可謂寧矣。東北多山，獸走鳥翔。鳥則鷓鴣山胡，鸜鴿鵾鸘；鷄鵲繡質，鶷鸛綬章；白鷴縞衣，金鵖黃裳；晨風林鬱，時鶮山梁；爰居違煖，賓鴈避涼；鸚鵡以言而畏篸，孔翠因羽而懼戕；映明壑而迴翫，戀赤霄以悠揚。獸則麞〔麃〕麖麢〔三〕，犴獌狨猴；麝狼猿猩，土麝沙牛；甲攢陵鯉，箭竪豪獀；辣羚角逐，狸兕儦游；狖鼯繽幡，猰貐蛐蚪；飛枝擲於猓猻，曾厓響乎獾獳；蹲深谷而騷駃，發密藪而咿呦。東南多水，韜星浴日。珠池貝闕，鰲宮鮫室；鼉鼉鯤鯢，於焉宅窋；鰌鬐聳山，鱉脊揚鈊；鱘鰉龍喙，鯊鰻虎質；鱒鯽嘉於丙穴，鱣鮪夥於沮漆；鋸張牙

〔一〕「品」，萬曆本作「器」。

〔二〕「斿」，萬曆本、北大本、暨大本作「鈺」。

〔三〕「麃」字原脱，今據萬曆本補。

而戟立，鰂窺烏而墨出；蝦寄目於水母，蟹或腹于璅琣；海僧泣而占災，天吳舞而颶颺；罾罛網箈[一]，獲必盈槎；鯿鱭魴鱧，鰽鱸鯗鰕；鵝毛鳳尾，白飯黃花；腰帶橫擲，比目貼沙；蒼芒蒲赤，蒸雲擁霞；鱗介交錯，既牣且躍；呴沫涯濡，睢盱瀺汋；蚶螺蠕蚌，螺蜆蠣蛤；鱟帆海鏡，江瑶沙白；車螯胡鰱，蝤蛑蟛蜞[二]；仙掌瓦屋，石首笱殼；雖汀渚之潗滐，猶露鱅而潛鰐。然則鳥獸魚鱉，亦既咸若矣。

噫乎！天之生物也，寒之則彫，暴之則榮；人之居室也，多陰則幽，多陽則明。惟陽明勝夫陰濁，則扶輿淑氣，栽而弗傾。故嶺海炳靈，英俊挺生；練金之晶，比玉之貞；樂道好修，晞古振纓。騰其寔則爲龍光，蜚其聲則化鶴鳴。邁迹董正、疎源，則德詒世程[三]；追蹤羅威、唐頌，則孝闡天經。迄馮翼以儀天朝也，格泰清，奠泰寧，輔皇極，陳丹誠；畫罝罝以合紀，力揊揊以承楨。苟非其時，不榮以禄；寧爲嶢嶢，無然碌碌。彼其兆楚相之仙羊，馴涯令之白鹿，司中正於州閭，宣威信於蠻俗，又孰與謝湘東以捫蘿，遁甘溪而采菊也哉？

若乃囊笏槐位，獻《鑑》楓垣，《海鷤》托諷，《白羽》銜恩，從其謨則儲闈靖謐，違其諫則鼙鼓喧闐，

[一]「網」，原作「綱」，今據萬曆本改。
[二]「蛑」，原作「蚌」，今據萬曆本改。
[三]「詒」，原作「詔」，今據萬曆本改。

張曲江之相開元也；平章綸省，獻納台司，一介不取，九死不移，安居則非己有，却賄則畏人知，劉湟川之相懿、僖也；鵷池摛藻，鶴駕養正，臺閣品式，禮樂命令，直金華而獻《五箴》，循秩宗而贊八政，馮道宗之傅天聖也；力辭相樞，疏十三陳，秋圃寒香，頤老海濱[一]，臨邊則金虜失其智勇，登陴則逆卒讋其威神，崔正子之爲千載一人者也。然且躅姬周，躋夏、商，鰈濬虞，鶼聖唐，駢貫三才，黼明五常，日肴覈乎道德，期曼羨其輝光，遡洙、泗而洄源，挾伊、皋與翱翔。蓋偕昊天而出王洞，化育之洋洋者乎。於是侁侁青衿，番番黄髮，凡竄屏葭葦與鳥獸群者，咸俙焉憒悱而罔閼。旦夕敷言，靡國不達；傴僂俶儻，晻曶昭察。稅稻扃而榮鏡，昜叨鑾而闓澤，乃駢坒而謳曰：

猗！粵之昌兮；猗！俊之章兮。彼紛葩瑰麗，曷克當兮？端拱治世，儀鳳凰兮。後五百歲，受厥明兮。圉圉緭緭，雲之卿兮。緺襀璘瑞，粵爲鄹鄉兮。皇兮唐兮，愜天則以無疆兮。

## 正己賦有序

弘治乙丑[二]，偶讀《離騷》，見其引物連類，跌宕可喜而雅志愛君，繾綣惻怛之至意存焉。佐

---

[一] 「頤」，原作「順」，今據萬曆本改。

[二] 「乙丑」，原作「己丑」，萬曆本作「乙丑」。按弘治無己丑年而有乙丑年，故據以改。

生道學大明之後，每誦先哲緒言，有慨乎其心。夫不得於君，則熱中程朱，守孔孟家法，曷嘗形諸愾嘆哉？悼屈子之不聞乎，是而忠憤過亢，或不合乎中正也。次其韻以成篇，始曰《正騷》。已乃竊取大人之義，正己而物正，更曰《正己賦》云。

肇太極之渾淪兮，理昭晰惟中庸。凝二五之妙合兮，曰民彝而帝降。心該道而統性情兮，爰因事以制名。何斯須之可離兮，無靈蠢之弗均。紛吾蘊此懿德兮，又著之爲才能。判善惡與剛柔兮，當韋弦以爲佩。匪存理窒其欲兮，將斲喪其賦與。盍力學以如稼兮，忌滅裂而鹵莽。迨宣尼之施教兮，惟循循其有序。博文約之禮兮，匪責效於旦暮。體四序之周環兮，日月有常度。騁驊騮於通達兮，怵他人之先路！

夫惟藏修而息游兮，求定理之攸在。視芒刺於匪人兮，親君子猶蘭茝。苟師友失其指導兮，瞽倀倀而迷路。王良造父之後先兮，斯按轡而徐步。嗟尚友古之人兮，彼惠不恭而夷隘。將沮溺之忘世兮，泯樹立之懋績。陋孫吴之蔑文兮，蘇張又婦妾而不武。老莊瞿曇肆虚寂兮，余情鬱焉憑怒。紛百家之總總兮，固守此而彼舍也。泝濂洛而上之兮，夫唯洙泗之故也。曰聖門其可入兮，大道坦乎周路。余嚮往既有定兮，曷悔遁而適他？汩外誘而弗專兮，氣質曷由以變化？矧練要而不煩兮，方寸曾不盈畝。資載籍之膏澤兮，溉靈根之芳芷。懼茆長于徑蹊兮，時蘊崇其剪刈。哀本植之不固兮，勇芟絶其蕪穢。

當鷄鳴而夙興兮，即主敬而内索。唤天君使惺然兮，屏婦姑勿予妬。彼波蕩與紛華兮，相時以爲急。余心斥而外之兮，求道明而德立。茂寔賽其未充兮〔一〕，憑歛耀而藏英。含和順以不宣兮，雖世不知其何傷。抑德馨之終聞兮，何必黼夫華藻？願存存其荃宰兮，貫萬善以連纚。衣錦繡之黼黼兮，又尚之以褧服。式無亟于窔窔兮，循前賢之軌則。羌自整其銜勒兮，制奔駟以何艱。朝乾乾以自彊兮，夕惕若而勿替。譬中心説乎蛾眉兮，聞薌澤而挹芳茝。結綢繆以爲好兮，蹈挈梏以何悔。苟存之或弗誠兮，終莫收其放心。轀忽其羈絆兮〔二〕，又慾海之浸淫。洞天機之微眇兮，沖惝怳而失錯〔三〕。凡衆之動罔或釐兮，失本然之權度。既余身之不治兮，曷行道而濟時也？彼勞心以求名兮，固跖衷而舜態也。矯亢以爲高兮，吾不然其然。宅中正而秉庸常兮，則余心之所安。求輕肥而弗遂兮，猶怨慕而相詬。何良心之斯滅兮，顔陽陽其弗厚？

口躂呰乎是非兮，何恕己不自反？欲仁而仁至兮，幸迷途之未遠。天機貞而又元兮，既誠神而不息。敞虚明而探化原兮，理何窮而膺服？辟上下曰天地兮，若有衣其須裳。氣載理若器貯物兮，運行煦乎群芳。查滓判其燥潤兮，形山澤而妙坎離。顧兔借光于陽烏兮，對待儵其盈虧。忽軋擊與薰蒸兮，雷雨周乎八荒。寒暑消長以往來兮，鬼神則冥冥而章章。懸象昭乎玄穹兮，辰十二其有常。躔次

〔一〕「賽」，萬曆本、粵圖本、北大本、暨大本作「謇」。

〔二〕萬曆本「轀」字前有「利」字。

〔三〕「沖」，萬曆本、粵圖本、北大本、暨大本作「中」，疑作「中」是。

緯天以右轉兮，乃淑慝之可懲。

肆薄蝕與朓側兮，亦乘除而奪予。星變乎嬴縮圜角兮，下土司其分野。合清寧以成能兮，吾重參其中節。胥羲和之廣度兮，慮逖環乎九服。紛億兆其總總兮，孰能同余之衷情？發一言而善應兮，熒惑退舍其若聽。

矧篤忠精以上格兮，郅福祥其在兹。運紫微之帝車兮，請太一而陳詞。返雒棠于搏桑兮，天步舒而不縱；化國悠悠其晷兮，家天下以爲衖。建招摇以輔樞兮，又參伐夫狼狐；酌元氣以調燮兮，昭文昌於厥家。執玄戈與天鉞兮，掃髦頭而不忍。分天街以爲限兮，待胡門之自隕。御太微以執法兮，設長垣以蔽殃。統諸侯於天市兮〔一〕，正天紀以久長。携龍角以拜提兮，進賢能而不差。偕卷舌而弗揚兮，肅附耳而弗頗。嚮房心以布政兮，共帝座以爲輔。粲辰光之焜烺兮，恒照臨此下土。均五行以成歲兮，懼稂莠之不當。攬嘉穀以掩涕兮，霑余襟之浪浪。

上帝鑒予之精誠兮，耿吾既得此中正。躧牽牛而棄奎壁兮，闢天閽使上征。朝發軔於維揚兮，夕余至乎縣圃。欲余留此北極兮，謂崦嵫之未暮〔二〕。飲余馬於咸池兮，總余轡於扶光。晞余髮於若木兮，聊逍遥以相羊。前踆烏使先驅兮，後顧兔使奔屬。長離爲余戒車兮，帥豐隆以來御。紛總總其離

〔一〕「統」字下原衍「緒」字，今據萬曆本删。
〔二〕「暮」，原作「嘗」，今據萬曆本改。

合兮，周流于天。余乃下望瑶臺之超忽兮，挹霓裳之娥女。握桂枝以出卜兮，求靈氛爲余占之。曰理美其必得兮，孰訾議而嫌之？咎陶之削爪兮，遭虞皇而得舉。莘摯之安野兮，商湯聞以該輔。屯余車其千乘兮，齊王軑而並駝。從六龍之蜿蜿兮，載翠旗之委蛇。舒志而縱節兮，馳大區之邈邈。升泰階以合符兮，聊假日以後樂。依顥穹之赫戲兮，忽瞻睨夫舊鄉。秣余馬於海澨兮，俟嘉招而遵行。

亂曰：

懿矣哉！國有人兮，既我知兮，又何懷乎粤都！既星陳而極拱兮，吾惟守通明之廣居。

# 泰泉集卷第二

## 賦中

### 乾清宮賦有序

在昔司馬相如、揚雄之徒倡爲辭賦，蜚英有漢。大氐鋪采體物，協韻成文，主於諷上，不爲徒作。使誦之者矢口而易颺，聽之者感聲而自入。雖分流自峙，而不煩詠嘆，觸類致情，其裨益弘矣。昭代文章，盛於永宣之間。時則有若州守陳璉、黌生金寔輩，皆緣獻賦而獲晉錫。其意惟以摛藻寫志，潤色鴻猷，初非托諷爲也。惜夫體仿靈均，法追唐宋，流風所襲，談及漢賦，則遜謝不遑，使詘志爲之，未有不冗豫奪常者矣。正德辛巳，佐獲厠詞林，適乾清宮告成，承命作賦。竊不自量，剽摭馬揚，鎔裁文考，質于扈閣，銓評至再而後成篇。顧辭旨雖陋，而事關化原。蓋乾坤儷德，制隆於《上林》《河東》，而神明依憑，又非《魯靈光》之可擬，故不敢不慎云。其辭曰：

丕鑠維明，帝睠鴻德，適寧寰區。烈祖受之，宅離作都。秉粹精以靈承，握隆熺之昌符。文皇振業，依黔羸而奠辰樞，繚瀛廓穹，肇此天居。粤乾清之秘宮，總玄黄之嘖薄。何富媪之藴靈，俟定鼎而後獲。洎龜謀之襲契，法太紫以營敞。蓋以疏明淪聰，儲神習體，軼煩愔而游沖漠者也。稽諸邃古今宮〔一〕，象乎紫微。逮幽房之有壺，而成周燕寢之所儀。九筵五雉，於皇拓之，既普而深，亦麗且彌，匪維宴娭，日監在兹。

越閼逢閹茂之歲，赤熛章怒，鬱攸孔震，結構㷭涌，氛祲徹旻，豈椓人之嫁虐，將苐舊而布新？詔司空而僝工，走群靈而驅八神。斸石則無間、不周之峎，掄財則荆揚、岷峨之阻。輓修綍則山善稠崁，伐輪囷則雷闐邪許。驥騂駖磕，淫淫與與，揮汗爲瀦，蔓日成暑。陶埴鍛厲之屬，莫不皁分其曹伍。

於是乎揆日晷，驗星文，陳圭臬，絜廣輪。宗伯獻模，林衡效勤。鼛聲篏岳，鍤徒篲雲。獿人司塈〔二〕，匠慶揮斤。約築削屢，子來以趣役者，虎躍而霆犇。既乃考工，晐計以萬。雕摩維精，賁輪飾奂。綗然陽化，爍爾陰泮。敚真巧於大鈞，雖鬼神其猶憚。故其爲狀也，豐融曼衍，揭孽峥嶸，緩緩莫莫，樛流交嬰。邈嵃崖以閎壯，亘砰磷而靖冥。㰂歙赫以威魂，儵㡾宦而翕停。岧嶢扛于天漢，紛攢羅而混成。瑰殊俶儻，不可殫形。怳兮忽兮，攙膠葛，騰九閎。接耀魄之威神，斡璇璣而綜高明。羌跰蹡以輵螛，魂悚悚其若驚。

〔一〕「今」，嘉靖本、萬曆本作「合」。

〔二〕「獿人」，原作「擾人」，今據萬曆本改。按《漢書》卷八七下《揚雄傳》載：「獿人亡，則匠石輟斤而不敢妄斲。」獿人即擾人，知「擾」字顯誤。

爾乃登泰階之三重，遵軌涂之盤曲。鉤陳縱縱以匡衛，閣道駊騀而延屬。卬而詹之，若燭龍之蛇蟺〔一〕，引扶光而曠若木；頫而履之，若巨鼇之屭贔，運九垓而苞百谷。團殿般般以離立，珠熉黄以相燭。函絪緼之元氣，又何有乎塺黷？彼曾城與縣圃，昔傳聞而今駭矚。其上則觚稜高標，金爵翹翹；琉璃鱗鱗，劃霓摩霄；織烏顧兔，出没扶摇；屹華表以縈旬始，位颯拶乎斗杓；簷牙翔而阿霤奮，絶浮景而翻碧寥。其下則釦砌瑶礎，右平左城；承以峻基，廣以夷石；盤以蛟螭，塗以朱碧；巃若崑崙，鎮奠南極；崱屴繒綾，磑磑即即。其中則縣縣房植，耽耽層覆；梅梁揭宇，藻井承漏；欂櫨欄楝，修棪曲校；飛棁浮柱，支撑環句。題鄂衝蓯以霞張，桷楝嫽婀而電糾。傍夫蟜以甜閜，亶沛艾以赳螑。上骫麗以互經，下峅歙而騰湊。玉繩猗抳於奧宧，瑶光爣朗於窔牖。轉棍度閾，蠖略鴻溶。綱户翠錢，金鋪鎖窗。五采争勝，流烟走虹。璧門洞開，璀璨玲瓏。流蘇縣璫，招摇從風。文鏡曲瓊，燁燁雍雍。鼂采夜光之飾，與灝氣而相通。談蕩蕩以寥豁，忽呦呦而冥濛。宎五城而張六幕，終紛員而莫窮。其外則輦路纚連，繚垣周迴。複道遝阪，達于平臺。玄厲黄碝，間以玟瑰。菀菀葱蒨，垂楊大槐。永巷迤邐，是爲摠街。乃顧二門，業業將將。日精月華，左右相望。鬱儀望舒，駐轡而驤。重闈逾延，開闔陰陽。試舉其名，則維百福與千祥，杳騁騖以窈窱，隮步櫚而扳天梁。

〔一〕「蛇」，嘉靖本、萬曆本作「蜿」，疑作「蜿」是。

於後則坤寧巇巇，含貞符矩。位正玄枵，星躔婺女。抗虹扶棟，鑿翠開籞。四榮雲譎，萬拱靈杼〔一〕。玉戺金釭，騰騫鳳舉〔二〕。儷我宸極，以爲內主。若乃清寧，仰戴慈顔。黔于黃衹〔三〕，倬彼玄間。朝以棕殿，問寢承歡。鳳儀所御，中建欽安。左有延祺、鍾粹、毓德，右有啓祥、降禧、景仁，以至長春、百花諸宇，則又儲靡曼而列幽閒。衝風颻乎闥幎〔四〕，散彧彧之椒蘭。紅繡繢與機杼，儼河鼓之天孫。函荄萩以晞日，珩瑀戛乎珊珊。樹螽斯與麟趾，司啓閉于掖垣。爰設六尚，以掌九室，冠袍韈韈，其儀有佖，彤瑄煒煌，伊違斯弼。敍進御之條紀，恒綬環而戒逸〔五〕。銘槃鑒以昭警，司精微於密勿。

爾乃煖殿弘敞，青軒彤墀。帳設甲乙，翠被絳褷。霍落簾櫳〔六〕，罨畫罘罳。循除而架，有菀有簃。盝頂重橑，槎牙峛崺。方亭曲榭，獸鑰隵陝。西千嬰而東百子，乃俯瞰乎清池。游鯈瀺灂，汎淡漣漪。鳴梟翔鵠，頡頏棲遲。植芍藥與芙蕖，瑤草莽乎萋萋。監官鶴立以企幸，眺蚪幄而瞷龍旗。挈壺之

〔一〕「靈」，嘉靖本作「菱」。
〔二〕「騰」，嘉靖本、萬曆本作「鵬」，疑作「鵬」是。
〔三〕「黔」，嘉靖本作「黔」。
〔四〕「闥」，原作「闗」，今據嘉靖本、萬曆本改。
〔五〕「綬」，嘉靖本、萬曆本作「授」，疑作「授」是。
〔六〕「霍」，原作「雲」，今據嘉靖本、萬曆本改。

設，于彼外闈。蓮燈虬漏，貯水運機。偶神按候，與大弗違[一]。鶡沼鵲樓，黎旭熹微。鼓登柝應，鷄人嘷旦。蟲飛而會盈，燎煇而色辨。天子乃駕鸞蓋，鏗鯨鐘，清黄道，出紫宫。端門載啓，執法當中。左掖右掖，星共雲從。羽林森森而就次，旄頭髵若其蒙茸。自三能而逮郎位，莫不矢心於重瞳。明庭景昃，玉未遑食。庶采既臚，乃還宫而定息。猶糾虔乎天刑，夕惕厲乎衮職。守琬琰之彝章，鋪鴻藻而立極。

誕兹宫之成也，聖神聿興，時維綴旒。信帝心之簡在，用迓德而彰景休。皇輿發迹乎郢甸，鳴玉鸞之啾啾。歌《斯干》以考室，非鬼神而孰謀？軫民役之勞疚，仰先后之懿猷。蓋奕奕款款，執执如也[二]。於是帟幕霄縣，緹帷宿設。雲構牙赫，登降詘折。龍超虎視，遠瞪近瞥。披擿奇妙，規矩相汁。神移天運，俞哉匠哲。夐牢籠乎宇宙，挹三辰而可擷。山川瑣尾而在下，九野豁豁而昭晰。威靈旁魄而四塞，規萬世而妥洪業。乃念宣廟，圖揭《豳風》，稼穡艱難，景皐心融；乃念敬考，調元習静，光祚思賢，永言顯聖。是以服閑邪之炯戒，體慎獨之徽言，追往初之遐躅，襲得一之自然。曰出王與游衍，恒對越乎昊天，昧爽兢兢而練要，蓋冥心乎馮翼之先。於是乎革秕政，尚仁厚，興禮樂，韜甲胄，振幽滯，揚側陋，咨九扈，禮三壽。乃郊上玄，以昭在宥；聲從海流，澤與霖究。覆露入於毫芒，猶闓澤而

[一]「大」，嘉靖本、萬曆本（湖南圖書館藏本）作「天」。
[二]「執执」，嘉靖本、萬曆本作「执执」，疑作「执执」是。

敷茂，慶霄掞而嘉穀熲，顯蠁昒之純祐。然猶嗛其休烈，慭謂小康，斥去奇衺，以謹怠荒。郅大隗而問道，誦丹書而自彊。攬日月以爲明，摛《雲漢》以辯章。前蜚廉以涣號，後號屏使服箱〔一〕。靡握譽而爲綢旄，蒙澒而帴昌光。驅豐隆與列缺，砰震曜乎鬼方。永合德乎泰清，紘六合而爲綱。誶曰：

灝灝奥區，昶曠䆁麗，庥神靈兮。睢睢盱盱，泛泛滇滇，逴廣廷兮。戴盆掩袂，晞天障目，紛萬情兮。維皇建極，維聖存誠，則天經兮。婥約脂韋，玄滑棄隟，洞蘖萌兮〔二〕。沕潏曼羡〔三〕，錫胤隤祉，仡頌聲兮。時乘六龍，昭受休嘉，億斯齡兮。

## 海樵賦

海樵翁，居句吴之東。行年八十矣，而有孺子之容。日鼓腹而歌，其聲出乎金石，叶乎雲和。歌曰：「陟彼高山，以蒸以薪。日入言歸，野途曠其無人。」客聞而訪焉。至其居，則原泉滔滔，葭菼蕭蕭，魚龍黿鼉，出没乘潮，地毋噫嘯〔四〕，萬竅作嚻。蓋其南有洞庭之山，百里而近；又其南有祝融之

〔一〕「號屏」，原作「虎屏」，今據嘉靖本、萬曆本改。
〔二〕「蘖」，原作「孽」，今據嘉靖本、萬曆本改。
〔三〕「潏」，原作「滴」，今據嘉靖本、萬曆本改。
〔四〕「地」，萬曆本作「氣」。

山，千五百里而遥。

客咥爾笑曰：「翁欺我哉！吾聞海而漁矣，未聞海而樵也。」軒轅子聞之曰：「嗟乎！翁非客欺也，客不翁知也。夫騰蛇，無翼者也。出焇烊，乘雲霧，極其所如往，以攬合景之吞吐，飛之至也。帝江之形頹焉，若囊無竅者也，然引籥而知宫商，聽之至也。乾爲規，坤爲矩，尺寸之儀眇焉知寒暑；農知稼，圃知馬，尼丘、孟軻不出户知天下，知之至也。翁之樵，不於山於海，樵之至也。客何疑焉？」

客曰：「何居？吾未之聞也。」軒轅子曰：「居，吾語汝。物有形有聲。然無聲之聲是謂聲，君故能聲聲；無形之形是謂形，君故能形形。聲之形之，莫得其朕。遊於無窮，以爲物物之宗，其惟神乎！其惟神乎！神也者，歛之芒芴而不爲局，苞裹萬象而不爲足，放之八埏而不爲衆，柴立乎中央而不爲獨。不行而至，不疾而速，流動不居，惟吾之所意欲。是故任耳目者不若任心，任心者不若任神。神之遊也，非車馬之謂也。翁之樵也，其惟神乎，非山水之謂也，客又何疑焉？且吾聞之，玄天默默，不耀于行，品物以章章。故易無體，神無方，君子握其機，庶民守其常，夫誰能知之？」

客曰：「夫子之言，發吾矇矣。吾將聞之翁。」軒轅子曰：「唯唯。」

## 魚洲賦

翹快閣兮澄江，弭余節兮武丘。儵泱漭兮駭矚，兀與龍對兮魚洲。洲中人兮好修，羌去此兮臯南瑕。冠獬角兮寶璐以爲佩，采嘉名於伐木兮，曰于遷而氏劉。器温温兮天球，一日不見兮增離憂。椉緒風兮揚舲，泝明月兮夷猶。蘭房兮葯户，悵騁望兮遲暮。瓊瑤翻兮湛碧，恍惚躍淵兮上下。鬐蕙茝兮鬣杜衡，石齒齒兮波鱗鱗。塊搖搖兮噞喁，釣以望舒兮虹霓以爲綸。春陽兮載酒，罷于罶兮旨且有。儼圉圉兮蔭藻芹，尾若莘兮頒其首。凱風發兮薜蘿，採芙蓉兮驚波。前赤鱓兮後琴高，神靈雨兮浩歌廪。秋沉寥兮衆芳靡，淼瀺灂兮夔然起。鵬運風兮圖南，摶扶摇兮誓將萬里。歲既晏兮霰雪零，兼葭彫兮石崢嶸。恩六幕以爲罭兮臨清澂〔一〕，忽沫星以浮陽兮杳冥冥。紛歲時之代序兮，夫惟柴立而不改。余静默而居貞兮，將横絶乎四海。世回極而險隘兮，日窘步乎畏壘。沛溷瀁以下淪兮，溺頹流其猶愷。心違俗而不貳兮，寧侘傺而無悔。亂曰：

湍流澎湃，愁予心兮。有娀一人，宅中以臨深兮。嗟世溷濁，渺蹄涔兮。夸淑郵之可則，思淵潛兮。終登禹門，紘六合以爲霖兮。

## 鐘石賦

循横林之南軌，亘雙溪之瀠帶。徂遐坂而彌望，陂陀崛乎蓊薆。上谿谾而垂伏，下嵤嶐而圜大。

〔一〕「恩」，萬曆本作「思」。

瞰匯流之迤演，界三面而環派。方盤紆而可躡，倏硉矹而若懸。俔金奏之在簴，將鏜鞳而聞于天。銑欒鑠爾，磊落隱起，衆駭不識，詢其所擬。曰此夫大而不出鈞者與，重而音鏗鎗者與；均律合羽而不窕者與，贊陽出滯而合《韶》者與〔一〕；鑄自鳧氏而制諸神瞽者與，數以合聲而龢則度者與！巖巖兮具瞻，確確兮不易，挺挺兮若有立，邛邛兮可拜而不可以擊，默默兮可以養六氣而宣九德、根垕土、峙高穹而無日夕。夫是之謂鐘石！昔泝大江，石鐘有聲。今陟鉛山，鐘石乃形。豈巨靈之徙置，使之俟人而大？嗚吁嗟乎！大鈞播物，紛綸涣散。富媪效靈，殊詭昭粲。萬物匪銅，陰陽匪炭。惟一氣之所爲，豈雕刻之能辦？爾乃雲觸雨興，龍德乃行，雖神工不宰，而品彙以咸亨。兹固神之所司，而擅兹土者之所以鍾其靈。開棟宇以奠居，綜琴書以怡情，聊逍遥而容與，終騰茂而蜚英。

## 西淙賦

繄上善之逌準，肇孳萌之龐鴻。惟南戒之奇瀑，屹西重乎莆中。寔發源于紫帽，抗靈秀於壺公。遹四泉之迸出，當兩岫之巃嵸。泓渟交在，股肱景從。始焉湍迅，漸則雍容。匯而爲池，畜極斯通。蒸噓雲霧，潛育蛟龍。投舞雩之金符，霈馬鬣之神工。迤曾厓之艮户，挂千丈之白虹。儵忽潮騰，網

〔一〕「贊」，原作「替」，今據萬曆本改。

絡判涣，驚濤飛沫，砯巖傴漢；粲犇星於四垂，虢迅雷於天半。烈日耀之而弗竭，狂飆吹之而弗斷。赬紫微其彬駁[一]，雲錦於焉凌亂。爾其翔烏歛耀，金樞揚英[二]。瓊翻琨注，射映通明。迥如晶宫之障，朗如魷闕之楹。纚纚落乎空翠，儵硉矹而齊鳴。儼䜿䜿之鐘鼓，奏鈞天之樂聲。其爲態也，吁可異也；其爲義也，亦可繹也。聚若淵回，發若電激，動若奮勇，静若自適。綿延沆瀁，虚徐潎洌，照臨成彩，皎鐃無色。劃坤軸以隆興，運乾機而挺直。長流之所霑潤，餘波之所洗滌。逸響剽乎沃焦，蜚溜溢乎廣舄。九陵爲之歕蕩，三辰爲之戢匿。恒晝夜以如斯，馳萬里而不息。法果行於白賁，謝寒泉而不食。居而玩之，匪以樂飢，纓濯雲漢，光依紫微。探硎溏之濬穴，感文命之大威。訪灘、湘於東柱，款重華之黼衣。循養龍之巨澤，嗟董父之所違。遵秦淮而結駟，爰作尹乎神畿。法虞、夏以除螯，達休聲於瑣闈。何仁涵乎縣宇，猶冥心於浴沂。爰有繪圖，丘樊蔚蒨。天池在眴，坎德如見。移林攢之埏堯，挹謝池之澄練。顧炎景之所經，蓋洵美而弗願。若乃慨嚴寵之既遷，時陟岵以躋扳，指標流而歎逝，眄孤雲之往還；倚風樾之蕭瑟，注淚河之潺湲；尋過庭之緒訓，思橋仰以承顏。於是封舊藏，樹新域，敞芝廬，像瑶席。對彼石溪，渺焉可即，龍章自天，攄我涓滴。頫鳴玉之琮琤，夢寒香之寂歷；追考亭之遐軌，爰朝兢而夕惕。乃知西淙之爲德，寔亦鍾情於罔極。

〔一〕「微」，萬曆本作「效」，疑作「效」是。

〔二〕「樞」，原作「摳」，今據萬曆本改。

## 仙人掌賦有序

仙人掌者，奇草也。多貼石壁而生，惟羅浮黄龍金沙洞有之。葉勁而長，若齟齬狀。與甘草漬酒，可以已血痔。發苞時，外類芋魁，内攢瓣如翠毬，各擎子珠如掌然。青赤轉黄，而有重殼。剖之，厚者在外如小椰，可爲七勺；薄者在裏如銀杏衣，而裹圓肉煨食之，味兼芡栗，可補諸虚，久服，輕身延年。俗呼爲千歲子云。移植惟宜沙土。粤洲書院精舍中庭、後圃皆有之。予以其奇賦焉，其詞曰：

有仙人之瑶草，惟龍洞之嘉生。毓金沙于后土，承日景於朱明。殖深根而擢潁，謝修幹以敷榮。展青鸞之羽葉，攢威鳳之毬英。爾乃玄覽啓其前圃，蘂陰映乎松篁。霑鶱林之瑞露，翕神霄之實光。子珠擎乎翠掌，蒼赤綦乎中黄。傲冬雪而奮起，迎凱風以翺翔。諒抗時而耀質，遥作對乎男貞。補桐君之遺録，超葛令之丹經。盍朋簪而萃止，盈傾筐以胥慶。同服食以霞舉，集瑶池而濯纓。

# 泰泉集卷第三

## 賦下

### 兩京賦有序

古昔帝王，運際純熙，德澤孚洽寰宇，恒思光紹前王，永守鴻業。故《周詩》曰：「王配于京，世德作求。」洪惟我聖祖御極之初，詔以金陵爲南京，大梁爲北京，蓋重興王之根本，弘立國之規模云。後以中州凋殘，不果營汴，而兩京名肇于此。及文皇紹統，遂以北平爲北京，論者比諸豐、鎬。夫豐之距鎬一水間爾，故《周書》曰：「王朝步自周，則至于豐。」

今兩京相望，殆數千里，非惟馭夏制夷，振古未有，寔擬天地，以奠山河兩戒，而世或莫之察焉。觀諸法象，則天崇北極，引日月星辰而上之，北京形勢最高，法天明也；地虚南極，道江淮河漢而下之，南京形勢漸卑，控地維也。文明之世，必有精能之至，胸次與天地同流者，括大含深，貫微洞密，摛爲詞藻，以昭盛禕。曏者御史余光作《賦》進覽，鋪張娓娓數萬言，黄扉嘉賞，秩宗揚詡，亦既播傳矣。佐嘗伏念菲材耳學，獲厠詞館，奚可默無一言，以抒中情而宣上德？竊不自揆，續貂刻鵠，率爾成篇。遠採漢代班、張之春華，近摭永樂李、陳之秋寔，庶幾克艱保大，或有小補，而聖明之制，章于來茲。其詞曰：

## 南京賦

海隅先生久館於燕，燕士紹介吴客而晉見焉。客拜手稱曰：「仄聞先生周覽天室，迴翔玉署，習知定鼎之故者已。惟是聖祖之作都也，亦聞宏規而式往度矣乎！嘗咨詢於掌故，將揚扢其淳厖。蓋亨穰穰之暇樂者，不忘仡仡之田功；撫重華之熙運者，當詠陶唐之舊風。」先生曰：「韙哉言乎！固所願聞也，客盍陳之？」

客曰：唯唯。夫金陵之啓運，寔揚州之境土，帝車旋日月於斗牛，徐豫度沖和於淮浦。遠則圭壁燭海岱之幽〔一〕，房心直荆塗之岵，藪具區而寶藏溢，源岷嶓而川浸溥；邇則地肺通於茅阜，天目注乎苕滸，長江滉瀁而天塹閡，鐘山矗矗而巨靈舉。爾乃覆舟屼嵂，聚寶巑岏，中坱圠以夷易，洞轇轕以寬閒。古帝肇域，雲陽渺漫，吴城瀨渚，越築長干。迨秦皇之游望，捐金霾瘞於其間，鼎分馬渡而睽遠，佳氣葱葱乎鬱盤，偵玄武之湖島，波鱗鱗而殷天。遵其左則臨沂、雲穴，騰踔蜿蜒，天闕位乎三山之麓，角峥嶸而臨大淵；遵其右則鷄鳴峮嶙乎直瀆，莽繒綾而峨幕府，四望抵石頭以踡嵯，隱若猛獸蹲

〔一〕「圭壁」，萬曆本作「奎壁」，疑作「奎壁」是。

蹲而率舞。乃龍蟠虎踞，帝王之宅，黄旗紫蓋，待時畀付者也。聖祖宅之，拓此新城，天錫集慶之嘉名，歲協赤熛之炎精，誠意卜吉，韓國董程，居中麗正，昭我皇明。於是揆圭臬，經涂軌，量高厚，定遠邇，庀徒鳩匠，攢叢碕礒，其繩則直，區别朝市，鏟建業之陋基，收王氣而隆起。東移白下，掎龍廣，而北盡鍾山之趾；西緣湖水，括獅子，而南控長江之涘。鴻跨躡以迴復，霐川至而雲委，運搏鵬而聳飛革，標樓觀以羅萬雉。

建門十三，南爲正陽。曜靈當天，辰宿辨方。彪列躔次，爣朗恢張。玉符金鑰，晨啓夕藏。直皇城之端闈，屹洪武之高閎。雙闕並儀乎日月，烄若曜滿而舒光。大内肅穆以弘邈，虚藻殿而卬垂裳。奉天扃而謹身謐，華蓋猶晻乎顥蒼。昔御朝於蚤晚，暨日午以爲常。三階晉接以參會，九品咸升而對揚。螭坳待制而副墨，青瑣封駁以辨章。不遷晷而涣號，普玄澤於黎芒。明庭隥道，璘斒坻鄂，宸蔟楓槐，陛充芸若。文樓武樓，飛甍流矱；左順右順，陰翕陽廓。儲東壁之圖書，抗文淵之祕閣。顧問鴻儒，論思典學。出則就弘文、禮賢、尚賓之珍館，入則抽金匱、石渠、天禄之著作。易文華、武英之堂以爲殿，詳延逴逴之材而賞其諤諤。用是以襄翊帝猷，匡贊王略，時賜燕游，賡歌同樂，龍鸞綺合，雲漢昭倬。編《大誥》而敍《九疇》，定律令以省條約。追蹤五三之遐軌，永垂萬世之洪矱。謹身之後，乾清、坤寧，宫禁連邃，敬慎儀刑。殿則柔儀、春和，襲地道之安貞。東宫承華而翊善，西宫頤靖以長齡。内監黄衣以汛掃，外政奚預於深閟？

乃建太廟，容扃設戟，吉蠲爲饎，孝享不忒；乃建社稷，土穀共壇，制不沿古，祈報滋蕃。直盧之前，中書舊省，宰鉉既革，鮒漏遺井，承天闖隩，坌入御園，夾庭植卉，旋馬成軒。盤躩午門之樞閾，眮眄長安之左右。印則木蘭文杏，棼橑結構，霞駁雲蔓，栱櫨駢湊；頫則左城右平，彤墀延袤，鱗次纚屬，森羅珉琇。築宮墻以黃壤，垂條椾以層覆。木何有乎雕鏤？土靡被乎綈繡。踵玄同以返太素，下竹苞而上松茂。經始捷於鬼神，成功侔乎宇宙。儻非慎儉德以立民極，稟全智而本天授，疇不羨阿房而嗛其陋哉？

爾乃左達府部，宗人最崇，保釐參贊，首冠列卿；右達五軍，開府萃戎，錦衣爪士，寔掌禁兵。搖山瀛海，置院依宮；金貂蘭錡，周廬戢鋒；揆文奮武，郎吏景從；進膳用賓，給事于中；侍臣供御，內闥之東。於是赤縣分治，統以京尹；月朔昧爽，達民之隱；耆民坊廂，率見龍衮；司空均役，天語傳允。歲進春而勸農扈，時蠲租以郅仁憫。黃籍晾藏於後湖，萬里眅章以平準。牢醴粲帛，存問高年，施及矜寡，甡甡惠鮮。街衢八達，巷陌雲連，邸第宏璉，士女便娟。錗輿猋集乎鸞驥，綺羅星錯於市鄽，夷貊會同以貢贄，争塗忘遠而跂先。蓋以聲教鏘洋，自函夏而徧垓埏也。乃詔鍾山，神烈是名，復以欽天，易彼鷄鳴。樹儀象於峻椒，鑒璿曜於璣衡〔一〕；開辟雍於其陽，綜人文以司成。昔建梵剎而幽燐發，今席素王而陽德勝。

於是聖駕臨，警蹕清，擁辰斿，啓靈星，皮弁既服，釋菜攸行。乃御彝倫，賜坐講經，青青子衿，橋

〔一〕「鑒」，原作「竪」，今據萬曆本改。

門環聽。大賚洽乎六館，莫不絃道化而歌德聲。其逮今也，虚中堂，避宸極，誦成規，供鐱億。胄子俊民，藏修游息，整齊嚴肅，乾乾翼翼。越流球之逖士，簪笈簦而疊迹。歷選帝王，祀肇皇羲，奏以神樂，掞以天詞。玄祇先正，盼蠁靡遺，十廟咸秩，英靈萃兹。肖功臣之像貌，儼紱冕之威儀。首中山與開平，參王侯以督麾。騰跨風雲，奮躍淵坻。三七數應乎少陽，抉積陰而扶赫曦；圖百戰於廡壁，景遺烈而興繹思。惟典神天，篤恭邁古，祭帛既成，迓以金鼓。百僚具服，金吾導護，太常是儲，以及爵甒。蒼璧黄琮，璜珪璋琥，羽士識箭，恪有守府。豫戒期以選士，天子大射于澤宫。擿七侯，尊五中〔一〕，歌《騶虞》，奏黄鍾。禮儀金石，肅肅雍雍。弧矢之利，匠作精工。比耦中鵠，以莫不共。施于邦國，射圃常肄。以祈慶爵，乃與科試。遹聳昂乎霄壑，爰遂四方之志。笙簧定户，龜筮立師。百工分局，禁止巫機。徇木鐸而宣聖諭，惇孝敬而戒非爲。

爾乃五城巡徼〔二〕，植鎩縣韇。任俠椎埋，執詢推鞫；〔彊〕獷日消〔三〕，奓佚成俗。銀箏瑶琯，蛾眉曼睩。度秦淮之橋，泝青溪之曲。訪太初之籬門，哂六朝之齵齪。尋建康之錦石，傷臺城之困辱。過烏

〔一〕「尊」，萬曆本作「奠」。
〔二〕「城」，原作「戒」，今據萬曆本改。
〔三〕「獷」字上原脱「彊」字，今據萬曆本補。

衣而懷王謝，經玄風而弔江陸。裴月夜之綺裘，躧東山之野躅〔一〕。東府西州，亦已焉哉！樂遊商飆，湮爲草萊。禊飲雨華，登高風臺〔二〕。徐園燕磯，飛蓋流杯。花朝鐙夕，簫鼓喧豗。其樂只且，沉湎不回。城南墾囿，花菓芳絢。敷蒔闉隅，薑菜蔚蒨。番麥香稻，設敞分甸〔三〕。豆鉶用享，以芼以薦。威稜恪護，匪以遊醼。東園有桐，有漆有椶。萬有千章，柞柞蓬蓬。戰艦海舶，防倭戒戎。飾椽結纜，免民之供。

太平既闢，出自北墉。法司鼎峙，貫城表中。遵彼湖側，軒馬馮馮。澤荷隄柳，馥郁青葱。祥刑茂對，恤民之窮。鑒哀季之虐戾，而恫瘝在躬，節用愛人。真可謂配古哲王，道與天同者矣！首春諏日，駕出南郊。宿陽靈之齊宮，駐招搖之龍旓。設金床而啓大祀，奠六玉而獻陶匏。羽童羅舞乎八溢，鐘石響荅於微篥〔四〕。訢合煦嫗，天地乃交。主日配月，星辰周遭。方望高深，內外弗淆。二十四壇，分藉用茆。衣玄雲而裳赤霓，以來下紛總總乎，歆燎煙而饗芳殽。宴慶成以逮百辟，奏韶鈞而儀九苞。爾乃繚垣相望，桂華都荔。别建壇宇，山川是祭。復祭先農，嚮離邇兑。其下藉田，千畝成畷。獻歲發春，豫戒元辰。壝宮設柾，位著恪陳。軥橋水於中和，集觀舍於玄真。天子至止，冕而青紘。御耦三推，終以臣民。觀者動容，雜遝頌斌。龢風翕習，吐榮含津。將以充粢盛而宿秬鬯，告普淖於明神。

〔一〕「野」，萬曆本作「墅」。
〔二〕「風」，萬曆本作「鳳」。
〔三〕「敞」，萬曆本作「廠」，疑作「廠」是。
〔四〕「微」，萬曆本作「徽」。

通濟徂西，神皋沃壤。磊砢蕭椮，瑶琨篠簜。牧芻秆蒀，織貝紈纊。黄封紅粟，庫山庾浪。巂犢毚兔，以谷爲量。春秋殷祀，物維其時。庋書浚泮〔一〕，材秀祈祈。萃于天府，禮首先師。鄉飲上齒，黄耇維祺。既臘乃儺，逐疫受釐。洽彼百禮，以莫不宜。率倡九牧，承帝之則。黿沙鱷海，風丘日域。羽族卉儀，音懷心革。太平告於顛仙，大統鳴於太白。羊年播謡，朱衣應刹。沴不干祥，火德有赫。民樂時泰，百昌邕和。慶霄在照，膏露垂華。三靈降祉，惟重嘉禾。燕幽猶盛，下國孔多。野蠶成繭，被于山阿。賨雞貢五穗之麥，句容進並蒂之瓜。然猶遜却而弗居，惟慎德以承休嘉。居安慮危，有備無患。廟設旗纛，祭以霜旦。四十九衛，帶甲百萬。疆幹弱流，布及江岸。設小教場，覆舟南矸。休兵閲練，授以成算。亦有虎圈，雙橋外閈。象房峛崺，逾城橋畔。役以蠻隸，參以大漢。晨列魏闕，以壯觀望。設大教場，一里而遥。豁達輪𨏥，砥接雲霄。琉璃石亜，備砌開窯。神機有營，墠堁岧嶢。惟帝講武，乃集金貂。操江分練，水陸同條。笳鼓震于丹浦，砲火明於碧寥。人百其勇，自比驃姚。陳法象田而畫井，猛氣升霞而建幖。醲賞金帛，驩聲颮飂。投戈等岳，揮汗成潮。于以駾倭奴，讋宜避〔二〕，靖鬼戎，格狼苗。扶光秣馬，陰山射鵰。飛輪没羽，合軌隨軺。登五鳳而藏御鎧，示萬世以威蓄而德昭。

東往朝陽，園有苜蓿。念彼臨滁，遐哉太僕。雲錦成群，歸于輂轂。騂騮騄耳，蕭蕭在牧。逖聞

〔一〕「庋」，原作「度」，今據萬曆本改。
〔二〕「宜避」，萬曆本、北大本作「天驕」，疑作「天驕」是。

貴渥之龍駒，貢自開熙之夏蜀。簫雲追電，於焉寄足。錫飛越峰之嘉名，遂入天閑而不復。自爾凡材，駉駉鬉肉。紛員騄䮃，胡然馳逐。豈若採仙草於玥山，振塵纓於靈谷？

西往清涼，武冑有釁。鐘鼓兩觀，闉鎝鍧鏜。紅土竹片，列厰分椿。甎腁瓦儷，㕭㕭龐龐。紅花靛園，歙艳蒼莽。爰供絲染，石土遥望。桃葉渡絶，新亭迹荒。烏龍潭在，激洑流淙。冶城繞朝天之北巘，石徑紆棧巇而成樅。後有夫差之鑄迹，前爲肆儀之道房。佪盧龍而蹴獅子，將建飛樓以閲江。納八極於彤扉，疑五雲於瑣窗。檽含白鷺之洲，磆隱朱雀之航。飛鳥抃雷在其下，俯見萬里之舲艭。建都鴻模，聖製有紀。堯都平陽，聲教南暨。洪造鼎新，曁北弗異。較道里之均符，當循環之初氣。匪直遊覽，扼險據勢。察奸料敵，無微不至。昔僞漢之來寇，設伏兵以爲備。伏起而左舉黄旍，攻敵則右摇赤幟。遵約束而一鼓前驅，俘斬而溺者以千萬計。時則宋濂闡揚帝意，遥矚而動遐思，觸類而圖保治。彼齊雲、落星與臨春、結綺，徒醉夢於聲色，曾何足以語是？既惜費而輟工，惟摛文以見志。

北往神策，先抵金川。文皇靖難，師來自燕。谷藩曹國，開門以延。士奇草詔，超晉翰編。千官景附，揭日回天。神器載奠，歷仁及宣。迄英皇之嗣服，法北辰而北旋。乃立守備，翊兹廟社。貂璫公侯，聽於司馬。吉日僉謀，幾務施舍。虔奉陵園，紫金之野。臣工祇謁，罔有違者。賓船供御，取材桐櫝。黄馬捷逾於三翼，分撥乃量夫多寡。所運伊何？珍産自南。服用所需，中貴是監。織錦三坊，金朱玭參。龍卷鸞迴，宫袂朝衫。鰣魚列厰，次以冰窨。進鱻禦暑，賚予孔覃。過定淮與清江，詢石城之往事。江濤時入以漂人，元季日遠而弗恣。兆神武之不殺，待真龍於濠泗。陽侯、川后，龠淪戢弭。功同神禹，民受其賜。乾維金極，營列軍容。鍾阜儀鳳，閉塞象冬。依山向澤，龍觀琳宫。火鈴冠霄，十絶盤空。騰躍雲景之轅，仰接玄仞之峰。效仙人而詔孤處，滌玄覽以守至沖。惟彼三山聚寶之外，大雄塔寺，報恩天界，創自赤烏之年，廓于永樂之代。旋百磴以窮九級，望須彌而同一芥。目晾晾而失驚，心猥猥其若悸。飛櫊縣鳴鐸以砰磷，露盤接相輪而岧嵽。舍利朗於夜光之上射，寶燈蝹若燭龍之下夑。雖意匠之所經營，似鬼工之所陶繪。金相玉毫，十方徧現，未有若斯之宏麗者也！萬宇既同，廣豎市樓。來賓重譯，首重懷柔。龍庭鳥服，結駟方舟。管絃鏗沸，碧罬黄流。珍群佳品，桂糈蘭羞。院本雜劇，妙舞清謳。鶴鳴至于翠柳，隨在可以嬉遊。遇青帘之見招，邀浩月而相浮。爾乃式廓黄圖，溝封外邦。木樵校聯，撑拒相扶。藺石渠荅，築闍結隅。豐墻峭垛，鉄扇銅樞。岡連嶺屬，巘巘渠渠。如岳之立，如雲之舒。

通門二八，仰福帝居。上元、佛寧、觀音伊邇，日飛懸陰，寔在北鄙。江環瓜步，大類河泲。磯澎濞於浦口，味中濡於揚子。沿黄天蕩以抵濠，雲颿一瞬而千里。泊儀真之修壖，綷虚舟而入水。地控青齊而引荆粤，物萃陸負海涵之珍美。東鄙姚坊、仙鶴、麒麟、滄波、高橋、上方以陳。倉根各啓，嚧轡訇磤。標絳巖之赫奕，類成皐之帶濆。躡福地於句曲，挹良常之煙雲。三江流其限，五湖注其垠。吐濆潰而灑涇港[一]，吴會沃而秔秫菜。南鄙夾岡，鳳臺有閌。大小安德，至于馴象。溧水之陽，有滰其

[一]「潰」，萬曆本作「漊」。

莽〔一〕。陟牛首則扉隱浮屠，凭昇元而楯掀白浪。荆溪欹流以㴩溔，蕪湖會江而洪漲。長淮儗伊洛以衿帶，梯航自閩廣而相向。指龍山而臨牛渚，對天門之趺蕩。西鄙江東，邳張栅欄。寶公翔市，井苔尚斑。莫愁蕩槳，湖水猶渾。汨越涑峭，大勝當關。新河雙濬，市舶盤桓。金川重闢，龍江之灣。朱臺金户，祭江有壇。禡牙往伐，胙土分藩。鳴鑾戾止，祭告竣還。闕城鐘鼓，震盪玄間。繫飛鴞於姑餘，剪長鯨於彭蠡。平川嬰而清島蜮，遏蒙［狄］以定中原〔二〕。然後建維城以名都，弘江左於長安，睎帝鄉於鳳陽，黄河從天而下江。

于此乃乾旋坤轉，古自我作。據山帶江，則澔澔洐洐，雲霞之所濩落；阻山控野，則巉鼇岧岹，日月之所迴薄。經緯不爽，與造化相雌雄，而抱德煬和，不徒設險以固國。夫陰陽不密，則寒暑不能以成歲；幾事不密，則瑶室不能以自庇。故飛而天者潛九淵，奮而雨者伏九地。作法於凉，其弊猶貪，胡然鳴豫以自勩？蕭何治未央，而建章窮於奢；貞觀幸九成，而華清荒于戲。矧中國有道，守在四夷，必儲東南財賦，以爲西北之備，萌柢則亡。嗟彼晉睿，信導縱敦，養成反噬，崇老莊而忘胡羯，違魯褒而尚錢幣。傳宋訖陳，覆轍相繼，佛狸驅胡馬以飲江，景陽投胥井以自墜。是以雄聖沉幾於淵泉，英武先天而蓋世。廟謨碩畫，於鑠純懿。迎從龍以籌帷幄，咨伯温而候星氣。允升高築陼以峙粻，中

〔一〕「莽」，萬曆本作「叢」。
〔二〕「遏」，萬曆本作「遏」；「狄」字漫漶不清，萬曆本作「狄」，其他各本作「逖」，今據萬曆本補。

行陣時夏以禮義。不召而往就其謀，有衆莫或窺其際。故能萬全取勝，神用無方，嗜欲將至，静定有常。碎水晶之漏，毁鏤金之牀。却蘄竹之簟而不御，惡蒲萄之酒而不嘗。斥羽人之丹詮，寶賢才與農桑。茅茨卑宫，律堯襲禹。始進宫圖，奇麗是去。改作内禁，堅朴是予。營構絶乎泰甚，惟種蔬於隙籞。請造乘輿與法物，用銅代金而後許。礦璞蚌蜃，從民鏵取。薦梅榛薄，任物嚙處。宓穆休于泰玄，恬白賁以容與。獨壯京華之外觀，用昭天下之共主。

於是頒禮式，牓德音，辭絶瑞，拒奇琛，席藴圖，碭鏡林。録著精誠，亭揭觀心。有赫上帝，無即慆淫。德軼九澤之流，化涵八演之深，阜成東户之俗，愠解南薰之琴。原隰膴膴，列場滌圃，霧滃鷄豚，櫛比環堵，前日發昏草没，殘礫斷礎之土也；正名嘉耦，有叙有倫，峨冠闊袖，突弁垂紳，前日腥膻蒸報，辮髮左衽之民也；宫墻函丈，俊乂濟濟，邊方列署，階闟煒煒，前日荒溝遺堞，紅巾白刃之壘也；番番黄髮，携幼含飴，三尺孱童，趍蹌揖儀，士有餘饟，工無餒師，富商野次，宿秉停菑，前日之棄家而竄，向隅而悲者也；崇禮封侯，哈出綰綬，青紫綷縩〔一〕，金印在肘，挾册編芸，闟弓穿柳，揖遜文談，網束鬉首，前日之驚呼阿卜，鞭馬而走者也。

天業富有，萬彙漸摩，駢田胥附，用物精多。入紅闈而俯僂，瞻孝陵之嵯峨，閃金支之熠爚，欻翠旗之袿羅。時聞鐵馬汗而玉衣舉，乃神靈助驅伐之天戈。睇懿文之附寢，駐鶴駕於瓊阿；眄陪墳之

---

〔一〕「綷」，原作「綷」，今據萬曆本、北大本改。

西樹，颯車騎於松蘿；揆創造之艱難，由文武之張弛。富之而任土作貢，教之而肇修人紀。寔行《周官》之法度，意本《關雎》與《麟趾》。內章陰教於孝慈，遠紹徽音於太姒。躬率六尚，而訓迪百男；上崇節儉，則下無奢靡。施重典於亂餘，繩虐吏之貪賄。稅簪珥而諷諫，仁風浩其四起。天地得一以清寧，吹萬不同而自理。德教雲遠，民俗潛偷，驕淫矜侈，放心莫收。錐刀競乎市井，服食美於王侯。其婚也，萬絲爲步障；其殯也，千衢皆蜃樓。綵花豔於隋苑，慢聲繁於箜篌。歌《玉樹》而袨服，倚市門而可求。等黃金於土價，效竹林而醉游。徒羨蜉蝣之楚楚，永忘蟋蟀之休休。

昔者嘗竊聞諸先民矣：登高而建旆，則所示者廣；臨風而奮鐸，則所聞者遠。色非益明也，聲非加長也，得地乘勢則弘且遠也〔一〕。而況承丕構，遵彝典者乎？欽誦聖謨，觀心自檢，以約失之。先聖云：「鮮不受人益，亦免天損。」彼峻宇雕墻而不恤民，豈能賴先後以自免？孰若惜露臺之費，國安富而名光闡？惟能約而不侈，可以遏饕餮而靖篇辭。底慎財賦以充牣，則戎馬壯而虜斯殄。如馳騁乎末流，奚作法之能善蒙也？雖欲殫論，舉唇而不能寔，亦鬱于大道而莫施其小辯。

於是先生揖燕士而告之曰：「皇矣聖祖！玄德無前，貽燕垂鴻，覆露丕天。客能述之，確而不諓，垂諸日月，光耀以宣。今子居燕，身在陶甄，可謂履華胥而聽鈞天者矣，安可泯默而弗言？」

〔一〕「遠」，萬曆本作「顯」。

燕士粲然而哂曰：固哉！客之矢辭也。吾聞聖人握金鏡而明道，察玉衡以隨時。創始者恒樸，而飭終者必奇。爇石乃烹飪之所起，轉輪則鑾輅之所基。順陰陽以開闔，思與世而推移。今客徒知五材之生流遁，而不知大一統之無外，乃可以爲京師。固哉！客之矢辭也。

粵若稽古，帝軒都涿。高陽幽陵，宅由北廓。堯之爲君，始於唐而建國；周封其後，亦於薊而列爵。帝德丕隆，莫尚於燕。明庭萬靈之所朝，光被四表之所先。夏后治水，則夾右碣石；召伯分陜，則錫山土田。所謂王不得則不王，而秦漢乃棄置於窮邊，晉唐雲擾而龍戰，契丹詒都於金元。天將俾于有德，固久厭其腥羶。於是文皇龍興於潛邸，北京肇建爲行在。應大興之顯符，光黄唐於遐代。北平易名以順天，旋坤軸以正乾蓋。此寔天府之國，乃混一之大都會。其地博大以爽塏，亘若繩直而砥平。倚重險而壓函夏，屹若坐堂隍而睨廣庭。盪幽并之氛雺，揭日月於泰清。峨端門以普照，合宇宙而大明。惟帝降祥，匪人弗成。假手于至元，而豫兆是名矣。蓋淪胥五百有餘歲，天運剥極而後復。析木開津，魄寶垂孎，富媪效靈，玄冥溥沃。望微閭以爲鎮，宗恒山以爲岳；水環遶以爲員，山雄峙以爲幅。嵎峪叢乎沙渚，陂定注乎旱麓。儦儦而牧者五擾之畜，穰穰而穫者五種之穀。萬拜之方則河濟淮海，戎狄之阻則漁陽上谷。儻惎謀之弗臧，奚景命之有僕？聞築黄金之高臺，思展賢才之驥足。求文武以戮力，遂永綏乎天禄。

及至定京師、建辰極也，縣水樹臬，規玄矩黄，晷緯冥合，龜筮襲祥。營繕釐其務，司空提其綱。命離婁使布繩，施隸首之算章。枕居庸於紫塞，環瀛海於搏桑〔一〕。襟滹沱於青邑，擁太行於雒棠。廣九門以通軌，摹八區而辨方。地不愛寶，天降珍物。神木自行，山石自出。巧倕公輸，剖厥緻紩〔二〕。輦道獻俸捐金，功成不日。闤重城於天陔，森飛觀之盤蔚。長虹帶通壑以委蛇，萬雉冠崇墉而律崛。纚屬，朝著彪分。周廬拱衛，列應星文。長安大逵，冠蓋繽紛。其下九涂，蔟集轒轀。曳髮編芒，鋪若煙雲。戎匠受役，伎藝精勤。角隅珥市，鄽隧孔殷。疏懷映肆，散帙典墳。鼓篋固多，霏霏文雅之士，而感慨悲歌者亦任俠而成群。於是邸舍填溢，履不容旋。紅塵冥冥，幕面頳肩。姁婥士女，輜帷高騫。明眸玄鬢，金翠翩翩。當折笄而易帤，亦豔妝而遈妍〔三〕。貴瑠要鉉，子姓僮隸。僭侈自雄，司察反避。衣狐白而策乘黄，摟姬姜而棄憔悴。昏酣睚眦以執讎〔四〕，旦暮椎埋而弗忌。京遊之士，寔繁有徒。通籍禁闥，噓榮噏枯。賂之則升天階，忤之則淪淵壚。豺狼晝伏於當道，而惟訶彼稷鼠與城狐。

至於翺翔四郊，走田飛弋，鬭鷄蹴鞠，罔事貨殖，儳掣金以訾價，俄躍馬而鳴鏑。詄皇路於天衢，

〔一〕「搏桑」，原作「榑桑」，今據萬曆本改。
〔二〕「厥」，萬曆本作「劂」。
〔三〕「妝」，原作「粧」，今據萬曆本改。
〔四〕「睚」，原作「眶」，今據萬曆本改。

是以奸慝發而亡迹。蓋圻甸提封，會歸攸止，險其走集，守其要鄙。兼夏商之職貢，奄秦漢之文軌。梯航累乎九譯，廐置通乎萬里。其陰則天壽磐固，長城崔嵬，古北、喜峰，蘭峪、黄崖。重關疊嶂之槩天，守以一夫而莫開。彈琴鳴乎其峽，黄花鎮乎其隈。大翮越乎湯峪，嬀川流於懷來。野狐獨石之嵓，龍沙瀚海之瀯洄。攬蒙狄於開平，通龍虎之璜臺〔一〕。北征于時而振旅，霓旌參簇乎斗魁。酌葡萄之玉液，旃裘伏而獻醅。其陽則三橋萬柳，玉河通惠，潮白桑乾，百泉所會。緯以淶易磁濡，經以淤溏漳衛。掖以大陸封龍，擐以井陘無棣。襟黄河而帶伊潁，絡齊魯而苞趙魏。登披雲以延佇，見天津之遐溢。東吴輸乎秔稻，叢雲飄以如薺。鱗介泳於川湄，萑葦紛乎旆旆。海陸産乎珍美，雖林罔莫能以淵計。東郊則有潞河之灣，通漕之流。控引江淮，運集粻艘。萬國冠裳，以發以休。玉田黍谷，蒙繹之罘。跨遼瀋而踰鴨緑，山川菴藹而相摎。嗟燕昭之妄謬，仍羽人於丹丘。汎延芳於瀩陰，得契丹之莽洲。鶖鶬散而海青翥，尚餘回極之浮浮。西郊則有玉泉垂虹，西山積雪。西海瀓波，流入皇闕。盧師二龍，蜚遁潭穴。平坡、翠微，五華屏列。潭分玉淵，蕭爽皎澈。崆峒石徑之夭蟜，大房孔水之融結。越鹽溝與劉李，乃縱志而舒節。過督亢之荒陂，悲丹軻之計拙。返薊丘而眺廣陽，躧齊政而蔭禪樾。渺西湖之蒲荷，絶龍舟之纜橛。水天混而光流，涵沙禽於鏡月。

爾乃朝陽近郊，將臺威陀。偃武云久，講藝投戈。崇文覲路，曲接海涯。率兹潞渚，至于白河。

〔一〕「通」，萬曆本作「邇」。

直沽湍瀉，灌溉靡多。開鑿成隄，大有麥禾。穰穰歲稄，富我天家。正陽之南，苑囿闓拓。三海汪洋，四序弗涸。按鷹有臺，飛放攸泊。狐兔嘘嘘，麋鹿濯濯。浮飲衝波，宛潭灌汋。其淵則有文蛤水馬，珠鱉金龜，絶綸巨鯉，銜罟奔鯢，鰼鰼繁於涿光，鱅鱅詭於靈蠵；其坪則有雲水煙蘿〔一〕，森森梟梟，隄柳汀蘆，緜梨火棗，梧竦鳳條，槐舒龍爪，猋至紛披，與波浩漾。其渟皋則有鴈鸛鵝，有鳧鴛鴦，水宿萬羽，叢洑迴翔，其叢伊何，葮菼蒼蒼，蘼蕪芣苢，藁本莎香，射干陵苕，堯韭禹糧，芙蕖青莪〔二〕，兔絲鹿腸；其奥壙則多松櫻榛栝，楓楊楸檖，箘簬楩梓〔三〕，梅杏棠棣，六駁四照，日爔雲芾，雨瞉風胎，並育庶類，猿鶴蜚征，經息百態。上有捕雀垂蔦之錦鷃，下有嚇虎綴毬之刺蝟。初疑趁撲之可及，倏已騰躍於無際。區彌祝栗，界軼眩弓。丹翠芼薂，仰不見空。映流溢望，潋灩成烘。暘不漏景，陰不翳風。密孕元氣，昭鋪化工。鳴嘷互而域別，谷籟答而響同。虞官待狩，王鑾間入。扈以羽林，騎而袴褶。長圍漸合，羽毛畢集。軒鉅來而轒忘歸，爽軼軨而攸決拾。韝適脱而戾穹昊，絛甫解而飆遐隰。於是旃門張，華旍揚；凝笳鳴，疊鼓蘉；迴飈颮，起焇烊。發矢命中，巧於更贏。罥結而宸網搖，撞挖而坤軸昂。翽翽匿爪而迅攫，狘狘掀斷以交鏘。其獲如雨，割鮮舉觴。群工霑醉，分犨賜昉。蓋講武事於

〔一〕「水」，萬曆本作「木」。
〔二〕「青」，萬曆本作「菁」。
〔三〕「楩」，原作「梗」，今據萬曆本改。

農隟，而匪遊豫於太康。

爾乃西循宣武，越彼金岑。草場蕃育，舒寫翰音〔一〕。野塘凫藻，唼呷浮沉。至于阜成，苑開上林。蓊蔚薆薱，蓏果成陰。崇桃蕡寔，乃玉乃金。花紅青翠，香水黑琴。朱櫻素柰，若榴丹椹。虎刺斑於榅桲，蘋菠楙於來禽。英絡其間，蟬秒相引。亦有嘉蔬，綺葱豐本。黄芽赤根，天花石菌。蕪菁芸臺，葵茄薑菫。萊菔䓴於夏蓴，水蘇脆于冬筍。逆薟循崖，玄厲赤脂。青礞白堊，金星畫眉。貞珉類玉，可碣可碑。宛平瀛壤，陶爲琉璃。光瑩鑒人，結甃成曦。雖拳石與撮土，亦鍾淑而瑰奇。遵西直而北指，經得勝與安定。憩東直而迴眄，覦瑜珈之海印。集毛群于幽都〔二〕，以谷量其孳胤。陋彼周宣之考牧，匪直牲牷之肥腯。至乎御馬之苑，惟二十區。日閑輿衛，歲産龍駒。肇昔八駿以靖難，迄今七驥之翰如。乃有榜葛麻林，麒麟並車。周郊石固，迭獻騶虞。福禄文逾於吉皇，玄虎豪勝於黔菟。馬哈雙角垂腰而類獅，馳鷄玄翎玉翮而異鵌。凡致諸福之物，有《王會》之所未圖。而歲革月化，莽爲藪藴。尚存馬政之流弊，民瘼奚由而告蘇？然而始設京輔之屯，分自留衛之半。起富民以充殷寔，于以均貧而杜亂。於是弛真定、廣平鹻薄之田賦〔三〕，與河北、滄濱之鹽税而不算。時築雲代之墩臺，歲防

〔一〕「寫」，萬曆本作「鴈」。
〔二〕「群」，原作「郡」，今據萬曆本改。
〔三〕「弛」，原作「馳」，今據萬曆本改。

河澗之水患〔一〕。於萬斯年，既隆内治而謹外扞矣。馭世長策，豈非超黄邁唐，爲百王冠者哉？

其宫室也，闢丹地之焜煌，閌天閶以高驤。垂若華之景曜，儷［望］舒以相頏〔二〕。晃豃萬疊〔三〕，熻欻舒遏。螭旋鱗萃，屹若崇岡。抗浮雲而上征，亘玉繩以齊光。正殿則奉天尊嚴，陵霄填極。華蓋承宇，居中儼特。謹身聯後，益邃以侐。緜邈豐彤，槮羅圾減。重陛雲簾，花礎盤碣。四面軒珠，下甃瑶城。瑣窗藻井，間金繪飾。上規圜以穹窿，下矩折而繩直。楹繞金龍以甄甍，檐騰神鳳之翬革〔四〕。繽紛九采之璀璨，罨畫罘罳之絡繹〔五〕。其前則奉天之門，常朝是衙。櫳昤倜儻，岳岳峨峨。飛宇建霓，粉栱蒸霞。陰蚪負楄，陽馬承阿。中奠黄屋，鏤以金華。結臺開軒，含景敷葩。八維像乎紫極，四表達於絳河。遏緒風於間隙，流旭日之靈和。閶披四目，陛納九齒。明翼等威，玉筍攸止。嵬瓊樓而立兩旁，文武分而鼓鐘峙。出掖門之東西，棕蓬延而對起。曰思善與景運，于左右而迤邐。雲闕翔五鳳於璇霄，玉橋亘三虹於金水。直盧宿衛容裔於前，而斜廡矗矗乎其相睥。午門之内，殿閣嶙峋。而東有文華，蒼龍守閫。上憲揖提，析木之津。先聖先師，祠禮惟寅。啓榣山之碧鏤，蹠崇丘之廣輪。扈

〔一〕「澗」，萬曆本作「間」，疑作「間」是。
〔二〕「儷」字下原脱「望」字，今據萬曆本補。
〔三〕「冕」，萬曆本作「晃」，疑作「晃」是。
〔四〕「檐」，原作「擔」，今據萬曆本改。
〔五〕「畫」，原作「昼」，今據萬曆本改。

以文淵，東觀與鄰。史館聯開，雕牖相因。册府甲觀，圖書萃珍。西有武英，金虎環陛。象彼觜觿，衡石積儈。虹梁鯨棟，巀嵲岧嵽。端居存神，修令發制。牙璋葆旅，猋動雷厲。百爾幾務，罔有停滯。左入太廟，逌廟街門，四孟時享，對越駿奔。東建齋宮，高廣端正，簡朴無華，適萃誠敬。

宮垣之外，東苑是營。坦涂豪徼，遞接南城。濬洫嬰堞，靚深覭窅。夾路嘉植，攢峰開沼。林霏幽坱，石漱迴繚。天然縣圃，中有壺嶠。時端陽，翠華翔；建鴛棚，集龍驤；擊彩毬，射垂楊。帝子王孫，金玉交相。薄言觀者，股肱之良。勁接驪讌〔一〕，藻詠柏梁。永樂之世，角藝惟常。亭臺經始，宣朝雅制。天順復辟，式廓以麗。龍德之殿，抰振正中。崇仁廣智，左右相雄。彤墀瑶砌，璧檻綺櫳。其門則丹鳳在南，蒼龍在東。殿後秀巖，翠黛騰空。環乾運之團殿，聳縹緲之奇峰。巖亭旁峙，凌雲御風。玉梁在前，追琢瓌瓏。夾以天光雲影，表以戴鰲飛虹。永明佳麗，窈窕相通。環碧在陰，淙淙溶溶。錦鱗文禽，喁喁噰噰。浄芳瑞光，門閣穹窿。跨以翔鳳，梯霄頫潨。別有閒館，嘉樂昭融。出入東華，是謂南宮。凡其金鋪朱户，莫不掩映乎芳叢。聖皇大孝，世廟觀德。易乾德以重華，列鴻慶與崇質。仁以欽天，孝以追先。二閣並樹，巍乎焕然。浮丹麗紫，納雲冠月。淵衷萃誠，達于天闕。協鴻名于大舜，終以崇先而昭揭。右社街門，入祭社稷，爲民祈報，如幾如式。乃有西苑，越在子城，入自西安，出則乾寧。萬歲之山，秀拔峥嶸；太液之池，環抱泓渟。雖名由元立，天

〔一〕「接」，萬曆本作「捷」。

肇明禎，然徙宋艮岳，延引玉泉。則金狄之所經營，其遵甕城而陟丹梯也。扳承光之金殿，躧飛鯨之石梁。踰數百武，則鉄綷丹檻，浮游蘭槳，達瓊華島，登廣寒殿，而超方羊。邇而睇之，玉蝀金鰲，堆雲積翠，坊表金碧，照映松檜；遠而望之，嵩岱並立，大河横帶，俯視江淮，一目無際〔一〕。怳若凌倒景而躡鵬翎，入鈞天而聞鳳吹，飄飄霞舉，豈非快哉？梳粧高臺〔二〕，已化蔓草，而仁智殿之踞山半者，亦幾經興廢矣。

介福、延和，厥門尚存，而諸行殿建自先朝者，寔爲大觀。東有凝和，陸離駁騠，浦潋煙緜，龍舟鳳舸；西有迎翠，遥挹山光，林幽鳥悦，岑蔚翱翔。東北大素，草繕亜飾，質任自然，如植圭璧。九島池北，涵碧亭亭，丹檻翠牖，隱映淵瀲。緣匡徂東，欒成觀櫓，雲碓風輪，干以春杼。承光南滸，崇智在兹，金蓋玉檻〔三〕，旋匝循磯。芭蕉園南，灌木葳葳。曰昭和者，越紅亭，闢黄扉，而見水田農舍，乃知小人之依。從南臺，達西隄，過射苑，轉芳蹊，入兔園小山之門而躋焉。洞泉九曲，金龍注地〔四〕，松蘿陰陰，居然青谿。出園東北，瞰池倚壁〔五〕，暨後左門，亦寘翼室，各有平臺，迢遥靖密。武廟於斯閱騎射，

〔一〕「目」，原作「日」，今據屈大均輯《廣東文選》卷二四所録該賦改。
〔二〕「粧」，原作「粆」，今據萬曆本改。
〔三〕「檻」，原作「鑑」，今據萬曆本改。
〔四〕「地」，萬曆本作「池」。
〔五〕「壁」，萬曆本作「璧」。

而吾皇恒以延輔弼。軒曰遠趣，館曰保和。亭則歲寒、飛香與擁翠，映暉、會景與澄波。飾爲錦芳，亭前有沼，啓閉通池，花卉圍繞。盡芬出于竹陰〔一〕，寶月藏乎樹杪。玩芳距凝素以芬葍，臨漪偭美金而瀅皛。皇營新殿，清馥是名。芝楣繡栱，虹植霓衡〔二〕。仡神霄以甜閆，垂鯍華之光晶。牡丹紅藥之屬，普受協氣而嘉生。至於園有丹桂緑蕉〔三〕，渚有芷蒲蘅杜，而鸂鶒、天鵝諸栖泊者〔四〕，又莫知其數。鬈獅異獸，石臺銅柱，收放其間，匪直斑龍與皜兔。周文靈囿，於焉再睹。蓋自玄武門外出，北上中山，勢蜿蜒而未窮。其下周迴，百菓蘢葼，出其委翳，回眄天池翠島，真蓬萊之在九重也。乃立保泰，格于玄極。殿聯無逸，所重民食。亭揭《豳風》，耕藉黍稷。倉曰恒裕，扉曰寶穡。壇祭穀祇，五福時錫。復有蠶氏之館，採桑之臺，以備親蠶，繅織剪裁。修飾仁壽之宫，踏六鼇而造三台。嘉禾連潁，甕藹成筐，則奉慈闈而進仙杯。緹幙霎靆，鳳車徘徊，而神御望清之閣，頫清虚而洞開。於以見皇心仁孝，愜玄真而洽滄厓。

乃若後宫，則有奉先之殿，次以奉慈。禘則太先，永言孝思。配帝明堂，睿宗惟宜。夙御景神，寶

〔一〕「盡」，萬曆本作「翠」。
〔二〕「霓」，萬曆本作「電」。
〔三〕「蕉」，萬曆本作「椒」。
〔四〕「鸂鶒」，原作「鷄鶒」，今據萬曆本改。

善慎獨。休明昭融，迎祥安福。玉戺金扉，祗祗肅肅。清寧之宫，棕殿以朝。後園炫映，樹玉池瑶。乾清坤寧，兩儀成象。純殷寶勢，闔闢相嚮。房闥内布，綷疏外陳〔一〕。六宫旁列，爰處妃嬪。東則延祺、鍾粹、毓德，西則啓祥、降禧、景仁。複道迴衝以聯絡，掖庭阿那以宂循。百子符螽斯之蟄蟄，千嬰應麟趾之振振。碧瓦鱗差，朱門雯赩。欽安中黄，表儀四極。雕欒鏤楶，蕙樓椒壁。鬃彤殷乎珠櫨，芳馨流乎翠帟。明珠燭玄夜以爲晝，列錢耀白間而成色。居瑶光之壼奥，御瓊珍之象席。銅龍毖節其興居，銀鑰嚴坊于昕夕。日精承千祥之滋至，月華烔百福以翼翼。東宫左達，鶴禁逶隨。西内作對，燕居惟時。黝儵麗嫺，安樂且綏。撤大善而燬佛骨，崇聖學以恒緝熙。堂有精一，執中弗違。室有恭默，匪道弗思。齋有九五，天德是祗。亭有敬一，御箴永貽。

乃㦸皇史，以寶芳策，今可述而古可稽。皇城東南，蒿宫宏啓，長孫所居，軒墀戢𢌿。東安巽隅，十王有邸，差次儷陳，皇皇韡韡。前星重輝，天潢分汜，萬桷鸞浮，千栖鳳起。迨夫光禄太官、六科、黄門、尚寶之司，亦邇東安。黄衣有徒，灑掃供事。儀文璽綬，以及櫪駟。監局之號，二十有四。銀璫珥貂，時維閽寺。出入絳闕，捧擁琱輿。遵承綸綍〔二〕，敬慎不渝。于時天顔正，王道復，顯巍巍，徽穆穆，昭景鑠，絶芽慾。龍威玄端，齋明盛服。貫魚有序，六尚分局。永巷愔愔，皎若承旭。出納精微，無遠

〔一〕「綷」，原作「綷」，今據萬曆本改。
〔二〕「承」，萬曆本作「我」。

弗燭。乃若九門中恢，京城之前。孔道馮隆，其直如弦。文皇肇祀，合地於天。岦集靈壇，接以山川。制仿留都，獻歲揭虔。壇分四郊，吾皇攸建。乾父坤母，南北祼獻。兄日姊月，東赫西烜。二至二分，受釐錫羡。祈穀舞雩，亦罔不徧。昭明寅畏，用德克堪。卿雲早絢，湑露飛甘。六幕清晏，百嘉鬯覃。窮靈極祉，有圖牒所靡談者矣。是以白環碧砮之貢，日旅彤庭之琛。星聚河清之歌，歲登樂府之詠。儺侏之從王化，猶洪聲之收清響；雕題之樂神州，若游形之招惠景。會同之館，惟見其來；烏蠻之驛，不聞其憒。攜旄倪而爲家，日嬉遨乎市井。觀治化之玄同，徵邊陲之無警。

爾乃設官分職，宅俊陟明。長安左右，三事九卿。文武分闑，曹司坒扃。玉河東西，詹寀翰瀛。太醫列院，欽天步星。太僕設寺，考牧于京。鴻臚行人，各守典刑。督府參以奉常，法司聯乎貫城。五軍之外，三千奇兵。益以神機，爲三大營。簡其精鋭，則立團營十二，丕振乎天聲。然猶偃戈鋋，修俎豆，而樂育胄監之英。是以宣后儲神，矢詩於穆清，北望崇文之閣，而思天下化成。承天之門，具瞻攸聚。月朔京尹，率見宣諭。黄圖璀錯，正厥税賦。太倉儲粟，積壖紅蠹。督以司徒，出納俵濩。北控九邊，是致是附。垢玩綦於正德，四家鰲乎百度。鎮卒不留屯，而折色是需；鹽商不詣邊，而轉運民部。墩臺日傾，什伍暴露。唵荅内侵，皇赫斯怒。尚賴乾符助順，坤珍助富。邊郎萬鏹，賚徧於長城；工程百爾，惇大而成裕。苟徒苦節，駕言守素，則是絶文字而結繩，棄冕綖而冠布也。

爾乃練時日，選車徒，萬乘出，七萃驅。稜恩揭殿，陵祀之居。行宫開闕，沙河之途。思先靈之陟降，越昌平以北盱。精禋畢，戒射夫，弋欽鴠，殪封狐，貙氓麇至，梟獍畢屠。銀山鉄壁，陽翠軍都。星奔電擊，冀馬燕弧。田獲庖充，爰賜大餔。乃幸九龍之池籞，時聞萬歲於寥廓。大烹陳，韎韡作，天酒熏，皇情樂。薄莫言旋，軍麾動乎朔漠。皇不自聖，周爰咨謀。勳戚鼎輔，召邇前旒。足食足兵，帷幄運籌。内帑充乎十庫，外庾貯於通州。鈲摫芻粟，飛輓若流。築外羅郭，紆南牧憂。巍巍金墱，枚枚雉闍。包括崇文，竣于宣武。黔首樂依，光我成祖。建旐干以標望，不可仰而可俯。雖使都盧之巧捷，不敢以投足；翔鶤之扶摇，不得以運羽。况彼么麽之殘胡，孰有越磓硬而睎譙櫓？由此論之，策天功以臻成，必有非常之主。不惜小費，乃罔後艱。是故衿帶周則保禦易，楨幹固則摇拔難，淵源深則瀾派浹，盤根大則奕葉緐。盍觀諸天乎？上混三光，下輪厚坤，連珠合璧，日發斂而不憚其煩。乃能榮百昌於萬古，鋪元氣於人寰。

言甫既，吴客鞠躬而謝曰：「優優暢乎！寔足以砭小人之愚，而發豐蔀之障也。」先生乃劃然嘆曰：「嗟乎！獨見之慮，取贅於時；圓機之智，不拘於典。今聞麗澤巽源〔一〕，規頌並藏。誦者能辯，如河之縣；聽者從善，如圜之轉；黼黻駿烈，知言之選。今將授子以彤管，奉子以剡藤，敍二京之弘説，垂百世而有徵。」於是燕士偕吴客起而立曰：「喏！敬聞命矣！敢不承乎？」欣然就坐，徧舉備述，逡巡獻辭，揖拜而出。

〔一〕「巽」，萬曆本作「嫨」。

# 泰泉集卷第四

## 騷辭

### 闡三綱辭三首有序

闡三綱者何？闡幽以爲顯者，風也。人之大倫，始於男女，邇則父子，遠則君臣，蓋天牖帝迪存焉。自世道污，亂賊作，雖薦紳之貴，妃主之尊，泯滅良心，入自禽門者多矣。稽諸往牒，吾邑若馬南寶護趙孤於蒙狄滅夏之時，阮與子刲股以瘳父於垂絶之際，蕭氏女當兵戈顛沛，義不受辱，蹈白刃甘焉。此其出於編氓，生於郊梱，而忠孝貞烈，卓卓如是，烏虖難哉！顧世乃鮮有知之者，吾故爲之辭。

**表忠**

嗟沙涌兮龍蟠，孔蓋駐兮鳴鑾。啓蘭宫兮原壄，襲禕翟兮芳蓀。塵壓壓兮珮馬，弭絳節兮榛菅。日侵以施兮將夕，列江蘺兮山之間。運極兮逢不祥，紛總總兮犬羊懷。瑶京兮迢遞，蹇將儈兮周章。

腥風騷屑兮血人，將安適兮九坑。悵圖回兮日轂，奮余戈兮魯陽。願竭節兮效死，獻玉粲兮瓊漿。揚紛磕兮焉濟，荃胡爲兮溘而逝。玄輿返兮嗚條，窆梓材兮會計。悵騁望兮履綦，風蕭蕭兮丹茘。長唫兮纍欷，杳龍髯兮高厲。遁西山兮遺褋，蹈東海兮捐袂。願千秋兮翱翔，銜木石兮精衛。

## 旌孝

嗟赤坎兮崇岵，搴橋枝兮采芳。杜君之去兮何時，魚鱗鱗兮環堵。芝楣兮蘭楔，草生兮羅户。親莫親兮子父，哀莫哀兮危苦。引銛刀兮刲股，籲旻天兮憫下。神靈降兮燎痞，斑闌衣兮興舞。丹誠通兮齊速，幡殀壽兮在予。羌遐舉兮高尋，葛藟藟兮樛森森。恍冞入兮有人，烏啞啞兮遺之音。誰可與兮晤語？魂彷彷兮淚涔涔。長盱睎兮淹息，浮雲鬱兮晝陰。世溷兮回極，心陫側兮兹禽。鰺螭兮高駝，君不可兮下臨。彼鮑簏兮毒蔓，衣夫錦兮攫金。君回翔兮徠下，啃梟獍兮奚心。建平夏宗仁進士爲令，熏揉父尸[一]，寘簏中，鮑魚臭達，爲吏民所逐，乃去。近時邑之逆民，有持胡蔓殺母以嚇人財者，真梟獍也，故辭及之。

## 憫烈

嗟欃山兮嵯峨，結瓊枝兮哀歌。有兔兮爰爰，雉何爲兮罹于羅？蕙幃兮椒楨，繚之兮葯蘅。淑女兮未纓，佩瑶琚兮象珥，芳菲菲兮若英。志皎鏡兮冰雪，氣凛凛兮不可淩。生不辰兮兵不戢，倏而囂

---

[一]「揉」，原作「猱」，今據萬曆本改。

兮倏而突。操吴鉤兮如雲，抗虹旌兮蔽日。恣拘縛兮絲棼，熊羆革兮狗狺狺。冠屨兮共絇，玉石兮同焚。朝北渚兮純束，夕東亭兮轉鬻。斂髮兮受刃，誓死兮身不辱。身不辱兮首離，甘荼毒兮如飴。魂爲虹兮沖天，觀者淚兮如縻。山有木兮條肄，特余心兮不移。木策策兮風翛翛，儼金支兮翠旗。

## 吊許大夫詞有序

大夫諱逵，汝寧人。始令樂陵，討劇盜，大獲以功，晉僉山東臬事。寧邸宸濠蓄異志久，朝論以大夫賢且才，乃晉江西臬副，俾制之。至則首治其黨孽，徐本之圖，然勢且成矣。既反，即執大夫問焉。大夫曰：「予惟有赤心爾！豈從若反乎？盍亟兵我？」又曰：「汝行當萬剮，以臭萬世，吾死則馨也。」遂見殺。

閔大夫之佪辰兮，扣斧鉞而商歌。心悁結以涕洟兮，何倉浪之幽遐！紛既邅回而樹伐兮，身胡邈乎王家？羌勁杓乎妖藩兮，卒離身而速化。嗚呼恫哉兮大夫之純貞，世途氛霾兮翳雒棠以爲明。驅鷄斯以守閂兮，棄狶虌而駕衡。縶長離而筴之兮，鬼車䨲䨲而晝鳴。謂鉤吻爲飴兮，謂羶湩爲馨。犧尊棄于溷淵兮〔一〕，朿龐凉以爲榮。長門幽擯夫南威兮，登礲廉於曾城。主伊、臯以庖偪兮，偕來革而

〔一〕「淵」，嘉靖本、萬曆本作「潣」，疑作「淵」是。

迅征。于嗟夢夢兮，惟荃之故。釦階苔繡兮，泥蕆遵夫鸞簬。幽瘖諱其膏盲兮，拒斥俞跗。蹻蹠夹翼于皇輿兮，日懷寶而營富。彼狡童亦何知兮，乃窺覦而干天步。朋遊光以爲侶兮，魌魅集其如林。噂白徒使血人兮，鳴火狐而肆鴟音。辟童觸麋而首灰兮，顧弘肆其毒淫。萬艫銷于一炬兮，程吴濞而卒禽梐拲。崩厥角之紛如兮，飫珍彀夫何心？維大夫之介特兮，狡童齟以爲仇。進櫂梳而杖之扶兮，荃又昧夫好逑。倅寸鐵之弗持兮，耿忠略其誰謀？表丹忱以就兵兮，白日爲之匿幽。

嗚呼！兇罣高張兮鳳摧其儀羽，神龍失憑兮乃嘰于鼠，巷哭且瞑兮傷我士女。綵霞蜚兮玉輤舉，風蕭蕭兮神靈雨。嗟世之知大夫兮，維守死而不移。余惟追數夫荃兮，登大夫之匪宜。朝有黯而淮南寢謀兮，寔大夫之優爲。苟維寄大夫以禦侮兮，又何至勤外部而陳師？既告甸以縣罄兮，聊以慰夫行路。何大夫之同軌兮，尚或疏逖而齎怒〔一〕。謇大夫而憖遺兮，固亦遵涂而窘步。汩皇穹之純佑兮，何不改乎此度？嗟佳治之緯繣兮，稽前修以皆然。璠璵有棄而抵鵲兮，堇薺有採而升筵。董道搆愍以不回兮，睎余袂之漣漣。魂耿耿其在天兮，亘宛虹之連蜷。墋黷尚其有極兮〔二〕，永與泰素而周旋。

---

〔一〕「齎」，嘉靖本作「齊」，萬曆本作「齎」。
〔二〕「墋」，原作「摻」，今據嘉靖本、萬曆本改。

## 崙山樵父辭有序

崙山歐子大任從予講學，自言山在旗峰之陽，其麓蒙蘢蕭槮，局然小也。九曲而上，嶆嶐坦蕩，可以俯觀於海，則巍然大矣。予告之曰：「吾之所履，其猶兹與。博學於文，思則得之。雖若勤苦，能不懈焉，真積力久，則喜怒哀樂發皆中節，視聽言動自無非禮，是乃心學，非口耳之末也，否則詩文焉而已矣，舉業焉而已矣。猗乎小哉！盡於履者如是。古之學者，心與我同。履必以漸，博而守之以約，多識而貫之以一，故曰『弘于天若，德裕乃身』，又曰『乾元用九，乃見天則』。其體一，其用九，其合内外之道者與。是故君子有九思，約乎内者也；天下國家有九經，貫乎外者也。非窮九曲，見大無由，子必勖之。」歐子受教而歸，陟崙山聞樵父之歌，適愜吾言。其辭曰：

我採我薪以娱我老兮，鏡安瀾之綜百川。小崙不如大崙兮，小年不如大年。採小崙而富條肆兮，採大崙則槩蒼天。浥沆瀣以反諸身兮，登春臺而象帝先。我採我薪以娱我老兮，休哉樂旃。

## 平寇愷歌辭有序

嘗讀《周禮》六典，首必曰惟王建國，言天下統于一人也。其言官也以用人，而其言府則以理財也。倭奴入潮，寔洋賊王伯宣陰導之，於是三饒鉅寇與大埔、程鄉諸賊，相挺而起。事聞，當宁渙號徂征，幕府元戎執律秉鉞，分大兵爲五道以討之。特敕巡臺漢陽蔡公監視紀覈。公適按惠，聞之，即馳往潮。間道遄行，人皆莫測。比至，則擇官分旅，所向亡不克，當大任以樹洪績者。至於督運糧賞，百爾守土之吏，出納不吝，亦皆善理財以足軍食，發倉裒餼，泯默無聲。伯宣果率衆突入郡城下，公密令守巡及郡守何鏜分兵獲焉。伯宣導倭，爲潮毒螫最深，血肉無辜，發冢殆盡。即磔伯宣于市，觀者歡聲如雷。遂殲其衆，倭聞亦遁。未幾，五道進兵，多方設誘，縶獲璉及其黨酋，餘寇悉平，潮人得免塗炭云。

是役也，四月十八日大兵始臨寨，凡二十五日而告武成，由公先事運籌故也。仰惟聖天子在宥，澤覃萬國，光燭六幽，執玄德於心，而化馳若神，駟伐所指，無不讋服。昔者堯戰丹水，再世而後平；舜格有苗，七旬而後格。公所以肅將天威，功成神速，賢於堯舜遠矣。論者比諸三皇之世，夙沙自縛來歸，猗乎盛哉！

先是，觀星疇人告予曰：「天有三垣，北辰主乎萬彙，帝座恒在紫微。月臨太微，象用人也；歲臨天市，象理財也。雖列星芒寒色正，然皆不若帝星光明，旁燭無疆。大兵不出則已，出必一月三捷，且歲在大梁，日在鶉首，大火昏中，則粤受福德，其潮寇殄平之期乎！」至是果符其言。由此觀之，我聖天子明德受釐，直超羲、軒之隆，而簡命公及幕府元戎，皆克承天意，象協天明，則夫皇道神化，復見於今，盛矣哉！於是五道之師，四民之衆，稽首獻頌，泰泉子采爲《愷歌》云。其辭曰：

於皇赫赫兮詹上玄，辰極奠居兮象緯旋。帝車南指兮雷顛顛，煒煌執法兮南斗邊。神謨廟算兮炳幾先，金光鏡野兮旗屢搴。赤立佝僂兮磔伯宣，斧螗鋒蜎兮成灰煙。倭奴猋遁兮喙莫前，渠魁就獲兮徽纆牽。驩聲駘蕩兮動星躔，鶉火下照兮甘晏眠。彤雲作霖兮龍躍淵，灑滌榛枯兮競相鮮，澄清氛祲兮起顛連。莘莘俎豆兮戢戈鋋，乘驄峨豸兮氣浩然。黎甿訢樂兮慶自天，緝熙皇道兮垂萬年。

# 樂章

## 孝列祠樂章二首有序

濮人宋顯章廬父墓，備極哀惻。劉寇起，所過殘滅，至其墓，相顧曰：「此孝子也！」遂去之，雖松柏亡翦者。嘗爲郡庠生，試弗偶以卒。卒之日，妻辛氏慟哭，以死自誓，數日不進一溢米，竟雉經焉。知州李緝上其事于朝，且立祠于董家口，歲時祀之。州人倪御史宗嶽俾予爲作迎送神樂章。

鼉逢逢兮考鯨，湛椒漿兮列蘭蒸。五音飾兮潚繡張，瑱瑤席兮玉英。膋蕭炳兮拜以頫，琴瑟奏兮雲舞。南垓闋兮柏舟，靈不徠兮夷猶。驂泰鴻兮燭龍轡，慶陰陰兮靈其有喜。儵蕙帶兮荷裳，又金支兮翠旗。鴛鴦鶼兮靈之徠，靈徠不徠兮我心悲。

濮山嵔佳兮濮水漻泬，高賢愉愉兮繄孝而烈。穆並騁兮槃桓，攬桑梓兮涕潺湲。象輿轙兮憺容與，靈臨響兮福我士女。矯揚光兮宴娭，永山則兮雲施。般姚姚兮裔裔，靈何爲兮汪然逝？褰霧縠兮窅冥冥，山水夕兮含清。春有蘭兮秋有菊，結無極兮芳馨。

## 琴操

### 琴操三首有序

予尚友于鄉之古我者，得師資焉。於漢一人，曰董正。伯和家于番禺，通《毛詩》《春秋》，明經爲儒名士。車遂自中原與居，送遂喪還，義動州閭。黨錮禍萌，徵不就公車。清白之操，始終不渝，爲之賦《玄雲》。於唐一人，曰張九齡。子壽産韶曲江，喪親致孝感，能爲文章，拜翰林學士，遂相明皇。知安禄山終必叛。唐帝任李林甫，日惛于色荒，貶九齡于荆，卒可永傷。爲之賦《荆山》。於宋一人，曰崔與之。正子爲增城人，起家參軍，在在稱循。登城諭叛卒，宵懼而奔。官廣南安撫，澤于鄉民。史彌遠廢立，辭俸不行。理宗命相，疏十三陳。秋菊寒泉，娱老海濱。爲之賦《菊泉》。夫貴富亡常，貧賤斯安。苟利國家，一身皇恤，鄉人之古我者如此。於戲！我猶未免爲鄉人也，其可不自敕哉？是用安歌命弦，俟審音者採焉。

## 玄雲操

油油玄雲，蔽日之光。有昏者椓，持天之綱。禺原膴膴，可耕以粟。駟馬高車，無我囊三木[一]。若虞設羅色斯駴而彼巢于幕，于嗟殆而！

## 荆山操

我徂荆山，歷彼林與丘。大道坦坦，我行夷猶。丘則有貉，林則有麻，我採我獵，供我后裳與裘。匪裘裳也，則無寒暑詒我憂。嗟我后聖矣，國誰與預謀猗？

## 菊泉操

菊之株挺挺兮，匪則有柯兮；泉之源瀧瀧兮，匪則有沱兮。落英之那，涓流之波，我嘯以歌兮。雖有胾肉于以餐我菊兮，雖有甘醴于以酌我泉水兮，匪菊之馨，匪泉之清，我憂如酲兮。

## 岳峰操贈徐可大[二]有序

岳峰子，有古道者也。陳我臯事，且歸矣，予仿古聲以贈，俾弦而歌之。他夜琅然對月，其或

---

[一] 「木」，原作「水」，今據嘉靖本、萬曆本改。

[二] 詩題，嘉靖本作「琴操一首贈别徐可大」。

懷我也乎！

岳峰高兮石離之，高賢藏兮民知之。中有田兮側有茨，褐之父兮耕治之。烝而雲兮倏而雨，雨滂滂兮峰之下。田每每兮以禾黍，雲兮歸兮吾待汝。

## 樂府

### 鐃歌鼓吹曲二十二首[一]有序

正德十有五年秋，宗室以寧殲于九江，歸于豫章就俘，將告于甸人。皇帝猶自將討之，以將軍泰爲副遊擊，將軍彬、闍人忠驅，所至無不電驚雲駭者。七萃之士，靡不懷歸。臣佐謹撰鐃歌，冀有聞焉。

朱鷺姚以般，從以孔。蓋車班班，北至榆林，南踰淮之水。駕之日千里，鷺飛得飛止。茄下游魚，赬其尾。皇帝飲酒愷樂，壽無極。

《朱鷺》一章十一句。

[一] 詩題，嘉靖本無「鼓吹曲」三字。

思悲翁，梟子雄。美人夢，翁也從天以來下。悲翁之來神靈雨，子朝以飛，暮何於處？猗嗟嗟，松柏蕭蕭，泰陵樹。

《思悲翁》一章十句。

艾如張，羅畢以羅雀。飛避旃，將誰何？雀以飛羅，罹之鉦鐲。何以爲嗟，將問誰？又何以爲嗟，此者誰卿，道不鼓絶聲？白雲上天，日月其明。

《艾如張》一章十三句。

上之回，大驅馬。污霑野草，百里赭。行以北，美人從，不駕舍。行以南，美人泣，不旋駕。左平虜，右寫亦《豫章》。卒服威武，誰與敵？

《上之回》一章十四句。

擁離在朱巷，珂馬避之誰者往？前有宫殿詄蕩蕩。箭火飛，從天門。道傍謳者野遊盤，萬年行樂誰不歡！

《擁離》一章七句。

戰城南，分戰疆。運握奇，陳八方，鎧甲紛員朿土黄。龍江之水洪湯湯，馬得飲之，人不敢嘗。馘囚鄉晨解其縛，犒以錢刀，暮用爲樂，願爲忠臣死報國。

《戰城南》一章十二句。

巫山高，高若何？淮水繞之，不可以過。驌驄父馬錦障泥，我欲渡之，徘徊而驕嘶。陽臺有女居迷樓，愛而不見煙雲愁。胄有蟣虱〔一〕，户有蚜蝛，嗟我行役，今還歸。

《巫山高》一章十三句。

上陵以遊遨，下津駐旌旄。問君從何來，來從朔方渡淮、濠。軨獵爲君車，駕以赭白馬。鼓聲琅琅漏初下，手格飛禽血四灑。户寐而訛絶行者，宫監盱駭走且僵。玉盤薦食君莫嘗，當天鳴鏑射兔獐，須臾白日出東方。

《上陵》一章十三句。

將進酒，君莫辭，何以侑之虎撥思。薦嘉餚，陳雅詩，群桀既翦江無螭，時邁其德隆天基。

《將進酒》一章七句。

君馬黄，臣馬玄，狹斜相逢不敢前。黄馬馳，玄馬逐，後歕沙，前歕玉。副以江許翼兩張，翩翩倏如流電光。周有穆滿今聖皇，君臣布德周萬方。

《君馬黄》一章十一句。

芳樹生蘭池，華葉何芬敷，鸞鳳去之栖者烏。唶我西秦氏，家有蕩子焉爲夫？烏乳且哺生有雛，嗟嗟蹇爾胡乃無，帝何爾惜金僕姑？

《芳樹》一章八句。

〔一〕「胄」，原作「胃」，今據嘉靖本、萬曆本改。

有所思，思我母慈。身上錦裲襠，母身清寧壽以眉。日夜要棘之，於今化爲緇。嗟我乃多携離，水流東海歸何時，嗟我會面安可知？晨鷄鳴，鳴不已。東方明星光動地，照我驅馳走千里。

《有所思》一章十三句。

雉子班，行可思，雄求山梁雌從之。羽短何繇飛，流宕原澤中。雉子雊以遨，翁孺知之，思美其膏。白龍化魚，罹彼豫且。視子所止，乃非丘隅。謂之載之我有車，雉子去，我將安所如？

《雉子班》一章十五句。

聖人出，龍翩翩。美人出，以管絃。千旌萬騎雄哉紛，四家從以部領軍。舞劍浮白，觴我鎮國。陳秘戲，樂復樂。

《聖人出》一章十句。

上邪！下狹山童不可獵，射鼉向江江水竭。願皇垂拱開明堂，鋪仁獲政和陰陽，千秋萬歲長樂康。

《上邪》一章六句。

臨高臺，望泗與淮。言采其芑于水涯，誰其殖之感我懷？奮戎東南遜以北，無以逸欲臨萬國，生民何依依我德。皇祖在天，敬哉有赫。

《臨高臺》一章九句。

遠如期，駕馬以出門，咫步不可知。林有虺，水有蜮，短狐封狼，肉人以爲糜，萬里吁可悲。有杕之杜喬其枝，皇人壽穀今旋師。

《遠如期》一章十句。

石流江怒，烏龍萬斛，不可以渡。江怒石流，萬斛烏龍，不可以浮。神怪隳突衛皇蹕，皇潛以躍躍復出，於萬斯年保貞吉。

《石流》一章九句。

務成昭，惟唐堯，欽明秉德群后朝。建禮縵縵歌慶霄，屈軼在廷豐不彫。茅茨土堦以逍遥，望雲就日誰敢驕？

《唐堯》一章七句。

玄雲油油，北風肅肅。震電曄曄拔大木，雪雹須臾及牛腹。驅車隨鑾走折軸，關弓射天中鴻鵠，酌金叵羅奏蕃曲。

《玄雲》一章七句。

伯益虞有虞，智周百物，禽用三驅，無爲而治永終譽。皇帝孔武徒手搏彫虎。去其爪以蹲頫，腓皇于後寔率舞。茍皇之勇駭萬人，山川寧，鳥獸馴。

《伯益》一章十句。

釣竿何珊珊，不如罟網賢。鰋鯉何簁簁，不如鮪與鱣。網罟一舉獲者千，彼鮪與鱣潛深淵。嗟鱣與鮪終棄捐，金瓢進御烹小鮮，兕離驩呼壽萬年。

《釣竿》一章九句。

## 奉使鼓吹曲四首[一]有序

少宰燕泉公奉使四圖：曰《職方使邊》，曰《汴省旬宣》，曰《大僕考牧》，曰《滇南巡撫》。詠者類多歆豔。愚獨以爲正德時，公賦半潤權屋，輪蹄將偏天下，仕其時而莫省憂者，非大臣也。體公志，造兹四曲，以備今樂府，非故肆讏以求異云。

**關塞曲**

關塞長，關塞長，引弓鳴鏑秋草黄。臨交河，望金微，風吹沙作浮雲飛。詔期門，馳羽書，韋韝索辮辭穹廬。惟職方，貫利同，輶軒駿駥川原中。撫長劍，行路難，有何者烏菀于弁？搏雕虎，接飛猱，登頓濡迹安足勞？徵九賦，賚三軍，驌驄父馬徠如雲。建華旄，遏奔鯨，奏鐃旋錫邦國寧。

**汴梁曲**

伊洛亘衿衛，沃埜開豫疆。分茅席英彦，信多籌策良。撫翼希天池，抗志詠《甘棠》。控緤蘭皋側，弭蓋椒丘陽。夙夜撫嫫嫠，閭閻交相慶。輪國有程度，啓處安可遑？露冕入燕冀，飛鵠黄河津。

[一]「奉使鼓吹曲」，嘉靖本作「樂府」。

扶宫羅繡户，京[室]何煌煌〔一〕！引領三歎息，牽牛空服箱。

## 燕山曲

彼崇崇者燕山，北頫碣石祁連。胡騎啾啾沸天，摧堅仗此佶閒，翩翩霞布星躔。冀産俶儻權奇，軍駃逸迅雄姿。忘筌引鏡黄驪，膺帝命主治之。濯龍歌萬福徠，東方之日照坰。服皂螭翥鴻鷟，蹀足徒晞朔旌。西馳瑶水冥冥，痡摽仰惟聖明。

## 昆明曲

浩浩昆明池，乃在點蒼山陽。旁有羅施故邦，蟻附蟬聯，賨僰蠻髳，參錯其間。一解。宣父居九夷，道大無不容。白日灼幽崖，窮髮漸華風。澆訛反天經，由余諒非戎。二解。髼鬆着裲襠，礪刃馳且都。投刃拜中丞，嘔唫挾《詩》《書》。嫉巫信醫，日和以愉。三解。芃芃彼薺麥，蕆我蘭畝。培灌其勤，薺麥亡嗣有。循聖賢長道，屈此群醜。臣心不負陛下聖，上有倉浪之天，下有孩提黄口。四解。

〔一〕「室」字原脱，今據嘉靖本補。

## 驄馬行贈别張侍御歸常州省母

驄馬驅河干，飲餞相追攀。驄馬驅河干，飲餞相追攀。朱汗染月題，玉珂鳴珊珊。駕言將母，千里當何難？歌以言之，驄馬驅河干。一解。瞻彼瑶水旁，芝草何翩翩？瞻彼瑶水旁，芝草何翩翩？采采盈懷袖，盛平聲。以白玉柈。奉母駐容顔，延壽千萬年。歌以言之，瞻彼瑶水旁。二解。象琯繞鳳梁，芳筵樂未央。青要、素娥，迭舞浩倡。綵服延鮮風，照耀白日光。歌以言之，芳筵樂未央。三解。

## 江南弄七首有序

癸丑，迎春前一日，有司送女舞來閱，鼓箏作《采蓮曲》。一闋猶未成腔，階下群伶喝采，予遽賞之使去，皆屏伏于庭，有陽盛陰退之象焉。因竊取宋王之義，按古樂府賦此末章，寔畎畝之丹悃也。置諸篋中，不以示人。近偶搜出，改竄再三，亦終不工。古今人不相及，信夫！

**江南弄**

桃花婀娜隨輕風，芳顔照灼舒春紅，垂手攘袖舞未終。舞未終，歌羽衣。行雲駐，梁塵飛。

**龍笛曲**

朱唇掩抑呈妙音，緑水澹蕩聞龍唫，長轡遠引摇春心。摇春心，破春寒。動光風，汎崇蘭。

**采蓮曲**

青娥翠檝行綵舟，蓮花未綻含嬌羞，顰眉聚黛揚清謳。揚清謳，度修渚。炫明粧，澹容與。

**鳳笙曲**

騰鸞起鳳吹參差，幽簧動翮纖指移，珠垂玉振爲君施。爲君施，間歌作。拊秦筝，奏《别鶴》。

**采菱曲**

鈿花匎葉浮香霧，蘭槳桂楫摇江步，采菱聲合流雲度。流雲度，和風吹。振羅袂，行相隨。

**遊女曲**

聯娟翠翰映玉光，縠衣繡袿嬉江陽，淩波解珮游龍翔。游龍翔，聞薌澤。發浩倡，聚行客。

**朝雲曲**

朝雲飄忽巫山臺，扶光照耀群陰開，瑶姬屏伏陽春來。陽春來，散鬱滯。祝君王，千萬歲。

## 飛龍引閲中秘書作丁未六月

飛龍開治朝，承宇何翹翹！輕煙冒朱閣，玉除依慶霄。基命會文執〔一〕，提劍驅天驕。燕臺定吴鼎，奎光明斗杓。羽陵啓方策，魯壁聞《英》《韶》。遺編溢金匱，稽古師帝堯。淵源濬翠川，騰躍昂碧寥。縹緗今寂蔑，神悟疇與昭。白駒樂場藿，伊人正逍遥。

〔一〕「執」，萬曆本作「軌」，疑作「軌」是。

# 泰泉集卷第五

## 四言古詩

### 登歌三首

油油翕雲，維龍之朋。君子來思，球瑟和鳴。和鳴鼓庸，篚帛既共。式愉式誨，君子攸躬。

油油翕雲，維龍之遒。君子來思，鼓瑟鳴球。德煇孔、周，云胡曾不我留。飲此芳醑，俾我昭受爾休。

油油翕雲，維龍之光。君子來思，球瑟鏘鏘。球瑟鏘鏘，匪曰大康。飲此芳醑，以俾我尚于中行。

《翕雲》三章，章八句，黄鍾清宫。俗呼正宫。

驅馬滔滔，遵彼林皋，匪遊以遨。將命靡竣，我心忉忉。

驅馬滔滔，戒我徒旅，匪遊以遨。將命靡竣，豈求寧宇？

悠悠彼鱣，叶音尖。載浮載潛，亦炤于潭。將命靡竣，父于何瞻？

離離彼翟，叶音支。載鳴載飛，亦集于草。將命靡竣，母于何依？

駕彼乘牡，夙夜孔皆，匪遊以遨。念我二人，歌以告懷。

《驅馬》五章，章五句，黄鍾清宫。俗呼正宫。

彼爾有棠，敷賁于稷。音仄。焞焞輜車，邁如弗克。

我車徂丘，六轡既柔。夙夜其勤，爰諏于郊。

我車徂岨，六轡如組。夙夜其勤，爰謀于野。

我車徂薄，六轡如濯。夙夜其勤，爰度于國。

我車徂宫，六轡既雍。夙夜其勤，爰詢于公。

《彼爾有棠》五章，章四句，黄鍾清宫。俗呼正宫。

## 孟冬親享禮成有述

天睠有明，全付寰宇。蒼精洞炤，黄壚孔膴。三極薦馨，百祇協矩。列聖受之，靈承于旅。御曆執符，率循倫序。皇帝叡聖，克配舜、禹。河澄獻瑞，虹流燭渚。龍飛虎變，奮迹南楚。躬發人文，志蘊神武。親以孝崇，民以仁煦。望日就雲，有睎匪瞬。紹我毅皇，光于烈祖。敷天之下，歡謳忭舞。

慶宵蔥蒨，宸景晢昕。更化圖新，主敬作所。休否成泰，亨屯幹蠱。如彼巨室，飭厥藻斧。如彼天道，以凉我暑。皇帝篤友，室家哀素。遺大役艱[一]，創深痛鉅。康陵告竣，乃正當宁。乃於孟冬，乃卜乃簿。乃謀乃惟，乃集有謩。乃陳廣樂，享七廟主。虡業崇牙，乃縣乃樹。箾筦琴瑟，應田柷敔。欽欽維庸，逢逢維鼓。作鱗儀鳳，吼鯨動虡。鏜鞳鏗訇，匪淫匪怒。佾舞洋洋，拜伏昂俯。既備既調，既戛既拊。大樂展奏，既協雅部。皇帝乃駕，齋宫往御。周廬星列，閣道宵抒。中貂肅隊，金吾設鹵。千官景從，接珪聯組。龍旂雲麗，鳳蓋霞舉。和鸞韻風，旭旭許許。亦既戒止，殫我丹腑。維精維誠，神若可覿。赫赫肸蠁，恍恍笑語。左右贊相，將事黎睹。揭虔妥靈，孰敢有侮？奉璋具鬯，濯鼎及卣。亦有藉茅，大羹玄酒。有粱有秬，有稷有黍。陳彼巨豆，大房鴻俎。腒鱐醢酖，脾臄及脯。麷鹿維炙，載有鱻羽。皇帝乃奠，盤辟拜顙。有祝伊弁，稽首覼謱。會精思成，灌我清醑。神其來止，歆我簠簋。陟降左右，昭穆萃聚。神其歸止，祥飆靈雨。雲輿紓徐，星驥容與。光景繽紛，絳霄翔栩。皇帝孝謹，拜受神胙。神錫皇帝，千祥百嘏。室家之壼，眉壽黄耇。執冒端委，作民父母。於萬斯年，永有中土。神錫皇帝，股肱心膂。翼以皋夔，從以周吕。納謀和衷，同德夾輔。於萬斯年，匹休扶珇。神錫皇帝，豐年亡寠。懞懞瑞麥，與與祥穭。陳紅相因，充滿倉庾。於萬斯年，下民奠處。神錫皇帝，聰明中度。天臨海鏡，賢登佞去。消彼猾狁，鑿齒猰貐。於萬斯年，無有噢咻。神錫皇帝，福女毋拒。於萬斯年，

---

[一]「役」，原作「投」，今據萬曆本、北大本改。

永其福女。皇帝孝謹，拜受神祚。懷福載歸，詹戀堂廡。采齊奏節，言旋禁籞。出御端門，賜群臣脯。徽儀熙穆，從容燕譽。如天之澤，如露之湑。萬國同慶，龍德斯普。於萬斯年，孝享受祜。於萬斯年，埏垓順敍。於萬斯年，有明之緒。微臣作詩，用繼《商》《魯》。

## 短歌行送洪子玉方

秋露載晞，朔雲云飛。盍簪詎幾，駕言騑騑。肅彼前旌，奏此和鈴。風駿翼人，逝如流星。今夕同堂，明發異鄉。何以別子，驪歌鸞觴。林疏壑清，山空鳥鳴。風吹斷蓬，與客徂征。子在在燕，洌洌寒泉。撓不可濁，其流爲川。子在在浙，寒泉洌洌。思子如濯，中心孔熱。石田碌碌，逋稅斯督。云誰之故，空其杼柚。原則有杉，隰則有藍。糟糠短褐，饑寒所甘。

## 宮桑聞北郊親蠶賦

有菀宮桑，遵彼郊場。其葉揚揚，倉庚載鳴。抓抓條肆，乃集乃翔。
有菀宮桑，遵彼郊曲。其葉維沃，以筐以簇。以躬杼柚，用成我服。
毋曰我私，黼裳卷衣。爰饗爰禋，既襄既宜。父母攸詒，云胡勿思。

## 梧鳳朝陽三首有序

《梧鳳朝陽》，美吉水羅公也。公詰戎，平西山之猺，功成告歸，南國大夫送之，而作是詩也。首章言公有師中之德，承天寵也。二章言公師克在和，揚天威也。三章言公持身之敬，協天心也。夫秉德莫難於中，遵道莫善於和，修業莫大於敬。中以基之，和以宣之，敬以守之，則功崇業廣，受眷益隆矣。高尚之志，焉能遂乎？

公以名進士出令新會，敷政慈惠而温雅有文，敦崇四禮，化民尚行，仁洽百里，而輿人誦之。始則謂枳棘非所宜棲，今參知吾廣政事。其守嶺西也，養兵足食，徧巡辟邑，瘴險不避，日求民瘼，因得猺情焉。嚴翼出於涵育，以故師出則必克。既建戎功，行將揚于皇庭，庸熙丕績，若升高梧而鳴朝陽，其羽傳于天，從可知也。而乃恬退若此，此詩之所以作與！

吾嘗聞之，古者鳳鳥至，聖人因之以制六律，正五音。太史公曰：「六律爲萬事根本，於兵械尤所重。」《周官》「執同律以聽軍聲」，用此道也。用兵則以律而制敵，偃兵則以律而作樂，雍容廊廟，邊圉不聳，播安樂之音，以宣天地之和，屬之公矣。雖抗疏求歸，行不待報，其必有召乎！予不佞竊自比於卜商序《詩》之義，爲公願之。其詩曰：

維梧有鳳，鳴于朝陽。言翔于天，其音鏘鏘。明哲君子，御此南疆。維皇睠之，晉錫孔昌。

維梧有鳳，朝陽其鳴。其音喈喈，言翔于京。明哲君子，戎功告成。逖此南夷，皇心則寧。

梧桐萋萋，朝陽杲杲。鳳鳴高岡，其音載好。明哲君子，身維保之。懿茲戎功，皇維壽之。

## 平潮夷雅有序

嘉靖四十有一載，潮夷張璉僭號飛龍，鑄金作寶，築城設官，寇掠江閩。少司馬百川張公臯受命專征，與總戎平江伯陳公王謨僉謀整旅，乃合漢達狼目官軍十萬有奇，分爲五道，以夏四月行。參議馮君臯謨、副總兵王君寵監統中軍。自大埔渡江，刊木據險，以斷其脈。僉事張君冕、參將門君崇文監統前軍，自饒平北入。簡奇兵爲左軍，控阻防倭，與前軍夾擊，則參將張君四維統之。僉事皇甫君涣、參將鍾君坤秀監統後軍，入自小靖，以扼其亢。僉事賀君涇、參將祝君明監統右軍，入自胡料，以掣其臂。公下令臨寨多方設奇，四向攻之。賊帥蕭晚就鹹，俘斬無算。璉窮蹙，其黨郭玉鏡縛之以降，五月十有三日也。知潮州府何君鏜復帥兵擒倭賊王伯宣于城下，公令磔于市，海寇皆遁。未幾，賊帥林朝曦就俘，巢穴悉平，潮民始出湯火云。先是，京師地震，聖天子禱于上帝，宗廟穆卜，應在東南。及公奏捷，即告于天，于祖宗昭景休也。

昔唐詞臣韓愈作《平淮西》詩，柳宗元獻《平淮夷雅》。猗與！我聖天子德孚上玄，澤洽萬國，出師僅逾二旬，而逆寇于襄。夙沙氏自攻其酋，以歸炎帝，不得專美於前矣。雖鬼方之克，猶嘽其憊，而況於唐乎哉？《書》稱伊尹元聖，與湯戮力，東面而征西夷怨，惟歸功於湯，曰「徯我后」焉爾矣！《詩》曰：「周公東征，四國是皇。」神化固自東而四達也。然公勞軍士，惟曰：「我來自東，零雨其濛」，豈非膏澤歸諸天功而弗自有乎？今運籌底績，雖亦東征，而嶺海敉寧四達，皆仗天威，非但壯猷而已。

是役也，提督南贛都憲陸公穩遣兵助攻，與有勞勩，紀功則侍御蔡公結、段公顧言，而豫遏海倭，蔡公與焉。三司僉議，謂出師獻馘，軍禮行於泮宮，宜有雅詩，摛之罔極。今代巡侍御陳公道基聞而韙之，於是佐竊不自揆，草創《平潮夷雅》十有一章，將以俟才如韓柳者出而潤色之云爾，非敢遽播皇休於絃誦也。其詩曰：

於赫皇命，征彼潮夷。顯允張公，秉鉞孔宜。黄旂旆旆，爰董我師。有韃有狼，如虎如螭。

維公率止，既類既禡。元龜告祥，乃宜于社。四牡鍠鍠，梧臺之下。金盾琱戈，光鑒于野。

出次于廣，乃涉于潮。虎臣洸洸，螭隊翹翹。七萃雲連，苞有三饒。豈敢讙囂，我皇威孔昭。

元戎啓行，四圍其藪。彼昏不知，如魚在罶。蠢爾逆璉，悔爲亂首。喘伏于莽，喙其群醜。

我師翼翼，乘其石城。石城重重，既騫既崩。罙入其寨，克奮克登。按其徂奔，罔敢有啓扃。

雷電發發，威燀旁達。于程于埔，震疊莫我遏。彼蹙且頞，癙憂如暍。如蘖如枿，逢我薄伐。

我武既揚，神機允臧。消其峰雪，日出之光。璉既徽纆，群爔胥亡。潮人咸喜，時雨其滂。

旻穹穆穆，哀甿之無禄。既雨既洽，潮田既足。蠲其漂血，殖我百穀。扶挈旄倪，嚮用天福。

彼海有鱷，噬人于牙。自翦且殲，俾我有室家。南溟汪汪，服嶺嵯峨。四遠來歸，式謳式歌。

休兵燕喜，俎豆維旅。簞食壺漿，祁祁士女。鼕鼕其鼓，軒軒其舞。蕭勺群慝，萬年無有侮。
皇錫張公，犀鞶豸綎。駉駉訾黄，綏章綺輧。公拜稽首，神謀自天。公拜稽首，聖皇萬年。

## 屺哀贈陳子

山陰陳子起家進士，來令吾番禺，賢而有文。與泰泉子交誼，蓋翕如也。間泣且語曰：「修也六齡而失母矣。及長，而歲時聞大母哭曰：『孝哉婦，孝哉婦！傷夫事之之無從也。』烏虖天乎，烏虖天乎！有器有服，而「母弗」目〔一〕，我哀如何？有饔有漿，而母弗嘗，我哀如何？有舟有輿，而母安所如，我哀如何？有湯有劑，而母久已逝，我哀如何？」乃號泣于天，賦《屺哀》曰：

陟彼屺兮，瞻望母兮。瞻望不及，我心如荼苦兮。陟彼屺兮，母兮鞠我。瞻望不及，嗟我無所。陟彼屺兮，無母何依？瞻望不及，我心傷悲。賡之者盈衺矣，子盍敍諸？

於是泰泉子誦之，出涕汍瀾焉，而使之傳之曰：「嗟乎！兹所謂精誠之至者乎，可以感鬼神矣。不有孝婦，曷生孝子？嗟乎！孝哉令。」

〔一〕「母弗」二字漫漶不清，今據萬曆本、北大本、暨大本補。

## 翩翩者鶴賀吴子重闈榮壽

山陰之州山里，吾廣僉憲吴子家焉。駢珪疊組，遐壽多男，浙東華族未能或之先也。乃祖封君，平生蕭然雲壑，課子《詩》《書》，其八十初度以十有二月。賀賓鼎來，芳筵再設，衣冠萃止，有儼維列。二翁迭讌，相去僅踰月耳，人以爲難。且封君自刑部郎進階，服色胝憲副寔同，人又皆榮之。夫運際重熙，家逢重慶，固已難事，而重慶之中，重壽且榮，豈非鮮哉？且封君有玄孫，憲副有曾孫，而子若孫復多賢，又人所極鮮者，自非聖天子重華之化薫爲太和，而重積德以承之，其曷以臻兹？於是同寅相率而歌重榮之歌，曰：「亭亭州山陰，松竹何青青。上有九苞羽，下有千歲苓。栖息東王公，照耀南極星。鵾絃沸瑶席，繡幄開雲屏。奕葉惠文冠，執法天子庭。佩結蒼精龍，金緋明玉瑛〔一〕。歡聲徹霄漢，恩波浩冥冥。」

同寀相率而歌重壽之歌，曰：「竇日晶晶宣重光，玄冬丹嶠瑶草芳。笙鳴瑟作廣樂張，清歌妙舞迴鳴璫。豸冠鶴髪龐眉蒼，振纓峨弁紛滿堂。盈階玉樹侑王觴，瑞棗如瓜笑且嘗，萬歲千秋長樂康。」

二翁聞歌迭歓，皆曰：「噫嘻哉！樂也。吾父子雖老，敢忘帝德乎？」乃賡以重華之歌。歌曰：「翩翩者鶴，鳴于菀林。其子和之，載好其音。念我重華，龍光是臨。天子萬壽，言慰我心。有鶴翩

〔一〕「瑛」，原作「映」，今據萬曆本改。

翩，鳴于菀柳。其子從之，亦翯其首。念我重華，錫此黄耇。言慰我心，天子萬壽。」

## 雙節旌門詩

粤惟嘉靖辛亥，西蜀撫臺巡院既覆覈内江蕭氏二節婦行實〔一〕，以聞于朝。屬者部以例請旌其門，制下有司，如令甲。於是東莞令何价詣予告曰：「价也受業先生之門，嘗讀《列女傳》，嘆夫名世之賢，蜚英騰茂，雖由父師之訓，亦必有母教焉。《書》稱揆文教，奮武衛，舜、禹以來，未之或改也，樹德建勳，恒必由兹。仰惟聖天子矢文詰武，和洽萬宇，咨我蕭公兩巡全粤。其始巡西粤也，芟除巨寇，刻有戰法，以訓武；今巡東粤，則表章道學之儒，刻其集，以訓文。揆焉因其地也，价得而讀之。循是以觀，其在伯姒，則罔敢知。若皇贈孺人李氏母，其必有教，如定姜之卜征，孟母之勵學，用貽令休。不然，體國闡誠，其何以經文緯武，材若此其逴且全邪〔二〕？」言既跽而請曰：「崇重貞節，表章而樂道之，天衷之公也，夫子既序之矣。惟是旌門之典，皇命有赫，未盡颺言，价也敢固以請。」予辭不獲，乃爲詩曰：

明昭我皇，敬躋聖神。允文允武，無競惟人。拔奇夷難，邁德振民。丕展彝敍，上明下親。懿此

〔一〕「内江」，原作「囚江」，今據萬曆本、本書卷四二《内江蕭氏雙節序》改。

〔二〕「逴」，原作「速」，今據萬曆本改。

雙節，伯姒叔娣。姒固稱賢，娣以子貴。教子伊何，敦《詩》説禮。出入烏臺，表表偉偉。猗惟蕭公，進思盡忠。巡彼粤西，有奮元戎。定姜卜征，馘夫之雄。《百戰奇法》，奏此膚功。復巡東粤，崇我文教。表章先儒，是式是傚。孟母勵學，永言克孝。紹衣德言，猶織之懋。惟皇允武，公則詰之。匪母之教，征則匪宜。惟皇允文，公則崇之。匪母之教，又孰可師？文武彝德，既曰母教。貞節昭宣，無德不報。皇錫德音，旌門有誥。爲世作程，於赫斯耀。

## 招頌補遺九首有序

《招》，《韶》也。《周禮》作《磬》。齊有《韶樂》，清角流徵，羽變之轉，聲皆相應，以爲九成。齊人傚之，則有《徵招》《角招》焉。蓋主人聲則謂之《磬》，主音律則謂之《韶》，及於抃舞〔一〕，則《招》也。古《樂記》有《招頌》，廬陽薛氏所傳《瑟歌》九章，即其遺耳。爲傳既久〔二〕，句多残缺，予補遺成篇，仍古《樂記》，曰《招頌》云。

洪水滔天，浩浩方割。懷山襄陵，帝咨四岳。禹作司空，惟荒度土功。曁益秉烈火，山澤乃通。

〔一〕「抃」，原作「扑」，今據萬曆本改。
〔二〕「爲」，萬曆本作「謁」。

有鳥高飛，鳴且哺矣。呱呱者子，不皇顧矣。龍門闢兮，播爲九河。崇禹之功兮，萬世是何。右治洪水。

下民昏墊，哀此無告。禹乘四載，隨山刊木。吕梁、太岳，底柱、析城。于恒于華，于荆于衡。乃畋于山，乃牧于谷。乃漁乃佃，于淵于陸。我胼我胝，我思阻饑。奏庶鮮食，惟下民之宜。右刊山木。

禹决九川，以距四海。距川伊何，濬兹畎澮。肇河積石，江岷漢嶓。濟淮入海，渭洛惟河。其魚發發，孔庶且有。既汕于梁，亦獲于笱。播奏庶艱，登彼丘陵。懋遷有無，化居是營。右濬畎澮。

生生有開，烝民乃立。后稷播嘉種，下土斯嗇。白壤黑墳，赤埴青黎。亦有黄壚，廣斥塗泥。耕彼南畝，離離蕃茂。何銚何耜？載耨稂莠。乃迎貓虎，奏我笙庸。以樂我先嗇，惟禹斯崇。右立烝民。

禹錫玄圭，告厥成功。萬邦作乂，四海會同。庶土交正，底慎財賦。厥貢厥篚[一]，厥包載路。金石鹽絺，絲枲織皮。羽毛齒革，納錫元龜。球琳琅玕，玄纁璣組。弼成五服，以修六府。右錫玄圭。

建皇之極，六府孔修。厥動惟時，昭受天休。帝迪厥德，光天之下。海隅蒼生，永得我所。凡今黎獻，共惟帝臣。百工俊乂，乃歌《卿雲》。卿雲爛兮，糺縵縵兮。日月光華，旦復旦兮。右建皇極。

明明尚天，爛然星陳。日月光華，弘于一人。日月有常，星辰有行。四時順經，萬姓允誠。於予論樂，配天之靈。遷于賢聖，莫不咸聽。鼚乎鼓之，軒乎舞之。精華以竭，褰裳去之。右明明一終。

明明帝命，八風修通。地平天成，萬世之功。天下攘攘，爲利斯往。詔爾和鈞，與爾嘉量。天下

---

[一] 「貢」，萬曆本、北大本作「首」。

熙熙，爲利斯來。同維審度，以莫不宜。蟠龍賁信，蛟魚踴躍。草木萌生，蜚征咸若。右明明二終。

明明天常，永保爾極。不識不知，順帝之則。日出而作，日入而息。耕田鑿井，以飲以食。帝何力哉？亶惟不康。垂衣鼓琴，軫我困窮。南風薰兮，解民之愠兮。南風時兮，阜民之財兮。右明明三終。

## 夢中朔風詩有序

予以老病，拜起蹇艱，杜門謝客。每聞寇起，恫瘝方切。及罹先妻之喪，門人劉兵憲穩來吊，慰予備至。因言已行予〔一〕《鄉禮》保伍法于南韶，弭盜安民之策，無出此者。已而分守郭公應聘又潤色，行之于吾廣云。會朔風大作，夢中賦《朔風詩》三章，章八句，以美之。蓋方今講學，多棄經書而談心，殊不知博學可以爲政，必明善誠身，親民如赤子，此謂知本，乃大學之道也。久不賦詩，壹鬱于中，乃有此邪，因紀于此。

朔風蕭蕭，庭緑葳蕤。百鳥拚飛，棲宿相隨。君子親民，安宅在兹。彼蠢不諶，擾敓何爲？

蕭蕭朔風，旖旖庭緑。百鳥飛拚，於焉棲宿？君子親民，爲邦建福。彼蠢有知，歸于壽穀。

朔風静矣，庭緑盛矣。百鳥和鳴，胥自慶矣。君子親民，寔邦之楨。彼蠢來歸，云胡不寧？

〔一〕「予」，原作「于」，今據萬曆本改。

# 泰泉集卷第六

## 五言古詩

### 詠志二十首

棲遲衡門下，向夕絶來軼。輕風蕩微月，玄景振清響。遊心觀物化，閒庭恣偃仰。蒼蠅以翼鳴，營營在蛛網。鴻鴈隨陽飛，一覽八紘廣。

朱火照玄夜，耿耿懷平生。雲漢經中天，爲章竟何成？瀟瀟風雨歇，引領晨鷄鳴。褰帷納素月，悠然鍾我情。

永夜聞商歌，迅響何裊裊？凄清徹天地，游鯈出深沼。豈無《雅》與《南》，所嗟知者少。美人悵何許，遺世隔雲表。容輝耀日月，芬芳徧幽眇。緘書道情素，願寄西飛鳥。

太儀運天地，日月相沉浮。瀛海揚其波，巨鰲奠神州。真宰每如兹，逝者何時休？姬公避管、蔡，仲尼涕衰周。從事不及時，毫末成山丘。鷄鳴盥漱初，營營何所求？

端居發深省，忳悒莫予語。松喬鍊金質，永爲萬象主。褰裳從之遊，淩霞傾寰宇。熒熒桃李花，薨薨蜉蝣羽。胡然耀人目，所得能幾許？

登樓望高山，密雲結重霄。農祥阻靈雨，四澤居然焦。遥遥慰我心，青青見陵苕。常恐鶗鴂至，衆芳從此凋。

今兹復來兹，願言美禾麥。飽食輕寸陰，何由崇明德？日月馳光輝，中自爲蟊賊。天下歸其仁，顔生惟自克。芟除若不早，斤斧何嗟及？今我長兢兢，雷聲在淵默。

城隅有奇樹，昔爲霜所枯。東風旦夕至，枝條競芬敷。逹官駕高馬，萬夫行避途。威光奪霆電，意氣傾皇都。逢時恣噓噏，政道猶蒲盧。何哉仲尼志，浮海思乘桴。

大道久已隱，中情未由寫。所欣青陽動，庭槐緑盈把。仲尼亦何歎，匪虎率曠野。出門望長川，誰爲問津者。

上山採芙蓉，日莫傾筐歸。騶軻陳王道，脂車向梁、齊。龍戰方擇肉，志願空令乖。理人爲之牧，嗟哉名實違。布穀春無畬，促織秋無衣。悠悠感物變，惻惻懷烝黎。

昔余客幽燕，步上黄金臺。駿骨日以輕，昭王安在哉？樂生功未奏，荆卿爲禍媒。風吹易水波，蕭蕭有餘哀。誰知百代後，東閣凌天開。豈令蹇諤士，零落同蒿萊？

崦嵫迴羲輪，丹淵出明月。天地爲鑪鞴，膏火相煎滅。賢聖皆糟粃，蘭玉豈芳潔？詠彼《蘇門歌》，撫運慚薄劣。

熒熒陌上花，幪幪丘中麻。纍纍王侯家〔一〕，望望令人嗟。六龍運元化，千古成塵沙。吾聞浮丘公，駕鴻淩紫霞。呼吸日月景，永用思無邪。貴富豈必終，不見青陵瓜。

凛凛風霜厲，喬松有貞性。物情無定端，巧言動人聽。掇蜂傷吉甫，拾煤眩孔聖。隔垣聞鬬聲，曲直誰能竟？

輕車駕羸馬，悠悠遵逵路。東指泰山岑，蒼然翳雲霧。愧無魯陽力，何由照誠素？徘徊彭城下，聞有桓魋墓。朽骨灰已久，石槨安能固？但見榛莽間，縱横走狐兔。

巍巍祝融峰，南臨沅湘水。弭節登其巔，天下猶敝屣。仙者三五人，相招飲瓊醴。羽駕倏不見，丹書誰爲啓？北歸邯鄲道，浮榮何足睨！

猗蘭生深谷，脉脉含芳馨。焉知塗上士，木槿同朝榮。達人貴淵潛，豈用令譽名？中山有奇鳥，啾然鳳皇鳴。商風一夕至，毛羽空凋零。

陰陽迭升降，宇宙安所終？誰從廣成子，超然入無窮。南山倚招摇，於焉息微躬。白蕏釋我勞，中谷挹條風。南禺有鵷雛，願言種梧桐。豈知八桂樹，乃在番隅東。

于嗟稷下士，馳聲仁義塲。危冠切浮雲，寬博爲衣裳。進退協矩度，調顔逾珪璋。沖澹焉足保，利達乃其常。豈若事畋獵，鳴鏑馳高岡。割解醉言歸，百里無豺狼。

〔一〕「家」，嘉靖本作「冢」，疑作「冢」是。

荒哉《陽臺夢》，無情成匹仇。苟非精神合，淄澠爲斷流。漢庭富群策，一言相千秋。金石勒盟誓，倏忽嬰罪尤。河清尚可俟，漢廣不可求。言樹諼草花，庶用忘我憂。

## 泰泉山中二首

清曉遲來客，采芳從岵間。織鳥忽飛動，蒼松澹然間。回顧丘中雲，爲我封柴關。風吹唐棣花，灼灼翩哉翻。愵焉抱饑渴，默坐愁煙山。

流水出深澗，和風送啼鳥。邂逅問樵客，薇蕨今多少。行歌去不顧，倏在煙蘿表。鷃鵬各有適，耳目暫無擾。緬懷區中人，營營自昏曉。

## 遊南華同章樸庵提學作正德丙子

維舟訪寶林，策蹇登翠微。晴坡無鳥聲，雲霞隨客衣。寒威起層碧，楓葉隨意飛。山僧見行塵，竹房開半扉。南能本無物，金碧何榮輝？風旛忽高下，泠然啓塵機。雲舂雜疏磬，嵐影青四圍。睠兹川原幽，冥心澹忘歸。逃禪非我事，且與丘樊違。振纓一鳴轡，皓月生苔磯。

## 情詩二首

玄雲亘北陸，朔風銷繁林。荏苒歲律殫，廣庭多沍陰。仰惜流景迅，俯歎無完衾。所思眇天末，欲往冰雪深。寒鵲求其曹，當櫩遺我音。翩翩倏相逐，望望獨傷心。傷心不可極，付此焦桐琴。

旭光射凝雪，起望前楹東。曾雲忽蔽虧，飋嘯延緒風。緒風無迴輪，曾雲自冥濛。佳人悵何許，天阻安可通？暉目亦知晏，蟄蟲亦知冬。營魂抱區區，佇立思音容。歎息詠其雨，勞心夜沖沖。

## 學古爲人代贈

信誓願偕老，綺筵當夕張。蕙心美無度，蘭鐙明洞房。柔情方日洽〔一〕，健翮俄風翔。金門邈霄漢，玉音限河梁。憂來拊齊瑟，傴側中自傷。人生有離合，世事安可常？妍華化枯稿，會見熙春陽。

## 歲暮言志

華年日婉晚，隱几意不愜。晞古思振纓，撫時淚承睫。遥聞逵術中，車馬競馳蹀。金、張富熏天，

---

〔一〕「洽」，原作「治」，今據嘉靖本、萬曆本改。

漢貂垂七葉。紛紛夸毗群，蹇諤叵容接。守樸道所敦，彌文世方業。遺經如不售，已矣事畋獵。

## 初宿大興隆寺禪幌偶作

豐草浥朝露，寒鴉棲夕曛。市醪解旅恨，《鞠歌》念離群。緬懷南山豹，宿霧成炳文。誰知北冥上，鵬翼垂天雲。隱顯諒有時，世事徒殷勤。嘿嘿對祇樹，疏鐘坐來聞。

## 伏讀嘉靖登極詔有述〔一〕

皇穹新泰運，帝迹發郢甸。謳歌仰玄德，恭默受靈眷。甘澍從寶輿，瑞日麗瑶殿。宸景既昭晢，慶宵亦葱蒨。得一天下理，吹萬群情忭。渥恩流宇宙，絲綸迅風電。扶聽走衰白，喜極淚成霰。毅皇昔開邊，宇内輪蹄徧。大阿忽所持，群妖競方煽。虐焰然不息，豐鎬失詒燕。悔從黄竹萌，痛自烏弓戀。亨屯出雄斷，休否席耆彦。布濩神武震，灝噩人文絢。奸如轉石去，賢用拔茅薦。外圉事櫜戢，内帑發餘羨。鴻猷悉以舉，丕構從此奠。非心在黄屋，恫瘝惟赤縣。煌煌嘉靖治，不廑鬼方戰。崇極得辭圮，宜民見通變。稽首誦堯言，萬代永如見。

〔一〕「嘉靖」，嘉靖本作「今上」。

## 讀伯夷傳有感

求仁本無怨，感義聞盍歸。清風滿孤竹，首陽何巍巍。拜誦孔孟言，永矣旭日輝。何哉馬遷傳，復與周紀違？左右兵義士，采取西山薇[一]。充蚓亦土毛，否臧非德威。武城二三策[二]，撫卷悲晞依。

## 江淮大水有感 限庚字韻館試作

中興啓昌祚，大横兆庚庚。洚水儆堯心，匪青惟休禎。睠彼江淮間，川潢浩縱横。初聞穿魏瓠，苞稂憹周[京][三]。漸不辨牛馬，潋灎當簷楹。如嗃如振突，如沸仍如傾。如立亦如鬬，倏如揚甲兵。如馬脱韁馽，馳逐車驤騂。又如慶山起，干霄屹峥嶸。拔如五丁力，虢如百里霆。天地久黤慘，日月韜光晶。浸淫鯷壑滿，澹蕩鵲岸平。西流控巴蜀，東汜瀰蓬瀛。九派杳不分，三洲詎能名。黿鼉傍户出，鸛鴰當階鳴。夜闌象緯入，瑣碎浮金瓊。沙篆漭已滌，石厓洄乍呈。折葦不可杭，乘蹻安能征？龍負逐飆逝，鮫織蒸霞明。天吴起爲舞，陽侯遁其形。冰夷倚浪睨，江妃捐珮迎。琴高雜鰋鯉，珠鱉乘蛛

[一]「取」，嘉靖本、萬曆本作「彼」。
[二]「城」，嘉靖本、萬曆本作「成」。
[三]「京」字缺字，今據萬曆本、粤圖本、北大本、暨大本補。

蠀。海童與淵客，招邀如弟兄。轃煙願都市，構雲望高坰。籟濤迅飛鏑，鏡光寒發硎。淩深候鼓楫，涉淺資浮罌。露宿伊可畏，風期誰復評？未覩纖蘿動，欲隨飛旆輕。裹足避霾曀，褰裳越湞濘〔一〕。觸𨻶各趾折，集岸猶心驚。菜色偏原野，楮詞達虞衡。逾時事漁釣，曷日躬巖耕？禹排豈可望，鯀堙空復情。此邦無息壤，祈靈費沉牲。精誠在黃屋，宵旰緣蒼生。坤區自玆奠，坎德不復盈。三光播炎景，千門流頌聲。洋洋適游鮒，渺渺潛長鯨。坐令南國紀，山川靡不寧。臨流歌《水調》，爲君叶《韶》《英》。

## 贈黄子令浙水

沐浴際嘉運，王路方清夷。九重軫民瘼，推擇爲吏師。夫子受靈眷，宰邑撫㛂嫠。露冕浙水春，銀章有光輝。種花當使滋，澤民當使肥。中心發陽和，涸野成良畦。灼灼崇桃枝，健翮聊假棲。一朝風雲合，當爲鴻鵠飛。

## 送丘子令餘姚

車蓋集宛洛，愛子能久要。覽此光熙運，奮翮揚英翹。綰綬宰花縣，飛舄淩雲霄。別子問何時，

〔一〕「湞」，原作「湞」，今據萬曆本、粵圖本、北大本、暨大本改。

朔風驅玄濤。落葉歸本莖，茂松見後彫。君子秉貞性，豈爲寒暑摇？援琴奏清商，悵望心煩勞。孤鴻遵修渚，别鶴唳遠皋。慇懃伏尊簋，於焉永今朝。

送旴令奏凱北上〔一〕

弱植抱匡濟，宰邑光有孚。妖藩搆天禍，奮身被縵胡。談笑翦鯨鯢，志與白日孤。長飆激西江，鮮彼烏林謨。奏凱赴皇闕，裨海皆歌呼。鼓角聲遏雲，組甲光載塗。行當荷寵靈，千載昭令圖。

掄材赴公讌作

掄材受明詔，躚步金馬門。清塵接台衮，彯節追華軒。高讌春官署，序爵列長筵。殽核一何綺，桂糈映蘭罇。方懷失士懼，敢營酬酢歡。金玉贊王度，化成肇人文。引領晞皇居，紫氣騰玄閒。聯翩謝慈惠，稽首復何言。

〔一〕「旴」，嘉靖本、萬曆本作「盱」，疑作「盱」是。

## 春院試士二首

春院寂以迥，魚鑰何重重。哲匠賁嘉運，海鏡開昭融。華鐙照藻服，虚堂流夜虹。豐膳侑清觴，有集惟俊雄。入帷見素月，鳴枝懷緒風。矢心同靖密，坐待虬漏終。褰衣拂聲礪，矯望明河空。協極待群彦，道合時乃雍。安得翽翽羽，接翼鳴高桐？

冀産多龍驥，荆山饒奇璞。永懷和氏愆，願騁孫陽目。擁衾盤礡羸，秉心向明燭。朝餐青玉案，暮御流黄幄。烝緼甘食蓱，於焉愧珍穀。誰令鈎棘習，回潏見熙穆。偉矣歐陽子，千秋仰喬嶽。

## 湛子宅夜讌和吕子仲木邊爐詩

圍爐坐寒夜，嘉賓愕以盱。朱火光吐日，陽和滿前除。衆肴歸一器，變化斐然殊。食美且需熟，充實諒由虚。妙悟得同志，攬環誓相於。

## 雲洲隱居〔一〕

結廬天水交，菰蒲斷人境。水氣蒸爲雲，摇光混波影。清飆驅雲去，净緑澄萬頃。心隨游鮒適，

〔一〕「雲洲」，嘉靖本作「雲州」。

目送狎鷗迴。卷舒悟世理，流動入神領。舉觥揮碧寥，浩笑策飛景。與君論大年，龜鶴未爲永。

## 遊李將軍梅園呈同遊張廖童三子

丹雲出秋郭〔一〕，蕭晨恣遊冶。凉飆動天末，紫翠滿平野。駕言税梅園，水竹自幽雅。方舟散鷖鷺，通川入桐檟。興乘虚籟發，目送驚湍瀉。雲飛苔流諷，川詠避揮斝。盤紆極展眺，塵悰儵瀟灑。微茫高嶼外，隱映暮霞赭。營懽恨晷速，顧景不能舍。今日乃何日，勝引得陶寫。達士謝溟涬，浮榮譬風灺。文案苦纏糾，况復役車馬。緬懷區中人，亮志良已寡。

## 憂旱詞四首次周太保韻〔二〕

火旻何硉兀，頳霞倏舒斂。陽崖卉漸腓，陰畛穗猶憪。凌晨秉良耜，届午已重趼。豐殷雖有願，藨蔉竟難展。龜折偏沮洳，象耕失巖巘。赤子本誰責，黄塵眯予眼。下泉良可悟，膏雨亦云遠。桔槔正紓急，襏襫俄揭淺。蹙嘯起長歎，司命孰回轉。

〔一〕「丹雲」，嘉靖本作「招尋」。
〔二〕「周太保」，嘉靖本作「周天保」。

端居揆天道，回轉藉人理。歌雩泊周典〔一〕，犧禱懷殷祀。靈鑒未云集，甘澍難久俟。皜皜咸池升，浩浩玄雲起。光景方蔽虧，忉怛靡終已。重陰閟閶闔，阡術多荆杞。幸此彌天澤，貺我崇朝喜。魚龍恣瀺灂，卉木紛旖旎。驟焉不終惠，昭假竟誰恃？

昭假嗟無端，汗下如流汞。長飆旦夕起，萬里火雲動。仰睎灌木陰，俯羡渫泉涌。箕畢澹不芒，蔚薈隮以聳。積陽忽退舍，有滮弗旋踵。滲漉洽壖壖，葱蒨被疇壟。數極見仁憫，望愜免疑恐。亮非牲玉感，尚覺蘊隆重。誰能揮龍淵，爲我刑蝃蝀？

蝃蝀不可指，矧可刑使雨？氛祲未詎銷，霖澤自爲阻。夔調付茂宰，陶鈞自明主。天居崇萬里，齊州隔九土。薦馨維齊明，厚生在農扈。嗔雷怒未平，場苗青幾許。龜腸營一食，鶉衣成百縷。頗聞禁苑凉，鳳吹導鑾簵。憂來奏虞弦，操縵且調柱。

## 送劉子養和督學山西

金風鳴素節，嚴霜肅中坰。新豐木葉脱，灞滻寒波生。送君郭門道，銜命戒晨征。飛幰指蒲坂，落霞隨旆旌。陳臯在風教，睎古當振纓。堯宫土華碧，舜山煙草平。相期闢皇路，爲君歌德聲。

〔一〕「泊」，原作「泊」，今據萬曆本改。

## 陵祀紀行與姚維東殿撰

銜命承明廬，明發戒徒御。逝將謁陵寢，川原莽馳騖。浮陽映邊堠，豐草被廣路。英寮諧所懽，聯鑣敍情素。輕雷喧薄陰，燕山靄然莫。前驅抗雙旌，泮水導吾步。息囂謝人役，撫勝得天遇。矞雲吐金波，圓景在高樹。陰晴無定端，聚合良可悟。與子永今夕，願言麗金䕶。

## 送大理卿鄭公訊獄如陝西

長猋徹炎暑，蕭然燕冀秋。天高萬物肅，曠士懷國憂。棘寺祗王命，嚴程戒華輈。自聞帳下變，涇渭頹不流。騁望五陵外，莽莽胡雲愁。原獸惡罔羅，時澤亮不周。平反資淑問，及遠遵壯猷。君看鷹隼擊，詎同鵰鶚游？河梁阻西笑，悵別徒悠悠。

## 送秦刑曹之留都

瞻彼長淮水，上有孤鳳臺。驅車發朱夏，岐路何佐非〔一〕？淑問睎皋陶，振纓感我懷。我懷草昧

〔一〕「佐非」，嘉靖本、萬曆本作「恢台」。

初，經綸協雲雷。晉接有遺構，豐芑多良材。粲粲琅玕花，亭亭倚風開。昊穹正玄邈，孤鳳何時來？

## 秋日登萬歲山不果至瓊華島遼后妝樓而返與張廖二子同賦分韻得登萬二字

玄天臨析木，白雲出丘陵。皇居阻通軌，神池閟清澂。翠峒紆歷覽，瓊樓恣攀登。陽陸日月迥，陰厓雷雨憑。瑚闌綴碧蘚，藻井巢蒼鷹。炯戒鑒夷夏，端居思廢興。飛孤已迢遰〔一〕，疏龍尚軒騰。宇宙席休運，人神歸聖能。同遊集軒冕，縟儀崇股肱。虹橋架鰲炬，星旗翼鸞乘。靈蹤固葱蒨，秋霜正嚴凝。撫化惜遐景，覽物懷堅冰。長嘯倚林藪，浩歌望觚棱。虛籟殷珠樹，涼飆摇玉繩。兹遊信有適，誰言殊鷃鵬？

青梧飄素秋，煙霜變昏旦。所忻天地肅，適意山水翫。眇默循玉闕，威遲度金澗。長虹浮大川，積翠亘天半。瑶甍拂台斗，綺窗瞰雲漢。丹梯指遐坂，黄圖入英眄〔二〕。鳳京環百二，鵬霄翻九萬。風起雲嵯峨，日耀樹凌亂。昔聞青娥妝，今見碧草蔓。《採蓮》無緩歌，《握蘭》白遺歎〔三〕。淋池翔王鳧，

〔一〕「孤」，嘉靖本、萬曆本作「狐」，疑作「狐」是。
〔二〕「眄」，原作「盱」，今據嘉靖本、萬曆本改。
〔三〕「白」，嘉靖本、萬曆本作「有」。

芳洲宿朱鴈。蹇予及朋好，羡爾遊波間〔一〕。詎浪金門隱，凄其《廣陵散》。扣閽詎有遇，褰裳庶無悶。緬懷巖桂叢，徘徊歲將晏。

## 聞汪侍讀奉命校書建陽詩以奉謚

矯矯鸞鳳姿，翩翩出蓬海。吐卷嗟已塵，銜甲今安在？姬壇久零落，孔室沉光彩。振翮時一鳴，人文朗千載。緬邈閩嶠東，瀟灑辭鴛鴻。而我詠苞栩，騁望愁煙空。蒹葭下玉露，橘柚摇金風。因之感摇落，征心夜沖沖。

## 十六夜補之席上賞月分韻得水字

長風吹燕樹，月色浩如水。華堂徹明燭，飛軒集同軌。金波散窗户，瓊筵一何綺？興隨虚籟發，歌逐流雲起。清輝雖可悦，虧盈自茲始。人事有代謝，况乃幽玄理。惟恐秋已深，嚴霜被蘭芷。默坐聞疏砧，孤懷渺千里。

〔一〕「間」，嘉靖本、萬曆本作「瀾」。

## 大興隆寺小集贈别盧侍御堯文分韻得冕字

孤飛思比翼，獨行願同輦[一]。自我違良友，契闊情不淺。京洛期合并，江淮悵悠緬。今夕乃何夕，及此會軒冕。寶瑟延素月，金罍耀芳宴。問子何所爲，令猷日光闡。乘驄訓青衾，雕龍理黄卷。譬彼荆山璞，追琢盡成瑑。采蕭固三秋，藝蘭亦九畹。洋洋清商闋，宛宛車輪轉。脉脉銜離憂，惻惻增婉孌。潞渚肅清漲，秣陵望丹巘。自非南流景，何繇知近遠？瑶華遲爾音，瓊樹跂余蹇。千里通精誠，願言各敦勉。

## 出京别親友三首

絜身遊魏闕，周旋未言殫。天衢何崇崇，短翮思飛翻。賴我金蘭友，婉孌同所歡。銜恩負羈紲，遥役指岷、嶓。威蕤集端委，璀璨紛盤飧。朝車發朔塗，莫舟泊河干。褰衽自兹去，佇立懷辛酸。矯矯飛鸞鳥，奕奕彤雲端。會長不自慶，别促空成歎。

秋秋天地肅，玄林嚴風發。嗷嗷宿鴈起，萬里黄雲没。行子懷越都，胡馬嘶燕月。佇立睇川原，

[一]「輦」，原作「輩」，今據嘉靖本改。

川原莽空闊。樹萱亮有懷，食芹曠未達。況兹别親賓，何由慰饑渴。昔爲驂與靳，今爲弦與筈。

騑服本同駕，葛藟亦相因。辭家忽五載，良朋成密親。貞心秉金石，綺言麗蒼旻。終始誓不渝，輝光期日新。歲月不我留，鶗鴂鳴蕭晨。驪駒方載路，萬里違音塵。志氣恒相孚，異縣猶同人。行矣各自勵，修名良足珍。

八美詩八章章八句美同館八君子也分携眷戀聊宣别情云爾

**張侍御**補之

水南鸞鳳姿，棲心向丹霄。蘭臺聊大隱，塵埃視金蜩。詒我一束詩，粲粲英瓊瑶。容輝在寤寐，鄙吝猶自銷。

**張太史**文邦

龍湖藴神奇，豪爽絶今古。性不纓垢氛，嘯傲對珪組。存身貴深蟄，偕時乃施普。炳炳金臒言，銘之在衷腑。

**葛黄門**子中

魁山冀方傑，博雅能沉幾。振纓願匡濟，握鏡通玄微。申章吐芳訊，焕爛雲霞飛。行矣掩瑶瑟，知音良已希。

**趙黃門** 信臣

洪洋秉清真，胸次無塵滓。高卧烟山春，倏爲蒼生起。裁詩最清絶，秋月照寒水。臨岐懷好音，軫念林居子。

**楊中允** 達甫

方城甲天下，靈氣鍾神州。蹇諤斥奸佞，謙光遇王侯。青冥翔健翮，白日縣方猷。喟焉傷别促，采蕭詠三秋。

**廖太史** 鳴吾

廖子謝白鹿，英聲振金馬。掞天摛雄詞，星辰紘九埜。鳧藻競馳目，驪珠遂盈把。嗟余蹇且拙，末由追大雅。

**鄭黃門** 九萬

鄭公不勝衣，見義奮直前。日月勤獻納，忠憤思回天。芸閣昔講肄，器重余獨先。誦《抑》師衛武，終身知寡愆。

**王太史** 允興

蘭陂何温温，璠璵美無度。遇事類遲鈍，潛心絶馳騖。六籍究萬微，績學日宏富。燕郊獨送遠，離情滿豪素。

## 登衡岳值風霧至絶頂忽霽感靈貺賦二十韻

炎德殿南戒，玄功協北祇。大哉祝融祀，邈矣陶唐時。錫民溥鴻澤，翊國隆駿基。明明翼軫列，滔滔江漢馳。矻柱立乾棟，連絡亘地維。衣帶縈三湘，嬰孺撫九疑。攢峰鎖蒼霧，標嵐横綵霓。青玉固葱蒨，朱陵亦葳蕤。兹山擅雄峻，伊予嗜靈奇。停艫諧夙願，彯節隨所之。仰探丹鳳穴，俯見玄豹崖。冥濛苦氛祲，窈窕多路歧。皎鏡雪方積，虚壑風何悲？豈知凌絶巘，及此娱晴曦。歘吸揭靈景，混茫開太儀。煙靄散林薄，雲光溢川坻。平厓少延佇，窮髮皆可窺。振衣望郢甸，披雲辨京圻。如彼朝陽鳥，跂爾梧桐枝。整翮自兹去，翱翔本無期。

## 濂　溪

真儒去代久，一畝存遺宫。濂泉洌不食，旦夕寒㴒㴒。芙蕖謝光彩，卉棘紛蒙籠。烏鳥聚喬木，噭噭鳴積陰。依巖見樵爨，駐轍聞村舂。日晏牛羊下，秋高禾黍豐。遡源曠無人，沿洄焉所終？蹇予勇言邁，扶策安能從？精靈諒斯在，沕穆相爲通。繄昔宋中季，皇流疊褒崇。披雲起結構，灑翰盤蛟龍。霽月輝朱綴，光風摇瑣窗。誰令坐消歇，吾道曾何窮？

## 月巖

驅車冒靈雨，月巖訪幽奇。引顧穹壤間，見此兩鬱儀。蟾兔耀白日，神工開翠厓。金波互盈朒，玉輪中渺瀰。消長瞻世變，弦望通天時。廣筵得明牧，脱幅忘塵羈。葭鳴虚籟起，杯深靈景移。因之發長嘯，風生叢桂枝。

## 蓮亭奉南渭王宴中作

菀園啓瑶構，靈沼競芳鮮。蓮花何曄曄，蓮葉何田田？耀魄汎空波，神飆起中天。馨香入襟袖，把酒心茫然。懿此出深滓，素質虚以圓。本無枝與蔓，何懼外物牽？緬懷君子德〔一〕，冥心入沖玄。嘉賓從南來，浩倡協虞弦。閭閻一以阜，民愠從兹捐。徽音徹穹厔，清歡眇雲煙。思爲雙飛鶴，接翅浮漪漣。

## 道州何司空席上作

司空修禹績，聲華藹孤騫。皜皜荆山玉，虹光燭中天。春陵雨新霽，延我於丘樊。卜築在蒼翠，

〔一〕「緬」，原作「緬」，今據嘉靖本改。

架構依巑岏。琴書一蕭散，遲日滿前軒。和風汎煙際，有鳥鳴樹間。但覺清尊滿，不知斟酌繁。閒揩玩流水，疏籬見遠山。遲迴步苔徑，盡我平生言。

遊通天巖同林二山憲副作

石林展奇眺，飛幰遵崇阿。翠壁中洞開，雲日相盪摩。桂户頫瓊闕，花宫敞銀河。四顧絶埃壒，顥氣流靈和。披襟倏蕭散，盤礴興嘯歌。陶陶隨所適，野酌依煙蘿。皓月照堤柳，微風揚澤荷。褰帷自兹去，真賞豈在多？

三至軒爲陳高吾中丞

提提高飛鳥，羽儀耀臺端。顯顯高吾公，德威爲世觀。章江三弭節，不辭道路艱。旄倪見公至，煦嫗成歡顔。章江東流去，城郭何鬱盤。臺中啓華構，桂户橑以蘭。祥鵲迎逍遥，賀燕來翩翻。豈爲麗丹雘，芳馨良獨難。端居揆時運，晤言及湖山。邂逅適我願，悵别起長歎。

贈吴白樓學士展墓歸蘇州

雲海縱飛鱗，風林戢歸翼。委質贊王猷，胡乃懷家食。端居揆物理，去住各有適。而我違松楸，感歎靡朝夕。肅穆戒徂兩，天惠流丹極。揚旌潞河外，稅駕崑山側。緹光發芳甸，積雪成春澤。應時須哲匠，因之感行色。蒿宫承日耀，扈閣凌天闕。戾矣毋優游，皇情軫明德。

## 嚴州孟太守去思亭

魚龍召風雨，仁義徠蒸民。有感豈不孚，所貴惟道真。顯允孟夫子，爲邦善經綸。陽和一以播，弦歌日莘莘。至今輿人誦，惻惻懷二親。稅履表遺愛，危亭瞰通津。嚴山石齒齒，嚴水波鱗鱗。水石會銷歇，景燿垂千春。

## 羅浮朱明洞緩聲歌三首

朗朗朱光晶，肅肅朱火兵。朱旂化岝崿，簇疊環朱明。耀真肇丹臺，飛雲槩紫清。于景守劫仞，罡風運流鈴。左攝白元尊，右襟交無英。同歸太信根，桃康保黄寧。

曉發黄龍洞，夜宿朱明天。朱明何高高，大羅相連延。元始命天真，授我雲篆篇。九光駐飛軿，三華返胎轅。上窺無復色，下際寧有淵。永言保沖虚，冥心同太玄。

晨陽避玄仞，琅霄敞飆臺。濯濯鶴上仙，繽繙乘雨來。水簾發紅泉，金沙燦璚瑰。琳和殷珠樹，扶光入東隈。鼓輪漱胎息，混合神風迴。元命歸太初，千椿尚嬰孩。

梅花村前遇畲人薦酒

落落梅花村，前有燒畲客。殷勤芳樹下，酌以縹玉白。杯盤出古窑，鷄豕自山澤。陶然巾車去，和風蕩長陌。

題石川畫贈張子

磐石何巖巖，流泉何瀰瀰。石以勵吾志，泉以洗吾耳。淥浄涵青天，秀色亘千里。菰蒲斷塵境，花竹粲成綺。有時天水交，觸石片雲起。彷彿御爐煙，絪緼映丹扆。因之懷金門，忠貞詎能已？秉志儻不移，潤澤從兹始。

# 泰泉集卷第七

## 五言古詩

### 喜晴四首

解纓息塵駕，復此園田居。昊穹靳白日，后土成沮洳。今晨雨初霽，良懷浩然舒。玄蟬鳴灌木，高鴻凌太虛。飄風卷蓬藋，奇岑映吾廬。揮杯適真性，行歌隨所如。

離離原上苗，混混隨流波。久無持禄資，所望良已多。農人速吾駕，及此風日和。南疇理荒薉，勞者相與歌。間關林中鳥，窈窕陌上華。生態足娱悦，豈憚重荷鋤？

散步衡茅下，萬木環芳洲。白鷺矯其羽，清飆送回流。云何雨無正，雅違林與丘。肅肅天界澄，泱泱川潢收。庶物露其生，景風亦和柔。及辰盍朋好，濁醪相勸酬。清言閒長謡，冥會臻神幽。巍巍紫芝翁，千載相爲謀。緬彼商山時，爲樂有此否？委形宇宙内，縱浪將焉求？

端居撫靈化，流幻成陰晴。晨鷄奏天色，起覺衾裯輕。籓籬末云樹，溪壑浩已盈。抱獨有餘豫，焉知世上情？邂逅適所願，丹葵耀其英。摇摇庭緑中，有鳥時一鳴。物色每如此，聊以觀我生。

學古三首贈胡承之歸關中

翩翩雙鳴鴈，皦皦雲中飛。娟娟蛾眉女，札札流黃眉。棄置不成匹，嘆息減容輝。問女何所嘆，良人悵有違。萬里遥相望，何由接音徽？蕙樓鑒素月，蘭鐙曖虚幃。身非驂與服，安得同車歸？河清尚可俟，會合何可希？臨岐奏此曲，淚下誰能揮？

巾車返初服，凌晨發京洛。引顧咸陽道，雲山互參錯。威夷眄三塗，嶔岑辨二岳。草樹鬱仟仟，溝塍紛漠漠。霞日映宫雉，明滅見城郭。行子歸舊疆，園田懼蕪落。莊生傲柴栅，臺公願藜藿。已躅原憲恥，無論啓期樂。道因儻來悟，心泯然疑作。達士有遺矩，卷舒在龍蠖。

玄冬服纖纊，不若貂襜褕。新知雖云樂，不若故人姝。華軒豈不美，休休惟故居。故居乃何所，乃在秦城隅。山泉環户牖，樹木何舒舒？開簾見棲鳥，臨淵羡潛魚。孤菊揚其英，芳草不復除。適意向井臼，陶情在琴書。此生諒已得，不樂將焉如？

白沙新祠二首

尼山日雲霧，嘆息彌軫情。萬有何芸芸，虚完本中扃。好古遺真筌，乃爲耳目營。所以林居子，持此常惺惺。嗟彼芷與蘺，不同春草榮。玄穹正摇落，辛勤薦芳馨。

崇祠倚雲漢，彯纓陟遐坂。蕭蕭木葉下，冉冉歲月晚。貞元無停轂，端坐知易簡。環顧望九州，天逵一何坦。黄鶴去不息，白雲何時返。

## 浣俗軒五首爲孫德謙

冥鴻避矰繳，威鳳棲琅玕。呼洶埃壒中，誰能迴羽翰？浮榮逐不舍，乃見掇危患。嗟古賢智人，天遊恒閉關。

閉關求我志，出即事廊廟。文案雖糾纏，音徽自高妙。玄珠翳紺淵，晶熒有餘耀。朝市藏大隱，振纓可同調。

同調子鳴鶴，異臭誰斷金？皎皎嘉石陽，肅肅棘樹陰。循除聽流水，鈎簾見鳴禽。嘯傲層軒内，聊用洗我心。

洗心寔稽古，攖名非俟命。利本競錐刀，色乃讓千乘。義欲在丹書，聖狂有明鏡。懿維皭不滓，芙蕖秉貞性。

貞性本自敦，乃爲薄俗移。驅車出門去，擾擾多塵緇。濯足蓬瀛流，晞髮扶木枝。俗累自兹浣，天衢以爲期。

## 衢村書屋三首爲范憲副題

天衢何坦坦，乃在東甌陽。和風蕩原隰，戴勝鳴高桑。課耕有餘閒，擊缶歌慨慷。世途方好徑，而我循其常。車馬帶傾覆，貧賤起膏粱。不見陵陂麥，千載同感傷。

天衢何坦坦，乃在東甌側。中田敞衡宇，流水亘長陌。逝者每如斯，守真在沖默。好盈非所知，適意即安宅。草木咸懷新，吾亦欣有得。何必凌青冥，羡彼雙飛翼。

天衢何坦坦，乃在東甌隅。主人薄言歸，豸服紆金朱。杖策玩魚鳥，下帷理琴書。舉俗愛芬華，誰能有此廬？退耕混沮溺，出即衛皇輿。白雲蔚高山，浩然懷卷舒。

## 避暑矩洲書院與歐陽憲副汪少參黎倫二道長王主政同賦得矩字

招摇出西郭，宛轡臨芳渚。浮陽耀原隰，凱風動禾黍。伊人不可見，中坻敞衡宇。開軒遊鮒適，卷幔賓鴻舉。顧我平生友，兹焉澹容與。肅肅嘉樹陰，行歌謝徒旅。晞髮散煩燠，蜚觴對靈雨。好樂無太康，先民有遺矩。襜帷難久淹，虹橋屢延佇。嗟彼鳧與鴈，安知慕儔侣？

## 同年會以新秋同年雅集爲韻六首在會者顧僉憲溱劉僉憲喬余給諫經梁侍御世驃倫侍御以諒及予也

南紀肇秋序，金飆動高旻。今夕乃何夕，讌笑成陽春。顧、劉憲度肅，余、梁皃藻新。倫子材卓犖，俱稱華國珍。愧予澹蕩姿，海鷗竟難馴。

明月滿庭幽，照我紫綺裘。携手步明月，舉白交相浮。歌聲浩無倪，颯颯松桂秋。情隨玉山倒，興逐銀河流。五君顧我笑，真成鵬鷃游。

粵客鳴絲桐，商聲出瑶空。始奏天地肅，再奏煙霜濃。萬里久爲別，一尊今始同。願排十二翮，乘雲扈飛龍。三星在丹牖，可以明深衷。

落落荆山璆，輝光燭中天。舉舉同聲友，五彩蔚相宣。舒嘯儗鸞鳳，摇筆生雲煙。玉壺酒易滿，金樞月難圓。對景不盡意，應嗟離别年。

海瀆集群彦，蜚英振風雅。對月成七人，可以當作者。顧予忝嘉招，瓦缶混瓊斝。天長去鴈迥，霜急飛梧下。因之感摇落，忘情共陶寫。

碧山金琅玕，綵鳳日翔集。氣誼有不同，咫尺寧相及？主歌白駒勸，賓賦長鯨吸。醉來願天游，海月期俯拾。褰衣渺然去，玉露沾塗濕。

## 秋日登鎮海樓有作呈同遊東庵徐憲副顧小涇劉魚洲二僉憲

飛樓鎮重溟，鬣翠倚太清。翩然彩雲上，玉京連五城。綺户環日月，丹梯殷雷霆。秋風左右至，松檜皆金聲。留連紫霞賞，慷慨滄洲盟。俯視几席下，茫茫盡塵纓。鰲極莽安在，鯨波浩難平。

## 遊粤臺與方棠陵倫右溪王象川倫彦蕃同賦得覽字

精廬展良晤，勝地紆玄覽。舍輿躡風磴，聯袂度雲掩。粤臺一以陟，遠翠紛可攬。瀟瀟雨初霽，冉冉日欲晚。川光溢寥廓，野色開黤慘。長謡出金石，英論照肝膽。於焉謝羈束，何必理鉛槧。沉冥聖所珍，傲睨吾豈敢。憑林悟榮悴，步壑玩流坎。霸圖有遺迹，因之動遐感。

## 六月于役西江感群公餞送有作

西江肅王命，衝炎枻蘭舟。陳臬有程期，將母不敢留。軒車遠相送，悵别情綢繆。朝發沉珠浦，夕宿拾翠洲。靈風吹柘旗，海天浩悠悠。顧見肅肅羽，與波競沉浮。奇雲混高山，豐草翳層丘。自古負羈紲，我何懷殷憂？

## 調鹿出郊謝徐方伯惠酒

調鹿適林野，就萍荒水濱。水流日東逝，春序猶依辰。傾耳無市聲，在目多亂雲。寒巖寂如冬，古木相與親。有酒來南州，連觴飲其醇。班荆亦縣榻，素心良已勤。醉來陟高岡，萬化皆呈新。陶然牽鹿歸，放浪存吾真。

## 桂山

桂山何高高，高可肩岱宗。秀色灑百粤，玄象開萬峰。恍如躡孤鳳，鷙鳥翩然從。又如乘雲槎，星潢浩溶溶。風迴玉琮琤，日射金玲瓏。珠樹徧巖穴，仙聖留靈蹤。我欲轡羲和，珮結蒼精龍。峨冠朝太清，獻此青芙蓉。天長綵霞遠，歲晚蒼煙濃。長嘯倚盤石，笙竽滿杉松。

## 洮水

驅車至洮陽，山川互盤紆。淮南征戰後，衣冠滿郊墟〔一〕。好鳥鳴青林，交交如自娱。問女遊何

〔一〕「郊」，原作「如」，今據嘉靖本、萬曆本改。

所，戢翼方踟蹰。湘沅自南北，人生無定居。桑土陰以雨，何由能拮据？隨陽愧鴻雁，逐美憐駏驉。託身苟得所，不樂將焉如？

## 蔣少傅約遊湘山阻雨不果招陳宋卿同讌湘皋書屋

湘山韞奇秀，浩然歌遠遊。晞髮思春陽，衆芳蔆曾丘。星車夙言駕，六轡一何柔。密雲翳扶木，蜚雨灑道周。亮無精誠格，皇穹浩悠悠。弭節升公堂，綺筵羅玉羞。晤言獲飽德，良友副所求。彈冠謝薦達，緩帶成淹留。黄鵠拚拚飛，所覽在九州。而我方永懷，山川空阻修。自非采蘭杜，何由結綢繆？願迴燭龍照，庶以寫我憂。

## 贈華太守二首

有鳥西南飛，拚拚棲桂林。文彩一何綺，隨風遺好音。天地多網羅，山川嗟阻深。期爾協《韶濩》，誰言終陸沉？悱側念兹去，爲奏龍脣琴。

商風鳴素節，鶗鴂彫百草。蘭芷競芬芳，經霜逾鮮好。孤根諒長在，歲寒可相保。朝發蒼梧野，夕至鑑湖道。臨岐願有贈，守貞以爲寶。

## 贈邵端峰方伯之山東六首

百粤殊氣候，三伏競炎凉。幽居慎服食，况乃道路長。門有車馬客，駕言發我鄉。旬宣指鄒魯，鄒魯民所望。思爲驂與靷，隻在水一方。仰睇雲中鵠，何時遂翱翔？

端峰倚天日，氛氲羅秀色。膚寸蒸爲雲，觸彼泰山石。龍惟合變化，誰不願甘澤？久謝承明廬，居然服逢掖。行行二十載，豈惟六月息？古調終有諧，今見垂天翼。

迢迢泰山阿，鬱鬱古尼丘。明明闕里祀，滔滔洙泗流。鳳德衰矣夫，誰其爲東周？袞章儼如在，俎豆萬春秋。君子孝豈匱，欲言懼招尤。建藩自兹往，我心正悠悠。

越女顔如花，靚粧趨若耶。采蓮心亦苦，冶容人所誇。君今秉幽貞，高閣凌飛霞。褵褷翠羽帳，旖旎彤雲車。可望不可見，温温玉無瑕。願言托君懷，倘類蓬生麻。

海榴發巖楹，葳蕤含景鮮。菱葧晞陽光，亭午丹欲然。蕭瑟歲寒節，緬懷中興年。雍齒反嬰僇，丁公顧能全。如彼熒熒者，乃矜一朝妍。緘書持贈君，何由達靈荃？

偏性寡夙諧，幽痾每蕲豫。偶逃朱紱困，遂洽滄洲趣。公餘一相見，所欣襜帷駐。退耕愧不任，内省恒多誤。感君砭我愚，胡然自兹去？獨坐汎瑶瑟，知音信難遇。

# 崇德樓懷古八首爲彭城馬子津賦

蒼山倚天東，秀色亘千里。緬懷山中人，羽翼赤龍子。織鳥翔太霄，翩翩彩雲起。瞻雲息機事，林卧觀無始。

明月出西山，金波何穆穆。徘徊入窗户，清輝如可掬。楚王不復見，掩映見雲木。設醴待高賢，誰哉繼芳躅？

南山當我前，翩躚如鳳凰。和風日夕至，草木皆文章。髣髴九苞羽，來爲王者祥。盪胸俱凉翠，衆鳥空榆枋。

寶瓶出樓陰，亭亭干斗杓。璿衡齊七政，璀璨明九霄。軫我匡時心，誰令元氣調？酒漿不可挹，大東有遺謡。

頣真懷老彭，用之師大禹。斟雉道不傳，河流遽如許。觚稜屹黔艭，仁知似交語。撫化坐超忽，參錯成賓主。

騶軻至大梁，孔鐸鳴東魯。滔滔汴泗流，淵源自千古。朝宗看浴日，取適美游鮒。晝夜每如斯，萬化誰其祖？

嗟我恭敬心，乃在桑梓陰。誰謂先廬小，廣居中自深。芝蘭滿階戺，四壁書與琴。挺挺白眉傑，修治垂自今。

西北望松楸，惻惻懷昊天。昊天有霜露，松楸故依然。飄蕭麥飯節，寂歷墟里煙。銜訓勵明德，庶幾以歸全。

## 卧喧二首

魯麟獲已久，禮樂日以新。大化隨浪遷，鬢變不待人。負胺東榮下，泯默安形神。弱子左右戲，欵我頭上巾。倦且效龍卧，寤言爲鳥伸。陶情舉塵爵，覺有羲皇春。

乃者龐德公，耦耕棲鹿門。荆棘視城府，軼駕誰能軒？吾廬在通逵，車馬時往還。抱獨以混世，曲肱道終存。采芳息塵務，觀書忘市喧。委和在我躬，悠然感乾坤。

## 春日草堂雅集分得橋字

浪迹棲煙山，采芳混魚樵。東風隨我行，不遺瑶草凋。招携二三子，鸞歌躡虹橋。絃琴坐白石，萬壑生神飆。真樂豈在酒，所貴能久要。長松閲千霜，飛蘿拂丹霄。好鳥枝間鳴，飛去枝摇摇。後夜弄雲月，相期揮碧寥。

## 南園三忠祠分韻得院字

鶗鴂鳴素商，寒威起松院。疾風被野草，日覺群芳變。驅車遊南園，雲構蔚霞絢。桓桓三君子，萬代諒如見。嗚呼炎宋阸，中華驫龍戰。金陵生厲階，雨雪集維霰。誰令王士多，藹藹甘爲媛。黄河歸紫塞，久矣忘燕汴。艮岳成紈干，湖山尚芳宴。荆淮日以蹇，斡難焰方煽。辟彼强弩末，魯縞何由穿？胡塵暗三極，朔氣瀰九縣。力斷匈奴臂，虚發天山箭。長纓竟莫繫，大義赫霆電。鯨濤浩淒惻，中有慈元殿。樓船載國沉，輝光與天炫。群龍翼日飛，隕首猶懷戀。哀哉田横島〔一〕，不見華元面。燕市望蒼梧，哀歌淚如綫。吾聞賁隅都，卉服禹所甸。通非嬴政始，迹是虞皇踐。厓門對韶石，高岡兩葱蒨。危亡人所憐，明良吾所羨。緬懷南薰弦，宏達四門薦。言開城且閉，國步何由奠？有道四夷守，無爲萬情忭。勿以綺羅貴，而謂絲麻賤。勿以便辟親，而可疏忠彦。徒糜磨鈍資，見此金百鍊。愀然拜祠下，誰能愧纓弁？

## 草堂與諸生二首

吾愛秋日佳，蕭然適我懷。良朋日相覿，衆芳未云衰。朱光覃霧澤，緑水問雲涯。中塘集鳧鴈，

〔一〕「島」，原作「鳧」，今據嘉靖本改。

接翼鳴喈喈。蜻蜓振其羽，翾飛亦徘徊。物色每如此，會盍何當乖？九罭得魴鯉，薄言同舉杯。雖無鐘石奏，意志中自諧。巢居託松柏，遲莫猶能來。

采菊登高岡，崎嶇行苦饑。顧見阪田中，粲粲金滿枝。芳馨不在遠，中心胡乃遺？緬懷王子喬，棄俗乘雲螭。寄言青鸞鳥，瑤華杳難期。蹠實會有程，排虛非所知。縣圃不可即，仙夫誠已希。白榆何歷歷，無根自相依。賈地硜然石，乃爲人所嗤。

## 贈郭循夫北上

天池集高鳳，炎嶠起潛虯。君子崇令德，及時建芳猷。眩璧乃天損，閉關非世求。修名如有立，千載揚嫮修。兹行壽親闈，明將覲宸旒。壯志麗陽春，健翮凌素秋。出宿珠海湄，弭棹龍江流。蹇予愧德鄰，坎壈棲滄洲。念子清廟姿，溫溫古天球。赤手扶天步，丹心開聖謀。仗劍自兹别，吾道何悠悠。

## 泰泉紀遊次京兆陳公韻

飛蓋龍丘陽，投轄鶴臺陰。泰泉閟真源，乘秋可高尋。煙蘿開野酌，寒翠生衣襟。采蒲歷窈窕，懷菊經崎嶔。安期與崔公，千載同素心。雲螭一以駕，碧山苔蘚深。松風如有情，颾颾瑤華音。因之撫元化，庶以求吾忱。於穆諒在兹，魚鳥自飛沉。晤言得真筌，萬象居然森。白駒倏難縶，佇望空遥岑。

## 春郊感興

升彼青門墟，緜緜生之瓜。策馬者誰子，容輝閒且都。揚鑣不相顧，我且芸荷鋤。但使固根蔕，寧無以爲家。姚冶人所羡，沉冥道爲徒。漂摇不可食，嘆息林中花。

## 冬日與子乾惟鑒兄弟遊泰泉訪鶴舒臺

天池集南翼，帝車迴北衡。芳草寒未歇，潦川慘猶清。晏陰日夕起，鬱抱何由平？遡風肅徂軫，陟雲延友生。周遭度玄渚，紆徐搴落英。晨霞散餘絢，儵忽淩虚明。虬松移翠葆，虹澗流金聲。轅馬何蕭蕭，谷鳥亦嚶嚶。藴真效龍蠖，撫化忘將迎。隆墀一永嘆，遠壑浩自盈。緬惟遼海鶴，載彼瑶臺笙。邈矣安期子，乃垂千載名。

## 草堂踏月二首

飛鞅登古臺，抱膝睎天路。紫微何蒼蒼，玄化莽回互。陽烏來不息，江南正霜露。飄風振虚壑，海濤自吞吐。世塗渺無端，玉衡有常度。優焉懷古今，行歌寫衷素。

逍遥水上鷺，倏忽雲中翔。阜螽躍衰草，亦知明月光。群動夜不息，玄天函百昌。二蟲何爲爾，高下自有常。縱浪大化中，洪濤浩茫茫。自非松柏姿，日夕焜以黄。慨彼風中葉，悠悠安所將。

## 秋　懷

瑟瑟陵上松，琅琅峽中泉。迴風相遇合，淒清成管絃。端居撫時運，閔默何由宣？野廬盡縣磬，飛輓猶開邊。初月張虛弓，流火無炊煙。明河不可觴，白榆不爲錢。吾民亦勞止，昊天胡乃然。

## 陳京兆浮丘心遠亭分得落字

浮丘倚闌渚，鬱水環山郭。中流結衡宇，炎歊盡銷落。伊人天與游，委懷合沖漠。投簪隱朝市，緤組尹京洛。卷舒貴自我，虞羅豈云獲？丘隅協鳥性，濠梁遂魚樂。翛然馳寸心，萬古紛迴薄。高雲映樽俎，凉雨灑葵藿。陶情良在兹，撫物欣有託。願爲鴻與鵠，相將翔寥廓。

## 三窮啚詩九首爲周侍御同年

縫裳須用鍼，和瑟須鳴琴。芳年纔十七，與君結同心。譬彼梧桐枝，萋萋倚雲岑。豈知雙鸞曲，翻成《孤鵠唫》？幽燈照繐帷，悽惻誰能禁？

芙蓉含早霜，亭亭立清沚。中雖懷苦心，所幸有蓮子。結根徹黃泉，不惜爲君死。撫膺顧遺腹，一脉尚存此。

雌雄嗟未判，血淚徒盈眥。逝水無迴波，斷髮不返根。燕好甫三載，音容俄九原。高堂有舅姑，誰與供晨昏？懸弧倘不遂，妾身安用存？慟哭視蒼天，悠悠竟何言！

力田終有獲，績紡終成布。誰言邁種德，一絶如零露？越月兼逾旬，祥駒自天騖。尊嫜驚且喜，風骨儼如父。提携方自兹，陟岵增懷慕。

衡茅勿云蔀，閶門當見天。孩提勿云小，宗祐當緜延。彌月拜舅姑，縞素登堂前。嗟哉老無子，仗爾娱暮年。爾孤不識父，呱呱淚如泉。

緜緜孤生颸，子母相鉤帶。旦夕勤護持，懼爲風雪害。周宗已磬石，孟母猶教誡。烏啼書幌月，鳴機苔虚籟。旌弓方騂騂，奮志從此邁。

霜蹄肅皇路，雲翼騰天池。旭日送檐鵲，秋風飄桂枝。慄慄未亡人，幸此光榮時。驅車向京洛，賓興有程期。山川夐悠邈，離憂良在兹。

北堂有慈竹，孫枝凌雲起。孤兒復抱子，蘭階映瑶珥。四世萃一門，九原聞亦喜。割鮮開錦席，犀錢一何綺？沉憂天所釋，樹蘐乃徒爾。

赤霄坦如底，驄馬高騰驤。顧見風中木，慽慽猶慘傷。緘情達楓陛，鸞鳳森翱翔。巍峨表宅里，恩渥光泉鄉。我矢《三窮詩》，天道固有常。

## 李番禺席上賦

兔絲依松柏，引蔓凌雲天。文明席佳會，彈冠懷昔年。邵生圭組時，寧知在瓜田？陳力審所就，周任有遺言。弛張道所貴，辟彼望與弦。華筵有朋牧〔一〕，飛觚羅豆籩。坎坎鼓干舞，矯矯成飛鸞。醉來命駕起，斗柄隨車還。浮雲翳金樞，望舒闓復宣。曲肱謝鞶帶，皎日當盈前。卷舒合龍蠖，庶以道自全。解憂適真性，杜康無乃賢。

新秋登玄覽臺分韻得峰字

高臺臨萬峰，陸海開芙蓉。玩弄忘日夕，涼翠生心胸。載酒步雲壑，豪客紛來從。是時秋序肅，天空鴈嗈嗈。蘿月挂霜鏡，楓江馳玉龍。醉來藉瑶草，鳬外聞煙鐘。振衣劃然嘯，鸞聲落長松。懸知千載後，懷吾霞上蹤。

郭中丞半隱園迎春雅集

振羽擇芚木，育鱗資澄淵。豈知歷臺館，欻焉接林泉？蒼郊迓春序，玄圃敞瓊筵。結構崇雅朴，高情屬雲天。環亭列翠陌，鑿沼引璿源。飛觴坐秩秩，曲水聞涓涓。令嚴榛莽闢，仁鋪桃李妍。壯節

〔一〕「朋」，嘉靖本作「明」，疑作「明」是。

挺松竹，芳猷播蘭荃。和風動欞箔，秀色通漪漣。養素成半隱，忘言飛泳間。祥鵷仰迢遞〔一〕，賀燕來連翩。蹇予諧夙尚，臨眺心悠然。

## 紫雲觀易臺爲薛吏部題

鳴鶴振遠皋，潛龍耀靈淵。懿彼廬山曲，棲兹高蹈賢。紫雲結蘭若，孤峰靄鑪煙。築臺躆幽勝，迎風槩中天。侁侁衾珮集，瑣瑣珪符捐。觀《易》研衆妙，洗心由浩然。開軒丹巘入，承宇青霞連。編韋會至賾，舍瑟成真筌。雖生姬、孔後，已悟羲皇前。彙征謝嘉遁，道以時屢遷。垂光虹蜺上，永懷丘壑年。

〔一〕「鵷」，嘉靖本作「鵨」。

# 泰泉集卷第八

## 五言古詩

### 贈别崔後渠少宗伯還金陵

嚴霜麗皎日，衆芳未云彫。儲寀起巖穴，車乘何翹翹？君子典三禮，胡然南甸遥？於焉祝萬壽，龍光昂紫霄。紫霄無謂高，躐步庶其企。大道無謂長，循途會能至。排虚弗蹠實，彼乃夸簡易。驅馬出郊原，晤言同氣誼。氣誼投不早，駸軔駕已先。詣遠騁如電，蹇予徒費鞭。欣此群龍聚，倏爾歸鴻騫。菅蒯匪絲麻，中心效纏緜。

### 陸義姑姊爲陸給事浚明

吴都有鳥烏，啞啞爾雙雛。父兮振勁翮，母也溘爾徂。勁翮歸何時，徂者不可呼。阿嬰空霣涕，返視惟我姑。葛藟庇本根，况乃集於枯。左右提且挈，旦夕糜與餔。雙雛毛彩成，父始歸吴都。骨肉爲秦越，衣冠繁有徒。守孀見兄弟，乃能爲爾圖。路人皆嘆息，義姊勝丈夫。上天錫難老，黄髮將滿顱。賢哉陸氏姊，嗟嗟今所無。

## 許母貞節

松生金井上，形影自相依。疇能秉孤潔，莫若儂自知。志本如貞松，風摧恒不移。井洌如儂心，豈有波瀾時？結髮登許門，汲綆長自持。中道羸其瓶，惻惻儂心悲。蘭鐙曖緦幕，皓月明空閨。矢心報所天，枝葉期華滋。速獄蒙大難，拯捄方清夷。有緯不遑恤，宗祊日光輝。古今明大誼，懿哉兩貞嫠。瞻彼井上松，永言動遐思。

## 贈李侍御之任留都

亭亭鍾陵臺，昔聞鳳凰遊。鳳凰去千載，鷹隼横高秋。豸冠何楚楚，傑出古康州。覿德不在刑，大器如天球。欻爾振翮來，噰噰播皇休。生民苦捐瘠，洋海森戈矛。九邊慘蕭瑟，網羅尚誅求。百鳥搶榆枋，哀鳴何啁啾。方將斡元氣，披誠獻鴻猷。竹實化禾黍，梧桐蔭道周。吾寧忍飢渴，庶浣蒼生憂。邂逅適我願，結珮相綢繆。覽輝自兹去，丹衷信能酬。引望已寥廓，空登明月樓。

## 贈王履約僉都巡撫鄖陽

揚飆鄖子國，拄笏章華臺。芊楚莽安在，往事成飛埃。渺渺一氣中，龍光明九垓。帝迹發郢甸，蒿宫倚天開。幕府豈云遠，鉤陳環上台。中丞建玉節，磊落非凡材。耀日寶蓋出，簫雲天馬來。露冕煙山春，熊軾生風雲。萬里自兹始，臨岐重徘徊。菀菀垂柳枝，嚶鳴正相催。吴趨發浩倡，且薦金陵杯。

## 庚戌初度和洗秋官桂奇見壽韻

庭梅一何芚，女手一何鶉。去之五百歲，其人若長存。昊天玄且默，仲尼乃諄諄。胡爲事刪述，牖此萬世昏？紫陽繼濂洛，活水支流繁。得意忘六籍，絶利遡一源。所以合動静，乾乾養天根。不知老將至，庚戌貞復元。隆寒誦公詩，藹藹逾春温。大音出金石，玄酒開清尊。悠然曲肱外，白雲澹無言。

## 曲肱誦陶詩作

白雲何英英，出自丘壑中。倏然爲鸞虯，飛躍升太空。舒卷浩未已，適意與我同。旭日從東來，蒸作文錦紅。乃知形象外，變化安可窮？我愛淵明詩，曲肱豈傷沖？冥心羲皇上，妙契無極翁。

## 和王子汝孝二首

蔓除苦不豫，蓀美願長好。野艢一以鶩，千金恒自保。誰云俟河清，人亦幾何老？豈無蘭蕙姿，歲暮乃枯槁。凛凛冰雪威，蒼松異群草。眷言利幽貞，鑒之在蒼昊。

夙駕辛夷車，長安澹遨遊。曠懷屬玄造，高步眇通侯。寵門無轍迹，金蜩豈足求？曲肱樂孔性，嗚琴銷夏憂。揭來粤城曲，鼓棹歌夷猶。緬懷戎馬間，金戈雜霜矛。陰山無墜羽，函殽有焚舟。昔建關張業，今同巢許儔。登臺望寰海，蕣蕣盡蜉蝣。

## 李表弟綽送紫霞綃菊有感二首

遥遥太清家，灼灼開紫霞。萬朵英瓊瑶，不數蕚緑華。昔侍明光宫，昭容美如花。户外小垂袖，六龍駐雲車。歸來閲秋霜，對爾何所嗟？

璧月流素天，皎鏡涵萬里。澄澄交影中，見此娥仙子。霓衣曳明霞，微步緑雲起。嫣然東籬下，黄金何足睨？莫問桃花源，煙津渺流水。

## 魯令彭歸景陵將往終南太華訪偏翡李仙

迢迢少玉山，奕奕夢野臺。雙梟凌紫煙，揮手謝瓊厓。登臺一舒嘯，綵雲天際來。鶴上偏翡仙，招飲玉液杯。汗漫金霄游，岳蓮倚霞開。蘭風扇緑軺，浩劫飛紅埃。飄然欲從之，自笑非仙才。寰中有天地，坐覺三光回。

## 送香山張教諭往浙柄文仍應會試

鳴皋響遠音，擊海翔高翮。顯允張賢良，行矣天咫尺。持衡別浙水，揚鞭向燕陌。蟠胸有正氣，粲爛《治安策》。帝閽凌風開，甘澍隨車澤。長歌送颿去，浩浩煙霄碧。

## 張秋崖寺讌上贈張公儀郎中

菀菀河畔柳，倚棹聞嚶鳴。亭亭崖上寺，賓筵招友生。窈窕歷龍象，逍遥登化城。俯見牽百丈，始知高不傾。綵旃雜雲日，疊鼓流風霆。緩帶話疇昔，揮觥坐前榮。嗟君江海客，辛邑歌清平。種桃古岡州，至今霞錦明。一爲蒼水使，禹績今天成。笑予類青鳥，迴翔兩蓬瀛。歷覽淮濟間，鯨湫聯鳳京。北辰與南斗，入望何盈盈。矯首與君別，恍然凌玉清。

## 壽封君陶醒齋

結宇廬山曲，雅性違囂塵。默觀大化遷，醨俗何由醇？黄虞去我久，糟粕安能神？澹然守吾樞，所味唯道真。陽明一相見，呼作獨醒人。圖書付兒曹，絃誦何莘莘！卓爲柱下史，或充華國賓。澤物固自我，稍與軒冕親。期頤玩日月，代序恒依辰。逸峰映澄流，信步多所欣。濂溪與鹿洞，素志誠殷勤。盈垣杏花發，覺有無邊春。

## 送林惟承掌教安福

黄河發陽紆，源從天稷來。觀瀾欣自領，懿此聖胚胎。松樓從予遊，卓有不群材。知天得肯綮，胸次羅九垓。文章出餘緒，炳焕干斗台。德足爲國華，斂之在靈臺。有如潭中龍，蜚動需春雷。安成山南北，杞李連臺萊。含萌待施化，此去歸栽培。蹇予老棲霞，黄花傲霜開。渺然自兹別，驪歌薦鸞杯。洙泗道非遥，泝自江門隈。鵬飛九萬里，入望心徘徊。

## 羅浮釣鰲石有懷羅豫章先生

任公昔垂釣，超然龍伯先。巨鰲一入手，綸竿都棄捐。鎮此蓬山下，化石今千年。共惟豫章翁，拂石開蒼煙。坐觀萬物備，胸中羅九天。正如得巨鰲，不屑圖小鮮。泉源涵有象，松風韻無絃。冥棲不復見，悠悠東逝川。

## 四賢祠釋菜後雨霽作

短羽投翳薈，促鱗泳汀涔。頷頷各棲息，喧卑非所欽。浩浩朱明天，空洞函飛沉。元公詠真意，鶴鳴振皋音。羅子坐釣鰲，龍光耀江潯。緋魚豈足繫，靡俗何由侵〔一〕？李陳轍迹遠，冥漠交神襟。浮游構崇梲，俎豆臨嶇嶔。雨歇增波瀾，孤青出遥林。厲急復陵緬，采芳自清深。藻蘋一以薦，風生叢灌吟。遲旭粲霞綺，層崖散嵐陰。倏爾翔寥廓，安排竟無心。

## 黄龍洞天華宮故址

危石盤紫霄，幽谷吐白雨。誰爲真蛟蜃，架構窮莽楚。鋤雲得翠碣，緬想翬飛宇。甘霖羽蓋地，町畽拱禮鼠。迢遥秦阿房，天運能幾許？况持清海節，么麽蟲沙土。黄龍詫貞符，三芝望霞舉。玉馬朝洛州，執挺長降侶。餒魂久銷燐，俎豆忽環堵。萬物一指間，獨契漆園語。

〔一〕「靡」，萬曆本作「塵」。

## 荅黎惟仁惠酒殽兼柬梁思伯

閉關守元命，太和攝流形。鳶魚各自適，玄天本無聲。所以謝密親，胸次遺將迎。柬書懶不觀，口實奚經營？憶昨承嘉惠，璀璨羅前庭。旨酒逾涼州，侑以果與蒸。時自斟酌之，獨醉還獨醒。東風吹庭緑，好鳥來嚶嚶。雖無座上賓，賁然如友生。室邇人自遠，豈必長合并？堯舜幾千年，其心一以精。羹墻至今在，所貴恒思誠。不見唐棣花，翩翩良可明。千里猶接迹，寤寐向班荆。龍潛且蠖詘，時哉觀我生。

## 送鄭祖禹

鳳毛蔚璀璨，秀出皛溪濆。五色迥然别，百鳥徒成群。獻歲茂時育，春和厲氛氲。蹠實起丹嶠，排虚上青雲。八風協《韶》律，九苞焕人文。黄虞詎云遠，今逢明聖君。

## 送梁思伯

摶扶莫若風，蜚征莫若鴻。淩風駕鴻去，瞬息周蒼空。浮山今遠行，飆飆將無同。碧洞麐白鹿，金臺攀六龍。俯視九煙下，弱草棲寒蛩。家傳《煉玉訣》，鬱洲有仙翁。返還成絳雪，索入蓬萊宫。懸知不受賞，歸來芳桂叢。粲粲五色雀，遲爾瑶池東。

## 崧臺石室隋志本名定山林惟喬以爲别號賦詩贈之

守玄棲定山，夙禀海鶴姿。周眄崧臺外，巽坎涣以馳。乘猋遡江漢，帝鄉良可期。而吾謝塵坌，所信惟在斯。抗志逮莘野，述業遵仲尼。委懷緬雲月，琴書恒自怡。彼流正浪莽，此定焉能移？陟岵諒有慕，采芳多紫芝。持此北堂壽，願言越期頤。

## 梁思伯招飲觀大池浮磬石

炎城朝雨霽，曦灝氣方永。吾廬鄰大池，折旋類同井。鳳閣賢主人，飛蓋自邀請。巾車入鏡林，雕垣一何整。花竹憺清幽，禽魚逐光影。曠蕩雲天中，坐覺塵慮屏。班荆列瓊筵，持觴玩華景。潛波出浮磬，奇巒光冏冏。飛躍其猶龍，豈伊徒硜硜？作霖升北闕，發迹起南嶺。矯首懷文康，于今慨人景。冠霞陟彤樓，乘飆汜蘭艇。庭階森玉立，兒孫勸醪茗。浩歌微醉中，逍遥獨深省。

## 廣居篇夢中作

乾穹羅萬象，坤垕承九霄。賦人成泰宇，結構胡漂摇。真宰涖靈臺，旦夕萬神朝。龍光溢端冕，日月相爲昭。寸田何膴膴，車乘正翹翹。招善不納邪，邪慝居然消。而我棲其中，相與真久要。澄慮乃安步，於焉得逍遥。采采東籬花，沿途盈翠條。萋然生意滿，衆芳未嘗凋。那知廣居外，秋聲暫蕭蕭。

## 秋日静坐偶成

旭日照南楹，商飆鳴北林。衆芳何靡靡，高懷獨森森。豈曰松柏姿，不爲寒暑侵。物性有奇賦，世俗誰知欽。中夜神氣復，見此天地心。操存覺和適，三疊有鳴琴。惟應鬱羅上，可與言知音。

# 七言古詩

## 臨江道中正德己卯

蕎麥花開山翠飛，腰鎌翁孺愁相依。金川道上風浪急，玉笥山前煙火微。長鯨已墮黄石磯，大將猶搴龍虎旂。翩然揚袂者誰子，陌上酣歌緩緩歸。

### 曉發盧溝望京城有感庚辰

大車殷地揚塵起，小車軋軋鳴不已。蒼涼似是長安日，嗚咽元非隴頭水。玉輦南行築將臺，九重宮闕何崔嵬。盧溝橋上闌干曲，不似行人腸九迴。

### 馬上偶述

南風吹沙作黃霧，紫騮嘶踏東華路。停鑣引領意悄然，宮樹離離聞杜鵑。

### 哀笋園亡弟傅保及開兒玄兒瘞處

瓊樓十二秋無聲，龐眉書客乘雲軿。珮環窅窅不知處，碧鷄啼煙素蟾語。人間淚作荊花雨，䙰𩀌伊嗡夜臺旅。白楊酸風吹草花，錦囊餘春散寰宇。

### 虛谷歌贈郭先生

蒼碧相圍雲接山，結廬中谷心自閒。深林無人野芳發，坐嘯行歌響相荅。白駒仰秣瑶瑟希，足音不聞孤掩扉。翛然默坐圜虛裏，萬壑無聲月如水。

## 演騷贈舫丘日者

朝緤余馬登舫丘，攀攬桂枝聊淹留。翠濤洄瀁如中流，木蘭爲枻沙棠舟。丘中人兮清且修，逍遥水裔驂飛虯。揚靈弭節光蚴蟉，芙蓉衣裳纕以蘭。翠旍孔蓋翩哉繙，冶容妍迹無定端。瓊暉藻景摇淪瀾，雲霓晻靄矯七盤。褰帷獨往河之干，璜琚纂組縞與紈。髾鬟曼睩良可懽，含商咀宫曲未殫。浩倡眇語誰不歎，飄然乘蹻徠湘岷。棄鷖御霞析木津，笑翻碧寥開帝閽。指麾黔嬴星斗鶉，攝提孟陬窺玉衡。群靈豐豐扈且屯，衝風夕起波龍鱗。衆芳紛糅窮極研，滂心嫮目符坤乾。然疑不作乎以言，招摇珮履何仙仙。九州壽妖耿在天，世途埃壒無庸賢。飛鸞在笯鴟乃騫，蹻跖没牖原湛淵，鞠歌問子胡爲然。

## 憶妾行次曾于陽韻

憶妾别君大河口，淚灑蒼天誓相守。船旁櫎聲如妾啼，船頭水聲作牛吼。君家富壓咸陽人，玉樓金屋嬌芳春。鸞杯鳳管度朝莫，辭家乃與風濤親。風濤洶洶願君返，幽幔疏燈耿孤館。剔殘蘭炧月猶在，落盡棠梨春不管。脉脉停機待君至，錦織愁文宛將備。時憑鏡聽卜歸期，好語初同俄爾異。念君相從多賈人，相時射利心胡秦。念君交游多媚子，外平中險如河水。君不爲憂反爲喜，安得長繩係君趾？朝來蟢子罥羅幃，柳外垂鞭信馬歸。山眉雲鬢爲君理，一曲尊前《金縷衣》。

## 夢遊仙吟

大羅天高高衆天，夢乘鳳車揮麟鞭。捫奎歷軫入超忽，下視齊州空九煙。天真皇人見我笑，示我丹詮啓玄竅。玄之又玄言莫傳，玄以言傳非道妙。拜領天訣葆天和，靈寶在體消群魔。斡旋杓斗酌元氣，坐令厄劫歸無何。鬱輪駕我出東極，呼取星辰擁瑶舄。罡風耳畔吹素雲，瑞葉琪花滿層碧。

## 高吟行贈别楊惟仁

紺園碧院花木深，招風呼月長相尋。與君對酌縹玉酒，酒闌擊劍時高吟。棲鴉翻露月當席，老鶴警霜風滿林。尊前不覺肝膽露，銅龍歷歷天沉沉。看君意氣何蕭爽，玉井冰壺坐中朗。但記歡娱有歲年，豈知携别生俄嚮。太行雲接晉水濱，秋花錦石相鮮新。君持使節往問津，攬環結珮猶逡巡。逡巡未已拂鞭去，河橋曉日新豐樹。紫騮跑空塵作雨，弦筈分違遽如許，彈冠徯君奉明主。

## 月夜登王子小樓放歌

西山蕭爽掌與平，絳河泝月秋有聲。白榆丹桂何歷歷，登樓一坐心眼明。王郎愛客歌侑觴，倡酬况是詞場英。疏鐘近户風漠漠，雜花遶徑雲冥冥。剥梨舉火訝斗落，園鶴時作摩天鳴。酒酣爲子歌慷慨，軒冕且付形骸外。車如鷄棲走琭琭，富貴何如取酣快。鯤鵬肯怯天池遠，鰕䱉只見蹄涔大。朝市于今嫌我真，舊山尚覺長鑱在。王郎爲我添濁醪，相逢能幾尊前豪？讀書徒自吝駒隙，涉世無乃紛牛毛。鷄鳴庭樹宿鷺起，東方皛皛須臾高。

## 廳前槐樹歌爲少傅蔣公賦

廳前古槐誰所植，藤蘿到天雲覆地。磊落似是英雄姿，扶持詎識神明意。父老相傳百歲餘，共瞻羽葆聽笙竽。森森不數月中桂，歷歷還同天上榆。離奇葱蒨真堪憶，主人久作瀛洲客。夢裏花黄桂水秋，望中雲浄湘山碧。當時燕坐凝妙香，卷簾對爾清晝長。蕭瑟恍聞雷雨入，夭矯欲逐蛟龍翔。鵷池亦有當時樹，不是當時舊遊處。金蓮夜自九霄歸，玉珮晨從三殿去。遂令函夏歌時雍，植槐種德將無同。花開葉脱自時序，太虚無語昭玄功。更聞來使傳消息，蒼蒼不老當年色〔一〕。白鹿貞松秖自長，青牛文梓寧論直。槐乎槐乎無與倫，力排摇落開鴻鈞。在昔海椶逢杜甫，尚欲移栽向北宸。

〔一〕「老」，嘉靖本作「改」。

## 觀柯學士手植雙柏有感追次西涯韻

雙柏亭亭翠成匝，鵷池六月秋蕭颯。柯仙仙去餘芳聲，手澤猶存敢輕狎？霜皮露葉幾經年，崔嵬欲與雲霄肩。維持本自荷真宰，典刑尚想司文權。蓊葱色競西山爽，奰贔勢憑鰲極長。夜寒杓斗入掩映，晝永珍禽鳴下上。孤高迥與塵滓隔，勁直不爲尋尺枉。封植勤渠信有人，振屧巖廊接清響。三槐當日期三公，至今名與旭日東。燕詒秖爲孫子計，何以爲國收群龍？六檜有堂昭斧鉞，妨賢無乃羞兒童。廣儲榱桷作時用，此事自足馨無窮。援琴一奏《高山》調，柏也爲我呼天風。

## 題畫猫爲丁大章

黄金臺前白日孤，終風吹雨泥長途。流光向我馬上徂，歸來客舍一事無。蘭鐙熒熒明稿梧，中夜起坐思江湖。有鼠有鼠繁有徒，嗷嗷橐中視則逋。爾黠驚倒眉山蘇，買魚穿柳無狸奴。眼中狸奴不可呼，擊劍爲爾歌嗚嗚。

## 劉與清尚書夫婦八十壽歌

吴門八月天宇凉，狐南婺北相輝光。洞庭琪花滿遥碧，震澤萬頃來銀潢。蓬瀛恍惚落人世，君家翁姥如劉綱。方瞳如月鬢如雪，意者紫府傳丹方。桃都瑶水入圖畫，蒼精雲旗開渺茫。滿堂賓客正繁會，鵾弦龍管催行觴。膝前驥子森起舞，遶堦玉樹參差長。酣來歷歷話疇昔，憶從花縣升巖廊。端冕青春静鵷鷺，埋輪白日銷豺狼。至今人誦大司寇，蘭臺棘寺多風霜。碧油幢底足氛垢，挂冠歸去鱸魚鄉。春秋久閲椿更老，冰雪侵凌萱自芳。翁今八袠姥望九，耳聞堯舜新垂裳。萬年至治付鼓腹，摩挲老眼窺滄桑。

## 三芳行

少司徒西蜀席公少嘗道涪江，夢有石浮于江，刻曰「三仲聯芳」。既而登第，取顯庸。其弟春、象接武甲科，人以爲奇驗。素翁爲作《三芳夢紀》，余從而歌之。

蜀江魚龍吹混茫，凌乘倒景浮蒼蒼。雷騫電躍不可測，驚濤勢欲摇雍梁。衝撞未已瀲爲碧，萬里一色如天長。川后陽侯净不發〔一〕，小花雲葉參差光。鳥疑明鏡不敢下，我泛扁舟如燕翔。此時水面光怪出，有石有石隨蘭槳。天書神篆炯可識，赤日下照金琳琅。三芳有兆自兹始，天豈有意登賢良。當時一夢落洲渚，覺來漁唱空斜陽。紅衣翠帶散秋色，江木策策鳴煙霜。黑甜鄉中盡烏有，境投真妄

〔一〕「净」，嘉靖本作「静」。

心俱忘。豈知此夢太神巧，于嗟三仲今聯芳。于嗟三仲今聯芳，高名合沓登巖廊。黄金繫肘笏滿床〔一〕，紫荆花發春醪香。花前高歌嘉樂張，二十五絲招鳳凰。鳳凰雍雍帝道昌，矢心共補山龍裳。嗟石可轉海可桑，流芳會與天無疆。

## 燕歌行壽陸憲副

朔風蕭蕭越水波，碧洲硉兀雲嵯峨。瓊軒珠綴臨丹阿，玉杯錦席紛綺羅。吹竽擊筑奏雲和，逶迤鸞舞雜鳳歌。態妍曲妙體傞傞，微聞薌澤飄芰荷。娟娟蘭玉連枝柯，銀魚朱紱光盪摩。賓從鞍馬金盤陀，摇舷載酒鳴鸛鵝。梅花雪落覆緑莎，嚶嚶谷鳥啼松蘿。觥籌凌亂星轉河，當空璧月揚素蛾。豸冠一笑鶴髮皤，朱火照耀蒼顔酡。千金爲壽豈云多，歲歲年年柰樂何！

## 北風篇贈文衡山待詔

輕陰漠漠飛朔鴻，雪崖冰柱連煙空。銀缸入夜照瑶瑟，坐擁青綾聞北風。北風浩浩吹南極，飛蓬滿天堪歎息。銅龍錯落誤昏曉，朱鳳威垂失顔色。騷騷屑屑斷復連，據梧細聽寒不眠。鯤鵬變化摶

〔一〕「肘」，原作「時」，今據嘉靖本改。

碧落，虎兕叫嘯愁蒼煙。有時悠揚入寥廓，妙韻奇音相間作。碧梧翠竹競竽籟，漢女胡姬合弦索。又如鮫室鳴杼機，萬靈洶湧乘潮歸。老蛟怒挾片雲立，海水瀟瀟皆倒飛。吾聞風自土囊起，摇蕩青蘋千萬里。蘭臺詞客謾雌雄，大塊何心乃如此。憶昨與君同燕娱，瓊簾綉幕圍彤爐。坐中酬勸不知暮，門外寒威何處無？出門勢欲捲平地，幽棲咫尺何由至？褰衣似怯寒浪湧，刮面不數錐刀利。歸來大笑行路難，豈知跬步成關山？百年鼎鼎貴行樂，何用跋涉摧心顔？君今未得揚帆去，歸夢飄蕭滿煙霧。浩歌一曲《江南春》，北風吹落三花樹。

## 九疑篇紀遊作

九疑連蜷接南斗，顧視群山駿奔走。三湘秀色如虹横，萬壑虚濤作雷吼。雷吼虹横自古今，徭吹牧唱愁人心。春秋牲玉薦明祀，褰帷誰復來登臨。金侯自是循良者，夙駕行春度平野。桃花開落訟庭静，邀我尋幽舜祠下。我來曉逐東風行，千樹萬樹皆流鶯。六鰲蹙沓谷神動，髣髴《簫韶》天際迎。天際相携躡飛步，自笑登高未能賦。輕袂飄飄縈紫氛，曲磴盤盤出蒼霧。蒼霧紫氛長不消，木石欹側鹿豕驕。重華靈墳莽何處，英娥淚竹空蕭蕭。此邦路隔關河外，豈有鳴條葬炎海？倦勤已矣復來巡，抱烏弓者曾誰在？嗚呼野死胡足稽，金輿蕪没山鳥啼。陟方之説誤千古，捐珮無言春日西。日西秉燭斜巖款，笑向全侯嫌晝短。多露驚看征旆濕，靈風忽送清笳滿。歸來祠下月微明，颯颯垂裳如有聲。明朝拜别巾車去，更聽流鶯消客情。

## 都城引送陳七表兄之横浦

都城十月塵如山，朔風吹雪行路難。侵晨我已駕馬出，薄暮始隨棲鳥還。下馬入門見兄到，張燈與兄拂巾帽。三年不得奉顔色，一觴且共開懷抱。兄之大父我外翁，聲價昔震蓬萊宫。家有圖書出秘府，兄能取次藏胸中。此時吐露惟衷款，笑談袞袞良夜短。促膝翻愁朱火盡，縈窗忽見金波滿。相看本是同根生，世態悠悠安足評？天涯未易輸肝肺，海内誰云皆弟兄。我隨玉節别兄去〔一〕，荆門夢渚煙中樹〔二〕。隴頭兩見秋雲飛，又向都城得相聚。都城閣道從天開，虎豹爲關鸞鳳臺。簪纓無數不敢到，兄以材賢長往來。兄辭家久常思母，天遣爲丞向横浦。萬樹梅花道板輿，一水何曾隔鄉土？兄今十月出都城，風景如前非合并。孤舟明日河橋路，微雨蕭蕭無限情。

〔一〕「兄」，嘉靖本作「君」。
〔二〕「渚」，嘉靖本作「結」，萬曆本作「緒」。

## 秋夜吟贈別信臣士疇二同館

霜清月皎南鴈翔，海懷霞想馳故鄉。登艫浩歌秋夜長，鳴琴擊筑飛玉觴。葭下紫鱗低復昂，踟躕執手上河梁。臨伊望洛迴中腸，與子同裯星歲多。獵精守玄棲禁坡，龍驤翼翼金盤陀。越阡度陌相經過，笑談如天懸九河。鶱鵬舞鳳鳴蛟鼉，宿昔之樂今則那。南箕北斗光有爛，別子良易會日難。自從委珮辭鵷鸞，建我藩輔命自天。揚靈擊汰踰江山，綠水浩浩雲漫漫。歲月婉晚多苦顔，長河有洲山有薇。我徂于征忘渴飢，倚門何歎歎式微？紫燕踏雲天上歸，彈冠振纓志莫違。我且與子娛春暉，臨岐齎咨何所爲？

## 中宿篇遊清遠峽山寺作

中宿之山吁壯哉，山巓蘭若崢嶸開。兩厓夾束怒濤湧，扃鑰二曜走萬雷。林壑蒼蒼莽交互，北夢南雲入回顧。帝子來遊不記春，柔櫓輕鷗自朝暮。我來披翠上上方，憶從蘿幌聞妙香。舊遊回首十年夢，天風吹我芙蓉裳。山僧與話盡茫昧，玉環金鏁今何在？半雲亭子故依然，誰構層軒屹相對？曲磴盤盤窮眼瀰〔一〕，眼眵足趼不自知。滿前叢竹舞風葉，映水恐是青蛟螭。崎嶇西轉穿茆入，和光洞古

〔一〕「眼」，嘉靖本作「渺」，疑作「渺」是。

煙光濕。燭龍下照開積陰，仰聽玄蟬嘯風急。起來燕坐形神清，魚鳥嬉恬如有情。忽聞雲外暮鐘動，殷殷似鬬飛泉鳴。攀條尚欲搴瓊蘂，荷鍤還思尋石髓。賞餘興極且登艫，月出金樞浩如洗。向來探歷無乃勞，憑虛舒笑天爲高。巖居川觀夙所願，世間龍蠖真毫毛。江干擊汰美清夜，與客開尊共傾瀉。且置萬事聊歌呼，飛來之説知有無。

## 端午張黄門燕集分韻得細字

張君蒼髯如擁戟，起家龍泉重當世。我昔幽棲祇林，倫郎視我猶兄弟。君來奮髯發高論，意氣豪雄略文藝。尊前擊劍星斗動，月下放歌鸞鶴唳。倫郎一去未言返，招隱無人賦叢桂。聚散于今又一時，赤墀青瑣多留滯。長安咫尺不相見，松筠寂寞門長閉。端午開尊延我曹，賓從過逢得偕詣。芳糈清酤溢筵几，艾葉榴花滿庭砌。興酣徙倚前榮下，促膝相歡談往歲。火雲消盡暮天碧，空翠時時落巾袂。世事追思盡萍梗，人生那得無根蔕。嗟我亦是江湖人，感時歷歷慚匡濟。翠管銀罌不可求，細葛香羅誰復製。鬬詩懷古三嘆息，嗚呼盛事何由繼？燕俗到今傳角黍，湘纍終古傷蘭蕙。黄金高臺未蕭瑟，南薰古殿猶佳麗。盍簪乍可開懷抱，彈冠且莫誇遭際。張君愛客不知暑，執熱傳觴轉容裔。酒闌揮手謝君去，纖月當空凱風細。

## 瓶山小隱爲胡少參

鴻鈞幽眑不可見，眼前突兀皆靈蹤。有山如瓶翠當户，青天不數金芙蓉。摩挲歎爾誰所鑄，欲詰真宰嗟無從。頗聞混茫胚爾質，列缺辟歷鎚成峰。汲井可以及千里，儲粟豈特逾萬鍾？斗杓挹酒爾堪貯，嗒然默默知有容。臨溪仙人顧爾笑，若作麴蘖煩天翁。煙霏護足肖壺首，日月照背成龜蒙。巨靈挈之不假器，陰陽爲炭何年鎔。分江濟渴澤可注，守口銘座雲長封。世途塵鞅未能掉，對此吸秀清心胸。仙露往往集鸞鶴〔一〕，元氣浩浩流杉松。葯房蘭室敞天地，練要服食忘春冬。粤山霞侶儻相見，與爾共佩蒼精龍。

## 劍歌行發桂林作

對酒劍歌行路難，墨雲當天凝作山。渴龍怒卷海濤立，空林颯颯如人入。跳珠白雨騰玄間，迴看平陸皆成灘。僕夫戒予行莫急，蒼皇中道何嗟及。停車拱極之飛樓，紫騮不嘶旌旆愁。踆烏揚光忽垂地，驛吏銜泥亦來至。翼予乘霽上前途，斧薪作糜勤僕夫。逡巡飯罷出林薄，麥雉引雛鳴角角。

〔一〕「露」，嘉靖本作「靈」。

## 十載行二首贈王子崇

十載之前我在燕〔一〕，與君相好隨鶯遷。十載之後我歸粤，與君相好聽鶯别。聽鶯走馬朝玉京，玉京十二樓五城。山龍垂衣御紫清，羨君輪丹達天迥。彤雲縹渺拂綺楹，手持金鏡耀日明。聖皇得一天下貞，壽萬萬歲垂鴻名。

十載之前與君同，彈冠射策明光宫。十載之後與君異，薜蘿幽棲謝朝市。燕雀豈知烏鳥情，麇鹿耻隨龍虎争。浩然溟涬同此生，羨君衣綵天邊行。三十六竽彩鳳鳴，東王西母連雲軿。聖皇達孝天下平，壽萬萬年流頌聲。

## 送龔少參歸田三首

我之田矣東之皋，公之出矣攀倪旄，愛而不見心煩勞。停雲望久雨聲歇，松壑瀟瀟生夜濤。公之往矣南之浦，我之歌矣振林莽，帝車無聲燭龍舞。昨晴今雨庸詎知，眼前浮雲何足數？衡門反鎖春泥深，薔薇花開明素琴，公之行矣成孤吟。十年離合歎岐路，脉脉長江空此心。

〔一〕「前」，原作「行」，據嘉靖本及該詩下一首「十載之前」改。

## 石岐夜泊

香山秀出南海壖，四圍碧水涵青天。七星峰巒擁樓堞，北斗照耀開雲煙。雲煙長自峰巒起，覆露千家連百里。漁歌菱唱不勝春，桂楫蘭橈鏡光裏。石岐夜泊白鷗沙，南臺縹緲浮梅花。蛟浦澄澄洗明月，龜城藹藹升繁霞。繁霞明月從昏曉，翠栱朱甍紛窅窱。井澳空傳北騎仙，烏巖多見南枝鳥。烏飛仙去杳難尋，木自成喬水自深。登堂一入青山郭，尚友惟聞緑綺琴。綺琴古韻真奇絶，正氣當年動寥泬。共言解愠協薰風，誰悟知音成白雪？白雪薰風調莫彈，栽桃栽柳世稱難。身隨列宿歸天上，迹比靈光寄此間。大北山前松柏老，壽星原上多瑶草。采采今爲南陌行，迢迢昨憶青門道。道出青門月子岡，浴凫飛露滿蓮塘。競誇北里量牛馬，絶勝西康集鳳凰。豪華比屋何須數，海錯山珍棄如土。到處那無種玉田，營家自有藏金塢。豪華堪羡更堪悲，零落山丘能幾時？紅錦葳蕤裝半臂，磨滅芳名誰復知？此時壯志期鴻鵠，此夜疏鐙照帆宿。浩歌《梁甫》回《陽春》，滄波渺渺桑田緑。

# 泰泉集卷第九

## 七言古詩

### 中秋登樓賞月分得宵字

彤樓十二連斗杓，層軒珠綴臨岹嶢。象筵綺俎相招邀，繡茵文轂停華鑣。兕觥屢酌銀燭銷，喬雲斐亹開碧寥。圓暉烱若英瓊瑶，出自金樞行玉宵。重輪五色成錦幖，兔宫桂斧如可徼。霓裳羯鼓龢《仙韶》，浩倡妙舞生神飆。縠羅山立香澤飄，素娥青女空復嬌。含顰流眄心志摇，袨裝重整雙鳳翹。夜闌翡翠棲蘭苕，清光難盈花易凋。人生行樂須久要，願言百歲同今宵。

### 瑟調曲四首壽陳天游府尹

月蟾臨户星烏翔，開春發歲舒青陽。笙鳴瑟作嘉樂張，謳和陽阿協宫商。帝臺縹玉盈鶴觴，綺肴蘭俎珍屑香。振纓峨弁紛滿堂，錯衡瓊轂鳴驪黄。翡帷翠幕華燭光，朱明承夜樂未央。緩聲浩倡壽無疆，歲歲年年長樂康。

碧瞳緑髮大與齡，緋衣繡黻臨紫京。鬱葱佳氣鍾山明，虎符魚鑰開夜城。長江如帶流德聲，五龍雲卧珠海清。浮丘羽人授《黄庭》，蒼松丹桂冬不蕫。乾坤一氣魄載營，齊光日月餐玉英。開軒獻壽寶瑟鳴，歲歲年年長合并。

和風習習吹華池，瑶階玉樹蘭滿枝。綵衣屢舞鴻鵠移，齊笙趙瑟薦羽巵。雕盤繽紛翠釜馳，五音繁會陳雅詩。群靈豐豐駐雲螭，鸞迴鶴跱吹參差。清彈妙舞坐忘疲，河翻月墮星斗稀。共言爲樂不可支，歲歲年年壽無期。

天閶洞開何嵯峨，太儀發軔升紫霞。麟車翩翩鳴鳳珂，仙之人兮紛如麻。頫望南極行且歌，彤狐瑞彩映若華。九陽晞目炯不遐，注我錦席生黄芽。千年桃實如棗瓜，薦以雲液朱顔酡。琅璈柯笛參靈鼉，歲歲年年仙賞多。

臘後登謫仙樓

任城城南樓突兀，雪花飛後梅花出。雲裏朔冰如白虹，東風旦夕來披拂。金龜换酒憶當年，鼙鼓幾曾驚醉眠。夜郎回望長安日，濟水不到峨眉天。鑑湖鯨月亦安在，但見黄河入滄海。我來大笑歌《陽春》，洪波渺渺開龍鱗。

## 黄月溪太守歸自京師得脱風濤之險携酒往南園餞之醉中賦此

神龍跋浪辭滄溟，喜爾不逐長庚星。豪談酌我紫瓊液，南園萬竹皆泠泠。溪邊明月照飛鷺，枕外白雲生翠屏。揭陽舟楫自今去，柰此薰風藎艾青。

## 憶昔行賀陶中丞

昇平憶昔憲孝間，阻兵惟有西甌蠻。端溪以東盡樂土，桑柘陰陰連萬山。江門談道集軒冕，紫水黄雲多往還。都亭津頭萬家市，明珠翠羽車斑斑。東山去後崇者圮，新寧分疆亂未已。鋤犁逐日化長戟，蛟螭血人作流水。宫中未平吕太一，闔外徒勞毛御史。公來威德如東山，百萬疲癃一時起。出師振旅不動塵，胸次要與天爲春。雷雨所到草木新，光風淡蕩波龍鱗。佐也支離棲病身，耕鑿今喜爲堯民。擊壤引領四海均，誰云盜賊非王臣？

## 醉歌贈王天與歸關中兼訊馬伯循

薰風吹酒耳雙熱，笑看天地無秦粤。清尊莫嫌琥珀薄，後夜珠江空素月。珠江髣髴軒轅丘，金鰲蹙沓銀河流。乘槎羡爾汎牛斗，直上殽函觀九州。九州茫茫盡如此，昔日荒郊今日市。百萬鯨鯢已京觀，三千鷄犬猶冠履。杜陽山前東逝波，祈年宮中芳草多。尋幽爲訊三原縣，馬卿多病今如何？

## 松巢爲顔録題

層冰硉矹風蕭瑟，談玄邂逅歸根日。若木朝來結紫霞，扶光夜轉成金液。濟水透迤環玉龍，翩然獨立東蒙峰。丹丘黄石倘可遇，浩歌與爾巢雲松。

## 夢遊仙與張德潤琴士

天門洞開巑嵯峨，胎仙導節度絳河。麟車珊珊鳴鳳珂，飆臺萬仞超太羅。東王西母相經過，琴心三疊調元和。夢回台斗光盪摩，綵雲縹緲流空歌。

## 夢中見落梅作

漢宫詞賦須黄金，長門久憶孤鳳唫。美人半面倚修竹，含愁聽我緑綺琴。琴心遥遥極寥廓，開軒忽見梅花落。誰能嬌額更塗黄，澹掃蛾眉益傾國。低回飄泊悄無言，翠袖熨藉香猶温。長空不逐鳥飛没，交影自對參横昏。千林萬壑盡瓊玖，裊裊南枝拂南斗。飆車萬里催冰輪，粲戟横斜滿窗牖。江南處處覆白蘋，雪片入簾粧錦茵。垂楊抽絲織煙縷，綱住白日成青春。青春白日天長好，人比梅花却難老。阿嬌金屋亦何爲，可惜輕塵棲弱草。

## 題藥洲傳經圖爲楊武東提學賦

楊子傳經向何處，藥洲煙水連雲樹。六幕光涵九曜山，皜皜通明夜疑曙。三城日出升朱霞，柏臺蕭㥶聞乳鴉。愛蓮亭前宿露起，錦浪璚枝明雪花。鷺飛飄忽叢霄上，霧滃青衿笑相向。倉根響應徵鼓聲，表率門開見函丈。摳趍諦聽得心傳，玄文妙義臻蒼天。春風沂水今在粵，説鈴書肆胡爲然？老來却憶曾羈貫，崇正芝楣搆南澗。白蓮池曲斷仙湖，濂溪巍祠接河漢。當年著書揭以圖，芸芸萬有生於無。經綸宇宙只方寸，康成潁達皆皮膚。巍祠遷向粵山麓，光霽猶凝滿庭緑。載道于今步後塵，時釋生芻仰如玉。洲前萍畔鹿呦呦，揚舲鼓楫行中流。蛟龍會須雨下土，鷹鶚豈獨凌清秋？錬藥劉郎竟何往，執梃去作降王長。丹丘不見羽人來，留與儒仙日清賞。儒仙傑出武山東，文江流水光如虹。煌煌相業看接武，藥洲草木生華風。

## 陸五湖壽我以羅浮歌次韻答之

中宵赤日遵黄道，枕外儀璘會鵬島。珠樹蘢葱冬不老，朱明洞曉碧鷄報。却憶梅花清夢好，太虚無聲自今古。靈籟胡然起林莽，天地中和何可譜？夜樂池喧浴鳳舞，夔且無之况其輔？飛雲如蓋須臾高，鐵橋石鼓皆周遭。笑騎麒麟行九皋，安期迎我醉酥醪，浩歌《緑水》揚洪濤。

秋日草堂承岑蒲谷方伯見過作長句見貽次韻奉答

玉露湛湛金風凉，華軒鼎來登草堂。堂前荷芰摇野色，碧水澹蕩天蒼茫。隻鷄斗酒延客坐，侑以茗碗兼梨漿。尊前談笑肝膽露，人生只合循天常。紅塵不到緑陰裏，澆花洗竹粗康强。長安幾度弈棋似，蟻争蝸戰遥相望。當年子獻天人策，我正濫作瀛洲客。文章何曾直杯水，容容之徒憎諤諤。情陳密《表》謝金鑾，極目羨子翔寥廓。歸來鑿翠開煙蘿，先人敝廬未蕭索。誰將黄紙下滄洲，加我獬冠如縶縛。浩然棄去重賦歸，手上龍淵任揮霍。曳裾從我多文儒，舞雩日與清風俱。詠歸每誦杜陵句，懶性從來水竹居。日長隱几誰相對，滿架芸香惟貯書。展書閲罷松濤起，萬古閒愁皆破除。有時涉園自成趣，皓月忽照柴門樞。振衣臺上嘯晨旭，欹枕池邊聆夜魚。蒲翁蒲翁天下士，胸中獨抱凌雲氣。薇垣柏府多政聲，周公不夢吾衰矣。共搔白髮憶青年，晚節寒香覺今是。作詩宛似驪龍光，光射晴空粲霞綺。啁啾絲管彼何人，徒羨豪門役珠履。濁醪粗飯倘不嫌，擁篲過從自今始。

壽石川

石川先生真豪英，射策楓宸馳直聲。金陵諫疏達丹陛，浮雲浄掃蒼昊明。虎符一麾守衡荆，雌塗郡閤稱廉平。鳥啼花發訟庭静，朱陵峻極齊鴻名。柏臺副臬益勵精，冰鏡照物無遁形。秋霜中有春陽在，星軺所至皆澄清。安西良馬方滿坰，復膺帝簡爲列卿。北堂垂白懽未足，金鑾密《表》陳歸情。龍光照耀萱花馨，黄金鏤帶萊綵榮。君親祇覺兩無愧，嶺海童稚知真誠。義方詩禮閑過庭，子亦不羨金滿籝。粤山橋梓正秀拔，往往飛翠來前楹。楹前梅蘂粲瑶瓊，春風澹蕩先滿城。海屋添籌開八袠，綺筵秩秩來簪纓。子孫起舞笙鼓鳴，霞觴進勸歌長生。先生鯨飲不辭醉，壽齊南極千斯齡。

## 豫章行贈陳西愚方伯

豫章城下春江水，江頭蜚閣臨山起。流丹灼灼青雲上，積翠重重緑波裏。波裏雲光擁座前，登高送遠列瓊筵。鴈聲彭蠡隨燕日，龍氣豐城燭楚天。楚南燕北川途遠，可嘆流光易迴轉。柏臺傲吏昔傾蓋，薇省遊軒頻露冕。露冕行春桂水遥，十年離夢結煙霄。西山邂逅依瓊樹，南浦分携折柳條。此時鼓枻金陵路，此别何時復相顧？願聞勳業上麒麟，願有貞心比蘭杜。幽蘭芳杜自相親，世態偏隨木槿新。君看陳公曾下榻，至今芳耀垂千春。

## 詠七星檜圖爲陸御史母

七星之檜何蒼蒼，覆露見此萱花芳。輪囷入夜挂寶婺，沆瀣向曉承瓊漿。冠峨神羊已出牧，里集雙鳳兮孤翔。花前酌母漂玉酒，願母年年長樂康。

詠玄芝

毓華林上浮紫清，彌羅梵炁化兆形。幽寥無中發玄英，結爲靈芝干景生。金符羽宫飆璨停，天一元根秀《黄庭》。三合併出郁墨莖，玉琳雲蓋連蜷成。大如斗盂元如瑛，恍然九户郎高瓊。月蟠夜伏星榆明，濯以渌川流泓澄。上極璇曜下八瀛，逸房寳氣日芳馨。乃知玄精育九靈，北元冥化函朱晶。坎離飛爽隮玉京，桃康守衛保帝榮。完而藏之昭國禎，十通妙行千椿齡。

# 七言古詩長短句

月下酌李王二子歌

青袍白馬款我扉，緑蟻沽就霜螯肥。長風送秋入燕樹，但見萬里銀蟾飛。持螯酌酒向二子，銀蟾弄我杯中輝。古來幾許歎圓缺，今子不醉當無歸。君不見，王子喬，君不見，丁令威，雲間笙鶴去不返，遼遼仙賞誰能希？相逢高歌且傾倒，耳熱那聞今是非！酒闌揮手一爲別，滿空白露明秋衣。

## 都門逢美人行姚倅奎席上賦送陳參政探韻得高舉二字

都門柳絲青可纅，間關好鳥求其曹。美人久矣入夢寐，笑揮結緑歌鳴皋。憶昔贈我金錯刀，欲往報之阻煙濤。雲裾月珮忽相見，冰雪一洗心煩勞。兔園開尊延旆旄，春風淡蕩吹緋桃。觥籌凌亂絲竹動，燕笑不知明月高。泉陵别駕醉起舞，舞罷逡巡淚如雨。感恩自是門下人，殺身未報尊前主。當年人棄君獨取，英雄未遇多齟齬。劍埋楚國終作龍，璞售宋人何異鼠？君不見，毛公、薛公誰與語？風雨感會生毛羽〔一〕，平原之客徒豪舉。

## 崑山謡送王子繩武歸省

崑山何在，在婁江之湄。江流浩浩，其中石離離。上有玉樹摎其枝，啼烏啞啞枝上棲。烏啼不休江水移，野風騷屑明星稀。江介有芳，彼美者蘺。艾而張羅，子於何飛？有母今得奉餔糜，有如清水白石長相依。不能隨鴻鴻〔二〕，逐逐稻粱空念飢。天寒阻冰雪，徘徊岐路，尚將安歸？

---

〔一〕「雨」，嘉靖本作「雲」。
〔二〕「鴻鴻」，嘉靖本作「鴻鵠」。

## 懷羅浮唫贈别何工部

我懷羅浮四百三十有二峰，大朵小朵青芙蓉。波泬寥兮根鴻濛，列華舒豔兮昭神工。盤空承宇敻出萬象表，秀色直射彤雲東。中藏號屏，列缺豐隆。時和吐霖雨，歲旱眠蛟龍。麟爲車兮鳳爲馬，仙之人兮紛菲菲其如叢。亦有太霞之洞，吉禺之宫〔一〕。琪花瑶草歷亂映晴昊，鐵橋流水光於虹。嗚鶪欽䲹不敢翼而過，往往神聖留靈蹤。猗嗟走兮，昔所幽棲。乾坤造設待結宇，日月照耀開璇題。一辭蕙帳走塵坌，松花糝徑青猿啼。水曹儒郎承紫泥，與爾話别蘭臺西。螺杯滿酌白玉酒，牛鼎初熟黄金鷄。柳條吹絲綰白日，醉聽騕褭當門嘶。君今揚帆向我望雲路，我猶駐轍係籍通金閨。風塵何蹩躠，蔚薈方朝隮。浮浮回極中，頹波誰爲隄？羅浮望兮愁碧春萋萋，歸來歸來兮採琈瑀以終日，種芝术其盈畦。瓊糜雲液可以供日夕，胡爲乎絆柴柵而久稽？風驅離心滿煙樹，月照去路聞銅鞮。臨岐執手何所道，歸來歸來兮憑君爲我一訪舊日飛雲梯。

〔一〕「吉」，嘉靖本作「古」。

## 桂之樹行爲李宫諭壽母賦

桂之樹，千萬年，蟠根廣寒殿，度影滄浪天。黄金爲堂璧玉軒，中有鬱儀美嬋娟。子日轂〔一〕，輾星躔。朱蓴翠葉不知其所際，直與若英扶木相延連。孟秋蟾兔當三五，光景婆娑滿庭户。曲按鸞凰酌鸚鵡，任丘仙人壽其母。母家兄弟金蜩光，蓬水摇山映珪組。四座歡聲撤綵霞，玉繩不動金波舞。令汝齊光壽千萬，鬱儀幽修月中語。撫三旌，享千庾，一任瀛河日東注，君不見，桂之樹。

## 淡交行

瓊樓十二中天起，弱柳崇桃鬬青紫。魚鑰初開鶴蓋來，平頭奴子皆珠履。主人愛客名謳出，象琯鵾絃滿人耳。臛蠵膾鯉騰羽觴，文笙黼帳春風裏。當筵意氣何所如，以漆投膠差可擬。舞罷陽阿花作陣，歌殘子夜霞成綺。豈知戈戟在談笑，回看堂上生荆杞。雨雲翻覆噫吁嚱，前有張、陳後蘇、史。君不見，君子之交淡如水。

〔一〕「子」，嘉靖本作「承」。

## 六羊仙人歌贈方棠陵

君行南越復閩越，邂逅淩江對秋月。持觴不飲語甌窶，仰天大笑纓欲絶。飄飄揮手淩紫煙，騎羊抱月成飛仙。戲摘匏瓜解殘暑〔一〕，織女黄姑皆粲然。昔從九天謫下土，車駕前頭遇威武。都人觀者如堵墻，摇筆賦詩駡平虜〔二〕。平虜敢嗔未敢言，即麾𧾷役𨀵登天門。扣閽每逢虎豹睡，墮地便作蛟龍蟠。有時乘軺向江漢，忽然牧牛耕石澗。仙乎仙乎豈無有，眼底見君能變幻。今年騎羊來我州，六十五日去不留。亡烏飛鳴獨鶴舞，空餘孤樹堂之幽。帶圍有花開頃刻，頃刻又作黄金色。前驅壺公後九鯉，白日果能生羽翼。只今五羊城下歌豐穰，謂是五仙騎來曾降祥。君來匹之頓成六，觸邪持法陳紀綱。君不見，獬豸稱神羊。

## 賦得三神山壽翟侍郎母

三神山在滄海東，燭龍照耀開仙宫。璇題接天綴珠斗，萬疊瑞靄青濛濛。下有弱流三萬里，四時

〔一〕嘉靖本於「殘暑」後有註釋「匏瓜星名」四字。
〔二〕嘉靖本於「平虜」後有註釋「正德中作車駕詩直斥江彬幾得詩禍」十五字。

天樂空中起。仙靈來往翳鸞鶴，裊窕霓幢鏡光裏。蟠桃結實山之幽，蔽虧日月枝相樛。金光瑶草莽成藪，千載傳聞惟十洲。翟公本是東海客，出入金鑾佐宗伯。手斟元氣開陽春，家與仙靈連窟宅。天門笑拂雲錦裳，帝臺滿挹縹玉漿。持觴壽母北堂上，願母壽比三山長。御厨絡繹傳翠釜，玳筵合沓鳴簫鼓。生兒榮貴有如此，詞林誰不羡公母？我亦有母天一隅，一日不見心煩紆。天邊未辦綵衣舞，雲外空傳青鳥書。青袍白馬在羈旅，目極飛雲送飛羽。爲公高歌歌且長，天生南北莫誰語。丈夫硉矹宇宙間，緇塵浩浩彫朱顔。顯揚自古貴不朽，傑立遭時良獨難。不然採藥滄海上，或騎麒麟恣往還。君不見，三神山。

## 蜀道行送王侍講之四川參政

蜀道平，平如砥。沃野煙，緜亘千里。岷江浩浩浮元氣，劍閣石門相向起。錦官城中春意動〔一〕，玉户金缸豔桃李。郫筒沽取不費錢〔二〕，醉唱巴渝滿山市。比屋繁華漸非昔，帝遣詞臣振綱紀。王夫子，起鄒魯，黼黻心胸炳如虎。弱冠排門見毛質〔三〕，石室蘭臺奉明主。手持彤琯耀日月，口授丹書動

〔一〕「錦官城」，原作「錦宫城」，今據嘉靖本、萬曆本改。
〔二〕「郫」，原作「鄲」，今據嘉靖本、萬曆本改。
〔三〕「門」，嘉靖本作「風」。

雷雨。邇來暫輟承明直，紫綬金章莅兹土。薇垣浩嘯贊玄化，坐使蒼生有環堵。君不見，漢家使蜀稱三王，君豈其裔當傳芳。格天自合有經濟，諭俗不獨工文章。回車叱馭信忠孝，碧鷄金馬殊荒唐。維舟三峽訪千古，噭噭青猿啼夜霜。君不見，浣花溪古霜楓赤，洗墨池荒煙草碧。古來名勝乃如此，往往江山盡陳迹。丈夫立身貴不朽，百鍊精鋼萬鈞力。他日調羹氣益振，此别傳觴醉何惜？星車迢迢出蓬瀛，問君何時朝紫清。秋風吹衣白露墮，執手踟躕空復情。高梧參天鸞鳳集，雄劍躍地蛟龍鳴。宮花院柳送愁色，孤鶩落霞隨去旌。玉壺酒盡情難盡，矯首長安空月明。

驄馬行送劉憲伯喬

驄馬驅，何悠悠？月題染朱汗，倏與飛電流。昔驅長安陌，今在粤海陬。外臺手執天子法，兒能學語皆知劉。翩翩鳴珮覲帝旒，祖筵衣冠盈道周。酌金罍，羅玉羞。吹長笛，彈箜篌。莫奏《折楊柳》，清霜滿炎州。

橘樂亭歌爲蕭内翰

亭於何所名橘樂，聞在潮陽山麓臨水國。上有古木千章宿猿鶴，下有寒濤萬頃走蛟鱷。主人誰歟，乃是鐵峰子，平生意氣與我同灑落，銀魚金馬棄如土，世間何物能羈縛？君家兄弟總能文，階前蘭玉香紛紛。閒來尋此橘中樂，疏簾清簟忘朝曛。竹暉入户翠如電，霞石映水赬爲雲。長安回望正如奕，文武衣冠安可聞？有時蘭橈下煙渚，玄鶴飛來聽人語。鏗然黑白開兩奩，荷葉蘆花不知處。觥籌凌亂混笙簫，雕盤綺錯堆江瑶。酒醒棋罷浩歌發，月墮空江生暮潮。可憐紫陌塵凝面，何事朱門候相見？衝泥冒雨走碌碌，那似尊前且枯戰？我聞橘中樂，不減於商山。我懷商山皓，枉用凋朱顔。《紫芝》一曲振巖谷，漢廷車馬來追攀。笑指雲與鳥，出岫仍知還。丈夫舒卷要如此，所樂豈必長在山水間。

## 畫龍爲劉吉卿題

吾聞后稷之孫驅魃赤水北，密雲蔽天天爲黑。黪日颸塵野蕭瑟，帝呼董父鞭兩龍。翻海作雨歲乃豐，遂令四海歌重瞳。又聞夏禹之御郭支氏，南駕兩龍歸后啓，雲蓋三重走萬里。龍雖神靈，乃爲人所制，不獨孔甲之時有劉累。劉生十年遊我門，志向磊落似是累後昆。手持此圖開，髣髴堂上蒼蒼烟霧屯。大龍昂首欲煦沫，小龍回顧如有言。追軼似有疾霆雹，馬鬣冉冉天飄翻。海濤倏已浹下土，元氣欻吸騰雲間。方今西北邊塵起，新畬荐荒誰采芑？明堂宵衣總爲此，桔槔無功枲芳靡。嗚呼董父、郭支不可作，劉累空餘豢龍水。摩挲此圖欲招爾，爾勿面墻久依倚，誰能駕之獻天子？

## 碧梧丹鳳圖爲黎侍御一卿題

鳳兮鳳兮爾來當何時，知爾之德萬古長不衰。不然上天縱爾九苞羽，安用毰毸爲？君不見，桃蟲當日飛爲鵰，脊令原上啼鵖鴞。舄几几，音嘵嘵，室家恐爲陰雨漂。偃禾風定杲日出，岡上碧梧寒不凋。爾於此時來，和鳴叶《簫韶》。成王優游君奭喜，《卷阿》爲爾歌且謡。鳳兮鳳兮披圖對爾起三歎，久矣不夢周公旦。咸陽宫前多枳棘，何用屑屑悲秦漢？

放歌行贈祁惟允

粤王古臺結衡宇，八月芙蓉映霜渚。饒州太守來舉觴，潛蚪躍波聽人語。我何以語君，曲肱之外多浮雲。把玩自怡悦，豈必追隨鴻鷺群？君何以語我，春陽所施何不可？蓬弧志四海，豈必赤墀與青瑣？眼中離合今十年，世濤呼洶胡爲然？丹楓葉脱白榆暮，明發粤臺懷婺川。婺川本是施羅國，笑謝雙旌入蓮幕。石阡在昔登方岳，淵源况是承家學。鵬徙何曾同燕雀，且盡醁醽爲君酌。君不見，市上沽，何處無？生計轉大心易麄，清謳不復聞《當壚》。

詠竹分得臨字

憶昔葛陂之龍匿山陰，揭來珠海爲瑶林。我知神物固莫測，爾與天地皆無心。凌冬載酒爲爾來登臨，擊節浩歌懷古今。渭川長竿在何處，淇園萬矢空銷沉。王侯事業齷齪猶踣涔，况乃奔走隨朝簪。爾雖無言洞我臆，琅然荅以清冷音。須臾萬壑縹緲皆龍唫，耳熱謂是羲皇琴。翠光零亂日挂樹，清影梟嫋天横參。是時鶴臺仙客同高尋，瓊杯綺席依蕭森。尊前對此萬蒼玉，牀頭何惜千黄金。紫簫吹鳳直上層碧岑，俯視淑氣聞疏砧。天寒袖薄暮相倚，山川黄落那能禁。嗟爾磊落不受煙霜侵，歲晚相看同素襟。他年儻逐風雷去，萬里滄溟空自深。

送劉行人燦

進春酒，陳雅詩，惠而好我紛來思，何以酌之金屈巵？江漢滔滔東以馳，皇帝萬壽隆天基。日重光，海重潤，前星從帝出虖震，皇華原隰電如迅。黎元驩欣走相問，綵綸一日周百郡。公之來，金鞍玉節從燕臺。公之去，祥雲瑞靄停荆樹。彩衣曄曄升華堂，蘭階蕙幄交輝光。麟蒲薦以縹玉漿，曲裾長袂鴻鵠翔，介爾眉壽天地長。公之翁，黄金横帶廌繡紅。公之姥，魚軒珠翟錦爲黼。鵾絃鳳吹參鳴鼉，舉青玉案賡爾歌，君臣協德玉燭和。麟趾螽斯仁且多，舜日堯年柰樂何！

九日粤山登高醉中盡用五微韻成歌題曰將進酒

將進酒，歌鏤衣。舉玉爵，停金鞿。鳳琯龍笙，碩人其頎，于以解憂，式飲庶幾。尊羹鱸膾紛菲菲，蟹黄初溢鬼翠肥，促膝勸君君莫違。君不見，朝始暉，夕轉霏，魯陽戈在誰能揮？嗟爾烏兔，胡爲逐逐環我巖上扉？童時種柳今十圍，釣游舊迹徧天地，想像徒依稀。幸無風蕭蕭，雨祈祈，三秋雖云秒，九月猶芳菲。有翩者鳥，嚶鳴相依。盍簪實難，知音亦稀。相逢不爲樂，他時夢寐懷容輝。粲粲黄花，盈盈翠微，肅肅命駕，采采忘歸。仰見雲間翼，不入虞羅機，安能摧眉折腰謁朱門，趍瑣闈？疏鐘動，明星稀。酌復酌，酒行如翔翬，不醉明月將笑我，窺簾幃。羊腸世路艱且巍。犢有妃，妃呼豨，狐以爲蒼，當譽反譏。齵齺蓬茅叢，啼絡緯，騰伊蝛。此中髑髏，昔曾牙緋。谷量牛馬，塵積珠璣。僮奴策駿焱騑騑，薰天勢倏成露晞。縱能化鶴去千載，華表誰真逢令威？南溟徙鵾鵬，西北荒蕨薇。商顔絶蘿徑，渭曲空漁磯。古來豪聖今盡非，徒勞營魄聆音徽。窮經何用編絶韋，我且濯明河而振纓，翳扶光以樂饑。吐情向君，君莫笑以誹。醉來長嘯粤山上，浮雲直北連燕畿。山中多木，矗矗如旂，其下流水活活清於沂。粤王一去古臺在，惟有飄飄霜葉飛。

題扇爲許松皋太宰

佐也江海人，頗得操舟趣。操舟良不難，沿洄莫匆遽。蛟龍跋浪會有時，握柁持維亦何慮？雲白天青信所如，山鳥江鷗任來去。對此凝心神，舊遊似相遇。蒼厓硉矹波蹴空，虬木偃蹇生長風。水花雲葉競光彩，白日下照成青銅。攤書偶坐者誰子，棹影裊入虚明中。六鰲息欻吸，萬象開沖融。掀蓬自有適，乘流安可窮？君不見，濟川舟楫商巖始，握而操之吾掌爾。波濤不動清風起，涉世匡時亦如此。

## 白崖歌爲同年劉太僕清甫

吾聞白水之崖高峍屼，飛流若虹兮奔遄而飄忽。上有千章古木籠葱槩雲日，下有萬畝嘉禾綺繡開原隰。崖之人兮揚休修嫮美無匹，精能練要以寒棲兮，繚青鑿翠以爲室。星裾月珮兮乘長離，乃是卯金之子鍾英翼軫而秀出。遵鳥道兮莓苔，波龍鱗兮沿洄。杳溟回極兮不可以徑入，扶光照耀兮，芝栭葯房砑然而中開。玩潺湲兮樂飢，挹空明兮浮杯。初錯落兮珠璣，俄皎鏡兮瓊瑰。擊玉甂兮安歌，忽鷺鷺兮飛來。揮碧寥而淩倒景兮，恍積雪之皚皚。蒼烟横兮紫霞舉，虎豹唫風兮猿猱嘯雨。君胡爲兮遠囂寰而結宇，投蒼胡以抵鵲兮，關繁弱而禦鼠。鳴玉鸞以騁天路兮，孰與抱美璞而塊處？佩長劍兮遐征，造亨衢兮容與，萬歲千秋兮驂飛龍而扈明主。

## 憶昔行送黎惟敬北上

瑶琴錦瑟且莫鳴，聽我長歌《憶昔行》。憶昔遊何所，乃在白玉京。玉京十二樓五城，紅雲紫霧開泰清。窈窕穿花循左掖，輝煌隨炬入承明。承明儤直持彤管，翠釜黄封賜常滿。含毫應詔龍顔近，刻燭裁詩虬漏短。殿東誰領玉堂賓，鶴髮麟袍聰俊人〔二〕。壯猷入告風雲曙，絶域馳書草木春。日長休

〔二〕「聰」，萬曆本作「總」。

沐隨冠冕，迤逴南宫三籞苑。楊柳陰森閣繡弧，芙蓉銷落違彫輦。瓊華島上煙景多，拾翠圖黄汎月波。金鰲玉蝀兩迢遰，廣寒藻殿中嵯峨。只今天地方清謐，郊畤園亭大工畢。宫中夜協《承雲》奏，陵上時聞吉日出。桂館琪林紫禁重，曲晨芝蓋駕斑龍。榣山已見流虹瑞，豐草長霑湛露濃。金臺佳氣葱葱起，槐市軒車若流水。揭日回天又一時，獻賦賡歌溢人耳。蜃海龍州罷戰征，鶴岑鷗渚慶隆平。笑翦薜蘿開野酌，當筵意氣推黎生。頗聞宵旰求材用，十年回首華胥夢。干吕青雲滿越臺，摽霞秀色連韶洞。越臺韶洞鎮鯨濤，萬里飛帆何所勞？春來跂爾丹霄信，五色雲中振鳳毛。

## 放歌行送吴古原日者

君不見，崑崙拔地接太儀，黄河映天懸九絲。趍來人世弄蒼碧，瑣瑣青囊空爾爲。古原雙眼煙如斗，繕寫堪輿不停手。登臨叱咤生風雷，青鳥啼煙白猿走。有時問道小西湖，曾謂爾爲磊落之奇夫。采芳看竹往往得深趣，範數只有新安吴。我倚層雲觀海日，元氣茫茫浩呼吸。扣關來伴泰泉遊，黄鶴成行翠蛟立。鞠歌胡然歸去來，如澠之酒爲爾傾千杯。他年若有羅浮夢，應見萬樹梅花開。

## 羅浮酥醪觀

安期生，飲天漿。醉後一噓噏，水露化作酥醪香。飆驂陵羽已飛去，玄丘漠漠雪茫茫。葛洪得丹砂，煉向安期家。河車轉運隨日華，丹城亦得觴九霞。天端比翼不可見，碧澗菖蒲開紫花。

## 夢作漁樵歌

越王臺上樹滿煙，粵王臺下魚滿淵。樵斧劈却蘿蔦纏，漁網撒向江中天。漁問樵：負薪頳爾肩？樵問漁：得魚腥爾船？不如登臺同坐眠，劃然長嘯振碧落，滿前花竹風翩翩。君不見，騎鯨跋馬向川陸，太白、少陵何碌碌？酒興平生未曾足，徒有詩歌盈卷軸。且烹小鮮炊樸樕，如澠之酒傾千斛。醉呼明月入花竹，嫦娥更奏《霓裳曲》。

## 滋蘭山房小詞并敍

君子之存心以養善也，其猶蘭之滋乎。善有諸己，則日美以大；蘭滋諸畹，則日芳以馨。吾嘗積學以明之，反身以誠之。內省志向，絶無可惡，然後不爲心疚，是又去薉培蘭之法也。戊午杪秋之望，夜嚮晨矣。夢在書院澆蘭，作小詞三句。覺猶見白鳥拚飛，俯仰自得。噫嘻！斯豈吾心皜皜之呈見乎？因展轉枕上足成之。潘子少承以「滋蘭」扁其山房見志，吾既名其堂曰「貽馨」，今復携卷求言，遂書此以贈之。

澆畹蘭，鎖柴關，光風縠水日然山。白鶴飛來相對閒，逍遥天地間。

## 二蟲詠有敘

春朝早起，聞花上蜜聲。香風襲人，欣然久之。晚見槐樹青蟲出壁繭中，化爲蝴蝶，飄飄若無情者。賦此二篇。

花上蜜，何喤喤？採龍蘂，貽蜂王。綢繆牖户分封疆，光風灝氣甘露香，拂拂蘭堂春晝長。

槐上蝶，何宛宛？胚青蟲，攢縠繭。蜕身奮翅飛難遠，柳市花宫招不轉，半庭淡月湘簾捲。

## 去朝天詞二首夢中作有敘

夢中有人出題，俾予賦之。始曰「夜鄉晨」，復曰「夜未艾」，皆取《宵雅》《庭燎》詩也。予各依《去朝天詞》，填作二首。

初離海角暘烏起，紫氣濛濛，曉色曈曨，一秣黄金映九重。三千劍珮熹微裏，立聽朝鐘，影動芙蓉，五色雲車駕六龍。夜鄉晨

千門萬户嚴更静，玉漏聲長，星露交光，映見氛氲百和香。宫花禁柳迎仙仗，紫陌蒼蒼，銀燭輝煌，珂馬朝天入建章。夜未艾

## 東臺歌壽趙憲副

世有俊人兮宅東臺，仰青山之峍屼兮，頫碧江之縈迴。前陸離而後潏湟兮，左赤熛而右含雷。蘢茸晻靄不可以徑度兮，但見燭龍向曉照耀從天來。乾端坤倪，豁然中開。八荒萬象，獻奇呈瑰。倏霞舒兮星布，隨吾毫素之翦裁。爰貽我以生綃，歘揮灑之夐絶。元氣淋漓，太虛寥泬。焕乎猋起，霍爾雲譎。絃水調於松濤，鏡冰輪於蘿月。滄波激兮聞珮環，翠寒森兮竦毛髮。玩瓊芳兮歲不歇，夫奚病於鳴鳩？蘭爲衣兮緋作裳，登柏臺兮循薇堂。脱塵埃兮同溟涬，嗟世之溷濁兮迷否臧。墨以爲明，狐以爲蒼。衛鶴乘軒，楚優擅場。外鳳麟而内鵾獍兮，聖脂韋而神孔方。顔闔何苦而鑿坯以蜚遁，曼倩何誇而索米以昂藏？吾誠不能學二子，矯亢滑稽以譁俗兮，鄰泰初以翱翔。宅東臺兮望東海，見桃實兮閲千霜。

# 泰泉集卷第十

## 五言律詩

### 南征詞六首正德己卯

鳳野傳清蹕，龍旌逼絳霄。風雷隨鼓角，日月耀金貂。躍馬宜春苑，呼鷹織錦橋。何如穆天子，空賦《白雲謠》。

月照牛山逈，風飄鳳吹長。從臣黄製袷，歌妓錦爲粧。玉輦棲蘿幌，金鞭問竹房。夜闌調虎撥，知是奏《霓裳》。

翠綱張瑶浦，黄旗漾碧流。殷勤供廟薦，蕭灑事宸遊。御氣通蛟室，祥煙化蜃樓。魚龍應自喜，何敢負王舟？

簇仗迎春至，行宫向曉開。日邊千騎合，天上六龍來。玉笛吹《楊柳》，瑚鞍唱《落梅》。共看毬拂笑，岐路滿塵埃。

柳映金陵暮，花摇玉帳春。江淮明砲火，閶闔動梁塵。秘戲徵西域，迷樓搆北辰。三千歌舞地〔一〕，誰似掌中人？

桂海停舟楫，蓬山獻畫圖。雲屯七萃甲，風遞九關符。進酒龍衣濕，藏鬮豸繡呼。鷄人那復報，乘月射平蕪。

## 羅浮瑶臺石

磊磊瑶池畔，亭亭寶積西。孤根通碧落，彩色化虹霓。飄泊憐湘燕，沉冥笑蜀犀。臺前看不厭，坐見玉繩低。

## 幽居洞

珞珞鄭太玉，編茅此幽居。吏隱逐羽客，鶴來聆道書。密竹海日照，幽花松露濡。彼美逍遥子，搏扶安所如？

---

〔一〕「地」，嘉靖本作「妓」。

## 遊海珠寺二首

上上憑虚亭，東風南浦生。入窗洞唫目，兩岸蜚嘯聲。天空白浪迴，日近青霞明。放懷鶯燕外，一壺宜醉傾。

步屧響金鰲，江靈訝太豪。四圍雲境界，萬頃煙波濤。鴈外日光闊，鷗邊天宇高。蛟龍助詩興，翻雨上蘅皋。

## 珠江夜別親友

祖帳循珠浦，離杯對玉輪。分襟移鷁首，鼓櫂動龍鱗。劍氣千年合，風期萬里親。[秖]應開閤待〔一〕，今有漢平津。

## 雨

膚寸雲初起，彌天雨正狂。魚龍空窟宅，草木各輝光。爽氣連南紀，愁陰接上方。故山青未了，

〔一〕「秖」字漫漶不清，今據嘉靖本、萬曆本、粵圖本補。

歸夢此宵長。

## 對月二首

旅館維舟後，江天入望時。兔蟾當北斗，烏鵲繞南枝。只恐金波溢，寧教玉漏遲。火雲消已盡，真覺近秋期。

江月初成鏡，山城獨倚樓。徘徊如伴客，浩蕩更隨舟。陌上清光滿，尊前爛熳遊。豈知離別後，對爾轉添愁。

## 舟度彭蠡遇風作

奔策遵玄渚，揚颿向紫都。遥林吹地籟，巨浪舞天吴。匯澤開長道，風飆動壯圖。扶摇自有適，何必美游梟〔一〕？

〔一〕「美」，嘉靖本、萬曆本作「羡」；「梟」，原作「島」，今據嘉靖本、萬曆本改。

## 京邸春日思家

金市乘羊路，銅街試馬群。夜唫低霽月，春夢斷浮雲。上巳蘭英會，新年柏葉醺。斑衣今未拂，休寄錦迴文。

## 元日

四載逢元日，悠悠燕冀間。河山雙鬢短，風雨一燈閒。鳳沼隨恩澤，龍墀整珮環。辭家長素食，真愧紫宸班。

## 獨坐

獨坐禪扉迥，懷歸思窅然。花光明薄暮，鶯語入新年。綵仗隨春動，華燈與月懸。絶憐風景美，不是粤山川。

## 暮春郊外

五日逢休沐，千山得勝遊。樓臺蕭寺迥，花竹習池幽。春事已黄蝶，舊盟惟白鷗。煙塵奔走地，回首意悠悠。

## 月下贈張子文邦

獨榻依蕭寺，清尊散暮愁。疏鐘聞上苑，片月在飛樓。天地雙龍劍，江湖一釣舟。壯懷吾共汝，搖落歲云秋。

## 再次韻贈張子

長安木葉下，蕭蕭生客愁。夜寒空對酒，雲澹獨登樓。柳岸横長笛，花灘放小舟。向來江海意，凄斷爲清秋。

## 速張侍御補之同訪文邦詩以代簡

秋風起閶闔，渺渺獨愁予。水落蒹葭冷，天長鴻雁疏。蘭臺思楚客，楓葉詠吴趨。驄馬招携地，琴尊信所如。

## 廖子鳴吾秋日見懷次韻二首

吾愛白鹿子，《詩》傳鸚鵡洲。隋珠偏照夜，宋玉最傷秋。水緑芙蓉渚，霞黄翡翠樓。相看成去住，徒爾賦離憂。

知爾龍山飲，憑高鳳野開。日從燕樹轉，雲自漢宫來。目盡天南鴈，心飛江上臺。杜陵空抱病，庾信獨生哀。

## 彌羅閣秋望二首與馬子仲房

珠閣拂瑶天，憑軒興渺然。西風吹野水，高柳送鳴蟬。冠蓋黄塵裡，關河白鴈邊。相逢且披豁，隨意問玄玄。

羽觀臨霄漢，飆臺出薜蘿。霞觴延客久，琪樹受凉多。日色隱平楚，秋聲連大河。君看愜幽意，吾醉即狂歌。

## 秋日遊迎祥寺至玉泉與張楊趙陸四子同分韻得松知二字

珠林開鷲峰，下馬聞疏鐘。紺殿已狐兔，翠琰空蛟龍。對酒感慨發，褰衣霜露濃。蒼蒼暮色動，秋聲滿寒松。

迢遞尋蓮宇，淹留詠桂枝。玉驄穿柳入，錦席傍泉移。山翠浮龍苑，雲光溢鴈池。塵心今已净，應有白鷗知。

## 中秋不見月文徵仲席上賦

明月隱天端，疏燈耿夜闌。浮雲飛不盡，萬里若爲看。暈落鵬霄迥，光生鳳闕寒。誰能天柱上，吾意欲驂鸞。

## 冬夜讌陳子學宅賞菊分韻得微字

黄菊冬猶艷，清歌夜未歸。興從添燭劇，寒到引杯微。宫漏挾風度，塞禽銜月飛。物華容易盡，心賞莫教違。

## 新　春

堯曆開元歲，殷邦數中興。苑花紅未入，宫草翠先凝。功業時看劍，棲遲夜向燈。匡扶在諸老，貧病任相仍。

## 中秋夜對月

作客驚秋半，行歌對月明。玉輪看桂滿，銀浦見槎横。疏柳門墻静，高梧風露清。此時裁謝賦，千里一含情。

## 素翁先生元日書懷次韻二首

許身齊稷契，揮手謝巢由。鵲起千人悦，龍飛萬國休。王春隨聽履，卿月照稽謀。一任雲莊上，鶯花鎖鷺洲。

歸興憑誰語，裁詩每自憐。草青壺嶠外，鷗白影池前。淑氣通嘉石，祥飆灑列錢。即看吾道在，行止信皇天。

## 迎祥寺後遊次韻四首

五載吾重到，雙林路欲迷。梯飆尋絶境，拂翠見靈溪。石洞雲堪卧，花宫鳥自啼。遲回意無限，歸騎及烏棲。

輂轂環龍象，耽遊未擬回。金貂何處所，珠鳥至今來。芳樹含青靄，豐碑净緑苔。瓊簾自舒卷，誰見化人開。沙柳明秋色，煙蘿出梵香。川原雙步屧，感慨一持觴。慧日無人相，慈雲不住方。世緣如可度，留宿遠公房。

白馬開三乘，祥鶤運九衢。乾坤經浩劫，陵谷盡浮圖。柳徑涵川浄，楓林帶蘚枯。倦遊仍立馬，寒日動平蕪。

## 送鄉同年廖大尹任之臨武

積雨逢初霽，懷歸此送行。武江隨潦浄，秀石與雲横。舄化雙凫遠，琴隨一鶴清。唐羌爲宰日，漢道正休明。

## 舟中夜讌贈别胡蘇州

蕩檝語深夜，知君懷草堂。微雲開震澤，錦瑟奏《伊凉》。颯颯滿紅樹，翩翩飛紫凰。曲終酒亦醉，明日各殊方。

### 虎丘懷古

寂寞吴王國，笙歌入海雲。夫椒先自敗，於越遂能軍。月落苧蘿冷，花深麋鹿群。千年金虎去，誰守闔閭墳？

### 贈别黄武進同年

武進仙凫駐，三年報政成。閻閭無復嘆，山水有餘清。渺渺舟檝去，蒼蒼霜月明。停雲時隱几，河漢欲三更。

### 贈别韋評事歸靖江

抗疏甘南謫，知君不負丞。離情江上樹，聚首驛前燈。幽谷歌鳴鳥，天池息大鵬。扁舟汎明月，回首夢毗陵。

### 得子彌月二首

犀果欣延客，風塵慰索居。老親期有後，遊子敢無書？賦命由天地，他年定智愚。誰能識英物，啼看問何如。

定省心千里，棲遲夢一丘。冰霜仍作客，江海更停舟。去去憐渠小，呱呱解舊愁。軒車那可問，爲爾重淹留。

## 立　春

野館依寒渚，愁唫且未迴。春從今日到，花在故園開。白雪裁仙調，青雲捧御臺。陽和不負客，偏入掌中杯。

## 雨木冰正月二日作

野樹紛紛白，連朝雨木冰。人情憐上朔，天意望中興。絮雪風難起，梨雲日易蒸。春王調玉燭，何事有嚴凝？

## 潞河元夜

水國明鰲火，煙花接鳳城。絶憐今夜酒，空復異鄉情。寶馬嘶塵度，銀蟾倚樹明。客愁無處看〔一〕，况乃管絃聲。

## 涑開初發

萬里圖南翼，逢春始計程。彤雲辭魏闕，緑樹出秦京。鼓枻江天豁，流澌野岸平。因風傳尺素，應慰倚門情。

## 河西午憩

水驛遠郊圻，居然塵事稀。酒帘明柳市，漁網集苔磯。隱几白日静，開簾黄鳥飛。行邊有林壑，未覺素心違。

---

〔一〕「看」，嘉靖本作「着」。

## 天津雨中即事

幕府開三衛，糧漕集萬艘。人皆甘海錯，吾且醉村醪。潮落洲隨出，煙深岸却高。衝泥走風雨，端坐看兒曹。

## 修復粤洲草堂經始桃源塢四首

草堂修舊業，鑿翠向高城。頫首嗟人境，冥心謝世情。山從疏樹衆，江入大荒平。隱几雲霞裏，翛然得此生。

桃源初小築，茆屋可衰翁。井市錐刀外，生涯一畝中。喬林聞獨鳥，幽谷送長風。朋好今如此，清尊誰與同。

日明花外路，雨長竹間泉。隔谷難逃俗，依山自覺仙。功名歸墜甑，宇宙入浮煙。已悟逍遥化，從今結静緣。

排闥分青嶂，充庭盡緑柯。歛神知日永，高步覺天多。返照滿城郭，孤煙生薜蘿。到家三舍近，塵土竟如何？

## 送周秋齋方伯歸閩二首

珠江愁送客，薇省喜留君。車馬三城動，謳歌百粤聞。滄洲難吏隱，紫極易風雲。去去吾何道，甘隨麋鹿群。

南海瞻冠冕，東風吹旆旌。封棠無翦伐，騎竹有逢迎。春舫隨花發，秋容入鏡平[一]。因思木蘭水，端可濯吾纓。

## 六月二十日夢中作七夕詩覺而憶其全篇録以紀異

涼色晚幽幽，疏梧知早秋。古來傳帝子，今夕會牽牛。大澤生明月，蒼崖帶遠流。憑高語天上，何事有離愁。

## 酌泰泉贈區廣文

一勺泰泉水，中涵千仞青。遠分舒鶴渚，寒帶聚龍坰。花竹添蕭爽，風雲助杳冥。看君蘇齒頰，

[一] 嘉靖本於「鏡平」後有註釋「家有秋容亭秋鏡池」八字。

爲爾續《茶經》。

## 宿靈川寄懷范大參

性拙嗟無侶，交深賴有君。襟期珠海月，去住桂山雲。黄屋匡扶切，蒼生軫念勤。靈川煙雨裏，憂樂夢希文。

## 興安道中

放浪滄洲客，遲迴桂水春。密雲虚礙馬，芳草遠隨人。野闊啼鶯樹，山多佩犢民。戍歌愁聽汝，荒服幾時新。

## 卧病二首

卧病梧山曉，懷歸菊徑秋。凄風催葉下，積雨入江流。遂有鱸魚興，聊爲鴻鴈謀。飄飄寄生事，天地一扁舟。

長笛送愁思，孤琴隨病身。鴉翻中夜月，鵲報故鄉人。千里庭闈夢，十年岐路塵。悠然念黄綺，誤逐漢廷臣。

寄懷徐養齋方伯

多病朋簪盍，他鄉意緒孤。梧江通百粤，桂嶺隔三吴。歸鳥擇雲木，游魚依渚蒲。何時同孺子，高枕著《潛夫》。

江村書舍爲滇人魏德如賦

勳業看朝鏡，詩書伴夜檠。下帷芳草色，閉户遠潮聲。飛躍形吾道，漁樵樂此生。鵾鵬終變化，滇國本南溟。

控海樓有懷徐可大

南州徐孺子，落筆滿人間。江上笑爲别，天邊去不還。高樓題控海，此日獨看山。尚憶危言日，投簪且閉關。

厓山紀遊次鄭李二子韻二首

歲晚空山静，遥聞猿鶴音。膠舟前日事，傾蓋此時心。漁戚乘潮急，樵歌隱霧深。停杯發高詠，興劇不成斟。夕陽惟鳥雀，古道半榛荆。蠹飽祠中木，苔侵石上銘。英靈終寂寞，風物自淒清。仰羡東山老，勞歌空復情。

## 泰泉山中贈倫王二子

金澗繞青林，瑶空出翠岑。煙霞供永嘯，松竹入長唫。春度鶯猶在，杯香客每深。隨時共幽賞，吾未倦登臨。

## 草堂避暑四首

林壑謁蒼蒼，層厓曲抱塘。閉門蛙鼓競，欹枕鴿鈴長。霞珥混斜照，炎威連大荒。冥心對鷺鷥，將爾共滄浪。

隱几消永日，薰風摇紫薇。鈎簾一以眺，綠水近巖扉。嗒爾煙光夕，居然塵事稀。翩翩松上鶴，遥帶白雲歸。

蹙嘯延清籟，長謡集緒風。嶺雲偏向北，鬱水亦流東。地切三邊戍，天開萬壽宫。飛仙挾明月，應得到崆峒〔一〕。徙倚碧氛氳，行歌許鶴聞。翦茅通月色，攢石聚霞文。裊裊竹到水，喤喤鐘度雲。悠然頫塵世，天外自爲群。

## 人日雨霽出門志喜

王春聽舊雨，人日見新晴。萬户笙歌沸，千山紫翠明。和風勻柳色，淑氣入鶯聲。所喜青陽動，休嗟白髮生。

## 穀日陳茶山少參席上賦

穀日過從喜，薇垣禮數稀。杯深花共勸，坐久月同歸。南海樓船静，東吴粳稻肥。使君能化俗，未許問漁磯。

〔一〕嘉靖本於「崆峒」後有註釋「時聞車駕上陵」六字。

## 喜雨次陳茶山韻二首

獻歲初逢雨，隨車且澤民。小樓聽到曉，幽谷見回春。燕雀依巢静，魚龍出浪頻。滄洲理煙艇，簑笠定隨人。

吾愛茶山子，吳謳播粤民。簷聲纔入夜，野色盡成春。水漸浮舟闊，花堪對酒頻。向來雩禱切，天果不遺人。

## 粤臺懷古四首分韻得幽字

勝地經秦漢，高臺近斗牛。片雲浮鬱水，孤月滿靈洲。事往市朝變，秋來林壑幽。霸圖何足問，吾得采真遊。

歌舞何人在，襜帷此日留。長江涵楚越，遠樹入燕幽。傾國嗟摎女，提兵憶路侯。絶憐張樂地，斜日下羊牛。

對酒煙霞晚，裁詩天地秋。坐聞松籟迥，行愛桂巖幽。大澤龍蛇遠，荒臺鹿豕遊。向來南海尉，辛苦事嬴劉。

南武河山在，北窗花竹幽。羲皇吾所傲，秦越爾何尤？紫氣通三極，滄波帶十洲。悠然閱塵世，高枕白雲秋。

## 白蓮次韻陳天游二首

丘壑舊同賞，瓊琚新報詞。岳雲增野色，郢雪助芳姿。枝蔓勿復道，緇塵非所期。悠然夢商皓，千載慰相思。

懿爾泥不滓，况兹清且漣。洛神終有恨，越女不成妍。氣奪星榆曉，光含露藻鮮。鉤簾渾未起，宿鷺亦相憐。

## 草堂夜坐四首

浪迹少城偎，衡茅向水開。閉門青嶂合，卷幔白鷗來。地僻清虚洞，天高玄覽臺。坐聞松籟起，竟夕思悠哉。

越臺舒嘯罷，燕樹去人遥。寓目成今古，冥心謝市朝。枝間烏鳥樂，隴上白雲飄。蕭灑不知晚，空江自落潮。

性僻群魚鳥，家貧足蕨薇。偶尋瑶草去，時共暮樵歸。野色入河漢，鐘聲連翠微。雲鵬有奇翼，不爲稻粱飛。

雲卧開丹牖，瑶天四望通。虞絃徒解阜，楚客謾雌雄。萬壑收虚籟，千林息斷蓬。何當秋色裏，一葉詠梧桐。

## 哭崔南甫二首

執業越三載，蓋棺悲仲春。豈知吾未老，空慟爾爲人。亭伯夙工賦，原思甘食貧。慰親能不死，天與玉麒麟。

芹泮始于邁，舞雩頻詠歸。倚�瞻壽閣，紉繐掃慈幃。水自三山逝，雲依雙鶴飛。夜臺終宿草，知爾戀春暉。

## 緋　桃

手種緋桃樹，今成滿院春。垂垂堪繫馬，脉脉似懷人。緑水浮天鏡，紅霞隔世塵。向平畢婚嫁，好在武陵津。

## 元夕次梁子韻二首

粤山依静渚，陸海沸青霄。火樹流丹夐，荒郊拾翠遥。驂驔風外轡，窈窕月中橋。向晚游塵寂，猶聞薌澤飄。
　五夜軒車密，千門景色賒。金波依樹渺，銀浦逐城斜。炬合疑朝旭，杯分似晚霞。豔陽桃李在，休唱《落梅花》。

## 春日玄覽臺獨坐偶成四首

　爲愛春臺好，逍遥到日曛。棲神隨豹霧，矯翰謝龍雲。水自靈洲入，山從粤井分。無論拳與勺，天地本同群。
　風磴紆盤鬱，雲蘿出泬寥。日垂天北極，春動粤南潮。松籟傳虚壑，鸎歌赴遠簫。悠然澹忘味，何必更聞《韶》。
　下上茅皆屋，東西竹亦垣。城標雙塔短，岡擁一旗尊。林密鳥巢隱，風低蛙吹繁。稀疏見畦畛，真學邵平園。
　稍稍東風起，臺前洲渚明。竹光摇野色，花氣潤蛩聲。北斗依身近，南溟入掌平。棲棲何所適，孤嘯一含情。

## 次韻梁應房園居四首

青林依壖隈，翠牖向東開。大澤龍猶卧，長安日自來。濯纓疏鬱水，拄笏對朝臺。嘯傲浮雲外，雄圖安在哉？

攬轡漳南静，彈冠薊北遥。驊騮歸别墅，鵷鷺夢清朝。野水疑天咫，秋花憶雪飄。衡門繫舟楫，知爾待風潮。

水上誰家月，山中幾度薇。坐憐秋色半，唫待莫禽歸。風定松聲合，雲深竹逕微。相過吾所願，疲病興如飛。

卜築青門勝，雲山紫邏通。蕭條同杜甫，寂寞異揚雄。日月雙飛鳥，乾坤一斷蓬。玉衡如可協，將子共絲桐。

## 夢中作丙申十月

南斗鍾人傑，中朝起帝臣。日明鸞鳳署，風静大羊塵。道以無爲大，功存不宰神。掖垣花萬樹，無語自成春。

## 送梁僉憲應房之貴州次韻二首

脉脉懷燕北，行行度楚西。地連丹水闊，天入翠屏低。奮翅看鵬翼〔一〕，駸驔送馬蹄。未須談貴竹，吾意在烝黎。

秋星垂馬首，北斗映南箕。鳥静粤山晚，天寒湘水微。窺園因伐木，抱甕本忘機。悵别蓬門下，西風吹汝衣。

## 悼幼兒在貞二首有引

在貞以丙申八月十二日生，妾林出也。術者謂其格甚奇。始予感異夢，有人贈以黄裙，朱書「狀元入」三字其上，付林服之。既而在貞生，容貌端正，性甚靈慧。呼嫡母爲母，而姊其生母。甫及七月，能聽二兄讀書，識一二字。每立，必依二兄膝，不敢仰視，人甚憐之。或取綵花及羽植諸案卓，四端如樹焉，人莫能爲也。四齡暴病血痢，僅七日，以今正月九日死。死時猶挽其生母裾襟，若訣别然，嫡母亦慟哭之。豈向夢世謂狀元紅，正血痢之兆耶？抑予數奇不能育也，埋之

〔一〕「翅」，嘉靖本作「迅」，萬曆本、北大本作「廷」。

笋園。天方寒雨，曉起，見綵羽雜土灰中，哀不能已，爲賦二詩。

四齡虚度世，七月早知書。常日依兄膝，危時挽母裾。笋園埋白玉，蘭砌隕明珠。拭淚看天地，傷心汗血駒。

汝慧言難盡，吾衰情易哀。黄裳空兆夢，綵羽竟成灰。曙色連鴉起，春寒逐雨來。不堪心寸折，淚盡更徘徊。

## 子陵釣臺次馬憲副韻

文叔資爲理，狂奴豈不勝。高風魯國釣，斜日漢家陵。鼎足歸侯霸，糟糠愧宋弘。羊裘見幾去，龍德至今稱。

## 濟寧館與孟太僕同年共酌

清濟風濤静，堅冰日夕深。燕臺千里夢，魯道百年心。竹葉浮螺斝，梅花落鳳琴。玄冬堪縱酒，白首得知音。

## 庚子二月入京述懷四首

釋耒回鵷沼，驅車入鳳城。日明新閬苑，春滿舊蓬瀛。珠樹森玄極，瑶壇槩紫清。踟蹰思無限，惟願泰階平。

赤帝驅胡地，蒼姬奠鼎年。仁涵繁露外，禮縵慶雲邊。灞棘懸孤壘，皋蘭控萬弦。詞臣頻獻頌，誰敢勒燕然。

白首承明直，回翔十五春。花前仙掌露，柳外屬車塵。鶴籞開青幌，螭坳侍紫宸。候朝清不寐，瞻望月重輪。

衮職云無闕，徒聞上諫章。地分青瑣闥，天隔白雲鄉。鳳藻傳東閣，龍暉接少陽。所希吾道泰，千古説黄唐。

## 移居春坊詠庭檜

叢檜靄深秋，蒼霞爛不收。霜髯臨玉澗，秀色帶崑丘。拂檻光風入，縈窗璧月留〔一〕。恍然江海

〔一〕「璧」，原作「壁」，今據嘉靖本、萬曆本改。

上，飛躍有靈虬。

十一夜月

八月逾旬夕，孤蟾半麗空。光輝猶判壁，氣魄正張弓。實望朋簪盍，虚懷將幕雄。惟應丹桂發，漸滿舊時叢。

十二夜月

對月旬逾二，揮杯影不孤。金樞涵顧兔，圭竇伴潛夫。地轉山河影，天移霜雪圖。下簾仍秉燭，搔首二更初。

精舍獨酌

拙性妨時巧，幽居喜物遷。風簾翻乳燕，雨葉息鳴蟬。曲徑尋新樹，方塘試小船。陶潛臻妙理，直覺濁醪賢。

## 夏日詹中丞邀遊南池適平寇捷至次少陵

杜老經遊處，觀瀾泛畫船。早荷堪宿鷺，夏木未聞蟬。尊俎清東土，鐃歌徹北天。醉歸風籟起，滦思欲披氈。

溝洫通新徑，沙棠易舊船。囀枝惟有鳥，抱葉道無蟬。日麗青徐地，雲開海岱天。晚來風絮静，回首白鋪氈。

# 泰泉集卷第十一

## 五言律詩

### 元夕與傅道人同賦得時字

上節蟾光滿，中宵虬漏遲。酒逢三島客，花耀萬年枝。邈矣歡遊地，陶然坐憶時。篝燈聞細雨，偏喜物華滋。

### 雨後精舍小憩

鳳竹娟娟净，鷗波濇濇生。紛華非我事，頓悟竟誰成？室裏乾坤大，腔中日月明。曲肱曾未枕，萬壑正春聲。

### 羅浮道中

獻歲羅浮約，偕遊及仲春。紅芳隨馬翼，緑水帶龍津。雨磴躋攀捷，煙巒變態神。回看早炊處，獨樹迴無鄰。

沖虚觀

日午沖虚境，天開太乙家。煖風迎露冕，虚谷應鳴葭。緲緲龍葱竹，疏疏巨勝花。坐來山雨歇，羽景在明霞。

陶南川中丞平寇志喜

殊俗霑新化，中丞本鉅儒。地平豻虎穴，天錫鳳凰書。緑野饒香稻，滄州敞弊廬。薫風吹病枕，身已在康衢。

和表弟李大尹綽韻

采菊今彭澤，栽桃昔陸川。即看韋在佩，休道直如弦。緩緩尋芳草，悠悠理釣船。舞雩風詠好，況復莫春天。

## 壽梁大尹

四月開瑶席，清歡未有涯。芰棠聞茂宰，叢桂見名家。徵調鳴雙鶴，仙杯酌九霞。南薰庭院裏，葵放向陽花。

## 夏夜對月用張曲江韻四首

寂寞朱明夜，團圓皓月時。誰云千里隔，自詠九齡詩。影帶河山迥，光含霧露滋。本來長皜皜，不爲夏雲移。右十五夜

重午兼旬後，冰輪欲側時。兔猶隨我席，娥似聽人詩。只願金波滿，長欣玉露滋。廣寒如許大，偏在小堂移。右十六夜

衆鳥初棲樹，明蟾復吐時。盈虧無二色，倡和有三詩。歷歷白榆動，溥溥蒼蘚滋。納凉看不厭，但覺漏頻移。右十七夜

顧兔仍輝夜，舒凫正熟時。卷簾還對酒，入户更尋詩。窟桂和雲滿，庭蘭挹露滋。漫同河朔賞，休使物華移。右十八夜

## 草堂七夕二首

開尊當巧夕，步屧過寒塘。石徑猶迂曲，天衢更渺茫。喚喁摇密藻，熠燿照疏篁。脉脉明河上，何人見報章？

星漢經年别，機絲此夜情。微雲雙鵲度，細草一蛩鳴。客暑銷蘄簟，雄風滿粵城。不須論巧拙，吾自愛秋清。

## 步　庢

村落除蟊賊，農疇長稻苗。更逢江海客，細話聖明朝。魏闕彤雲滿，徐方緑水消。步庢看霽月，雙袂自飄飖。

## 眠　石

眠石聽松濤，風清韻更高。却憐青瑣闥，偏醉紫檀槽。響荅諧雙鳳，軒騰湧六鰲。坐來天籟息，一葉下亭皋。

## 緩　步

緩步珠江上，煙山迭獻新。日高桃炫晝，風定鳥鳴春。把釣須謀酒，揚舲恰愛人。悠然吾羨汝，天宇漸爲鄰。

## 春日棲霞莊上放鶴

雙鶴盤三徑，飛飛出化城。流雲開浩渺，積翠入空明。野籟江天合，林芳日夜生。東風吹健羽，好伴玉簫聲。

## 荅侯少參惠鴈宕明茶

麗日依珠樹，高風挹玉川。明茶分鴈宕，活火瀹虹泉。海上摶扶翼，松間廣樂絃。泠然清不寐，真似伏羲年。

## 梁思伯惠盆蘭對酒有作學月露體

汎汎光風裏，崇蘭香滿庭。玉芽滋湑露，金粟勝繁星。秀色依霞紫，菊名。芳根帶雨青。思伯，樓名。呼兒開晚酌，對月敞雲屏。

## 丁祭早盥偶成

早盥懷玄聖，逢秋感慨多。砌蛩聞暗室，庭樹挂明河。紞紞風譙急，絲絲雪鬢皤。乘桴浮海意，千載竟如何？

## 八月十日早起祝聖口占

譙鼓静秋城，叢霄鴈一聲。薄雲隨珮動，多露藉燈明。紫極曾遥夢，滄江只此生。十年瞻拜地，香憶御爐清。

## 夢中同仙子諷詠作

瑶圃毓三秀，廣庭輝五雲。自慚衰白質，同諷太玄文。浩蕩煙霞侣，翩躚鸞鶴群。鬱臺霄漢上，恭禮玉晨君。

## 贈曾侍御佩

豸繡當霄漢，君王召賈生。晴雲消宿雨，佳氣滿行旌。鼓棹南薰動，浩歌西月明。定應前席問，天下見澄清。

## 珠江劉生吉卿往江州書館賦詩以送之

臘月行邕管，滄波冷白蘋。雨晴梅映日，風定鳥催春。説劍休辭酒，揚舲恰愛人。此行須自愛，期爾德爲鄰。

## 仲春朔夜子刻夢得一尊字時在素會試京師是夕一鼓得男孫彌月告廟命名謙之義取謙尊而光也賦詩以紀

朔夜夢謙尊，今朝抱仲孫。伏犀看日角，馳馬報天門。清旭照蘭砌，香風來杏園。孩提正相笑，薑酒更開罇。

## 春日偶成

搜詩聊隱几，觀物更登臺。蟲篆半欹竹，鳥窺新綻梅。雨霽青峰出，雲深白鴈來。柴門春酒熟，客到肯停杯。

## 棲霞春遊見懷次吴自湖韻

棲霞展瑶席，飛蓋凌喬雲。虹澗泝清瀨，堂前流水下壑，舊名玉虹飲澗。鶴臺飄紫氛。白雲山有鶴舒臺。風鉌鳥語合，日麗江煙分。自笑匪逋客，山庭休勒文。《北山移文》誚周顒離隱爲逋客，故云。

## 元日迎宫詹召命出驛見楊柳有感丁未正月

元日迎君召，恩光與歲新。即看楊柳色，同遇太平春。白日明長道，輕煙净素塵。漢廷思羽翼，園綺樂稱臣。

## 用兵河套二首嘉靖丁未

昔日開平將，長年髀肉消。黄河屯地險，白草隔天驕。河套深藏馬，陰山遠射鵰。受降城上月，曾照霍嫖姚。

定鼎燕京後，胡烽照范陽。留屯無板屋，住牧有牙璋。轉餉歸朝徧，鳴笳入塞長。墩臺絶征旆，徒爾遣邊郎。

春陰誦杜詩有感

鳥得春光早，花因日色遲。誦公詩自得，嗟此意誰知？隱几思緜袂，銷愁仗酒巵。風寒氛祲裏，靈雨到何時？

## 五言排律

春寒二十韻閣試

朔氣經春在，湘簾盡日垂。帝城天最近，宫漏曉猶遲。瑟縮追趍地，凄清㩧直時。柳邊閒夜月，花下愛朝曦。沆瀣凝金掌，香煙散玉墀。螭頭攢綵仗，雉尾擁青旂。騷屑聞鷄樹，蕭疏見鳳池。出門饒裋褐，歸路怯漣漪。憯似無能語，渾疑有所思。紫山應奏籟，黄竹浪傳詩。悵望扶光遠，低迴淑景移。梁間看燕並，鞲上念鷹飢。冀馬拳毛竦，奚童敗絮知。情深《晨露》曲，興劇《白雲》司。蟻緑空持酒，猩紅未滿枝。小爐偎榾柮，深户閉扊扅。未覺頭如鶴，相憐手不龜。行行離塞鴈，脉脉向陽葵。闃寂過燕市，虚無浴魯沂。顧回寒谷煖，鄒管莫休吹。

## 贈江鍾石中丞

薇省聲華久，楓廷寵渥新。鵬搏持憲節，虎變起儒臣。日月纏雄劍，風雲擁要津。直將炎海澤，散作塞垣春。雪嶺遥連晉，葱河近逼秦。天驕雖匪茹，廟略正如神。昔者分符竹，恭惟督泮芹。去思曾款款，來學各駪駪。匡濟才驚代，旬宣政絶倫。壯猷端許國，直道每禔身。喜送潘輿近，威行衛幕匀。攀援當此日，歌頌更何人？八座鴻應漸，三旌蠖轉伸。蹇予隨赤管，正爾奉清塵。

## 輓丘侍御母

汾水揚慈教，閩山見女宗。憂勤朝弋鴈，諄切夜丸熊。密密衣間線，行行道上驄。雛飛猶有集，川逝更無窮。笋泣交加翠，萱嗟委墜紅。臺烏向明月，時爲唤悲風。

送九江杜通判

杜曲傳千載，韋經守一窗。徽聲馳北戒，新命佐南邦。視篆垂朱紱，飛書出皂幢。群峰浮鹿洞，九派接龍江。日下華輈發，風前疊鼓鼚。臨岐何所道，珍重錦韜杠。

送張允清守濟寧

宛洛邅吾道，風塵笑此生。昔曾同客味，今乃送君行。冉冉柳枝碧，蕭蕭班馬鳴。揮觥臨祖席，飛幰問王程。燕樹當齊盡，河流到濟清。一麾知不忝，霄漢聽蜚聲。

秋日趙信臣席上詠夏菊分得纖字十八韻

開席來金馬，濡毫注玉蟾。蕭晨紆勝引，逸興角精嚴。淅淅風生座，依依日轉簷。曲中芳樹净，天外綺雲纖。老幹偏宜石，奇姿不避炎。裳蕤黄競艶，匌葉翠交尖。鰲闕高霞映，鳷池細雨霑。香通縹玉液，清奪水晶鹽。紉佩哀湘屈，餐英效晉潛。只今營斗粟，徒自擁帷襜。世事燈前劍，心期架上籤。牖開懷斧扆，隅泣軫閭閻。荆璞難爲韞，吴刀未試銛。鯨魚終碧海，鸜鵒亦紅甜。抱拙蘄天遇，耽幽任俗嫌。空群憐逐驥，知己願成鶼。霜吹俄欺袂，珠光漸近簾。相逢須適意，吾敢賦厭厭。

## 壽簡封君

縣圃乾坤大，康衢日月長。仙方元不老，帝力正相忘。皤髮明鳩杖，童顔醉鶴觴。安車花柳徑，擊壤水雲鄉。菊對金章艷，蘭交玉珥行。鳳毛鳴盛世，豸角立巖廊。歡動狐南彩，情深冀北望。白雲如會意，終日自悠揚。

## 宿劉諫議蕡祠

諫議祠堂在，棲棲托泮林。雨垣春蘚合，風柳莫蟬唫。溢浦天何遠，沙河水自深。獸爐浮勁氣，虬箭遞徽音。社稷誰能奠，經綸爾獨任。毁方難入彀，晞古合投簪。桑海時應變，桃源路可尋。炎荒終棄置，幕府始浮沉。宫府分南北，興亡共古今。吐言扶白日，回首破層陰。牢落千年夢，凄清此夜心。停鑣休遠躅，呼酒滌煩襟。宿鳥喧雲堞，飛鴻掠月岑。廣陵有餘恨，非直雍門琴。

## 嘉靖丙戌郊祀慶成侍宴有述八十韻

五載精禋日，三靈錫羡時。東皇初出震，北斗正臨箕。煦嫗函元氣，絪緼運太儀。奉常稽令甲，宗伯闡宏規。扆閣人文焕，容臺禮數知。馨香非黍稷，繭栗寔牷犧。象性陶匏具，依神藁秸爲。澤宫嘗選士，禰廟夙謀龜。齋沐神如在，端凝敬自持。太羹調太鼎，明水辦明齊。衣桁回焱柱，盤飱折露葵。閶闔開秘殿，莫莫護飛榱。魄寶崇穹昊，歸藏協地祇。百神將受職，二后並開基。作對紛純黼，升中共泰壝。天門何蕩蕩，帝績更熙熙。承宇方寥廓，中壇自峛崺。青葱森玉樹，蔞略秀金枝。有瞽皆師曠，無工不巧倕。宿縣龍簴作，馭路虎賁馳。萬乘鳴鑾出，千官委珮隨。星辰歸劍履，日月下旍旗。鷺鼓雍容伐，鸞簫縹緲吹。孔旍翻格澤，壁壘走魑夔。隊擬鉤陳列，聲逾鬱律攡。蒼蚪銜玉軑，彩鳳翳華芝。畫戟叢猶植，周廬布似棋。九關嚴虎豹，七萃奮熊羆。漸覺天威邇，相看日色遲。班行分鵠立，匡衛結魚麗。駐輦聞《王夏》，趍庭奏《采茨》。駿奔咸有恪，麇至總無遺。靜揆冥冥景，深存眑眑思。玄圭端極拱，朱火粲星離。梟氏鳴春律，鷄人唱曉曦。象馴環日轂，驥集簇雲螭。琮璧交輝映，樵蒸待配藜。仙宮澄碧落，天樂動黃麾。軒冕繁璿藻，垂衣矗玉綦。登高無白雪，疏越有朱絲。衎衎《承雲》舞，皇皇就日姿。空桑依《大卷》，孤竹倡《咸池》。肸蠁知何許，居歆諒在兹。燔柴明遠漢，埋瘞及窊坻。遺炧銷田燭，浮埃静路岐。天迴魚鑰啓，雷動鳥旗移。鰲抃連三極，鴻恩徧四夷。饗神兼夏姒，類祀法虞嬀。白帝卑秦畤，黃郊陋漢祠。上玄昭降假，下土受蕃釐。慶洽需雲宴，懽同湛露詩。堯厨傳萐脯，鎬飲薦嘉脾。百味銀罌疊，千牢綺俎披。紫霞漿勝玉，玄圃菜如飴。駕鳳花扶扆，驂龍柳拂羈。羽林盈陛盾，繡服耀軒墀。日麗芙蓉闕，風清翡翠帷。闢門來輔弼，通籍引丞疑。雉扇黃金幄，麟軒白玉逵。五侯先在列，百辟各攸司。御氣通瑤席，宮花散彩枝。鵷行霑聖渥，虎拜感皇私。楓陛宣酬勸，蘭觴示惠慈。鏗金尊帝德，銷玉合坤維〔一〕。《晨露》翻柔瑟，鈞天起朔鞞。華冠重岌嶪，錦臂爛葳蕤。虹縈天魔髮，蛾揚玉女眉。都盧方矍鑠，曼衍復蹺踶。海宇歌仁洽，鞮鞻舞德綏。八珍仍絡繹，九籥詎參差。諦聽皋伊。禮竣榮簪紱，心銘建鼎彝。聯鑣歸月夕，奮翼赴風期。《周雅》祈天保，《虞謨》儆日孜。鸞情馳《金陵曲》，元非璧月詞。皇天曾燕及，謨烈有鴻垂。莫以龍顔喜，渾忘虎尾危。本朝真舜禹，吾道在禁籞，鳳想入罘罳。喜色融山野，榮光澹海涯。摛毫頌玄化，萬物已華滋。

## 嘉靖丙戌元宵燕集分得銀字賦二十韻

帝城三五夕，明月麗芳春。玉宇澄暉早，金樞泛灩新。香車騰桂苑，緹騎出楓宸。陸海魚龍混，天闕虎豹馴。煙花連鳳野，簫鼓動鴻鈞。樂事還同衆，清光故可人。弄芳珠作珮，步玉錦爲茵。寶炬交蟾影，瓊奩並兔輪。風迴歌舞地，香拂綺羅塵。鰲綵浮燕樹，星毬射漢津。惰隨虬箭曉，興與鶴觴親。對此開文會，因之仰德鄰。彯纓三益至，揮翰四筵陳。淑氣回彤琯，清歌盡白蘋。音徽嗟爾闊，契合道吾真。皁藻人争羨，驪珠世共珍。花邊青玉案，柳外紫綸巾。雲户低圓璧，虹橋掩寸銀。赤霄繁健翮，滄海足潛鱗。共沐恩波洽，追歡莫厭頻。

〔一〕「銷」，嘉靖本作「鋗」，疑作「鋗」是。

## 游金山次劉太守士奇韻

寶地紆玄覽，雌途擁梵僧。風煙千里合，江海一桴乘。樹色依山見，雲光帶雨升。象溟迷浴景，龍鉢變炎蒸。望闕頻回首，憂時更拂膺。凄凉非楚客，蕭瑟問吴綾。

## 次日遊焦山復和同遊劉太守韻

玉嶼凌空迥，金山入望斜。乾坤分砥柱，日月送浮槎。鶴冢空煙水，龍宫自雨花。丹楓明遠浦，白鳥失晴沙。浩劫皆成幻，征途未有涯。所欣陪五馬，來此聽三車。

## 送翁少參歸蜀

北上曾傾蓋，南歸但倚樓。旬宣臨粤土，俊傑起瀘州。菽水情偏共，蘭金分亦投。甘爲清浄退，真脱網羅求。奉檄緣家食，懸車謝國謀。人歌棠所茇，天照柏爲舟。白峒開三徑，黄花傲九秋。潘輿馳燕喜，郫酒侑鸞謳。寶岫雲隨望，支江月映流。羡君從此去，扶病賦離憂。

## 中秋遊揚歷巖二十韻奉謝鄭南雄

旅客逢秋半，重巖望日邊。風江連楚粵，雲樹極幽燕。笳鼓循坰發，旌旂陟巘聯。境推揚歷勝，人喜鄭莊賢。鷲嶺開金地，龍潭際碧天。崖含蘿幌狹，磴轉竹房偏。裊綴云何卉，高垂不記年。奇音聞素瀑，秀色映平田。萬象皆超忽，千峰自蜿蜒。嶺梅遥度馬，堤柳競鳴蟬。虚籟笙簧合，中軒錦繡懸。清歌螺梵外，妙舞鳥巢前。轍逐朱旛駐，杯從綵袖傳。傍泉移綺幕，拂石列瓊筵。暵暵旋靈耀，陶陶象帝先。冥心忘泡影，握手問真源。北去浮鳴鴈，南流跕斷鳶。澗花寒未落，雲碓晚相喧。步璧璇霄迴〔一〕，歸途璧月圓〔二〕。何由窮絶頂，直欲狹飛仙。

## 庚子孟冬恭遇千秋令節賜宴賦二十韻

燕翼年方楙，虹流月始陽。發祥開鶴籞，稱壽舉麟觴。睿德揺山重，蒙泉少［海］長〔三〕。聖箴承敬一，神器副元良。矯迹崇賢裏，含毫翊善傍。漢莊言益敏，夏啓道彌光。玄轡駿龍象，丹幢引鳳凰。

〔一〕「霄」，原作「零」，今據嘉靖本改。
〔二〕「璧」，原作「壁」，今據嘉靖本、萬曆本改。
〔三〕「海」字漫漶不清，今據嘉靖本、萬曆本補。

鉅砌煙花繞，瓊筵鵲輿猶玉裕，鶏戟更金相。碩輔來蘭殿，英寮集桂坊。壽街齊抃舞，華闕儼趨蹌。自愧冥鴻錦繡張。殷梅調鼎美，堯蓂助羹香。翠釜傳中使，黄封出上方。座依紅日永，杯逐綵雲翔。逶迤歸玉署，彷佛度銀潢。羽，仍隨振鷺行。洊雷期有則，明兩祝無疆。既醉緣霞紫，無言感昊蒼。萬國歡聲動，千官喜氣揚。霑恩何所似，豐草露瀼瀼。

# 泰泉集卷第十二

## 七言律詩

### 感秋三首時洪都兵變予方種菊東籬有終焉之志因賦此詩正德己卯

秋風蕭瑟起千山，籬外黄花自作閒。冠蓋何年通宛洛，鼓鼙連日動鄉關。風塵不入窗間岫，世事能彫鏡裏顔。聞道日邊佳氣在，都人長望屬車還。

一舸當年發豫章，豚魚吹浪棹相將。黄蘆夾岸天連海，白鴈臨關夜有霜。氛祲祇今干斗極，江湖依舊遠巖廊。悲唫不盡傷秋意，紅葉蕭蕭暮吹長。

漠漠秋陰雲滿城，夢回驚問此何聲。紫臺霜急鴈初到，滄海月寒潮自生。宋玉蕭條曾作賦，杜陵摇落最關情。東籬生意依然在，無數黄花照眼明。

### 雨後珠江登望

珠江煙水碧濛濛，錦石琪花不易逢。三島樓臺開日月，二儀風雨動魚龍。浮雲荏苒團秋扇，野樹依微亂晚峰。越女未知搖落早，輕舟何處采芙蓉？

## 酒中對坡山贈何東厓太守

展却經綸即挂冠，林泉惟恐舊盟寒。青山終日卷簾坐，明月有時邀客看。洞裏紫煙浮棨戟，尊前蒼玉繞闌干。興來綵筆裁詩就，應是清平有鳳鸞。

## 五坡嶺文山丞相表忠祠

間關炎嶺奮霓旌，誰道平胡竟不成？三户有人消楚恨，八公無險懾秦兵。魂隨精衛填南海，碧化萇弘向北平。正氣到今凝不散，年年花鳥自江城。

## 九日登棲霞山贈馮宗典效簡齋

松濤千頃静中聞，渺渺虹泉帶白雲。九日風煙同緩步，十年情事入微曛。機關應世誰能悟，影響謀生各欠勤。歸路不妨城逕遠，碧天留月待夫君。

## 都門餞江約之南歸效簡齋

都門疋馬願行遲，折柳相看鬢未絲。多事北風消客醉，盡情南菊待吾詩。鳩聲喚雨何寥廓，龍氣成雲太陸離。畎畝未須憂歲事，傅巖勳業欲深期。

## 九成臺次章提學韻時聞王師發金陵

睥睨鴉啼向古臺，臺前斑竹自花開。水通湘浦縈如帶，山近蒼梧翠作堆。嘉樂也知非野合，倦勤何事復南來？鑾輿虎旅傳消息，心折江城畫角哀。

## 秋夜夢後作有引

客久思歸，夢一金甲神人餞予行，自謂將軍，相與聯句，有曰「笑拂玉波看禹鼎」。予以爲問，曰：「玉波，塵也。出秘書，子忘之乎？」予即詠曰：「拜陳金鏡祝堯年。」將軍嘖嘖稱予忠。如是者凡數十聯，末云「好費將軍九萬牋」，句出自予，亦不知其何語也，其餘則忘矣。已而就駕，雲飛風從，倏忽至家，見老母喜甚，覺來明月滿窗，乃枕上爾。時聖天子出師，以威武大將軍、鎮國公行，寤歎之餘賦此，仍用夢中韻。

疏槐宫院罷朝天，淮海干戈有歲年。未厭西風吹几杖，每依南斗望樓船。新豐車馬黄塵裏，故國園林白露前。歸夢忽醒寒漏迥，綺窗斜挂玉嬋娟。

## 臘月十日奉迎大駕紀事二首

奏凱歡呼大駕迴，一時和氣滿燕臺。端門日麗龍旂入，馳道風清鳳吹來。九廟神靈真有托，百年文運定重開。都人此日瞻依切，共説君王有將才。

鐃歌鼙鼓盡天聲，亭旆金繒載道迎。上將獨乘千里駿，義兒多領四家兵。車懸虎豹知蒐獮，架疊鯨鯢報武成。從此鼎彝書鎮國，漢文徒幸亞夫營。

## 奉詔掄材遇微雨有感閣試入館作

青冥華蓋接金臺，喜聽綸音扈閣開。天外驥群來萬里，日中鶉羽度三台。扶摶細逐南薰起，優渥潛從北極來。采菲豈堪承聖澤，揮毫惟願頌昭回。

## 詠書燈館課

午夜文虹徹絳紗，縹緗叢裏客京華。風塵鬢短頻看影，鄉國情深忽見花。閣上藜光思往事，馬前蓮炬送誰家？喚回一枕朝天夢，蘭炧初銷聞曙鴉。

寻鶴 翰林院蓄一鶴忽南飛而去因出題作館課

茶鼎初生一縷煙，疊琴無處覓胎仙。瑶臺有路歸何日，華表遺蹤説往年。玉樹風聲生蕙帳，霞峰月色映芝田。扁舟更到梅花路，應在羅浮洞裏天。

早秋即事 閣試

玉露無端下碧空，飛飛霞鶩望何窮。人遊禁籞千花裏，秋在梧桐一葉中。冰簟夢回猶客暑，雲屏聲動忽雄風。豳圖賦就無由達，還待鳴珂紫殿東。

送何子魚侍御按湖廣

澄清天下幾封章，攬轡今聊澤一方。豸角曉辭燕禁月，驄蹄秋度郢門霜。窮簷歷歷皆身事，佳氣葱葱況帝鄉。握手頓成經歲别，都門南望柳煙長。

## 早朝

苑雲城樹隱蒼蒼，仙漏銷沉寶炬光。露下貔貅金隊冷，風前鵷鷺玉聲長。螭頭漸近聞天語，豹尾徐開挹御香。朝罷宫臣導清蹕，空瞻團扇護君王。

## 雪後早朝

北風吹雪静芳塵，雪霽千門麗景新。丹地祗聞鳴玉步，碧天疑有散花人。寒光掩映龍樓曉，遲日熏成鳳沼春。歸向柳邊凝立久，試裁巴曲和《韶》鈞。

## 待車駕幸太學恭賦一律

豹纛龍旍拂曙煙，即隨清蹕下遥天。衮衣日月宫墻裏，冠蓋風雲俎豆邊。環璧波光摇寶扇〔一〕，閟壇花氣繞金懸。青衿際此歡無極，共播皇休入誦弦。

〔一〕「璧」，原作「壁」，今據嘉靖本、萬曆本、北大本改。

## 郊祀齋居大興隆寺與懋賢舉之繩武三太史同賦二首得旗字

大駕迎天早練時，端門燈起禁鐘遲。春回御氣通黄道，夜静神飆閃翠旗。龍騎肅分千陛戟，鶴群寒並一禪枝。泰壇却憶追趍地，雲捧珠宫月滿墀。

璧月彤雲澹不移〔一〕，竹房花影正離離。僧來祇覺鐘磬響，院静不知更漏遲。都荔有香浮劍舄，穗楊無力拂旂旗。夜寒銀桀巡金鑰，唫望圓丘有所思。

## 内閣前迎春花開有述閣試

春叢照眼見輕黄，玉署裁詩覺興長。唐苑錯教催羯鼓，漢宫徒自鬬仙裝。龍池日轉纔分色，鳳閣風來細認香。何事偏承天澤早，結根元自五雲傍。

## 春興八首

燕京二月芳草新，天南嗟有未歸人。清泉白石入幽夢，紫燕黄鸝鳴好春。三殿奔趍連日夕，九衢

〔一〕「璧」，原作「壁」，今據嘉靖本、萬曆本改。

車馬雜風塵。棲遲鳳沼渾何事，唫望漁舟獨愴神。

閶闔千門拂曙開，即隨鵷鷺集蓬萊。雲邊綵仗分仙掖，日下青旂繞帝臺。扆閣風迴初變柳，琳池冰泮半侵苔。上林春色應無限，空羨文園作賦才。

太液池頭萬歲峰，波光迴合翠重重。神人驅石開三島，天子乘春駐六龍。紫殿虛無餘御氣，碧雲迢遞憶仙蹤。玉皃黃鵠無消息，長聽趍朝午夜鐘。

燕臺自昔興王地，今日垂衣馭四夷。紫禁煙花連朔漠，黃河烽火望旌旗。西山積雪輝輝在，北極浮雲裊裊垂。跂馬春郊回首晚，五侯歌管未休吹。

廣寒宮殿鎖岧嶤，漢帝神靈隔絳霄。陰洞夜凝龍虎氣，陽林秋老鳳凰條〔一〕。金莖瑞露霑朱綴，銀浦流雲入綺寮。翠輦不來環珮冷，滿庭修竹自蕭蕭。

踏青聞幸芙蓉苑，紅日未高金吹鳴。從此宸遊多樂事，向來幾務太留情。風傳羯鼓南薰殿，雲擁鸞旂北斗城。千載太平知有象，詞人先已頌河清。

風雨瀟瀟聞曙鷄，春來長憶碧山棲。煙開籬落花光動，日暖園林菜甲齊。入饌江魚供白髮，潑醅芳酒對青谿。刺桐枝上紅如錦，自在流鶯盡日啼。

幕府魚書報越裳，期門龍節發荆湘。北風鴻雁飛何處，南海漁樵思故鄉。即恐軍儲非往日，却勞

〔一〕「林」，嘉靖本作「深」。

宵旰及殊方。平林月出聞啼鴂，擊劍酣歌意轉長。

## 謁康陵書感

夏雲銷盡午風恬，目極煙霄思未厭。瑶水幾年留馬迹，鼎湖回首墮龍髯。泉涂寂寂山當户，松籟蕭蕭月轉簷。却愧青衫虚十載，對揚無路拜宸嚴。

## 康陵禫祭有述

康陵禫日宿神郊，奏格無聲藉白茅。七廟精靈昭鞏洛，二儀風雨積函殽。明樓燈火鵷鸞集，隧道松杉翡翠巢。羽獵長楊今涕淚，寸心遥與白雲交。

## 贈趙景昭歸廣州

庭闈每入京華夢，消息真從里閈傳。慰我客懷千里外，與君交誼十年前。心馳珠海雲隨棹，路入金陵日在天。好向明時圖遠大，只今青瑣重材賢。

## 歲暮書懷次王繩武韻

蕭蕭松院朔風侵，坐擁重裘力不任。薊北暖遥花去眼，天南書斷鵲驚心。層雲此日連青瑣，芳草何年卧緑沉？喜有王維同筆硯，清詩時爲滌煩襟。

## 別吴成甫

金陵此去三千里，玉殿回瞻咫尺天。兩載風煙同逆旅，一簾霜月照離筵。即看會計蘇江左，還有謀猷達帝前。聞鴈裁書應有日〔一〕，聽鶯携手是何年？

## 三江毛尚書致仕歸姑蘇留別次韻

笑別鵷行問鶴田，歸來林壑故依然。月明震澤秋應早，柳映閶門地亦偏。黄閣未曾登扈聖，青山相對更懷賢。東曹此日情何限，目斷冥鴻在遠天。

〔一〕「應有日」，嘉靖本作「堪更問」。

## 送三江先生

吴門煙艇故知津，寶帶麼衣照莫春。蕉鹿夢中曾玩世，蓴鱸鄉裏最宜人。三朝禮樂歸青簡，八座聲華動紫宸。心折此時瞻望地，潞河南下柳條新。

## 壽陳虚白鍊師

飆臺羽客宴星壇，四座罡風六月寒。絳節曾隨蒼水珮，玄田應結紫金丹。瑶池月冷飛青鳥，珠樹雲深駐綵鸞。知爾蓬瀛多浪迹，摩挲銅狄待誰看？

## 董學士父母受封

桂坊秋早竹書成，紫誥貤封荷聖情。天與北門添盛事，人依南斗頌長生。碧鷄山下棠陰合，丹鳳樓前日色明。笑領龍章齊舉案，一麾今覺到蓬瀛。

## 送林子行歸吴川

萊衣將母羡君行，把酒臨岐百感生。楊柳影凋朝雨净〔一〕，芰荷香煖暮潮平。病身與鶴棲蕭寺，歸夢如雲繞粤城。曾是同舟忍分手，岸花檣燕總關情。

## 旅感

塵事熏心千種在，晨昏回首一星周。枕前風月照歸夢〔二〕，簾外西山窺客愁。短策干時何所得，薄田供歲未須求。他年北極懷明主，當日東陵有故侯。

## 初秋

玉河楊柳已蕭蕭，羈思逢秋轉寂寥。親舍每疑雲外近，長安翻覺日邊遥。浮名肯似蓴鱸美，壯志

〔一〕「凋」，嘉靖本作「稠」，疑作「稠」是。
〔二〕「風」，嘉靖本作「明」。

寧隨體肉消[一]。自笑行藏渾未卜，巫陽堪問竟誰招？

## 秋夜大興隆寺玩月

玉壺對酒秋色滿，金地坐看明月高。北戍不隨胡馬暗[二]，南巡應照聖躬勞。山河有影看蓬鬢，風露無聲生緼袍。忽憶越江垂釣叟，流光千頃一浮舠。

## 得七月家書志喜

紅葉聲中醒客夢，白雲飛處憶親廬。情多豈保鬢不變，計拙乃爲飢所驅。燕頷果誰還有相，羊腸何路是無虞？臨風正覓傷秋句，忽領平安兩字書。

## 送祁惟允

執手別君何鬱紆，帝城秋色野踟躕。離情不學曉雲淡，知己漸隨煙柳疏。去國未須言勇退，還家

[一]「體」，嘉靖本作「髀」。
[二]「暗」，嘉靖本作「去」。

聊且賦閒居。想應明主不相棄，誰合南山老弊廬？

## 贈西蜀胡秀才

遥遥蜀道亘天端，來去惟君不作難。來爲慈顔欣奉檄，去緣皤髮倦彈冠。柳摇燕市聽鶯别，雲擁峨眉駐馬看。索句贈君還自笑，一年爲客向長安。

## 贈陶二尹之任元城

風流此日陶彭澤，善唱吴歈向别筵。制錦正當佳麗地，彈冠初遇中興年。一庭詩景孤松裏，疋馬春風立柳邊〔一〕。傾蓋相逢又分手，金臺凉月夜娟娟。

## 寄梁應房

去年蕭寺憶殷勤，長劍高歌入夜聞。異國風煙能慰我，同年交誼不如君。落霞秋倚新豐樹，疋馬晴瞻震澤雲。南北秖今成悵别，夜來樽酒夢論文。

〔一〕「立」，嘉靖本作「五」。

## 送余崇一使蜀

鳳凰銜詔出蓬萊，劍氣崢嶸拂曙開。萬里風煙馳蜀道，五雲宮闕夢燕臺。浣花溪在搜唐迹，洗墨池荒憶漢才。聞道故園滄海上，星槎争羡自天回。

## 荆庭春恨和潘源魯

東風庭院雨絲絲，姜被寒生夢後悲。淺緑正添鴻雁沼，輕紅初上鶺鴒枝。流年未覺音塵盡，往事空詒肺腑知。斷送一番唫鬢白，可憐荆樹似秋時。

## 贈梁明仲

都門楊柳映愁生，久客懷歸此送行。鄉夢昔曾隨去馬，春光今已別流鶯。舟移北渚龍光窅，路入南天劍氣明。他日一尊尋舊約，白雲溪上濯塵纓。

## 席中贈倫彦蕃

看君意氣薄青霄，京邸相逢即久要。鳳沼每傳賢父子，鴈行多在聖明朝。虹横楚水朝看劍，月滿吴門夜聽潮。何事春明携手地，滿堤垂柳正蕭蕭。

## 別倫彦周侍御

青藜燈火同高閣，皂蓋聲華獨内臺。日月祇隨燕樹轉，雲山長羨粵鴻迴。勞勞世事關蓬鬢[一]，黯離懷付酒杯。姜被萊衣榮子去，風江煙艇待誰來？

## 齋宿和廖鳴吾

龍池花木鎖春陰，静向環中一洗心。隱几緒風傳促漏，開簾孤月出遥岑。歌翻《清廟》無疏越，夢入鈞天有大音。却憶卜郊虚二載，紫壇今喜翠華臨。

## 荅李一鳳次見寄韻

洛下風塵雙短鬢，夢中山雪一長鑱。謀身自笑屠龍拙，應俗誰嗔看鳥貪。歸去心情聞作賦，别來顔色見開緘。夜闌忽有思君句，唫倚梅花與月參。

---

[一]「事」，嘉靖本作「路」。

## 九月十七日大封宗室奉命充南渭册禮使

臚陛傳宣仰聖君，錫茅分器重殷勤。日臨閣道開三殿，風遞宫韶出五雲。寶册下時經輦路，金貂行處散爐薰。即從北極趍南渭，悵别天邊鴛鷺群。

## 永州樓上春望

蕭蕭梧竹弄新晴，天畔登樓眼倍明。湘水碧連雲夢渚，粤山青近永陽城。三春物色憐多病，萬里驅馳笑此生。忽憶玉河垂柳徑，紫宸朝罷聽流鶯。

## 别蕭潘二通判於淡巖作

五馬翩翩度遠岑，日浮蒼翠滿離襟。同寅合共循良傳，異國仍多故舊心。客思漸隨芳草遠，春光偏入野棠深。明朝鼓柁瀟陽道，回望零陵煙樹林。

## 遊甘露寺同劉士奇作

空香浮動翠巉巖，徙倚珠林駐玉驂。七澤湍聲流日夜，六朝山色落東南。朱旛向晚情難别，碧院逢秋酒易酣。蕭灑不知歸路杳，滿天竽籟起松杉。

## 歸自京師赴常齋鍾子夜讌一首

魏闕勞君千里夢，粤巢分我一枝安。即看春事辭鶯燕，且盡芳樽共肺肝。沙塢雨餘花氣近，江城風定角聲寒。相看此夕清狂甚，從此過逢興未闌。

爐煙裊裊篆垂垂，掃徑開尊恨到遲。亭榭風煙仍月夜，江湖花鳥況春時。金尊玉鱠堪留客，醉舞狂歌果爲誰？却憶去年羈旅地，粤雲南望只成悲。

## 全節廟

極目胡塵暗帝畿，樓船南去逐斜暉。已無虎帳鳴金柝，祇有龍潭葬寶衣。精衛何時填海滿，蒼梧終日見雲飛。貞魂若化吴宫燕，應是年年一度歸。

## 大忠祠

誰扶黄屋此長征，夷夏分明萬古情。百粤波濤非帝宅，兩厓風雨是天聲。氣吞蛇豕頻揮劍，力盡馳驅尚請纓。再拜高祠回首地，滿山松桂月微明。

## 乙酉守歲

帝城鼓角促朝暉，紫禁煙花錦繡圍。風静笙歌臨路發，雪晴烏鵲背人飛。貪趁魏闕年華换，留滯周南心事違。柏葉椒花吾祝汝，明年須對老萊衣。

## 元日早朝

閣道沙堤雪未乾，馬前銀燭霧中看。疏鐘欲動飛宫鵲，絳節初齊引珮鸞。瑞日影浮雙闕表，鈞天聲在五雲端。侍臣賦就《陽春曲》，未覺瓊樓玉宇寒。

## 暮春書懷效陳去非

曲肱作夢客不到，游絲滿空春正晴。世事悠悠衹蕉鹿，韶光冉冉但林鶯。蔣陵山遠碧雲合，郭隗臺高芳草平。踏歌吹劍一翹首，天北天南無限情。

## 題雷氏山水卷

羨汝習静棲空山，蒼翠無言相對閒。松花滿地雲不掃，柴門敞天風爲關。波浮龍鱗曉澒洞，峰横豸角秋孱顔。丹梯倘許凌絶頂，散髮醉呼黄鶴還。

## 春夜大醉言志

拔劍起舞臨高臺，北斗插地銀河迴。長空贈我以明月，天下知心惟酒杯。門前馬躍簫鼓動，柵上鷄啼天地開。倦遊却憶少年事，笑擁如花歌《落梅》〔一〕。

## 白蓮二首

水殿盈盈萬玉妃，凌波長是步炎暉。迢遥玉井峰頭見，縹緲瑶池月下歸。洛浦霧繁珠作珮，楚臺風急翠成幃。若教解語應愁絶，聞道金籠鎖雪衣。

不見紅衣映緑苔，夜長疑有鷺飛來。蘂珠宫冷香雲濕，魚藻池深素錦開。太乙馭風摇翠櫬，飛瓊乘月出瑶臺。露華似慰相如渴，分得金莖滿玉杯。

〔一〕 嘉靖本於「落梅」後有「欲盡理還之喻」六字。

## 陵祀次韻劉侍御見寄

園陵報祀開秋序，驄馬追趍出帝城。四塞雲山隨遠近，二儀風雨自陰晴。金支掩映蛟龍色，玉殿蒼涼燕雀聲。悵望軒轅弓劍在，青霄霑灑不勝情。

## 重陽次韻答孫貞父

相看京洛共緇塵，拂拭荷衣發興新。江上離憂嗟易老，雲間歸夢恐難真。飛飛白鴈遥憐汝，采采黄花懶寄人。抱病重陽正愁絶，把君詩句重逡巡。

## 省親三疏獲允出郭别親友

喜聞綸綍卷詩書，萬里乘槎信所如。即辦綵衣供色笑，不妨黄髮老樵漁。臨岐尚憶公家事，出郭多煩長者車。南北相望意無限，江空歲晚獨愁予。

## 阻冰寓蕭氏樓上作

朔風蕭蕭吹雪霜，登樓獨坐生悲涼。青山知我吏情澹，明月照人歸夢長。雲影有時連去鴈，水聲何日到垂楊。側身天地頻回首，誰道江湖遠廟廊。

## 文衡山致仕言歸次韻二首

十月軒車出紫宸，三年京洛謝緇塵。北河冰雪偏留客，南國江山久待人。石室有書曾汗簡，扁舟無日不思蓴。此身直在雲蘿外，誰向中原惜鳳麟。

金鑾早上乞休書，疏傅當時恐未如。萬里青冥雙倦翼，百年黄髮幾懸車。閶門日暖繁楊柳，震澤春深足鯉魚。知爾登臨詩不廢〔一〕，停雲回首渺思予。

## 除夜贈文徵仲

即看芳草入新年，豈有椒花媚遠天？多病獨愁雙鬢改，故人相對一燈懸。匆匆歲色歸鶯燕，冉冉春聲動管絃〔二〕。明日試從高閣望，陽和多在五雲邊。

〔一〕「臨」，嘉靖本作「時」。
〔二〕「動」，嘉靖本作「咽」。

## 丁亥元日

朔雲自繞滦河曲，燕樹遥連漢苑斜。綵鷁獨依河畔柳，新鶯應到苑中花。三朝禮樂開青瑣，萬里冠裳擁翠華。去去滄江回首地，太平歌頌落煙霞。

## 客樓春望徵仲見過有贈

樓外河冰春未消，旅魂唫望倦揺揺。驪黄有路開丹嶠，孔翠何心戀赤霄。燕市風塵通潞渚，吴門煙月滿楓橋。何時坐爾停雲館，幽竹繁花慰寂寥。

## 冰泮志喜贈徵仲

晏歲長歌《行路難》，蘭橈今喜出冰灘。霞杯綺席春初並，浴鷺飛鳧曉共看。茅屋待歸花未老，鳳樓回望雪初殘。酒酣却憶追趍地，誰在彤墀白玉闌？

## 次韻答廖鳴吾見懷

北風吹女思悠悠，乘興難移雪夜舟。建禮昔同鴛鷺序，裁詩今在鳳凰樓。岸花檣燕催春色，洛水秦山入暮愁。多病可堪回首遠，吏情吾已付滄洲。

## 微雨後風沙大作晚泊臨清

笑辭鐘鼎向山林，去路塵沙苦見侵。萬里舟航淹日月，九河風雨戰晴陰。草堂花竹縈春夢，澤國魚龍伴夜唫。心迹不教雙寂寞，燈前呼酒漫開襟。

## 丁亥除夕

旅館頻年過歲除，萊衣今夕樂何如。摇摇蠟炬輕風裏，淺淺霞杯細雨餘。江海只便魚入饌，煙霞惟恐鶴傳書。等閒又被梅花惱，漏泄春光滿敝廬。

## 元　旦

南國浮雲向曉開，日華初上釣魚臺。東風又與蘼蕪緑，老屋惟應燕子來。萬里晨昏逢歲改，三年供奉憶朝回。滄溟不似君恩闊，起舞尊前莫放杯。

## 草堂對雨

一畝宫墻傍翠微，雨中唫望澹忘歸。煙深石洞蒼苔入，水滿銀塘白鷺飛。室已罄懸仍愛酒，身如柴立强勝衣。窮愁消盡緣何事，九陌塵清萬井肥。

## 夏日遊何氏園

漠漠朱光接翠寒，蕭蕭林樾隱風湍。浣花暫爾棲疏放，古柏終當宿鳳鸞。遂有卧龍清洛水，還從飛雁望長安。種榆臭臭成何事，心折雲邊金露盤。

## 秋穫喜晴

農事初成樂事繁，即看雲水接平原。巾車道上黄迷壟，社鼓聲中緑滿尊。十里斷霞明鴈鶩，半林斜照散鷄豚。豐年有願緣憂國，擊壤今聞到處村。

## 夢後聞梅花香甚走筆二首

江南春事到煙山，冷蘂疏枝漸可攀。帳底忽驚香滿席，夢中真見玉爲顔。啾啾翠羽翻珠綴，歷歷星榆挾珮環。玉宇霞窗相映曉，始知天上即人間。後二句夢中所得。

羅浮清夢正深期，東閣當年憶賦詩。枝上一陽回白雪，膝邊三弄協朱絲。彤雲有影承金殿，湛露無聲下玉墀。移植若從升北極，暗香應繞萬年枝。

## 宜陽八景次東溪鄭尚書韻八首

曉入宜陽見萬峰，鷄聲人語共疏鐘。停車最愛黄山好，滴袖俄驚翠黛濃。陸海魚龍憑砥柱，青天波浪出芙蓉。凌風欲挾飛仙去，直上蓬萊第一重。右黄岑疊翠。

扣舷何處有漁歌，泉擁西山景最多。雲外恍疑垂玉蝀，人間真覺近銀河。静涵桂魄天同色，流入桃花錦作波。若到春郊頻極目，東風吹潤徧嘉禾。右白水垂虹。

玉溪流水碧沉沉，巧筭還誰測淺深。細雨斜風渾二月，鯨吞鼉作忽千尋。敲詩日憶澄江練，倚仗時聞緑樹禽。何事臨流歌仰止，三星橋外有遥琴。右玉溪春漲。

碧樹蒼煙鎖紺園，四民曾此禮三尊。岧嶢地上開金刹，髣髴雲中立翠旛。山色可能隨世改，燒痕長是到秋繁。憑高莫漫搜陳迹，時倚衡雲望薊門。右寶刹雲旛。

景星靈洞足探奇，石上浮觴漫爾爲。碧落玉書空往夢，葛巾藜杖可芳時。香分下澤煙花繞，暖入東陂鴈鶩知。羽客不歸瑶草暮，桃源何處問蛾眉？右蒙洞香泉。

馬鬣不教桑楚歎，烏耘獨倚蒼巖玩碧瀾，共知龍向此中蟠。九天空闊疑雷動，萬木蕭疏帶雨寒。那見稻畦乾。行藏笑與髯翁道，潛躍由來不是難。右良巖龍隱。

秋净煙霞開錦繡，春深列岫排雲切太蒼，曲江銀牓宛如長。當衙已獻千重秀，帶日還成五色光。風雨散紅香。地靈人傑從來是，滿耳蜚聲説廟廊。右榜山晴旭。

貝葉曇花空寂寂，瓊簾涉水循山問化宫，翠微深處有村春。僧來且共松間坐，溪午遥聞煙外鐘。珠栱自重重。舊遊回首思長樂，無限詩情到晚濃。右普化晚鐘。

華節亭別親友

別夢綢繆猶粤海，片飄宿雨冥冥曉正開，故人遥放酒船來。啼鶯語燕催春事，緑水紅亭照客杯。迢遞又荆臺。臨岐欲盡分携意，滿目停雲鬱未裁。

洸口寄倫子彦式

明光起草逢今日，京洛魁岡南望隔湘煙，聞道征帆別後懸。楚粤山川空寄夢，江湖風雨正連天。看花憶去年。岐路祇今隨使節，可堪心折五雲邊。

## 英德别杜生兄弟

扁舟六月度湞水，英德縣前鱸已肥。别爾弟兄難廢酒，驅人岐路易沾衣。滄江急雨群龍出，古峽閒雲獨鶴飛。返棹相看情不斷，倚門真覺夢同歸。

## 贛州紫霄巖贈林二山

憑空飛觀倚岧嶢，風磴盤盤入紫霄。章貢灘聲天外落，燕雲山色日邊遥。百年氣誼堪杯酒，萬里離憂自市朝。笑與使君圖後會，扁舟何日重相招？

## 放　船

城烏翻月鼓沉沉，虎丘寺前初放船。青山白水晚如畫，楓葉蘆花秋可憐。皇華萬里但原隰，供奉三年猶俸錢。鴟夷邈矣不可見，隔浦緩歌聞《採蓮》。

## 感秋二首用南津胡憲長趣駕韻

淅淅秋風吹岸沙，西江遷客思無涯。濁醪粗飯足娱老，去燕來鴻猶念家。百年洛涘愧潘岳，九日龍山懷孟嘉。故園咫尺不歸去，辜負東籬無數花。

淅淅秋風吹雨來，自憐樗散未須培。水邊白鳥背人去，霞外青山待我回。抱病江湖長對酒，側身天地數登臺。故園只在扁舟上，三徑黄花萬樹梅。

## 秋夜對菊

且隨麋鹿走山林〔一〕，豈合簪纓繫此心〔二〕。永夜鼓鐘欺鬢短，小樓風露報秋深。鸞聲自作孫登嘯，龍卧誰爲《梁甫唫》？瀟灑不知貧與病，東籬元有萬黄金。

## 蒼梧初發

蒼梧北望盡蠻荒，雲黑山青煙霧黄。旌旆行隨日隱見，蒙衝坐覺天低昂。黿鼉乘雨出巖穴，翡翠挾春鳴桄榔。旅懷歷亂不可盡，芳草萋萋彌岸長。

〔一〕「且」，嘉靖本作「日」。
〔二〕「合」，嘉靖本作「有」。

## 桂林元夕

何處笙歌入座聞，即看陸海在人［群。星橋］暗度重輪月〔一〕，火樹晴開五色雲。湘水未逢天［北使，灘］江猶駐粤南軍〔二〕。江湖心事年年在，徙倚東風酒易醺。

## 横州伏波廟

高灘危石鎖崔嵬，長夏風煙午未開。南海樓船從此去，中原冠冕至今來。《武陵》一曲風塵静，銅柱雙標日月迴。千載伏波祠宇在，漢朝何事有雲臺。

## 送范衢村大参

桂州城南灘水流，白蘋芳芷滿中洲。即看綵鷁隨春色，聊遣清尊消别愁。晝省交游成舊雨，彤雲瞻望及新秋。相逢若問鴟夷子，已向江湖買釣舟。

〔一〕「群星橋」三字墨釘，今據嘉靖本補。
〔二〕「北使灘」三字墨釘，今據嘉靖本補。

## 大藤峽猺老

大藤勳業使人疑，今日褰帷始見之。每憶韓公成感嘆，且令猺老望威儀。江山道梗空千里，兵甲屯雲又一時。聞道招安成妙筭，從前真覺費王師。

## 洮陽野次

畫船簫鼓擁青衿，豈有當年木鐸音？故國煙花那在眼，長途風雨若爲心。三湘秀色來天地，五嶺華風自古今。耿耿有懷成野宿，夢魂虚繞泰山岑。

## 天開圖畫亭

突兀茅齋跨石臺，玉杯瑶席倚雲開。天邊湘色褰帷入，地底灘江逐馬來。北極自勤瞻闕夢，西山誰有濟時才。側身天地酣歌裏，鴻雁冥冥首重回。

## 桂江秋懷借養齋方伯韻奉寄

桂江水高三尺强，秋來鴻雁相迴翔。鳴橈捩柁亦何意，楓葉蘆花俱可傷。蒼梧望斷粵雲白，《滄浪》歌罷湘煙長。會須萬里去寥廓，嗟爾罻羅空自張。

## 蒼梧言歸口號〔一〕

十載行囊一素琴，寥寥天地幾知音。淵明已有《歸來賦》，和靖初無禄養心。北郭晚田堪白酒，東籬秋菊盡黄金。扁舟一去隨明月，回望蒼梧空緑陰。

## 肇慶李東渠中丞邀遊灑然亭次韻二首

嶺海棲遲有歲年，草堂今喜識高賢〔二〕。釣殘野水從魚樂，鋤罷寒葵帶露鮮。世事驅馳真夢裏，天涯談笑且尊前。朔雲他雨勞相問，猶記萍蹤自灑然〔三〕。

崧臺今夕是何年，投轄傾杯見此賢。半畝方塘開罨畫，一亭明月共澄鮮。習池已覺心俱醉，宣室還看席屢前。勛業古來戎馬地，可能無意勒燕然。

〔一〕　明鄧遷修、黄佐纂《嘉靖香山縣志》卷七《藝文志》所録該詩題爲「棄官歸香山口號」。
〔二〕　「堂」，嘉靖本、萬曆本作「亭」。
〔三〕　「蹤」，原作「踪」，今據嘉靖本、萬曆本改。

## 海珠别方塘汪憲副

海珠山下寒潮生，擊鼓放船君欲行。釃酒千巡谷鳥囀，粤城十月江花明。碧鷄金馬在何處，遊子孤臣俱有情。此去登臨不同賞，倚樓詩句向誰成？

## 奉諗養齋再用前韻有引

昨承高作，但訝方茂山人新號，似有歸興。嶺南方有攸賴，柰何褰裳去之？紫微東閣，燕坐凝神，尚以賦詩易抗疏，幸甚幸甚！小詩奉諗，兼致問候，用前韻也。

江湖同病羡君强，霄漢何由並爾翔。方茂雲深歸夢杳，粤臺花近客心傷。青春已共蛙聲老，白日潛隨燕羽長。東閣捲簾詩景裏，揮毫應續《艾如張》。

## 元　日

曉來簪弁换荷衣，遥望祥雲夾日飛。北塞風塵應已静，南溟樓櫓竟安歸。乾坤脉脉移花柳，林壑欣欣動蕨薇。誰在青冥生白髮，且持春酒對春暉。

## 粤山詩社試筆分得清字

碧山雲卧倚江清，衣馬何人獻歲行？麗日樓臺明萬井，輕風簫鼓度三城。東南漂泊嗟懸磬，西北驅馳費請纓。且向煙蘿開野酌，漁樵相與話昇平。

## 人日和陳天游韻

駘蕩春光滿隱窩，放狂判到鬢雙皤。柳條色映青絲騎，柏葉杯翻《白紵》歌。鶯燕不嫌三徑僻，風煙偏在五陵多。年來無地尋花勝，世道應隨東逝波。

## 南谿卷爲佴都帥

南谿分得揚之水，巖姿林靄相光輝。主人燕坐列霜戟，童子清歌調雪衣。弦琴每覺薰風入，載酒直隨明月歸。我亦滄洲曾結宇，吏情長恐與心違。

## 王子尚使事歸省

外史輶軒出帝鄉，萊衣惟恐負春陽。重闈向曉占烏鵲，下里迎風拜驌驦。殿上朵雲常咫尺，堦前蘭玉有輝光。交河之水流無盡，得似君家愛日長。

### 山陽陳氏墓祠

十畝園林一徑斜，玄堂燈火太丘家。秋聲半在稍雲竹，春淚多逢帶雨花。遠慕可能忘伏臘，幽棲非復爲煙霞。月明想像慈顔在，愁絶淮陽幾樹鴉。

### 送劉尚寶代祀海上

紫宸銜命出符臺，劍氣峥嶸拂曙開。望祀正修《虞舜典》，壯遊那負漢遷才。春帆帶雨應千里，祖帳臨風更一杯。文采承家今不忝，青藜高閣待君回。

### 同何古林登玄覽臺

此日登臺笑語時，依然雲影在江湄。閒雲出岫真何意，逝水如斯豈自知？世道行藏惟與爾，舞雩童冠更須誰？臺前多少凌霜樹，一任和風取次吹。

## 贈劉助教判夔府

夔府雌塗望倅車，橋門衿珮擁除書。傳經劉向情無厭，化蜀文翁澤有餘。飛鵲忽看天作練，卧龍猶説草爲廬。知君露冕行春處，應有新詩錦不如。

## 送門人江應霄北上

江淹聲價起湟川，羡爾乘舟向日邊。金闕曙鐘趨午夜，玉河春色動新年。衣冠總向南宫集，姓字還從北闕傳。舊日授經今不忝，承恩人道是儒仙。

## 送張叔顯尹博白

陌上薰風吹緑楊，珠江西轉入梧長。白州此日優爲令，青史他年定數張。留犢清名傳梓里，用時苗故事。蟠龍秀色勝桐鄉。蟠龍，博白山名。水東往事看前輩，豸繡還飛六月霜。

## 梁思伯送瑞香花二株賦此荅之

曉坐前榮噏日華，扣門欣見瑞香花。即移雙樹依丹桂，何異三珠在絳霞。瓊蘂遇寒添旖旎，翠蕤隨照肯欹斜。藹然笑對冰霜裏，先得春陽向海涯。

林惟喬送糟鰣魚

旅食吾曾侍禁垣，鰣魚當夏足盤飧。十年夢隔山龍闕，臘月緘來海寉村。風味有餘惟麯糵，馨香無減似蘭蓀。野懷却憶江門句，炒蜆猶堪奉至尊。

元日口占

清曉遥遥祝紫宸，東風吹珮鶴隨身。尊前蓮蘂濃於舊，墻角梅花冷更新。畎畝寸心丹向日，塵塗雙眼白看人。閉門且續《羅浮志》，收得天南一洞春。

正月二日得黎婿惟和書報除大行人喜甚口占俚語録似惟敬惟仁

去年屢得金臺信，今日真聞王節行。兄弟夔龍應接武，山林巢許亦懽情。登樓每見青天近，覽鏡從教白髮明。知爾北園多雨露，夢回春草滿池生。

夢遊羅浮作

銀殿瑶池盡列仙，良常西入耀真天。霞隨葛令飄青玉，雨爲麻姑灑白蓮。符竹蕭蕭桃洞月，星松裊裊石樓煙。蒼龍溪上山卿夢，又度清寧二百年。

送陳惟功掌教臨桂

灕山百丈即蓬萊，碧玉青蘿畫裏開。濂洛以南源桂嶺，瀟湘之北到金臺。光風好在窗前草，春信應傳隴上梅。我昔驂鸞歸萬里，汝今鳴鐸徹三台。

九日登玄覽臺留客賞菊夢中作

天風吹袂上高臺，無數黄花照眼開。飛蓋路從雲外出，盍簪人自日邊來。十年往事翻如夢，一笑相逢共此杯。醉後整冠頻北望，鳳城煙樹正低回。

續王冕梅花詩夢中作

獵獵北風吹角巾，巡簷索笑轉相親。疏枝交影長疑雪，冷蘂含香似養神。月下徑蹊偏勝曉，水邊籬落暗傳春。相思一夜羅浮夢，隔隴惟應寄遠人。

## 夢中九日寄懷鄭世穆作

九日清齋深憶君，往年曾共醉論文。篋中烏帽負黄菊，門外青山間白雲。獨鶴依依何意舞，賓鴻渺渺幾時聞？黄金臺上一翹首，神駿惟應空冀群。

## 春日草堂雅集次李少藩韻

草堂春滿徑三三，俯仰無言妙與參。燕塞朔鴻天外杳，粤臺新緑鏡中含。只今雲谷誰元晦，終古龍門獨史談。醉挹和風看活水，詠歸真似魯城南。

## 送吴自湖遷浙臺憲長

豸角峨峨出粤藩，刺桐花裏競攀轅。維揚樹色連棠影，嶺海潮聲遡浙源。東魯祇聞吴季子，西湖那見宋王孫。華夷此日須匡濟，應有封章入禁垣。

燕山田少參將奉表北上以忠孝節義四畫見惠題詩其上賦此荅贈

粵城南望水明霞，薇省移舟覲翠華。夢入釣天儀彩鳳，風回江樹聽啼鴉。琅玕得雨高千仞，薺菜逢春勝萬花。展誦思君何處是，草堂蘿月映窗紗。

贈副總兵王汝賢之廣西

賓梅視我猶兄弟，節操承家有石川。諸葛古亭魚復陣，山雲遺烈虎鈐編。桂林節鎮三千里，藤峽威名十二年。知爾思親明月夜，暗香疏影道窗前。父英，號賓梅，都督僉事。

送谷子遷歸吴

夢到長洲宿莽間，嚶鳴猶似聽春山。東吴畫舫偏堪往，北斗朱旗恐未閒。谷永謝書今已達，陸機文賦昔曾還。玄冬別汝炎風裏，獨對前榮細菊斑。

謝梁思伯中舍

葛巾吾亦晉時陶，瑶席初開集俊髦。醉倚曲池浮晚照，凉從清樾起秋濤。蒼龍石上張鱗鬣，仙鶴雲間下羽毛。知是扶搏應萬里，夜來風雨動亭皋。

### 寄南雄章太守接

楓山堂構自天開，清白傳芳到嶺梅。舄外凌江涵粵浦，衙前關樹赴燕臺。碧雲已共棠陰合，丹璽曾勞驛使來。應有鳳書傳帝簡，雙旌從此近三台。

### 荔枝酒詩奉荅麥喬齊

輕紅重碧醞初開，稚子喧呼洗舊罍。草草蔬殽延客坐，紛紛蜂蝶逐人來。曲江有賦空覔藻，河朔無詩豈駿材？照眼榴花莫相笑，年年那肯獨銜杯。

### 壽詩次歐彦楨韻

供奉當年侍翠帷，只今衰懶掩柴扉。池邊竹日聞魚躍，臺下松雲見鶴歸。蓮醑到冬堪酩酊，草堂因詠更光輝。碧山尚覺紅塵近，長羡嚴陵有釣磯。有贈子陵像者，故末及之。

梁彦國賀七十一壽次韻

猺山瀛海一愚臣，竹葉椒花百病身。年過古稀猶似健，運逢今聖已維新。懸弧日每隨南至，戀闕心長望北辰。聊傍粵臺開小隱，只從莊叟問靈椿。

贈黄製太僕主簿

緑槐蕭蕭遷谷鶯，越門酌別趨燕城。龍光久矣耀丹極，駿足今惟朝紫清。黄霸勳名見遠到，曲江風度逢昇平。彈冠此去聽冏命，滿嶺梅花隨袂馨。

羅浮青霞谷贈甘泉

青霞谷中飄紫煙，誰其棲者甘泉仙。雲邊放鶴啄瑶草，雨後呼龍耕玉田。梅花不作翠羽夢，薤葉細寫朱雲篇。沖虚昨雨自高枕，曉來同話羲皇年。

仲夏釀荔枝酒成與歐麥二友同酌次韻一首因麥有及於天寶故事因及之

南風吹緑北窗前，荔子浮缸似醴泉。錦席玉杯慚地主，鵠袍梟舄集儒仙。雲安雇直猶傾盞，天闕微呼不上船。觴詠有餘風味少，紅塵飛騎笑當年。

平饒埔鉅寇次督府百川張公韻二首

劍氣横空氛祲躅，天南今見斗牛躔。運籌已決留侯勝，鼇卣仍褒召虎賢。鱷海夜涵千里月，鳳山朝簇萬家煙。凱歌聲裏歡無極，遥對楓宸祝萬年。饒平有鳳凰山。

十萬貔貅引月弓，一時巢穴散炎風。潮陽鼓角連天沸，嶺外雲雷動地雄。銅柱標來兵幾在，崑崙追去計猶窮。兩句玉鏡歸明主，應是中興第一功。

立春日世祐祠祭後小憇藍縣丞來謂蔡察院疏予道學已而邸報至有禮樂接乎周孔道學紹乎朱程誠爲聖代真儒等語非予所敢當也賦此以自笑

春祠燕息竹亭東，生態相隨趣不窮。草色遠連丹壄外，花光微入翠簾中。一聲到枕聞臯鶴，千里傳書見塞鴻。淺淺野塘供釣艇，源源新水受和風。

玄覽臺登望喜晴用前韻

塵寰車馬去遥遥，惟有春臺倚泬寥。沂水詠歸重與點，浮雲功業小看堯。林花受日紅尤麗，野水連山翠未彫。風雨幾番寒食裏，杖藜今喜步層霄。

### 聞近有躍舞歌呼自謂尋樂者因再用韻

誰將鯤化説逍遥，從此蛙聲徧闃寥。曹魏可憐曾舜禹，李唐何事亦神堯？汪汪易見涓流積，磊磊難同美玉彫。聞説有人狂起舞，泥塗終不近雲霄。

道心於我本非遥，合一真傳久寂寥。茂叔每從顔學孔，咎繇曾致舜爲堯。源泉混混須前進，松柏蒼蒼見後彫。此日登臺遥引望，鳶飛應自在雲霄。

### 静坐宴起再用玄覽臺韻

庭户無聲車馬遥，坐來人境更寥寥。即看太極源於昊，真覺心傳不待堯。巨浸尚憑孤柱在，貞筠那逐四時彫。龍圖鳳閣千年事，感應還應自碧霄。

### 元日登東城樓再陪甘泉祝聖有述

年年上日曾遥祝，不似今年喜再陪。北極舊瞻龍虎氣，南州新築鳳凰臺。山樓粉堞開繇蕞，藻席椒漿共瓦杯。况復迎春簫鼓動，青陽先到海隅梅。

夢遊羅浮賦夜半見日

三更紅日出滄涯，四百峰巒處處花。水漱竹崖全作雨，雲封松崦半成霞。扶光曉吸真難老，塵世逢看却易斜。此景足稽天下士，葛洪何必問丹砂。

鐵橋新開晚景園築溪山一覽賦詩相候候譙于晉野堂次韻

溪山新構喜經過，笑似秋星初渡河。晉野正疑南菊晚，楚雲偏帶朔鴻多。揮杯白日移堤樹，步屧清霜浄澤荷。一望鬱江天萬里，冥冥何處有虞羅。

即席口占贈黎婿惟和北上

笑插籬金護鬢霜，也曾三仕入明光。宫壺日送黄封酒，朝服時沾玉座香。野草尚知周雨露，山龍何補舜衣裳？柯亭此去無多地，岐爾雲霄雙雁行。

春日荅諸耆舊過草堂小飲次周岐瑞韻

粤王城北草堂深，南極群仙喜共臨。松石友朋叨作主，雲山《韶濩》自成音。鷗邊梅蕊波間玉，鳥外楊條日下金。莫笑野人畦菜少，滿前生意合開襟。

再次前韻荅周孟錫州守

盤谷迴環紫翠深，喜攀諸老此登臨。三城日轉尋芳徑，萬井風連擊壤音。傾倒渌尊猶北海，捧持佳句是南金。春來野興同沂水，莫厭頻來共洗襟。

次唐加民大尹韻

煙花隨處豔芳春，城裏青山小避塵。出谷有鶯求舊友，鳴皋惟鶴擬精神。年追衛武真難老，詩似唐人妙絶倫。明日星臺傳盛事，弧南光滿粤江濱。

江約之大尹謁粤洲先祠次韻

松柏岡頭竹徑深，先祠何幸一光臨。白駒皎皎來虚谷，黄鳥嚶嚶送好音。《皇極註》殘猶有墨，近日緒成《經傳》，見墨迹，爲之惘然。義田賙盡已無金。先子以自己田爲義田賙族，故云。雲鵬一去空留迹，日永天多思滿襟。

## 陳朝紀不赴飲以詩來謝次韻二首

小築茅堂帶碧峰，春燈春酒對芙蓉。水邊霞綺明孤鶴，雲外笙簫殷萬松。洛社幾人同杖屨，粵江今日聚萍蹤〔一〕。登臨更作連牀約，欲向希夷學五龍。

東風初到種瓜田，細雨平添漱竹泉。蓮蕊酒酣雲谷裏，梅花香冷石亭前。自撑釣艇消長日，誰拜樵夫問大年。深鎖柴門調野鶴，莫教飛去避茶煙。

## 朝紀再和奉荅二首

渺渺浮雲遮遠峰，曲肱聊憩小芙蓉。于今我豈非黄騎，自古誰真是赤松。柳徑日聽鶯喚侶，苔磯時覓鶴行蹤。雨餘有約君來否，蒼玉林中看籜龍。

尉佗城邊花滿田，粵洲臺下酒如泉。一聲白鳥不知處，萬點青山都在前。此日有懷華岳老，何時同話羲皇年。醉來共坐雲巢頂，笑指齊州空九煙。

〔一〕「蹤」，原作「踪」，今據萬曆本改。下首詩中「行踪」之「踪」亦據以改，不再出校。

## 次方士表大尹韻

深深松竹護池臺，春日柴門爲子開。携鶴草堂慚大隱，僇狐沙縣羡高材。香山九老追前會，南極諸星接上台。僻地更煩雙舄到，小舟長送百壺來。

## 春日登峽山寺

東風初動水雲區，古峽蒼蒼萬籟虚。牛斗汎槎瞻北極，鳳雛棲竹記南禺。《山海經》云：南禺之山，鵷雛是出。今峽山，即二禺山也。黄帝二庶子採竹，協鳳凰之律居此，豈即南禺歟？致君豈憚陳金鏡，將母寧辭謝玉除。時迎養過此。此去采真逢露冕，九重春色問何如。

# 泰泉集卷第十三

## 七言律詩

### 丙申元日

陽吹朝來動遠空，九重春與萬方同。金盤北望思承露，玉琯東迴驗相風。日月催人雙鶴髩，江湖容我一漁翁。十年舊夢成追憶，曾侍朱衣紫殿中。

### 燈夕立春

東風澹澹月團團，燈市逢春倍覺歡。漢苑煙花曾駐馬，秦樓歌舞更驂鸞。傳柑錯憶紅雲殿，縷菜驚看白玉盤。官柳野梅俱在眼，莫教長笛倚闌干。

## 和鄧沃泉憲副元夕

昇平燈火幾喧闐，笑指東風十二年。陸海魚龍春變化，艷陽桃李夜喧妍。鎬京尚憶紅雲宴，郢曲遥傳《白雪》篇。同是江湖懷聖主，步隨明月望堯天。

## 嬉春曲四首有引

《嬉春》，效楊廉夫也。傳稱《國風》好色而不淫。夫「公侯好仇」，非因窈窕；「季女斯飢」，不專蘋藻；「云誰之思」，寔通誠於顯王；「匪媒不得」，爰宣情於忠聖。苟滯遐指，難以道古矣。故予引興比類，竊敢自附於風人之義云爾。

油壁香車嘶紫騮，春城何處好嬉遊？鰲燈海上連三島，鳳吹風前度五侯。碧霧初生花作陣，彤雲不動月垂鈎。采芳恰到沉珠浦，解珮俄逢拾翠洲。

洲邊新水到漁磯，路上輕風颺酒旗。短短荷根難結藕，青青柳色易成絲。鵾絃鶴笛遥相和，銀燭金尊晚並移。低唱《竹枝》雲霧裏，免教明月妬娥眉。

鈞天清夢隔瑶京，笑逐江湖酒伴行。芳草桁頭看寶炬，白蓮池畔聽銀箏。花園柳巷渾無賴，紫燕黄蜂各有情。誰向緇塵窺艷色，不知朱户鎖傾城。

天邊璧月懸清光〔一〕，照見陌頭遊冶郎。縹玉香濃酌鸚鵡，鬱金樣窄裁鴛鴦。零露團團濕蔓草，谷風習習吹柔桑。臨岐相見瞥然去，一夜心隨雲漢長。

## 詠竹分得臨字

江南搖落氣蕭森，愛爾修篁自作林。清籟在天聞日夜，翠雲隨地變晴陰。秦樓鳳下湘山遠，羌塞龍唫渭水深。何似習池通蔣徑，祇應風雨亦登臨。

## 感雨二首

三江水口浪如山，百萬戈船一未還。即有轉輸愁駱越，況聞征戍厭湟關。寡妻群盜傷心外，鳥合鯨奔轉眄間。誰向蒼梧報邊帥，急抽精鋭備荆蠻。

去年優詔下明光，拜賜蠲租喜欲狂。豈意春農歸浩蕩，遂令生事轉凄涼。護持松菊欣無恙，點檢琴書濕不妨。野哭陸沉俱在眼，可能圖畫獻君王。

〔一〕「璧」，原作「壁」，今據嘉靖本改。

## 暮春贈别李儀部四首〔一〕

離夢摇摇倦倚闌，江城春共一尊殘。馬前紅雨真堪駐，鴻外青山正耐看。粵國龍蛇蟠大澤，漢家卿相滿長安。趨朝好在南薰殿，莫待金風吹玉鸞。

滿院櫻桃齊作花，柳條裊娜牽風斜。即看春事遽如許，自信吾生安可涯。南國浮雲供伏枕，北山孤鶴望移家。酒闌相送柴門莫，月滿遥林明釣沙。

石門雲樹浩悠悠，鴻鴈拚飛並綵舟。君去可堪還北望，此心無盡亦東流。月明桂館煙花曉，風落榆關笳鼓秋。傾倒淥尊頻看劍，江湖何處有離憂。

荔子紅時風滿枝，彤雲飄忽望京師。瑶壇曉日鑾輿度，珠樹微凉綵仗移。北闕已新周典禮，南宫曾識漢官儀。十年畎畝丹心在，跂爾承恩向玉墀。

### 送顧少參進表之京

殊方長走畫熊車，薇閣松窗月色虚。喜見西山歸戰馬，愁聞南海進明珠。風生閶闔陳金鏡，雲擁

〔一〕「李儀部」，嘉靖本作「李儀部稚大」。

罘罳拜玉除。後夜若逢牛斗使，前星應有鳳凰書。

## 草堂酌别劉仙令

東方之日赤輪囷，照我庭前霙樹根。仙鳧到門化飛舄，神魚入網開清尊。南歸蹔與山水會，北去莫受風塵昏。玉墀青瑣寄消息，夜夜梅花勞夢魂。

## 暮春醉遊

東風飄飄吹絮衣，沉醉不憂生計微。粤臺雲朗木客嘯，珠寺花深江燕飛。山川有恨天相罣〔一〕，薇蕨無言春自暉。已抛簪弁逐漁釣，浩浩放歌明月磯。

## 登觀海樓醉後作

逍遥短褐滄洲上，突兀高樓霄漢間。潮落魚龍猶並出，日晴鷗鷺已知還。衝帆野色來千里，入座春聲殷萬山。飛絮又隨杯酒盡，東風何事亦偷閒。是日得致仕報。

〔一〕「恨」，嘉靖本作「限」。

## 緇　塵

緇塵休問舊貂裘，十月輕衫試薄遊。春事只看芳草變，清尊聊盡白雲求。雪車冰柱燕山路，楓葉蘆花楚水舟。偶憶少年成獨笑，夜調玄鶴上丹丘。

## 贈別黄子章北上次鐵橋司馬韻二首

沙頭寒日照津旗，南雁初飛北棹移。謝客池塘新入夢，于門車馬重相期。江湖冉冉冰霜盡，花柳欣欣雨露私。春近可堪人漸遠，停雲應是渺予思。

芙蓉闕下綰銀章，綵筆當年逐俊良。沙苑月明馳駿足〔一〕，掖垣花暗散鵷行。西山爽氣朝應在，南海遺珠夜有光。若到鳳池相問訊，扁舟今在白雲鄉。

## 粤王臺懷古二首用王李二子韻

粤城秋日轉觚稜，與客登臺感廢興。孤鳥迴隨雲影没，野花寒帶露華凝。樓船有路天低海，劍璽

〔一〕「足」，原作「月」，今據嘉靖本、萬曆本改。

無蹤谷變陵。留得當年歌舞地，斷猿清夜嘯煙藤〔一〕。

百年天地静風塵，吊古臨觴莫愴神。鳥雀似聞絃管夜，雲霞猶見綺羅春。湟關北去元通漢，肄水南來不向秦。絶勝楚臺暮摇落，白蘋空對獨醒人。

## 夢遊洞庭作有引

丙申杪秋，夢軒轅奏樂洞庭之野，迓予以彩虬之舟，俾往觀之。及度湖，則荷香襲人，予訝曰：「此西湖景也！」及登鼇臺而上，星月之下，金樓玉闕，輝映在望，宛然皇城也。宫娥環列，群仙賦詩，俾予繼作。覺而忘其第七句，枕上足成之。

瑶臺今夕侍宸遊，五色雲中駕彩虬。銀漢有章回紫極，碧天如幕護皇州。未央日轉芙蓉殿，太液波涵翡翠樓。欲奏霓裳先按舞，鳳笙吹徹洞庭秋。

## 送程太史舜敷二首

十月露葵青滿溪，嚶嚶山鳥向人啼。梯飆直與鸞霄近，步壑回看象緯低。池上引杯玄鶴舞，花邊

〔一〕「嘯」，嘉靖本作「笑」。

多燭紫騮嘶。湘絃一奏清商曲，離思如雲暗柳堤。

供奉當年紫禁東，扁舟吾已謝鵷鴻。煙花北望開秦苑，江海東流繞漢宮。婺郡趙庭雙舄遠，粵臺傾蓋一尊同。白頭遲爾青冥翼，興在驪駒感慨中。

苦　雨

即看蒼翠逐人來，何限藩籬向水開。北極雲煙連粵樹，南溟波浪接燕臺。蘅皋慣見蛟龍舞，草屋長聞燕雀迴。自笑野夫貧亦得，小樓高枕勝蓬萊。

夏日方氏園池小集分韻得狂字

寶月團團山霧黃，薰風拂拂水煙蒼。尊前白紵翻新調，檻外紅蕖妬艷粧。柳榭拂雲來鸛鶴，蘭橈衝雨散鴛鴦。習池金谷風流在，誰道江湖放酒狂。

中秋白蓮沼上見月

穆穆金波照玉泉，人間天上共嬋娟。雲移寶鏡初離匣，風定驪珠正在淵。萬里河山看桂闕，九霄環珮聽娥仙。芙蓉不爲煙霜老，更覺光輝異昔年。

## 秋夜卧疾

西風瑟瑟到芙蓉，寒入瓊樓十二重。極浦雲煙連朔鴈，滿城砧杵間疏鐘。宫中思婦歌《秋扇》，塞上征人望夕烽。何事文園止消渴〔一〕，金盤空有露華濃。

## 蠟月立春感懷次梁南皋韻三首

歲晚春陽開淑景，海濱林薄振暄風。朱門雜沓笙歌裏，皀帽逍遥水石中。南國暖回鶯易至，北河冰結鵲難通。沉香亭上花應發，誰奏清平入漢宫。

粤城歌吹曉紛紛，隱几蕭條實飽聞。生菜又從年裏見，綵花曾向御前分。有情北鴈隨遲日，無賴西郊自密雲。最羨梁鴻詩律好，五噫何事悵離群。

萱草凌寒先自生，皋禽掠煖復交鳴。百年未滿秖須醉，萬事逢新殊可驚。楚地雪霜當嶺盡，粤臺雲物到春明。登臨一笑人間世，猶有滄浪堪濯纓。

---

〔一〕「止」，嘉靖本作「正」。

## 遊泰泉席上與陳京兆天游鄧憲副沃泉分韻得文字

一尊何處可論文，買得青山近白雲。野色不隨秋氣改，松濤長共磵聲聞。翦茅漸作花三徑，種稻頻來鶴數群。唫眺不知仙客去，滿林蘿月白紛紛。

## 登泰泉山椒擬天游峰字韻二首

萬仞煙霞一短筇，緑蒲黄菊盡仙蹤。安期海上空遺舄，崔相菴前祗斷峰。道在滄洲應易得，笑緣塵世每難逢。何時更定雲岑約，幞被同聽野寺鐘。

瑶空飛翠可扶筇，仙侣凌秋覓異蹤。樵逕風清聞落木，海門霞起混高峰。蠏泉瀹茗唫邊酌，虹澗尋花醉裏逢。翻笑十年塵土夢，馬蹄空趁景陽鐘。

## 南園吊古用黎韻

南園秋草蔚萋萋，來謁新祠路不迷。五嶺炫煙曾躍馬〔二〕，百年忠憤但聞鷄。逢厓往事西風冷，蹈

〔一〕「炫」，嘉靖本作「烽」。

海高名北斗齊。却恨天津明月夜，杜鵑啼血上棠梨。

## 次韻荅周八崖憲長見懷

六月芙蓉開絳英，粤池遥帶楚湘清。山中麋鹿堪吾友，地上麒麟羨爾行。玉殿翠雲懷北極，石林紅日卧前榮。瑶華忽慰音塵隔，南浦悠悠夢旆旌。

## 春日田園雜興次鄭大尹韻

農圃歸來荷聖朝，暖風遲日出迢遥。青黄夾路携兒看，花竹成畦課僕澆。牛帶寒鴉過别浦，葉隨流水聚平橋。年來自覺疏慵甚，無柰流鶯早見招。

黄犢悠悠不用鞭，緑楊裊裊未舒緜。即看喜氣通丘壑，已有和風到海天。陌上鬬歌人似月，花間吹笛酒如泉。年來種秫開三徑，不爲青山有杜鵑。

## 暮春效白沙

煙樹蒼蒼黄鳥飛，草堂春晚故人稀。北風卷雪馬猶去，西水漫天船未歸。性拙久拚玄鬢改，家貧長恐素心違。雨餘天闊芳蹊暖，無數紅香點褐衣。

## 春興和鄧沃泉韻

春回盤谷瘴煙消，千古青雲近斗杓〔一〕。丹鳳有書傳此日，白駒何事永今朝。粤山采藥穿雲倦，珠海尋僧汎月遥。招得草堂猿鶴伴，碧桃花裏醉仙瓢。

## 詠燈花次余仲栗韻

天涯芳草翠連空，惟有寒燈相對紅。金粟光芒如向月，銀釭開謝肯隨風。赤城霞起明窗裏，太乙星移絳帳中。忽憶炬蓮隨珮馬，十年恩寵向誰濃。

## 送李稚大廣右視學

吹劍當年歌昔遊，十年塵夢對三洲。湘山似戟馬前出，楚水如絲天際流。監禄豈知終化俗，伏波何用更封侯？離絃莫奏清商曲，梧葉蕭蕭已報秋。

〔一〕「千古」，嘉靖本作「干吕」。

## 九月與內姻兄弟登龍岡荅梁應民二首

龍岡亭榭倚岧嶢，采采黃花不憚遥。陟岵看雲移白日，長松高蔦入丹霄。風迴古寺千山葉，野闊寒江萬里潮。曝背有懷還北望，可堪關塞正蕭蕭。

江湖獨卧逢人少，風日重陽發興賒[一]。碧海波光依帽落，白雲山色抱簷斜。松蘿正爾堪杯酒，蓬鬢何曾愧菊花。帝圃仙臺休更問，笑看天地有煙霞。

## 南江卷爲馮侍御子仁題

南江之水向南流，謫仙結廬棲上游。真源混混自天地，巨浪轟轟連斗牛。鳴皋玄鶴月當夜，入饌白魚風報秋。浩歌放浪渺然去，爲爾蘆間尋釣舟。

## 靈洲曉發

妙高臺前鬱水流，寶地祇林何太幽。雨晴山向鏡中出，潮長舟從天上游。鵬風忽送扶光曉，蜃月

---

[一] 「發」，嘉靖本作「登」。

猶含珠海秋。一尊取醉挂帆去，渺渺滄波飛白鷗。

## 峽山尋鐵壁泉源讌挹泉亭次王十竹韻二首

雲搆初成風籟清，翠寒當户接流聲。禺陽鳳竹自秋色，趙叟魚臺空月明。鐵壁長年鏘玉珮，滄江終日駐霓旌。酒闌更覓飛來迹，直上蓬山絶頂行。

蕭寺重過亭榭新，十年煙艇寶藏身〔一〕。有情峽鳥催沽酒，無賴江花笑問津。極北雲煙看欲近，天南冰雪坐疑真。尊前却憶乘驄使，彩筆題詩合有神。

## 飛來寺右林莽中尋達磨石小憩戲作一轉語

凌空飛錫結嶙峋，薝蔔香中草自春。鳥度雲移今此世，鴻冥天闊我何人？羲娥斷送千年夢，龍象終成一聚塵。便合拈花發微笑，滄波無語月華新。

〔一〕「寶」，嘉靖本作「實」。

舟次韶州奉懷黎韶山用贈行韻

對酒聯舟忽異鄉，曲江回望粵山長。九成臺上《簫韶》遠，二相樓前草木香。春殿獨摇蒼水珮，秋風偏灑碧荷裳。徘徊家國情何限，雲白天青自一方。

秋日譃鳳來亭呈同遊符陳二使君

危亭開譃逼秋穹，五馬同遊一馬驄。岐路即看千里近，勸酬真覺四愁空。楚山北向青如簇，肄水南來曲似虹。笑指九成臺上鳳，來儀應在碧梧中。

揚歷巖醉後詠月

明牧招携上翠微，金尊傾罷玉蟾飛。桂枝似向淮巖出，紈扇疑從漢苑歸。澤國魚龍疏作雨，江干鷗鷺久忘機。廣寒共是曾遊客，莫唱開元舊羽衣。

過嶺瞻望張丞相祠〔一〕

蹇蹇宗臣起海涯，荆州南去爲誰家。鼓鼙塵裏青驟遠，鷹準風前紫燕斜。揭日聲華垂宇宙，格天英采在雲霞。十年舊路生秋草，長憶寒梅繞樹花。

登吴山驛樓曉望

樓外緇塵望不昏，榣山高峙彩雲屯。潮聲近欲兼溟渤，樹色遥應接薊門。桑柘影疏嗟亢旱，芰荷衣薄藉朝暾。憑高倚劍歌回首，家在天南煙水村。

立春日東墅探梅簡劉東溪中丞

招携東墅探寒梅，冷蕊疏枝尚未開。繡豸金貂頻促席，吴歌楚舞肯停杯。東皇已正蒼龍馭，靈女虚傳赤鳳來。風籟簫簫歸路晚，采芳何處是春臺。

〔一〕嘉靖本詩題後有「九齡」二字。

## 宮僚燕集次許松皋家宰韻四首己亥仲冬十二日

玉河皜皜樹蒼蒼，歌管催春入燕觴。四海簪纓趍聖主，萬年圭瓚屬元良。風雲燦爛銅扉裏，日月光華玉殿傍。留滯周南通籍晚，只將《麟趾》詠姬昌。

桂宮蘭殿倚穹蒼，綺席凌寒緑滿觴。銀牓自今暉日月，金臺從古重賢良。鸞鑣合沓瀛洲裏，鳳吹飄飄太液傍。既醉不愁歸路暝，上台光彩屬文昌。

宮槐院柳競寒蒼，仙侶開筵薦羽觴。周誦師資曾作聖，桓榮稽古亦稱良。摇山睇視西山外，南斗追趨北斗傍。自笑冥鴻隨羽翼，即從詒燕頌隆昌。

前星炯炯天蒼蒼，高雲斐亹明霞觴。鴻逵豈謂羽儀少，鶴禁正須籌策良。燕京館閣玉霄上，魏闕衣冠珠斗傍。《陽春》忽奏郢中調，萬歲飛龍應壽昌。

## 重午謾興

蕭艾青青煙雨中，錦囊誰與奏《薰風》。駿驔駿騎來燕市，迢遞翔鶤仰漢宮。竹葉謾隨人意緑，榴花孤倚客窗紅。去年此日衡門下，笑采菖蒲碧澗東。

## 冬日介翁宗伯招飲賞菊次韻與甬川儼山二學士内方庶子同賦

十月芳菲猶滿家，容臺招賞傲霜花。玉杯對酒朋簪盍，綵筆裁詩蠟炬斜。撫景況聞歌《白雪》，臨風翻笑落烏紗。陽和只在邀懽地，未覺流光換物華。

## 恭謁孝陵側望懿文墓

紫金積翠鎮重泉，絳節揚靈護九玄。五色雲車龍渺渺，萬行珠樹鶴翩翩。鼎湖風雨秦淮水，緱嶺煙霞句曲天。玉璽一從歸冀北，鬱葱佳氣自年年。

## 玉亭侍家慈宴坐述懷

玉亭幽勝頗宜人，喜奉潘輿眺望頻。龍闕日高吴苑曙，鳳臺花發蔣陵春。巢林烏鳥聲偏樂，入饌鯽魚味更新。猶自倚樓思夢裏〔一〕，南溟天闊有垂綸。

〔一〕「思」，嘉靖本作「清」。

## 與養齋宗伯同年登牛首山

風籟蕭蕭愜遠遊，青山當夏却疑秋。即看天闕參差近，已覺星槎汗漫浮。室裏静觀孤塔影，階前清挹大江流。詠歸亦是城南路，不道張衡有四愁。

## 爛柯山次韻馬問菴提學時棄官自閩歸徐州

不將金紫换青山，天闊鴻冥杳莫攀。折屐何年同勝賞，爛柯當日也知還。秦淮歲晚湫龍卧，燕冀群空櫪馬閒。高枕未須驚世幻，羲皇元只在人寰。

## 崑岡爲顔醫生鈺題

振衣千仞付兒曹，投老崑岡志亦豪。蟾兔影中丹桂近，鳳凰巢下碧梧高。繞林芝木雙虹劍，盈架詩書一褐袍。射策金門看片玉，郄詵曾是冠時髦。

## 東昌夜泊有感

垂楊裊裊岸悠悠，崇武城邊春事幽。卷幔忽看天在水，懷人翻覺夜成秋。帝車欲指飛龍殿，卿月空懸綵鳳樓。聞道相如能獻納，漢廷誰肯愧公侯？

送鄒東郭太常往南院

青青客舍有垂楊，聞道承恩出建章。鶴禁分襟春日晚，鳳臺回首暮雲長。東曹舊吏迎仙客，南署新銜帶奉常。何日鄒枚歸侍從，賜袍還挹御爐香。

李子逍遥樓寄懷次韻

飛樓漂渺頫江深，誰詠晨風向北林。度雪朔鴻空往迹，掠雲皋鶴更遺音。燕臺合市千金骨〔一〕，漢署徒知十載心。騁望不愁春事遠，滿蹊桃李自成陰。

黄翰檢招飲醉歸口占

漢宫春意入殘年，藹藹群芳集綺筵。白雪祇聞天上曲，青娥遥憶月中仙。觥船轉覺南溟動，象緯回看北極懸。《折柳》《落梅》聽不盡，艷陽真在五雲邊。

〔一〕「市」，萬曆本作「布」。

陽峰招飲賞梅

燕京殘臘覓春光，誰料春光在曲房。姑射雪姿明玉𦉈，羅浮清夢落藜牀。醉看貂服承疏影，唫向虬枝得暗香。跋馬出門城徑杳，廣寒回首月蒼蒼。

五日即事和右溪韻

麥風梅雨逐人來，猶有榴花照眼開。京國乍嘗新角黍，庭闈還憶舊蒲杯。越山渺渺羊求徑，燕樹依依郭隗臺。欲獻重瞳絲萬縷，試看雲氣向蓬萊。

補送孫學士之留都

景陽鍾動散宮鴉，南院新承北闕麻。潞渚夢回燕樹月，玉京唫對蔣陵花。山分龍虎曾開國，江足鱸魚莫念家。誰道桂坊成久別，佇看鳴珮入承華。

西津圖爲錦衣趙子鳳題

翡翠樓臺接建章，西津流出自天潢。金樞隱映王孫草，玉蝀遥連帝女桑。駐輦到今留御氣，扣舷何處泝流光。風林一動雲濤起，猶似簫聲引鳳凰。

祖陵祇役次陽峰大宗伯韻

渺渺金陵向楚東，雪晴山色更青葱。淮流入泗知天險，陵樹連雲覺地雄。王事不辭丹嶠遠，旅懷惟恐緑尊空。容臺回首過逢地，吹徹鸞簫月滿蓬。

雨花臺次顧東橋司空韻

高座寺前千仞岡，西風低草見禪場。化人已去石臺古，旅客偶來山逕荒。地接秦淮波脉脉，天圍吴楚野茫茫。憑高不見花如雨，惟有霜楓飄夕陽。

除夕次大宗伯陽峰韻

一自金陵别玉除，歲窮惟撿囊中書。梅花索笑春無限，柏葉承歡味有餘。虬漏只催新節序，龍盤長護舊宸居。明朝引望長安日，正是南宫建禮初。

## 元旦志喜

淮甸雲霞出海東，秣陵花柳徧吴中。爆雷香霧千門曉，化日和風萬里同。建禮共欣王道泰，開基惟仰皇圖隆。麟蒲杯裏年年壽，又見慈顔一醉紅。

## 燈夕館會

西園地切鳳凰臺，飛蓋追隨綺席開。煙火盡從孤鳥去，笙簫如逐六鰲來。雲移鍾阜當詩案，月出秦淮映酒杯。步履東風歸路杳，巡簷相待有疏梅。

## 詠耳目齒三首次顧東橋韻

何事生毫忽在兹，逢人多笑却成痴。歌傳《白雪》辭師曠，聽入《高山》讓子期。日暖不聞鶯睍睆，風鳴惟覺葉低垂。而今我幸聰猶在，國事邊聲總要知。

長留雙睫待韶華，學《易》行年已漸加。窗裏自分淮海岫，霧中誰看蔣陵花。圖傳九局尋猶見，樹帶千崖望却遮。更把五絃揮一曲，飛鴻南去是天涯。

相看黄髮齒猶兒，化石神丹信有之。何處瓠犀徒自美，相依車輔預防危。東方編貝惟求粟，孫楚臨流只自頤。若遇侯鯖同大嚼，年來休訝我遲遲。

送熊北原

寶馬蕭蕭不動塵，文旌奕奕出江津。直言自昔推青瑣，殊錫于今侍紫宸。南國甘棠歌異日，北堂萱草頌長春。臺端亦有棲烏樹，重見天邊雨露新。

送聞石塘

聽履聲華動紫宸，鑑湖未許乞閒身。公有辭疏，故云。臺端覽德看翔鳳，閣上論功待畫麟。斗極真從南向北，貫城重見舊爲新。公曾爲南刑書。玉亭幽獨梅花發，應報朝天滿路春。

夏至齋居

橋門日日聽鳴騶，長夏齋居亦似秋。雨歇風篁依砌舞，夜凉雲漢入窗流。咸英樂自周家變，江海心從魏闕遊。隱几夢回天咫尺，六龍飛處是方丘。

## 早朝次胡可泉韻

旭日行天明薊丘，閶雲凝岫出羅浮。衣冠西苑隨星轉，殿閣南薰似海流。黼座袞龍偏憶舜，杏壇衰鳳亦從周。珍臺璇館追趨地，只爲甘泉奏賦留。

## 至日齋居次顧東橋韻

秣陵至日憶長安，兩地威儀盡漢官。臺近鳳凰雲物適，夢回鳷鵲曙光寒。黄鍾雅調知音少，《白雪》高才欲和難。獨坐玉亭懷舊侣，疏篁移月過闌干。

## 周監正邀登司天臺夜歸口占

鷄鳴迢遞上高臺，拂拭璣衡萬象開。黄道星辰皆北向，紫宸冠冕却南來。風前鳴鳥隨征蓋，雲裏盤龍勸羽杯。歸向柳邊清不寐，恍疑身在玉霄回。

## 徐氏園次養齋韻二首

公子愛客開巖扉，瓊簾綉户煙霜微。鸞杯卜晝紫霞密，羯鼓遏秋紅葉稀。峰回石磴岳蓮出，水滿銀塘江雁飛。爲愛天南異天北，拚飲莫教心賞遲。采采黄花緑水潯，百年多病歎登臨。黄花不爲秋光老，緑水能如酒興深。南國况多龍虎氣，西園真有鳳凰林。登臺一望青天外，拚飲何時得共尋。

### 遊燕子磯次養齋韻

北去南來未拂衣，徒聞燕子有漁磯。滄江白鳥隨潮迴，野寺黄花對酒稀。清夜自懸徐孺榻，塵襟思浴魯城沂。天峰衹是松聲在，誰伴先生弄月歸。

### 金山寺與同遊沈都督希儀陳太守天然

高閣層臺盡向陽，暇逢遲月共翺翔。黿龜窟遠禪扉静，龍象筵開貝葉香。析木天涵波蕩蕩，秣陵煙帶樹蒼蒼。中泠淪罷臨風磴，還聽山僧説武皇。

### 靈洲醉中賦

青林碧海環高臺，孤根獨立雲之隈。神鰲跋浪遠天動，老鶴警霜幽夢回。西川詞翰出下土，南海衣冠朝上台。一尊如醉兀然坐，萬里長風吹月來。

## 怡椿堂次韻贈劉春岡刑侍

怡閒仙馭久經春，坐向怡椿若有神。鵷序威儀應已近，鯉庭趨對尚如新。九天渥露沾橋梓，八座徽聲動縉紳。靈寶鄢陵欣接武，政餘觴詠莫辭頻。

## 送晉寧張知州

鷫袍鏤帶剖麟符，此日官爲州大夫。冀北風雲方快覩，滇南山水更長途。心胸潔可兼天浄，政化平堪闢地蕪。吏散閒庭無一事，張衡還擬賦三都。

## 沙河新闕

六龍飛動五雲間，沙磧宮城迴莫攀。百丈丹梯依日月，四圍朱户見河山。虬翻曉箭趨金殿，雉簇春星帶玉班。聞道朝陵頻露冕，共看花鳥未須還。

## 彭城懷古

華髮蕭蕭羈旅情，片帆衝雨過彭城。黄樓此日河聲急，赤帝當年劍氣横。魏闕自生千里草，長陵誰薦一杯羹。歌風臺下休回首，惟有寒潮泝水明。

## 院中同龍湖少湖二學士賞紅蓮

池上芙蓉開漸多，日長金馬獨來過。人憐紫袖隨彫輦，帝遣明粧出絳河。燕樹日高猶浥露，楚臺風静欲凌波。傾筐只在深宫裏，未採芳馨柰爾何。

供奉當年紫殿東，相看真似朵雲紅。御香冉冉生衣上，皇澤迢迢落鏡中。長見傾心惟向日，莫教欹蓋只隨風。沉香亭北堪移汝，還唱清平滿漢宫。

赤日喬雲明薊丘，亭亭羡爾立中流。花邊御氣通鸞仗，池上薰風繞鳳樓。臨鏡曉看波色静，弄珠時見露華浮。嫣然笑向瀛洲客，長有清香飄素秋。

我爲尋花到玉堂，誰曾起草入明光。碧筩正擬霑堯酒，藻火還堪補舜裳。七十紫鴛浮水殿，三千珠翠簇天香。琴尊對爾不知去，松壑蕭蕭生夜凉。

## 送費都事使饒州

南宫建禮趨庭日，北闕承恩奉使時。潞渚曉行垂柳徑，鄱陽秋思碧梧枝。傳家節操聞鸞掖，華國文章出鳳池。回首五雲天咫尺，泰階平處是昌期。

## 儼山學士招賞葵菊次前韻三首

清霜元不到仙家，錦席淹留對萬花。寒日北連燕樹晚，高雲西繞漢宫斜。尊前黄菊明瑶罣，窗外紅葵映碧紗。醉眼迷離還自笑，靚粧那覺有鉛華。

朱户沙堤近帝家，招邀曾見一闌花。蓬萊日出同霞絢，閶闔風來帶露斜。細細落英依砌玉，亭亭交影上窗紗。合歡對爾青冥裏，肯信年華改鬢華。

長安西畔合移家，葵菊經霜尚有花。把酒芳馨隨手滿，倚闌紅白亞枝斜。生憎鳥啄紛如雨，不分煙籠宛似紗。夢想可堪懽賞後，揮毫何惜寄瑶華！

## 再和儼山韻二首

鳳城西下久爲家，鈴閣前頭半是花。秀色不隨庭草變，交枝遥帶禁煙斜。杯香冉冉風生席，窗影離離月在紗。誰道歲寒易摇落，五雲多處更妍華。

摇摇旅夢向誰家，暖艷寒香爲憶花。雪後尚憐姿綽約，風前仍愛舞欹斜。若爲折去宜簪帽，忽漫拈來訝剪紗。自笑故園看亦得，獨騎羸馬客京華。

聽泉爲許御醫

新安仙客許宣平，長愛流泉出磵聲。紅杏雨中竽籟合，緑楊風外珮環鳴。夢回春浦猶欹枕，歌罷滄浪更濯纓。我有釣鰲竿萬丈，大江南去聽潮生。

送黄僉憲之江右

浙水相逢情轉親，鳳臺分袂又龍津。壺公山下家聲舊，孺子亭前憲節新。澤國春深花繞樹，亭皋夜静月隨人。輕舟此去江南路，應有清風吹白蘋。

春日有懷草堂效白沙

乾坤納納藏春處，草木欣欣向煖時。消日只須移釣艇，留人惟共詠陶詩。浴沂有志群曾點，浮海何心獨仲尼。最是閒行觀物態，晚來棲鳥在深枝。

## 鎮海樓讌集次潘少承韻時少承適至自沖鶴賦詩故以鶴仙稱之爲諸朋載酒者梁思伯中翰也

五明樓瞰粵臺幽，綺席平臨天際頭。載酒正從鵷沼至，裁詩還喜鶴仙遊。瓊雲似向簷前宿，珠海潛隨島下流〔一〕。蕩蕩堯天纔咫尺，與君同散杞人憂。

## 八月十日萬壽聖節夢侍朝有述

鑾坡供奉勝金貂，紫殿東頭侍早朝。鵷鷺序時觀典禮，鳳凰儀處聽《簫韶》。馳驅南北凋雙鬢，歸計羅浮夢九霄。此日嵩呼瞻望切，五雲天路碧迢迢。

## 至日偶成

天南南至煖如春，向曉祥雲捧日輪。旅鴈似嫌關塞冷，野梅應笑歲時新。洗兵力欲翻銀漢，鳴珮心猶侍玉宸。嶺海陽回真樂事，調和葭琯是何人。

〔一〕「島」，萬曆本作「鳥」。

## 臘日有感

鎬京臘日開芳宴，春滿仙桃侍九重。擊壤只今垂白髮，揮杯何處覓黄封。金鑾每見瑶詞妙，玉兔長聞瑞氣濃。寄與掖垣風月道，别來誰聽景陽鐘。

## 元日偶成

甲子初開玉曆長，朱衣皤髮映朝陽。休兵自昔needs周宴，擊壤于今貢越裳。華月未臨仙掌露，東風初度御爐香。夜來冷覺鈞天夢，惟喜王春徧萬方。

## 花朝寫懷

雨後園林生午凉，登臺持酒興偏長。遥山帶日曈曨碧，曲徑浮花淡蕩香。薊北昨曾收玉節，潮南今復動牙璋。春來驛使傳消息，却喜蓬萊是帝鄉。

## 春日登玄覽臺偶成

莫春春服喜初成，玄覽臺前日最明。鼓瑟未能追雅調，浴沂聊試濯塵纓。濟川似見南溟楫，懷闕偏依北斗城。欲會點狂當日意，滿林梧竹送春聲。

## 杪秋甚熱偶成

蒹葭盈海蔚蒼蒼，誰見梧桐一葉黄。殘月帶星如散火，凱風吹露未成霜。賓鴻應候還遵渚，蔓草何知只過墻。一笑東籬正迢遞，解纓惟愛濯滄浪。

## 小寒節有感

雨霽風恬始見花，野梅含笑正横斜。紅芳此後周千里，緑樹仍前蔭萬家。寒日自能明蔀障，輕雷應爲蟄龍蛇。老來衰憊偏多感，時有新詩紀物華。

## 元日述懷乙丑

静守黄庭玉漏長，曉來嵩祝整冠裳。庭前草色交新翠，簷外梅花送暗香。漠漠緒風傳鼓吹，絲絲過雨净林塘。粤南自笑康衢老，曾聽流鶯繞建章。

題一葦所如卷爲何石川

珠江千頃碧連天，一葦逍遥快似仙。尋樂豈須蓬島外，采真元是粤臺邊。扶桑下照金浮暈，輪桂空明玉作田。多少釣徒煙浪裏，羨君來往過年年。

贈别張松陵憲副之浙藩大參

曾向瓊臺上柏臺，粤人歌頌出群材。江花似雪留春在，浙路淩雲計日迴。燕樹北來天柱合，胥濤南下海門開。夜寒劍氣看牛斗，應自松陵燭上台。

贈潘羅陽自南户部賦歸

蕊珠宫外鶴舒臺，又見翀霄駕鶴迴。一畝閒居重作賦，十年榮路獨歸來。階前玉樹聯雲起，籬下黄花帶露開。莫向羅陽問青紫，羅陽今是小蓬萊。

次潘少承壽七十一韻

玄覽臺前聞雅音，滋蘭豪唱麟蒲深。玩梅誰謂越山雪，采菊自多疏傅金。三徑煙霞娱白首，九天日月懸丹心。何當一曲解民愠，浩浩南薰吹北林。

### 贈新會陳季謙充貢北上元吉

珠江煙島泊蘭橈，別緒逢春綰柳條。騏驥自能追紫電，鳳鸞應是到青霄。羅浮卓錫泉何在，洙泗逢原路豈遥。誰向江門學雲卧，問津元不待相招。

### 夢作三朝祝壽詩丙寅元旦

東風吹漏出宫遲，鵷鷺追趨祝聖時。九奏共聞周雅樂，三朝欣覩漢官儀。青旂日色明仙仗，紫殿天香滿玉墀。鳴珮綏歸金水畔，新鶯初囀萬年枝。

## 七言排律

### 春夜曲爲邊將婦作

玉闈消盡恨緣君，金剪呵寒減翠裙。照淚悔將菱作鏡，織愁羞見錦爲文。陌頭楊柳驚春色，樓上花枝伴夕曛。鳳闕幾時曾扈輦，龍城何事只從軍。去年提劍屯秦塞，今歲搴旗駐晉汾。落葉飄搖應可擬，哀笳嗚咽豈堪聞。交河北向猶旋凱，瀚海南回已策勳。桐井烏啼鐘易斷，藥欄蛩語漏難分。情同牛女期相見，影逐鴛鴦願作群。夜半朔鴻呼夢起，一天凉月沁香雲。

## 粤洲塘前絲瓜除架有感

迴塘瓜架蔓交垂，嗟爾無知却有知。臨水升高如赴約，向陽騰茂亦逢時。開花縵縵黄成綺，結實纍纍翠作絲。野鳥下窺驚裊娜，游魚潛伏躍漣漪。春時把釣供詩興，夏晝乘凉對酒巵。萬籟響沉龍自舞，九皋遮徧鶴來遲。山河影動煙霏合，天地恩深雨露滋。味入庖厨常有賴，功收結搆更無私。退藏直待根芽長，摇落方隨歲序移。環復化機寒事裏，滿前松竹共心期。

## 曲江曉發贈别符潁江太守

曲江流水混晴霞，嶺樹陰陰背郭斜。八月揚舲趨鶴禁，十年垂釣向鷗沙。曠筵揮麈歡無極，明牧連騶興未涯。錦寺劇談支遁躅，帽亭遥指邵平瓜。隋珠幾見傳仙掖，韶石重來駐使槎。憂世舊愁憐杜甫，阜民新調協虞華。芙蓉國裏三千首，煙雨樓前十萬家。杯酒論文更何地，春風應在紫薇花。

### 庚子三月八日奉命充經筵講官有感賦十二韻

春風環珮集群仙，回首瀛洲二十年。院柳緑垂鸞駕外，宮花紅入鳳池邊。曉承綸綍開經幄，夕佩蘭英拱御筵。青瑣赤墀聊復爾，璇題珍館故依然。三階瑞氣纏黄道，六籍榮光出翠川。祖武直從高帝始，人文真羡孝皇前。翩躚鵷鷺趨清漏，縹緲麒麟颺紫煙。芸閣秘書頻駐輦，羽陵遺策自忘筌。座臨北斗霑堯酒，永樂中，講讀官燕賚同尚書。簾捲南薰協舜絃。天順中，延諸學士于便殿，命中官撫琴。長樂賜來霞錦艷，上林擎出露桃鮮。賡歌此日光華旦，下拜何時咫尺天。遥望帝城珠樹裏，金華凉月夜娟娟。

## 五言絶句

### 子夜四時歌八首

採桑南陌去，共歡桑下嬉。歸來理機素，成匹待何時。

黄鳥雙雙飛，園林春意早。歡愛緋桃花，儂愛蕃蓏草。

團團合歡扇，摇動生薰風。展轉羅幃裏，時復障顔容。

乘凉登水榭，見那採蓮船。石闕映芙蓉，含悲誰復憐。
猛風吹梧桐，玉露墜金井。蹋歌人不聞，明月照雙影。
門前霜楓樹，灑淚積成許。蛛網骨黃蘗，腹中苦思汝。
白雪滿庭户，朱火燿窗牖。清歌侑蘭觴，郎笑攬儂手。
枯木噪寒雀，開門歡正來。炭爐火未冷，思心欲成灰。

送劉符卿使楚

揚舲向荆楚，渺渺煙波濤。河橋揮手後，酒醒明月高。

梁子席上賞葵

蕭颯天南鬢，羈留冀北身。憑將向陽意，一爲問花神。

風雨與張景川酌

風雨送深秋，千山木葉流。黄花猶自艷，知爲故人留。

## 禾雀

兩三哵哳雀，飛飛自容與。天地無網羅，郊原熟禾黍。

## 玄堂八景爲羅大參題[一]

大岡發靈源，緑潭何迤邐。松濤翻翠寒，秀色亘千里。

煙樹横一抹，微茫混天色。林疏見夜燈，點點訝奎壁。

天衢在丹霄，紫峒相與通。常有五色雲，飛繞蓬萊宫。

商歌聞飯牛[二]，長夜嗟未旦。東岡忽摇白，織烏動層漢[三]。

寒潮擁西岸，漁艇互相呼。荅歌不知夜，皓月生菰蒲。

丹桂孤巍巍，移根自蟾穴。空翠從風來，萬古香不滅。

---

〔一〕嘉靖本於八首詩後，各有四字註釋，依次爲：緑潭靈源、上涌煙村、紫峒天衢、東岡曉日、西岸夜漁、丹桂山香、村頭翠竹、岡背青松。

〔二〕「飯」，嘉靖本作「飲」。

〔三〕「烏」，原作「鳥」，今據嘉靖本、萬曆本改。

徙倚村頭望，翠竹干雲霄。欲截鳳凰管，憑誰叶《虞韶》。
岡背何所有，歷歷青松樹。颯颯悲風來，恍恍神靈雨。

題居竹軒

清陰滿窗户，幽人澹無語。翠影交龍蛇，白日驚風雨。

題寒江小景

大地陽初復，寒江雪獨深。古崖空老樹，漁艇忽孥音。

寄易司訓體乾

北雁飛南天，蒹葭霜月圓。美人千里隔，深夜一燈懸。

題倭扇畫鼠

喜遇秦丞相，悲逢漢大夫。不知當磔日，猶記太倉無。

## 月出

月出群犬嘷〔一〕，月入群犬静。幽人耿不眠，翛然發孤詠。

## 苦熱

月淡萬籟寂，更寒百蛩語。道人據槁梧，揮扇自驅暑。

## 雙井梧桐小景

鳳鳥久不至，魯叟悲道窮。誰從雙井上，手自種梧桐。

## 題畫鳩

大地龍正蟄，江山望禾黍。枝間聞女聲，蒼林自風雨。

〔一〕「犬」，原作「大」，今據嘉靖本改。

### 題畫練鵲

蓬蒿恣浼鵲〔一〕，羽翼何翹翹。何如舍之去，玉立當雲霄。

## 六言絶句

### 春日遊鄭氏莊

寒食園林載酒，暖風簾幙啼鶯。高閣一回欹枕，小樓何處吹笙。

### 漁父詞

遲日桃花浦上，輕風楊柳磯邊。鼓枻一聲款乃，中流遥見湘煙。

〔一〕「鵲」，嘉靖本作「啄」。

## 谷雨燕坐偶成〔一〕

簷前當樹闌珊〔二〕，竹外鳴鳩往還。隱几只銷香篆，薔薇開遍東山。

## 潞河曉發

樓前淼淼潮平，陌上蕭蕭馬鳴。孤月徘徊芳渚，五雲繚繞神京。

## 文淵閣登望嘉靖乙酉

八柱高檠遠漢，四簷長納明霞。渺渺碧山雲樹，重重紫禁煙花。

〔一〕「谷」，嘉靖本作「春」。
〔二〕「當樹」，嘉靖本作「膏雨」。

# 泰泉集卷第十四

## 七言絶句

### 凱歌詞十首

聖駕南巡江水清，凱旋惟恐露威靈。虎賁夜散常山陣，龍氣朝纏細柳營。

從官鵠立侍牙檣，中貴蟬聯進玉觴。百萬貔貅齊喝采，載歌常武賀君王。

氛祲全銷玉劍寒，鯨鯢京觀築如山。風生虎帳刁斗静，日照龍江旌旆閒。

孝陵松柏貼青霄，鳳輦龍旗久寂寥。百歲遺黎應感嘆，神孫英武似先朝。

瓜步寒潮兩壩通，居民今得醉春風。紅樓夜夜歌瓊樹，月墮河翻樂未終。

不殺天聲本帝心，大江魑魅暗山林。夏廷合鑄神姦鼎，九牧遥聞已貢金。

錦韉白馬出新河，簇隊吴娃善凱歌。譜得昇平新樂府，内家休按舊雲和。

諸番鞮寄太侏㑩，重譯于今聖得知。已有茅封及邊帥，更將天姓賜胡兒。

郊圻草木沾天澤，淮海魚龍識聖顔。聞道賡歌臨相第，唐虞今復在人間。

翠華詢俗及閭閻，長有祥光散九衢。後夜五雲最深處，衆星高護北辰居。

## 宫　怨

上陽宫殿倚雲霞，天外時聞度翠華。魚鑰重重鎖窗户，夜來春雨到梨花。

## 詠四皓

歌殘鴻鵠漢宫秋，四老曾隨鶴駕遊。采采瓊芝謝車馬，不知羅網是留侯。

## 旅　夜

沉水煙消膩燭黄，疏帷浮動月蒼蒼。棲鴉不避霜風惡，繞樹數聲秋夜長。

## 送盧仁三首

河水東流無盡期，分携休唱《莫愁》詞。丈夫磊落要自許，蘭室桂梁非所知。

金風剪剪不成霜，八駿行春及萬方。君去秦淮詢盛事，滿郊魚鳥帶恩光。

當年曾自大江回，映水芙蓉秋正開。今日逢秋送歸客，感時思舊不堪裁。

## 懷羅浮四首別王用儀

旅食燕臺兩變星，圖南長擬躡鵬翎。無端夜雨驚心事，夢斷羅浮未了青。

水簾洞口草生雲，大石樓前花撲人。唐世軒轅今我是，羅浮那有別家春。

伏波銅柱埋南紀，郭隗金臺落北州。看取長空没孤鳥，白雲多處是羅浮。

羅浮秋色與天高，約略明朝買去舠。萬丈飛雲携手上，共君眠石聽松濤。

## 聞雁二首

雲邊久覺音書静，江上徒聞舟楫歸。嘹唳數聲和夢破，凉蟾當户故輝輝。

瀟湘水碧莓苔青，白雁掠雲時一聲。疏燈古壁照蓬鬢，江湖心事秋冥冥。

## 題山水小景

九衢塵土襲簪纓，擬向乾坤借草亭。恍惚羅浮畫中見，亂松深處數峰青。

## 秋霽

萬壑長風吹日來，百年幽抱與雲開。倚闌舒嘯一翹首，何處亭亭郭隗臺。

## 春日有懷家山二首

花雨漫山杜宇愁，午窗歸夢繞松楸。入簾芳草應相笑，爲報王孫已倦遊。

語燕交飛舞蝶狂，杏花零落柳絲長。天涯此日堪淒斷，寒食郊原麥飯香。

## 道中寓意二首

燕趙相望一箭飛，東風吹老故山薇。江南萬里煙波闊，不似垂鞭信馬歸。

鳳樓十二麗煙花，盡日凝粧望翠華。開遍露桃多少恨，銀環今夜落誰家。

## 厓山懷古六首

北風吹浪作龍樓，疑是乾坤正氣浮。聞説當年楊太后，間關揮淚渡中流。

宋室逢厓事可知，燕臺猶夢整天攲。黄冠不到江南路，長使遺民歎黍離。

雲掩西湖王氣銷，厓山回首紫宸朝。露松似浥朝衣淚，不逐青梧日夜凋。

兩厓形勝自天開，奪港猶思卷土來。千古海陵遺迹在，雲濤回望重堪哀。

哀歌何處問荒亭，野燒隨風訝隕星。表暴尚遺徐禮部，斷厓無語向人青。

南閩不廢祥興朔，西蜀仍聞藝祖孫。會與英雄消積恨，直從龍鳳定中原。

## 嘉會樓二首

嘉會樓前誰主賓，老樹挾風鳴向人。坐槎仙客不可見，江水滔滔勞問津。

江沙白白楓葉紅，鱖魚撥刺波摇空。相逢漁父不相識，醉舞藤簑明月中。

## 訪白沙宅四首

堂前雙柏走蒼虬，苔自侵階鶴自謀。怪底詩翁貧到骨，野風蕭瑟蔗塘秋。

百年聞道屬斯人，碧玉中藏太古春。今我登樓望江水，青山紅樹四無鄰。

獨上高樓開八窗，浮雲飛盡月澄江。人間亦有虬髯客，投老扶南自一邦。

鶴骨峥嶸畫幅開，執鞭何計起泉臺。翰林棨戟依然在，曾見先生馬首來。

## 夢中登故山作

清泉緑樹抱山斜，萬頃雲天一畝家。　盡日掩關來自去，白雲蒸雨濕松花。

## 題黄鶴樓畫二首

黄鶴高飛覽九州，楚江至今空此樓。　登樓浩歌一懷古，江木蕭蕭無那愁。

楚城斜日照洲渚，飛飛鴻雁鳴相將。　樓頭客子笑無語，北夢南雲爾許長。

## 題便面小景次韻贈文徵仲

蕭蕭松徑無塵埃，白雲滿地幽鳥來。　周南留滯未歸去，舊日履綦空緑苔。

## 舟中漫興五首

璧月團團玉鏡臺〔一〕，臺在胥江。　照人懷抱霎時開。　無情最是蘆包水，不共西南一路來。

---

〔一〕「璧」，原作「壁」，今據嘉靖本改。

胥江兒女多浣紗，道傍聞有莫愁家。莫愁蕩槳向何處，楊柳蕭蕭啼暮鴉。
宋朝棧道接煙霄，宋時，自五羊至清遠有棧道。今日荒蹊没斷橋。花洞蠻歌喧邏口，竹房僧梵落山腰。
横石磯邊秋水生，湞陽峽上鷓鴣鳴。船頭客子不能睡，對月長歌到五更。
河漢盈盈夜遽央，淡日欲出流雲凉〔一〕。捲簾默坐看流水，風送一番松桂香。

壽孫九峰尚書二首

高詠琅函閲海籌，中臺元不異丹丘。年年六月蒲麟酒，長對來禽安石榴。
錦席湘簾白日長，玉杯稱壽未渠央。調弦正奏《緇衣曲》，無限南風入座凉。

戲贈楊中允二首

海珠江頭披緑簑，春風秋雨共漁歌。而今釣艇横江浦，鱣鮪年來柰爾何！
梅花未發菜花香，坐到東風日漸長。買菜供餐無那少，尋梅沽酒只消狂。

〔一〕「欲出」，嘉靖本作「落山」。

## 採蓮歌五首

靈湘鬱水粤王都〔一〕，五層飛樓天下無。江上行人莫回首，木緜花開啼鷓鴣。

江南江北機杼多，誰家兒女不停梭。笑渠不似蜘蛛巧，能向虚空織網羅。

清遠峽連黄木灣，採蓮來往不爲難。青山亦有飛來日，何事蕭郎未見還。

隔花相見兩徘徊，蕩槳低頭笑不來。雙棲白鷺忽驚起，遥見浮萍一道開。

芭蕉葉卷久無舒，江口月明多鯉魚。要得鯉魚寄消息，鯉魚長在石巖居。

## 寄錢太守索竹

采藥歸來即掩關，故人相饋一開顔。已調潃瀡供皤髪，更覓琅玕護碧山。

## 湯文明惠並頭葵花二株口占十絶

縹蔕同心葵十尋，日華浮動朵雲深。江湖爲爾懷霄漢，三月長安正緑陰。

〔一〕「湘」，嘉靖本作「洲」。

玉立亭亭見晬容，鳳池相並集夔龍。丹心只在彤雲裡，休道蓬山幾萬重。

薰風未報清和月，淑氣齊開並蒂花。丹鳳綵鸞天上路，一時飛動到山家[一]。

五夜彤庭絳節齊，火城如畫散烏棲。十年不到芙蓉闕，坐對雙紅聽曙鷄。

翠蕤紅臉自相依，不似桃花觸處飛。已共雲霞分錦色，更煩雨露濯仙衣。

春風秋月幾離憂，誰似傾心結並頭。織女機絲何處所，長年辛苦會牽牛。

此花不省人間有，喜自文明宅上來。怪底潛龍驚起舞，夜來風雨動池臺。

覆雨翻雲見汝難，曉來依舊立雕闌。舉頭並向長安日，誰識芳心一寸丹。

炎風時節集芳筵，同幹駢花憶賞蓮。今日葵花更堪賞，暮春猶是豔陽天。

獨樂名園洛水濱，種葵長得殿餘春。如今柳絮方零落，遥想南山尚有人。

## 沙洲草堂四首爲歐氏題

海上結廬花滿洲，春回沙際緑幽幽。鸕鷀鸂鶒日來往，伴爾看花移小舟。

風簾冰簟對煙汀，浦口潮回日射星。手種琅玕今長大，江村無數翠雲屏。

〔一〕「到」，嘉靖本作「侣」。

鱸鱖初肥風滿林，海天寥廓絶箏音。一聲老鶴掠舟去，月出沙明蒲稗深。

朔風瀟瀟沙欲飛，翠皀黄犢寒相依。古梅一夕倚簷發，吾愛吾廬春已歸。

## 雨中得吕氏讀詩記荅李三洲四首

山雨瀟瀟花蕊紅，卷帷呼酒倩誰同？驂鸞一去傳消息，多在青羅碧玉中。

誰傳吕氏《詩三百》，苦憶雲間陸士龍。同年陸舉之所刻。自别青冥今白髮，鏡湖何處見芙蓉？

白雲飛處憶蒼梧，夢入槐亭片月孤。今日帛書纔咫尺，杏花春雨卧江湖。

遊絲千尺絆行塵，黄鳥嚶嚶似勸人。尊酒當年同李白，融融風日洛橋春。

## 仰雲堂二首爲林上舍志復

小小茅齋傍樾開，壺山流影入書臺。翠濤摇動清風起，疑是雲莊逸老來。

霞明屏石曉熒熒，樹引山光翠滿城。却憶過庭何處所，支頤翹首白雲生。

## 讀見素捄李空同奏疏偶成二絶

梁苑花間河水長，柳條誰遣媚風光。憐才不是雲莊老，愁殺中山獵後狼。《中山狼傳》，乃譏刺空同小説。

賈誼憂時舊有名，《楚騷》何事不勝情。長安宿鷺銜人起，應是風波到處生。

羅浮朱明洞二首

蘿蔦陰陰徑樹斜，東風吹處盡開花。前身自是軒轅集，笑指朱明是我家。

卜築朱明五百年，芒鞋重踏舊雲煙。山靈只恐頻歸去，微雨瀟瀟鎖洞天。

花首臺

紫府仙人碧玉車，往來花首日傳書。玄機浩劫皆雲篆，葛令新裁錦不如。

麻姑峰

鵬背天風萬里長，玉霄飛動上元章。桃花流水千年在，不遣麻姑有鬢霜。

## 西清詞六首

璧月珠星滿紫壇〔一〕，蓮花齊簇切雲冠。瑶池豈必傳青鳥，蓬島惟應集絳鸞。

碧殿峥嶸聚泰清，飆臺時送步虚聲。流鈴擲火飛章地，一片雲遮翡翠城。

蘭麝氤氲化慶霄，芝龍迤邐度虹橋。萬花似錦環清馥，午夜月明聞洞簫。

輦道陰森萬柳齊，水晶簾幙動晴霓。六龍行處金蜩合，冉冉紅雲閬苑西。

紅葉飄飄出御溝，銀屏金屋不知秋。侍臣鵠立空翹首，日色曈曨滿鳳樓。

減却雲鬟帶玉冠，紫煙衣薄露光寒。步虚聲裏琪花落，贏得君王轉盼看。

## 夢遊穆天子觀作八月二十四日

穆滿南征事已空，尚餘猿鶴噪天風。長松俯慨人間世，日夜濤聲霄漢中。

〔一〕「璧」，原作「壁」，今據萬曆本改。

中原逐鹿幾經秦，勞向桃源更問津。何似邵平生計好，種瓜贏得滿園春。

## 夢中題畫九月十五日

## 莫春朝陵西遊次張石川韻十首

東風閣雨漫經春，日暖陵園緑未勻。多少柳綿隨燕子，宮監猶望屬車塵。

胡馬長窺白草凋，神宮休道紫臺遥。日斜堪望交河戍，風急如聞瀚海潮。

隧道前頭御路平，春來雨露不勝情。路人曾見官家過，翠幔紅粧逐輦行。

天壽山前雲出虹，玉泉長在柳陰中。五風十雨多禾黍，野老開來説孝宗。

山陵重構集戎機，舊日明樓燕自飛。琬琰已教金作礪，松楸還見翠成圍。

青袍白馬泰陵行，十五年前路慣經。一誦君詩一惆悵，幾回賡和幾回停。

紫翠南頭樓殿開，燕門王氣亦雄哉！中興此日經營力，重見詩人詠子來。

緩轡微唫鳥亦歌，沙河遲日水增波。爲颺聖孝光千古，還與寰區保太和。

西湖聞道泛龍舟，紫蓋黄旂照碧流。奎藻萬年華宇宙，矢歌何日復來遊。

宮前唱禮鼓鐘急，馬上發行星斗稀。詠向風林真自得，莫春疑是舞雩歸。

## 潞河阻凍戲贈文衡山五絶

研池涵月映窗虛，中有驪龍萬斛珠。安得天瓢翻作雨，一時飛灑盡公書。

元氣淋漓接混冥，毫端山水自仙靈。桂坊走馬求蓬島，芸閣移書問洞庭。

山如文債海詩逋，追騎飛塵出帝都。歸去太湖煙水上，不知能對白鷗無。

闔閭城下浩煙波，日日沙頭載酒過。垂楊繫艇不知數，一紙《黄庭》雙白鵝。

紛紛車馬款柴關，焚却銀魚亦未閒。輸我疏頑無一事，日騎黄犢訪青山。

## 壽封君王樂葵

烏紗白髮拜楓宸，酒酌麟蒲歲歲春。秀色滿庭傾向日，種葵真似種槐人。

## 題西園爲馬主事文祥

蕭蕭松竹間檀欒，滿架圖書絶世喧。燕坐不知紅日近，倚闌東望是長安。

## 南歸途中雜詩二十二首嘉靖辛丑

委珮朝辭白玉闌，褰帷夕駐潞河干。半簾兔影照清夢，滿院虬陰生翠寒。宿通州察院，庭有虬松。

隴麥枯乾徑草生，杜家園榭坐傳觥。唐求羅隱過逢地，共指河冰未可行。管倉陳副郎崇慶邀予及羅達甫、唐應德二子。

曈曨白日照河西，楊柳蕭蕭緑未齊。回首九重猶咫尺，青天何處有雲霓。二月十八日，陸行至河西務。登舟時，旱已太甚。

傑架綵繩摇遠天，茜裙兒女競鞦韆。夭桃灼灼短籬上，輕燕飛飛高岸邊。河間近水，一路盛有鞦韆之戲。

朔風日日吹黄埃，忽聞李白歌聲來。德州春事可人意，江上杏花無數開。將至德州，風沙連日，門生李主政調元拏舟來迎。廿七日，讌于公署。次日，得會試報。

南旺湖邊沙柳春，鶬黄鳬藻相鮮新。棹歌歌遍《江南曲》，嫋嫋長風吹白蘋。沿岸多新柳，鶬鴨游息其下，宛然江南風景。

半隱園中鳴桔槔，曲淙趨沼白珠跳。河流淺兆真堪笑，積雪虚瞻泰岱高。濟寧郭淺齋都憲邀飲半隱園，談及泰山一冬無雪，河流益淺。時魏淺齋巡撫河南，予戲謂二淺所致。

黄河迢迢趨亳州，上洪下洪俱斷流。漕船估客不可度，雲石風沙無那愁。二洪斷流無水，上下作壩，以待濬流。復自徐陸行至房村口。

枸杞翹翹雜淺莎，呼童採摘不嫌多。若令牽路來車馬，縱有雕盤柰爾何！牽路狹岸，枸杞雜生莎中，童僕採之供飧。

荷鍤野夫淘淺水，懸鶉羸婦出深村。沙灘豈有金銀氣，筐筥空存草木根。新安驛至宿遷，挑淺者時淘得金銀。復見村婦多採草木以爲食。

清河舟楫達孟城，夾岸青青麥浪平。聞説江南好風雨，絶憐江北望秋成。淮陽夾岸多秀麥，詢知江南不旱。

十里隋堤盡鶴群，春來應見玉宸君。帝城已結三珠樹，仙苑長盤五色雲。未至揚州，鶴群無數，西清結壇召之。

姑蘇城外草萋萋，遊冶王孫望欲迷。歌徹玉桃仙侣醉，楓橋明月夜烏啼。蘇州陳推府一德召讌于城外行臺，作玉桃，戲陳設甚盛。同席者朱玉峰尚書、徐崦西侍郎，皆玉堂前輩也。

半醉行歌寶帶橋，橋邊齊駐木蘭橈。掀髯笑向嵺崢子，水色山光共泬寥。嵺崢子，同年查方伯應兆也，携酒送予至寶帶橋。

净慈開讌西湖上，蓮葉田田未有花。浩蕩湖光千里月，參差煙樹萬人家。詹、歐二方伯及蕭憲使召讌净慈寺，予方憩藕花居，醉乘月歸。

嚴陵祠上白日光，嚴陵祠下滄波長。清風滿山似相慰，去路飄飄花草香。登嚴陵祠回舟，連日風吹野花，異香不絶。

懷玉山高雲半空，佳人遥在碧雲中。草萍回首三年夢，修竹滿庭摇午風。同館詹文化邀飲竹庭，冒雨過懷玉，午憩草萍，憶之。

舟子持篙弓樣彎，天南天北百重灘。籃輿飛度沙溪上，野水浮天相對閒。自玉山陸行，過沙溪，野水如鏡，因懷挑淺，爲之悵然。

日出洪城紫霧開，風生江渚錦帆迴。滕王繪蝶頻相贈，猶帶西山爽氣來。四月二十日，抵江西省城。王克齋都憲暐留讌，宗室虚白、堅白、既白連使人送所繪圖與詩。次早，使復來邀，力辭之。

薰風拂拂吹野花，石瀨涓涓明早霞。天邊未辨龍泉氣，江上徒乘牛斗槎。二十二日早，至豊城，見流星有感。

敦敍堂前坐不辭，交南時雨有王師。清泠池閣無絲竹，還勝鳴皋送客時。二十五日，至廬陵，往毛東塘尚書府，延讌敦敍堂。談征交始末，出莫酋登庸像觀之。微行復邀，至書院池閣，散步而别。

新年芳草戀春暉，夢裏還家願不違。嶺上白雲迴首近，緇塵猶未染萊衣。舟至南安，夜泊。二十七日，夢老母。次早，劉梅國招飲，遂度嶺。

送王學録之大理通判二首

除書春晚下賢關，去去潘輿喜奉攀。知爾公餘登玉局，碧天無際照蒼山。

倅車曉發愴離情，濟濟青衿此送行。洱海自今霑化雨，譜將歌頌入蘆笙。

## 題釣舟夢中作

罷釣歸來拋却簑，扣舷還唱《竹枝歌》。得魚沽酒共君醉，一片江天明月多。

## 春日遣興

風雨初收花滿城，青門喬木囀流鶯。草坡瓜瓞無人見，誰諳偷閒學邵平。

## 夢後偶成

西風三徑雨瀟瀟，又見晴煙滿柳條。高枕更無軒冕夢，夢中猶自詠漁樵。

## 春　遊

紅杏正當沽酒市，綠楊斜繫釣魚船。春融海宇惟風日，遊徧江山自歲年。

## 夢中與人評嚴陵因賦

誰把雲臺較釣臺，帝星猶讓客星回。桐江今夜蘆花月，曾與羊裘照影來。

# 聯句

## 招提聯句同林見素何燕泉賦大興隆寺雙樹僧舍

散步逢招提，林。借榻共盤礴。何。祇園峙雙樹，黄。玉署來孤鶴。藻鏡湛清淵，林。貫城明碧落。三人坐未行，何。六籍文可博。孔壁開心傳，黄。漢庭重經學。活水濬源頭，林。禪流嘲註脚。度世創虹橋，何。談空抗鰲閣。鳴磬誦《涅槃》，黄。傳燈恣談謔。掃除忘自身，林。解脱問誰縛。削髮逃君親，何。布金入囊橐。姚師遺影堂，黄。靖難建榮國。往事如浮雲，林。彼髡竟冥漠。携尊且盡歡，何。列俎紛參錯。浩浩襟期同，黄。亹亹指趣各。花朝藥始齊，林。鳥弄歌仍作。蘭煙裊篆猊，何。松露驚棲鵲。聊成石鼎聯，黄。匪赴旃檀約。老夢在滄州，林。藎懷效葵藿。披衣起翱翔，何。振纓望寥廓。淺霞綺尚明，黄。返照丹猶爍。塵勞倏已消，林。興喻殊可託。初月出碧山何。，詠歸得真樂。黄。

旱極初雨，霾翳稍清，燕泉翁喜霽，散步興隆寺前。適予值焉，偕入僧丈，共憇樹陰。以黄太史希齋寓舍乎近簡致，論心劇談儒釋，金和玉節，共聯詩二十韻。二先生文事平常，予老嬰吏局足快也。見素俊録上。

# 集[古]句[一]

## 秋懷集古句四首

傷禽惡弦驚，愁人知夜長。展轉不能寐，秋風發微凉。美人遊不還，容好結中腸。愛至望苦深，何況隔兩鄉。願飛安得翼，欲濟川無梁。叢鴈鳴雲霄，渥露沾我裳。佳期悵何許，仰見明月光。

仰見明月光，星河曙耿耿。迢迢牽牛星，蕩蕩空中景。織女處其東，復與雲路永。無情尚有歸，令人發深省。何以慰我愁，揮杯勸孤影。

揮杯勸孤影，孤影中自惻。濁酒且自陶，爲君長歎息。青苔依空墻，芳塵凝瑶席。感歎何時平，含情弄柔瑟。遺響飛青天，青天何歷歷。雲霞收夕霏，迴風吹四壁。君懷良不開，冰玉徒貞白。

冰玉徒貞白，江湖迴且深。秋菊有佳色，寒蟬無餘音。感物憂不歇，隔我浮與沉。人生有離合，孰爲勞寸心。濯足萬里流，長嘯高山岑。大哉乾坤内，視古猶視今。

---

[一]「集古句」，原作「集句」，今據目録及下文「秋懷集古句」補「古」字。

## 南雄返棹集陶句二首嘉靖戊子辭江西僉事

行行循歸路，靡靡秋已夕。遥遥望白雲，露凄暄風息。一形以有制，萬花相尋繹。江山豈不險，自古歎行役。息駕歸閒居，梅柳夾門植。曲肱豈傷沖，披褐欣自得。時還讀我書，弱子戲我側。提壺接賓侣，抗言談在昔。林園無俗情，雲鶴有奇翼。孰敢慕甘肥，素襟不可易。

形迹滯江山，僶俛四十年。天地長不没，聊且憑化遷。榮華誠足貴，於我若浮煙。即日棄其官，守拙歸園田。白日掩荆扉，藥石有餘閒。嘯傲東軒下，徘徊丘壠間。青松夾路生，紛紛飛鳥還。人道每如兹，此行誰使然。世俗久相欺，任真無所先。何必升華嵩，一盼周九天。

## 集杜句題彩鳳雲龍卷送方公子行

君不見，隴山蕭索秋雲高，山巔朱鳳鳴嗷嗷。側身長顧求其曹，萬古雲霄一羽毛。君不見，瀟湘洞庭虚映空，中有雲氣從飛龍。天地黤慘忽異色，萬斛之舟行若風。英雄有時亦如此，攬環結珮相終始。鳳憶龍髯未易識，青眼高歌望吾子。

## 草堂招湯處士民悦飲集杜句

君不見，鞲上鷹萬里，寒江只一日〔一〕。焉能作堂上燕，可憐處處巢居室。大夫垂名動萬年，會是排風有毛質。天意銜寒欲放梅，江上徒逢袁紹杯。酒闌擊劍蛟龍吼，山根鱣鮪隨雲雷。男兒生，無所成，頭皓白，我能拔爾仰塞磊落之奇才。速宜相就飲一斗，絲管啁啾空翠來，如何不飲令心哀？

## 東流江水篇有引

至日，承倫、鄧二侍御召飲，陪戴孟光巡按，不赴。是日也，獻酬歌樂，盛麗動人，夜坐有懷李三洲。以李子與兹席也，集杜成此，蓋感今念昔，以見會合之難云爾。

東流江水西飛燕，只願無事長相見。咫尺應須論萬里，可惜刻漏隨更箭。憶獻三賦蓬萊宫，聲價欻然來向東。喜得與子長夜語，意匠慘澹經營中。年年至日長爲客，目脂面藥隨恩澤。此時與子空歸來，鴻飛冥冥日月白。孤城西北起高樓，伐木丁丁山更幽。青鞋布襪從此始，長歌短詠還相酬。鍾鼎山林各天性，後來况接才華盛。青眼高歌望吾子，蒼苔濁酒林中静。冬至陽生春又來，亦知窮愁

〔一〕「江」，嘉靖本、萬曆本作「空」。

安在哉。江上被花惱不徹，安得健步移遠梅。梅花欲開不自覺，細推物理須行樂。玉壘浮雲變古今，瑤臺侍臣已冥寞。君不見，周南太史公，凡今誰是出群雄，詞源倒流三峽水，胡爲見羈虞羅中？君不見，西蜀杜陵老，多才依舊成潦倒。且盡清尊戀物華，不知明月爲誰好。高視乾坤又可愁，尊前還有錦纏頭。緣雲清切歌聲上，多暇日陪驄馬遊。紫衣將炙緋衣走，饔人受魚校人手。憶昨邀懽樂更無，此曲衹應天上有。簫鼓哀唫感鬼神，回風颯颯吹沙塵。合歡却笑千年事，白水青山空復春。

## 草堂夜餞陳兩江大尹集杜句乙未孟冬

琴瑟几杖柴門幽，獨立縹緲之飛樓。青眼高歌望吾子，不減昔時陳太丘。夜如何其初促膝，歲云莫矣增離憂。百壺且試開懷抱，一軀交態何悠悠。漂零已是滄浪客，每語見許文章伯。人生交契無老少，酒酣耳熱忘頭白。濟世宜引英俊人，大賢爲政即多聞。邦人思之比父母，世上兒子徒紛紛。近聞下詔諠都邑，青春復隨冠冕入。神傾意豁真佳士，會是排風有毛質。揚眉結義黄金臺，客行歲晚尤相催。牙檣捩柂青樓遠，鯨魚跋浪滄溟開。君不見，犬戎鎖甲聞丹極，費心姑息是一役。三城守邊却可圖，獨使至尊憂社稷。君不見，蓬萊宫闕對南山，齊紈魯縞車班班。高馬達官厭酒肉，豈可久坐王侯間？吾爲子起歌都護，白沙翠竹江村暮。杜鵑不來猿狖寒，潛龍無聲老蛟怒。百年世事不勝悲，比屋豪華固難數。文章有神交有道，富貴何如草頭露。衣冠是日朝天子，秦城樓閣煙花裏。香飄合殿春風轉，蛺蝶飛來黃鸝語。致君堯舜付公等，各使蒼生有環堵。會送夔龍集鳳池，萬歲千秋奉明主。

## 少城篇贈别三洲李子 有引

走夙性玄曠，逃世垢氛，從事采真之遊爲日久矣。棲碧山而象銓與鏡，釣滄洲而太龢爲綸，三秀靈芳，九光飛鞅，庶幾見之。尚書禮部郎南海三洲李子希求羊之遐躅，詢喬松之真詮，時或顧焉。嗟乎！走安足與哉？走安足與哉？初夏清和，黯然賦别，泰豆氏之秋駕，自此展於巖廊矣。久絶摛藻，乃集杜句以言情云。

東望少城花滿煙，憶君誦詩神凛然。君有長才不貧賤，李白斗酒詩百篇。朝回君是同客舍，垂鞭彈鞚凌紫陌。感君意氣無所惜，南尋禹穴見李白。君今幸未成老翁，憶獻三賦蓬萊宫。漢官威儀重昭洗，迴立閶闔生長風。況復得之名譽早，歌辭自作風格老。但覺高歌有鬼神，不知明月爲誰好。我有新詩何處唫，鳴鳩乳燕青春深。竊攀屈宋宜方駕，頗學陰何苦用心。即事非今亦非古，反鎖衡門守環堵。唯見群鷗日日來，留連戲蝶時時舞。柴門雜樹向千株，種杏仙家近白榆。玄圃滄洲莽空闊，金支翠旗光有無。似聞昨者赤松子，攬環結珮相終始。江深竹静兩三家，雲白山青萬餘里。黄金臺貯俊賢多，幾時回首一高歌。宴筵曾語蘇季子，勳業終歸馬伏波。知君未愛春湖色，且將款曲終今夕。

人生幾何春已夏，此心炯炯君應識。似君須向古人求，宿昔一逢無此流。炯如一段清冰出萬壑，萬壑東逝無停留。南有龍兮在山湫，聽曲低昂如有求。時俗造次那得致，如今豈無腰褭與騂騮？君不見，蛟之横，出清泚，青冥却垂翅，迢迢隔河冰。君莫笑，驥之子，皮乾剥落雜泥滓，走過掣電傾城知。萬歲持之護天子，英雄有時亦如此。

### 桂林雨中望諸葛亭有感集杜句

雲水長和島嶼青，江中風浪雨冥冥。霜凋碧樹作錦樹，色過棕亭入草亭。諸葛大名垂宇宙，元戎小隊出郊坰。卧龍躍馬俱黄土，極目秋天虚翠屏。

### 集杜句贈右溪倫子

晚來幽獨恐傷神，相送柴門月色新。卜築應同蔣詡徑，名家莫出杜陵人。侍臣緩步歸青瑣，鳴玉朝來散紫宸。南極一星朝北斗，勿云江漢有垂綸。

### 又贈青蘿王子與倫子同行

渡頭翠柳豔明眉，仙侣同舟晚更移。鐘鼎山林各天性，風流儒雅亦吾師。獨當省署開文苑，會送夔龍集鳳池。離别不堪無限意，呼兒覓紙一題詩。

## 倫子席上賞菊觀戲

多暇日陪驄馬遊，尊前還有錦纏頭。殘花爛熳開何益，妙舞逶迤夜未休。遂有馮夷來擊鼓，焉知李廣不封侯？合歡却笑千年事，許坐層軒數散愁。

## 出郭課野老爲園

野老墻低還是家，爲園須學邵平瓜。已知出郭少塵事，且盡清尊戀物華。江上小堂巢翡翠，山樓粉堞隱悲笳。不嫌野外無供給，來歲還舒滿眼花。

## 迎春貽余子仲栗

朝來新火起新煙，長笛短簫悲遠天。細柳新蒲爲誰緑，濁醪粗飯任吾年。已聞童子騎青竹，唤取佳人舞繡筵。此日此時人共得，晴窗點檢《白雲篇》。

## 燈夕草堂池中初泛小舟值春雨新霽

宛在中流渤澥清，淡雲疏雨過高城。春風自信牙檣動，新月猶懸雙杵鳴。休怪兒童延俗客，不勞鐘鼓報新晴。未填溝壑惟疏放，江漢風流萬古情。

## 草堂喜諸生至

男兒須讀五車書，老馬爲駒總不虛。劍佩衝星聊暫拔，草茅無徑欲教鋤。病軀動覓藜牀坐，懶性從來水竹居。高閣捲簾圖畫裏，曳裾終日盛文儒。

## 早秋送何御史

日滿樓前江霧黄，秋風此日灑衣裳。煙緜碧草萋萋長，雨浥紅渠冉冉香。近侍只今難浪迹，賢聲此去有輝光。寡妻群盜非今日，草奏何人入帝鄉。

## 歲晚寄懷程參戎

憶昨歡娱同見招，獨能無意向漁樵。攬環結珮相終始，人事音書漫寂寥。細馬時鳴金腰裹，將軍只數漢嫖姚。天涯春色催遲莫，只在忠良翊聖朝。

至後諸郎中子興過草堂尋梅登玄覽臺循城墻而歸集杜句以紀其事

茅齋寄在少城隈，冬至陽生春又來。萬里相逢貪握手，百年多病獨登臺。短墻若在從殘草，皂蓋寧忘折野梅。正是江南好風景，蓬門今始爲君開。

秋日送同年劉鄜南歸秦中集杜四絶

酒盡沙頭雙玉瓶，窮途阮籍幾時醒。故園楊柳今摇落，悵望秋天虚翠屏。
青楓葉赤天雨霜，三歎聚散臨重陽。籬邊老却陶潛菊，託身白雲還故鄉。
但覺高歌有鬼神，回風颯颯吹沙塵。酒闌擊劍蛟龍吼，羞見黄花無數新。
南國浮雲水上多，幾時回首一高歌。秦城樓閣煙花裏，興在驪駒白玉珂。

西湖晚别金徐邵三同年

湖上林風相與清，山頭落日半輪明。酒闌却憶十年事，銀漢遥應接鳳城。

## 江上寄山陰周給事〔一〕

萬里風煙接素秋，浴鳧飛鷺晚悠悠。更爲後會知何地，憶向山陰上小舟。

〔一〕嘉靖本詩題作「秋日集杜句寄山陰周給事」。全詩與底本亦不盡相同：「萬里風煙接素秋，杖藜徐步立芳洲。自知白髮非春事，更有澄江消客愁。念我能書數字至，悲君已是十年流。更爲後會知何地，須向山陰上小舟。」

# 泰泉集卷第十五

## 對策

### 廷試策一道正德十六年

臣黄佐

臣對：臣聞天下有長治之道，君天下者必立長治之本。本之所在，固道之所從以出者也。本者何？純心之謂也。心苟純矣，則見之施設釐革者，動無非道而始終惟一，天下奚患其不安且治？苟操存此心，一有不純，則運用之地乖舛衡決，雖有治功，蓋已漸有不如其初者矣。天下之治欲期于久，亦胡得哉？隆古之君，惟其務乎此也，故必修明政度，以福壽元元於無窮，而治功之建，殆有不鋭於進而速於退，不隆於始而替於終者。何則？其心純，純則不息故也。先儒曰：王者高拱穆清，而化行於裨海之外者，以純王之心，行純王之政耳！然則承無疆之休，而衍有道之長者，其可舍是而漫弗之圖乎？於戲！違規不圓，背矩不方，外心以爲政，而謂能久安長治者，臣固未之前聞也。

洪惟皇帝陛下聖德昭聞，應期御極。敷政以來，凡以綱紀萬事照臨百官者，既已肇天下長治之基矣。兹進臣等于廷，講求慎初之道，務使明本末之要，審先後之序，顧臣何足以及此。雖然，臣子之義，罄底裏以效尺寸，實自伊始，其敢默默焉而已乎？臣愚以爲，本之當先者莫如純心，此非臣之言也，夫有所受之也。昔殷高宗以不敢荒寧之心，嘉靖殷邦，而殷道賴以隆久。陛下建元紀號，已妙契高宗之心矣。《書》曰：「后克聖，臣不命其承，疇敢不祗若王之休命！」此臣之所以爲説也。謹據所見所聞暨所傳聞者，冒昧上對。

愚臣惟天下至大物也，非有純王之政，不足以維持，非有純王之心，不能以運用。人君之臨御天下也，行王道而王，行霸道而霸，蓋莫難乎，慎其初也。譬之馭六馬以適長路，之燕則燕，不能以粵，之粵則粵，不能以燕，惟審所適而已。

聖策所謂國家之治忽，君子小人之進退，世道之否泰，其機皆繫於此，蓋有足徵焉者。稽之往古，唐虞三代之君臣，交相儆戒，克盡慎初之道，故其爲政，一純於王，是以久安長治，休嘉之德，馨聞至今。漢、唐、宋之君臣，其治功論議，雖若有意于慎初者，然政源既雜，直言不行，是以苟安小治，踳駁之迹，腥聞至今。是何也？蓋純王之道，覆載如天地，變通如四時，居之以寬洪溥博之體，而行之以精明果斷之功，運之以深長廣遠之謨，而成之以正大光明之業，有非急近效樂小康者之所能成也。雖間有一二志于復古者，然純心之學，槩乎其未有聞，則雖欲王道之行，殆猶煎流水以求冰，而未始云獲也。

誠使臨御之初，恭敬自省，知聲色臭味至於安逸，爲形氣之私，則去之必慎，雖婦寺之乘間投機者，亦必察而懲焉；知仁義禮智原於天道，爲性命之正，則存之必慎，雖忠言之拂心逆耳者，亦必察而賞焉。去私向正，擴充其善端，若火之始然，泉之始達，惟恐其微之弗著也。及其習久性成，好尚必一於善也，若火之必熱，水之必寒，則智仁合一而禮義出矣，視聽言動，一無所違焉。存於中而不雜，則爲道心；用於外而不偏，則爲中道。堯舜之治，本諸其德之峻且玄者，不過如此。國家之治，賴以無忽；君子之進，賴以無退；世道之泰，賴以無否，豈非萬世無疆之休哉？

苟或弗慎厥初，惑於物欲，非惟淫聲美色，奇芬厚味，得以蠱心伐性，而宫室之壯麗，服玩之珍華，緇黄之祈禳，遊觀之讙樂，百爾爲安逸之圖者，紛沓並至，迷亂于政，而不可復治矣。此堯舜之治，所以僅見於三代之初，而絶響於三代之後。小人常進，世道常否，則有由也。治本不立，無以安國家而濟元元也。及臻禍亂，雖有正傾救敗之術，將安施乎？於戲！天下固有長治之道，而立長治之本，則存乎人焉。苟非其人，道不虚行，是可以易易言哉！請以陛下所及者陳之。

昔者大舜之受終也，首察璣衡，以齊七政，觀天也；類于上帝，禋于六宗，望于山川，徧于群神，交神也。觀天文則能察變，交神明則能通幽，治道若是，不啻足矣。而又詢四岳焉，命之以來賢俊而決壅蔽，進十二牧焉，咨之以修内治而服外夷，豈不以人道伊邇，若聽言用人，亦有不可緩者乎？惟其君臣之慎初如此！此有虞之治之所由長也。

太甲即阼，伊尹訓之曰：「今王嗣厥德，罔不在初」，以法祖爲先也。高宗宅憂，傅説告之曰：「念始終典于學，厥德修罔覺」，以務學爲急也。蓋法祖則所以務學者有據，務學則所以法祖者益明。要之非二也，豈可擇緩急於其間乎？惟其君臣之慎初如此！此殷商之治之所由長也。

成王親政，周公進《無逸》之書，既欲畏其天命而愛民生，作《訪落》之詩，又欲其盡下情而守家法。至《立政》一書，又以三宅三俊爲不可忽，蓋常伯、常任、準人，皆執政之大者也。終之以無誤庶獄，惟正是乂，蓋庶獄乃人命之所係也。夫畏天命則敬，愛民生則仁，盡下情則不蔽，守家法則無愆，重宅俊則任得其人，謹庶獄則罰當其罪，意固各有在也。臣言之而君不違，始行之而終不悖，亦可謂能慎初者矣！此有周之治之所由長也。

數事者，雖若不倫其究，皆純王之道，力行而不息者爾。猶之良工用木，凡以適吾規矩而已，而何必其材之皆同也哉？至夫神禹受禪命之始而興征苗之師，康王居翼室之初而受張皇之戒，兵凶戰危，初政似若在所不必急者，宜其啓聖心之疑也。然苗民干犯，身撥天誅，非若後世之窮兵；天下雖安，忘戰則危，非若後世之耀武。式遏亂略以布新化，亦時措之宜爾，然非長治之本也。惟堯舜心法傳于禹，聞于湯武者，慎厥初政，異世同符，而清問及此，其立本之宜先者乎。

蓋嘗考之，放勳以峻德致治，重華以玄德受終，授受之際，惟允執厥中，一言寔開萬世道學之淵源焉。神禹之時，祗承于帝，克艱盡道，而民猶各以其心爲心，則物欲盛於前矣。終陟元后，而舜命之，益以三言者，人心惟危，道心惟微，而精以閑邪，一以存誠，則所謂祗台德先，不距朕行，猶夫用其中於民也。成湯之時，作官刑，訓風愆，執中難於禹矣，乃任克綏厥猷之責，天錫勇智，克寬克仁，而率性命之正，以義制事，以禮制心，而防形氣之私，然後建中于民，視禹爲無間也。武王之時，彝倫攸斁，頗僻僭忒，失其中矣。勝殷之初，訪《洪範》于箕子，其叙九疇，惟皇極以五居中，有人君純心之象焉。本之以五行，敬之以五事，厚之以八政，協之以五紀，皇極之所以建也；乂之以三德，明之以稽疑，驗之以庶徵，勸懲之以福極，皇極之所以行也。及其踐阼，受丹書於尚父，其言曰：「敬勝怠者吉，怠勝敬者滅，義勝欲者從，欲勝義者凶。」退而銘諸几席、觴豆、刀劍、户牖，俾視聽言動，莫不有警，以純其心，然後知仁禮義以綏厥猷者，于湯蓋有光也。

又嘗論之，堯舜性之也，湯武反之也，禹入聖域而不優，其在安勉之間乎。然夏傳十有五世，惟啓敬承禹道；商傳二十有七世，賢君惟六七作；周傳三十有三世，成康之後，漸以陵夷，宣王中興，鮮克有終，此堯舜之治所以僅見於三代之初也。

人君慎初之道，惟守心法以立治本，則萬世無疆之休，豈外是哉？孔子祖述堯舜，示人以博約明誠，是即精一之傳也。顔、曾、思、孟之徒，承其道學，凡夫知及仁守，復禮集義，尊德性，求放心，務約其情以合於中者，皆藉是以入堯舜之道而已。後世苟明而行之，則所自立者，其超三代之隆乎！臣嘗因是而歎漢、唐、宋之君臣，皆不足以與乎此也。

漢高帝滅亡道秦，不事《詩》《書》，習用法律，故其治雜霸。施于孝文，頗采賈誼治安之説，以德化民，幾致刑措，然恭儉玄默，崇尚黄老，心則未純焉。武帝策問天命情性，似知立治本矣。董仲舒對以求端於天，欲任德不任刑，必自正心始，然而不能格其多欲之非。元帝咨詢政治得失，似知所自立矣。

匡衡疏言治審，所上崇禮讓，成教化，必自朝廷始，然而不能捄其變更之失。宣帝承昌邑之廢，綜核名實，路温舒上《尚德緩刑》之書，然其如嚴察何。章帝繼永平之政，不事操切，陳寵上蕩滌煩苛之奏，然其如寬縱何。雖有光武中興，而亦惑於婦寺。故漢之七制，皆不能繼周之隆盛，本於雜霸故也。

唐高祖除隋之亂，家系西凉，臣事突厥，故其治雜夷。繼以太宗，始行魏徵仁義之説，刻厲矯揉，力於爲善，然推刃同氣，閨門慚德，心則未純焉。玄宗初政，姚崇以《十事要説》：曰政先仁恕，曰不倖邊功，曰法行自近，曰請罷貢獻，曰戚屬不任臺省，曰宦竪不預政，曰接下以禮，曰群臣得犯諱，曰絶道佛營造，曰以前代爲鑒。及致開元之治，似有本者，然天寶終亂，非其心之怠荒邪？德宗蒙難，陸贄代言以罪己，曰生於深宫而暗於國務，曰上負祖宗而下負烝庶，曰天譴於上而朕不寤，人怨於下而朕不知，及致將卒感泣，似有孚者，然懷光再叛，非其心之猜忌邪？其後憲宗勵精，而亦惑於方術。故唐之三宗，皆不能及兩漢之久安，本於雜夷故也。

宋太祖釋兵省刑，遏亂成治，可謂英主。然陳橋兵變，以計得國，故其治雜權謀。繼世若金匱涪陵之渝信，天書玄朗之矯誣，皆其故智也。惟仁宗節愛日久，而民心洽若可與有爲者，然信夷簡而廢瑶華，寵温成而藏舍利，心亦未純焉。神宗行新法欲以富國，用王安石之權謀也，而四海困窮。故哲宗元祐之初，吕公著嘗陳《爲治十要》，則所謂畏天也，愛民也，修身也，講學也，任賢也，納諫也，薄斂也，省刑也，去奢也，無逸也。惜乎行之弗終而名儒擯逐，則治本豈能立邪？高宗從和議，欲以偷安，用秦檜之權謀也，而中國喪氣。故孝宗淳熙之世，朱熹草奏《自新十事》，則所謂講學以正心，修身以齊家，遠便嬖以近忠直，抑私恩以抗公道，明義理以絶神姦，擇師傅以輔皇儲，精選任以明體統，振紀綱以厲風俗，節財用以固邦本，修政事以攘夷狄。惜乎擬之未上而正學禁錮，則治道奚由成邪？其後理宗雖能表章道學，而崇信姦回，元虜乘之，而宋社遂屋矣。何則？治本不立，權謀易窮故也。

大抵唐宋政治弗綱，不若兩漢尚爲近古，然文帝能防人心，而理則不純；章帝能存道心，而政則不中，二君蓋庶幾成、康者，第無入聖之階爾。此堯舜之治，所以絶響於三代之後也。自漢二君之外，不得已而思其次，其唐太宗乎？然仁義之志，漸不如初，故魏徵《十漸》之疏，所謂初寡欲而今縱欲，初愛人而今勞人，初親賢而今近佞，初求士而今任情，初少需求而今市駿馬，初賤異物而今作無益，初絶畋獵而今樂馳騁，初達群情而今詰細過，初圖爲治而今窮兵，初務撫寧而今勞弊是也。至若何休《春秋》五始之義，凡書元年、春、王、正月、公即位者，元爲氣之始，春爲四時之始，王爲受命之始，正月爲政教之始，即位爲一國之始是也。荀況三卿序進之説，則上卿進戒除害以爲福，中卿進戒先事以慮患，下卿進戒無怠以防禍，皆於天子即位之初而各授之策。説者以爲與《敬之》之詩合，韓嬰《外傳》則謂爲不易維王之義是也。究兹指歸，與進言於初政者，皆無大相遠，孰不有初而克終者鮮？故有君而無臣，與有臣而無君，言之而非所可行，與行之而非所可言，均之不能以成長治之道。於戲，可歎也哉！

欽惟陛下總衆説以發清問，固非試臣以記誦之學也，欲問王道之大本而將大有爲也！夫慎初有道則純，而王天下之所以長治者由於此，慎初不久於其道則駁，而霸天下之所以不長治者亦由於此，知純其心矣。然一念不慎，惑於物慾，而陽欲揜之，徒事權謀以蓋其慾，而不自知其陰已流於夷狄矣。是雖圖霸，且不可得，而况於王乎？陛下自貽哲命之初，猶馭六馬以就道燕粤，惟其所適，行王而王，行霸而霸，惟其所向。聖心既明乎《詩》《書》所稱美，史册所姗譏，而燕閒濩蠖之中，廣厦細氈之際，必能操存以立乎其大者，豈待臣之贅言哉？然臣惟王道之大本存乎純心，而心之所以純者，精一執中之傳也。

欽惟太祖高皇帝嘗謂侍臣曰：「人君一心，治化之本。存於中者無堯舜之心，而欲施於政者有堯舜之治，决不可得也。」繼往聖絶學而開萬世太平，《寶訓》數語盡之矣。及御華蓋殿，儒臣進讀《心箴》畢，上曰：「人心道心，有倚伏之機。蓋仁愛之心生，則忮害之心息；正直之心存，則邪詖之心消；羞惡之心形，則貪鄙之心絶；忠慤之心萌，則巧僞之心伏。故人常持此心，不爲情慾所蔽，則至公無私，自無物我之累矣。」又因齋戒言：「常自點檢，此身與心如兩敵，然時時自相争戰，凡諸事爲必求至當。」乃造觀心亭于宫城上，語學士宋濂曰：「人心易放，操存爲難。致齋之日，端居其中，吾身在是，而吾心即在是。却慮凝神，精一不二，庶幾無悔，此即堯舜之心，危微精一之謂也。審其幾於動而未形，豫以克復，雖湯武之制事、制心、勝怠、勝欲，亦皆盡之矣。」自非反身而誠，見道真切，曷能及此？然則純心以立長治之本，其惟我太祖乎！故凡正綱理紀，用人行政，著爲制令，萬世守之，固萬世長治之道也，豈期三代之後，堯舜之治復見於今日哉！

夫道在天地之間，分有萬殊，其理一而已矣。一則誠而無僞。苟未純乎理，而有物慾間之，則不得爲至誠。譬諸苗之有莠，無由自遂，人能耘莠而去之，則苗渾然一致，秀而且實矣。是則去莠猶致精也，精即所以一而誠者也。《中庸》曰：「至誠無息，不息則久，久則徵，徵則悠遠、博厚而高明。」蓋萬世道學之淵源，不出乎本心之誠，豈必私意所能掩飾而可以盜名欺世哉？

宋之理宗表章濂洛之學，後世以理號其廟而尊稱之，然考其心行，初政之時，名儒真德秀已爲奸相所斥逐。及德秀復起，進所著《大學衍義》，拳拳以崇敬畏、戒逸欲爲言，而漫不加省，莫能自審。人心道心倚伏之幾，惑於賈妃，用其弟似道以圖恢復，貽厥後昆，終覆於厓山而後已。其猶發軔迷途，欲之燕而終抵粤，不亦惛哉？是時元虜方張，得程朱之書，即擢許衡而委任之。華夏存亡之幾，判於此矣。史稱其嗜慾既多，怠於政事，權移奸臣。經筵性命之講，徒資虚談，固無益也，虚則與誠異轍。此理宗所以怱於至治，使君子退、小人進而世道否者，幾固繫諸心歟！

臣前所謂一念不慎，惑於物慾，而陽欲掩之，徒事權謀以蓋其愆者。理宗固以道學爲之飾也。及其策士，以不息則久爲問，文天祥對策首以不息之心規之。蓋心有不純，則雖藉理以自飾，亦不過虚談而已。周惇頤曰：「心純則賢才輔，賢才輔則天下治。」又曰：「誠無爲，幾善惡。」「動而未形有無之間者，幾也。」天祥因所問八事合爲四事以對，無非純心之措諸政事者。臣敢因聖政所欲施行十事，隨次第合爲格心五事，皆自審幾始，伏惟陛下垂聽焉。

臣伏讀聖策，陛下首欲敬天法祖，是長治之道也。《記》曰：「仁人之事親也如事天，事天如事親。」是特一揆爾。臣嘗觀於《皇明祖訓》，所載天子所秉世傳大圭，刻爲奉天法祖之文，蓋授受之至意，爲治之先務也。夫大君爲父母宗子，惟天惟祖宗是崇是肖，故必明德慎罰以體天心，而又常存敬畏，以祖宗憂天下之心爲心，則能永受天之眷顧。若生怠慢，禍必加焉。故法祖即所以敬天，敬天即所以法祖，繫乎心之純也。心一有不純，則夫持身之道，物慾交蔽，不能察情觀變，慮患防危，而亂斯至矣。噫！可不畏與。故《祖訓》首章不用肉刑，惟恐誤傷善良，不設丞相，惟恐專權亂政者，蓋任德而不任刑，必慎於初，則可以止辟。至於親睦柔遠之道，安民固國之規，風雲星象之觀，警備器用之豫，無一念而非敬，亦無一念而非仁也。至於明試姦良，省刑信賞，而必反躬自修，則有持守之條，無優伶近狎，無酣歌夜飲，而内宫進御有序，燕閒聽言必察，真可謂仁其身者矣。其身成仁，然後與上帝好生之德吻合而無間，乃能專以煦育生殖爲事，而祖宗憂天下之心，亦於是乎舉而措之於民，用中召和，無非仁氣之充塞，乃嚴祭祀以格神明，所謂建諸天地而不悖，質諸鬼神而無疑者也。

蓋此心少有一息之怠，則非仁人爲能饗帝，有一毫之慢，則非孝子爲能饗親。故《書》曰：「敕天之命，惟時惟幾。」言無一時而不戒，敕以天命，無一時而不寓；無一事而不戒，敕以天命，無一事而不存。不曰事而曰幾者，幾者事之微也。方其事之始萌，欲動未動之際，必敬畏以審察之。善惡之形未分也，而豫審其朕兆；是非之情未著也，而豫察其幾微，不待其顯露而後圖焉。此傷善亂政所以炳於幾先，而豫行禁止，豈非修德緩刑以爲祈天永命之本與？

觀於正德初政，不能審察一二内豎之奸，遂至變亂。祖宗成憲，法令不行，紀綱大壞，於是地動天鳴，五星淩犯，星斗晝見，白虹貫日，雷擊殿脊，彗掃三台，不自儆省以消災變，於是微服巡遊，人言不恤，而郊祀亦且不行矣。於此可見祖宗之心，即上帝之心也。人爲不臧，而天變應之，事雖既往，殷鑒攸存。臣願陛下敕天之命，以堯舜爲師，審察時幾，以祖訓爲鑒，則天下幸甚，惟聖明留意焉。

陛下欲修德勤政，是長治之道也。《書》曰「德惟善政」，《語》曰「爲政以德」，是亦一揆爾。臣嘗觀於太祖高皇帝序《資世通訓》，有曰：「上古哲王，道與天同。朕以匪才薄德，乃握乾符而御寰宇，德將安在？是以宵晝弗敢自寧。」太宗文皇帝序《聖學心法》，有曰：「天下大器也，保之惟艱，一有瑕璺，則敝裂隨之。是以早朝晚息，弗敢逸豫，以承天休。」夫二聖人者，創業垂統之君也。自修不怠，言猶若此，而况陛下生深宫而享成業，心一有不純，則怠荒隨之，可不慎與？

臣惟自古人君，必以勤敬爲德，怠荒爲戒。德必見於政，未有德不修而能勤政者也；政必本於德，未有政不勤而能修德者也。是故天性在人則爲德，人代天工則爲政，德必修而政必勤者。蓋知及之，則明乎理欲之辨，仁能守之，則欲去而理存。然後涖之以莊，動之以禮，禮以義協，則不言而信矣。此天性即所以代天工，而非二物也。苟知仁不合爲一，則欲常蔽理，禮義無自而出，徒施政令，朝更夕改，奚足取信哉？故孔子言德性之發於政者，仁曰「愛人」，知曰「知人」。又曰：「上好禮則民莫敢不敬，上好義則民莫敢不服，上好信則民莫敢不用情。」晉文公之霸也，大蒐以示禮，勤王以示義，伐原以示信，不過借之以爲名，有行而無其德，有政而無其化，與純王之心大不相侔矣。

蓋此心一念合乎理，當充善端於蒙泉之初；一念不合乎理，當遏惡釁於履霜之漸。乾乾惕厲，無少間斷，則知及仁守，即此而在，凡《祖訓》所示謹出入、慎國政者，豈出知仁之外哉？警報慎防，善必先知之，奏事陳言，不善必先去之，則仁政之行，無有遏者，雖堯舜知人之哲，安民之惠，何以加諸？知無不知，仁無不愛，而急先務，於是禮儀法律，無一不與義協，而内令職制及兵衛營繕供用，亦無一不成其信矣。列聖相承，每日晨起觀天拜親，然後視朝，盡敬盡孝，制心之禮也。一遇大事，退御便殿，召臣商確，無適無莫，制事之義也。版籍藏于後壼，兵餉儲于内庫，未嘗加賦而立新法，仁民之信也。守兹成憲，曷嘗有愆哉？

正德初政，首事禽荒，放鷹逐犬，走馬擊毬，甚至與市人交易，出入不復知謹，而國政付諸内竪，是乃熒惑之會，贅疣之秋也。《書》曰：「兢兢業業，一日二日萬幾。」蓋禍亂之幾藏於細微，及其顯著，則雖智者不能善其後矣。一日二日之間，時至淺也，而事幾之來，且至萬焉，豈可斯須而縱欲乎？逆藩作變，大器幾墜，人心之危，蓋可占矣。臣願陛下食息存兢業，鴆毒視燕安，圖難於其易，爲大於其細。一言之發，一事之行，若可忽也，必審而察之。凡禮與非禮，以至非禮之禮，義與非義，以至非義之義，皆決去其非，必一於禮義而後施諸政令焉。政令之行，則悉遵《祖訓》而循禮義，勿徇私情，輕易更改，務成其信，則聖德常修而勤政無倦矣。惟聖明留意焉。

陛下欲求賢納諫，是長治之道也。孟軻謂賢臣見用，而曰諫行言聽，下膏澤於民。然則求賢非所以用其言乎？臣嘗觀於祖宗之時，馮翼孝德，爲儀在朝，如劉、宋之翊運，張、陳之靖難，三楊之心膂，蹇、夏之股肱，而又擢義門以宗伯，官孝子於文華，徵逸民於江右，求賢可謂廣矣。都俞吁咈，謀猷入告。如陳遇、秦從龍之密勿，桂彦良、曾秉正之旌賞，而許好問、馮堅以令尉之卑言，無不聽焉，納諫可謂周矣。守爲家法，將紹休于無窮。然正德初政，狎近群小，正人不親，直言不聞，建言者以爲多言，幹事者以爲生事。蓋天下之憂，莫切於奸邪上蔽，而危莫大於威柄下移。奸邪上蔽，則忠言閉塞，將必有隱禍而莫能知；威柄下移，則惡黨縱横，將必有急變而莫能禦。此當時有志之士所爲長太息而流涕者也。

臣愚以爲將欲求賢，必先絶其蔽賢之路，將欲納諫，必先消其拒諫之心，二者在乎擇相而任之耳。故前漢任張禹而諂王氏，以滋厲階，王章直諫被僇，於是西京遂易爲新室；後漢任胡廣而附兇沴，以成亂勢，李固嘉謀受誅，於是東京遂化爲當塗。其始皆以假道儒術，致位融顯，而多方善柔，持禄簡賢，使大盗移國。此辨兩漢之亡者，所以歸諸禹、廣也。唐惟退張九齡而任李林甫，自此藩鎮畔而唐亡矣；宋惟退司馬光而任王安石，自此裔夷興而宋亡矣。佞人見任而信之踰於君子者，由其適己之欲而遂己之志也。大權既在其手，則鍵閉之謀日工，依憑之黨日盛，譬諸膏肓之疾，藥不能達，忠賢正論，又焉攸用哉？

《書》曰：「若昔大猷，制治於未亂，保邦於未危」，繇審幾也。大道之世，明智之君，於國家無事之時，恒以治亂安危爲念，謀之必周，慮之必遠。未亂也，察佞者去之，而豫圖制亂之術；未危也，見讜者採之，而豫求扶危之人，則國家常治而不亂，君位常安而不危矣。宋人有言曰：「官各守其分謂之名，職各治其事謂之實。」丞弼之任，責之以論道德、和陰陽；財計之司，責之以通有無、足國用；侍從責之以盡規納誨，將帥責之以安邊却敵，監司責之以澄清之政，守令責之以循良之治。如此舉名以責其官，按實以督其職，而庶績弗凝者，未之有也。少有弗效，則進之者罪有攸歸，而賢路無所妨矣。臣故曰將欲求賢，必先絶其蔽賢之路者，此也。

唐人有言曰：「天不以地有惡木而廢發生，人主不以時有小人而廢聽納。」「諫者多，表我之能好；諫者直，示我之能容；諫者之狂誣，明我之能恕；諫之漏泄，彰我之能從。」有一于斯，皆爲盛德。孔子雖從諷諫，而告子路則又曰：「勿欺也，而犯之」，則曷嘗不以直爲貴哉？諫諍逾旬而不聞，則下令反躬而旁求之，務俾中外臣工得格其非心。臣故曰將欲納諫，必先消其拒諫之心者，此也。

相稱其任矣，而嘉言攸伏，野有遺賢，豈左右近習猶有佞人見信者乎？臣願陛下法聖王任相之道，監《祖訓》内臣之條，常純此心，以虚受人，則賢者進而忠言自至。如或滿假，則賢者遠而諛言自聞。是不可以不慎，惟聖明留意焉。

陛下欲講學窮理，是長治之道也。朱熹謂學之當講，而曰讀書之法，在窮理以致精，然則講學非所以窮其理乎？臣嘗觀於祖宗之時，《詩》《書》、諸史，多自講解。正統以後，經筵之御，不避寒暑。《書》之「遜志務時敏」，《詩》之「日就月將」，蓋兼有之。然尊德性而道問學，學於己者，必問於人，則講讀儒臣，可不慎簡其人哉？故太祖嘗御註《洪範》，書《大學衍義》於殿廡，而又令耆儒吴沈、劉三吾輩，使之論思詳究。太宗嘗表章性理經書，而又進修撰曾棨等于秘閣，使之讀書，以備顧問。緝熙之功，淵微之訓，真可爲萬世法程者矣。

原夫所以事心者，本諸《洪範》之思睿作聖，而謂性即理者是也，心即理者非也。心有危、微之别，而思之通微。惟存理而去欲，乃可以入堯舜之道，非徒本諸心而已也。臣前已舉其大端矣。獨真德秀於《衍義》，首陳帝王爲治之序，次述帝王爲學之本，然後列格物致知之要，爲目有四：一曰明道術，二曰辨人才，三曰審治體，四曰察民情。凡祖宗之典學致治者，徵諸此書，最爲詳盡。講讀之時，惟窮理以致精，則長治之本立矣。

《書》曰：「安汝止，惟幾惟康，其弼直。」安者順，適于道心之正，而不陷於人心之危者也。純心之功，必知理爲吾性，而不雜於欲，則靜而後能動，定而後能應。若其膠膠擾擾，將爲物役之不暇，又何以宰萬物而應萬事乎？故心者，人之北辰也。辰惟居其所，故能爲衆星之綱維；心惟安所止，故能爲萬事之樞紐。然欲其常安，則有道焉。幾者念慮萌動之初，康者事爲治安之際。幾微之不察，則喜怒哀樂有時而失節；治安之不戒，則盤樂怠傲有時而或肆。如是而欲安所止，其可得乎？故幾、康乃聖人養心之要法也。不能從事於斯，而日講經書，皆虛文而已。心得其養，而又輔弼以正直之臣，宰物揆事，輒咨問之，則内外交養，無事而不安矣。舜以精一執中告禹，禹以幾康安止告舜，用功若異，而歸宿實同，是乃知本之學也。

正德初政，惟事逸遊，經書所陳，史籍所載，一切厭棄而不之講，其蔽深矣。臣願陛下立心以實理爲主，修身以實踐爲貴，講學以實見爲是，行事以實用爲功。下問儒臣，如《衍義》所謂明道術以爲先事，而於憸邪罔上之情，尤注心思焉。夫禮與非禮，固易辨也；有勸以不時祀天者，則非禮之禮也；義與非義，亦易辨也，有請以踰制取民者，則非義之義也。既皆觸類而長之，反身而誠之。而凡違倍《祖訓》，更易法令，必加誅責，以取信於天下。行其所知，始終不怠，則所謂明明德、新民、止於至善者，不爲虚文矣。蓋純此心，學而殖焉，則其象陽，其幾泰；如不知理之爲性，玩愒時日，不學而落，則其象陰，其幾否。惟聖明留意焉。

陛下欲節財愛民，是長治之道也。孔子論治有曰：「節用而愛人」，其道相因。臣嘗觀於聖祖，嘆《魯論》斯言之善，蓋常自服澣補之衣，下寬逋之詔，則寔允蹈之。夫民者邦之本也，財者民之心也。其財不匱，則其力不困，其心不傷，本固而邦寧矣，此得民心必先於崇儉德也。

正德初政，旨從中出，不由正供。玉帶蟒龍，濫賞無算，傷財害民，可謂已甚。《書》曰：「怨豈在明，不見是圖。」民心怨背，豈待其彰著而後知之？當於事幾未形之時而豫圖之也。噫！使居人上者皆能圖無形之怨，則天下豈有亂亡之禍哉？惟其不能圖諸豫也，耳目蔽於左右，心志隔於上下，見者尚不能圖，况不見乎？明者尚不能知，况未明乎？必恒自省曰：「民之所好者，逸樂也。」吾役而勞之，民雖未懟也，吾則思曰：「力窮則懟，民之情也。」豫於事役將興之初，度其緩急而張弛焉，不待其形於言也。「民之所急者，衣食也。」吾征而取之〔一〕，民雖未怨也，吾則思曰：「財窮則怨，民之心也。」豫於税斂征收之始，量其有無而取舍焉，不待其徵於色也。」凡有興作，莫不皆然，則民無怨背之心，而愛戴其上如父母矣。

〔一〕「征」，原作「枉」，今據萬曆本改。

漢文帝賜農民租稅之半，詔曰：「吾農民甚苦，而吏莫之省。」則貪官墨吏不恤其民，從古已然，將欲化之，亦自其本圖之耳。惟朝廷之上軫念困窮，不急征，不横歛，所以厚其財也；不窮兵，不黷武，所以全其生也；不爲苛政，所以安其居；不興久役，所以養其力也。而又捐金棄珠以示後宫，服用樸素，不貴華彩，則官吏嚮風承流，必皆思所以消怨於未萌矣。民心悦而天意得，又何有於禍亂之萌哉？

臣願陛下恪遵《祖训》，凡内府飲食當用之物，以至織染等局一切取辦於民者，日支月給，歲稽其數，必以節省爲常。每有加請增收者，必詰責之。而内庫每歲輕賫，以儲備婚嫁與不時軍需者，亦每審察焉。萬一投以所好，漸長奢侈之風，必於不急之務、無名之費，寖省而寖革之，則傷財害民之事，無從而起矣，然純心其本也。夫心之操存少懈，則慾之誘動斯乘，不豫有以慎之，其後有不可勝言者，惟聖明留意焉。

是上事者究而言之，節財愛民本於講學窮理，求賢納諫本於修德勤政。德之所以能修，政之所以能勤，則又本於法祖而遵其《訓》。至於體祖宗之心，是即敬天而欽若上帝之心也。是則君者，天也。居九五正中之位，則謂之天位；享萬壽無疆之禄，則謂之天禄。五服五章，非吾賞之也，天命有德也；五刑五用，非吾罰之也，天討有罪也。匹夫匹婦，勿謂可下，曰此天民也；一命一秩，勿謂可輕，曰此天職也。天道至大而無外，本天之大以修道，故寬；天德至誠而無妄，本天之誠以立德，故信；天行至健而無息，本天之健以篤行，故敏；天理至明而無私，本天之明以順理，故公。自古帝王兼是四者，以建長治之道，故曰寬則得衆，信則人任焉，敏則有功，公則説。凡厥措注，敷施必一，於是而弗貳弗雜，則吾心合内外，而自無不純矣。臣前所謂居之以寬洪溥博之體，而行之以精明果斷之功，運之以深長廣遠之謨，而成之以正大光明之業，即此之謂也。然天下長治，莫如我聖朝文恬武熙，政洽民安，百有六十年于兹矣。

適值正德末運，百爾更變，幸遇陛下中興，慎初政而播皇言。見之施設釐革者，克守《祖訓》以順天心，堯舜之治不得專美於前矣。臣竊惟世道久安則法度弛，而習成欺誕，弊有不可解者，驟然改圖，近患先起，不可不容以大量也；人情久逸則綱紀縱，而下趨委靡，勢有不可遏者，恬然玩愒，將來愈甚，不可不革以猛力也；衆志久堅則變故少，而無復遠慮，有不自反者矣，憲天聰明，以周庶務，不可不照及隱微也；事體久順則邪慝肆，而私昵惡德，有不自知者矣，體天剛健，以絶陰私，不可不嚴懲近習也。

嘗讀《易》而得其説矣。《泰》之爲卦，雖吉且亨，然聖人懼焉。既謂「無平不陂」，又慮陰皆失實，上下反易，則將入於《否》而不利，故深恤將來而豫圖之。乃於九二爻辭致戒焉，曰：「包荒，用馮河，不遐遺。朋亡。」蓋居人臣之正位，上應六五之賢君，得中行者也。「包荒」，則寬而有容矣。「用馮河」，則信而有執矣。「不遐遺」，則敏而有功矣。「朋亡」，則公而有斷矣。故心純則致賢輔治，如《泰》九五運用之地，自無乖舛衡決，純王之政，由中而發，雍容漸漬，如天之化育，而奚以急近效爲哉？惟始終此心，則始終此政，將見廟堂之上永無宿憂，而天下含氣之屬，莫不蒙吾滲漉之澤。天人交與，中外禔福，將延于世世矣。

是則純心也者，誠之之道也。誠之至于無貳無雜，則《中庸》所謂至誠無息，不息則久而徵，以至悠遠、博厚、高明之説也。禹之精一，湯之綏猷，《洪範》之思，丹書之敬，循是以入堯舜之道。如陛下所謂聖學淵源者，亦惟審幾而擴充之爾，豈可舍此而求治哉？心苟不純，如宋君覽《道一不息》之對，僞稱許之，而終不施于實用，雖小康之治，亦不可得而跂見，況能儷美於高宗乎？昔高宗之嘉靖殷邦也，大都得諸傅説之二言，其曰：「惟厥攸居，政事惟醇。」曷謂醇？即純王之政而長治之道也；曷謂居？即純王之心而長治之本也。得其本則於行道，殆猶規誠設，而天下之物無不圓，矩誠設，而天下之物無不方。雖迂儒之常談，寔古今之通誼也。將欲輔陛下維新之治，豈無他謀，而臣顧冒昧至此？傳不云乎：「雖有絲麻，無棄管蒯。」惟陛下加裁擇焉，則天下幸甚！臣言狂計愚，無任隕越惶懼之至。

臣謹對。

# 泰泉集卷第十六

## 符命

### 瑞典

維三月丙寅，輔臣承末命，迓興世子于郢。越四月壬寅，至自郢，群臣覲于行宫勸進。翼日癸卯，祗告天地宗廟，謁先后几筵，以興王即位，奉慈旨也。乃御正殿，纔有繁露，衮服執冒，黼扆南面，《韶樂》設而不作，法從虎賁，旁東西立焉。司寶一人，冠進賢，朝服，搢笏授寶于几。臚贊二人，冠、服如之，執笏立于阼階。在廷維三孤、六卿、百執事，冠進賢，朝服，各執其笏，西面眂次。維公、侯、伯，冠貂蟬，朝服，執笏；維都尉、將軍、諸尉，冠進賢，朝服，各執其笏，東面眂次。司臚一人，冠、服如之，執笏，北面宣賀。皇帝揖遜，群臣拜手稽首，成禮而出，乃肅列于端門之外。皇帝乃輿，易衰絰，宅憂，入于翼室，涣大號，以維新天下。于時雲澄日輝，埃壒不揚，赤弈陰羽〔一〕，皺



〔一〕「弈」，原作「帟」，今據萬曆本、北大本、暨大本改。

拂容裔，耇老髦士，環輦之民，以迄蠻貊君長，咸訢訢如也。其日，命閽敬入典宫儀。翼日，申命閽佐副之，宗伯以聽政請詔，弗俞。越四日，戊申，乃御奉天西門，素弁衰服，縞扆南面，諒闇受朝，敷裁庶績，復祖之彝，爰求舊人，班布在服。凡簉縉紱之末，各攄忠謀。瞻藻儀而臣遜聽驩抃，無以裨益明聖。光綴敬考之緒功，丕釐先后之遐烈。謹撰述《瑞典》一篇，顧維霙譾，不足觀省，臣頓首昧死謹言。其辭曰：

玄混之初，有飄而輪，有湫而盤。辟虖上下，品滋芸芸。卑尊互承，爰有君臣。燧昊之世，書契莫或詳已，然猶述佐紀官，炯有聞焉。故乾鈞之運必協坤軸，而後胚彙萌發；皇辟之作必俟輔臣，而後竟其德業。鏡考所繇，可得而云也。夫惟皋益獻猶，唐虞用熙，伊箕作訓，殷周郅隆，聲勛格乎宇宙，芬華流乎諜載，而規摹萬世之遠，允丕昭矣哉！至于後葉，膺正統，席歸運，隮洪休，飭蠱壞。上儃優而自賢聖，下蹇謂而罕遌時。善敗不聞，驕亢滋益。於是天憲寢以陵遲，王度賈其金玉，印夫志同道壹之軌，真如遺迹而莫收者也。是故聖王軫念崇替，身示法程；建政以位，表位以署；章署以爵，班爵以德，次德以禄。爲車服旂，常以尊之；奉弓旌纁，帛以招之；施文章斧，藻以榮之；設鍾鼓鐸，鞀以待之。發柔色金聲以延之，以斯用賢，其何不效？然世稱符瑞，恒專物象。夫衣冠莊恪之容，殊無奇詭昭爛之觀，而德義所鋪，釀成大龢，自天降符，何以上兹？

我高皇帝受天之隆命，盪蒙狄之腥蟞，緝彝倫於既斁，聖武人文，震耀彤融，施及于敬考，澤積而豐，參侔泰儀。凡排虚蹠實、跂行喙息之屬，咸天庥而地涵之。功德之茂，追襲三五，垂範詒燕，守而不渝。故爾覆眡國史，窮祥極瑞，罄天絚士，方諸古昔，未之或聞也。故赤精降于濠梁，長庚謡于大麓，景星彪列於奎辰，甘露宵零于郊樹。瑞麥嘉瓜，三岐並蔕；騏驎騶虞，宛僤禁籞。然猶謙退弗居，惟急親賢。燕示慈惠，則不醉毋歸；内寢延談，則具明汔及。天下儒碩，争自雕琢以充庭者，鴻漸而鷺振。蓋祥叡哲而禎緝熙者，詩人之義也；寶仁賢而重人瑞者，聖代之謨也。慎始令終，於皇鑠哉！

今輿人相與談曰：「皇帝初載丁卯，黄河清。及庚辰以來，卿雲三見，受命之符，於斯徵焉。」夫魚龍之趣，必嚮淵澤；謳歌之歸，寔應明德。兹固可爲頌聲，夫豈石論哉？河清之云，振古罔聞，《易乾鑿度》始章其説，然元嘉形於靡頌，北齊用以紀年，其事可睹矣。若乃卿雲，談者紛如，釜山合符，黄靈邈八，伯載賡帝，嫣詠榮光，塞河著周，讖汾陰覆，鼎漢道斉。澤鶡貢圖却唐宗，祥符繞壇成宋封，緼豫太平，德靡增損，矧非祖宗之典也。競謂蕃釐，不亦鋭乎？先后倦勤，罔臣力政。回鑾於夷庚之野，鍾運於大横之兆。天人歸心，鬼神協同，萬國來驩，詹道如咫。皇綱紘矣，宸極寧矣，天衢亨矣，股肱貞矣。臨政願治，將�暮然如日之正中；師傅之臣，宜偕百執事燕見請間。開丹悃，納玄策，斡機牙，運天樞。俾雝喈之鳴日開，明良之響斯接，約牖之情既通，不仁之徒自遠。古箴曰：「不厚其棟，不能任重；重莫如國，棟莫如德。」《程典》曰：「無虎搏翼，將飛入宫。」此之謂也。臣愚戇，稽古律時，注思填臆，亦惟闡繹皇祖之靈訓，用播之罔極。

# 頌

## 耕藉頌有序

維顥穹付億兆民命于我天子，我天子既昭受之，乃元年春正月，有司以耕藉請天子曰：「嘻！民生莫大乎食，王政莫大乎農，開務本作業之源，以爲天下先，莫大乎斯禮也。矧郊廟粢盛，是之自出，稼穡艱難，其可以晳古我前後，施于我祖宗，胥此焉重？今獻歲發春，土膏其動，咨爾陽官，其亟司事毋後。」越明日，駕次于帷宮，淳濯圭潔，百官御事，各即其齋，遂享先農。及期行禮，至于終畝，億兆民莫不震動。邴邴陛陛，維疆畔是事，維穜稑是藨是蔉。蒸膏冒橛，與飆氣通，樂穌酒洽，德馨聞而頌聲作。所以輿輯睦、返敦固、歆鬼神、殖國用者，於是乎在！寔皇王之大典，而萬邦之所丕式也。

於乎休哉！臣維漢昭帝沖齡嗣服，公卿大臣以弗克親藉爲解，乃置弄田未央宮中，昧王禮，壅治源，淫導匪彝，與魚龍曼衍等，爾時猶夸詡以爲盛禕。噫！宣王貪天禍，虢公諫不藉千畝，至今姍之，矧維漢哉？粵稽唐虞之世，重民勸農，殷商中興，諸侯承化，維競曰稼穡匪懈，卓哉隆乎配天，其澤不可上已。今我天子春秋鼎富，適符唐堯隮帝之年，體元建號，復有取乎高宗，躬率天下農以舉兹盛典，追唐迹商，聯軥接軌，其誰曰不然？宜有歌頌以攄敷天之醰粹。臣方待罪東觀，自惟謭繆，不足以鋪張盛德。然忭懌之誠，缶盈彪見，自不能已也。頌曰：

帝在在宥，時維元祺。日底天廟，太史乃事。順時覛土，土膏既滋。告稷俶載，元也其時。稷告祇祓，維帝爰若。申戒在廷，維齊維恪。帝駕載夙，言邁嘉壇。《韶》舞翩翩，金蚪玉鸞。凡百在服，精白職職。其職伊何？曰虔帝穡。維帝之穡，于彼南郊。洪麋序進，弗吴以呶。帝之行矣，清蹕掃路。甸師廬人，其集如霧。帝之耕矣，一墢維先。黛耜朱紘，耀日絳天。公卿大夫，副耦爰叙。班于三之，以迄黎庶。音官乃省，御廩乃鍾。乃戒乃徇，農乃奮功。其奮勃勃，其來繹繹。民之刑之，萬方之極。帝乃斂蹕，儀門天開。簫鼓洋洋，駿奔鼎來。有來者尹，格爾黄耇。覯我清光，大小稽首。帝言錫爵，其福穰穰。嗚珮紓組，奕奕鏘鏘。帝駕乃興，天旋神迓。儲祥錫羡，豐我函夏。維豐思匱，維帝敬旃。所其無逸，於昭萬年。

## 大明嘉靖神功頌有序

潮夷張璉乘倭煽亂，僭號飛龍，僞置百官，出劫江閩，逋誅五年。壬戌春，少司馬百川張公臬受命，與總兵平江伯陳公王謨興師十萬徂征。參議馮君皋謨，僉事張君冕、皇甫君渙、賀君涇，副總兵王君寵，參將張君四維、鍾君坤秀、門君崇文、祝君明，分爲五道，各監統以圜擊之，遂馘其副酋蕭晚。而知府何君鏜疏捕倭酋王伯宣，獲之，副酋林朝曦後亦就俘。師逾二旬，而得其大首，以全取勝，自炎帝克夙沙氏以來所再見也。夾擊克捷，則提督南贛都憲陸公穩，紀功告成，則侍御蔡公結、段公顧言，而蔡公禦倭與有力焉。三司僉議磨崖以頌聖天子神功，聞于今，代巡侍御陳公道基以爲盛事當紀云。頌曰：

聖皇布德，四十一載，化及暴疆。蠢爾賊璉，蜂聚群醜，僭逆潮壃。出肆毒螫，鹵掠南靖，剿刃豫章。繁徒嘯凶，矯稱臣妾，悖斁天常。坤軸動摇，皇衷軫念，卜吉告祥。乃命張公，興師十萬，謀協平江。五道監統，合圍克敵，設奇多方。翦其䔲翼，璉遂面縛，悉衆稽顙。男修其疇，女復其織，胥樂平康。憲史核實，以告武成，績叙顯明。時雨之師，有征無戰，威加八荒。刻于厓石，於萬斯年，神功允彰。

# 敍録

## 廣州志敍録

粤稽帝世，南交是宅。周末龍戰，粤分爲百。徵諸職方，東南曰揚。疆理南海，尊始陽鄉。省山通道，數要實存。圖以詔地，志以詔觀。秦始郡之，漢則州之。析交爲廣，吴寔猷之。列司書之圖記，分量人之涂數，正形方之封域，附保章之星土。述《沿革志》。

周設訓方，見聞所資。方有政事，傳而道之。昔繫南越，砥屬交趾。後爲南漢，如國有史。自爲方州，餘千百年。政有得失，謫見于天。施我聖明，特書其大。繇今睎昔，炯矣鑒戒。作《事紀》。

今之秩官，猶古諸侯。秦置守尉，監司承流。後及邑令，統筬于州。姓名邑里，陟明黜幽。作《職官表》。

古者作邦，形體为先。相其陰陽，觀其流泉。此邦天險，雄于南徼。分州晝邑，徵厥領要。述《形勝志》。

司徒地官，寔掌邦教。道德既一，民俗胥傚。中縣謫徙，自漢迄今。鄒魯之風，服嶺以南。篤行惇倫，彬彬禮讓。孰轉移之，成斯習尚。寔自民彝，變化無方。謡俗俚人，曲言其詳。作《風俗志》。

法《禹貢》以山川别州縣，法《山海經》以品物别山川。各總名數，會于本元。作《山川志》。

神禹決川，距茲南海。仁政不行，廢我疆界。本政有書，獻自我州。井田弗仿，嗟哉大猶。政有留屯，倉以預備。儲藥養濟，惠及死徙。僉民之壯，釐爲三工。寓兵於農，仿古則同。作《溝洫志》。

周官司民，獻數于王。王拜受之，視猶天明。歲審登耗，以跂蕃殖。蔑其所天，匪王之職。述《户口志》。

君積於仁，吏積於愛，民積於用。寖昌而大，損以益之，勿捐瘠之。民之膏脂，孰保啬之？述《貢賦志》。

使民以時，以力以財。適于中正，民乃無菑。容保無疆，民乃大來。述《征役志》。

三代而上，斬於利民。三代而下，斬於利君。《洪範》八政，食貨爲首。苟非貢賦，勿奪其有。作《土産志》。

國無軍則不能國，軍無險則不能軍。地險之設，民力所完。築之浚之，勿堙以淪。述《城池志》。

既順乃宣，《詩》詠居止。爰先都會，而後鄉鄙。表厥宅里，《書》樹風聲。爰先旌淑，而後科名。述《閭里志》。

造命理民，自上而下。之綱之紀，以成爾化。尚崇爾德，毋崇爾廈。述《公署志》。

黌序有秩，譽髦斯造。藏修息游，學以致道。大學養成，終于治平。小學養蒙，始于聖功。述《學校志》。

廣人聞道，自濂溪始。别置函丈，禮可興起。述《書院志》。

上棟下宇，民生所須。不陋不華，君子之居。述《宫室志》。

《周雅》靈台，《春秋》宣榭。仰德昭功，匪以遊冶。述《臺榭志》。

天險不備，關以禦暴。人力不通，梁以利道。苟營私而假公，則闔害商而闢妨農。可以已而不已，是謂逆民志，絶地理，紊天紀。述《關梁志》。

禮有壇廟，以順民心。壇而不屋，升臭以達諸陽；屋而不壇，灌鬯以達諸陰。非其鬼神，以祀則淫。述《祠廟志》。

人之生也，貴富弗臧；則其没也，人將訾而睨其藏。君子立德，庶永不忘。述《陵墓志》。

迹之往者，其人也賢，思修復之，而况其存；迹之存者，其人也罔，思翦除之，而况其往。是故觀於詠《廿棠》〔一〕，毁有澒，可以章義。述《古迹志》。

聖王致治，禮備樂和。蟠際天地，光被幽遐。秦失其綱，粤好攻擊。魋結無文，侏儒待譯。王朝邦國，習漢威儀。春秋釋奠，鐘石壎篪。吏玩民頑，廢閣四禮。武城絃歌，孰蹈隆軌？漸老而婚，馬尾而巾。喪重罔頭，祭則邪神。番笛胡琴，村哇俚曲。化而導之，隆古斯復。作《禮樂志》。

學于古訓，所貴有獲。出入口耳，是曰徒博。匪徒博之，寔背而馳。玩物喪志，奚以書爲？作《藝文志》。

古之教者，文與行一。故其取士，後藝先德。今之教者，行與文二。故其取士，藝焉而已。先德後藝，鮮有不賢。如徒以藝，鮮有不愆。述《選舉志》。

一州之主，治帝南武。趙佗以南海爲南武國。傳世至興，國人不附。摎女爲蜮，吕嘉小忠。伏波、樓船，成漢之功。作《趙佗世家》。

五季雲擾，南海自王。竊號改年，屠戮爲常。至鋹尤愚，益恣毒螫。嘉宋用師，終以恩赦。作《劉隱世家》。

何公英偉，保障我邦。真主龍飛，解組以降。達變識時，篤守坤節。生榮死哀，寵此明哲。功在

〔一〕「廿棠」，萬曆本、北大本作「其棠」，疑作「甘棠」是。

生靈，故稱爵而不名。雖後嗣之弗繼，亦何損乎公之忠貞？作《東筦伯世家》。

太上以德化民，民不忍欺。其次廉明，民不能欺。其次嚴威，民不敢欺。有一於此，世必傳而道之。志爲郡作，貴在政治，故先守令而後監司。作《名宦傳》。

蹇諤之臣，左謫流移。世所嚮慕，德範風儀。惟曲江公，毓秀吾土。身繫安危，寓公翹楚。作《流寓傳》。

師師先正，建標貽矩。處爲龍潛，出斯鳳翥。賢德忠良，邦家之光。卓犖功業，炳焕文章。懿兹三者，是曰不朽。舊秉漏訛，或載或否。罔羅放失，採摭見聞。金匱玉版，類聚彪分。疏流導源，翦秕茹實。積十餘年，乃成卷袠。忠義孝友，卓行可觀。列以女士，方技宦官。作《人物傳》。

物彪侵人，遂通地天。浸霪害道，談空搆玄。興妖薦幻，爰究本原。袪民之惑，舍是奚言？作《仙釋傳》。

猛政無經，匪先民是程。掊克自雄，乃掇天刑。作《酷吏傳》。

王道無外，則異類必懷柔。聖道無外，則異教必兼收。作《外志》。

凡郡志，仿《史記》。稽古今，宗道義。察人倫，及天地。析州縣，原建置。叙帝皇，揆政治。繫年月，秩官位。知險阻，同貫利。辨名物，重民事。崇教化，録賢懿。除贅疣，收遺棄。懲邪慝，覈誠僞。綜群言，訂疑異。中外別，詞藻貫。註釋周，文獻備。系祖初，明大意。作《叙傳》。

史佐曰：予緝郡乘，有作有述。作之目十有八，述之目十有七。惟是版圖，縣有昔爲郡者，地或析入于他邦，若東莞、新會、清遠是已。又有析于他邦，半入于我者，若高要合南海西北，爲三水是已。夫析而不絶謂之華，音倠，苦蛙切。如高要，半在肇慶。絶而不屬謂之離。離，謂與本地異，如東官郡所屬，多入惠州之類。正其封疆，無有華離之地，古之制也。故《沿革》雖述，而創造考證，則與作同。至于《事紀》，肇秦迄元，皆史書所傳聞，而開國到今嘉靖丁亥，則予所見所聞，悉在治亂得失，誦訓者校若指掌矣。《風俗》一篇，舊略今詳，用告夫立政者。《人物傳》始董正，終袁仕鳳，凡若而人，今增若而人，以補所遺。《書》曰：「德惟善政，政在養民。」傳曰：「治天下，以正風俗、得賢才爲本。」此修輯本指尤所注指者也。

夫書以提要，務簡而盡，分註以記言，務核而詳，悉出予筆削，而門人番禺教諭龍溪吴昇、訓導臨川張善、南海教諭桂林袁吉、從化教諭廬陵彭時濟、東莞訓導莆田黄晏相與遞録之。會總制新建伯陽明王公守仁至，手書其先世參議綱死增城事，俾録入焉，且命其門客泰和陳國士偕南海關直方繕寫入梓，校正文字，大約五十餘萬言，合其目三十有五，定爲七十卷云。

## 樂典敍録

惟律吕，十有二。還相宫，七音備。含五聲，參天地。律娶妻，吕生子。兼二變，成商、徵。宫、角動，自羽起。徵制商，乃條理。金聲者，始圜鍾。玉振者，夷則終。四縣奏，蕭管同。琴瑟協，鳴蕭雝。

夷則西，夾鍾東。南蕤賓，北黄宮。各十六，迭循復。有四少，清濁足。凡奏宮，與羽逐。角既生，商、徵續。冬至羽，春角録。夏至徵，秋商伏。生氣存，類昭穆。作《樂均》，上下各六篇。

太極運，元氣行。氣雖一，陰陽萌。陰舞干，六變貞，陽舞籥，九變成。體分二，象清寧。人道合，神祇鬼。三類存，參兩位。體類交，聲乃貴。清明升，廣大繼。四物從，分群萃。發五聲，合和鳴。協六律，正弗傾。七音繹，八風平。咸《承雲》，會《韶》《英》。九歌畢，一復生。述《樂義》九篇。

原《周官》，大司樂。成均法，胄子學。聲相應，樂乃合。倡必應，宮與商。往必反，乃匪荒。黄鍾宮，貫終始。祀祭饗，綱有紀。明其義，《樂記》深。節以禮，免哀淫。故《大司樂·圖説》次之，《樂記》釋義又次之，而終以《詩樂》。猗與，典樂之道，庶幾備矣！

# 泰泉集卷第十七

## 箴上

### 九經政要箴九首有序

我臣惟三代而後，承堯舜正傳，得天下以仁者，惟我聖祖高皇帝一人而已。稽諸《虞書》，參以《周禮》，禹、皋陶見而知之，最得傳授心法。湯之典刑，文、武之謨烈，或未之逮也。周監于二代，其文繁，其説長。孔子雖從周，然答魯公問政，總其要于九經，寔祖述堯舜之中道焉爾。何者？修齊治平之道，始於純心。心所以純者，去欲循理，自精而一，乃可以執中而溉天下。故曰凡爲天下國家有九經，所以行之者一也。一者無欲而誠也。無欲而誠，則易人爲天，永言配命，而仁覆天下矣。

臣待罪國史，嘗莊誦我聖祖《寶訓》，曰：「人君一心，治化之本，存於中者無堯舜之心，而欲施於政者有堯舜之治，不可得也。」又曰：「天人之理無二，人當以心爲天。」於戲！大哉皇言，一哉皇心。徵諸《寶訓》而欽叙之，與九經若合符節，豈非萬世聖子神孫之所當誦法者與？夫人君所尊者惟天，所事者惟親，非知天無以知人，非知人無以事親，故曰純心要矣，用賢急焉。蓋天敘有典，仁莫大於親親，義莫大於尊賢。天秩有禮，則生於親親之殺，尊賢之等而已。故尊尊親親二者，典禮之弘綱也。推尊賢之義以及朝廷，則敬大臣而庶事康，體群臣而庶官和；推親親之仁以及國與天下，則子庶民以厚生，來百工以利用，柔遠人以昭德，懷諸侯以蓄威。純王之道管是矣。始則尊親，本乎仁義，終則凡有血氣者莫不尊之，如上天親之如父母，其本不過無欲配天而已，豈不易簡而可行也哉？

臣愚以爲九經源自《虞書》，流爲《周禮》，政無有要於此者，夙夜以思，泝流而源，敬撰《九經政要箴》九首。每首必欽述《寶訓》以冠其端者，以見聖有謨訓，非臣之臆説也。箴雖質樸無華，直陳大義，然於遵成憲、用中道、修齊治平以永孚無疆之休焉有小補云。

## 修身箴第一

《中庸》曰：「修身則道立。」又曰：「齊明盛服，非禮不動，所以修身也。」

臣謹按：堯曰：「咨爾舜！天之曆數在爾躬，允執其中。」舜亦以命禹曰：「人心惟危，道心惟微，惟精惟一，允執厥中。」中雖帝王心傳，而寔民心之所同然者，故《周禮》以爲民極，必首言之。蓋君有過與不及，而失其中，則生於其心，害於其政，而民不歸極，必至失所。故又曰：「四海困窮，天禄永終。」可不敬哉！舜益以三言，其所以慎厥身修者切矣。

夫人君一身，天下國家之主，而其一心，則身之主也。心有血氣知覺爲人心，如食色聲臭安逸自適者是已，惟其易私而難公，故危；心有帝降恒性爲道心，如仁義禮知合於天道者是已，惟其難明而易昧，故微。苟心思雜亂，衣冠不正，則昏迷褻慢，馴至無禮，而危者愈危。道之大原出於天者，微而不復可見矣。將欲修身，必也敬乎！反躬内省，精以察之，常如昭事上帝，俾德性明於日月，容光必照，不爲物欲所污。而又未明求衣，非先王之法服不敢服，則整齊嚴肅，心可得而常一也。齋戒明潔以正其心，心正則容正，故一其内以制其外；盛服儼然以正其容，容正則心正，故一其外以養其中。察之既精，由之惟一，精以明善，一以存誠，則人心形氣之私，皆易而爲道心義理之純矣。

禮者，理之顯也。非禮者，欲之肆也。未動則防非禮之將萌，既動則防非禮之投間，故常自撿束，慮善以動，動必以禮。凡視聽言貌，惟恐少肆，則非禮得而干之。禮以制心，敬以勝怠，己克而欲盡，禮復而理還，則廣大高明之體，皆發而爲齊莊中正之用矣。合内外動静而一於敬，其至也道成於己，無少偏僻，足以用其中於民。堯舜之治，其在兹乎！

欽惟我聖祖開國金陵，首召陶安與語時事，安即知上有撥亂救民安天下之心。問唐仲實以興王之君，仲實對以不嗜殺人，故能定天下于一。及范祖幹持《大學》以進，且言帝王之道，自修身、齊家以至於治國、平天下，必上下四旁，均齊方正，使萬物各得其所，而後可以言治。由是觀之，九經之本，其盡《大學》之道矣乎！

即位之後，御華蓋殿，文淵閣大學士朱善進《讀心箴》畢，上曰：「人心道心有倚伏之幾，蓋仁愛之心生，則忮害之心息；正直之心存，則邪詖之心消；羞惡之心形，則貪鄙之心絶；忠慤之心萌，則巧僞之心伏。故人常持此心，不爲情慾所蔽，則至公無私，自無物我之累矣。」又因齊戒言：「常自點撿，此身與心如兩敵然，時時自相爭戰。凡諸事爲必求至當。」乃造觀心亭于宮城上，語宋濂曰：「人心易放，操存爲難。致齊之日，端居其中，吾身在是，而吾心即在是，却慮凝神，精一不二，庶幾無悔。」此亦齊明之謂也。諭皇太子、親王曰：「藻率雜佩，爲身之容；恭遜温良，爲德之容。見乎外者，可以知其内。故古之君子趨蹌有節，升降有數，周旋跬步而不違規矩者，由其德充於内而善著乎外也，所以器識高明而善道日臻，惡行不見而邪僻益遠。」此即盛服之謂也。與侍臣論治身之道，曰：「人之害莫大於欲，欲非止於男女、宮室、飲食、服御而已，求私便於己者皆是也，然惟禮可以制之。先王制禮，所以防欲也。禮非則欲肆，爲君而廢禮縱欲，則毒流于民。」又曰：「君道以事天愛民爲重，其本在敬身。」人君一言一行，皆上通於天，下繫於民，必敬以將之，而後所行無不善也。蓋善必天鑒之，不善亦必天鑒之。一言而善，四海蒙福；一行不謹，四海罹殃。言行如此，可不敬乎？

臣惟上古哲王，道與天同。其造哲也，敬以成始；其迪哲也，敬以成終。惟敬作所，惟哲作則，百辟斯刑之矣。《詩》曰：「穆穆魯侯，敬明其德。敬慎威儀，惟民之則。」此之謂也。哀公中人之資耳，告之修己以敬，亦可以爲堯、舜。惟我聖祖，躬膺曆數，哲合天明，而猶主敬無逸。如此莊誦《寶訓》，即堯舜之道也。禹、皋陶見而知之者，盡在是矣。伏望陛下留神，則天下幸甚！

臣謹獻箴曰：帝王之道，精一執中。修身道立，其理寔同。齊明盛服，自精而一。非禮不動，中乃不失。内外動静，常自整齊。合一不二，聖敬日躋。心正身修，萬化攸出。臣庸作箴，敢告密勿。

## 尊賢箴第二

《中庸》曰：「尊賢則不惑。」又曰：「去讒遠色，賤貨而貴德，所以勸賢也。」

臣謹按：禹曰：「后克艱厥后，臣克艱厥臣，政乃乂，黎民敏德。」帝曰：「俞！允若茲，嘉言罔攸伏，野無遺賢，萬邦咸寧。」益曰：「任賢勿貳，去邪勿疑。」舜命禹曰：「無稽之言勿聽，弗詢之謀勿庸。」皋陶曰：「允迪厥德，謨明弼諧。」又曰：「亦行有九德，亦言其人有德，乃言曰載采采。」修身而繼以尊賢者，惟立政而用中於民爾。禹之責難也，君臣不敢畏難，夙夜各敬盡其道，則政事修治，無過不及，而天下化中，速於景響。舜然其言，謂允迪之則，必能廣延衆論，悉致群賢，而天下之民安矣，益之進戒也。任賢苟爲讒説所間，則色荒貨殖乘機而入，賢臣去而天下危矣。故任賢必專而勿貳，去邪必斷而勿疑。

及舜以執中命禹，爲存心立政之本。又告以聽言處事，必須稽古咨衆。自非賢臣，稽謀自天，則言之無據，謀之不公，安可信用哉？故皋陶陳謨曰「允迪厥德」，勉君也；「謨明弼諧」，勉臣也。德見於行曰載，行見於事曰采。知人以九德，而必核實其事，則所任無非賢矣。此《周禮·司徒》賓興賢能，必先德行，而後文藝也。夫知人則哲，能官人，斯已矣。必曰不可以不知天者，何哉？道原於天，而不遠人者也。天之形體高高在上，而其主宰曰上帝，則降衷于民，民受之謂之命，帝降之謂之性，其理一也。君而格知天命，則能迪德以用賢，賢亦樂爲之用。臣而迪知上帝命，則能明理以弼欲。大賢吾師之，次賢吾友之。親師取友，資其啓沃，道義昭著，尚何惑哉？賢者不任，任者不賢，則天敍之典，天秩之禮，皆昏蔽而失中矣。

所謂九德者，寬而栗、柔而立、愿而恭、亂而敬、擾而毅、直而温、簡而廉、剛而塞、彊而義是也。舜命契敬敷五教於天下以惇典，又命夔典樂，教天子、公卿、大夫之冑子以和禮，然後九德可得而用也。用賢有三宅：曰任事，曰牧民，曰執法。求九德而有才者，儲而用之，則曰三俊焉。夏后籲俊尊上帝，湯陟丕釐上帝之耿命，皆是道也。否則，帝命所以主宰者，卑閒尊，賤凌貴，失其敍秩，而邪佞得志，豈事天之實哉？朱熹曰：「信讒邪則任賢不專，徇貨色則好賢不篤，賈捐之所謂『後宮盛色則賢者隱微，佞人用事則諍臣杜口』。蓋持衡之勢，此重則彼輕，理固然矣。故去讒、遠色、賤貨而一於貴德，所以勸賢之道也。」

欽惟我聖祖開國金陵，首徵青田劉基、龍泉章溢、麗水葉琛、金華宋濂。至則賜坐，從容顧問治道，創禮賢館以處之，遣世子從濂受經學。諸儒畢集，日與之論經史，咨時事，甚見尊寵。上謂省臣曰：「立國之初，致賢爲急。中書百司綱領，總率部屬，須採擇賢者與之共理。但任人之道，大小輕重，各適其宜。若委重於輕，是以栱桷而爲梁棟；委大於小，是以鍾庾而盛斗筲。」省臣對曰：「人有才者施於任使，宜無不可。」上曰：「莫耶之利，能斷犀角，以之斲石則有缺；騏驥之駛，能致千里，以之服耒則必蹶。要必處之得宜，用之盡其才可也。」尋設文武二科，以廣求天下之賢。

及即位之初，諭廷臣曰：「人有公私好惡不同，故其言有邪有正。正言務規諫，邪言務阿諂。謗言近於忠，諛言近於愛。惟不惑於謗言，則聽日聰而讒人自去；不眩於諛言，則智益明而佞人自絶矣。」又諭皇太子、親王曰：「吾持身謹行，汝輩所親見。吾平日無優伶瞽近之狎，無酣歌夜飲之娱。正宫無自縱之權，嬪妃無寵幸之昵。至若朝廷政事，稽於衆論，參決可否，惟善是從。每旦星存而出，日入而休，慮患防微，如履薄冰。故與爾等言之，使知持守之道。」又曰：「貨財聲色爲伐德之斧斤，讒佞諂諛乃杜賢之棘荆，當拒之如虎狼，畏之如蛇虺。」又曰：「純良之臣，國之寶也；殘暴之臣，國之蠹也。自古純良者爲君造福，殘暴者爲君致殃。何謂純良？處心公忠，臨民豈弟，雖才有不逮者，不至傷物，所謂日計不足、月計有餘也。何謂殘暴？恣睢擊搏，遇事風生，鍛鍊刑獄，掊剋聚斂，雖若快意一時，而所傷甚多。故武帝任張湯而政事乖，光武褒卓茂而王業盛。此事甚明，可爲殷鑒。」

洪武三年五月，詔天下守令詢舉有學識篤行之士，禮送至京。又詔開科，鄉試取士。六年四月，命吏部訪賢才於天下。上曰：「古之聖王，恒汲汲於求賢，若高宗之於傅説，文王之於吕尚。二君者豈其智之不足，而皇皇於版築、鼓刀之徒？蓋賢才不備，不足以爲治。鴻鵠之能遠舉者，爲其有羽翼也；蛟龍之能奮躍者，爲其有鱗鬣也；人君之能致治者，爲其有賢人而爲之輔也。今山林之士，豈無德行文藝？宜令有司采舉，備禮遣送至京，朕將任用之，以圖至治。」十三年四月，命群臣各舉所知，上諭之曰：「天下賢才未嘗乏也，謂皋、夔、稷、契不復生，方叔、召虎不再出，是薄天下之士也。但世有升降，故才有等差。爲人上者能量材授職，則無施不可。蓋士之進退係乎國之治否，吾以一人之智，豈足以盡理天下？必賴天下之賢，然後足以有爲。爾等宜體此意，各舉所知以聞。」十一月，再詔求賢：「寰宇之内，果有才高識廣之士，有司以禮敦遣，朕將尊顯之，徵以車馬，聘以玄纁。」十五年正月，又命天下朝覲官各舉所知一人，有自秀才擢尚書者，又擇有孝有德之士，爲皇太子、親王輔導。十七年，始行今科舉之制，與薦舉並行不悖，皆專德行而略文藝，是故多賢臣焉。以禮致仕，則令序于見任之上。其有不忠者，則爲《臣戒録》以警敕之。臣惟《寶訓》，即堯、舜知人之道也，禹、皋陶之謨大行於千載之後矣。伏望陛下留神，則天下幸甚！

臣謹獻箴曰：聖主得賢，任之勿貳。德行是尊，略其文藝。邪人讒謗，斥去宜先。遠色賤貨，貴德乃專。親兹有德，資其啓沃。物理日明，不惑於欲。用賢循理，安富尊榮。臣庸作箴，敢告穆清。

## 親親箴第三

《中庸》曰：「親親，則諸父昆弟不怨。」又曰：「尊其位，重其禄，同其好惡，所以勸親親也。」

臣謹按：《堯典》曰：「克明俊德，以親九族。九族既睦，平章百姓。百姓昭明，協和萬邦。黎民於變時雍。」皋陶告禹曰：「慎厥身修，思永。惇敍九族，庶明勵翼。邇可遠。在兹。」蓋修身則可以知人，故曰「爲政在人，取人以身」；知人則可以事親，故曰「修身以道，修道以仁」。舜以不得禹、皋陶爲己憂，用之則相與陳謨，此親親之仁，必由尊賢之義也。慎修而悠久不息，則重華協于帝者，由明德行矣；惇敍而引翼不惑，則好生洽于民者，自親睦始矣。九族者，高祖至于玄孫，暨連姻戚之異姓與焉。

位以貴之，禄以富之，推事親之孝，隨尊卑長幼爲之隆殺，則恩義惇而倫理敍，斯能仁其身矣，故曰思修身不可以不事親。庶明者，百揆至于百僚，凡錫土姓之大家與焉。藩垣屏翰，各守成憲，俛焉而輔導之。自昭明德，正其好惡，則義能裁制，恩協大中，故曰思事親不可以不知人。由是協恭和衷，示民以厚，則上老老而民興孝，上長長而民興弟，徧爲爾德而天下平矣。故不徒曰勸親，而曰勸親親，此《周禮》大宗伯以親宗族而和邦國者也。

夫生長富貴之中，善惡不明，則不知欲爲可惡，理爲可好，好人之所惡，惡人之所好者，或亦有之。蓋飲食男女，人之大欲存焉。獻酬有節，唱隨有别，則人心易爲道心矣。養之教之，其惟立宗法乎！天子之别子分封爲始遷之祖，繼世爲大宗者，一其廟，百世不遷。支庶繼禰、繼祖、繼曾、繼高爲小宗者，四其廟，五世則遷。廟皆在左，堂皆在後，每祭饗則合食焉。五世而下，親盡無服，則宗大宗。大宗世世賙給之，飲食不乏，昏姻以時。故公劉之燕群臣也，異姓者君焉，同姓者宗焉。其詩曰：「飲之食之，君之宗之。」太王遷岐，夫夫婦婦以爲民，先民以仁，人莫不率從。其詩曰：「爰及姜女，聿來胥宇。」

周公成文武之德，制宗廟之禮，敬其所尊，愛其所親，内睦九族，尊事黄耇，故《行葦》之詩曰：「戚戚兄弟，莫遠具邇。」好惡同而周以興。其陵夷也，王不親九族而好讒佞，骨肉相怨，故《角弓》之詩曰：「兄弟昏姻，無相遠矣。」好惡反而周以亂，猶依晉、鄭，東遷苟延，豈若秦不封建子弟，二世而亡者哉！何者？宗子猶城也，以一大宗統四小宗，猶城之域四維也。親藩位尊禄重，宫室、服食、器用、禮樂，下天子一等，然無服之親日繁，則周給日以不足。故天子以德懷之，必體《旅獒》之義，時庸展親，分以四夷。寶玉遠物，而又捐珍禽奇獸無益之費，而所寶惟賢，使老者有養，幼者不至飢寒。凡仁民之道，所欲與聚，所惡勿施，必自親親始，而擇賢臣講學，不使卑亢尊，幼犯長，則諸父昆弟，奚怨之有？不知此義，所厚者薄，則親戚離散，而況他人邪？城不能保，則藩垣屏翰隨之孤立，於上其何能國？故《板》之詩曰：「懷德惟寧，宗子惟城。無俾城壞，無獨斯畏。」此之謂也。要之禄位必異乎人，好惡必同乎理，所以勸親親者，豈非萬古不易之道哉？

欽惟我聖祖開國金陵，首立宗廟，延師教子，親任兄子文正及外甥李文忠。即位之初，追尊四代考妣，立長子爲皇太子，尋追封伯考兄姪皆爲郡王，伯姊爲公主，姊夫爲駙馬都尉。洪武元年二月，宴東宫官及儒士，各賜冠服。先是，上建大本堂，取古今圖籍充其中，延四方名儒教太子、諸王，分番夜直，選才俊之士充伴讀。上時召之，賜宴賦詩，商確古今文字無虚日。

二年三月，册封諸子爲王。上召東宫官僚及王府官屬，諭之曰：「輔導之臣，猶法度之器，必先正己，而後正人。蓋德義者正人之法度，善惡者修身之衡鑒。汝等輔導諸子，必申其德義，明其善惡，使之趨正而不流於邪。」復顧劉基等曰：「朕觀古賢聖之君，雖治平之世，不忘修省，以富貴易至於驕奢，驕奢必至於荒縱，未有荒縱而不顛覆者。」故嘗戒太子、諸王，以爲士不能正身修德，則殃及身家。爲士且然，况於爲君、爲王者乎？」基頓首對曰：「陛下此言，萬世之福也。」

三年冬，建奉先殿于乾清宫左，每日焚香，朔望薦新。節序、生辰用常饌，行家人禮。諸王就國，命皇太子率之，往鳳陽謁陵廟，觀王業所基，締創艱難，然後遣行修身事親之道，允迪之矣。復爲《皇明祖訓》，立爲定法，序之有曰：「凡我子孫，欽承朕命，無作聰明，亂我已成之法，一字不可改易，非但不負朕垂法之意，而天地祖宗，亦將孚佑於無窮矣。」嗚呼，其敬戒之哉！

其因位班禄，凡每歲親王一萬石，郡王二千石，鎮國將軍一千石，輔國將軍八百石，奉國將軍六百石，鎮國中尉四百石，輔國中尉三百石，奉國中尉二百石，公主及駙馬二千石，郡主、縣主、郡君、縣君、鄉君各及儀賓，自八百石遞減至二百石，而職制兵衛，各有等第。自是歲有粟帛以養其老，璽書以旌其賢，册封以繼其世，賜賚以成其昏，仁之至也。其曰：「凡郡王子孫，有文武材能堪任用者，宗人府具以名聞，朝廷考驗，换授官職。其陞轉如常選法。」又曰：「凡立宗人府，以親王長者主領府事，以次官員，皆用勳舊大臣，專領玉牒譜系，辨其親疏，敦睦皇族。凡宗室有所陳情，即以上聞，聽天子命。」又曰：「凡諸王宫室，並依已定格式起蓋，不許犯分。」而親王小過，貽書戒之。蓋恩義兼盡如此。

四年二月，著令：凡天子及親王、后妃、宫嬪，必慎選良家子聘焉，戒勿受人進女，恐其夤緣爲奸。文淵閣大學士朱善進講《周易》，至《家人》，上諭之曰：「齊家治國，其理無二。使一家之間，長幼内外，各盡其分，事事循理，則一家治矣。一家既治，達之一國以至天下，亦舉而措之爾。朕觀其要，只在誠實而有威嚴。誠則篤親愛之恩，嚴則無閨門之失。」嘗問皇太子近日講説何書，對以漢七國謀叛事。上曰：「景帝爲太子時，嘗投局殺吴太子，以激其怒。及爲帝，又聽晁錯之説，輕意黜削諸侯王土地。七國之變，實由於此。若爲諸子講此，則當言藩王必上尊天子，下撫百姓，爲國家藩輔，以無撓天下公法。如此，則爲天子者知敦睦九族，隆親親之恩，爲諸子者知夾輔王室，盡君臣之道。」五年正月，命選舉人年少俊異者，皆擢翰林編修，賜冠帶衣服，令入禁中文華堂肄業，詔贊善大夫宋濂爲之師。上聽政之暇，輒幸堂中，取其文，親評優劣。命光禄日給酒饌，每食，皇太子、親王迭爲之主。冬夏賜白金、弓矢、鞍馬，寵遇甚厚。二十六年七月，選秀才張宗濬等，俾隨詹事府左右春坊官，分班入直文華殿侍講，近前説民間利害、田里稼穡等事，間陳古今孝弟忠信、文學材藝諸故事，日以爲常。觀此則尊賢之義，見諸行事矣。

今宗室自鎮國中尉而下，皆親盡無服而宗大宗，春秋祭饗，必合族以食，每月必量給禄米，賙其孤遺。而又選資質聰明者課以經史，俟有文武材能，則舉用之，且加鈐束。綜以長史，限其妾媵，紀其孕育。男子十歲以上，出宿教授書堂肄業。凡樂户、娼婦，不許入其家。如是則制欲循理，而富貴可長守矣。夫理之可好者，莫若博學自修，而欲之可惡者，莫若閨門無禮。苟能誠實威嚴，以昭示法，雖天下可化，而况於邇者乎？聖祖《寶訓》盡之矣，其源則在朝廷時庸展親而已。伏望陛下留神，則天下幸甚！

## 敬大臣箴第四

臣謹獻箴曰：親親之勸，位禄惟公。尊賢明理，好惡乃同。人心同惡，奢僭淫虐。道心同好，爲善最樂。漢謡舂粟，魏詠燃萁。唐悲瓜蔓，宋吝桐珪。《行葦》之仁，奚忍踐履？臣庸作箴，敢告丹扆。

《中庸》曰：「敬大臣則不眩。」又曰：「官盛任使，所以勸大臣也。」

臣謹按：禹曰：「安汝止，惟幾惟康。其弼直。」帝曰：「吁！臣哉鄰哉！鄰哉臣哉！」禹曰：「俞！」於是帝命之作股肱耳目，遂言翼爲明聽。皋陶曰：「無教逸欲有邦，兢兢業業，一日二日萬幾。無曠庶官，天工人其代之。」因言天子典禮命討，皆出於天。及功成樂備，帝庸作歌曰：「勑天之命，惟時惟幾。」乃歌曰：「股肱喜哉！元首起哉！百工熙哉！」皋陶乃賡載歌曰：「元首明哉！股肱良哉！庶事康哉！」此即不眩之原也。凡言成事者，以功著易顯；謀幾初者，以理隱難昭。蓋事至中焉止矣。執中安止，其道一也。察之惟精則幾也，協之惟一則康也，隨事物之所常止者，定静而安焉。則慮善以動，自無過與不及，而得其中矣。猶賴賢臣直道匡弼，則議事以制，政乃不迷，此所以有臣鄰之嘆與！

夫臣能弼君，親近相助，如翼爲之有股肱，明聽之有耳目，則事事物物，皆合天理，向之講明不惑者，坦然由之而無疑矣。然人君一心，逸欲害之，如恒于遊畋、殉于貨色之類是已。一爲所溺，邪人竊柄，則偏聽生奸，獨任成亂，萬幾能無眩乎？故必遏絶逸欲，無使上行下效，則可以謀幾初矣；無曠庶官，勿用非才，則可以省成事矣。所謂天工，則典禮命討出於天者也。人君代天理物，庶官所治，無非天事。在《周禮·天官》，則掌建邦六典，各率其屬，統大綱而任使之。君臣共勉而不怠，則人事盡皆天定，而天命自我行矣。

惟天命無常，不可恃也。頃刻敬畏之不存，毫髮幾微之不察，不能反躬而天理滅，則人心爲宰，豈不危哉？故能以修身爲本，則視明聽聰，灼知賢否，而不至誤用匪人；能以尊賢爲先，則所用大臣必能欽亮天工，而不至嫉賢妬能，御下蔽上，以成其私。觀於帝作歌，則先股肱，臣賡歌，則先元首，一體相資，功廣而事成矣。蓋舜、皋陶曰幾，曰康，即禹之所陳也。幾謂事之微而可謀，康謂事之成而可樂。苟謀事而眩，立心欺罔，察於其初，則亟去之，豈有知其姦邪敗事，猶居大位而恃小臣之察以防之哉？防之愈密，而蒙蔽愈巧，則權下移而不悟，政去己而不知，非惟事失其中，而其爲害將有不可勝言者矣。

欽惟我聖祖開國金陵，首用輔臣。即位之初，置中書省、丞相及御史臺、大都督府共理重事。每常朝，大臣率九品以上庶官陛殿敷奏，翰林院官顓職獻納論思。又置東宮寮屬，以大臣兼之。諭廷臣曰：「古者不備其官，惟賢能是用。朕以廷臣有才望勳德者兼東宮官，非無謂也。嘗慮廷臣與東宮官屬有不相能，遂成嫌隙，或生姦謀，離間骨肉，其禍非細。若江充之事，可爲明鑒。朕今立法，令省臺、都督府官兼東宮贊輔之職，父子一體，君臣一心，庶幾無交構之患也。」

洪武元年二月，有御史上言學士陶安隱微之過，得諸道路，上曰：「御史但聽道路之言以毁譽人，以此爲盡職，可乎？」遂命黜之。六年正月，工部尚書黄肅坐罪當笞，上曰：「六卿之職，不宜以細故加辱。」命以俸贖罪。十二年正月，罷中書省，陞六部正二品，改大都督府爲五軍都督府，共理軍國大務。改御史臺爲都察院，與六部、大理寺、通政司列爲九卿，遷轉則與尹天府、布藩政者互相出入，近侍亦如之。其有功勳者則兼公孤，有異才者自庶官不次擢用，猶古者之宅俊也。

嘗諭六部、都察院諸臣曰：「朕觀《書》以元首喻君，股肱喻臣。自古君臣，本同一體，若君獨用則百職廢，臣不任則君事勞。君臣之間，貴在一心一德，以共濟天下。朕所以懇懇與卿等言者，以六部爲朕總理庶務，都察院爲朕耳目，與内外諸司事體相關，當悉盡心贊輔，共成理道，以安生民。」諭皇太子曰：「用人之道，當知姦良。人之姦良，固爲難識，惟授之以職，試之以事，則情僞自見。若知其良而不能用，知其姦而不能去，則誤國自此始矣。歷代多因姑息，以致姦人惑侮。未知之初，一切委用，既識其姦，退亦何難？《書》曰：『任賢勿貳，去邪勿疑。』汝其慎之。」又曰：「己德既修，自然足以服人，賢者彙進而不肖者自去。能修德進賢，則天下國家未有不治。不知務此者，必多取敗。」乃命禮部，凡大朝會錫宴，文官五品以上，武官四品以上，皆上殿賜坐墩。其退朝燕閒及行幸之處，勳舊之臣、文學之官，賜坐者仍加絨罽繡縟。時翰林侍講學士、兼贊善大夫宋濂，每旦侍膳燕見，必命茶賜坐。濂素不能飲，一日侍飲霑醉，行不成步，上見而歡甚，爲詩賜之，仍命侍臣咸爲歌辭，且曰：「使後世知吾君臣同樂如此也。」

臣惟文學之臣，優禮與勳舊並者，正以密勿幾務與之相謀，防禍之萌，制亂之形，懋圖庶事之康焉爾。朝廷敬之，有隆無替。晉錫卿孤，俾統軍國大綱，是即古之宅百揆也，然武臣如徐達、常遇春輩，出將入相，生榮死哀，流芳千載。而文臣自李善長以後，貪猥苛細，鮮克有終。論道經邦，豈當爾哉？其源在乎灼知其賢而已。伏望陛下留神，則天下幸甚！

臣謹獻箴曰：大臣惟賢，寔民之表。任以大事，勿煩以小。庶官無曠，任使有人。論道經邦，夙夜惟寅。元首股肱，咸有一德。臨事不眩，有如皦日。庶事惟康，豫審惟幾。臣庸作箴，敢告綴衣。

## 體群臣箴第五

《中庸》曰：「體群臣，則士之報禮重。」又曰：「忠信重禄，所以勸士也。」

臣謹按：舜曰：「予違，汝弼。汝無面從，退有後言。欽四鄰。」因及勸懲讒說。禹曰：「俞哉！帝，光天之下，至于海隅蒼生，萬邦黎獻，共惟帝臣，惟帝時舉。」皋陶曰：「九德咸事，俊乂在官。百僚師師，百工惟時，撫于五辰，庶績其凝。」夫群臣之賴乎君者，待之以誠，厚之以禄而已矣。誠則心志孚，厚則私用足。故舜之言弼違欲，禹敬臣鄰之職者，誠也；禹之言時舉欲，帝遂黎獻之願者，禄也。修德用賢，讒諛皆化，而奚以勸懲爲哉？皋陶則謂賢才皆在任使，則無曠庶官，相勉趨事。天功既亨，而地利暨春夏秋冬之績，以時順成，則報禮斯重也已。何則？人君莫不好忠信而惡讒説。然明德未明於天下，則忠信獲罪而讒説蒙倖，蓋受諫難，從諛易也。以舜之聖，奚過可弼？而虚心求諫，責禹無面諛以爲是，背毁以爲非，而敬厥職焉，所以統群臣也。

至于勸懲讒説，禹雖俞帝言，而諫以明德遠著，賢才自來，此九德之行，傑出之英所以願立於朝與！作稽中德，久於其事，無過不及，與時偕行，則民服政教而有顯效矣。故慎守職司，恪居位次，即《周禮·夏官》司士掌群臣之版，以治其政令者也。待之誠而思陳善閉邪之責，則自不欺，禄之厚而無仰事俯育之累，則自不貪，於是敷奏聽納以觀其藴，明試庶績以考其成。政理懋著者獎以［璽］書〔一〕，賜以車服，公卿缺則以次補之，雖一命之士，有不精白一心，敬應其上者乎？故不曰勸群臣而曰勸士者，謂黎獻也。

〔一〕「璽」字漫漶不清，今據萬曆本、粤圖本、暨大本補。

自後世言之，百僚有數，黎獻無限。大槩一官而四人共之，雖設學養士以俟貢舉，而欺心貪迹已在剽文競廪之時。比入仕途，輒圖速化，以僞貌詭情爲有道，以逢迎饋送爲識時，以嚴刑峻罰爲威風，以循理奉公爲俗態，浚民膏脂，如餓豺狼焉。干謁權要，則甘爲妾婦而趨媚之，謀身之術巧而取民之計多，國家尚何利哉？下人知其轉易無常也。吏胥豪猾，乘機爲奸，政令紛紜，監司莫之能覈，此四海困窮之漸也。必復考績久任之典，待有顯效，然後陟之。仍許牧守各察賢能，以需科試，而納銀諸例，悉行停止。需選則敷納以言，上第即與銓除，而下者必黜。仍令鄉人舉保，言與行副而後任焉，則吏稱其職，民安其業矣。及登朝也，少涉奔競，言官得以指實而斥逐之，舉主連坐，淹滯盡補，則夫群臣，孰非賢士哉？

欽惟我聖祖開國金陵，首建百官，省臣以《官制班次圖》進，上覽畢諭曰：「論道經邦，輔弼之臣；折衝禦侮，將帥之職；論思獻納，侍從之任。此數者，朝廷之職也。至於諫諍之臣，尤難其人，抗直者或過於矯激，巽懦者又無所建明。必國爾忘家，忠爾忘身之士，方可任之。不然，患得患失之徒將何所賴也？」

即位之初，諭吏部臣曰：「觀人之法，即其小可以知其大，即其微可以見其著，視其所不爲，可以知其所爲。但嚴舉主之罰，則冒濫自革矣。」又命兵部，凡故武官襲職子弟當優給者，令其讀書，習閑弓馬，以候北試中者，方許承襲，不中者革職從征。犯事與雜犯、斬、絞者不世襲，杖罪，解見任，降等敍用。凡滅强敵冒報戰功者絀，能收文籍以備中秘者賞。蓋欲偃武修文，懲欺罔而銷冗食也。又諭群臣曰：「忠臣愛君，讜言爲國。蓋愛君者有過必諫，諫而不切，非忠也；爲國者遇事必言，言而不直者，亦非忠也。比來朕每發言，百官但唯諾而已，其間豈無是非得失，而無有直言者，雖有不善，無由以聞。自今盡忠讜以匡朕不逮，若但唯唯，非人臣事君之義也。」又諭侍御史文原吉等曰：「比來臺臣久無諫諍，豈朝廷庶務皆盡善，抑朕不能聽受，故爾嘿嘿乎？爾等以言爲職，所貴忠言日聞，有益於天下國家。若君有過舉而臣不言，是臣負君；臣能直言而君不納，是君負臣。朕每思一介之士，於萬乘之尊，其勢懸絶，平居能言，臨對之際，或畏不能盡其辭，或倉卒不能盡其意，故當霽色以納之，惟恐其不盡言也。至於言無實者，亦略而不究。蓋見秦漢以來，季世末主護短惡諫，誅僇忠直，人懷自保，無肯爲言者，積咎愈深，遂至不救。夫日月之行，猶有薄蝕，人之所爲，安能無過？惟能改過，便可成德矣。此即忠信之謂也。盡吾心之誠，以求理義之正也。」

又諭群臣曰：「凡居官者，任之大小雖不同，要皆盡其職而已。昔范文正居位，凡日之所爲，必求與食相稱，有或不及，明日必補之，其心始安。賢人君子於國家盡心如此，朝廷豈有廢事，天下安得不治？元之將亡，内外諸官皆安於苟且，不修職事，惟日食肥甘，因循度日。凡生民疾苦，政事得失，略不究心。由是紀綱廢弛，民心日離，遂致土崩。此皆近事，可爲明鑒。是時文武百官俸皆全支，有遷轉者預領俸禄，皆不追取。歲時節假，賜以庫金，賙恤其私，惟奸惰不職者，則追禄罰俸。」

又曰：「四民之中，士爲最貴，農爲最勞。最貴者何？讀聖賢之書，明聖賢之道，出爲君用，坐享天禄。最勞者何？當春之時，鷄鳴而起，驅牛秉耒而耕。及苗既種，又須耘耨，炎天赤日，形體憔悴。

及至秋成，輸官之外，所餘無幾。一或水旱蟲蝗，則舉家皇皇無所望矣。今之居官者，不知吾民之艱難，至有刻剥而虐害，無仁心甚矣！」於是命户部臣備録文武大小官員品級，歲俸計其用穀之數，比諸田畝出穀，與其用力多寡而爲之書。編成，賜名曰《醒貪簡要録》，頒布中外，此即重禄之謂也。惇吾心之厚，以遏利欲之邪也。莊誦《寶訓》，真可謂能體察者矣。士之報禮，當何如哉？議者猶謂百官俸給，宜全支如洪武時，以養其廉。若有貪黷者，嚴繩以法。伏望陛下留神，則天下幸甚！

臣謹獻箴曰：群臣之罪，莫大於欺。其次則貪，奚以臣爲？欲其勿欺，待以忠信。欲其勿貪，重禄不靳。凡所賴者，以身體之。既盡其誠，復恤其私。不責報禮，報禮自重。臣庸作箴，以告扈從。

## 子庶民箴第六

《中庸》曰：「子庶民，則百姓勸。」又曰：「時使薄斂，所以勸百姓也。」

臣謹按：益曰：「罔違道以干百姓之譽，罔咈百姓以從己之欲。」禹曰：「安民則惠，黎民懷之。」皋陶曰：「天聰明，自我民聰明。天明畏，自我民明威。達于上下，敬哉有土！」蓋百姓者，庶民大宗也。太昊，風姓，炎黄姜姬之類，分爲萬邦，氏族皆宗王朝，故畿内民庶百官，族姓亦在其中。教之則百姓親，養之則百姓勸，大宗爲民之望故也。天子作民父母，推親親之仁，保之如子，亦惟用其中焉。堯之戒舜，惟恐其違道從欲是也。道者理義之正，違道如弛其力役，舍其税斂，以干百姓之譽，則大寬而非中矣；欲者人心之私，從欲如使民不時，斂過於厚，以咈百姓之心，則太猛而非中矣。親親之仁，尊其位則逸而不勞，重其禄則富而不貧，推以安民。民之所好者，逸樂也。吾役而勞之，民雖未困也，吾則思曰：「力盡則困，民之情也。豫於事役將興之初，度其緩急而張弛焉，不待其勞而懟也。」民之所急者，衣食也。吾斂而取之，民雖未窮也，吾則思曰：「財盡則窮，民之心也。豫於税斂將征之始，量其有無而取舍焉，不待其貧而怨也。」役必以時，惟在農隙，斂必以薄，什一而籍，則民有子來之願，而愛戴其上如父母，無有弗懷者矣。何者？平章百姓，始自堯時。均其倫敍，秩其等威，或世官在朝，或明農在野，自昭明德，以教於家，孰不惟道之從乎？此大宗之所以勸也。故皋陶陳安民之謨，以民心即天道之所在者。天何心哉？以民心爲心爾。天之聰明，非有視聽也，因民視聽以爲聰明；天之明畏，非有好惡也，因民好惡以爲明威。天人一理，在上下之間，故天心因於民，而民心不可欺，有土之君，可弗敬與？大抵得民心有道，在乎不盡其力，不盡其財。故《周禮・小司徒》均土地以稽其人民之數，凡起徒役，家毋過一人，歲毋過三日，正其疆界，百畝而徹，故什一而頌聲作。

欽惟我聖祖開國金陵，首設營田司，課民耕種。下浦江縣，勞來義門鄭氏，以勸諸巨室。立民兵萬户府，簡拔民間武勇之材，編爲保伍。俾農時則耕，閒則操練，有事則用之。事平，有功者一體陞擢，無功者令還爲民。即位之初，顧問御史中丞劉基曰：「曩者群雄角逐，生民塗炭，死亡既多，休養難復。今國勢已定，天下次第而平，思所以生息之道，何如？」基對曰：「生息之道，在於寬仁。」上曰：「不施實惠而槩言寬仁，亦無益耳。以朕觀之，寬仁必當阜民之財而息民之力。不節用則民財竭，不省役則民力困，不任教化則民不知禮義，不禁貪暴則無以遂其生。如是而曰寬仁，是徒有其名，而民不被其澤也。故養民者必培其本，種樹者必培其根。」基頓首曰：「陛下盡心如此，民其有不受惠者乎？傳曰『以仁心行仁政』，實在今日，天下之幸也。」

洪武十三年春三月，命户部減蘇、松、嘉、湖四府重租税額。夏四月，詔免天下今年田租。尋命天下併僧道寺觀，府、州、縣止存一所，僧、道、尼姑、女冠，願還俗者聽，私自簪剃者，併其父兄送京師工作，畢日爲民種田。十四年春正月，近臣有言當理財以紓國用者，上曰：「天地生財以養民，故爲君者當以養民爲務。夫節浮費，薄税歛，猶恐損人，况重爲徵歛，其誰不怨咨也！」近臣復言自天子以至庶人，未有不儲偫而能爲國家者，上曰：「人君制財，與庶民不同。庶人爲一家之計，則積財於一家；人君爲天下之主，當貯財於天下，豈可塞民之養而陰奪其利乎？昔漢武帝用孔僅之徒爲聚歛臣，剥民取利，天下苦之；宋神宗用王安石理財，小人競進，天下騷然。此可爲戒。」於是言者愧悚，自是無敢以財利言者。

十五年秋七月，上謂翰林學士宋訥曰：「朕每觀《尚書》，至『敬授人時』，嘗歎敬天之事，後世中主猶能知之，敬民之事，則鮮有知者。蓋彼自謂崇高，謂民皆事我者，分所當然，故威嚴日重而恩禮寖薄。所以然者，只爲視民輕故也。視民輕則與己不相干，而畔涣離散不難矣。惟能知民與己相資，則必無慢視之弊。故曰：『可愛非君，可畏非民。衆非元后何戴？后非衆罔與守邦？』古之帝王，視民何嘗敢輕？故致天下長久者，以此而已。」觀於《寶訓》，則達于上下之理明矣。民雖易虐，虐則視我爲讎，決生禍亂，可不敬哉？伏望陛下留神，則天下幸甚！

臣謹獻箴曰：庶民之心，惟逸惟富。與之聚之，勿施所惡。力盡則困，財盡則窮。四海困窮，天禄永終。不盡其力，役諸農隙。不盡其財，薄斂毋棘。上天無心，監于下民。臣庸作箴，敢告輿人。

## 來百工箴第七

《中庸》曰：「來百工，則財用足。」又曰：「日省月試，既稟稱事，所以勸百工也。」

臣謹按：禹曰：「德惟善政，政在養民。水、火、金、木、土、穀，惟修；正德、利用、厚生，惟和。」又曰：「懋遷有無，化居。」其戒曰：「關石和鈞，王府則有。」蓋趨事赴功，役於人者，厥有百工；德政養民，藏於府者，則爲財用。天子六府，禹始言之。水府則溝洫司水之工，火府則陶冶司器之工，金府則礦鑄司貨之工，木府則山林司木之工，土府則田場司土之工，穀府則稼稻司草之工。修五行自然之利，順時取物，節以制度，則德正、用利而生厚，三事和矣。由是通功易事，徙有於無，如材木致于川澤，魚鹽致于山林之類，變化積貨，與粟通行，故農末相資，而財用足也。舜之巡狩，同律、度、量、衡，俾世守焉。律者侯氣之管，以制器作樂，而度有丈尺，量有斗斛，衡有斤兩。三者皆取法於律，與律同則得中，而民用利矣。禹著其戒，取民有制。四鈞爲石，三十斤爲鈞。關通和平，以收儲蓄，乃權衡之同律者也。王府所有與民所用者，一其輕重，以立信焉。財用以此而出，亦以此而入，養民之德，豈徒善者哉？

夫天下熙熙，爲利而來。百工所以趨役者，售其巧也。悖時則失其巧，過巧則爲淫矣。毋悖于時，毋作淫巧，監工之官以此日省而月試之，如輪人爲輪，弓人爲弓，斬材必以其時，而巧者和之。至于爍金爲刃，凝土爲器，作車行陸，作舟行水，亦莫不然。《周禮·冬官》飭材辨器，大抵如是而已。漸出稍食，以償其力，則餼與以牲，廩與以米，必使與事相稱，如稾人職所謂「考其弓弩，以上下其食」是已。作而行之於官，成而籍之於府，必工緻爲上物，而勒工名以考其誠。故車人爲耒，則司土者利於耕；㮚人爲量，則司貨者利於斂；匠人爲溝洫，則司水者利於防，皆此類也。功有不當，必行其罪，使惰者勉而能者勸，則備物致用，焉有弗利者哉？

欽惟我聖祖開國金陵，首置闤市，設官守之，專通貨物。凡使用斛斗秤尺，令匠如法成造，猶舜、禹之制也。乃命工部臣掌天下百工、山澤之政；令營繕司造作城宇、儀仗、樂器、刑具，蓋土木之府而設色刮摩之工隸焉；都水司導浚河渠、漕輓、舟車、橋道，蓋水土之府而梓匠輪輿之工隸焉；虞衡司採捕野味、毛革、陶鑄、鞍轡，蓋火金之府而攻皮摶埴之工隸焉；屯田司抽採竹木、柴炭、牛耜、嘉種，蓋土穀之府而農工隸焉。凡户部課程物料，内庫歲收其入，興役則部臣監工支銷，内官不得而預也。大内宫殿新成，制度不侈，上喜謂侍臣曰：「人主嗜好所繫甚重，躬行節儉，足以養性，崇尚侈靡，必至喪德。」《祖訓》曰：「凡諸王宫室，並不許有離宫別殿及臺榭遊翫去處。」

洪武十一年，令凡在京工匠上班者，日給柴米鹽菜，歇工者停給。十九年夏四月，定輪班匠更番赴京，輪作三月，如期交代。隨日用緩急，自五年一班至一年一班，仍量地遠近以爲班次，且置籍，爲勘合付之。至期，賫至工部聽撥，免其家徭役。著爲令，於是諸工匠便之。嘗詔造獨輪車，山西、河南八百輛，北平、山東一千輛，以運芻糧於邊。仍造甲胄、弓弩，務極精堅，銃砲則造於内府兵仗局。械器微有釁續，火藥少雜塵煤，即嚴懲之。德慶侯廖永忠奏請添造多櫓快船，命將領之，以備倭夷。無事則沿海巡徼，以備不虞，若來則大船薄之，快船逐之，彼欲爲寇，不可得也。上從之，遂設備倭官軍於沿海，各立水寨以藏舟，陸寨以藏器。凡軍士善爲工匠者，惟戰陳用焉，私門不得而役也。夫虞廷九官十二牧，亮天功以期百工之熙，各有攸役，而垂專共工者，何哉？蓋守信法度，因聖人創作之制而持循之爾。後世則竊内庫爲淫巧，以蕩上心者有之。心苟蕩焉，放於禮法之外，而輕費民財，亟勞民力，豈所以布執中之治哉？財不輕費則斂必薄，力不亟勞則役必時，仁及百工而天下安矣，此所以叙於《子庶民》之後也。伏望陛下留神，則天下幸甚！

臣謹獻箴曰：百工惟時，官以監之。必專乃精，稍食程期。程期伊何，日省月試。稍食伊何，餼廩稱事。度量權衡，必與律同。通功易事，財用斯豐。毋作淫巧，違犯禁令。臣庸作箴，敢告宫正。

## 柔遠人箴第八

《中庸》曰：「柔遠人，則四方歸之。」又曰：「送往迎來，嘉善而矜不能，所以柔遠人也。」

臣謹按：舜咨十有二牧，曰：「食哉惟時！柔遠能邇，惇德允元，而難任人，蠻夷率服。」禹曰：「州十有二師，外薄四海，咸建五長，各迪有功。」益曰：「無怠無荒，四夷來王。」夫遠人者，中國賓旅、四夷之使皆是也。舜咨州牧，惟重内治而已矣。牧牛羊必以芻，猶牧民必以食。足食在乎勿奪農時，而又量地遠近以施治。遠者及之難，寬以撫之，其法略；近者察之易，擾而習之，其法詳。然必尊有德，信仁賢，而壬佞悉拒，則舉措不眩，近悦遠來，尚何蠻夷之不服哉？

禹之處師也，九州之内，甸侯至于綏服，各立十二諸侯，相牧以糾群后，迪其能邇之功。四海之外，要荒越于蠻夷，皆建五人爲長，相率以來重譯，所迪之功不過柔之焉爾，蓋蠻夷世一見曰王。益之戒舜，欲其無怠於心，無荒於事，則内治益隆，有弗世見者哉？撫治之寬，則送往迎來之本也；舉措之公，則嘉善矜不能之本也。《周禮》懷方氏掌來遠方之民，致貢方物而送迎之，達之以節，治其委積、館舍、飲食。而環人爲之授節以送，遺人豐其委積以迎，則往者利而來者安矣。合方氏掌達天下之道路，通其財利，同其數器，壹其度量，除其怨惡，同其好善，而象胥掌蠻夷之國使，傳王言而諭説焉。知其善與不能，則嘉之而授任，矜之而不彊，皆順其情矣。故天下之旅皆悦而願出於其塗，四夷來賓者亦莫不各得其所也，故曰「四方歸之」。

欽惟我聖祖開國金陵，首置國學，高麗、琉球之士亦皆齒胄。立尚賓館以禮儒士、使客，令有司豐其廪餼。即位之初，即詔北平有南方之人願歸鄉里者聽。未附州郡，總兵官明示禍福，隨處招諭。於是四方流徙士民，歸者相踵。及令儒士入仕，上謂部臣曰：「官員聽選在京者，宜蚤銓注，即令赴任。久住客邸，日有所費，甚至空乏，假貸於人。自今銓選之後，以品爲差，皆與道里費，仍令有司給舟車送之。」著爲令。時王師送元故官蔡子英至京，上命授官，子英不受，退而上書，言名義所在，不敢改志。忽一夜大哭，問之，曰：「思故主爾。」上知其志不可奪，敕有司送之出塞。後命都督府臣擇故元官屬子孫有可用者，量才用之。

洪武四年春正月，上謂省臣曰：「天寒有甚於冬，京師尚爾，况北邊荒漠之地，冰厚雪深，吾守邊將士尤甚艱苦。其以府庫所儲布帛製緜襖，運以給之。」是年，高麗金濤登進士第。既授官，以其遠離父母，遂遣歸國。琉球官生在監者，常加賜衣糧。七年春三月，元故官來歸，上諭邊將曰：「凡有來歸者，爾等善撫綏之。欲就彼住，擇善地以居之，便其畜牧。有欲來京者，擇善人以送之，毋使失所。」《祖訓》曰：「四方諸夷，皆阻山隔海，僻在一隅。得其地不足以供給，得其人不足以使令。若其不自揣量，來撓我邊，則彼爲不祥。彼既不爲中國患，而我興兵輕伐，亦不祥也。吾恐後世子孫倚中國富强，貪一時戰功，無故興兵攻伐，致傷人命，切記不可！但胡戎與西北邊境互相密邇，累世戰争，必選將練兵，時謹備之。又以倭國雖朝實詐，故絶之，沿海設備倭官軍。」觀此則我朝柔遠之道，仁至而義盡矣。伏望陛下留神，則天下幸甚！

臣謹獻箴曰：柔遠之道，無忘賓旅。仁及四夷，略於治邇。授節以送，委積以迎。因能授任，不能者矜。周有懷方，館舍飲食。亦有合方，孔淑不逆。出我塗者，欣戴深恩。臣庸作箴，敢告旅賁。

## 懷諸侯箴第九

《中庸》曰：「懷諸侯，則天下畏之。」又曰：「繼絶世，舉廢國，治亂持危，朝聘以時，厚往而薄來，所以懷諸侯也。」

臣謹按：《舜典》曰：「群后四朝，敷奏以言，明試以功，車服以庸。」又曰：「三載考績。三考，黜陟幽明，庶績咸熙。」禹曰：「知人則哲，能官人。」皋陶曰：「臨下以簡，御衆以寬，罰弗及嗣，賞延于世。宥過無大，刑故無小。」夫九經之本修身也，其要尊賢、親親也。修身以道，則原於天者允迪之矣。修道以仁，則仁者義之本也。敬大臣而逸之以位，體群臣而富之以禄，惇敍禮秩，一本諸天定。推及庶民百工，以至遠人，皆不盡其財力，無非仁也，矧夫諸侯賢賢親親，褒表功德，關諸盛衰者哉？

舜朝四方諸侯，而曰群后者，以州牧侯伯暨受地之卿大夫言也。蓋州十有二師，師者二千五百家，家起一人，即五鄙爲縣也。諸侯監三縣，命二卿守之。其外四鄙，則郡也。卿受中鄙，而郡則大夫受之，是封建未嘗無郡縣也。《周禮》因之，太宰施典于邦國，建其牧，立其監，設其參，傳其伍，而都鄙官府相錯，以均其土地，治其人民，理其政事，猶今之王國有方面守令也。言揚功舉，車服以旌，又春官典命之敍秩，相循至今者也。三載考績，至于三考，則賢否得失可見，於是陟明黜幽，則人皆勉於建功。知人之哲，所以官人者固有法哉！第以慎修爲本爾。

故皋陶之言帝德也，臨下簡而不煩，御衆寬而弗急，惡惡短而罪人不孥，善善長而賞延後裔。不識而誤犯，爲過雖大，必宥；明知而敢犯，爲故雖小，必刑。執此中道，其誰不懷？是故無後者繼之，已滅者封之；亂者必使上下相安，危者必使大小相恤；朝聘有節而不勞其力，貢賜有度而不匱其財。皆務爲寬簡，天覆而地容之，則天下諸侯感吾之仁，畢殫忠力以蕃衛王室，而無倍畔之心矣。譬諸治絲，始則引其緒而分之，等殺有辨；終則理其緒而合之，義協乎仁。至誠，經綸天下之大經，豈非本諸身者哉？

欽惟我聖祖開國金陵，首置府衛文武官帥，分遣儒士告諭鄉邑，勸農桑，筑城開塹，有體國經野之制焉。郡邑來降者俾仍舊官，各守其土，馭以爵禄。萬邦威懷，肇於此矣。即位之初，酌古定制，郡縣立而封建不廢者，法虞周也。

洪武三年夏四月，封建諸王。禮成，上宴群臣，謂曰：「先王封建，所以庇民。周行之而久遠，秦廢之而速亡。漢晉以來，莫不皆然。其間治亂不齊，特顧施爲何如爾。要之爲長久之計，莫過於此。」然親王所在，設有司以治軍民，乃牧監參伍之制也。南昌王子文正薨絶，封嫡孫爲靖江王，以繼祖後。是年，征虜大將軍徐輝祖等平胡凱旋，遂大封功臣。封元主幼孫爲崇禮侯，及年長，送還漠北。六年冬十一月，上命都督府：「凡開國以來大小功臣，有未食其禄而卒，及膺爵禄而恩未録其嗣者，皆具以聞。」於是公侯以下子孫承襲者二百九人。高麗王瑶怠政亡國，李旦代立，改封朝鮮國王，數生邊釁。安南陳叔明篡位既死，其子日焜請封，皆敕諭之，謝罪輒宥。此即繼絶世，舉廢國，治亂持危之謂也。十一年春正月，徵布政司及各府官來朝，上謂廷臣曰：「古昔帝王治天下，必廣聰明以開壅蔽。今布政司官即古方伯之職，各府知府即古刺史之職，所以承流宣化、撫安吾民者也。然得人則治，否則瘝官曠職，病吾民多矣。朕今令之來朝，使識朝廷治體，以警其玩愒之心。且以詢言察行，考其治績，以觀其能否。苟治效有成，即爲賢才，天下何憂不治？」廷臣對曰：「陛下憂民之切，任官之重，堯舜詢事考言之道也。」

河間府知府楊冀安等以考績至，上命吏部臣曰：「考績之法，所以旌别賢否，以示勸懲。今官員來朝，宜察其言行，考其功能，課其殿最，第爲三等：稱職而無過者爲上，賜坐而宴；有過而稱職者爲中，宴而不坐；有過而不稱職者爲下，不預宴，立于門，宴者出，然後退，庶使有司知所勸。」又曰：「朝廷懸爵禄以待天下之士，資格爲常流設爾。若有賢才，豈拘常例？今後庶官有材能而居下位者，當不次用之。」於是西安知府李焕文、寶鈔提舉費震俱陟户部侍郎，其餘擢郎中等官。

十五年秋九月，鑄監察御史印，文曰「繩愆糾謬」。尋設提刑按察司官，上諭之曰：「吏治之弊，莫甚於貪墨，而庸鄙者次之。今天下府、州、縣官，於斯二者往往有之，是以弊政日滋，民受其害，故命爾等按治其地。凡官吏賢否，軍民利病，皆得廉問糾舉，勿蹈因循。」遂令與布政司官一體朝覲而給由者，奏陳民情吏病，御史監臨而舉劾之，猶敷奏明試也。旌擢者賚以金幣，隨南北所宜陟之，猶車服以庸也。

初，諸夷歲一來貢，上謂省臣曰：「古者諸侯之於天子，比年一小聘，三年一大聘。若九州之外蕃邦遠國，則惟世見而已，其所貢獻亦無過侈之物。今高麗去中國稍近，人知經史，文物禮樂，略似中國，非他邦比，宜令遵三年一聘之禮。或比年一來，所貢方物止以所産之布十疋足矣，毋令過多，其以朕意諭之。占城、安南、西洋等國，新附遠邦凡來朝者，亦明告以朕意。」自是或三年，或世見，而西北戎翟來朝使臣，例不過三五人，而止其交易茶馬，防範周密。賜答貢獻禮幣加厚，悉著爲令。此即朝聘以時，厚往薄來之謂也。夫好逸惡勞、好富惡貧者，人心也。凡厥攸好，惟以道心正之，雖尚寬簡，猶酌其中，則雖覿德，而不覿刑。然既逸且富，自爾讋服，故曰德之所施者博，而威之所制者廣。伏望陛下留神，則天下幸甚！

臣謹獻箴曰：諸侯之建，惟城惟藩。我其懷之，以簡以寬。易亡爲存，賞延罰鮮。安而恤之，亂危斯免。朝聘有節，不煩馳驅。貢賜有度，財則有餘。德博威廣，服我皇度。臣庸作箴，敢告謍御。

# 泰泉集卷第十八

## 箴下

### 廣州箴

平平廣州，吴晝其封。羅浮南海，雄帶我邦。謫徙自昔，華風日震。蕉荔之墟，弦誦莘莘。商夷糅居，厥富惟珍。化嚚靖嚚，在牧一人。故正欹者惟準，直曲者爲繩。牧天所施，民地是承。鍾離作守，姦宄自懲。敬風在位，瘴厲不興。風氣尚可易，野心亦可革。爾公爾廉，孰不爲則？毋速爾欲，毋近爾慮。操持爾心，如大敵斯禦。盧龍倡孽，處默失據。牧臣司廣，以告執御。

### 從化公堂三箴

**清**

當官三事，必清焉先。洒濯其心，瑩然澄淵。里甲日供，却之如螫。豈有苞苴，闖我莫夜。惟此愚氓，食蕚圖人。行其訟牒，私和相因。洞爾賄端，纖塵不染。學道愛人，清風繼偃。

### 慎

清既自持，慎即次之。律條比斷，程奪申移。勿謂事簡，委彼胥吏。彼惛不知，誤乃公事。心目俱到，夙夜兢兢。如視清渭，恐雜濁涇。慎以輔清，綱斯友紀。單父鳴琴，吾從亦理。

### 勤

慎既由衷，勤乃有終。厭心少萌，即有怠容。衛武懿戒，夙興夜寐。吾年猶壯，其可慢易。北山蒼蒼，流溪湯湯。先之勞之，導爾農桑。承上治下，罔不敦勸。如由治蒲，請益無倦。

## 贊

### 素翁野服像贊

於戲！松貞玉潤，粹然德容。冠緇衣褐，穆然清風。逍遥乎雲莊，水石以終。老不自知，其尚刑書，而保青宮。瞻仰之者，孰不曰此天下之大老，莆中之素翁也。然接物謙謙，固泉渟而谷虚；立朝蹇蹇，則岳之峙而川之東。故始擊僧孽，中遏蜀寇，而避兇軸於其終。正身以利見，矯矯乎其龍也；

見幾而色舉，冥冥乎其鴻也。迹翁身之存亡，繫世道之窊隆，而胸次之浩然者，則與天壤相無窮。蓋可得而貌者，翁之外也；不可得而貌者，其翁之在中者邪！

## 大宗伯陽峰張公侍朝真贊

嘗謂古今人文莫盛於楚靈均之詞賦也，少陵之歌詩也，濂溪之名理也。雖道藝有本末之殊，天下皆歙然宗之，可謂百世之師也已。第而論之，則顓藝者未足與適道，體道者未底於立功，逮我朝而二相出焉。楊文定公躬逢虎變，以勳烈顯；袁榮襄公力贊龍飛，以廉直聞。然仕或先時，莫慎其始；遇或後時，莫究其終。

今陽峰先生奇姿粹德，際遇應時，詞賦麗而則，歌詩正而葩，名理醇而罔疵，功業弘而未艾，光摛人文，以垂萬世，寔優爲之。夫全楚之大，而相材獨鍾於石首者，何也？蓋大江東與天漢合流，氣協雲漢，相爲升降，陽岐之山，又復秀出滲漉環匯之中，二相弗居而先生適居焉，此别號所由起也。山川之靈，若有待然者。然則登泰階而尹天下，超邁前哲，光耀無窮，非先生其誰與？先生自留都入爲大宗伯，奉詔將行，以侍朝真贊見屬。猗嘻！世之所瞻仰者，先生之貌也；佐之所雅知者，先生之心也。裴晉公所謂丹青莫狀者，非佐其孰寫之？既序以爲贈言，復掇其大略於首簡云。贊曰：

陽岐之山，巀嵲巍峨。下臨江漢，上槩星河。降靈毓秀，軒輊今古。何以況之，崧岳申甫。媲美申甫，寔惟陽峰。懿乎其純，應時顯庸。奇頴夙成，績學中秘。斟酌道德，肴覈仁誼。講幄傳經，惟皇師資。日月獻納，朝夕論思。羽翼少陽，晉掌邦禮。紫極垂輝，黄扉待啓。如彼星河，環拱北辰。秉文掞天，旭旭麟麟。如彼江漢，紀此南國。秉文緯地，汪洋磅礴。秉文自心，坦蕩弗陂。如彼天衢，人皆見之。不茹不吐，匪絿匪棘。如彼和《韶》，蕭勺群慝。仰惟先生，允誼允仁。履道成德，潤于厥身。惟身之潤，英華外發。矢口成章，舉足爲法。天骨峻聳，有渥其顔。趨朝待漏，鳴玉珊珊。瞻視惟尊，衣冠既正。望之儼然，觀者起敬。

## 户部仵竹居先生像贊

盎爾躬，皎爾瞳，眡而挹之徵爾中，魁能掇巍楚之雄，司地之曹聲隆隆。乃惠商，乃通工，年甫艾，天乎恫，食德弗罄胤乃鴻，此真爲誰竹居公。

## 林憲使像贊代素翁作

肥爾弗驅，輕爾弗婁，予見子之外愚；勢爾弗趍，譽爾弗居，予知子之中虚。愚也哲之褧，虚也善之廬。愚惟弗已而日斯章，虚惟弗已而天與俱。予惟以此而求子，子惟以此而副予。則夫晉三品于豸繡之列，貞百度于鼊叢之區，而豈徒歟！而豈徒歟！

## 張犀浦憲使小影贊

肅肅儀度，山立揚休，昂昂風采，砥峙迴流。潭思足以造玄，石畫足以鎮浮。明照之才如驪珠而不夜，克積之學如象耕而有秋。扣之而聽，其言如在縣之金銑；即之而探，其藴如不琢之玉球。人信其賢，允爲國器；我試其譽，匪直家丘。噫嘻！豈非擢巍科而吐芳訊，躋膴仕而奮精修，昔豸峨于朝，振紀而詔王以熾，今鵲起于蜀，掌臬而贊國之猷者邪！

## 表兄陳元齋壽容贊

此吾外兄元齋陳先生壽容也。儒雅英稱，傑然才謂；壽俊丰姿，儼然眉宇。丞磚河則超風塵而穎出，贊巨津則歸園田而霞舉。滿懷拍拍，覺野花啼鳥之皆春；聳壑昂昂，與孤鶴長松而爲侶。老而益壯，人固以爲難能；闇而日章，吾於是乎深取。兹所以克亢玉堂烏府之宗，而緜桂子蘭孫之緒也與！

## 重陽王真人自寫真贊

渥顏娟娟，于思翩翩。戴圓冠而被野服，携鐵罐而躡草躔。卓犖丰標，欲凌紫煙。自寫其真，濃墨淡箋。畫史重其神氣而傳自金，蓋三百餘年吏於咸陽而遇披氈。授以丹詮，日鍊成仙。人見其害顛，孰窺其玄也與！

## 隨時老人像贊

鶴骨松貌，龐眉電目。足徧江湖，與超林麓。卓犖高潔，逍遥野服。小小結茅，疏疏種竹。誰謂隨時，自能浣俗。風月盈襟，煙霞滿腹。擲地成金，披褐懷玉。古有達人，可與齊轂。

## 燕喜圖贊有序

蓋自鑿楹勒社之彌文既革，而振旅奏愷之常典攸存。屬者濯征鉅寇，罪人既得，逆璉及其群醜悉皆夷誅。炎嶺以東，室家相慶，仁涵義振，邇昭遠揚。於是總督百川張公偕總戎平江伯陳公下令獻捷，用布昭我聖明神功，休兵飲至，以數軍實禮也。于時械器不遺，糧賞贏積。維藩維臬，百爾執事，凡揆文教者罔不即次；維將維帥，百爾執戟，凡奮武衛者亦各列席。供張星敷，旌茷林植，鼎俎罍觴，有秩有奕。

郡守何君鏜再拜稽首，奉觴進曰：「鉅寇既平，威燀孔揚，矢聖天子之文，洽此潮邦。」旨酒既升，公壽無疆。」公舍觴拜揖，讓于總戎曰：「秉鉞搴旗，公與二三子之功也，不佞何與焉？承天眷祐，惟聖天子萬壽。」乃又再拜稽首，奉觴進曰：「鉅寇既平，膏澤惟溥，宣聖天子之武，震此潮土。旨酒既持，公壽無期。」公復舍觴拜揖，讓于總督曰：「建議運籌，公與二三子之猷也，不穀何與焉？承嘏自天，惟聖天子萬年。」

於是監統五道合辭偕進曰：「夫不争善勝，天之道也；不戰自詘，天之威也。兹惟文武並用，將相調和，師出以律，行僅閲月，而底武成。兵不染鍔，甲不霑汗，民出湯火，誰之賜也？昔吴平山越，猶候秋成，宋取嶺南，尚踰再稔，然且自儗歸鎬，飲御相先。今也率循天道，肅將天威，歸諸聖明，不敢自居，則燕喜受祉，固飲至之常典也，奚多讓乎？」於是次第相屬曰：「善！敬舉君之觴。」禮成之日，何君繪圖，伻來請作誦于上。予辭不獲，嘆曰：「功成德讓，克對帝心，盛偉矣哉！不可以無紀。」乃載筆爲紀且贊之。贊曰：

鰐海鏡清，鳳山砥平。顯允張公，仰則天經。謀惟淵默，斷乃雷聲。蒼龍麾旆，壘壁陳兵。飆掃聚蟻，電掣奔鯨。攙搶迅熄，再睹青冥。乃文乃武，承帝威靈。執律秉鉞，豈敢自矜？潮人樂只，如枯復榮。旄倪欣告，春陽𢘋生。湛露沕潏，豐草在庭。扶珪綴組，燕喜武成。於萬斯年，赫赫明明。

# 銘

## 志學銘有序

仲尼，大聖人也。其言曰：「吾十有五而志于學。」蓋天下之事，未有無其志而能成者。駕指南之車，由郊而越裳，千里平其遥矣。苟駸駸不止，忽不知其故國也。苟有志乎，學而勿替焉，自鄉人而造聖人之域，可必也。佐性資庸劣，犬馬之齒，適惟其年，而猶有童心，因銘座右以自勵。其銘曰：

爲學在志，立志在勤；今我不力，歲月如輪。湯曰日新，孔云時習；所以聖人，寸陰恐失。忠信作主，孝弟是先；有過斯改，聞善必遷。勿衒己長，而謂人短；情不可逸，志不可滿。行恐躁妄，言妨誕煩；義之與比，禮以爲閑。方事口耳，即求温飽；匪小人儒，亦童之狡。惟明其道，不計其功；欽哉是言，德廣業崇。弘治甲子夏四月十六日。

## 内省軒銘有序

予扁内省軒曰「求在我」者，恒以驗操存也。夫内省不疚，其諸一貫之道乎！曾子得之曰「必慎其獨」，子思得之曰「無惡於志」。蓋可惡莫如惡，惡之必如惡惡臭焉；可欲莫如善，好之必如好好色焉，此乃操之之要也。何者？在心爲志，志懷於内，人所不知而已。獨知之時常自察，罔間夙夜，苟有纖毫利欲之私，雖未發露，則猶有可惡者存也，必力去之而不留，善斯明而德性存矣。德性用事，是謂反身而誠。誠則利絶而義集，欲盡而理還。志以帥氣，惟懷理義，罔間夙夜，則天地之帥吾其性，樂天知命，夫何憂？天地之塞吾其體，配義與道，夫何懼？舉而措之人倫日用之間，唱隨有禮，辭受有道，雖有人心，亦化而爲道心矣。自明而誠，達道行於達德，靡不能知，豈不易簡，非一貫而何哉？

夫利欲曷疚吾心也？色猶蟲也，貨猶癘也。齊宣王雖非上智，猶以爲疾。彼口談理義者，心則陷溺於其中而不復自省，每謂心已悟道，《六經》皆我註脚，彼色、貨安能疚我哉？宋吕希哲《大學解》曰：「致知格物，脩身之本也。知者良知也，與堯舜同者也。理既窮則知自至，與堯舜同者，忽然自見，默而識之。」此佛氏所謂頓悟者也。承學之士日以口給欺人，惟主乎此。於是經傳子史，考見古今得失，凡爲内省之助者，悉皆棄之。陸九淵曰：「束書不觀，浮談無根」，正今日之俗也。嗟乎！佛氏之書多至五十卷，曷嘗無文字語言哉？致良知者謂與吾儒同，而不害其爲異，每喜觀焉。

予嘗考之，佛於阿蘭若菩提場中説《華嚴》頓教，其經八十一卷，至今猶在，如善財童子之涌七寶藏，悉達太子之納妙德女，其於色、貨若是，果與吾儒同與否與？《圓覺經》則言三種漸次增進矣，其單修、齋修有二十五輪焉，無乃支離與，抑亦漸教與！惟六祖《壇經》曰：「識自本心，見自本性」，則彌近理焉。又曰：「不須沉空守寂，還須廣學多聞」，則與吾儒同者也。俗方輕吾夫子，如博學於文，約之以禮，下學上達，先難後獲，則名之爲漸教鈍根，此所以斥讀書爲支離也。予惟恒内省以驗操存，是急又烏乎辯？因銘以自警。銘曰：

人之善惡，必責其志。志在懷利，必不喻於義；志在懷義，必不喻於利。少不内省，舜跖斯異。操之則善長存，舍之則惡立至。内省不疚，可配天地。

## 尺銘有序

尺之度數，出於黄鍾，故《書》言「同律」。《周官》「璧羨以起度」，八寸、十寸皆爲尺。然又名八寸者爲咫，以與尺别焉。家藏尺二：其一周尺，傳自司馬温公，八寸尺也；其一景表尺，得諸留都觀星臺，十寸尺也。周尺加二寸，較之景表尺猶赢一寸六分。取黑秬黍中者一百粒，日乾之[一]，横纍，則每一寸與人手寸口及中指内文合，而猶赢九分。蓋周尺出於王莽法錢，歲久銷縮，無璧羨可稽故爾。命工製成，匣而藏之，俟與大樂者取正焉。銘曰：

[一]「日」，萬曆本作「口」。

黄鍾之律，出度成尺。周咫既銷，圭臬斯益。纍黍合符，工製不易。大樂可興，允兹爲則。

## 觴銘有序

《易》曰：「一陰一陽之謂道。」《傳》曰：「民受天地之中以生，所謂命也。」飲酒温克而不及亂，亦惟順陰陽而無過不及，則燮理身心，斯得中道者已。昔在留都，嘗晤大司空胡公，每遇夏至後暢飲頗多，以遏陰，冬至後慎飲有節，以承陽。予始以爲迂，今既衰老，乃知其節宣得中道云。

銘曰：

天地之道，《姤》《復》有常。《姤》則生陰，《復》則生陽。介我眉壽，燮理惟觴。期頤旋轉，悠久無疆。

## 銅雀硯銘有序

予作《通曆》以紀天之曆數在躬者，三代而上，陽明用事，治日常多，故詳；三代而下，陰慝用事，治日常少，故略。據《逸周書》，載文王政令尤爲詳備。有仕河南者，厥子以銅雀臺瓦硯爲贄，因憶曹操篡弑肇基，自言曰：「若天命在吾，吾其爲周文王矣！」嗟乎！嗟乎！鬼蜮敢爾欺人哉？乃銘之曰：

銅臺瓦硯出鄴陲，偃伏端方潤且滋。鬼蜮銷滅陽明時，助我衮鉞筆所資。惟周文王百世師，敬止配命於緝熙。

## 青山獨友琴銘贈鄺生

鶴舒之臺，惟一友生。頎然其形，琅然其聲。泠泠風雅九德成，寂寥山谷以怡情。和順相資澹無營，惟爾久要勒斯銘。

## 調息銘示李生有序

天地之氣，必翕聚而後發散，故能悠久。子朱子《調息箴》盡之矣，蓋默寓道家言焉。觀河上公註《老子》，以鼻吸爲玄，口噏爲牝。荀悦《申鑒》謂：道者常致氣於關。關者鄰臍三寸，氣之所常聚，而徐散於血脉肢體者也。息之出入，必微而勿粗，謂之緜。緜若存於寅後酉初，調以驗之，仙家以爲煉甲庚云。銘以示李生，曰：

玄牝之門，曰天地根。舒徐吸噏，翕聚絪緼。常煉甲庚，以住坐卧。用之不勤，勿忘勿助。

## 金星硯銘贈潘生

金星之精曰長庚，化而爲石晶以熒，滋爾芳潤藝日興。子孫寶用逾瑶瓊，億萬斯年貽厥馨。

# 誦

## 會寧輿誦有序

嘉靖壬寅，有積盜伏會寧之莽，四出焚剽，居民大恐，督府元戎會漢夷官軍二萬討之。憲副貴溪楊公景周，持聖天子三尺法往糾察之，下令曰：「鄉長征幾年於此矣。」兵弗戢，民則滋窮，滋窮則滋盜，是故有積盜爾。官軍聚合，惟險是扼，所過居民田圃，秋毫無犯。什伍立長，長各有牌以統旅，書姓名而執之。裹糧毋乏，食宿毋淹，呼召毋得逗留，行隊毋得散亂，違者必懲弗宥。辛卯春元夕，始發。二月，師入大隆諸峒，盡克之。所至勇而有禮，群盜自殲其酋以降，俘馘無筭。迄夏，振旅而還。會寧之民，室家胥慶，咸謂紀律嚴而掠奪息，前此出師所無有也。賊黨感公威德，來歸者數百人。輿人誦曰：

山有木，海有岐，我師過之，民不知。海有鱷，山有虎，我師翦之，民無疾苦。每每我田，我公畀我畋；鱗鱗我室，我公畀我逸。我祝我公萬年無期，輔我天子隆丕基。於戲休兹！

## 珠浦輿誦有序

陳子宗道釋褐番禺，其離進士業纔期月耳。旦夕往來會府，理薄檄日昃，乃得治縣務。判牒未一二，召之輒曰：「令來，令來」，則驅車趨而北。無幾何，而驛館報至，則又趨而南，予見其恒皆然也。然得其叢冗應酬之文，雖大家亡以過也。其折獄剸劇，若承蜩纍丸，愈多而愈不失其錙銖，上下亡不誦其賢，乃謙謙自將，未始少自表見。予每嘆曰：嗟嗟偉才，嗟嗟偉才云！

今夫蒼虯潛淵，飛則光芒撖膠葛，上騰玄間；霖雨始乎霡霂，潤及幽谷，而豬及滄海。何則？神之完者其光遠，積之充者其流澤也廣。今明天子待豪賢以不次之位，陳子殆其選也。陟明當寘左右，番禺之民將見思矣哉！是秋也，陳子入覲如京師，輿人誦曰：

送於何所，别我父母，牽緇衣兮珠之浦。浦有珠兮蒼虯藏，奮而騰兮雨八荒，思我父母兮浦之陽。

# 謡

## 紀謡

順德，巖邑也。始大良相挻爲亂，析自南海者也。蔑德覿刑以軋之，由衷之政荒矣，故澤久焦而民不洽。餘姚金子奉命尹于斯也，抑豪暴，振窘陀，敷章程，慎施舍，民乃謡曰：「朝鰓鰓毛厥施乎，夕掝掝石厥畫乎。勞乎勞乎，盍燕以敖乎？」

比及期月，豪暴歛，獄訟簡矣；窘陀振，謳唫盈矣；章程敷，廢弛樹矣；施舍慎，聲明達矣。民又謡曰：「華蓋之屹屹，不如尹之無泐；碧鑒之粼粼，不如尹之無津；長我禾黍，穀我士女，吁嗟乎膏雨。」

比及三年，簡者不示而後戢也，盈者不告而後矜也，樹者不言而後信也，達者不戒而後孚也。民又謡曰：「猗！容之苞如；猗！手之鶉如；輿如璘如，將無韞其肫如。」始之謡也，懼軋己也，謡其治也；中之謡也，喜澤己也，謡其化也；終之謡也，喜懼忘也，謡其心也。懼易爲喜，而后喜懼俱忘焉，由衷之政如是哉！乃考績如藩臬。藩臬皆書之曰最，用獻績于天子云。

# 祝辭

## 石岐觴令祝辭

聖皇在宥，夙夜軫恤元元，丕振仁化，命吏盈于萬方。或未能祗承德意，乃朝覲、慶、讓之三途並用，有聲績昭卓者擢焉。麻城鄒子驗來令吾邑，時巡臺洞悉寄莊之害，具奏以聞，允下有司，未之或行也。鄒子至，乃清版圖，革宿蠹，不避怨讟，寓籍者雖豪獷，咸齰齗不敢少肆，吾民獲蘇，以煦以休，故其述職也，咸攀送之。方出，祖石岐之滸，有舉酒而祝者曰：「石岐有鴻，翩翩其翔。儀于天朝，昭有烈光。皇我庶黎，旦夕不忘。」載賡曰：「石岐有驥，其驤翼翼。登于天朝，三途既闢。皇我庶黎，不忘旦夕。」鄒子曰：「嘻，有是哉！」乃終賦曰：「石岐有葑，采采芑之。中心有懷，悢悢處之。皇我庶黎，無德予之。」泰泉子曰：「賢哉令乎！行不遺德惠，言不忘卑讓。德惠，民之主也；卑讓，德之基也。崇其道以在民上，庶其永有休乎，故曰賢哉令。」鄒子曰：「嘻，有是哉！敬舉君之觴。」

## 禺山祝壽辭

慈谿沈君侯起進士，來令番禺，霈德率軌，樹廢釐弊，三年而政成。聖天子方俞僉議，凡宣化于外嘉績多者，得亟封其父母。君侯迓兹榮施，得貤封焉。會封君偕夫人至自慈谿，諸學士大夫置讌奉觴，祝壽爲辭，寔采輿誦云。其辭曰：

禺山奕奕，既夷既闢。匪榛匪棘，長道是迪。譽髦我俊碩，維君侯之力。維君侯父母，宜眉壽斯億。

禺山之下，原田膴膴。有黍有稌，亦有甘雨。豐稔我疆土，維君侯之祜〔一〕。宜眉壽斯億，維君侯父母。

禺山之阜，有傑斯構。以析以漏，罔夜以晝。以遏遏彼虣寇，維君侯之祐。維君侯父母，宜億斯眉壽。

## 字辭

### 鄭氏子字辭

天棟維隆，地軼其封。何以藩之，烈文辟公。是曰价人，相役以德。匪德則離，其何能國？國徂求定，勝殘遏劉。選建明德，以藩屏周。有德則官，否惟有土。繼爲司徒，視彼桓武。惟彼桓武，鄭之

〔一〕「祜」，原作「祐」，今據萬曆本改。

本源。《緇衣》詠德，展也好賢。二叔不咸，鄭是用戒。不戢不那，德日以价。价兹懿德，以周懿親。親親是求，所成則仁。仁可成乎，匪藩不可。藩及八荒，其闔在我。

## 黎氏子字辭二首

黎瑶石既冠其適子邦琰，或字之曰「君采」，以孟冬吉日來見，予謂曰：「君采乃薛先生字也。易以君華。」而爲之辭曰：

黎在邦治，厥用月琰。徧爲爾德，美不可掩。映日襲月，五色斯彰。如人積學，顯厥材良。良之弗顯，質則匪玉。彼哉碔砆，華乃不足。道以人弘，國以玉華。佩此訓辭，予則爾嘉。

維兹吉日，黎氏二子並加元服，泰泉子命邦瑀曰：「瑀乎！珠之大者，稟淵之清。其光最遠，耀于日星。佩玉之中，得綜乃貞。允矣君子，匪明弗誠。惟爾昭昭，出群之英。尚崇爾修，字曰君明。」申命邦玖，曰：「玖乎！美次於玉，其色惟玄。玄德升聞，其象猶賢。賢必希聖，美而大焉。次惟致曲，聖功日完。惟爾亹亹，自人而天。尚崇厥修，字曰君全。」

# 泰泉集卷第十九

## 奏疏上

### 新政要務疏

奏爲新政要務事。

臣惟人君之心，志願萌動，天下更化之始也。天下更化，萬年休孚之始也。臣初入館，欽覩御批題奏，宸翰字畫端勁，與同館諸臣莫不拜手稽首，欽羡以爲真得心正筆正之意。時方更化之初，陛下以務學爲急，以正心爲要，形見於外者如此，則正朝廷以正百官，萬民無往而不正矣，豈非萬世無疆之休乎！真可爲天下賀矣。

是冬十月，司禮監官傳奉聖旨，免經筵日講，待明年二月内來説。然孟冬之月，天氣未甚寒冷。内閣題奏，以爲聖學之勤與不勤，政事之臧否，天下之治亂安危係焉，不可以不慎，切望收回成命。未蒙聽納。臣惟自古帝王之學與書生不同者，未嘗尋摘章句，惟講究聖人之言而深味之，以養其道心而已矣。

宋儒朱熹嘗謂：心，一也，而有人心、道心之異者，以其或生於形氣之私，或本乎義理之正耳。故堯授舜惟一言，曰「允執其中」；舜授禹，益以三言，曰「人心惟危，道心惟微，惟精惟一，允執厥中」。人心之危者，生於形氣之私，人欲之萌也；道心之微者，本乎義理之正，天命之奥也；惟精惟一，則審其謬而居其正，絀其異而反其同。能如是，則信能執其中，而無過與不及之偏矣。苟失其養，則偏而不自覺，見於政事者日否而不臧，天下豈能蒙福？故堯授舜，舜授禹，皆曰「四海困窮，天禄永終」。儆戒之切，同然一辭。蓋過與不及而失中，則生於其心，害於其政，而民不歸極，必至失所，而天禄隨之，可不敬哉？

臣伏讀國史，欽惟我聖祖高皇帝日御殿閣，令儒臣講讀書史。文淵閣大學士朱善進讀《心箴》畢，上曰：「人心道心有倚伏之幾，蓋人心萌則道心息，必讀書窮理以養之。久則隨所意欲，莫非義理，雖有人心，亦化而爲道心矣。」臣惟陛下居深宫之中，則凡生於形氣，易私而難公者，如食色聲臭、安逸自適之類，左右投幾，必精以察之，則人心危者安；御經筵之上，則凡本於義理，難明而易昧，如仁義禮知合於天道之類，儒臣講明，必一以守之，則道心微者著。自朝及野，常見于請。引誘之事，一切不行，而道心則擴而弘之，形於政治，無一而非元亨利貞，天道之常，則過與不及之偏何從而生？四海蒙執中之治，有不雍熙長久者哉？其要務惟在乎陛下居深宫之時少，御經筵之時多，則政事不偏而天下自治，固非難事也。若遊心文藝，常使筆正，則朱儒程頤視、聽、言、動四箴，范浚《心箴》，皆可書也。等而上之，二典三謨，固爲可書，亦可仿其文法以爲御製焉。俾宸翰與御製並傳，則執中之治，萬世無疆，堯、舜、禹豈能專於前哉？臣昧死妄言，伏乞陛下裁赦。嘉靖元年十月。

## 考定朝儀以正夷禮疏

奏爲考定朝儀以正夷禮事。

臣聞古昔聖帝明王之制馭四夷也，德威並行，而不以德勝威，故懷德畏威，則遠人自格而中國常尊。然則狼子野心，非我族類，飛鴞好音，難儗鸞鳳，思患預防，辨之可弗蚤與？臣自獲從史官之後，常預朝參，以近清光、聞天語爲不世之遇，竊自慶幸。惟是四夷之使每朝見陛辭，鴻臚寺官引至御前，每欽蒙陛下親命，與之酒飯，彼乃扣首而退。來則腥膻之氣襲人，去則犬羊之群盈路，霑恩晉接，殆無虛日。彼雖懷德，寔則玩威，非所以善制馭之道也。

臣嘗考定古今朝儀矣。《尚書大傳》：夏后氏之世，四夷貢樂，俱奏於四門之外。周公之制禮，爲明堂位也。天子負黼扆南向，惟三公、諸侯位群臣之上者，得侍左右兩階，自餘小國，皆列于國門內焉。四夷之長則在四門之外，而四塞惟世告始至，所以遏侵亂之萌也。洪惟我聖祖高皇帝著爲《皇明祖訓》，獨於四夷嚴加防禦焉。用天下財賦之半以足兵食，西北則有備虜戎馬，東南則有備倭官軍。倭與虜並留宸慮者，以其雖朝實詐故也。故元虜嫡孫來降，封爲崇禮侯，還之漠北。高麗遺儒生金濤四人受業國學，洪武四年，濤登進士，即遣濤偕三人歸國。華夷界限，雖貴且榮，何嘗得入朝門班行，而況日邇天威於咫尺哉？

聖祖之定朝儀，則三代之禮也。近聞胡虜入邊，時肆劫掠，倭奴入浙，貿易交通，此乃有亂之萌，無亂之形，是謂將亂。臣愚以爲宜法聖祖舊章，四夷雖其君入朝，各位于闕門外，遥望天威，可畏而不可近；夷使朝貢，各在東西二門外設位拜伏，若賜酒飯，則鴻臚寺官傳天語以命之。如是則威以禮崇而望之自畏，德以禮節而綏之自懷，思患豫防，無出於此。臣職在載筆，以紀言動，故敢獻其狂愚，伏候聖裁，無任激切屏營之至。嘉靖二年正月。

## 出使陳情疏

奏爲懇乞天恩調理患病事。

臣原籍廣東廣州府香山縣人，由進士改翰林院庶吉士，除授前職。嘉靖二年九月，册封充岷府副使。緣地方在湖廣極南，臣與同成山伯王鏞自衡山渡湘水，舟楫顛危，鏞驚悸成疾。臣禀賦素弱，常患痰嗽感冒，轉成肺痿，其病尤篤。各沿途調理，勉强支持。至本年三月初八日，行禮已畢，例該復命。臣起行之時，前病漸作，至祁陽縣地方，嘔咳咯血，眩暈不知人事，幾瀕於死。該永州府等衙門各撥醫調治，未獲痊可，延纏到今。臣竊自念蚤年喪父，孤獨一身，違老母已及六年。涉仕途，每行萬里，私情既切，危病轉深。匍匐就道，則動履不前，曠日稽程，則於義不可，所以日夜悲泣呼天，而莫能通者也。又念詩人之勞使臣也，一則曰「王事靡盬，不遑將母」，二則曰「是用作歌，將母來諗」，蓋探其情而代之言也。

恭惟皇上以孝治天下，册封盛禮，實自親親一念，而推風化所及，孰敢有遺其親者？臣祇承德意，欲援例以求終養，則聖明之世，方當移孝以爲忠。矧臣筮仕未久，若遽徇私恩而廢公義，於臣爲計得矣，豈委質之道哉？臣又聞得洪武中，修撰劉泰侍遊禁籞，高皇帝詢知其有老母，别無侍養，遂命之歸省。今未奉陛下之命，而臣乃輒自省母，以致復命稽遲，臣罪當萬死。國有明憲，尚復何言！但犬馬微軀，本無足惜，而乳烏私悃，實則堪憐。伏望皇上推孝養之仁，體來諗之義，憫惸獨之苦，垂曲赦之恩，特允所奏，准臣於原籍養病，待痊可之日，赴闕待罪，庶臣少盡母子之情，雖就誅戮，死無所恨。臣干冒天恩，無任哀懇之至。嘉靖三年十月。

## 給假省親疏

奏爲陳情給假省親事。

臣原籍廣東廣州府香山縣人。正德十四年，離家赴禮部待試。十五年，會試中式。十六年，由進士改翰林院庶吉士。嘉靖元年，欽除前職。自入仕，今踰六年矣。臣嶺外寒族也。臣祖父止生臣父一人，臣父止生臣一人。臣自幼多病，臣父憐臣孤獨，雖長，視猶襁褓。臣始計偕，臣父提携，至儀真感疾，臨終以奮庸顯親見勖。臣所以策名聖朝、備員近侍者，臣父之教也。臣母自哭臣父以來，淚眼無有乾時，因感頭風、眩暈等疾，每一發作，痛苦連日，及臣登第，喜慰少瘳。臣止有一子，去歲病痘而死，臣母哭之慟傷，前疾大作，加以衰老，遂至羸憊。今年二月二十日得家書，備言念臣日切，而疾益日深，思一相見，不知何年。臣覽書神爽飛越，涕泗交墮。欲迎養則道遠而無因，欲求終養則人子所不忍言，欲棄官而去，則人臣之義又所不敢，此臣之所以日夜嗚咽南望，而莫知所處者也。

臣聞洪武中，贊善和希文自陳曰：「臣母春秋高矣。臣僅有四歲子在家。臣念子不置，臣母念臣亦不置，烏鳥之情，其能已乎？」高皇帝聞其言，即遣歸養。夫含飴弄孫，婦人至樂也。日抱孫以自娱，而猶念子，而况哭孫成疾如臣母者，情何以堪？今又念臣不置，疾痛纏緜，一有不虞，悔將何及？臣視希文真罪人矣！

伏惟國家舊制，嘗令百官有親違離三年以上者，聽給假歸省。其後六年乃許，至今爲例，凡以教天下之爲子也。其在近侍，則體察情私，不爲限制，給以舟車，俾利往還，如天順中修撰王獻、成化初編修倪岳，皆仕僅五年，給驛歸省，凡以勵天下之爲臣也。今在朝之臣孤苦離親無有如臣者，侍養無人，亦無有如臣母者。陛下方以孝興至治，而近臣乃或遺其親，不可以爲子；有懷而弗吐，吐而弗以實，不可以爲臣。今日沉憂念母，驚心銷骨，而遂哀鳴以干犯天威者，亦情之不能已也。伏望皇上憫臣苦情，特敕該部查照近日編修王同祖給假事例，許臣歸省。或給舟車，使速于行，則臣母子相聚，得以須臾無死，皆陛下之賜也。臣無任感激之至。嘉靖五年三月。

## 給假省親第二疏

奏爲懇乞天恩，比例給假省親，以全性命事。

臣原籍廣東廣州府香山縣人，由進士改庶吉士，除授前職。離家入仕，已踰六年，例當給假省親。臣弱冠喪父，累世單孑，惟老母守先人弊廬，家中更無人丁堪以侍養。母子相望，顧影悽惻，情之可哀，倍萬恒品。近又以哭孫之故，憂痛成疾，寄書念臣，冀一相見。本年三月，内臣具本給假歸省，未蒙俞允。今經半載，而嶺海萬里，音信不通，臣母之性命存亡，未可知也。臣惟人之疾痛困苦也，旦旦而呼天，天未嘗不應之者，以其誠也。今陛下，天也。臣之下懷實有可悲而未垂曲照，是臣之誠懇未至也。竊思六年給假省親，係是常例。近編修王同祖給假歸省，已得蒙恩。臣與同祖入館考滿年月，一一皆同，然同祖猶有伯叔群從以支持門户，且有子息以貽其親懽，臣並無之，凡在相識，孰不矜憫？況憂思傷人，湯藥難療。臣母以衰老之年，哭孫念子，憂病交攻，何以全活？臣今五情震蕩，精爽飛越，呼天上訴，更復何言！伏望皇上哀臣至情，特允所奏，萬一母子相見，性命獲全，是烏鳥殘喘，賴陛下而再生也。仍敕吏部查臣與同祖近例，有無相同情私，孰爲懇切，如臣欺罔，甘伏鈇鉞之誅。臣干犯天威，罪當萬死，無任激切之至。嘉靖五年八月。

## 給假省親第三疏

奏爲再乞天恩，給假省親，以全性命事。

臣前具本給假省親，吏部已奉明旨，未及覆奏。臣情深望切，度日如歲，寤寐則營魄飛散，對人則譫言失語，皆由方寸已亂，形神無主，加以痰疾咯血，蓋必死之證也。近日給事中史干光因病求歸，不及覆奏而死，四方聞而悲之。臣之憂危，恐甚於此。恭惟陛下方隆大孝，務得萬國之歡心，而輦轂之下，乃有向隅之泣。如臣者萬一先犬馬填溝壑，誠非陛下之所忍聞也。況臣母抱病，思一見臣，臣今惟恐賫恨不及見母，母子性命，實懸於吏部之一言，使遲以歲月，尚何望哉？兹者世廟告成，推恩天下，吏部若不體陛下孝德，以及於臣，臣死目且不瞑。如蒙乞敕吏部，亟令覆奏，儻蒙天恩，特准給假，如御史王秀、主事李坦等不爲常例，臣生當隕身，死當結草。嘉靖五年九月二日。

## 給假省親第四疏

奏爲三乞天恩，給假省親，以全性命事。

臣前再乞天恩，給假省親，奉聖旨，吏部知道，欽此。見今吏部行堪明白，未曾覆奏。臣痰病轉篤，風涎上壅，思一見母，不知何時。夫中蠹之木，非栽培所能生；心傷之人，非藥石所能療。臣自分必死，但念家中更無宗族可託之人，非爲旅襯無歸，且貽倚門懸望無窮之恨，興言及此，曷勝悲咽？然伏枕奄奄，尚冀生還者。誠見世廟告成，大孝已盡，正體悉臣下、推恩四海之時也。又見同年修撰陸釴給假省親，即蒙俞允。釴以父母俱存，兄弟無故，且得遂其情私，況孤苦疾病如臣者哉？臣氣息廑存，銜悲屢訴，如蒙伏望皇上特降敕旨，准令給假，以昭非常之恩，臣縱死於道路，免爲不孝之鬼，臣死誠無所恨。嘉靖五年九月八日。

## 省親養病疏

奏爲懇乞天恩，調理患病事。

臣原籍廣東廣州府香山縣人，由進士改翰林院庶吉士，除授前職。入仕六年，例應給假省親。適因臣母念臣成疾，臣遂於嘉靖五年九月具本累奏，欽蒙俞允，即於十月起程。緣臣素有痰疾，冒犯冰雪，轉成危篤，沿途緩行求醫。又因阻凍日久，至次年五月始能抵家。臣母子相見，喜不可言，天性流通，沉痾頓減，荷陛下再生之恩，實踰天地，臣雖捐軀，莫能報稱。見今七月十一日，吏部限臣到部。期已逼近，臣誠懼違限曠職，上干鈇鉞之誅。但臣前疾未痊，委難動履，况廣東至京師八千餘里，非扶病所能跋涉。若勉强前往，軀命不保，臣母之念臣，當何如哉？且臣母止生臣一人，更無他兄弟代臣省侍。臣欲迎之就養，則母素多病，不能偕行；欲舍之而去，則臣抵家未久，不能遽別，言及赴部，母子實難爲情。若使臣自附於絶裾之流，非惟棄其親，抑且喪其身，亦行路之人所不忍見也。如蒙伏望皇上曲垂怜憫，特敕吏部暫寬到部限期，容臣調理患病，待痊可之日，即赴京供職，則烏鳥私情，庶幾少遂，螻蟻微命，庶幾可全矣。臣無任感激之至。嘉靖六年七月。

## 患病陳情養親疏

奏爲患病乞致仕，以便養親事。

臣年三十九歲，廣東廣州府香山縣人，由正德十六年進士改翰林院庶吉士，嘉靖元年除授編修。嘉靖五年，爲因臣母念臣成疾，臣亦患病，前後凡四上疏，給假省親，欽蒙俞允。嘉靖六年五月抵家，臣母子相見，喜不可言。仰荷陛下再生之恩，實踰天地，臣雖殺身，莫能爲報。曠職偷安，將一年矣。臣欲奉母就養，則母素患頭風，每一發作，昏眩移時，況道路遥遠，非老病所能跋涉；欲自行赴部，則臣三世孤獨，更無人丁可以代臣侍養。此臣所以日夜思致身於陛下，而莫知所以自處者也。

嘉靖七年三月，吏部賫憑陞臣前職。五月，欽承敕諭，命臣管屯，兼理水利，仍稽考錢糧奸弊，軍衛有司，俱聽拿問處治，陛下所以委任臣者至隆也。國家設都察院、按察司，號內、外臺，僉事之秩，視僉都御史，操持憲綱，可以行志，臣之膺此至榮也。夫天下士習頹惰之日久矣。其上焉者以詩文字藝爲正學，其下焉者以逢迎趨走爲圓機，能盡心職業者寡矣。臣雖腐儒，思矯時弊。既喜得以效其尺寸，而又喜江西去廣東千里，奉母就養至近也。但臣母年已衰邁，前病延緜，平日不離床褥，一旦强使登舟，情豈能堪哉？

臣今祇奉德意，别母赴任，雖竊自附於不遑將母之義，然夢魂眷戀，實有不能自安者。況臣稟賦素弱，邪沴易攻，經過南雄地方，觸冒瘴熱，得患泄痢，服藥調理，至今未痊。近日鄉人傳言，臣母别臣以來，病日益篤，不欲寄書，恐傷臣懷抱。臣伏枕聞之，精爽飛越，母子相見，又不知何時也！切念臣之事君也，子之事父母也，其道一也。臣之事君，不擇事而安之，凡可以盡其心者，靡不爲忠也；子之事父母，不擇地而安之，凡可以順其志者，靡不爲孝也。仰惟陛下起臣于家，登之亨衢，正欲臣淬厲樹勳業，而臣福緣淺薄，憂病相仍，雖欲盡心所職，而方寸已亂，誠慚負陛下，然天下豈有無母之人哉？傳曰：「不順乎親，不可以爲子。」又曰：「五刑之屬三千，罪莫大於不孝。」臣雖至愚，幼聞斯義，伏望皇上憫臣患病，察臣至情，乞敕吏部，令臣致仕，容臣即回原籍調理患病，以便養親，則臣母子性命，庶幾可全矣。

昔永樂中，教諭康孔高枉道過家省母，母適病，留侍九閱月不行。刑部逮問孔高，罪當杖，仍謫教邊以聞。文皇帝曰：「母子之愛，本於天性，睽違萬里，數年一旦相見，已難遽舍，况於有病，是可矜也。」免杖，復其官。事載國史，垂憲萬世。臣誠無狀，罪當萬死，然竊奉令承教，可幸無罪，亦惟陛下矜之而已，臣不勝迫切之至。

## 患病不職乞休侍養疏

奏爲患病不職，乞恩致仕，以便養親事。

臣聞道莫先於行義，孝莫隆於顯親，咎莫大於違時，幾莫難於遇主。竊稽隆古以來，未有如今日之明聖者也。仁涵義敷，底于太和，含靈之屬，踴躍興起，而况於食禄之臣哉？臣自束髮讀書，懷致身之願久矣。際遇皇上方隆大有爲之業，備員方面，正宜建勳庸，顯父母，罄竭平生愚慮，以效死於萬一。苟非病狂喪心，至愚不肖之極，亦孰肯違時昧幾，甘自廢棄，荒所學於無用，而退填溝壑爲哉？況提督學校，教育英才，官最清要，道亦可行，人所羨以爲幸而不可必得者，於此而遽求休退，非惟冒犯衆怒，抑且得罪於名教也大矣！但臣自揆患病不職，宜退者有三：

臣早年喪父，累世孤獨。老母在堂，長患頭眩，不能離床褥以就舟楫。强欲迎養，情實不堪，忍心棄之，尚可以爲子乎？方在立教明倫，首懲不孝，而身已先犯棄親之律矣。此臣軌範不端之罪也，宜退者一也。臣賦性庸戇，動與物忤。思興禮樂教化，則群笑以爲迂，欲日持憲法事督責，則聰明知慮有所不能及，臣知爲有司、爲師、爲弟子者之玩法也。此臣條約不嚴之罪也，宜退者二也。臣素患痰火，每一發作，則志惛目眊，凡進退人材，賞罰官吏，安能慎而無差乎？不能慎而無差，其何以服人乎？臣知爲有司、爲師、爲弟子者之議臣後也。此臣勸懲不公之罪也，宜退者三也。

臣欽承敕諭，端軌範，嚴條約，公勸懲，履任行事，亦已數月矣，而才力菲薄不職若此，陛下將焉用之？語曰：「陳力就列，不能者止。」臣跧伏山林，自知其不能也審矣。往歲吏部謬舉，恩綸在門。夫君，天也。違君命，是逆天也。逆天者不義，不義非人也。別母之官，心終安焉，是遺親也。遺親者不仁，不仁非人也。臣欲免不畏不義之罪，則不敢不出，欲免不恥不仁之罪，則不可不退，而況職不能盡，力不能施，苟延歲月，罪將滋大，陛下將焉赦之？如蒙乞敕吏部，寬臣不職之誅，容臣回籍致仕，以便侍養，是天地之大恩也，是臣母子之大願也。臣無任惓惓。嘉靖九年六月。

## 患病不職乞休侍養疏

奏爲患病不職，乞恩致仕，以便養親，以全性命事。

臣年四十一歲，貫廣東廣州府香山縣人，由進士歷陞今職，奉命提督學校。自到任以來，冒險巡歷。本年六月内，至左江地方考校太平、思恩等處儒學生員，觸犯瘴癘，背生癰疽，流注遍身，不能坐起。兼以痰火大作，晝夜嗽吐，中有鮮血，諸醫不效。臣自分必死，但念累世單孑，惟老母在堂，一旦不幸，先犬馬填溝壑，使老母號哭銷魂乎千里之外，豈不痛哉？况老母慈愛素深，傷悼必甚，性命存亡，殊未可知。興言及此，淚血横臆，爲此哀鳴籲天。如蒙伏望皇上特敕吏部，查照一丁侍養事例，容臣回籍致仕。倘氣息可延，母子相見，則天地之大恩及於枯骨矣。臣生當銜環，死當結草。嘉靖九年八月。

# 泰泉集卷第二十

## 奏疏下

### 郊祀禮成廣恩疏

奏爲郊祀禮成，廣聖恩以答天地事。

臣惟皇上裁定郊祀大禮，將以冬至有事于圜丘，一德玄同，萬方胥慶，《中庸》所謂「致中和，天地位，萬物育」，《記》所謂「升中于天而鳳凰降，龜龍假；饗帝於郊而風雨節，寒暑時」，皆始於此，誠曠世之盛典也。臣不佞敢獻愚忠焉。

夫天地之大德，生而已矣。父天母地而爲之子者，好生之德，洽于民心而已矣。唐虞之世，廷咨九德而罪四凶，何用人之廣而法網若是其疏也？蓋大造生殖之功顯，而震曜之時少。王者體天地之心以爲心，亦必善善長而惡惡短，此堯舜所以爲聖也。陛下，今日之堯舜也。大禮成而天心享矣，體信達順而四靈將畢至矣，駿德鴻名，實與天地相爲永久。宜廣布恩德以仰答帝心，亦聖情之所不容已者也。

嘗考宋制，每舉郊祀，則臣工盡貽曆典，謂之郊恩；罪犯盡肆大眚，謂之郊赦。臣愚以爲求舊愈於求新，使功不如使過；宥罪始於不識，赦過終於惷愚。與其常有濫恩，孰若擇其最有譽望者而用之乎？與其常有濫赦，孰若察其最可矜憫者而宥之乎？方今賢哲列在朝署者，臣不敢泛舉。切見致仕大學士蔣冕、毛紀，尚書喬宇、羅欽順、汪俊、王承裕，侍郎何孟春、鄭岳、劉玉養病，通政馬理、見任南京尚寶司卿吕柟之數臣者，素負經綸，練達典故，或以耆德爲先朝所重，或以學行爲物論所推，皆最有譽望者也。謫戍遐方者，自罪犯之首馬録之外，若李璋、李珏、常泰、余寛、劉仕、黄侍顯、豐熙、楊慎之數人者，偶因不識，或緣惷愚，事涉株連，身非元惡，水土不服，疾病連縣。或妻子疫死，骸骨莫收，或僮僕逃散，薪水不給，皆最可矜憫者也。譬諸草木，枝幹已稿而根柢尚存，一陽來復，律中黄鍾，則生意萌焉。雖豐蔀所覆，瓦礫所壓，猶欣欣望榮，而况化日重光之下乎？

伏望皇上體天地之仁，顓事生殖，溥汪濊之德，大慰輿情，特允臣所奏，將蔣冕等量行起用超擢。念李璋等投荒歲久，悔悟日新，量情移戍近地，或即釋放爲民。仿宋制播告天下，使天下皆知郊禮分祀，自今以始，與常年不同；首行曠蕩之恩，野無遺賢，澤及枯骨，又與常規不同。驩欣交通，薰爲太和，靈貺瑞應，固有恊三極而駢臻者矣。臣幸際郊祀禮成，逖聽喜［躍］〔一〕，偶有一得，敢獻以爲聖治之助，無任惓惓忠愛之至。

〔一〕「躍」字漫漶不清，今據萬曆本、北大本補。

# 代巡撫通市舶疏

題爲遵成憲，通市舶，以興利便民事。

臣惟巡撫之職，莫先於爲民興利而除害。凡上有益於朝廷，下有益於生人者，利也；上有損於朝廷，下有損於生人者，害也。今以除害爲名，併一切之利禁絶之，使軍國無所於資，忘祖宗成憲，且失遠人之心，則廣東之市舶是也。

謹按《皇明祖訓》，安南、直臘、暹羅、占城、蘇門荅剌、西洋、爪哇、彭亨、百花、三佛齊、浡泥諸國，俱許朝貢，惟内帶行商多行譎詐，則暫却之，其後輒通。又按《大明會典》，凡安南、滿剌加諸國來朝貢者使回，俱令於廣東布政司管待。見今設有市舶提舉司，及勑内臣一員以督之，所以送迎往來，懋遷有無，柔遠人而宣威德也。

至正德十二年，有佛朗機夷人突入東莞縣界，時布政使吴廷舉許其朝貢，爲之奏聞，此則不考成憲之過也。厥後獷狡章聞，朝廷准御史丘道隆等奏，即行撫巡，令海道官軍驅之出境，誅其首惡火者亞三等，餘黨聞風懾遁。有司自是將安南、滿剌加諸番舶盡行阻絶，皆往漳州府海面地方私自駐劄，於是利歸於閩，而廣之市井蕭然矣。

夫佛朗機素不通中國，驅而絶之，宜也。《祖訓》《會典》所載諸國，素恭順，與中國通者也。朝貢、貿易盡阻絶之，則是因噎而廢食也。況市舶官吏公設於廣東者，反不如漳州私通之無禁，則國家成憲，果安在哉？

以臣籌之，中國之利，鹽鐵爲大，山封水熑，仡仡終歲，僅充常額。一有水旱，勸民納粟，猶懼不敷。舊規番舶朝貢之外，抽解俱有，則例足供御用，此其利之大者一也。除抽解外，即充軍餉。今兩廣用兵連年，庫藏日耗，藉此可以充羨而備不虞，此其利之大者二也。廣西一省全仰給於廣東，今小有徵發，即措辦不前，雖折俸椒木，久已缺乏，科擾於民，計所不免。查得舊番舶通時，公私饒給，在庫番貨，旬月可得銀兩數萬，此其爲利之大者三也。貿易舊例，有司擇其良者如價給之，其次資民買賣。故小民持一錢之貨，即得握椒，展轉交易，可以自肥。廣東舊稱富庶，良以此耳，此其爲利之大者四也。助國給軍，既有賴焉，而在官在民，又無不給。是因民之所利而利之者也，非所謂開利孔爲民罪梯也。

議者或病外夷闖境之爲虞，則臣又籌之。暹羅、真臘、爪哇、三佛齊等國，洪武初首貢方物，臣服至今。永樂時，涬泥入朝，没齒感德。成化間，占城被篡，繼絶蒙恩。南方蠻夷，大抵寬柔，乃其常性，百餘年來，未有敢爲寇盜者。近時佛朗機來自西海，其小爲肆侮，夫有所召之也。見今番舶之在漳閩者，亦未聞小有警動，則是决不敢爲害，亦章章明矣。况久阻忽通，又足以得其驩心乎？

臣請於洋澳要害去處，及東莞縣南頭等地面，遞年令海道副使及備倭都指揮督率官軍，嚴加巡察。及番舶之來，出於《祖訓》《會典》之所載者，密詗得真，許其照舊駐劄。其《祖訓》《會典》之所不載，如佛朗機者，即驅出境。如敢抗拒不服，即督發官軍擒捕。而凡所謂喇嗒番賊，必誅；權要之私通小民之誘子女下海者，必禁。一有疏虞，則官軍必罪。如此，則不惟足興一方之利，而王者無外之道，亦在是矣。

伏望皇上特敕該部熟議，將臣所陳利害逐一參究。如果可行，乞行福建、廣東省，令番舶之私自駐劄者盡行逐去。其有朝貢表文者，許往廣州、洋澳去處，俟候官司處置。如此，庶懷柔有方而公私兩便矣。

## 議薛瑄從祀疏

奏爲乞恩從祀真儒，以光聖治事。

近該御史楊瞻、樊得仁題稱，乞要將已故禮部左侍郎兼翰林院學士薛瑄從祀孔子廟庭。該禮部覆題：「奉聖旨，是着翰林院、詹事府左右春坊、司經局、國子監堂上官人各上議。欽此欽遵。」臣惟聖人之道，中而已矣。中者民所受於天地之性也，執之於己而用之於民，體用一原者也。徒尚政刑，以操切措注爲事，而肆其偏黨好惡之私，無體之用也；知嚮道矣，致虚守静，雖若能淑其身，而經世之務，茫然莫省，無用之體也。是故循性而行之謂道，行道有得之謂德，德及於民之謂政。天地之中在我而萬物皆備，其視民有不獲者，若毛在躬，拔之痛，無不省，其斯以爲内外合一之學矣。夫是學也坦如大路，而人好徑自相標榜以爲道學，而不自知其自私用智，去道也遠矣。

臣愚以爲闡明帝王之道，律襲天地之宜，以立生民之命者，莫大乎孔子，而求孔子之道，必於《論語》乎觀之。列饗俎豆於廟庭者，踐履宜無愧乎孔子，而其所誦法著述，亦必於《論語》乎律之。蓋周衰道廢，力政争雄，家自爲學，國自爲法。故孔子之設教也，學問之道求諸己者，必先躬行而後文藝；庶富而教施諸民者，必先德禮而後政刑，此《論語》之閎指也。

夫柯葉雖繁，終歸本莖，川流雖多，恒宗鉅海，訓誨問荅，雖千百言，其所歸宿，則二帝三王之道而已。故《論語》終篇，首之以堯舜之道，咨命允執厥中，其傳心法也；繼之以殷承夏、周承殷之政，德及乎民也。苟所執非中，則在我未免偏黨好惡之私，而施及四海萬方，必不能時措之宜也。蓋聖學體用，寔源乎是，斷可識矣。

孔子没而微言絶，大義乖，人性不遠，習俗移之。故楊墨邪詖、蘇張捭闔之習移焉而孟軻作，黄老玄虚、申韓慘刻、屈宋詞藻之習移焉而董仲舒作，桑門果報、詞客駢儷之習移焉而韓愈作，訓詁支離、科試浮靡之習移焉而周、程、張、朱作。是皆未得爲孔子徒也，然而夷考其行與其誦法著述，殆無愧焉者也。故必報祀其振起習俗之功，而後道可永無墜也。

我朝道學昭明，士有不通五三《六經》之籍者，塗之氓得而睨笑之，然積習所移，知道者鮮矣。故當官而徒尚政刑者，不自知其爲無體之用，而曰道當爾也；虚静而高立門户者，不自知其爲無用之體，而曰道當爾也。薛瑄作而振起之，惓惓以復性爲教，嘗曰：「讀書窮理，須實見得，然後驗於身心，體而行之。不然，無以異於買櫝而還珠也。」噫！確哉言乎，真所謂體用一原者也。

其論學也，病夫人之虛談名理，不求己性，且以物爲隨物於外也。故其言曰：「太極，性也。涵養須用敬，存此性耳；進學則在致知，明此性耳。」又曰：「格物所包者廣，自一身言之，耳、目、口、鼻皆物也。耳則當格其聽之理，目則當格其明之理，口、鼻、四肢，則當格其止肅恭重之理。推而至於天地萬物，皆物也。」理雖在物，而吾心之理，則與之潛會而無不通。得其説者，夫然後知所謂民之德也，合内外之道也，雖欲岐體用而二之，烏可得乎？

其論政也，慮夫廢德任刑，法令滋章，有傷天地之和也。故其言曰：「養民生，復民性，禁民非，治天下之三要也。聖人爲治，純明德而刑以輔之，後人則純用法術而已。立法之初，貴乎參酌事宜，可法而無弊者，則播告之。既立之後，謹守無失，堅如金石，信如四時，則民知所畏矣。故中者立法之本，信者立法之要。」又曰：「舉四海九州，生民之氣無不和，則自足以感陰陽之和；舉四海九州，生民之氣既乖，則亦足以感陰陽之異，此理之必然也。」其殆明於政理，達天人之際者乎！

乃若究道體而遵經説，足以發授受之微言；辨心性而主仁敬，足以綜聖賢之樞要；談出處而明斅學，足以陳居身之善經；論治道而詳事理，足以建馭世之長策；評文史而裁諸子，足以袪修詞之僞妄；闢異端而崇道學，足以昭反經之本源。言外必求諸内，言人必揆諸己，言天必徵諸人，其於《論語》指歸，殆無悖矣。因其言以證其行，因其行以考其時，而操心之純，禔身之正，皆人所難者。

觀其潛心誦讀，有得輒記，出處以時，見幾而作，其聞道知時，可不謂知乎？一言一動，於禮罔違，辭受取與，必揆諸義，其始終一德，可不謂仁乎？王文詔事權宦，誣構以罪，繫獄當死，而怡然誦讀不輟。死生亦大矣，而不易其志，非勇而能之乎？知、仁、勇，天下之達德也，而瑄備焉。非有道者，能如是乎？故曰循性而行之謂道，行道有得之謂德，德及於民之謂政。瑄以復性爲教，而合内外之道，則盡之矣。

夫自昔聖賢有作，凡以畏天命而憫人窮也。無體之用，甘爲俗吏，而梏亡天命之性，是猶無源之水可立涸也；無用之體，大類禪關，而志不及於生民，是猶手足頑痺而不仁也。瑄之誦法著述，與其躬行於孔子之道，寔無愧焉。而且發明吾儒之全體大用，使人知所依據而不眩惑，誠聖代之真儒、後覺之師資也。列之從祀，於典禮爲宜，於僉謀爲允，俾忠信篤敬，範浮習而厲頹俗，將見天下斐然嚮風，誠斯世斯文之幸也。臣謹議。

## 給假送母還鄉疏

奏爲懇乞天恩，給假送母還鄉事。

臣聞事之迫者不容緩言，情之切者不容緩聲。臣叨綰院章，職務清華，誠宜績學堅志，雍容歲月以效尺寸，然情事迫切，塵瀆聖聰者，誠由母子天性不容已者也。臣母陳氏，行年七十有一歲矣。自去年就養以來，觸冒暑濕，得病積聚，每右脅痛作，嘔吐呻唫，飲食難進，日益羸瘦。延醫胗治，咸謂不服水土所致。臣愛日之情，不勝驚惕，欲陳情終養，則終之一字，非人子之所忍言；欲乞休而去，則貪戀明時，又所未敢。臣誠日夜惶悚，實不知所以自處者也。

竊見給假送母還鄉，係見行事例，退既可以遂其烏鳥之情，進復可以效其犬馬之志。恭惟皇上，大孝達于四海，至仁洽于萬物，如臣母子，實賴生成。爲此陳情乞恩，如蒙特勑該部查照事例，容臣給假送母回還廣東原籍，待臣調理母病痊可之日，復任供職，則臣老母餘生，皆陛下之所賜也。臣情事委實迫切。驚惕之餘，言不成章，冒犯天威，無任隕越之至。嘉靖二十二年三月。

## 乞恩休致以便侍養疏

奏爲乞恩休致，以便侍養事。

臣年五十五歲，原籍廣東廣州府香山縣人，由正德十六年進士改翰林院庶吉士。累蒙天恩，擢至右春坊右諭德，兼翰林院修撰，纂修玉牒，遂陞今職。緣臣弱冠喪父，臣母止生臣一身，母子相依，以至今日。去年冒暑北上，舟檝顛危，涉秋南返，臣母傷熱頭暈，怔忡發作無時。臣早晚升堂收班，實難常侍湯藥，矧終鮮兄弟，無可托者。興言及此，則抗顔之席不能一日安矣，尚忍以竊禄爲哉？欽惟聖明以孝治天下，一丁侍養，乃見行事例，臣之當休致者一也。臣父墳墓去廣州郭外，路甚荒僻，劇盜出没，松楸莫保。今臣離鄉已三年矣，家本寒素，童稚不足以應門，其誰守之？臣母每一思憶，涙涔涔下。興言及此，則先人之藏不能一日離矣，尚忍以竊禄爲哉？欽惟聖明以孝治天下，三年祭掃，乃見行事例，臣之當休致者二也。臣母患病，雖根於憂思，成於驚恐，然延醫胗視，或謂不服水土所致。是以語故鄉而悲號，却滋味而不食，形體羸瘦，臣切憂虞。興言及此，則甘旨之奉不能一日娱矣，尚忍以竊禄爲哉？欽惟聖明以孝治天下，送母還鄉，乃見行事例，臣之當休致者三也。

夫忠孝一理也，臣子一道也。不能順親，則其事君可知也。今我皇上一德格天，百靈孚佑，道化播於寰中，餘澤浹于海外。四方髦士鼓篋橋門者，星共而雲從；島夷之國遣子受學者，睠戀而不能舍去。臣獨何人，而敢自棄於明時哉？其亦有不得已之至情也。臣竊考《周禮》，師氏教國子以德行，必先於孝，即今祭酒之職也。誠以孝本於天，爲人而不孝，與教人而不以孝，皆逆天者也。臣不能盡孝，而可教人乎哉？

蓋嘗莊誦我睿宗獻皇帝《含春堂》之製矣。恭默思道，奉先思孝，凡形於言者，皆純德之所發，以天之心爲心者也。《詩》曰：「維天之命，於穆不已。於乎不顯，文王之德之純」，獻皇帝之謂也。又嘗莊誦我皇上《龍飛大狩》之製矣。感愴松林，徘徊瞻望，凡形於言者，皆順德之所發，以獻皇帝之心爲心者也。《詩》曰：「媚兹一人，應候順德。永言孝思，昭哉嗣服」，皇上之謂也。夫皇上承獻皇帝體天之心以爲治，而臣乃不能仰體皇上之心以孝乎二親？離父墓而弗顧，逆母志而弗歸，有臣如此，將焉用之，尚可以教人乎哉？

爲此陳情乞恩，如蒙特敕該部查照事例，容臣休致，回還廣東原籍侍養，非惟祭掃先墓，得保松楸，而臣老母餘生，皆陛下之所賜也。臣情事委實迫切，冒犯天威，無任隕越之至。嘉靖二十三年六月。

## 擬大合樂疏

《樂記》曰：「天地訢合，陰陽相得。」故大合樂，文之以五聲，播之以八音，節奏合聲相應，則生變而成方，舞者合之。《雲門》《咸池》合於《九韶》，《大夏》《大濩》合於《大武》而歌奏，則五聲、十二管還相爲宫。奏以六律，象斗循天，而東宫唱商也；歌以六吕，象日會天，而西商和宫也。觀於「分樂而序之」，則可見矣。凡登歌，四琴四瑟，一倡三嘆，而後可以配下管之一聲，上下協和。故大胥以六樂之會正舞位，分干羽爲六列，行其綴兆，要其節奏，則進旅退旅，莫不得齊焉。

《樂記》又曰：「合生氣之和，道五常之行。」小大相成，終始相生，清濁倡和，迭相爲經。故羽變之轉角，徵生宫，爲三調：正宫也，下徵也，清角也，此禮所以節樂也。故角始於慢，然後清，以上祀天；徵始於清，然後流，以下祭地。兩者交通成和，然後高不至於噍殺，下不過於嘽緩，優柔平中以享人，豈有一管自爲一聲之理哉？

故黄帝以雲紀官，人與天調，故作雲和琴瑟。以黄鍾爲宫，下管以笙爲主，第一管爲圜鍾而羽管，黄鍾最長，是謂孤竹之管，取其獨一而大也。導舞以雷鼓，面廣九尺，雷鼗面廣九寸，其聲皆在八十一數之中，人合天也。帝顓頊實處空桑，乃登爲帝，舞《咸池》《承雲》，以祭上帝，故作空桑琴瑟。以太蔟爲宫，應函鍾之徵，而笙管姑洗，以羽從宫，是謂孤竹之管，取其自子而孫也。導舞以靈鼓，面廣六尺，靈鼗面廣六寸，其聲皆在五十四數之中，地承天也。帝堯修《雲門》《大卷》，命之曰《大章》，亦所以合

《咸池》也。《大韶》興於禹，鑿龍門，通瀍水，地平天成，乃作龍門琴瑟。以姑洗爲宫，而應黄鍾爲角，笙管南吕，以羽從宫，是謂陰竹之管，取其自北而南也。導舞以路鼓，面廣七尺五寸，路鼗面廣七寸五分，其聲皆在六十八數之中，天合人也。

合三中，琴角絃皆兼二律，而《韶箾》十六管：其十二管者，律吕之正聲也；其四管者，黄鍾至夾鍾四清聲也。瑟之十六絃，笙之十六簧，應之五聲，欲其成文不亂。又用頌琴十三絃，頌瑟二十五絃，和笙十三簧，所以依玉磬而合宫縣也。《武》音則有七律，巢笙十九管，其十二管亦律吕之正聲，九管則黄鍾至蕤賓七清聲也。雅瑟二十三絃，其用者十九，《象箾》《南籥》應焉。故六律、六同以相對爲列，而其音謂之《六英》；《韶》以相繼爲義，而其變謂之九成。九爲圜而參天，六爲方而兩地。《九招》《六列》《六英》，樂之所必有者也，樂究於九，則反而爲一矣。

升歌，鍾律圜鍾，磬律夷則；既歌，則鼓其羽籥之舞。圜鍾以起黄鍾，而羽七合角六于三吕，以倡流徵，而姑洗角羽變入地宫，以降天神，所謂若樂六變者也。無射以起函鍾，而徵九合商八于三鐘，以和清角，而函鍾角羽變入天宫，以出地示，所謂若樂八變者也。黄鍾至姑洗宫五，合函鍾徵九。黄鍾之宫歸夷則，夷則歸姑洗，姑洗復歸黄鍾爲宫；大吕之角歸南吕，南吕歸中吕，中吕復歸大吕爲角，是爲清角始終。函鍾之徵歸無射，無射歸蕤賓，蕤賓復歸太蔟爲徵；太蔟之羽歸函鍾，函鍾歸夾鍾，夾鍾復歸應鍾爲羽，是爲流徵始終，所謂若樂九變者也。

管協琴瑟與鼓鼗雖分爲三，然要其節奏，則貫而爲一，其三才合一之道乎。不言七變，則蕤賓與黄鍾之交耳。《大武》六成，惟聽金奏之鼓，和以金錞，節以金鐲，止以金鐃，通以金鐸，是故君子聽鼙鼓之聲，則思將帥之臣也。六變既畢，虎賁之士易服秉翟，以合九成。故籥師東西各二人，教國子舞羽吹籥，佾長各十六人，《夏籥》《象箾》，編懸合應，所謂「鍾石殷殷羽籥鳴」者也。專奏《象武》及《勺》，則用《象箾》《南籥》而已。於旅而語且道古，其牧野之語乎？故成均之教，有樂德必有樂語，語以成之，正欲使衆聞其義爾。凡大合樂必遂養老，天子冕而總干，所以教諸侯之弟也。奏於宗廟，以樂皇尸，亦如之。《大武》告成，功大治辯，必修文德，否則非備樂矣。故孔子告賓牟賈，以合樂終焉。

今宜損益其文而因其本，仿《大武》。歲在鶉火之律，則開天立極。以丁未之歲，福德在吴，則奏黄鍾，歌大吕，靖難繼統；以壬午之歲，福德在燕，則奏太蔟，歌應鍾，律娶妻而吕生子，奏姑洗，歌南吕，以象子孫相繼、萬世無疆之休焉。是即《咸池》《承雲》《九韶》之樂也。《傳》曰：「《韶》有干戚，非正樂也」，自禹始也。此《大夏》所以爲文武之中者，與成湯修《九韶》，擊玉磬，故《頌》曰：「鞉鼓淵淵，嘒嘒管聲。既和且平，依我磬聲。庸鼓有斁，萬舞有奕。」蓋禮九獻，樂九成，夏、殷所同也。夏籥序興，而兼《大濩》《大武》，其樂遲久，以象黄虞治化，兼夏后、殷、周歷年，則皇明祚胤，與天無極矣。故備言之，以待聖明採擇云。

# 泰泉集卷第二十一

## 書上

### 上楊石淙書

佐聞上下之交，萬化之源也。上日親其下，論道經邦，則輔臣得以行其志；下日親其上，徇私立黨，則小人得以弄其權。古者元首股肱，相待一體，臣鄰馮翼，接見無時，故其治隆而世道恒泰；後世尊卑闊絶而情太疏，禮節繁苛而義斯薄，故其治污而世道多否，蓋可見矣。然則君臣相與之際，可不慎與？

觀於武宗毅皇帝日事巡遊，不親儒臣莊士，左右姦佞，相煽爲黨，遂致逆藩再亂。及自將南征，梁厚齋以輔臣扈從，欲取天子行璽以隨者，誠慮變生不測故也。楊石齋堅執不與者，恐爲姦佞所奪，反以召變，亦其遠慮焉爾。曏日敝鄉連有魁禮闈者，厚齋嘗過譽佐，以爲可復得儁。比佐對大廷，時石齋得佐卷，輒下其手曰：「此厚齋黨也。」及試入館，以濮議辯，佐卷惟據《儀禮》「爲人後者爲之子」，「何如而可以爲人後？支子可也」。宋仁宗育濮安懿王支子於宫中，是爲英宗，則程伊川所議，復何疑哉？石齋又欲下其手，大宗伯三江毛公曰：「《儀禮·子夏傳》寔有此説。」佐乃得以濫竽館末。佐何嘗黨石齋哉？

今大禮既定，考選翰林，調出外任，新貴人又以佐爲石齋之黨，欲對品改除。賴我執事維持，得擢憲職，知佐愚直，未嘗一日私造輔臣之門，非石齋黨也〔一〕。語曰：「仕伸於知己而屈於不知己。」執事之於佐，可謂知己者已！曩承執事枉顧，命佐考究國朝君臣同遊事迹，正以方今聖天子龍飛郢甸，亟求至治，嘗御平臺，宣召大臣，將復聖祖之成憲也。及録國史、《寶訓》《御製文集》，暨先正之書所紀言動數條，偕金美之入見，一時倉皇，散漫無序，罪當何如哉？而執事盛德包容，喜見顔色，至曰：「聞所未聞，啓發多矣。」引掖盛情，一至於此。且又教佐曰：「國家安危繫宰相，天下公議付臺諫，君德成敗責經筵，生民休戚在守令，古今不易之定論也。此可爲奏疏，其留意焉。」佐今爲逐臣，疏求歸養，倘得首丘林壑足矣，奚敢疏哉？金美之書來，謂執事必欲起佐，復還史館，蓋世道將泰，而執事不以佐疏愚而遐遺也。敢陳所聞，以備執事獻納論思之萬一。

欽惟我太祖高皇帝垂訓作則，以君臣同遊爲第一義。其爲聖子神孫之慮，而開泰運於無疆者，深且遠矣。當是時也，虚心清問，聽納如流，情義相孚，苛嚴是略。自叢廊以及禁苑，無非延訪之地；自公卿以及庶士，無非諮議之臣。觀夫御華蓋殿而大學士朱善侍，則與論道心倚伏之幾；御觀心亭而

〔一〕「石齋」，萬曆本作「有私」。

學士宋濂侍，則與論人心操存之道；御東閣，則與贊善董倫論人臣責難、諂諛之二端；御奉天門，則與待制吴沈論求賢、納諫之二事〔一〕，凡以求治要也。御外朝，召學士危素等飲，而賦《冬日詩》；御便殿，與宋濂飲，而賦《醉學士歌》；御武樓，與吏部尚書詹同談笑作記；遊内苑，與四輔官杜斆聯句成章，凡以尊文事也。太子正字桂彦良於上前朗誦御文，則嘉之曰：「儒者事君，正當誠意」；國子學官李思迪侍便殿，終日緘默，則詰之曰：「理道之言，非所宜禁」；典史馮堅言事稱旨，即超擢之；學正曾秉正上疏見賞，復召用之，凡以廣聽納也。選秀才張宗濬輩，使之陳古今；嘉儒士沈士榮，使之條政務，凡以察邇言也。是皆見於《御製文集》《皇明寶訓》所紀載，而得於先正之所傳聞，蓋不容殫述矣。

高皇帝以古聖所未有之大智，建自古所未有之大功，一時臣工雖盛，何能少裨海嶽之崇深？顧汲汲焉下交不瀆如此，何也？誠以人君臨朝，時惟數刻，燕閒所接，不過婦寺，則便僻易親而蒙蔽得售，治日之所以常少而亂日之所以常多也。故不自逸豫，身示法程，使聖子神孫監于成憲，萬世永賴，其爲慮至深遠也。苟曰守文之世與開創不同，夫豈高皇帝之意哉？厥後相承，太宗文皇帝則臨幸内閣，親閲勤勞，召至榻前，語必至夜；仁宗昭皇帝則面賜銀圖書，使緘密疏，日至弘文閣，冀聞讜言；宣宗章皇帝則偕詞臣幸史館而賡《招隱》之篇，召輔臣遊太液而有玉冠之賜。于時則有若楊士奇、楊榮、解

〔一〕「待制」，原作「侍制」，今據萬曆本改。

縉、胡廣、楊溥、蹇義、夏原吉諸名卿，對揚天語，咫尺天顏，日以爲常，而其寵遇之隆、建白之偉至於今，市人猶能道之，率由舊章正在。

今日皇上龍飛潛邸，聖德夙成，恭天駿命，鋭意化理。世之迂儒猶曰春秋如此其沖也，而欲責以難行之事，蚤朝如此其勞也，而又益以延訪之煩。驟而行之則以爲駭，激而言之則以爲嫌，寧因循之愈。嗚呼！是何言哉？責難，恭也，謂吾君不能賊也。然則轉移輔導，其道何居？

佐蓋思之矣。進講之後，爲講官者宜奏請御書所講章句，如宣德時習字故事，從容評品，因加風諭，以動聖心，此一説也。退朝之後，爲輔臣者宜奏請從遊觀闕，以及禁禦，如天順時遊西苑故事。追隨之暇，形爲詩歌，承弼之餘，務爲將順，俾聖情祇見儒臣莊士之可親，而志意交孚也，此又一説也。誠如是也，虞廷喜起之風，周室卷阿之響，倘由此其可興乎！嗟夫！天之將寒，先以霰雪；天之未暑，先以春和，蓋陰陽之運必以其漸也。人君之尊猶天，然輔臣則承天而時行者也。調燮之功致主於道者，亦若地之承天而已，可遽責效於旦夕乎？惟執事道揆圖之，則天下之幸也。

執事昔在銓衡，嘗立法以官人矣；今在内閣，又行法以用人矣。胸中自有經濟幾權，何待佐愚者之言哉？然立法以官人，必求垂於後，而無弊詒厥孫謀之心也；行法以用人，必求監於前，而無愆繩其祖武之道也。二者必須晉接燕對，而後請謁不行，私黨可絶，幾權默運，賢才彙升。觀於洪武中得方教授面付青宫，天順中召李文達面論王忠肅是已。《禮》曰：「設官分職，以爲民極。」《易》曰：「神而化之，使民宜之。」然則講求祖宗之制，酌量因革之宜，豈非今日我國家之首務哉？請舉其凡而究其本。

執事曰：「國家安危繫宰相」，固也。佐則曰：「官以相名起於秦，非制也。凡輔養君德者孰非相臣，而必以相名，則威權斯有所專矣。惟我朝不設宰相，而館閣置公孤之臣，卿部分軍國之務，是即周官燮理寅亮與分職率屬之意也。祖、宗以來密勿之地，同心一德，而台衮日近乎宸旒，故大政大疑皆得以面決之。苟面決之規不復，而惟以條旨爲政機，則陸贄所謂至尊收視於穆清，上宰養威於廊廟者，安保其不終無邪？兹佐之所望於今日者，一也。」

執事曰：「天下公議在臺諫」，固也。佐則曰：「官以諫名起於漢，非古也。凡獻替吾政者孰非諫臣，而必以諫名，則嘉言斯有所伏矣。惟我朝不設諫官，而六科掌封駁之事，十三道任糾察之責，即周官詔王以爔與贊王政令之意也。祖、宗以來朝著之士，明目張膽，而皂囊日陳乎丹陛，故大奸大蠹皆得以面奏之。苟面奏之不復，而惟以章疏爲風力，則蘇軾所謂言及乘輿則天子改容，事關廊廟則宰相待罪者，安望其能有行邪？兹佐之所望於今日者，二也。」

執事曰：「君德成敗責經筵」，固也。佐則曰：「經筵之定爲儀注，禮之文也。國初經筵無常所，而燕息所接，皆講學之臣。正統初年，講讀定於文華，始著爲儀，亦學貴專一之意耳。然《會典》載講書之後，凡遇五府軍政、六部要務，俾詹事等官敷陳之悉，是則講讀之地都俞吁咈存焉。苟爲不然，則稽首而退，君門已如萬里，雖宿學如程、朱，亦何由而效其忠？苟復講畢進言之規，則情不容於不孚，而君德可成。兹佐之所望於今日者，三也。」

執事曰：「生民休戚在守令」，固也。佐則曰：「守令之速於遷擢，民之病也。國初守令恒久任，而超陟所晉，即隆重之職。成化以來，遷擢不待滿考，始著爲令，亦治貴激厲之意耳。然《會典》載薦舉之法，必待三年、六年政迹卓異，俾吏部仍察舉主之廉，是則薦舉之際興事屢省存焉。苟爲不然，則計日而遷，所至殆如傳舍，雖善政如龔、黄、卓、魯，亦何由而竟其施？苟復課功核實之規，則任不容於不久，而民隱可恤。兹佐之所望於今日者，四也。」

雖然，立法官人以一天下者固難，行法用人以新天下者尤難；指偏而不起之弊非難，得變通可久之道爲難也。今日所以振作新政，豈取法度而紛更之哉？亦惟斟酌時宜，一遵舊章而神化之耳。夫爲官擇人，則人宜乎其官；因時更化，則化行乎其時。擇人必如用木，巨者爲棟，細者爲櫨，然後職無不舉矣；更化必如安弦，大者弗急，小者弗絶，然後政無不和矣。究而言之，知之弗明，人弗可得而擇也；任之弗專，化弗可得而更也。

昔者守成業而致盛治，莫如周成王。其作《立政》也，自常任、準人以至三亳阪尹，皆欲其得人而終之，曰：「我其克灼知厥若」，言知人貴明也；其董正治官也，自論道經邦以及大明黜陟，皆欲其舉行而訓之，曰：「議事以制，政乃不迷」，言任人貴專也，然猶有本。孟子曰：「人不足與適也，政不足間也。惟大人爲能格君心之非。」嗚呼！新天下之要道，其在此哉！聖明在上，賢輔在下，將見同遊，成憲必復，而私黨潛銷。佐言衹喋喋徒贅爾，伏惟執事裁赦不罪，則區區負日之暄，願再有以獻也。

佐昧死百拜，謹言。

## 復林見素書

京邸辱承教愛，忘年下交，臭味至相孚也，別後無任仰止。日者省吾方伯來獲領台翰，拳拳於佐。詢及講學著書，開緘如覿光霽而聆嘉言，佐何以得此於左右哉？曷勝感荷？

夫古今著書者多矣，博而不約，是畔道也；講學者亦多矣，言而不行，是欺世也。仰惟執事難進易退，崇正絀邪，孤忠大節，始終如一，涵仁茹義，發爲詩文，峻潔清奇，鷄林傳誦。佐見嚮者駕帖改獄，執奏封還，斧扆改容，貂璫奪氣，八疏求去，然後俞允，晉秩宫保，璽書護行，舉朝搢紳出郊餞送，蓋明良相遇，恩禮郅隆，三代而後所僅見者也。行未抵莆，薦已交剡，皆謂請留名德，光輔中興。執事之賢，可謂出於尋常萬萬矣。

然則著書講學，爲世法程，執事固當任世道之責者也。佐何人斯，敢與於此？嗟乎！聖經賢傳，至宋儒而道益明矣。書不必廣著也，要在守約；學不必重講也，要在力行。蓋尊德性，道問學，本非二事也，而朱、陸乃各分任之，不亦岐乎？吾夫子曰：「德之不修，學之不講，聞義不能徙，不善不能改，是吾憂也。」夫修德不講學，則不明；講學不修德，則不誠。明則察理必精，誠則循理必一。理存於心，心見於事，義日以集，氣自浩然，立於無過之地，則純粹至善，充而大之，大而化之，至於窮神合天，所謂樂以忘憂者與！顔子其庶乎此者。好學而心依於仁，故不遷怒，不貳過，三月之久，須臾少違，則不遠而復。夫子稱之曰：「擇乎《中庸》，得一善則拳拳服膺，而弗失之矣。」又曰：「有不善未嘗不知，知之未嘗復行也。」所謂不改其樂者與！

欲尋孔顔之樂者，亦惟學以弘道而復吾德性焉耳矣。是德性也，本自廣大，胡爲促狹？本自精微，胡爲粗疏？本自高明，胡爲卑暗？本自中庸，胡爲偏倚？苟不自明而誠，則昏迷侮慢，至於無忌憚也不難矣。故必學之博，問之審，思之慎，辨之明，而後篤於行焉。廣大，仁之致也；精微，義之盡也；高明，知之極也；中庸，禮之交也。又必温故以紬繹，而理義日有所擴充；敦厚以敍秩，而動容日有所品節。繇是仁至於有容，義至於有執，禮至於有敬，知至於有别，聰明睿知，足以臨民，皆性分内事耳，是則至誠之道也。故曰：「反身而誠，樂莫大焉。」

雖德性之知，本無不能也，然夫子之教，必致知而力行，守約而施博，於達道達德，一則曰「未能一焉」，二則曰「我無能焉」，未嘗言知而廢能也。程子曰：「良能良知，皆無所由，乃出於天，不繫於人。」又曰：「聖人本天，釋氏本心。」蓋《大學》言致知，繫於人之問學者也，孟子言良知必兼良能，本於天命之德性者也。惟宋吕希哲氏獨以致知爲致良知，而廢良能，則是釋氏以心之覺悟爲性矣。《圓覺經》以事、理爲二障，必除而空之，則理不具於心，心不見於事，惟神識光明而已。反身而誠，似不如是。

伏願執事尋樂雲莊，有暇著辯，以斥吕氏之非，以熄邪説，則萬世之幸也。尊集省吾已校正刻完，佐得附姓名，何光榮如之！送梓人回，謹布腹心，言涉狂斐，萬惟裁赦。

## 答王陽明書

佐久違函丈，憂病相仍，無由覿德，祇覺悔尤日積，乃知所謂人生不幸無師友者，非虚語也。日者拜嘉新曆之賜，感感無任。公敍回廣，得領家傳，又辱手教，聞四月初即光臨敝邑，跂俟久之。六月中，始往江西，會病不可愈，乃挂冠而歸，謹具呈臺下，乞垂省覽。又承示新刻《傳習録》，首云聖人教人，皆因病立方，要在去病，初無定説，今各就偏箴切，若遂守爲成訓，他日誤己誤人，吾之罪過，可復追贖乎？斯言也，古今不易之通論也。

佐向與執事細論孔子自謙，一則曰「我無能焉」，一則曰「未能一焉」。雖德性之知，本無不能，第言明德，則良能亦在其中矣，但仁義之理，必先知而後能爾。公敍言執事俯納佐愚者之一得，手書對聯於敷文書院，曰：「欲求明峻德，惟在致良知。」佐何幸而得此哉？亦惟觀書而悟。

天地賦易簡之理於人，人受之以生，初非支離也。道問學，循此以明善復初，即尊德性之謂也。《易》曰：「乾以易知，坤以簡能。」陸象山常言之云：「吾知此理即乾，行此理即坤。知之在先，故曰乾知大始；行之在後，故曰坤作成物。」曷嘗以行爲知哉？又曰：「《論語》中多有無頭柄底説話，如『知及之，仁不能守之』之類，不知所及、所守者何事；如『學而時習之』，不知時習者何事。非學有本領，未易讀也。苟學有本領，則知之所及者，及此也；仁之所守者，守此也；時習之，習此也。説者説此，樂者樂此，如高屋之上建瓴水矣。學苟知本，《六經》皆我註脚。」知本非明善復初之謂乎？

或問：「何不著書？」對曰：「《六經》註我，我註《六經》。」「問學當何自處入？」曰：「不過切己自反，改過遷善。」由此言之，註我之云，修本之論也，但其流則至於高虚爾。頓悟爲宗，不由漸造，則是容易之易，非乾之易知矣；脱略禮法，不知本領，則是苟簡之簡，非坤之簡能矣。於此且學且思，不至於罔且殆焉，則朱子何至晚年而後有定論哉？惟象山自謂尊德性，朱子自謂道問學，於是業舉之士，惟知訓詁文詞而已，此後世之通病。執事之致良知者，就偏箴切，真所謂良藥也。佐亦頗有所知，惟恐知而不行，有負明訓，但病不能躬詣臺下請教耳。

郡志已成，據家傳已收令祖入名宦矣。今采藥泰泉，蘄制頽齡，倘此命可延，敢不夙夜奉明訓以周旋也？伏楮不勝惓惓，力疾不盡所欲言，萬惟照察不備。

## 與徐養齋書

昨承教中和之説，謂陽明《傳習録》云：「不可謂未發之中，常人俱有之。蓋體用一源，有是體，即有是用。今人用未能有發而皆中節之和，則知其體亦未能得未發之中。」執事謂：「民受天地之中以生，其性無有不善，若無未發之中，則人皆可爲堯、舜，豈謬語哉？」蓋陽明之學，本於心之知覺，實由佛氏。其曰：「只是一念良知，徹首徹尾，無始無終，即是前念不滅，後念不生。」此乃《金剛經》不生不滅，入涅槃覺，安知所謂中和也？又曰：「無所住而生其心，佛氏曾有是言，未爲非也。」又曰：「不思善，不思惡，時認本來面目，即吾所謂良知。」又曰：「無善無惡者理之靜，有善有惡者氣之動。不動於氣，即無善無惡，是謂至善。」此又畔孟子性善之説矣。既曰「無善」，安得又曰「是謂至善」？是自相矛盾也。

又曰：「吾自幼篤志二氏，自謂既有所得，謂儒者爲不足學。其後居夷三載，見得聖人之學，若是其簡易廣大，始自悔悟，錯用三十年氣力。大抵二氏之學，其妙與聖人只有毫釐之間。」執事謂其「與佛老汩没俱化，未嘗悔悟，但借良知以文飾之爾」。誠然！誠然！生謂中庸者，作聖之樞要，而精一執中之疏義也。明乎此，則佛老之説，祇覺其高虚而無實，避去不暇，又何汩没之有哉？

夫堯、舜始言中，孔子始言中庸之爲德。中不啻足矣而言庸，何也？蓋慮人以中難知難行，而不知人皆可以爲堯、舜，故又以庸言之。蓋謂無過不及之中，乃平常應用之理，降衷秉彝，人人所同也。故子思述孔子之意，以爲「此篇凡言及品節限制，而操存於内者，皆以坊人心之危也，言及天地民物，皆以廓道心之微也。」然道心之發，恒與人心相參，則察之不容以不精，守之不容以不一，必精而至一，則中可用於民，推之天下國家，而天地位、萬物育矣，其用功以致中和也。俗儒皆以戒懼爲静而存養，慎獨爲動而省察，然《章句》《或問》惟言存養省察，未嘗分言動静也。生愚以爲此乃默識天性而操存涵養之爲學，以此誨人，以此修道立教，無非中庸之爲德，合内外之道，即《易》所謂「然而成之，不言而信，存乎德行」。

性既存於心，心自見於事，聖神功化之極，自有不疾而速，不行而至者矣。昨談及此，猶未之詳也，試更詳一得之愚，可乎？蓋首章「戒慎不睹，恐懼不聞」，與末章「不動而敬，不言而信」，正是相應。聖學相傳《洪範》五事，孔門四勿，皆從此用功，雖稠人廣坐之中，從事于此，惟恐少怠。《記》所云「哀樂相生」，正明目以視之，不可得而見也，傾耳以聽之，不可得而聞也，豈待感物而動哉？故又曰：「人生而静，天之性也。」默識天性之中，庶乎情發而皆中節。由此推極，則中和致矣。若待静時存養，則無有所謂不睹不聞，不動不言之時矣。嘗當中夜不接物時驗之，目睹隙光，耳聞更漏，或擁衣而動，呼童而言，未有無思無慮如槁木者，故曰「纔思即是已發」。惟内視返觀，則性如皎日，有過即知，是謂明德。好惡本無一偏，豈非未發之中乎？若對客應酬亦然，一有偏處，即静以待之，則喜怒哀樂之發，無不中節，而和自中出矣。涵養日久，便是默而成之，篤恭而天下平，不獨成已而已。若曉曉講學，各執一端，則自相乖戾，去中和遠矣。不知執事以爲何如，萬希見教，幸甚！

## 與崔洹野書

京邸辱舉玉趾，枉教亹亹，皆至言也，夙夜服膺益切。欽仰方圖留都便郵，修問左右。令公子至，乃知便道過家，調攝貴恙，諒惟勿藥，喜慰何如！

佐聞箋詁者，聖經之翼也；諸子者，微言之遺也；史牒者，來今之準也；雜文者，藴積之華也。世之談道者，每謂心苟能明，何必讀書？吾夫子既斥仲由之佞矣，又謂皋、夔、稷、契，何書可讀？然則

《三墳》《五典》之書，傳自上古者，胡爲誦法於删述之前邪？《十三經註疏》中多有可取者，如鄭氏釋道不可離，曰：「道猶道路也，出入動作由之，離之惡乎從也？」其言似麄而實切。苟謂真儒不是康成，而顓求明心見性，則又入禪矣。荀、楊雖太醇小疵，而不敢擬經，其言亦有所見。近世乃有取於《文中子》，以爲聖人復起，不能易也。謂之何哉？執事曰：「二程謂老氏之言無可闢者，唯釋氏之説，衍蔓迷溺至深，故宋儒多取道家言。如周茂叔自無而有，自有歸無，乃李筌之《陰符》也；張子厚清虚一大，乃莊周之太虚也；朱子之《調息箴》，乃老聃之玄牝也。矧又註《參同契》《陰符經》，盛傳于世邪？」蓋去聖日遠，而内聖外王之學，老莊頗合吾儒，遂至此爾。

近日《金剛》《圓覺》及六祖《壇經》，爲講道學者所宗，陽儒陰釋，自謂易簡，不涉支離。如降伏其心，見自本性，有大定力者，謂之金剛；統衆德而大備，爍群昏而獨照者，謂之圓覺。不思善，不思惡，時識自本心，見自本性，則又《壇經》兼定力、獨照之藴者也。佐嘗取《圓覺經》觀之，其圓攝所歸，循性差别，有三種焉：一曰奢摩他，謂寂静輕安，於中顯現，如鏡中像；二曰三摩鉢提，謂除去根塵幻化，漸次增進，如土長苗；三曰禪那，謂妙覺隨順寂滅，不起浮想。此三種净觀，隨學一事，故有單修、齊修、前修、後修之等，有二十五輪，是其支離，反不如老氏之簡易矣。

惟王陽明祖述吕希哲氏，專言致良知則静慧皆在其中，此陽儒陰釋者所以樂從之説也。執事曰：「良知良能，心之用也；愛敬，性之實也。本諸天，故曰良。今取以證其異，删良能而不絜，非霸儒與？」然佐昔往紹興，親與之辨曰：「夫子於達道達德，皆責己不能，以尚行也。蓋德性之知，本無不能，如言明明德，則良能亦在其中矣。」陽明欣然曰：「非尊兄，不聞此言，此所謂燈是火也。」

比至敝邑，先有簡托祝大參公敍告佐曰：「已於敷文書院作對聯云：『欲求明峻德，惟在致良知』，亦行後知先之意也。」及相見，又言之。因論治河禦虜，出入史傳。佐曰：「史傳亦可以内省不疚，擇其善者從之，見其不善者改之。」陽明又深以爲然。又曰：「理無内外，性無内外，故學無内外。講習討論，未嘗非内也；反觀内省，未嘗遺外也。」又曰：「天下所以不治，只因文盛實衰，人出己見，新奇相高，以眩俗取譽，使天下靡然争務修飾文詞，以求知於世，而不復知有敦本尚實、返朴還淳之行。」

又爲《立志説》曰：「欲此心之純乎天理而無人欲，則必去人欲而存天理。務去人欲而存天理，則必求所以去人欲而存天理之方。求所以去人欲而存天理之方，則必正諸先覺，考諸古訓，而凡所謂學問之功者，然後可得而講，而亦有所不容已矣。」凡此則雖欲删良能，而終不可删者也。然則聖人之學，至無而有，至近而神，回視老氏，不尤簡易乎？由此言之，「道猶道路也，出入動作由之，離之惡乎從也」，真確論矣！

吾儒之學，本乎天地之性，在乎進修，不由頓悟，「乾以易知，坤以簡能」，又焉用旁求爲哉？世之宗陽明者，皆不讀吾夫子之書，是畔陽明者也。故佐嘗贊其爲豪傑之才者，以其從善如環耳，謂之霸近於王，非與？亦以見聖人之學，雖作聰明，亦終不能亂也。執事以爲何如？

## 與張龍湖書

生留神《樂典》，積二十年而成書。嘗夢吾夫子指示：太極生兩儀，而分陽爲知崇效天，分陰爲禮卑法地。寤而思之，羽縵於角，知崇也；徵流於商，禮卑也。乃用周尺絫黍，加二寸，製管十二，還相爲宮而吹之，致雙雉之祥焉。屬以語于執事，執事過譽，以爲神解，因索《樂典》，攜去觀之。每會晤，必談及而謙讓，謂未領其要，俾生陳說其詳。此書成，縉紳無一肯下問者。天將興大樂，而執事同心一志如此，生敢不罄其愚哉？

大抵樂以人聲爲主，歌詩入律呂者聲相應，故生變。變成方，聲成文，播諸樂器，而後爲音焉。音由人心生者也。《書》曰：「《詩》言志，歌永言，聲依永，律和聲。」今之俗樂，遺法尚存。蓋製詞曲必各陳其情，詩言志也；唱詞曲必引伸長緩，歌永言也；絲竹與人唱聲，清濁高下相應，聲依永也；清濁高下，難於齊一，必以合四工尺，等字爲節，而後不亂，律和聲也。如《儀禮》堂上樂，升歌《鹿鳴》三終，間歌《魚麗》三終，皆用黄鍾清宮，俗呼正宮；堂上合堂下樂，《關雎》《鵲巢》各三終，皆用無射清商，俗呼越調是也。丘文莊公曰：「今之樂由古之樂也。」正宮及越調，雖爲俗樂，而人聲古今不殊，由此復古，則雅樂可興，孟子豈欺我哉？

生嘗稽周末先秦古書，以證《樂記》，如《楚詞》《韓非子》《吕氏春秋》，以及西漢《淮南子》、桓寬《鹽鐵論》，猶有《周禮》遺法存焉。正宮、清角、流徵三調，皆由七始，而合成九變。自一變致羽物，以至降天神、出地示、饗人鬼爲成，莫不有羽變之轉，而始終條理以正宮爲主〔一〕。蓋黄鍾天之始，用宮逐羽，而清角生焉；南吕以秋之始，而合於姑洗，春之始是已。函鍾地之始，太蔟人之始，引商刻羽，而流徵生焉；應鍾以冬之始，而合於蕤賓，夏之始是已。此所謂春作夏長，仁也。故《周禮》大合樂，郊社宗廟，樂皆九變。蓋人者天地之心，萬物皆備於我，致中和，則功化極于位育，禮以節樂，樂以和禮，豈有不能感天地、和神人者乎？

故太極分而爲陽，則《雲門》合《大韶》《大濩》，歌奏者郊主天神四望，而先妣姜嫄，感天生稷，寔配禖宮；《禮》疏：祀感生帝於圓丘，而以嚳配，故禖宮中有郊宗石室。分而爲陰，則《咸池》合《大夏》《大武》，歌奏者社主地示山川，而先祖后稷，受錫封邰，兼配郊禘。《祭法》：周人禘嚳，故稷配郊及禘。《禮》疏：嚳主藏郊宗石室，大禘于太廟，立尸逆之。《國語》：禘郊之事，同用特牲繭栗。此所謂《咸池》《承雲》《九韶》，有虞氏之樂也。周監二代，修而兼用之，有三才合一之道焉。大合樂九變者，和也；六變、八變者，節也。此所謂天地訢合，陰陽相得，大樂與天地同和，大禮與天地同節。和故萬物不失，節故祀天祭地，《咸池》《承雲》，其猶地道承天乎！

樂以合爲本，以反爲文。節奏合則六府、三事、九德之歌見於音律，《韶》之本也；鳴球琴瑟，下管鼗鼓，九成之舞，始終條理，各反其宮，《韶》之文也。六樂歌奏之合，必由羽變之轉者。《雲門》以宮

〔一〕「主」，原作「生」，今據萬曆本改。

倡，故黄鍾之羽，一變姑洗，六變圜鍾爲宫，九變反于黄鍾爲宫；南吕之羽，一變大吕，六變黄鍾爲角，八變太蔟爲角；而姑洗角之羽，中吕六變，姑洗爲羽，九變合黄鍾羽之角，反于大吕爲角，而奏黄鍾、歌大吕收聲矣。《咸池》以商和，故太蔟之羽，一變蕤賓，八變函鍾爲宫，九變反于太蔟爲徵；應鍾之羽，一變夾鍾，六變太蔟爲徵，八變姑洗爲徵；而函鍾角之羽，夷則八變，南吕爲羽，九變合太蔟角之羽，反于應鍾爲羽，而奏太蔟、歌應鍾收聲矣。以五聲言之，大莫如宫，小莫如羽。羽生角必以羽始，角生徵必以羽終，此所謂小大相成，終始相生，倡和清濁，迭相爲經。

執事嘗謂律曆相爲表裏，大司樂成均之法，奏以六律，宫倡商，歌以六吕，商合宫，如星命家子與丑合，寅與亥和，然後生氣之和。五常之行，可合而道也，可謂妙悟矣。《前漢·律曆志》曰：「玉衡杓建，天之綱也；日月初躔，星之紀也。綱紀之交，以原始造設，合樂用焉；律吕倡和，以育生成化，歌奏用焉；指顧取象，然後陰陽萬物，靡不條鬯該成。」故斗建子則日躔丑，奏黄鍾，必歌大吕也；斗建寅則日躔亥，故奏太蔟，必歌應鍾也。奏姑洗，歌南吕，以下亦如之。然天地之氣乘於水，非木調羽變，則氣有所不行矣。

俗樂不知合，惟分調而歌奏之。角與羽離，直犯其宫，羽與宫分，去不顧商，故《樂緯·動聲儀》曰：「角從宫，是謂哀，其國衰；羽從宫，往而不返，是謂悲，其國亡；音相生者和，其國治。若宫唱而商和，是謂善，本太平之樂也。」觀《周語》、《大武》之樂，以夷則之上宫合黄鍾之下宫，則姑洗爲中聲；以太蔟之下宫合無射之上宫，則蕤賓爲中聲。以七律應，歲在鶉火，月在天駟，日在析木之津，辰在斗柄，星在天黿。自鶉及駟七列也，南北之揆七同也。凡神人以數合之，以聲昭之，數合聲和，然後可同也。

由此擬之，我大明之樂可以興矣。聖祖建國丁未，歲在星紀，吴分野也，日躔玄枵而開天；永樂靖難壬午，歲在析木，燕分野也，日躔娵訾而繼統。歲爲福德，與鶉火周分野最相似，若黄鍾倡以《雲門》，而太蔟和以《咸池》，千歲日至之音存焉。此綱紀之交，作樂合於《九韶》者也。執事入相，以此興樂，何如？何如？舊有《問對策》，録上求教。倘使科試之士誦之，必有明而能述者出，而樂可使之典也。生雖愚，而不敢自用，尚俟高軒過談而就正，不勝至願！

## 與葛子中論周禮書

承執事下問《周禮》，或以爲非周公所作，乃戰國陰謀之書，嘗深味而詳訂之矣。非戰國所爲也，乃周衰王室自雜亂之爾。嘗書其説，今録以請裁焉。説曰：

周公之制《周禮》也，本諸廣大高明之心，發爲精微中正之用。予謂經曲之節，出自峻極之體者是已，故諸儒多尊信之。然其嚴上下，保小寡，故諸侯深惡而去其藉。矧周室衰微，自設煩碎不急之職而默其大者，間亦有之。故《小宰》記六官六屬，各六十，然《天官》六十三，《地官》七十九，《春官》七十一，《夏官》六十九，《秋官》六十六，《冬官》不存，以《考工記》之屬二十九補之，皆工之事也，而缺士與農、商之職，則與其所敍異矣。通稽其所載者，亦多可疑。

自巫祝之屬，除毒蠱，攻蠹物，去鼃黽妖鳥，用莽草炭灰、牡鞠牡橭之屬，煩瑣甚矣，猶誘曰驅虎、豹，犀、象之餘智也。小宰、司會、職内、職幣，簿書掊克之末，豈所以贊大宰、統百官者乎？宰夫於失財用物而辟名者誅之，其計利嚴矣。凡式貢餘財以供玩好，則非惟正之供矣。條狼氏之誓群臣，於馭曰車轘，於大夫曰鞭五百，太史曰殺，小史曰墨，法何酷也？與禁殺戮者無乃相反乎？甸師喪事，代王受眚災，既啓後王忌諱之端矣。夏采則專治王崩復土，又安用是不祥者爲哉？

衮冕，王與上公之服也。王乘玉輅，建太常，節服氏維者六人，服皆衮冕，徒行車後，與王奚辨焉？媒氏仲春令會男女於是時也，奔者不禁，悖禮義而即慆淫，豈所以坊民乎？宫府固當一體，而闈箔亦宜別嫌。宫正比宫中之官府，次舍之多寡，去其奇衺之民，則男女混矣，夫人坐論婦禮。在漿人則致飲，掌客別致禮，亦非所以肅梱内也。内小臣掌王后之命，有好事於四方則使往，有好令於爵大夫亦如之，則后又有境外之交矣。中禱祠禳禬〔一〕，掌於内祝，是啓左道之門，爲厭勝之事也。

大喪，九殯既卧，敍哭者内宗從焉，外宗復敍。内外朝莫哭者，而肆師又令内、外命婦序哭。一事而前後紛如，妃嬪宫吏能無淆乎？《天官》有世婦，掌祭祀、賓客、喪紀之事，弔臨于卿大夫之喪，而女御從之哭，諸侯亦如之。《春官》亦有世婦，每宫則有卿二人，下大夫四人，中士八人。大喪，比外四命

〔一〕「禬」，原作「檜」，今據萬曆本及《廣東文選》卷二〇改。

婦之朝莫哭，不敬者而苛罰之。是或一職也而重出焉，愆忘者之爲也。寺人既佐世婦治禮事，則其屬自卿以下當爲女官，然謂之卿大夫，則又似士人居之，而非婦矣。果皆婦也，婦人無外事，而弔臨人又胡爲者哉？環人復有二焉，《夏官》以致師，《秋官》以授館。王畿兵叕之後〔一〕，或轉用以待賓客，是不可知也。司寇令民以財貨相訟者入束矢，以罪相告者入鈞金，而後聽之，是豈貧者所能辦哉？矧金玉玩好則入於王府，良貨賄則入於内府，山師、川師皆使致珍異之物，司門復正其貨賄，何汲汲於利若是？

蓋夷王下逮東遷，陵替不競，名爲天王，貧逾食采。《春秋》書求金、求車，寖至竊鐵逃債，蓋自改竄而施行之，故壞亂至此極也。觀《世婦》則他可見矣。是雖用精微中正，而後王自作不典，以亂舊章，始有乖戾遠於人情者。加以策士陋儒附會其説，亦何所不至哉？故吾斷以爲非周公之全書也。惟執事見教。幸甚！

## 復劉生梧論理氣書

《語》曰：「予欲無言」，示人求諸内也。孟子曰：「予豈好辯哉？闢邪以衛道也。」道之在天下，存

〔一〕「叕」，萬曆本作「弱」。

乎明善，以誠身揆厥所元，則《易》曰：「一陰一陽之謂道」，朱子《本義》曰：「陰陽迭運者，氣也，其理則所謂道」。蓋散之在理，秩然不紊，則統之在道，渾然無間，皆氣之迭運，豈別有理哉？可謂定論矣。

吾友註《太極圖》，以理即爲氣，雖與朱子《圖説》異，而實《本義》之定論也。其理二字，正以道之散殊耳，亦猶《書》曰「論道經邦，燮理陰陽」。論道以渾然言，燮理以秩然言也。《中庸章句》：「天以陰陽五行化生萬物，氣以成形，理亦賦焉」，則二之矣。夫太極函三爲一，莫非氣也，而其理之所會則爲道，理與氣豈容分哉？然孔門之徒，如子貢則主知，曰「聞一知十」，子夏則主行，曰「仁在其中」，故夫子贊《易》曰：「仁者見之謂仁，知者見之謂知，百姓日用而不知，故君子之道鮮矣。」然則後之頓悟流於禪學者，豈非子貢言語啓之哉？嘗觀《大易·文言》：「君子學以聚之，問以辨之，寬以居之，仁以行之。」蓋欲其明善而反諸身，以行仁焉。是尊德性由於道問學，而問學非專致知也。朱子有時而依違二説，豈非未定之言，猶子貢億則屢中之見哉？告子曰：「生之謂性。」孟子以牛犬猶人闢之，正謂性生於人心有覺，與牛犬異耳。近世乃有謂性非止具於心〔一〕，爲是耳目手足之屬，亦各有性，則是告子之説也。然亦本於朱子《烝民》詩註，蓋沿於揚雄所謂「視、聽、言、貌、思，性所有也」。苟如其註，以百骸九竅詳分之，謂耳目有耳目之性，手足有手足之性，口鼻有口鼻之性，毛髮有毛髮之性。性者萬物之一源，中者天下之大本，豈如是其多與？果爾，則發皆中節，從何而發與？果皆發於身，則毛髮亦

〔一〕「近世乃有」，萬曆本、北大本作「因理即氣」。

有情與？

孟子又闢告子性可爲不善之説，曰：「惻隱、羞惡、恭敬、是非之心，爲仁、義、禮、智，人皆有之。心雖感物而發，非由外鑠我，我固有之。情發既善，則性無有不善，第弗思耳矣。」於是引《詩》以明之：「天生蒸民」，其命同也；「有物有則」，其理同也；「民之秉彝」，執此理於心，以爲恒性也；「好是懿德」，發自恒性，以爲情也。

夫有一物，自有一則。則者，理也，如目之明、耳之聰、父之慈、子之孝四端。萬善以至事物細微，無一理不具於性，中曰萬物皆備於我矣〔一〕。苟以物則爲耳目手足之小體〔二〕，各有性，則日惟從其小體，而奚以先立其大休爲本哉〔三〕？由此言之，心者氣之會而有覺者也，是謂人之神明；性者生於心而無僞者也，是謂人之生理，辨之不可以不明也。

夫心有形而中虛，萬物皆備，其猶田之種穀者乎；性無形而命於天，物理若有根種，生於心而不窮，其猶穀之苗而秀、秀而實者乎！繼善之初，性本天命，成形之後，性乃相近。凡血氣之性，從人心生，《記》所謂「無喜怒哀樂之常」，《書》所謂「節性，惟日其邁」是也。凡天命之性，從道心生，《記》所謂

〔一〕「中」，萬曆本作「故」，疑作「故」是。
〔二〕「小體」，萬曆本作「屬亦」，義較長。
〔三〕「休」，萬曆本作「者」，疑作「者」是。

「喜怒哀樂未發之中」，《書》所謂「上帝降衷，若有恒性」是也。性必有情，非情則性不可得而見。於心統性情，而其官則思，故能管于一身而節情復性，人心易爲道心，其猶畇畇原隰，稂莠盡而嘉種自生者乎！故自古聖賢，言心必管乎身，言性必根於心。

《語》曰：「視思明，聽思聰，色思温，貌思恭。」又曰：「回也，其心三月不違仁。」其明徵者一也。《大學》言：「正心必及視聽，而忿樂憂懼，因情以見性。」其明徵者二也。《中庸》言：「至聖必先聰明睿知，而後容執敬別。」其明徵者三也。《孟子》則又詳矣，曰盡心必曰知性，曰存心必曰養性，正以田能盡闢，穀必嘉生，可從而占盡心知性之謂也。《詩》曰：「禾易長畝，終善且有。」疆界不失，穀得其養，順而無害，存心養性之謂也。《詩》曰：「實堅實好，實頴實栗。」舍其田而芸巖穴以蒔穀，穀必槁矣；舍其心而指衆體以求性，性必失矣。是謂褻天而不知天，棄天而不事天，殊不思一身之動，人之爲也，性本於命，非人之所能爲也，其猶嘉穀之天降者乎？《詩》曰：「貽我來牟，帝命率育。」是故農事雖小，可以喻大。吾友自《語》《孟》外，勿爲後儒言語所惑，亦可以慎思矣。

心與性雖異名，然小體必從大體，心何嘗不該身哉？仁、義、禮、智根於心，非由外鑠，性何嘗不在身哉！《易》曰：「［成］性存存〔一〕，道義之門。」尊「［德性常］存語心〔二〕，大本既立，則達道是之自出，又

〔一〕「成」字原脱，今據萬曆本、《周易·繫辭》補。
〔二〕「德性常」三字墨釘，下文缺字亦均墨釘，今據萬曆本補，不一一出校。

「心管夫身、情發」於性者也。若解物，則爲理在物上，「不由心思，則告子之說」日昌以「熾矣」，可「弗防哉？」夫陸子静所以譏朱子支離者，正以其億則屢」中也。「《易》曰：「乾以易知，坤以簡能。」民受乾坤之理，以爲性是即太極健順五常之德，理氣非二也，而所以學聚問而居以寬者，行仁焉耳。性有五常，要其統會，則曰仁人之心也。人能常克己以求仁静，而體不忍人之心動，而充無欲害人之心，不以言語億中恣相黨伐，則孔門求仁之教，行於天下矣，豈非要道哉？」

# 泰泉集卷第二十二

## 書下

### 與南豐李生經綸書

别來三逾歲矣，念吾友猶昨也。服闋，即輯《樂典》，製琴瑟管笛以試之。宫倡商和，各七音，成九變，與《大司樂》殊吻合。因成書六卷，餘商未竣。其《禮典》則欲依《大宗伯》五禮之序，採蒐古訓，貫穿成文，甚欲勤吾友輔翼之。未及寄書，而少詹學士之命已下。今北行矣，承所示三事，甚欲體吾友意，見諸行事，未知機會何如也。

方今正心術、立紀綱、禦夷狄最爲先務。禮樂未暇及〔一〕，苐樂律不可以不辯。夫律，法也。候氣正四時以成歲，製器正五音以成樂，皆於律而取法也。方其候氣，則用無孔之管。管成，則按律以孔竹，然後又吹律以合絲。如黄鍾之管，以六寸四分爲角孔，則黄鍾之琴，以六十四絲爲角絃，《周禮》所

〔一〕「暇」字下原衍「暇」字，今據萬曆本、北大本删。「樂」字下萬曆本有「姑」字，北大本有「殊」字。

謂度數齊量[一]，《禮運》所謂十二管還相爲宫者是也。六律六吕爲八十四聲[二]，實則六十調耳。律在絃管，按孔以吹之而聲和[三]，朱子《琴律説》引及沈括《筆談》管色定絃者，章章明矣。今必執無孔之管吹之，則氣從下洩，無復清濁高下，何由成和邪？管必無孔，則琴亦必無絃，宫何以生[四]？律吕何以生[五]？《樂記》何必有迭相凌之戒？此談律者所以終凌於虚無也[六]。

陳氏《樂書》論洞簫，猶按王褒賦，氣激旁射，非孔不達，況管籥乎？是故規矩以成方員，方員成於材木之中，而規矩藏矣；六律以正五音，五音正於樂器之中，而律吕藏矣。正如《八陣圖》之圈點，即軍隊之法，非以圈點爲軍士也。今求五音於無孔之律管，何以異此？琴瑟尚宫，故大琴八尺一寸，在律則九寸，半之則四尺五寸；鐘尚羽，故計自倍半，則二尺二寸五分；磬尚角，故前長三律三尺七寸，後長二律一尺八寸。樂器無往不取法於律吕，初未嘗吹無孔之管以和之也。此惑不解，則無往不泥矣。

---

[一]「度」，原作「器」，今據萬曆本、《周禮・春官・典同》改。
[二]「六律六吕」，萬曆本作「七音相乘」。
[三]「按孔以」，萬曆本作「之中故」。
[四]「生」，萬曆本作「還」。
[五]「律吕」，萬曆本作「五音」。
[六]「凌」，萬曆本作「歸」，義較長。

草草附達，未罄欲言。倘機不可投，抽簪南歸，尚圖相會也。舟中楮墨欠整，惟照亮。

## 與喻都憲茂堅書

覊道北上〔一〕，承厚愛拳拳，知感！知感！瀕行，聞調發淮兵，不知所謂。及至閘上，訊北來者，始知山東有妖寇，然猶未詳也。比至濟寧，始大驚駭。今官軍雖圍守以困之，誠恐日久稍倦，賊或突圍而出，誰能嬰其鋒乎？吾執事行牌，欲止運船，以待賊平，則後期而稽緩，不止之則或有時而疏虞，二者皆足以動當宁之心。責任干係，視山東巡撫益重矣。具奏處置，誠不宜後也。

愚見切謂：徐州爲南北襟要，漕運貢獻，自南而上，必經二洪，蘇東坡、丘文莊所謂天下之喉，宜設重鎮者也。苟有扼喉之患，天下命脉將何如邪？今止以一兵憲守之，平居或可弭盜，萬一遇大變，則權力既輕，兵糧無措，接壤齊、汴，威令不行，彼此觀望，坐釀成患。今日隱憂，莫大於此。若奏請添設都督二府于徐州，畀以重權，如兩廣、南贛事例，北則臨清，東北則沂州，西則睢陳，西北則曹濮，西南則潁亳，南則本州，凡六道屬焉。仍於徐、潁各設管糧參議，以便軍餉。如此則體體歸一，聯屬相應，軍威大振，漕運無虞而賊平必矣。事幾貴豫，撲滅宜早，如近年劉六、劉七、王堂之變，猖獗太甚，

〔一〕「北」，萬曆本作「淮」。

始設總制，後雖平定，傷殘已多，無乃非猷乎！

或謂徐州宜改爲府，以糧運至徐，諸縣割而屬之。是亦一説，然急務莫如都總一府。若功成之後，或革或留，另行請裁，此上策也。爲國家大計，誠無出於此者，指實馳奏，勢不可已，惟望執事亟行之。俟生至京邸，會諸公，必首圖其成焉。事成，則漕運錢糧，決無後虞，雖城外南倉，亦皆可保，而執事福星坐鎮，德澤無涯矣。如或調發淮兵，支給銀兩，已先具奏，則此本宜題爲「建言漕運事宜」。雖重複，亦於事體無害也。

草次不避僭妄，要之亦杞人之憂耳。萬惟裁宥不罪，回示一字，幸甚幸甚！

## 與潘樸溪書

潞河出宿，辱承遠伻，賜以手教，期待太過，至今慚慄。匆匆修復，不及致謝，自非汪度，則罪莫可逭矣。惟兄真知實踐，天下敬信。有大臣如此，山林得以鼾卧，彼竊禪緒以文聖學者，又安用哉？即辰天道向寒，恭審道，候萬福，生懷仰殊切。苐久卧病杜門，跬步不出，雖欲日騎黄犢以訪青山，則筋骨已衰矣。稍近經書，痰火輒發，天之限人也如此乎！

向在留都，與侍御黄巖符子名驗者晤，語相孚。搜出留臺案卷榜文，録以見示，悉與兄所示綁縛册簿悉合。自愧聞見疏譾，因以粗藁付之。符子甚愜夙願，留神旦夕，再四删定，編成《革除遺事》一十六卷，録爲四帙。今奉寄一部，併原借册簿完璧，惟兄覽教，批示得失，何如？何如？符子爲人質直善談，有經濟才，且善記誦，於北虜南倭極加意焉。嘗爲生備言國家成法，惟《皇明祖訓》及洪武事例。我太祖高皇帝神謀聖斷，真可謂超越百王者矣。

自北虜言，則《祖訓》曰「胡戎與我西北邊境相密邇，累世戰争，必選將練兵，時謹備之」事例。惟積東南財賦，以養西北兵馬，防秋戒嚴，降虜日至，殘黨遠遁黄河之外。靖難時，始用三千胡騎護駕爲奇兵，乃設三千營。於是虜恃功爲寇，自將出塞，凡六舉，而叛服不常。迄正統末，乃有土木之變。天順中，漸入河套圍獵，然猶未敢犯人家也。成化七年，虜酋毛里孩深入河套剽掠，邊患日多。馬端肅公文昇建言設總制，遣兵逐之出境而已。弘治十三年，虜酋火篩大舉住牧套中，自是爲虜巢穴，而我列屯反在其外，雖功筑長城，亦何益哉？聞漳州龍溪有藤牌手者，勇悍善鬬，一人執牌向前，二人執虎叉、鈎刀隨後。宜取三千人出塞，遇虜牧馬，與之挑戰，牌以自衛，叉、刀斫其馬足，虜必自仆，此禦虜之長技也。

自南倭言，則《祖訓》曰「日本國雖朝實詐，暗通奸臣胡惟庸，謀爲不軌，故絶之」事例。則沿海設備倭官軍，風迅時督兵壯出海緝訪，有日本國捕魚船，即倭也。其國有五畿、七道、三島，六十餘州五百九十餘郡。洪武初，遣使朝貢刀、扇，斥去屏絶。永樂後，國王嗣立，皆受册封。每來貢，輒受重賞，稛載而歸。正統中，已犯寧波。嘉靖二年，國王源義植嗣立，幼弱，各道争貢。宗設與宋素卿入浙相讎，殺人放火，占據城池，劫庫奪鑰，戕害總督劉錦等三人，入海揚帆而去，寧波幾爲所陷。官軍莫禦，惟擒其遺黨數人而已。近則入吾黄巖，挾貨而至，其商徽人士夫與之交易且講學，欲以化其心。語曰：「狼子野心，非我族類」，其習爲殺掠殘忍，久與性成，又安可化哉？聞廣州東莞有烏艚船，鹽徒守柘林澳者，能削堅木爲白挺。彼雖髽跣，然弓弩、火礮、飛石及鐵蒺藜，皆所不畏，登陸持刀，運用卷握之間，徐行近前，人不敢敵。若伺其炊飯方食，執白挺擊之，必仆而走矣，此禦倭之長技也，其策亦良矣哉！

然生非知兵者。嘗詢敝邑大尹鄧遷，吾兄督學時門下士也。遷笑以爲南方驍雄之士，僅足以敵北方老弱之兵，坐食冗費之徒，不足以當鴟張突來之寇。漳、莞習俗，多通私番，豈不能附虜乎？守戍未嘗摧鋒陷陣，焉能赴浙立功乎？兵法戰其地，則用其土之人，乃能戡敵，如欲用之製藤牌、叉、刀以肄邊軍，用白挺習陣法以教浙軍，則土宜于人，人裕于戰矣。此又發符子之所未及也。夫敝邑以陡絶孤島爲寄莊，豪强所徂慝，昔令非期月則半載，輒被告去，此君能及獻績，百歲遺黎以爲稀闊奇事，亦吾兄道化作養所致也。鄙意欲稍陞擢之，以勵後人，何如？何如？

## 與鄭抑齋書

自歸來，一墨不敢達京師，久乎吾兄道誼，故敢覼縷。大厦之支，方資柱石，收拾椽桷，正在此時。惟爲道倍萬，崇護是祝，餘惟鑒念不多及。

奉違雖久，想仰如昨。令姪來辱承教示，感慰何如！所示卓小仙事，乃生所欲聞者。大抵人者，鬼神之會也。人道盛則鬼道衰，亦理也。辯論之詳，可以正人心、息邪説矣。向者項甌東來言，曾會小仙，述其形貌之詳，與其作詩，報人禍福。竊疑其爲物鬽耳，暫時爲人，忽又化去，如貴郡九鯉湖何仙，亦其比也。人心趨向，務爲崇飭，則建祠祀之，遂傳于世。如葛洪《神仙傳》，祖劉向《列傳》而附益之，久則人不復信。如九鯉湖祈夢所得吉凶，多不可明者，但人臆度，或有偶合者。周翠渠公昔守廣德，觀所紀祠山，其謬妄亦可見矣。周公作《金縢》，自謂多材多藝，能事鬼神。蓋陰陽二氣，屈伸往來於天地之間，無非鬼神也，而周公所謂鬼神，即指三王以魂魄言。

《詩》曰「三后在天」，又曰「文王在上」。蓋没爲明神，上與天合，非但爲人鬼而已也。《易·象傳·文言》亦同此義。而《豐》《彖》尤明白，曰「日中則昃，月盈則食，天地盈虚，與時消息」，而况於人乎？况於鬼神乎？盈虚消息，乃造化之迹，而鬼神則人之魂魄也。合《大傳》《祭義》而觀之，曰「精氣爲物，遊魂爲變」，曰「氣也者，神之盛也；魄也者，鬼之盛也」。魂氣歸于天，形魄歸于地，而神合精氣爲物，既没猶如生時。若魄雖降，而遊魂不散，則爲變矣。變則滯而不化，出爲妖怪，如伯有爲厲是已。故子産曰：「人生始化曰魄。既生魄，陽曰魂。用物精多則魂魄强，是以有精爽至於神明。夫匹夫匹婦强死與殤者，魂魄猶能憑依人以淫厲，况伯有乎？」僧道之爲仙佛，魄降魂遊，亦猶是也。

周公制《禮》，《大宗伯》既興神、鬼、示之禮矣，末又曰：「凡以神仕者，掌三辰之法，以猶神、鬼、示之居，辨其名物。以冬日至，致地示物鬽。」辰者，日月星斗各至于辰，躔次而畢見也。猶者，圖像也。居者，坐位也。報天主日及四望，其氣常伸，故謂之天神，而位于上。禮月及四瀆山川，顯以示人，其天名物則禮樂之器也。亨五帝祖禰在陰陽之間，故謂之人鬼。氣二而小〔一〕，故謂之地示，而位于下。地示物彪，以夏日至致之，應陽氣也。人鬼魂氣歸天，昭明于上，與天神爲類。神人鬼，以冬日至致之，應陰氣也。物彪則百物之精，如山林川澤諸示在幽陰者是也，豈非大合樂分而序之，以降天神、出地示、格人鬼爲成者與！《樂記》曰「大樂與天地同和，大禮與天地同節。和故百物不失，節故祀天祭地」者，此也。小仙殆亦百物之精，使貴邑人或祠之，則與何仙類矣。

老聃得長生久視之道，百有餘歲。朱子謂莊周明言老聃死，則人鬼爾。道家列爲三清，位于昊天上帝之上，何哉？據程子謂道家之說，無可闢者，以文王「於昭于天」例之，雖位于天神地示之中，可也。生愚，素不喜佛書。如姚秦時，五胡十六國稱帝稱王，迭興迭滅，梵僧鳩摩羅什從而附會之。其所譯《法華經》，謂佛説法時，來聽受者菩薩八萬人，天子七萬二千人，其餘天王鬼神之類，不可勝紀。又文殊師利於海中宣說是經，娑竭龍女忽現於前，禮敬獻一寶珠，受之，即變成男子。又《觀世音普門品》復有十數變現，此則妄爲夸大，無從而猶其居，又與道家異矣。邇來學術分裂，立門户，尊德性者厭棄聖經而喜誦佛書，如曰「佛氏之學，亦有同於吾儒，而不害其爲異者」，又曰「心隨《法華》轉，非是轉《法華》」，謂之何哉？謂之何哉？生今與後進講學，只博約二語而已。讀書以明之，聞見之知，研究此理，博文也；反身以誠之，德性之知，惇庸此理，約禮也。自愧淺薄，未見有謹信者爾。不能談禪以

〔一〕「而」，原作「之」，今據萬曆本、《明儒學案》改。

應變現，奈何，奈何！

《樂典》刻成，乃録舊聞，《律吕元聲》《新説》一切屏去。其中或有一得之愚，未敢自是，即裝潢一部求教，煩高明一折衷之，幸甚！力疾草次，萬惟照宥不既。

## 與朱玉峰書

久違德範，曷勝仰止！恭審壽届八十，來歲又開九衺矣。荒遁嶺外，曷勝忻慰！向欲補禮，每欠良便。兹小婿黎民衷春試，敬具金段一端，薄將賀忱，萬乞鑒存。恭惟執事年尊德邵，爲國元老。周之大臣，惟召公最壽。《書》曰：「天壽平格。」千載之後，惟執事爲能繼之。昔與佐談論，博極群書，而能約諸心，真知實踐，吴下躬行君子輿評所推，亦惟執事一人而已。

常考平格之義，釋者曰：「坦然無私，貫徹三極而無間。」蓋民受天地之中以生，其秀出者爲聖賢，乃能知化育參贊而貫徹之。故上下四方之宇，往古來今之宙，其理載於《詩》《書》《禮》《樂》《周易》《春秋》，皆性分内事也。率性而發於情，中和正直，則平格在是矣。揆厥所元，河出圖，聖人則之以作《易》，而孔子翼之；洛出書，聖人則之以叙《疇》，而箕子述之。乾坤易簡之理，賦於人而德業久大，王道正直之德，合於天而嚮用五福，皆致壽之道也。故天道惟易，則日月星辰恒循其軌；地道惟簡，則江淮河漢恒順其流；人道惟平，則喜怒哀樂恒中其節。君子坦蕩蕩，貫徹乎此者也；小人長戚戚，畔戾乎此者也。世之險陂偏黨，以私滅公者多矣。擅作威福，人非鬼責，雖幸而免，奚足言壽？

執事德性不剛不柔，發爲文章，雖不蹈襲經史，而本於心得，純粹可師。考察留都官吏，真可謂公於己者公於人，人到于今，頌之不衰，雖不講學，寔真有道者也。《詩》曰：「神之聽之，終和且平」，殆執事之謂乎！佐深慕之。學而未能焉，日惟窮研經史，博學而詳説之，期以反約而求自得於心，不知得執事之門而入否耳？

邇來衰白，殖學績文，未覺有進，恐成枯落〔一〕，無足仰告者。先人幸獲鴻筆表墓，一向坐貧，不克立石。兹乃刻成，謹搨一幅奉覽。力疾草次，未盡欲言，萬惟尊照不宣。

## 與林北泉士元書

奉違道範二十餘年矣。嘗誦舊友詩，所謂「長年少知己，終日念離群」之句，似爲公發也。恭惟執事年彌高，德彌邵，鄉邦仰重。以大參之貴，歸耕戴笠，蕭然物外，誰能及之？生齒日邁而德不進，杜門訓子，期免罪戾，無足仰告。蔡一卿來承教愛，且示以至論，嘗謂論理即是氣之有條不紊者，非二也。羅整庵云：「氣本一也，而一動一静，一往一來，一闔一闢，一升一降，循環無已。積微而著，由著

〔一〕「枯」，原作「祜」，今據萬曆本改。

復微，爲四時之温凉寒暑，爲萬物之生長收藏，爲斯民之日用彝倫，爲人事之成敗得失，千條萬緒，紛紜膠轕，而卒不可亂，有莫知其所以然而然，是即所謂理也。初非別有一物，依於氣而立，附於氣以行也。」人物之生，受氣之初，其理惟一，成形之後，其分則殊。此公乃生之所敬服者。

因思孔子繫《易》，言性與天道，有統言天命率性之理，如曰「一陰一陽之謂道」。朱子釋之曰：「陰陽迭運者，氣也，其理則所謂道。」嘗曰：「天下未有無理之氣，亦無無氣之理。」又曰：「人之所以爲人，其理則天地之理，其氣則天地之氣，理無迹不可見，故於氣觀之，既以爲一矣。」又曰：「未有天地之先，畢竟是理，有理便有氣，流行發育萬物。」此言理在氣先也。註《中庸》則曰：「天以陰陽五行化生萬物，氣以成形，而理亦賦焉。」則理又在氣後矣，是判理氣而爲二，乃未定之論也。然道之大原出於天，既曰「天積氣也」，又曰「天者理而已矣」，理氣判而爲二，豈天兼之與？抑理氣各有一天與？蓋人窮理於心，一氣自太極而生兩儀，儀生四象，土在其中，則爲五行。自此化生萬物，飛潛動植，皆人以文字名之爾。是則理由羲畫始也，而文字生焉，豈有理存天地之先，而乘氣以行，如人乘馬者哉？由此辨之，氣之有條不可紊者謂之理，理之全體不可離者謂之道。天生人物，靈蠢不同，寔有主宰之者，惟得天命之正，而能存存無息，則可以配命同天，故《詩》《書》言天又言帝，如曰「敕天之命，惟時惟幾」，勑敬而正之也。

無一時，無一事，而不敬慎以存養省察者，即《中庸》所云也。如曰：「惟皇上帝，降衷于下民，若有恒性。」不言天而言帝者，有主宰於其間，使靈而爲人者，其性異於蠢物，與牛犬之性不同，即孟子所言也。説者謂心中之氣，寓理而靈，故曰心神。然太虚中亦有氣，靈如人心者，則曰天神。故紫微有星，謂之帝。人能學問涵養，充實其德，而有光輝，即天也已，上下通徹，無有間隔。是故以性情謂之乾，以妙用謂之神，以形體謂之天，以主宰謂之帝。苟棄天焉，天亦棄人矣。《書》曰「非天不中，惟人在命」，此之謂也。乃若形而上者謂之道，則以爻象所形而言，世儒一槩論之，誤矣。

新刻《庸言》一部，乃生與門人講論者，謹奉上請教，餘不敢多及。

## 與王分源任用書

覊與吾友談《易》，啓發甚得余懷。及觀《體要》諸大作，詞精理粹，載道之文也，敬服，敬服！每諗北來，恭喜道履百福，區區衰白，無足仰告。惟時與諸朋講學，少冀愚者一得，猶有韋編，庶無大過之志焉。試共分源論之。

孔子翼《易》，言心性天道，有自卦爻取象言者，亦有自天人統言者，如《習坎》：「有孚維心，亨」，此所謂心，乃剛中之象也。「聖人以此洗心，退藏於密」，此所謂心，乃聖人之心也。《乾》之利貞曰性情，《復》之見天地之心，皆象焉耳矣。「一陰一陽之謂道。繼之者善也，成之者性也」，統言天人之理。所謂陰陽，乃二氣流行於天地之間者，何與於取象哉？其曰「形而上者謂之道，形而下者謂之器」，道與器對，此則論卦爻陰陽而立是名也。後儒槩以統言者混論之，則誤矣。程子曰「惟此語截得上下分明」，亦自象言也。蓋道非無形也，無形則與器離而不合，豈非窈冥昏默之説乎？

夫卦爻陰陽之見於奇偶，猶有生之類肖形于天地者也。凡物象可見者，皆謂之形。然形非道也，自形以上即謂之道矣。蓋其一陰一陽，動而無動，静而無静，不離乎形，而亦不雜乎形者也。道非器也，自形以下即謂之器矣。蓋其囿于陰陽，静而無動，動而無静，所象之物，成形而滯於形者也。不分道器，則混精粗于一矣；不知上下，則岐有無而二之矣。故曰：「道亦器，器亦道，體用一原，顯微無間。」今分源《體要》中發明，偶亦相合。

新刻《庸言》奉覽，少見鄙志也。或有疵纇，萬惟指擿見示，幸甚！小婿黎民衷偕兄春試，草次修奉，具獻一得，無乃恃愛乎，萬惟照宥不恪。

## 與張蒙溪書

别久仰深，恭喜榮遷大拜，吾道之光也。曏嘗兩領瑶華，不棄疏野，殊切感怍。生衰病日益，時伴閒雲野鶴，聊爾苟安，深愧無補於世。兩犬子雖時忝優等，但學業未成，不能教誨，深負大賢君子屬望爾。

生惟安於命而無欲速。蓋成周以《詩》《書》造士，以三物賓興，自一年離經辨志，迨九年大成，而猶待强乃仕。若此其久者，何也？欲其多識而貫之以一，博文而約之以禮，畜德以潤身，而後能從政以澤民故也。三物者，其明明德於天下，本始於格致者乎！六德之先知仁也，六行之先孝友也，六藝之先禮樂也。知本也，其本治而末從之矣。是雖成而上下，然理一分殊，非聖言末由漸悟。盍觀於殖乎？溉其根者博也，歸其根者約也，千莖萬穗自根而出，食其實，散其贏，器其楇翳，緝其絲麻，日滋歲懋，用足而施普矣。不殖則將落，而奚普之能施？此生之所以安於命而無欲速者也。

拙見《庸言》一部，未有愚得。呈上，乞賜教音。力疾草次，萬惟照原。

## 與何燕泉書

久違德範，夙夜仰止。每憶京邸辱承至愛，晤會燕飲，無往非教。談載籍以證今，舉殽核以博物，訂諸史之得失，評庶事之機宜，散衷以瑩所疑，揮毫以罄所得，凡有啓發，皆出由衷，相對盡歡，不越文字語笑之間。道兼師友，奉別以來，追憶此樂，安可得哉？病中伏聞奉命南歸，曷勝企仰？郴江之去敝邑，特一葦間耳，即當敬詣左右，日夕親炙光輝，以求進益。顧乃疏慵自棄，殊違求道富德之訓，竊自内省，其疚深矣。兹承手教，賜以盛編，命佐爲序。顒令伻來，賁臨敝廬，佐何敢序公之書哉？然素感至愛，則不可以不序。先陳鄙見，伏聽執事裁擇，然後敢具藁焉。

蓋孔子之教人，博約而已矣。博文而約之以禮，即多學而貫之以一者也。昔嘗談及尋樂，朱子曰：「不用思量，顔子惟是博文約禮，後見理分明，日用純熟，不爲欲撓，自爾快樂。」以佐觀之，《論語》

言博約者凡三見，蓋從事經書，質問師友，反身而誠，服膺勿失，則此樂得諸心矣。樂善不倦，絶無私欲，天爵在我，不爲人爵所困役，天地萬物與吾同體，更無窒礙，隨時隨處，無入而不自得。然則寓形宇宙之内，更有何樂可以代此哉？莊誦執事《餘冬序録》終篇，啓發滋多，與向日京邸共談時，樂無以異。然則執事殆真得孔、顔之樂者哉！夫庖羲始造書契，治官察民，墳典興焉，皋、夔、稷、契既讀其書矣，是即博文也。得之於心，則天之敍秩我者，我得而惇庸之，同寅恭和衷，如皋陶所云者，而能有行焉，是即約禮也。

今之道學，未嘗讀書，而索之空寂杳冥，無由貫徹物理，而徒曰致知，則物既弗格矣，無由反身而誠，則樂處於何而得哉？善乎！執事之論學也。其曰孔子後，斯道至宋儒復明，而濂溪實唱之。先生令郴時，郡守李初平聞先生論學，欲讀書。先生曰：「公老無及矣，請爲公言之。」初平聽先生語二年，卒有得。此可見學必讀書，然後爲學，問必聽受師友，然後爲問。駕言浮談，但曰「學苟知本，則《六經》皆我註脚」，則是索之覺悟，正執事所謂野狐禪耳。吕希哲解《大學》曰：「致知，致良知也；物格，則知自至。堯、舜與人同者，忽然自見。」又作詩，癖元凱而俳相如，以莊周所言顔子心齋爲至。嗟乎！莊周不讀孔子《魯論》之書，又安知心齋由於博而後得於約邪？謝顯道見明道誦讀書史，明道稱顯道能多識，伊川見人静坐以爲知學。蓋聖賢修習，必反教内省，若徒誦其言而忘味，《六經》一糟粕耳。又執事所謂口耳出入之間，言語文字之末，剪綵爲春，象龍救旱，抑竟何益哉？此周濂溪教二程尋樂之宗旨也。

然世俗相傳，謂先生《太極圖説》得諸潤州鶴林寺僧壽涯者，其誣固不必辯。但此《圖》與《通書》相爲表裏，先生蓋讀《書》深造而自得，非索之空寂杳冥者。《圖》首曰：「無極而太極。」蓋無聲無臭之中，而實理存焉。天地人物，一以貫之，道爲太極，心爲太極，其實理同也，即《書》「誠者，聖人之本也」。其言「動而生陽，静而生陰」，即《書》「誠源誠復」也。其言「聖人主静，立人極」，即《書》「聖學一爲要。一者無欲，無欲故静」也。静則至無之中，至有存焉，其渾然太極矣乎！徵諸《易》與《中庸》，則《易》「無思也，無爲也，寂然而不動，感而遂通天下之故」，乃太極生兩儀，兩儀生四象之本也。不言四象而言五行者，河出圖，洛出書，聖人則之。圖、書皆以土生數五居中，而四象成焉，亦中正仁義之所由定也。

至聖之德，本得諸至誠之道，蓋如此至誠無息，至聖有臨，則天地合德矣。既與天地合德，則與日月合明，四時合序可知。故言孔子立人極，傳自堯、舜、文、武，及於上律下襲，必譬諸四時日月焉。天地之大德曰生，若或濬之，而小德分殊。四時各一其氣，日月各一其明，萬物各一其性，如所濬之川，東則不入於西，南則不入於北，而往過來續，不舍晝夜，故曰小德川流。萬物之所以並育者，無極之真，二五之精，妙合而凝，乾道成男，坤道成女，化生萬物也。四時日月之所以並行者，五氣順布，四時行也，孰綱維是？孰主張是？若有宰之而特不得其眹者矣，故曰大德敦化。此即《書》五行陰陽、陰陽太極也。先生真積力久，融會貫徹，乃爲《圖》又爲之説，自博而約，雖《書》不盡言，《圖》不盡意，豈非聞孔子之道而知之者哉！

拙見如此，敢就正焉，言涉狂斐，萬惟裁宥。

## 與柯生維騏書

秋間丘，吾洽邑，拜領手翰佳絹，再三奉誦，知吾希齋過採葑菲，虚心受善，真不可及也。《宋史》家數沿《新唐書》，所以欠古今。希齋思齊班史，而正論過之，其傳必永矣，歆羡，歆羡！但愚有拙見，遼、金二史，如晉五胡並列《載記》，固足以昭萬世華夷之大防，然其《律曆》《天文》《五行》諸志，似宜附《宋》各志之末，其臣有賢者亦立傳，附於《載記》之後，庶不没人善。元狄滅宋，萬古中國之讎也！今按《元史》，忽必烈二十二年夏四月癸丑〔一〕，猶書捕宋廣王及陳宜中。宋亡於厓山，至是五年矣，而其狼毒如此。蓋宜中實奔暹羅，廣中咣傳以爲宜中奉帝昺猶在占城，而宋之遺臣工部侍郎馬南寶等起兵，以往占城迎駕爲名，至是始知其在暹羅耳。第不可考其詳矣，姑用附聞，俟覈實奉報也。

《庸言》乃講書愚得，意欲學者見大心泰，必先謙虚眼前，鮮見其人，惟吾希齋允蹈之矣。寅具一部，奉上裁正。門士林暘谷掌教仙遊，凡百望指教之，幸甚！病痰，未盡欲言，萬乞照原。

## 荅汪方塘思書

别後夙夜，曷勝想仰！承示初度，有弄璋之慶，此遐壽之徵也。欣慰，欣慰！所喻陽明論朱子訓

〔一〕「二十二年」，原作「二十一年」，今據萬曆本、《元史》卷一三《世祖紀》改。

詁之害，至謂「吾不知其於洪水猛獸何如也」，承教！指摘《傳習録》九條，如曰：「心之體，性也，性即理也。故有孝親忠君之心，即有忠孝之理；無忠孝之心，即無忠孝之理矣。理豈外於吾心邪？晦庵謂：『人之所以爲學者，心與理而已。心雖主乎一身，而實管乎天下之理，理雖散在萬事，而實不外乎人之一心。』是其一分一合之間，未免已啓學者心理爲二之弊，此後世所以有專求本心，遂遺物理之患，正由不知心即理耳，此義外之説。」蓋朱子既謂理不外心，正自本體言其格物，《傳》即物而窮其理，即自我心即之也，非義外也。《書》曰「以義制事」，《語》曰「聞義不能徙」，以與聞皆自心言，即孟子所謂「理義之悦我心也」。理義不根於心，又何悦哉？

然《録》中亦有嘉言，如曰「理無内外，性無内外，故學無内外。講習討論，未嘗非内也；反觀内省，未嘗遺外也。夫謂學必資於外求，是以己性爲有外也，是義外也，用智者也；謂反觀内省，爲求之於内，是以己性爲有内也，是有我也，自私者也。是皆不知性之無内外也。」是發明《中庸》，合内外之道也。其辯「人謂『晦庵專以道問學爲事』，然晦庵之言，曰『非存心無以致知』，曰『居敬窮理』，曰『君子之心，常存敬畏，雖不見聞，亦不敢忽，所以存天理之本然，而不使離於須臾之頃也。』是其爲言，雖未盡瑩，何嘗不以尊德性爲事？而又烏在其爲支離乎？又恐學者之躐等，或失之妄作，使必先之以格致，而無不明；然後有自以實之於誠正，而無所繆。世之學者苦其難而無所入，遂議其支離。不知此乃學者之弊，而當時晦庵之自爲，則亦豈至是乎」？此其最得者也。又曰：「聖人述《六經》，惟是存天理，去人欲。道問學時，就此心去人欲、存天理上講求至善，如事親温清，必盡此心之孝，惟恐有一毫人欲間雜此心。若無人欲，純是天理，自然思量父母寒熱，求盡溫凊道理。」此亦其最得者也。

然亦有大弊，與孔孟相反者，如曰：「新民，從舊本作親民，孟子『親親仁民』之謂，親之即仁之也。」此則弊流於兼愛，而不自知矣。如曰：「今人知當孝弟，而不能孝弟，此已被私欲隔斷，非知行本體。未有知而不行者，知而不行，只是未知。」此則是矣。然講求既明，又焉肯爲不孝不弟之人乎？乃曰：「欲求明峻德，惟在致良知。」人喜其直截，遂以知爲行，而無復存養省察之功。資質高者，又出妙論以助其空疏，而不復談書以求經濟。此則弊流於爲我而不自知矣，吾不知其於楊、墨爲何如也！

執事所指摘者，謂陽明陷溺於佛氏三十年，然後以致良知爲學，本不過一圓覺耳。如曰：「目可得見，耳可得聞，口可得言，心可得思者，皆下學也。目不可得見，耳不可得聞，口不可得言，心不可得思者，皆上達也。」此則佛氏不可思議之說也，吾儒下學而上達，惟一理耳，豈可岐而二之哉？既以親親即爲仁民，又以良知即爲良能，至此則又不合而爲一，口給禦人，陽儒陰釋，誤人深矣。

執事謂僕初度，與晦庵同是庚戌。晦庵謂曆家推朔旦冬至夜半甲子爲元氣，生賢之期，而僕適遇之，期待甚至。此則僕之所不敢當也，但當夙夜策勵，不敢暴棄耳。瞻奉未涯，臨楮曷勝睠戀之至！

## 與朱射陂曰藩書

生髮未燥，已得令祖考妙製於鐵橋宗丈，私淑佩服之日久矣。邇聞鴻名碩學，神交寤寐，曷勝馳仰！潘羅江來拜領盛編，復承瑤華，推獎過當，何德以堪之？況妙染佳章，旦夕把玩，不容暫舍，真清風故人也。珍感，珍感！向嘗輯《六藝流別》，凡百文詞體格，各採而分類，泝其源于《六經》，以補《文選》之所未備。然竊有疑焉，敢與執事論之。

《文選》非惟體格未備，而所收有昧於天倫，謬於摛藻者。如揚雄賦獨艱澁，文惟《解嘲》頗暢，《劇秦美新》則剽竊相如，詞理乖戾，臣附篡逆，惡莫大焉。曹丕亦漢賊也，其與吴質、鍾繇三書，不過縱博飲以流連，悼觴詠之非昔，一見寶玦，五内震駭，而繁欽上牋，則又贊美歌童車子豈可以訓哉？詩自漢後，則魏有建安七子，宋有三謝，諷詠雖工，亦附亂賊。王粲獻佞曹瞞，則曰：「願我賢主人，與天享巍巍。」劉楨連贅景物，則曰：「芙蓉散其華，菡萏溢金塘。」劉裕方爲宋公九日，集戲馬臺，謝瞻曰：「聖心眷嘉節」，靈運曰：「良辰感聖心」，皆以天子尊之矣。潘勖《九錫文》、任昉《勸進牋》之類，凡悖義者悉刪之，惟録其醇粹者焉，執事以爲何如？

茲具《兩京》拙賦、《羅浮山志》奉上請教，尚有更定《乾清宫賦》，容別日請正。力疾草次，統惟照原。

與范東明書

獻歲，想仰無已，一嶺之隔耳。趨侍末由，情如之何！潘羅江行時，方病痰，惟托渠達下誠於左右，不及修啓，至今懷歉。忽承教札，申以盛編，佳畫清香之賜登嘉，曷勝感荷！所示書目，蒐得胡炳文《易本義通釋》奉覽。敝鄉卑濕，易沾蟻蠹，先祖以來經籍，百不存一。生所積雖無好書，亦殘缺大半矣，觀此册可槩見矣。承教《乾坤鑿度》，非真本，以《易》註疏證之，誠然，誠然！生亦知贋，故録古《三墳》爲一袠，大都古書傳至今者，若非闕而多舛，則亦贋而不真。然鄭樵博洽大儒也，信古《三墳》而不疑，李筌得《鬼谷子》一語，而杜撰《陰符經》，朱子亦註釋之。鄙性好古，嘗考兩漢以前經籍，如賈誼《新書》所載鬻熊語最多，然無一與《鬻子》相同；《論衡》載陸賈《新語》一二三言耳，然已通於性命，與《文選註》《太平御覽》所録大不相類。要之《初學記》《五經正義》《藝文類聚》三書，編於盛唐時，猶可信也，《白氏六帖》以後，以訛傳訛，漸不可考矣。

疏愚之見，敢就臺下而正焉。門人會昌知縣陳試爲人慎静，曾魁一經，似亦可與語者，萬望教詔之，何如？未涯瞻奉，臨楮無任馳神。

## 復何賓巖鏜書

向得手教，兼惠佳絹盛編，仰惟執事至愛，而拙序入刻，足以占采葑菲而不遺也。方今薦紳實學由衷如執事，海内幾人哉？講學之徒，惟主覺悟，而斥絶經書，自附會《大學》致知之外，不復聞見古今，連宇宙字義亦所不識。蓋上下四方之宇，往古來今之宙，乃性分内事，必貫徹之，方可謂物格而后知至。羅念庵昔與唐、趙各疏請東駕臨朝，幾陷大僇，後得免歸，亦主覺悟而不讀書之所致也。今觀其集，首《荅蔣道林書》：「不展卷三閱月，而後覺此心中虚無物，旁通無窮，如長空雲氣，流行大海，魚龍變化」，豈非執靈明以爲用者邪？昔六祖聞師説法，悟曰：「何期自性？本自清浄；何期自性？本不生滅；何期自性？能生萬法。」楊慈湖傚之曰：「忽省此心之清明，忽省此心之無始末，忽省此心之無所不通。」可謂蹈襲舊套矣。然既曰「無物」，又有「魚龍」，而宇宙渾成一片，此即野狐禪所謂圓陀陀、光爍爍也。其與舊日《冬遊》等記更無二致。

生懼學者之日入於支離詖遁，而自以爲是也，故雖不敢辯，而亦不容以不辯，寔亦恃至愛而不自知其言之發也。昔人謂與司馬公語，則不得不多，但望執事中心藏之耳。病中未盡懷抱，臨楮徒覺馳神，萬惟照亮。

# 啓

## 謝張百川啓

曩僭獻芹，辱承采菲。發粟之令既涣，執殳之士咸歡，矢心報公，舉手加額，可見孫子之言道，上意惟通。徵諸《魯論》之足兵，中孚必信，況廑廟算，寔謂天聲，引勝而行，何堅弗克，且頒新曆，不忘舊交。仰欣日月方新，殊覺煙霞已癖。兹煩遠使，載錫腆儀。綵幣煌如，徒切《緇衣》之獻；衡門賁止，尚懷朋酒斯躋。感與愧并，謝難言盡。向修《通志》，竊重夷情，效一得之至愚，備三軍之小補。伏惟潤澤，猶冀知裁。

# 泰泉集卷第二十三

## 問對

### 九州問

守一先生燕坐堂筵，客有采真子者來訪，甚虔。冠崔巍，衣寬博，通介紹，慎唯諾。美眄瞭如，赬顔渥若。方句贅而望，復跰蹮而却。先生揖而進之，客入坐定，罄折而作，拜手言曰：「走東西南北之人也。昔嘗度狼望，越鯷波，撫銅柱，涉金河，泝星宿之滉瀁，陟崑崙之嵯峨，九瀛兩戒，徧歷荒遐，林間所不及述，博望所不能過者已。得諸耳目而罔遺謁矣，吾子盍亦許走少展其橐乎？」先生曰：「可哉！」

客曰：「楊州之域，淮壖海瀆。首金陵，趾朱垠，肱百粵，股八閩，三江五湖，襟帶吐吞。山鎮則會稽雄于越埜，澤藪則具區震于吴門。牛斗分光，纚連須女；星紀司壄，氣常炎暑；無余開越，儉勤承禹；太伯治吴，揖讓傳緒；潮涌浙濤，舶通遐嶼；人物繁華，俗習豪舉；山澤海陸，紛錯沃饒；稻田果布，丹礦磁窯；白鱗翠羽，篠簜硫硝；犀角象齒，綾紵琨瑶；珠璣璹瑁，艚鹽斛椒；金銀之氣，夜徹煙霄。嘗聞生財有道，在人籌畫，難窮莫如懋遷，易窘莫如税額。是以陶朱致養魚之富，管仲運煮海之筴，將鍾鳴而鼎食，盍棄儒而作客？走將與子變産業，售珍奇，携琴劍，别庭闈，巨艑電逐，闊帆猋飛。既溢囊而盈篋，乃結駟而賦歸。裒金遶身，積錢通神。排朱門而入紫闥，出富室而成貴人。矧又訪胥臺，泛彭澤，尋花西湖，霑醉采石，招五老以爲朋，延江妣而舉白；巾車秦淮，揚旆江東，望鍾山與石城，宛踞虎而盤龍。仰神功而思聖澤，偕穹壚而無窮。盟賞心於振鷺，寄歸興於征鴻。挹扶輿之清淑，時盪滌乎胸中。或訪羅浮與武夷，散塵慮而挹仙風。此天下之至樂也，吾子其肯同乎？」先生有哂其笑，超然不對。客俯而嘆曰：「噫嘻嚱！奚遲爾思？可乎可，將遊以嬉；不可乎不可，將俏而馳〔一〕。」先生曰：「惡！惡可哉？利非君子之所宜言也。端木貨殖，仲尼戒焉；崔烈銅臭，到今羞旃。」

客曰：「青州之境，憑海戴嶽。其辰玄枵，虚危旁礴；爽鳩之墟，伯陵之國；尚父封齊，嵎夷既略；海市時現，可喜可愕；斟牟萊郳，增其式廓；土多舄鹵，耕兼織作；雄狐惟襄，不修幃箔；桓公興霸，法令仍昨；管氏三歸，淫侈弗約。故其俗也，矜功名，好音聲，招姬姜，謀羨贏。歌舞以嬰，衣食是營；濮、濟之濱，彤樓翠檽。靚粧袨服之娼於焉旅處，而靡曼充盈，粉黛絢日，椒蘭簇霧。豔歌凝而綵霞遏，妙舞奏而薌風度。諦聽及則骨騰肉蜚，眄睞交則意傾神赴。攬縞紈與珠琲，惟恐彼姝之弗顧。斯時也，珍羞綺錯，戲局紛披；秦筝趙瑟，簫管交吹；頻酌玉醴，迭勸金巵；紅顔巧笑，日昃忘

〔一〕「俏」，原作「借」，今據萬曆本改。

疲。湛歡之際，可以螟蛉宇宙，蜉蝣今古，眇軒冕於柴柵，付旂常於塵土。徒使登牛山而悲故都，望蕩陰而吟《梁甫》，無乃驅馳軺軻而役役自苦矣哉？」於是就閒館，卸華鈿，携玉手，接芳妍，銀燭燦爛，翠幄張懸，爲樂之夕，若登蓬島而遇仙。此聲色之娛人也，吾子其亦以爲然乎？」先生未及應，客遽曰：「扣縣不鳴，司樂以爲怪；攻堅弗克，問者以爲戒。」先生曰：「雜哉聲色！伐人甚於斧斤。故夔蠱玄妻而伯封夷，涓獻新樂而帝受焚。」

客曰：「雍州之宇，神皋陸海；東井輿鬼，鶉首攸宰；三輔之墟，五水所匯；秦漢隋唐，故都迹在；鼎與曆以俱移，玉隨步而迭改。觀夫太華、少華，弘開洞天；終南寶氣，連亘藍田；荆、岐並峙，鳥鼠西騫；商洛、崆峒、驪山繡嶺，莫不峍屼而蜿蜒。涇屬渭汭，漆、沮回旋；灃水攸同，灞、滻温泉；興衰治亂，作鑒於先；賀蘭、甘、凉，跨據西邊；黄河達于龍門，二渠釃而疏川；黑水界于關中，蜀江分而及滇。此其被山帶河，四塞宏壯，所謂金城天府，而又有潼關之保障。虜居套而羌入洮，在乎足兵而選將也。且民生其間，俗習華戎，勁悍質木，尚氣争雄，耕稼餘力，鳴鏑飛鋒，挾筋竿以從禽，帶豪曹而躍驄，蓋猶有《豳風》之流韻，因畋狩而纘武功。時當蟄歛，顥氣清肅，聯鑣出郊，馳詣山谷，罻羅昌披，布滿林麓，放鷹鸇以競鷙，走狡猘而角逐，應弦飲羽，攫噬交并，薄暮言歸，舉胔告成。既乃選勝張筵，置酒高會，羅列苾芬，鏗鏘劍佩，望枌榆之故社，酹英雄而慷慨，酒酣耳熱，意奓心汰。地坎天巖，曾不知其大；月湍日湛，曾不知其邁。校獵若是乎樂矣，吾子能無快乎？」先生曰：「否，不然。外作禽荒，古人所戒。吾嘗聞之，東南漕輓難至，關中不復可都，王氣已終。是以仰瞻長安之日色，不若燕薊之昭融。吾方志道而據德，又奚快乎馳馬而引弓？」

客曰：「梁州之壤，與雍綿延；華陽、黑水，參井交連；蠶叢建國，巴蔓開先；羅施、南詔，蟻附蟬聯。抗三峨，帶兩川，控玉壘，奠金甗。劍閣表雲棧之險固，瞿塘鎖巫峽之流泉。鎮以岷嶓，溉以汶瀆；井絡坤垠，民康土沃；左綿右涪，四衝水陸；碉門及播，藩籬襟束；雖近西番，蠻夷率服。金馬碧鷄之在望，夐驤首而距足；登青城之洞天，訪鶴鳴之仙族。故其民莫不惜韶華，樂昌時；陟翠巔，臨清池；錦官郊外，游塵四彌；遐陬僻邑，亦各歡嬰。開綺筵而對璧月，酌郫筒而折瓊枝。妓呈神女之舞，客和郢人之詩。爰自龍興之宮，鱉靈之址，浣花之溪，草玄之里，五石之磧，八陣之壘。香雲伏虎，孝泉躍鯉。銅官玉局之墟，赤甲白鹽之鄙。石鏡火井，義樹聖燈；羊從洞現，翁自波興；飲桐鳳翥，緣木鮒升；尋幽訪古，聞見斯徵。雖縶駟已疲，燭龍云暮，然猶濯纓而歌，據梧而寤。及夫稚子迎門，簪朋載路，乃賦《歸來》而屢回顧也。若此逍遥逸樂，吾子其亦慕乎？」先生曰：「吁咄哉！舜聖人也，禹猶戒之曰：『無若丹朱傲，慢遊是好。』夏諺曰：『流連荒亡，爲諸侯憂。』有國有家者，此其罪尤也。昔昭烈任孔明而終難恢復者，豈非逸惰之兵，弗克運籌故與？是故無逸乃逸，若穡有秋。吾方持志以帥氣，又奚慕乎慢遊？」

客曰：「荊州之疆，衡岳之陽；星分翼軫，地接雍梁；熊繹子國，并吞日强；江漢爲池，南達瀟湘；中包雲夢，北介鄖房；戴以襄鄧，腋以蘄黄。其俗慓輕，積聚鮮藏；呰窳偷生，流移四方；果蓏蠃蛤，足食惟常；西雜溪峒，號曰蠻荒。郢爲都會，土風醇厚；自餘巫鬼，多事土偶；伐鼓吹角，聲徹其大者則有炎帝廟、善卷壇、軒轅臺、赤松峘。過洞庭而訪陵竹，弔汨羅而歌澧蘭。酹息妃於桃花之洞，賦《神女》於陽臺之巒。淫失枝柱，巴蜀同俗；大堤游唱，花豔驚目；酒旗相望，帆檣馳逐；連袂交歡，朝酣夕宿。淫邪起於巫風，而莫之禁其情慾。天造地嶽，鎮以威神；金銀宮闕，照耀穹旻。自净樂而度玉虚，游五龍而訪道真。凡仙室巖泉之不可盡述者，亦皆可敬而可訢。惟仰天柱之承漢，則日月出入在下，而崧華若爲之臣，此物彪所由遁而消滅，人心所以望而自新者也。走與吾子持瓣香，度襄均，展丹悃，禮北辰，祝聖皇之萬壽，日重光而月重輪，生而縣弧以志遠，其亦壯志之當伸者乎。」先生曰：「敬矣哉！客之言是也。然神不可以妄黷，壽不可以私祈。今也當宁，至誠格享，萬壽維祺。而乃無故輒往，心寔自欺，吾惟慎獨，敬而遠之。」

客曰：「豫州之壄，嵩嶽崿崖；柳七星張，鶉火昭融；三河總貫，四方來同；左瀍右澗，伊洛當中；鶉首自西，鶉尾自東。虙羲作《易》，始都陳而立極；軒轅問道，訪廣成於空同。西則涇渭距北河，而爲郃、豳、岐、豐，至于宗周，鎬京辟廱，華山之陰，後爲秦封；東則汴、汝流南河，而爲衛、鄭、鄶、雍，至于覃懷，紂都邶、鄘，荆山之陽，作于楚宫。其川滎澤，其浸波溠；滎波既瀦，界商與夏；禹封于鈞，迤于大梁；吕侯申伯，潁川南陽。其壄則角、亢及氐，壽星以光；契封于商，迤于上洛；亶甲相都，沬邦共國。其壄則營室東壁，娵訾所薄；中牟澤藪，厥有圃田；金隄玉渠，控地鎖天。武王克殷，定鼎郟鄏；周公相宅，召公考卜；分陜而治，民用和肅。敦《二南》之風化，緜八百之姬籙。遷于王城，周轍既東；河内賜晉，日蹙以窮。故周之爲俗也，巧僞趨利，貴財賤義；高富下貧，多商少仕。然受中以生，維岳降神；達則匡濟，窮斯隱淪；許由濯潁，伊尹耕莘；匪惟聖哲，况有仙真？是故守黄庭，執玄象，八景通，九霄亮。返始還元，氣充神暢，子晉乘化於浮丘，老聃貽詮於河上。鄭圃禦寇，漆園莊周；御風而行，逍遥以遊。霓衣廣帶，飄忽十洲，後天地而不老，玩日月之常浮。此神仙之可求者也。吾子守一處和，致虚詣極，誦猶龍之玉書，賦大鵬之雲翼，既得諸心而無遺，况求在我而有益？若俟任重而逢時，盍觀柱史之爲職？」言未及徧，先生曰：「善！然竊聞之，君子不遺世以自高，必修身以自見。」

客曰：「徐州之土，分野房心；大火西流，陽歛成陰；汴、泗交溯，荆塗對峜；北連青而泰岱峻，南入海而淮沂深。吕梁之洪，險聞古今，與百步而相望，扼南北之喉襟。故大彭氏之國于兹也，號曰彭壽，久經變革；堯游定陶，舜漁雷澤；禹會塗山，湯遷亳宅；政教景從，年踰八百；啓有畔子，西河五觀；受命徂征，既格且安。故其民俗，武力桓桓，重厚力穡而尚儉，先王之遺風尚存。周之諸侯，兼并日衆；振鐸封曹，微子封宋；景公滅曹，齊楚兵動；楚得沛豐，材勇思用。秦郡彭城，天下銷兵；豪傑鬱伏，意氣潛生；張良狙擊，陳勝狐鳴；劉項並起，遂滅强嬴；清平之世，制亂未形。觀乎少年就募者，左吴鈎，右繁弱；束修纏，躡鞣韘；投石拔距，狠獷超躍；猛獸在前，袒裼徒搏。至乎勍敵猝起，羽檄紛馳；萬夫之雄，爰帥我師；節制中律，碩畫出奇；虹旍先啓，蕭斧後隨；趁趕狉猎〔一〕，若合

〔一〕「趕」，原作「驔」，今據《文選・左思〈吴都賦〉》改。

若離。靳馬足而未賁，運猿臂而射之。銜枚無聲，鼓進金止；干鹵殳鋋，應接有紀；虎視鷹揚，莫不披靡。披三屬之甲，猶以爲輕；列百里之陣，猶以爲邇。戰勝凱旋，轂騎煒煌；縵胡揚纓，金隊耀芒；休兵飲至，勒勳旂常；既受爵賞，歸乎故鄉。御田祖而歌之。歌曰：『摧鋒陷陣兮莫我侮，税彼甲胄兮休我墅；肴有胥兮酒有藇，神其歆兮穀我士女。祀則受福，以征則服。大彭以技教，庶人而愿足。』此亦戰陣之勇也。方今邊圉未寧，吾子能無張皇之慮乎？」先生曰：「唯唯否否，予固未之學也。嗟乎！客之言乃前足兵選將之策耳。然聖祖龍興於淮泗，知要害之在徐方，特於城南居有積倉，漕運西北，行有裹糧，天聲一動，則連河濟而及濠梁，邊圉賴以生殖，其甃歛之氣舒而成陽矣乎！」

客曰：「兖州之星，降婁奎躔；東岳岱宗，巖巖接天；魯邦所瞻，邇與齊連；東有曲阜，神農是遷；其北壽丘，寔降軒轅。是爲少昊之虚，周公封國，而尼山毓聖，孔子生焉。龜蒙鳧繹，環結後先；九河既道，會通有泉；汶、沂、洙、泗，滄浪之淵。其民有聖人之教化，故冠章甫，衣逢掖，陳四科，通六籍，尊尊而親親，惠迪而不逆。學必愛日，行必及時，而惟寸陰之是惜。爰稽啓聖，郰人叔梁；抉門仁勇，禮義自强；事有明徵，晉伐偪陽。是故孔子知禮，寔由義方；知及仁守，涖之以莊；非禮不動，義乃允臧。踐履則孟懿師其禮，删述則魯壁固其藏。此博約之教，當服膺而弗忘者也。夫祖述堯舜，傳自精一；憲章文武，明誠罔逸；德配天地，下襲上律。此謂合内外之道，而成己成物。乃設庠序，明人倫，審貴富，安賤貧。絶意、必、固、我以克己，慎視、聽、言、動以求仁。宰中都而攝相事，侵田歸而萊兵馴；爲東周而有餘裕，嘆歌鳳而悲獲麟。蓋天實爲之，不由於人。嗟乎！闕里杏壇，陋巷精舍；

奎文之閣，耿光不夜。緇黄熄乎境中，文儒盛于稷下。仰想泰山沂水之登臨，猶挹綏來動和之風化。衍聖傳于萬世，人文昭于夷夏。是則五三以來莫之並駕者也。其在于今，偕經厭書，非顓知以圓覺，則冥心而致虚。吾子豈欲援禪以講學，抑亦勵行而爲儒乎？」先生曰：「唯唯否否。從事博約，以學孔子，固吾所願也。讀書窮理，國家成憲，聖祖求遺書於天下，文皇輯大全之經傳。如曰『何必讀書，然後爲學』，好仲尼之所惡，則無復多聞多見矣，奚由培植良心而用世以兼善邪？客之此言，固吾所願也。」

客曰：「冀州之都，顓頊之墟；觜觿及參，光宅唐虞；山起崑崙，河出陽紆；舜分幽州，首統堪輿；析木之津，尾箕燦如。其東碣石，達醫巫閭；漁陽溟渤，樂浪玄菟；是曰營州，孤竹所居。其西雲中，鉅鹿飛狐；渾源恒嶽，總玄竇符；是曰并州，桑乾所瀦。星分昴畢，地介胡虜；九夷七戎，左衝右迕；文皇殿之，揆文奮武；紹統作京，寔爲天府。北辰居而四方歸，聖人作而萬物覩。金臺玉泉，軒冕相先；召公樂毅，間世豪賢；臨軒景慕，射策詳延；倪麃紈褐，航輻趨燕。《考槃》無邁軸之永，入轂有茅茹之連。摛詞掞於太紫，貫道臻乎極玄；神化洽乎裨海，文風扇於垓埏。綜素王之舊籍，正浮俗之譌禪。昆蚑闓澤，禎祥自天。騶牙常擾于苑卉，靈蔡多巢于沼蓮。鳴鳳蕃於蒼姬之社，馴龍夥于翠嬀之川。此彈冠結綬之會，而陳力就列之年也。」言甫畢，於是先生肅容而起曰：「韙哉言乎！敬受命矣。吾聞仁人不獨善而遺榮，志士不借時而好遁。方今楓宸側席，履信思順，惠澤洽於裔夷，利用普乎才俊。台鉉有燮理寅亮之儲，薦紳多展采錯事之訊。莫不勤吐握以旁求，設庭燎而招進。千載一時，際此熙運，敢不仕而服政，國爾忘家，效涓塵於海嶽，依日月之光華？客言至矣，敬用拜嘉，爰書座右，佩服無涯。」正德辛未。

## 石齋問對

石齋主人調元有暇，燕息精廬，冥心沕穆，泰宇澄如。浮陽麗於曲瓊，清風汜乎綴朱，披霧帷之纚纚，敞雲構之渠渠，四壁洞然，惟左圖而右書。客有過而問者，拜手進曰：「席夫子寵靈之日久矣。側聞游藝于斯，惟日娓娓，本仁爲碣，守中爲圯，植義爲楹，達禮爲欞，矩度辨乎「中」黃[一]，規景協乎太紫。因是以宣鴻猷，翊龍紀，奠三辰，孚萬里，既訓庭而裕後，亦下堂而得士，何成身而有得，乃詑物以爲擬？矧比德其惟玉，顧洵石之爲美。蒙也竊惑，願有質于夫子。」主人曰：「嘻！辨觚角者知奧，見藻率者知德，揆物起予，惟子伊克。」

客曰：「維石之精，上爲星辰，下爲山岳，衿衛無垠。故石立興漢，崧降生申，眎衛甲於岐蠶，徵吐卷於尼麟。」主人曰：「否，吾不語神也。」

客曰：「蘊德于心，維石心截截；出謀爲畫，維石畫揭揭。衮職有闕，其闕猶天，五色之鍊，自心補焉。」主人曰：「否，吾不張功也。」

[一]「中」字殘缺不全，今據萬曆本、北大本補。

客曰：「奇章相唐，嗜石逾飴，孤撑巉絶，羅而致之。幽幽離離，險險戲戲，磊磊壘壘，如蚪如螭，如鼉如蠵，如麒如羆，如鵠如鶩，如驥之馳，參差聱齖，昂頫蹲踞。出汀濘，升華池，紛的皪，粲威蕤，燕嵐承宇，分繡呈輝，狎而玩之，心神榮而營魄怡。夫子之好，其亦類兹也乎？」主人曰：「方今王度清明，馮翼屢至，方夫賢以爲憂，而皇爲奇章之嗜？客言過矣，吾懟寘於耳。」

客曰：「藥石惟言，石生我也。古以言楊，網蒐俊英；伊邇必察，雖狂弗輕。晏子立談而收越石，叔向執手而録鬷明。辟諸藥籠，空青縹碧所不棄，而何計乎鶏壅與豕苓？」主人曰：「集衆思，廣忠益，明清有訓，寔吾之職，願聞其他。」

客曰：「君子之學，琢磨乃章；穌氏之璞，砥礪乃光；採彼磦砢，成我珪璋；匪石之功，曷精曷明？《詩》曰：『他山之石，可以攻玉。』言自修也。」主人曰：「得吾體矣。」

客曰：「大成之樂，兼總條貫；八音紛綸，維石立辨；維石既調，爰叶《简韶》；奏之而神明格，聞之而躁慢銷。《書》曰：『於！予擊石拊石，百獸率舞，庶尹允諧。』言穌平也。」主人曰：「得吾用矣。」

客曰：「道闡龍馬，理洩庖羲。神矣象、繇，昭晰以幾。幾之所萌，萬有以生；幾之所發，萬紀以達。芒乎其無，弗可爲容也；芴乎其有，若或可從也；闔乎闢乎，運運而不可窮也。豫而察之，麟麟旭旭；定而守之，旼旼穆穆。微彰海鏡，柔剛電燭。寸景未浹，動獲禔福。《易》曰：『介于石，不終日，貞吉。』幾之謂也。於戲！惟確惟果，爍哉禕煌；爰擴爰通，家國用光。故能致主於黄、唐，而民以昌阜，物以樂康；熙號垂於琬琰，豐德立於無疆。」言甫誶，主人曰：「韙矣乎言契我中扃，如月應日彪源，樞運弗停。吾惟自公退食，顧石齋之時義，而昕夕惺惺，豈下馳於結禬，逼游神於太清？」

客乃歛容，展恭布體，再拜而退，願步遐軌。正德辛巳。

## 問教對

淩子將之泰和，見黃子而問教，黃子曰：「唯唯。」他日又問，又曰：「唯唯。」曰：「子將遂無言已乎？」曰：「否。夫爨汲之井，不足以灌噲川，照室之燭，不足以耀通衢，勢則然也。吾方學焉，以蘄半於斅而未之能也，而何教之能知？雖然，析泰和之義，教在其中矣。泰也者，以言乎其成也；和也者，以言乎其始也。身之泰也，始諸心焉；天下之泰也，始諸朝廷焉。心和則身泰矣，朝廷和則天下泰矣。」未達，曰：「子之教人學也，凡以非爲人也；教人仕也，凡以非爲己也。凡以非爲人而不心之求，凡以非爲己而志將不在於天下，則可乎？」曰：「不可。然則析泰和之義，教在其中矣。君子之養心也，袪而鄙悋，銷而躁妄，尊德義，逸而日休，乖盭不作，是故營衞通，膚革充，德煇眩，暴慢遠，人斯尊愛之矣，故曰『心和則身泰』，是學之則也。君臣上下，罔或疑貳，同寅協恭，推賢讓能，堂陛翕然，而無誚責競訐之聲，於是乎百職競修，中外禔福，而民日歌舞之，故曰『朝廷和則天下泰』，是仕之則也。」

「然則仕、學異乎？」曰：「否，不然。君子之有爲於天下也，自其根諸心者充之也。充惻隱之心，其政寬以仁；充羞惡之心，其政剛以毅；充是非之心，其政明以遠；充恭敬之心，其政公以廉。在《泰》之九二曰：『包荒用馮河，不遐遺。朋亡。』寬仁之謂『包荒』，剛毅之謂『馮河』，明遠之謂『不遐遺』，公廉之謂『朋亡』。故和衷格君而朝廷不和者鮮矣，其身不泰而能泰天下者，未之有也，是合内外之道也。」凌子蹵然而思，爲間曰：「吾知教矣。」

## 令難對

戴子令泰寧，告曰：「甚矣，令之難也！持身難，難於介；處物難，難於和。和而弗介，厥流恢譎脂韋，厥咎廢，厥眚下侮；介而弗和，厥流稜厲亢戾，厥咎折，厥眚上凌。上凌下侮，其何以邑？是猶車二輪焉，缺一則爲廢車。甚矣令之難也！」

黄子對曰：「夫令者，令也，承上之令以令下者也。故令之道有三衡焉，七蠹者恒敗之；有四式焉，五蠱者恒溷之。是故上之令我也犄而難行，下之令于我也枝而莫從。何謂七蠹？曰惰蠹農，侈蠹賈，淫蠹工，黠蠹胥，虣蠹官，衺蠹政，僞蠹教。是故執神之樞，參化之符，與道爲徒，以衡于心；昭其文腴，運其德輿，不先而逆，不後而違，以衡于身；樹之王鈇，毋彼爲我愚，眡之侯度，毋我爲彼怒，以衡于民。此之謂三衡。何謂五蠱？曰簿書蠱目，訟獄蠱耳，錢穀蠱形，將迎蠱神，攻取蠱心。是故朝洛瞿瞿，晝聽旰旰，夕思居官，以式于中；謀于野唆唆，誠于邑循循，而忱而恂，以式于外；日以日會，月以月要，歲以歲成，以式于下；郡紀其政，其政優優，藩經其運，其運無郵，臬綜其法，其法斤斤，監攷其績，其績維勤，以式于上。此之謂四式。是故持其四式，去其五蠹，君子可以爲上矣；正其三衡，絶其七蠹，君子可以爲下矣。故能宣展弘績，弗和弗介，而人歌舞之。周詩曰：『轡之柔矣，馬之剛矣。馬亦不剛，轡亦不柔。』此之謂也。」

## 松窗問對

潮陽蕭君以松名窗，其子韶遊泰泉子之門，請問其義。泰泉子曰：「嘻！此夫茂而不苑者與，此夫直而不倨者與，此夫歲寒而不彫者與，此夫入雲霄而不回者與，此夫貫四時而不改柯易葉者與。蓋取諸此也。」曰：「然。」

泰泉子曰：「義有大焉者矣，而未之及也。且草木有根，夫人知之，天有根焉，亦知之乎？」曰：「否。松柏有心，夫人知之，天有心焉，亦知之乎？」曰：「否。居，吾語女。夫冬至夜半，察於玉衡，則七政起於牽牛之初，日月如合璧，五星如連珠者，是天根也。於《易》曰『不遠復』，在人則善始萌也。天無體也，以日月星辰爲體，故周天三百六十度，分舍於二十八，列爲十二星野，而循環無窮，其行至健也，是天心也。於《詩》曰『維天之命，於穆不已』，在人則善不息也。遏善之萌，是謂萎其根；爲善弗勤，是則蠹其心。存存則不爲物所萎，天根在我矣；乾乾則不爲欲所蠹，天心在我矣。草木遇寒而不盡萎，其根猶遇陽復而萌，松則不以冬萎者也。凡外强中弱者，其心易蠹，松則表裏剛健如一，氣之所液，上有兔絲，下有茯苓，夫疇能蠹之？是故君子明善於萌，蓋取諸《復》，守善于純，蓋取諸《乾》，是以比德於松焉。德不如松，吾如有萌焉，何哉？吾聞若翁樂爲善者也，故以是張之。」韶拜手曰：「諾，是家君之志也，敢不承乎！」

## 東溪問對

黄子謂東溪子曰：「至微者理也，至著者象也，體用一源，顯微無間。斯言也，人謂程子於是洩天機矣。聞子日玩溪流而自得，其亦思厥源乎？厥源維何？河出圖、洛出書是已。今夫河圖、洛書，相爲表裏，圖以生成書，以相比象也，而理存焉。是故自北而東者水木也，陰極而陽也，在人則知仁也，惟其陽盛，故爲乾道；自南而西者火金也，陽極而陰也，在人則禮義也，惟其陰盛，故爲坤道。土五居中，睿之作聖，以配天地者乎！知仁合一，存乎誠性之也，濬哲允塞者也；禮義合一，主乎敬反之也，制事制心者也。存誠則無不敬矣，主敬則可以至於誠矣。子居東溪，其亦志夫陽乎？陽生于黄鍾，助以大吕，重以太蔟，益以夾鍾，生意勃如，雖蔀屋之中，巨石之下，草木畢達。吾心一陽來復，存養而擴充之，何以異於是？如其未也，循禮集義反之乎。知仁焉，利欲之陰有不袪者乎？體斯義也，尚毋索圖、書於象也哉！」東溪子對曰：「夫子之教，明善復初之要也。圖、書之象，象吾良心而已矣。得象忘言，得意妄象〔一〕，吾敢不求諸正心誠意，而遑外求爲乎？」

## 天道對

陽烏謂顧兔曰：「吾鼓吾左翼，則光被東海、北海，吾顧吾右翼，則光被西海、南海。喜焉物莫不昭，怒焉物莫不焦，旦旦焉宣照臨之德，化成無垠。百姓不知也，子曷爲自矜喜乎？昔者齊鮑氏之庫，寶藏叢焉。商丘開盜得其弘璧，眂於人，詫天下之富莫己若也，求眂其二而無以繼。今子隨吾車而後行，竊吾光而後明，圓耀未久，而朒側匿半之。子之矜喜，是亦商丘開之類也。且子不見螢腹乎？昏也熒而旦也闇。方其熒也，招摇而飛，及其闇也，翳伏于莽而不揚也。子何以異於是？」

顧兔悄然無以應，陽烏於是駕而遊扶木之野，飛廉見而謂之曰：「通於天地謂之德，行於萬物謂之道。道無外，德無畛，謂之聖人。今君誠聖人也，東熏鯷波，南暨朱鳶，西燭雒棠，北貫委羽。夫道德莫堯若也，而君逾之矣。臣聞人之耳目久營而不息，則傷；精神久馳騁而不愛，則憊。節其聰明，道益以光，葆其精神，德乃無疆。君亦殆已，曷自安之圖？臣請獻樂以娱。」陽烏喜曰：「樂安在？」飛廉振臂揚袂而招雲工，翏翏呹呹，磍磍硺硺，天籟龢鳴，萬竅交號，山簸海立，天地嚻嚻，其

〔一〕「妄」，萬曆本作「忘」，疑作「忘」是。

音依乎《六莖》之律，合葛天牛尾之闋。雲工自泰山乘蔚薈而起，油油然奮而滿太空，倏淕倏孛，倏黯倏鬱，倏而轂焉，倏而駁焉，倏而人焉，倏而山焉，倏而龍焉，倏而鸞鶴焉，倏俯倏仰，倏來倏往，倏翔倏行，倏竦倏傾，千變萬化，罔有紀極。按乎建鼓之節，中乎湯林之舞，而參以都盧曼衍之技，蓋終日也。顧兔躆金樞而笑之曰：「向者陽烏之言，不已誇哉！」言未卒，豐隆馳轂，填然震於霄霓之墟，列缺杭旌從之，煜爗萬丈，類火龍而無角，顧兔避而之畢宿焉。二十抶河漢而翻之，大雨五十刻有奇而後霽。

疑始先生食力於楚，楚王使使聘之，玄纁十，文駟六，授以三旌之位。先生方芟且灌，對使者曰：「疑始先生畸人也，去我十舍而遥，我乃其傭也。」使者去則遁矣。他日，宰咺遇之，請曰：「先生有道者也，曷老不仕？我將言之於王。」唯而不荅。又曰：「至貴不待爵者，陋也；至富不待禄者，繆也。我使於諸侯，諸侯饗我猶王也。發號施令，天下莫不聞風而讋，金玉無脛而至，廪庫不浹景而充，驅役鬼神，所向隨指，先生曷不仕乎？願聞其志。」又不荅而退。其室人尤之曰：「予明言其志，則達者慚矣，不言則辯者又將至矣。」先生曰：「叱嗟，汝惡知之耶！吾稟不竭之府，而學於不言之師，倚不拔之柱，行不關之塗，屈伸偃仰，抱命而宛轉，周闤而視，無以槩吾志也。且天下之義，有所可，有所不可。我將言其可，則不可者非之矣；將言其不可，則可者非之矣。故吾不知吾可，亦不知吾不可，將焉用言矣？且汝獨不聞陽烏、顧兔之更相笑邪？」

子叔倫謂黄伯子曰：「古之至人，不以利滑中，不以欲焚龢，鶉居守雌，不以自少，功被萬物，不以自多。吾遊於燕，大宗伯以爲材也，掄而命之，詔而進之，將以官我。念母而壹鬱其中，欲歸而休於樾，則可乎？」黄伯子曰：「可！夫天不能違晦明，人不能違圓方，道不能違弛張，時不能違行藏。子欲仕而世以爲材，夫孰啓之？天也，非人也；子欲養而世以爲孝，夫孰啓之？道也，非時也。君子從天不從人，從道不從時，是故出不遁天，處不遁道，子其行矣。」子叔倫曰：「諾。」

## 中州對

嘗觀函夏輿圖，河南爲天地之中，故崧岳降神，甫、申生焉。《大雅》美之曰：「四國于蕃，四方于宣。」言敷政自中而四達也。

我朝稽古建牧，俾承德政而布諸民，命名之義，此其準與。吾廣方伯少郭雷公，去冬以賢能晉河南左轄，吏民依依不忍舍，而同寅諸大夫喜周邦之得良翰也。詣予謂曰：「公之治廣善矣。兹涖中州，子何言以贈？」予對曰：「唯唯。」

昔者嘗竊聞之，中也者，帝王心法之傳，立大本以出萬化者也。然民受諸天地以生，特其賦命之常爾，初無此疆彼界之異，而奚輿圖之拘哉？《盤庚》曰：「各設中于乃心。」《冏命》曰〔一〕：「民心罔中，

〔一〕「冏命」，《尚書》「民心罔中，惟爾之中」一句，出自《君牙》，疑「冏命」乃「君牙」之誤。

惟爾之中。」故《周官》師氏掌國中失之事，以施教焉。用是觀之，大臣格心攄蓋，揆策施仁，凡嘉謨嘉猷之入告，善政善教之及民者，無他伎也，中道而已矣，其猶水之源乎。

天下之水，皆源于西北之山。故河出崑崙，應乎天漢，猶大本也；洛出讙舉，流入于河；伊出蔓渠，流入于洛；濟出王屋，伏行二百里，而後逕河之南；淮出桐柏，行百餘里，而後東徑于申，合流于汝。惟兹五水，應土之生數〔一〕，咸會中州，達四瀆，然後東注扶桑，西注鹽澤，而南苞江漢，朝宗于海。於是寶藏興焉，鯤鵬、蛟龍、百物生焉，猶萬化也。源之深遠，莫河若者，其輔則洛。《易》曰：「河出圖，洛出書，聖人則之。」觀於形氣，而天命昭矣，禮樂制度是之自出，天下豈有道外之器哉？夫子之言見《繫辭》者，先天龍圖也，見《大戴記》者，後天龜文也，數皆以五居中。後之言太極者，分兩儀而及五行，正爲圖、書而發，蓋四象非生於土數則弗成，《月令》可徵也已。

又自其相爲經緯者論之。乾位乎南，以統陽，天道也，君道也。承德政而布諸民，天道之下濟也。源于西北者，陽止陰上，其象爲乾。乘艮循中道而行於坤，則爲坎，膏澤之降，猶雨以潤之矣。止于上者必動于下，而艮、震反易，民心歡忭之應也。及離火上通，則雷奮乎東，自此而火金之氣行焉。陳希夷氏曰：「天一道之宗，地六氣之本。天三斡地二，地四爲之用，其陽變自震之謂乎。」坤位乎北，以統陰，地道也，臣道也。近天子清光而獻其忠，地道之上行也。貞于西南者，陰入陽下，其象爲坤。乘巽

〔一〕「土」，原作「上」，今據萬曆本改。

循中道而行於乾，則爲離，麗正之亨，猶日以暄之矣。入于下者必説于上，而巽、兑反易，諫行言聽之應也。及坎水下塞，則澤匯乎西，自此而水木之氣行焉。陸象山氏曰：「水木各正，惟金火易位，而七變九，九復變而爲一，其陰合自兑之謂乎。」變合相嬗，自然循序，間有中失，立召祥眚，故召公格君以諴小民，爲祈天永命之本。

語曰：「天地之氣，不失其序。若過其序，民亂之也。」然則天命豈外乎民哉？於此融會而推類焉，則天施地化，人事之紀，與夫萬民之情，皆舉之矣。世之談名理者，大都顓求頓悟，偏於空寂，苟稽象數而歸諸實踐，則一握以爲笑，中道之久蔽也不已錮乎？

予嘗渡淮至濟，僕僕於防河曳舟，百爾損下益上之役，皆中州之民也。召公治洛，則騶虞效祥，賈魯開河，則山童作眚，中失之事，戒莫炯焉。惠中國以綏四方，猶養腹心以達四體，是故蕃宣大務而祈天永命之道，寔在于此。甫侯之訓曰：「非天不中，惟人在命。」而必先之曰：「自作元命，配享在下。」尹吉甫誦申伯之才德，一則曰「文武是憲」，二則曰「柔惠且直」，蓋其説上動下，躬率自中，則命自我立故也。中以立命，上下歡欣交通，何功之弗成哉？

公今行矣，旦夕匡贊聖天子，建登三邁五之偉績，匪直媲美甫、申而已。光天之下，將見豐城劍氣騰燭牛斗之墟，可跂而待也。夫中則致和，和則致祥，榮河温洛之瑞，與凡諸福之物，當畢至矣。公既問學有源，而且素工於摛辭賦詩，必能歌頌今日。予雖不敏，康衢擊壤之餘，庶幾勉强爲公和之。

# 設論

## 釋讓

客讓汪大夫曰：「吾聞《易》之爲道，隨時而已。天運六氣，寒暄參錯，乃成歲功，君子用世，推移揆度，乃蹈中庸。是故臣姚、姒而談霸略者必斥，輔桓、文而運帝猷者必窮，何則？竽瑟柄鑿，弗可協而同也。今子大夫遭逢聖世，稅迹臺諫，出參藩議，蓋踰六年於此矣。雖龍川鱷海，晏然無事，然上不能興禮樂，下不能陳符瑞，以昂霄聳壑，掇名樹勢，而徒副臬滇南，禦寇金滄，無乃遷之或滯與？鄙人甚惑，謂宜式遄其行，恢張猷謨，使四陲奠枕而三旌荐都，柄福持威，噓榮噏枯，揚之則青天，抑之則黃壚，茲蓋鴻漸鵠起之秋也，而猶徐徐，猶于于，厥意何居？」於是大夫治行。

或又讓曰：「子盍已乎？夫滇，巖邑也。金滄邊於滇又將數千里，右緬甸，左金齒，前羅施，後榆洱，是謂越賧。僰驃所止，構木巢居，獸怒人喜，家有垂白之親，身投髳貊之靡，是亦不可以已乎！故曰萬斛之泉，乘流則行，遇坎則止；九折之阪，叱馭爲忠臣，回車爲孝子；鯈鮇之魚，浮陽避陰，繳繒之罹，寔非靈禽；仁不親遺，知不身湛，子必毋往，而有遐心。」於是大夫過泰泉生而問焉。

泰泉生對曰：「二客之言皆是也，惜也其猶未融也。今夫卞和之玉，天下之寶也，韞之則爲璞，琢之則爲璋；驊騮飛黃，馬之至良也，縶之則伏櫪，駿之則龍驤。君子之於用世，夫奚容心焉？亦惟秉其常而已矣。是故天地之化，一陰一陽，文武之道，一弛一張，孔顔之教，一行一藏。藏矣而有時乎行者，九夷匪陋，千駟匪泰；行矣而有時乎藏，則鑿坯匪固，負米匪憊。拓之則爲通，守之則爲介，軒輊今古而不爲傲，開闔宇宙而不爲大。昔者嘗爲子筮行矣，遇《咸》之《萃》曰：『咸其股，執其隨，往吝。』夫咸，動也。執，守也。居貞而後，利行之象也。今者又爲子筮藏矣，遇《復》之八曰：『《復》：亨。出入無疾。朋來無咎。反復其道，七日來復。利有攸往。』夫震，長男也。坤，母也。陽貞陰悔，欲動而静，是將母而後復于君所之象也。時用時舍，王之明也；惟忠惟孝，德之成也；知退知進，道之貞也。《易》既兆子之志矣，而隨時之義，於是乃備。」大夫謝而笑曰：「子之言然。」

## 發　潛

大道既隱，頹風起矣；淳樸既醨，巇素履矣。浮浮回極，靡終止矣；如彼秋草，日銷靡矣。貴富之徒高張，而閻閭之行易泯；勝質之文信世，而幽潛之德莫傳。是則有由也，其殆史之失職乎！夫福善禍惡，天道也；慶賞刑威，王法也。福賞所遺，史得而褒之，禍刑或逋，史得而誅之，其權均焉。然榮及萬世，甚於華衮，誅及萬世，甚於鈇鉞，其權重焉。是以成周之制，大史掌典，小史掌志，内史掌法，外史掌書，諸侯率斯，是有南史之屬。蓋其制與政事相維，其職與死生相繫，然孟子猶曰：「《武成》，吾取二三策而已矣。」寔難之也。施及後世，起居廢其官，邦國泯其紀，梟藻眩其實，苴賂狡其情。

朝代荐更，聿存故事，爵高者售廣譽，子賢者脱瑕咎，狐以爲蒼，墨以爲明，吁可怪矣！

余嘗搜廣南之載，而及於甌粤，甚痛其弗傳也。《詩》曰：「淑問如皋陶」。皋陶爲李，天下稱平。片言折獄，至與皋陶齊名者，可不謂賢乎？於蒼梧得一人焉，曰鄧盛。厲廉耻以抗志，賤紈綺以表俗，傳曰：「人有所不爲也，而可以有爲。」於桂林得一人焉，曰申朔。貂璫之勢熏天，無與校者，而持法不撓，乃心王室，忠矣哉！於荔浦得一人焉，曰徐徵。舜之至也，五十而慕，慕親之篤，感物通靈。舜之次也，於蒼梧得二人焉，曰丁密、頓琦。凡是數公者，古之直道也，而郡乘闕焉弗收，不知所録者何等也。

於乎！善没者不溺于流，善修者不徇于偷。民之秉彝，好德惟懿，安知其無數公者出乎？是故忍心廢倫曰殘，奸職舞能曰僞，茸材依蔽曰罔，湛榮攫利曰污。耻污也而格焉，斯廉而朔矣；耻罔也而格焉，斯明而盛矣；耻僞也而格焉，斯忠而徵矣；耻殘也而格焉，斯孝而密、琦矣。表古以勸今，因今以勸後，標道素以開化元，辨淑慝而樹風聲，爲政之上務也。

同年梁子順、曾子裕採録于甌粤，蓋有外史之責者，是可以旌數公而振頹靡矣。有或遺焉，伊二子之尤於其行也，作《發潛》。

# 泰泉集卷第二十四

## 策問

### 擬策會試舉人文七首

問：帝王受上天所付民而爲之君，亦惟夙夜圖回治幾，以底丕平而已矣。故求賢才而親之，遏夷狄而遠之，遇災變而知懼，於祥瑞則却而勿有，兢兢業業，未嘗一日敢以位爲樂也。我聖祖高皇帝所謂以天下爲憂者，可謂洞契千聖之心法矣。故即位之初，下詔求賢，諭及四夷。每遇天變災傷，即責躬施惠。雖闒部嬰罪，科第再選，賢才或未畢用；納哈弗庭，陳煓奪國，蠻夷或未率服。然興道致治，元氣已醇，五三《六經》之籍，莫之與京也。堯言萬代如見，可得而聞與！今聖天子峻德格天，鋭情法祖，偶值風霾之變，即出御札，念及文武已用，而邊塞未寧，思任人而爲之輔，甚盛心也！不知當軸何猷，可以副穆清之懷乎？諸生其試言之。

問：天人相爲表裏。天道惟陰與陽，而人事符焉。天子也，諸侯也，大夫也，士也，因之而致治者也，皆陽類也；女后也，宦官也，盜賊也，夷狄也，因之而致亂者也，皆陰類也。三代以前，雖有陰類，不敢當陽，何道致然歟？秦承周後，列在本紀，以有天下也，項籍胡然繼之？孔子與諸侯世家，並以其聖也，陳勝胡然厠之？至於世家首太伯，列傳首夷、齊，史遷豈無意與？抑罷侯置守之後，判然又一宇宙，履霜見羸，有感而然與？《漢書》傳皇后爲外戚，《魏志》混宗室於夏侯，李密、黄巢，列《唐》之始終，契丹、女直，殊《晉》之載記。諸史所見，固有優劣與，抑三長果難其人與！夫婦寺之亂，亂在内也，馭之惟恐其迫；寇虜之亂，亂在外也，防之惟恐其疏。古今建議，果孰爲得，願聞折衷之説，以裨政理，毋徒評史而已。

問：今之學者崇正道以闢佛老，莫不奮臂稱首，其所自期待，必曰志伊尹之所志，學顔子之所學。然高明之資，恒竊異教而弗寤，至扣其所以爲伊、顔者，則嗒焉而無以應也。今夫伊尹以天民之先覺，任天下於其身，其志卓矣，然五就湯，五就桀，則憧憧莫知適從，果如柳宗元所云乎。顔子怒不遷，過不貳，受諸夫子，則終日不違如愚，其學醇矣，然心齋坐忘，大類禪定，果如莊周所論乎。《大學》以静定爲明，明德如愚，即静定之謂也，先覺則明德既明之謂也。然老氏之致虚守静，佛氏之真如圓覺，將無同乎？濂、洛、關、閩，世稱大儒，而濂溪、明道又其醇者。《太極圖》以主静立人極，《定性書》以明覺爲自然，皆所謂得夫子之真傳者也。然嘗求之漢焉，孔安國曰：「無欲故静」，諸葛亮曰：「非静無以爲學」；求之唐焉，李翱曰：「視聽昭昭而不起於見聞，其心寂然，光照天地」，裴休曰：「統衆德而大備，爍群昏而獨照」，其亦周、程之見乎。夫静定先覺，吾儒與二氏毫釐千里之所由分也。苟能辨之，則立志向學，庶乎不謬矣。

問：頌而無諂，諫而無驕，大人格君心之矩矱也。《書》曰：「帝德廣運，乃聖乃神，乃武乃文。」又曰：「儆戒無虞，罔失法度，罔遊于逸，罔淫于樂。」殆頌諫之始歟！然其所施，各有攸當，其頌與諫，無容心也。自考甫所校，以迄劉勰所評，而頌主功德，無非著臣下歸美之誠。惟王褒一頌，獨見録於《通鑑》，是果得考甫之體否邪？自孔子所訓，以迄陸贄所議，而諫專獻替，無非昭君上容納之聖。惟魏徵諸諫，獨見收於《政要》，是果得孔子之意否邪？夫諫每方其君爲桀、紂、桓、靈，頌輒稱其君爲文武神聖，免於驕諂者，蓋鮮矣。好頌不好諫，是驅天下而之佞也；好諫不好頌，是驅天下而之忠也。士風之美惡，天下之治亂焉，其機固存乎上也。然受諫則難，聞頌則悦，三代之世，已不唐虞若矣。我聖祖設翰林科道，以爲近侍耳目之官。當洪武時，獻頌則詞臣專之，諫諍則有非其職者，如劉基、宋濂之頌，宋思顔、許好問之諫，蓋可見矣。正直忠厚之士，霦霦接武，將二百禩于兹，致君于唐虞之隆而無驕諂之失者，果誰爲優邪？近世奏議、文集固可考也，請具以對，其勿嘐嘐然曰「古之人，古之人」。

問：天下大患二：有與天地俱者矣，黄河是也；有與生民俱者矣，北狄是也。唐虞三代之盛，僅能禦其患，猶不能遏絶，而况後世乎？賈讓、嚴尤各陳三策，此外豈無可採者乎？《名臣奏議》與《大學衍義補》，其見孰爲優乎？古之治河也，導之而北，狄亦從而北喙；後之治河也，導之而南，狄亦從而南牧，豈三極之氣，固相關乎？今淮流漸與河接，而醜虜入我河套，自天順以來，經國者憂之。近日，豫州之境飢民相食，已不能爲計，倘隄防一失，河復决汜，胡以相卹？府藏罄竭，邊儲告虚，虜苟豕突，胡以捍之？説者乃謂河流所及，其土甚沃，官給種具，是廡是蓘，使稻粟歸於民，可以濟捐瘠之萬一，是因害而獲利也；吉囊之來，其帳漸盛，相機伏兵，或正或奇，使財畜歸於軍，可以奏膚功者什九，是轉失而爲得也。諸臣建白，亦既久矣，卒未能有行焉。援古證今，以建長策，固當宁之所願聞也，爾諸生盍一吐胸中之奇乎？

問：文武並用，治天下之大經也。《書》稱「乃武乃文」，《詩》美「允文允武」，先後之序，曷爲不同歟？其君功德，果若是班歟？且文經武緯，實太平之基，而岳飛謂：「文官不貪，武官不懦，天下太平矣。」是文武之用，在人成功，而不由君德也。乃若禁中頗牧、天下文章云者，厥意又何謂歟？然古昔聖帝明王，大都德弘于天而後用濟以人。三代而後，則所謂文武者，不過如魯人所誇美而已。我聖祖高皇帝仁文義武，直超隆古，而御製《武士訓戒》《醒貪簡要》等録，所以警切臣工者至矣。乃若開文華、武英二堂於禁中，以爲儲材蓄德之所。擇舉人張唯等親試之，拜編修，俾讀書于文華堂，而又選成均之秀方徵等，拜給事中，入武英堂，俾練習政事，蓋欲得文武全材而用之。甚盛典也，其制可得而復歟？自後文武雖判爲二途，然武舉民兵，意在復古，果聖祖之成法否歟？今聖天子鋭情舊章，每策多士，必親閲而批評之。近日特罷武舉，期得真材，蓋求諸摛藻角力之外。仰窺聖心，可謂善法祖、篤用賢者矣，不知何以副側席之求，慰撫髀之嘆乎？爾諸士必能言之。

問：君臣，天地之大義，不可解於心者也。伯夷、太公，聖人之儔也，聞文王作，既歸周受其養，則君臣分定矣。其後或輔燮伐，天下大定，則受封焉；或扣馬而諫，義不食周粟以死，其心胡始同而終異歟？吾夫子志尊周而誅亂賊，嘗繩伯夷之義美，而太公則一語不之及，豈有去取歟？孟子學孔子者，姬籙未訖而欲王齊梁，論道統之傳，必及太公，雖清伯夷而病其隘，何其與夫子殊也？豈心切於捄天下之民歟？然則劉歆、揚雄仕於新莽，許衡、吴澄仕於元狄，豈亦太公之爲心歟？不仕莽者，或以堯、舜在上爲辭；不仕元者，或作《渡江賦》以幸宋之亡，又何其無特操也？誠意伯劉基起自元儒學提舉，學士宋濂亦嘗爲元史官，豈非我聖祖遏除虜亂，萬物快覩之故歟？然聖祖嘗斥逐危素，使往余闕廟司香矣，元侍御史秦從龍不仕，則始終禮重之矣。及虜君殂于沙漠，群臣稱賀，則令之曰：「舊嘗仕元者勿預矣。」不知基、濂當是時胡以自處歟？然則聖祖之見，與武王、周公敦諭殷士臣我多遜者，無乃殊歟？抑亦孔子取伯夷而外太公之見歟？祛宿疑以扶世教，是所望也。

## 策桂林諸生文二首

問：帝王經世大法，聖賢傳心微旨〔一〕，皆載于《書》，故《書》曰：「學于古訓，乃有獲。」非讀書，固無以爲學也。朱子釋學之義，乃以效先覺爲言，獨何歟？昔人謂皋、夔、稷、契，何書可讀？又謂唐虞之時，《墳》《典》《丘》《索》尚存，皋、夔、稷、契未嘗不讀書也。其説將安取衷歟？苟能讀書，則字將無不識矣，乃有讀書不識字者，其意何居？其人何所指歟？爾多士讀書庠序，所學何事？相與之初，竊

〔一〕「旨」，萬曆本作「重」。

願聞之，各言爾志，以觀趨向，其毋遜。

問：古之爲國者，其大綱領有四，曰封建也、井田也、學校也、肉刑也，皆相因以成治者也。見於《周禮》者，其制可得聞歟！夫井田壞於商鞅，封建廢於呂政，肉刑革於漢文帝，論者猶有異同，其說果孰爲得失？今之所存惟學校，而蘇軾猶謂與古不合，所謂取士、論政、弦誦者，果何所見歟？久任以仿封建，限田以仿井田，辨別罪人以仿肉刑，先儒亦有確論，果可行歟？廣右未及庶富，而遽施教，誠亦已難，而況於學政之復古歟？今之不可以爲古也，猶歲之日差、江河之日徙也，然推步襲羲和之遺矩，則天道成，治水師神禹之故智，則地道平，而況於人事乎哉？爾諸士志將用世，幸爲我籌之。

## 策國子監諸生文三首

問：「道不行，百世無善治；學不傳，千載無真儒。」周公、孟軻之後，宜有是言也，然竊疑焉。周公身致太平，見於《周官》六典，可謂善治矣。奈何三監、武庚叛上，不能信於君，而《鴟鴞》作？徐戎、淮夷興下，不能燕其子，而《費誓》作？甚至賢如召公，亦不悦其行事，何哉？豈治亂有常數與？抑所行亦未盡善歟？孟軻命世亞聖，見於仁義七篇，可謂真儒矣！奈何著《論衡》者，疵其完廩捐階諸論，而作《刺孟》；著《藝圃折衷》者，攻其士芥寇讎諸語，而作《疑孟》。甚至賢如温公，亦不喜其論性，何哉？豈瑕瑜不相掩與？抑所造亦未盡醇與？審若是，則周公、孟軻猶不免可議也，而況生於其後者與？夫伊川此言，爲明道而發也。治如漢文景、唐太宗，皆媿美成康者，略之可也。以仁宗爲君，宋室隆盛，實其基之，身食其禄，善則稱君，乃曰「無善治」，得無不知所敬乎？儒如漢廣川、唐昌黎，皆希蹤鄒魯者，略之可也。以周子爲師，正學統著，實其續之，身受其教，當嚴其師，乃曰「無真儒」，得無不知所尊乎？論者多謂伊川不及明道，故言或抑揚太過，而道學之名所由起，要之亦推尊其兄之辭爾。然不知明道自爲主簿，至太常丞，行道能如周公，而其所著論，如《定性》諸書，果能如孟軻否乎？立志以明道自期待者，必往來于心久矣，幸有以助我。

問：「《六經》之道同歸，《禮》《樂》之用爲急。」漢人有是言也。今《禮》猶有存者，《樂》則缺有間矣。大司樂掌成均之法，大學所繇名也。使大學之教不成於樂，其可乎？以樂言之，子朱子《儀禮經傳》自謂鍾律原於《律吕新書》，然蕤賓重上生，與倍數不同者，何與？《史記・樂書》謂「琴八尺一寸，正度也」，與黄鍾八十一分，以九寸爲體數矣，何《吕覽》又有三寸九分之説與？《新書》八十四聲，五聲備乎其中矣，何大司樂文之以五聲，乃無商與？樂以降天神、出地祇、假人鬼爲成，豈即六變、八變、九變之義與？《春秋傳》註謂姑洗、南吕以南爲《南風》，與大磬歌奏，將無同與？觀於《豫》之《象》，后夔之言，猗那之頌，去籥之舞，則樂之見於《易》《書》《詩》與《春秋》者，亦既與大司樂符矣。聖經固具有樂，似不必别爲之書也。我朝積德，既逾百年，禮既大備，則樂亦當興矣，爾多士豈無應期而神解者乎？願袪我惑。

問：程伯子論定性，儒者内外合一之學也，自私用智，警世切矣。觀其受學茂叔，遂厭科舉，坐如泥塑，接人則和，豈亦明覺爲自然者與？自爲縣簿以至宗丞，君以誠感，民以風動，士大夫視其進退以卜興衰，豈以有爲爲應迹者與？夫伯子與横渠，始皆出入老釋，而後反求《六經》，其覺固同也。化人以誠，教人以禮，其覺斯民，胡乃異與？晉城保伍，雲巖月會，爲政似同矣，熙寧召對格君之説，乃不盡同者，抑又何與？釋氏圓覺視有爲如夢幻，與定性迥别矣。今之以知爲行者翕然宗之，果何心與？夫性合内外之道，未有徒覺而不見諸有爲者，此孔子之所以貴躬行也。唐人假明德以言圓覺，則曰：「統衆德而大備，爍群昏而獨照」；誤以圓覺爲戒慎恐懼，則曰：「視聽昭昭，不起於見聞，其心寂然，光照天地」。援儒入禪，非一朝一夕之故矣，似是而非，正在於此。因其言夷考其行，宋儒其可宗否邪？爾諸士其各辨悉以對。

## 策鄉試諸生文并對二首

問：古樂弛缺久矣。漢文帝嘗得魏侯樂工所肆以獻者，《周官》之《大司樂》也。當時兵偃民安，樂固可興，胡乃未遑邪？夫大合樂九變以致鬼、神、示，又分而序之，其《九韶》《六列》《六英》之遺乎。自黄帝作《清角》，施《英》《韶》，其本聲固在也，胡後世無復知之，反謂此文不經，自相背戾？然則《周官》固僞書歟？抑《虞書》《商頌》亦有所得歟？王通氏所論，蓋得其緒義矣。師文、師開、師襄之所習，見於子史者，無乃其遺聲歟？將欲興古樂以追虞周之盛，而其本安在歟？請試言之。

三才合一之道，其昭於樂矣乎！樂者，天地之氣也，興之者人也。始也審聲以氣，終也召氣以聲，故雖鬼神，可以人道接也。今夫璿璣玉衡，特一器耳。天之體如彼其遠也，而周旋盈握之規，日月星辰莫不準焉，而况兩間聲氣常相隨者乎？是故圜鍾奏，則房心之氣動，而天帝明堂在是矣；函鍾奏，則未坤之氣動，而天社地神在是矣；黄鍾奏，則虚危之氣動，而宗廟嶽瀆在是矣。得其道，則上變光而下動靈；不得其道，則濫溺作而失其中聲。故曰人不能無樂，樂不能無形，形而不爲道，不能無亂。天地訢合，陰陽相得，煦嫗覆育萬物，則樂之道歸焉耳。《周官》之《大司樂》，聖人所以接三才之奥也。所以大合樂焉者，合天地於君心也。

漢文帝時，購得魏文侯樂工竇公者，年百有餘歲矣。獻其素所肄習者，即此章也。其出自周公，非後所僞爲，亦章章明矣。况是時兵革不試，百姓遂安，耆老之人不至市廛，遊遨嬉戲如小兒狀。和氣既萃，以興古樂，豈非幾乎？然終使弛缺以至于今，何者？得其度數而弗求之心故也。試爲執事誦所聞。夫滎河温洛〔一〕，天地之中也，而圖、書出焉。天之生數一、三、五，積成陽奇，則一函三而爲九，乾元之用也；地之生數二、四，積成陰偶，則三去一而爲六，坤元之用也。是律吕三分，損益之所從出也。凡陰陽各六月，而日至期之日，分布四氣，各爲九十，是故九六所以經緯律曆也。六爲方而兩地，故六律、六同以相對爲列，而其音謂之《六英》；九爲圜而參天，故《九韶》以相繼爲義，而其變爲之九

〔一〕「滎河」，原作「滎河」，今據本書卷二三《中州對》、明柯尚遷《周禮全經釋原》卷七、王利器《文心雕龍校證》改。

成。是故《九韶》《六列》《六英》，樂之所必有者也。

揆厥所元，則黄鍾以八十一分之管，吹三十九分以爲聲，故謂之含少，蓋自變宫四十二分以下可吹者也。倍之則太玄，所謂七十八分者也。近世乃執含少以爲清管，則十一律無從而生，所著《律吕元聲》，使古樂益紛擾而不可復矣。然則孰從興之？古樂之聲音度數，固可考而知也。黄帝始爲《清角》，大合鬼神於泰山之上，其地上圜丘之始乎，《雲門》是也。故圜鍾爲宫，則黄鍾得冬日至之羽聲，而生角六變，而天神降矣。鑄十二鐘以和五音，以施《英》《韶》，張諸洞庭之野，其澤中方丘之始乎，《咸池》是也。故函鍾爲宫，則太蔟得夏日至之徵聲，而制商八變，而地示出矣。《吕氏春秋》謂帝顓頊修之爲《承雲》之舞，而漢服虔則謂姑洗、南吕以南，爲歌《南風》，《韶》音在焉。是則《咸池》《六英》非始於堯，而《九韶》亦非始於舜矣。

故奏姑洗，歌南吕，而黄鍾、大吕應之，則羽、角以相生；太蔟、應鍾應之，則商、徵以相制。羽、角相生，則知仁交際而萬化出，於人聲則呼動腎與肝，自水而木，天數也。自冬日至而發春，是以謂之陽也。黄鍾之羽，一變姑洗爲中聲，六變圜鍾，九變歸于黄鍾之宫；南吕之羽，一變大吕以應南吕，六變黄鍾爲角，八變太蔟爲角，九變而歸于南吕之角。然姑洗，角聲之始也。自姑洗之羽，與其羽無射，一變中吕以應夷則，六變姑洗爲羽，九變復歸于姑洗之羽，而黄鍾、大吕收聲矣。徵、商相制，則禮義交際而萬化入，於人聲則吸動心與肺，自火而金，地數也。自夏日至而成秋，是故謂之陰也。太蔟之羽[一]，一變蕤賓爲中聲，八變函鍾，九變歸于函鍾之徵；應鍾之羽，一變夾鍾以應夷則，六變太蔟爲徵，八變姑洗爲徵，九變以歸于太蔟之羽。然函鍾，徵聲之始也。自函鍾之羽，與其羽大吕，一變夷則以應應鍾，六變南吕爲羽，九變復歸于函鍾之羽，而太蔟、應鍾收聲矣。宮調以倡之，商調以和之，故用宮逐羽而清角生焉，引商刻羽而流徵生焉。始乎黄鍾，以生十一律，而終返乎黄鍾之宮，《史記·樂書》所謂宮動脾而和正聖者也。然則商調特分而奏之耳，非無商聲也。合之則五聲俱在，如子朱子之言是也。

夫黄帝制聲律以垂萬世，而器數從之。帝降而王，不相沿樂，雖器數屢有損益，然孔子聞《韶》於齊，季札亦聞《韶》於魯，其考擊而搏拊，固非夔倫也，而其美善如故者，聲均存也。然則大合樂九變以致鬼、神、示，其《九韶》之遺乎？六律、六吕一行並作，歌奏相命，分六樂而序之，其《六列》《六英》之遺乎？下管合於琴瑟，以依磬聲，則八音克諧可知也，固后夔之往矩也。

後世惟漢樂庶幾近之。唐人以宮、角、徵、羽轃爲變數，宋人以宮、角、徵、羽各爲始終，皆去商聲焉，於是乎古樂亡矣。殊不知聲相應，故生變。設宮分羽，角、徵行乎其中，而商復和之。子朱子謂大吕爲角，則南吕爲宮，應鍾爲羽，則太蔟爲宮者是也。元吴澄氏乃曰：「此文不惟不經，仍自相背戾。

[一] 「太蔟」，原作「太蕤」，今據明柯尚遷《周禮全經釋原》卷七改。

既言六樂者，文之以五聲，播之以八音矣，而於五聲止用其四，八音止用其三，聲音不備，樂何自而作？」然則《虞書》所云「琴瑟以詠」，「下管鼗鼓」，與《商頌》之《那》，正與《周官》相符。質以子朱子所論商聲俱在者，彼皆非歟。嗟乎！分之則六變、八變，皆變自七音，小德川流也；合之則《九韶》之舞，終于九變，復貫而于一，大德敦化也。此大人舉禮樂以昭天地之道也，而後世惡乎知之？王通曰：「圜丘尚祀，觀神道也；方澤貴祭，察物類也；宗廟用饗，懷精氣也。」又曰：「化至九變，王道其明乎！」故樂至九變而淳氣洽矣。

夫樂，象成者也。象成莫大於形而流於聲，王化始終，所可見也。故《韶》之成也，虞氏之恩被動植矣。烏鵲之巢可俯而窺也，鳳凰何爲而藏乎？苟得其聲以歌《南風》，固易易也。雖然，吾之心、聲、形焉者，三才備矣。天以四氣中正而分陰分陽，故倡自黄鍾，而恊黄宫於清角，所以動天也；地以四維交際而迭用柔剛，故和以太蔟，而雜商、羽於流徵，所以察地也；人道以宫、商爲父子君臣，合合商於角以象仁義，而始終乎宫焉，所以知人也。仰以動天，俯以察地，中以知人，絃歌之道大矣！君子可弗考乎？

何謂動天？昔者鄭師文從師襄遊，得於心而應於器，援琴拭之，扣商絃以召南吕，凉風忽至；扣角絃以激夾鍾，温風徐迴；扣羽絃以召黄鍾，霜雪交下；扣徵絃以激蕤賓，陽光熾烈，堅冰立散；將終命宫而總四絃，則景風翔，慶雲浮，甘露降。師襄乃撫心高蹈曰：「微矣！子之彈也。雖師曠之《清角》，鄒衍之吹律，無以加之！」師文之指顧取象，動四氣之和，以著萬物之理，此之謂動天也。

何謂察地？昔者齊景公新成柏寢之室，使師開鼓琴。師開左撫宫，右彈商，曰：「室夕。」公曰：「何以知之？」師開對曰：「東方之聲薄，西方之聲揚。」公召大匠問曰：「立室以宫矩爲之。」於是召司空問曰：「立宫何爲夕？」司空曰：「立宫以城矩爲之。」明日，晏子朝。公曰：「先君太公立城，何爲夕？」對曰：「古之立國者，南望南斗，北戴樞星，彼安有夕哉？然而以今之夕者，周之建國，國之西方以尊周也。」公蹵然曰：「古之臣乎！」師開之言於晏子，若符節焉。以商和宫而知方維，此謂之察地也。

何謂知人？昔者孔子學鼓琴於師襄而不進。師襄曰：「夫子可以進矣！」孔子曰：「丘已得其曲矣，未得其數也。」有間，曰：「夫子可以進矣。」曰：「丘已得其數矣，未得其言也。」有間，復曰：「夫子可以進矣。」曰：「丘已得其言矣，未得其人也。」有間，復曰：「夫子可以進矣。」曰：「丘已得其人矣，未得其類也。」有間，曰：「邈然遠望，洋洋乎！翼翼乎！必作此樂也。默然而異，頎然而長，以王天下，以朝諸侯者，其惟文王乎？」師襄避席再拜曰：「善！師以爲文王之操也。」《傳》曰：「聞其樂而達其本者，聖也。」文王之德，小心敬止而形於聲。孔子以琴音尚宫而知其宜君，此之謂知人也。

文王操以黄鍾爲宫，而奏之以少商，應大絃也。其見諸子史所述者如此，固古樂之遺也。然得其聲數而和順，不本諸心焉？三才之奥無從而接也。故心也者，通天之理，恊地之紀，以立人之極者也。是故聖王務脩其心以和於萬民，萬民遂育而後天地可官也，人道備矣。子夏之論樂曰：「爲人君者謹其好惡而已矣。君好之，則臣爲之；上行之，則民從之。」是知其本之説也。

## 策會試舉人文并對二首

問：《泰》之九二「朋亡」與「包荒」並稱，《洪範》五皇極，亦以朋淫爲戒，聖人之爲世慮深矣。甘、陵分部，牛、李争權，漢唐覆轍，可爲永鑒，夫何宋人不戒，甘心蹈之？其黨朝堂，論百官，士罹斥逐，旋復收用，猶有可諉者。自夫議論主於紹述，政事繫於紀元，卒之正不可勝邪，國事以去，不謂之人謀不臧不可也。其所以致此者何人，而所以主此者何説，有可得而言者歟？當時豈無「録人之過，不宜太深」之説乎？亦豈無「言語文字，不可罪人」之説乎？謀國雖遠，言苦不行，何歟？使能恢九二「包荒」之量，推皇極大受之公，則小人自無以投君子之隙，君子自有以制小人之變，又何黨之足憂哉？何諸賢處此不能然也？世儒有著論以辨真僞者矣，又因贊五代六臣而反復致意以示戒矣，又有續其師之所論者矣。彼其同道同心之語，固謂君子有朋，而嘉禾惡草之喻，又謂君子無黨。至謂蔽耳目，去善類，言尤痛切，則其所係又不止於一時治忽，其言果孰然而孰否邪？國家無事之時，士大夫未可遽爲朋黨之説，一時言之，雖若無甚利害，萬一他日或爲奸人之資，則雖極力救之，亦已無及於事矣。方今聖明在上，大小群臣莫不精白一心，以承休德，善則相師，過則相規，固無朋黨之足慮，特以前代君臣得失，與凡前賢議論同異有足爲世鑒者，不可以不講也，故願與爾諸士子論之。

君子之於天下也，固不可以尚同，尤不可以立異。詭隨而是非不審者，尚同者也；矯亢而界限太嚴者，立異者也。尚同則其相與也必昵，昵則私，私則天下之公自此而廢；立異則其相與也必激，激則争，争則天下之禍自此而基。廢公基禍，其源雖微，其流則傾覆而不可捄，漢、唐、宋之朋黨是已，君子其可不慎歟？且朋黨之説不聞於盛世者，何也？

愚嘗觀於《易》矣，《泰》以九二爲中行，是臣道也。臣道得其中，則可以事上，上以志同而交於我。朋之亡者，蓋本諸包荒也。又嘗觀於《書》矣，《洪範》以五爲皇極，是君道也。君道得其中，則可以使下，下以保極而歸於我。朋之淫者，蓋化於大受也。上下交則德業成，其同寅協恭，以底于治，譬則《章韶》之奏，雖八音不無始終條理之異，而其肅雍和鳴，則固未嘗不同也，初何有於朋黨哉？

漢以朋黨之故，善類禁錮，而炎祚遂傾，然其始特賓客之相標榜而已，執事所謂甘、陵分部是也。唐以朋黨之故，正人擯斥，而李宗遂覆，然其始特私怨之相排軋而已，執事所謂牛、李争權是也。覆轍在前，宋人不戒，尤有可議者。蓋自司馬光執政，盡反王安石所爲，而小人之黨遂斥；自章惇、吕惠卿復用，盡反司馬光、吕大防所爲，而君子之道遂消。殆不止如吕夷簡之嫉范仲淹，旋斥旋進而已也。其所以致此，則始於楊畏首叛大防，而繼以李清臣之媒進，其所以主此，則欲哲宗紹述熙寧所行新法，而彼諸人者因以逞其報復之私，卒使君子盡去，凶彙日繁，天下生靈，重罹荼毒，而宋因以南渡矣。嗚呼，朋黨之禍之烈，其可畏如此哉！

夫公滅於私，禍生乎激，范純仁蓋有見焉。方吕惠卿輩之斥也，則進言曰：「録人之過，不宜太深」，及蔡確輩之斥也，則又進言曰：「言語文字，不可罪人」。此其謀國甚遠，《宋史》稱之。然正不勝邪，國事以去，純仁亦且斥矣，雖有智者，安能善其後邪？

善乎！歐陽修之言曰：「君子固嘗寡過，小人欲求其類而盡去之，惟指以爲朋黨爾。」故聞善者必相稱譽，得善者必相薦引，則皆謂之朋黨，使人聞善不敢稱譽，見善不敢薦引，則善人日遠矣。故欲空人之國而去其君子，孤人主之勢而蔽其耳目，必進朋黨之説也。其見於《五代史・六臣傳贊》者，鑒戒誠昭昭矣！蓋有感於景祐時始逐范仲淹，諭百官以朋黨而云然也。至其著《朋黨論》，則以爲當進君子之真朋，去小人之僞朋。君子之朋，以之脩身，則同道而相益，以之事國，則同心而共濟，人君亦惟辨其君子與小人而已。蘇軾則續脩所論，以爲君子如嘉禾也，封植之甚難，而去之甚易；小人如惡草也，不種而生，去之復蕃，故君子之黨易盡也。其論辨誠皆深切矣。使其言得行，則凡同義相推引，守義而不變者，君子也，可謂朋不可謂黨，則從而用之；凡同利相推引，利盡則思畔者，小人也，可謂黨不可謂朋，則從而去之，何至於僨天下之事哉？然猶未揆其本也。

其本則執事固言之矣。曰恢九二包荒之量，推皇極大受之公，則小人自無以投君子之隙，君子自有以制小人之變，誠不易之論也。何則？士大夫之心術，以中道爲難。苟循中道，則其立朝必正直忠厚，兼備而不廢。夫惟正直，則天下之事，皆歸于果斷而有執；惟忠厚，則天下之事，皆歸于包涵而有容。一於正直而不忠厚，其弊猶至于立異；一於忠厚而不正直，其弊猶至于尚同，而況本無是具乎？宋室諸賢苟能知此，則詭隨矯亢之私泯于無迹，雖由此搜致海内英賢，使之皆萃于朝，以勝小人，而小人亦且自新不暇，以求爲吾君子之所包容，孰敢伐其技能，以相憑藉？朋黨之禍變，曷從而萌哉？

雖然，人君知人貴明，聽言貴審。本原之地，一有不明，則公忠體國、汲引善類者，一人浮言，且亟斥之而不復顧，如哲宗是已，是故其機又在乎上之人也。方今聖明在上，輔以群賢，所謂上下交而爲泰，與皇建其有極者。愚何幸，身親際之。執事特舉朋黨之論，相與究治忽之原云爾。《詩》不云乎：「如彼飛蟲，時亦弋獲。」愚生之謂也。「采葑采菲，無以下體。」敢以望於明執事，幸與其進而教之。

## 權度策正德丙寅承先考命纂集

君子於事變之來，度以本然之權度而已。法重於恩，則割恩以伸法；恩重於法，則屈法以伸恩；恩法俱重，則當委曲而兩全之。古之人有處之者矣。事重於身，於是乎舍生取義；事重於親，於是乎不告而娶；事重於天下，於是竊負而逃。訢然樂而忘天下，如此則天下無難處之事矣。

事變之來，不幸而際兩難也。爲杜伯之友者，君與友孰重，而敢逆其君？然順君以誅友，亦非也，左儒於是乎得矣；爲祭仲之女者，父與夫孰重，而可逆其父？然順父以害夫，亦非也，雍姬於是乎失矣。

石奢之於父，石碏之於子，全私恩，徇大義，兩難者也。夫父既犯法，曲護而保全之，必不得已，復命于輔行，而竊負以逃，亦不爲過。石奢之死，陋矣如父，何若石碏以大義滅親？《左傳》是之，蓋國爲重，家爲輕也。趙苞之守城，徐庶之遇敵，全其母，忠其君，兩難者也。母在賊手，哀告而求生之，必不得已。委城於將佐，而輕身赴母，亦未爲失也。趙苞之事，忠矣如母，何故徐庶請辭先主？程子是之，蓋母爲重，功爲輕也。

懷光之逆，李瓘之於父謀，告之則不孝，不告則不忠。瓘也退以諫其父，進以告其君，死可哀矣！子南之誅，棄疾之於王命，告之則不忠，不告之則不孝。棄疾既不諫其君，又不告其父，死何怨邪？王導雖弟，王臣也；王敦雖兄，國賊也。當是之時，知有天下，不知有其兄，自附周公，非過矣。建成無功，太子也；秦王有功，藩王也。當是之時，知有兄不知有天下，自附子臧，豈至此乎？無忌令縮高攻管，是以父攻子也。在子不可拒，在父不可往，高之辭適宜矣。武后命李孝逸討徐敬業，是以逆攻順也。僞周不可附，敬業不可討，孝逸之功爲罪矣。武宗，君也，宣宗嘗北面事之，可以叔而加其君乎？是未知《春秋》之議逆祀也；守禮，父也，世宗不由空桑而生，可以天子而臣其父乎？是未知孟子之論《北山》也。薄昭之罪，赦之固不可，誅之亦未當，必上慰母心可也，范氏之論確矣；濮園之議，稱親固不可，稱伯亦未安，必增一父字也，伊川之議是矣。維州之取舍，當以李德裕之言爲是，蓋維州本唐故地，所當得也，豈可以小信而妨大計？靈州之棄，當以輔臣之言爲是，蓋靈州乃必争之地，不可棄也，豈可以險要遺夷狄？

《傳》曰：「大夫無遂事。」又曰：「大夫出境，有利於社稷者，專之可也。」以是酌陳湯之矯制興師，不罪可矣，又何功乎？是有取乎匡衡之議〔一〕。《傳》曰：「殺人而義，令勿讎。」又曰：「父不受誅，子復

〔一〕「有取」，萬曆本作「難免」。

讎可也。」以是而論徐元慶之手刃父讎，赦之可矣，又何誅乎？宜有取乎柳宗元之駁。然充類以至義之盡，未有不本諸吾心者也。苟不積學聞道，涵養本原，則酬酢事變，亦衡之無權，尺之無度者爾。故曰：「正其本，萬事理。差之毫釐，謬以千里。」

# 泰泉集卷第二十五

## 論上

### 堯舜論

道學之統肇自堯舜，《語》《孟》終篇，可槩見已。夫道若大路，然堯舜雖聖，豈能專哉？惟其盡性立命，與民由之，無偏無黨，坦然正途，舍此而他學，未有不陷於邪曲者也。是故道率諸性，性命於天。命之流行不可見，見於日月星辰，則有曆數；性之流行不可見，見於喜怒哀樂，則有中道。曰曆數在躬，允執其中，此心法也，天命即吾性也；曰四海困窮，天禄永終，亦心法也，民心即天命也，心法豈空寂者哉？察乎天叙天秩，循而行之，所謂道也。典禮命討，政事由此而出，豈不易簡？豈爲難知？故禹、湯、文、武之爲君，皋陶、伊尹之爲臣，或見而知之，或聞而知之。斯道之傳，固有源矣。

《書》言堯之德性見於躬行者，曰「欽明文思安安，允恭克讓」，而放勳所極，則曰「光被四表，格于上下」，此謂克明俊德，至大而至誠者也。以親九族以齊家，而九族既睦，則家齊矣；平章百姓以治國，而百姓昭明，則國治矣；協和萬邦以平天下，而黎民於變時雍，則天下平矣。惟聽衆致賢，則曰

「稽于衆，舍己從人」，此謂帝德廣運，至健而至神者也。舜之「重華協于帝」，協此而已，禹之「祗承于帝」，承此而已。故孔子曰：「大哉堯之爲君也！巍巍乎！［惟］天爲大〔一〕，惟堯則之。蕩蕩乎！民無能名焉。巍巍乎其有成功也，焕乎其有文章！」又曰：「巍巍乎，舜、禹之有天下也而不與焉！」

蓋言舜、禹授受，而其所知者，皆範圍於堯也，豈不與天地同大者哉？然德非徒善也，政非徒法也；知不徧庶物而急先務焉，仁不徧愛人而急親賢焉；仁知合則天地成，天地成則政事時，政事時則民財阜，民財阜則貢賦貞。故其治曆象也，日月星辰麗天中而測，置閏成歲，百工釐而庶績熙矣。其平水土也，江、淮、河、漢由地中而行，則壤成賦，六府修而三事和矣。且又明目達聰昭其寬也，授時巡狩昭其信也，敷奏明試昭其敏也，陟明黜幽昭其公也。凡無稽之言，弗詢之謀，妨賢之人，非正之務，棄而不留。若夫行其典禮於父子之親，君臣之義，夫婦之别，則立以爲綱焉。子不肖則與賢，臣不職則疇咨，娶不告則釐降。禹之與子以啓賢也，則與受終異矣；益之避啓以歸國也〔二〕，則與疇咨異矣；塗山既娶以成室也，則與釐降異矣。官天下者禪，家天下者繼，其道雖殊，而隨時以用中，皆由昊天子之，四海君之。自非德性用事，則春秋諸侯宋穆公舍其子馮而立與夷，遂致宋督之弑；吴季札辭壽夢之命而讓國以逃，遂召僚光之亂；魯季姬不隨伯姊，乃自擇配，遂有鄫子

〔一〕「惟」字殘缺不全，今據萬曆本、北大本補。
〔二〕「啓」，原作「賢」，今據萬曆本改。

之遇。故曰：「聖也者，盡倫者也；王也者，盡制者也；兩盡者，足以爲天下極矣。」聖王立極於天下，其惟德性邪！

夫德性之知，本無不能，然民受天地之中以生，過猶不及。惟堯舜性之，故能執中以用諸天下，湯武反之，故知及仁守而禮義出焉。禮以制心而勝怠，義以制事而勝欲，敬天命惟恐有罪，順民心惟恐困窮，則堯舜心法也。學以入堯舜之道者，苟知宇宙内事皆吾性分，則凡上下四方，往古來今，見於典謨經籍者，好古敏求，學優而仕，相與同寅恊恭和衷，則得於其心，發於其政。發於其政，見於其事，懋懋焉致君澤民，皆如堯舜，豈不善哉？顧乃厭經籍而違典禮，犯明禁而畔孔顔，自謂靈明，以知爲行，徇私樹黨，好相推擠。甚矣！邪曲之害天下，猶四凶也。觀於共工静言庸違，則驩兜歎美其僝功，伯鯀方命圮族，則有苗效尤以逆命，得無相類與？此則堯舜之所必誅，而世以爲心學者也。

是故正其邪慝，矯其偏曲，亦惟讀書窮理，以盡性知天而已矣。天道至大而無外，本天之大以脩道，故寬，寬則得衆；天德至誠而無妄，本天之誠以立德，故信，信則人任焉；天行至健而無息，本天之健以躬行，故敏，敏則有功；天理至明而無私，本天之明以順理，故公，公則説。堯舜所以爲萬世法者，不過率性，故能配天如此。禹、湯、文、武之爲君，皋陶、伊、吕、孔子之爲臣，皆是道也。志於道者，心欲虚而行欲實，言欲柔而氣欲剛。虚以受人，則見必大，而任重能弘矣；實以爲己，則身必誠，而道遠能毅矣；柔以慎言，則志必健，顧行而能敬矣；剛以昌氣，則績必明，直養而能義矣。弘者寬之本也，毅者敏之本也，敬者信之本也，義者公之本也，此乃入堯舜之道也。

堯之命舜也，始言天；舜之命禹也，始言心。人心自血氣知覺言，而道心則大原出於天者也。選於衆，舉臯陶，則在命禹之先。使之作士，明刑弼教，而曰：「刑期于無刑，民協于中」，蓋禹、臯陶見而知之，皆謂中也。舜既曰「天工人其代之」，於是臯陶陳謨，不言心而言天，豈非道之所本乎？「天叙有典」，典者，人倫之有常，而不可變者也；「天秩有禮」，禮者，等殺之有節，而不可亂者也。禮不外典，猶物則之爲民彝也，是皆天理之自然出於天性者，猶川流之本敦化也。聖人因天，本有是理，叙者惇之，秩者庸之，君臣一於恭敬和協適中，則天下之大本以立，而民彝物則無非達道矣。「天命有德」，德者，得乎此者也，服以彰之，喜以物之當喜也；「天討有罪」，罪者，違乎此者也，刑以懲之，怒以物之當怒也。自心而達於政，自政而散於事，懋懋焉惟恐動與天違，曷嘗敢作聰明於其間哉？奉天子令以行天道而已。

聖王化民之本，道之以德，齊之以禮，而政刑以輔之，非二事也。蓋人心惟危，血氣知覺，用事多有爭訟。故百姓不親，五品不遜，則命契作司徒，敬敷五教，而伯夷作秩宗，則典三禮。據《堯典》註，百姓乃畿内百官族姓，在萬邦黎民之上者，大宗巨室出自貴富，則驕淫矜侉，悖德違禮，豈能免哉？故《吕刑》曰：「士制百姓于刑之中，以教祇德」，則德教不可無刑也。又曰：「伯夷降典，折民惟刑」，言禮教不可無刑也。悖德違禮，則有罪而入刑矣。百姓既化，黎民可知，故用中于民，民協于中，無過不及，而興起於善，刑又奚所施哉？故禹辭舜命曰：「朕德罔克，民不依。皋陶邁種德，德乃降，黎民懷之。」是則百姓畏罪，懷刑遷善，降及黎民，皆歸於德也。故舜亦稱皋陶之功曰：「俾予從欲以治，四方風動，惟乃之休。」然後數道禹賢，而命以「終陟元后」，則是禹、皋陶，其皆入聖域而承堯舜者乎！由是觀之，堯舜固可幾而及也。

學能立志求至乎聖人者，恒於血氣知覺，顧諟天命，以爲主宰焉，則天高地下，萬物散殊，毫髮不可移易者，皆從此出，而人心即道心矣，是故天人一也。釋氏則離人而言天，四端五常之有於吾性者，以爲理障，父子、君臣、夫婦、長幼之倫，則以爲緣合，棄道心而取人心之危者，以作用之，其本心乃以精神知覺言也，安得與聖人同哉？故程子曰：「聖人本天，釋氏本心。」今之儒者好佛書以談心學，謂與吾儒同。其訓金剛，則謂降伏其心，見自本性，有大定力，既附會精一之義矣。又訓應無所住而生其心，不取於相，如如不動，則謂但無一切心，自然合天道，復附會天性之義焉。然釋氏之書本無此語也，况其不察人倫，以空爲教，削髮袒肩，大倍典禮，偏僻恣肆，安知所謂中乎？是則堯舜心法決異於禪，章章明矣。

## 成湯論

地承天而萬物遂，君得臣而萬化行。諒哉！三代之興，世道隆矣泰也，及其季，則污矣否也。孔子曰：「禹，吾無間然矣。」其猶堯舜立于無過之地者乎！成湯所以聞知堯舜之道者，始言恒性也。伊尹曰：「顧諟天之明命」，其大原乎。仲虺曰：「建中于民，以義制事，以禮制心」，其精一乎。復禮集義，蓋本於此。孟子稱仲虺爲萊朱者，蓋猶伊尹爲莘摯也。文王聞而知之，雖猶成湯，然其敬忌克明德，則尤純焉。其於民也，《書》曰「咸和」，又曰「修和」，和其發自中者與！武王爲子，蓋繼述之云爾。太公望陳丹書曰：「敬勝怠，義勝欲」，散宜生迪兹彝教，曰：「乃惟時昭文王迪見，冒聞于上帝」，此所以爲見而知之者也。文王丕顯之謨，武王丕承之烈，一而已矣，故伐紂誓師，惟言受命文考。《中庸》言善繼其志，善述其事者，此也。

承天命以救萬方，建用皇極，其猶建中與。是故帝王之政，導民之性，因民之情，阜民之利，去民之害，民知上之爲我也，相率而從之，其治不勞而成，其教不言而化。《泰》之《象》曰：「天地交，《泰》。后以財成天地之道，輔相天地之宜，以左右民。」財成以制其過，輔相以補其不及，非執中與？九二則簡在之臣，承君者也。上下志同，而成德業，故其繇曰：「包荒，用馮河，不遐遺。朋亡。」蓋以寬爲本，公爲用，而信、敏行焉。保泰之道也。

禹既得皋陶爲輔，知人而用之，以九德安民，而勸之以《九歌》，則文命敷于四海矣。自是成湯聿求元聖，用伊尹，曰「上天孚佑下民」。武王既獲仁人，用太公望，曰「承上帝，遏亂略」。蓋民之罪過由己，臣之簡在由天，善者富之，仁者尊之。凡以奉天惠民，達于上下，而形體之運，主宰存焉，天人本一故也。自典禮之施言之，謹權量則取之有制，審法度則齊之有揆，修廢官則治之有人，仁政行而不爲徒善。國滅則興之，世絶則繼之，逸民則舉之，仁心洽而不爲徒法。其覆天下也，猶天也。於是四海之民，食以養生，喪以慎終，祭以追遠，無有困窮者矣，而天禄亦以永綏。此謂執中偏天下，故曰「『包荒，得尚于中行』，以光大也。」然則《語》《孟》終篇，其殆互相發明者哉。

## 文王論

文王之德之純，章於《雅》《頌》，基於《二南》，其惟誠乎！其演《易》之《無妄》也，本《乾卦》德而言曰：「元亨，利貞。」《彖傳》謂「剛中而應，大『亨』以正，天之命也」，道心之謂也。「其匪正有眚，不利有攸往」，則人心之謂也。聲色不大而順帝則之正，則人心即道心矣。非徒言之，寔允蹈之，是故不思而擇善惟精，昭昭之至也，故曰：「不聞亦式，不諫亦入」；不勉而固執惟一，存存之至也，故曰「不顯亦臨，無斁亦保」。此謂誠者，天之道也。誠則從容中道，自無不敬矣；敬則發皆中節，自無不和矣。能敬且和，則邪閑而誠存，是思無邪之本也，四詩之大旨也。

自非恭敬，則和樂易流。故詠文王之德，肅肅雍雍，必曰「昭事上帝」，乾元乃統天也；詠太姒之嗣，思齊思媚，必曰「俔天之妹」，坤元乃順承天也。齊也者，以媲乎其肅也；媚也者，以媲乎其雍也，一而已矣。故《昏義》擬諸日月，吾則曰：「《關雎》相與和樂而恭敬，地承天也；《葛覃》孝敬，《卷耳》專一，誠乎身也；《樛木》興其樂，《螽斯》比其和，仁於家也；《桃夭》之宜，《兔罝》之肅，《芣苢》之樂，

《漢廣》之莊，仁於國及天下也。至於《汝墳》，戴之如父母，而《麟趾》以仁應焉，是序《周南》之義也。《召南》之《鵲巢》《騶虞》，夫猶是也。其間和敬之化，曰夙夜，曰有齊，曰夷説，曰嘯歌，不一而足。至於肅雍，施于平王之孫，則家教遠矣。是故於昭之德與於穆之化，同一不已，則太姒徽音與文王令聞，亦同一不已，雖百世祀，僾然見之。故行其禮，則曰「肅雝顯相」，奏其樂，則曰「肅雝和鳴」，聚德凝祥、徽則悠遠也如是。

夫《易》曰：「有夫婦而後有父子，有父子而後有君臣。」弗敬弗和，日入於邪，三綱淪矣，非獨列國之風變也。室家仳離，《白華》嘆父子乖戾，《小弁》怨君臣不交，《板蕩》亂如惡之，莫若治性情而師文王。《記》曰：「肅肅，敬也。雍雍，和也。」夫敬以和，何事不行？吾故曰思無邪之本也，四詩之大旨也。《中庸》首言天命，示君子戒懼慎獨，以致中和，末引文王之詩以終之，蓋亦有見乎此。

## 周公論

周公蓋才德兼全者。《書》曰：「惟公德明，光于上下，勤施于四方。」則不但多材多藝而已。孔子懼人之才勝德也，曰：「如有周公之才之美，使驕且吝，其餘不足觀也已。」嘗稽其德矣。《康誥》曰：「弘于天若德，裕乃身。」周公之格言，躬行心得者也。是時三監流言，遂以武庚叛，由其無德，以惡實心，故誥康叔如此。

今夫心體本弘人，惟梏於氣習，局於見聞，則蔽於物欲而有已矣。驕則挾爲己有，專於揚己，凡矜夸自肆，外若有餘者是也。吝則固爲己私，不肯舍己，凡鄙嗇自利，内常不足者是也。藏而後發，勢常相因，已不能克而使之從政，雖有才藝，乃斗筲小人爾。

公戒伯禽曰：「《易》有一道，大足以守天下，中足以守國家，小足以守其身，謙之謂也。」謙則心體廓然，虚能容善，驕不發而吝不藏矣。舜之舍己，禹之不矜，皆是道也。故其爲制作也，禮儀三百，威儀三千，皆是發育峻極中流出，其有美弗居也。素履之往，安土樂天。東人歌之曰：「公孫碩膚，赤舄几几」，非弘于天而無私係也乎？子思之言致廣大，孟子之言盡其心，皆弘之時義也。譬諸爲山，必廓大其基，然後覆簣可成。然則周公立言，亦足以爲學道者法，豈但誥康叔而已哉？

## 孔子論

孔子，集群聖之大成者也。自賢於堯舜，天縱將聖，二言觀之，則聞而知之者，天而已矣。其下學也，窮理知性以知天，其上達也，盡性以至於命，不求人知，而天自知之。夫天也者，命人以性者也；人也者，事天以心者也。删述《六經》，俾群聖道法不墜，而弟子記其教言爲《論語》，則危微精一之傳，典禮命討之政，思固可得而學固可能也。萬世人心賴斯文，則利欲不蔽而義理常存，如元氣流行於宇宙，如日月代明於晝夜，故曰：「文王既没，文不在兹乎？」其教人也，必嚴於君子小人之辨焉。爲君子儒，則爲己及人而成德；爲小人儒，則爲人失己而悖德。

觀於《論語》，首篇示人爲學，必尊德性也。蓋時習而説，則義理與心爲一；朋來而樂，則義理與人爲一；人不知而不愠，則義理與天爲一，君子之德成矣。終篇示人誠身，必先明善也。蓋知命則利害不能動，而可以樂天；知禮則物欲不能干，而可以立己；知言則邪正不能遁，而可以取人，君子之道行矣。明善則惟精，誠身則惟一，人心化爲道心，而德性用事，則天之明命常在乎心，過與不及，必弗行焉，豈非聖學所以執中者乎？此孔子所以思中行也。故自志學以至從心所欲，不踰矩，所以立人極者在是。蓋其不思不勉，從容中道，動静語默，無非天也。故曰：「默而成之，不言而信，存乎德行。」又曰：「天何言哉？四時行焉，百物生焉，天何言哉！」

竊嘗考之，天之所以命於人者，仁、義、禮、智，根於心而成於信。孔門弟子所學之要有三：曰求仁也，徙義也，主忠信也。求仁必始於知，故曰：「知及之，仁能守之，莊以涖之，動之不以禮，未善也。」徙義必協於禮，故曰：「君子義以爲質，禮以行之，孫以出之，信以成之。君子哉！」乃若務本必躬行孝弟，省身必内主忠信，則德崇而業廣矣。故曰：「忠信所以進德也，修詞立其誠，所以居業也。」惟忠信之人，可以學禮，禮之弗庸，五典無由惇矣。生民之道，禮爲大，可弗學哉？

嘗謂博文而約之以禮，即多學而貫之以一者，此也。故孔子自幼好禮，年三十而孟懿子與南宫适師事之，學禮焉。乃與适適周，歷郊社之所，考明堂之則，察廟朝之度，問禮於老聃，訪樂於萇弘，其志欲行周公之道，蓋可睹矣。反魯而弟子益進。居五歲，魯亂適齊，聞《韶》，及定公立而反魯。年五十一，始仕爲中都宰。明年，爲大司寇，相定公會齊侯于夾谷，齊人來歸侵疆，魯國大治。又四年，攝行相事，齊人歸女樂以沮之，季桓子受之。郊，又不致膰俎于大夫，孔子自以爲有微罪，遂行。適衛，主於顔濁鄒，有讒於靈公者，去衛。將適陳，過匡，匡人圍之，曰：「天之未喪斯文也，匡人其如予何？」復反衛，主於蘧伯玉。靈公無道，乃適宋，司馬桓魋欲殺之，曰：「天生德於予，桓魋其如予何？」自宋至陳，主於司城貞子。會晉、楚及吴寇陳，以危亂去之。至衛，復主於蘧伯玉。靈公問陳，明日遂行，復如陳，絶糧。聞楚昭之賢，乃自陳如蔡。

哀公六年，吴伐陳，楚昭救陳，軍于城父。聞孔子在陳、蔡之間，使人聘之，乃至楚。沮于令尹子西，於是自楚至陳，自陳反衛。出公輒將用孔子爲政，孔子欲先正名，遂不果用。明年，自衛反魯，乃叙《書》，删《詩》，正《樂》。哀公問政，告以《九經》，蓋周公之道，管於是矣。魯之君臣終不能用，孔子亦不求仕。時年七十，乃贊《周易》。慟顔淵之死曰：「天喪予！」明年，絶筆於獲麟。告子貢曰：「不怨天，不尤人，下學而上達，知我者其天乎！」又二歲，年七十三，夏四月己丑卒，哀公十六年也。

雖歷聘列國，然未嘗仕於他邦，孟子言爲陳侯、周臣者，乃所主貞子爾。曰「事君盡禮」，謂魯君也。曰「爲國以禮」，謂辭讓也。言志則曰「老者安之，朋友信之，少者懷之」。安仁及物，天秩存焉，躬行自然，中禮者與。魯俗化之，父兄涉子弟，必代任洙泗之間，辭讓藹如也。夫魯爲之兆，則可以輔周矣，君臣乃自沮之，而列國又皆無可與爲東周者，經世之志，將安寄乎？因魯史以撥亂反正，而《春秋》作，故曰：「我觀周道，幽、厲傷之，舍魯何適矣！知我者謂我尊周，罪我者謂我過求，此天子之事所以紀於《春秋》也，非自行天子之事也。其以天自處，亦謂秩敍本天者，吾得諸心，未嘗敢自變亂云爾。」是知孔子志學，始則去利欲而存義理，以善事天，終則從心所欲，無非義理，此其所以與天爲一也。

## 顏子論

孔子傳堯舜之道，其自謙曰：「默而識之，學而不厭，誨人不倦，何有於我哉？」蓋默而識者性與天道，體會於心，學而誨者博文約禮，發於言論。夫博約，其精一之門乎！顏子，陋巷匹夫爾，知之而好，好之而樂，萬世猶欽其賢，以爲優於湯、武，殆鄰於聖矣哉！觀其所學，惟發二問：一爲仁，一爲邦。夫子答之，皆極天理人事之大者。究其所得，乃在於如愚，何也？曰：天地之道，不富有則不能日新；君子之道，不闇然則不能日章。道也者，以有言而傳，無言而得者也。有言之謂精，無言之謂一。精故川流，一故敦化。夫子之於性與天道也，發爲文章，則禮與言也。其言也，即其履也。履也，存神言也過化。顏氏之子，其殆庶幾乎！

自如愚而觀之，領之以言，識之以默，聽之以耳，服之以膺，誠諸中者也。思履其言，無所不説者也，闇然者也。合萬於一，則富有而藏諸用。自其不愚而觀之，動與文賁，靜與禮安，語與博偕，默與約會，形於外者也。言見於履，未見其止者也，日章者也。散一於萬，則日新而顯諸仁。夫言不至終日，則無以考其乾乾之功；省不於燕私，則無以察其昭昭之用。其不違乎夫子，與夫子不違乎天地，一也；其發夫子之藴，與夫子發天地之藴，一也。不違則可與爲仁矣，發則可與爲邦矣。自得一善，有諸己，以至充實而有光輝，其庶乎乾坤闔闢大矣哉！惜也大而未化也。曾點言志，見乎其大矣，而行有不揜，終流於狂，非不履其言者與？《易》曰：「默而成之，不言而信，存乎德行。」《語》曰：「古者言之不出，耻躬之不逮也。」一息與天地不相似，則耻焉，而敏於行，足目俱到者也，是可以爲法矣，故曰「學顔子之所學」。

## 曾子論

曾子聞一貫而明以忠恕，即精一之傳也。其作《大學》也，明德新民，本之於《書》，敬義忠信，本之於《易》，而發明吾道，多引《詩》以明之，豈非博文而能約者與？其言格致誠正，則舜所以慎厥身修者，無餘藴矣。自修身而推之家、國、天下，則堯所以克明俊德者，有成功矣。潤身見於誠意，所藏乎身，先慎乎德，見於治平，則忠恕之爲一貫也明矣。

夫子言性與天道不可得而聞，則言心，罕言性，曰：「拂人之性，喪厥秉彝者也。」至善，理義之極致，非性與？從事於明德新民，固無惡也，然少或辟焉，雖善非其至矣。善不至，則不能盡其性，尚何盡人之性爲哉？是故知止者非他也，惟理明義精，動必聽於理義，不任己私焉耳。己私既絶，則思慮不雜，志向不偏，氣質不得而勝，情欲不得而遷，所謂定性也。動亦定，静亦定，無將迎，無内外事物，未至静而與理義相安，至則審而後發，發必中節。審則慮之謂也，中節則能得之謂也。廓然大公，物來順應，酬酢萬變，畢協吾心大中之矩，天下群動，皆吾役也。

觀於《玄鳥》諸詩，則先事以緝熙敬止，後得以恂慄威儀，心其常存矣哉！惟性根心，生色身，以此脩家、國、天下，特絜而加之爾。此人所固有而鮮能焉者，何也？利欲亂之也。小人閒居爲不善，則縱欲，及使爲國家，則貪利，喪厥秉彝，奚怪哉？君子則人心易爲道心，好善如好色，惟善以爲寶，必内自省焉。有所四病匿於其心，之其所五病辟於其身，是皆過也，非惡也，然猶視若起穢以自臭，不肯毫髮染而斯須留焉。故始之曰毋自欺，必慎其獨，而常恐偏之爲害。終之曰有國者不可以不慎，而常恐辟則爲天下僇。日慎一日，敬厥始終，不憚於改，而奚其貳？兹所以爲至善，與卒章三言得失，而決天理存亡之幾。蓋人不忠信，則事皆無實，爲惡則易，爲善則難，斯須不敬，而驕泰萌矣。

是則性之定者，心之存也，然則言心可弗詳哉？乃若敬義合一者也，忠信純一者也。曰敬止，曰義利，曰忠信以得之，殆乾坤之藴邪！其省身也，爲人謀視自爲，少有間焉，則存諸心者，一念有弗誠矣；處朋友視自處，少有間焉，則見諸事者，一言有弗誠矣；所習視所傳，少有間焉，則志于學者，一時有弗誠矣。本諸道學，自脩所省者，三而行之者一也。及其將終也，槩平生所得以示孟敬子，曰：「動容貌，斯遠暴慢矣。」動之者，心也。曰：「正顔色，斯近信矣。」正之者，心也。曰：「出辭氣，斯遠鄙倍矣。」出之者，心也。曰：「籩豆之事，則有司存。」蓋以脩身爲本爾。驗諸恂慄威儀，所貴者三，而得之者一也。始則敬以入誠，終則誠無不敬，其成德君子矣乎！

或問：「自唯一貫之後，必不屑於三省？」曰：「否，否。一者，誠也。合而純之者，我也。如以數言，則所省所貴，雖終其身，亦不能一也已。駟之就轡，謂異其執乎？兹固守約之教也。」

## 子思論

堯、舜始言中，仲尼益以庸，蓋慮人難知難行，而不知其爲人倫日用之常也。子思子憂道失傳，而筆之爲《中庸》之書，言性不言心，曰中和，則心統性情者也，其作聖之樞要，執中之疏義乎。嘗分論之，道之在人也其體用全，人之弘道也其功化大，故始言一理，散爲萬事，體用之全顯諸仁者也。上承天命，下立民彝，和順於道德而理於義，其微殆出於見聞之外者乎，故曰費隱。中言萬事，末復合爲一理，功化之大，藏諸用者也。下學人道，上達天道，窮理盡性，以至於命，德性之知，與天載一矣，故曰明誠。《漢志》《禮》家有《中庸説》二篇，分爲上下，兹固禮之本與。然費隱非明誠，則孰凝之，此戴氏所以合而爲一也。

又合論之，凡受天地之中以生，與形色於天地間者，厥有恒性，孰非庸哉？克念作聖，必知以知此，仁以行此，勇以强此，致中和而後已焉，是之謂德。喜怒哀樂之節，親疏貴賤之倫，九經三重之政，天下國家之治，大至于峻極，小至于威儀，必參贊化育，配天而後已焉，是之謂道。至誠無息，其欽明允塞，德之盛乎。悠遠、博厚、高明，其時雍風動，化之神乎。凡言品節限制操存於内者，皆以防人心之危也；凡言天地人物發見於外者，皆以廓道心之微也。是故明乎善則惟精矣，誠乎身則惟一矣，其功化必自戒懼慎獨始，在乎下學立心而已。故終篇則一書大指，示人以道心微而著，精而一者也，其猶《詩》《樂》之亂乎。初倡以衣錦尚絅，三引《詩》以詠之，下學入德之事也。再倡以不顯惟德，又三引《詩》以歎之，上達成德之事也。

夫未發之中，天命之性，雖不可以見聞及，而察乎天地，道斯在焉。淡簡而溫者，理義也。穠華而麗者，利欲也。苟無忌憚，則恒舍此而趍彼，君子立心，小人之反也。知以知此。夫人莫不飲食也，吾則玩味寧淡，中自不厭。仁以行此。夫人能擇而不能期月守也，吾則操存寧簡，中自成文。勇以强此。夫人不可能也，吾則直養寧溫，中自條理。行三達德而一焉，其爲己自成而誠之者乎。

幾則存乎慎獨。動之之微，理義昭晰，雖欲不誠不形，不可得已。是以經綸起于造端，聲教始于立本，德性通于化育。潛伏孔昭，微之顯也可知矣；不愧屋漏，風之自也可知矣；奏假無言，遠之近也可知矣。闇然於敬信之前，日章於勸畏之後，發於事業，即美在其中者耳。徵絅與錦，不亦明乎？非此道也，雖見於色，發於聲，民莫之從也。

故小人象恭顯，其敬而不誠無物，君子篤恭不顯，其敬而誠能動物。敬至於誠，則心彌謹而德彌盛，德彌盛而效彌廣，爲己自成，而人物亦莫不成矣，盡性自然之應其於穆之天邪。始也妙用顯行，自無而有，天下平矣；終也神功收斂，自有而無，聲臭泯矣。故曰顯諸仁，藏諸用。舜之濬，文之穆，孔之默，回之愚，皆幽深玄遠之謂也，柰之何以見聞凝道也？是則戒懼慎獨，致中和而成位育，功化皆終之矣。於戲妙哉！

## 孟子論

宋人有言曰：「聖人教人，性非所先。」甚矣，學之不知本也！堯、舜命臯陶弼教，民協于中，中非性歟？性與天道，孔子蓋默而識之，誨人則因材啓發，門弟子學焉，而皆得其性之所近。惟顏淵不遠復而早歿，傳聖學者，曾子、子思而已。孟子亞聖之德，命世之才，受業子思之門人，寔聞而知之。道性善，言必稱堯舜，則以道自任矣，有本者固如是耶。其勸梁齊之君崇仁義，行王道，即孔子東周之志也。而正人心，闢邪説，養氣知言，貴王賤霸，皆前聖所未發，則堯舜之道賴以永傳焉，其功真可謂不在禹下矣。

其道性善也，仁、義、禮、知根於心，未發之中也，惻隱、羞惡、辭讓、是非之情發於性，中節之和也。明善誠身，必至誠動物而後已，則《中庸》之義明矣。自明誠而推之以仁民，曰萬物皆備於我矣，格物致知也。反身而誠，樂莫大焉，誠意正心也。强恕而行，求仁莫近焉，修身以至平天下也。踐形生色，則德性潤乎一身；發政行仁，則好惡同乎百姓。以其昭昭，必使人昭昭而後已，則《大學》之義明矣。

其言必稱堯、舜也，一則曰：「堯舜之道，孝弟而已矣。」二則曰：「堯舜之道，不以仁政，不能平治天下。」求其放心，則道心自存，從其大體，則人心聽命。堯與桀之分，言與行也，舜與蹠之分，利與善也。夜氣不能勝晝之所爲，欲養其微，可不去利而懷仁義哉？行仁本諸不忍人之心，曰：「凡有四端於我者，知皆擴而充之」，充之足以保四海，則道心微者著矣。集義以生剛大浩然之氣，曰：「必有事焉而勿正，心勿忘，勿助長也」，行慊於心而心不動，則人心危者安矣。

其言味、色、聲、臭、安佚，曰：「性也，有命焉，君子不謂性也。」苟謂食色爲性者，必不能安命矣。其言仁、義、禮、智、天道，曰：「命也，有性焉，君子不謂命也。」苟謂有命在天者，必不能盡性矣。其言盡心知性則知天，知之審而精者也；其言存心養性以事天，行之至而一者也。其言良知良能，曰：「親親，仁也；敬長，義也。無他，達之天下也。」豈非民受天地之中以生，知而必能，乃本然良心乎？

又指其誠於中者以示人，曰：「仁之實，事親是也；義之實，從兄是也。」知以知此，禮以節此，樂以樂此，則發而皆中節矣。然有子謂孝弟爲仁之本，而分仁與義，何其異與？蓋義者非他也，仁之裁制也。孟子因齊王以羊易牛，發其不忍之心，而曰：「權，然後知輕重；度，然後知長短。物皆然，心爲甚。王請度之。」夷之厚葬其親，箴其兼愛之失，而曰：「天之生物也，使之一本，而夷子二本故也。」

蓋推恩當有次序，施愛當有差等，求仁精義，實相爲用，猶陽之收斂即陰，陰之舒暢即陽爾。

是故温凊定省，服勞奉養，事親則隆，從兄則殺，仁之實裁而爲義者也。自孝友而推之睦婣任恤，以至事事物物，莫不各有自然之序焉，一是皆度以吾心之權度而已。然而親愛之情，和順之氣，出於天性者，無一物而不體，亦無一息而不存，義亦豈非統於仁者哉？一念之萌，纔涉己私，則暴戾從之，必自裁制而拔斷其根，則天理全矣。是則精義正所以爲仁也。推之智與禮樂，義精則仁熟，時措之宜，無非用中，此孔子仕止久速，所以爲聖之時與。孟子爲齊卿久，於齊言不聽，則致爲臣而歸，未嘗他仕，宛然孔氏家法也。

千載而下讀其書，猶使人興起。愚不肖者知自警，而不流於惡，賢知者知自反，而求復其中。竊其片言以立教，曰先立乎其大者，曰勿忘勿助之間，曰致良知。各爲心學，而人多宗之，豈非以其有本邪？夫理有萬殊，道無二致，篇章雖多，精粹貫徹，故曰孟氏醇乎醇。

## 有子論

躬行君子，其必由學乎，學者將以行之也。故《魯論》首言學以明善，則存義理；存義理則説樂而不愠，心斯和順；和順則可以行仁矣。不學不明乎善，則競利欲；競利欲則愠而不説樂，心斯貪戾；貪戾則不仁，尚可以爲人乎哉？故有子曰：「其爲人也孝弟」，而決言其無逆理亂常之事，然後曰：「君子務本，本立而道生。孝弟也者，其爲仁之本與！」蓋務本云者，專用力於省心修身，則學既知本，本立則道隨事而生矣。所謂孝弟，乃爲仁之本，學者必務此，則仁道自此而生，所謂親親而仁民，仁民而愛物是也。自父兄論之，則父爲嚴君，而兄特其長爾，此天秩之禮也。故因親親之殺而言禮，蓋禮與非禮而仁與不仁係焉，其於躬行也切矣。其體也，天理節文根於中，天下之大本也；其用也，人事儀則發於和，天下之達道也。君尊臣卑，父坐子立，體固嚴矣。然臣安於卑，以事其君，則氣自然屏，足自然躩；子安於立，以事其父，則容自然婉，色自然愉。一出於誠，無所勉强，故曰：「禮之用，和爲貴。先王之道，斯爲美；小大由之。」非達道，而何不以禮節之？則和而流矣。君臣主敬，必至於褻敬，父子主恩，必至於狎恩，其何以行之哉？故天地之氣，肅則必雍，能敬且和，何事不行？

在《易》，上天下澤曰《履》，禮之所從出也。然以兑説而仰對乾剛，則有和之義焉，《大傳》繫之，蓋禮非强世也。加之錙銖則過，損之毫髮則不及，故曰：「《履》，和而至。」躬行由禮，則動無乖戾矣，故又曰：「《履》以和行。」由此言之，非有子之言也，固孔子之言也。行禮之時，局促不安，固爲非禮，褻狎不敬，亦爲非禮，皆將失其本心，是謂不仁，可不戒哉？

其論言行交際也，制義協禮以知人，謹始慮終，有前定之功焉。凡言論相接，先自忍默，及將然諾，則必思曰：「義乎？非義乎？非義之義乎？」必近義而後許之，否則駟不及舌，不可踐也。揖讓相見，先自雍容，及將致恭，則必思曰：「禮乎？非禮乎？非禮之禮乎？」必近禮而後行之，否則病于夏畦，亦可醜也。交結相依，先自審察，及將委摯，則必思曰：「可親乎？不可親乎？彼何人斯，而可出入其門乎？必可親而後依之否？」則比之匪人，不可主也。如是則內不失己，外不失人，可謂忠信篤敬者矣。

孔子嘗曰：「弟子，入則孝，出則弟，謹而信，汎愛衆，而親仁。行有餘力，則以學文。」有子終身行之，未嘗息也。於此可見孔門之學，學求仁於德性，而非游藝以學文也。故孔子又曰：「文，莫吾猶人也。躬行君子，則吾未之有得。」有子之學，蓋亦知本者。觀於對魯君足用以體民之言，則其仁禮存心，言行不詒，亦因可見。子游輩嘗謂其似孔子，故《魯論》以子稱之，其殆善有諸己而未達諸天也夫！

## 公孫尼子論

公孫尼子作《樂記》，本於虞廷微言，與《大學》《中庸》相表裏，曰：「人生而靜，天之性也。」中而已矣。曰：「感於物而動，性之欲也。」道心生而人心亦雜其間。曰：「物至知知，然後好惡形焉。」物至吾前，血氣心知自能知之。好惡，意也。意生於知，知起於物，知莫真於欺與不欺，而物必有善惡，此格致所以歸宿於誠意也。形者誠於中，形於外也。曰：「好惡無節於內，知誘於外，不能反躬，天理滅矣。」蓋物理知其善而好之，物欲知其惡而惡之，道心本乎天性者也。

然耳目、口鼻、四肢發於形氣，從其性之欲，則好違之，則惡人心之危，其幾在此，可無節哉？節與無節，係乎道心之宰與不宰爾。宰則好惡有節，率乎天性之常，易而爲道心，不可以欲言。不宰則大本不立，内無定志，外物又從而誘之，聲色、臭味、安佚昏亂其血氣心知，情日蕩而天性失矣。人能反躬而求思其理之是非，克去物欲，念念勿忘，則人生而靜者昭昭可見，天性之生生不息者，敍秩有條而不紊。顧諟存養微者日著，而天理粲然矣，精一執中之要也，亦可見反身而誠，則心正而修齊治平無難者，此《大學》釋誠意，《中庸》言至誠，所以詳與！

何燕泉曰：「尼子，衛人，七十子之弟子。立言有功於聖門，當列從祀。」寔公論也。若夫日格一物，一草一木，亦皆有理，則學文事爾。夫子嘗言之矣，「小子何莫學夫《詩》」是也。二程學主天理，蓋得於此，而格物乃忘其要，何哉？

## 荀卿論

荀卿，戰國能文之策士也。著書三十有二篇，始乎《勸學》，終乎《堯問》，以仿《魯論》。然疵多於醇，前之所是，後自倍之，剟書名《荀子》，而實則《孫卿》，豈聲相近邪？必有一譌，而不可考矣。其曰「君子博學，參省乎己，則知明而行無過」，「真積力久則入」，「故學至乎禮而止」，「積善成德，而神明自得，聖心循焉」，似有得乎博約之教。

而知性善者又曰：「性者，天之就也。情者，性之質也。欲者，情之應也」，「感應不事而自然謂之性，性之好惡、喜怒、哀樂謂之情」，則與子思、孟子同矣。其後乃曰：「人之性惡，其善者僞也。人性好利欲，子讓父，弟讓兄，皆反於性，悖於情。禮義法度，生於聖人之僞，非故生於人之性也。」又曰：「養心莫善於誠，致誠則無他事矣。唯仁之爲守，唯義之爲行。君子至德，嘿然而喻，順命以慎其獨者也。善爲道者，不誠則不獨，不獨則不形。夫誠者，君子之所守，而政事之本也。」

由前言之，性無情欲，由後言之，情欲爲性。既言聖人起僞，又言誠爲至德，何其無定邪？其曰：

「天下無二道，聖人無兩心。知心術之患，見蔽塞之禍，無欲無惡，虛一而靜，乃合於道」，似行之者一矣。又曰：「有治人，無治法。明主急得其人，闇主急得其勢。」復謂人主當美飾、富厚、威彊、盛欲，然後衆人徒備官職，慶賞嚴刑，則是急於得其勢，而非得人也。又曰：「賢者進，不肖者退，能不能可得而官，則萬物得宜，事變得應，上得天時，下得地利，中得人和」，豈非勦子思、孟子之説而誤者邪？其曰：「不聞先王之遺言，不知學問之大也。」又曰：「欲觀聖王之迹，則於其粲然者矣，後王是也。舍後王而道上古，是猶舍己之君而事人之君也。」應侯范雎問入秦何見，對以所見形勝風俗，百吏朝政，爲治之至，然則後王豈非秦邪？秦昭王問儒無益人國，則對以儒者法先王，隆禮義，謹乎臣子而致貴其上。因言仲尼司寇之政，化儒爲人上，其效廣大，四海之内若一家通達之國，莫不服從，而引「無思不服」之詩，蓋欲其用之也。又曰：「秦威彊乎湯武，廣大乎舜禹。百王之一天下，未有過千里者，而地徧天下，威動海内，憂患諰諰然，常恐天下一合而軋己也。節威反文，用君子而令行於天下矣。」蓋欲其併六國也，豈非游説策士桀黠，而飾以儒者邪？

然每稱仲尼，與馯臂子弓並。子弓，楚人，受《易》商瞿者也，何修而可並於聖人？則孔子已爲其所輕矣。其非子思、孟子，則曰聞見雜博，按飾其辭而祇敬之曰：「此真先君子之言也。子思唱之，孟軻和之，而世俗不知其非。」然孔子與門弟子問答之言，曁堯舜遺言極其雜博者，無不信而誦之。孟子三見宣王，不言事，曰：「我先攻其邪心」，則又稱之，何其戾邪？其曰：「聖人者，道之管也。百王之道一是矣，故《詩》《書》《禮》《樂》之歸是矣。鄉是者臧，倍是者亡。」然於《詩》《書》《禮》《樂》，記不能精，往往倍之。其曰：「舜之治天下也，不以事詔而萬物成。處一之危，養一之微，故《道經》曰：『人心之危，道心之微。』似發精一之旨，而《虞書》則倍矣。」

論事君諫諍，引《書》曰：「從命而不拂，微諫而不倦。爲上則明，爲下則遜。」是誦《伊訓》而改其文也。論節用愛民，則引《康誥》曰：「弘覆于天，若德裕乃身。」是倍周公而增其字也。他若引《詩》，多與三百篇異，「鳳皇秋秋」及「霜雪將將」之類是也。《禮》《樂》二論，則勦舊説爲之。

蓋卿本趙人，干秦不遂，仕於楚，黄歇用爲蘭陵令，遂家焉。《史記》孟、荀同傳，予不謂然。究其學行，大抵趍勢利而違典禮，眇聖王而亂經籍。其徒李斯仕秦，遂成焚書坑儒之禍。嗟乎，荀卿豈不誠小人儒哉！

## 揚雄論

嘗讀《太玄》，與律曆協，卒然喜之。及讀《法言》，謂性善惡混，且曰：「學者所以修性也。視、聽、言、貌、思，性所有也。學則正，否則邪。」沈潛玩味，乃與孔孟道戾，於是削然疑焉。及讀《劇秦美新》，而見其附逆耽寵，詭情懷禄，則真西漢之亂賊爾，豈非求性於形，喪心至此哉？

夫性也者，天之所以命我，根於心者也。《洪範》敬用五事，未嘗指以爲性。貌、言、視、聽統於思，猶夫水、火、木、金統於土，《蔡傳》所謂形色者也。作聖之功，亦惟求諸所性，根於心者耳。仁、義、禮、知，旦夕克念，則人心易爲道心，豈不易簡矣哉？博學以明乎此，反身以誠乎此，是謂精一。偏私日消，渾然天理，如去粟之秕，則皜皜乎其粲矣。降衷恒性，執而用之，則事事物物莫不中乎天則，而元命在我。視、聽、言、貌，無非天也。苟以形爲性，則枝而非根矣。《詩》云：「天生蒸民，有物有則。民之秉彝，好是懿德。」必言「令儀令色，小心翼翼」以見之，蓋培根達枝之謂也。

夫降衷爲性，寔存乎中，在物爲則，自形乎外。視、聽、言、貌，莫非形也。聖人無待於四勿，所謂動容周旋，中禮者也。是故視觳觳而惻隱之心生焉，自然有慈憫之色，聽爾汝而羞惡之心生焉，自然有剛毅之色；貌揖遜而辭讓之心生焉，自然有恭敬之色；言剖斷而是非之心生焉，自然有辨察之色。是其秉彝，雖民所同有，而懿德可好，則惟存心養性者爲然，蓋根心生色，出於至誠，初非爲僞也。則夫聖人性與形合，形以性充，又奚歉焉？

故曰：「形色，天性也，惟聖人然後可以踐形其形也。發自其性也，盡性以踐形，猶修行以踐言，言不可以爲行，則形豈可以爲性哉？是故備耳目、口體、心官者謂之形，根於心而生生不窮者，則謂之性。動作威儀之則，而禮義之性行乎其間，然後可以定命，否則心之弗存，性之弗養，五事雖能矯飾，而所受天地之中，日偏以私矣。顔之復禮，孟之集義，皆是道也。聖人則知仁合一，而禮義是之自出，純乎道心故也。

莊周曰：「形體保神，各有儀則，謂之性。」又曰：「駢拇枝指，出乎性，而侈於德。」則是性之德，不根諸心而根於形矣。雄之曲學，本自莊周，而王莽自少孤貧，折節爲恭儉，及夫得志篡弒，則又謙恭而下士，適類雄所謂修性者。於是摛文美新，稱其有至聖之德，參天貳地，兼並神明，配五帝，冠三王，是乃耳目之官，不思而蔽於物，惑於其形，而不知其性故也。非惟劇秦，而亦劇漢。其言漢之失，曰：「帝典闕而不補，王綱弛而未張。道極數殫，闇忽不還。」嗚呼，爲下倍上，四端滅矣！原其心，不過仕漢爲郎，久滯不遷，莽用爲中散大夫，是以有「數蒙恩渥，拔擢倫比」之語。感戴之極，諛諂生焉，甘爲亂賊，豈復知禮義爲何物哉？

觀夫《太玄》，雖出深潭之思，止以求恊律曆，而不復知性知天，其所本者可知已。然則純心以作聖，當何如其用功？曰：「子周子嘗言之矣，曰『仁、義、禮、知四者，動、靜、言、貌、視、聽無違之謂純』。」

## 六子論

聖人有微言，非聖則謬，賢人有辯言，非賢則贅。夫子之文章，即性與天道也。天何言哉？吾無隱乎爾。故讀孔氏之書，得微言焉。讒説殄行，起自唐虞，變至周末，而邪説詖行極矣。楊墨鄉愿，皆闢而息之。故讀孟氏之書，得辯言焉。

老子棄絶聖智仁義，漢人崇之，以並易僭矣哉。然爲周柱下史，博古通今，孔子往問禮焉，曰：「良賈深藏若虚，君子盛德，容貌若愚。」孔子以爲名言，故有猶龍之嘆。其書有曰：「天地所以能長且久者，以其不自生，故能長生。」而玄牝谷神，深根固蒂，長生久視之道，學仙者宗之。曰：「聖人無常心，以百姓心爲心」；「我無爲而民自化」，治天下者用之。是時禮儀威儀，繁瑣而違天秩；《墳》《典》《丘》《索》，荒誕而雜古書。故又曰：「禮者，忠信之薄而亂之首；前識者，道之華而愚之始。」又曰：「多言數窮，不如守中。」亦從先進欲無言之意也，豈知孔子删述之志者與！

莊周則處士，横議之尤者也。亂名實壞禮教，洸洋自恣。凡帝王聖哲，無不依托，以爲寓言，然詞氣雄放，世多有取焉。如鵬摶鯤化，則鳶飛魚躍也；心齋坐忘，則心不違仁也。名言正論，皆衍爲怪奇玄奥，豈可盡舉哉？言用心則曰：「自其異者視之，肝膽胡越也；自其同者視之，萬物皆一也。」言定見則曰：「舉世譽之而不加勸，舉世非之而不加沮。」至若守一處和，天德出寧，無爲而用天下，有爲而爲天下用，通於道之謂通，窮於道之謂窮，帝王之功，聖人之餘事也。學者多傳誦之。

列禦寇言多剽竊，事多乖錯，張湛補綴，晚出於晉，其僞者與。如孔子曰：「西方之人，有聖者焉」，則學佛之徒勸入者也。

荀卿曰：「學至乎禮而止」，似知博約矣。然既以善爲僞，又曰「養心莫善於誠」，謂姦言不合先王矣，又欲法後王以爲治。

揚雄曰：「由於獨智，入自聖門」，似知條理矣。然以五事爲性，反以仁、義、禮、智、信爲之用，豈非舛乎？謂聖人之道，若天有常矣，又曰「聖人固多變」，自相矛盾，乃至此乎。蓋不知性則不能定性，性不定則其言不相副，亡怪也。

《文中子》出於其弟凝，而宋阮逸删潤之。龔鼎臣得唐本，則多與逸異，蓋事之乖錯，真贋相半，猶《列子》也。其言模仿《論語》，如「荀氏有二仁」，「陳思王以天下讓」，「王猛有君子之道三」，而擬董常於顏子，與兒童之效成人，奚異哉？其曰：「人心惟危，道心惟微，言道之難進也。故君子思過而預防之，所以有誡也。」頗異執中之傳矣。其稱佛爲聖人，則亦《列子》之見也。然吾有取焉，曰：「以性制情者鮮矣。我未見處岐路而不遲迴者。」性一也，而情岐之，能敬以集義，則不疑其所行矣。故又曰：「與物而來，與物而去。」來則應之，若與之俱來，廓然大公心得，其正存神也；去則忘之，若與之俱去，情順萬事之其所而辟焉者，絶斯過化矣，優於荀、楊者也。

斯六子者，言多謬贅，與佛氏相出入。宋人立於學宫，命題試士，兹儒術之所由雜與！非聖非賢之書，非有定性之學者，孰能觀之知止？主静，定性之謂也。性定則聖人微言，得以明善誠身，而推之政治，經正而庶民興矣。彼之是非，吾何辯哉？

# 泰泉集卷第二十六

## 論中

### 藝文論

夫藝文也者，天地之經，民物之矩，而載道之輿也。昔者三皇五帝之書，掌在外史，先王憲令，布于象魏。群夫民之秀且俊者，設爲庠序學校，俾日講習焉，學成乃登之，而顯庸之。是故篤信力踐，以德則懋；敦彝敬敷，以教則成；考衷發慮，以義則度；議事憲猷，班列在服，以政則行；達意立誠，以辭則修。德以裕身，教以章化，義以揆道，政以肇治，辭以闡文儀軌。故能則天明，襲地宜，振人紀，用經緯其國家，以順及民物。周之寖昌郅隆，用此道也。

故《詩》稱仲山甫之德，曰「古訓是式」，其在《周書》，曰「不于古訓，于何其訓」，猶懼弗率。於是乎有面墻之戒，有殖落之訓，有非聖之誅，有造言之糾，有生今反古之戒。故天下大同，罔有違戾，及其靡也，家自爲學，國自爲政，聲教殊而道術遂裂，饜其私以自賢聖者，人異而户不同。

仲尼有憂之，述《詩》《書》《六藝》，以式萬世。故其言曰：「述而不作，信而好古。」蓋閔閔焉懼作聰明，而蔑棄先王之彝訓也。有宋諸子，益辯以詳，俾茲人文，眡日月加焜燿焉。時則有若周氏、程氏、朱氏，皆學于古訓，而後有獲，未嘗越茲以畸立於世，豈如道梗而剪焉？以茀滌之士之服茲訓也，亦惟崇帥其教，資其理義，修其辭典，以茂正斯德，則于國家有攸賴焉爾矣。是故朴茂醇粹，文之質也；昭明濬發，文之英也；爾雅典常，文之體也；闡政明刑，文之用也；師其成心，背戾古昔，文之賊也；支離瑰瑣，文之弊也。故曰：「古之文也以明道，今之文也以蔽道。」

## 才德論

端天下之本，存乎德；治天下之事，存乎才。才者，德之資也；德者，才之帥也。三皇五帝以至禹、湯，其君臣未有不全盡者也。至于有周，文王之德之純，非無才也，緝熙敬止，其德著矣；周公之才之美，非無德也，制禮作樂，其才著矣。孔子聞而知之，是故兼盡。人見天厚其德，而兼有乎才，故曰：「固天縱之將聖，又多能也。」司馬公曰：「才德兼盡，謂之聖人；才德俱無，謂之愚人。德勝才，謂之君子；才勝德，謂之小人。」其論是矣。又曰：「聰察强毅，謂之才；正直中和，謂之德。」則是誤以德爲才矣，吾則曰：「德之全者，大而化之，合五常而成一德；才之全者，化而裁之，通六藝而貫三才，然後才德辨矣。非吾孔子，其孰能與於此？」

或曰：「古聖人才德之全，天地中和之至也，後世則智、愚、賢、不肖有難辨者。有人於此，飫酒淫色，不修厥行，可謂不肖矣，然而言詞敏給，技藝巧僞，使之臨政治民，剖斷如流，無乃近於智者過之乎。有人於此，言行謹勑，繩趨尺步，衆莫不賢之，然而言詞鈍拙，技藝卑陋，使之從政治民，智識昏暗，不能剖斷，則又類愚者之不及也。由前言之，才勝德者也，雖適用而終敗；由後言之，德勝才者也，雖無用而免咎。然則才德如之何其可以兼盡也？」曰：「學于古訓以致知，則才日長矣；篤于自修以成身，則德日進矣。德與誠立，則天下之本端；才與誠合，則天下之事治。」

## 天地論

天地之體，北高南下，渾儀可以測之。聖人所以與天地相似者，知崇禮卑，亦可見矣。吾嘗驗之：天氣之降也自北而南，燕冀先寒而草木凋，及燠，則青徐先春而冰解沍；地氣之升也自南而北，揚粵先暑而草木榮，及凉，則秦隴先秋而露爲霜。冬氣翕乎其藏，天地之知也；春氣盎乎其和，天地之仁也；夏氣薰乎其暢，天地之禮也；秋氣肅乎其清，天地之義也。然經春猶寒，水兼乎木；經秋猶暑，火伏乎金。是故知必識仁，水陰根陽也；禮必恊義，火陽根陰也。太極、圖、書，昭昭心目間矣。然則效天法地，夫豈昏默無形者哉？邵子曰：「天奇而地偶。」是以占天文者觀星而已，察地理者觀山水而已。觀星而天體見矣，觀山水而地體見矣。

予按：天之陽在南，故《堯典》舉中星以正四時，必於正南觀焉；地之剛在北，故《禹貢》治水，必自正北冀州始焉。然《月令》十二月，昏旦各舉中星，大率與《堯典》四中吻合，天之星辰繁而易曉如此。《禹貢》之言地理，揆諸今之山水，反有難知者，何與？梁、岐二山，雍州地也，而於冀州言之，曰「治梁及岐」；沱、潛二水名也，而於荊、梁二州各記之，曰「沱、潛既道」。其敍山於九州之末，自「導岍及岐」而下，必曰「逾于河」；自「壺口、雷首」而下，則曰「入于海」；自「導嶓冢」而下，則曰「過九江，至于敷淺原」。夫山，靜物也，豈能逾河、入海、過江？其敍漢水，自「嶓冢導漾」而下，既曰「南入于江，匯澤爲彭蠡」矣，又曰「東爲北江，入于海」；其敍江水，自「岷山導江」而下，既曰「會于匯」矣，又曰「東爲中江，入于海」。夫江、漢合且匯爲彭蠡，豈江復于北，而漢又復爲中江邪？

近世有以地脉論山者，取漢儒之三條；有以水味論江者，取唐人之三泠。禹治水，方胼胝不暇於山川，豈以脉與味而知之？蓋水源於此委於彼，山本於彼支於此，自有相聯而不可判者，非若恒星，與天爲體，亘古有常而不易也。

## 省心論

邵子曰：「言之于口，不若行之于身；行之于身，不若盡之于心。言之于口，人得而聞之；行之於身，人得而見之；盡之于心，神得而知之。人之聰明，猶不可欺，况神之聰明乎？是知無愧于口，不若無愧于身；無愧于身，不若無愧于心。無口過易，無身過難；無身過易，無心過難。既無心過，何難之有？吁！安得無心過之人，而與之語心哉？是知聖人所以能立於無過之地者，謂其善事于心者也。

韙哉言乎！予嘗服膺斯語以省心，爲切要之學焉。夫言之是非，人所聞也；行之邪正，人所見也。惟盡心於善，常内省之，果皆可欲者與？抑猶有可惡者與？雖人所不見不聞，神得而知之，則自有不可得而掩者矣。故君子不愧屋漏，以神之聰明，不可得而欺也。知乎此，則善辯者固無愧于口矣，不若無愧于身；善飾者固無愧于身矣，不若無愧於心。至於心過，則莫可辯且飾焉者也。

人非堯舜，豈能無過哉？不辯以文之，惟慎言焉，則無口過，不飾以文之，惟慎行焉，則無身過，然猶有揜其不善者存焉。不若慎獨，心無過念，則不惟不愧於人，亦且不愧於神矣。其一動一静之間乎，於此而常克念焉。始也不貳過，終也從心所欲，不踰矩，則與天地合其德矣，夫何過之有？既無心過，則言之于口爲善言，行之于身爲善行，又何難之有？得若人而與之語心，則處變行權不失常經者，皆太極全體大用也。然則聖人立於無過之地者，豈有他術哉？亦惟善事于心而已。夫人之所同也，亦夫人之所能也，故曰「人皆可以爲堯舜」。

## 德業論

《易》曰：「富有之謂大業，日新之謂盛德。」斯言也窮理盡性，以至於命者也，其諸天地之氣乎！

天一而大，爲奇爲神，乾健先坤而知始；地二而小，爲偶爲示，坤順承天而有終。兩儀既立，四象著矣。是故盛德在水，貫小而大，老陰也，爲冬爲知；盛德在木，大而本一，少陽也，爲春爲仁；盛德在火，大下小上，老陽也，爲夏爲禮；盛德在金，大散小藏，少陰也，爲秋爲義。冬日至陰，根陽以發春，則業自一而大，知仁交際，萬化出矣；夏日至陽，根陰以成秋，則業自大而一，禮義交際，萬化入矣。德也者，業之始也，顯諸仁也；業也者，德之終也，藏諸用也。一分而萬，無時不顯，故曰「日新」，以昭其盛；萬復于一，無物不藏，故曰「富有」，以昭其大。民受天地之中以生，惟聖人執中，其取諸乾坤二五者乎。陰陽合一而不測，繼善者也，天命也，吾大其心而誠焉，知斯崇矣；剛柔分二而不易，成性者也，氣質也，吾小其心而敬義焉，禮斯卑矣。惟知崇效天，故學聚問辨，寬居仁行，乾之健也，閑邪以存誠者也；惟禮卑法地，故敬以直内，義以方外，坤之順也，直方以承大者也。知崇之極，飛龍象之，位乎天德，與日新者一矣；禮卑之極，黄裳象之，發於事業，與富有者一矣。

夫天地之氣，水、木、火、金成於土，即事即物，理可窮也；理窮則知、仁、禮、義歸於聖，及人及物，性可盡也；性盡則冬、春、夏、秋本乎天，誠通誠復，命可至也。故聖人之道，乾道也，誠而已矣。學乎聖人，必敬而後誠，坤道也。乾知太始，坤作成物，然則坤之效法，孰非乾象也哉？由此言之，乾爲聖人之德，坤爲聖人之業。考德問業，士希賢也；進德修業，賢希聖也；崇德廣業，聖希天也。德崇則久而無窮，業廣則大而無外，是亦天地也已。故曰至誠無息。不息則久，久則徵，徵則悠遠，悠遠則博厚，博厚則高明。

## 性命論

世之言性命者索諸杳冥，自謂覺悟，苟涉典禮，則以爲粗，而不知天理人事，本無二也。自文義觀之，口之令之，命也，命則原於天；心之生之，性也，性則賦於人。食也，色也，聲也，臭也，安佚也，生於心者也，無此則不可以爲人心。然雖生於心，而得之不得，實則命也。仁也，義也，禮也，智也，聖人也，命於天者也，無此則不可以爲道心。然雖命於天，而存之不存，實則性也。惟天子能受天命而制人之命，命以品節限制而異者也；惟聖人能全天性而盡人之性，性以賦予稟受而同者也。惟異也，故必俟命焉；惟同也，故必復性焉。

告子曰「食色之謂性」，不知有品節限制之命矣。君子則不謂之爲性，必俟命焉，則危者安。商紂曰「我生不有命在天」，不知有賦予稟受之性矣。君子則不謂之爲命，必復性焉，則微者著。由是而知，復性而至於盡人之性，則天敍之典無弗惇，俟命而至於制人之命，則天秩之禮無弗庸，人心易而爲道心矣。自非聖人之於天道會而通之，孰能與於此？

夫統之在道而一本者，會也，理之所聚，體之而不可遺也；散之在理而萬殊者，通也，道之所分，用之而不可已也。故《易》曰：「聖人有以見天下之動，而觀其會通，以行其典禮。」會焉者，乾坤之卦也；通焉者，九六之爻也。繫爻以辭，吉凶悔吝，生乎動，則人事無非天理，典禮其行矣哉！

今夫陽大而尊，道之會於乾者，天也，君也，父也，而夫與男皆統之矣。九二雖位乎下，而見龍在田，則君德也。陰小而卑，道之會於坤者，地也，臣也，母也，而妻與女皆統之矣。六五雖位乎上，而黃裳元吉，則下飾也。自是六爻分三極，則上與五，天道也，然亦有君父夫男之象焉；四與三，人道也，然亦有朋簪得友之象焉；二與初，地道也，然亦有母臣妻女之象焉。人也者，參天地者也。天地立於氣而乘於水，盈虛消息，則主乎日，惟乾爻見之。水由地中行，止乎淵，則浮乎天，或躍所以將飛也。日自天中測出而作，則入而息，乾乾所以夕惕也。坤承天而時行，故上則括囊，下則含章，臣不敢以奪君權，妻不敢以行夫政。故履霜堅冰至，于初爻見焉。羿莽及武氏之變，辨之弗早，可毋慎哉！

《傳》曰：「聖人以人合天，不任於天；以義立命，不委於命」，而宇宙在其手矣。故瞽瞍之欲害舜也，紂之拘幽文王也，桀之不禮伊尹也，晏嬰之不知仲尼也。聖人以其性之在我，而盡由之，不委於命，此其所以合天道與！周公制六典，親親尊尊之道備矣。設官分職，雖酒醯、服色、鐘磬、鬱鬯之屬，等殺畢備。天子貴富已極，猶有品節限制，而况臣民乎？其作《無逸》以戒成王，惟恐其欲心之萌也。仲尼之門，顏子簞瓢陋巷而不改其樂，曾子履穿肘見而歌聲若出金石，原憲、季次亦安賤貧，曷嘗營求聲色臭味而違道義哉？孟子受學子思，首曰「天命之謂性」，合一者也，孟子析而二之，以警世吁精矣哉！

蓋受中以生，根於心而通倫理，道心也，天敍之典也。賦予稟受，夫人有之，不以賢、知、愚、不肖而有異。《書》曰「惟皇上帝，降衷于下民」是也。血氣知覺，感於物而有嗜欲，人心也，天秩之禮也。品節限制，必待天子議禮而後行焉。然貴富賤貧，利害窮達，則有莫之致而至者，不安分而過求取罪，則有官刑。《禮》曰「后王命冢宰，降德于衆兆民」是也。苟能安命而盡性，則人心易爲道心，其降心之謂與。世之索性命於杳冥，而違典禮，自謂覺悟者，禪而已矣。聖人豈外彝倫，日用以爲道哉？

道之費而隱，行諸明而誠，戒懼慎獨，以養其微。及其至也，察乎天地之間，則顯矣。學以明善誠身，乾乾夕惕，而鳶飛魚躍，觸處朗然，天理流行，元無間斷，則天命之性，不雜於血氣知覺矣。故曰：「溥博淵泉，而時出之。溥博如天，淵泉如淵。」聖人之所以配天者，乾道也。今乃廣田宅，窮嗜欲，違王命，而談天理，無亦失刑與。昔陸象山知荆門軍，講皇極以訓民曰：「上帝所降之衷，即極也。人能保全此心而不陷於邪，即保極也。」予則曰：「后王所降之德，即福也。人能避厥威用而日嚮於德，即敷錫也。」吁！孰謂象山之學，盡皆禪哉？

## 陰陽論

《易》曰：「一陰一陽之謂道。」言二氣也。《書》曰：「論道經邦，燮理陰陽。」言三公也。二氣迭運，互爲其根，分而爲天地，運而爲日月，對待之中，流行變化存乎天，經綸和調存乎人，高明卑暗之理，無在而無乎不在。王者用三公，必得其人，召而坐論之，則宇宙在乎手，萬化生乎身，世道其泰矣乎。是故天人相爲表裏，天道惟陰與陽，而人事符焉。

天子也，諸侯也，大夫也，庶士也，庶民也，陽類也；女后也，閹寺也，武人也，盜賊也，夷狄也，陰類也。唐虞禪後，湯武起於諸侯，秦襄起於大夫，漢高起於庶士，光武起於庶民，雖后羿篡夏，亦起於諸侯，而陰類無居天位者。及王莽起自王后外戚，曹操起自曹騰養子，劉裕起自武人，朱温起自盜賊，胡元起自北狄，獨元混一天下，與武曌躬爲女后，皆居天位，則開闢以來大變也。唐宋間有小康，然陰盛陽微，雖漢治亦不可幾及，而況唐虞三代乎？

曆家《統元》謂漢武以前，皆八十一章，而至朔復齊，陽生於黄鍾也。漢昭以後，皆五十七章，而至朔猶不能盡齊，陰生於蕤賓也。陰陽升降之幾判矣。聖人則圖、書以作《易》，曰「利涉大川」，曰「乘木有功」，數數言之，曰「金夫」，曰「金車」，曰「焚巢」，曰「焚如」，僅一二而止，豈非扶陽抑陰之意與？故陽類用事，則浮舟作貢，而賄賂道消；陰類用事，則殉財亂作，而水木途梗。寇虜亂外者易治，婦寺亂内者難防，惟審諸豫爾。乃若反之之聖，必由禮義而合於知仁，然終不如性之者知仁合一而禮義裕如也。不邇聲色，則能恭己，不殖貨利，則能惠民。孟子迪齊、梁之君亦然，道器固合一者邪。

由此觀之，堯、舜性之者也，知急先務，仁急親賢，舉禹、皋陶而任焉。洚水害消，四凶伏罪，所謂地平天成，萬世永賴。德惟善政，政在養民，非其經綸燮理之迹邪？易否爲泰，固不在天，而在人也。

## 求仁論

求仁者，求全其本心之天理也，得仁則本心之天理全矣。《中庸》曰「仁者人也」，孟子曰「仁人心也」，猶園有桃焉。桃之所以爲桃者，根幹、枝葉、華實，生理皆藏於核而爲仁。亦猶人之所以爲人者，親親愛人，及物生理，皆具於心而爲仁也。核破於斲，傷於蛀，則生理不全。天理爲人欲所間，則惻隱之心所以生生者，亦無復全矣。故桃必栽培，去其害核者，以全其仁，亦猶人必存養克治，然後天理渾然而無間也。今匹夫匹婦斥人之不仁者，必曰「非人」，必曰「汝何其無人心也」？與訓釋如出一口，然則天理少有不全，雖爲君子而未仁，亦明矣哉！古之聖賢憂勤惕厲，而後人心不死，一息不仁，斲之蛀之者至矣，奚其生？夫氣必充實，而後桃仁成焉，否則不空即朽，人之自養，仁或不仁，亦何異哉？其生也自萌芽至於結實，秩然不紊，雖大小參差不齊，然其爲桃則舉相似也。此又可見理氣無二，而性之相近也。

至於核合皮肉而後爲果，猶心必有身以行仁而後爲道。故孟子又曰：「仁也者，人也；合而言之，道也。」嘗觀於《易》，惟《乾》《復》言仁。蓋《復》之初，即《乾》之元，碩果不食則生矣。《復》之所謂仁，「承乎《剥》也。仁於五行爲木，而《乾》爲木果，在春爲仁發生也，在冬爲幹歸根也，生生不已，終而復始，其天地之心乎？問學一息少懈，則與天地不相似。是乾道也，故曰：「君子學以聚之，問以辯之，寬以居之，仁以行之。」夫仁主於行，子貢之問，乃其極功。然雖堯、舜之聖，其心猶有所不足於此，何哉？蓋博施濟衆，夫人之所不能也，求在外者也。

己欲立達，夫人之所能也，求在我者也。在我則心之德、愛之理焉耳，非必人人而立之也。己欲卓立，此心即及於人，亦欲其卓立，而不忍其傾頹，雖力不能周，然扶植之心自不能已也，非必人人而達之也。己欲通達，此心即及於人，亦欲其通達，而不忍其抑塞，雖澤不能徧，然利濟之心自不能已也。立如爲山，卓然不移，達如導水，沛然莫禦。試登高山而望遠海，岡阜丘陵，必聯其岫，無小無大，如聳如跱，立必俱立之象也；溝洫畎澮，必入于川，無小無大，如躍如騖，達必俱達之象也。是故山之性立，水之性達，人之性仁。觀此則堯、舜性之之聖，亦體仁于心而已矣。學以入堯、舜之道者，行仁必自恕始，能近取譬，推其所欲，以及於人，則《大學》絜矩以平天下者，不待博施，自能濟衆，豈非要道哉？故孟子又曰：「强恕而行，求仁莫近焉。」或問曰：「顔子之學，體在爲仁，用在爲邦，用舍行藏之道具矣。然仁人心也，其心三月不違仁，無乃二之與？」曰：「人之所以爲人者，生理存焉耳。心放而不知求，則生理日絶，其形雖在，其心已死。故心者函此生理者也，仁者發此生理者也。五穀之種播於田，生生不已，是麃是蓘，少有間焉，疆埸侵而生理遏矣。《詩》曰：『播厥百穀，實函斯活。驛驛其達，有厭其傑。厭厭其苗，緜緜其麃。』此之謂也。仁根於心，夫猶是也，心一息少放，則生理亦一息間歇而不相依矣。仁本與心一，而人自二之，是故服膺勿失，則相依之謂也。心惟仁是依，故不違仁，農惟稼是依，故不失稼，放其心而不求，亦猶舍其田而不芸也夫。」

## 義利論

《易》曰：「利者義之和也。」不利己而利物，則足以和義，因民之所利而利之是也。《傳》曰：「利誠亂之始也。」不利物而利己，則足以致亂，放於利而行多怨是也。子罕言利，其告子張從政宜導以民心之中，而首此者，果何意與？蓋善觀天下者，惟能知天下之勢，斯可以成天下之務，否則竭心力而無成。

帝王之世，明良翕而治具張，其勢之盛，猶禹决九河而注之海也，四凶竄伏而民脱昏墊。於象震陽順動，兑陰從焉，故曰「自否至泰，其間則有隨矣」。自平王東遷，其勢之衰，猶燧息驪山而炬易爲光也。雖秦襄之庸，以大夫從王得國，而岐西之地，輒奄有之，自是民罹交害，困窮可知。於象艮陽上止，巽陰入焉，故曰「自泰至否，其間則有蠱矣」。

夫除弊以得民心易，興利以造民福難，何則？除弊如解懸，民心即悦，興利非用民財，勞民力，弗能成也。苟知之不詳，覈之不實，吾以爲利而興之，或不知其爲害，則民怨矣。矧興除之際，未得其法，弊隨生而害復起，奚以善其後哉？堂堂乎張，達材者也，以德濟材，民可與仁也。昔者嘗問爲仁，告以能行五者於天下，寬與信、敏，德在己矣，惠與恭，其合人己之道乎。於時義則蠱之，振民育德也。作丘甲，用田賦，而二猶不足，文武之政壞也久矣。上下方交征利，而吾惟利物，不圖利己，不過因其田廬疆界，教之樹畜，而又以佚道使之，取必中正，用必限節，涖下必莊，自治必嚴，如此而已矣。

是故惠而不費，阜民財也；勞而不怨，愛民力也；欲而不貪，體民心也；泰而不驕，敬民事也；威而不猛，畏民志也。臣從君事，如子幹家，而材德備矣。故六五曰：「幹父之蠱，用譽，承以德也。」然吾之從善未盡，則生民之道有窮。是故不教而殺，虐反寬也；不戒視成，暴失信也；慢令致期，賊害敏也；出納之吝，私滅公也。恒自省焉，有則改之，此謂屏四惡。四惡屏，五美尊，則帝王之道，不易轍而成矣，是亦道以吾性之中，從民願者也。故隨之九五曰：「孚于嘉吉。」嘉，善也。信于善而不惑於不善，則自蠱而隨，勢復爲泰，固無難也。

## 體民論

唐虞三代之書，嘗參考而融會之，大抵以民心爲天命。蓋天之視聽惟人，人之聰明惟天，人心向背，則天命去留隨之。故帝王以天道爲職，以人時爲務，必欽必敬，廢時者受上刑。皋陶曰：「達于上下。」伊尹曰：「天佑民歸。」皆合一而言之，此心法也。堯、舜而後，時令莫備於《豳詩》，蓋后稷所傳耕穫蠶績之候，三代世守之者，周公述以告成王，此治法也。《商頌》曰「稼穡匪懈」，《無逸》曰「先知稼穡之艱難，乃逸」，則夫殷之未喪師，克配上帝，與周之王業所由成，皆可知矣。

洛邑既宅，周公歸政於成王，召公作誥，欲王以小民受天永命，必疾敬德。及召公欲老，而周公留之，告以天命民心，去留惟人，歷數殷周聖賢倚賴老成，以固其國家，俾克敬監于殷喪大否，肆念天威，而終之曰：「予惟用閔于天越民。」又曰：「嗚呼！君，惟乃知民德。」既畏天命，悲民窮，而且灼知民心爲天命之本也，豈非舉其誥王之要，使自反諸其躬乎？周、召之心，即皋、伊之心也。《逸書》文王作《程典》曰：「助予體民，無小不敬，如毛在躬，拔之痛，無不省。」大哉，體民之言乎！其周、召誥王之源乎！

蓋嘗論之，民生有欲，無主乃亂。爲民主者，視民如傷，猶其體也。夏商以來，畿内百姓日漸繁衍，大宗巨室流遷萬方，故萬方百姓不能以黎庶之心爲心，而每侵凌之。文王心本體民，然非左右勵翼，則無由徧也，故必命六州諸侯體悉而懷保之。知民之欲富也，則薄歛不盡其財；知民之欲壽也，則時使不盡其力；知民之欲安也，則慎罰不盡其情。諸侯於是各視其黎庶如父母之於子，然而黎庶亦以文王之心爲心。百里而徹則蓄之，天不能使之貧；沈酗于酒則節之，天不能使之病；草竊姦宄則避之，天不能使之禍。修和之政，聯六州爲一身，萬方百姓被其風化，莫不咸和，自不忍侵凌黎庶，以肆其虐。凡有知者，孰不勸於仁哉？此推恩之要道也。

今中原豫、兗之民，防河曳木，供驛挽舟，日以困窮矣。自淮北至於燕，原隰可以農桑者何限，父母天下之職務，其必先諸此乎！秦漢以來，禍亂皆自中原，而天亦降割，辟諸心腹有疾，則軀命不保。誠使足於衣食，而匹夫敢行劫者，則吾不信也。夫天能與人時，而不能與人道。唐虞三代往矣，其法存焉，有能舉之其爲道也，孰禦書焉用哉？

## 用世論

聖賢之學，用世而已矣。曰：「如或知爾，則何以哉？」此探群弟子用世之志也。曾點以所見大意言之，豈春秋之世，不復可爲東周？觀於夫子川上歎逝，舞雩從遊，則雅志惟在林泉而已矣。是故有見於爲邦，無見於爲道，三子者之撰也；有見於爲道，無見於爲邦，點之志也。點雖見與，而爲邦者終亦躂焉，將安取衷乎哉？蓋舞雩詠歸，非忘世也。對時育物，同乎人而無我，而奚容心焉？胸次悠然，上下與天地同流，天德也。舉而措之王道也，必使有勇，且知方焉者，必使足民焉者，必爲擯相焉者，雖皆爲邦之才，惜也有我而未大也。聖人絶意、必、固、我之私，而用舍行藏，奚容心焉？故曰：「天何言哉？四時行焉，百物生焉，天何言哉？」

安老懷少，綏來動和，各得其所，是無心而成化者也。天體物而不遺仁，體事而無不在。育物，仁之理也；同人，仁之量也；上下同流，仁之用也。他日，孟武伯問三子之仁，夫子皆稱之如其志，而仁皆答以不知。是則點之志，志於仁矣，雖若不屑於用世，擴而充之，心無非事，是爲道也，寔亦可以爲邦也，其斯點之所以與乎？乃若公孫丑以加齊卿相得行道爲問，則亦自孟子用世言也。時無仲尼，以道自任，其所以不動心者，知言養氣，皆運用自心，以宰制天下，不徒如點之有見而已，固將以有行也。知言則明夫道義，於天下之事無所疑；養氣則配夫道義，於天下之事無所懼，天下豈有心外之事哉？

蓋無所爲而爲者，義也，王道也；有所爲而爲者，利也，霸功也。氣由義生，而制事急遽，則不能以無謬，故常集義雍容，爲所當爲，欲所當欲，而不預期其充。苟意必一萌，則計功謀利，道義弗存，剛大者索然餒矣。此天理存亡之幾，王霸之所以分也。勿正則易忘，勿忘則易助，皆相因者，亦惟必有事焉，時時自省而已。勿忘者由不爲達諸所爲，而心無間息，由不欲達諸所欲，而心無少昏；勿助長者惟無爲其所不爲，而不見小以侉大也，惟無欲其所不欲，而不欲速以求剛也。念念合天理之正，事事即人心之安，辟則稙稺，待時成熟，浩然剛大，孰能禦之？若義襲而取，則駁而霸矣。丑也並舉王霸，以待其師，何其無見與？

後世心學，惟以勿忘勿助之間爲文武火候。陽明曰：「不於必有事上用功，而懸空守着勿忘勿助，是未曾清水下米，而專放火燒鍋也，吾恐火候未及調停，而鍋已裂矣。」嗟乎！嗟乎！老莊之學，以自然爲宗，或又合舞雩童冠之樂，與勿忘勿助之間，以見鳶飛魚躍。朱子雖嘗言之，以狀天理流行云爾，曾點之志，未嘗及也。然則同乎異乎，果《中庸》《孟子》之意乎？抑亦老莊自然之宗指乎？吾弗知也，吾弗知也。

## 寡欲論

孟子曰：「養心莫善於寡欲。其爲人也寡欲，雖有不存焉者，寡矣；其爲人也多欲，雖有存焉者，寡矣。」自寡欲以至於無欲，其惟恭敬乎！恭敬則能以禮制心矣，何者？食色之性，因形氣而有，夫人之所不能無也。《記》曰：「飲食男女，人之大欲存焉。」蓋人之血氣心知，其與禽獸異者在此，與禽獸同者亦在此，或有反不如禽獸者矣，可不戒哉？《傳》曰：「《鹿鳴》興於獸，謂其見食而相呼也；《關雎》興於鳥，謂其雌雄之不乖居也。」見食相呼，則有禮矣；雌雄不乖，則有別矣。升歌必先《鹿鳴》，合樂必先《關雎》，使聞之者恭敬自持，大欲日消矣。

周衰，禮廢樂弛，列國風變，先王之教，猶有存者。《詩》云：「泌之洋洋，可以樂飢」，言不饕餮也；「雖則如雲，匪我思存」，言不慆淫也。大舜、仲尼，其萬世之準乎！飯糗茹草，非窮也；二女果侍，非達也；食不厭精，非泰也；曲肱飲水，非約也。蓋其一於恭敬，則道心爲主，人心自消。苟恣其欲，則指染於鼎，目逆於路，篡弑生焉，斯作於禽獸也已。

觀諸《説文》恭敬之欽，從欠從金，道心作聖者也；溪壑之欲，從欠從谷，人心作狂者也。作聖如金之鍊，惟日不足，作狂如谷之填，亦惟日不足。今之學者淡泊端莊，不過勉强一時而已。流連博弈之飲，倡優歌舞之樂，則戀戀而不能去，毋乃所謂質羊皮虎、見草而喜者邪！使真知道味之腴，德輝之美，則無羨於彼矣。是故謀道不謀食，好德如好色，夫然后君子。

或曰：「寡之又寡，至於無欲，則聖矣。主静立人極，至有本於至無，其周子之旨與？」然無欲非盡絶食色之謂也，性之所固有也。讌飲有節，唱隨有禮，人心易爲道心，何欲之有？大舜、孔子是也。彼多欲如漢儒馬融者，授經生徒，前施絳帳，後列女樂，淫聲嬭澤，朝夕滿前，而奚心之能存？真名教之罪人哉！是故敬也者恭之，篤於内者也；恭也者敬之，形於外者也。内外一於恭敬，非禮無從而至，此又克己之方也。

## 克己論

問：「『克己復禮爲仁』，孟子分言之，曰：『君子以仁存心，以禮存心』，何也？」曰：「仁者禮之統體，禮者仁之節文，非二物也，第有渾然、粲然之別耳。渾然者涵，粲然者達，渾然者於中，粲然者於外，相爲表裏，而後心之放者收，[性]之微者著[一]。」曰：「然則己不必克與？」曰：「己者，有我之私也，欲之潛根，不可留者也，留則欲自此蔓而難圖矣。禮者，有物之則也，理之顯設，不可易者也，易則理自此微而難見矣。仁人心也，本自廣大，與天地萬物爲一體。惟夫物我相形，惟知有我，而後欲日隔之，於是乎狹且小矣。必也私意甫萌，覺悟屏去，不待其成於我，則此心弘廓開明，渾然之中，天高地下，萬物散殊，粲然畢具，峻極之體立而經曲之用行矣。

「容貌辭色小有差謬，即自反求，順行其正，則節文無一可紊，而統體無一非理。聰明恭從，攝於心官，善端緜緜，無容間息，豈非天地生物之心哉？《易》曰：『不遠復，無祇悔[二]，元吉。』此之謂也。雖知內省，而今日不克，姑待來日，聲色臭味，營營妄爲，昏迷侮慢，無所不至，物則之懿，天固秩之，我自失之，惡加乎身？而萬善於是乎廢矣！故曰：『有能一日用其力於仁矣乎？我未見力不足者。』

[一]「性」字墨釘，今據萬曆本、北大本補。
[二]「無」，原作「旡」，今據《周易・復卦》改。

「春秋昭十有二年，楚子狩于州來，多行無禮，聞《祈招》之詩，饋不食，寢不寐。數日，不能自克，以及於難。仲尼曰：『古也有志：克己復禮，仁也。信善哉！』由此觀之，己私必克於初萌，則審而豫；克復必決於一日，則果而確。一日存此心，則一日有此德。心之所同然者，感而遂通，天下之人莫不以仁歸之矣。有我之私，毫髮少留於胸中，則形於外者必有所不可揜，人亦必以色厲内荏非之，又何歸仁之有？此爲仁之幾，由乎在己而無難也。

「世之論此，輒以『遏人欲，存天理』言之，是以克伐怨欲不行爲仁也。不行譬則火盜，猶留止於内，克己則如將之克敵，水之克火，絶而不留矣。欲由己潛，理以禮顯，有我則妄而無物，無我則誠而有物。妄根悉拔，體用一源，仲尼之門，惟顔淵可以語此，蓋其明睿之資，亞於絶四而不踰矩者也。」

## 格物論

物理曷謂之天理也？本於賦予稟受，自然明覺，莫之爲而爲者也。如惻隱之心，非納交要譽，惡其聲而然是也。物欲曷謂之人欲也？不安於品節限制，而鑿以私知，非天之所以與我者也。如子貢貨殖，而必先言其不受命是也。去其所本無，而復其所固有，則萬物皆備於我矣。夫理雖可以觸類而長，而其出於天者，物物各有當然不易之則，自私用智，則違天而自賊，故《詩》曰「不識不知，順帝之則」，又曰「不僭不賊，鮮不爲則」，《周禮》曰「則以觀德，毀則爲賊」是也。

則者，法也。自貌言視聽而達諸人倫，無非物也，而莫不有法焉，如恭從明聰，以及親義序别信之類是也。推之，盈天地間無一物而無理可法者，違其理則非天之法矣。《易》所謂「天則」，正以其出於天，當然不易者也。孟子亦曰：「君子行法以俟命而已矣。」豈敢毀之而自賊哉？將欲行之，必自致知始，致雖有推極之義，而《説文》原訓則曰：「送，詣也。」其文爲久，至觸類而推極之久，則天牖帝迪，送詣而至。性之本善，吾所固有者，明而通於心中矣。是故格物所以明善也，誠意所以誠身也。身主於心，心發於意，意萌於知，知起於物，曰「致知在格物」，不言先者，知與意雖有先後，其實非二事也。

知之不至，則意不誠而無物。《記》曰：「物至知知，而後好惡形焉。」何者？好善惡惡，感於物理者也，好妍惡媸，好富惡貧，感於物欲者也。道不離物，物不離事，盈天地間，物物各有一理存焉，去欲求理，豈以空談悟哉？不曰理而曰物者，踐其實耳。鄭玄曰：「格，來也。物，猶事也。」程子因言：「物來知起。」象山曰：「格至也，研磨考索，以求其至。」朱子因言：「窮至事物之理。」温公曰：「扞格外物，以物至爲外，非合内外之道。」黄潤玉曰：「格，正也，義取格其非心。心正矣，奚用誠意致知爲哉？」是數説，皆因《記》而億者也。惟《説文》曰：「格，木長貌，從木各聲，取義於木，聲以諧之。」其訓精矣。

今夫五行之各一其性也，水土金火匯萃鎔合，皆可爲一。惟木不然，挨接暫同，終則必異。理欲同行而異情，正如桃李荆棘共陌連根，始若相似，及至條長之時，形色别矣。荆棘必翦，猶惡之菑逮夫身者也，桃李必培，猶善之欲有諸己也。培其根而達其枝，則木各滋息而長矣，修其本而達其末，則物各觸類而長矣。是故耳目口體物也，心爲本，而視聽食息其末也。喜怒憂懼無節於內，胡爲物交物引之而去乎？必使心能爲身之本，明於庶物而後已。父子兄弟物也，自孝弟慈推之，則身爲本而絜矩其末也，好惡胡爲而偏乎？必使身能爲家國之本，至誠動物而後已。

天下大矣，始于格物，先事者也。理自理，欲自欲，則本根各異，物既格矣，至于天下平，後得者也。人人親其親，長其長，物各付物，則枝葉亦各不同焉。惟明也，辨物之理欲而至善存；惟誠也，成物之始終而大道得。孔子之成身，不過乎物，孟子之萬物皆備，反身而誠，皆知本之謂也。或曰：「禮樂刑政之道，鳥獸草木之名，莫非物也，汎而格諸？」曰：「否，否！本則身，厚則倫，經不云乎？其本亂而末治者否矣，其所厚者薄，而其所薄者厚，未之有也。」

## 慎獨論

道也者，無有精粗、大小、遠邇、微顯，格天地，濟民物，日費而用之，不可得而盡也。正萬目以視之，而莫知其所繇也，故曰「君子之道，費而隱」。得之者，蓋或寡矣，必也敬乎？《易》以衣袽言戒，履霜言慎，目睹者也；以洊雷言恐懼，耳聞者也。不睹而亦戒慎焉，不聞而亦恐懼焉，雖青天白日之下，稠人廣坐之中，其暗處細事，必自知之，及其微有迹也。《詩》云：「無曰不顯，莫予云覯。」韓嬰曰：

「匹夫匹婦，會于墻陰，而明日有傳之者矣。男女大欲不正，則放辟邪侈，將靡不爲焉，天命不能須臾存矣。」是故君子慎獨，必造端乎夫婦，正其源也。朱子曰：「有天地後此氣常運，有此身後此心常發，要於常運中見太極，常發中見本性。」豈非顧諟之功邪？欲既遏矣，惟理是安，日用常行，念念精察，則此心全體虛明洞徹，天何言哉，昭昭於此。

已發者往，未發者來，逝者如斯，澄渟於此。充滿流動，如川之不息，天之不窮，内外本末，體用動静，洞然無一毫之間，而鳶飛魚躍，觸處朗然也。存者存此而已，養者養此而已。必有事焉而勿正，心勿忘，勿助長也，至此則從容中道，浩然之氣其生於性矣乎。及其成功也，自其燦然時出者言，則謂之聖。聖則知命以盡性，故曰「如天如淵」。自其渾然真切者言，則謂之仁。仁則盡性以至命，故曰「其淵其天」。敬以達誠，斯其至矣。

## 頌諫論

《記》曰：「頌而無諂，諫而無驕」，將順匡救之矩矱也。諫者法語之言，使人從而必改，則無驕矣；頌者巽與之言，使人説而必繹，則無諂矣，其本諸《書》乎！曰「乃聖乃神，乃武乃文」，頌之所由始也；曰「罔遊于逸」，曰「罔淫于樂」，諫之所由始也，然頌易而諫難。宋人有言曰：「臣能從善，則可以善君矣，臣能聽諫，則可以諫君矣，未有己不正而能正君者也。」今之學者惰則好遊，豪則好飲。甚矣，從善聽諫之難也，而況尊爲天子者乎！

舜之命臣，翼爲明聽，而必申之曰：「予違，汝弼，汝無面從，退有後言。」可謂不自聖矣。周成王之命臣也，則異於是，嘉謀嘉猷，入告于内，必欲其順之於外，曰：「斯謀斯猷，惟我后之德。」無亦自是者乎，帝降而王於斯見矣。然禹告于舜，則曰：「無若丹朱傲，惟慢遊是好。」周公告成王曰：「無若殷王受之迷亂，酗于酒德哉！」今三尺童子，好遊而斥其傲慢，好飲而斥其迷亂，則必艴然不悦矣，況天子乎？成王所以終不如舜者，自是則好頌而不好諫爾。好頌不好諫，是驅天下而之佞也；好諫不好頌，是驅天下而之忠也。

周公歸政成王，告之曰：「繼自今立政，其勿以憸人，其惟吉士。」豈非灼知其所好哉？三代而後，惟漢近古，頌如王褒《聖主得賢臣》，果能無諂乎？諫如賈誼，可爲痛哭流涕，果能無驕乎？漢晉之臣諫其君，則指爲桀紂桓靈，唐宋之臣頌其君，則稱文武神聖，忠乎？佞乎？繫乎上之人也。迨元，華不頌夷，下不諫上，彝倫斁而妖亂極矣，天下安得而不歸我朝乎？君子於此可以觀世。

## 經綸論

人恒言事業，必曰：「經綸者以治絲」，況治世也？凡處物應事，必辨其分於先，合其情於後，則業可成。《易》曰：「雲雷屯，君子以經綸。」《中庸》曰：「惟天下至誠，爲能經綸天下之大經。」朱子訓釋不同，學者惑焉。

自愚觀之，經者引其緒而分之，綸者理其緒而合之，其義一而已矣。《易》言草昧之時，名分未定，必先立君以統其民，貴賤以位，猶引其緒，分之而爲經也。然君愛民，則民愛君，相與情洽，則政治可辨，猶理其緒，合之而爲綸也。以貴下賤，則有君臣之義矣。

由是推之，乾坤始交，見父子之親焉；匪寇昏媾，見夫婦之别焉；先震後坎，見長幼之序焉；上有正應，見朋友之信焉。是即《中庸》所謂「大經」也已。或訓經爲緯，綸爲緝，或訓爲大綱萬目者，豈非異哉？

## 應象論

春秋之法，以人合天，不任於天，以義立命，不委於命，宇宙在其手者也。是故王必稱天，不以人合天，則天之垂象，星辰變異；君必造命，不以義立命，則逆氣流行，陰陽不和。故莊公七年，恒星不見，中夜星隕如雨，此法度滅絶，威信凌遲之象也。其應則五國伐衛，以拒王命，齊桓、晉文，更霸中國，政自諸侯出矣。王人者誠能以人合天，則北辰居而衆星拱，天之垂象，夫何星辰變異之有？僖公二十七年秋，大雨雹，是陰脅陽，臣侵君之象也。其應季氏世卿公皙之弑，仲遂專權，至舍中軍，政由大夫出矣。君人者誠能以義立命，則陰陽和而雨澤降，命之流行，又何雨雹不和之有？

由此觀之，周王天下之共主也，魯君天下之望國也。仲尼志在天下，則尊王室，志爲一國，則尊公室。今國與天下若此，柰之何哉？是故志氣盛而望道之將行，則文王在兹；志氣衰而知道之終廢，則周公不夢。

# 泰泉集卷第二十七

## 論下

### 體用論

《大學》體用合一，明明德於天下，一言蔽之，蓋理一而已。一者，誠也。二之者，幾也。致一而大者，義也。嘗觀諸《易》，大人閑邪存其誠，必龍德而正中者能之，理具於心，道義生焉，無妄也，無惡也。德性苟偏，重剛不中，利欲乘之，惡自妄生，去聖遠矣。天子至於庶人，從事大人之學者，可弗誠乎？是故君子進德修業，日夕克明其德，以爲新民之表，必止於至善而後已焉。反身而誠，至善在我，舉斯心而加諸彼，絜矩必以義爲利而後已焉，務實勝，法天行也。

德者何以言乎其心也？明明德也。業者何以言乎其事也？新民也。忠信者何念念無妄？行慊於心，知所止而向往焉，德之所以日明也。修辭立其誠者，何事事無妄？言顧其行，得所止而歸宿焉，業之所以日成也。然有要焉，慎德惟幾，制事惟義。幾之不察，雖有善不能擇也，義之不存，雖有善不能守也，皆本乎吾心之知而已。知止爲始，知其始則誠其意以至之，一念之微，實與不實，而理之存亡係焉。《大學》兩言「必慎其獨」，故曰「可與幾也」。能得爲終，知其終則修齊治平以終之，一事之小，宜與不宜，而義之存亡係焉。《大學》兩言以義爲利，故曰可與存義也。

心必察其幾，事必存其義，則內外協于一。幾審則誠通而德進，義存則誠復而業修，皆本諸其身而已矣。其本治則其所厚者自不容薄，此體用之所以合，而天下之所以囿於吾德也。德莫大於仁義。仁以事親孝，故忠可移於君，義以事兄悌，故順可移於長。擴而充之，慈以使衆，恩及四海，未有不本於此者，固堯舜帥天下之道也。

明明德於天下，則恒性人倫皆舉之矣，然理義之悦我心者，君子也。天下之民污於利欲舊矣，惡乎悦之？吾惟日新其德，如盤銘日盥以自潔。民之無情好訟不能新者，奚責焉？惟求止於至善，則義利明于道學，仁讓興于自修，忠信存于恂慄，驕泰消于威儀，初非有意於化民也。得於觀感，則民志大畏而自新，何則？舉天下有恒性者，孰非吾明德之具於內者乎？此謂治其本也。

王者臨雍養老，躬行孝弟，以及孤幼，用風厲乎人人，故其燕《詩》曰「視民不恌」。席有其人，則侈爲光寵，故其燕《詩》曰「張仲孝友」。不孝不弟之士，必首刑之，而後不媚不睦者徙之耻之，率教則復之，故曰「謹庠序之教，申之以孝弟之義」。又曰「人人親其親，長其長，而天下平」，何則？舉天下有人倫者，孰非吾明德之應於外者乎？此謂厚其倫也。

故曰：「君子有大道，必忠信以得之。」蓋盛德之至，在乎慎獨，以審其幾而大畏民志，則舉而加諸上下四方，事事無不合義，絜矩斯無難矣。治其本而達其末，推其厚以及其薄，則民之不能忘者，皆吾盛德之至也。是故明明德於天下，一貫之道也。

## 明誠論

修德不講學不明，講學不修德不誠。自明誠，則精一之樞也，敬義其基乎！夫得道於心曰德，聞道於聖曰學，舍聖言而宗後儒，則亦無益於得也已。是故學以聚之於博文，問以辨之於師友，寬以居之而涵理義，仁以行之而無利欲，道豈多術哉？然思慮弗一，衣冠弗正，則非禮之動，日玩以爲常，心斯放矣。其或貌雖輯於須臾，而自欺之根不拔，則善不善之間，出入無恒而情因物發，每至昧幾而失節。一事之失，一理之虧也，積而萬理隳喪，又奚所據以爲德哉？必也念念敬而無失，戒慎恐懼，必慎其獨，則中矣；事事義之與比，喜怒哀樂，發皆中節，則和矣。

由敬盡己之謂忠，推義及人之謂恕，言必由衷而不欺之謂信，行必顧言而無妄之謂誠。誠之與邪，猶粟之有秕。誠立矣，而少緩懈焉，則邪乘之而入，感召萬僞，捷於影響，事至物來，困踣隨之。故必玩索聖人之雅言而力去非禮，剖析其義之精微，惟恐過與不及。凡其言行必謹而信常如蒙養之時，則專一而無所移奪。

蓋秕去則渾然粟矣，邪閑則渾然誠矣，此之謂精一。精一則齋明，可以對越上帝，而動容周旋中禮，誠與敬合，不容離畔，得道之驗也夫！故曰：「履坤之基，運權之樞。道學以入其門，自修以正其居，恂慄主於其中，威儀見於其隅，惟上達之至也。」故與天地合德，而不墮於高虚。

## 韶樂論

《韶樂》有本有文。文也者，節奏聲容盡美者也；本也者，大德受命盡善者也。述作興於禹，而舜命夔典之，豈夔所能作哉？禹言九德，《韶》之本也；夔言九成，《韶》之文也。堂上之樂，以歌爲主，去鍾徹筩，以明至德。或戛或擊，以鳴玉球，或搏或拊，以鼓琴瑟。以此登歌，人聲爲先。是時享禮初行，祖考來格。帝堯之後，爲虞賓者在助祭位，群后以次就位，皆德讓焉。樂聲依詠，球瑟從之，以九爲節，是九德之歌也。堂下之樂，以管爲主，鼗鼓導舞。每一成，必合止柷敔，而笙鏞間作，與歌聲合，亦以九爲節，是《九韶》之舞也。管絃相合以成，雖有上下之别，合而名之，則總名《簫韶》，鳴球特縣也。《韶》筩十六管，金石編縣如之，故間合成曲。奏之以鐘，其律用羽，節之以石，其律用角，而統於琴瑟之宫，以簫齊其聲，必與玉球詘然者相應，則中聲之所止也。黄鍾宣養六氣九德，故爲九成始終。五絃之琴，左宫、商，右徵、羽，而角爲中聲。其民協于中之象，與出納五言，絃不過五，而循絃益徽，律吕還相爲宫。繁文簡節，八音克諧，自此合矣。

音者人聲清濁高下之變，比樂器而相應成文。觀舜命夔，特數語爾，而萬世立樂之方不能外焉，所謂「道之以中德，詠之以中音」者也。其曰《南風》之詩者，孔子曰：「先王之制音也，奏中聲以爲節。

南者生育之鄉，北者殺伐之域。温柔居中，以養生育之氣、治安之風也。」故奏姑洗、歌南吕爲《南風》，黄鍾、大吕應之，羽、角相生，知仁交際而萬化出。陽生於冬日而發春，故用宫逐羽，而清角生焉。《雲門》之音，羽水角木，本乎天者，始終乎宫、羽之角，如天之無不幬，象德之升也，故六變祀天。太蔟、應鍾應之，商、徵相制，禮義交際而萬化入。陰生於夏日，至而成秋，故用宫逐羽，而清徵生焉。《咸池》之音，徵火商金，本乎地者，始終乎徵、商之羽，如地之無不載，象澤之降也，故八變祭地。郊通四望，地竅山川，九變而黄鍾爲宫，大吕爲角，太蔟爲徵，應鍾爲羽，人鬼饗于宗廟之中矣。羽、角並起，宫、徵相生，而商承之，合生氣之和，象好生之德也。播五行以成四時，修六府而和三事，故曰「九功惟敍，九敍惟歌」。

堯因黄帝《咸池》爲《大章》，而舜繼之爲《咸池》《承雲》《九韶》。故禹興樂，作則知其情，述則識其文，情文兼備，聖且明矣。然樂以反爲文，以合爲本。君聲往而不返，臣聲離而不合，豈人情哉？故宫唱商和，皆統乎羽變之轉，以象平治水土。九變則君回宫，臣合君矣。舜以地平天成，歸功於禹，禹乃尊黄鍾以主《韶》，而和以太蔟，豈非君臣揖讓之德與？德乎樂和，又感動之，是以其應敏速，鳥獸蹌蹌然而來，固不待九。至於鳳凰來儀，則非九成不足以致之，豈非樂以象成故與？其既也，夔嘆美之曰：「予惟知擊拊而已。百獸自舞，庶尹自諧，則非予之所能知也，是必有妙於聲音之間者矣。」蓋推本舜、禹之德，非徒以聲容爲也，由文而及情也。千載而下，季札觀《韶》於魯，孔子聞《韶》於齊，其奏者固非夔也，而感之之深，則聲均存也。是故習其音，知其數，得其志，知其人。於戲！樂觀其深諒哉！

## 周文論

有周之文，禮樂制度雖監於二代，然寔本於文王之所聞知，唐虞心法存焉。故冢宰之統五官，猶天之主四時也，其職在格君心，然所領者乃飲食、衣服、閹寺之細，何哉？蓋正心以正朝廷百官，而寓豫防陰類之深意也。行之於上，則保身體，傳德業，行之於下，則心術有養，嗜欲有節，於聲色、臭味、安佚之命，而尊卑、貴賤、親疏、老少之禮秩然矣。

師氏掌以媺詔王，以三德教國子，掌國中失之事。中，中禮者也。失，失禮者也。保氏掌諫王惡，而養國子以道，乃教之六藝。藝之首則禮也，勢近情親，其言易入，豈師保以公孤坐而論道，不遑咨訪，故設此二氏，使覈實以告王與？凡國之貴游子弟，皆以什伍之法寓於道藝之間，以羡卒之法行於游倅之列，及其有事則用之。故在軍則守公禰，在國則守公宫，蓋禮樂征伐合而爲一也。若民間俊秀，鄉以三年大比，則每年正月攷德藝，黨則四孟考德藝，族則每月考德藝，閭則凡聚衆庶之日，考書之比，則休戚相關，無時不相親也。動必由禮，言必由衷，其知之灼矣，故善者可富，仁者可用，誰得而欺蔽之？

乃若載帥，宅不毛者有里布，爲其爲亭臺也，田不耕者出屋粟，爲其爲池沼也。凡民無職事者，出夫家之征，所養浮泛之人也，此以待大夫之有士者。閭師，凡民無職者出夫布，此則以待庶民，而輕重之等辨矣。所重民食，惟恐其用窮者。如此施及春秋之世，聲明物采猶存，夫子得其美意於方策，故曰：「文王既没，文不在兹乎？」

今之言斯文者，惟指文墨，而不知其爲經世之用也。律令條章，委諸吏牘，而禮樂名物，謂非理義，皆一切不講，所宗道統，不過心性空談而已。蓋自詞章之學興，天下始有無用之文，自釋氏之教行，中國始有無文之學。士習雜亂，其來已久，可勝嘆哉！

## 内外合一論

儒者内外合一之學，非徒成己成物而已。内聖則體道以盡性，外王則行道以輔君，必也博學窮理而約諸性乎！蓋汎言天下物理，皆謂之則，專言理生於心者，則謂之性。繼善之初，命於天而至無，成性之後，發於情而至有，是故吾心本有良知，乃性之牖於天者所謂故也。觸之即覺，則感而遂通，苟鑿以私知，則無由盡之於己，推之於人矣。惟夫時習舊聞，融會貫徹，學以復其初，思以致其明，則本體常順，而義理自舊生新，日知其所無，性可得而盡也。

吾心本有良能，乃典之敍於天者，所謂厚也。所厚者薄，則無所不薄，苟涉於偏邪，則無由道之以德，齊之以禮矣。惟夫降衷秉彝，因心惇篤，立愛始於親，立敬始於長，則達道可行，而禮秩自卑致崇，達之天下，君可得而輔也。盡之於己謂之忠，推之於人謂之恕，然而有安勉之分焉。曾子曰：「夫子之道，忠恕而已矣。」子思曰：「忠恕違道不遠。」奚其異哉？蓋夫子之道，由忠恕行者也，自誠而明，故曰「一以貫之」、「違道不遠」。行忠恕者也，强恕求仁，故曰「施諸己而不願，亦勿施於人」。吾能學習以明善誠身，則心之出入，操舍在我矣。出也收之，使闇然而存，故曰「君子之所不可及者，其惟人之所不見乎」？入也充之，使廓然而大，故曰「古之人所以大過人者，無他焉，善推其所爲而已矣」。是忠盡而誠恕，推而仁者也。今也博通五車，必以爲不可及，貴極三旌，必以爲大過人，慕而希者衆矣。如曰「求在我者」，可以至聖人之道，則駭異而笑且誹之。至於談道，則又以覺悟爲力行，以自欺由勉而安焉者，幾何人哉！

乃若道之以德者，去其偏，使協于中也；齊之以禮者，禁其邪，使一于正也，其帝王之道乎！堯曰「允執厥中」，舜曰「罔或干予正」，此政治之源也。居正不可以踰矩，執中不可以無權。是知矩誠設焉，絜而度之，於彼無往而不正也；權誠懸焉，舉而運之，於彼無往而不中也。天下之本在國，國之本在家，家之本在身，凡正倫理，篤恩義，皆出於一原，非心則孰爲之矩乎？自身達之家，自家達之國，達之天下，凡立紀綱，施法度，散爲萬變，非心則孰爲之權乎？《詩》云：「刑于寡妻，至于兄弟，以御于家邦。」文王之道形於政，詩人未始言心也。孟子推本而釋之曰：「言舉斯心加諸彼而已」。心之在人，矩與權也，至于治人，特舉而加之耳。

是故道也者中也，政也者正也。《周易》發明於文王，孔子傳之，於《觀》曰「中正以觀天下」。外王之道，固大觀之道也。嗟乎！後世之輔君者豈能是哉？聖賢之言博而詳矣。予故反而約之，蓋盡己之忠，即中也，推己之恕，即正也。履中正，則樂和平，制禮作樂，以成位育功化，夫何難哉？尤必原諸所不慮，而知所不學而能者焉。何者？德性之知，本無不能也，惟其本一，是以合一。

## 聖人配天論

聖人配天，其道大矣，若不可幾而及也，然聖人亦人爾。士既志於內聖外王之學矣，存諸其心，見於其行，發於其言，充乎其氣，此心同則此理同也。循序漸進，如流水之盈科，必至于海，孰謂不可幾而及哉？是故士之希賢也，心欲虛而行欲實，言欲柔而氣欲剛，必讀書窮理而約諸性焉。自慎獨而精之，則良心不蔽，與義理爲一，聖斯可至矣。富辰曰：「耳目者，心之樞機也。」趙岐曰：「心者，人之北辰也。」合二言以弘道，吾有取焉。是故視聽所在，言動從而轉移，非樞機乎？道心爲宰，百體莫不從令，非北辰乎？

舜稽于衆，舍己從人，而好問好察，所聞非但一善言也，所見非但一善行也，來四方之賢俊如一家焉，合天下之耳目如一身焉，心斯大已，故曰「闢四門，明四目，達四聰」，未有耳目狹而心廣者也。禹惡旨酒，拜昌言，以防人心之危，而存道心之微，不待授受，斯前定已，故曰「安女止，惟幾惟康」。安女止，則定静能安之謂也；幾則内省其事之發，安能慮矣；康則外獲其事之宜，慮能得矣。心安至善，以宰萬物，猶北辰之綱維，衆星未有心不定而能應變者也。人非舜、禹，則將如之何？

吾嘗言之矣，心欲虚而行欲實。虚心以取善而不狹，是故謂之弘；定志以主善而不易，是故謂之毅。舜、禹之咨詢拜言，曁臯陶、伯益之陳謨也，不曰「欽」，則曰「懋」，不曰「都」，則曰「俞」，不曰「德罔克」，則曰「未有知」，其言巽矣。然庶頑必懲焉，姦宄必刑焉，有苗必征焉，命討庸威，率作興事，其氣何如哉？匹夫而德若舜、禹者，莫若孔子。觀諸鄉黨則恂恂，在朝則誾誾、侃侃，或曰「苟有過，人必知之」，又曰「諾，吾將仕矣」。及却莱，兵誅少正，則浩然奮發，莫之敢攖。對王孫賈，則曰「獲罪於天，無所禱也」，斥季氏之僭，則曰「是可忍也，孰不可忍也」。雖勢焰熏灼，視之藐如，其與舜、禹，實同一揆，蓋時措之宜也。後之從政者，臨下民則呵斥陵虐，謁權奸則委靡詭隨，雖時爲正言，亦色厲而内荏者耳，甚至陽發其罪惡而陰媚附之，此鄉愿之徒，衣冠之盗，所以接迹於世也，豈聖人不可學而至哉？

吾亦嘗言之矣，言欲柔而氣欲剛。慎言以顧行而不肆，是故謂之敬；持志以養氣而不餒，是故謂之義。賢之希聖也，弘則任重有容，日以寬矣；毅則道遠有恒，日以敏矣；敬則慎重有則，日以信矣；義則剛大有執，日以公矣。自非内聖外王者，孰能與於此？故曰「寬則得衆，信則人任焉，敏則有功，公則説」。聖則希天矣，寬者至大而無外，天之道也；信者至誠而無妄，天之德也；敏者至健而無息，天之行也；公者至剛而無私，天之明也。天與聖人渾然無間，惟有形體之異爾，故曰「配天」。

## 學行論

君子爲學，莫先於修行，行之在人，猶室之有楹棟也，車之有輪也，禾黍之有根也。有則立，否則隳；有則安，否則危；有則生，否則萎。修之而賢，全之而聖，失之而小人禽犢同歸。古人所以乾乾匪懈，始乎羈貫，終乎皓首者，修是而已。《詩》曰：「有匪君子，如切如磋，如琢如磨」，能進德之謂也。是故立朝焉忠，在家焉孝，事長焉友，交友焉信，族焉睦，婣焉義，和萃乎中，輝見乎外。行足範也，動足書也，言足傳也。位不三旌而貴，廩不及秭而富，不文繡之衷，軒懸之設，而人説樂之，其窮也［猶］其達也〔一〕。《詩》曰：「行歸于周，萬民所望」。一或有虧，其能見於世乎？譬諸橈棟之室，其能立乎？脱輻之車，其能安乎？拔苗而蹊其田，其能有秋乎？是故君子旦旦而修之，寸寸而累之，事事而謹之，然後其行成也。《書》曰「不矜細行，終累大德」，此之謂也。

昔之言絶德者，舜以孝，禹以功，臯陶以謨，歷選前哲，惟空谷之跫音而已。《記》曰「中庸不可能也」，其諸前哲也夫！《詩》曰：「高山仰止，景行行止」，「維桑與梓，必恭敬止」，其余之意也夫！嗚呼！律孝以舜，天下無純子矣；律功以禹，天下無完臣矣；律言以臯陶，天下無嘉猷矣。傳不云乎，律己則以繩，度人當用枻。嗟乎！聖人不可得而見矣，然經書存焉。漢唐以來，文詞訓詁，日以繁瑣，

〔一〕「猶」字殘缺不全，今據萬曆本、粵圖本、北大本、暨大本補。

理氣有無之辯，累千百言而不决，固足害道。然知大原者崇《春秋》，著原道者主《大學》，志先憂後樂者尊信《中庸》，經書益於人也如此哉！今譊譊然藉片言以傳心學，結徒黨而棄經書，言必簡易，聳人視聽，徐察其行，嵬瑣無恒，何其躬之不逮也？貌儒心釋，佛教大行，而儒道困阸，頹風浩起，孰能回之？苟有一節之善，孝弟忠信達于家邦者，皆我師也，敢求備于人哉？《書》不云乎：「德無常師，主善爲師。」

## 農政論

昔者有周召公虎，當宣王時，討平叛戾之國，則往正其境界，周行四方，故其詩曰：「王命召虎，式辟四方，徹我疆土」，「于疆于理，至于南海」，言所極也。周禮井田之法，都鄙用助，九夫爲井，遂人掌之；鄉遂用貢，十夫有溝，匠人掌之。行助之法，先定尺寸，必於平原野壙，中公外私，環列方整，如棋局然，限田之多少爲之疆界，於是有溝洫。行貢法之地，尺寸則不甚拘，無間高原下隰，截長補短，每夫授之百畝，隨地之高下爲之蓄洩，於是亦有溝洫，此貢、助之異也。自遂達之溝，自溝達之洫，自洫達之澮，自澮達之畎，此則貢、助之所同也。又定井邑丘甸之制，使出長轂戎馬，甲士步卒以爲差，民依於食，兵出於農，什一行而頌聲作。是時召公旬宣，蓋及淮海，嶺外方阻，聲教自如，井田未之或暨也。

夫吴越之土塗泥，嶠南之土沙磧，山谷藪澤，磽确險巇，又莫廣爲甚，貢猶不可行，而矧助乎？然《南越志》稱交趾田膏腴，號雄田，番禺瀕海，皆腥鹹蠣蛤區，潮水漑之，舄鹵立可稻，是謂潮田。吾廣能於山谷藪澤之間，隨其横斜廣狹，皆墾闢而田之，則貢法亦可仿而行也。夫平田用塘陂，高用堰、壩、壋，低用圩，是之謂三農。今之水利灌田，亦古蓄洩之遺法也。

廣州東北多平皋，西南多污澤，故番禺、東莞、增城之田，資於陂而常豐。南海謂圩岸曰基圍，基圍崩潰，則野有餓莩。遵順德而南，至于香山、新會，皆瀕海，多沙坦，民種蘆漬土，其成田也數千百畝，可跂而待也。然怙强凌弱，指東謂西，争訟日嚚，而血或玄黄焉。官司據案牘斷，自臆則民不服，踏勘則實不聞，偏私則事復發，預躬往而圖記之，品貧富而均給之，其庶可靖乎？然非大其權力，則亦莫之能濟也。清遠、連州，土曠民稀，性復游惰，多西江客作，寖有敚主之患，亦不可不預爲之制也。大抵廣民日貧，皆由制産無法，量縣之大小，地之多寡，仿古溝洫，通變宜民，非良二千石之責而誰也？

漢處百粤於江淮，以越人習於水田，廢河東渠田予之，令少府以爲稍入，然不在本土。唐惟薄嶺外之税。迄宋，水利皆靡有聞。惟宋言者，謂江北之民雜植諸穀，江南專種秔稻，於是詔江南、嶺南、福建諸州長吏，勸民益種諸穀，民乏粟、麥、黍、豆種者，於淮北州郡給之，其嘉惠吾民甚大。

建炎五年，廣州州學教授林勳獻《本政書》十三篇，略曰：「國朝兵農之政，大抵因唐宋之故。今農貧而多失職，兵驕而不可用，是以饑民竄卒，類爲盜賊。宜仿古井田之制，使民一夫占田五十畝，其本朝羨田之家，毋得市田，其無田與游惰末作者，皆使爲農，以耕田之羨。雜紐錢穀，以爲什一之税。本朝二税之數，視唐增至七倍。今本政之制，每十六夫爲一井，提封百里，爲三千四百井，率爲兵六千八百人，馬三千四百疋。此方百里之縣所出賦税之數。歲取五之一以爲上番之額，以給征役；無事則又分爲四番，以直官府，以給守衛。是民凡三十五年，而役始一徧也。悉上則歲食米萬九千餘斛，錢三千六百餘緡，無事則減四分之三，皆以一同之租税供之。匹婦之貢，絹三尺，綿一兩，百里之縣，歲收絹四千餘匹，綿二千四百斤；非蠶鄉，則布六尺，麻二兩，所收視縣絹倍之。行之十年，則民之口筭，官之酒酤，與凡茶、鹽、香、礬之榷，皆可弛以予民。」然而勳説終不行也。

夫井田之制，公私相維，非以厲民自養也，兵農相資，又未嘗害農而養兵也，兵農之判久矣。民無衛則至散亡，兵無養則無以呈其勇，擇田邇營，使兵自耕，於是有留屯之政。古者耕必餘食，耕三年而餘一年，由是而歲計之，儲畜日富，以備凶旱水溢。今則國無三年之畜，勸民入粟，遇荒而賑，於是有儲倉之政。古者國將有疫則大儺，同井之民，有疾病則相扶持，而今不然也，於是有儲藥之政。古者家饒户給，鰥寡孤獨，疲癃殘疾，莫不有養，不煩於官，而今不然也，於是有養濟孤老之政。古者官飭喪紀，辨衣裳，審棺槨，塋丘壟，掩骼埋胔，著在《月令》，民則族墳墓，殯其死無所歸者，而今不然也，於是有恤死之政。溝洫之法不舉，民之養生喪死奚賴焉？惠澤日遏，賦役日繁，民窮且盜，夫亦亡怪也！

或曰：「兵農不可復合，則將如之何？」曰：「編僉民壯，其遺法也。民壯本以爲民衛，今以爲官役。必也擇民之勇有力者爲三工，一曰土工，使相原隰之高下；二曰水工，使酌源泉之近遠；三曰草工，使審種植而事耘耔。養之以民壯，貼役官貲，日從事於溝洫，農隙則操練，有寇則爲打手，府縣持其籍而教勞之。又行保甲之法，十家爲一牌，官刊，給民户懸之。游惰廢業者必懲，盜竊姦宄者必遷，圖事制宜，務在不擾。」

或曰：「屯田不可復正，則將如之何？」曰：「圖其地以證其籍，軍在田亡則稽其軍，田在軍亡則稽其户，嚴私鬻之禁，立徵收之限，庶乎其可也。」

或曰：「備荒而實惠不究，則將如之何？」曰：「夫粟久儲，則蟲鼠、風雨及之。必也每歲放斂，如古社倉，以時糴糶，如古常平。每鄉必有倉，每倉必擇人以司之，遇凶歲則相地遠近而給散之，凡仗義入粟者必賞之，庶乎其可也。」

或曰：「養濟孤老，則有法矣。藥則不儲，病則不救，則將如之何？」曰：「隨土所産，收以爲餌，不足則使贖罪者市之。隨嶺南所患，依局方制爲丸散、湯劑而預儲之，因病散給，必先獄囚，庶乎其可也。」

或曰：「野有暴骨，官有虚費，則將如之何？」曰：「籍蠪人焉。凡舉舉開壙、爲人火葬者，皆爲蠪人。月稍食而詗察之，凡死必有數，毋得暴露，凡葬必有期，毋得火葬。蠪人違禁，必置于法，庶乎其可也。」

夫是皆仁政也，使民生有養，死有藏，顛連無告者有賴也，惡乎而不行？然世多病其難，何也？夫郡以統縣，縣有令，凡縣之所設如郡；縣以統鄉，鄉有長，凡鄉之所設如縣。尊卑相承，如家之相顧眄；上下相維，如身之相聯屬。施之以漸，出之以緩，本之以公，運之以勤，濟之以法，持之以久，潤澤之以時，則惡乎難行也？

## 議

### 郊社議

聖祖之繼天立極也，用儒臣議，仿周禮，築壇于南北郊，冬至圜丘祀天，夏至方丘祭地。行之數年，風雨不時，天多變異，乃斷自宸衷，復合祭于正月，配以仁祖。前期有司擇日以聞，即《虞書》「肆類于上帝」也，六宗、山川、群神，皆各爲壇以從祀焉。夫聖人名必當物，祀上帝而謂之類者，后土以坤順承天，則王社在其中。《中庸》所謂「郊社之禮，所以事上帝也」，后土豈惟省文哉？蓋合祭爾。故郊者，并百神於上天而祭之者也。王者父天母地而爲之子，固百神之主也，是以禮行於郊而百神受職焉。仁人事天如事親，父在爲母齊衰，不敢見其父者，尊無二上故也，而崇地以抗天，可乎？是故兆於南郊，祀天必及地者，尊可以統卑也。祭大社不及天者，卑不可以屈尊也，豈有分祭之文哉？故《周禮》大宗伯掌建邦天神、人鬼、地祇三禮。

吉禮之別十有二：禋祀、實柴、槱燎三者，祀天神也；血祭、貍沉、疈辜三者，祭地祇也；肆獻祼、饋食，則禖宮配帝，而宗廟時享別於郊者，則有祠、禴、嘗、烝，六者皆饗人鬼也。然以禋祀祀昊天大帝，王服大裘而冕，不言后土，后土蓋即地祇爾。故大司樂掌成均之法，以六律、六同、五聲、八音、六舞大合樂，以致神、鬼、祇，乃分樂而序之。故郊通四望曰祀，似續妣祖曰享，地竅山川曰祭。豈非地承天以時行，而人在其中與？

《大韶》，九變之樂也，所謂《咸池》《承雲》《九韶》者是也，郊望用之，而宗廟亦用之。其曰六變祀天，八變祭地者，乃行禮之節爾，非分祭也。故《樂記》曰：「大樂與天地同和，大禮與天地同節。」和故萬物不失，節故祀天祭地。合《周禮》觀之，自一變致羽物，以至九變樂，以降天神、出地祇、假人鬼爲成，則大合必有分序，猶天地大德敦化，而小德川流於其中。蓋樂以導和，禮以爲節，作樂乃行禮，以禮神也。朱子雖言古時天地定不合祭，又曰《周禮》亦只説祀昊天上帝，不説祭后土，故古無北郊祭社，只是祭地，則已寘疑矣。既無北郊，而南郊有王社，其爲地祇可知。況《周官》惟曰可得而禮，未嘗明言分祭，豈可附會其説哉？其曰冬日至禮天神，夏日至禮地祇者，蓋天地有此氣，則有此理，神、鬼、祇無形與聲，惟有理氣在冥漠之間耳。

凡祀享及祭，皆以心感而氣召者也。故成均教人習樂舞，冬日至陽生，以陽聲召陽氣，夏日至陰生，以陰聲召陰氣，而豫和之。凡音皆從人心生，心和則音和，而天地訢合，陰陽相得，神、鬼、祇之所由以感召而至者也，此《大司樂》所謂致者與。《祭義》曰〔一〕：「燔柴於泰壇，祭天也；瘞埋於泰折，祭地也。用騂犢。」又曰：「郊之祭，大報天而主日，配以月。」《周禮》陽祀用騂牲，陰祭用黝牲，此并言「騂犢」者，豈非地祇從天神而合祭故與？《郊特牲》曰：「郊之祭也，迎長日之至也，大報天而主日也。兆於南郊，就陽位也。掃地而祭，於其質也。」「於郊，故謂之郊。用騂，尚赤也；用犢，貴誠也。」又曰：「器用匏陶，以象天地之性也。」《王制》亦言：「祭天地之牛角繭栗」，皆連言天地，則祀天必及地可知矣。

《祭法》又曰〔二〕：「王爲群姓立社，曰大社；王自爲立社，曰王社。」疏謂大社在庫門内右，而宗廟在左。王者建國，左祖廟，右社稷，親親仁民之道也。王社爲一人而立，在南郊澤中者，其制爲宫三百步，壇三成，十有二尋，深四尺，方其下而圜其上。故澤中爲方丘，即泰折，祭地者也；地上爲圜丘，即泰壇，祀天者也。宫外藉田，王親耕於南郊，甸師掌帥其屬而耕耨王藉，以時入之。冢宰舉五穀之要，藏帝藉之收於神倉，祗敬必飭。

小宗伯辨齍之名物與其用，使六宫之人共奉之，以爲醴酪粢盛。前期十日卜郊，太宰掌百官之誓

〔一〕《祭義》後所引「燔柴於泰壇，祭天也；瘞埋於泰折，祭地也。用騂犢」句，出自《禮記·祭法》，而非《祭義》，故疑「祭義」乃「祭法」之誤。但下文「又曰」後所引，則出自《祭義》。

〔二〕「祭法」，原作「祭義」，據其後引文，知出自《禮記·祭法》而非《祭義》，故據以改。

戒，與其具修。卜之日，遂戒，王立于澤，親聽誓命，乃命三公九卿及百姓之人曰：「恭敬齊潔，咸恪祀于上帝。」大宰戒曰：「某日有事于昊天上帝，百官各揚其職，其有不共，則有大刑。」凡散齊七日，四海之内，各以其職來祭，承以大糦。王乃習射於澤，以選諸侯、卿大夫、士。其容體比於禮，其節奏比於樂，而中多者得與祭。既選士以備執事，王服玄端，緭結佩而爵韠，往即齊宫，致齊三日乃出路。

大宗伯以玉作六器：以蒼璧禮天，以黄琮禮地，以青圭禮東方，以赤璋禮南方，以白琥禮西方，以玄璜禮北方，皆有牲幣，各放其器之色。祀之前日，張次陳設，大祝逆牲，樂奏《昭夏》。射人共弓矢贊王射牲，王乃親牽牲鸞刀以封。太宰贊王牲事，納于亨。人祀之日，王乘大路，建旂，十有二斿，服大裘袞冕，執大珪。既至泰壇，入門，奏《肆夏》，王乃脱大裘服袞。即次，公、侯、伯、子、男皆就其所建之旂而立，助祭者各就位。大宗伯奉玉，大祝受之，加玉於幣，實于篚。祝史奉血，大司徒奉牛牲，全實于俎〔一〕。有司奏行事，王盥沃乃出次，升立於泰壇東、南、西面，大師帥瞽登歌，再拜稽首，諸侯助祭者皆再拜稽首。大祝取玉幣，大宰贊王，王乃奉玉升柴，加於牲上，燔之升煙，以禮天神，而樂六變。有司乃布牲磔牲，大祝以明火燎，王乃取血并玉幣，執事者瘞埋達氣，以禮地祇，而樂八變。此禮之二始也。肆享先妣以配郊，禖宫在郊東而先祖配帝，則用稷牛，薦熟，皆先裸焉。分獻者各用圭、璋、琥、璜于四望山川，禮于四門之外，而樂九變。有司奉少牢祭血，大祝隋釁，乃埋於泰昭。有司沈牲于澤，大

〔一〕「實」，萬曆本（湖南圖書館藏本）作「胥」；「于」，原作「干」，今據萬曆本（湖南圖書館藏本）改。

祝告慶成，令徹祭，大師帥瞽歌《雍》，上復于次，有司掃壇。此禮之九獻，籥人九終也。

若有寇戎之事，小祝保郊祀于社，有事祈告，則肆師類造上帝；國有大故，則旅上帝及四望。四圭有邸，以祀天，旅上帝；兩圭有邸，以祭地，旅四望。典瑞共其玉器而奉之。故天子祭天地于南郊，初無分祭之文也。三年之喪不祭，惟祭天地，越紼而行事，故《詩》序《昊天有成命》，郊祀天地也。而必配以后稷者，萬物本乎天，人生本乎祖，此所以配上帝也。郊之祭也，大報本反始也。春秋僭郊，自春正月卜郊〔一〕，不從，則至于夏四月或五月而后已，豈所謂迎長日之至者與？古註疏引《易説》曰：「三王之郊，一用夏正。」夏正，建寅之月也。鄭氏又謂迎長日之至爲迎春分之日，漢去古未遠，豈亦有所據與？

今制：每正歲之吉，天子躬祀天地，以聖祖配亨，分命群臣各獻二十四壇，豈非因其位之高下，循其序而秩其禮與？行之將二百年，神祇饗荅，休徵一屢應。《禮器》曰：「禮，時爲大，順次之，體次之。」此亦一代禮制。監於虞周而隨時制宜，使子孫足以世守，非禮以時爲大者與？且兩京南郊先農壇下皆有藉田，則又合古禮王社遺制，可謂順序而得體矣。誠使上下一於恭敬，則帝祇饗答，百神受職，風雨節而寒暑時，五穀熟而人民育，天下由此大治矣。孔子曰：「誦《詩》三百，不足以一獻；一獻之禮，不足以大饗；大饗之禮，不足以大旅；大旅具矣，不足以饗帝。毋輕議禮。」於戲，議者尚敬慎之哉！

〔一〕「卜」，原作「丨」，今據萬曆本改。

## 宗廟議

天子七廟：大祖、三昭、三穆。周增文武二世室，則九廟也。其制亦如明堂，在中門外之左，前爲堂，各有寢廟，別有門垣，太祖在北，左昭右穆，以次而南；後爲室，以藏主，則太祖東向，北昭而南穆。故堂上度以筵，室中度以几。筵九尺，几五尺。南北七筵，則六丈三尺，同堂異室，而昭穆備矣；東西九筵，則八丈一尺。上下各十有六几，而毁廟之主皆可升矣。《祭法》「廟祧壇墠」，以漸降殺。遠廟爲祧，二世室猶有寢廟。高祖之父去祧爲壇，高祖之祖去壇爲墠，則有廟無寢。去壇爲鬼，則遷入太祖之廟，夾室藏之，所謂毁廟之主也。《周語》：「謂祖禰日祭，曾高月祀，二祧時享，壇墠歲禱，大禘終王。」《楚語》謂：「日祭月享，時類歲祀，諸侯舍日，大夫舍月，士、庶人舍時。」其説不同。晉孫毓曰：「諸侯之廟，外爲都宫。」其説不見於經，而朱子取之，准以天子之禮。則九廟異室而同一都宫，猶五帝異室而同一明堂，皆北面對越駿奔之所也。

廟各前堂九尺，後寢如之，其深二筵。廟門容大扃七箇，凡二丈一尺；闈門容小扃二箇〔一〕，凡六尺。其廣三筵，太祖居中，不過二丈七尺，東西昭穆如之。凡親盡者，於廟外兆域爲祧，即其虚寢。黝

〔一〕「二」，萬曆本、北大本作「三」。

其地〔一〕，堊其垣，於北壁爲石室藏木主，有事則出而祭之，是謂宗祏，亦曰匰主。先公遷，則藏於太祖廟，如先王時組紺是已。先王遷，則昭主藏武王廟爲左祧，穆主藏文王廟爲右祧。文王爲穆，不害其尊者，以干季壇存故也。昭常爲昭，穆常爲穆。父子曰世廟，必相向；兄弟曰及廟，必相並。若拘於六廟，分列太祖之南，則孝王以共王之弟、懿王之叔，繼懿王而立其廟，逮夷、厲則昭穆易位矣，子孫曷由以世次爲序哉？

故都宫之内，自南而上，廟皆相比，隔以門垣。故有「每門每曲揖」之文，昭穆一，直衡列者亦如之。《春秋》書「躋僖公」以爲逆祀，蓋君臣之分重如父子，則叔父兄弟之分輕矣。故《三傳》以昭穆言者，謂閔雖弟，君也，有昭道焉；僖雖兄，臣也，有穆道焉。其實兄弟雁行，與父子異也。昭穆各一，直衡列，而君當正位，臣次其旁，本支秩然，豈非天敍哉？世及不可豫期，而有德之宗又無定數，亦惟深廣倍乎明堂而已。東西各十八丈九尺，南北三之，廟後太室深二十五丈二尺。雖昭多於穆，或穆多於昭，堂事則各全其尊，室事或虚二而對一。度以筵、几，皆可容也。後人廟制宏麗，門垣夐絶，祭時各列陪位，及無地可容，乃爲同堂異室，則又因陋就簡，無復壇墠矣。正由不知孫毓所謂廟外爲都宫，乃對越駿奔之所猶明堂也。

問：周制同堂，其制甚儉，祭行於堂足矣，而又合食於室，何哉？曰：事亡如存也。古者垣周四

〔一〕「黝」，原作「黚」，今據萬曆本、北大本改。

面謂之宫中，前半爲堂，後半爲室。室東南隅爲門，西南隅爲奥，是謂正寢，朝夕饔飧，合族綴食在焉。室後爲燕寢，兩夾爲房，以居婦人。《雜記》：「夫人至，入自闈門，升自側階。」註謂闈門非正門，宫中往來之門也；側階非正階，東房之房階也。廟以棲神，門亦如之。祭則夫人副褘，立于房中。《少牢饋食禮》：「主婦被裼衣侈袂，薦自東房。」故《詩》曰：「被之僮僮，夙夜在公。」率世婦之老者實籩豆，待徹室中之饌而後反，故《詩》曰：「被之祁祁，薄言還歸。」以此而推天子之禮，可知矣。蓋凡祭，裸獻，皆王先之，后亞之，后不與則大宗伯攝。《書》曰：「王入太室，裸。」不言后者，諸侯爲賓，髦士奉璋，豈可參哉？故當攝行爾。

尸之出入，君與賓從裸獻，則樂作。既裸而薦，有薦腥禮，朝踐爲堂事，太祖南向，左昭右穆，猶事存於堂也；既薦而肆，有薦熟禮，饋食爲室事，太祖東向，北昭南穆，猶事存於室也。既食而酳尸，朝獻加爵，禮終九獻，樂奏《九成》。於是設饌門外西室，索祭于祊。上嗣舉奠，群臣進獻，更行三爵，旅酬則爵無算，樂如之。燀胞翟閽，亦逮賜焉。厥明，更以一牢繹於祊，賓尸燕于堂。

由是觀之，都宫統廟堂南向，故各廟大門亦南向，闈門在其東，君由宫之左而北入太室，則門必自東南隅矣。東户西牖，雖南向而尊在西南，故神主皆東向。祫祭，太祖西向對越者，户在東也。後世誤謂廟中寢後，有室合食，以其淺隘，遂混行室事於堂，然堂門南向，非復東户，故同堂異室，雖存西向之尊，而有昭無穆，則太祖以下次第而東，古禮於是變而不可復矣。是故九廟前都宫而後太室，周之制也。因周之制而不立尸，惟設神主，則敬益顯矣。後之議九廟者，尚監于斯。

## 禘祫議

禘大于祫，祫大于時祭。《周禮》六享：肆獻祼者，禘也；饋食者，祫也；春祠、夏禴、秋嘗、冬蒸者，時祭也。禘爲王者大祭。王者既立太祖廟，又推太祖所自出之帝祀諸太祖廟，而以太祖配之，其主藏於郊宗石室先妣之廟。孟仲子曰：「是禖宫也。」禘則立尸逆之。《逸禮》曰：「禘于太廟之禮，日用丁亥。毁廟之主皆升，合食於太祖，立二尸是已。」禮自外至者，同于天地，得主而止。故堂事禘，正南面太祖，配則西向；室事禘，正東面太祖，配則南面。是謂追享，餘皆合食。而功臣從享，非不饋食也，而主於祼圭以肆，鬱齊以獻。《詩》序：《長發》，大禘也。説者謂禘不及群廟之主，故朱子謂宜爲祫祭之詩。然帝立子生商，非所自出乎？玄王祖也，相土毁廟也，阿衡從享也。禘爲大祭，其兼祫亦明矣。自《諸侯遷廟禮》「君及從者皆玄服」推之，則《喪服小記》「禮，不王不禘」，謂除服之後，遷主于廟而吉禘，以諦昭穆，故曰禘者，諦也。

大祫則太祖東向，群廟毁與未毁者，皆合食。以王即位，始朝于廟，謂之朝享，非不酌祼也。而設饌於堂，延尸入室，祝直祭于主。自《士虞禮》「哀薦祫事」推之，則祫在諒闇之中，與禘不同。《商書》稱太甲元年，伊尹祠于先王，是冢宰攝祭以朝廟也。新陟之王始升，而大祫以告嗣位，故曰祫者合也。祫先而禘後者，易檐改塗，更釁其廟，必先遷當毁之主於夾室而遞釁焉。遲以歲月，則可以納新祔之主矣。時則荒服終王，諸侯助祭，高宗寢成而《殷武》歌來王，武王入廟而《載見》歌辟公是也。故追享、朝享爲四時間祀者，以其不常有爾。然諸侯之禘及其太祖，與祫無異。故《左傳》曰：「凡君薨，卒哭而祔，祔而作主，特祀於主，烝、嘗、禘於廟。」祫且禘也。《公羊傳》曰：「大事者何？大祫也。」「五年而再殷祭。」殷者，大也。禮緯三年一祫，五年一禘，蓋本於此。後世遂以爲常祀，不復知其爲間祀者矣。

夫諸侯不禘所自出之帝者，何哉？魯當祖周公而祖文王，則尸用王者冕服，饗以王者禮樂。鄭祖厲王亦如之，故諸侯不祖天子也。魯之禘郊，非禮矣。或問禘之説，孔子答以不知者，此也。禮不王不禘，禘所自出之帝者，必有天下，明且易見，莫過是矣。此其所以示諸掌與。乃若春則特祠，王獨享于太祖，攝者分獻昭穆。惟有堂事，王一獻，卿大夫以次代獻。夏及秋冬皆爲時祫，祝迎六廟之主，合乎太祖。惟有室事，一獻以至代獻如之。既祭而繹四時，皆二日而畢。登歌合舞，同在都宫，是謂常事。後世每廟致祭，各有樂舞之數，陪祭之位，非也。間一日而祭一廟，歷十八日而徧九廟，亦非也。如此則黷且倦矣。然則妣亦立尸與？曰：「始虞而祔，男，男尸；女，女尸。」由喪有考妣，特祀于主，不得不然。及饋食，則妣不立尸，故曰「周旅酬六尸、文武四廟也」。后稷之尸發爵不受旅，而壇墠毁廟皆無尸，此則大祫、時祭之所同也。

## 擬薛文清公從祀夫子廟廷議

古者成均之制，教國子弟有道德者，没則祀於瞽宗，隆斯道也。夫通於天地之謂道，心而會之之謂德，修道經德之謂賢，崇德報功、揭虔妥靈之謂廟祀。是故飾言續文，德則有疵者，祀弗與焉，示民質也；伸其佔畢，反以亂道者，祀弗與焉，示民行也；行修言道，内外合一者祀之，否則弗與焉，示民勸也。饗宗之設，自昔已然，律以準今，寔惟盛典。

故禮部左侍郎、兼翰林院學士薛文清公，遊心高明，養氣剛大，立身罔違乎禮樂，在朝克茂其才猷。槩公平生，大都有五：曰静而明善，曰毅而任事，曰誠而感物，曰知而奉身，曰惠而及人。屢辯冤獄，雖死無惕，斯不亦惠乎？權梟貪天，見幾引退，斯不亦知乎？格于中貂，振以好音，斯不亦誠乎？繫犴遇兇，屹不爲動，斯不亦毅乎？沉潛默契，冥心疾書，斯不亦静乎？静以爲幹，毅以發之，誠以守之，知以通之，惠以流之。合而言之，庶幾仁者矣！至其著《讀書録》一編，發明前聖，嘉惠後學。其曰：「一於居敬，而不窮理，則有枯寂之病；一於窮理，而不居敬，則有紛擾之患」，「纔收斂身心，便是居敬；纔尋思道理，便是窮理。二者交資而不可缺一也」，「居敬有力，則窮理愈精；窮理有得，則居敬愈固」。信斯言也！是儒者内外合一之學也。

我明開國以迄于今，抱道備德，有言有文，無如公者，猗嘻盛矣！天順中，議以公從祀夫子，疇曰不當，而一時館閣名流如劉定之輩，顧乃疑之鰓鰓焉，較諸宋儒著述之富，愚試辯其三事。

夫宋世道學大明，至考亭而極，金、王、何、許之徒，著述雖多，然亡有發程朱所未發者。矧《讀書録》之作，世罕闖其藩垣，獨非著述乎？兹愚不謂然者一也。妄言性惡如荀況，漁色濫音如馬融，惑神志怪如劉向，皆孔氏門墻所當麾者，亦已俎豆其間，孰謂道德之粹儒？顧弗可與佔畢浮虚者齒乎？兹愚不謂然者二也。公以道德稱天下，門人推其學，爲許衡配，而天下亦信之不疑。然衡之仕也，綱常胥斁而弗能正，夷俗易華而弗能化，世且訾之，以此言之，公蓋迥出其上矣。吴澄，宋臨川貢士也。異於衡産北土者，背華事夷，爲元學士。所著《纂言》，非直無裨聖經，而又亂之。今衡與澄俱以勝國之臣，久列從祀，公其獨可遺乎？兹愚不謂然者三也。

稽道學之懿，式瞽宗之制，掇志行之大，究垂教之功，陋無根之華文，刊贅疣之佔畢，品裁六度，叶和三靈，敷陳五彝，裨益六藝如公者，當追隆伯爵，從祀夫子廟廷，於禮爲宜，庶輿情允孚，吾道有暉云。某等謹議。

# 泰泉集卷第二十八

## 説

### 養心説

《詩》曰：「播厥百穀，實函斯活。驛驛其達，有厭其傑。厭厭其苗，緜緜其麃。」夫播穀云者，以言乎其種也；函活云者，以言乎其生也；達且厭云者，以言乎其長也；緜緜其麃云者，以言乎其耘苗也。是詩也，述農事以頌豐年也，然吾於此得養心焉。

今夫心時晦時明，時存時亡，淵淪天飛，莫測其鄉。一失其養，則耳目百骸之官，無所於宗，而衆欲交攘，婦姑勃谿，侵我虛靈之疆，悲夫殆哉，盍思養之！養之何如？亦敬而已矣。惟敬故一，惟一故静，惟静故虛，惟虛故常存，常存故常明。「敬之敬之」，「勿替引之」，則常存而無不存，常明而無不明，而可以順應萬事。

蓋心，田也；理，嘉穀也；欲，莠也。静而存理，播以待其長也；動而制欲，長而恒事於耘也；長矣而不耘，則莠復穢焉，猶棄田也。雖然，耰鋤日尋焉，生意亦鑠矣。故敬以養心，其爲功也不可以有爲，而助無爲而忘也。程子謂「心如穀種」，與吾有得於《詩》者合，是以著其説。

## 舟　説

嘉靖癸未，余奉使行役于渭，自燕而趙，而魯，而淮，而浙，遵大江而南，舍舟而陸，以入于楚。今年春，言歸將母，客有詢余道塗之險易者，余因曰：

憶在吴會時，舟尼于墝埆之渚，舟人群噪，而牽之弗税也，乃來告曰：「綍纚之維，繳濬于石，日將莫矣，舟將安放長年？前之烝徒，後之旅力熯矣，計將安施？」余曰：「嘻，毋徒勞爲也！盍止諸？盍俟諸？迄三鼓潮至，群力畢集，會風迅舟行，瞬息百里。夫飛黄、紫燕，天下之良馬也，不俟其人，雖奮何能？湛盧、豪曹，言利劍者必稱焉，然灌園者握之，曾不足以刈葵。鴻鵠之飛，弗摶順風，猶不能追燕翼，龍困於涸，群蟻侮之，及感會風雲，倏忽而雨萬土，其亦若斯而已矣。是故俟時者豐，俟人者從，違天者替，俟命者隆，爲可爲於不可爲之時者窮，爲可爲於可爲之時者通，盍觀諸舟？作《舟説》。

## 説醫送張子文邦

國之弗瘳也，六螪爲之也；身之弗瘳也，四蠹爲之也。何謂六螪？壅蔽之螪，爲國之隔；僭濫之蟯，爲國之瘻；朘削之蟯，爲國之蹶；媢忌之蟯，爲國之痺；貪黷之蟯，爲國之脹；朋比之蟯，爲國之痞。何謂四鑿？違親傷性，性斯鑿矣；諧俗降志，志斯鑿矣；交物擾心，心斯鑿矣；徇時嗇形，形斯鑿矣。鑿則不完，蟯則不固。固國莫如賢，完身莫如養。是故三賢用則六蟯去，二養備則四鑿去。三賢：一、道以得君，則政不僭濫而壅蔽除；二、能以用人，則媢忌不聞而朋比消；三、公以立事，則貪黷之風熄而朘削者化。二養：一、養親以盡性，盡性斯心不替；二、養志以俟命，俟命斯形不勞。

今夫施宇合宙，事至繁賾也。吾之應之也，自吾之身心爲之也，獨不聞俞跗之爲醫乎？靖以爲宗，經絡斯洞，飫以自足，伶邪乃伏。故已成必治，鬼神避之，醫國者何獨不然？苟逐逐於物而顛冥，猶且拘攣於軒冕之樊，先自殆也已。故曰毋代鳥飛，敝其羽翼，毋先物動，以觀其則，此之謂也。

張子抱幽痗楚于誠，歸蘄瘳焉。太霞子送之，上陳六蟯三賢，下及四鑿二養，張子曰然。

## 説車與趙子繼勳

趙子繼勳以進士得縣令，不習爲吏，欲遁歸汝陽。或問曰：「仕而不務行道，古之君子固如是乎？」泰泉子曰：「仕而務行道，雖周公不能也。」曰：「古之人之行道也，無如周公者，孔子蓋嘗夢之。子之言甚矣悖也！甚矣，吾之惑於子之言也！其亦有説乎？」曰：「有。周公之行於天下也，孰爲大？」曰：「封建爲大。」曰：「封建有四制焉，吾能言之。一曰封先代之後以作賓，二曰封宗子以作城，三曰封異姓以作藩，四曰封夷貊以作鎮。行是四制，而又經之以九服，緯之以五等，馭之以慶讓，通之以往來，聯屬天下如一體然，其法良矣。然《詩》《書》所稱三監以殷叛，居東三年，斧破斨缺，踐奄至于將蒲姑，猶勤成王，荆舒懲，徐戎、淮夷興，《費誓》作。終周公之世，若此其紛紛也。舟膠於楚，而巡狩述職寖廢，去成康之世，若此其近也。夫俶焉且爾，而何後之能善是？封建固莫之能行也。」曰：「封建且不能行，則何以爲周公？」曰：「封建其見周公之心乎！愛惡相攻，其人之情乎。公天下以爲心，而不盡人之情，則勢雖不行，而吾之仁固洽也。有車於此，輻設輔員，足以行矣，遇雨而柅，而人不以爲廢車，何也？行之之具在也。君子之於道，其猶車乎！《詩》曰：『終其永懷，又窘陰雨』，此之謂也。」趙子曰：「嘻，吾知守吾轂矣！」遂別去，治縣事。

## 鳳説贈吳畀袁吉

人有恒言曰：「在治若鳳，在亂若鳳。」余則曰：「鳳德盛於治而衰於亂，盛非加也，衰非損也。其身舄奕，其聲揮綽，故謂之盛也。伏其身而不見，默其聲而不聞，則雖謂之衰也，亦宜騷人之詩曰：『鸞鳳伏竄，鴟鴞翱翔』，蓋刺亂也。及天下之治也，審萬材以相天地，舉不乖其能，然後宫正而事理。是故揆策發謀使智，達辭充使使辯，奮患應敵使果，劑量使慧，相禮使莊，臨財使愿，稽曲制宜以入于度使藝，雖蒙瑹直鎛〔一〕，亡棄人焉。傳曰：『名也者，相軋也；知也者，争之器也。』呈勇角勝，雄飛雌伏，皆能乘君之威以灼人，聖王雖用之，而不崇也。爰擇鳳德之臣，使在左右，以成君休，以爲民表，姱節粹衷，泯其知名，而天下莫與之争美。《詩》曰：『有馮有翼，有孝有德，以引以翼』，此之謂也。」

吴子汝畏教番禺，柄文于浙，見予而問取人之道；袁子仕修教南海，陟令于襄城，見予而問養人之道。余告之曰：「知則詞奇，辯則詞博，果則詞峭，慧則詞敏，莊則詞麗，愿則詞簡，藝則詞曠，惟子所取，然有鳳德者，其修詞也誠。養知者以仁，養辯者以默，養果者以柔，養慧者以樸，養莊者以篤，養愿者以通，養藝者以廉，惟子所養，然有鳳德者，其自養也中。詞之誠者，能誠身者也。拔一人焉以達于上，則於取人乎何負？養之中者，能養人者也。師一人焉以化于下，則於令乎何有？」二子皆曰善，於是二子之門人咸賦「鳳凰于飛」三章，以送其行，予乃書是説以貽之。

## 繆惟静字説

嘗觀於泰山喬嶽，出雲致雨，不崇朝而降彌天之澤，磽确之田，雖墾且鑿，終不能及泉而冀禾黍，何則？静躁懸絶，氣候異也。天地之化，宜若不可以物理推，然使日以震曜發育爲事，而無所揫斂翕

〔一〕「鎛」，原作「鏄」，今據《國語·晉語》改。

聚，則二五之精，有時而竭。故闢以闔爲端，復以剥爲原，元以貞爲府，生以藏爲母，然後於穆之運，萬古常新，非静之功與？參天地者，人也。驗諸夜氣，吾體固天地之塞，求諸喜怒哀樂之未發，吾性固天地之帥也。吾能戒懼恐懼，以制吉凶悔吝之萌，則俯仰自得，體妙心玄，形諸酬酢，凡衆之動，亡或不得其所，此本與造化何異？苟蔽於欲，則膠擾緯繣，方且化於物，而何群動之能役？故曰「天下之動，貞夫一」，又曰「人生而静，天之性也」。惟聖則配天矣，惟静則作聖矣。

今夫行潦之水，洞酌而挹注之，可以餴饎；慆淫之人，默坐而天牖之，未始不悟其非，於此見性之本静，静之可入於聖也。故予謂周子之學見於《通書》，静之一言實蔽之，始乎無欲，終乎立人極，其示參贊之要樞、闡聖哲之精義也至矣。同年繆君宗周，始字希頤，是欲宗其學而犯其諱也。予爲更曰「惟静」，而詳其説如此。世方菲薄濂洛，而君有志焉。嗟乎！君必勖之。

## 楊氏二子[字]説〔一〕

民生而蒙，蒙貴養，惟養本乃端；比長而學，學貴行，惟行道乃成。是以古者小學之法，務養以正，使之由之，而不使之知之；大學之法，務要其成，使之知之，而後行之。弗養而使之知，是無玉而

〔一〕「字」字原脱，今據萬曆本補。

琢也；弗知而使之行，是瞽而索塗也。故養而後知，知而後行，教之序也。《詩》曰：「天生蒸民，有物有則。」學而求知道，在於明物則，物則之要，在於修身而敍倫。敍倫曷以曰「父之於慈，子之於孝」之類是也？道也而有性焉；修身曷以曰「耳之聰至於作謀，視之明至於作哲」之類是也？感也而有應焉。吾惟斯須弗窮弗究，弗明于則。斯倫也有弗敍，而身有弗修，則本亂而末不治，視履考祥，其爲應也妖以厲。倫有弗敍，則所厚者薄而道義暌，吾性有梏亡之矣。自吾觀之，天下之物無大此者，而物之吾格必此焉先。是故得其要，萬物備，擴而推之盈天地。烏乎！其可不敬與？

吾友固安楊君達甫，以其兄二子冠而問字於余。余字文敍曰性伯，欲其由性盡道明倫也，字文禎曰應伯，欲其由應正感修身也，進之乎《大學》之教云爾。世之言格物者，高空而無根，污漫而無所歸，甚矣，其叛道也！吾是以著其說。敍乎，禎乎，棄爾蒙，志尚相與勖乎哉！

## 格物説

或問格物，曰：「朱子之説詳矣。」請約，曰：「『天生烝民，有物有則』。則也者，理也；違則，欲也。窮究其理之謂格，理欲明則好惡誠。反身而誠，彊恕而行，絜矩之本也。」曰：「盈天地皆物也，將一一格諸？」曰：「否，先其大者。本則身，厚則倫，物格則萬物備於我矣。理一分殊，必自格物始，故曰『吾道一以貫之』。」曰：「扞格外物之訓，何如？」曰：「可也，未循其本也。理既窮，外物烏得而擾諸？」

## 三子名字説

吾黄受氏以國〔一〕，然推原繹義，則別生分類，自軒轅土德始也。蓋中者黄之色在焉，素者色之質在焉，宏者質之基在焉。自是達乎宇宙，衍爲千萬，而其本一而已矣。吾有三子：長得吾執，吾戒其偏也，名之曰在中；仲得吾敏，吾戒其華也，名之曰在素；季得吾慎，吾戒其隘也，名之曰在宏。既冠，而賓各字之。李中丞義壯字在中曰幼通，徐尚書問字在素曰幼彰，黎進士民表字在宏曰幼元，是皆坤道也，臣道也，順天時行其爲物不貳者也。何則？天氣行乎地中，充上下行，四時不失其序之謂理。

生理本直而黄中以通之，自内而外，無時弗敬，則固執而不失之偏矣。制行當方而時措之宜，自微而彰，無適無莫，則華而有君子之質矣。直方以大德合無疆，則坤元之資生，即乾元之資始，本一故也。乾非坤則不交，無以成泰；玄非黄則不位，無以成文；君非臣則不令，無以成治。敬以直之，義

〔一〕「黄受」，原倒爲「受黄」，今據萬曆本乙正。

以方之，則德日大，而幼學斯可以壯行矣。宇宙内事千變萬化，其吾一理之衍耶！故曰「守之貴，行之利，廓之配天地」，三子者汝尚欽哉！

## 涵一亭説

天地大德，生理一氣也。河圖、洛書，生數一理也。數曰後理，理曰先氣，二之則不是矣。今夫天一生水，爲冬爲知，天三生木，爲春爲仁，以陽統陰，乾也；地二生火，爲夏爲禮，地四生金，爲秋爲義，以陰承陽，坤也。是故水漸木升，根葉滋澤，可驗其相入而知仁合矣，此之謂函三爲一，乾元用九，理一而象圓。爐冶鍛鍊，器成焰息，故禮義制心制事，反之力焉，此之謂二四爲偶，坤元用六，分殊而形方。然知仁合一則聖矣，敬義立而猶日月至焉，兹固安勉之分也與！

夫物理猶人情也，蔭樾觀瀾者坦蕩蕩，司爨守藏者長戚戚，理氣一故也。其立言也大本，淵泉出於自然，斷金烈火，利害切矣。乃若川逝盈科，樹德後彫，天不外乎人也，川流敦化，栽培傾覆，人不外乎天也，水木之時義大矣哉！且生數成於五，生理成於誠，吾惟謹行信言，閑邪存誠，日從事於聚辯居行，則知仁合而禮義出矣，又奚圖書之索耶？

今建亭林泉中，名之曰涵一，會景怡神，而得我生焉。浴乎沂，風乎舞雩，點吾志也。木欣欣以向榮，泉涓涓而始流，陶吾情也。非知天地之化育者，其孰能與於此？

## 北泉説與桂陽曹生登

北泉曹生來問爲學之要，予哀疚不言，至于再，至于三，則告之曰忠信而已矣。行必顧言謂之忠，言必顧行謂之信，主忠信而不貳謂之誠。《易》曰：「忠信所以進德也，修辭立其誠，所以居業也。」《語》曰：「文莫吾猶人也。躬行君子，則吾未之有得。」孔門之所以教，與其弟子之所以學，其斯也乎！言不顧行，名雖窮理，實則辭費；行不顧言，名雖居敬，實則色厲。色厲則欺，辭費則僞，譬猶泉焉，其源淆濁，惡得清流放乎萬壑？是故泉之不澄，不可食以汲，人之不誠，則欲勝義，文勝質，故曰「不誠無物」。惟言行相顧，則心自不放而作德，真積力久，則淵泉而時出。此謂擇善，此謂固執，此謂博約，此謂精一，此謂循循而善誘，此謂拳拳而勿失。《詩》曰：「洞酌彼行潦，挹彼注兹，可以餴饎」，澄源復性之謂也。嗟哉！曹生食爾寒泉，寒泉淵淵，流而爲川，以濟萬物，萬物一源。嗟哉！曹生誠乎勉旃。

## 雲山説與南寧潘槐

黄子謂潘生植卿曰：「子憶泰泉之遊乎？聚龍之岡，泉出其下，夾澗磊磊，皆巨石也，而泉淙淙如鳴球，日夜流其間。石若静矣，然有時而轉焉，水若動矣，然有時而渟焉，是謂匪石止水。惟雲也易易污污，鱗如綺如，時卷時舒，變化不居，動而無動，其天下之至動者乎；惟山也巖巖崒崒，萬仞聳立，包育庶物，毋騫毋泐，静而無静，其天下之至静者乎。動静互爲其根，子之所以有取也。雖然，盍亦求雲山於心乎？心也者，天也。學以聚之，知道即知天也，猶山之畜天，知也。《易》曰：『天在山中，君子以多識前言往行，以畜其德。』學成而仕，事君即事天也，猶雲之升天，仁也。《易》曰：『雲上於天，需。君子以飲食宴樂。』是大其問學，將爲霖雨之義也。泉石不足以稽子，子必勉之。」

克齋説贈李憲長遂

豐城有羅山李公者，高明人也。名其讀書之室曰克齋，更以自號，蓋避時相云。泰泉子曰：「克之爲義，其本諸箕子乎。克也者，自治治人，合内外之道者也。《洪範》三德：一曰正直，二曰剛克，三曰柔克。夫世隆則道從而隆，人率自中，吾亦執中，而偏天下無所矯拂，奚待於克乎？是即孟氏所謂性善，邵氏所謂心爲太極者也，故曰『平康正直』。習俗之偏，氣禀之過，分陰分陽，而有柔剛，猶太極之生兩儀也。是故習俗有彊禦弗順者焉，以剛治剛，故曰『彊弗友剛克』；有和柔委順者焉，以柔治柔，故曰『燮友柔克』。氣禀有闇昧不及乎中者焉，以剛治柔，故曰『沉潛剛克』；有亢爽過乎中者焉，以柔治剛，故曰『高明柔克』。是即周氏所謂剛柔善惡，使人自易自至焉者，猶兩儀之生四象也。以此撫世酬物，因時制宜，而天下之治，運諸掌矣。

今之學者惟知克己，不知克人，非所以一體用、合内外也。故吾夫子先論南北之彊，而後及於所當彊，豈非以氣禀既化，則習俗可從而移，非二事與？今公以高明之資，而謙虚自彊，所謂和而不流，中立而不倚者，寔躬有之。使車所届，南踰嶺徼，北至齊魯，剛柔迭用，雖有不憓之民，靡不斐然而化，行將入贊聖天子平康之治，普納斯世於皇極，自兹始矣。」

予方與諸生談經，刊落華藻，故著其説如此，于以見克之爲義，非徒自治，寔以治人云爾。

## 性氣説贈莫節推子麟

性氣一也，第有動静之分爾。性也者，氣之静也；氣也者，性之動也，二之則不是。故性之之聖，純粹至善，知仁合一，而禮義出焉，堯舜是已。知不偏物，仁不偏愛，人實至易至簡，無待禁止，天敍天秩，其勑自我者乎！湯武則由禮義以反之於知仁矣，制事制心，勝怠勝欲。曰制曰勝焉者，克己之功，極用其力，然後無不善也。其後顔子以禁止而爲仁，非禮而勿視，勿聽，勿言，勿動，猶夫制心勝怠也。及其至也，有不善未嘗不知，知之未嘗復行也，養性以成己，而氣即天地之塞矣。孟子以禁止而集義，必有事焉，而勿正，心勿忘，勿助長，猶夫制事勝欲也。及其至也，無爲其所不爲，無欲其所不欲，如此而已者也，養氣以行志，而性即天地之帥矣。

《説文》謂勿者，州里所建之旗也。州里有事則樹旗，而民競趨焉，其斯以爲禁止之義乎！夫人日役，役於百爲，嚮晦定息，則夜氣復而清明之體還焉，此即繼善之體，命於天者也。於是乎顧諟而存察之，孰爲禮，孰爲非禮之禮，燎若黑白，而義亦如之，及乎旦晝，則吾之權度在我矣。持守之熟，本諸其心，見諸其事，怠欲自爾弗形焉，可與爲堯舜，其惟吾之操存乎！

子麟行矣，居易俟命，庶其在此。性既能養，則氣日剛大，天下之事無不可爲，而奚詿誤之足介哉？傳曰：「禮義之不愆，何恤於人之言？」此之謂也。

## 律曆易範合一圖說

太極元氣，函三爲一，大樂之元也。損益陰陽，參天兩地，其圖、書之中五乎！一、六、三、八在北而東，太極動而生陽，於子至巳，則知仁交際萬化出矣。冬日至之，氣自吸而呼，腎而肝，羽而角，陽聲也。木自水生，象乾之中，是故君子學聚問辯，寬居仁行，然後龍德以知崇，而天且不違矣。二、七、四、九在南而西，太極静而生陰，於午至亥，則禮義交際而萬化入矣。夏日至之，氣自呼而吸，心而肺，徵而商，陰聲也。金以火伏象坤之中，是故君子敬以直内，義以方外，然後黄裳以禮卑，而發於事業矣。

《書》曰：「在璿璣玉衡，以齊七政。」是猶七音。然填星二十八歲而一周天，歲與熒惑、太白、辰星，皆歷所填之數而行，四星皆失，則填爲之動，其猶宫爲四聲之綱乎！歲星十二期而一周天，謂之一紀，然非辰星正四時，則歲無由成可見。水主歲功而生木，猶宮羽生角，則中音也。熒惑遲疾不恒，太白出没隨日，其亦反商下徵以和宮者與？變宮猶月之從日，齊以晦朔，歸餘而成閏也；變徵猶日之對月，致以南北，受光而成望也。故升歌琴瑟，懸一鐘一磬，而尚拊圜鍾金聲，夷則玉振，下管定絃以合之。七音惟主五聲之正，必以變宮、變徵迭爲羽角，而後中聲所止，五節一周乃爲一成也。

舞者聽宮、羽、角而節奏，合徵、商以成文，四懸設而八音會焉。北則下懸黄鍾，始一函鍾，終八羽角，於下五姑洗而歸；上懸夷則，終八夾清，始一羽角，於上五應鍾而起。南懸蕤賓，次序如之。凡懸上下，一應五爲角，四應一爲羽，八應一爲徵，三應八爲商。下五角則上七變宮，上七羽則下七變徵。東懸夾鍾，西懸夷則，次序亦皆如之。籥舞則黄鍾以一函三，而萬舞蕤賓則反對焉，二十四聲清濁備矣。下六，地之中數也。黄鍾函三以降天神，蕤賓則反爲上五，其樂六變。上五，天之中數也。黄鍾函三以出地示，蕤賓則反爲下六，其樂八變。自北而東，則成於西者，皆羽角也，九變而黄鍾、大吕收聲；自南而西，則生於東者，皆商徵也，九變而太蔟、應鍾收聲。故曰：「用宫逐羽，而清角生焉；引商刻羽，而流徵生焉。」

《咸池》《承雲》《九韶》，有虞氏之樂也。對待之交，自然流行，歌奏相命，建律運曆，宫倡商和，而陰陽合矣。始則羽調以角，中則角調以徵，終則徵調以羽。商聲伏於徵，曷嘗去哉？分而序之，别爲調爾。觀於太白隨日出没，東爲啓明，西爲長庚，亦可見矣。小大相成，終始相生，宫聲作而角之羽、羽之角從焉，猶辰星附日右行，起自北陸，而反乎北陸。朔易之方，終始萬化之地也。蓋陰變而化陽，則爲水木以相生；陽變而化陰，則爲火金以相制。順而生者易見，逆而成者難知，然則大樂其昭天地矣乎！顯諸仁而仁自知始，藏諸用而義以禮成，備此四德，謂之聖人。故曰：「樂者，象也。天地、聖人、德業，一而已矣。」

## 與白説爲林子誠通作

林子清修，皭然不滓，若孤立者。孤立則無徒，疑弗偶於世。然嘗令劇邑，倅大郡，討平妖逆，與有伐焉。及陟督運，益勵其操，竟又拂衣歸也，閉户謹謝客。或曰：「子曷與矣？」曰：「吾與白。」曰：「白之爲道，繄古有之，其訓有五，子將奚擇焉？一曰資辯也。昔者公孫龍氏疾名實之涣亂，爲守白之論，其謂『白馬非馬』，其言蓋紛員而莫窮。此之謂資辯。二曰守玄也。何謂守玄也？昔者揚雄氏准《易》以《玄》，非其意，富貴不事也，而官不遷。或謂以玄之尚白也，而志不渝。此之謂守玄。三曰致虚也。何謂致虚也？昔者莊周氏熙澹泊，游混茫，墮體黜聰，發乎天光，其學以虚室生白爲宗，蓋遊方之外者也。此之謂致虚。四曰立伯也。何謂立伯也？昔者管夷吾氏相桓公，匡天下，見於其書，維曰白心焉耳矣。和以反中，形性相葆，索之於天，與之爲期，兹其説也。此之謂立伯。五曰遵聖也。何謂遵聖也？昔者吾夫子憲于萬世，其道皜皜，涅而不緇。幾之者淵也，願學之者輿也，學之弗及，猶有令名焉。此之謂遵聖。」

林子曰：「唉，吾其擇哉！龍之禦敏給，雄之守寂寞，周之真荒幻，夷吾之飾仁義，聖人之幹忠信。忠信以爲幹，文自中也；仁義以爲飾，利于有功也；荒幻以爲真，罔所給也；寂寞以爲守，取世容也；敏給以爲禦，口尚之窮也。是故資辯者謀，守玄者默，致虚者處，立伯者出，遵聖者賢，吾將求無咎於《賁》，體受采於禮，然未之或能也。苟能之矣，以語則立誠，以默則含貞，以處則身潔，以出則光明。」

問者蹵而退。黄子聞之曰：「『洞酌行潦，挹而注之，可以餴饎』，而况志於道者乎？蘭芷而漸之滫，其污也可跂而見也，故擇術不可以謬爲之。著其説于篇。

龍説爲乙卯舉人送行作

龍，乾之象也。世稱公卿大夫近天子之光，必曰從龍，士子期望甲科，亦必曰龍首，何者？龍之出見天下，文明之祥也，則夫稱之、望之必以龍也亦宜。仰惟我聖祖之啓運金陵也，首建近侍四職，翰林、尚寶、給事、中書是已。每朝，則依黼扆左右而夾立，猶龍之有雲也。百官奏事，聖裁可否，涣發絲綸，於是詞臣視草，舍人副墨，而天藻摛焉，猶龍之奮彩絢于玄間也。六科封駁，論思獻納，以俟定命，猶龍之躍紆縈蚴蟉而後升也。制旨既下，則翰林承之，司卿用寶而後頒焉，仁澤被於黎氓矣，猶龍之飛雲行雨，施浹於寰區也。德施既普，品物流形，收斂神功，天載沕穆而無聲，乾之時義大矣哉！

憶在承明，適梓溪舒先生起自閩舶，日與予談道，甚相協也。今之流俗，少以直諫自見，則客氣怠然，視人藐不已。若先生者大魁冠倫，節義文章重天下，而猶匑匑然撝謙推讓，若不自見其爲稱龍之首者〔一〕，顧予何人，敢方駕哉？嘗示《周禮定本》，官三百有六十職，皆天職，象天度也。夫天者，典禮命討之所自出，固不容僞也，必至誠盡性而後能之，故曰「聖人先天而天不違，後天而奉天時」，其法度之本，飛龍之象乎！欲希聖者，尊德性而道問學，乃能弘于天而德裕諸身，故曰「君子學聚而問辨，寬居而仁行」，其法度之用，見龍之象乎！皋陶之謨，周公之禮，一乾道而已。

理川江公乃先生之里人，學行夙受知焉者也。方將從龍作霖雨〔二〕，皋陶之元命，周公之隆平有攸望焉，梓溪之《定本》，自兹其大行矣哉！凡我髦士率公之身教者，其於用九群龍之見，將何如也？執斯道也，以往居上位以輔聖，而不至於亢，居下位以佑賢，而不終於潛，則龍之能事畢而乾道全矣。

郡學師生俾予有言，既諸爲序。又明日，小頑在素同年諸君子復群來拜請，予辭不獲已也。方病足跛，面畫龍而盤辟，雨適注焉，乃爲是説以貽之。

〔一〕「稱」，萬曆本作「群」，疑作「群」是。
〔二〕「雨」，萬曆本作「而」。

## 鄭世欽字説

潮陽鄭生臣問字於泰泉子，泰泉子字以世欽，而告之曰：「若知臣之義乎？吾明語子。夫古之臣也貴，貴則親以敬；今之臣也賤，賤則疏以慢。親以敬也者，欽之謂也；疏以慢也者，弗欽之謂也。是故君臣之交，其惟欽乎！可否必相謀也，出入必相友也，憂樂必相體也，旦夕必相見也，故《書》曰『欽四鄰』！又曰『臣哉鄰哉！鄰哉臣哉』！視臣如居之有鄰，則其欽之也至矣。「後世百年而獲一遇，則夸曰異寵也；千人而蒙一顧，則競曰奇事也。君門遠於萬里，而臣情渺於異域，可謂弗欽也已！乃求事業之焜耀，嗟嗟，難矣哉！雖然，古今之心則一也。古之臣也其貴内，今之臣也其貴外焉而已矣。孟子曰：『欲貴者，人之同心也。人人有貴於己者，弗思耳。』道德内也，榮華外也。苟能思之，思則睿，睿則皋陶、伊尹其復見於今乎！世欽資美而篤學，其尚思之。」

## 真我説

士君子須識得真我，勿以假我爲我。凡日入動息，解衣而卧，身外之物空空然，方寸之中炯炯然，觸之則覺，唤之則應，雖夢寐而虚靈不昧，此時真我可以識矣。仁敬、慈孝、信義之類，皆本真我，無一不備，故曰「萬物皆備於我」，此爲學行政之本也。故曰：「學苟知本，則《六經》皆我註脚。」若身外之物認爲我者，如冠曰「我冠也」，衣曰「我衣也」，几桌器皿曰「我几桌也」、「我器用也」，家人小廝曰「我家室也」、「我僮僕也」，此則以假我爲我矣。

真我者，我固有也，得於天者也；假我者，我本無也，成於私者也，故曰「毋意，毋必，毋固，毋我」。孔門之賢，語以愚、魯、辟、喭，而知自勵，識真我者也。今之學者，自謂聰明才智，不受人言，雖家室僮僕，亦自以爲賢，而況於修書作文，肯虛心受善乎哉？盍各内省，以永厥譽？

## 理氣説

先儒曰：「地上之氣，皆天也。」天之旋繞，其氣急勁，自左而上，自上而右，自右而下，自下而復左，日與人事作息相陟降焉。仰而視之，高高在上，昭鑒若遠，而不知人生其中，如魚在水，相入而不相離也。是故一陰一陽，循環消息，降衷於繼善之初，受中於成性之後，凡所賦畀，有條不紊，是即理爾。理一分殊，隨吾心區別而名言之，理豈在氣之先哉？故曰「二之，則不是」。

## 言行説

子程子曰：「言而不行，是欺也。君子欺乎哉？不欺也。」予廣之曰：「言之切而不行者，理與義也，行之切而不言者，利與欲也，盍亦内自省乎？理義之心日以重，利欲之心日以輕，學斯進也已。及其久也，所欲即理，所利即義，故曰『可欲之謂善』，曰『利者，義之和』，原始也。曰『從心所欲，不踰矩』，曰『國不以利爲利，以義爲利』，要終也。所欲與之、聚之，何欲非理？因民之所利而利之，何利非義？此謂明德新民合一之學。」

## 性習説

孔、孟之言性也，一而已矣，而以爲有理氣之分者，二之則不是也。孔子曰「性相近也」。衆人之性則近求、由矣，求、由之性則近游、夏矣，游、夏之性則近淵、騫矣，淵、騫之性則近夫子矣，性固相近也。又曰「習相遠也」。習於舜、禹則爲舜、禹之徒矣，習於盗蹠則爲盗蹠之徒矣，習固相遠也。以瞽叟、伯鯀爲父，而有舜、禹，習乎善而不習乎其父；以柳下惠爲兄，而有盗蹠，習乎惡而不習乎其兄。故曰「上智與下愚不移」。人惟習於利欲，旦晝之氣牿其性而亡之，爲放辟邪侈之事，在罟檴陷阱之中，曾莫之覺也。嚮晦定息至于中夜，而清明之體還焉，良心復萌，所謂「繼之者善」，其在是矣。誰無此心，豈非相近乎哉？孔、孟之後，周人世碩乃曰「性有善有惡」，荀卿則謂「性惡，其善者僞也」，則又甚於世碩矣。其論性惡，累數千百言，至援引堯、舜問荅之詞以爲証，其出於堯、舜與否，吾不得而知也。曰「妻子具而孝衰於親」，則是妻子未具之先，嘗有孝矣；曰「嗜欲得而信衰於友」，則是嗜欲未得之先，嘗有信矣；曰「爵禄榮而忠衰於君」，則是爵禄未榮之先，嘗有忠矣。由是言之，則性固本善，而無惡也。

## 夜氣説

旦晝之氣昏於人者也，夜氣明於天者也，其説亦有所本乎？曰：「有。」《記》曰「清明在躬，志氣如神」，蓋聖人之常爾。伊尹曰「先王顧諟天之明命」，又曰「先王昧爽丕顯，坐以待旦」，此則成湯反之之功也。誠能於夙寤恒内省焉，一念弗興，嗜欲未至，如清淵照影，表裏洞徹，無纖毫弗見，則天之所以命我者昭昭矣。有不善與，待旦決去之，有善與，待旦決行之，其亦盤銘之所以日新者乎！故予嘗曰：「天遠乎哉！勿褻勿棄。」夜氣清明，顧諟則至。

## 畏説

修己以敬，惟畏爲切，畏始于知。觀小人不知天命而不畏也，則可見矣。何者？天無欲也，降其性於烝民之生則有欲，是烝民之命，天命也；天無爲也，昭其德於大人之身則有爲，是大人之德，天德也；天無言也，殖其道於聖人之心則有言，聖人之言，天言也。言其所不言，爲其所不爲，欲其所不欲，天始去之，剿絶其命矣。

欲爲君子，則必畏天命，以遏其欲焉；必畏大人，以法其行焉；必畏聖人之言，以則其言焉。言之必可爲也，爲之必可欲也，可欲之善，自是有諸己矣。然善與不善，而天之福禍隨之，故《抑》之詩曰：「取譬不遠，昊天不忒。」禮與無禮，而善不善之幾由之，故《小宛》之詩曰：「各敬爾儀，天命不又。」禮始於法，則敬始於相畏。弗畏則入畏矣。故《雨無正》之詩曰：「凡百君子，各敬爾身。胡不相畏，不畏于天。」

## 悔　説

先事而恐懼謂之敬，後事而恐懼謂之悔。敬而無悔，則依乎中庸者也。得志而爲政，則言行與事與道，皆前定而有成。不得志則遁世，不見知而不悔，非知盡仁至而聖者，其孰能之？文王，聖者也，故《詩》曰「其德靡悔」。顔淵，幾聖者也，故《易》曰「不遠復，無祇悔，元吉」。是則悔乃悔尤之悔，理自内出，非愠與悶之義也。求仁希聖者，盍亦審其幾而豫爲之圖乎？

## 觀過説

君子志於仁者也，故有過而無惡。父子之親也，君臣之義也，兄弟之友也，夫婦之别也，朋友之交也，以至臨民宰物，過於愛，不過於忍，過於厚，不過於薄，故曰「觀過，斯知仁矣」。愛而不忍，厚而不薄，其斯以爲仁乎？《記》曰：「與仁同功，其仁未可知也；與仁同過，然後其仁可知也。」桓公一匡天下，迹類湯、武，而心則不同，故曰「仁未可知」，王伯功力之辨也。夫過者，人之所避，蓋有不幸而致焉者。周公使管叔以殷畔，過於愛其兄，孔子對陳司敗以昭公知禮，過於厚其君，皆出乎心者也，故曰「其仁可知」。然自其迹觀之，無乃偏乎？黨者偏也，非各於其類也，故司敗曰「君子不黨」。

## 辭色説

視聽言動，學之要也；容貌辭氣，德之符也。夫視聽，理自外入，己自知之；言動，理自内出，人之所共見也。温、恭、安、申、夭、恂、侃如，愚不佞三道九思，行行不得其死，堂堂難並爲仁。孔門師友相觀而善者，其在兹乎！知剛毅木訥之近仁，則知巧言令色之鮮仁矣。禹曰「孔壬以大惡藏焉」，孔曰「鮮仁以天理亡焉」，其究一也。然《記》云「辭欲巧」，則巽與之言也，問爲衛君，而言夷齊是也。《詩》云「令儀令色」，則德之施於四體者也，逞顔色怡怡是也，夫豈祝鮀、宋朝飭外悦人者哉？是則動静、語默、誠僞之間，而天理存亡係焉，故又曰「論篤是與，君子者乎？色莊者乎」？

## 凝道説

性命於天，道之隱也；道弘于人，性之顯也。聖人之道，天命之流行，一而已矣。天何言哉？吾無隱乎爾！自鄉黨、朝廷、宗廟，以至起居飲食，經曲禮節，其即發育峻極之分乎！子思子論至誠無息，而及天地山川，生物無窮，可謂聞道者矣。是故夫子之文章，鳶飛魚躍，顯焉者也，顯則聖人不得而隱之也；夫子之言性與天道，無聲無臭，隱焉者也，隱則聖人不得而顯之也。

子思之聞，其猶子貢之聞乎。朝聞道，夕死可矣，夫豈外性而有聞乎哉？不睹不聞，人之所不見，隱也，性也；參贊化育，察乎天地，顯也，道也。故費隱以前，言學則用在其中，費隱以後，言用則學在其中。大舜、文、武、周公，文章功業，豈在性與天道外哉？性外求道，道外求天，雖聞善言，不爲己有，道聽而塗説，德之棄也。吾能屏絶利欲，一於理義，自費而隱，不須臾離，則德性完備，隨在發見。譬則持壺深汲，水漸充滿，滋溉取足，在吾壺矣。

至德之凝至道，何以異此？道之在天地也，猶水之在海也。口耳之徒亡得於心，則亦五石之瓠泛泛焉者耳，其何凝之有？是故流水之瀾，即在源中，日月容光，即在明中，天地之德川流，即在敦化之中，聖人之德達道，即在大本之中，堯明即在欽中，舜哲即在濬中。故子周子曰：「中也者，和也。中節也，天下之達道也。」天道與人，理一分殊，苟截本末而二之，斯支離矣。故子程子又曰：「沖漠無朕之中，萬象森然已具，已應不是先，未應不是後。」

## 見心説

《易》曰：「《復》，其見天地之心乎。」《記》曰：「人者，天地之心也。」人得天地發生之心以爲心，故其心無不能發生者，生意纔發，則親親達之民物，自不容已矣。雖氣有闔闢，物有盈虚，而天地所以發生者無少間斷，故陽極於外而復生於内，可以見天地之心。蓋天地之心，非生生不息，則陽之極也一絶而不復續矣。何以復生於内，而爲闔闢之無窮乎？吾心之發生，亦源源而不息，將有爲也，將有行也，闢户之乾以資始也；既有爲也，既有行也，闔户之坤以資生也。旦晝之所梏亡者，復于夜氣，苟求其故，亦可以見天地之心在乎人矣。是則所謂必有事焉者，非事其外也，事其心也。一闔一闢，萬物皆備，即謂之性；一闔一闢，無少間斷，即謂之仁。

## 明辨説

講學所當明辨者有六，道、德、義、理、性、命是也。何謂道？曰：「道者理之統體，天地人物自然同有，如路而共由者也。德即道之得於心者也。義又道之發用，制事處物之宜也。」何謂理？曰：「理者道之散殊，天地人物本然各具，有條而不紊者也。性即理之具於心者也。命又理之所自出於天者也。」

聖人作《易》，蓍數卦爻，備斯六者，其統體之大，於道德無所拂逆，而發用之妙，於義亦無所差謬，是謂體用一源。窮天下之理，盡人物之性，而合於天道，是謂顯微無間。故曰和順於道德而理於義，窮理盡性以至於命。

夫天地以生物爲心者也，積陰之極，一陽來復。前此天地之心幾乎息矣，至此乃復可見，於人則爲静極而動，惡極而善，本心幾息而復見其端也。於此存養省察，無一息之停，則純乎天理而仁矣。仁則復其天命之初，道德自我而全，理義自我而出，以其純粹無惡，則謂之至善，以其真實無妄，則謂之至誠。此孔門問學，既講明乎此，必仁以行之，故以求仁爲要也，求仁則六者皆在其中矣。

## 大成説

學貴大成。其不至者，思不竭而志不立也。思竭則永，永則通微；志立則定，定則崇功。舜曰「朕志先定」，禹曰「予思日孜孜」，精一以協欽明，其在兹乎！夫子幼而志于此也，真積力久，壯而後立，至于强，則不惑矣。艾則知天命矣，事事明通，始條理也。老則耳順矣，耆則不踰矩矣，念念誠一，終條理也。明通故不滯，不滯故神知之事與；誠一故不息，不息故化聖之事與。知行並進，豈待年哉？謙言以示人漸進耳。

然則質非聖者，反之當何如？曰倍其功而已矣。是故竭思則意與幾焉，立志則勇其篤焉，合其小而大可成也。意謂願欲，可願可欲是也；幾謂隱微，莫見莫顯是也；勇謂憤耻，發憤知耻是也；篤謂信實，惇信篤實是也。自願欲而力研之，謂之審；自隱微而力禁之，謂之豫；自憤耻而力決之，謂之果；自信實而力行之，謂之確。

## 大中説

三極大中之矩，惟仲尼爲能一之。律天于上，襲地于下，允執其中，以敦萬化，得於祖述而心不踰焉。立大中而時有也，回也其庶乎。大則無窮盡矣，中則無方體矣。文博其大，禮約而中，知行有所據矣。既竭吾才行之力，而自灼於知也，欲罷不能知之至，而自篤於行也。見諸卓爾，欲從末由，其踰不踰之間乎，惜乎未見其止也，止則矩。

# 泰泉集卷第二十九

## 原

### 原心

目有同美，知正色者鮮矣；耳有同聽，知雅音者鮮矣；口有同嗜，知正味者鮮矣。至於心，六合雖廣，不能異也，豈惟民哉？天地鬼神，不能異也，前乎五百有餘歲而有聖人出焉，不能異也，後乎五百有餘歲而有聖人出焉，不能異也，其理義一也。故曰「君子之道，本諸身，徵諸庶民，考諸三王而不謬，建諸天地而不悖，質諸鬼神而無疑，百世以俟聖人而不惑」。斯道也，其必求諸己乎！

將有爲也，將有行也，推之使出則一者大。天地之昭也，鬼神之列也，上下四方之矩也，先後聖人之節也，符合於彼而屈者信，闢户顯諸仁矣，誠之通也。既有爲也，既有行也，收之使入則大者一。天地之心也，鬼神之會也，上下四方之宇也，往古來今之宙也，歸宿於此而信者屈，闔户藏諸用矣，誠之復也。三極流通，無有間隔，孰能異之？苟異乎此，則異端也。佛氏圓覺，覺性體之圓而不知方之以義，遺外者也；老氏致虛，致心體之虛而不知實之以理，廢用者也。今之陽儒陰釋，取孟氏一語以立門户者，不思理義，其流也殉欲射利，喪其良心。傳曰心不在焉，不見不聞，不知其味，其斯人之徒也夫！

## 原一

心之所同然者，自一而大，則與天同，此言非不切於人也。今夫婦之愚不肖見人無理者，則必責之曰：「汝何無人性哉？」倏喜倏怒，當哀而樂者，則必指以爲不情。性即理也，情無性宰，則不情而爲小人矣。聖人之心以天地萬物爲一體，其視天下凡有血氣者，皆欲全而教養之，以性情乃心之所同然故也。堯、舜、禹之相授受，危微精一，允執厥中，以盡性爲大綱，其命契以五者，天下之達道，則以盡倫爲條目。施及三代，教者教此，學者學此，學問思辨，實用其力，察之真，由之篤，則至誠能盡其性，天地我位，萬物我育，自一而大，與天同矣，道豈遠人乎哉？

夫一者誠也，主一者敬也。戒慎恐懼，必慎其獨，由敬而誠也。雖三聖人以至誠治天下，亦兢兢業業，無教逸欲，柰之何弗敬邪？後世學者自私自利，燕辟則喜，箴規則怒，其有人性者，暫時矯飭以爲僞爾。是故任道以輔君者，心不容須臾放，志不容須臾隳，心放志隳，則怠勝敬而僞萌矣。僞萌於心，則發於政事有不容掩者，猶病作於心而脉已形，飲未及醉而色已見，可畏也哉！

# 原理

理一而分殊，統之在道者也。夫子贊《易》，始言窮理。理不可見也，於氣見之。《易》曰：「一陰一陽之謂道。」朱子曰：「陰陽迭運者氣也，其理則所謂道。」確哉言乎！理即氣也，氣之有條不可離者謂之理，理之全體不可離者謂之道。蓋通天地，亘古今，無非一氣而已。氣本一也，而分陰分陽，則一動一静，一往一來，一闔一闢，一升一降，循環無已。積微而著，由著復微，爲四時之温凉寒暑，爲萬物之生長收藏，爲斯民之日用彝倫，爲人事之成敗得失。千條萬緒，紛紜膠轕而卒不可亂，有莫知其所以然而然，是即所謂理也。初非别有一物，依於氣而立，附於氣以行也。或者因「易有太極」一言，乃疑陰陽之變易，類有一物主宰乎其間者，是不然。

夫易乃兩儀、四象、八卦之總名，太極則衆理之總名也。云「易有太極」，明萬殊之原于一本也，因而推其生生之序，明一本之散爲萬殊也。斯固自然之機，不宰之宰，夫豈可以形迹求哉？自心之所同然者窮之，存乎人爾。周子爲圖以明《易》，與川上之嘆，一貫之旨，同條共貫。蓋理即氣也，一氣渾淪，名爲太極，二氣分判，名爲陰陽，陰陽分老少，四象非土不成，又名爲五氣，皆自吾心名之。所謂窮理也，非謂未有天地之先，畢竟是理，而理在氣先；亦非氣以成形，理亦賦焉，而理在氣後。

嘗近取諸身，則耳目視聽，有聰明之理，自吾心名之也；非聰明之理，在未有耳目之先，出於視聽之後也。口體言貌之恭從，以至萬理皆然。此天地人物之各具者，雖欲紊之，吾心自能窮究，惡得而紊諸？《説文》原訓曰：「理，治玉也。」治玉者，既琢而復磨之，極其精研，則玉之渾然者粲然可見。得其理以修身而無欲，則乾以易知，坤以簡能，皆在於我。何則？道之大原出於天，而地順承之。民受天地之中以生，德性之知，本無不能也，守之則德可久，行之則業可大，廓之則配天地，未有難且繁者，故曰易簡而天下之理得矣。天下之理得，而成位乎其中矣。彼以覺悟爲道者，豈夫子窮理之旨哉？祇見其支離爾。斯論也，吾聞諸羅整庵氏而益明云。

## 原仁

天命流行不已，而人物生生無窮，可謂仁矣，其本則藏諸用焉。蓋人自有生即有知覺，事物交接，念念遷革，失其恒性，則反中庸矣，故君子必自未發之中而豫養之。夫未發云者，非燕居休息，夙興夜寐，絶無聞見之謂也。日用常行，事物在前，凡感之而通，觸之而覺，聞見不及，而有渾然全體，應物不窮者在焉，是乃天命流行，生生不已之幾也。

但喜怒哀樂之情則未動耳，於此而戒懼以存其心，常爲動静語默之主，則物至知之，自敬身、惇倫，尊師、取友，以至酬酢萬變，情雖迭用，而發皆中節，一日之間，雖萬起萬滅，而其大本未嘗不寂也。是故寂而未嘗不感，感則必顯諸仁。仁始於親親，自孝友睦婣之殺以至匪親；義始於尊賢，自賢德忠良之等以至匪賢。等殺章而爲敍秩命討，則經綸自立本出矣。問學以明之，是謂知天。蓋此心之虚靈知覺，主乎理義，而無一息之不察也，非粲然者達渾然者於外乎？感而未嘗不寂，寂則復藏諸用，用則德性常爲中節之本。必也涵泳其良知，知日至，則義日精；以川流栽培其良能，禮日崇，則仁日熟。以敦化經曲，合而爲發育峻極，則大本與化育一矣。問學以誠之，是謂事天。蓋此心之周流貫徹，絶乎利欲，而無一息之不仁也，非渾然者函粲然者於中乎？故堯、舜、禹、皋陶所以必言天者，大本即天也，人自違之，則亦恭敬之不篤焉耳。嗟乎！天命流行之禮，初豈外乎吾身哉？未發之前，已發之際，一念不善，覺其非禮，恭敬自持，私意立消，真積功深，中和不難致矣。是故恭敬則心主乎動静語默而自不放，此知與禮相爲用，而後仁始成也。

仁之爲道大矣，其盡性至命之樞要乎。《中庸》原道於天，而析諸聖，曰「修身以道，修道以仁」，道固天下之大經也。誠能修之以成仁，則性盡，性盡則命斯至矣。故又終之曰「肫肫其仁，淵淵其淵，浩浩其天」。雖然，仁固難能也。人得之以爲心，則天地之大德存焉。但放其心而不知求爾，求則得之，欲净理還，藏而必顯，人皆見之，見諸其行也。故夫子曰：「仁遠乎哉？我欲仁，斯仁至矣。」其贊《易》也，惟《乾》《復》言仁，蓋《復》之初，反對則《剥》之終也，碩果不食，乾元生意存焉。

顔淵博文，學以聚之，既能且多，而猶問於不能與寡，則辨之至明矣。有若無，實若虚，寬以居之，犯而不校，不遷怒，不貳過，則行之至健矣。此所以不遠復而能不違仁，故曰：「有不善未嘗不知，知之未嘗復行也。」知幾由己，其惟獨乎。慎獨則能敬以入誠，誠無不敬，乾健故也。未誠者必敬而後誠，坤順故也。安焉之謂聖，其學一，一則誠；勉焉之謂賢，其學二，主乎一則敬。顔淵幾於安焉者乎！大體具矣，辟如碩果，解其蔓藤而生意復。其爲仁也，得乾道焉，克己復禮，猶之閑邪存誠也。仲弓則下顔淵矣，其勉焉者乎！具體而微，方培灌敏樹者也。其爲仁也，得坤道焉，主敬行恕，猶之直内方外也，合内外而一焉，則亦誠也已。故曰：「坤道其順乎，承天而時行。」司馬牛諸弟子，各因其材而篤。樊遲三問，而所告三不同者，隨日月至焉，而發育以成其材，何往而非生生之道哉？故曰「聖人如天覆萬物」。

## 原學

堯、舜之世，道德事功見於典謨者，無非學也。雖不言學，而其言皆知本，此其所以爲萬世法與。自成湯言性後，傅説始言學。《説命》之告王也，始之曰：「人求多聞，時惟建事，學于古訓乃有獲。事不師古，以克永世，匪説攸聞。」蓋求多聞，式古訓，則理日明，苟無言語文字以爲學，則非吾之所謂學矣。次之曰：「惟學遜志務時敏，厥修乃來，允懷于兹，道積于厥躬。」蓋遜其志，敏其學，則道日積，苟不勉强學問以爲道，則非吾之所謂道矣。終之曰：「惟斆學半，念終始典于學，厥德修罔覺。」蓋斆學兼全，終始克命，則德日修，苟執圓明覺悟以爲德，則非吾之所謂德矣。自有書契、治百官、察萬民以來，不可一日廢也。雖言語文字日繁，仲尼删述《六經》，則已簡易矣。是故古之王者取士，爲其多聞也，爲其賢也。

士之待聘者博學而不窮，篤行而不倦，聞識雖多，而貫諸一心，則道明德立，丕建事功，而堯、舜之治有不復者哉？然好高欲速，厭常喜新，是己非人，黨同伐異，學者之通患也，雖堯、舜在上，文章煥然，而言由其心，文見於行，命德亮工之外，蓋鮮見焉。故驩兜黨共工之象恭也，靖言庸違，反以爲功；有苗效伯鯀之方命也，昏迷侮慢，自以爲賢，而况孔子春秋之時乎？蓋道家者流，起自黄帝、伊、吕，歷記成敗之道，而書成於管仲，惟守清虚，持卑弱，以用兵權。孔門弟子蓋有惑於異端違離道本，而畔博約之教者，雖子路之勇，猶曰「何必讀書，然後爲學」，故斆人一則曰「攻乎異端，斯害也已」，二則曰「君子博學於文，約之以禮，亦可以弗畔矣夫」！時則老子之學，無欲無爲，自然而民化，其要存乎致虚極，守静篤，萬物並作，吾以觀其復，而守中保盈。所寶者三：曰慈，曰儉，曰不敢爲天下先。以禮文爲亂之首，道之華，則是執三皇之治以御季世也。

孔子嘗問禮而知其意。夫道德仁義既失，則禮無本矣，此所以從先進與。及蕩者爲之，則欲絶去禮學，兼棄仁義，曰「聖人不死，大盗不止，剖斗折衡，而民不争」。莊周之言也，豈老氏以正治國之意哉？時至孟子，楊朱、墨翟興焉。朱有言曰：「行善不以爲名而名從之，名不與利期而利歸之，利不與争期而争及之，故君子必慎爲善，其爲我也。」有類於不敢爲天下先。翟之言其節用非儒，述晏嬰之毁孔子曰：「盛容修飾以蠱世，絃歌鼓舞以聚徒，當年不能究其禮，積財不能贍其樂。」其兼愛上同，則有類於慈儉者焉，然未嘗一言及於老氏以爲宗也。司馬遷則引墨譏儒，崇黄老而薄《六經》，謂經傳以千萬數，博而寡要，勞而少功。殊不知吾儒之學自本貫末，雖孔子之聖，猶資聞見，以次德性之知而擴充之。《詩》《書》、執禮，皆其雅言，而欲卒以學《易》，可謂念終始典于學者矣。故曰「多聞，擇其善者而從之；多見而識之；知之次也」。

觀於攝相事，得邦家綏來動和之化，則其所擴充者，莫非道德事功，彼老氏焉能有爲致此哉！矧六籍經孔子刪述，要而不繁。漢文帝旁求治之者，田何、伏生、孟喜，僅數人爾。迄武帝時，安得有千萬數哉？是還之誣也。自是黃老大行于漢矣。佛雖興於晉、宋、齊、梁之間，然《六經》猶未泯也。自晚宋「學苟知本，則《六經》皆我註」之言出，禪學大昌，其徒心狹而險，行僞而矜，言妄而誕，氣暴而餒，則《六經》之道晦矣。嗟乎！傳說之言學之原也，士之志于「道積厥躬，德修罔覺」者，當何如？曰「學于古訓乃有獲」，此其斆學兼全，終始克念，當篤信而力行之，不可一日廢者也。後世學尚超異，凡經傳皆以爲古人糟粕，一切屏之，惟讀佛老書，雖數千卷則未嘗厭，故予詳説而贅爲之辭。

## 原　佛

異端之害莫如佛，佛之植禍中國也，將千五百年于兹矣。世之英君碩輔、名士大夫猶崇信之，而況庶氓乎？宗其禪以爲學者，反謂其大於孔子，駢首疊迹，而未已也。根株日盛，欲鋤而去之，猝未能拔，棄而弗治，則害滋深，如之何其可？

唐韓愈氏曰：「人其人，火其書，廬其居，明先王之道以道之。」宋歐陽修氏曰：「佛患之所從來，以王政缺、禮義廢也。修其本以勝之，必行堯、舜、三代之政。」二子之言確矣。予則以爲佛之入中國也，妖氣召之也；佛之倡爲異説也，妖言啓之也。何者？周衰禮廢，力政争雄。吴楚稱王以抗君，衛輒舉兵以拒父，被髪野祭，辛有預知伊川之爲戎，彭生、伯有，晝爲妖厲，人道乖而鬼境侵矣。秦併六國，先王之道掃於一帚，迄漢不能修復，而新莽乘之篡弑，淫暴而無經。既自納於夷狄之域，則胡鬼之教應其機而至焉。無怪也，衣之弊也而蟣蝨饒，醯之酸也而蠓蚋集，故曰佛之入中國也，妖氣召之也。

今夫草木滋蔓，芸田者苟不撥土以茀之，夫安知其根之所在？華人與其徒代佛爲神妙廣大之説，使人崇信，則其根也。嘗翻閲《大藏》而究其本源矣。佛居身毒國，在葱嶺之南，即天竺也。言語文字不通中國，侏儷荒誕，殊不可曉，而强以華言譯之，是指鴂而爲鳳也。《六經》傳説中國，庠序日誦習之，猶未盡識，而况於漢譯胡書也哉？苟求其故，則漢明帝時所得《四十二章經》是也。譯之者，即西來之攝摩騰與其徒竺法蘭，惟以斷欲去愛、識自心源爲教，神妙廣大之言猶未有也。佛氏之本源，其在兹乎？且樹下食宿，以爲自足，彈琴緩急，以求適中，以孝二親爲愈於事神，以生中國、值有道之君爲難，於名教猶未悖也，故華人鮮從之。

及三國時，其徒始營寺刹，華人始有爲僧者矣。自五胡雲擾，迄武曌穢亂之世，寺僧自立講師，孰爲釋迦，孰爲阿難，孰爲迦葉，各自問難。謂之談禪説法，筆之於書，轉相欺誑，有至五六譯各行於世者。華人剽竊藝文，以助其高，前後差殊，妄相改竄，至五千四百卷，分禪、戒、律三種，經獨多者。惟《大部般若》合六百卷，而玄奘所譯《心經》，鳩摩羅什所譯《金剛經》，皆自十六會中出焉。

《心經》大旨，不過見空而度苦厄，《金剛經》則四相近於絶四無我，六如近於太虚無形。應無所住而生其心，近於應物無迹，乃禪之肯綮也。蓋禪學以心爲性，以意爲心，意則支離來去，成心之欲者也。一切萬法，皆從心生，於色、聲、香、味、觸、法本自知覺，取人心之危者而作用之以精神，能視、聽、言、動爲性，與吾儒天命之性異矣。而謝靈運、劉炫諸人又從而註釋之，二經皆大行於世。

羅什又譯《法華經》，首言佛説法時，菩薩、天子之屬各數萬人，則謬妄已甚，况其文惟言變幻，與六如相矛盾，果何謂哉？《楞嚴》雖譯於彌迦，而實房融筆授，如「忌日營齋」，真唐時鄙語也；論及心性，乃《金剛》之疏義爾。高層累架，欲直出其表，則亦難矣。他如實叉難陀譯《華嚴》〔一〕，支讖之譯《泥洹》，道安之譯《維摩詰》，多羅之譯《圓覺》，繁簡不同，同於超悟，爲不二法門而已。《楞伽》三譯，至跋陀羅文乃精簡，達磨南來始知之，謂可以印心，則華人與其徒任情删改，亦可知矣。綺語如法雲慧日，彼岸高山，貪嗔痴愛，有相無明，二十五輪，三十七品，豈梵胡所能爲哉？凡其斁人倫而遺事物，輕天地而慢鬼神，大槩與本源絶異。若末流勦説，雖不可究詰，然亦可考而知焉。

老聃曰：「繩繩不可名，復歸於無物。」即五藴皆空之説也。列禦寇曰：「精神入其門，骨骸反其根。」即四大各離之説也。莊周曰：「知夢爲大覺，無生爲至樂。」即菩提涅槃之説也。賈誼曰：「千變萬化，未始有極，忽然爲人，化爲異物。」即輪迴報應之説也。宋玉曰：「土伯九約，其角觺觺，參目虎

〔一〕「實叉難陀」，原作「實乂難陀」，今據法藏《華嚴傳》卷一、圓照《貞元新定釋教目録》卷一三改。

首，其身若牛。」即閻羅、夜叉之説也。騶衍曰：「中國爲赤縣神州，中國之外如赤縣神州者九。」即大千沙界之説也。梵語如摩訶、娑羅之類，所存無幾，餘皆盜吾藝文。天下無道，辭有枝葉，中國未始知佛，而曲學浮言已先有是矣。彼既得華人相助，乃恣其杜撰，務爲張大，以惑世誣民，豈佛之意哉？氓之蚩蚩，固無足喙，講學之士反棄所習而習焉，何也？然其所本在此而不在彼。故曰佛之倡爲異説也，妖言啓之也。此其假借相欺者爾。

至於誣説，則又無所祖焉。如丈六金身，騰空普照，應緣説法，變現因人，以幻異誣也，不其神乎？一真圓靈，是謂實際，一念不起，是謂無生，以寂静誣也，不其妙乎？布施衆生，割截肢體，有未成佛，不取泥洹，以慈悲誣也，不其廣乎？無有冤親，恩讎平等，法輪常轉，不可思議，以功德誣也，不其大乎？佛以自性之清浄光明也，俯陋塵世，名爲五濁，故言「上天下地，惟吾獨尊」，此世尊所由稱也。過去彌陀，當來彌勒，皆其法身，降魔出世，則又尊之曰「大雄氏」云。然《法華》有三乘，成佛乃漸進，而非超悟也。下乘羊車，初出火宅，以求涅槃；中乘鹿車，得慧樂，則出入火宅而無礙；上乘白牛車，則得佛智矣。故佛嘗娶妻生子，《華嚴》謂悉達太子納妙德女，即其事也。出家修行十二年，登無上覺，乃復歸其室而譯經。羅什亦納姚興宫女，生二子焉。然則斷欲去愛之教，非邪？爲之徒者，供養必醍醐，莊嚴必七寶，不父之子，不君之臣，從浮屠沙門者坐享田廬，陰畜妻子，寺刹輝煌，徧於海内。然則適中自守，孝親忠君之説，非邪？

程子云：「佛氏自私而無實，蓋華人與其徒之罪也，佛奚誅焉？」宋人晁迥、王安石輩極喜事之，日夕焚修，捨宅爲寺，非但吕希哲、張九成、陸象山、楊簡之徒，陽儒陰釋而已也。方今像設諸天、羅漢，皆狄貌鬼容，以怖愚俗。武夫胡賈貪且暴者，莫不膜拜喜捨，願生西天。夫八蠻以天竺爲禍首，裸身焚尸，自誇極樂，果如其願，則生靈何辜而自掇焚如之僇乎？然西僧入貢，歆羡中華，但持梵咒，問以佛經茫如也，則杜撰胡書，罪在華人明矣。文士猶謂方廣東被，像法南移，豈不可笑哉？

誠能頒《四十二章經》於天下，使人人灼知佛氏本源，而末流妄作，皆鄙而惡之，優游乎名教禮義之中，而祈禳喪葬，無復崇信也，則講學之士亦知漸進，而不事超悟以欺人。固不必嚴建寺之誅，重捨田之罰，惟絶鬻牒，驅僧尼歸俗，人授之田，畜其妻子，固所以正人倫也，而亦佛意也。茀去崇信之根，神妙廣大之妖一無所售，則先王之道明，而堯、舜、三代之政可漸而復，韓、歐二子之志可得而伸。於戲，必如是，而後佛之禍害其戢矣乎！

## 醫原

醫家《素問》之運氣，《本草》之藥性，《脉經》之胗病，莫不有象數存焉。寒、暑、燥、濕、風、火者，天之陰陽，三陰三陽，上奉之；木、火、土、金、水者，地之陰陽，生長化收藏，下應之。而五運行於其間，邪，五行之化氣也。風木冬春之交，艮震東北，君火春夏之交，震巽東南，而相火則正夏南離；濕土夏秋之交，坤兑西南，燥金秋冬之交，乾兑西北，而寒水則正冬北坎。此主氣之定布者也。地初正氣子中至丑，地後間氣丑中至卯；天前間氣卯中至巳，天中正氣巳中至未，天後間氣未中至酉；地前間氣酉中至亥，地終正氣亥中至子。此客氣之加臨者也。主氣土居二火之後，客氣土行二火之間。子午歲冬至起燥金，生丑中寒水，丑未歲冬至起寒水中，生丑中風木，寅申歲起風木，卯酉歲起君火，辰戌歲起濕土，已亥歲起相火，皆肇端于子半，循環不窮。火所以有二者，在人君火則在寸心脉，相火則右尺命門脉也。凡陽氣自下而上，陰氣自上而下。心肺包絡在上屬手經，自午至亥，六陰生於上，從上而走下；肝脾腎在下屬足經，自子至巳，六陽生於下，從下而走上。上以候外，浮以候氣，下以候内，沉以候血。故脉分兩手，手分三部，隔寸尺者命之曰關。去肘度尺曰尺，關前一寸曰寸。左手之寸極上，右手之尺極下。男子陽順，自下生[上]〔一〕，故極下，右手爲受命之根本；女子陰逆，自上生下，故極上，左手爲受命之根本。診病莫要於此。

蓋人感天之六氣，三陰三陽，應乎六脉，必以地之五味，應陰陽生長化收藏而治之。上藥一百二十種爲君，養命以應天；中藥一百二十種爲臣，養性以應人；下藥一百二十五種爲佐，使治病以應地。合三百六十五，應周天之度，而五味錯乎其間，猶五緯也。雖相須相使，亦有相畏相反者，單行氣力猶專，雖無毒者，制之無法，皆能傷人，而况大黄、附子、巴豆之屬有大毒者乎？觀於《洪範》，五行不言性而言味，則養人致福壽康寧，傷人致極凶短折，皆可徵也。何則？寒生水，水生鹹，故潤下作鹹；

〔一〕「上」字原脱，今據褚澄《褚氏遺書·平脉》、顧起元《説略》卷五《人紀》改。

熱生火，火生苦，故炎上作苦；風生木，木生酸，故曲直作酸；燥生金，金生辛，故從革作辛；濕生土，土生甘，故稼穡作甘。生物者，氣也；成之者，味也。寒之氣堅，故其味可用以堅；熱之氣耎，故其味可用以耎；風之氣散，故其味可用以收；燥之氣收，故其味可用以散。土者，沖氣之所生也。沖則無所不和，故其味惟可用以緩而已。氣堅則壯，故苦可以養氣；脉耎則和，故鹹可以養脉；骨收則強，故酸可以養骨；筋散則不攣，故辛可以養筋；肉緩則不壅，故甘可以養肉。堅之而後可以耎，收之而後可以散。欲緩則用甘，不欲緩則不用也。養生治病者必先通乎此，不通乎此而能已人之疾者，蓋鮮矣。按：西漢《藝文志》無《神農本草》，後世始有之，不知所從來也。《本草》所載，惟有橘、柚而不及柑。今之醫者以柑爲陳皮，每劑多用之，其不可考者如此。

## 卜原

《記》曰：「人者，其天地之德，陰陽之交，鬼神之會，五行之秀氣也。」亦惟求之於心而已矣。明理集義，體信達順，以應事揆物，而時措之宜，則志定氣充。人謀鬼謀，罔不協乎，雖禪授天下大事，禹欲辭讓，枚卜功臣，而舜惟決于志。所謂事幾有天地鬼神所不能易而易之者，人也。既斷以理義而無疑，又何以卜筮爲哉？《洪範》曰：「凡七，卜五，占用二，衍忒。」《春秋傳》曰：「龜，象也；筮，數也。物生而後有象，象而後有滋，滋而後有數。」龜體因兆而細曲者爲水，象雨；邪向經爲金，象克；背經爲火，象霽；立者爲木，象驛；横者爲土，象蒙。此卜五也。三兆經體皆百有二十，其頌皆千有二百，則數滋於象矣。夏商易占用七八，周易用九六。靜則内貞外悔，動則本卦貞之卦悔，此占用二也。衍數變忒，象益滋焉。凡七，稽疑，皆所以推人事之過差也。

《洪範》又曰：「立時人作卜筮，三人占，則從二人之言。」周公《金縢》爲武王弗豫，禱于鬼神，而公卿百執事皆在，謂之穆卜。乃卜三龜，即其事也。古之三兆：曰王，曰原，曰瓦。三《易》則夏《連山》，商《歸藏》，今皆不傳，所傳者惟《周易》爾。揲蓍之法，大衍之數五十，其用四十有九。太陽以九變則化爲少陰八，太陰以六變則化爲少陽七，九六用而七八無爲也。一卦變六十四，六十四卦變四千九十六。伊川謂用九之道皆變自乾，用六之道皆變自坤。剛變則化柔，柔變則化剛，故曰剛柔相推而生變化。六爻皆不變，則占本卦彖辭，而以内卦爲貞，外卦爲悔。一爻變，則以本卦爻辭占始，之卦爻辭占終；二爻變，則以下爻占始，上爻占終；三爻變，則以本卦彖辭爲貞占始，之卦彖辭爲悔占終；四爻變，則以二不變爻上占其始，下占其終；五爻變，則以之卦不變爻占始，本卦不變爻占終；六爻變，則乾坤占二用，餘卦占之卦彖辭。此則朱子《易學啓蒙》之説也。

然考諸《春秋内外傳》，懿氏兆，如「鳳凰于飛」；成季兆，如「在公之右」，猶有傳焉。卦則有繇辭，《周易》所無者。《大有》之《乾》曰：「同復于父，敬如君所」；《歸妹》之《睽》曰：「通歸其國，而棄其家。」此類豈别有書與？然夫子贊《易》於爻，必曰：「觀其會通，行其典禮。」會也者，統之在道者也，即五典人倫所當惇者也，乾坤之藴是已。如乾，君道也。晉成公歸國，筮，遇《乾》之《否》曰：「配而不終，君三出焉。」其後有厲公之亂而立悼公。周坤，臣道也。魯南蒯叛季氏，筮，遇《坤》之《比》曰：「忠信之事則可，不然則敗。」蓋諸侯亦君也，内不可以失道；家臣亦臣也，外不可以叛君。通也者，散之在理者也，即五禮等殺所當庸者也，九六之變是已。如用九，陽動也。晉畢萬筮仕，遇《屯》之《比》，本乾陽而之坤，則母覆之，衆歸之，合而能固，安而能殺，公侯之卦也。故曰：「屯固比入，吉孰大焉？」其後果建魏國。用六，陰動也。陳侯筮公子完，遇《觀》之《否》，本坤陰而之乾，則照以天光而居土上，天地之美具焉。故曰：「其在異國乎？非此其身，在其子孫，光遠而自他有耀者也。」其後果得齊國。他如魯陽虎筮救鄭，遇《泰》之《需》；晉文公勤王，遇《大有》之《睽》；魯莊公筮叔孫穆子，遇《明夷》之《謙》；齊崔武子筮娶妻，遇《困》之《大過》，雖觀象玩占，皆務求諸心，而非《周易》之所載也。故曰：「書不盡言，言不盡意。」心通乎道，則五行之性，敬用五事，天下之動，貞夫一而悔不自内出。占盡在我矣，又何筮短龜長之足云哉？龜兆之書，久已不傳。今吴越間龜策，五兆用三十六筭，六變成卦以合《易》，而《易》卦反用龜殼。擲三錢，以爲單、拆、交、重，休咎皆由渾天甲子。謂父母退氣，兄弟詐神而重財官，子孫是爲小人謀也。漢京房易爾象數之學，出於聖人者其不行矣夫。

# 解

## 爲己解

世有明訓曰：爲己之學，欲得之於己也。稽諸字義，則中而已矣。中心藏之，孰能測之？其所不可掩者，視聽言動見於身，喜怒哀樂發於情。所謂形色，天性也。思誠入聖，其斯以爲道乎！故君子之爲道也，學文篤行，不過日用之於飲食焉爾。其致道也，守之以待其至，而無欲速，既循序漸進，往來必由之路也。及其行道濟時，本諸其躬，措諸政事，綱舉目張，如理一家，秩然不紊，寔亡難者。是何也？本吾生所受天地之中，日見之行而已。知與賢則過矣，愚與不肖則不及矣，故中庸非聖人不能。吾惟誦法仲尼，學而知之而敏於行，默而成之而訥於言，率吾性分，不待外求，則上下四方之宇，往古來今之宙，皆吾性分内爾，豈非易簡哉？

觀於《語》《孟》及荀卿之書，然後知子思寔憂吾道之失傳而言之切也。夫上達者，性之之事也。故仲尼教人下學，立心必自爲己始。其謂子夏曰：「女爲君子儒，無爲小人儒。」其他弟子，或語以質之偏而使之自勵，或探其言志而察其所安，或進其退而退其兼人，或裁其過而引其不及，皆中庸之道也。故《中庸》始言「戒慎不睹，恐懼不聞」，終言「不動而敬，不言而信」；始言「天命之性，喜怒哀樂未發之中」，終言「君子篤恭，而天下平」；而引《天載》之詩，則聖誠之極致也。藏諸中心而自不可掩者，其至矣乎！故曰「誠者，聖人之本，不求人知而求天知」故也。然則下學而上達，亦惟終始克念，求其放心而已。

誦仲尼之言，曰「君子中庸，小人反中庸」，惟恐其不至於誠也。法仲尼之行，則曰「祖述堯舜，憲章文武，上律天時，下襲水土」，惟恐其不至於聖也。道之昭著，指其切者，則引《詩》以明之，曰「鳶飛戾天，魚躍于淵」，言其上下察也。天不大，鳥不高飛，淵不深，魚不樂泳。道之形于上下者，反諸身而誠，則不息而久且徵，至于博厚高明，而天地我參矣。盡天下至誠之道，成天下至聖之德，其有臨也，則措諸政事，如理其家者也。仁足以有容，義足以有執，禮足以有敬，智足以有别，則往來必由，不可須臾離者也。天理流行，元無間斷，鳶飛魚躍，其在吾性中矣哉！故曰溥博淵泉而時出之。溥博如天，淵泉如淵，是則中庸也者，民之所同也與！民由之則無知，愚無賢不肖，莫不敬信且説，用中于民。民協于中，其亦日用之於飲食焉爾。宇宙之内，孰有違悖而不尊親者哉？此盡性至命，命在我而配天，由立心爲己而至者也。

然君子之道費而隱，非明則不可得而知，非誠則不可得而行，其要在乎學而知之，默而成之爾。故切切焉思形色由乎天性，必立其大本，而後達道達德，九經三重之屬，可從而理。至德以凝，至道又焉能掩？故曰君子之道闇然而日章，中庸者也；小人之道的然而日亡，反中庸者也。教修於道，道率於性，性命於天。苟非立心爲己而明誠並進，曷能身之？故又發明君子所以爲中庸之道，曰「淡而不厭，簡而文，温而理」。蓋非淡不能知道，非簡不能守道，非温不能用道。是故君子之學，自明誠至於能化，毋以浮談爲也。侮聖言，糟粕《六經》而喜浮談，是厭家食而醉醲飽鮮於旅肆也。

道聽塗説惡乎明？吾惟恬漠無營，而學問思辨必篤於行，則義理之説我心，猶芻豢也。嘵嘵頰舌，以超詣上智媚其徒，是舍規矩而雕琢藻飾以衒巧也。禦人口給惡乎誠？吾惟質樸無華，而典禮叙秩必循乎天，則德性之文在中，猶彩章也。徒事威嚴以操切，而不知稽古以憲今，是臨淵端坐羡魚，而綱弗之結也。色厲内荏惡乎化？吾惟篤恭無懈，而平均天下國家，必反其本，則禮樂政刑四達，猶網之在綱，有條而不紊也。

故曰：至善淡而無味，而至味存焉；至道簡而無文，而至文存焉；至教温而不厲，而至理存焉。尤必慎獨知幾，毋自欺而求自慊，則作德日休，猶出户運樞，無往而不可行。故又曰：「知風之自，知遠之近，知微之顯，可與入德矣。」一息不存，則與天地不相似，此篤恭而天下平，所以始諸人之所不見也。其或誦法仲尼，自欺而失之偏，則大本不立，而漸失其真。

孟子曰：「子夏、子游、子張皆有聖人之一體。」偏故也，其門人漸流於過與不及。荀卿非之曰：「偷儒憚事，無廉耻而嗜飲食，必曰君子固不用力，是子游氏之賤儒也；好濃不好淡者也；第佗其冠，神禫其辭，禹行而舜趨，是子張氏之賤儒也；好繁不好簡者也；正其衣冠，齊其顏色，嗛然而終日不言，是子夏氏之賤儒也，好厲不好温者也，况漢、晉之世哉？於戲！後之學者不入於老，則入于佛，談空無實以求人知者，世亦何限？譬之蜂房各開户牖，則道愈失其傳矣。是故觀於《語》《孟》及荀卿之書，然後灼知子思憂之深而言之切也。

## 博約解

古之學者聞道貴中，見道貴明。仲尼之道，默而識之，爲之不厭，誨人不倦。其教顏淵也，與言終日，不違如愚，退而省其私，亦足以發，則其潛心也，擇乎中庸，而非徒聞也，服膺勿失，而非徒見也。夫聞道固有早晚，然仁者見之謂之仁，知者見之謂之知，豈非滯於一偏而有窮盡方體者哉？仲尼則知仁合一而時中焉，其即堯、舜之所傳乎！

夫堯舜之道，欽明精一，未可幾而及也，其博約乎。博之爲言廣也，而有大通之義；約之爲言要也，而有檢束之義。自學者而言，所貴乎知要也，守約足矣；自教者而言，則人之有生也，精神有限而情欲無窮，聞見有限而理義無窮，必使之學爲聖人焉。聖人往矣，其先得我心之所同然者，文固在兹也。《詩》《書》《禮》《樂》之籍，前言往行之傳，古今事變之詳，天地人物之賾，皆博習而多識之，以開發其精神，增益其聞見。教有正業，退有居學，日與情欲相忘，而凡天下之義理，舉皆聚諸其心而靡遺也。精神之所會，聞見之所擇，而真知其有可欲者在焉。是猶射者之志鵠，操弓審矢，已躍如在於吾前矣。故博約相須者也，非博無以致其約，非約無以居其博。不有弓矢，無以命中，不有巧力，則雖日操且審，亦何爲者耶？

禮者，履也，節也。有實之謂履，有制之謂節。向之所博，非不燦然條理，斐然成章也，然散漫而無統，泮涣而罔歸，以此約之，日夕乾乾，恒自檢束焉。履其實而去其太，著節其過而引其不及。發諸視聽言動者必統諸心，得諸學問思辨者必歸諸行，可欲之善，於是乎始有諸己，服膺而弗失之矣。是猶射不求中於弓矢，而求中於吾身之巧力也。故曰學至乎禮而止有禮矣，然後高者可及，堅者可入，瞻者可即〔一〕，忽者可執，此謂大中，此謂道之至也。博文則知而精，約禮則仁而一，故曰顔氏之子，其

〔一〕「瞻」，原作「瞻」，今據黄佐《庸言》卷一改。

殆庶幾乎亞於仲尼，能入堯舜之道者也。

## 知本解

古人明德新民之實學，其惟知本乎！天下國家之本在身，然必先知所止，則至善之謂也。在性爲善，在物爲理，處物爲義，則身主於心之謂也。事事物物，理義當然之極，皆吾心之至善主之，非所當止而不遷者與！知所止則可以入道，倀倀然莫知所之，而望至聖賢之域，難矣！《大學》之爲是言也，蓋受諸夫子者。始乎明善，顧諟以誠身，則格知天命矣；終乎威儀，而聽訟知本，則自作元命矣。知命也，知禮也，知言也，三者格致之要也。夫子自志學而立，而不惑，則天命其所格知也，由此而耳順，而不踰矩焉，則禮與言一以貫之矣。

今夫人生而静，天命之性存焉，感物則不能無視、聽、言、動，而秩叙存焉，但人自不察爾。不自察，則惟利欲是趨，昏迷侮慢，從此始矣。知命云者，由盡心以知性也。世之談性命者，索諸空虚，而不知其不外乎人倫日用也。性出於命，則食色、聲臭、安佚莫不有節，命立於性，則父子、君臣、賓主、賢者、天道各安其常，是易人心爲道心也。道心常存，則明命在我，奉而行之，何禍福死生之惑乎？譬之遵制勑以行政，而聽予奪誅賞於朝廷，吉乎？凶乎？莫之致而至，非吾所敢料也，吾惟順受其正爾。由是而應天下之動，順此者爲禮，逆此則爲非禮；聽天下之言，合此者爲經訓，悖此則爲邪説，吾何容心哉？

劉子曰：「民受天地之中以生，所謂命也。是以有動作、禮義、威儀之則，以定命也。能者養以致福，不能者敗以取禍。」是故人有禮則安，無禮則危。《易》曰：「出其言善，則千里之外應之；出其言不善，則千里之外違之。」是故一言可以興邦，一言可以喪邦，禮以定命，言以度禮。記者繫此於執中從政之後，則知斯道也，庶幾修其身而天下平矣。考諸《春秋傳》，於邾文公卜遷繹曰「知命」，于范宣子承《彤弓》曰「知禮」，於士鞅論欒氏之亡曰「知言」。非惟文公也，仲尼之不主彌子瑕，叔向之不拜樂王鮒，皆知命也；非惟宣子也，鄭伯之舍許叔，叔弓之辭致館，皆知禮也；非惟士鞅也，臧紇之言道，趙孟之語偷，皆知言也。三者，自古道藝之士類能知之，而入德之幾在此。

夫利害在前，屑屑計較，趍避奔競，徒喪所守，知命則安於靜聽，如行舟執柁，雖風有順逆，終不傾危，人定勝天，而天亦終定矣。紛華波蕩之中，得志易於放肆，知禮則循天之理，不爲外物顛冥，而陷溺其良心。異端邪説盈天下，厭常喜新，鮮不以爲賢，知言則能辨其是非，而取舍不爲所欺罔。勑天之命，禮自我庸，敷納以言，其堯舜之道與！賢知殉意見，愚不肖殉物欲，知三者之爲本，蓋鮮矣！嗟乎，知能其可偏廢哉？

今之談空以爲道，業舉以爲文，有自謂學問如是而已。誚其無行，猶能忍之，如以無學問誚焉，吾見其忿且讎也。謂之「文滅質，博溺心」，無以反其性情而復其初者，非邪。蓋删述以來，聖賢方策，皆物之已格，文之當博者也。學習朋來，不求人知，養其德性，去其巧令，即反身而誠，約之以禮者也。三代以下，有文無禮，禍至掇也。司馬遷、班固、禰衡、阮籍、稽康、謝靈運、范曄之徒，可鑒矣。故孔門之教，以禮濟文。回也其庶乎博約，則貫于一矣。參之魯，賜之達，皆難以望回者，故《語》以一貫，博而反之約也。《大學》言恂慄必及威儀，《中庸》言尊德性必及崇禮，殆其傳與。有禮則整齊嚴肅而心一，一則自無非僻之干，而所知所能，亦無支離之患矣。斯禮也，聖者得之恭而安，賢者得之和而節。

## 太極先天解

太極之陽動，先天之左方，河圖、洛書之水木也。陽一而大，故在天爲神，在人爲知爲仁。太極之陰静，先天之右方，河圖、洛書之火金也。陰二而小，故在地爲祇，在人爲禮爲義。然天地之道，知仁而已。當發散則顯諸仁，當收斂則藏諸用，至爲易簡。聖人知仁合一，與天地同，而禮義是之自出，陽統陰也。亞於聖者，自禮義而反之於知仁，陰復陽也。知崇禮卑，言知則仁行焉，言禮則義寓焉。知仁交際而萬化出，其大至於發育峻極；禮義交際而萬化入，其小至於三百三千。察之由之，參贊在我矣。漢儒謂木神仁，火神禮，土神知，金神義，水神信。水土交互，非所謂各一其性矣。惟子周子知性命之源，故其言曰：「五行陰陽，陰陽太極。」

## 誠敬解

《書》曰：「敬修其可願。」《易》曰：「閑邪存其誠。」二言者，聖學之要也，其究則一而已矣。天下無不誠之物，在人不容有不誠之敬。一者，誠也。主一，敬也。至静之中，常自内省，人心易爲道心，以主於内，昭昭不昧，無復障蔽，所謂仁義禮智，非由外鑠我也。我之受命於天者，本如是其善也，此謂盡其心而知性。知天性者，心所同然之理也。在中爲理，方外爲義。人倫物則之敍秩於天者，皆由大本而行達道，所謂可願者也。鷄鳴而起，至於嚮晦，定息惟是。動容貌，整思慮，一動一静，皆敬修乎此，而視聽言動無違焉，則鄙詐易慢，無自而入於心矣，此謂存其心以養性事天。是則敬乃閑邪之道，邪退而誠自存也。

好善惡惡，欺與不欺，必自知之，少或過節，必知自反，務求行慊於心而非有與於人。推之人倫物則，達之家國天下，莫不遂其同然之願。忠恕一以貫之，戒懼慎獨，誠者自成而道自道，皆此理也。一息不敬，不能操存，則喜怒哀樂皆不中節。言不顧行，而言皆無物，或至於凌人；行不顧言，而行皆無恒，或至於敗俗。雖曰學道，不過色取行違，作僞欺世而已，非敬無以閑邪，而存可願之誠，是則在人豈容有不誠之敬哉？

用力於敬，則日用之間，殊途百慮，自然統會，而物之終始不雜邪妄，視聽言動，大亨以正，無往非天，此顔、冉之所以請事，而曾子、子思、孟子之所以相承者也。象山曰：「目能視，耳能聽，心能思，手足能運動，如何更要甚存誠持敬？詠歸舞雩，自是吾夫子家風。」其言高矣，無亦尚點狂而流於禪乎！

# 辯

## 古文尚書辯

予少時嘗讀《尚書》，以《魯論》終篇。「堯曰」數語，二典皆不載。舜亦以命禹，所謂「危微精一」者，乃見於《大禹謨》，豈有二聖授受乃失其源與？嘗考之，《尚書》本百篇，遭秦燼絶。文帝時，天下亡治《尚書》者，獨聞齊有濟南伏生故秦博士嘗治之，年九十餘，老不可徵。乃詔太常使掌故潁川晁錯往受以還，是爲《今文》二十八篇。因上書稱説，詔以爲太子舍人。然上書惟言術數及兵事，對策則以三王、五伯並稱，又謂太子所讀書多，而未深知術數，無一言及於《尚書》者，則錯未嘗以伏生所傳爲善也。太子嗣位爲景帝，時魯共王得諸孔壁中，百篇具在。武帝時，遣使者取視，莫能讀，遂秘於中。成帝時，張霸獻僞書，帝出所秘校之，皆不相應，於是［中］霸於吏〔一〕。班固《藝文志》：《尚書古文經》四十六卷，註謂五十七篇者是也，且言孔安國獻之，遭巫蠱事，未列于學官〔二〕，則是與成帝時所獻者異矣。

〔一〕「中」字殘缺不全，今據萬曆本、粵圖本、北大本、暨大本補。
〔二〕「官」，原作「宫」，今據萬曆本、北大本及《漢書·劉歆傳》改。

今文者，漢隸書也。伏生老，不能正言，言不可曉，使其女傳言教錯。齊人語多與潁川異，錯所不知凡十二三，以其意屬讀而已。然《泰誓》一篇，本非伏生所傳，惟見於《史記》《説苑》，而董仲舒《策》亦引之，如「白魚入于王舟，有火流于王屋，化爲烏」。又曰「附下而罔上者死，附上而罔下者刑，與聞國政而無益于民者退，在上位而不能進賢者逐，此所以勸善而黜惡也。」文義與前後絶不相類。大、小夏侯氏乃增《泰誓》爲二十九篇，而各爲《章句》《解故》以行于世，豈其遺失已在錯受書時與？

古文者，科斗書也。先儒朱子因《書序》不類先漢，遂寘疑焉。然《序》所言三皇五帝之書，乃周官外史所掌，周公所録，必非僞妄。矧謂斷自唐虞以下，訖于周，芟夷煩亂，剪截浮辭，舉其宏綱，撮其機要，足以垂世立教。典、謨、訓、誥、誓、命之文，所以恢弘至道，示人主以軌範也。《文選》取之，以繼子夏《詩序》之後，則其文亦豈人所能假托哉？

東晉梅賾始得皇甫謐所傳《古文》上之，吴澄斷以《今文》爲正，謂《古文》乃梅賾僞作。然「危微精一」之訓，豈賾所能爲邪？蓋武帝時雖秘於中，漸有能讀之者，至安國始闕其訛損，萃而成書，僅止此爾，《漢志》非誣也。雖百家所引《逸書》，皆蒐入無遺，然「堯曰」數語，説者謂當在「舜讓弗嗣」之下，而《今文》無之，《古文》亦然。若果出僞手，則此語必勦入之矣。予以是決知其本出孔壁，實安國之所萃者也。然《古文》既有《泰誓》三篇，而歐陽氏所增者亦已削去，是經文有損益矣，則執中源於堯者自當補入，豈可遺哉？《舜典》首二十八字，移於「月正元日」之前，而「遏密八音」以上，合于《堯典》，庶與《孟子》所引相協，而二帝始終各明矣。一得之愚，惟知者裁諸。

## 周禮辯

唐虞肇天地四時之官，修六府，和三事，位育功化，徵於是矣。周公思兼三王以制禮，而法則大備。孔子曰：「今用之，吾從周。」豈此書與？夫水、火、金、木、土、穀，民賴以生者也。生不厚則死，用不利則勞，德不正則亂，亂則甚於勞且死矣。故禮必有法，法行於則，則以觀德，德以處事，誓不毁焉。非用人、理財無以舉三事，而德其本也。

太宰所掌，官府爲先。官，職也，以用人；府，藏也，以理財。凡嬪御、奄寺、酒食、衣服、器用、貨賄，皆在所領，而王宫政令掌於宫正，士庶子掌於宫伯。奄不過上士，寺不過五人，膳服不過關市之賦。職皆微，官其爲中大夫者無幾。臨制坊馭，得以去其匪人，惟恐皇之不極而失德之彰聞也。其施于都鄙以任萬民者，凡賦皆司徒斂之，穀粟、角羽、荼炭掌於其屬，而貨幣畢入于太宰之府。百凡官府之禄，各從其長，均之大府，授式法而分給焉。其地之承天乎，教必先富，使有恒産，則有恒心。土均以辨之，荒政以聚之，修六府也；保息以養之，本俗以安之，和三事也。合比閭族黨州鄉之衆，考德行道藝賢能之人。其教德行也即師氏，以孅詔王者也；其教道藝也即保氏〔一〕，掌諫王惡者也。故王宫門闈有學，自上達下，以爲民極，不服教而後刑焉。歲時讀法，書善戒過，日夜提掇，惟恐傷之。司諫、

〔一〕「保氏」，原作「保民」，今據《周禮·地官·司徒》改。

司牧、士訓、誦訓，則又自下達上，惟恐嘉言攸伏而野有遺賢也。

五禮教之中，六樂教之和，而宗伯顓以禮樂，合天地之化、百物之産，宇内其春矣乎！雖司馬之師田，與射人、太僕、司士、諸子，必由禮樂，訓方、擅人傳誦四達，必使萬民和悦而後已焉，是長之以夏也。司寇之聽獄訟也，中而已矣。士師、布憲、象胥、掌交，亦使和悦徧于化外，雖朝士、司儀禮行自國，而大、小行人無遠不届。夫賓客擯相，何與於刑哉？蓋刑以弼禮樂之教，即秋以成春、夏之仁也。雖設官分職，而實則相聯，故太僕、小臣、御僕，皆掌復逆，而宰夫總之，是天官聯夏官也；鄉師考司空之辟，又涖匠師，是地官聯冬官也。司徒掌教不言財，而起徒役則與，司馬掌政不言兵，而論官材則與，精粗本末，錯綜相成。故六典職務，太宰得兼，軍旅一興，五官咸事。蓋治典道也，教典化也，禮典仁也，政典禮也，刑典義也，事典智也。合而言之，其惟德乎！

以善養君而後能以善養人，以禮制心而後能以禮爲國，其機則係乎上之人也。德之不正，道則不凝，無以致中和，成位育，於天地四時奚官焉？周之衰也，《小雅》刺日食山川之變，責諸卿士；穀、洛鬭，而太子晉歸咎執政。史墨亦云：「水官棄矣，物乃不育。」是猶知六府之當修也。晏嬰曰：「夫民生厚而用利〔一〕，於是乎正德以福之。」申叔時曰：「民生厚而德正，用利而事節。」是猶知三事之當和也。然徒能言之，寖失其敍，尚何法則之施乎？無惑乎《九歌》之不聞也。

〔一〕「用利」，原倒爲「利用」，今據下文「用利」及《左傳·襄公二十八年》乙正。

## 放攝辯

問：「臣之事君，義也。無適而非君也，無所逃於天地之間，莊周猶能言之。伊尹、周公之放攝，何與？」曰：「《曲禮》：『振書、端書於君前，有誅；倒筴、側龜於君前，有誅。』書與龜、筴且然，況敢放其君乎？『路馬必中道，以足蹙路馬芻，有誅；齒路馬，有誅。』路馬且然，況敢攝君位乎？湯之放桀也，以大惡也；堯老而舜攝也，以授禪也。太甲非有桀惡，何以言放？成王非若堯老，何以言攝？亦惟折諸聖焉而已矣。孔子曰：『何必高宗？古之人皆然。』君方諒闇，身爲冢宰，百官總己以聽，禮也，因以訓于王焉，義也。太甲顛覆湯之典刑，久在王宮，則敗禮度矣。故使之居桐，密邇先王，則内有所嚴憚，以起其怨艾之心，外有所瞻慕，以成其仁義之德，是亦諒闇之訓也。

三年喪畢，則冕服奉嗣王歸亳，何放之有？三王之道，皆典刑所在也。成王幼沖，顓蒙未有所知，周公思兼三王以施四事，夜以繼日而坐以待旦者，凡以爲成王也。雖未堪家多難，而典刑幸未至於顛覆，則所以啓沃匡翼。考諸三王以爲法者，自不容已也，是又諒闇之訓也。幼不勝冕，則遲遲焉而後即辟，雖七年之中輔王立政，未嘗一日敢踐天子之位也，又何攝之有？世但據其迹以放攝言之，殊不知務引其君以當道，志於仁，委曲養成，則二公之心也。是故盡君臣之大義者，莫如伊、周。後世霍光之於昌邑，器視其君而易置之，曰：『吾倣伊尹之放也。』王莽之於孺子嬰，斧扆南面，久假不歸，曰：『吾倣周公之攝也。』篡弑自茲藉口矣，故不可以不辯。」

## 官爵辯

文武並用者，官也；封建列國者，爵也。人有言曰：「文德不足而後有武功，封建既廢而後有郡縣。」稽諸《尚書》則不然。典，禮教之本也，司徒掌之；蠻夷寇賊，刑之大也，士師掌之。文武建官，肇於此矣。《禹貢》：五百里甸服，量納田賦者以班禄也；五百里侯服，則内采邑男邦而外諸侯焉；五百里綏服，則内揆文教而外奮武衛。其寔文教之敷四海，戎兵之詰四方，侯甸達于要荒，未始偏廢也。《益稷》曰：「弼成五服，至于五千。州十有二師，外薄四海，咸建五長。」蓋聲教所暨，疆理所至，必有師長展采錯事，以承后王君公。

觀諸《周官》，惟縣有師，惟卒有長。五卒五百人爲鄙，亦謂之郡。五鄙二千五百人爲師，亦謂之縣。《説文》：「天子地方千里，分爲百縣」，即侯甸也。縣有四郡，郡有一鄙，故《春秋傳》曰「上大夫受縣，下大夫受郡」是也。《逸周書·作雒》曰：「千里爲縣，縣有四郡。」吕不韋《月令》亦曰：「合諸侯，制百縣。」時六王猶未滅，乃周制也，豈非郡統於縣，縣統於州，而封建在其間邪？故甸服有内，諸侯功德兼備，如周、召、畢公，皆有封爵而兼公卿。自餘千室之邑、百乘之家，以至十室十乘，則皆大夫、庶士也。然則九州之外，四海五長，亦必咸建可知矣。是封建固聖人意，而郡縣非至秦而後有也。但春秋時列國相滅，多以其地爲縣，則縣大而郡小。觀《左傳》楚子縣陳，則是滅一國以爲縣，縣大可知。

至于戰國，郡縣互相吞併，而縣日削，則郡大而縣小。甘茂謂秦武王曰：「宜陽大縣，其實郡也。」郡大可知。秦之滅六王、一四海也，罄天下而郡縣之。凡地大兵衆與秦抗衡者，既已盡滅，而衛之小寡，迄胡亥而君角始廢，即夫要荒五長，豈無遺裔哉？此南武侯織立以爲南海王，所以見於漢高帝之詔也。由此觀之，賞延于世，封建也，有土而無官者，十恒八九；食采賦乘，郡縣也，世禄以勸者，十無二三。聖帝明王以此建輔世長民之策，適柔遠能邇之宜，文教以昭德，武衛以蓄威，秦漢莫之能違也，而況於唐宋以後邪？夫采邑男邦，積功纍德以至諸侯，封大國，則《周禮》所謂邦國者，乃其敍矣。今之文武有俸，封爵有禄，即古者量納田賦之遺制，但無采邑邦國之敍，惟黜陟以示勸懲焉。故凡得儁于天子之廷者，多交權要，干禄以求富，豈復知修德建功爲何物哉？陶荅子妻曰：「能薄而官大，是謂嬰害；無功而家昌，是謂積殃。」於戲！三旌之位，萬金之富，猶自以爲未足者，滔滔皆是也，得無有愧於婦人之言乎？

# 考

## 冬官考

問：《周禮》何以闕《冬官》？曰：六典之首，皆言惟王建國者，蓋議禮而行之；惟在於王，非臣下所敢專也。及成王黜商，滅淮夷，還歸在豐，董正治官而作《周官》之書，革邦事之繁，惟掌邦土，豈因是而遂棄不傳與？其曰「諸侯各朝于方岳，大明黜陟」，則慶讓之嚴有變其君者矣。土地、人民籍在《冬官》，其熄於力政之世又可知也。世謂《冬官》雜於五官，未嘗亡。然《左傳》之匠師、圬人、陶正、工正，《戴記》之工師、漁師、司嗇、韗人，《儀禮》之嗇夫、賈人、工人、士梓人，《國語》之司商、司事、農大夫、農司、農正，皆居四民、時地利者也。矧匠師載於《地官》，爲司空之屬明矣，乃不之補，其餘皆不經見於五官之中，缺疑可也。而億見補綴，必牽合焉，何以逭自專之罪哉？

蓋周公創其籍而未行，故九畿之制不合於《禹貢》，五等之制不合於《武成》，建都之制不合於《召誥》，猶夫司空待成王而後正也。矧其命名各有取爾，宰以制變爲義，伯以長人爲義。帥人者夫也，正人者正也。尊其智則曰大夫，卑其任則曰士。掌者守其物，職者主其事，司者總其領，典者任其常，虞者度其材，衡者平其政，師者訓其徒，氏者世其官，人者終其身。非是名也，則權其才而器使之。苟補以《考工記》，則其屬惟氏與人耳，非周公命名之全制也，然則《冬官》豈可補哉？

曰：《周官》首設公孤，而《周禮》無之，豈亦缺文與？曰：公孤坐而論道，尊而無職者也。觀朝士掌外朝之法：左九棘，孤卿位焉；右三槐，三公位焉，蓋兼領於六官也。而朝必北面，立必尚右，亦因可見矣。故周公以太師兼冢宰，其既没也，顧命諒闇之始；召公以太保領冢宰，命仲桓、南宫毛，司寇蘇公亦兼太史；史佚爲太史而作策，則兼内史。天下之大，惟六卿焉。鄉老，二鄉一人，三公兼之；鄉大夫，鄉各一人，六卿兼之。大小相攝，非專治一事而已也。此官事不攝，孔子所以責夷吾之變法也與。

## 明堂考

明堂以嚮明得名，凡王者之堂皆是也。周公宗祀文王，特明其義爾。勝殷而歸，祀明堂以教民知孝，武王始行之。《考工記》度九尺之筵，東西九筵，南北七筵，堂崇一筵五室，凡室二筵。大、小《戴記》爲宮三百步，中爲太室，東青陽，南明堂，西總章，北玄堂，四隅各有左右，个个之中，皆爲太廟。明堂左个，即青陽之右，總章右个，即玄堂之左，亦曰九室。《月令》分爲十二，其實一而已。《召誥》王朝步自周，則至于豐，告文王廟，是明堂乃豐宮也。鎬之去豐三十里而近，故可步至。曰內有九室，九嬪居之；外有九室，九卿朝焉，蓋文王在時爾。夫因壘崇降，功莫大焉；發政施仁，德莫尚焉；神之陟降，恒在於此。故《逸禮》有《文王居明堂》之篇，《覲禮》朝諸侯在文王廟。

季秋大饗五帝，嚴父以配之。王服大裘而冕，以霜露既降故爾。其外水曰辟雍，文王嘗作樂焉，則豐之東也。武王伐殷，爲俘馘于京，太室遂爲鎬京。蓋辟雍之中，亦有明堂太室，是曰大教之宮。設四學，當入學而太子齒。旦入東學以貴仁，晝入南學以貴德，夕入西學以貴義，闇入北學以尊爵。即東膠太學以養老，西則《禮》在瞽宗，《書》在虞庠，爲小學，教六藝者也。《詩》曰：「文王受命，有此武功。既伐于崇，作邑于豐。」其明堂與。鎬京辟雍，自西自東，自南自北，無思不服，其四學與。《周禮·司儀》將合諸侯，爲壇三成。《儀禮》諸侯覲於天子，爲宫，四門爲壇，其深二尺，加方明於其上，而設六玉以禮天地四方，此則巡狩之明堂也。自漢以來，其説紛如，故考正之。

## 宗法考

《禮》曰：「别子爲祖，繼别爲宗」；「百世不遷者，别子之後也。宗其繼别子之所出者，百世不遷者也」。大宗之庶子皆爲小宗，小宗有四五世則遷。己身庶也，宗禰宗，其服期；己父庶也，宗祖宗，其服九月；己祖庶也，宗曾祖宗，其服五月；己曾祖庶也，宗高祖宗，其服三月；己高祖庶也，則遷，而惟宗大宗。凡祭，主於宗子，其庶子雖貴且富，皆不敢祭，惟以上牲祭於宗子之家。是故上治祖禰，下治子孫，旁治昆弟，别之以禮義者，大宗也。宗也者，尊也；大宗也者，尊之統也。有小宗而無大宗者，謂君無適昆弟也；有大宗而無小宗者，謂君有適昆弟也；有無宗亦莫之宗者，則公子惟一而已。

諸侯之子身爲公子，上不得宗君，下未爲後世之宗，不可無所統屬。若無適兄弟，則遣庶兄弟一人爲宗，禮如小宗；若有適昆弟，則爲别子，使之爲宗。其生也，適庶兄弟皆宗之；其没也，子孫世世繼之。其餘公子，則以次自爲五世小宗之祖，是公子本身，亦有爲宗之禮，不待繼别而後爲宗也，故曰公子有宗道。公子之公族，其士大夫之庶者，宗其士大夫之適者，公子之宗道也。宗子何以必明立後也？立非其後，則人鬼不享；立非其人，則無以保宗祐，故宗子之義莫大於立後矣。

立後之義，有常有變：爲父後其常也，爲人後其變也。爲父後有常有變：當室以嫡，無嫡以年，其常也；年鈞以賢，義鈞以卜，其變也。爲人後亦有常有變：宗子無後，小宗以其支子後之，嫡子不得後大宗，其常也；若小宗嫡子無昆弟，而大宗絶，亦必後大宗，其變也。漢世宗法猶明，嘗賜天下爲父後者之爵，則三代可知也。不明則亂，亂則恩絶，恩絶則彝倫斁矣。故立後以重宗，重宗以尊祖，尊祖以收族，人道之大綱也。

## 家廟考

家廟唐制，卿大夫皆祭三室。觀諸昌黎韓氏所爲廟碑，禰室于東，則曾祖初室在西可知。子朱子《家禮》祭及高祖，參以《大全集》，謂席南鄉北鄉，以西方爲上，蓋尚右之義，相沿如此。丘文莊公定爲《儀節》，乃遵洪武舊制，高、曾居中，東祖西禰，而祭儀則仍《家禮》，豈吾夫子祝存商、文從周之遺意與？故予建家廟，中貯板屋，隔而爲四，一如《儀節》，以奉四親。

夫請席何鄉，固古之文也，事亡如存，亦古之道也。方其生存，几卓尊卑既與古昔席地之時夐絶，略仿同堂異室之制，俾父子殊席，翁婦不相邇，于以棲神而致生之，不亦協諸義乎？雖韓、朱復起，吾知其必從也。至于出主祭于正寢，以仿時祫，則非禮矣。翁婦相見，父子相並，如之何其合也？故四時歲暮，不必出主，惟於四室各爲几筵，是亦祫也已。程子冬至祭初祖，立春祭先祖，季秋祭禰，雖近於禘祫明堂，然報本追遠，禮以義起，吾亦行之。祖考逮事者，忌日則出主祭于正寢，昭其專也，配必以嫡妣，昭其尊也。凡歲時朔望，與夫謁告薦獻之儀，旁親祔食之位，皆從《家禮儀節》，其有功德當不祧者，則立世祏祠別祀之。義門鄭氏祀五世，僭矣。魏校《祠堂説》必敍昭穆，則難行矣，吾無取焉。

# 述

## 蘇庵庇民述

蘇庵劉公以文章魁天下，予印厥景鑠之日久矣。其陳我臯事也，以德化民，不事刑辟，西人頌焉。予荒遁粤洲之野，居常習静，以冀一得，親賓過從，未始數數然也。獨公至，則語輒孚愜，爲其賢也。感秋興慨，守閴謝囂，忽新興二生款門而入，跽而致辭曰：「敝邑莊令致書，爲蘇庵公請也。」公綜覈百政，期于法理，而潤澤生民，尤其本心，惟是庇民之績，愚承嘉命，敢揜大惠而使無傳邪？

閲其狀，乃知高要至于石城，孔道荒邈，行旅實艱，冒瘴觸炎，憩暍無所〔一〕，於是建亭鑿井，種榕以庇之。廣盱營表，旷列境分，官徒唱焉，仗義之民和焉。亭成泉洌，而木且森矣。向也暵卧道旁，則受

〔一〕「暍」，原作「暍」，今據萬曆本改。

茂草濕蒸之氣，掬飲潢潦，則茹蛇虺胡蔓之毒，往往中暑，斃于途次。今茲緑陰載道，井可用汲，宛然江浙風景也。行旅出于途者，其永有濟乎！

予聞恩深者其養謹，愛至者其求詳，固人情也。惟公仁心所推，保兹赤子〔一〕，非體天地之大德，孰能臻斯？雖然，將以愧夫爲苛政者也。植榕而不去棘蔓，木無由而茂矣；鑿井而不去砂礫，泉無由冽矣；愛民而不除苛吏，民無由生矣。嗟乎，氣、毒豈顓在水草間哉？吾知公以此愧之而不痦，然後執天子三尺法繩而擯之，猶未晚也。《書》不云乎：「樹德務滋，除惡務本。」

# 禁諭

## 禁淫祠榜諭

提學道示，仰桂林等府并所屬州、縣及城市、鄉村人等：

蓋聞道崇幽贊，必祀神祇，俗信邪巫，皆因禍福。訪得廣西愚俗，專敬淫祠，男女混雜，每因而行姦，民猺乞靈，則謀而爲盜，孽雖自作，理實難容。近因臨桂縣東鄉地名桐罡嶺，有僞號「則天武婆廟」

〔一〕「赤子」，萬曆本、北大本作「去乎」。

淫祠一所，民間祈禱，素號有靈。近日，師巫邪術犯人周法聚等鳴鑼擊鼓，以燒香祈晴爲由，本道當即拿獲懲究，差委本府知事王徹前往本境，將祠拆毁訖，解武婆邪鬼本像到道，轉解赴城隍廟神前，將神像斷杖既畢，焚毁示衆。是邪鬼不能保其身，又何能爲福乎？且淫祠未毁拆之先，陰雨連日，既拆毁之後，天即晴霽，是素本無靈，而愚俗妄爲崇信，亦可知也。

爲此擬合通行，仰府清查巫流邪師，將合境淫祠盡行拆毁。每鄉每里各立一社，建社學一所，各請生儒人等爲社師，以教子弟。前面設鄉社、里社、正神，每月初一、十五，社師同各父兄率童生詣神前，焚香發誓，務要孝順父母，尊敬長上，和睦鄉里，莫作非爲。如有不孝不弟，賭博行姦，竊盜作賊，生事害人，神祇降殃。如敗倫傷化及爲竊盜、强盜之人，神不降殃而聽其自生自死，即是本社之神貪享民脂，與武婆邪鬼同罪，一體查究，量行焚毁。仰府行各州、縣在城、在鄉猺、獞峒落，敢有私創淫祠祭祀邪鬼者，拿送懲治，遵守施行。

# 泰泉集卷第三十

## 記一

### 泰泉書院興作記

先王之政命，降于山川之謂興作，達于興作，故事有守也。是以古者不墮山，不崇藪，不防川，不竇澤，故水土演而民用也。粵在唐虞，惟禹奠之，然後烝民乃粒，文教斯達。故周人頌稷之詩曰「奄有下土，纘禹之緒」，商人頌契之詩曰「洪水芒芒，禹敷下土方」，皆揆所元也。民富且穀，其必繇諸此乎！後世之政，山川弗寧，民罔依麗，而徒曰興教化云者，抑亦末焉已矣。

揚粵名勝，莫甲於白雲。白雲之半，永泰之泉出焉。水脉左右並發，相去不五武，洼如鏡，如嘉植滿岭岈中。又經緯之，匯于崖南，瀯瀯循澗而西，珮鳴璆然也〔一〕。宋天禧間，有好事者以地在羅浮西麓，乃結茅其上，以俟飛仙之來，扁曰棲霞堂。崔清獻公登眺説之，於其前太霞洞右築庵游息，今雖蕪

〔一〕「璆」，原作「嘐」，今據萬曆本改。

没，人猶指曰丞相庵云。

正統末，妖僧德存言于中官阮能曰：「此景泰禪師卓錫泉也。」適景泰改元詔至，即稱禪師出世，僞立寺額，遇佛生日〔一〕，作賽會，立天龍八部，統領村氓扇亂。適能罷鎮守北還，德存就擒，禍變乃已。弘治初，大父雙槐府君卜壽藏于泉之西南聚龍岡，而德存之徒賽會喧囂猶故也。

正德戊寅，僧戒德、容廣决磵水南趨，阻以石防。時放水燈，巡按御史山陰毛公鳳登白雲，經其地，顧淫潦湧崖善崩，嘆曰：「山川之道，與政通矣。水性逆而敗山，猶民性逆而壞國也。今峒寇披猖，丕肆不軌，無乃是乎？」下令番禺尹王君澄逮治，執孽黨及其僕，羅表導濬而通之。僧詭投武帥，蹶丞相庵，留石防以漁。

嘉靖改元，臬副崑山魏公校以董學至，大毁寺觀，用復洪武彝憲，檄郡守簡侯沛率耆民躬往視之。顧泉上浮屠之宇蔽虧成蔀，當芳春伐木，斧斤錚相聞，僉謂經弗正，山弗寧，於是言于部使者暨藩臬，驅群髡，剗厥居，使陟降罔或不宜，奠厥山。泉激于石，潦漂及郊，民苦無定棲，而墓隴就鬻，僉謂流弗順，川弗寧，又言于部使者暨藩臬，去其漁防，釃爲長渠，俾循聚龍岡而南，與北坳之水會注于東，奠厥川。徵諸舊志，復名其山曰棲霞，水曰泰泉，已乃召承寺基。

予以先塋伊邇，買于官，用直三十鎰，遂建泰泉書院，與子弟講學。左祀先師，右祠祖考。維山崇

〔一〕「佛生日」，萬曆本、粤圖本、北大本、暨大本作「聖節」。

崇，衛我寶宫，昌吾道于無窮，伊侯之功。維水瀰瀰，維東是循，維潤澤吾民，伊侯之仁。維侯興作，崇正屏異，生我禾黍，淑我髦士。甲申孟冬，載筆以紀，勒于貞珉，詒後之人，俾毋忘其始。

## 勤政堂記

聖天子即阼，首涣綸音，以與天下更始。中外臣工競自洒濯，以承休光。凡祖宗彝憲，舉修復之，雖荒逖夷裔，亦傾注以際丕平，於乎盛矣！

是月，少傅蔣公退食之堂適成，顔曰勤政者，體上意以自敕厲也。公之言曰：「古之聖君賢相之相與有爲也，其視天下，蓋猶斯堂也。方堂之未構也，荒薉弗飭，蝌蠓無所，而蟲鼠穴其中。予於是時勞心以思，聚族而謀，群子弟者亦皆謖謖焉奔走於外，乃鳩工，乃經度，乃摩埴虔斲。礎以基之，楹以承之，棟桷題櫨以持之，堊雘以繪之，而工告成。今獲斯庇，享吾勤也。繼自今箕扱弗勤，塵坌乃集；扃鑰弗勤，暴客乃至；補葺弗勤，風雨乃震。噫！基者其溯乎，承者其頹乎，持者其橈乎，繪者其漫漶乎，兹吾堂之所以名也。」

坐客聞而躚之，舉酒賀焉。佐宣言於後曰：「上無爲而用天下，下有爲而爲天下用，長世之善經也。苟利社稷，死生以之，臣之則也。是故聖主求賢則勞，得人則逸。公方慎終惟始，蓋專其勤矣。《詩》曰：『風雨攸除，鳥鼠攸去』，臣之勤也夫；『爰居爰處，爰笑爰語』，主之逸也夫。」公喜，卒觴曰：

「是善頌我者！」因命佐書以爲記。

## 後樂堂記

大學士石公名其燕居之堂曰後樂〔一〕，命佐記之。嗟乎，厥今天下何如哉！人之言曰：「歷朝宿弊，一旦剗去，如風振槁，迅不停晷。國家昌大舄奕，駸駸無疆，尚何憂？」或又曰：「治道之成，存乎上下之交。今聖明在上，群公卿望斧扆而立，退朝後即隔如雲泥，左右之者貂璫也。雖日事講筵，徒文具爾。夫心腎壹鬱，疾病生焉，上下弗交，蠹端萌焉，可無憂邪？」二者之説，奚所取衷？嗟乎，由後之言是也！

昔聖人作《易》，至《豐》而三致意焉。夫《豐》，盛時也，宜無憂矣。而繫曰勿憂，則是猶有憂道，而期以免憂之辭也。於六五君位，示處憂之道，曰「來章有慶譽，吉」，何哉？蓋古昔聖人之端南面也，德雖剛，自視恒柔，見雖明，自視恒暗，蘄以致天下之賢。剛且明者，與之交焉，是謂來章。以舜重華而猶闢門，明目達聰，惟日不足，苟不如舜，當何如也？是故君之交于臣也，勿峻廉隅則情弗隔，勿修邊幅則貌可親，勿設城府則意乃投，勿厭吁咈則事日聞，霽威以詢之，晝接以見之，燕飲以惠之，手足以

〔一〕「名其」，原倒爲「其名」，今據萬曆本乙正。

待之，凡以通其情也。臣之交其君也，陳民疾苦以道之仁，陳祖宗舊章以道之孝，陳先王顯德行以道之知，朝以聽政，道之商確，晝以訪問，道之可否，夕以修令，道之弛張，夜以安身，乃敢即休，凡以成其德業也。必如是，而後天下敉寧，可以無憂；無憂，斯有慶矣。

范仲淹氏嘗自誦曰：「士當先天下之憂而憂，後天下之樂而樂。」嗟乎！不有以鵠之，曷從而射之？不有以憂之，孰知而樂之？世之以仕爲樂者，餍寵眩幾，百事弗釐，其於仲淹何如也！故佐之記斯堂也，而深有慨於今日焉，殆亦有慨於中，若鼓之考，不自知其聲之發也。

## 翰林院廳壁記

太祖高皇帝啓運金陵，首置翰林國史院，正三品。洪武二年，增設學士承旨。十四年，革之，始改爲翰林院，正五品。十五年，設殿閣大學士，品亦如之。雖不以國史名，而史事皆預，乃今所沿也。敍秩視前稍卑，然職無大小，皆得以文學言語備顧問，出入侍從，因得以參謀議，進規諫，而天下之大幾務胥此焉出。

逮文皇定鼎于兹，建院設官，式遵聖祖彝憲。其所掌有六，則代王言也，勸聖學也，修國史也，序天倫也，闡人文也，儲賢材也。凡職掌，正官綜其宏綱，而所屬則有待詔以供奉，侍書以副墨，典籍以掌秘書，五經博士以稽今古。百爾細務，奔走服役，則首領孔目承接於其間。

其草内外制也，大學士自殿閣宣德意，與學士預聞密勿，並涣綵綸，以風萬方，批答表疏，則條票以達，是曰代王言；其侍乘輿、臨經幄也，雖有講讀學士與侍讀、侍講，而正官統焉，史官兼焉，皇儲出閤，則日講與詹事坊、局相爲表裏，是曰勸聖學；其紀言動也，雖有修撰、編修、檢討，而每朝實録則鉅寮總裁，次者爲副，是曰修國史；其纂修玉牒也，推二人司之，自親王以下，隨世次奠昭穆，是曰敍天倫；删輯經籍，校閲辭章，而兩京鄉闈，禮部會試則爲主司，是曰闡人文；至於選庶吉士、讀中祕書，亦推二人以主教席，月有課業，考其進修而殿最之，是曰儲賢才。

夫學士本《周禮》成均承學之名，而翰林則《天官》内史之職也。唐太宗始召名儒學士肇登瀛之選。玄宗時，翰林學士號爲内相，内宴則序于一品之上。而永樂中禮遇翰林内閣亦然，光寵之來遠矣。於戲！侍從之職朝夕論思，有所獻納，則請對或奏對者，何也？國家安危在出令。夫必通達政體，本諸仁義，而後可以代言矣。典學讀書，講論經義，有所疑滯，必待審問而後明辨之，何也？君德成敗在經筵。夫必道貫天人，格其非心，而後可以勸學矣。不擅三長，不可以修史；不明宗法，不可以敍倫；非稽古正學，不可以持文柄；非師嚴道尊，不可以育英才。然則登斯堂也，守斯職也，上不負天子，下不負所學，厥惟艱哉！

佐不佞幸從二三子後，用是書于廳壁，以爲同官者告，且因以自勖。

## 補齋記

婺源邑叢山中多峎厓可居，南山尤奇勝，有隱儒曰潘振子者專焉。薙蓬藋，樹柴礎，精舍渠渠，既堅既好。庋書御琴于四壁，牣如也，齊如也，扁之曰補齋。客有過而問曰：「子之之也，其曷以乎？夫補也者，生於所不足也，其缺也若待，其補也若復，物之不足者然也。駕柏舟於洪濤，有蟻孔焉，則將至于膠，故備衣袽者，爲其缺也；匠慶之削鐻也，加之一毫，則見者弗神，爲其完也。完者天全，缺者人全。人全者巧，天全者拙。大拙之世，芚芚融融，天機自完，無所於鑿，安事補矣？子之之也，其惡拙者乎？蒙也惑，敢請其曷以？」

潘振子曰：「嘻，子庸詎知吾所謂吾之乎！玄枵之月，夜籟既滅，雪月滿户，據梧諷《易》，恍然有悟於媧皇之事。夫馮翼傴煦，真宰主之，圜穹蒼蒼，大氣舉之，匪形匪器，匪雕鏤之，彼石五色，曷從補之？夫古之至人之立言也，有直而示也，有曲而喻也。心之徑寸，靈瑩神明者天也。其接於物，紛拏擊撞，共工之觸也。精能練要，石之鍊也。内樊黥劓，息補乘成，天之完也。故曰不遠復也之事也，曲而喻者也。返視圜中，陽氣潛萌，盛盈坌息，相薄相禪，以至于《乾》，而陰濁斬斬，此謂宅中，此謂葆真，此之謂達天德。群動既作，支頤四顧，曉雲開披，前有二峰，適當面山之空，邴邴乎，油油乎，其與心會也。吾之之也，聖者皆然，夫奚疑我？」

客擇手稱曰：「子之之也，玄乎哉！明此以南鄉，君之所以不虚尊也；明此以北面，臣之所以不虛禄也。《易》曰無咎者，善補過也，其媧皇之喻也夫！《詩》曰：『衮職有缺，惟仲山甫補之』，其無咎之推也夫！今子抱道求爲完人而迮於世，屹屹教子於補衮，豈有意乎？」潘振子不應，援琴而歌，歌曰：「冉冉者竹，有纍其華。鳳凰來下，其色若霞。翩然沖天，以遠皦羅。我完我天，皇恤其他？」

客知其賢，退而録其語。其後潘振子子潢第進士，其語益傳，佐爲記其崖略。

## 梅莊記

世言曰：「凡形宇内者，皆吾感也；凡感與心會者，皆吾樂也。感者，迹也；心會之者，神也。迹則緣乎物，神則芒乎芴乎，與物俱化，是故乘物遊心之謂道樂。」或又曰：「去健去羨，妙道乃見，泯形與聲，妙道乃凝。潛心返視，萬物在我，交物則心且逐物以自喪，而聖功蔑矣。」嘻！闋哉見乎。

大行人余子經曰：「先大夫於世紛澹如也。營一莊，植梅焉，起居動静，朋以爲娱，蓋盤桓終身云。嘗曰：『夫梅發於玄冬，芬而不萎，貞也；潔白而不滓，廉也；函天地之復以若時，和也；纍其實而生理存焉，仁也。見忍思仁，見戾思和，見污思廉，見靡思貞，人之秉彝也。吾見吾梅而性情斯乎焉。吾惟斯須不廉不貞，而污靡之私入之矣；吾惟斯須不和違仁，而忍戾之私入之矣。梅也者，亦吾所以繕情復性之資也。夫至樂無形，至道無名，至理無物，至德無象，上也，非吾所及也。故曰務虚多睽，不如守夷，小子聽之。夫貞所以守道也，廉所以律身也，和所以御物也，仁所以澤民也。四者用世之善模也，我未能究焉。噫！小子聽之。』經也不肖，佩兹庭訓，其何以闡先大夫之潛。」

予曰：「嘻！士有遺世獨立而篤修者，其先大夫之謂乎？古之君子之于物也，因以孚德，非藻飾也；取以昭警，非會神也；植以見志，非湛樂也。因以孚德，故玉以爲比；取以昭警，故弦韋以爲佩；植以見志，故槐以爲藝。今玄虚弗務，惟性情之孚，惟詒謀是臧，則猶夫古之道也。若乃澤民、御物、律身、守道，先大夫有遺志焉，吾子其終之矣。」余子曰：「諾，敢不承乎？」

## 竹山記

有人於此，是衆之所是，非衆之所非，惟恐一不同乎，人人皆謂其無我也，可以爲君子乎？曰：「否，其失也詭隨。」有人於此，非衆之所是，是衆之所非，惟恐一同乎，人人皆謂其遺世也，可以爲君子乎？曰：「否，其失也忿戾。」有人於此，衆所然弗是也，己所然弗是也，必理然焉，然後是之；衆所不然弗非也，己所不然弗非也，必理不然焉，然後非之。不一於同人，亦不一於不同人，可以爲君子乎？曰：「和而不流，中立而不倚，君子哉！」

有誦斯言於莫君者，君欣然而笑曰：「何哉，言之契於吾也！自吾棲平岡之山，其山面陽，而蓄物有卉焉。翠跗紅萼，輕柔而可悦，其名曰舜華，然不終朝而敗。有木焉亭亭高峙其旁，無枝堅奮不撓，上干雲霄，其名曰杕杜，然不終歲而敗，充斯類也。或失則柔，或失則剛，吾以是知太柔之必廢，太剛之必折也。其殆所謂前二人乎，吾未見其能立於世也。故吾每觸目，必避而去之。獨愛夫竹，竊謂有三益焉，終日玩之而不能舍也。蓋其根甚苞，然萌毓則鱵〔一〕，鱵而不可遏，堅剛之性，生長則然，獨其中心則虚而含滋。天風徐來，秀緑盈把，相戛而鳴，猗犯若欲吹去，而回顧其榦，則挺立而莫之摇也。苞之謂確，毓之謂通，堅剛之謂直，虚之謂容，戛鳴之謂和，挺立之謂有節。確而通，直而容，和而有節，夫是之謂三益。

「《詩》曰：『有斐君子，終不可諼兮！』蓋比德於竹也，其殆所謂處衆而求諸理者乎，是吾志也。嗟乎！吾昔握丈二殳，從大將軍討虜桂海上，得執金吾而歸。當是時，委靡附和，以干聲名，狼饕烏攫，其勢熏天者，蓋亦何限，而今安在哉？今老矣，願爲君子，以淑此生，種竹以見志焉。鄉之人皆以竹名吾山，吾亦自以竹山易吾名，吾誓不負竹以慚此山，竹亦戀吾山青青成林，以供吾樂也。世之是是非非，與其非是而是非焉者，吾安庸知？吾安庸知？」

太史氏聞其雅志，而韙之曰君子也。書以爲世勸。

〔一〕「鱵」，原作「鰄」，今據萬曆本改。其下「鱵」字亦據以改。

## 可洲書舍記

顧子觀於海曰：「吾於水見五變焉：磯訇激射，隨所閡而響變；方員詘折，隨所遇而形變；頳黄蒼白，隨所受而色變；芳穢鹵淡，隨所染而味變；沿洄湍瀉，隨所以容而態變。是五變者，水之所以失其性也。吾於洲見不變之道焉：其載若有蓄，其居若有安，其突乎中央若有立，其遇囂嗃舂撞而不摇也若有守。辟諸人，其和弗同者乎！夫可乎可，不可乎不可者，哲也；可乎不可，不可乎可者，愲也。是故觀於海，吾可洲矣。」因建可洲書舍。

張子述以告黄子，黄子曰：「嘻，可之時義大矣哉！顧子則固有見之言也。揆物以徵人，顧子之可也，其可也外；宅中以源和，吾之可也，其可也内。今夫人身之周流，血氣之爲也，猶之水也；至理棲於心，猶之洲也。吾惟求可於心，則萬變可應，而不變者存。夫萬變可應而不變者存，是故動則可員而静則可方，仁則可柔而義則可剛，止則可弛而作則可張，達則可行而卷則可藏。無形也，無爲也，然而無不形也，無不爲也。嘻，可之時義大矣哉！」

顧子聞而書之座右。《詩》曰：「其惟哲人，告之話言，順德之行。」顧子其或近之乎。

## 道州譙樓記

道州，古春陵也。今年春，奉使抵其境。比還，乃訪濂溪故居。輶軒曉經州治，其前門爲鼓角樓，蓋鼎創者。七楹三樞，鱗如鏡如，迴廊上下，縈繚而廡，構不見土，苫不至露，不事鏤彫，卑高適調，簷牙轆轆，堊黝間見，寔經營之善者也。詢諸輿人，輿人誦曰：「疇昔之時，鶩陊弗支，我士我民，咸瞻望以咨。葉侯來守邦，百事用治，下弗浚民，上弗取于公，贖杖積緡，鳩材召工。既落閎且崇，啓我朝昏，節我作息，澤我亡窮，伊侯之功。」既而謁先聖，見大成戟門、名賢祠暨濂溪御碑亭之屬，亦皆鼎創，其經營之善亦如之。

校官黄君詔、粱君時通與州人士皆曰：「侯之守兹土也，納民于軌，民化而馴，野無捐瘠，歲乃阜殷。出費而民罔聞知，興役而民不告勞。」司空何公則又曰：「侯來承積弊，後張以威斷，民乃弗涣，鋪以大和，民乃詠歌。事關風教者謖謖焉力爲之，惟恐弗逮。兹役特其餘波耳。《詩》曰：『豈弟君子，民之父母。』侯之謂也。」

居無何，耆民楊福祥輩以樓未有記，拜屬之余。余曰：「於傳有之。君子有四時焉：一曰朝，二曰晝，三曰夕，四曰夜。日始旭，群陰伏，君子蚤作，升堂由阼，嚴帥其屬。日熒以暉，庶采紛馳，君子端居，咨詢衆宜，宣序民業，俾勿隳。日旰將昃，剸决畢，君子就食，計勞補過，罔敢自逸。日嚮晦，鼓人告升，君子定息，寤寐寧聽傳呼之節，夙乃興。是故朝所以興事也，晝所以作功也，夕所以内省也，夜所以節勞也。節勞之謂頤，内省之謂忠，作功之謂明，興事之謂勤。勤則盡力，明則盡微，忠則盡情，頤則不失其養。用能無入于慆淫，以兢於其職，是之謂居上之道。自一命而上未有違之，而能其官者也夫！惟鼓角寔司朝昏，朝昏無儆則興居無節，無節則號令不時，不時則百績咸廢，故夙興夜寐，謂爲民章，顛倒裳衣，詩人作刺。然則兹樓之創，豈非政與？」

按樓建於宋，莫考其始。郡守辛若濟以天聖丙寅重建。越一百二十四年，州守邢總修之。又五十年，郡丞張焕卿重創之。相沿至今，圮極乃崇。工興於癸未十二月十六日，蓋盡撤而新之，迨春而樓成。徵文時在三月十七日，訓術周晅速之。迨二十有一日，至藍山縣，記成。侯名文浩，福州人。

## 養餘精舍記

古之學者之所事，奚事也，務事天焉而已矣；今之學者之所事，奚事也，務事人焉而已矣。惟事天則其心誠，誠則樂，樂則無入而不自得；惟事人則其心勞，勞則憂，憂則圖榮未既，辱僇隨之。《語》曰：「嗛嗛之德，不足就也。不可以矜，而祇取憂也。」擇學術者可不慎與？是故君子端居而惇天性，樂循禮。息則有温清省定之節，動則有出入告面之儀，侍則有帨觿燧玦之佩，朝則有旨甘色笑之娱，事則有服闇登危之慎，物則有杖屨桑梓之恭。慄慄然，皇皇然，惟恐失之。故曰事親如事天，言敬養也。世之號學古績文者，吾見亦多矣。沾一官，若胏腑不可割，視其親盧如弁髦焉，絶裾而往曳於王侯之門，雖昏夜，蓋猶有轍迹也。没而後營求銘輓，飭其僞哀。於乎，傷乎！於乎，傷乎！薄俗尚足挂齒牙哉！

鄉先輩西洲唐公，以鉅儒起吾滇南奇甸，登進士高等，例得膴仕而官户曹郎。凡二十有二年，前後三補職，僅一考，餘十九年皆侍養日也。非樂於事天，不以榮利動其心者，其疇能之？噫，可謂難矣！親廬之右，有養餘精舍。既拓爲書院，近復建於廬左隟地，仍以舊名扁之。舍凡若干楹，内爲房者四：曰經，曰史，曰諸子，曰文苑。凡古今書人所未見者，皆庋藏焉。其南有聆馨亭，北有養魚池，各爲影壁，刻鑿老萊斑衣、蘇母觀書十餘事其上。旁植花木，一如舊舍，蓋以永孝思也。《詩》曰：「孝子不匱，永錫爾類。」後之人，其尚興起於斯乎！

泰泉子聞而韙之，因公終慕，爲之賦《瓊雲》之歌，俾習讀者諷焉。其辭曰：「瓊雲白兮，瓊山蒼兮。親之廬兮天一方，夢來遊兮璆鳴璫。木蕭蕭兮風急，親不待兮倚天泣。儼霞趍兮儵煙立，瓊山巋兮瓊雲流。親之廬兮敞幽幽，璆鳴珮兮夢來遊。沼魚牣兮芰荷歇，親不留兮肺肝裂，渺烏啼兮夜明月。」

## 南海李氏孝思亭記

廣城北鎮海樓東有花帥祠，其前爲鑄泉廠，廠西則南海李德俊氏居之。粤秀山出其上，六脉渠走其下，不待鶩遠陵危，而峰翠泉流，笏立環鳴。於雨霽時，四野卬簷〔一〕，猶鉅僚儼如也。日者謂龍脉凝

〔一〕「簷」，萬曆本作「詹」。

正，宜建祠。於是創祠三間十二楹，爲五龕，以常饗四親，而虚其中。後爲燕先堂，安奉神櫝，春秋二仲，出始祖主奠焉。其前相去二十弓爲池，蓄潢涵藻，以漁且薦，挹黛渟光，飛潛甚適。池上爲亭，一間八楹，廣四丈，深二丈〔一〕，扁諸芝楣曰孝思，祭畢需燕也。經始以正德癸酉冬十二月，落成以甲戌秋九月。躬捧縟幣跪庭下，請予記之。

按狀，李氏世爲窖表鼎族，先世有德馨。初自雄州東遷，創有田廬，以澤其後人，即始祖，百世不祧者也。凡六傳至南里，耕讀仡仡，家日温裕，是爲高祖。以至考諱瑋府君，則四親也。妥祀之餘，子若孫相語觴豆間，盍亦曰夫孝何爲者也，於文老而傳子，以及雲仍，不忘乎心焉爾。苟忘乎其心，則彼佩虎符、統貔貅百萬者，祠宇猶存，春秋誰奠哉？竇源既竣，炎炎鑪鞲，今已綴蔓泣蛩，豪力之人將穫其畦畷矣〔二〕。

由是言之〔三〕，物莫不有所始，亦有所分。始也必思終之，分也必思萃之，然後無疆而有永。是故逌吾一身而上遡之，爲考爲祖，爲曾爲高，以至於其始，始者不湮没而後可以繼承於其終；逌吾一身而下擴之，爲期爲緦，爲祖免，爲無服，以極於其分，分者不涣散而後可以祭讌於其萃。君子遡源必有

〔一〕「二丈」，萬曆本作「三丈」。
〔二〕「穫」，原作「擾」，今據萬曆本改。
〔三〕「由」，原作「曰」，今據萬曆本改。

本，故尊祖，尊祖所以教民孝也；擴流必有分，故合族，合族所以教民睦也。亭其爲茲建乎！《詩》曰：「永言孝思，孝思維則。」非孝，則睦無由生矣。彼祠蒼蒼，胡然而荒？彼厰漠漠，胡然而塥？爲李氏子若孫者，盍亦思諸其邇？

予記之成，則嘉靖甲申春三月，距其請日，蓋踰十歲云。

## 文溪祠記

吾廣帶海陸爲郡，山奥川豁，古稱珍饒，於捲握若別出堪輿然，故其民素樂清曠而恬仕進。五方俗糅，肇秦謫徙，惟首丘之懷，徼福覬萬一免癘，故其民素崇淫祀而略廟祏。今之登仕版者里青紫，肩相摩，雖有塌駒漸逐，陸鴻以去，先哲遁迹半空谷，巫鬼每竊宫其間。屬者莊渠子視學，乃盡撤之，於是日廬爲俎豆之居矣。

宋吏部侍郎、兼龍圖學士李忠簡公，學以静得，道以時措，羅浮、粵江，皆嘗結廬焉。蓋其立朝大節與日俱烈者，素養寔不出巖居川觀之外。考諸職方所紀，如飛雲庵、文溪小隱、見面亭，今入於蕪，如海珠精舍，至正德中始修復之。烏虖，公鉅人也！相去二百年，聲光若前日，而景迹尚若此。後公死者，宜何如也！公之子若孫家番禺，石壁最蕃，建家廟三台岡下，有石刻遺像巋然，與公所書自贊，獨存風儀手澤，見者竦敬，然祠甚湫溢。顧舊勝當踞岡顛，有司甫欲改祠公，村氓溺，巫鬼乃曲謀持不行。鄉進士江君宇、招君宗廣、陳君中誠、方君茂夫、馮君徽、吴君允裕、趙君鶴隨過焉，齎咨涕洟，曰：「邪正倒置，忍恣視邪？」於是言之督學大夫蕭公，公慨然曰：「崇奉名賢，釐正風俗，吾事也。」即檄郡别駕莫君相、文學譚君珩往加賁飭，以還祀公，俾公子若孫得歲修其常事。

夫佐之生去公二百餘年，恒越宇宙而寤寐之。雖井邑與公殊，然經公蕪迹，則必翦茀瞻望，跂見其景光，而况於公之鄉人邪？而况於公之子若孫邪？是故崇巫鬼而忍隳公祀者，不可謂仁；弗堂以構而黷公祀者，不可謂孝。《詩》曰：「民之秉彝，好是彝德。」烏虖，可不敬乎！

公之七世孫判柳州翱俾佐記其成，佐不佞故從而爲之辭。

# 泰泉集

下

（明）黄佐 著
陳廣恩 點校

鳳凰出版社

# 泰泉集卷第三十一

## 記二

### 遊南岳記

嘉靖癸未秋九月甲申，傳制大封宗室，命佐往册岷藩南渭王，受命即行。同寅餞諸崇文門外，太史楚鄂廖子謂曰：「道當經衡，乃入永，南嶽可遊也。」贈以秩典而別。

冬十二月壬子，發淥口，遇王使來逆。甲寅，至衡山縣，知縣潘雍、校官張溥、梁文來見，即備騶隸、羽旂、葭鼓以俟。明發，雍送至岳廟，行舍菜禮，使其子挾弓矢護行。遂登山，惟文以鄉人從。緈長縣布于小筍輿，兩旁各翼以二十人而牽之，歌嘷以上。寒暉嵐氣，侵入襟袖，剛風助冽，如抱冰浮游水中。頃之日高，風力漸柔，輿行漸敏。經雲開堂、光嶽道院，皆不暇入。引領佳境盈目，煙樹矗植，畫筆難寫。東北循朱陵洞，飛淙千尺，垂白虹而下，躍跳萬珠，人呼曰水簾。其流所匯，則曰洗心泉云。俯瞰東隅岑蔚，遥聚成撮，又指謂曰：「此嶽麓書院也。」

七十二峰，自吐霧、屏幛、碧岫、日華以東，皆屬長沙，峽峙、高奇二峰，則入湘潭縣界。又指其西回鴈峰，則屬衡陽，於是印眄紫盖、石廩。自西南行，天柱雙立，亭亭若引，時頫畦畷，或離或連，皆良田也。珍禽作隊，颺遺以音，毛彩各異，每應鳴葭而先。潘氏子欲引弓，輒止之，不敢發。往往遠叢中皂帽迭出迭没，初疑行人窺我，及邇，則全樹經燒，屹立半炭爾。障蔽間有飛瀑射激，從隟空而明。將至上封，道士來逆，引綍益窘。步躧中積雪尺餘，日久混石，惟燥滑可辨。忽驚風撼林，呼洶如萬軍聲。雪有小而墜者，從人拾取以獻，予愛其晶熒，手捉之，寒徹毛骨。

既登祝融峰，則日没久矣。道士跪曰：「峰之南下附峭壁而臨絶壑者，青玉壇也，肯往登乎？若心不動，則落日復上，必德福兼備者乃能感召，故又名試心橋。」予聞之，即振衣而往，諸人莫之從也。至則如乘小舟，雲浮其下，滃鬱晻藹，洪濤四湧，心甚樂之。睇望群巘，矮若兒曹，可撫其頂。洞庭左映一勺，猶刀新發於硎。須臾雲開，日如籠燈，漸煜爚，大於輦輪。當面相灼，陡覺陽和偏體，四顧所見益真。道士欣躍而來，拜且賀曰：「公天上人也！往常焉有此哉？」良久，閃爍欲下。予與道士遽返，遂入凌霄殿宿焉。

夜寒轉冽，開所携尊，與文共酌。文笑謂不意崦嵫復成暘谷，向不從者，以昔無此奇逢故也。劇談仙迹，至夜半酒盡，道士輩各來益觴，以詠醻却之，哦詩待曉而已。明發亟起，出視峰頂，霏霧所霑，隨在成雪，草木盡瑶樹璚枝也。左往望日臺坐焉，旭日騰照，其下青蒼黯淡，無一點白，乃知峻極四千餘丈，高寒固當爾也。因問鄧郁率子廉棲真處，道士瞪愕不能答，遂下祝融峰，憩南臺寺。僧具早飯，仍建前旌也。教授莫迂來逆，讌于其宅，已過亭午矣。乃還舟，潘雍輩來送，比夕遂行。

既竣册禮，歸省老母，暇爲之記，則甲申初夏朏夕也。

## 孤忠祠記

明興近二百年，人文蔚然盛矣，獨金匱石室之藏，雖博洽者罕知之，以故忠義逴行之臣，或幽焉弗聞，或聞焉弗遇，其人則亦終無所於闡。佐幼時侍先君，聞洪武末年事縷縷，且曰：「吾廣惠州有一人焉，官爲御史，其姓名則遺之矣。」因潸然出涕曰：「嗚呼！忠義，人倫之正也。秉彝好德，天衷之公也。顧泯没若此，爲善者懼矣。小子識之，他日蘄有徵焉。」佐謹寘于懷，弗敢忘。每詢諸惠人，莫能道也。及待罪史館，得中秘書參互考之，始聞其槩云。

按御史王公，諱度，字子中，歸善人。嘗肆力經書，稽理修辭，爲人所師。部使者以明經儒士薦起家，拜山東道御史，繩糾務，持大體，疏十餘上，多見用。會高皇帝棄群臣，諸藩不靖，集群臣議兵事，公預僉謀。歲庚辰，會試天下士，俾公監之，肅憲度，恪位著，翕然謂得人焉。時大將軍曹國公李景隆北向敗績，退保濟南，以歷城侯盛庸代之。公密陳便宜，無不可制勝者，乃捷東昌。景隆徵還，赦不誅，反當軸用事，忌庸等功掩己，讒間遂行，公亦被疏。辛巳夏六月，濟寧告急，師徒屢敗，將士皆巽愞避敵，公奏請募兵。壬午春，有小河之捷，公勞師徐州而還。夏五月，鳳陽不守，方孝孺等與公畫策，以死社稷爲言。秋七月，坐黨禍，戍賀縣千户。所出語得罪，闔門被繫寘于法。公死，年四十有七，天下哀之。冬十一月，都御史陳瑛請追戮禮部侍郎黄觀、太常寺少卿廖昇等，皆孝孺黨也。詔曰：「彼自盡其心爾，其勿問。」於是公等罪漸雪。永樂二十二年冬十一月，昭皇帝語侍臣曰：「方孝孺等皆忠臣可閔。」因大赦諸家族之存者，俾爲良民，給還田土，於是公等死事益章章於世。

嗟乎！五嶺以南其地萬里也，振纓以求顯庸者，又亡慮千百，而公一人奮其間，豈非鮮哉？夫委質陳列，難進易退，義也；履阽危，當患難，謀國揆策，守死不變，忠也。公既受知於時矣，天步顛沛，忍眡其傾，無可退之義矣。死忠徇國，固其所也。世之論者顧以天命不度誚公，又湮其迹弗求，何哉？天地之化，風霆奮迅，而生意隨之；王者之師，有赫斯怒，而大眚隨之。公既宥諸身後，而德音隆指，復以忠歸焉。於乎！王道蕩蕩，真與天地同流矣。

今提學副使歐陽君鐸、惠州府知府顧君遂始建祠祀公，顔曰「孤忠」，奉昭皇帝聖諭也。闡幽妥靈，其關於名教甚大，非特公之遇而已。故予不敏，樂記其成。

## 重修分巡嶺南道記

始予葺垣屋之頹，治其蠹餘，爲髹器瑩然澤也。因嘆曰：「嗟乎！政有因舊以爲新，俗有格惡以爲善者，其眡諸此矣。」對廬爲嶺南分臬之署，始亦頹不治，間過之，則輪奐翼如。問諸僉憲曉溪祝君，君曰：「是淫祠之構也，昔委諸草莽，而吾不遐遺焉。」予喜與予意合。及郡倅劉侯瓘以記見屬，予又問焉，曰：「君之陳臬也，德威大鋪，刑祥盜弭。值時和歲豊，猶不忍役吾民，乃役隸兵之逃伍者，以故成諸不日，而官民不知其費。夫節用、時使、愛民、明鬼、正俗，政之善物也。一舉而五善備焉，而使衺不勝正，公不病私，不亦韙乎？」是役也，肇工左右廡，爲役房凡六，迤于後。爲堂十二楹，爲臺十楹，爲亭八楹，乃及于前廳事。臺去堂凡踰十武，亭去臺由橋，不踰十武。

既落之，名其堂曰惺惺，名其臺曰清風，名其亭曰觀物，君志也。今夫沮洳之田，過者噦然，穡人奏功，粢盛是之自出，昆蟲草木之鷙且毒也。以意通之，敓司命之權而病者利，衣褎帶博，羽儀輝光，觀者歆而黜矣，抑孰知其爲亂繭之絲、死牛之革也？推此類也，物亡可棄，惟人裁成之而已。《詩》曰：「伐柯伐柯，其則不遠」，觀物之謂也，匪惟物也，於此得治人焉。夫夫盡人也，盜賊奸宄亦人也，刀劍化爲牛犢，在吾所風之夫猶是也。《詩》曰：「翩彼飛鴞，集于泮林。食我桑椹，懷我好音」，清風之謂也。匪惟人也，於此得繕性焉。夫水亡有不澄，夫性亡有不明。澄其輝，明其昏，故君子退省以居敬。《詩》曰：「洞酌彼行潦，挹彼注兹，可以餴饎」，惺惺之謂也。

君名品，字公敍，衢之龍游人。居家以孝友聞。起進士，服政刑部，直節有聲，陟今官云。

## 北橋小隱記

北橋小隱者，橋山之北劉隱君别墅也。隱君嘗尹南和，有聲，守霸州，又益有聲。既顯且庸矣，而曰隱君者何，表其志也。嗟乎！人情居下窺高，得隴望蜀，貴作威，富熏天，而猶亡止心，雖欲隱，夫先自敗也已，惡乎隱？

吾聞中部之東爲橋山，其南沮水出焉。隱君得山麓隟地，蕪蕪不治，乃墾爲圃，築亭於中，曰隱亭。旁翼以室，曰隱室，人因稱之曰隱君云。圃中交植花木，日嘉以繁，階除有泉如虹，泠泠然日灌溉之，於是葱菁岑蔚，恍乎世外也。時登陟圃後山腰高處，試拄頰望焉，聳碧昂翠，揖拱于前，行霞立煙，昕夕萬狀，感軒轅弓劍之所藏，則飄飄欲御風，而征詢穆天子西行之翟道，則已鞠而草矣，然後知丹霄不可以非分覬也。雜漁樵而談，則有部勤儉，遺風猶有存者。彼築臺祈仙，徒蒙虛耗聲耳，竟何爲哉？竟何爲哉？班荆道古，而楊偕氏之思言不罪，益知往后之爲哲而明時之不易遭也。

乃鑿土室如陶穴然，開軒俯瞰，林樾邃蔚，森若擁衛，景色日幽，人迹日罕，而隱君日遊焉，日息焉。激波在户，白雲在楹，高蜚遠鳴，錯紅峙青，與客壺觴，陶陶忘形。時課子孫，聞吾伊聲，凡涉塵事，不役視聽，則啞爾獨笑曰：「彼遐舉者安在耶？我仙彼耶？彼仙我耶？」乃濯纓而歌之，歌曰：

橋之山兮沮之水，日相羊兮采瓊蘂。挂吾冠兮叢桂，長鑱求兮石之髓。麋鹿友兮伍鷺鷖，抱明月兮擁青霓。冥鴻翔兮寥廓，弋何慕兮林薄。憺忘歸兮花間，永酌沮水兮棲橋山。

## 揭陽縣重建釣鰲橋記

王制：建國經野，必有橋梁，以濟人力之難通，補神工之弗宰。是故建置惟宜，則天紀經，地理貞，民志寧。如非其道也，逆民志，螯地理〔一〕，紊陰陽之紀，豈細故哉？

揭陽城西有溪通南北。舊跨溪有橋，曰釣鰲，當闤廣通衢，至國初而圮。民病涉，則以舟渡。天順中，有司築爲直道，溪流兩遏，舟楫奏艱，且道直衝邑西，堪輿家以爲咎。亡何，果嬰寇變，道亦胥淪。正德時，築新橋于道，議者屢欲復舊，弗果。侍御季君本謫簿來邑，乃甃甕垣于城門之西，闢石門于其南，用障衝迕。嘉靖乙未，橋復圮，大爲民疚。今丁酉春，潮郡丞泰和劉君魁以撫巡檄掌邑符，群廢既樹，士民以是告，君慨然曰：「嘻，是誠不可已也！」乃訪舊橋，徙頹石，鍤河土，以壯橋址。得古橋楞木數十于塗泥，於舊基無尺寸爽，若神助焉，益信物之興復有定數也。於是楍材結礱，駢坒緻密，虹舒玉豎，纍百象一，雖役鵲架黿，莫是過者，眂龍伯之釣連六鰲，而三山奠麗如故，亦奚足擬哉？

凡爲門三，爲梁十有二，其崇若干，廣若干。季春肇工，仲秋畢役，費出罪贖，民罔知勞。邑令滇南薛君炳繼至，詢邑興廢，以有關於揭，不可無紀，謀諸文學陳君鳳至、黎君明之，使弟子員郭生維藩、黄生懋修來速文，以記其成。

嗟乎！吾嘗觀人之情，大抵好佚而惡煩，趣欲而舍誼，詳利害而略猷爲，重浮華而輕世務。誠以其惡易其好，則百動成；以其趣易其舍，則揆度修；以其略易其詳，則不遐遺；以其輕易其重，則理

〔一〕「螯」，萬曆本、粤圖本、北大本、暨大本作「疚」，疑作「疚」是。

道得，然而終莫之或易也。不習爲吏，秦越其民，亦何心哉？是役也，百年湮鬱，民志恫切，自茲寧矣；襟腋衝虧，地理章咎，自茲貞矣；風雨蚤暮，天紀弗恒，自茲經矣。劉君於好惡、趣舍、詳略、輕重何如，蓋其視民之顛，寔若毛髮在躬，拔之痛，罔不省，良由心之不忍故也。嘻，仁矣哉！故予大書以遺其邑之人，體君之心，億萬年俾勿壞。

## 重修連州儒學記

湟川惟連，始州於隋。迄唐昌黎韓子至，士薰其德，乃多材賢。州學始建於宋。迄南軒張子至，士薰其德，自是材賢益莘莘如也。屬者侍御史佘君謫判是州，至則夙夜懋圖風教而崇起之。顧州學自張侯書鯉修建之後，陊然日隤，則歎曰：「事有大此者乎？」乃捐俸鳩工，重建正殿、兩廡、戟門，視舊阯益宏。明倫堂以及儲庫、齋房，皆撤而新之，學官寓舍亦皆整飭焉。韓、張二子遺碑像贊之屬，皆訪求而偏樹之，用示儀軌。政暇，則與多士講明正學，其嚮往啓後之意盛矣哉！門人宋茂烈、黃汝中輩〔一〕，詣予請記其成。

嗟乎！今之理州者，吾見亦衆矣。擿伏神，催科巧，浚民者也，未及持禄也；奉上謹，涖下勤，持

〔一〕「黃汝中」，萬曆本、粤圖本、北大本、暨大本作「黃惟中」，疑作「黃惟中」是。

禄者也，未及舉政也。法則度量正于官，忠信愛利形于下，舉政者也，未及養源也。厚其生以富之，拔其秀以教之，絃誦以肄之，館穀以優之，俎豆飲射、歲時讀法以率之，使之藏焉、修焉、息焉、遊焉，以致其道焉。其心安，其業顓，不見異物而遷焉，夫是之謂養源。故其俗不肅而正，其化不嚴而成，材賢繇兹而出，辟諸濬泉於山，導之盈科，有不至於海者乎？斯固古之道也。

雖然，士盍亦自養矣乎？自養則所事事者修，而其措諸所事者盡。措諸所事者有三：曰君，曰親，曰師，民之所不能無者也。所事事者亦有三：曰德，曰行，曰藝，士之所不可無者也。古者賓興之典在是，庠序學校之教亦惟在是，舍是則非所謂養也。是故考德詢行、傳其道藝以事師，養之始也；率師之教以事君，承君之寵以顯親，養之終也。身非是不成，倫非是不明，士求如是而已。

湟川之士，自昌黎謫宦過化，賢如劉相瞻，則慕而蹤之。忠鯁丕震，三黜不辭，史到于今有焜耀焉。游南軒之門者，時則有若歐陽獻可，潛心致一，以永終譽，亦可謂卓爾不群矣。夫聖人之道猶海也，苟求諸心而擴之，猶湟之趍海，未有不至者也。於戲！多士其尚無愧于古，我聞人盍亦知所濬哉？是爲記。

佘君名勉學，癸未進士，柳州人。

## 崇蘭堂記

盈天地者物也，莫物匪體也；參天地者人也，莫體匪性也。是故日星之炳麗，山川之流峙，魚鳥之躍飛，草木之敷榮，紛綸悠邈。凡形乎吾者皆吾膜耳，越而眡之，雖切吾躬，在吾闥者，不知其謂斯何，而況於桑梓之屬乎？故曰仁人不過乎物，孝子不過乎物。不過也者，性之謂也。嗟乎！宰役群生，與天峻極，其性乎！苟得其養，則泯默之中坤乾合焉，闃其無人，闻見徹焉，否則灼而示之弗睹也，震而命之弗聞也。是故易之爲道，生諸吾心而已矣。

今夫騏驥之乘，驂以鳥犍，雖造父不能以騖遠；《韶濩》之音，間以《延露》，雖子野不能以成曲。何則？材質不同，而雅俗之調殊也。同工異曲，並驅異服，猶未之前聞，則夫心同而臭味異者，世寧有諸？故曰生生之謂易，生諸心之謂性，心而孚之之謂同，吾於歸安陸先生見之矣。

先生篤于教子，家塾日講解《周易》大義，其行書「清白相承」四字，今猶存焉。雖布衣，未嘗效一官〔一〕，而其心真若都三旌、享萬鍾之詒者，此其所見何如也！庭植名卉，惟於蘭則躬壅治之，每嘆曰：「猗乎，嘉種固難培乎！」蓋以勖其子也。及生意滿前，則吟嘯自適，因號崇蘭居士以見志。於乎！其有見於物，皆吾膜者，非邪？

先生没之十有四年，伯子幼貞、季子幼淳同舉于鄉。又八年，以季子貴，得贈官工曹，荐晉郎中，其階大夫。薦紳皆曰：「先生今食滋蘭之報矣！」多爲憶蘭之歌以颺之。予則謂陸氏昦弟，匪直顯庸以承考焉爾已也，於其所詒，寔孚諸心焉。誠能明《易》以盡性，與時偕行，則生生在我。斯

〔一〕「官」，原作「宫」，今據萬曆本、粤圖本、暨大本改。

蘭之榮也，雖與天地並長可也，獨先生崇之已乎？今幼淳以直道遷炎海，雖所至未始有蘭，而衷臆未始無蘭也，豈所謂不以無人而不芳者乎？是固不過乎物之道也，是所以同人者也，是乃先生崇蘭之志也。《易》有之曰：「同心之言，其臭如蘭。」乃者問記於予，豈亦以予爲可同者乎？故不辭而書其大都如此。

## 鴈峰精舍記

人有恒言，天人相爲表裏，要之合一之道也，而奚以二爲哉？嘗考《月令》隨盛德以迎氣，而於聲色臭味，皆因時而庚焉。乃若合十日，主帝神，分五蟲，協音律，豈亦《洪範》庶徵之類與？人也者，食味、別聲、被色而生，故其心即天地之心，同流上下，無間《禮運》之言、《月令》之綱也。故楊州之埜，其氣炎，其蟲羽，而文明之象獨盛焉。

昔者餘姚虞國守日南，嘉績多于前人，遂有雙鴈隨軒之異，殆所謂人與天謀，而喜事有祥之驗哉！予同年史公季弘鴈峰精舍，即其故址也。依倚林巒，清淑攸萃，而鴈池存焉。故經始某年月日，落成某年月日，凡若干楹，繚之以垣。臨其池，魚鳥飛躍迴如也；入其門，花竹芳翠菀如也；造其室，左右圖書牣如也。嗟乎！豈天遺而地藏之以待公乎？

嘗觀於人之一心，乾軒坤豁，浩然無俔，少有所蔽，即與天拂。是故君子藏修息遊，必優其學，

《詩》《書》以開其蒙，克治以瑩其衷，涵泳以完其功，而日孳孳焉。辟諸伏卵煬温，不厭乎化而翼飛之，將翀乎雲霄矣。鴈，隨陽之鳥也，秋南來而春北歸，知天時者也。羽蟲之中，其靈智者與！則其生成，亦必自有與凡鳥異者。人之爲學，卓爾不群，無乃相類乎哉？

公自爲諸生，通《禮經》，剖析天人之藴。及第進士，官給諫，守惠陽。每著異政，崇道表忠，尤惓惓焉，非學之優者其曷臻兹？予嘗聞之，海南故無鴈，丘文莊公讀書郡庠時忽集泮池，識者以爲鴈秉陽德，氣召離明，必有輔世之賢應之。其後文莊果大拜，見其所自著記。今餘姚，文獻大邦也。雙鴈之祥，虞氏未足以當之。逮公之十世祖越忠定公，遂相宋室，公又吾同年之良也，安知不繩祖武而大顯庸乎？傳有之曰：「公侯子孫，必復其始。」敢書以望公，且以爲公之後人勸。

## 新建定海門輔城記

嘉靖甲午春，涖我邦者謀及匡郭，保障民萌，以延介休，乃建議曰：「此邦左荆湘，右蒼梧，犬牙相入，寔在東南。而航浮索引之國，彎弧樅矛之夷，不時獷動，必自東關大海，當其衝則定海門也。今正東、正南二門，皆有子城，而此乃孤壁思患，預防必此焉先。矧又巽維虧疏，仁氣奔洩，我師屢吪善後之圖，其若之何？盍築城輔諸？」僉曰然。會財用方詘，經營未決。藩臬諸鉅公踵至，稽諸簿書，四衛窑軍歲納若干，貯在司庫，可以興役，乃上其事于督府巡院，皆如所請。

丙申冬，檄衛之掌兵者董其事，乃計徒庸，列楨綆，具畚挶，運陶甓，匠作效能，駢甃緻密，越丁酉春告成。其高二丈四尺，長二十一丈有奇。石以丈計，凡一千八百八十有奇。磚以塊計，凡九萬九千三百九十有奇。雉堞三十有八。包羅中規，緘坒渾堅，榴翳既除，樓鋪盡飭。夫經武之略，不以怠勝敬則强，域民之謨，不以力勝仁則昌。非此道也，雖因河踐華，亡所用之。

輔城仡仡，聚觀濟濟，海氛不入，爰興三美。兵有所依，民不知費，風氣以完，温厚攸萃。熊羆之士執殳，自今夙夜隄禦，逖彼東南，作其怠矣；閭閻之民奠枕，自今不費而安，蹈德謳吟，弛其力矣。乃伐玄石，勒百執事，覆以崇亭，在城之趾，列其位著以及名氏，以繫年月，以志建者之所始。

## 一齋記

佐昔待罪承明，受業于白菴先生，辱以佐爲可教也。歲癸未，奉使南渭問言焉，先生惟以忠孝見勖。瀕行來視，佐拳拳莫忍别也。比過家，晨昏旨甘，或爲賓客輟。將復命，則失子而痛，徘徊久之，心蓋憧憧焉。嗟乎！茅容、富弼，豈不誠賢哉？知有母而不知有客，知有其君而不知有其子，佐於是乎愧先生訓矣！

乃者力自鞭辟，以爲小人耻面不如子都，君子耻心不如舜、禹。舜之爲子也，視天下之大無以加於豫親者；禹之爲臣也，三過其門不入，而啓弗子也。此其心何哉？一於天理故也。今之辯博，譸張人倫，未之或識，而輒自賢聖，此何異於魏人知舜、禹之事邪？間或天資近道，未能絶利一源，吾見其違道之日遠也。

今夫盈天地間，萬物皆備於我，宜若紛於吾心而不一矣。然而遇君則應以忠，遇親則應以孝，凡群動之接，莫不有以應之，雖塗之人，其孰無此？譬諸川流之水，經絡泮涣，而瀾則同也。夫欲流清，莫若使源澈，欲心純，莫若使利絶，有所利而爲，雖掞天之才，蓋世之業，已雜於慾矣，而况於多慾者邪？天地之大也，覆載各專其職，故於穆之化，終古常新，初何心哉？故曰其爲物不貳，則其生物不測，惟心亦然。物至而不迎，乾之闢也，物去而不留，坤之闔也。故曰人者，天地之心也。斯須引於物，心斯放矣，慾且不能寡，而况於無邪？誠能無欲，如陽紆之深，萬派由出，夫孰能二之？舜、禹之所謂惟一者，此其要也，廓之配天地，其在兹哉！

先生近以一齋易其號，蓋深有契於子周子者。書來，俾佐記焉。嗟乎！佐於幼學壯行，兩無所成者也。自違承明之直已十有一載，抱子將成童矣，而猶未有知其何以復先生乎！且先生戌閩，殆逾一紀，而又愧杖屨之弗從也，乃陳其葑菲之見，庸書以就正云爾。

## 韶州四隅社學便民倉記

聖皇在宥，夙夜軫恤元元，丕振風化。命吏盈于萬方，或未能祇承德意。鹿谿鄭君侯之治韶也，敷求政教而崇起之，念惟養蒙捄荒，理本攸在。乃謀諸别駕黄侯豫、陳侯廷華以及壽俊百執事，僉以爲然。白諸巡院戴君璟，如所請，於是興建社學、便民倉於四封之隅。學之廳五楹，翼以二塾，各三楹，倉之廳亦五楹，儲穀于其兩旁，各三間。倉在學後，雖異門垣而事則聯屬，以教養一道故也。其在東隅，學則曰東社鄉校，倉則曰東社便民倉，西、南暨北隅皆如之。擇學行懋者爲訓正，社各一人，以訓蒙士，一如古小學之教，以漸徧肄經書。旦夕則歌詠舞蹈，朔望則禮于先師。鄉人之耆德者推爲約正、約副，社各二人。

凡社月朔，則直月者率辦牲醴以會于社，設土穀神位，祭而誓之。既乃會燕，略如鄉飲酒之儀，約正讀約，俾在社者務遵我聖王之訓，率行四禮，所以相勸規而交恤者，毋渝乎其初。社學生則鳴鐘鼓升歌，以侑湯酒。燕畢，約正、約副公舉率約與弗率約者而賞罰之。倉穀則官出穀本，日增其贏，掌以鄉老，主以約正、約副，守以夫級，隨時糶糴，毋致紅腐。出納案卷，則訓正司之。賑給則約正、約副白于府，府下之訓正，訓正行之鄉老，然後如數散之，收亦如之。

四學四倉，俱經始於今孟秋，四閱月而告成。郡縣文學何君正、陳君錠、秦君志道具書幣，使黄生器先來請曰：「惟我君侯，學有本源，視民如傷，是以有兹役也。地給於公，材集於舊，工募於傭，其功甚大，而民弗知。教行於社，義勸於鄉，食足於倉，其道甚備，而官自裕。是非獨昭曠之觀也，其休我士民，甚大惠也，將圖永君侯之休，願有言焉。」

予惟成周之制，聯黨、族、閭、比而統於州，封四疆而設社壝，必建塾以教民子弟，而考其行藝，以禮屬其父兄。歲時讀法，書其善者，而奇衺是糾。祭社而飲，則有禮樂，豫待凶荒，則有委積，州皆主之，會政則就鄉大夫而布憲令焉。今之府治大抵以州名，而教養孅意，則蕩然矣。世方録録，簿書獄訟奏能，而自功速化，可日月冀，而遑民之念邪？且起教於蒙，儲養於豫，非有所掣而害事也。然而國無絃歌，野有捐瘠，古今日以縣絶者，繇心之操存異爾。是故古之教養出于一，其心之所及者簡以易；今之教養出于二，其心之所及者緐以難。夫惟簡易，故能聯四境如其一身，民之顛冥，若毛髮之拔而痛罔弗覺。苟病其緐難，則秦越異視矣，雖有休戚，吾惡乎知之？惡乎而提撕拯濟之？

君侯固今之人也，而教養則由成周之舊者，何也？生於其心之不忍故也。不忍之謂仁，幼而學之、壯而行之之謂道。君子小人之學道也，凡以求仁而已矣。繼自今藏修恒於斯者，出納恒於斯者，匪直無忘君侯之休，其尚無忘君侯之心。

君侯名騮，字德夫，衢之江山人。

## 一虚亭記

一虚亭者，豫章方君銘以自勖者也。君嘗夢有叟杖而書茲三大字，向之曰〔一〕：「將以勵子，且獨不見風輕月烔、苔青草緑之時乎。此一虚亭之景也。」問亭中何以無人，曰：「有則非虚矣。」既覺而

〔一〕「向」，原作「問」，今據萬曆本、粵圖本、北大本、暨大本改。

寤，以告泰泉子，俾記之。

泰泉子曰：「昔兹焦然涸也，今兹汪然盈也；昔兹墨然闃也，今兹闐然振也。蚉息交然其突然，日夕繽然禪乎前也，是曷而然，則名之曰鬼神云。飄然而輪也，霈然而霖也，殷然而訇也，赫然而照以臨也，孰轂轉是風霆日月而噴薄之邪？測之不得其垠，曰兹天地之爲也。昔者祁姚氏作握渾淪，以光冒群生，張爲陽，弛爲陰，兩儀與之三焉。世以其聖不可知，則盱避之，曰『是胡可及也』？然愚氓嬰困急，輒嘑天地鬼神，貌而禱之，應也如響，則謂斯何耶！黠而富貴者揣摩營營，精不銖毫爽，媢達官而攫位以造命，如取諸懷中，使易其心，以知性盡倫，夫孰能禦之？然與之談名理，則斥以迂而莫之省也。今夫舟行瓠墮，未始遽害事也，艤而知拯之，心既溺而不知拯者獨何歟？」

記曰：「人者，天地之心者也。將有爲也，將有行也，其心若闢，乾以資始也；既有爲也，既有行也，其心若闔，坤以資生也。一闔一闢，而天地之帥存焉；一闔一闢之交，而鬼神之會存焉。苟能充之，可以達天德而知化育。何者？虚故也。天地以虚故大，鬼神以虚故靈。萬物皆始於虚，終於虚。人能虚其心，則天地在我，鬼神合我，而萬物恒備於我。愚者顓顓，物焉而已者也；黠者逐逐，物交物者也。其惟静乎！其惟静乎！《易》曰：『艮其背，不獲其身，行其庭，不見其人。』蓋言静也。君教三水，恬静無欲，要津之門，無一履迹，而獨友於予，以是徵君之一而虚也。夢中之叟，豈無極翁乎？」君欣然嘆曰：「噫，兹所謂神明告人者哉！」遂書以爲記。

# 修舉鹽政記

蓋聞揆事布令，莫大於成憲，通方阜民，莫重於食貨，山封水熇，以輔稼穡，莫若興革鹽政而圖利之。粵南瀕海，大抵舄鹵之區也，其民煮海爲生，非有捲握致富之資也。然黔突相望，軍儲是賴，董以陳臬，重臣坊範而優恤之，凡以國計存也。情不舒究，政日以秀，糾逖其慝，或亂舊章而自功，則興訟嘖糜案牘而徒紛紛爲也。

古沖李大夫鋭情修舉，進屬吏詢其孰便孰不便，於是提舉徐立等獻議曰：「夫派鹽輕重不倫，則辦者苦樂不均。國初一丁辦鹽六引，謂之全課，其後貼丁分辦，一人二引。中遭寇虐，逃絶相踵，其見存者或派至五引。窘於代辦，方圖爲雉兔竄，又從而岸獄敺之，是猶伐條肄於且彫之樹也，生必不聊矣。且炊爲熟鹽者力勞利少而輸納多，晒爲生鹽者功省利多而輸納少，均之則足國宜民之道也。」大夫曰：「導川不駛，其壅蔽久也；德序不流，其措注謬也。祖宗定制，籍煮鹽之民爲竈户，則鹽非竈出者，是干憲也。今使生鹽輸納與熟鹽亡貳，而勞逸均而人心服矣。除其逃絶，録其蕃息，而日月益之，國初課額殆將浸復，吾故曰興之便。」

議曰：「舊制，竈丁蠲免繇役不爲限，及詭寄影射之弊作，而後全課免田百畝。夫户有貧富，丁有多寡，至不齊也。屬者照田責丁，以抑富豪，量丁減引，以恤貧困，其號甚美，然田轉而丁不除，是流害亡窮也。貧者拆爲單引以至半引，用丁愈多而課愈減，其法難以經久。《詩》曰：『君子如屆，俾民心閿。』潤澤而行之，斯善也已。」大夫曰：「不然。吾聞伐木必掎〔一〕，析薪必扡〔二〕。君子制事，必究終始。貧而減引以辦課，是絲而棼也，富而責丁以免田，是童而角也，終亦必亂而已矣。誠令有田者論丁以免其餘田，惟出貲代庸，則免不至濫，而課亡所妨。如慮貧弱易靡，則貼丁之例，在朋參而辦，又何拆焉？吾故曰革之便。」

於是會議僉允，聞于督府、巡院，皆報可。乃遣官詣各場柵，審其户口之數，除豁丁之亡徵者十之四，補其課額之缺者三之一。沙垻池漏，科派眡竈田惟均，生拆增辦，價殖眡竈鹽惟均。貼丁免田，皆準定制，而海北瘠土之庸役，則盡蠲之。蓋册籍自天順以來，多歷年所，至是始克更造。林、陳二大夫向雖建白舉行，然擬議未底于成，輒遷去。登載詳覈，寔始於今，其所以昭法守者至矣。乃若盤鹽廠之設，其制寔比分司，頃因改批驗所爲倉，而容下吏厠居，大褻瞻望，乃復所之舊，增建廳事、卷房，而别創倉五間于廠東。會庚革甫定，工亦告竣，於是規摹弘備而上下秩，左右肅艾而蓋藏謹，民情龢愜，鹽政畢行。《懿戒》有之曰：「訏謨定命，遠猶辰告，敬慎威儀，維民之則。」此之謂也。

大夫名默，字時而〔三〕，建寧人，與予皆辛巳進士。嘗績學中禁，服政銓衡，忤時左轉，所至有聲，而於廣尤烈。此特其少概見云。

〔一〕「掎」，原作「椅」，今據萬曆本、《詩經・小雅・小弁》改。

〔二〕「析」，原作「拆」，今據萬曆本、《詩經・小雅・小弁》改；「扡」，原作「杝」，今據《詩經・小雅・小弁》改。

〔三〕「而」，萬曆本（湖南省圖藏本）作「言」。

# 泰泉集卷第三十二

## 記三

### 重修應天府儒學記

聖天子丕闡人文于萬方，兹惟南都首善之地，府尹莆田洪公珠仰承德意，惟恐或後。歲壬寅春三月乙亥，公始涖止。越三日戊寅，祇謁廟庭，退臨明德堂，講究經義，顧謂師生曰：「聖祖開基于兹，作人興道，寔兹焉始。堂廡齋舍以及門坊傾圮若是，豈所以藏儀修業、示極于四方者邪？兹固吾責也。」遂謀於府丞安福王公學益，相與條白于巡撫都御史涪陵夏公邦謨、督學御史衡水楊公宜，皆可其議，於是庀材鳩工，揆日興事。公乃手書先師之廟，榜揭于楣，徧緝及廡，爰有完宇。若廟門、櫺星門、啓聖公祠，則皆撤而新之。門之外，甃其階碱，翼以欄楯，覆蓋泮宫，綽楔修改學之二門，視舊加崇麗焉。明德堂暨六齋，則易朽蠹，樹隤頹，治荒纇，除漫漶，墁墍丹雘，焕若初成。經始以孟夏丁卯，閲月而告竣，府知事關儒寔受規畫以董之。其費取諸罰贖，不給則割常禄以充，七縣之民不知有役，而受傭募者挺焉，驩躍趣事惟謹。自非嚴以律己，仁以孚物，曷臻兹乎？教授率諸生謁予，俾爲記。

予惟金陵故吴國也，自我聖祖受命，增其式廓，作爲天府，以統函夏，而扁其學宫之堂曰明德，天下郡國學校，靡得而同焉。王氣所鍾，山川炳靈，視昔夐殊矣。都人士之樂育者，爭自濯磨以自異於凡民，越倫駿茂，後先輩出，莘莘如也。其在《周易·乾》之《象》曰：「君子以自强不息」，法天健也，而繇以飛龍，則君道存焉，天府之名以之。《晉》之《象》曰：「君子以自昭明德」，法日升也，而《彖》以錫馬，則臣道存焉，堂之名以之。夫日之運於天，士之仕於君，其義一也。先王設爲斆學，以逮于今，米廩以養之，頖宫以居之，《詩》《書》《六藝》以迪之，藏修游息以節之。旦夕則揖讓登降以示之恭，朔望則瞻依拜跽以道之敬，歲時則有釋菜、賓射之事，而肄之以進退俯仰之度。感之以發匏拊鼓之音，動之以干旄羽籥之容，所以牖其心知，和其血氣，繕其性情，釋其邪侈，增其粹美。使之入而事親從兄，保宗睦族，出而忠君親上，展謀揆物；内而存省懲窒，外而動作威儀，無須臾而不學，則其德也無須臾而不明矣。於戲！日運於天而與天會，則成歲功，士仕於君而承君休，則成德業。

是役也，匪爲美觀而已，用大造爾士，崇厥明德，光輔聖天子以熙鴻號於無窮，則諸公之志也，藏儀修業者盍思所報乎哉？入而修之家，則毋壞乎其出；外而飭之貌，則毋悳乎其内。以此報施，夫民何失望之有？《詩》曰：「無言不讎，無德不報。」此之謂也。

## 巡撫都察院續題名記

南畿巡撫公署創自王端毅公恕，刻石題名，置諸廳事之左。自蹇忠定公義迄陳公祥，凡三十有三人，而鐫題已滿。今中丞涪陵夏公邦謨既陟少司徒，方需瓜代，顧謂追往啓來，不可無紀，乃謀復樹碑於右，以續題名，間述顛末，以示佐俾記焉。

佐惟南畿左江淮，右荆蜀，青徐掎其北，百粤紆其南，控引湖海，財賦叢阜之地也。民物殷庶，既裕於利，而官吏一或匪人，則流患之所從起，矧聖圖基本於是乎在！巡撫之任，可無重與？嘗觀於成祖之勑蹇公矣，大都興利革害，察民疾苦，旌別官吏之淑慝而舉絀之，蓋即虞廷之懿謨也。靈承彝憲，位著不易，是以賢能畢力，民饗豐利永孚之休，以迄于今。

夫咎繇陳謨，虞舜用咨十有二牧，其曰「食哉惟時，柔遠能邇」，安民也，利害之興革者也；曰「惇德允元，而難任人」，知人也，官吏之旌別者也。臣言之，君行之，内唱之，外應之。循斯道也，蠻夷且猶率服，而況於郊圻乎？雖然，喜功則非當利者興矣，易説則非當愛者用矣。傳曰：「不利而利之，不如利而後利之之利也；不愛而用之，不如愛而後用之之功也。」以佐觀於題名，碩德終譽，無若忠定、端毅二公者，其在當時，亦惟彝憲是守，堅其難説之操而不鋭於求功，故今之言功業者必首稱焉。

今公既與忠定皆出蜀産，而礱石刻名，又適符端毅，矧明作惇大，寔異世而齊美，將使後之眂斯刻也指而稱曰：「光膺帝簡稱茲任者，幾何人哉？」民有未安，疇能圖而利之？人有未知，疇能鑒而用之？惟蹇公克慎厥始，惟王公克和厥中，惟夏公克成厥終。用律其餘，思永有辭于世，則斯刻也所以勸沮者遠矣。《詩》不云乎：「高山仰止，景行行止！」

# 惠德祠記

古之君子朝則幟政，鄉則幟俗，生也人皆敬而愛之，没也人皆慕而祀之，稽諸金陵往牒，可謂難矣。是故饗漁隱於青溪，未可以彰政，報龍澤於水西，非所以範俗。若石峰陳公者，殆其人哉！

公諱琳，字玉疇，莆田人。弘治丙辰，起家進士。續學扈閣，執法内臺，雖正色立朝若不可犯，然温恭朝夕，覿者心醉。及奉璽書董學南畿，明彝敕法，不戒以孚。嘗疏端本修政十五事，天聽竦然。比逆瑾竊王鈇，薦紳逢螫，則又力論諍之，謫丞揭陽，未嘗少挫云。是其畜德以爲大受之地者，正直忠厚，蓋兼之矣。迨爲大理卿，晉兵部侍郎，皆在留都，其歷年所最久，霑被其德者最深。中間遭躓復起，作牧嘉興，懷民以仁，副臬山東，敷教以敬，參藩河南，征科以寬，巡撫江西，招携以禮，澤流四方，而鄉國乃其源也。故留都門生故吏，建祠以伸追慕，而鄉之士大夫莫不助焉，心素孚焉故也。

祠在都城景陽西里。顔其門曰惠德祠，取諸聖文諭祭中語也。又取諸《南畿志》，扁之曰和風甘雨，于其政澤擬諸形容焉。當嚴霜酷虐之餘而遇公，感之至也。祠凡若干楹。前曰大雅堂，以妥公靈。堂之西爲廳事，扁曰懷石，以著存也。後爲燕居。東西翼以兩廂，爲神廚，爲齋舍，深凡若干丈，廣如之。經始於嘉靖癸卯秋九月，越甲辰春二月以落。總其費逾二百金，士大夫分俸爲助，洎出諸鄉人者三之一，餘則公仲子翰足成之。公既已祠於名宦，而興情復建兹祠者，懿德同好，無間親疏遠邇，於斯乎徵矣。於乎！公之德政始於留都者，教也，卒於少司馬，猶明刑焉。刑以弼教，而兵又刑之大者也，自非學術兼總條貫，而素履信於鄉俗，則荐歷所至，曷克臻兹哉？

昔鄭桓公以教得民，既没，而武公象賢焉，詩人是以有《緇衣》之好；衛武公作《懿戒》以自儆，惟明刑飭兵之圖，而德日以邵，詩人是以有圭璧之儗。今金陵服采以及耆倪，城市以至郊野，聞公祠成，虔謁謹動，瞻堂拜祀，猶適館時也，沐稷饋豆，猶授粲時也。雖闒茸之士與稅赭衣而歸者，亦不以爲厲，而以爲德，視古風詠，實亡以異。公所以得於人者，夫豈聲音笑貌爲哉？亦惟政熾而民思其澤，俗熾而士思其源焉爾。《易》曰：「有孚惠我德」，《春秋傳》曰：「盛德必百世祀」，其公之謂乎！

公鄉人民部郎中黄君文炳輩，以佐嘗從太史後，俾紀成事，以俟他日國史裁擇。而佐夙嘗晤公，頗亦受知者，故不敢辭，而爲之記云。

## 金陵徐氏西園記

聖神肇興，必有獻忠闡良之臣，用武開基，賞延于世，迨及文子文孫繼作，則世禄之家，亦惟文儒是崇是尚。嘉招勝引，盈筵接席，藹藹如也。

初，佐讀書中秘，莊誦我宣皇所賦《鳳凰臺歌》，思禮賢士，企聞昌言，奎藻掞天，有非三山二水之句可得而擬者，嘗注慕之。比視篆留院，始獲登焉。去臺一里而近，曰西園者，勳衛徐君天賜之別墅也。巒樾靚深，堂構樸雅，雖不出城市，而景物娛人，若在世外。每燕飲鳳游之堂，嘯歌詠游之閣，眺望酣適，則返鳳西書屋而休焉。所與偕者，盡一時鉅公，車馬日夕駢集，信乎盛世多賢，足以驗培植詒謀之遠也。

凡其蒔花木以養風煙，紆丘壑以躋霄漢，鑿池沼以涵飛泳，疊崟岑以易蓬島，循步迂徐，玄覽幽勝。爲亭者七，曰摘鮮，曰嘉樹，曰滄浪，曰鶴巢，曰菉猗，曰翠微，曰山間明月。爲館、室各一，館曰青霞，室曰凝霞。爲居者二，曰保和，曰種玉。矗屏拳石，巧若天成，乘物游心，境與神會，耳目所到，無一不可觴可詠者。蓋其徵奇萃美，甲于南國，寔前此所未有也，豈地蘊而天遺之，以待於今歟？一遇風日暄和，則輩征遺音梧竹間，若翹伺覽輝而下者，然不知鳳德在人，惟求諸翽翽喈喈，則已鋭矣。烏虖，周興而鳴岐，殆太公望散宜生之喻乎！厥後周、召夾輔，惟恐鳴或不聞，而《卷阿》作詠，朝陽高岡，庶幾見之，大氏爲馮翼孝德而發也。

徐君五世祖丞相武寧王厥惟良顯，高祖太傅魏國公厥惟忠顯，自後承家，罔佚前光，而君尤温恭好禮。所與交游，皆若宣皇所思企者，鳳德其果在人歟！夫游歌非吉人，親昵及惡德，則國非其國，而況有家者乎？繼自今爲君後者，思濟君美，以引于勿替，則相觀而善，永有辭矣。斯園也，謂非養德之地，可乎？《詩》曰：「文王孫子，本支百世。」凡周之士，不顯亦世」，此之謂也。佐也不佞，敢以是爲君頌云。

## 上海董氏小宗祠記

嘗考事先之禮。唐制，卿大夫皆祭三室。觀諸昌黎韓氏所爲《廟碑》，禰室于東，則曾祖初室在西，槩可知已。子朱子《家禮》始祭及高祖，參以《大全集》，謂席南鄉北鄉，以西方爲上，蓋尚右之義，相沿如此。迨丘文莊公定爲《儀節》，乃遵我聖祖之制，高、曾居中，東祖西禰，而祭儀則仍《家禮》，豈吾夫子祝存商、文從周之遺意與？故余嘗營家廟，中貯板屋，隔而爲四，一如《儀節》，以奉四親。夫請席何鄉，固古之文也，事亡如存，亦古之道也。方其生存几卓，尊卑既與古昔席地之時敻絶，誠能略仿同堂異室之制，俾父子殊席，翁婦不相邇，于以棲神，而致生之，不亦協諸義乎？雖韓、朱復起，吾知其必從也。

嘉靖甲辰，余莅南廱，上海董生宜陽來受業，間具事狀以告，曰：「先世汴人，從朱南遷上海之吴會里。所可知者，自官一始。官一生仲莊，剛直任義，卒死於難。仲莊生思忠，早孤，贅於宋氏。嘗居華亭中，歸理舅氏韓故業。天性孝友倜儻，能自樹立，乃克再造厥家，是曰遺安公。傳子怡竹公以和，性敏有識量，亦以孝友聞。生二子，仲爲御史公綸，天順甲申進士，官南京河南道，有廉直聲。以先公貴，贈奉直大夫、刑部員外郎。生六子，仲即先公恬，弘治丙辰進士，筮仕工部主事，改刑部，歷員外郎、郎中，進大理寺丞、少卿，終始法。比制，有聽斷精明、操持清慎之褒，蓋一時名卿也。生二子，宜陽爲長。自官一至是七世矣。

「有祠，作于御史公而圮。嘉靖初，先公嘗改創于正寢之東，而隘于是。宜陽拓地而新之，爲堂三間，中設四龕，奉遺安于中，左怡竹于中，右御史於東，少卿於西，皆以安配。四時歲暮，惟祭諸祠，示有尊也。若忌日，則出主祭於正寢，示有專也。凡歲時行事，與夫謁告祭獻之儀，旁親祔食之位，悉本

《家禮》，而酌以《儀節》，勿之有悖焉爾矣。俟後日親盡，則以遺安公爲不祧之主位乎。四龕之中，而後之有功德不祧者議配焉。蓋光復本始，業增勢焯，以至今日遺安公之賜也。茲寔宜陽承先公之志而以義起者，敢丐文刻諸麗牲之碑，俾後有考焉？」

嗟乎！吾人之所以自植者，孝與忠而已矣。苟闕焉，非夫也！自宋人棄汴而南，皇路劻勷，逮金元時，民有孑遺者，倖矣！即有存者，族姓忘混，尚奚暇奠宗祊以隆孝思哉？至我聖祖滌除狄螯，定鼎金陵，而松江寔爲畿輔。於是南渡之家，日有寧宇，而世荐顯庸如董氏者，始則逢亂，幾亡其本，及迓皇休，然後發而益弘，維高維曾，克孝于家，維祖維禰，克忠于國。委祉歸成于後之人，而爾後之人弗克繼焉，是孝之匱也；入官自謂能守成法，而事先則與聖制違焉，是忠之僿也。不匱不僿，其庶矣乎！故余於宜陽之請，深協于衷，載筆紀之，俾厥後永勿忘。

## 遷建廉州府儒學記

皇明有天下垂二百祺，風教所孚，暨于炎海，荒逖絃誦，蓋駪駪如也。廉視海南爲邇，其人多聰顈樸茂，然府學故在東北隅，地勢洿下，士氣弗舒，以故賓興漸鮮。嘉靖乙未，惠安張公岳來知府事，懼無以稱聖天子作人至意，乃程士業而砥礪之。凡裂綴之文，高虛之説，一切屏去，士亦翕然從焉。既三載，政成民裕，與同知餘姚朱君同蓁、節推永嘉王君良弼僉議，以南門内玄妙觀爽塏，峻厚可居，令訓導廖景春、朱袞達諸當路，請兩易之，覆議報可。首用金易民居五十間，增廓其地，併計匠役木石之費，僅二百餘兩。

經始以戊戌秋八月，即觀故址中建先師廟，前爲樂舞臺，左右翼以兩廡，前爲戟門，又前爲泮池，又前爲櫺星門。自戟門右達，則宰牲所。廟後爲明倫堂，東西各爲齋。東齋之南爲門，出循東廡之後爲儀門。儀門外通以長道，爲儒學門，其東爲啓聖公祠。又前爲敬一亭，亭東爲名宦祠，西爲鄉賢祠。又前爲門，而門之東其內爲衙宇。兩齋之後，又各爲門，亦内爲衙宇，繚以周垣，耽耽靚深，且立文明坊于通衢，昭聖化也。工未告完，而張公擢浙江學憲以去，代者同安陳公健益加毖緻，以終厥事，而庖湢屏蔽，罔不畢備。次年春某月落成，使吴生禎來徵文記焉。

予惟民生而蒙，蒙貴養，惟養本乃端；比長而學，學貴行，惟行道乃成。是以小學之法，務養以正，使由之而未使知之；大學之法，務要其成，使知之而後行之。弗養而使之知，是無玉而琢也；弗知而使之行，是瞽而索塗也。故養而後知，知而後行，斆學之序也。《詩》曰：「天生蒸民，有物有則。民之秉彝，好是懿德。」夫則也者，理也。窮究其理，格物之謂也，格之其惟修身而盡倫乎？耳目聰明之類，所以修身也；父子慈孝之類，所以盡倫也。得其本，萬物備，擴而充之盈天地。

凡夫理之幽明鉅細，遠近淺深，無弗貫于一者，學校之設，聯以師儒，迪以經書，舍此亦奚所事哉？然世之卑陋者，惟知記誦剽掠以業舉，而其高虚者，則又竊取《圓覺》之説以亂真。二者之弊，不同其悖，先王斆學之道一也。子朱子嘗曰：「學始乎知，惟格物足以致之。知之至則意誠心正，而大學之序，推而達之亡難者。」及其作《瓊州學記》，惟引《蒸民》之詩，道以身心之所固有，然則其所謂格物者，豈求諸外而遂遺其本哉？近世發明朱學，宜無若泉之蔡氏，而張、陳二公，皆以承學出於其鄉，相繼振起廉士而賓興之，必有超瓊州才雋而上追鄒魯者矣！然則圖回化理，用對聖天子之休命，其在玆乎！庸書以俟。

## 重修保昌縣儒學記

踰嶺而南，保昌首邑也。我聖祖光宅四海之三年，入備版章，即建黌序，皇化翔洽，眂中原冀北爲先。迄于成化，賢科相望。弘治以後，登薦無聞。正德壬申，郡守張嵿始定基于玆，然人材淹窘猶昔也，論者咸謂閭巷偪翳，風氣鬱湮。洪惟皇上重明麗正，丕重賓興，揆文教者靈承惟慎。

嘉靖甲辰秋，督府半洲蔡公需代于雄，適瑞山陳公以巡按至，而分守峗山周公、分巡慎庵王公、備戎小洛何公一時輻集。署學訓導李鰲偕多士陶希學、周仕魁輩，力請遷建，僉報曰宜。會改卜不獲，乃下修闢之令，鳩工庀物，度時興役，於是售民地而廓清之。其前砥路長一十有八丈，深三丈八尺，眂舊蓋增三之二。前爲屏墻，墻外空地一丈許，爲通逵，竪二牌坊于左右。墻內抵門二丈五尺，爲泮池、儀門。越明年三月畢工，總其事者知府李而進，董其役者推官劉僖，而知縣徐雲路、教諭方純、訓導張元繼至，相與襄厥成焉。偪翳既除，鬱湮乃紓，璨如曠如，利于步趍，離澳渫而化昭融，撫《子衿》而歌樂育。王公乃令徐尹具述顛末，俾予記之。

予惟天地之氣，北爲陰，南爲陽，陰爲幽，陽爲明，幽爲退，明爲進。故文王彖《易》於《升》曰：「南征吉」，言嚮陽而物象明也。夫子翼《易》於《離》曰：「萬物皆相見，南方之卦也」，言陽剛在下，當前進也。人之生也，負陰而抱陽，喜明而惡幽，樂進而憂退。陰柔用事，則爲私爲知，陽剛用事，則爲公爲禮。其爲人也自私而用知，則學必退而無成，何也？其心雜而怠也。其爲人也秉公而崇禮，則學必進而大有功，何也？其心一而專也。孔、顏博約，庶其在此。今之學者言知而不及禮，無乃畔與！《詩》曰：「無言不讎，無德不報。」爾多士其何以報群公之嘉惠哉？

予故闡南征之微義，示允升之懿猷，究嚮明之洪象，發聖學之樞要，尚一乃心，精乃業，彙升于朝，庶乎我聖明作人之休于無斁。

## 通明洞記

少汾冼子家于通明之洞，故其地亦曰通明，其北則廣居堂也。由洞而上曰方山，竹下開三徑焉。山上有樓曰仰止，其兩旁爲主一齋，爲同心館。館則洪覺山記之矣。舉洞之大都以問記于泰泉子，泰泉子言之曰：

通明也者，作聖之睿也。仰止也者，仰聖也。必主一於齋，而後同心於館乎！所主不一，則弗明以通，而奚心之能同？吾嘗讀程、陸之書矣，其言必稱孔、孟。又讀孔、孟之書矣，其言必稱堯、舜。又讀堯、舜之書矣，其言必稱一。一即庖羲之乾也，誠也，明之所繇通也，心之所繇同也。閒邪則存矣，無妄也，亦無雜也，無欲也，亦無爲也。《大學》之綱合於誠意，其斯以爲要乎！知此之謂知，行此之謂仁，直此之謂敬，方此之謂義。忠者盡此者也，恕者推此者也，信者成此者也，勇者彊此者也。合而言之，主一之謂也。

常主乎此，則其心惺惺爾，其容肅肅爾，其氣雍雍爾，其行慥慥爾。執此而不偏，則謂之中；由此而不易，則謂之庸。節此而不紊，則謂之禮；樂此而不已，則謂之樂。學以博此，問以審此，辨以明此。通明之極，則性此、安此者也。通明之未極，則復此、勉此者也。通明於身，則視以此明，聽以此聰，貌以此恭，言以此從。通明於倫，則子以此孝，臣以此忠，弟以此弟，友以此信，而心以此同。無行而不與，人以爲隱而不知，存以此神，過以此化，位育參贊，寔以此而成功。

由程、陸而上之至于庖犧，皆祖禰也，吾仰焉；由庖犧而下之至于程、陸，皆子孫也，吾亦仰焉。子孫其萬乎，祖禰其一乎。合萬之一，吾其修之吉乎〔一〕，如二以三，匪德也已。聖人以此洗心，退藏於密。畫此成奇，專且直焉，是謂天一；運此成規，虚且圓焉，是謂太極。妙哉一也，三極函矣！雖天地猶爲物不貳，而况於人乎？是故主一則通明，通明則静專動直之道，虚圓不測之神，可仰止而得也。

〔一〕「吉」，萬曆本、粤圖本、北大本、暨大本作「言」，疑作「言」是。

上治祖禰，下治子孫，吾心渾渾乎其廣居。所謂反身而誠則仁矣，一以貫之者也，敢併以告夫同心者。

## 遷建香山縣儒學記

皇明文教南暢揚粤，𡉏區卉壤，黌廟秩如。惟吾邑學越在郭外蓮峰之麓，嵐侵蠹蝕，日橈以圮。嘉靖初，教諭顔君階開講堂城中，依豊山，瞰鉅海，風氣和萃，僉謂遷建爲宜，庠生楊濱寔贊襄之。歲戊子，督學憲副山陰蕭公鳴鳳聞于撫臺、按院，皆報可，乃檄縣尹林君士元拓而營之，使義民高德純董其役。於是樹表正位，僦工經始。中爲明倫堂，東西爲博文、約禮二齋，前爲先師廟，翼以兩廡。又前爲戟門，又前爲櫺星門，左爲儒學大門，中爲甬道，西北爲儀門。二齋之後，爲教諭、訓導廨，附以倉庫庖湢。甬道之東，號舍旿列。撙節財費，周期告竣，林君之功也。

越丁未，今尹鄧君遷修葺漶敝，補厥未備。堂之後爲饌堂，又後爲啓聖祠，祠左爲御製敬一亭。戟門左右，各祠名宦鄉賢。其南孔道詘曲，則改而直之。前爲照垣，東西修三十五丈有奇，深四十丈，廣一十六丈有奇。訓導胡君禮增廨於博文齋北，教諭張君天敍復於學後福山之椒建亭曰鳴皋，尹皆助焉。且歲入地税金，俾以時整飭，於是制度益完，規模宏遠矣。掌學事訓導郎君良偕禮謁文爲記。會禮遷去，及張君暨訓導龍君納言至，始刻諸石。

夫學之設，非徒以禄仕爲也，將使盡性明倫，進之乎聖賢也。聖賢之道，心焉而已矣。今夫親而父子也，義而君臣也，别而夫婦，序而長幼，信而朋友也。本性分之所固有，則貌爲之，諉諸命而心弗盡。口而味也，色而目也，耳鼻而聲臭，四肢而安佚也，其得以否，有命存焉，則矻矻朝夕，心誠求之。何則？嗜慾切而理義微，人心道心之判也。嗜慾切而理義微，則道心易爲人心，而情其性；理義切而嗜慾微，則人心易爲道心，而性其情，心豈有二乎哉？惟情其性，則日入於不善，其有善存焉者，鮮矣；惟性其情，則日入於善，其有不善存焉者，鮮矣。《易》曰：「顏氏之子，其殆庶幾乎？有不善未嘗不知，知之未嘗復行也。」知譬則目，行譬則足，目明其所往而足從之，是故擇乎中庸，服膺勿失博約之序也。

今兹役也，遷自郭外，建諸城中，廓其路，閎其門，廣其宅，特有司修置而已。乃若絶厥外騖，求諸腔裏，以自修置，吾邑之士盍勖乎哉？進講于堂，則迪明倫之教，退肄于齋，則求博約之學。斯須少爲嗜慾所勝，則性以情蕩，倫以物蔽，侵而蝕之者至矣。

夫徵逐紛華，争之蔓也；酣歌豔舞，厲之階也；燕辟驕惰，罪之阱也。芟其蔓，剷其階，塞其阱，而由義爲路，率禮爲門，居仁爲宅，目視足行，一時俱至，則邇之父子，必誠親焉，遠之君臣，必誠義焉，内之夫婦，外之長幼、朋友，必誠别誠序而且信焉。何者？人之大慾，至難克也。賓讌唱隨，苟得其正，則人心易而道心存矣。充是道以盡倫，則中節之和，隨在各足，孔、顏真樂固在是，而堯、舜危微精一之訓，亦不過是也。吾邑之士，其尚最乎哉！

# 東莞縣儒學先師廟修造記

聖天子叡文嗣歷，崇祀先師，聲教洽于嶺海，凡我冠裳，斐然向風。乃嘉靖丙午六月，蕭山孫君學古來令兹邑，展誠廟庭，顧惟棟椽橈賫，節梲毁剥〔一〕，大懼褻斁神靈，亡以祗承德意。爰捐俸鳩工，撤而新之，且建御箴亭于廟東，遷名宦祠于學右，創橋以接龍脉，樹坊以標教基，於是外觀形勝則廓以雄，内瞀筵尋則廣以麗，登降對越，蓋翼翼洋洋如也。於戲！聖人之道在人心也，萬古其猶一日乎！《詩》曰：「天生蒸民，有物有則。」本諸其心，發於其政。凡夫仁生義成，文經武緯，有條不紊者，皆所謂則也。嘗竊考之，東官昔郡於晉，土著之民乃有行類曾參如黄舒氏者出焉。有能謹庠序，申孝弟，以迪厥秉夷，則宅俊勃焉興矣。閲百餘禩，而孫瑒作守，始有聲於陳，然作人之政，槩未之聞也。心與道違，政鮮由則，彼功名之士尚奚責哉？遹觀有周，積德以降民，非一旦矣，而壽者歌于《棫樸》，譽髦歌于《思齊》，迨文王而後聞焉。由是言之，化固未易洽也。

史克稱：「先君周公制《周禮》曰：『則以觀德』，作《誓命》曰：『毁則爲賊』。其岐豊之政，布在方策者乎！夫文王之德之純，周公之才之美，惟吾夫子寔兼有之，所謂天縱者也。故平治之則，試於中都，垂諸絜矩者，殆可徵已，誦法而闡行之者誰歟？欽惟聖天子治法《周官》，久於其道，大雅復興，其

〔一〕梲，原作「稅」，今據萬曆本改。

惟今日吏兹土者德弗足觀，則先師神靈其孰饗之？吾聞孫君爲政，首革里甲公費，錙銖不取諸民，恤貧助葬，澤及枯骨，而又增築東江隄以護田，修教場，立門社，預爲出師受成之地。百爾揆文奮武，若綱在綱，靡不舉焉，光于前政萬萬矣。繼自今體其志，不毁其則，孝敬忠信，霦霦焉丕翊皇度，則是役也其不徒矣乎！

鄉進士李子某、張子某以予於君有一日之長也，爲予誦之，予喜爲紀諸麗牲之碑云。

## 見素先生林公祠記

古者道德仁義之臣，若魯司寇祠于曲阜，殷少師祠于沬邑，俾邇率遯慕，永示楷法，禮也。夫仲尼之道大矣，顏淵博文約禮，孟軻正人心，息邪説，皆得其傳者。向使逢時則格君化民，舉而措之爾，豈徒藏器而已哉？比干仁以諫成，而韓愈論佛骨，程頤主濮議〔一〕，罹斥蒙難，自靖殉身，蓋寔似之。洪惟我明距宋五百年，而名世之賢若見素先生林公，乃出於莆，難進易退，天下皆仰其高。迨聖皇龍飛郢甸，起先生於家，擢大司寇，經德不回，始終全節，可謂深造仲尼之道，而無忝比干之裔者矣。佐時在翰林，小廉曲謹，誓弗干謁，辱先生左顧爲忘年交。相見之初，佐言學聖人之道，必先博古

〔一〕「主」，原作「王」，今據萬曆本改。

擇善，而後反約以求至。故《商書》曰：「學于古訓乃有獲」，蓋言三皇五帝之書，臯、夔、稷、契之所嘗讀，在删述之前者也。反身而誠，則近而視聽言動，大而敍秩命討，皆管乎是，而文章事業是之自出，豈有不學博而徑求諸約如今所云者哉？先生博極群書，務求自得，聞言稱韙，喜動顔色，自是往來甚密，旦夕教示詩文，俾佐評騭云。

嗟乎，士習之頹於利欲久矣！惜身持禄，罔世盜名，而陽儒陰釋以自聖者，何可縷數？微先生，則王道塞而邪徑多，成憲衍而彝倫斁，其功視抑洚膺夷，亦奚讓哉？是故始之請誅妖僧，終之焚毁活佛，正人心也；始之杜逆藩之慫，終之明大宗之統，行典禮也；始疏録正人以端國本，終疏召元臣以修舊政，命有德也；始之平西蜀巨寇，寧求去而不忍殺降，終之懲中官私人，寧違詔而不敢廢法，討有罪也。凡顔、孟、韓、程志所欲爲而未及施者，受知明后，一切躬行之，雖曰集群賢大成，亦何不可？而衡言潛革，崇圮洞微，優禮方隆，力辭八疏，於是詔加宫保。受敕馳驛以行，而後艱弗及，其出處光明，真所謂陵風協紀，絶輝照淵者。

去國之日，傾朝餞送，甿庶倪童，莫不齎咨太息。抵家無何，有司行存問禮。又四年，星賈鵶鳴，豫知不起，猶疏效遺直以畢餘忠，而後考終于正寢，厥壽七十有六。月旦稱其孝仁端亮，以清約勵躬，以至誠動物，以文章命世，以直言敢諫結主知，望重四朝，名聞中外，謙撝自下，歛焉若無。惟佐親炙，乃知其石論也。

先生所交皆天下駿茂，如陳白沙、謝方石、王陽明，則以道鳴者汲引後進，恐不及晚，乃不棄佐愚，進之于道。佐嘗謂人不可無剛，必本之以公平正大，出之以勤謹和緩，是即集義以生浩然之氣也已。夷考先生懿行，動皆物則，而實原諸天然自有之中，適與佐言吻合。《易》曰：「乾元用九，乃見天則。」猗，先生其百世楷法與！

祠在莆城左廂大有倉後，兑地不足，則益以民居社隙。其行藩司，備工價，定規制，及歲時祭儀，皆出巡按御史某郡白君某。建以嘉靖丙申冬十月某日，落以丁酉某月日。始舉呈者，諸生陳九德等若而人，里耆鄭仁卿等若而人。董役則縣主簿唐敷立，主入祠肇祀者某官某，是皆宜書。

## 時雨亭記

嘗觀天施、地化、人事之紀，一言以蔽之，曰時而已矣。何謂天施？《春秋》書「六月，雨」，實今孟夏，過此則漸屆大暑，愆陽焦壄，播種無繇，故閔雨而得雨，書以志喜，喜雨之及時也。何謂地化？《春秋》書於越。《越絶書》言句踐聽用計倪，節宣水旱，歲恒豊穰，兵彊國富，遂能入吴，其地則會稽甬東是也。山川相摎，穡人量爲碶閘而決洩之，陸雲稱其隨時代序，衣食常充，至今猶然。吾廣雖古南越，然海嶠崇深，碶閘無所，則節宣不以時矣。何謂人事之紀？《春秋》書大旱，臧文仲議修城廓，而後貶食者用，務穡勸分以爲備，蓋城郭修而盜可禦也，溝洫在而穡可務也。吾廣溪峒伏莽之戎，遇旱則相挺而起，劫奪及於倉庫，雖金城湯池，莫能禦之，而奚穡之復務乎？故農時少違，則害莫有大焉者。

今歲自春不雨，至于四月，人情恟恟，憯若就焚。大方伯慈谿劉見峰公帥寮屬徧禱于群神，至望日而雨驟作，數刻倏止。公於是仰觀天時，則將近大暑，俯察地利，則殊非故鄉，意者盛均所謂「人旱求諸政」者乎？乃發永豐之儲以濟軍旅，糶預備之陳以食庶甿。適烏艚十餘艘，藏粟數百石，將往惠、潮，則拘而獲之，平價發糶，民咸大悦。明日雨降舒徐，三日乃已，遠邇莫不周徧霑足。

予之聽雨，其始也驟則懼，止則憂，其既也舒徐而漸則喜，蓋漸則入土深而滋物洽也。《春秋傳》曰：「政如農工，日夜思之，思其始而成其終。」夫惟思而不斁，其猶滋雨之漸乎！公之歷臬而藩也，不畏冗，不憚難，日不懈于位。十郡運解至者，革去火耗，令其自秤，庫官毋與焉。凡其示諭督糧清戎之司，放里徵勾丁農務，與夫禁糴出境，皆以生我民也。輿人誦曰：「皇天施兮待公行，后土化兮賴公成。人窘迫兮繇公以生，猗我公兮維明之楨。」

理問張子如鏡捐俸建亭四楹，扁時雨以紀公績，乃告予曰：「公之下膏澤於民也，不驟也，不止也，及時而漸，及物則滋，其猶學乎！驟則有心而助，止則無心而忘，下學上達，非漸弗可，是故仕學一道也。」於是刻梓亭中，士子來觀，皆喜曰：「蒙得師矣。」乃各爲越聲嘔吟以志喜，是爲時雨之什云。

## 重建南靖縣城記

聖天子以仁孝治天下，久於其道，雖寰宇咸化于大順，而設險保國之道，未始遐遺也。鼂嘗詔京師增其式廓，苞括崇文，底于宣武，而北狄莫敢窺焉，萬國儀之。凡撫按、道府以逮于縣，祇承德意唯謹。

南靖縣在漳州府西四十里，其地廣二百四十里，袤二百八十里。元至治中，始析龍溪、漳浦、龍巖三縣地，置南勝縣于九圍磐山之東。至元三年，畬寇作孽，徙小溪琯山之陽。至正十六年，縣尹韓景晦以地僻多瘴，又徙今治，改名南靖，築城以土。

國朝因之，雖四山拱揖，雙溪會流，然西衝東曠，識者病焉。正統十三年，爲鄧寇所攻陷。成化十六年，乃復建縣治。正德中，蘆溪寇亂，巡撫南贛陽明王公討平之，遂分西境諸圖，立爲平和縣。疏聞于朝，汰革縣丞、訓導各一員，官師始不全設。嘉靖六年，知縣傅銓易城以石，頗爲完固。四十年，饒寇張璉集黨倡亂，頑民林贊、王槿、陳孔化輩相煽而起，知縣殷伯固擒獲内應者，杖殺之。被論改官，委龍溪縣丞金璧代署。未幾，遂爲賊所襲陷，民皆遁去，公私積聚，焚劫殆盡。賊退，民亦隨復，明春再陷。五月，招撫底寧。

十月，知縣林侯始抵任。時城樓雖圮壞，而垣堞猶存，署廨雖草創，而藩籬尚立，方欲修葺蕪穢，招徠流移，而洪水懷襄，定年再至，前之瓦礫蓬蒿，反成沮洳草莽，功莫能施。分巡漳南憲副金公聞之，乃陳其事，聞于巡撫都憲汪公、巡按侍御陳公，議遷行，府縣勘報未決。是冬，海道憲副周公至縣，與術士陳敏親臨相度，移後里許，其脉從大帽山下艮頂轉亥而來，坐壬向丙，天馬峙其南，文筆出于巽，左右涵蓄，無復向日東衝西曠之嫌矣。太守斟酌，申詳撫巡，皆主其議而韙焉。

於是庀工飭材，發自罰鍰，量户出役，民不告勞，董之者則安邊貳守鄧君也。縣址定於甲子臘月，城基興於乙丑八月，學宫、城隍廟次第經始。城周圍五百四十四丈，磚石用舊，女墻更新。凡經營料量，伸縮出納，使財力工材豊儉不溢，則林侯之力也。其在《周易》，内坤外坎，卦名爲《比》，下順從而上親輔，然則斯城既建，匪直保民禦險，殆亦賢才彙征，仰愜聖心之兆乎！

昔者樊侯之城齊也，尹吉甫作誦曰：「天子是若，明命使賦。」蓋臣從王事，猶王承天意也。齊景公考室，晏子曰：「古之立城者，南望南斗，北戴樞星。」故立室以城矩爲之，蓋天不人不因，猶人不天不成也。今據辨方正位考之，樞星直壬，而車府適居其次舍，是安下以興仁也；南斗望丙，而老人常見於弧南，是教下以興孝也。仁孝興而賢才進，懸象著明，顯比明矣。學宫廟宇準諸城矩，百爾人爲仰愜天心，即所以順聖心也。兆協貞吉，容保無疆，凡從事諸公行且登庸，而多士亦將連茹揚于大廷，可以立俟。人文化成，其徵矣哉！

林侯名挺春，字元育，予同郡南海人。嘗受學於予，登第後有司旌其孝行，故能恪守職分，不敢違仁。將勒撫巡、道府諸公之功于石，不敢自以爲勞，備述始末，俾予載筆，以紀其成云。是役也，贊相睬工，則巡檢陳廷瑞，繼至效勞，則典史張守忠，採木監工，則巡檢葉喬、何梓，皆例得附書。

# 泰泉集卷第三十三

## 記四

### 仁山書院記

晉安文巖鄧君宰吾香山，政成無事，顧縣治後坡坨翳奥草間，即所謂仁山也，剃而登焉。四周幅員將二百餘武，業爲鄭圃。誼而歸之，乃與寮宷躧觀，心游目舒，迴臨千里。蓋脉發于羅浮，施于黄山，入于海。面大洋三十里而遥，爲潭洲，爲金星，爲三洲，諸山棋布海上。又十里許爲雲亭，爲張篸，自東北迤邐而西，勢夷而紆。又三里許，東爲蓮峰，與城臺武山對峙，中則斯山主焉。其南貴峰尖聳，高雖十倍，然頫仰拱揖，若共几席，蒼碧四出，翕然飛動，其殆靈境也乎。

聞諸輿人曰：「是宜構以稽經諏政者也。」君韙焉，於是僝工冬隙，肇建書院。東西爲二夾道，其一長二十有二丈，循後堂之東，折北而達；其一長一十有七丈，循公堂之南，抵西洞門而達。爲堂三間，高二丈，深三丈二尺，而闊過之。由大門北入，循西階門而升，則雲霞草木、霏布滋蔓者，入人懷袖，畢萃於前。堂背築基，高二尺，構臺三間，深三丈三尺，其闊如堂，扁曰仕學，則讀書處也。山形益以完，盱眄益以廣，嵐蒸輝變，冥合萬化，益以啓潛潭之思。又自東階門而入，爲豊樂園，其衡一十有二丈，其從一十丈有奇。凡夾道臺囿，皆繚以垣，其周一百五十有二丈。形勢高曠，土宜植物，松檜花竹，叢栽其中，垂陰蔽芾，顥氣自留，輕風動摇，天籟互答，絃歌燕語，恍在霄漢，殆有不謀野而獲，不風雩而樂者矣。

是役也，貲不官費，力不民煩，官師薦紳，咸助成之。輿人誦曰：「薙莽弗鞠，仁山胥復。高臺廣堂，仁我無彊。」蓋慨昔之遺而慶今之遭也。嗟乎！應龍作雨，必蟠蟄以全其神，君子役智，必燕息以全其性。公署游觀之構，蓋亦多矣，未有天作奇秀以待人者。夫登眺於翠微聯合之間，與物爲體，八荒我闥，可以識仁矣，矧又仕不遺學，毗民闢政，若斯之懿者乎？黄髪青衿，番番侁侁，咸造予請記。予辭不獲，乃載筆使鐫用鴻厥，懿于永久。

## 重建從化縣署觀民堂記

遵番禺而北六十里山谿之間，爲從化縣治。入城徂西，乃有公署，創自弘治乙卯劉令宏。深廣三筵五尋，規制庳陋弗備。正德辛未，虞令貴始設幕廳，而居廨就傾，恒寓學館聽事。昕往夕虚，上下惟蘧廬相訾視，矧邇偪城外，風嶺環峙，谿流絡之，聯霏挹潤，熏蝕棟宇，日以橈剥。

嘉靖丁未，灌陽吕子天恩來令，施舍拊綏，民大龢愜，僉謂曰：「君侯之來，簩笞蔑聞，革絶供億，實紓惠我民，而公罔寧宇，其奚瞻乎？」亟請新之。呂子曰：「未也。民方興文，文以興行，而後情可用也。」已而譽髦盛矣。民又僉謂曰：「君侯之德，版弗責稅，户有餘積，既終惠我民，而公罔寧宇，其奚忍乎？」復請新之。呂子曰：「未也。民方好禮，禮以興樂，而後義可使也。」已而絃歌洽矣。既考厥績，署上上最，乃徇輿情，以重建請臺院司府，皆報曰可。

於是徵工備器，撤舊易新，樹楨基石。前爲麗譙，圜甍重屋，用警昕夕。左右二亭，曰申明，曰旌善，期無刑，章有德也。晉二十尋，中爲儀門，容大扃者九，左右各爲門焉，各容小扃者六。晉門不十武爲戒石亭，又晉甬道四十餘武爲月臺，臺上爲堂，聽事之所也。辨方巽向，正位坤維，名之曰觀民，義取諸《易》云。

左偏爲贊政廳，幕職涖之。右偏爲庫者三：前貯龍亭，後貯黄册，中曰豊寧，儲羡在焉。後堂則度傳廳而入，左則正衙、居廨、前廳、後室，右則庫之所底止也。垣各周之，繚青堊白，望之粲如。其東西道門外各爲吏舍，内則案牘簿書，棲列有序。其前左爲土地祠，祠前爲幕衙，各爲門焉。右則囹圄三重，深靚嚴固，獨門於中，以晉中霤，内外示有別也。統築外垣，周于四隅，言言其崇，與内垣比麗。其廣倍舊十之七，深倍舊十之三，增庫爲高，廓陋成壯，堂階門闥，翼翼耽耽，惟不治燕遊池籞，志在民也。

《易》曰：「大觀在上，順而巽，中正以觀天下。」洪惟聖明奉若天道，大夫師長，寔欽承之，皆有觀道焉，夫豈徒以方位爲哉？《書》有之曰：「爾身克正，罔敢不正，民心罔中，惟爾之中。」蓋言觀我生，觀民也，蹈禮詠仁，由我平均，欲冤歕懟，去我偏悖，用能法禁於未萌，教起於微眇，合内外一人已。觀之時義大矣哉！

是役也，子來忘勞，不百日而落以仲秋，實觀之月也。鄉進士黎子民表率士民伐石，請予紀厥成。予惟嘉厥觀道，故記于堂上，以勸來者。

## 矩洲書院記

廣城出西闠里許，半塘之滏，闤闠稠狹，如無隟焉。閲十餘舍入高閎，則丹荔載道，平疇彌望，雲蘿煙水，遠混天蒼，是爲矩洲書院，吾宗鐵橋公之所棲遲也。隄以珉瑰，四周如截，紺碧渟中跨以橋者，石虹湖也。石以象剛，湖以象大，森列竹柏以象直養。窗牖瓏璁，宇庭靚深，則浩然堂也。堂左燕居曰天全所。庭峙一軒，東曰青泛，西曰素華，徵諸形色，兹固懷仁義以全其天者歟！前爲草堂，曰鷗席，忘機事也。其東繚青而園，屏以椶樊，嘉蔬美筍，迭相經焉，名其榭曰後樂，匡時之憂釋然矣。往來湖上，倚闌睇遠，雖黄灣靈鬱，迥不可即，然嵐輝蟺聯，倏在襟袖，遠芷邇芹，因風獻馥，游儵鳴羽，飛泳上下，萬彙呈能，若偕人嬉者。扶輿清淑，何適而非心會乎？離而觀之，天在鏡中，隄與洲協表裏，蓋矩如也。

迹公平生經邦華國，名滿朝野，位至司馬。籲休南歸，逢時之媢，氣不少屈，故稱公大節必曰方覺云，矩寔象德選勝云乎哉！《易》曰：「直、方、大，不習，無不利。」《詩》曰：「有覺德行，四國順之。」以言乎直、大也，方在其中矣。直而不方，脂韋嵬瑣，奚其大？是故仲尼之不踰矩，子輿之不動心，用此道也。然則公之所養，槩可知已。

歲戊申，窮臘將春，景物駘蕩，承公嘉招，與侍御韶山黎公暨諸弟子偕往。是日也，湖光赫曦，入席成霞，皋鶴谷鶯，與人諧答，既觴且詠，相顧樂甚。有作而言曰：「惟公誦法孔、孟，追媲衛武，年近期頤，而尤好學不倦，甚盛德也，其必百世祀於斯乎！」公笑曰：「噫，有是哉？固吾子若孫之志也。」乃伐石，俾佐載筆，以昭來許，匪直紀一時之遊也。

## 南山書院記

英德地饒奇石，其南特起。枕江中流者曰南山，舊有僧寺。嘉靖初改爲書院，今祠邑大夫惠安張公者也。書院後堂扁曰湞江遺澤，公貌在焉，左右翼以廂廊。前爲祠門，又前爲廳事，峙以貞琰，刻公所受誥命。又前爲大門，環以周垣。最前濱江爲亭者四，曰涵暉，曰讀易，曰薰風，曰寒翠，則公昔所建者也。凡厥士民，入則瞻公風采，儼然如在，出則憶公舊遊，悽愴興懷，揭虔妥靈，昭勸來許，非所謂盛德必百世祀者與！

公諱慎，起家鄉進士。歲壬午，來令茲邑。爲政必先撫字而後催科，聽訟必先誨諭而後刑罰。謹庠序以振教化，毁淫祠以興社學，平賦役以均貧富，減課料以蘇蛋民。崇祀名賢，構飭臺榭，百爾墜典，靡不修舉。他如歲旱則雩壇廟而雨至，虎暴則祭山靈而害息，峒猺作梗，則率義兵以靖之，禦災捍患，尤自昔循吏所厪見者。

既卒于官，庠生朱孔章率其同舍若而人，耆民木尚清率其同黨若而人，狀其政行，聞于監司，得列祀于名宦。迨甲辰秋，士民合詞，謂公盛德洽民最深，宜有顓祠，以貽永久。邑上其事，郡之守貳咸韙其請，乃即書院而祠焉，且入民助田租，歲收十餘金以爲公費。乙巳春，適公之子大中丞净峰先生來鎮百粵，拜奠祠下，旄倪畢集，乞真容以慰去思。先生重違其請，往復再四。丙午季秋，先生乃遣教授王典用齎至，輿情欣欣，迄冬塑成，瞻依鼎來，愀然如復見公焉。烏乎，古之遺愛昭昭矣！

於是郡邑問記於予。予惟天地之化，理氣未始離也，人事亦如之。是故苟有其德，發諸其政，動與理合，雖遠而異類者翕矣，况其邇者乎？苟無其德，發諸其政，動與理悖，雖近而同類者畔矣，况其遠者乎？令之與民若此其異也，惠安之去英德若此其遠也。公既愛民如子，没世以來，民戴之若父，罔一日間。迨先生至，塑像成，而情益慰矣，其殆理合氣孚使之然乎。商子曰：「南山有橋，父道也。」與書院名符，若有真宰存焉，豈天作而地藏之以待今日與？因併書以示予來者。

## 重建長樂縣儒學記

長樂儒學肇于有宋，繇七都徙城西，垂三百禩，而庳圮弗支。成化己丑，我祖雙槐公作宰，遷建于兹，捐俸廓宇，益閎以壯。顧地脉源自龍川之霍山，與冀方中鎮名適相符，乃賦詩以勵士。識者曰：「唐虞之際，才莫盛焉，駿茂其彙，興乎自是。池蓮告瑞，賢科接武，寔先兆云。」辨方正位，子午惟中，歲久改作，漸渝其始，垣棟虧疏，亦日以剝。

嘉靖丁未，御史楊君以誠、守巡朱君憲章、周君宗鎬行部至縣，用訓導梁子邦猷言，檄縣新之，所舉弗贏，罔敢措手。是冬，巡臬徐君緝來鎮兹土，慨然以爲己任，即檄邦猷主其事。採木于山，不憚險峻，山甿助力，驩躍子來。凡得大木百有四十章，章圍五尺。首建先師廟庭，樹表考宜，移右近北，以附來脉。宫墻偪於塹者，封而平之。導鹿阬久堙之泉，入于泮池。徵役僦功，架構塗塈。經始戊申冬十二月，落以己酉夏五月。

其崇四尋二尺，其廣六尋六尺，奕奕閎壯，完舊益新，翼以兩廡，聯以號舍。遷戟門于前，祠名宦鄉賢于右。啓聖祠旁，庖湢畢備。復創御箴亭，躆後山之麓。錙銖不私，工程告竣，而賓興復拔其尤，實邦猷之功也。時則朱尹良訓領其凡，義民陳欽、典膳卓希漢亦與有勞焉。惟是明倫堂，則李尹德用緒正成之，次及兩齋，莫不端整。庠士卓光表、蔣德洙請予紀諸麗牲之碑。

予惟堯舜之道，乾道也。夫子翼之曰：「君子進德修業。忠信所以進德也，修辭立其誠，所以居業也。知至至之，可與幾也，知終終之，可與存義也。」乾乾惕若，閑厥放心，則至善在焉。操存少懈，惡自妄生，雖契復起，教以人倫，亦僞而已。堂齋命名之意，其在斯乎！

予少讀書，至執中安止，聖人真若不可跂而及也。及觀子張聞忠信徙義之教，《大學》兩言慎獨，以義爲利，於乾道無不吻合焉。然後乃知德者心也，惟幾故精，去利欲以盡性者也；業者事也，惟康故一，存理義以盡倫者也。人孰不有心，心孰不有事，下學上達，一以貫之而已矣，夫豈以多言爲哉？

故堯、舜之教人也，不善者必觀其德，格庶頑而侯明以禮，言颺以樂是已；其用人也，有德者必考其業，舉黎獻而敷納以言，明試以功是已。親睦惇敍之化，即其振德之本，舉而措之爾，初未嘗如世之談心學者，持守空虛而棄其運用流行之實也。我祖以絃歌化劇盜成良民，以興學致禎祥登俊乂，作縣且然，而況君相父母天下者乎？

方今堯、舜在上，賢才丕應。《書》曰：「帝光天之下，至于海隅蒼生，萬邦黎獻，共惟帝臣。」誠千載一時也。長樂之俗，淳樸不事技藝，有忠信之資者或未好學，有修辭之學者或未立誠。繼自今行必慊心，念念無妄，性與天會，則德日進；言必顧行，事事無妄，倫由性敍，則業日修。於戲，人皆可以爲堯、舜，多士勖哉！崧高降神，詠於《周雅》，霍山靈秀，勿視爲虛，勖哉多士！

## 愛日堂記

友山蕭子問於泰泉子曰：「司徒三峰高公，予鄉先生也。志節硉矶，忤權而歸，敬身惇倫，予小子得師資焉，其心真與子同也。乃王父大夫公奉親篤孝，名其堂曰愛日，廷評湛氏既記之矣，顧子申以同心之言。」

泰泉子對曰：「唯唯。夫三峰公者蹈仁守道，豈惟蜀望，固天下之賢傑也。昔備同寮，獲聞厥考東崖公之行，樂爲之傳。今考其譜乘，父子祖孫，躬履一德，逮事累朝，信如聖製所褒者，矧巍科膴仕前後數十人，而令子從孫尤能繩武。猗與，世固鮮哉！揆厥所元，寔自王父始，愛日之貽，其遠矣乎！

是故君子少而愛親也，旭旭然如日之始出也，何也？喜其壯也；長而愛親也，暵暵然如日之正中也，何也？樂其健也；老而愛親也，闇闇然如日之將入也，何也？懼其衰也。喜其壯，則就養服勤以承其顔者，靡不爲矣；樂其健，則就養服勤以成其志者，靡不爲矣；懼其衰，則就養服勤以虞其體者，靡不爲矣。及其仕也，先天下而憂，《易》之所謂宜日中者也，後天下而樂，《詩》之所謂如日升者也。是故出亦愛日，入亦愛日，兹則高氏之奕世移孝爲忠者與。」

友山子訢然曰：「問愛親，得愛君。」是爲記。

## 肇慶府沿江新城記

聖天子爲用楙猷，功築羅郭，封圻底寧，逆虜喙息，於是天下監牧之良莫不仰體德意，惟雄壁深壍，控樞會而守隆平，化至乎洽也。

惟是肇慶設郡，當百粤東西衝最，險于走集。分巡龍溪林君陳臬涖任，首詢郡縣，博采輿情，咸謂新村驛與悦城巡司並建，背山面水，東抵禄步六十里而近，西抵德慶州百有二十里而遥。沿江之北，人民鮮聚，其南則叢林蓊蔚，爲洚水惡猺所穴，北之羅旁渌水爲甚。每遇警報，輒登山涉川以自存，商旅苦之，宜有功築，以承天休。前此經略未及，誠爲闕典。林君乃稽圖眂險，悉如所言，嘆曰：「斯地固所宜城也。」遂請于提督鮑公，命有司程工物，議遠邇，量工命日，未竣事而公遷去。

迨十山談公膺新命繼至，業知其爲必守之地。部臨之初，大韪其謀，有司奉行，眂前尤恪，不數月而城成。惡猺畏遏，不復敢操艇以窺江北，行者嬉游，居者奠枕，皆有所恃而不恐。彭郡守參、呂郡判天恩與有勩焉，以兹城保障一方，不可以無紀，乃躬詣予，請記其成。

予惟石城湯池，著於神農之教，設險守國，載乎《習坎》之《彖》。蒼姬經綸之迹，《冬官》雖缺，然司徒之載師，實涖司空之匠師，以營城域民，蓋體國經野，莫有急焉者。故周公城王城以宗周，南仲城朔方以襄玁狁，而掌固修墉壑以通守政，見於《周禮》者炳如也。迄于春秋，莒城惡而弗備，巫臣以爲譏。由于城麇〔一〕，不知高厚，子西以爲嘆，蔿艾城沂，善相一國，則君子嘉之。宋韓魏公亦嘗言，漢唐享國久長，皆城守地險以遏寇虐，故其飭戎，以寒賊膽。固内扞外，必城焉先。

今是役也，節制惟宜，民不知費，寔當宁之所嘉，王政之所先，名臣經略之所重者。肇慶不聳，則百粤晏然，獨沿江賴乎哉？嘗誦《烝民》之詩而究厥義矣，原物則民彝之懿，闡德儀職業之隆，而終之

〔一〕「由于」，原作「由干」；「麇」，原作「麋」。《左傳・定公五年》載：「(楚昭)王使(王孫)由于城麇，復命，子西問高厚焉，不知。」可知「由干」乃「由于」之誤，「麋」乃「麇」之誤。「麇」，萬曆本即作「麇」。故據萬曆本及《左傳・定公五年》改。

曰：「王命仲山甫，城彼東方」，何則？保民立事，固有本也。惟其有本，故能研諸皇皇之慮，發諸赫赫之令，運諸翼翼之心，以成明明之功，孰謂古今人不相及哉？樊侯流芳于齊，而今耀烈于粵，蓋先後匹休焉。嗣是晉廟廊以光輔聖神，自其本推之，有餘裕矣。《詩》不云乎：「天子是若，明命使賦。」予不佞敢借以爲頌。

## 重修從化縣儒學記

夫唐虞聲教南暨，而禹會計至於越，文命乃敷于四海，故會稽以南，踰嶺皆粵地也。從化析自番禺，則南海地也。吾夫子祖述憲章，道在萬世，六籍所由來者遠矣。秦、漢之先，蓋已有聞人者。鄒陽曰：「齊用粵人子臧而彊威、宣。」裴淵曰：「南海高固爲楚威王相，時有五羊銜穀之祥。」稽諸齊宣禮延孟子而疇咨王政，楚威傳用鐸椒而纂《孔經》之微，殆亦臧、固導之也，孰謂粵無人哉？何者？先聖明天道，正人倫，致至治之成法，存乎六籍。戰國非安瀾之世，而崇儒出卓顯之才，則時平道明，立庠序之教者槩可知已。

從化建學自弘治中，因循六十餘載，雖築宮墻，鑿泮水，樹以櫺星，然聖廟、明倫堂皆庳陋不稱。嘉靖壬子，呂令天恩始倡重修，惟成戟門，輒遷去。繼以鄭令景昂勤墾甽田，睠爲瑣務。而傅學諭陽明慨役不可已，議欲賦及富家之有先祠者，甫撤塑像，而未及構，旋亦被遷。今曹令濬初至，亟與張學論文俊、雷司訓乎定議鳩工以營之，措置有方，遂底有成，其規摹弘矣。

聖廟高約二丈五尺，正殿三間重簷，深三丈八尺，闊五丈六尺。楹十有六，環堵楹十有四，護簷石楹六，中奉木主。亢廊之前，甃以文石，東西各闢小門，達于明倫堂。堂亦葺飾，峻整若新。乃建東廡八間，皆高一丈四尺，深一丈九尺，闊一丈三尺五寸，神庫在焉。西廡如之。明倫堂後復創尊經閣，高約二丈，其下爲堂三間，深三丈五尺，闊四丈六尺，爲楹八，護簷石楹二，凡以庋六籍而萃講誦也。其東敬一亭，又東啓聖祠。黌舍盻列，峙堂左右，於是學制煥然大備。

嗟乎！復性成德，必資於學，我聖明以此陶甄天下，津梁萬物者也。學於斯者，初非盜名譁世而干厚禄，亦不勤體潔身而亂大倫，合内外之道而已矣。《詩》曰：「君子有穀。」穀之内者，秉彝是也。《語》曰：「三年學，不至於穀。」穀之外者，禄仕是也。是故先王設學教民，不過因其秉彝，爲之品節以開之，性復德成，則賓興而就仕列，故曰「學也，禄在其中矣」，而奚以耕爲哉？

觀諸天文，星紀鶉尾，寔負南海。海一也，星紀之北爲齊，東爲吴會，鶉尾之西爲楚，極于條支。百粤在南，從化特中一谿洞爾。邑里僅十有八，而銜穀兆祥，克至于今，歲無荒歉，青衿霦霦日盛，幾二百人。計偕而北，陟巍躋膴，齊楚之士莫能或之先焉。然異倫駿茂，得於帝迪天牖而超詣傑出者，予日望之。是故先聖猶農師也，六籍猶良田也，講誦猶耕穫也，理義猶豊年也。乃若嘉種，其惟心乎。非其種者耘而去之，則美利在我，可利天下，而至治不難致矣。苟趍禄仕之路而荒理義之原，蓬心餍事，雖若有才，甚非所以端本而靖末也。嗟乎！學於斯者，尚其勖諸。

# 重建惠州府治新德堂記

惠郡公署始創于洪武初元，再構于正統甲子，蓋百有二十歲于兹矣。嘉靖中屢加修葺，然颶風時作，棟宇潛弛，而人莫之覺也。歲戊午，尚書刑部郎中錢塘顧公言出守兹郡，軫念民物困悴，聲明寖微，思乎化之，而鄰寇方起，於是拊柔帖疆，發舒隱紬，惟期遠至邇安，底于庶富，敷政踰期是爲。

庚申夏五月幾望，劇賊李烏蛇鈔掠潭衢，勢近郡城。于時潮倭猶警，惠將悉帥師往援，旦夕孤危，人情恟恟。公乃巡視垣堞，簡閲丁夫，營守要害，且檄召四外父子鄉兵，兵漸集，賊不敢逼。越三日將晡，巡捕擒一賊總至，公方蒞惠德堂，鞫之未竣，有東昇門卒馳報曰：「賊旗入望矣。」因釋去往視，與節推廬陵賀君涇偕，而吏徒亦各率行。行未抵城，堂忽騫，瓦椽罔弗賈者，一府皆驚，盱且歎曰：「天降休于公身，施及寮衆，非常之祉，惟至仁乃克臻兹。」或曰：「天意除舊更新，一定之數也。」公惟引咎自責，曰：「物之廢興成敗雖有數，而栽培傾覆，至理寓焉。鄰寇逋誅，歲三易矣，勞師糜餉，且勤功築，罔克藏富，罪誠在我。天不我殛，其殆示戒，俾反諸躬也乎！《詩》曰：『不自我先，不自我後』，此之謂也。」於是禱于神明，退自懲艾，益嚴斥堠，矢心平賊，然後議之。

比及烏蛇既喙，而脅從佩犢之甿亦各歸穡，乃請于當路，隘其規制。惟支庫貯二百金，不以煩民。既鳩工掄材，適端貳吕侯來視師，爲公經畫，而嗛其材小，遂周視後廨，謂曰：「昔日之騫，其復見邪，盍移材改飭，以毖後患？」時則貳守餘姚諸君應爵、通守建安黄君若海同寅贊襄，稽查無碍公需，得百餘金，增市鉅材，稍廣舊制，而移飭後廨，亦從吕侯之言。百爾工費從出自公，八邑之民不之知也。猗乎韙哉！

既落成，屬予爲記。予嘗聞之，晉王導之未顯庸也，夙興出户，而牀震以墊，其後作相，賞延于世。南齊徐孝嗣之在率府也，出外行十餘步，而垣遽傾覆，其後官至司空，雖不如導賢，而榮名亦相埒矣。方今聖皇在宥，六合爲家，豈若晉、齊偏安之世哉？北虜南倭竊發，九重［方］罪己而懷先憂〔一〕，曾未幾何，專城之臣肅將天威，則皆駾遁，邊鄙元元，真若出嚴墻而就寧宇，何則？德盛而業隆故也。《易》曰：「富有之謂大業，日新之謂盛德。」《天保》之詩祝頌其君，一則曰：「俾爾單厚，何福不除」，言日新也；二則曰：「俾爾多益，以莫不庶」，言富有也。於穆之化，滋息萬物，藏用顯仁，萬古常新，惟我聖皇效法以之，雖成周莫之逮也。

今公靈承休命，膏澤惠民，始終惟一，德日以新，而困者日以甦，悴者日以榮，微者日以寖昌，教化孚洽，亦日進于無疆矣。藏而後顯，恊于聖心，將承天寵而陟泰階，昭建駿績，出王、徐之右，豈待言哉？

昔者梅堯臣氏亦以曹郎出爲杭守，宋帝寵之以詩，乃作《有美之堂》，取賜詩語也。歐陽子記其事，既稱都會兼有山川之美，而因及羅浮隸焉，矧聖皇維新之詔所以敕中外者，德音焕然，臣工所當欽

〔一〕「方」字殘缺不全，今據萬曆本、北大本補。

承者也。美德發爲美政，晉錫滋至，則又不徒美厥山川而已。於是輿情龢會，請易惠德堂，顔曰新德，公曰可哉。予感貞元剥復之理，而喜公恊于上下以承天休也，遂記其事，勒于貞珉，以垂有永。

## 電白縣譙樓記

聖明德教南孚海嶠，皇路清夷，莫夜罔有戎警。惟是褊邑鐘鼓罕聞，興居無節，非所以利用出入，使民安作而無犯也。昌化連山戴侯甫宰兹，期月熙績底成，乃廓公署之陽，構譙樓焉。落成之日，既弘且峻，新厥觀聽，吏民咸喜，侯遂躬來謁予，記諸貞珉。予以授受之雅，義不可辭，則載筆曰：

麗譙之弘且峻也，其在《易》乎！夫鼓以大鳴，欲其動，若《震》也；鐘以小鳴，欲其明，若《離》也。廓之不弘，則其受狹，受狹則局促而不動；構之不峻，則其勢卑，勢卑則鬱湮而不明。何者？《震》，雷也；《離》，火。交之則爲電。電，明也。動而明，雷電合而章，則有先王敕法之象焉；明以動，雷電皆至，則有君子折獄之象焉。推拓其義，則沈括所謂電白，得名以鄰雷郡，殆其然乎。

方役之未興也，二亭朋迫，異物紛雜，奥卉薉壤，晻翳弗開，捐厥俸貲，厚貨居甿，劀而斸之，顥氣回復。工既告成，則飛宇步櫚，邇接霄漢，於是登焉。百粤群山，綺錯翠環，竇峰奇壁，依我巾舄，蒼梧之雲，飄忽川流，潭龍銅魚，與波上下，煙霞澄鮮，則望逾豁焉。長安日色，明合碧寥，頫眂萬象，攬不盈掬，蓋有唏古振纓，臨風浩懷者矣。猗乎！聖虞南狩，好生之德越千載而猶在，民自不犯干，有司洽以其心也，而奚刑爲哉？

文王明德，光及于南，而愼罰不用，到于今人猶頌之。晉、唐辯詠，特其鋭爾。逌是反求，心惟勿狹，斯裕乃身，訓惟勿卑，斯高乃聽，迪惟勿倦，斯乂乃民，宅心知訓，用作民牧，弘峻時義，可無繹與。以故鄙夷其民而規制弗備，殊不思東西之夷，舜、文是之自出，顧兹南服，久涵聖化，迪以吉康，於政何有？侯之嘉績，尚德措刑，爰興髫髦，儀于町庶，積學以明，反身以誠，所迪亦惟予所授焉者耳。繼自今夙作夜息，俗日益新，庶其在此。

夫雹白素多俊民，豈無匪懈之節以事君者乎？亦豈無明發不寐之懷以事親者乎？是則諦聽於斯樓也，忠孝之念將油然而生矣。舜之歌《卿雲》曰：「明明上天，爛然星陳。日月光華，弘于一人。」德明自上也。周旦之追原文考曰：「皇矣上帝，臨下有赫。監觀四方，求民之莫。」罰愼自下也。侯既書最，例以明陟，陳時臬事，用爲羽儀，不待言矣。後之登而望、聽而思者，尚其誦諸。

## 思齊堂記

天下之士非不知求聖人之道也，然而鮮有得焉，所求者名也。聖人之學道，以心凝名，以實成誠而已矣。誠之於思，其惟幾乎。思也者，以言乎其本也；幾也者，以言乎其動也。動以欲則有我，有我則妄而無物。動以理則無我，無我則誠而有物。顔子嘗思齊乎舜矣，其言曰：「有爲者亦若是。」觀其有若無，實若虛，則舜之受善也。曾子嘗見不忠不信而傳不習者，内自省矣，其言曰：「誠其意者，毋自欺也。」兹非誠之於思，其惟幾乎。幾之動，理欲之辨也，吾惟事其内，則外不容掩而章。惟有其實，則名可以不索而獲，雖簞食瓢飲，屨穿肘見，不求人知而萬世賢之。是則思齊也者，思誠之學也。

今夫鷄鳴而起，聲色臭味是求，惟知有我，不知有物。物在身者，聲色蔽而耳目昏，則口有妄言，身有妄動，可知矣。物在物者，妻子隆而君父薄，則長幼不序，朋友不信，又可知矣。不聰且明，則不成耳目，雖謂之無耳目，可也。不忠以孝，則不成臣子，雖謂之無臣子，可也。凡物始終，無非妄者。夫既無物，安得有則，兹亦妄人也已，盍反身而誠乎？故曰：「誠者自成也，而道自道也。誠者物之終始，不誠無物，是故君子誠之爲貴。」

鷄鳴而起，知仁禮義是求，惟知有物，不知有我。恭乂哲謀而作聖，物身者也；親義序别而有信，物物者也。身既敬，則廓然大公，無物非體；倫既惇，則秩然順應，無物非用。凡物始終，無非誠者。夫既有物，安得無則，兹亦篤恭者已，盍推其所爲乎？故曰：「萬物皆備於我矣。反身而誠，樂莫大焉。强恕而行，求仁莫近焉。」

李生价名其堂曰思齊，而病未能也，請益於予。於戲！名實在人，猶影響形聲也。苟有其形，必見其影，苟有其聲，必聞其響，苟有其實，必成其名，盍亦思誠也夫！

## 光大堂記

光大堂何以名，章先德也。碧江蘇氏族世有令德，傳至月江府君而益著，厥嗣都諫公建祠，故以顏其堂也。

府君爲人篤行惇倫，坦坦厥度。學優而仕，爲建寧郡儒官，益修儒業，禄雖薄而輕財好施，無有倦色。諸生雷樂輩貧不能舉喪，竭力助之。從弟太史葵出督江西學政，忤中官董讓，爲兇黨中傷，逮繫幾二載，遣人自遠饋訊，日接步武。比罹内艱歸，圖書數篋而已。家居，不復攖情簪組。與人交，未嘗幾微争伉，惟驩遊山水以老。殁後，諸生楊崇僉吾廣臬，至即致奠。所賙雷樂者分教入廣，取道詣墓下，哭盡哀。其眂瑣屑競錐刀以自利，爲人所薄者，何霄壤也！内子熏厥和德，與都諫公母相處如娣姒，終身無間言。

府君常指隙地，左有山若蒼龍蜿蜒，獻案穹碧中，右則江流縈紆，與灝氣迴環，若合衿者，曰：「此堪輿融結處也。」都諫公時雖幼，識之不忘。至是始售得之，創兹祠宇，爲寢，爲堂，爲儀門，爲前門，靚深舄奕。歲時趨蹌，俎豆其間，《檀弓》所謂禮與敬，蓋無不足者矣。

嘗遇九廟推恩，獲贈府君户科給事中，母何孺人，封生母許太孺人。祠惟二主，而生母别祀，禮也。猗與！《書》稱司寇蘇公長我王國，後裔之賢，其無忝矣乎！何者？日往月來，容光照及溳潫，明不盈尺。覩諸長江，則滉養上下，昭融萬里，而蛟龍且牣育於其淵。月江别號，其取諸此與。

夫養必大而後長，照必大而後光，是故式敬以聚德，德斯大矣；祥刑以淳物，物斯長矣。雖王國命脉，猶賴以延，而况家乎？蘇氏之先用此道也。府君敷教行惠，終始弗競，裕垂子孫，榮禄蕃衍，其德煇之致乎！世之齷齪小夫，罔利違義，薄其所厚，翻雲覆雨，自殄厥世者聞其風，可以愧死矣。《泰》之九二曰：「包荒，得尚于中行，以光大也。」周王之告君陳曰：「必有忍，其乃有濟。有容，德乃大。」愚敬誦之，以爲蘇氏世勸。

## 奉直祠記

地官大夫順德潘君梅建奉直祠，以時饗顯考蘭谷公，蓋取法伊川也。既落成，乃具狀屬余爲記。猗乎！斯祠也，學弗積者不能明禮，德弗懋者不能孝親，自非絶利因心，奚以成此哉？

按狀：嘉靖甲申，蘭谷公考終于家，君偕其伯兄某，率諸弟衰絰中月，歛材卜地，惟祠事是急。咨諏日者，罔知適從。比歲戊子，君領薦書，計偕北上，不果僦功。迄辛亥，其伯兄始特置祠于所居之傍。君恒自念，荐歷仕途，不獲一日爲親躬負土之役，異時没齒，曷以見先人地下，無乃非孝也乎？嘗寓書伯兄，必須戮力改創，而後心可慊。及爲留都尚書郎，考最，獲贈蘭谷公爲奉直大夫，如己官，妣鄭爲宜人。

越歲辛酉，君疏求致仕歸，會伯兄下世，因以向所置爲其專祠，復率弟及群從子，得地于鄧公園之西。卜既恊吉，遂於是年秋九月己酉經始，迄今冬而功築告竣。其廣七十尺，其長加廣二百尺。考極相方，西南其户，後爲寢若干楹，中妥主，左倉右庫，取制詞扁貽休，侈君賜也。前爲工字廊，東西翼以廂房各一，爲神廚。廊之前别爲正寢若干楹，制如後寢，而輪奂雕飾，則有加焉。忌日，遵伊川遷主中堂祀之，扁堂曰如在，以教孝也。堂之南五丈許爲拜亭，上爲綸音閣，奉誥命其中，併庋遺書諸物。距亭三丈爲前門，扁曰奉直祠，廣狹眎拜亭如一。其東西偏，則列屏帳爲廂房四間，有事祭報，齋宿居之。祠前十里，土名瀝心沙，田坦三百畝，其草坦無算，悉以其入供祭。每詣祠，子孫睇眄，皆所必及。談者謂祠田與祭田兩若相待，時饗所需，取給左右，寔族黨前此所無云。

予惟潘氏自宋景定中鶴林公諱達德者，自閩入廣，占籍南海之沖鶴，爲始遷祖，至我皇明正統末，割地置邑，始爲順德人。傳七世，世皆業儒，多潛德，然以忠厚廉耻裕厥家邦，人稱重之。迨蘭谷公，窮經績文，尤工於詩，惟知幹蠱以爲孝，而不求聞達。評往史則明綱常，訓義方則重敬身，其所學有如此者。祖母育己而無出，則世其祭，族叔拯己而家窘，則報其德；諭兄弟之訟，則悔罪不争，捐賑荒之粟，則存活者衆，其所行有如此者。天之報施，隆於身後，豈不彰著矣哉？

夫仁義之實，人道之大端也。仁莫先於尊尊親親，義莫宜於貴貴尊賢，先王因仁義爲之節文，而禮行焉。《記》曰：「上治祖禰，尊尊也。下治子孫，親親也。旁治昆弟，合族以食，序以昭穆，别之以禮義，人道竭矣。」是則别子，宗法之常也。惟夫異姓來自他邦，與庶姓起於是邦始爲大夫者，准别子皆得立廟。雖若丘於寧商乞宗，然商爲士庶，或弗自振，則始遷者可終無廟乎？故享嘗須考，必數而豐，是則貴貴尊賢之義，所以通其變也。河南程氏自中山始遷，數世而後，乃有大中大夫迴生兩夫子焉。明道未及立廟而先没，伊川以次嫡始創大中祠，其先得潘君之心所同然者哉！

今世名公家廟合禮者，吾見亦罕矣。間有祠大宗者虚龕垂幃待祭，而後叢雜設主，或專祠禰，則卒歲始饗以特豚，居常惟以讌客。韪哉！君之祠奉直也。以貴則嘉績顯於聖君，而天語褒焉，以賢則學行達於家邦，而輿論昭焉。非惟取法伊川，而寔古之道也。爲潘氏後昆登斯祠者，亦知夫稼乎芟耘薦蓘而後有秋，亦猶積學懋德而後有成也。歲時睇眄，蚤夜以思，則繩其祖武，自不能已矣。予言雖狂，然諒君之必不予棄也，於是乎書以貽之。

# 泰泉集卷第三十四

## 序甲

### 贈桂山先生序

桂山先生守吾郡，民懷實惠，士跂休光，雖悃愊無華，或忤當路，然塗之人皆知其心事，如青天白日云。三載考績，乃有梧州之命。夫梧，百粤襟喉也。督府於是總憲，用律戎旅，璽節旁午，羽書絡繹，視廣益繁矣。先生以弘材當之，直箄汜壥塗爾，然廣之士民相與嘖嘖，露厥願借之心而不能捨。佐被教澤素深，願借之心則有甚焉。

嘗觀先生之行己也，剛大之氣暢中華，外望之若凜不可犯，近之則温温其恭。閱其幹事，動配道義，不以害回，不以利遷。佐説之，學而未能。

又觀先生之治家也，上嚴下順，内外井井，童僕皆短衣敝冠，無膏粱態。升其堂，望其室，雝如也，穆如也。佐説之，學而未能。

又觀先生之詞章，發于政令也。安邇來遠，海涵飆流，德刑並行，以春以秋。梗者抑之，餒者振之，狼養烏攫者鋤之，薦甘而效脆者斥遣之，吏莫之忍欺也。謹庠序之教，崇鄉飲之禮，清鴨埠之弊，靖燈市之奸，以至百爾庶獄，剸裁中倫，而懷之者不能忘也。佐説之，將爲他日筮仕法程，且懼終身學而未能，然則顧借之心，安得不與塗之人異哉！

嗟乎！雙旌行矣，士民齎咨無已。佐則諭之曰：「爾謂青天白日，光臨一方而已邪。自西徂東，可翹足待也。」於是轉相告語，無不慰藉。

## 送陸舜臣詩序

番山峙郡黌後，秀出宫墻數仞，發靈斂淑，聳壑昂霄，其上有九思亭。每登，則嶺海清灝盈眉睫間。弦誦暇則資以息游，或送別亦祖諸此，以歌《驪駒》。

歲甲戌，寧浦陸汝龍先生來主函丈。越明年，胤子舜臣來省。閱數月趣歸，諸嘗與遊者絜壺豐俎，如故事餞之，以春秋所業也。酒既行，乃各舉《傳》中語以規，始而獻也有道。閔子馬之言曰：「『夫學，殖也。不殖將落。』苟蔥蓑無懈，殆將有秋滅裂焉，鹵莽焉，吾知其以類報也。子行矣，尚精乃業，習乃傳，以遵乃父師訓。」舜臣酢以拜賜，迨其酬也有道。孫叔豹之言曰：「『太上立德，其次立功，又其次立言。』德修于中矣，未必不見之外也。本之則無，末則安出？子其歸哉，益懋乃德，以昌乃宗祊，無乃祖宣公是忝。」舜臣曰：「韙哉言乎，謹受教矣！」奠斝以拜賜。

既而侑之，復申之曰：「今日之餞，主盡心以規，賓受盡言而弗拒，是忠信卑謙之道也。《傳》曰：『忠，德之本也。信，德之固也。卑謙，德之基也。』子勿以遐而遺厥初。」舜臣謝曰：「番山明神，與聞斯言，予其敢不夙夜奉以周旋？」於是乎各賦一詩以送之。

既成什，吴君宗貫輩謁序於予，予爲繫其語於首，且嘉夫規之者之善於言，而又賢夫舜臣之樂於受也。他日褎然爲西粤出色者，必舜臣也夫！

## 贈方重耿詩序

吾藩岳伯方公有佳公子曰重耿，師陳子九韶，而友趙子善鳴。將歸莆陽，陳子手一鉅編，曰彩鳳之詩，索予敘之。趙子既北上矣，亦間致語曰：「雲龍之詩，吾子不可無言。」二詩皆爲重耿而作者也。噫，重耿何以得此於人哉！吾聞威鳳應龍，世不常有。有之，足以爲世瑞。噫，重耿何以見瑞於人如此哉！靖而惟之，蓋其况之也。何者？孔子大聖人也，况之者猶曰：「鳳兮鳳兮！何德之衰？」顏子亞於聖人者也，亦曰：「龍德而隱者也。」於戲！孔、顏猶不足以瑞世，而况於吾人乎哉？審而思之，蓋其期之也。

彼夫接輿之言，致其譏也，正蒙之論，擬其藏也。矧春秋之時，狼嘷而龍潛，鴞鳴而鳳竄，亦氣機事勢使然爾。吾人際此昌期，方將全所藴而大所施，若鳴高岡、雨下土之爲者，則夫人之期人，人之所以自欺，不是之況，而奚況重耿之所以見瑞也，良非過哉？

或曰：「世之互相標榜，恒於二物乎爲評，詎庸如其非有取於澶淵之許、汝南之周與夫公沙、燉煌之徒乎？名以責實，亦以失實，而謂吾黨之士爲之乎，吾斷斷乎知重耿之見瑞於人，非徒眩乎其名也。」

或又曰：「吾聞南方有鳥，其名爲昭明，五色襹褷，非不居然鳳也，出則天下日入於亂；西山有蟲，其名爲肥遺，翼雲而飛，非不居然龍也，出則天下爲之飢。真贗之辨，其亦難矣乎！吾子行矣，其尚無廢實以求名，無逐名而遺實，無鳳乎其外而中昭明焉，無龍乎其外而中肥遺焉，則二詩之所以見瑞者，庶乎其不負矣。《詩》不云乎：『誰謂華高，企其齊而。誰謂德難，厲其庶而。』吾子苟能思齊孔、顏，則實之所在，名亦隨之，是固吾之所望也，而亦吾之所當自厲者也。」

既以是書諸卷端，並爲之歌以送之。重耿拜曰：「敬受教矣！」

## 送祝參政歸海寧序

正德甲戌，詔起天下耆碩有學行者四人，不次擢用。今大參虛齋先生實在選中，遂由員外郎擢陝西提學副使。時方退休林下，上章固辭，銓衡獎以表則之地，非有煩劇，宜老成優爲之。加以璽書纁幣，輝煌絡繹，乃承德意以往。至則率以禮教，士風翕變。曾不期月，即轉今官。既抵吾廣，以疾辭所支俸兩，上章求退，遂買舟歸其鄉，蓋以待報命云。

佐部內一庶士爾，辱交於先生，待以賓禮，故於其行也聲其情于言。嗟乎！古之君子其學也以爲己，其仕則以爲人也。學之必於爲己也，若夏之求凉，冬之求温；仕之必於爲人也，若輪在車，駕之而遠無不到，若氂在躬，拔之而痛無不省。其未見用，固已納天下于肝鬲，故其視夫含生之屬，有不浸潤於澤者，惻然耻之。學必蘄於用，用必蘄於有成，而凡高位厚禄，一付諸儻來，非所蘄也。世之浮于食、債于事者，輒自諉曰：「古今人不相及，此其與昔人所稱鼫鼠，柳宗元所爲傳蝜蝂者，亦何以異？」然則先生所以褰裳而去者，其殆有感於斯乎！籌諸胸中，蓋已素定，而佐何足以知之？

然嘗獲教矣。其言及於學也，無乎非爲己者；其言及於仕也，無乎非爲人者。用是而觀，蓋身乎古之道者也。雖然，天下事之非其道者日衆矣，以其非道而止者，蓋未之見，以其非道而止之者，又未之見也。今有希慕古人而學且仕者，衆皆從而咻之，曰：「迂以其迂而止之者皆是也，以其迂而止者又皆是也。」佐方考德問業，是資而浩然不可留矣，當何如其爲情乎？《詩》不云「毋金玉爾音，而有遐心」，佐之願也，非所敢望也。

## 贈李崇本之新昌序

雷陽李君崇本發迹冑監，乃者謁選，得瑞之新昌丞，余往賀焉。客或私謂余曰：「崇本爲人，信愿而簡直，貌若不勝衣，言若不出口，恂然儒者也。吾聞新昌之爲邑也，其人衆，其政繁。其人衆，則其訟囂矣，欲贊而理之，不亦難乎？其政繁，則其僞滋矣，欲諮而析之，不亦難乎？夫如是可慮也，奚其賀？」余曰：「是不然，崇本之與余處也，信而不僞，愿而不昧，簡而能敬，直而中乎理。夫信而不僞，足以有孚也。愿而不昧，足以有明也。簡而能敬，足以有行也。直而中乎理，足以有斷也。四者居官之善物也，崇本優爲之，諒無負丞矣。雖持此以宰大邑，理劇郡，可也，奚其慮？」

他日，崇本過余，余曰：「子未可以行乎？」曰：「吾將研吾心思，姣吾言貌以逐時，然後行也。」余笑諭之曰：「子其行乎！向與子由廣聯舟以抵金陵，凡長年三老之利口厚貌而輕儇者，衆必斥之曰：『是皆譎人爾。心口相背，徒喋喋睢睢，無利于舟者也。』則必求敦實者而用焉。夫政猶舟也，官猶操舟之人也。子之備是善物，猶夫舟人之敦實者也。執此以往，他日監司所旌，銓曹所擢，舍子奚適矣？苟逐時易志，未必弗斥也。然則子其行乎！」崇本曰：「諾。吾將行矣，敢忘子言？」

## 送吴希之序

瓊士吴希之充賦至京師，言于銓曹曰：「敩也夙佩父師訓，非不期于顯庸，然髮種種矣，其何宣力以從事？矧堂有八十之母在，遺親徼禄，人其謂敩何？請授冠帶以養如令甲，敩也何榮如焉！」銓曹可其請。届行，鄉大夫士咸往軷之。

有舉酒屬者曰：「頹風浩靡，干禄士若蠅從羶慕不少舍，豈惟圖養？或如遺迹而寘之，雖日莫行遠，亦不少顧，孰有不遺其親如君者乎？神之聽之，尚篤佑之。」因酌以爲利往祝。

又曰：「君之行也樂乎哉！雖相天下者，莫敢儗焉。昔者狄懷英氏之立牝朝也，眄雲依依，徒遐爾思，世猶以孝歸之。今君言歸于家，稱觴爲娱，天性熙融，曷其有極？回視局促王事而將母弗遑者，奚啻轅下駒？故曰：『雖相天下之樂，莫敢儗也。』請以爲頌。」

又曰：「夫瓊海去京師萬里，承顔在念，自忘跋涉之勞。君其道爾，毋徑舟爾，毋游，昭受百順，毋詒親憂，重以是爲規，何如？」君皆拜教，於是乎人賦一詩以爲贐也。

黄子聞之曰：「懿哉，君之志乎！夫臣之事君，子之事親，人之善制也，不可解於心也。事親之日長，以其所以事親者事君；事親之日短，以其所以事君者事親。夫各有當也。懿哉，君之志乎！」祝者之言其有質乎，其意廣，其旨閎而遠。頌者之言穆穆乎，擬而有倫。規者之言直而不肆，婉而旨。淵哉言乎，是皆宜書。

## 送袁潤民序

正德庚辰春，寔維述職之期，天下牧伯各帥其屬，會同于京師，而袁侯潤民自奉新至。時天子南討，至于六月，有詔曰：「格爾群工，其亟歸視爾事。」侯於是戒行，群大夫士咸餞之都門外。

侯舉酒言：「維兹之行，實抱二歎，其何以徼惠于二三子也乎？古者侯氏入覲，王親命之。陳民之休，與之哀之，陳民之戚，與之釋之。敝邑雖小，寧無休且戚者於其間乎？而鬱不一吐，是一歎也。古者燧燧有警，五侯九伯帥兄弟附庸之國以從事，穆清之上，蓋晏如也。故《韓奕》之詩曰：『幹不庭方，以佐戎辟。』今聖天子躬擐甲胄而澤也，坐焉以拭目奏旋之入，且弗及焉，是二歎也。惟弗文以近天子光，惟弗武以宣力戎事，其無乃非臣也乎？惟兹永懷，以告于二三子者。」

余謂曰：「若子之言何哉？昭建洪伐，方隆自今，其奚歎焉？方今車轍馬迹徧于東南，民之聽鼓鼙而瞻望旌旄也，亦已習矣。子作其在邑，慎施舍，振廢淹，清獄訟，修庠序，遏寇虐，正田賦，動其容期民之從，出其言期免民于愆，故奉新之治，聲鴻一方。夫治以章禮，禮以行義，義以生文，文以成教，是政之大節也。文教以爲坊，甚矣其賢於干城也。故曰：『文不可匿，武不可黷。黷武無烈，匿文不昭。』古之道也。若乃熊羆之士，桓桓前驅者方且足矣，而子奚歎之有？」

侯啐爵而笑曰：「嘻，有是哉！所負此言者，有如酒。」

## 送魯德乾序

天王龍飛之五月，高郵州幕魯德乾給由至京師。竣事將行，盧子繩其美於余子，余子以盧子之言告泰泉子曰：「夫德乾，豈不偉乎？其爲丈夫哉！其貌渥爾，其言纚纚爾，被服諰諰爾，周旋動容恂恂爾。人皆曰『慎禮人也』。日者宰郵於蘇，劉七作孽〔一〕，嘀矢成群，王師稍失臧，輒望塵四奔。德乾從大將軍斬首數級以歸，吴會之人咸多其勇。其擢高郵也，毅皇帝南狩時，嘗督芻糧，郡縣叢集，然弗棘弗疚，如無事焉者。總人夫六萬以衛皇輿，弗紛以嚣，如無人焉者。自二三帥臣外，亦皆才且智之。是三者德乾之美也，余則罔敢知，然盧子之言之也。且盧子非過繩人之美也，欲子有「贈言」〔二〕，余則罔敢知，然吾子其言之也。」

泰泉子曰：「於乎！天下言高者必歸諸山，天下言山之高者必歸諸泰山。《詩》曰：『泰山巖巖，魯邦所瞻。』夫泰山，天下之望而魯人私之，何也？遠者瞻之之略，固弗如近者之專也。賢人君子，亦天下之望也。其在天下也，聚天下之人瞻之，弗加「專」於其鄉焉；其在鄉也，聚鄉之人瞻之，弗加專于其「家」焉。何也？猶魯人云爾也。德乾世父中丞公最賢，余「傳」人物，蓋夙知之。其作牧于陝，素履弗渝，昭其慎矣；其作鎮甘肅，戎律有紀，昭其勇矣；其馭民，民服之如其戎，其即戎，戎服之如其民，昭其智矣。夫魯以國氏者也。家之有中丞公若泰山，然瞻之之專，宜莫如德乾者，宜德乾慎且勇智之有聞也。吾聞爲山非九仞之難，而虧于一簣之患，爲仕非九遷之難，而怠于一擢之患。吾其贈德

〔一〕「孽」，原作「蘖」，今據萬曆本改。
〔二〕「贈言」二字殘缺不全，今據萬曆本、粤圖本、北大本、暨大本補。下文「專」「家」「傳」三字漫漶不清，亦據諸本以補，不再出校。

乾，以無怠矣。無怠則卑可高，在茲於中丞公，殆培而益峻矣乎。」

於是余子以泰泉子之言告盧子，盧子以贈德乾，德乾遂行。

## 永思詩序

潛江初子、蒲圻廖子訪予薊丘之館。初子言曰：「杲願有禱于吾子也。杲也承天之割，弱冠而先府君無祿，又三載而失恃弱植，以至于今。緬懷音容，蚤夜以思，豈惟音容，之其所嗜好而思，之其所履綦而思，之其手口所澤而思。光思迪，祭思成，奉其遺訓，思日周旋焉。知杲者爲之賦《永思》，則既繫之什矣，吾子其有言也？」余曰：「唯唯否否。在宋聞人，時則有若初子和父思親而詠蘆泉之水，涪翁賡之，以永有聞。佐於涪翁無能爲役，其何以發德之潛也乎？」拜手逡巡，孫乎廖子。

廖子曰：「嘻，吾子其言哉！吾聞省庵公明《尚書》，舉爲造士，懿厥淵源，懷寶弗售，蔚乎其文譽之光翔也，沛乎其澤若可施也，憲憲乎其節之封也，而守勝焉。刑于之休，從一之操，藐乎九京，德弗遑食，君子哀之。夫感斯哀，哀斯言，言生于哀，若鼓之鼛，其容遏乎？初子者祿弗逮親，其情篤，其思深，期與潛之澌流俱盡，豈與思蘆泉而奉杯水者埒哉？嗚呼！涕非無從，吾子其言，言則倡，予和子。」

余謝不佞，乃言曰：「惟思弗竭，惟水弗竭。水弗竭則長，思弗竭則傷。今夫潛江之水，肇于漢，匯于江，總于南戒，昭其源也。圜則珠藏，方則玉藏，昭其寶也。大塊吹萬，如躍如赴，如歛如吐，如縠如霧，昭其文也。巵斛挹之，飲溉資焉，應龍起之，九垓瀰焉，昭其澤也。百折而不回，昭其節也。省庵以之，子其終之，泝于學海，宗于濂洛，以達于洙泗，以此爲思，玄廬其躍矣。是故汎濫而長，水之無源者也，徒思而傷，思之無益者也。」

廖子稱善，爲之賦《小宛》之首章，讚曰：「信矣乎言！惟水必下，海斯至而，惟思必通，道斯邇而。」初子曰：「吾子之言膾哉！杲也實甘焉。」賦《駉》之亂以致拜，乃出。余遂以爲序。

## 漱芳録序

韓昌黎以文章豪一世，所作《進學解》，自謂「記事必提其要，纂言必鈎其玄」。朱子之贊横渠也，亦曰：「精思力踐，妙契疾書。」古人之用心，槩可見矣。不稽古何以證今，不博聞何以求約，而世之自敏者，動以《傳》癖《書》麓誚人，人顧以玩物喪志自戒。噫！然則二公者非邪？

佐生髮未燥，已有望洋之歎。又自愧夫心茅無徑，弗足爲五車容也。故旁覽載籍，每境與意會，輒手録之，積累既夥，彙而成册，其綱有十：曰《經説》，曰《史評》，曰《子纂》，曰《文要》，曰《理學》，曰《政規》，曰《字義》，曰《事原》，曰《論括》，曰《詩抄》。凡若干卷，題曰《漱芳録》，義取陸機《文賦》云爾。其採取之例，則於其論見之奇瑰者録焉，於其句法之精純者録焉，於其事實之卓異者録焉，而大意則欲以資舉業也。藏諸巾笥，以自怡悦，雖於二公無能爲役，而志嚮則有在。傳不云乎：「驊騮騏驥，一日千里。駑駘十駕，則亦及之。」

## 送方侍御改南臺序

聖天子圖任舊人，侍御崑山方君時鳴養痾適平，遂復用。居數月，謂人曰：「吾南産也，居燕水土弗習，一不堪。吾兄文選君官于南，每一念之，淚輒承睫，二不堪。兹二者攻吾，吾痾將復，其何以陳力奏能也乎？且竊聞之，古之君子之仕也，苟可以效其職，無以邇君爲也。古之明君之審官也，苟能效其職，固不强人以所不堪也。上必量而使，下必自量而事，是故榮不濫而食不浮。」乃具疏請改之南，上報可。

將行筮之，遇《巽》之《離》，筮人曰吉，是謂王明御龍，翼雲乘風，隱隱紘紘，播于南中，剛明柔從，上下其爲同乎。夫《巽》，風也，憲職也。《離》，南方之卦也。曷言之？天職覆，地職載，日月職明，雷霆職威，雨露職滋，山川職峙職流。乃若風也者，無形有聲，不見所職，然其興蘋末，振玄間，刁刁調調，萬竅皆作。作則峙者摇，流者波，晦者明，威者奮，滋者飄，而浹四遠。菀者當枯，振而落之，不以怨也；枯者當榮，嘘而長之，不以恩也。是其順天地以阜成萬寶，薰爲大穌，而天地亦賴之以位。風之時職大矣哉！

今君之任，風之自南者也。昔者舜歌《南風》而群后光毗，以成治休。今夫天子明德如舜，以君之才之美，其協於虞弦必矣。君其往哉，尚圖利之，以無忘《巽》《離》之德。

他日，君謂佐曰：「行矣，何言以贈我？」佐曰：「蓍既有知矣，予何言？」君笑而别。是日也，果順風揚帆，一瞬殆可千里。

## 送少司馬李公序

自天厭夷穢，聖祖起而掃滌之。暨文皇帝定鼎幽冀，則天子自爲居守，故凡撫馭邊圉之道，視前代益縝且周。百餘年來，牙璋不興，民狎于野，而引弓牧馬之國，咸相忘於覆載中，蓋内寧之世，大抵然也。張皇之備漸弛，折衝死綏之貴益孤，彼乃伺釁據我河套，於是乎屯膏之咎，輿尸之凶，始日彰焉。於虖，師貞之選，信難其人哉！

乃元年春，關西三邊以警聞，當宁有憂之疇咨，在廷詢謀僉同，以少司馬李公兼御史中丞往督焉。瀕行，余偕賓僚往餞。索贈言，則告之曰：「自古夷患，恒召于中國之君，狡焉思啓封疆，而彼亦不度德力而角之，干戈日尋，菑維而不可解。觀諸嬴劉，寔有明徵。今我聖天子鋭情中興，惟自治之圖，二三大臣承順德意，雖函生之屬，思畢囿之，惟其德不惟其威，故德日洽則威日暢。彼虜亦人爾，將革頑慕義，尚何侵軼之能爲？

「雖然，鴞懷好音，終不可以鸞鳳視也。在兵法亦惟恃吾有以待之。待之伊何？廣儲胥以待軍食，則士宿飽；勤訓練以明軍紀，則師有律；懸重賞以購奇功，則士氣震；慎賞罰以繩廢壞，則怯脆銷。是四者，兵之要道也。然是布在令甲，孽臣侵敗之日久矣，修而復之，覿揚光烈，以無壞我祖宗寡命，庶有濟哉！吾聞長國家者非外禦之憂，而治内之難；馭邊圉者非廣威之憂，而德懷之難，惟公圖之。」公曰諾。

## 壽甌寧李先生序

甌寧李先生壽，子默問壽親之説，佐曰：「君子之壽也以有子，子之壽其親也以善不以禄。」「曷謂有子？」曰：「王禮：公孤駕大夫，大夫駕士，士駕庶民。太上理國天下，其次理家，其次理身，因是以登降，謂之百順。是故德以調君而匡之，道以覆民而化之，公孤之行也。衣被禮樂，隄防政刑，用率在位，大夫之行也。夙夜懋修，績學獻猷，士之行也。遵路力穡，日用飲食，庶民之行也。駕人者怍乎其下，而又甚焉。君子曰：『榮而辱駕於人者，無怍乎其上，而又有加焉。』君子曰：『賤而貴辱也者，親之憂也。貴也者，親之志也。志愜則心逸，心逸則樂天而無憂。』故難老詩曰：『樂只君子，保艾爾後。』有子之謂也。」

「曷謂子？」曰：「子之生也，縣弧以示有事，父教之志；成童誦習，父教之道；冠有室，奉宗廟敦族，父教之仁。志立則善萌，道明則善充〔一〕，仁至則善完。故天子審志以命爲士，稽道以命爲大夫，資仁以命爲公孤。非此倫也，不使人浮于禄。士惟率父教，斯克理有身；大夫惟率父教，斯克理有家；公孤惟率父教，斯克理有國天下。朝以寢興，慎孳孳也；晝以審問，麗澤求也；夕以息游，防怡淫也；夜以安身，思無邪也。是故其名芬，其親榮，于千萬年式丕天而無疆。《詩》曰：『采采芣苢，薄言掇之。采采芣苢，薄言捋之』，能求善也夫；『以引以翼，壽考維祺』，能壽視也夫。」

## 革除遺事序

《革除遺事》何以録，懼湮也。諸臣之死，嗚呼烈矣！大節揭揭，天日相爲昭焉，何湮乎懼？懼史之逸之也。楊文懿公嘗請輯建文中事，謂史不可滅，則是既逸之矣。此其録之也，何居？承二聖帝意也。文皇帝嘗謂諸臣之死曰：「彼食其禄，自盡其心爾。練子寧若在，固當用之。」昭皇帝又曰：「若方孝孺輩，皆忠臣也。」乃肆眚，宥其子孫，還其田土。嗚呼仁哉！夫謂之忠，則宜有傳，不傳則曷以示勸？故兹録之，凡以承二聖帝意也。

嗚呼！革除之禍，寔肇自君，海水載蜚，甲觀乃焚，赫赫有命，歸我聖文，稽鱻簡，芟糾紛，述《建文

〔一〕「充」，原作「克」，今據萬曆本改。

本紀》第一。焚巢姤凶，奔走無所，慈宫長秋，摇山碧鏤，天潢玉葉，姬姜嬪御，孰逸孰死，于嗟一炬，述《闔宫列傳》第二。君存與存，君亡與亡，與身殉道，獻于先王，體受歸全，刀鋸罔羅，含笑黄壚，成就厥是，述《自盡諸臣列傳》第三。爝抗太陽，自掇滅息，縻軀及族，逮繫孔棘。嗚呼！非《下武》明壽姬，非伯夷曷染時，闡幽發潛，傳信闕疑，述《死難列傳》第四。食人之禄，當死其事，臣無貳心，伊天之制，榜揭黨誅，既繁有徒，乃蒐群籍，爰録其餘，述《死事列傳》第五。九族之外，蔓引株連，爰及友朋，就僇言駢，蟹以怒移，魚云殃及，哀彼人斯，啜爾其泣，述《族黨列傳》第六。敷展謨猶，式遏亂略，必有君子，而後能國，革除之臣，遐福者希，廣哀集，包顯微，述《先後考終列傳》第七。首陽峨峨，周粟弗食，矢死不仕，或遁而匿，匪直章逢，執殳衣緇，其人雖微，義則可師，述《義士列傳》第八。梱儀穆穆，姆訓肅肅，視死如歸，褆身如玉，見義不易，民彝炳然，有靦降夫，不愧于天，述《列女列傳》第九。保身者流，寇倫魁能，非木擇鳥，亦臣擇君，奮翔新朝，勒鼎持衡，楚材晉用，迹弗可泯，述《外傳》第十。

是編也，本莆田宋公端儀《革除録》、清江張公芹《備遺録》，而戈陽姜公清又取諸卷宗，爲編年以足之，然猶未免闕文也。疑其所既徵，白其所未瑩，則有俟于後獻君子。

## 秋江别意詩序

正德辛未秋，石城邑大夫陳公宗湯承上德意將行，吾黨致餞于粤江之涯，而舊德時髦曁夫游居之良咸在焉。余以得侍離觴是慶，而亦嘗獲私於公者也。于時碧水浩渼，馬翼在維，賫菉雖凋，野芳猶發，撫景撝懷，有足感發者。酒既半，衆從而歌之曰：「秋江之水清兮，有汩其流。先生之去兮，誰與遨遊？安得修綍兮，言維其舟。」又從而賡之曰：「秋江之水清兮，其流洋洋。先生之去，誰與徜徉？會不可期兮，言舉其觴。」既倡且和，凡若干首。其聲直而肆，廣而宣，復而不厭，殆有絓結齎咨而不能自已者焉。

余因執觚告曰：「士君子之立于世，豈徒瑣瑣而試，棲棲而群，以自託於山澤癯哉？績其學以有用也，殖其志以有爲也。懷生之屬，有不浸潤於澤者，吾其耻之。猗乎！先生將果行矣，葆之大而發之光，豈能爲吾黨淹乎？曩其在賓，喘而言，臑而動，士以嚮式相先，横經振鐸，而俎豆生色。昨其在清江，法則度量正于官，忠信愛利形于下，而且不爲惠褻，不爲威撓，人到于今歌之。此皆驥足少展而有驗者，此皆人所罕儷而己獨擅者，此皆士林聞之跫然而喜者。然猶用而未大，爲而未底于有成，其志其學，既種植之，而未遹觀其碩且茂也。咸池洗光，滄溟鯤化，此其時矣，果可爲吾黨淹乎？」於是衆聞余言而韙之曰然，吾固有以卜先生之翔于天朝也。

## 贈周玉巖詩序

國家以名器風勵天下之士，其進退予奪，最有恩禮，大非前代可及。臺垣法從或以直道少加譴，行即召之。蓋試諸難以觀其節，屈諸下僚以長其才，寔用人之微權也。建昌令玉巖周先生始舉進士，兩令劇邑，以異政超拜侍御史。未幾言事，外補丞吾廣之懷遠。甫踰年，遂轉今官。廣之薦紳暨及門之士深爲世道幸，形諸聲歌，以贈其行。既成袠，授簡俾予序之。

竊惟人君之待士，當務從其厚，而士之所以自待，則惟無所不用其誠。用人而不能盡人之才，與事人不能隨寓而安，皆過也。昔者楚之靈均，漢之賈傅，一斥不復，可以觀其君矣。宋號恩禮接士夫，而擯斥大儒，祿諸祠廟，以衣冠伍榮祝，亦獨何哉？夫柔遠關係天下，而懷方氏列在周官，則丞職雖卑，非不經也。先生當謫時，讀書談道，超然自得。迨被今命，人皆華之，而陽陽如常時，回視唫澤賦湘之阨困者，可同日語哉？徵此則國家待士，恩禮真可謂厚，而先生之所以自待者，真可謂誠。明良之音，雍熙之治，可前卜矣。諸君子所以爲世道幸者，寧獨今日而已？

雖然，世道之日入於變也，猶夫歲之日差，江河之日徙也。迹堯、禹之故軌雖難，然所以察之、隄之者，亦惟行其所無事爾。今重熙累洽，文武相安，於端委韜戈之中，不已泰乎？聖人之處泰也，恒以復隍爲憂，而不以志同爲喜，無亦慮其變，而察之、隄之云爾已矣。先生深於道者也，其必有以處此，抑豈余之所能知乎？若夫命册之義，已颺諸永言，讀者當自得之，茲可略。

## 送徐西溪入覲詩序

新會邑大夫西溪徐君覲于京師，軒轅生送之，爲之賦《驅馬》。其同寅二三大夫咸謂曰：「韙哉，子之作誦乎！首之以良驥，本之也；終之以乘驄，期之也。惟君率民，以身乎民，以信樹厥百廢，廉慎自持，英聲在朝，異政在野，驥德焜燿于厥身，夫人知之矣。如輔天子，則將焉先？」軒轅生對曰：「唯唯。」他日，又曰：「繼子而什者盈衺矣。願子序諸，其毋辭。」軒轅生曰：「予辱交於公，又烏敢辭？然病甚矣憊，且越在畎畝，又何敢言？而矧群言之首哉？」無已，則申《騶馬》之義乎。

今夫馬惟轚之，則踶齧犇橫，執轡而徐驅，則騤騤然萬里矣。何則？順其性故也。昔者孔子誦《詩》，至「執轡如組」，喟然嘆曰：「審此言也，可以爲天下。」效馳驅以衛皇輿者，孰無是心？然而不能致之於當宁也。嘗竊聞之，方今聖天子將務行寬大之政，公之晉弼國家，在此行也。其斯以爲前席之對乎，是非草野之所能及也。噫乎！於穆之化，與物爲春，而物自不知，與物爲秋，而物亦自不知，悠且久之謂也。是故天地一御也，萬物一馬也。

## 慈節録序

此曲江謝母《慈節録》也。母姓陳氏，甫笄，歸于同邑謝君誌。年二十又四而寡，守志奉其姑終身。君子曰：「從一而不渝其操，德之恒也，節之貞也。」《詩》曰：「汎彼柏舟，在彼中河。髧彼兩髦，實維我儀。」其斯之謂歟！藐厥二子呱呱孩抱間，母乃鞠之、訓之。稍長，擇師以玉之，勖以德義，俾周旋之用，能守其宗祊。君子曰：「慈矣哉！愛而能教。」《詩》曰：「教誨爾子，式穀似之。」其斯之謂歟！凡百縉紳、大夫、士，于其子天德之言是徵，字爲之賡，行爲之揚，諧音放辭，以成篇章。天德集而成書，刻諸梓。君子曰：「慈以成其子，節以成其身，丈夫子之所難也而能之，是可傳也已。」

昔者尹吉甫佐周中興，勳伐在彝鼎，立言爲經訓，可謂曰賢，然遺其子以履霜之勞，天下病其不能父。開國承家，以才自表見者，或經事先朝，販國規利，往往自諉，以爲吾固楚材而晉用也，解其不可解於心者，天下病其不能臣。于嗟乎，慈以成其子，節以成其身，丈夫子之所難也！《傳》曰：「聖達節，次守節。」又曰：「爲人父，止於慈。」信鮮矣哉！孰謂韶石之陽，湞水之涘，有如母者？母誠慈矣，其爲婦誠節矣。《録》之所録者，其言誠公矣。習其讀，聞其風，非曰爲母者勸也，吾以愧夫天下後世之爲人父者；非曰爲婦者勸也，吾以愧夫天下後世之爲人臣者。母誠慈，其爲婦誠節，固當傳。其言誠公，又能使之傳也。則是《録》也，固天下後世之言，非曰一家言也。

# 泰泉集卷第三十五

## 序乙

### 新政日録序

古者君舉必書，載在國史，昭勸沮也。創業詒燕，立久大之彝典則詳書，繼世承積安之後，振舉百廢則詳書。何爲詳也？爲其新庶政以一天下，尤其重且大焉者也。天眷明興，祖宗功德超邁邃古，當時侍從載筆之臣，莫不事紀述以垂琬琰。在國初時，則有《日曆》《寶訓》《聖政記》諸書。既已經進，而又有掞詞爲《帝曆》，紀聞爲《事迹》，如解縉、劉辰輩者。嗣是而《三朝聖諭》《天順日録》諸作，皆灝噩爾。雅家庋藏，而人誦習焉。噫，亦盛矣！宋人謂史官有當書而不敢書，與欲書而不得書者，蓋爲當時弊政而發，曾謂聖明而有是邪？

洪惟我皇上恭天成命，入正大統，夙夜祇勤，赫然大作。首除凶慝，登耆俊，開言路，革冗食，展親禮，賢散財，明刑德，澤汪濊，而懷生之屬皆皥皥焉。凡以凝休迓衡，壽國脉於無窮者，於此焉繫職。在史氏所宜詳書，以昭勸而不容緩者，謹蒐輯成編，名之曰《新政日録》，尊前軌也。於乎！平則必陂，往則必復，天之道也。變而通之，俾天下無斁政，無倦民，君之所以奉乎天也。國家之政既熙且洽，百餘五十年于兹。循習既愒，是以有蘖芽之弊生。苟滋蔓，則難圖矣。及時圖回以利天下，我皇上意也。故今日之新政，非過爲更張也，特以翦弊萌復彝典之舊也。譬有寶器於此，爲間不用，則坌集其中，刮磨洗濯，而光彩復衒人，固將改觀而喜矣，而謂非昔日之器，可乎？

天下者，器也。政，所以用器之具也。使器常新而不至于垢者，人也。昔孝宣事綜核而漢衰，代宗更制而唐敝，神宗用新法而宋寖以不國，何也？或失則苛，或失則姑息，或失則執，而師心自用也。傳曰「於穆之化，終古常新」者，以其誠也。《書》曰「始終惟一，時乃日新」，法天道也。惟誠故一，惟一故新。一故不流，新故無斁，敢於新政乎致望焉。

## 送詔使之安南序

皇上恭天成命，起藩服，入主我祖宗所全付之天下，宣德意以繩廢壞，芟邪登賢，百度克丕用。興詔改明年爲嘉靖，以與天下更始。嚮明建治，未浹旬時，而聲光已翔洽于裨海之外。禮部臣按令甲，當告諭四夷君長，其遣使安南者，則選用文學近侍之臣。詔如[其]請〔一〕，乃命具官充正使，賜一品服

〔一〕「其」字漫漶不清，今據萬曆本、北大本補。

以行。比出祖，寅寀大夫士咸作聲歌送之，俾予嗣言。余惟我皇上即阼之初，克大有爲，體元建號，期儷美于高宗。凡我同期，定爲一心夾輔，用躋世道于亨明，俾上有迪光隆古之君，而億萬年與有休榮焉。蓋自今伊始，而矧職備論思者乎。

嘗觀於高宗承辛乙之衰，鬼方作梗，勤車甲以討之，三年乃克。而諸侯始復，宗商中興，威靈掩日襲月。而高宗方且惟民是敬，惟上天是憲，惟圖終是懼，故其詩曰：「天命降監，下民有嚴。不僭不濫，不敢怠遑。」《書》亦曰：「不敢荒寧，嘉靖殷邦。」今我聖明出翼室以圖政，而巖廊之上無宿憂，柔遠能邇，臣妾萬國，中興之勢，非若高宗釐征誅之難也。然天下之事，大都成於其難，而敗於其易。以格心爲業者，可不慎與！故今日所以裨益初政者，誠不容緩，而亦於君乎望之。茲舍詞翰之適，而事靡鹽之勞，違絲綸密勿之地，而使雕題之國心之永懷，蓋有不容已焉者矣。

於乎，君其行哉！泝淮而江，兵荒之迹猶存瘡痍，嗷嗷尚俟煦育。咨詢所及，可以知民隱。東南之民勤動終歲，一遇水旱，而流離隨之。使節所經，可以知稼穡艱難之情狀。惟是安南之夷，獷悍偭常，然其順逆，亦惟我内治是偵。宣布威德之餘，可以建守在四夷之長策，用是陳諸廣厦細氈之際，以遏荒寧，以謹僭濫，登我嘉靖之治于三代，而昭之無窮，是君之職也。然則茲行也，夫豈徒哉！若乃善辭命以專對，毋溺貨，毋徵侮以辱命，則是一介行李者之常也，夫人而能爲。

# 六藝流别序

聞之董生曰：「君子志善，知世之不能去惡服人也，是以簡《六藝》以善養之，而各有所長。《詩》道志，故長於質。《書》著功，故長於事。《禮》制節，故長於文。《樂》詠德，故長於風。《春秋》司是非，故長於治。《易》本天地，故長於數。」人當兼得其所長，是故舉其詳焉。

志始於《詩》，以道性情，爲謡，爲歌。謡之流，其别有四：爲謳，爲誦，爲諺，爲語；歌之流，其别亦有四：爲唫，爲詠，爲怨，爲歎。其拘拘以爲《詩》也，則爲四言，爲五言，爲六言，爲七言，爲雜言。其雜近於文，而又與《詩》麗也，則爲騷，爲賦，爲辭，爲頌，爲贊，其專事對偶，亡復蹈古，則律詩終焉。

《書》行志而奏功者也，其源以道政事，爲典，爲謨。典之流，其别爲命，爲誥；謨之流，其别爲訓，爲誓。凡典，上德宣於下者也，又别而爲制，爲詔，爲問，爲答，爲令，爲律。命之流，又别而爲册，爲敕，爲誡，爲教；誥之流，又别而爲諭，爲賜書，爲書，爲告，爲判，爲遺命，而間亦有不盡出於上者焉。凡謨，下情孚於上者也，又别而爲議，爲疏，爲狀，爲表，爲牋，爲啓，爲上書，爲封事，爲彈劾，爲啓事，爲奏記。訓之流，又别而爲對，爲策，爲諫，爲規，爲諷，爲喻，爲發，爲勢，爲設論，爲連珠；誓之流，又别而爲盟，爲檄，爲移，爲露布，爲讓，爲責，爲券，爲約，而間亦有不盡出於下者焉。

《禮》以節文，斯志者也，其源敬也。敬則爲儀，爲義。其流之别，則爲辭，爲文，爲箴，爲銘，爲祝，爲詛，爲禱，爲祭，爲哀，爲吊，爲誄，爲輓，爲碣，爲碑，爲誌，爲墓表。

《樂》以舞蹈，斯志者也，其源和也。和則爲樂均，爲樂義。其流之别，爲唱，爲調，爲曲，爲引，爲行，爲篇，爲樂章，爲琴歌，爲瑟歌，爲暢，爲操，爲舞篇。《春秋》以治，正志者也，其源名分也。其流之别，爲紀，爲志，爲年表，爲世家，爲列傳，爲行狀，爲譜牒，爲符命。其大槩也，則爲敍事，爲論贊。敍事之流，其别爲序，爲記，爲述，爲録，爲題辭，爲雜志；論贊之流，其别爲論，爲説，爲辯，爲解，爲對問，爲考評，而凡屬乎《書》《禮》者不與焉。《易》則通天下之志矣，其源陰陽也。其流之别，爲兆，爲繇，爲例，爲數，爲占，爲象，爲圖，爲原，爲傳，爲言，爲註，而凡天地鬼神之理管是矣。昔晉摯虞嘗著《文章流别》，其亡已久。故予蒐羅散逸，以爲此編，統諸《六藝》，竊比於我董生云。

## 重刊朱子大全集序

《詩》之文婉，《書》之文醇，《易》之文奥，《禮》《樂》之文達以該，《春秋》之文謹以嚴。謹以嚴者主乎事，達以該者主乎化，奥者主乎道，醇者主乎政，婉者主乎性情。是以孔子述之爲萬世楷法。儒林文苑，矢口肆筆，胥此焉師。故夫辭賦歌詠，源乎《詩》也，匪婉則匪文也；奏議疏劄，源乎《書》也，匪醇則匪文也；論辯説解，源乎《易》也，匪奥則匪文也；儀文節族，源乎《禮》《樂》也，匪達匪該則匪文也；序記傳狀，源乎《春秋》也，匪謹匪嚴則匪文也。生百世之後，符百世之上，有功於經，而文與經埒者，惟晦庵朱夫子爲然。嗚呼！世有得經之偏曲者，皆耐以文名，而况統會其全，則其爲文容有不傳者哉？

愚嘗爲之説曰：「聖代天言，賢爲聖譯。」天不能言而經言之，經不能爲聾俗諭，而朱夫子實譯之。矧孔爲委吏乘田，朱不卑縣簿；孔化中都，朱惠南康；孔爲伐木削迹，圍且阨，朱困於六凶；孔聖聞諸侯，朱名動女直。其功同也，其德幾也，其行事若合符節也。且又皆生於叔季，實相埒然。故曰周東遷而孔出，宋南渡而朱生。吁，天豈無意於斯文哉！而世猶訾其著述之富，以爲支離非孔教也。則孔嘗言之矣，曰「好古，敏以求之」，曰「君子博學於文」、「文莫吾猶人也」。苟徒曰孔門之教，惟尊德性而已，然則《六經》可無述也。爲是説者，曷足以病夫子哉？

今書坊重刊《大全文集》，予爲釐正而詮次之。夫大學之道興於《詩》，詠歌性情，所以興也。故首之以詩、賦者，古詩之流也。故次之以賦，而詞曲、琴操附焉。生於其心，則其達之於政者不容已也。故次之以封事、奏劄，達於其政，則其見之於事者不容已也。故次之以申請、奏狀，見於其事，則其加之於民者不容已也。故次之以書啓公移、道德性命、陰陽幽賾，非言不明，後於政者也。故次之以雜著，而凡辯説論議、儀文音族備焉，然事有倫，緒有端，不容以無撰次也。故次之以序，其有源委、有時日、有終始者，皆事紀也。故次之以記、誌銘、傳狀，亦事紀之屬也。故又次之，而以誌銘、傳狀終焉。凡爲集百有二十卷，文之散逸，自他書而歸者，如《梅花賦》之屬，凡若干篇。

## 贈李文輿令候官序

進士李文輿君出令候官，與之論行政涖民，曰：「政猶車也，民猶馬也，令之者猶執轡也。轡惟宜於馬，然後馬不駴車；令惟宜於民，然後民不駴政。馬駴車，車斯蹶；庶民駴政，政斯有不行矣。今夫輿人之爲車也，圜眡規，方眡矩，立眡繩，衡眡木，而凡蓋、軫、輪、輻、輈、轂、軹、轐之屬准焉。是故君子觀於車而知政。今夫馬驅之則行，擊之則奔而逸，控之則止，而後騁之則進而前，其性然也。擊之使行，騁之使止，其將能乎。是故君子觀於馬而知民。今夫轡革，爲之至剛物也。執之者，人也。執之而緣，馬怠而車尼；執之而急，倉攘迅厲，無以遏其奔横之勢。緣急惟宜，斯馬動而鸞鳴，鸞鳴而和應。《詩》曰：『執轡如組。』孔子曰：『審此言也，可以爲天下。』是故君子觀於執轡，而知令之之道。」文輿君曰：「政貴一也，由舊者也；民貴順也，作新者也；令貴調也，動惟時者也。辟諸御，展軨效駕，始諸今日乎，而今而後，思所以執轡矣。」余曰：「未也，有六因焉。震撼糾紛，鎮之以静；惰逸倡恣，嚴之以刑；顛沛昧弱，恤之以惠；高疆矯亢，承之以恕；衣食蹻困，濟之以富；愿婉端慤，文之以禮樂。此之謂六因。六因者，宜民之要法也。」文輿君曰：「善。」

## 眉軒存藁序

有明之文，百餘年來鑠乎趍於盛矣！成化以前，道術尚一，而天下無異習，學士大夫視周、程、朱子之説如四體，然惟恐傷之，以故詞雖往往弗華而每根於理，質惟亡大斲而氣亦霈然以昌，其風俗朴茂可想見也。佐童時未有知，思傚先秦，而宋之棄其修詞駁如也。先考粤洲府君見之，語曰：「嗟！女佐，誰以是命汝？來居，吾語女。夫文也者，文也，由中而見之外者也。其法欲顯不欲晦，欲典不欲詭，欲淺不欲邃。天垂日星，地形河岳，夫誰能蔑視之，而以詰曲嵬瑣爲哉？是故前之三代，歷夏殷而文成於周，後之三代，歷漢唐而文成於宋。觀諸《通書》《定性》，《易》《詩》諸詁，《六藝》而後所未有也。非宋也，則將孰配周者？而舍弗宗？佐乎，吾見女之日叛於道也！」佐謹識之，不敢以告人。

嘉靖甲申，始獲交新安汪子恒，以是相切劘焉。又三年，以謁告歸，汪子出厥考眉軒先生存藁，俾爲敍。既受以卒業，則作而嘆曰：「新安故朱子闕里也，流風餘韻，其猶有存者乎！觀先生詩格，得諸陶韋，而文字尺度循韓歐，是朱子之教也。典質爾雅，絕不爲嶮巇語，然而温粹之光，若天球不琢，而自可挹，大抵如先考昔所言夫！佐佩先訓至于今，未能脱習，又安能知先生？獨惜先考生長成化間，正與先生同時，而山川悠邈，不得一相遇，以上下其議論也。」既爲敍以歸，汪子因惘然者久之。

## 贈李竹坡序

閩有篤學隱德之士曰竹坡李先生，有子曰性仲復甫，以癸未進士出令東莞。居三年，政通人和，有司最之，部使者薦之，僉曰賢令，茲獻績如京師。瀕行，俾予言以爲先生壽，蓋先生春秋甫六十於茲矣。敦厥素履，殆若貫四時而不改以渝者，故植竹見志焉。猗乎！先生有斐之德媲于衛武，自足以致壽矣，予尚何言？雖然，茲行則有相贈之義，焉能默默已乎？

蓋顯親之謂孝，澤及天下之謂仁，合仁與孝，詒親不朽之謂壽。何者？天下吾一體也。人之愛是體也，多方調護之，惟元氣是保，然後永年。推類則天下可知也。故綱係于上，是曰國體，紀維于下，是曰事體，二者不可以不察也。世之繳繞操切以徼名者，吾見亦多矣，大都事其小，忘其大，得其一，損其二，取快於近而詒憂於遠，救其偏弊而元氣已傷，甚非所謂社稷之役也。

仲復茲行，將晉于朝矣。告謀猷于后方自今，下膏澤于民亦方自今，其於國體則知之素矣，事體則歷之詳矣。舉而措之，凡天下者必歸澤於先生，先生有斐之德滋益顯，先生之壽之久之大何如也！《詩》曰：「樂只君子，邦家之光。樂只君子，萬壽無疆。」予不佞敢爲先生頌之。

## 送周憲副之蜀序

韶州牧周侯子厚治有成績，冢宰上其最，聖天子嘉焉，陟副使，俾陳臬事于蜀。郵聞，州之士民與凡吏其土者攀留之，蓋旬時始就道云。部内俊髦咸來告曰：「君侯之光臨韶也，如天之福，日駿錫于民，故田野闢，庠序謹，囹圄空，而枹鼓不聳。輿人誦曰：『棲鳥拚拚，有菀者柯。匪春其澤，集于枯則那。』蓋歌其德也，敢告太史。惟時六邑令長各帥其屬，夙夜具依資爲吏師而不能舍。」龍君章以書來，如俊髦言千夫長帥百夫長暨熊羆之士，寢羽而嬉，寔餘其惠。陳君葵又以書來，言亦如之。於是史氏曰：「治之所係者四：曰牧，曰士，曰吏，曰兵。牧，牧民者也，而禮士馭吏次之。兵則自爲職守，無牧預者，於輿誦見民之懷也，於述言見士之敬也，於令長見吏之愛戴也。然武弁戎兵胥悦，何居？蓋猶甘雨之降，溢此而充彼故也。是故審政於韶，而知陳臬之易易也。」

或曰：「蜀據雍梁之雄，羌賨嬖積其間，有戎斯詰，詰則在兵，矧士文以僨，吏民視韶蓋十，鞭楚日弊而鈇鉞猶宜焉，皆臬之司也，而何以易之？」夫仁，民之依也。善，士之師也。廉，吏之紀也。威，兵之幹也。齊民以刑，刑斯禮，禮斯仁。振吏以法，法斯公，公斯廉。覈兵以律，律斯勇，勇斯威。惟士懷刑，然師其成心，以進言干紀，文以僨之流患也，何刑之懷？於乎，於今烈矣！雖然，明正學，守成憲，以善道之，何所不敬？亦於侯在昔之政乎徵之，故曰易。

## 壽江母陳太夫人序

大牧伯鍾石江公治廣之二年，爲嘉靖甲申十有二月己酉，寔惟太夫人設帨之辰，於是壽八袠矣。在寮二三大夫方協德敷政，以應于治，而喜公之有壽母也。將觴焉，以告史佐曰：「惟公茂猷碩學，蔚爲士宗，寔率慈教。惟太夫人温恭勤約，宜于舅姑。夫子吏治清白，寔訓于公。公兹瞻雲齎咨，惟稱慶是懷，其何以慰公之遐思也乎！夫高山嵩嵩，必生松柏；懿行章聞，必受蕃祉。聞之太夫人居貴，猶事女紅，老且有餘力，蓋康寧而壽，天方隆之，以昭在服。惟子有言，吾儕之願也。」

佐對曰：「徵福惟天，徵天惟人，徵人惟政。佐不佞將祝之以公之美政，可乎？夫公之治廣也，愛人節用，敬事禮賢，古之則也。上愛人，則下不忮矣；上節用，則下不貪矣；上敬事，則下貴貴矣；上禮賢，則不肖絀矣。其標立，其示遠，其動微，其應速，民物在陶，薰爲太和。郡邑雖有不譓不率之徒，皆晻然以化。夫剛鷙嚴烈而乖氣應焉，尊仁安義而順氣應焉。順氣在躬，時維吉人。其在外，則躋民於壽域而物無疵癘；其在朝，則宗社靈長終必賴之，而况於家乎？而况於父母乎？是則太夫人之壽耄頤昌，大蓋未艾也。昔魯僖公，賢君也，國人稱願。及其壽母，猶必徵諸政焉。《詩》曰：『宜大夫庶士，邦國是有。』此之謂也。」

於是二三大夫皆曰：「嘻，善祝哉！其猶有古之遺義乎！君子之仕也，始於壽其民，中於壽其親，終於壽其國，孝之至也。」歸以某之言觴公，公之情遂慰。

## 合肥王氏家譜序

予奉使南渭，道舂陵，掌衛王君鎮來迓，旗甲纚纚其色，真若不可犯，竟日亡有離次者。比竣事而還，視前弗渝焉，心竊喜之。及會司空何公于瀟川，亟數其賢，且以書來曰：「鎮，吾母黨之子也。驍而文，俊而縝，材勇而武服有紀。嘗攷其系之可知者爲譜，願太史氏序之。蓋以奠繫世，保宗祊，迪前光而開後裕也。其知所重也如是，君其毋靳乎！」及鎮來，曰：「鎮寓公于兹也六世矣，席先代之休，以克至于今，豈敢遏佚以荒墜厥緒？不揣謹綴輯，以煩執事幸假靈錫類，則夙夜豈敢或忘？如其不屑，則鎮之愆，爲先代羞也，豈敢婁拜？惟稽顙以請。」予既重司空公誼，而又喜其言之有倫也。退而諗之，雖他薦紳皆繩之。於戲！支流之遠而本源弗究，綺紈之貫而斧藻之遺，兹籍談所以詒笑，而弘肇所以僨於創劍也。若鎮者，信賢也已，乃据所爲狀序之。序曰：

王氏之先，廬州合肥人。始祖遷，國初以駕樓船功爲高皇帝所眷，使累官水軍鎮撫。曰悦者繼之，改留屯焉，往戍迤北。及征蜀，以勞進道州所百户，從大將軍征廣西猺，前後俘馘者四十有三。從普寧侯征南詔，俘羅羅七十有二。又從潁國公、從寧宣侯南征，前後俘馘者一百六十有九。有司以績聞，進副千户。悦子瑾繼爲副千户，從征柳州，守南丹，征遷江，前後俘馘者三十有一。瑾子綱，綱子初，時與牙璋之役，皆繼職如故。初子輔，從纓總軍攻賊，躬獲馘者三，有司復以績聞，進正千户。輔子鎮，領軍從陳中丞征賀縣，躬獲馘二十有四。又從秦中丞領馬步軍征郴桂，深入峒嶺，躬獲馘者三。有司各以績聞，天子嘉焉，兩奉命進指揮僉事。會朝議以其秩之複也，乃改指揮同知。兹二役也，擐甲胄，日上下水寨山箐中，毒淫之風霧跕鳶没馬，其獲濟也，蓋視其躬如遺迹焉耳矣，可不謂難乎！嘉靖改元，命覈先帝時武弁功次，御史按之，以鎮由司馬虎符以昭戎績，非若私昵冒濫者之當褫也，乃得延賞于世世。

於戲！王氏之興，積百有餘年而後舄奕昌大，蓋由其奮於慆惰以即天彝，儀於軌則以昭王度。度生於軌，軌生於彝，彝生於奮。奮以興事，事故不隳；彝以經國，國故不擾；軌以程物，物故不訾；度以循式，式故不違。此先民居武之要而保家之道也。惟鎮盡之，以大厥績，惟王氏子若孫尚篤承之，以永有辭。《詩》曰：「世之不顯，厥猶翼翼。」其鎮之謂也夫！「夙興夜寐，無忝爾所生。」其子若孫之謂也夫！序其績用，弁諸譜，蓋欲繼緒者誦之，永督不忘，亦體司空公之意也。

## 春塘詠別詩序

安慶太守陸君以嘉靖二年治郡，吏民既鄉教化，謳頌日聞，部使者上其績曰最。四年冬，入覲于天子。五年春正月，大冢宰帥其屬考績，已於事而竣，天子寵嘉君，予君璽書。還郡，蓋將需次進律云。是時，君有弟官于朝，仲爲士師，季爲太史，與君俱以學行致顯庸，輿人以三謝況之。其携違也，數年於此矣。邂逅樂甚，及別，則皆絫欷不自勝。同朝大夫士思慰其心，爲之賦《春塘》，用三謝事也。

嗟乎，是未足以況君！今夫群龍出淵宅而雨天下，未始聚首，相濡沫也。飛兔、騄駬，天下之駿馬也，使伏櫪，則何以致千里？故寧超躍汗血而不懷其居。傳曰：「行天莫如龍，行地莫如馬。」故君子法龍德而昭駿功。昔者謝靈運氏治郡無聞，日與群從流連結夢，摛藻則詫于人人，雖至于今有述焉，其於國家竟何如也！是故仁者廣愛以及人，志士不後時而建功，愚者挾藝以爲能，煦嫗以自安，不能以其愛及其所不愛，非仁也。有君不能事，有民不能使，不可謂志。今君昆弟以同產策名中外，學行焯焯如是，且遇王明而交有功，世罕儷也已，故曰三謝未足以况君。予懼誦者或害辭焉，爲繫言於什。

## 舉燭雜編序

《舉燭雜編》何以名，志謬也。昔者郢人作書遺燕相，方夜，命左右舉燭，因悮書舉燭，舉燭非書意也。燕相得書，意之而曰：「夫燭在下則翳，翳則不能分白黑；在上則顯，顯則十步而見須麋。賢者光明俊偉，固亦朝廷之燭也，不可以不舉也。是蓋教我以舉賢也。」入言之王，王用其言，舉賢而用之，國以大治。夫舉賢而國治，固燕相之功，以舉燭爲進賢，則非郢人之意。何者？郢人謬於言，而燕相則善於意之也。

今是編也，隨時紀事，如古稗官而雜以少作詩文，逌筮仕後，則惟紀事而已。然詩而或謬於用韻，文而或謬於用事，論古今而或謬於趍向，談道理而或謬於指歸。如郢人者，不知其幾也。意之而善於爲説者，寧無燕相其人乎？是固不敢必也。

## 送文待詔歸姑蘇序

嘉靖五年秋九月，翰林院待詔文君徵仲致仕，佐從史官後，大書其事以贈之曰：國家之制，諸司上下維繫，分嚴而事勞。惟翰林列在法從，秩無崇卑，皆得相賓友，其職務不出乎道德文學之外。雖若閒散，而人詫爲華樂居之。始君充貢至京師，業爲巡撫大臣所薦，與故元老劉文肅公姓名同上。天子知君賢，擢待詔。待詔官雖初命，然在祖宗朝，則有若朱公善、解公縉，稍遷即爲學士。正德中，潘公辰猶至奉常卿。故事，非博雅修潔之士不輕授。君起諸生，一旦居玉［堂之］署〔二〕，與館閣儒碩鴈行立，其遭逢可謂奇，而人亡［不惜］其晚者。乃居常有歸志，曰：「吾雅求仕，非薄芬華而逃之也，又非務玄邈以爲高也。顧年未六十，而步履向衰，義不可留耳。語曰：『翡翠之羽，不巢於燕；服旃裘者不適粵』，何則？意有所適，性有所便故也。」供奉甫二年，輒引疾求去。疏下吏部，寢不行，强起就列。又一年，滿考，例磨勘，當得恩澤。君不肯往，復上疏乞骸骨，至于再，至于三，語益悲切。吏部始以聞，於是詔從其請云。

夫古之君子之仕也，進惟顧禮，退惟顧義，故進不躓而退不辱。後世之仕者則不然，其進也苟禄慕權，甘與齒終；其退也非引籍校年命之去，則罹罪咎者也。今簿書小吏，日僕僕風塵中，視升斗禄若軀命然，不中舍乃揜其衰老，以企萬有一不虞之遷者，［皆］是也。吾聞之，［馭臣］主恩，守官主義；義有弗度，然後恩禮衰絶，亡足［怪］者。有貴於此者矣，然其情狀猶夫是也。苟能審進退而不湛身徇禄，斯天下斐然鄉風矣！向使君侍年循資，厚禄高位，固可翹足得也，夫誰議之？而堅不少留。嗟

〔二〕「堂之」二字殘缺不全，今據萬曆本、粤圖本、北大本、暨大本補。下文「不惜」「皆」「馭臣」「怪」六字亦殘缺不全，今據諸本以補，不再出校。

乎！君誠賢於人遠矣。

## 乙酉同年序齒録序

嘉靖四年秋八月，惟我邦譽髦士貢于天府。時則大夫歐陽公陳臬造士，寔臨我邦，乃命工師斲方，梓人鏤策，登名繫世而齒次之。迄六年冬十有一月，《同年録》成，俾史佐有言。佐辭不獲，乃曰：於乎！道術之裂久矣。人各有心，其何能同？所同無乃迹爾矣乎。迹則有不可同年語者，請爲誦所聞。昔先生之設教也，明藝極、一道德、恪位著以帥之，論其秀而官之。其有不帥，則量郊遂以移之，猶懼不悛，於是乎有撻記之刑，有不齒之制。以故居則同井，學則同業，班布在服，同乃心德，賓興燕饗，則爲之歌《鹿鳴》焉。其首章曰「示我周行」，言道同也；其二章曰「視民不恌」，言同德也；其亂曰「燕樂嘉賓之心」，言同心也。夫道非德不凝，心非道不明，政非心不成，化非政不行。化行於政，政成於心，心明於道，道凝於德，可以爲同人矣。二三子行將任，有政化，今我大夫所致望者，其在兹乎，非此之繇也。藝有三試，品有九等，榮有九遷，辱有三黜，猶夫鄉人也。於是諸譽髦士聞之皆曰：「然此則吾夫子大有造于我者也。子能言之，敢不惟教之拜！」

## 贈簡君侯考績序

嘉靖三年秋九月，邦君簡君侯考績如京師。將行，同寅五大夫告史佐曰：「君侯在牧，若棟之隆，衆宇焉依上下胥馮以有成，而不可一日違焉者也。越兹有邦，届在山海，日有伏莽之戎，我民靡靡辟風草。惟君侯甲胄是擐，兇渠是翦，邦用是有寧室。已乃綴度式權，溥本肇末，賞以旌之，威以糾之，慎獄市以靖之，陳藝極以富之，正法則以道之，修訓典以迪之，大闡文告，遠至邇安，邦用是大龢。而又明以裕政，惠以鋪澤，政澤不窮，以獲乎上，邦用是無宿憂。惟鼒職在貳，貳惟協惟輔，惟公信；惟瓘職在倅，倅惟行惟益，職在推刑；刑惟克允，亦惟君侯同德合義，以有成也。夙夜周旋，以冀有艾。兹則行矣，如天之愛，心寔藏之，其何以紓我永懷也乎？惟子操彤管以適四方，敢告執事。」

佐對曰：「嘻！大夫之及此言也，是邦之福也。佐聞德莫若讓，事莫若咨，故善生於咨，咨生於讓。寮寀師師相讓，故庶績用穆，動則有成功。今我大夫秉厥和衷，以交相能，居無逆政，違有餘讓，是率先王之彝憲也。夫稱甲胄，是讓其武也；稱遠至邇安，是讓其文也；稱裕政，是讓其明也；稱敷澤，是讓其仁也。仁，德之基也；明，政之幹也；文，民之經也；武，邦之紀也。邦無紀不可以禦，民無經不可以化，政無幹不可以立，德無基不可以樹。四者牧民之上善也。故德樹於基則阜，榦以立政則無敗，能經以化民則洽，邦以有紀而禦，則盜不作。若君侯之績，可以獻于上矣；若五大夫之讓，可以永孚于休矣，故曰邦之福也！猗嗟乎！君侯之德，匪惟惠我邦，抑且在天下矣。矢心宣猷，以爲國謀，斥佞明忠，弗遑身是憂。猗嗟乎，賢哉君侯！」

## 詩經通解序

《詩》之爲經，本於性情而用於禮樂者也。天賦人以五常之性，人感物則有哀、樂、喜、怒之情。情動則感歎謳唫之聲發，而詩作焉。先王采風謡以立鄉樂，制雅頌以道民善。雅有小大，分爲四詩，觀於《儀禮》《周官》《戴記》，而其用見矣。是故經緯六義，陳德見志，禮也；出納五言，入律成音，樂也。行禮以節樂，奏樂以和禮，皆主於詩。故孔子删《詩》，亦惟取其可施於禮義，協於《韶》《武》之音而已。《語》曰：「吾自衛反魯，然後樂正，《雅》《頌》各得其所。」又曰：「興於《詩》，立於禮，成於樂。」是則《大學》之教，《詩》統禮樂，以興起善端，懲創逸志，俾心思一於無邪。斯致中和而成政化，其用大矣哉！誠非訓詁之所能盡也。

史志謂：漢興，魯申公始爲《詩》訓詁，而齊轅固、燕韓嬰皆爲之傳。或取《春秋》，采雜説，皆非本義。魯最爲近之。三家列於學官〔一〕。獨漢初趙人毛萇善《詩》，自云子夏所傳，是爲《毛詩》，而未得

〔一〕「學官」，原作「學宫」，今據萬曆本、北大本及宋吕祖謙《吕氏家塾讀詩記》卷二四、清屈大均輯《廣東文選》卷八所録黄佐該序文改。

立。其後三家廢，而《毛詩》獨行世。或泥於「魯最爲近」一語，必欲宗之。然《魯詩》今可考者，有曰「佩玉晏鳴，《關雎》歎之」，以爲刺康王而作，固已異於孔子之言矣。又曰「騶虞，掌鳥獸官」。古有梁騶，天子之田也。文王事殷，豈可以天子言哉？其爲《周南》《召南》，首尾已謬至此。他如《齊詩》之五際，《韓詩》之二傳，皆非本義，從可知已。

夫萇之宗子夏也，文序猶存，義主《關雎》。蓋能敬以和，則文王之德之純，固所以配天命之無極也。武王、成、康，修德無忝，則自求多福，而周道以隆。昭王以後，陵夷至于厲、宣、幽、平，而貪天禍，則風雅變而周道替矣。此其大較最章章明者。雖《韓詩》亦以子夏說，《關雎》爲傳自孔子，此《毛詩》所以善於三家也。惜夫鄭玄、孔穎達所爲箋、疏，或疑經文之誤，或訂本傳之失。魏晉之世，劉楨、王肅多所難駁，紛若聚訟。迄于唐宋，解之者亡慮百家。子朱子始爲《集傳》，其學大行，然後聽言者專矣。論者猶病其違毛氏而宗鄭樵。蓋毛氏主序以言《詩》，樵則斥序之妄，以爲出於衛宏，而盡削去之，遂以己意爲之序。凡詩人所刺，皆斷以爲淫奔者所自作，則非所謂懲創逸志、施於禮義者矣。吕氏祖謙《讀詩記》復主毛序，子朱子見而深有取焉，嘗有意於會萃所長，則其心未嘗自滿也。

佐少誦《詩》，因旁及註疏。《玉海》首明《集傳》之意，而附諸說異同於其下，命曰《詩傳旁通》。正德庚午，領薦而病，間得嚴氏粲《詩緝》，復采入焉，自是日加删潤。癸酉，罹憂廢業。丁丑，北上。病，不克終試而歸，乃復修改，并及禮樂，更命曰《詩經通解》。藏諸篋笥，以俟有道而正云。

# 泰泉集卷第三十六

## 序丙

### 贈歐陽參政之雲南序

大夫石江歐陽公陳臬事董學政者五年矣。乃遷參知政事，治雲南，其門下賢良群而造史佐之門，請曰：「公交夫子特深。夫子之賢雅知之，亦有言已乎？」佐曰：「未也，吾言甚矣謇！」因謝不能。公將行，賢良又群而謂佐曰：「夫原有菽而民有筐，家國有賢而鄉者有方。公今彤管是司，若夫子之賢乃靳不書者，何也？」佐曰：「不然！夫相知而樂，携别而悲，人之情也。始予與公稽德論業，日亹亹焉，不意其去我也。意公即遷，必邇而無遠，故驟聞有遠擢而壹鬱，欲語亡能，今則可以言矣。」

夫雲南，慓鷙荒服之國也。左羅施，右洱河，環衛戎翟之軍，帶甲百萬，其爲萌隸者十一；黝面言侏儺，持闟戟而趍者十九。大氐皆獷、僰，號難治。又去家將六千餘里，此豈人情所堪者？然佐每見公，公情驩甚，於是佐之情亦驩。嗟乎！公之所存，豈世所能震動哉？

昔者莊渠子涖吾邑，剗除淫祀而弦誦之，日眂諸生而督過之。耳目或爲人所塗，而謗蝟起，何則？聽信偏而求效速故也。然崇正黜邪，有功於風化甚大。及公之來，既剛且明，持畫一法，而雍容導焉。士習翕然以定，莫不知敦行而略文。傳曰：「斷木爲棋，梡革爲鞠，亦皆有法」，況政乎哉！故莊渠子之政，得公而大行者，持法善故耳。

予甲申始識公，與語意輒合，因自附知己。時見其政事文學，皆追古人，蓋炳如也。明年，祀諸先正，建名德祠，及遷建學宫之尤荒墜者。祀先聖先師，必以木主。巡行所至，褒表節孝，禮延耆老。又明年，頒古書于庠序。建孤忠祠，以祀王御史度。又明年，行養老禮。民年九十以上者，勞以羊酒、束幣。又定喪葬之制，民用率軌。其年冬十有一月，拜今命。越春正月乙亥，遂行其行也，士民依依不能舍云。

夫公之賢，予不能盡書，書其所知者以見。推此道也，非獨行諸蠻貊，雖天下可也。

## 贈劉郡丞之泉州序

弋陽劉君美中倅吾廣六年，例當考績如京師。部使者暨藩臬賢而留之，嘗以語予曰：「嗟乎！樂仕者，常情也；樂去者，私念也。予父母垂白定省之曠久矣。在常情，去父母而仕則樂；在予私念，去仕而見父母則樂。斯樂也，何時而遂哉？」今年初夏，銓衡陟君泉郡貳守，天子可之，君即戒行。太守范君喜君將便道得遂歸省之樂，而又爲廣人惜其去也，俾予有言。

予惟泉之爲郡，本古清源，其名義可顧而思也，請試繹之，可乎？今夫滔滔濡濡，動而愈出，既明且清，小大若一，放而達之，利及萬物。是謂泉之德，君子於此有取焉。蓋滔滔濡濡，是天下之至洪也；動而愈出，是天下之至静也；既明且清，是天下之至潔也；小大若一，是天下之至平也；放而達之，利及萬物，是天下之至仁也。洪以爲量，則政不競而民作順；静以爲體，則政不擾而民作肅；潔以爲操，則政不疵而民作忠；平以爲度，則政不陂而民作敬；仁以爲澤，則政不忍而民作愛。君倅廣，亦既與泉合德，而五善備矣。措以治泉，於泉乎何有哉？誠如是也，泉之民之樂君之來也，猶君去吾廣而樂見其父母也。《詩》曰：「周邦咸喜，戎有良翰。」此之謂也。

## 送范太守入覲序

乙酉歲杪秋，予始會南泉范君侯于京師。是時，君侯方出守吾郡。明年冬，予謁告歸省。又明年，抵家，辱交於君侯。又明年，予陳臬歸自江西，病甚憊，君侯來視，弗能興。居兩閲月，君侯入覲，復來別。予扶服出肅，則謂予曰：「噫乎！子謝病辭榮，吾知誠爲親也。然遭逢明聖，獨不可彊起爲理邪？」

予愀然對曰：「唯唯。吾聞之也，天道不違時而生殖，君子不違時而顯庸。天人之際，蓋有命焉，不可以彊而能也。夫廣，百粤之會區也。南有漲海，北有湞湟，桴浮索引，纍重譯之國，雜賓旅而疊迹。其地從蒼梧以東，賁隅以西，谿洞之戎，伏篁箐之莽，多煩羽檄，舳艫儲胥，徵責交至，且訟牘傯冗承接，藩臬少疏，即被嘖言。前此守及三載者，蓋亦罕矣。今我君侯紆金曳朱，出擁雙旌，坐驅萬夫，呼噏之下，寒温頓殊，慮善以動，上下休乎，豈惟材之賢，抑亦命之通塗也乎！而予嬰是痗疾，杜門屏息，菽冰承懽，安於窮阸，亦命然也！夫山藴海藏，礦孕銀鉛，菰鍾魚鷽，松檀珠瑁，瑰奇之物，不可勝原，莫敝邑若而豪者飽之。奇獨之澳，鷄泊之确，駕颿弄兵，不可誰何，予惟仰屋而已。然且目予庸材，無益於世，而不知愚戇，亦命也！故曰命有遇有不遇，人各有能有不能。方今堯舜在上，輔以皋夔之倫。春王三朝，萬國會同，冠裳萃止，肅肅雍雍。陟明以爲天下勸，則君侯將車服是庸，而國家倚以爲楨。自此始，予跧伏丘樊，棲棲無用，良可姍矣。今夫良駿日輕千里，而駑駘曾不能一舍，何者？天之降材，健劣異也。」

君侯笑而别，會諸别駕，索予言贈，因書以歸之。書之明日，君侯果行。其行也，又適值杪秋云。

## 贈陳良會序

王賢良養民見泰泉子，泰泉子曰：「噫乎！合浦之士，與賓興者缺有間矣。子之獲雋也，石江君占知之，以子之學於陳子也。子之學之也，可得聞乎？」賢良齊遬而對曰：「唯疑。蒙也何足以知之！」泰泉子曰：「夫運圜者知規，蹈方者知矩。由陳子之道而謝不知，何也？」賢良乃言曰：「蒙始北學於臨淮，聞《春秋》之教矣，然而屬辭比事，猶若蔀之不志明也，乃造夫子而請誨焉。夫子示我以采真之遊，漱芳之徼，散衺以求其瑩，博依以貢其曲，導之以津途，發之以天光，於是覷覷然驚，汪汪然若望洋。久之，曰：『益矣！志有鄉方矣。』夫子曰：『未也！』乃示我以静虚，入之乎耳者納之乎心，呫之於口者凝之以神。精誠所通，大無朕，細無倫，於是顥顥然。久之，曰：『益矣！辨以明矣。』夫子曰：『未也！』乃飲我以和，開我以天，無將無迎，以會其全，既雕既琢，復返於朴。蓋學之三年，而後得其約也。」泰泉子曰：「嘻，斆學之交善也至是哉！子知夫簡珠乎藏于瀋淵，滓而不耀，津人出而拂之，則照乘矣。何則？其體本明故也。性明於學，夫猶是也。子出合浦之淵，方將抱德煬和，以昭昭天下，其毋忘津人之德。《詩》曰：『無言不讎，無德不報。』此之謂也。」賢良曰：「諾。蒙知報矣。」遂以泰泉子之言，聞于陳子。

## 贈静庵蕭先生序

静庵蕭先生考績如京師，謂佐曰：「嗟乎！吾將從此別矣。今明天子在上，子能終隱邪？」佐對曰：「唯疑。夫佐之棲遲於此，非獨爲親也。自狗馬之疾，而又於道未始少有聞焉，是以未敢持憲律人也。嘗竊聞之：器之謂物，不器之謂道；艅艎不可以遵陸，纖絺之衣不可以禦冬。推此類也。器也使有萬金之家，百器具足，然操其贏餘，有時而窘。惟道無有精粗、大小、遠邇，格天地，濟民物，日費而用之，不可得而盡也。正萬目以視之，而莫知其所繇也。故曰君子之道費而隱，得之者蓋或寡矣。佐之資柔，而其識也闇。闇則惛，而見道有未明；柔則志㦏愞，而蹈道弗力。是以學之窮年，而望洋無所得，輒自嘆曰：『造物器我，固至此邪！』今夫折柳爲樊，過者睨而莫之敢越，彼誠眴眩於外故也，而矧多岐求道乎哉？是故哲則必其能有明也，剛則必其能有行也。秦人之言曰：『敢謀而斷，鬼神避之。』此言雖鄙，可以理會。先生聞道最蚤，服有官政，人亡不仰其剛且明者，可謂不器君子也已。由刑名簿書之法，而凝於神，涉歷獄市米鹽之粗，而通乎禮樂，所優爲也。行矣，吾見先生之道之日大行也。若佐則自治且未蒇，而奚治人暇乎哉？方將編蓬爲屋，依一廛以居，弦琴歌其中，以詠堯舜君民之治化。時或拾穗採薪，供母朝夕，衣食苟給，則於佐足矣，仕非所願也。」先生局局然笑而起曰：「子真終隱者邪！」

他日，曉溪祝公偕同官來，曰：「子實受知蕭先生。蕭先生行，亦有贈言乎？」佐病，謝未能也。居無何，先生果行，佐則往送之，因告曰：「行矣，何以處我？」

## 送冼太僕序

御史毅齋冼公謝病養親者，二十有四年矣。既終養，天子咨少保桂公，聞其賢，連擢大僕少卿。其行也猶遲遲云，蓋不忘親也。夫御史，朝廷耳目也。昔周穆王命伯冏爲太僕，曰「正于群僕侍御之臣」，「爾無昵于憸人，充耳目之官」，則太僕視御史尊也。古也以御車，故王近焉；今也以掌馬政，故於天子猶遠也。雖然，事君之責則無間焉耳矣。是故出入起居曰欽，發號施令曰臧，萬邦咸休曰仁，格其非心曰正，慎簡乃僚曰明，毋貨其居曰廉，太僕之責也。少卿雖貳，其責猶夫正也。夫孝，其萬善之統乎！欽者，孝之基也；臧者，孝之施也；仁者，孝之輿也；正者，孝之推也；明者，孝之作也；廉者，孝之緒也。敬以主之，臧以出之，仁以行之，正以格之，明以動之，廉以威之，夫然後能事君。故爲人臣者，患不能事親，不患無位；爲人子者，患不能事君，不患德不令。伯冏正穆王而終，猶有車轍馬迹焉，其德無乃嗛嗛也乎！今公孝矣，既有令德矣，格君心以長民正衆，在此行也。《詩》曰：「有孝有德，以引以翼」，此之謂也。

## 湘皋集序

文以載道，天下之名言也。佐則曰：文者，道之用也。體具於此，用達於彼，猶股肱之翼，爲耳目之明聽，非有二焉者也。古之君子積於其中，賁於其躬，動爲儀軌，颺爲訓謨，彰聲教於上，刑禮俗於下，非有所緣飾，而自宣著鴻遠者，皆文也。故《易》曰：「觀乎人文，以化成天下。」夫惟道之不試，而後文以載之。周子之言，蓋顓爲立言者發，非所以論文之全也。是故得志達道，文在人矣；不得志以守道，文在言矣。昔韓魏公爲宰相，歐陽永叔在翰林，公自謂天下文章，莫大於是。然則誦其詩，讀其書，而不夷考其德業，豈善觀文者哉？

洪惟國朝承胡元陰晦之後，聖祖高皇帝丕闡人文，焕乎如堯。當時劉、宋諸臣以文名世者，皆不能外於覆幬。百餘年來，文運與天爲春。施及成化、弘治間，日益亨暢，而漸就揫斂。瓊臺丘文莊公起而振之，其績學修辭，直宗子朱子，而仰視聖祖睿制以爲則，盎然而春陽和，炳然而象緯明，繩然而山河兩戒相終始，真治世之文也。惜入輔已晚，平生德業之藴，惟《大學衍義補》一編而已。

今少傅、兼太子太傅、户部尚書、謹身殿大學士致仕清源蔣公，實出其門，受知於公最深。問學之弘邃，制行之端謹，立朝之剛正，無一不肖似者。輔導武宗，扈從南巡，力止留都卜郊，翼六龍以歸。輿論謂：「非公在行，則天下阽危未可知。」及受遺，與少師楊公商確新政，詔令一下，除憝釐弊，人心翕然。凡入告嘉猷于今上皇帝，一主子朱子之説，執持不回，至於請老而去。其功在社稷，排大難，斷大事，決大疑，有瓊臺公所能爲而未及者，公皆身之。雖古名臣，可多見哉？

佐不佞縣待罪史館，獲受公教。兹視學廣右，拜公洮陽，相與晤言道舊，喜見顔色。出《湘皋集》示佐，俾爲序。佐愚以爲當以奏疏、内制爲首，蓋行義達道之所寓，而文與詩、賦次之，則游藝緒餘也。公頷而是之，定爲若干卷。嘗僭評公德業文章，如有源之水，流行阡陌間，洫達于澮，澮達于川，沛乎其不可遏。菽粟是之自出，天下實飽之，而莫知其賜，可謂今之韓魏公也已。觀是集者，當知公一身關係世道之大，毋徒以其文也。

## 廣西通志後序

《志》曷志？志王政也；曷言乎通？西粤郡邑管是也，其政則西粤；曷言乎王？大一統也。惟王政始自疆理，因地法天，正人之紀，述《圖經》上篇。羈縻之國，漸我文德，雖内寧而釐外憂，通變宜俗，述《圖經》下篇。離合支綴，漫亡友紀，明因地，述《歷代郡縣沿革表》。象緯悠邈，變斯生畏，明法天，述《荆揚分野表》。正人之紀，通變宜俗，莫大乎［官人，述《秩官表》。文德之修，莫大乎］知人〔一〕，述《選舉表》。藩屏王室，視古諸侯爰有懿親，述《藩封志》。命降于山川之謂興作，諸侯祭焉，故次之以《山川》。興作必先井地，使百姓相親睦，故次之以《溝洫》。百姓不親，思所移易，故次之以《風俗》。移風易俗，實在康阜，故次之以《户口》。有田則有税，有身則有庸，故次之以《田賦》。公則税庸，私則懋遷，斯財用足，故次之以《食貨》。足財用則有政事，稽厥自出，故次之以《公署》。有政事則有教化，故次之以《學校》。教化之興，學以致其道，故次之以《書院》。揆文教必奮武衛，故次之以《兵防》。兵食足，禮斯備矣，禮備則鬼神儐矣，故次之以《壇廟》。鬼神既儐，乃敢奠居，故次之以《宫室》。有居處則有登望，故次之以《臺榭》。有動息則有險阻，故次之以《關梁》。生有居則殁有藏也，故次之以《陵

〔一〕「官人述秩官表文德之修莫大乎」十三字原脱，今據明嘉靖刻藍印本《廣西通志》所録黄佐後序、卷五至八《秩官表》補。

墓》，而人道周矣。

《古迹》則因地之餘也，《祥異》則法天之餘也，皆政也。政待人而行者也。才兼文武，奠我荒服者上也，苟有遺愛焉者次也。旷列廣萃，以示遐軌，述《名宦列傳》。寓公來暨，民之則傚係焉；潛德必書，奸諛必誅，述《流寓列傳》。豪傑漸興，用可爲儀，炳耀鏗鍧，德業丕丕；厥有名臣，我邦之師，家衖孝友，奮身殉國，皭潔不群，獨行逴逴；學優斯仕，仕優斯學，逸行貞德，曲技偏駁；成名雖殊，皆足以示民之趨，述《人物列傳》。物彪侵人，遂通地天；浸霪害道，談空搆玄；妖言薦幻，爰究本原；祛民之惑，舍是奚言？述《仙釋列傳》。猛政無經，匪先民是程，掊克自雄，乃掇天刑，述《酷吏列傳》。彼何人斯，蠻髦鬼蜮，竊此富貴，亦罹咎慝，述《佞倖列傳》。夷貊寺觀之非類，與事與言之不可以類，皆外也。外曷載焉？王者無外，則非類者必懷柔，道無外，則不可以類者必兼收，詳人道也，故以《外志》終焉。

是編也，佐始受役於司馬兼中丞省吾公。會病且憊，乃以意授同知舒君柏、周君鈂、諸生嚴肅、李承簡、李廷禮、莫遺賢、廖紹禋輩。俾因唐公胄舊稿，稍增定之。顧《列傳》《外志》，多難竄定，則以托參政蔣公山卿、參議鄭公維新。既成書，則梧州知府劉君士奇寔提調梓鍥。合六十卷，爲衷凡十有二云。闡兹人文，以賁粤土，省吾公之功閎且遠矣，於佐何有哉！

## 理學本源序

予視學廣右之明年，輯《理學本源》成。或曰：「子之教人明倫，以邇求也，兹上達之説也，何居？」予對曰：「大學之教，心而已矣，天下有邇於心者乎？心也者，統性情者也；《詩》也者，道性情者也；禮也者，本性之中者也；樂也者，宣情之和者也。故曰：『興於《詩》，立於禮，成於樂。』於斯三者，時以教之，藝以息之。興於藝則樂，樂則情斯適焉。教者長善，學者相觀而善。善則性斯存焉，性存則心非有所閑而自不放，是三王四代之所爲教也。周衰教弛，夫子陳《大學》之經，而曾子衍之，明物則誠，好惡以至於正心，而猶戒辟之爲害。國既治矣，猶曰辟則爲天下僇，言若此其嚴也，蓋約情而反之性也。夫子没，教益弛，子思有憂之，而《中庸》作。存誠之功，無間可容息者。其始法天，而其既也配天，言若此其大也，蓋養性而達之情也。孟子之言性善之詳也，蓋其傳也。由秦迄宋，去夫子益遠，而教久已弛，於是周、程、張、朱五子者作，其言性益詳，其意則由曾子、子思、孟子也，非棄下學而鶩上達爲也。」

或曰：「五子者之言，何爲者也？」曰：「窮理盡性，以至於命，其本諸《易》乎。《太極圖》言主静，《通書》言誠性也，中以源和也。《定性書》言無將迎内外，而用功自忘怒。觀理始情也，和以泝中也。論顔子好學，曰怒遷則情其性，不遷怒則致和之功也。過貳則不能性其情，不貳過則致中之功也，於圖、書協矣。世顧疑周而信程焉，何哉？乃若《西銘》明理一而分殊，則命之説也。」

或曰：「《先天圖》説，河圖、洛書説，孰傳之？」曰：「熊剛大氏其殆撮諸啓蒙乎，其文則《易》之祖也。夫《先天》本之邵子，河圖、洛書，則太極、陰陽、五行之所自出，在人則渾然一理，健順五常之德存焉。反身而誠，大極在我矣。《西銘》之後，附以《正蒙》，程朱語録，亦採摘以附其後。舍是以爲教，其究非特藝焉而已也，吾懼名理之日晦也。盍觀水乎？或源焉，或委焉。委本於源，故祭川，先河而後海，然則天下之言理也，委固自兹發哉。」

或曰：「五子者哤言多攻之。聞子之論，群疑乃今釋矣，盍傳諸？」予曰：「諾。」遂梓以示諸生。

## 送蔣參政序

夫人抱倜儻不群之奇氣，遏之則壹鬱爲梗，少宣洩之，則焕然駴人，大以畜患，小以媒毁，此其故何也？語曰：「白璧不可爲，容容多後福。」蓋世之恒情也。嗟乎，是豈知言者哉！宵人浮爲小廉曲謹，而挾媚世之陰術，福可得而徼也？然公論昭則賢不肖判而取舍審，天蓋終定矣。始予待罪侍從，大司寇見素公恒過予，稱曹屬之美，必曰蔣君。蔣君者，今大參南泠氏也。後獲與君往來，雖不數數，然心奇其爲人。亡何，予歸隱泰泉之野，君亦迴翔外郡者。久之，嘗以事至廣州，相見與語，氣益毅然振。蓋君之賢，有不以威挫福誘者，真奇士哉！

君起家水部，時諫毅皇帝游豫，斥爲留都參軍，直聲籍甚。尋復官，稍遷刑曹郎。今皇帝二年，拜爲郎中。未久，遂出守河南。忌其名者中傷之，改潯州。未行，改南寧。會思田亂，督府用兵，檄君聚餱糧。旬月，得糧米數十萬，介冑、戈鋋諸械器皆備。中丞姚公旌其政行，爲西路郡守第一。後新建伯王公以總制至，御史石君以紀功至，會議撫剿之策。君進曰：「蠻夷爲蛇豕，竊食草間，可與校邪？今師老民罷，擊之徒勞中國，不如撫之便。」從君言，思田遂定。軍餉魚鹽陳不可食，君議鬻之，而以餘糧賑濟州縣窮民。責民償虧折米，則議兑以歲計，折者各從其請。於是令下，民皆驩曰：「活我者，府公也！」君折獄明審。每聽詞，輒呼服。有冤獄，力言于部使者，無不當法獲釋。其建敷文書院、四隅社學，修復五公祠，植風教甚力，皆庸人所視以爲迂者，君益盡心焉。監司以上皆書其績曰最，吏部以聞，遂進今官。

予適視學至南寧，謂君曰：「君以横天之翼爲燕爵困，乃今紓矣，此豈執郡符時邪？」君遂治行，因序其平生以贈之。

## 壽林省吾母序

司馬兼中丞省吾公之受命鎮粤也，連章乞歸養，聖天子諭留至再，乃視事。越明年秋，佐以屬吏在告，間詣公陳情。公曰：「噫乎！子之情寔我同矣。」他日，佐思棄官歸爲母壽，又扶服愬之公，公告以太夫人設帨之辰。同日，佐方壹鬱，不敢有言。及是日，公望雲而祝，盛服出涖位，賓僚始周知之，謂佐當有言。佐謝曰唯唯。居無何，藩臬長貳上《壽母頌》，粤之吏民無有遠邇，驩慶雷動，咸祝太夫人壽。愬公疏佐情以聞，公曰唯唯。佐知歸侍菽水之將有日也，乃言曰：

君子之事親也，凡以養志也。親命之仕而處焉者，非孝也；親命之弗仕而出焉者，亦非孝也。是故出處順乎親，而後可以謂之子。昔者蓋嘗聞之，太夫人既耆而健，劑量歲入，以備絲枲，日帥諸女績焉。每公歸，則必督之行，故公之仕也，太夫人志也，若佐母則不然。故佐之求歸，以爲母也。今夫浮陽之鯀，日相呴沫不少舍，龍見鯤化，則必出淵徙溟，而風雲興焉。何則？材質相萬，而其所自適者異也。然則佐之情，其敢擬於公也乎？又嘗聞之，太夫人共儉以自將，威惠以御家，而宗黨化之。夫共，仁之輿也；儉，仁之節也；威，仁之質也；惠，仁之澤也。具兹四德，以享永年，故曰仁者壽。惟公敬德禮賢，節度制用，屏除蝥害，憫恤無告。敬禮以昭共，節制以昭儉，除害以昭威，憫恤以昭惠。用能孚太夫人之仁于在在，而在在歌舞之。是以徵太夫人之壽，永永于無極。《詩》曰：「萬有千歲，眉壽無有害。」其是之謂乎！

## 通曆序

夫載事之體繫日以月、繫月以年者，何也？天之曆數存焉爾。堯之咨舜，舜亦以命禹者，帝王治天下之道管是矣，《通曆》之所繇以作也。是故曆數，天地之大紀也。父天母地而爲之子，則曆數歸焉，斯統之所在也。執中而澤及四海，則其統正矣。苟失其道，虐及四海，則其統變矣。三代而上，陽明用事，故三綱正而華夷各止其所。其間非無亂，而治日恒多，陽勝陰也，是謂正統。三代而下，陰濁用事，故臣或篡其君，子或賊其父，妾婦或乘夫君，裔夷或主中國。其間非無治，而亂日恒多，陰勝陽也，於是乎統始變焉。然則垂法萬世者，其惟堯舜乎！堯曆象日月星辰，凡以授民時也；舜在璿璣玉衡，以齊七政，凡以察時變也。《禮記》傳曰：「中星當中而不中，日行遲也；未當中而中，日行疾也。」日之所行，即爲黄道歲差，則日與黄道俱差。故治世必以中道，而法天則視中星，以考歲差。惟慎夫日軌之變焉，所以修省而日兢兢也。孟子曰：「天之高也，星辰之遠也。苟求其故，千歲之日至，可坐而致也。」故凡治曆，必以日至爲元者。

七政齊起之初也，十九年爲一章，而氣朔俱齊。四章而復於子之半，則謂之蔀。漢初去三代未遠，三統四分之曆猶與天合。光武而後，不復可行，章不及蔀，而氣朔寖謬錯矣。自是曆法庚革，亡慮數十家。何則？日行非遲則疾，不循其軌故也。聖王不作，中道不建，象緯應焉，災疹臻焉。天人合一之理，固章章如是邪！是以《通曆》之作也，三代以前則詳，三代以後則略，凡以陽明陰濁之判也。道雖未盡由中，而澤究於民久，如漢、唐、宋，則亦詳其事，以正統書之。篡臣如寒、新、晉、隋，賊子如隋廣，與凡不受命於先君者，女后如吕雉、武曌，裔夷如蒙古，雖竊有天下，則分書其年，以見天之曆數不在其躬云爾。正統既絶微而能繼，如漢之玄、備，宋之昰、昺，亦大書之。非篡賊而全有天下，如秦政，則亦權與之。凡至朔同日則書，重曆數也；曆法庚革則書，欽天道也；象緯變異、災疹重大則書，驗人事也。

自包犧以至于帝佶，歷年甲子，疑以傳疑。堯舜以來至于元季，始書甲子，皆繫至朔一章之日，通紀治亂，凡三十六卷云。凡有論斷，壹是律諸中道，皆先哲之格言潤色之而已。若隨時庚革曆法，則因年書事，亦不分章。是故曆象有所紀而後天理明矣，是非有所衷而後人心正矣，正統在所必存而後陽類勸矣，變統在所必黜而後陰類懲矣。是則《通曆》之作也，非徒載事而已也，天下固無道外之事也乎！

## 贈尚寳卿江理川序

廣俗自昔惇倫明誼，譽髦之興，藹藹如也。頃年以來，澆訛或櫱其間。嘉靖戊申，大方伯蒙溪張公行予鄉約，旌賞孝行二人，以風厲之，而士氓知勸，然亦弛有間矣。理川江公來董學政，乃令諸生講肄《孝經》，臥碑而凡修諸其家者，廩餼不以文廢。行苟有玷，雖有冠倫之文，必絀弗宥，由是樂育之下斐然嚮風。會膺簡命，晉南京尚寳司卿。將行，郡文學王子帥諸生詣予，俾有言以贈。

予惟公之學政，行古之道也。《大學》言君臣父子與國人交，各有當止之善，曁齊治引《詩》，而五倫備矣。有虞氏之米廩，夏后、殷周之庠序、學校，以至我朝設教，名堂皆以明此，而必自窮理始焉。夫萬物盈天地間，其理皆備於我。惟窮物理，勿淆以欲，則善日以明，誠日以存，本之心身，推之家國天下，同歸諸善而有餘裕矣。善也者同然之理，所絜以爲矩者也。治平之源，泝自格物，分雖殊而守則約，豈非一貫之道哉？

洪惟聖祖高皇帝誦法孔子，盡倫盡制，爰作六寶，以昭乎于上下四表。自尊親以逮親親，由敬天以及勤民，邇而禁旅符牌，遠而裔夷勘驗，皆司卿掌之。皇極敷言垂信萬世，而命德之章，必倫理爲先。傳曰惟善以爲寶，又曰仁親以爲寶，其是之謂乎！公之身教動循物理，士論歸焉，蓋有得乎一貫之道者。繼自今光贊聖皇至善之治，厎于丕平，寔優爲之，自本而推，純粹昭明，寔天下之寶也，豈直掌兹重器已哉？予雅辱公知，重違師生之請，故力疾爲之敍。

## 肇慶府志序

予讀孔氏遺經，《周易》理至精也，《翼》《繫》惟約其辭，而其指博，《詩》《書》載道該事，則弘且遠矣。風化經綸之迹，鳥獸草木之名，傳心立教之源，奇瑰聱牙之誥，膚近悠緬，靡不録焉。事有正變，固當爾詳也。《春秋》賤霸功，思王治，謹嚴於一字襃貶，而天子之事炳然明矣，其聖志之見於行者乎！遷、固而下諸史，文有工拙，而紀載源乎《詩》《書》，襃貶祖乎《春秋》，舉相似也。郡乘乃史之支流，具體而微者，其所裒集，惟恐文獻之不足，又焉用約哉？世俗例以攢造視之，寂寥斷截，排列姓名，識者每以菟園册簿相詬病。雖或梓行，薦紳先生羞道之矣。

《肇慶志》修自宋時，有李宗諤、張宋卿二家。厥後丁伯桂守郡，重加删潤，務爲簡略，而文獻散逸，不復可完。國朝正統、成化中，凡兩修輯，竟未鋟梓，蓋猶病其略也。嘉靖丁巳，予力疾供通志之役，而志以録本至，乃郡人侍御陳君九成偕諸俊彦廣摭而成者。越二載，海鹽徐君鷁來知郡事，首以文獻爲重，禮延鄉諸進士補厥散逸，而陳君仍綜其綱。會通志告成，悉從彙收入，列圖於前，而次第爲志，凡十有八卷云。

於戲！天施地化，人事之紀，其具是矣哉！夫公事有陰陽，風土有剛柔，匪協以仁義之心，則競緑偏忒，而罔孚兹郡也。蠻陬夷徼，重山數千里，而端溪合流，東枕于海，西趾蒼梧，川陸亦鴻且駿矣。傳曰：「東爲陽中，萬物生焉；西爲陰中，萬物之所成也。」故高固相楚，進《鐸氏微》，而陳元傳《春秋》於封川，董正倡《詩》《書》於番禺，而莫宣卿擢倫魁於開建，張文獻兄弟顯於曲江，而李積中奕葉興於四會。迨聖明初造，何真東附，李質西懷，德威敬應，迅於桴鼓，則夫霦霦賢俊並盛于今，又可知也。用是觀之，氣機之動，有開必先，蓋其所由來者漸矣，豈非陽待陰成之象乎？

方今西開督府，東承藩臬，文恬武熙，宜若無事焉者。然中縣之民，其性柔以文；溪峒之民，其性剛以質。漢高帝有越人好相攻擊之詔，迄吴步騭、衡毅，猶鬭於高要，則剛恒勝柔，亦習俗使然也。是故利之大者莫如西水，害之大者莫如西山。蓋鬱、浪南馳，三江合一，則大浸稽天，庶鱻爲峽之所旋束，民恣取之，售輒百金，固天地自然之利，而亦天下之所無也。陽春、雲浮之野，西抵羅滂，猺獠叢焉，弄兵潢池，如在衽席，往往勤兵，莫或靖之。然廣寧開縣，逖聽風聲，能無悔乎？官惟營屯，甿自保伍，相機鵰剿，所得鹵獲，因以予之。服則招其子弟，誨以社學，使歸於里廛，有生事之樂，以易其跋涉攻剽之勞。如是則險阻日以清夷，吾人得以務利遠害，此固仁義之施，而甘寢秉羽之績所由樹也。《詩》曰：「不競不絿，不剛不柔。敷政優優，百禄是遒。」其殆徐君梓志之心乎！

# 泰泉集卷第三十七

## 序丁

### 春日草堂雅集詩序

嘉靖壬辰，維莫之春，招邀二三子集于粤洲草堂，樂有朋也。于時融風徐來，草木訢動，嚶鳴相求，適與心會。援琴而歌，分韻而賦，詩成觴既，二三子請曰：「兹什也，其舞雩詠歸之音乎！昔者嘗竊聞之，春秋之世，志休否而反諸泰者，道莫大乎仲尼。然鳳鳥不至，麟且見獲，居夷浮海之歎興矣。其誘諸子言志也，將經世以開來也；其與點之忘世也，以道之弗行也。今夫子陸沉金馬，出董學斆，歸而休焉，以共有今日之樂，故曰『兹什也，其舞雩詠歸之音乎』！」

或曰：「有見於爲邦，無見於爲道，三子者之撰也；有見於爲道，無見於爲邦，點之志也。點雖見與，而爲邦者終亦韙焉，將焉衷乎哉？」泰泉子曰：「唯唯否否。舞雩詠歸，其果忘世也乎哉？忘世非聖也，違道非邦也。舞雩詠歸，其非忘世者哉！對時育物，同乎人而無我，而何容心焉？胸次悠然，上下與天地同流，天德也，舉而措之，王道也。必使民勇且知方焉者，必使民足焉者，必爲擯相焉者，雖皆爲邦之才，惜也有我而未大也。仲尼之道，絶意、必、固、我之私，而用舍行藏，何容心焉？故曰『天何言哉，四時行焉，百物生焉，天何言哉』！安老懷少，綏來動和，而物無不獲，是無心而化成者也。天體物而不遺，仁體事而無不在。育物，仁之理也；同人，仁之量也；上下同流，仁之用也。他日，孟武伯問三子者之仁，夫子皆稱之如其志，而仁皆答以不知。是則點之志，志於仁矣。雖若不屑於用世，擴而充之，心無非事，是爲道也，寔亦可以爲邦也，其斯點之所以與乎！

「嗟乎！由仲尼而來，濂洛關閩，聞而知之矣，何王道之終弗行也？蓋王道本於天德者也，其體誠醇，其業誠大，其功誠遠，其化誠緩，故行之難也。體誠醇矣，矯僞襲取之術售焉而漓；業誠大矣，清静浮誕之習狃焉而狹；功誠遠矣，富强近利之謀用焉而陋；化誠緩矣，刑憲操切之政章焉而促。是非行之難也，絶有我之私之難也。故仲尼之道大矣，而天下莫能容。點也狂者進取，有見乎其大，不屑乎其小。可與適道以達天德者，其惟點乎，其惟點乎！二三子其識諸。」因書以爲序。

## 樂典序

樂之爲道，大哉深乎，殆本諸心者已。其大也同天地之和，其深也洞鬼神之奥，故窮神知化，乃能興樂。黄帝始爲《雲門》清角，益以《咸池》流徵，英韶萌焉。唐虞之際，爲天下而得禹、皋陶，庶績萬幾之外，宜若弗遑焉者。顧乃欲聞音律，出納五言，何知不偏物而爲此規規也。誠見夫聰明明畏，天因乎民也。君臣同德，政在養民，九功敍焉，《九歌》勸焉，而《九韶》興矣。率舞允諧，寔神禹之聽致然爾，命夔典之，豈其所能作耶？嗟乎！古樂之亡久矣。然《周官》歌奏，徵諸虞謨商頌，何其符也！分律同以爲六列，合三才以爲九成，大樂固與天地並存矣，夫豈難知者哉？周衰樂弛，仲尼忘味於齊，擊磬於衛，語大師於魯，蓋求諸心也。道不離器，君子學道，其務實如是。世乃駕言心學，諉有司存，然則二三聖哲非與實不中，其聲斯竅也已。

憶少時先公出所藏《樂雜記》，而教詔之曰：「古者樂紀宫角，諧中音也，小子其盍考諸？」退而卒業，然算及星曆，未之好也。嘉靖庚寅，荒遁粤洲之麓，乃始玩悟，參伍凡十有五載，而後成均之法頗有明焉。夫河、洛，天地之中也，而圖、書是之自出，其樂之元乎！水、木、火、金成于土，知、仁、禮、義歸于聖，天人一而已矣。宫往而必返，商分而實合。倡以羽角，知仁交際，萬化出也；和以徵商，禮義交際，萬化入也。琴瑟，宫也；鐘，羽也；磬，角也。管以定絃，金聲玉振，而諧中音以爲節，此則夔之所以擊拊者也。否則六十調八十四聲，其文繁矣，曷從而合之？惟夫陽倡陰和，一變爲七，七變爲九，而復于一，則凡君臣、父子、夫婦之綱，親疏、貴賤、長幼、男女之紀，六府三事之敍，養民阜物之理，畢形於樂，而星曆通焉。而今而後，乃知大樂之必易也，其諸體天地之撰乎？

竊不自揆，輯古訓而通釋之。黄鍾至中吕，位乎陽者也；蕤賓至應鍾，位乎陰者也。器數以辨之，歌奏以合之，爰述《樂均》，上下十有二篇。聲物類體，本乎氣者也；歌風音律，奉乎聲者也。窮本知變，爰述《樂義》九篇。大司樂所掌，竇公所傳，其出自周公信矣！苟能通之，六樂可作，爰述《圖説》，而以《樂記》《詩樂》終焉。名之曰《樂典》，典樂故也。隆平之世，稽天於民，心審而耳決之，豈無禹、皋陶其人乎？英韶復興，庶其在此。佐雖癖于好古，罪不敢辭。《詩》曰：「嗟爾朋友，予豈不知而作。」此之謂也。

## 送光禄卿王兩洲序

吾廣左轄兩洲王公被簡命，遷南京光禄卿。瀕行，予與侍御黎子貫諸薦紳，餞于江滸，咸俾予有言。無何，郡縣群吏踵至，亦咸俾予有言。予辱交於公素厚，敢徒黯然已哉？

竊惟《書》言：惟辟作福、作威、玉食。天下之柄，亡若三者之大也。今之仕者能福人，能威人，則沾沾然喜矣。夫禮始諸飲食，而玉食又王禮之崇者。福威與埒，顧或不之貴，何也？且饗以示恭，與饗大神同，燕以示慈，與燕大老同，非饗燕而親賢立賚，則飫是也。《薹飫》見於《書》而逸其篇，蓋帝制之隆也。《篤公劉》之詩曰：「飲之食之，君之宗之。」其飫之云乎。禮及異姓，則爲之君，而非賢不與；禮及同姓，則爲之大宗，而非親不與，三代以來未之有改也。殷末之臣昵加賢，疏踰親，而禮隨國以壞。故武王之飫群臣也，作《支》戒曰：「天之所支，不可壞也。其所壞，不可支也。」嗚呼重哉！

我聖祖皇帝建都于南，設光禄寺職掌玉食，而祭祀饗燕是之自出。飫以酒飯，日惟其常，而命名與大夫之穹階寔同，蓋享天禄而有光耀者也。故當是時，退朝則光禄卿日進饌者三，文武勳戚左右侍食。文學如宋濂，則親與賡詠；政事如茹瑺，則遣餞其家。明良接席，更僕莫數，職有不稱，每食輒斥，故大官膳、醞人，真以爲天所降也。因此觀之，豈不與福威埒邪？施于正德，駕幸南都，嬖倖厭珍鼎，親賢甘糟糠，亡足勸懲者矣。

嗟乎！禄固天禄也。饕餮是富，天其謂何，支邪壞邪？金陵之市人猶能言之。夫公出自銓衡，荐布藩政，德業章章，而有兹行，乃視之泰然，大臣之度固如是哉！雖然，仕禄之故籍可稽也，世道之窳隆可睹也。賢而不素食，與公同德者若而人；不賢而素食，與公異德者若而人。周詢以審之，載筆以紀之，俾既往有所榮辱，而方來以爲用舍，是固聖明操三大柄之一助也。公夙傳《春秋》家學，而胸中冰鏡素明〔一〕，蓋優爲之。嗟乎！公之兹行也，而豈徒哉？

## 草堂對月詩序

夫大庖之鼎，調和五材，變化應節，甘而不餵，淡而不醴〔二〕，味之至也。自非易牙，莫能辨其美。清廟奏疏越之瑟，聽者莫不和敬，然好竽之國，至門則禁，紉蘭孰不願以爲佩而逐臭之？夫辟而去之，

〔一〕「冰」，萬曆本作「水」。
〔二〕醴，原作「醴」，今據萬曆本改。

何則？智有所不通，而嗜好之趣異也。語曰：大味必淡，大音必希；大道亶亶，知德者希，豈非諒哉？矧夫鞠頑生匿，觖望宣怨，讒人高張，志士扼腕，此巷伯所以陳雅，中山所以聞樂而累欷者也。

屬者豫陽子陳臯吾廣，董正庠序，烝我髦士，以就賓興，拔置魁壘，盡入高等。乃有匿名飛語，嘲其不知人者，賴部使者明察，讒卒不行。其年秋七月望日，予會諸朋于粵洲草堂觴焉。于時明月初滿，倏值雺曀，清風徐來，廓焉已昭，咸作而稱曰：「嗟乎！斯豫陽子之謂矣。」於是瞻望樂甚，弦琴歌之，或製寶月之賦，或賡擊壤之詩。自陳紹文而下凡二十人，其不成詩者二人，陳道、彭大年；繼至而賡者二人，凌世科、招爲龍；非豫陽子所造士，先舉于鄉者一人，鄺元樂。凡爲賦一首，古詩二十又一首，渢渢乎其成章也已！

予乃告之曰：「月之時義，如斯而已乎！居，吾語女。夫月含貞內照，非若火炎炎然可以觀和衷矣，故曰『衆人焚和』。月固不勝火，離畢經箕，從厥攸好，可以觀順軌矣，故曰『月之從星，則以風雨』。弦望不愆，萬里同晷，故能得天而久照，可以觀貞憲矣，故曰『播五行於四時，和而后月生』。是以三五而盈，三五而缺。斯三者，輔世之善經也。夫衷不和則其威逞，軌不順則其性咈，憲不貞則其令熕，君子之所以病夫道消也。是故和衷以率民，則不怒而威；順軌以拊民，則不賞而勸；貞憲以宜民，則不言而化。豫陽子蓋優爲之，吾于其敷教徵焉，而女未之及也。」居無何，而賢能登天府。凡豫陽子拔寘高等者，皆褎然以登。於是部使者下所司，致幣以旌豫陽子之知人。輿誦翕然，謂歷選董學之知人者，無若豫陽子云。

郡邑諸文學唐君燦輩群而諧予，俾有紀。嗟乎！予奚言哉？對月之什，則有徵矣，乃序以贈豫陽子。

## 南戍稿序

人有恒言曰：詩能窮人，又曰：詩能達人，是安所取衷哉？窮、達者，時也；裕乎窮、達者，道也；秉窮、達之權者，君也。有人於此，其心放，其性鑿，其情蕩，其聲麗以淫，哀以怨，是豈可以言詩乎？吾知其雖達，而終必窮也。有人於此，心通乎道，性定而情和，聲依乎正，而修詞立其誠，是豈不可以言詩乎？吾知其雖窮，而終必達也。

昔者周公遇變居東，貽王《鴟鴞》之詩，以未有室家爲比。成王感悟，迎諸郊，而相亦惟終。召公當平世，從王游歌，而矢《卷阿》之詩，終以車多馬閑諷焉，其後野無遺賢，治致刑措。蓋深有味乎其言，而崇用之也。周公善處乎窮者也，召公善處乎達者也。至于今誦其詩，審其音，温而直，婉而不謟，悒而不菀，含章而有則，聞之者有餘感焉。於戲，兹其所以爲三代之聲也乎！

大中丞東渠李公，以治獄詿誤謫戍端州，間輯其所爲詩，名之曰《南戍稿》，以遺子孫。授簡俾予序。予惟公襟度夷曠，言行純正，有大過人者。故其爲詩，雖在窮阨，無幾微哀怨，而愛君俟命，一槩於道。其音律俊逸和平，譬則飄風自南，灑落梧桐中，翔千仞之鳳凰，聞雝喈之遐韻，令人快覩諦聽，自不能已也。詩能達人，則《卷阿》之遊，舍公誰邪？方今聖明以孝德御極，公之子内臺都事錞陳情代戍，薦紳無不羡其孝者。感動天聽，賜環蓋將有日。《君奭》明農，誰則聽其去哉？吾以是占公之終必達也。

公名璋，字德方，浙江景寧人。係籍京師。起家弘治壬戌進士，累今官。巡撫未久，遽有兹謫云。

贈别王一江序

正德庚辰春，予與一江公同舉禮部，需次于廷。明年，始各守官，往來猶未始數數然也。嘉靖庚寅冬，公自豫州來贊吾藩輔，予方遁歸將母，始數過從，相與論心，罔弗孚也。明年，部使者廉政行，特薦于朝。公聞之，慮嫉者陰中之傷也，問於予曰：「吾可以去乎？」予曰：「可哉！諺有之曰：『物忌芳潔，人惡其上。』雖然，貧且賤焉，憂之掇也，子能堪之，奚而不去？」又明年春三月，報罷，公笑曰：「是遂吾心也。」甫生子，則名之曰休，以志喜云。凡厥庶民及其在官者，則奔走群拜，泣向予，俾有言以白公德政。予問舉其姓名以語公，公駭曰：「此皆予所素弗識者也。」及行，則又奔走群拜，泣向公。公眂其面曰：「女爲誰邪？而褰我裳邪？」皆哽咽不能舍，亦不能以姓名對。

烏虖！公以何道使之然哉？其素心固游乎貴富之外者也。是故至貴不待爵，至富不待禄，是之曰古之至人，故能不以利滑中，不以欲焚龢，鶉居守雌不以自少，光被宇内不以自多。嗟乎，公之心久矣其與天遊矣！進若辱，退若福，順而利之，不見熙且穆，逆而害之，不見其不足，予言又安能以白公？嗟乎，公行矣哉！天不能違員，地不能違方，日月不能違晦明，道不能違弛張，時不能違行藏盈虚。息禪順以爲經，葆我醇以執誠，萬物營營而紛莫之敢攖。今之至人，非邪？故曰：「天爲蓋，地爲軫，善用道者終無盡；地爲軫，天爲蓋，善用道者終無害。」嗟乎，公行矣哉！

## 新會縣志序

新會邑于宋開寶甲子，凡五百三十有五載。爲弘治戊申，嘉魚李世卿氏乃撰志。又四十載，爲嘉靖己丑，邑士容翹輩踵成之。會常熟張君侯公儀至，覽之歎曰：「猗乎！圭山報祀，曷爲詳於圭峰乎？非制也。類白沙陳子以薦舉而序諸貢吏之間，抑舛矣。」乃就訂於予。予病未能也。及長樂陳君侯士興至，則又懇予曰：「夫植三綱之謂道，通三才之謂儒。圭山、白沙，昭在兹邑，是惡可無紀，子盍筆諸？」予乃發例，俾門人述焉。惟土地、人民、政事，侯之寶也；惟庶、富、教，政之經也。循李氏舊本而加緒正，可矣。於是蒐羅芟潤，定爲十有八卷云。

首之以《縣紀》〔一〕，存帝制，傷宋亡也；表《秩官》，恪位著也；表《人物》，章黎獻也；建極開人，奠

〔一〕「紀」，原作「祀」，今據萬曆本、萬曆刻本《新會縣志》所録黄佐序及卷一《縣紀》改。

厥有土，故《輿地》次之；分土域民，爰有政事，故《規制》次之；政莫大乎厚生，故《版籍》次之；庶則承之以富，故《食貨》次之；富則承之以教，故《禮教》次之；《藝文》，教之餘也，故又次之；教成而人文焕矣，故《世家》次之；樹實流聲，以昭勸也，圓機方外，皆所不棄，故《列傳》終焉。紀，記也；表，著也。記、著，夫文獻之大也，略者徵諸其所未足也。《世家》以崇道也，毋使氓眂猶吾魯東家也。傳者，傳也，事之可傳者也。惟張君侯謀厥始，惟陳君侯成厥終，載筆則南海蕭廷相，繕寫則邑士湯天民、彭漢、李淳學，捐貲助工，則邑民湯子相也。刻於秋孟，凡三閱月而梓人告成。

## 壽錢封君序

方今天下隆平，《河清》《甘露》之頌讙然盈朝，而凡草木之呈異者，咸詫以爲瑞。嗟乎！天地委龢，獨鍾於人者也。有秉懿德、躋上壽者出焉，則爲國禎祥，若《詩》所稱「邦家之光」「萬壽無疆」者，其賢於四靈遠矣，而奚以物瑞爲哉？竊嘗求之，勞心力政，年或不逮懸車。野夫萌隸，黄項槁馘，雖大耋，禮猶不得與薦紳齒，是故賢而貴且壽者之難也。若封刑部主事省齋錢公，寔世以爲難而僅見者乎！公在敬皇帝時，常捐金奏減淮南諸額鹽以千數，熉海之民逋而受株累者，全活無慮萬人。君子曰：「仁矣哉，其利溥矣！」家于海門。海門之人咸薰而善良，端居正色，望之者奇衺之心輒銷。君子曰：「誼矣哉，剛而毅矣！」夫剛毅則仁，仁則壽。是以行年九十，而有孺子之容，步履之健飄如也。

或問公養生有術乎，公曰：「生也者，自然者也，用術則害吾自然，惡乎養？人亦有言：『非寧靜無以致遠，非澹泊無以明志。』吾年甫耳順而失吾偶，屏去聲色，與天爲徒，亦惟静且澹焉耳已矣！静且澹則無事，無用，無爲，無慮。無事，事之主也；無用，用之府也；無慮，慮之母也；無爲，爲之祖也。以無事事，則有事者師焉；以無用用，則有用者資焉；以無慮慮，則萬慮明焉；以無爲爲，則百爲貞焉。故能抱真葆龢而格且平，是以長生。世之人私攻乎外，而情滑乎中，出入爲構，日與心鬬，辟之司牧，弗務寧一其民，惟刑之覿，吾見其吏治之弊也。吾養吾生以是，而教子牧民亦惟以是。」君子曰：「公之言有道哉！」廣成之所以訓軒轅，不是過也。考其行，聽其言，則方膺寵禄，期頤而未艾，以底于萬壽，真我國家之人瑞也哉！

季冬十日，公初度辰也。其子肇慶太守鐸俾佐爲文以祝，遂書以爲壽。

## 贈張廉州序

人有常言，皆曰天下無難處之事。佐愚則以爲君子之於天下也，毋易也，毋難也，宜民而已矣。爲車而不宜於塗，則不足與行也；爲政而不宜於民，則不足與有成也。有人於此，造車而藏於家，曰吾規之矩之，縣之水之，無一不中度也。及駕，進則不與馬謀，退則不與人謀，豈非不嘗試之故乎？雖材美飭華，軫堅載勝，終不如王良、造父之習而利也。孟子載仲尼之道於諸侯，數數以農桑經界告之，自以天將平治天下，則莫予舍也。夫帝王之政，井田其一耳，必與封建、學校、肉刑相聯，而后相成，則其言無乃爾略矣乎！然而楊、墨、儀、衍之徒，其術雖昌，俄熄焉，而莫之攖。《詩》曰：「有力如虎，執轡如組」，孟子之謂也。嗟乎！浚民之螯吏交於上下，屠帥之畔卒亂乎疆圉，所賴以撫我而衛我者，而乃如此乎！則天下之事，未有難於此時者也。自非命世才如孟子者，其曷由處之？

予嘗與净峰張先生論經世大略，以及田賦本兵。先生上下古今，若無難爲者，且嘗曰：「道不行，則當傚孟子著書以老。」蓋談笑以相麗澤，日亹亹焉乎以樂也，庸詎知有今日之違乎？雖然，吾以爲先生喜也。廉之民敦樸鄉義，至易治也。宜民之道無他，亦惟使之相親睦焉而已矣，其要領亦至易挈也。綜之以鄉約，淑之以鄉校，儲之以社倉，萃之以里社，束之以保伍。政莫大乎教養，與祀與戎。合是五者，順民之情，立之正長，聽其自爲而遥糾勸之，譬若冬日之陽，夏日之陰，當無弗謂不宜者。予竊有志行焉，而未之施也。井田之法雖不可猝復，而使相親睦，則古今之民一也，而況於易治之國乎？苟師其意，雖帝王之政，繇此基矣。措諸天下，以揆文教，以奮武衛，復祖宗之舊章，闡聖明之丕烈，投之所向，無不可爲者。然則今日之命，其王良、造父之軌塗乎，駸駸乎萬里，蓋始自兹矣。予所以爲先生喜也。夫子之言，無亦車之藏於家者乎。博洽之學，沉毅之資，以立政宜民，乃先生所優爲者。顧於予言若有取焉，則潤澤而行之，以成予志，殆將有日矣。雖然，所望於先生者固無窮也。

## 送陸方伯考績序

聖天子躬發明德，以照臨臣工而登選之。乾坤端倪蕩蕩莫測，而一二三心膂將順不暇，故庶僚稍遷，或躋穹秩，藩轄之長，則未嘗有三年淹者。蓋圖回化理，以底熙平，將二紀于兹矣。吾省之轄石涇陸公，學行才猷之懿，蚤當大拜。每遇推陟，輿情歸焉。粤之士民，則惟恐其一朝去也。屬者涣頒大慶，用榦不庭。部使者廉公壯猷以聞，於是述職。弗行，殿兹粤土，夙夜籌畫，俾惠洽海表元元，而威靈震澹乎鬼區之外。無幾何，交夷既來，兵亦報寢，而公且考績矣。郡守而下俾予有言，以慰士民衮衣之私。嗟乎！予亦公部民也，忍能别公哉？

嘗觀於岳伯統領州郡，其制沿自古昔，施于唐宋，使相行省，委任益隆。今寔因之仕而至於左轄，亦尊顯矣哉！然都御史奉命臨之，輒視色可否以爲榮辱，真若一君二民焉者。非他也，代乘輿以巡所守權使然也。夫以品秩之埒，遷擢相及，特一轉移間耳，而歲月且逾焉。公未始幾微，見於顔色，非賢而能安重若是乎？今夫豫章之材夐然異也，必待七年而後辨夏后氏之璜，非不可以飭瑚也，必待追琢而後成鯤鵬，去以六月息，然後摶扶摇而上。迅萬斛之舟，汎乎灝漾，非烝徒共楫，則莫之能濟也。然則任重其棟乎，道遠其翼乎，堅忍其攻玉乎，濟大事其涉川乎！公之入仕二十五年矣，其敭歷練達，亦已久矣。持堅忍之心，弘匡濟之術，俟迅飛之會，以召棟隆之吉，其在今乎，其在今乎！

吾聞鄞有陸公瑜者久任方伯，入爲正卿，公之鄉人也，行俟九重特睠。俾二陸媲美，則惠洽于我寧有涯哉?於是郡守而下皆曰然。士民聞之,無不意滿。

## 贈祝憲使之湖廣序

嘉靖癸巳秋,吾廣大參白石祝公陟按察使,將如楚,謂群公曰:「予之職茲,明刑也。刑也者,成也。弼教正俗,恒必由之,用是祇懼,曷以迄于成也乎?」於是兩洲王公、石南江公曰:「子之光臨楚也,予愛莫助子,然楚之東南竊知之。夫大江以西達雲夢,左荆門,右下汭,迄三江,瀦洞庭,山險川峻,荆吴之衝也。先民倚相、靈均有作,故其俗悍烈而文。繇百粤望九疑,至于祝融之所宅,控引丹嶠,沃野彌望,虞舜狩焉,有鼻墟焉,故其俗孝悌而惇朴。」

南湖王公、竹軒鄧公曰:「敝邑楚也,子光臨予,予愛莫助子,然楚之北土,句亶故都也。遵漢、沔,跋鄖、郢,歷樊、鄧,窮郟、黄,底中原,是關洛之會,宛許之阻,申吕之所疆理也,而令尹子文、隋季梁、叔孫敖以爲之先望,故其俗愿而儉,好學而勤禮。其西土則自湘東、邵陵,以及酉陽、黔中、巴庸,蠻濮錯其間,而猶有白公春申之遺風焉,故其俗質直,好勇而不恌。」

東洲屠公、懷古吴公、豫陽田公、南岑吴公曰:「子之光臨楚也,予愛莫助子,然介在吴越,無以知楚俗也。乃若吴越與楚之故,則亦知之。昔者楚越爲瑣之役,執吴使蹶由,將即刑而其辭直,則宥之。

是知於逢吉，忠於社稷，恕於制怒，一宥而三德成焉。使遷怒而濫制〔一〕，刑其誰祥之？」閩山游公、約齋劉公、碧湖洪公、竹溪黄公曰：「子之光臨楚也，予愛莫助子，然吾閩益遠楚，無以知楚俗也。雖然，楚故則亦知之。是故蒍掩之於授賦，禮也；歸生之於刑賞，武也；北宫之於威儀，文也；申椒之於慎汰，質也；啓疆之於備晉，義也；然丹之於簡兵，厚也。厚勝則教之以義，質勝則教之以文，武勝則教之以禮。以此匡俗，于何不乂？」

泰泉子聞之曰：「夫匡俗莫若政，齊政莫若刑，修刑莫若德，昭德莫若教。今言俗必資於政，言刑必原於德，言教必徵於古。二三子可謂善言也已，予又何加焉？予與公皆出自中秘者。古我哲人〔二〕，在文皇帝時，則有若周文襄公忱，有德于蘇，公素知之；在純皇帝時，則有若劉忠宣公大夏，實産于楚，公行將知之。二公者歴歴中外，克共明刑，功在鼎彝，予不佞願公其式之哉！楚有天府，德政俶兹，以達于明明后。俾天下有無疆之休，則公亦有無疆之問。公尚式之哉！」

〔一〕「制」，萬曆本作「則」。
〔二〕「古」，萬曆本作「占」。

# 贈大司馬陶公序

聖皇繼統，威德翔洽，裨海内外。函生之屬，罔不歸仁。乃者連寇作蠹，震我粵師。惟時大司馬兼中丞南川公寔節制我軍，曰：「嘻！我視兹蠢若蛣沸蛙奮，于何弗殲？惟是赤子，若屬于㲘，拔之痛，罔不省，其何忍殲？」吾聞之也，武不可黷，寇不可玩。玩寇黷武，民用滋盜。惟畜威，德乃昭；惟豫備，患乃銷。辟則密其腠理，何疾沴之能爲？寇既伏莽久，與湘桂相犬牙，易以豕突。其尚曹伍相保，毋我藩閫，乃罔猘以蔓。司禁受畫銜訓，已於事而竣。乃命司械，櫜鍪戟纛，甲胄弓戈，罔或有不善，已於事而竣。乃命司儲，餱糧泉幣，計其奇贏，以充軍需，罔或少漁於民，已於事而竣。乃用僉謀，陳便宜以聞。乃命司戎，集漢夷官軍分哨，列爲鵝鸛，合爲魚麗，以待彼之來，惟險是阨，已於事而竣。乃命參將璽將前軍軍其南，乃命都指揮鑾將後軍軍其北，乃命僉事玭將中軍殿之，乃命僉事大珊往糾察之，逗遛者必治以律，乃命判官勉學堅城自守〔一〕。春三月，師入白芒諸寨，盡克之，群盜自殲以降，俘馘亡算。迄夏，振旅而還。

是役也，費省獲多，人百其勇。師行所至，不聞健步疾嘑聲，民獲以奠枕，公之功也。休兵飲至，

---

〔一〕「判官」，原作「判宫」。鄒守愚《連州平寇記》（《明經世文編》卷二百一）記載明朝平定此次連州農民起義經過，有云「佘君勉學以御史謫州判官」「判官勉學曰」，可知「判宫」乃「判官」之誤，今據以改。

公固辭曰：「兹惟聖皇神謀，二三子所繇以樹多也，吾何力之有？夫長民者惟利利罔遷，惟生生罔殺，惟善善罔惡。以故兵偃農狎，遠至邇安，拊循弗至，乃勤王鈇。《夏箴》有之曰：『中不容利，民乃外次。』今蠢之謂也。吾方休息之不遑，敢自功與？」知郡鄒君守愚以告曰：「時雨之澤普矣哉！師肅而勇，奇而不失其正，基于公仁故也。勇則不折，正則不肆，仁則不忍。三善備矣，故所向有成功，夫孰不歌舞之？然猶惇讓不居，以揚聖皇之休烈。猗與！公之盛美，豈有前乎？是不可以無紀。」乃俾佐颺言公之丕仁昭績，風示于無極。

## 送沈郡丞考績序

嘉靖癸巳冬十有二月，郡丞沈君侯考績如京師，届行出祖，同寅咸飲餞之，禮也。君侯曰：「經不令備官于兹土，于今三年，雖非專寄，然代匱守篆，寔有年所。唯是會府軍實，上供之所自出，送往事居，於是乎取之。懼其弗給也，則道之以儉。邇民習文，其敝浮；遠民近質，其敝悍。浮則舞智，悍則矜勇。勇智交戰，疾視其上，鬭訐日狺狺焉。懼其弗若也，則道之以共。夫民未知儉，罔訖于富；民未知共，罔訖于教。夙夜兢兢，惟觀厥有成是歉。諺曰：『勤築杵，望完堵；勤力田，望逢年。』行矣，其斯以爲永懷也乎！今此邦民，唯君其終惠之。」

太守鄒君曰：「愚不令受命主兹郡，始至于野，田廬保聚盈如也，及入于郛，閈閎廛市秩如也，既升于堂，胥吏徒皂肅如也。非三年有成，何以有是？愚承子之惠弘矣，而子猶歉其終焉，無乃過自抑畏也乎！出納程軌，柔遠能邇，惟子之從，敢謝不佞。」

通守劉君曰：「璀不令獲與子周旋之日久矣。聞諸貴陽，貴陽人無不優子之學者；聞諸全，全之人無不優子之政者。今丞于兹，政暇斯學，博洽而敏，廣人知之如貴陽人；學資斯政，公廉而斷，廣人頌之如全之人。政以富兹，學以教兹，故三年而有成也。承子之惠弘矣，而子猶歉其終焉，無乃過自抑畏也乎！富必由政，教必由學，惟子之從，敢謝不佞。」君侯曰：「嘻，有是哉！子之過譽也，敢不拜嘉？」

泰泉子聞之曰：「二三大夫知德矣乎。恭儉，德之恒也；卑讓，德之物也。言有物而行有恒，道之楨也。建其楨以在民上，用相引翼，以光輔國家，其永有孚哉！」遂書以爲序。

## 贈黄士尚序

漱邑蹺厓開宇若蓬島，然民生其間〔一〕，雖鰲耇稿於篁箐，金革罔聞。知吏兹者，不識鮴鮯爲何事。

〔一〕「間」，原作「聞」，今據萬曆本、北大本改。

其下潴流，是曰南海，接會城而近。盱其所極〔一〕，則卉服之夷，若星棋者叢焉，故其狡鷔以逞，姚治以文。時則有大蜮，閒者沖鶴作逆，析爲順德及豐湖。不靖，又析爲三水。而敝邑開治，以施于今，巋然獨完，仲尼所稱知動仁静，其明效於斯睹矣。惟是滸田膴膴，鄰我居也，日封靡而敚焉，而吾民卒莫之與較也。於是寄莊不租庸者十六，始索索然受瘠矣。染其嚚風，肆其告訐，邇時始或有之，然椎魯顓侗之性，亦卒莫之盡移也。嘗徵諸《易》，「山下出泉」，其《蒙》乎。蒙宜果，果斯行，行斯利矣。香山象之，其治必果以仁。「山上有澤」，其《咸》乎。咸宜虚，虚斯咸，咸斯通矣。南海象之，其治必虚而知。

斗南黄君初來令敝邑，僅再浹旬，而仁政洽，頌聲作。當路者豫告曰：「子第往行，且調繁矣。函牛之鼎，可小烹邪？」已而遽有南海之命。既視事注措，弛張揉柔，帖疆期月而頌聲乃作。泰泉子曰：「令賢矣哉！治宜果而有餘仁焉，治宜虚而有餘知焉。非君之才，頓爾殊也，通變宜民，當如是也。雖然，天地之道，亦知仁而已矣。執此以往，輔相天子，其在兹乎！」無何考績，敝邑雖黧耇皆送之，且蘄信宿之留，南海如之。會報君被召，乃皆曰：「嗟嗞乎！曷其留乎？式遄其驅，天子有召。」於是敝邑鄉令問贈言，泰泉子夙知君者，則告曰：「天子之召，夫豈徒哉？其斯而已矣。」又曰：「嗟嗞乎，賢矣哉令！」

〔一〕「盱」，原作「盱」，今據萬曆本改。

## 贈林參軍序

旗峰子丞肇慶，陟參南京右軍，蓋顯庸之漸也。或曰：「兹遷也，上弗近君，下弗近民，無乃非顯庸也乎？」參戎雪厓子以告，俾有言，以紓士民𣬛𣬛之懷。泰泉子曰：於乎！何事非君？何使非民？昔者莘摯納諸堯舜而誓躬見之，君民固一體也。分廊廟江湖以言憂，余不謂然。語曰：「東南射兕，西北其矢」，雖羿無能爲，何則？相左故也。使圖利其君而遺其民憂，專在民而後其君，流患兩集，欒將何由？今堯舜在上，而旗峰子又夙有志者，兹非逢時之會乎？

夫留都，根本重地也。民非軍不衛，軍非糧不資，京輔民力日竭，胡以轉輸？王鈇日鈍，將卒方寢羽而酣，使萬有一不虞之戎，胡以應之？吾觀姬周有道之長，雖宅鎬而猶保釐東郊，張皇武備，故其詩曰：「韎韐有奭，以作六師。」言保治自君也。盤庚遷殷，諄諄令其舊都有衆曰：「無總于貨寶，生生自庸。」言藏富於民也。今之留都，商之景亳，周之東郊也。軍府吏局雖若閑散，然上下鈞有是憂焉也已，豈無長策以保我聖明子孫黎民者。旗峰子之顯庸，端其時乎！絺奏功於夏，而狐貉之温顯於冬者，時也。行矣哉！予方明農于野，擊壤而歌曰：「白雲出山，化爲霖雨，從飛龍兮龢下土，猗褐之父兮無德與汝；白雲在山，化爲煙霞〔一〕，翳猿鶴兮覆蟲沙，猗褐之父兮永以爲家。」

〔一〕「霞」，原作「霧」，今據萬曆本改。

# 泰泉集卷第三十八

## 序戊

### 贈大司徒錢公序

昭代立國規模，其大且重者有二，曰西北戎馬、東南財賦是已。夫鏦矛引弓之民，環燕雲、燉煌而國者以百數，且密邇甸服，天子自爲居守，而三邊七萃，旦夕仰給，皆揚州乎取充焉，矧又御用匪頒是之自出，輸獻漕輓亡虚日，然則留都之務，劑量度支，豈非尤重且大者邪！

歲丙申，大司徒員缺，儉庵梁公上疏請往，有旨留之，而司馬兼大中丞桐溪錢公釋百粤戎務，寔膺簡命。蓋南北二曹政體相聯，二公又皆偉人也，辟諸股肱耳目焉，必有兩而後成其身。聖明權度精當若此，而天下之尤重且大者，公獨當之，倚毗可謂隆矣。公將戒行，廣州守令以予部内民也，問言焉。

嗟乎！經濟宏猷，在公素定，而奚以予言爲哉？然嘗竊論之，成天下之事非難，惟紊其先後之患；理天下之財非難，惟昧其輕重之患。今夫毒螫切乎床簀，茀之乃獲奠枕，如其飛乎幙外，亦惟聽其翾翾而已，兹則戎虜與蠻荒之辨也。

聞諸故老，洪武中會計天下財賦，聚之金陵，顓以備邊，而海島則每優容之。聖祖彝訓，有足徵保者矣。永樂以來，交廣屢勤鈇鉞，每羽檄旁午，先已鳥舉亡迹，吏士甫銜令裹糧而馳。比罙入，則蕭然惟蓬藋耳。駐則反倏爲所屠，其伐之不可得，得之不可守，大都如此。昔者有周中興，方叔惟讋朔方，則南蠻自湯，故《詩》曰「征伐玁狁，蠻荆來威」〔一〕，召虎之靖淮也。徹井其田，俾有蕃殖，民用底定，故其詩曰：「于疆于理，至于南海。」由是觀之，先後輕重之筭，非獨今日然也。

公來視師，嘗蘊其馮河之勇，而將之以藉茅之慎，窮谷民萌賴有息宇，其福我百粤［亦］洽矣哉〔二〕！執此以贊廊廟，用普施文德，則予雖不敏，尚能對康衢而歌之。乃若節費養財，俾西北門庭無宿憂，則公所素知，固無庸以予言爲也。

## 送左方伯張公序

始予竊禄京師，則聞西蜀張氏伯仲名。伯給事中曰濯江公，仲刑曹郎曰犀浦公。雖未内交，然每馬上相揖，心知其賢也。既遁歸賁隅，乃聞犀浦公以右轄來旬宣，心又竊喜。遲之久乃至，蓋取道衡

〔一〕「來」，原作「耒」，今據《詩經・小雅・采芑》改。
〔二〕「亦」字漫漶不清，今據萬曆本、粤圖本、北大本、暨大本補。

山隃郴嶺，下韓瀧，銘乃顯考之故迹，語次輒齎咨涕洟焉，以是知公孝。及旦夕過從，出所爲朔鴻春草之詩，其聲清以越，婉而不倨，渢渢哉其有睽合之思乎！蓋思濯江公也，以是知公友。嗟乎！懸弧之志，過廷之教，誰則無者？方公爲孤童，侍乃顯考終時，豈知伯仲有今日哉？以是知詒穀離祉之有自來矣。居無何，陟左轄，徙治閩，吾士民愛戴之不忍舍。雖稔治於廣，有弗逮焉者，又以是知公德澤入人之速也。方今濯江公以京兆少尹久官於朔，而公歘歷中外，自滇而荆，而廣，而閩，雖南北每每相望，而名位聲光實相埒。諺稱難兄難弟，嗟乎鮮哉！

夫唐虞聲教朔南暨。徵諸史牒，朔，北戒胡門也。四方之極，北辰在焉。於《易》爲《坎》。《坎》也者，萬物之所歸也。故厥土勞，厥民剛。剛則治宜寬，寬而裁之義，則知愛。荆閩，南戒粵門也。珠貝環琛、犀象果布之利甲天下。於《易》爲《離》。《離》也者，萬物皆相見南方之卦也。故厥俗富，厥土沃，厥民柔。柔則治宜嚴，嚴而出之仁，則知畏。今制凡尹京兆、位左轄者，例有大中丞之拜。繼自今去爲卿佐，豈遠乎哉？矧我聖天子中和之極，協乎唐虞孝弟之道，光於神明，即擢公於朝，俾與濯江公敷政相濟，則底于中焉耳已矣。明作有功，惇大成裕，固亦古大臣匡天下之心也。公實優爲之，况於同氣同心，其何不乂，而矧德爲之基哉！《雅》不云乎，「張仲孝友」，敢重以美公。公戒行有日，鄉薦紳問贈言於予。予故舉公之最大者敍焉，蓋不特爲閩人之賀而已也。

## 贈鄒太守入朝序

古者三年大比之制，登萬民之數，獻之于王。王拜受之，登于天府。拜者何也？重天民也。考其德行道藝而賓興之，獻賢能之書于王。王再拜受之，登于天府。拜之而再者，何也？重天民之秀也。故諸侯述職，則稽其民數之多寡與賢能之多寡，而慶讓之。惟我有邦，昔稱昌阜，人文亦甲于多方。乃者訏犴滋興，商舶不通，窮悴之民十户而五；海寇作戾徵兵，荐飢流移之民十户而六；豪獷爲梗，擇肉傅翼，捐瘠之民十户而七。愁嘆嗷嗷，于何能寧？惟一山公率其僚屬，秉廉執誠，以喣以休。民咸曰：「天不遺吾民，乃畀我公生我哉！」故負版之登，上下無間言。學術既裂，士心弗臧。勦説以紉贅，則其文艱以晦；叛經以騁放，則其文僿以縱；趍徑以簡易，則其文疏以踳。誾誾秋秋，于何能常？惟一山公拔其尤者，館餼而課試之，乃克譽髦，冠倫魁。能士咸曰：「天不遺吾人，乃畀我公成我哉！」故賢書之登，上下無間言。

歲乙未春，當述職，覲于我明天子。例以今歲秋九月戒行，同寅諸大夫餞之，俾泰泉子言以贈之。嗟乎！振民育德，適觀厥成，我公可以藉手而見上矣。吾聞民生非貧寡之患，囂虛而無教之患；士非致用之難，用而不負所學之難。諺曰：「室廬多者其土銷，枝葉苑者其根摇。」此言雖鄙，可以喻大。漢良二千石每賜召見，詢民疾苦，考吏治得失，相與圖回建事，故守令有入爲三公者，其猶有古昔之風哉！我公覲我明天子，將承寵召，受便蕃之錫，嘉謨入告，尚亦揆厥本元，以嘉惠天民於無疆，則休其永乎矣。《詩》曰：「君子來朝，何錫予之？」上惠下也；「彼姝者子，何以告之？」下報上也。故公之出祖也，酒行衎衎而樂作，同寅諸大夫爲之賦《采菽》、干旌云。

## 送彭道亨序

余嘗洞觀方輿，而知九丘之大，猶之身也。燕冀，首也；齊魯在其左，秦蜀在其右，手及肘也；河洛居中，心腸相屬；山宗崑崙，爲骸之束；島夷僰道，其足也；自淮而江，而浙，而閩，而南海，坦然腹也。夫揚土獨半天下，何也？《易》曰：「萬物相見乎離。」《離》，南方之卦也，是故人文霦霦盛矣。河日徙，則道亦日南，《離》象也。世稱天旋地轉，閩浙反爲天地之中，視古河洛，而吾廣視鄒魯，豈非以人重哉？

嘉靖丁亥冬，余修郡乘，從化掌教廬陵彭君道亨寔來左右余，德性温柔而學識卓犖，余聳然敬之。時質以前所見，輒嘆曰：「嗟乎！生斯土也，志斯道也，而不及人，非夫也。」嗣後學益充，而問望益章，部使者纍薦其賢。今年秋，閩藩聘爲考官，且例當會試如京師，其弟子員群來請贈言。予謂之曰：

予言奚爲者哉？道亨之所自得者深矣。今其人有忠藎之謨，經濟之猷，非腹其胡蓄之？皇皇然祓飭盥櫛以衛其頭目者，未始旦夕廢也。道亨起大江之西，譽髦吾廣之人士，茲往吾朱夫子之闕里，以考其人文，凡所以富其胸中者，不啻雲夢八九。而又泝淮而北，循河洛之濆，底于燕冀，見我明明后，元首股肱，喜起相賡，又自茲始也。夫闡謨猷以告君，是發其腹笥之類也；拔人材以輔君，是求祓飭盥櫛之具之類也。非通於大義者，不足以語此。漢人有言：「有國者不可以不知《春秋》，爲人臣者不可以不知《春秋》。」《春秋》，禮義之大宗，而道亨所素業也，矧其所自得者既深矣乎，而奚以予言爲哉？

## 壽陳天游序

伯成子高釋諸侯而耕，禹朝諸沛澤之中，請以天下聽。伯成子高芸而不顧，徐微睨曰：「唉！恢恢乎宇宙哉，奚往非適也！歸休乎君，無以落吾事爲！」禹齞齘而退。齊仲父相桓公，出則佶牡如籠，旝旄如虹，萃車之士持闟戟而前噂，萬夫避途。遇甯戚飯牛於埜，請載與俱歸，戚矉蹙而對曰：「子將恤我窮而禄我乎？凌霄之木，生於千仞磥砢之山，猨玃棲其上而顛。吾得之，炙以雉膏，以飯彫胡，至于今腹猶果然也，請俟他日。」扣牛角，歌而遁。仲父慚而追之，不及，因築三歸之臺以老。雀入大水而爲蛤，鯤徙於天池而爲鵬〔一〕，之二蟲自以爲適之至也。海若訟於風伯曰：「雀，微禽也。子力回之，投畀吾宅。吾鯤之大，不知其蔽幾千萬里也，乃搏扶摇而致諸。」風伯叱而噫曰：「吾蓬蓬然么飂呹嘐以鼓萬竅，扇鴻蒙，庸詎知有予敓於吾哉？」莊周聞而笑之曰：「彼且去飛而潛，潛而忘飛；彼且去潛

〔一〕「鯤」，原作「蜫」，今據萬曆本、北大本改。

而飛，飛而忘潛。」然海與風乃競其拘拘，彼且不能縣解，而物有結之也。延陵卓子御倉龍翟文之乘〔一〕，鈎飭在前，錯錣在後，馬欲進則鈎飭禁之，欲退則錯錣貫之，四牡旁出而逸。往問造父，造父嘆曰：「筴所以進之也，而鈎飭前之；引所以退之也，而錯錣後之。嗟乎！雖吾弗能御矣。」

泰泉子曰：「夫伯成子高以釋位爲泰，仲父鑒高位疾顛，而懼心不縣解，則六鑿相攘而不化，海若是已。多方於聰明之用而困，則延陵之御是已。是故古之至人寵辱若委，喜怒不毗，合於寥天一，而逍遥以長存。吾子陳子者，其無乃是邪！其興於南海而尹天府也，三旌之位，可坐而幾也。一旦謝而去之，天子不能强也。休乎浮丘，修學於圖南，今行年七十有一矣，而有姑射之容焉，其壽未之涯也。嘗撰《几杖》以從，見其攖天下之綦逆而不溢怒，雖綦順亦不溢喜。絀其聰明，以葆其光，而漁樵與之分席，夫是之謂入素復朴。入素復朴，以混心玄同，夫是之謂天游。夫惟天游，是以難老。」

## 兵部奏議序

人有恒言曰：「忠信爲周」，果然乎哉！有縠於此，顋而不栗，其外若可以療飢，舂而揉之，糠粃而已矣。人而不周，所謂罔之生者，其足用乎？否邪！《書》曰：「自周有終，相亦惟終。」兹一德之所

〔一〕「延陵」，原作「鉛陵」，今據《韓非子・外儲説右下》改。下文「延陵」亦據以改，不再出校。

以咸有也。予觀於先王盛時，雖持兕執殳，勇若虓虎者，皆惇慤守義，稱不二心之臣焉。降于力政爭雄，始挺而相欺，孫武子乃曰：「將者，國之輔也。輔周則國必强。」周也者，忠信之謂也，非曹瞞氏之所云也。夫穀不實而粃生，烏得而食諸？人不周而隙生，焉得而用諸？雖兵家者流，其猶有三代之遺言哉！世之儒者議兵，顧乃常謂貪詐可以器使。烏虖！本之則無，而望其建事奏功，無亦播非其種而冀食其實邪！

我聖祖皇帝軍政之規，凡冒功敓廕，必嚴誅斥，所以敦本也。承平日久，政法多偏而不起，獨兵事爲尤甚。天順末，東山劉忠宣公讀中秘書，自負文武長材，以張皇六師爲己任，同時摛藻之士每竊笑之。及當留翰林，乃慨然請任諸曹，得兵部主事。凡武職諸弊端，事涉欺罔者，建白刷振亡遺力。歷事敬皇帝，爲大司馬，嘉績蓋多于前聞人。至正德中，其名益烈。予嘗羨慕之，每歎曰：「嗟乎！東山没矣，世豈無嗣之者耶？」抱志弗售，陸沉文字間，竟無所建明於時，則又每歎曰：「嗟乎，世果終無東山邪！」及讀余子此奏，則茫然自失矣。

## 贈鄭韶州序

泰泉子輯《鄉禮》，養痾丘樊，未之能行也。鹿溪鄭大夫取而潤澤之，以教韶而韶化。其俊髦則彬彬爾敬以敦，其徒御則仡仡爾勤以恪，其畯甿則確確爾恭而野，其百工則瞿瞿爾質而愿，其商旅則媞媞爾安以敏。五善彰矣，由三物備而四禮行也。既乃入覲于天子，甫行，出所爲録以質諸泰泉子。泰泉子曰：

嘻！嘗竊聞之。《禮》曰：「君子先立於仁，則左右忠而士信、民敦、工樸、商愨、女憧、婦空空，七者教之志也。七者布諸天下，民不恌矣。」今大夫教行而善外彰，其心之仁可知。是故物也者，形此者也；禮也者，理此者也。形心之所理，是故社會立而教化行；理心之所形，是故民重冠昏而慎終追遠。昔未至韶，韶之人其猶闇夜乎！焫炬於通逵，誰則不受其明者？萬家分而灼之，萬家之明也；天下分而灼之，天下之明也。昔者陽明子與予論學，曰致良知。予曰：「盍言明明德乎？」陽明子欣然而笑曰：「善哉對乎！予曰『致良知』，子謂『明明德』，所謂燈是火也。」大夫則學於陽明子矣。韶之人既受其明矣，述職而陟明，執此布諸天下而不恌，則大夫之炬之照也遠矣乎！

## 送吴憲副序

聖皇嗣歷十有七載，稽古創制，寅念黜烝，隆孝敬以成享，上明堂乃頒詔于群牧，馨德罔達，上下逖聽風聲，罔不馳忭。屬者南岑吴公副我臬事，炎海寧謐，乃今以入賀，行禮也。廣郡百執事送之，乃問言于泰泉子。泰泉子曰：

我聞動莫越敬，德莫越容，會莫越和，守莫越儉，施莫越仁。執此五者，可以獻諸上矣。仁則力紓而民作忠，儉則用足而民作富，和則情洽而民作義，容則刑省而民作貞，敬則動宜而民作肅，是天子之所以孝宗廟也。是故《我將》之詩昭其敬矣，《維天》之詩昭其容矣，《清廟》之詩昭其和矣，《時邁》之詩昭其儉矣，《賚》之詩昭其仁矣。明堂之禮肇諸周公，以嚴事文王者也。夏殷以前，未之有也。我聖皇力行之，其周道也乎！然大享禮成，而卿雲見焉，雖周亦未之有也。昔者虞氏巡狩四岳，八伯歸而歌《卿雲》焉。八伯賡之曰：「日月光華，弘于一人。」我聖皇之孝，臻兹殊瑞，其舜之大德也乎！今之外臣，亦八伯之類也。在朝臣工賦頌盈庭，而外乃若罔聞焉，豈無如曩歲建昌守臣苟全性命之見也乎！闡揼天之詞，揚揭日之光，際舜文之旦，踵八伯之美，以播皇休於無極，其在公也乎！公老於文學，其所優爲也。雖然，予衰朽迮世之人也，其賡與否，公則有權度焉，予又惡乎知之。

## 贈宋少參序

明天子嗣大歷，服之十有七年，爲嘉靖戊戌秋八月庚戌，寔惟萬壽聖節之辰。廣藩虚山宋子豫期入賀，禮也。於戲！兹行也，躬際無疆之休哉！在昔帝王，有壽而偏安，有富而弗治，有胤而弗蕃，其謂之休邪？非也！惟有周受命，既長施于刑措之世，益臻壽考，故《既醉》之詩曰：「君子萬年，景命有僕。」惟有周王會，靡有不庭不享，獻琛在洛，富有裨海，故《卷阿》之詩曰：「爾土宇昄章，亦孔之厚矣。」惟有周文子文孫，協應麟趾，振振仁厚，亦莫不庶，故《假樂》之詩曰：「干禄百福，子孫千億。」夫既壽且富而多男焉，雖華封人之祝堯，不是過也。

今我明天子駿德如堯，治隆於周，上天錫休，施于無疆，豈惟臣工歌頌不能殫述，雖五三《六經》之籍，靡有前聞者矣。且聖躬康豫，保民至于萬年，穆穆法宫，爲下國駿厖，四方來賀，與天無極，真若北辰之居其所而永弗移也。祝聖人以壽，其有休若此者乎？交南止戈，迤北告駁，龍荒鯷海，月窟日域，無有遠邇，畢獻方物，嵩呼之日，陳厥貢珍，侈於王會。祝聖人以富，其有休若此者乎？前星既耀，而支庶之賢六七作。弘治以來，寔所未覩。《金鑑》之録，《承華》之箴，蓋有並爲乙夜之獻者矣。祝聖人以多男子，其有休若此者乎？三者皆臣子至願，而不可必得者也。今兹之行，豈惟祝之，心誠篤之。我明天子，天誠福之，故曰躬際無疆之休云。

## 贈吴懷古序

泰泉子初計偕，道遇懷古子，同車偕宿，情甚洽也。迄辛巳，得爲同年。後仕，相南北者久之。壬辰冬十有二月，來僉吾臬。仁厚明恕，留神民事。癸巳春，用兵于西山。懷古子紀厥功，凡馘五千七百有奇。築鯨鯢爲京觀，遂奏凱振旅而還，禮也。是時，泰泉子農于賁隅之野，病不能來〔一〕，迄夏乃

〔一〕「來」，萬曆本作「耒」，義較長。

間。客候見之，問曰：「噫乎！子胡頷頷然唾不少休也？吾聞人之元氣，升降爲津液，周流爲榮衛，茲固不可棄也。而亟去之，患無乃滋掇乎！」泰泉子對曰：「唯唯否否。子之言玉我也夫，然亦知夫農乎？周詩稱，藝黍稷，耨荼蓼；荼蓼不除，黍稷不生。痰火之於津液，則猶是也。辟諸良民化爲盜賊，鋤而去之，猶懼不莸，而又奚留焉？傳曰：『天生五材，誰能去兵？』《司馬法》曰：『天下雖安，忘戰必危。』是故欲知治兵，盍觀治田？知夫農，則雖天下可爲也。」客謝而退。

會郡縣諸大夫以懷古子有勞於戎，俾有言。泰泉子曰：「噫乎！吾何言，吾何言，無已則農乎！」因述告諸客者，諸大夫稱善。泰泉子曰：「未也！夫世稱后稷有相之道焉，其耕之大方也。力者欲柔，柔者欲力；息者欲勞，勞者欲息；棘者欲肥，肥者欲棘。深殖之度，陰者必得，大草不生，又無螟蜮。今茲美禾，來茲美麥。是何也？犁之欲其均也，壝之欲其厚也，故禾麥善善而惡草絶。繼自今於吾民，盍亦均之、厚之已乎？茲固聖王以人情爲田之謂也。」於是諸大夫又稱善，遂以聞于懷古子。懷古子曰諾。

## 送鄭太守考績序

吾廣左朱明，右蒼梧，北包峻嶠，南帶溟海，史遷所云一都會也。統轄州縣視他郡五倍，而軍府之事十居其七。嗟乎！繁且難矣。高凉牧葵山鄭公，以天子即阼之十六年，移來治之。又明年，計舊治嘉績，滿考而行，邑大夫而下俾予紀之。嗟乎！予賤而弗文，烏能紀哉？

嘗觀秦漢之際，尉陀初啓賁禺，華風蓋勃焉興矣。其所上文帝書，讀之今猶有餘絢焉。迨于高凉馮冼，非不雄飛虎視，然歷梁入隋，往牒故在，求一言之幾乎文，不可得也。用是觀之，廣以名郡，以鉅海也，其民多知，故其敝文且僄；高以名郡，以叢山也，其民近仁，故其敝質以悍。諺有之曰：「爲田不因地，不能成穀；爲化不因民，不能成俗。」通變制宜，民乃熙熙，公之謂也。

嘗觀諸海矣，滂如其普，如霦霦，如洓洓，如者澤也；洶如其突，如潏潏，如犇犇，如者動也；翕如其亮，如蕩蕩，如瀹瀹，如者容也；交如其貞，如瀞瀞，如瀼瀼，如者合也；匯如其歸，如殷殷，如湛湛，如者靖也。斯海之所以爲鉅也。公之嘉績，眎諸此矣。是故靖民以誼，合民以和，容民以寬，動民以禮，澤民以仁。仁者，文之本也；禮者，文之節也；寬者，文之度也；和者，文之發也；誼者，文之裁也。五者牧民之上善也。推而達之於天下，雖有驍雄悍戾，亦莫不化，於遏儻乎何有？公之嘉績，可以獻于明明后矣。嗟乎！言天下之邇，其可遠也夫。

壽朱龍華序

粵嶺之西躡上游，邇倉吾，兼受荆揚清淑，故其君子日以文；火耕水耨，而夷獠蘖其間，時或弄兵于險，故其野人日以獷。予同年龍華朱公，以少方伯守焉。始至，乘晝熊而問俗，有矜厥文者自謂陟巍登膴，公不色喜曰：「君子崇禮，文則曷施？」於是振士氣而示之禮。有憂厥獷者謂征討則勦，鈇鉞則鈍，公不色懼曰：「小人知義，獷則曷施？」於是清民訟而示之義。期月而民以寧和。

會公壽日，士頌之曰：「自我公來，眎我天明。不恌不矜，以永我慶。獲祐于天，眉壽萬年。」民頌之曰：「自我公來，屹我于城。不旲不揚，農狎于田。天其祐之，眉壽萬年。」德慶州守陸舜臣以告。予惟公交誼之日久矣，其貌龐如砿如，其質渾如坦如，與物廓廓如也、汪汪如也而有容；聽其言，確確如也如不足；發氣滿容，煦如藹如，人皆愛而敬之。自立朝以至陳臬，旬宣中外，無不頌之者，非獨嶺西士民已也。夫煦，和也；藹，温也；確確，簡也；如不足，默也；廓廓，寬也；汪汪有容，洪也；渾，淳也；坦，直也；砿，重也；龐，厚也。故曰：「貌之重厚者壽，質之淳直者壽，量之寬洪者壽，言之簡默者壽，氣之温和者壽。」先生兼有之，萬年之祝有徵矣。猗與！壽其身以及天下，豈獨嶺西之士民受其賜哉？

## 壽張桂山序

夫長嬴煽育，少皡執矩，不足以闕天經，而玄冬沍寒之極，可以知根源；神皋奥區，廣闤沃壥，不足以軫地維，而山陬水澨之交，可以占脉絡。是故貞而元，元究斯貞，貞元之間，天地之心也；静而動，動究斯静，静動之間，人所以合天地之心也。故曰：「致虚極，守静篤，萬物並作，吾以觀其復。」然則潛心于淵，必於夜氣，斯其徵乎。稽諸星土，斗牛之分，其埜爲揚，其裔爲廣州；翼軫之分，其埜爲荆，其裔爲連州。吾贔弭節洸口，度湟水，徘徊乎静福之秒；循桂嶺，入衡陽，登祝融，以臨眺牂牁之外。山益崇，海益鉅，卉服之夷環廣、連而島居者盈晌，若布棋然，何弗窮也？然後振纓嘆曰：「嗟乎！一元運太紫而二氣分，二氣接中黄而五行具。二五之英，剥復之真，其亥子之間乎。」

昔者無極翁興自荆裔，再闢渾淪，年未五百而揚裔。白沙氏接其軌，其言曰：「元神有宅，灝氣有門，而致虚以立本。」予未之逮也，而有志於復焉。既所如不合，退而修皇王之紀，闡律歷之秘，以承先志。於是桂嶺之陽張子叔庠，偕廣、連諸彦朋來，既而舉于鄉。予陳剥復之幾，以風勵之，蓋以有唐劉相之後當有人也。兹歸壽乃翁桂山先生，問言焉，予告之曰：「吾聞天地之交，岔息相禪，干支相配，極於六十，是謂剥；懸弧之辰，載啓七衺，則與甲攸始，是謂復。復而期頤，其壽不可涯也。觀於天經地維，斯足徵也已。斯道也，伏羲氏得之以源《易》，舂陵氏得之以肇圖，守之一，修之吉，廓而配之，與天地畢。子之養志顯親，盍從事於斯？」張子曰諾，遂書以爲壽。

## 贈胡泰序

嘉靖丙申，予同館鄭抑齋諫議書來自莆，曰：「浙有術士胡子泰者，塵外人也，且精於堪輿，而不怵勢利。今往見子，幸進之於道。」予既與語，喜其穎悟，乃作而請。曰：「泰也知察地以理，而未盡覽乎玄也。聞夫子之文，追軌《六經》，駢羅百氏，有諸？」予曰：「唯唯否否。」「聞夫子之詩，上薄風雅，下轢漢魏，有諸？」予曰：「唯唯否否。」「聞夫子之道，步堯趨舜，情周思孔，有諸？」予曰：「唯唯否否。」

他日，與之陟雲林，聽天籟，調調焉，刁刁焉，曰：「兹非夫子之詩乎？」予曰：「然，然而滯於聲矣。」循太霞之天，撫白雲之巔，堂封上下，秩秩川原，曰：「兹非夫子之文乎？」曰：「然，然而囿於形矣。」步于館，誦者軒然；省乎齋，坐者肅然，曰：「兹非夫子之道乎？」曰：「然，然而局於名矣。」居，吾語汝。夫詩以綦興，興生乎情，情乃謂之聲，聲乎無聲，然後聲聲；文以綦明，明生乎誠，誠乃謂之形，形乎無形，然後形形；道以綦精，精生乎貞，貞乃謂之名，名乎無名，然後名名。是故無聲之詩，『春日遲遲』；無形之文，『不可度思』；無名之道，『日監在兹』。無聲之詩，聞於四海；無形之文，光越萬載；無名之道，周及宇外。無聲之詩，訇訇琅琅；無形之文，栩栩蹌蹌；無名之道，巍巍堂堂。何者？聲滿天下，孰聲其聲；形滿天下，孰形其形；名滿天下，孰名其名，心爲之也。心之官則思，而子以思巖自名，盍反求之乎？」

於是致虚于一，從聽則兩，正明目而視之，星埏若運於掌。超然無語，澹然容與，肅然而拜，翩然而舉，浩然歌而後去。歌曰：「搴芳條兮瓊蕊，斵長鑱兮石髓，步遥遥兮雲壑，碧空浩兮如水。」

## 明音類選序

《明音類選》奚以編也？類選治世之音，用昭隆盛于無窮也。屬者予講學于粤洲，諸朋絃誦詠詩，各選已往遺音，無慮數百家。廊廟山林、鉅公畸士見存者，方將轢漢魏以追風雅，則不與焉，然所見人人殊。門人黎子民表乃更訂定編。既成，潘上舍光統捐貲刻之，予乃爲序云。序曰：

嗟乎！《詩》豈易言哉？《風》《雅》之所以異於《頌》者，托物比、興，言其志而已矣；《頌》則紀盛德，告成功於神明，可以觀、興，而群、怨亡與焉。是故《二南》正而不變，觀、興備矣，然《行露》《摽梅》《江汜》《野麕》，則群、怨之宗也。《邶》《鄘》以下，綱常變而懲創萌焉。至于《豳》，變而不失其正者乎。《東山》《鴟鴞》，《風》也，《七月》則肇《雅》矣；《卷阿》《公劉》，《雅》也，《泂酌》則兼《風》矣。繁簡惟時，以贊王化，何周、召二公之聖於《詩》也？多識庶類，匪學弗獲，兹所以異於匹夫匹婦之詞與。《淮南》有言，《鹿鳴》興於獸，爲其見食而相呼也；《關雎》興於鳥，爲其雌雄之不乖居也。聲應生變，必連及蒿芩苻菜，而後變成，方以爲音焉。劉伯温之《旅興》，汪朝宗之《壯遊》，若倦鳥風林之類。至於吴下四傑、嶺南五先生，大家輩出，莫不比、興成音，其深於《詩》者乎！

乃者《皇矣》用之者八轉，《北山》用或者三闋，演章法也。《蕩》之「文王曰咨」，《抑》之「其在于今」，[效]《書》誥也[一]。《桑柔》前八句者其章八，後六句者其章亦八，廣曲暢也。《大東》引物則饛飱捄匕，連類則箕斗女牛，闡幽奇也。景濂父子之送寄長篇，蓋亦祖之。女子善摛藻者，《白華》之外，《谷風》及《氓》而已，然其如悔恨何？宋氏之《題郵亭》，可謂顛沛不失其貞者矣。作家鳴盛，莫可覼縷。《明音》得自《風》《雅》，安數唐哉？陶淵明嘗論詩矣，曰寧效俗中言，是古詩貴雅不貴俗也；杜少

〔一〕「效」字漫漶不清，今據萬曆本、粵圖本、北大本、暨大本補。

陵嘗論詩矣，曰晚於詩律細，是律詩貴細不貴粗也。音也者，與時高下，通乎政者也。吾見近世，古詩則以綺靡爲精工，律詩則以粗豪爲氣格，然則徐庾之玉臺，優於蘇李之河梁，蘇頲之輕花捧觴，岑參之柳拂旌露，反不如羅隱之天地同力、韋莊之萬古坤靈矣。觚不觚，馬非馬，其可乎哉？梁陳之體足以致寇，趙宋之體不能退虜。《詩三百》而蔽以一言，蒼姬所以爲有道之長也。變而不失其正，吾於風雅體三致意焉。毋邪爾思，盍其儆諸？

## 贈端州盧守序

天子之禮，薦寢廟，共玉食，莫尚於魚。故洪武令甲，鱘魚貢自金陵，嘉魚取諸丙穴，徵諸《雅》《頌》，則成周已然矣。是二者，端溪亦皆有之，故渦塘陂澤之利，隨在饒足，粤南所鮮見也。連城盧君歷任襄陽、廣平，來爲端州刺史。蓋筮仕以至一麾出守，二十有四年，而優游雌塗，未嘗干進。淹滯念慮，無幾微見於顏色，日惟敷德於民，而民利一無所需。嗟乎！民之育於陸也，猶魚之育於川也。治民有道，時和歲登，則陸之富有，與川惟均。故周之盛時，大人獻夢曰：「衆維魚矣，實維豐年。」

夫魚之甘於餌也，貂璫之進，鱻者得而罟之；士之甘爵禄而忘返，其猶斯乎。今承平悠久，生齒蕃矣，嶄然頭角，誰不願入罟而貢上方者？故《大戴》之逸《詩》曰：「魚在在藻，厥志在餌。」予嘗因是而歎。邇時巧宦不數期，而躐取卿相如拾塊然。時則有若永嘉之張、貴溪之夏，其速化之術近於神矣！然不旋踵而黜僇隨之，亦徒貽腼鱐之臭、刀俎之腥爾，曷若鯤徙南溟，芳餌莫施，遲以歲月，化而爲鵬，翼若垂天之雲，摶扶摇而自得也哉！

是秋，君以入觀將行，正鯤化之期也。郡丞萬子一貫舉觴祝曰：「惟公夙負文名，連捷進士。令豫章劇邑，則綽有異政，晉擢刑曹，讞獄于閩，則民自不冤。其出守于荆、于薊也，人懷其惠，嘉績良多，如裁藩室之横，擒巨惡之黨，障黄河之決，濟流離之荒，不能以更僕數也。及履端州，頻年民罹科擾，望治有如飢渴，而能節財儉用，捐公帑餘貲，代豁積年逋賦，不下萬金，民霑其澤，豈止一分之賜哉？是猶活枯鮒而放之江也。至於冰蘗操持，光明心術，作養士類，推援寮屬，雖包孝肅、公叔文子，何以加兹？葆光淵潛，不自表襮，爲日久矣。是惟不飛，飛將翀天，敢舉酒以雲鵬祝。」

郡判吕子天恩方陟郡丞，提兵新興，則遥舉觴曰：「惟君才兼文武，政合弛張。州之南北受盜焚戳，其憯極矣，君乃早夜獻籌當路而致討焉。占天時，度地利，器人能；審水陸、險易、糧餉、攻擊之宜，以圖善後久安之策。百爾經略，無一不悉且良者。是以出庶甿于水火，懽若更生，幸從君後。承藉厥功，猺方逖喙，民有寧宇焉。而又預科試，登譽髦，與之偕翔天池，可用爲儀，《魯語》所謂助生阜、畜功用者也。」祝亦如之。郡判劉子用章則與寮宷偕而獻辭曰：「惟君繩吏甚嚴，撫民惟寬，立身大節，不爲世利所摇奪。幸從君後，未及期月，而異績種種，皆足爲師，真所謂治國若烹小鮮，無往不縝且詳者。」祝如萬子。郡推吴子非璧復獻辭曰：「惟君省刑清獄，擿發如神，雖疑情伏奸，未嘗不迎刃而解。寇賊既獲，當築鯨鯢以爲京觀，猶致哀矜。幸從君後，得以明允祥刑，君之教也。」祝又如之。

會呂子甫定軍，旋詣門誦述，以告泰泉子。泰泉子曰：「君之偉績，真可以獻于紫宸矣。行將大拜，當如鯤化之祝，以遂蒼生之望。垂天之雲，其覆冒萬方矣乎！」於是乎載筆以贈。

## 贈九霞山人歸慧山序

天地立於氣而乘於水。水之消息，隨日出入，故恒不溢以涸，而悠久之化成焉。吾人之身，自作元命，法象如之。先天之學，以地天交爲水曰泰，其是之取與。夫羅浮洞天曰朱明者，言夜半見日，與泰岱同也；兼有福地曰泉源者，言分水有嶼，與句曲通也。天載之神，地戒之紀，其徵諸斯乎。

予嘗乘蹻御飆，振衣乎飛雲之椒，憭乎慄，怳乎忽，邴邴乎其若喜，摇摇乎其若不得及。既而薄泬寥，超鴻濛，上無復色，下無復淵，而元氣翼我於其中。俯觀四百三十二峰，則浮雲紛郁，日出其下，百城萍列，瀛海涵之，微茫隱見，目晃神浮，隘視宇宙，曠哉天下之奇觀也。猗乎！自非恬漠無營、超然物表者，必不能至，則蛻名寵於垢氛之外矣。

九霞山人者，清修博物君子也。日夕與予談義文之《易》，參《鑿度》之緯，闡玄微微，厖鴻志意〔一〕，蓋相乎云。比贊予統修圖志，山人乃上考姚姒之書，中紾《莊》《騷》之文，下究馬班之史，周髀輶軒，靡

〔一〕「厖」，原作「龎」，今據萬曆本改。

不該洽，東京而下，所弗論也。居無何，視篆如博，登羅浮焉。自言嘗見日之升於聚霞也，猶夫道之善貸，貸以三元也。始氣青而生混蒼洞赤，元氣黃而生旻綠景皓，玄氣白而生融紫炎碧。一貸而三氣分，三析而九霞明矣。故曰「乾元用九，乃見天則」，吾志之所睎者也。觀於青霞有谷，實接鐵橋，其殆亥子之交，內視始氣之萌乎，吾於是而得師焉。分水之嶼，東西注于龍潭，南經鳳谷，北匯龜淵，與三江合流于南海。海隅斥鹵，悉生鹽課，吾方守官以治之。及海出蘇門、大食之虛，遙望南巫里洋之中，孤嶼歸如。歲發春陽，群龍交戲，而玄黃之遺涎可得而貢也，豈非良常西濩，肇自蒼龍，以郅兹故與？嶼流合江，委于天池，用六運九，川流不息，故曰「坤道其順乎，承天而時行」。惟斯逝者，其全也漠，其散也濁。濁而徐清，沖而徐盈，吾之所以泝羅陽而濯纓者也。昔吾鄉先正李文肅氏遇唐若山翁，自華陰渡風濤，夢聞夜樂藹空之聲，覺則旅于羅浮之店，兆厥樹立，猶足以名世，而況於躬履者乎！觀於華山有峰，寔侶瑤石，則五岳潛通，自然妙竅，在吾玄關幽鍵而已，吾又於是而得師焉。

歸以告予，予初未之省也。既而思夫聖人知化育，明鬼神，其必有緒言矣。乃稽諸記，曰郊之祭也，大報天而主日也。又曰三王之祭川也，皆先河而後海。由是觀之，天氣不可見，可見者日；地氣不可見，可見者水。先天之學，此其本元也。何則？天地定位，山澤通氣，乾自南而明入地下，則交於坤中而爲坎，止於上而動，則明出東岳而耀及鵬溟，此夜半之所以見日也；坤自北而河流于南，則交乎乾中而爲離，入于下而說，則澤注西海而流自鯷壑，此泉源之所以分水也。有道者體之。水交于日，常德不離，而一元之運，一十有二萬九千六百年之壽，可坐而致之。子既洞見九霞羽景，而悟夫地道潛通，乾坤之用，藴諸心矣。

方今聖天子道德隆盛，冠於邃初，上格泰清，下格泰寧，神明畢至，而天下化成，其脱潁彙征之會與。子以雅志清才見重當路，累陳情私，求歸慧山，言雖懇至，然皆莫之許也。今則恭賫龍涎，獻于當宁，用以精禋天地，望及河海，將承寵光。惟自獻之，爲圜爲矩，與化玄同。嘉遁之志，其遂矣乎。雖然，志之所存，求達乎道也。明良訢合，務在用人，若子之賢，能終隱哉？曏者躡朱明，憩泉源，靚深有得，能通其變，斯不器也已。故曰「道若川後之水，其出無已，其行無止」，「先神先鬼，先稽我智」，「芒芒昧昧，因天之威，與元同氣」。爰有大圜在上，大矩在下，汝能法之，以爲民父母。軒轅氏之誨，信萬世之大猷哉！故瀕行贈之，以申永懷云爾。

## 贈通守劉蛟石序

嘉興，古秀州也。左杭右蘇，負海控湖，郊坰居山澤之介，孔道四出，舟得往來，若經緯其間者。予嘗揚颿，倏忽抵胥山，蓋有子胥遺迹云。嗟乎！伐越功成而身不退，豈所謂知幾者哉？彼固非秀産也。文儒産自秀者，若漢嚴賢良，唐陸宣公，宋謝、吕、陳、沈諸君子，前後霦霦相踵，以逮于今，益多魁壘黼藻之士，而施諸政治，亦皆炳焉可觀。殆山川相摎，疏通之氣凝萃使然與。

及予涖南雍，蛟石劉君乃來受業。既精于勤，察其聰慧，則殊衆也。竭來通守端郡，益善於理。

首清錢糧，則當路奬；次委追徵，則風厲行；及察寇獄，則明允著；復立户由，則欺隱絶，可謂綱正而目舉矣。其署印康州也，以督糧遜辭，而督徵立辨。掌道者賢之，灼知其材可以兼攝，勉使視篆，而申嚴防衛之議屢行焉。非有文武雄略，而能之乎？

夫康之去端至荒遠也。羅旁水寇，與高凉谿洞相犄角，若此其巖險也。惟其迤東平土，扶輿清淑之氣常存，故漢之陳元以經術名，齊之張岊以三公顯，唐之莫宣卿以倫魁彰，宋之李大性以材賢繼。然西近蒼梧，則山益聯，川益鉅，而林箐益深以阻矣。伏莽之戎獸集鳥舉，自古不屬人群，亦風氣然也。君於是簡其壯勇，去其冗食，嚴守西北一隅，而猺警日静；且又清其荒糧，税其楠漆以補之。臺院藩臬莫不稱其賢能，而民夷歌頌，藹然作矣。此予所以書諸通志，示勸萬世者也。至於稽徵留屯，均編猺役，清查軍餉，釐革庶弊，而軫念荒糧，大爲民瘼，始終尤惓惓焉。猺山楠漆不足，則又補以餘田，裒益得宜，遠至邇安，雖聞人宏氏之判常州，不能過也。比委署高要，乃謝病力辭，輒買舟不待報而行，端、康之士民攀轅不忍舍。於是同寅貳守魯庵萬君、湘泉吕君、推府高君、鄉薦紳東軒麥君、古屏陳君，率諸俊造述君德政，俾予有言。

予惟端、康善俗，視秀州無以異也，獨其渫惡之甿頑不可治，而君不肯少鄙夷焉。先固内治，而後扞外侵，蠢動有知，漸漬乎化，雖秀之先哲名著朝野者，奚以加兹？漢人有言：「彊弩之極，矢不能穿魯縞；衝風之末，力不能漂鴻毛。非初不勁，末力衰也。」今君年力鼎盛，習文法吏事，而又緣飾以儒術。每得其政牘而誦之，文氣爾雅不群，而燁燁熢涌。射人其展采錯事，恒爲百姓造命。宜乎嶺西之俗，寢與秀埒矣。當路方且倚重材賢，而亟稱之，俾少俟焉，則寵擢當在指日。譬則弩矢可以射疏及遠而遽藏，風力可以吹萬不同而頓息，見幾而作，褰裳不留。昔者秀有輔廣氏得紫陽之傳，恬然自樂，其復見矣哉！若君者，真所謂養高耀芳於無窮者矣！《易》曰：「君子知微知彰，知柔知剛，萬夫之望。」此之謂也。

## 贈陶太守獻績序

聖皇惠養元元，懋圖化理，惟良二千石屬望尤重，文章政事昭于位著者，必拔其尤，寘諸藩臬焉。若我邦君同野翁其選也。兹者三載榮滿，用獻嘉績，達于天廷。同寅諸大夫問贈言於予，予辭不獲，則爲敍曰：

君子之學而仕也，其猶水之行乎。稽諸《爾雅》，涌出者濫，懸出者沃，仄出者氿，暫出者瀸，皆其近而小者也。惟《禹貢》三江，則異於是。源乎岷嶓，分而爲三，及經會稽，至于南海，則函三而爲一。吐納靈潮而停蓄之，呼吸萬里而紆徐之，舉天下之大受遠到，莫有加焉者也。觀夫河出崑崙，始雖清漣，而終則渾濁。惟江則派別乎潯陽而不混，波定乎震澤而復流，澂泓之性，始終若一，而皭然不滓，其猶夜氣清明，雖旦晝而罔易者乎，是故君子尚夫智。乃若汝漢，則翕受之，淮泗則敷施之，沅湘則延攬之，沮漳則汲引之。北灑天墟，東演析木，西薄齊魯，南瀸朱崖，特其餘波爾。汎愛而始自所親，猶朝宗之鄉往，而澤無不被也，是故君子尚夫仁。寶藏雖興，眚怪亦伏，孕璆出珠之魮蟞，雖無不有，而含沙竭水之蜮蜚，亦靡不容。有忍而後濟，寔似之，是故君子尚夫弘。潤及萬物而不自以爲德也，絡聯群委而不自以爲滿也，滈汗六州之域而不自以爲勞也，經營炎景之外而不自以爲難也。善世而不伐，寔似之，是故君子尚夫毅。智，廉之本也；仁，廉之澤也；弘，廉之任也；毅，廉之榦也。知以爲先，則政不疵而民作敬；仁以爲施，則政不苛而民作愛；弘以爲量，則政不競而民作順；毅以爲度，則政不倦而民作忠。本以先之，澤以施之，任以居之，榦以運之。四者化理之善經也，而翁優爲之。茂膺帝簡，其自兹乎！

稽諸古人之德，鍾離牧之守南海也，操行清純，而歷尚書令；陳橐之知廣州也，民夷悦服，而權少司寇，皆會稽産也。翁之學優而仕，則過之矣。巡院徐巨川嘗試士，以長沙桓公擬翁，然方今聖皇不次擢賢，翁之鯤化鵬摶，固將羽儀清朝，猶天池之徙也，晉臣無乃非其倫與？猗乎！翁之從祖南川公者，偉人也。自翰苑出諫垣，時方諂事逆璫，得望其貂塵幰影，則沾沾然以爲榮。公則抗疏劾之，雖三絀而不色愠。及鎮百粤，執闑戟而奔走者無慮百萬，誰不擁幢牙茸纛以自尊？

顧疏愚荒遁如佐者，未嘗通一楮墨，乃首玷薦章，其仁明弘毅，可概見已。傳曰：「觀水有術，必觀其瀾」，言有源也；又曰：「流水之爲物也，不盈科不行」，言有漸也。翁之家學固如此。夫世之圖速化者，誚遺銅臭，巧迎合者，咎掇鼎烹。或以翁之留滯爲鈍拙，而不知大受遠到之器，自與世殊也。予言不妄，則南川公之節鉞行且膺之矣。百粤輿情，其將慰矣乎！

# 泰泉集卷第三十九

## 序己

### 送劉約齋序

嘉靖元年，予始交約齋先生于京師，是時方爲尚書吏曹郎。越三年，予考績後即歸省母，官吏曹者例有殊擢，意先生爲公卿久矣。久之，予遁歸自西粤，明農泰泉之野，乃來參吾廣藩議。

今年聖天子萬壽，先生入賀言别，謂予曰：「子何以贈我？」予對曰：「唯唯。吾竊聞之，道莫先於行義，孝莫隆於顯親，咎莫大於違時，幾莫難於遇主。然有命焉，不可强而能也。先生自都銓衡，登明選公，赫然譽望，爲時所宗。及來旬宣五嶺之東，惠及婢嫠，治聲日隆，非惟材之賢，亦命之通也。而予疢疾之嬰，終鮮昪弟，遺親干禄，人謂斯何，安於丘樊，亦命然也。夫天之賦命於人也，猶之形也。烏黑匪黔，鶴白匪浴，皀脰弗悁，短不容續，醜人效施而矉，其里人將逐之，故曰命有遇有不遇，人各有能有不能。方今堯舜在上，擢冠倫魁，能如臯、夔者以爲輔。矧夫前星將耀，摇山動彩，一可賀也；《會典》告成，人文明備，二可賀也；邊圉既平，我武惟揚，三可賀也。先生方勤虎拜，以祝萬壽，而又遭逢盛禕若此。《詩》曰：『受天之祜，四方來賀。』今日之謂也。意者天顔有喜，將寵擢先生而大用，寔自茲行始。回視予之棲棲無用，良可姍矣。今夫蜩與鷽鳩飛而搶榆枋，鵬摶扶摇而徙天池；凡馬撾策，不盡一舍，然一日千里，國馬則能之，何者？小大殊性而健劣之材異也。」

先生嘆曰：「吾喜談命，然真宰終不得其朕。子謝病辭榮，誠知爲親。倘遭逢明聖，獨不可强起爲理邪！」予愀然謝曰：「噫，有是哉！予安於命之日久矣！」遂再拜而別。

## 贈大理丞周弓岡序

國家倚重九卿共秉大政，非其人，不輕超拔。乃者大理寺丞員缺，在廷僉以侍御安成周弓岡先生九載績最，請簡用以聞，遂承聖天子之休命，蓋異數也。按令甲，臺諫陞轉，眡郎吏殊等。甫逾兩考，稍遷郎中大夫，越在散局方面，世猶以爲華。今先生品雖第五，未紆金紫，然班列九卿，洊至大拜，寔自此始，矧攬轡吾廣，汔受代，輒膺前此所未有之寵光。故士民欣欣願留不能，而諸薦紳咸詑以爲盛美云。嗟虖！鴻漸之羽，非階風雲，無繇上征；[干]將莫邪〔一〕，不逢佽飛，無以程其利器。君子之仕，非遇[王]知，無以行志。先生信顯庸矣哉！雖然，政也者，執簡者也；刑也者，致詳者也。二者同適

〔一〕「干」字殘缺不全，今據萬曆本、北大本補；下文「王」字亦殘缺不全，今據萬曆本補，不再出校。

於治，乃若相悖焉者，何也？蓋政務弛張，惟綜其綱焉耳。人命所係，一或弗盡其詳，則如冤何？今夫制器，以一天下之形聲，而律、度、量、衡生焉。律誠同而猶依於玉磬，度誠審而猶依於璧羡，量誠嘉，權衡誠謹，而猶依於概，與和鈞，然後各得其平也。有人於此，明足以分抈節度而不爽，聰足以審聲之上下而窮極幼眇，竭其獨智以齊物，而物終莫之能齊也，則争辯之流患所從起，孰若致詳於律、度、量、衡之亡弊也？明罰勑法，夫亦猶是也。

漢人有言曰：「破觚爲圜，斲琱爲樸，曷足以概承平之世也哉？」故我聖明建官，諸寺皆有卿丞，惟大理置左右，諸部各顓職掌，惟刑獄列法司而三，凡以使獄犴平而務致詳也。然上用目則下飭觀矣，上用耳則下飭聲矣，上用慮則下飭辭矣。弗去是三者之用，則法滋章，弊滋萌，而奚以詳爲？是故壹民之軌以齊其情，其機存乎朝廷，其究存乎棐彝，其審發平反，必若律、度、量、衡之出於無心，而後天下服。《詩》美阿衡左右商王，天下依之以平也；《書》稱鑒于成憲，以協成德于先王，高宗之所以嘉靖殷邦也。今祖宗成憲具在，而聖天子協德度越有商。將贊廟堂之大政，明畫一之祥刑，守昭代之成法，裨阿衡之閎議，其在先生哉！巡廣之政，敬勝怠，公滅私，通物情，本經術，吾以是占先生之行之不徒也。

## 贈鄒憲副序

泰泉子荒遁賁禺之野，編蓬山椒，嘯歌其中。一山鄒大夫屢過焉，嘗觀於海。泰泉子嘆曰：「嗟乎海哉！蕩蕩乎水所歸也，滔滔乎其奮馳也，秩秩乎其無之也，皦皦乎其鑒微也，其有《泰》之道也夫！」大夫曰：「何謂也？」泰泉子曰：「昔者嘗竊聞之，騁逸策迅者，雖遺景而不勞，因風淩波者，雖濟險而不傾，何則？材器具而所乘之勢順也。是故太上天下爲度，其次慎厥時幾。濟事在順，助順在人，任人在幾，運幾在度。《泰》之《明夷》曰：『含洪守中，潛若無所。赫焉震發，從天而下，如日斯燭，照此九土，奇衺悉絶，則莫敢予侮。』夫包荒沉潛，坤順容也，震用馮河，乾剛中也。照不遐遺，離明動也。奇衺無朋，陰失用也。包荒，仁也。馮河，勇也。不遐遺，明也。朋亡，公也。執此以往，天下無宿政矣。非此道也，是奡盪於陸而勤諸遠，造父馭於川而强諸難，吾見其猶揚沸求水，覆簣數而冀其萌也。是故觀於海而得《泰》道焉。嗟虖海哉！」大夫曰：「善！」

他日，泰泉子曰：「大夫之殿我邦也，使軺羽檄，沓如其突如。人百迮之，雍如整如也。如其仆强樹廢，雖萬夫能回諸乎？訟牒山如，片言愜之，頌聲作矣，暮夜有敢履其庭者乎？送往事居，日不遑息，而論心修禮于佐之廬，恒有轍迹焉。仁而勇，公而明，大夫當之矣！大夫當之矣！」及有南交之役，聖天子用輿議，擢副臬使，民咸競曰：「匪我公也，莫父母我者，今尚邇我哉！毋亟即戎，以遠我跂。」已而有詔寢兵，於是民保其暨，聚謳于衢，郡執事以大夫之德之暉于上下也，俾泰泉子有言，於是乎書向所與大夫語者。

# 道源書院集序

南安貳守侯筆山氏既修復道源書院，乃集其可徵者爲書以傳。適予趍召過之，俾爲序。

嗟乎！天地之心，中而已矣；聖人之道，中焉止矣。周子曰主静，程伯子曰定性，叔子曰約情，其説若異，然存其所受天地之中以學爲聖人，則一致也。周程授受，始自南安，而聖學昭焉，其斯以爲道之源乎！吾嘗觀於大道既隱，善治何其蔑如也。夫人蘊其心，而事物動之，利害相攻而忿生，邪誘相感而慾生。忿慾生則争鬭作，争鬭作則禍亂成。聖人修道立教必視民，使安其身而後動，崇讓禁暴，無即慆淫，所以遏禍亂之萌，立人極而會歸之者也。静之弗主，則動之弗慎；動之弗慎，則忿之弗懲；慾之弗窒，亡足怪者。《定性書》謂怒時遽忘其怒，而觀理之是非，懲忿之要指也。《好學論》謂覺者無縱其情，至於邪僻，窒慾之法言也。然其源則存乎《太極圖》之主静。常能主静以慎動，則性定而情自約。雖君相父母，天下以建中而寅亮者，其道亦豈外兹哉？嗟乎！周程授受，固善治之源也。

梓行是書，俾人人誦而詳焉，其關於世教也大矣！矧西江自有宋以來，多文學忠節修潔之士，其俗喜隆師親友，而父子兄弟譽髦輩出，蓋周程過化之餘澤也。今之涖兹土者，自中丞克齋王公、訒庵吴公、侍御蒲津景公，逮及藩臬，莫不廣宣聖天子德意，以崇化理。南安其上游也，筆山氏敦厥學行，以承流而播之政，且風厲乎人人焉。嗟乎！善治其自兹矣哉。

## 送劉大參序

方山子參大政于我邦，十四年秋八月，當入賀明天子萬壽，乃豫以其春行，敬王事也。同寅二三大夫遠于觴之，俾泰泉子有言。泰泉子曰：

嗟乎！予何言，無已則誦愳間乎。夫敝邦，古越服也。方山子，齊魯之英也。山川相距，無乃已遐乎，而民俗因是以異宜焉。持章甫以適越，亡所用之，昔人固鄙夷我民也。今疆理南海，勞如召公，圭瓚秬鬯亦既釐矣，歸祀厥先，其曷以對揚明天子之休光也乎？《詩》曰：「匪先民是程，匪大猶是經」，言民之恌也；「惟昔之富不如時，維今之疚不如茲」，言民之莫也；「誰其知之，蓋亦勿思」，言民之憂也。今我民絃誦日聞于蜃蛤之區，而干戈狡焉猶尋也；斧藻其辭華，而訟則狺狺煩嘖以求勝也，不亦恌乎？伏莽嘯海之戎並興，敺白徒以逖之，瘡痍喁嗷捐瘠者十九，不亦莫乎？比歲不登，珠琲、犀象、果布之利不湊，艅艎轉輸，皆府帑也，不亦憂乎？

方山子之光臨我也，賦政宜民，民甚宜之。恤民之憂，思阜財也；求民之莫，思厚生也；化民之恌，思正俗也。而涖之以敬簡，視之以忠信，輯之以施舍，如翕諸其家焉。夫敬，文之輿也；簡，文之本也；忠，文之實也；信，文之孚也；施，文之澤也；舍，文之慈也。如是而度於天地，順以時動，故其於民也宜。予聞尉陀之墟，星紀始之，爽鳩之都，玄枵次之，分野皆在北維，是天經通也；天下之川，委于東南，沂泗注之，江湖匯之，渟滀以同歸于海，是地緯通也。則乾之經，察坤之緯，經緯不爽，而文德成焉。是故桃化而俗正，莫求而生厚，憂恤而財用足，我越其齊魯矣。先民之言曰：「天旋地轉，閩越反爲天地之中」，其徵矣乎！矢其文德，洽此四國，亦召公之所以祝萬壽者也，予不佞故敢誦以贈方山子。

## 贈詹憲使序

廣藩大參燕峰詹公被聖天子即拜長臬之命，廣之士民戎旅聞之訢如也。既而海之南北有過予者，曰：「昔徯公澤及于我，今愜願矣。」嶺之東西有過予者，其言亦如之。蓋前此分守嶺海者，多更代不恒，惟公殿兹嶺南，則閱三稔于兹矣。其敷德于民最久，故其實最彰，其持身廉，其執法公，而剸裁精以明，是以輿情若此其孚也。嗟乎！善爲政者不當如是邪？

夫祖宗之設官以爲民極也，長藩者二人焉，長臬者則一人焉。其故何也？藩之所布者，政也。政者，正也。昭承德意以正人，非協恭同心，莫之勝也。譬諸八駿之馭，造父左之，逢固右之，然後驂服調和，惟吾之所轡，而奏一日千里之功。臬之所掌者，刑也。刑者，一成而不可變者也。自非伏念精專，鋭情獨斷，刑何由祥乎？今有昆吾之劍，一攊其鈹，一持其柄，而揮霍所擊，曾不能以如挺。苟獨運之，切玉斷犀，無弗如志矣。用是觀之，專制之與並理，孰執其難邪？

昔者聖虞致治，有臣五人，奏鮮艱以迄于敷教，皆可得參而同也。惟明刑則士師自作元命，他無所與，故曰「舜有天下，選於衆，舉皋陶，不仁者遠矣」。非皋陶之賢於禹、益、稷、契也，齊民弼教，待祥刑而後成也。雖然，予與公交亦已舊矣。畜德以多識，養氣以剛大，蓋仕學之兼優者，謂之淑問如皋陶。非邪？曷以徵之？予嘗蒔藝於畎畝之中矣，擇種必嘉，毋使混參，則挺而獨穎，秀而兩岐。今兹來兹，無弗美者，公之根本正矣。則今日獨斷而果，他日和衷而同，當無往而弗可，故曰皋陶邁種德，公寔優爲之。

命下，既旬日，藩伯諸鉅公俾予有言以慶。予辭不獲，則書其所見所聞與所傳聞者如此。

## 惠州府志序

此雁峰史公與郡邑諸文學所纂惠志也。初，康太史德涵志武功，得載筆體，而崔司成子鍾氏志彰德，一遵焉。二氏蜚英關洛，才均班馬，而取善崇讓若此。是故《地理》以稽實，《建置》以明制，《田賦》以恤隱，《祠祀》以正典，《官師》均列而信教，《人物》《選舉》，上行而下秩，《雜志》類物輔化。崇正義而黜異端，損浮冗而要簡確。自時厥後，臨江諸郡乘咸宗焉。是編義例，宛然二氏故轍。

爰遡舊《惠陽志》，修於吴大參高。自天順來，缺有間矣。惟祝君允明志興寧，陳君用貞志長樂，雖已行於時，而博羅、海豐、龍川，則未有成編，矧和平新設，罔或登載。今會萃成書，俾足徵焉，豈非典哉？嗟乎，扶輿之氣，其鑪範乎！汪洋閎廓，曲屈浩渶而不可窮者，水也，其象則知也；介特岌業，堅確磊砢而不可易者，山也，其象則仁也。水居之民，非弗仁也，然而仁弗勝知，辯若流泉，文若風渙，而其失也許；山居之民，非弗知也，然而知弗勝仁，卓然壁立，孑然株守，而其失也固。以此占俗觀人，雖天下可知也。

惠居五嶺東南，羅浮靈峻，甲於天下，重溟環之，其民鍾氣於山，大都朴野悃愊，故訐訟岸獄鮮，而椎魯頑昧，或不免焉。歲部使者至，莫不喜其淳而加簡恤。夫吾廣都會，雖嶢峋荒逖，然清淑之氣是之自出，較其形勝，雖海岱亦奚以異乎？在宋時則有若張宋卿氏，以文章倫魁南省，若足以華國矣，而厥施未究，豈蓄極而發，猶有待於今乎？因其俗之近仁而道之，風俗同而賢才出矣，庸詎知其不終齊魯也乎？是猶金之在鎔，惟鑄者之爲焉耳。程伯子曰：「治天下以正風俗、得賢才爲本。」愚竊以爲雖一郡一邑之治，莫不皆然，茲固今日修志之意也。用書以告夫吏茲土者。

## 峋山詩集序

予遁歸賁禺之埜，修闢先君子粤洲草堂而居之。時每絃桐扣石，以與雲濤松籟相響答，遠與神謀，皆天樂也，其諸漆園氏所謂刁刁調調者乎？抑堯命質效山林谿谷之音，以翕《大章》，亦此類也乎。嘻乎！古樂之不傳久矣，非曆以正四時，象以齊七政，其孰能明之？故予留心於皇極聲音，以求黄鍾含少，以與律呂協焉。聲音之在文字，抑有抑亦無有，抑有與無有，抑亦無有與無有。寄之喙焉喙相禺，寄之竅焉竅相于，亦皆天樂也。《詩》曰：「九變復貫，知言之選」，擇亦有無之交，其猶天圜邪。

歲丙子，蘭谿章尚書樸庵公來視學吾廣，予時得與交遊之末，間論詩。予曰：「古之爲詩者求其律，今之爲詩者求其辭。唐人非獨《渭城》別詞入於琴操而已，雖冰心玉壺、孤城萬仞之句，猶能被諸絃歌，信非通於律吕，亡以詩爲乎！」辱公不以予爲謬。他日，謂新安有王克服氏者，貌若不颺，而積學工詩，大類摩詰。克服自是與予交遊，予亦甚愛其詩也。今年，克服之子履祥來，予與之坐草堂，嘯吟竟日而後去。已而從汪君渝、佘君世亨，時來笑語，依倚青山白雲，聞我天樂，間求予序克服所著《岣山詩集》。予甚愛其詩，欲精擇以協諸律，而未之能也，乃序其首簡，俾履祥歸語乃翁，自擇以傳焉。嘻乎！樸庵公今亦歸隱道山矣，倘克服相見，更以予言相與訂之。

## 宦海贈言集序

皇明文教，當弘治、正德間翔洽裨海，遐哉蔚乎，不可尚已！是時，薦紳大夫操觚摛藻，往往上薄隆古。吾鄉則鐵橋黃公、甘泉湛公爲稱首，而關洛尤輩出騰起，若後渠諸公其選也。夫南北相望無慮萬里，然同時大鳴，真若鯨鏗鼉作，響答一堂，蓋雖如也。吁，盛矣哉！

是編贈送頌詠之辭，皆爲鐵橋公而作者。自奉藩賢王、臺省鉅公，以及能罷之士、山澤之癯，雖言人人殊，然其體裁渾厚爾雅，壹是以德業相期待，不詞費，不虛美，而公之碩學異政，亦藉是以有考焉。

嗟乎！《宦海》名編，曷所本邪？高宗況傅説以濟巨川，周公之自況，亦曰若游大川，蓋其所緣起。今夫君臣之相以有成也，猶利涉之資於舟楫也。夫既浚其源以澤物矣，而又涣以成文，爲世大觀，公之攸往宜無弗利者，然猶未究要津，天下寔以爲歎云。諺曰：「行萬里者百里息，飛將沖天垂其翼。」聖天子臻治理于唐虞之上，不特嘉靖若有殷而已，公也扶摇而起，羽儀天朝，殆將有日矣。予於是編乎有感。

## 三異詩序

蒼梧東谷何君仕鰲，守連有三異焉：一曰弭旱，二曰弭蝗，三曰弭虎。張希周以告，泰泉子曰：虚者，善之原也。有主則虚，虚則不善不入而祥應之矣，而況於善之積者乎？天地之大也，虚而已矣，而況於人乎？有器於此，塵坌填然敗其中，雖有金玉之飾，無所用之。昔者荆舒用於宋，帥吕蔡之徒嘯凶蔽賢，而宋寖以不國。當是時，水旱螽螟之灾盈天下，方且自以爲是，而弗天之畏。烏虖！虚以受善，祥孰大焉？

吾觀仲尼之志，莫著乎《春秋》。《春秋》重灾：僖公二年冬十月，不雨。三年春王正月，不雨；夏四月，不雨。文公二年，自十二月不雨，至于秋七月。《傳》曰不雨者，勤雨也。一時而言不雨者，閔雨也；歷時而言不雨，文不憂雨也。今當旱而禱，輒雨。《詩》曰：「雨我公田，遂及我私。」惠自君也，君有焉。隱公五年九月，螟。八年九月，螟。莊公六年秋，螟。《傳》曰是謂蠃蟲之孽，記灾也。今蝗不爲灾，孰其勝之！《詩》曰：「去其螟螣，及其蟊賊。」除自君也，君有焉。莊公十七年冬，多麋。《傳》曰是謂毛蟲之孽，陰之應也。虎視麋暴，其害大矣。今格而僇之，以蕃草木，以育鳥獸。《詩》曰：「彼茁者葭，一發五豝，于嗟乎騶虞。」仁自君也，君有焉。君秉一德而三異聞，兹頌聲之所以流於廣也乎！

君吾友也。始吾見君之德容謙謙爾，及聞其政行明明爾，宜祥異章章爾始是。夫谷惟虚也而百川歸之，心惟善也而萬善歸之，東谷之所以見志也久矣。吾姑序諸群言之首，以厲夫虚其心以爲天下者。

## 白沙律詩解註序

聖人之道，大之彌宇宙，遠之亘萬古，其隱無聲臭，其顯察上下，其成功存乎禮樂，其權輿則存乎詩也。何則？詩以道性情。微詩，則中和之極或幾乎息矣。予羈貫成童，即從事舉業，甚厭苦之，時時竊取鄉先正白沙先生律詩諷詠從容，覺胸次廓如也。後乃脱去宿習，求之乎李杜，進之乎漢魏，然後始知《三百篇》之大指，皆出於自然也。先生有言，子美詩之聖，堯夫又别傳，蓋賞其自然也。意則欲兼二妙而有之，豈非以自然爲宗者與？

吾友新會譚以賢，乃先生門人也，註解其律詩爲三卷。其子善裘持詣予，俾序之以傳。先是，正德戊辰，南澗林公視學吾廣，興起禮樂，嘗召君教射于州序，故予素識之，恒與之論白沙之學，亹亹不釋。後君司訓于瓊而卒，善裘間關扶柩而還，予適見之，悲喜交集，不能已於言。嗚呼！詩可以言傳乎？抑亦有不可以言傳者乎？予不得而知也。夫斷章取義，則《鶉奔》《墻茨》，春秋諸大夫猶樂道之；佩玉晏鳴，應門失守，雖歌《關雎》，世猶以爲刺，而況其餘乎？是殆所謂忘言得意，出於牝牡驪黄之外者也。孔孟之教，則又深乎是矣。是故切磋琢磨，窮理義也；緝熙敬止，釋至善也；鳶飛魚躍，章道體也；于時保之，申保國也。然訓本進修，止乃語辭，興在作人，保指天威，則若忘焉，而實非忘也，是豈可以言傳者乎？先生之詩言近指遠，因斯訓釋，當妙悟入神矣。然則是編也，豈特比諸伯生註杜而已？

## 建安徐地李氏家譜序

夫豐菁之木，將庇萬牛，則蟠根而不拔；翕風吐雲之山，將普彌天之潤，則鴻厖以爲基；逢時鵲起之士，將致主而究澤於民，則興行誼於家，而務相親睦。是故禄足以富而祀不及先，非孝也；才足以顯而情不及族，非仁也。予與薦紳大夫交，恒以立祠修譜而占其賢焉。或不然者，則嗛而不之踸也。

同年憲副古沖李君嘗與予言，其家世居建安徐地，至吏部公始建祠，間出其所修家譜，俾予序之。嗟乎！憂合而驩離，民生之恒情也；急利而忘誼，叔世之薄俗也。一氣相禪，食指至於千百，其初皆屬于毛者也。今拔吾一毛而痛罔不省，庸詎知後葉藐焉相視如塗之人乎？建祠以萃之，修譜以睎之，祀於祠而曰：「吾何爲而忘其初也？」其情欲弗聯，不可已也。閱諸譜而曰：「吾何修而可没世不忘也？」其行誼欲弗敦，不可已也。是故譜與祠實相濟焉者也。

觀於原譜而見明本焉，見立法焉；觀於譜圖而見遠親焉，見近親焉；觀於譜録而見尊尊焉，見賢賢焉，見貴貴焉。夫禮無服則親盡，親盡則祧，而盛德必百世祀，以爲不祧之主。斯譜也，先親賢而後恩命，詳惇睦而略榮顯，其義昭矣。是故高山喬木世所瞻仰者，非他也，有根基之謂也；名家甲族世所稱重者，非他也，有行誼之謂也。《詩》云：「誰謂華高，企其齊而；誰謂德難，厲其庶而。」嗟乎，爲李氏子若孫者，其尚引于勿替哉！

## 送余約中歸台州序

約中余子生於臨海，予生於南海，皆越人也。其風氣同，則其臭味同，矧誦法孔子，又皆同乎。夫孔子之道，大入無間，細徹無倫，居夷浮海，不以爲窮，攝相誅邪，不以爲達，予與余子願學焉者也。丙申冬，九廟成，余子承上德意，歸台州。丁酉夏，檄乃至廣，遂以是月行。群大夫士與凡游居之良，皆燕餞之。藩伯石涇陸子賦《緇衣》，拜曰：「授館繼粟，實徼福焉。如天之愛，其曷忘之？」松洲柴子賦《九罭》，則又拜曰：「東人惠好之承，敢不信宿？」龍華朱子賦《沔水》，則又拜曰：「行矣，朝宗之誠，其能遏乎？」臬伯雙橋蔣子賦《有杕之杜》，曰：「大夫之仁，猶二三子也，敢重拜嘉？」古沖李子賦《殷武》卒章曰：「非寢成，則天休曷由至乎？大夫揆厥所元矣，敢不重拜？」邦伯一山鄒子，式燕下管《新宫》，曰：「功築勤矣，聖德其日新矣乎。不然，何肅雍如是？」間歌及《南有嘉魚》。龍南韓子起曰：「式燕又思，爵其勿辭矣。曰瑶華之音，美哉洋洋乎，何德以將之？」既醉而出，予乃觴諸粤之滸。會中丞後庵李子、刑曹鄺南劉子皆至，衎衎而歌《鹿鳴》，曰：「示我以昭同道也，示民以昭同心也，郅隆矣哉，敢不承乎？」樂既合，賦《采蘋》以終之，曰：「雖沼沚之毛，苟有誠信，清廟其享矣。大孝享親，切有願焉，敢不重承乎？」

嗟乎，是可以觀矣！於藩伯之燕觀焉，好之懼其不終留也，而猶繫江海之情焉；於臬伯之燕觀焉，好之懼其不終致也，而猶繫廟寢之思焉；於邦伯之燕觀焉，好之懼其不終醉也，而猶繫黎元之恤焉，皆保民之主也。余子將行，羽儀天朝，如斯而已乎！雖然，《鹿鳴》之德心，《采蘋》之誠信，其本也。吾儕所得於誦法者，庶其在此。於是余子之門人合而歌《中流砥柱》之章，曰：「泰泉子之言窮達也，確乎其不可拔矣，其斯以擬諸形容也乎！夫今之聲，則猶古之聲也，敢以徵夫子之斆學？」余子曰：「可哉！」嗟乎，斆學誠徵於此矣！《詩》曰：「惟其有之，是以似之。」

## 贈李番禺入朝序

惟皇建極十有七年，惟君尹兹賁禺，既底可績，天官冢卿稽德考政，聞于天子，用建徽烈，乃受天子之休命，將造在廷。凡我彦士，俾予告言曰：「於君良顯哉，作其在邑！」民胥興曰：「惟民胥艱，惟君克厥艱，民其今休。」士胥興曰：「惟才其難，惟君學斆成厥才，士其彙征。今勵相我國家，聿求黎獻，揉兹萬邦，俾民終休。」我聞以言取人，人飾厥言；以行取人，人竭厥行。飾言無庸，竭行有成，惟君審哉。其有作德于家，勤施于國，克棐民彝，以弘于天，君克籲之，圖厥勑功，罔其遺匿。乃有不典不若之徒，蠱乃心，敗乃德，亂乃猷，專利作威，君乃大戞，俾罔或弗遜，勤毖我民，越以幽黜，罔克知庸；建事造哲，越有顯罰，罔克知庸。君乃拔濯，俾勿瑕殄，競興在服，咸茂厥功，康受乂之，萬邦之休，厥惟終哉。前人之徽言曰：「德莫若讓，事莫若咨。」惟君夙夜積學宣猷，遜不自居，若坎待盈不其溢。毋曰：「予小子越在畎畝，惟麗予于澤。」惟君御民，揔揔若風草。惟化之從，惟乃愓若。」毋曰：「予小子罔攸知，惟民情是度，敷禮于鄉，惟乃賢允迪，修辭禔身，寔罔予棄。兹賓于皇家，荐服大僚，尚不遐遺，終澤予德言，則予小子亦永有辭。」

## 贈別程松溪序

粤山之椒有提木焉，其大亘畝，其蔭百夫。颶風仆之，猶蟠踞輪囷，若決浮雲，然而條肆菀乎四出。故老相傳，蓋千歲云。松溪子起信宜，宰安成，與吾郡守一山子登兹山也，見而異焉，謂泰泉子曰：「噫乎！兹山也而有兹木也，顧乃爾乎哉？將欲立諸，則奚若？」泰泉子曰：「噫乎！兹木也而有茲根也，惡乎而不立，盍其立諸？」一山子曰：「諾，吾責也。」信宿，二子者過泰泉子山中，以告曰：「已立之矣！比眂之，則巋然矣。」

泰泉子曰：「吾於是得立賢焉，得立人焉，得立心焉。今夫賢者，國家之禎也，其志翹翹爾，其行嶢嶢爾。翹翹易折，嶢嶢易缺，護持而崇培之，猶懼弗殖，而矧摧剬之乎哉？是故蔽賢謂之不祥，知賢而不與立，謂之竊位。《詩》曰：『無怨無惡，率由群匹』，能立賢也夫。今夫木石之荒，且僻於己，固亡麗也，然自一者觀之，則莫物非己也；肝鬲聯屬，己寔固有之，然自不一者觀之，則莫己非物也。莫己非物也，而況於人乎，則有立焉者寡矣；莫物非己也，而況於人乎，則有不立焉者寡矣。是故仁者之民輔以翼，而又惠益之，惟恐其不足；不仁者之民顛以危，而又浚損之，惟恐其足。《詩》曰：『君子如屆，俾民心闋』，能立人也夫。今夫根之壞也，疾用無枝，心之放也，出入無時。是故事心之道，不以紛華馳，不以震撼移。德修罔覺，則仰不天愧，而俯不人怍，夫是之謂仲尼、顏子之樂。樂之生，其根于慎乎。必慎其獨，則性弗梏，言不俟修而篤，容不俟攝而肅。《詩》曰：『其儀一兮，心如結兮』，能立心也夫。」

一山子曰：「韙矣，三言可無贈乎！夫百慮繇乎心。心也者，道之管也，貞一者也。是故可以贈松溪子矣。」泰泉子於是乎贈松溪子，乃再拜而別曰：「行矣，敢不承乎？」

## 送李古沖序

聖天子即阼之十有五年後十二月，既鼎新九廟，徽崇兩宮，乃涣號錫羡，敬禮高年，敷厥鴻恩，翔洽禆海。越明年春，詔乃至粤，於是僉臬大夫古沖李公以職事入賀，遂奉其太夫人過家，偕尊翁稱壽，然後單車赴闕，蓋體上德意也。群公曁予咸餞之江滸，于時魚軒載止，鷁舫遄發，羽觴瑶席，緩舞清謳。雙橋蔣公倡爲《寶日之歌》，歌曰：「寶日晼晼宣重暉，大家逐子今言歸。西王東父臨庭闈，華纓朱轂紛哉騑。坎坎擊鼓歌縷衣，並舉玉爵停金鞿。鳳笙龍琯調鶤徽，眉壽年年樂無違。」同寅二三大夫和以《薰風之歌》，歌曰：「薰風婀婀低澤荷，大家東還揚棹歌。駿鸞儵忽碧水波，庭闈相見鶴髮皤。綺殽霞酌旨且多，並舉玉案朱顏酡。星昭南極月斜河，眉壽年年柰樂何。」公乃酬以《彤雲之歌》，歌曰：「彤雲亹亹環建章，清廟奕奕都荔芳。德馨薦祼禘以嘗，自天降嘏惟豐穰。兵革不試帝道昌，無爲而治垂衣裳。天子壽與天無疆，舜日堯年長樂康。」

是日也，歌樂交作，流商激徵，間進迭觀，觵行無算，素鱗牣躍，青蘋紛披，耄倪追攀，驩集不去。既罄觴，予乃嗣言於後曰：「猗嘻哉，不亦休乎！敬其友者壽其親，愛其親者壽于國。推恩之詔行，而上下以仁遂。猗嘻哉！禮也。」

## 送陳宗道序

余嘗求友於天下學行碩且著者資焉，雖氣高者難近，位崇者易携，然而孚者什九，涣者什一。世然而已，亦然欲弗涣焉，不可得矣；世然而已，不然欲弗孚焉，亦不可得矣。以故闔省而得一人者有之，闔郡而得一人者有之，乃若聲明鉅邑，或亦無焉者有之。鉅邑有之，而與郡、省埒，則罕矣；萃二人於一邑，則罕之尤者也。同年周子天保始納交京邸，予狎而敬焉，恒竊以爲罕。今陳子來尹番禺，學行酷似二子，皆山陰人也，浙産故多賢。其在于今，亦罕之尤者乎。周子自養高後，予失馮翼，悵然久之，賴宗道與予誼合。今入覲天子矣，治行奏最，例當留爲諫官，豈位自兹崇而携我矣乎？吾知其必不涣也。諺曰：「力田不如逢年，善宦不如遇國卿。」豈亦旅進而蕲與世遇矣乎？吾見其必不變也。

昔者安南之役，陳大計以諫者，自唐司徒、余侍御、潘司馬二三臣外，宗道以一守土遠吏，乃敢言之，巡臺用其言而疏之，予竊爲寒心。會疏至，而聖明止戈，一如所言。動於此而應乎彼，若有物司之，而特不得其朕者，亦神矣哉！今夫動不能爲，爲不能成，辟諸苦窳之器無所於用。故曰石弧金弦，不可以激矢，艅艎鷁首，不可以遵陸。然而飛筎盪舟，則力之至也；呼筏濟流，射石没羽，則精誠之至也。不仕精誠而任力者，惑也；見人之義而不企及，是亡勇也。嗟乎！投機之會，間不容穟，位可言矣，時可爲矣，而姑徐徐焉無所用其誠，則惡乎用其誠？方今堯舜在上，吾知宗道之行必有合也。

# 泰泉集卷第四十

## 序庚

### 朮山文集序

予家香山鉅海之中，登眺莽蒼間，奇峰峻崖，合抱木無萬數，樵斧丁丁，日不能窮也。初不見有伏，而虎豹之皮，孔雀之羽，爲野虞所鮮，炳蔚璀璨，無不可爲飾者。及航而遊也，南出扶胥，極目莫測水端，俯瞰海底，沙石歷歷如無物焉。然日晴則涎漦四起，入夜光怪百出，蓋鰍鰐蛟龍云。津子時攫，山玄水蒼，文犀、簡珠、錦貝、珊瑚之屬，亦莫知所繇來也。弱冠，計偕入燕甸，所經皆平陸廣野，烏復睹丘壑哉。當秋冬之交，木葉盡脱，霜雪交下，蹲地鑪猶凜凜皴裂，若無復萌焉者矣。其卒歲也，嗇人告豐，牟粟盈市。今兹之來，暖如江南，稍雪則瑞，而詩頌之。黎萌仡仡勤勤，末繇之豐難矣哉！於以見積不厚則藴不深，聚不翕則發不大，天地且然，况於人乎？

吾友朮山嚴公爲人質吶，貌若不勝衣者，與人交，則忠信謙退而有禮。自剖郡符，會計牢盆，荐歷方岳，日迴翔簿，領間所至，稱循良焉。人以其夙爲史局所嬰，不知其有文也。間出其集讀之，始若澹泊樸素，然而雋永之味，老蒼之色，有掩之而愈輝，咀之而愈長者。向所論積厚藴深，聚翕發大，公寔足以當之。於乎，其所謂胸吞雲夢者邪！故予竊不自揆，爲之序其首簡，俾讀者知大觀焉。

## 魯義姑詩集序

尚書工部主曹事常熟張立齋氏之司東泉也，改祠魯義姑于寧陽之南，歲徭泉夫一人衛之。顧詩爲姑作者，刻亦漫漶，乃增哀而更梓焉，俾予爲序。嗟乎！姑之曲全兄孤而却齊兵也，知足以保國，勇足以勝私，其仁旁皇而不苑，難矣哉！王京兆之集斯編也，其當景泰、天順之時乎。其義曲而中，其詞婉以章，至宜齋氏而益有焜耀焉。姑固義矣，而前後之表章之者，庸詎非義舉乎哉？吾於是乎有感矣。

伯禽之開魯也，政尚親親而敦仁，蓋守周公之教也。柰何隱、桓之際，已不忍言，施于慶父，待莊公之胤實效尤焉，無亦有愧《棠棣》之詩與！姑以一婦人，乃能曲全兄孤，而齊兵以却，父兄宗祊賴以不賓，而國與存焉，古今之所罕儔也。爲人君而知此義，則必能廣因心之愛；爲人臣而知此義，則必能陳孔懷之情；爲人兄弟而知此義，則必能軫念鞠子之哀。擴而充之，仁不可勝用矣。斯編之行也，而豈徒哉？吾於是乎有感。

## 小學古訓序

子朱子《小學》凡數十萬言，教人之道備矣，後學所當尊信，終身誦之者也。然書既浩繁，理涉宏奥，世俗訓蒙，乃或置之，而以他書爲先，予竊懼焉。夫古之施教也，凡以開其聰明而納諸道也。童蒙之時，性渾聽顓，言最易入。苟使先入之言汗漫而無稽，曷以端其趍鄉哉？故今採取《内篇》之最切要者，旁及他書，以爲《小學古訓》。首之以威儀、動作之則，次之以居處、執事、飲食、衣服之宜，又次之以灑掃、應對、進退之節，皆以立教、敬身端其本也。知敬身則可與適道矣，故明人倫次之。人倫既明，斯可與語弟子之職，故入孝出弟、謹行信言、汎愛親仁又次之。行有餘力，則以學文，故學文又次之。學文則六藝可通，故以禮、樂、射、御、書、數終焉。凡纂集古訓，貫穿成章，不復識别者，便誦習也。篇終每援引《詩》《書》、傳記者，明本旨也。如「將適舍，求毋固」之下，增「將入門，問孰存」二語，此類皆本《儀禮經傳通解》，亦朱子之教也。不知而作，以取罪咎，則予豈敢？

## 姆訓序

《姆訓》胡爲而輯也？成子朱子之意，以教内治而正風化也。三代有道之長莫如周，而風化之美，亦莫如周。觀諸《豳風》《家人》，婦子驩然有恩，秩然有禮，寔《二南》之權輿也。及文王作，后妃之德章於《關雎》，樂而不淫，哀而不傷，其性情可謂中和者矣。而勤儉孝敬，身以先之，女順既脩，逮下仁厚，至有《麟趾》之應焉。蒼姬之籙，八百餘載，劉向《列女傳》述其末俗，淑慎貞潔，代不乏人，而饁田畝爲酒食，治蠶績供衣裳，以盡孝敬，咸不渝乎其初。肅雍之澤，何其久也？無亦姆教所詒，感發熏炙，悠遠不衰之故耶！

子朱子嘗謂，女子亦當教以曹大家《女戒》、温公《家範》諸書，惜其不及删述，與《小學》並傳，猶爲闕典。肆于元狄腥聞，而王道蟄矣。惟我聖明更化致治，媲美有周，垂二百禩于兹。縉紳士庶，閨門肅穆。一或出市陌，衒冶容，奏箏纂噍殺之音，呈子女優雜之戲，雖市人猶詈而過之，然紋繡之工，歌舞之伎，亦寖與昔者歲異而月不同矣。予爲是懼，乃輯此書，以《内則》《曲禮》《詩傳》爲主，而《列女傳》《女戒》《家範》，皆採入焉。一曰《内範》，二曰《昏禮》，三曰《婦德》，四曰《婦言》，五曰《婦容》，六曰《婦功》，七曰《孝順》，八曰《貞節》，九曰《相夫》，十曰《教子》。爲女、爲婦、爲妻、爲母之道，略在是矣。名之曰《姆訓》者，庶使女師教之，婉娩聽從，習與成性，必能脩德宜家，臨難守節，於《關雎》《麟趾》之意，或小有裨云。

## 送竹岡張方伯歸黄州序

漢人言東南之美，必歸諸會稽竹箭。觀於虞翻所葢，王子猷所玩者，槩可見已。宋以來，蘄竹乃盛稱重，豈非王黄州記竹樓後遂爾騰譽耶？然蘄地亦因竹以顯。我朝賢秀輩出，世所樂道，必人焉先，豈陽德炳耀，非物所得而顯耶？世稱大方伯張公希賢必曰：「竹岡先生，無乃反借重於公以有聞耶！蘄竹可謂遇矣。」

今夫竹萌而不詘，籜而愈出，似直並生連類；靚倚交翠，似和稍雲干霄；貫四時而不改柯易葉，似貞其節確確爾，其心廓廓爾；似剛而有容，枝幹扶疏；高爽不污，似明而潔；揉而鏃之，貫於犀革，材爲管籥，比於琴瑟，似達而不器。君子是以觀法焉。以其剛直者，鋤强暴，震憸詭，於是乎布威信之政；以其和且容者，恤矜寡，寬困窮，於是乎布子惠之政；以其貞且潔者，節嗜慾，敦廉恥，於是乎布恭儉之政；以其明且達者，燭隱微，行法制，於是乎布精敏之政。精敏曰勤，恭儉曰禮，子惠曰仁，威信曰義。義以爲質，仁以發之，禮以守之，勤以究之，而民不被其澤者，未之有也。公今秩至左布政使，澤民之日久矣。一旦蒙微恙，輒去歸其鄉，廣民懷之，僚友愛之，弗忍釋，所謂不可一日無此君者。而公方浩然嘯傲竹岡之上，豈無化龍來鳳之祥邪？吾言驗，則璽書行且徵公矣。

## 重修沙村陳氏族譜序

人有恒言曰，地靈人傑，德厚流光，豈不諒哉！以予觀於外家沙村陳氏，有足徵焉者矣。其先承事郎諱鐸者，自汴來家粵城，開拓陳家林，以詒孫謀。岑蔚中蟲鳥聲無人，而岡阜蟺蜷於番禺、增城之交，若奮若接，若轡萬馬，部署其景，若布棋焉。善於鳴者品題之，遂渢渢乎有聞矣。自是爲郎者三人，爲大夫者三人，登進士者三人，魁厥經與計偕登仕版者，無慮數十人。食指千數，布濩嶺海。及于盱眙，則爲尚書者一人，爲卿者二人。冠蓋相望，奕葉益繁，蓋奇秀所鍾，弗可誣也。予外王父副臬大夫東井公，學弘而才不形，德厚而位不滿，其所譜先世行事，皆積善而不蘄食其報者。猗嗟乎，猗嗟乎，兹其後之所繇以克昌者乎！

迹其垂範流風，大氏有三：蓋郊野斯耕，庠序斯讀，獻歲仡仡，與蜚征偕作，日月除而後休，不可謂不勤；賓讌之席，恒因祭餕，眡一錢如肺腑不忍割，不可謂不儉；事不孔旅，酌不孔取，求利於官，畏若蹈水火，不可謂不慎。循此三者，《春秋傳》所謂保家之主也，齗齗乎其有唐之風乎！雖然，吾懼其有所恃而或渝也。逸遊崇飲，博弈壟斷，與三焉者背矣。今十四世孫鄉貢進士堯典，謀於族之諸賢，重修譜牒而梓行之，備其文獻，正其謬舛，閔閔焉惟恐詩書簪組之弗繼，以詒門第羞，以遏佚前人光，信卓見哉！夫蟋蟀職思其憂，而恒恧大康，此晉俗之所以綦隆也；椒聊碩大無朋，而自挾其强，此晉國之所以終裂也。是故予歌唐而得殷鑒焉，用以昭陳氏無疆之恤，則亦陳氏無疆之休也。猗嗟乎，猗嗟乎，尚知恤哉！尚永孚于休哉！

## 聽烏志感詩序

天下之所最難者，其維精誠乎！心也者，感之府也。苟乘於物而感投之，所向未始云睽也，而況臻其至者乎？今夫梡革斲木、型土范金之屬，至賤藝也。役志不分而其成也，見者疑於神焉。繢繡以爲身華，授粲斟雉而享之，雖有忿戾，且由由然而悦矣。川陸脩阻，力莫之致也。驂靳之車，青翰之舟，膏軸張颿，瞬息可以邂逅而相歡。不幸而疾痛，則役草木昆蟲之陳，且智者而湯劑之，以其意投焉，醒然起矣。之數者，古聖人以美利利天下，天下因之以精誠自通，而又以通精誠於人，故曰乘於物而感。

子之於親，天性也，又感之真者也。當乎事諸邇也，備其器用，豐以肉帛，竭其財而可爲也。其遠也跋涉弗及，則舟車以覿之，竭其力而可爲也。其疾病則力之所弗及也，醫以起之，竭其心而可爲也。有弗起焉，則皇皇然招之曰「皋某復」，蓋思挽而回之也。弗回，則裂腸泣血，以至於虞、於祥、於禫、免喪，而猶弗容已也。於是乎托諸人以聲諸永言，寓其哀思，誦之則如存焉，傳之則如生焉，是猶挽之而回也。兹哀詩之所繇賦乎。

予故友羅田王先生澄，字克清，端謹人也。始起家進士，令吾廣之番禺，廉能平易，民歌舞之。如治妖僧侵軼墳墓，尤爲風力。後歷尚書户部郎中，益有駿聲。督餉于遼，監倉于埧，董税于清江，理儲于通州，無不盡厥職者。及還，掌江西司事，遂暴卒于位，士大夫咸惜其用之弗究也。厥子侍御君德明，每聽留臺烏鳥之聲，輒淚涔涔下，蓋其暌違未久，先生即下世矣。招以復之，醫以起之，利涉以覲之，皆無一可致其精誠者，况於豐以肉帛，盡反哺之情乎？則是詩也，有出於咸之最真而不能已焉者矣。大宗伯陽峰張公爲題曰《聽烏志感》。感也者，《易》之所謂《咸》也。德明揖予俾序，予不辭者。烏虖！予亦深有感乎先生云。

## 贈大司寇聞公北上序

《記》曰：「人者，天地之心也。」《春秋傳》曰：「善人，天地之紀也。」合是二言而觀之，民生有欲，事變無恒，苟非有以爲之紀，則天地之心，或幾乎息矣。載考前史，凡明者登庸而昏必屏絀，廉者晉錫而墨必流放，仁者在高位，而不仁者必服上刑。辟諸條風布龢，蜚征迅作，宇内勃焉生意，而嚴霜沍雪，涣然消釋，令人夷懌，擊節賞之。其或哲人元夫、忠潔之士，株連而駢戮，殆猶冬令行於春，而苞柎罔遺萌焉，則爲之惻焉以悲，是胡爲而然也。

不忍人之心，即天地生生之心也。是故邦治得人則善，人日以進矣；邦禁得人則不善，人日以遠矣。夫惟不善人遠，而善人日以進，則亂可使寧，陂可使平，穢可使清，所謂天地治、神明至者，可幾而成。故曰人不立，則天地不能以獨運。且唐虞之世何時也，論者以爲極治，然蠻夷寇賊，姦宄相因煽孽，則亂亦形矣。用一皋陶以爲理焉，惟刑其姦宄，而外侮自息，若紀從綱，有條弗紊，其法甚簡而不煩，用能制亂以成治。故曰昏、墨、賊、殺，臯陶之刑也。匪昏，匪墨，匪賊，雖有庶頑，則宥而教之，使並生焉。如碩果之仁萌於隆寒，天地之心於是乎可得而見。茲好生之德，所以洽民者乎。

佐生也晚，筮仕當正德之末。嘉靖之初，見夫寧藩之獄逮及無辜，張公子麟則力讞以免，中官欲敚捄凶類，林公俊則封還駕帖而求去。於乎！臯陶之躅遐矣，二公其猶行古之道也夫。留都太宰石塘聞公明以昭德，廉以率下，仁以禔身，惟克天德，故其風猷凝重，天下仰望而倚賴之。荐歷十有八任，蓋將四十于茲矣。聖天子鋭志唐虞，擢大司寇俾入輔，如臯陶焉。夫掌邦治而使善人進，固公之素志也。命下之月於《易》爲《復》，戒行之月於《易》爲《泰》，其兆之先乎。默玩陰陽之運，顯紀天地之宜，近監前政之迹，遠接士師之軌，俾寅亮之功垂于有永，其自茲哉！公之素志孚于天下久矣，佐也尚何言！

## 贈大中丞胡公考績序

國家之大務二：用人、明罰而已。用人則理刑弗與，明罰則銓衡弗與，惟都察院得綜而參之。雖留都務簡，然職掌尚由其舊者，憲度存焉爾。在昔臯陶作士，官人以九德，繩人以五刑，二者蓋相因焉。用得其人而刑罰不中，固未之前聞也。洪惟聖明成法，遠準唐虞，至于孝皇，治尤隆盛。

今留院右都御史南山胡公，筮仕實當弘治間。方是時也，尊老成，拔明德，屏奇袤，絀奔競，用能恪其位著，脩其班制，均其秩敍，端其表儀，猶懼弗莛。於是乎有選用之令，有考覈之典，有糾逖之紀，有審讞之章。憲度昭備，百官承流，而誰敢越之？時則有若浮梁戴公掌内臺焉，淑問而有公烈者也。公嘗爲予道其名言曰：「遷官而使人嫉，孰若使人惜邪？」風猷所指，心蓋有孚焉者。故自行人遷御史，屢任藩臬，乃遷巡撫，晉貳工部，以至今官，歇歷四十餘年。匹諸戴公，殆無愧色，而速化之術，未始萌諸其心，其所操存者何如也？

嗟乎！位著弗恪，枉淩直矣；班制弗脩，新間舊矣；秩敍弗均，賤加貴矣；表儀弗端，衺破正矣。如是而典令章紀雖曰畢具，徒法而已。有能軌範於此，仰之者耻心萌，躁心釋，潛化密移，世道攸賴，則夫法之行也，若有待然者矣。伯生有言，南昌山水秀鬫之所鍾，駿異間出，公真其人哉！方今堯舜在宥，治道復隆之時也，然用人明罰，猶廑宸慮，方且夾輔是求，而公適以考績覲，其必有遇矣。稽謀于天，自作元命，降德于民，潤澤豐霈，使天下斐然稱曰：「公，今之皋陶也！」其在兹行也夫。乃者松洲柴公過予謂曰：「公嘗陳臬于廣，嘉政弘多。子之故人也，可無贈乎？」既而厥屬鼎來，義不容已，於是載筆致屬望之情云。

## 贈馬孔目考績序

國家資人文以爲治，其大者有二：遺書所以明道也，遺賢所以究用也。書不備則道不明，賢不求則用不究。將欲緝熙帝載，統和天人，其必繇是哉！有唐改集賢院爲翰林，凡圖書之遺逸，賢才之隱滯，則承旨而徵求焉，等而上之。《書》曰：「學于古訓乃有獲。」又曰：「野無遺賢，萬邦咸寧。」雖唐虞三代，未嘗不以二者爲先務也。

洪惟我聖祖高皇帝有天下之初，即遣使求遺書，尋命儒臣詹同等十人，訪求賢哲隱逸之士，奔走是役。首領、孔目，皆得從事焉。孔之爲言大也。學士總其綱，首領承其目，故言孔以重之。雖府部樞要，其幕職名義，靡有得而同焉者矣。予視篆留院，有櫃扃鑰，殆將百年，使工力啓之，則故案楮墨如新。凡國初搜校書目與賢材之數存焉，間有斷爛，然孔目之名必署案末，乃嘅然歎曰：「人文丕闡，其毖慎乃若兹乎！」一時名儒俛首就幕其所從事者，寔皆國家之大務。顧名思義，亦光榮矣哉！

吴郡鐵餅馬君，素受知於中丞石泉胡公。予聞君名亦有年矣。及予在留，君爲孔目，扣其所學，若穆滿之觀崑崙，群玉粲如也。出其詩文，若莘摯之本，味甘而不喂也。暇則與之商確古今，猶痾瘻丈人之承蜩，紊丸愈多，而愈不失其錙銖也。世之不于古訓，惟談圓覺以欺人者，視君其賢不肖何如哉？自幕入館，荐至鉅寮，先正蓋有之矣。三途既闢，柄任弗次，如君之博而且賢，固今日之承旨而徵求者也。垂光虹蜺，濯足雲漢，奏最陟明，其在兹行乎！予日望之。

## 贈大司馬兼中丞熊公北上序

國家稽古建官，惟留都大司馬位于大宰之上，凡諸軍幾務皆參贊之。殿兹重地，用戒戎作，而東南無宿憂。在昔周公，師保東郊，豈其遺制與？乃若在内，風紀總于都御史，其員寔下尚書。近惟簡用大司馬，然後得晉，與六卿埒。蓋風紀之大者三：用人也，折獄也，詰兵也。陳其臯事，居部之半焉，故不得不重其任也。

邇者北原熊公輟留務，兼憲職，入掌院事。在留薦紳逮于士民，翕然爲得人賀。群公俾佐有言。嗟乎！風紀三事，孰有先於用人者乎？仕非學不明，學非心不正，故人材之銓用也，凡心術端而學識醇者，持法以進之，其或憸邪僞妄，則持法以退之。黜陟之柄，雖太宰不得而專執，兹固聖明所以重風紀之意也。昔者君陳之繼周公尹東郊也，成王命以猷訓曰：「至治馨香，感于神明。黍稷非馨，明德惟馨。」迨畢公之終保釐也，康王命之，俾訓庶士曰：「雖收放心，閑之維艱。」夫明明德，求放心，孔孟示人學問之要也。君陳則令德孝恭，畢公則懋德率下，其不爲徒訓蓋可知矣。

先生學術見于政令如此。是以孔孟教人允蹈，非以滕口説焉而已也。世之饕餮貴富、驕淫矜誇，固無足言矣，然或頓悟圓覺，出言爲師，徐考其行，則萌隷睨而笑之。舍修德而惟學之講，有放心而不知求，無亦口給禦人爾乎。學術不醇，則心術不正，頹風浩其四起，厥來尚矣。惟公秉德用克，師保萬民，日嘗與予論政必及學，論學必求諸心，思振士習，而納諸成周之世，蓋拳拳焉。故出入師虞，以身爲教，保釐圖政，其大體固如是哉。且周公嘗陳立政之謨矣。揆厥所元，惟曰「其勿以憸人，其惟吉士」。終之則曰「其勿誤于庶獄」，又曰「其克詰爾戎兵」。蓋必能用人，然後折獄、詰兵之政，可從而立也。今公職秩適與相符，而素志又盡章章如是，繼自今以人事君，濟利天下，於公有攸賴焉。則兹行也，其不徒也夫！

## 贈大司徒周公考績序

聖明建官，自兩都以及在外，凡長貳之下，必陳其殷，置其輔，大都取法《周禮》，以六卿爲重。然吏、禮、兵、工所屬之司皆四，惟户與刑所屬之司皆十有三。夫長貳秩敍同矣，胡殷輔多寡乃爾殊哉？蓋由國計至繁，人命至重，精稽詳究，有不容已者也。至論其職掌，則户欲其滋，期于富有，刑欲其清，期于無刑，政雖並行，義則相悖，抑又何也？政理所以奉若天道也。陽以生殖爲事，而陰則積諸空虚無用之處，兹户與刑之所以異與。於戲！當兹選者責任亦難矣。

毘陵約菴周公，自總風紀陟留都大司寇，持法明刑者三年于兹，嘉政弘多，茂膺帝簡。即拜大司徒，俾理財賦，履任數日，獻績北上。户之諸司屬予以贈言，予謝之曰：「公之荐歷法司爲日久矣。其臨東曹，固將以隆生殖之道也。今滿考獻于上，則措刑之績，民自不冤者耳，無乃非百執事之所預聞與？」諸司皆唯唯而退。他日，代公署部少司空臨桂直齋屠公過予謂曰：「贈言終當見屬矣。析其異而弗究其同，諸大夫庶士竊有疑焉，可默默而已乎？」予對曰：「昔者蓋嘗聞之，一陰一陽，天道之常，爲德爲刑，人紀之綱。夫惟合刑爲德，斡陰成陽，然後民受澤而治具張也。今約菴公祥刑所究，廷尉稱平焉，是即生殖之道矣。推之以出納底慎，厚生利用，心如衡焉。凡物無有不得其平而鳴者，則其在司徒也。他日之績，猶司寇也。語曰：『斲木爲棋，梡革爲鞠，亦皆有法』，矧政務乎哉？今夫奕棋而置子非所，則欲活無由，鮑人治革而一方急，則裂之所從起，工藝且然，政理可知矣。方今聖天子素知公賢，圖回治化，責任付公，皆人所難者。其不同者官也，所同者平其法，而在在皆生意也。雖考最持衡，以均四海，亦惟其平而已。《書》曰：『無黨無偏，王道平平』，此之謂也。」屠公以予之言告户曹，諸大夫庶士皆曰然，於是乎贈。

## 贈江司業北上序

昔季孫問於冉有曰：「子於戰，學之乎？抑性達之也？」曰：「學於夫子。」然則夾谷之會，文事武備，徵諸此矣。他日，對衛侯以未學軍旅，正以其不可與言爾！夫豈業有所鬩哉？文經武緯，固吾儒之道，而夫子所以爲萬世師者也。然武非徒戰陳之謂也，帷幄之籌，攻守之律，威讓之令，告誓之辭，類禡之儀，愷獻之樂，孰非文哉？辟諸陰陽焉，其氣一而已矣。世之論者乃曰：「西北陰也，其地多寒，故其人能寒，而剛以武；東南陽也，其地多暑，故其人能暑，而柔以文。」此特以風氣言耳。我朝龍興南服，而揚徐甿竪操箠以逐蒙狄，人皆勇逾萬夫，何則？心誠於敵愾志一，而氣隨之故也。語曰：「貳師之刀湧泉，魯陽之戈退日」，誠之至也。夫誠之至，則天地且不能違，而況於人乎？用是觀之，旋轉之機存乎人焉，蓋可知矣。

同館貞齋江先生夙抱經濟，繇以宫諭主試南圻，策及邊事，後悉如言。無何，左轉尚書兵部郎。至是，始遷北監司業。方銓衡之推擇也，天子顧問輔臣，凡其積學之富，籌邊之確，寔雅知之。佐尚何言，以爲先生贈邪？嘗莊誦我高皇帝聖謨曰：「地有南北，人無兩心。」先生嘗司南廱之教矣，東南髦士翕然從之，此心此理同也。今司教於北，從之者豈異乎哉？然而風氣昔剛以武，今乃反柔以文者，何也？蓋隆平日久，習爲恬逸，有舍介胄，而峨冠闊袖，則群而敬之。雖引弓之民入我邊圉者，亦皆挾册而吟諷，其心亦誠見。夫鋒鏑不如絃歌，馳射不如揖遜故也。

嗟乎！心也者，誠中而形外者也；誠也者，動萬物而成化機者也。今之武備，可謂虚矣。彼高談名理、頫眂程朱者，且猶相率而爲僞，則夫文事，亦豈誠然乎哉？夫子之教，學文修行必主忠信者，欲其誠也，然則抑浮狡、務誠實而豫爲之，所非幾要與？矧聖祖誥官祭酒，義專釋奠，而考德問業，則司于其副焉。先生之責任亦大矣。《易》曰：「忠信，所以進德也；脩辭立其誠，所以居業也。」將欲儲育文武全材，以弘濟我國家，盍自其心之誠求之？佐不佞敢輒以是爲先生贈。

## 贈大宗伯張公北上序

蓋聞採擷菁華，可與言辭賦；攄繕性情，可與言歌詩；研精聖真，可與言名理；斧藻猷度，可與言德化。四者皆人文也。載徵史牒，古今人文莫盛於楚靈均之引物連類，怨誹不亂，天下之言辭賦者宗焉；少陵之鋪陳終始，風調清深，天下之言歌詩者宗焉；濂溪之超悟無極，再闢渾淪，天下之言名理者宗焉。夫詩、賦也者，藝也，末也；名理也者，道也，本也。舍其本而末是圖，固不足以成身；道明矣而弗宣於用，無亦逢時之難乎。施于聖朝，二相乃作：楊文定公躬逢虎變，以功烈顯；袁榮襄公力贊龍飛，以廉正聞。論者猶謂或仕則先時，莫慎其始，或遇則後時，莫究其終，然則邁德而德降黎元，襄化而化成天下，豈尚有待而然乎？

洪惟聖天子發迹漢江，肇啓郢甸，體元執中，禮樂明備，人文超越邃古，固有五三《六經》之籍，靡得而聞者矣。嘗觀漢江，源發于嶓，而會于承天之西，鄭侯所謂天漢者也。《物理論》曰：「元氣發而精華上浮爲星，故雲漢衆星出焉。」張衡《靈憲》曰：「水精爲天漢」，隨天而轉入地下。由此言之，漢其地天之交邪。升列曜而上之，天道以光，故《詩》曰：「倬彼雲漢，爲章于天」；轉天漢而下之，地道以昌，故《詩》曰：「滔滔江漢，南國之紀」。然全楚之大，相材獨鍾于石首，何也？蓋天漢升降，元氣上至襄陽七百里而近，靈均、少陵出焉；又上合瀟湘，洞庭于大江七百里而遥，濂溪出焉。流匯環合，道里惟中，大江東會，以受天漢，則石首是也。中有龍穴，雲雨所儲，渟蓄滲漉之中，而陽岐之山秀槩翼軫。二相弗居，而陽峰張公適家焉，向之所謂有待者，其惟公乎！

佐侍公同館二十餘年矣，所以雅知公者，其惟心乎。嗟乎，心固貫三極而一之者也！惟公翼翼焉而寅，用禔乃身；坦坦焉而直，則地之德；汪汪焉而清，法天之明。寅、直且清，秩宗之所以掌邦禮者也。行且登泰階而甄天下，特舉而加之耳。是故法天以清，撫三辰也；則地以直，紘九埏也；修己以敬，正百揆也。盱分道藝，闡繹德化，光摛人文，以垂萬世，公寔優爲之。故我聖天子方隆倚毗而錫召命焉，其乎公之心也夫。南曹以佐之雅知公也，爰俾載筆爲贈。佐辭不獲，於是乎言。

## 羅浮山志序

羅浮，粤望也。洞天福地，名列道書，浮傳於羅，事載《漢志》。至晉，葛洪居之，而後始大有聞矣，然未有顓志也。袁宏始作《登羅山疏》，竺法真繼之，其意豈主羅客浮故與？二疏散見類書，不行于粤土。宋郭之美乃爲《羅浮山記》，譚粹裒之爲集，王胄復續爲《圖誌》，猶未之詳也。逮永樂中，陳公璉廣胄所録，蒐及道書，而鄭安期、朱桃椎之類，未免疏謬。先君粤洲先生棲息兹山，嘗欲正之，不果。予結草廬，思與瑶石黎子民表陟降厓巘以稽之，而病未能也。

歲庚戌春二月乙巳，與甘泉翁偕遊，黎子暨梁子孜從焉。詢舊志于道士，則亡矣！於是托歸善姚子浤求得録本，黎子復得圖記鉅幅於故家，乃博訪旁采，綱以圖經，而後條舉其詳。昔所未載而今創聞者，爲《雜記》以終之。芟補綦于精審，予亦稍加潤色，蓋七閲寒暑而後成編，凡十一有二卷云。

夫葛洪修煉，所謂合内外之道，有三要焉：身、心、意而已矣。意也者，真土也；心也者，真汞也；身也者，真鉛也。以真土擒真鉛，以真鉛制真汞，而丹成矣。是亦誠意、正心、修身，攝於養中之義也。

子周子上羅浮賦詩，有「浩然心意復吾真」之句。而子羅子嘗坐釣鰲，静觀物理，必反諸身焉，將無同乎？又徵諸黄帝之言矣，曰「道若川谷之水，其出無已，其行無止」，言誠之源也，分水有嶼之象也；曰「先鬼先神，先稽我智」，言正之幾也，夜半見日之象也；曰「芒芒昧昧，因天之威，與元同氣」，言修之極也，飛雲絶頂之象也。是故川上嘆逝，洞厥泉源，日中坊蔀，炳厥幾先，夙夜畏勤，動不違天。雖壽國命脉恒必由之，匪直自壽而已。故曰修身而至于神仙，爲學而至于聖人，爲國而至于祈天永命，其道一也。

兹固是志之肯綮也，讀者當自得之，而豈予所能辯哉？姚子與兄瀾及張子文鉅、徐子國瞻、湯子相共率錢一萬，購工請刻。黎子伐梓，得二百片，遂刻之。適予佃人送租錢五千至，亦畀焉，工於是告竣。

## 宫寮倡和集後序

是集也，刻於留都參軍錫山秦君思宋，而大宗伯陽峰張公序之以傳者也。倡和者三十有七人，詩凡一百一十有四首。其不與會者，太子賓客大司馬吉水毛公，時方持節安南，少詹事、兼侍讀學士安陽崔公，適以遷秩去，故皆不及賡和。其與會而詩不成者，惟大司馬河間張公、大司寇分寧周公云。

夫詩，特吾儒末藝焉爾，而奚以傳爲哉？惟夫元良馮翼一時之盛，有足以光媲隆古而烏奕無窮者，則不可以不傳也。秦君梓行之意，其誠足嘉尚也已。緊昔丙申之冬，佐方跧伏畎畆，恭聞皇儲降生，雖空谷萌竪，舉皆欣欣屬繹以相告。國本之重，徵諸民情者固如此。越四載，青宫既建，佐欽承嘉命，獲厠寮寀之末。比至，則元老碩儒輻集廷闕，人咸思欲斟酌道德，肴覈仁誼，以少效涓塵於萬一，日夕引冀其情，蓋有溢于燕喜風什之外者矣。故兹倡和，渢渢乎恭而不肆，雍而敬，婉而温，愨而有文，其殆治世之音矣乎！雖然，此猶以末藝言也。

我聖祖高皇帝董正詹事之官，思擇忠直賢良之士，如唐李綱之徒，以爲導輔，見於謨訓，有明徵焉。是集既傳，使或誦其詩，稱其人，曰某也忠，某也直，某也賢且良也，則永與有光榮焉，否則可無懼與？佐不敏，庸書諸末簡以自警。

## 贈郭侍御考績序

唐人有言，接武夔龍，簉羽鵷鷺，君子仕至御史，可謂榮矣！夫匡弼繩糾，執持成法，當如臯陶，亦奚取於夔龍哉？《書》曰：「工以納言，時而颺之，格則承之、庸之，否則威之。」工，夔所掌也。納言，龍之職也。承、庸與威，臯陶之法也。雖唐虞之世，禮樂明備，人人宜若皆能銷釋其邪心，然姦宄頑讒，不能終無也。於是乎納言審令惟允，以杜孔壬，工從而歌颺焉，則邪心日以銷釋矣。迷復難用，不得已而刑之，此不仁者之所繇遠也。予始疑古昔之迂，及筮仕京師，承乏史氏操持彤管，採聽謡俗，凡言路奏牘之登忠賢也，天下公以爲是，其去纖佞，天下公以爲非。出納之下，閭巷瞽人，敷叙其事，絃且誦之。惟上之從，則其詞訢以暢，如其違也，其詞嗟以讟。夫然後知大司樂所謂興、道、諷、誦、言、語者，蓋此類也。

昔掌於官，今播於民，殆三代之所以直道而行者乎！世至有宋理、度之朝，何如？時也北虜寀入，土宇日蹙，君臣方且編《福華》，頌靈芝，迎霞光以爲樂。吾廣番禺有右正言郭公閶者，危言力諍，而莫之終濟也。見於《宋史》所録，文山所褒，則公亦一時偉人也已！烏虖！史、賈繼惡，爲國桑穀，萌芽弗折而斧柯是尋，夫何益于事哉？

今御史毓厓郭公於先哲，鄉同也，姓同也，其邃學美政，令譽隆起又同也。隨所巡歷，纖佞始蘖，則豫鋤焉，予甚欽之。方際堯舜在上，則視正言公之遭逢，又敻有不同矣。予知毓厓建立遠到，未易涘也。三年底績，以其所匡弼繩劾者獻焉。考最進律，留輔聖明，其在兹行乎！松巖符公率同寅餞之，俾予載筆以贈。嗟乎！予尚何言？翦伐桑穀之萌，固公優爲也，諦聽京邸，尚有閭巷絃誦忻暢者乎！爲告曰：夔龍今滿朝矣。

## 贈都府十山談公序

天地之大，一陰一陽，周行山川之中，無遠而弗届也。王道所以取法者，其在兹乎。嘗觀泰山日觀，煦于諸馮闕里，鍾靈鳩淑，聖傑挺生，何則？陽且明故也，其下隰則迤邐而爲溪洞。史傳所載，萑苻之澤，渤海之藪，曲隄之險，水滸之阻，往「往」伏戎于莽〔二〕，何則？陰且暗故也。要其極則都會之陽，是曰神皋，罙入之陰，是曰鬼方，其槩類此。

吾粤亦然。昔者嘗登羅浮之椒，夜半見日，猶日觀也，豈非鯷壑鵬溟，同一廖廓，故高明與他山爾殊邪！及抵清遠，舟人遥指大羅山曰：「此中幽窅，蟲蛇罔象之聚也，其水石則嵚埡峆岈，林薄則坳枅叢槎，西通四會，俚賊所家，鏦人以矛，血人于牙。」言既，蹙頞久之。其後四出寇掠，日肆猖獗。

今嘉靖丙辰，大司馬十山談公疏聞于聖天子，命將徂征。乃自嶺西罙入其阻，擒馘元兇，脅從罔治。遂進清遠，破其巢穴，凡馘七千八百餘級，而澤藪險阻，悉皆蕩平，嶺海士民讙訢胥慶。越丁巳春，振旅而還。捷奏于朝，進秩殊錫，且有日矣。藩臬暨都帥咸來請予載筆，以紀其事。

於戲！武事成則文教昭，威加廣則德施普，兹固陰消陽長之謂也。夫東蹠番禺，北指韶、雄，其羅浮之陽乎。稽諸吴、晉，陸胤、裴淵所傳廣州先賢，時則有若高固爲楚威之相，肇開五羊銜穀之祥。及漢，則太守鄧宓、議郎楊孚之屬霦霦傑出，不待唐之曲江，而先已有聞矣。嶺西文獻，迄宋何寥寥也！譬諸背巖草木，發華必遲，亦容光終所弗遺爾。然函氣以生者，其性同也；形爲人類者，皆可化也。大羅逋誅數百年矣，不草薙而禽獮之，嘉曷由生？慨昔薄我，奚可縷數，而竟亡有闖其藩者。

〔二〕「往」下「往」字殘缺不全，今據萬曆本、粤圖本、北大本、暨大本補。

今公獨斷，成此膚功，静若囦濳，動若霆擊，非圖勝也，以彰聖天子之義也。繼自今勞來教育，弗故夷其民，使之節性日邁，化獷而馴，畏我天威，慕我人文，式我聖傑，懷我好音，將見水石林箐，弦誦鏗琤而相聞，則幽厓靈湫，其均矣乎。非好迂也，凡以敷聖天子之仁也，王道之所以法陰陽者盡之矣。是猶豐蔀焉，蔽厥百昌，無由鬯達，一旦撤之，踆烏俯照，則生遂莫遏。公之偉績流光嶺海，豈有窮哉？《書》不云乎：「丕冒海隅日出，罔不率俾。」此之謂也。

## 贈司馬印巖王公序

蓋聞智者不違時而昧幾，勇將不怯難而鮮終，仁人不後民而先己。今大司馬印巖王公鈁初臨百粤，適大羅山奏捷，公曰：「嘻！吾聞師出以律，故《詩》云：『〔有嚴〕有翼〔一〕，共武之服。』是役也，罙入其阻，豈易捷與？吾肅將天威，督戎于兹，否臧必懲，遵律必賞。國之大事，弗可以弗慎也，吾豈貪天功者哉？寇或逋誅，功則匪多，吾其究諸。」於是因其慴服，乘勝擣虚，已乃覈實功次，無俾譸張，可謂智矣；三軍之衆因公一怒，冒險先登，窮其巢穴，可謂勇矣；渠魁盡得，黨靡遺育，罄嶺西南，室家胥慶，可謂仁矣。蓋威藴三德，於斯見焉，非傑出之才，何以有是？

〔一〕「有嚴」二字漫漶不清，今據粤圖本、北大本、《詩經·小雅·六月》補。

夫戰，危事也。躬擐甲冑，身親矢石，處危思安，引冀奏凱，是以欺蔽之情生，矧大羅山深昧而多水險，谿谷林箐，伏莽弗能以盡窮也。執獲纙纚，冒報攸馘，夫誰知之。惟公慮必先定以應卒，故卒無不共，兵必先辨以應敵，故無不靡。以吾粵嶺峻而海鉅，則嶺西守巡都帥帥漢達土兵，自四會入欣塘，至于葵峒，凡破猺山一十有五，靡有出大迳、渡渌水而南者。其在崧臺，以抵懷集，則盧守璘保障其民，民惟轉餉，不知有兵焉。嶺西守巡都帥帥漢達土兵，自清遠入南田，至于大鷂，凡破猺山三十有五，靡有出丙水、陟太庾而北者。其在五羊，以抵英州，則陶守大有保障其民，民惟轉餉，不知有兵焉。何者？兵以攻心爲上，彼之心寒久矣，師出而究其終，此遺燼所以滅於建瓴也。凡馘七千八百餘級，而武服之共，遠至邇安，真可謂殿天子之邦者矣！

昔公之伯吾藩也，冰蘖之操，鋪行弗擾，民頌其清；出納之公，庫藏必盤，民頌其慎；剸裁之敏，日昃不怠，民頌其勤。清故幾以智，慎故敬以仁，勤故勇於義，此又公之恪官箴而得輿情者也。方今天子昭德用哲，光于萬宇，惟公允協，而建駿功，其殆明良之會哉！懿誠上聞，則鼎彝之旌必有出於異常者矣。管夷吾有言曰：「無翼而飛者，聲也；無根而固者，情也。」夏侯太初亦曰：「當千載一遇之世，將行千載一隆之道。」予不佞敢豫以爲公望云。

# 泰泉集卷第四十一

## 序辛

### 史記考要序

昔仲尼作《春秋》，揆綱常，察時變，明大義，遏亂賊，而於王霸夷夏之盛衰，尤三致意焉。要在于達道以經世，亦時當爾也。及司馬氏《史記》繼作，不復存策書之體。若恣其意爲之者，無乃與《春秋》相錯迕乎？蓋遷生强秦之後，力政嗜殺，非軒轅所以服蚩尤也；骨肉相殘，詐脅黔首，非夷齊、太伯所以崇揖讓也。三五道法，銷蕩亡餘，庸置海宇于烈火？陳涉、項羽出，而民仰之若時雨，故《本紀》則首黄帝，進項羽，《世家》則首太伯，進陳涉，《列傳》則首夷齊，《律》《書》則重兵械。於强秦惟恐其亡之不亟，於佳兵則示不得已而用之之意焉，無乃逢時干戈，以耗海内之故與？不宗其景迹而宗其時義，遷蓋善學《春秋》者也。誠使遷之志行，則殺機可杜，而敦淳之源回矣。顧書未及竣，而褚先生之徒亂之，加以詁注紛員，覽者病焉。

吾友柯子乃作《考要》十卷，以訂訛補闕，其有功於遷者甚大。嘗掇其最，則有四焉：一曰核名實，二曰正倫紀，三曰去奇説，四曰明素衷。何謂核名實？若堯、舜非謚之類是也。何謂正倫紀？若西伯不王之類是也。何謂去奇説？若趙武非遺腹之類是也。何謂明素衷？若因管晏以傷其弗遇之類是也。世儒稱仲尼素王，左氏素臣，以其有功《春秋》云爾，然而或失則誣焉，况其餘乎？今柯子此書援引浩博，裁斷顯精，刊華茹實，自成一家言。遷嘗病儒者博而寡要，勞而無功，非超類之儒，其孰能爲諸？使遷可作，當何如其賞也？

柯子名維騏，字奇純，莆田人。癸未進士，甫除南曹主事，即謝病歸隱。家學世以《春秋》鳴，通微探頤，益工於詩文。其志行高潔，爲人所欽，纍騰薦墨，當究用於時云。

## 南廱志序

先王經綸之道，親親、尊賢而已矣。由斯二者，施及朝廷邦國而一諸誠，仲尼之所以蓋魯哀者也。然親愛欲其貴富，而尚德則否，何者？親務乎惇，賢惡乎欲，仁義之施固爾殊也。歲壬寅，佐以侍讀視篆留院，嘅夫奢麗席寵之風大類東郊，綺食幾與王侯伍，而縱談名理以相從者，又知浮于行而莫之内省其志，是亦富貴也已。鎬京之教不其遠，而思風切之而無由。越二載，詔晉佐諭德兼修撰，入纂玉牒，仁親故也。比其年秋，南廱承之，復詔往涖，急成賢也。佐何人斯，經綸大經，輒叨與焉？其奚以圖報稱哉？夙夜惟不能遵成憲、明彝倫是懼，乃申《五品條約》進諸生，告之曰：

爲學求放心而已者也。心放而知求，則必先明義利之辨焉。義則循理，善之源也；利則縱欲，惡之源也。此心常覺利之終害，而惟義所在，則心日以收，善日以積，美在其中矣。《書》曰：「怙侈滅義，服美于人。驕淫矜侉，將由惡終。雖收放心，閑之惟艱。」是先王典學見諸政令者也。夫崇習侈靡，則制事亡一合宜者，義斯滅矣，其端萌乎耻。惡衣惡食而弗知求美乎內，故其服美則其氣盈，其氣盈則其情蕩，其情蕩則其色莊，其色莊則其言肆。氣盈曰驕，情蕩曰淫，色莊曰矜，言肆曰侉。諸惡作而僇將隨之，可豫知也。夫心放已久，乃欲學以收之，譬諸隄壞水決，又焉坊乎？

今之留都幾務參於元臣，猶古保釐也；紈繡羅縠是之自出[一]，俗鮮由禮，猶古世禄也。都人士又偈以率之，亹亹談道義，其實戚戚營利欲。嗚呼，盍亦内省乎哉！聖人之道得其傳者，顏與曾耳。爲邦而問禮樂，其志何如也？而簞瓢陋巷，不改其樂，絜矩以平天下，其志又何如也？而履穿肘見，歌聲若出金石，彼富貴何物，足以易其内美也哉？我皇上常製御箴以警儒臣曰：「卓爾之見，一貫之唯。學聖君子，勖哉勿偈！」大哉皇言乎！字十有六耳，聖誠之幾，包涵至道，與危微精一若合符節，豈非于帝其訓者乎？

會得故祭酒崔文敏公遺牘于㚃螽中，禮樂法制存焉。乃與監丞趙子恒、博士王子製、周子瑞、助教梅子鶩緒成之，爲《事紀》四，《職官表》二，《雜考》十有二，《列傳》六，凡二十四卷。諸生以姚讓故事

---

[一]「紈」，原作「紈」，今據萬曆本、北大本改。

各競梓之，爰申畢命之義，歸重于我皇極敷言。嗚呼，諸生其勖諸！

## 贈陳韶州序

陳，舜後也。上虞得名，以舜後所居也。舜爲萬世師，夫人思齊焉，况爲其後者乎？樓山陳君紹生於上虞，仕留臺爲侍御史，予始聞其風裁。獨持鋤彊翦佞，建白逴逴，疑其剛方人也。及視篆抵留，與君晤會，則貌睟言遜，德性端雅，其所謂「温温恭人」者乎。居無何，受命知韶州。韶之名郡也，以舜南巡狩而奏《韶》也，是故韶石與九成臺至今存焉。薦紳鉅儒謂《韶樂》合肅殺之律，爲長養之音，其風自北而南，優柔感人，和之至也。服虔曰：「無射、夾鍾，以北爲北風，姑洗、南吕，以南爲南風」，歌奏見於大司樂者是也。風也者，興于土囊，振于玄間，生物宣滯，從律成樂者也。歌北風則調主夾鍾，合奏以無射，其氣嚴以凝，感人栗以烈，持憲者象之；歌南風則調主南吕，合奏以姑洗，其氣温以柔，感人安以樂，牧民者象之。合而成生氣之和，則徵、商歸於羽、角，而九變成矣。故曰：「《咸池》《承雲》《九韶》，有虞氏之樂也。」夫風氣之徵自北而南，樂斯變矣；心術之動自剛而柔，政斯通焉。君行矣哉。惟韶之風變化弗測，作韶之牧寬猛惟則。長養阜成，中和允克，協于上下，民物咸格，是謂法舜之德。

## 壽整庵先生序

昔之異端鄉原楊墨，皆非吾徒也，故辯之而人莫不信從；今之異端援儒入禪，皆吾徒也，故辯之而人不吾信。自非位與德符，道由年永，則吾誰望與？夫天將使斯民自衰而歸正，由晦以趨明，則必篤生哲人，以爲之先覺，如伊尹是已。《書》之帝迪，《詩》之天牖，蓋言覺也。乃若漢譯胡書，寔自明帝所得《四十二章》始。其言以絶欲爲本，初無所謂禪覺者。由晉至唐，剽竊儒言，轉成圓覺頓宗，吾徒反援之以爲易簡。於是仲尼删述之經，尚且擯而不信，又何辯之可施乎？

佐生也晚，初入翰林，嘗邂逅太宰整庵羅公于東閣。其後公明農泰和，佐亦棄官歸養。嘗得公所著《困知記》而讀之，三嘆而作曰：「天之覺民，其在公乎！」彼謂致吾之知，不必學古訓而後爲有獲，公則證以經書，而辯其以非爲是；彼謂宗吾自然，不必事躬行而後爲有德，公則求諸實踐，而辯其似是之非。何者？吾儒内外合一之學，廓然大公，物來順應，以明覺爲自然，則必以有爲爲應迹。若徒言知而不貴力行，亦奚異於圓覺之説，視有爲如夢幻泡影者哉？公之德望在天下，佐無容論。而其立言，家傳人誦，將使衰者自此正，晦者自此明，天下之民蓋有攸賴焉。

昔皇甫謐氏謂：「保衡壽耇，百有餘歲，迄于沃丁之世。」夫惟久於其道，兹其化所繇成與。今公生自成化乙酉，距今甲辰，行年八十而康健不衰，所謂天壽平格，自伊尹之後，惟公足以當之。且公衛道之功，亦既格于皇天矣。將使斯民終被堯舜之澤，則幡然興起，佐於公重致望焉。

## 贈陳廣州序

黄潭陳君錠以祠部郎出守廣州，其同寅以佐州人也，俾有言焉。佐不敢辭，則言曰：「莫政非學也，莫學非政也，盍亦徵諸祭乎？」今年仲春，佐之釋奠于先師也，君寔光臨焉。凡牲器之備，玉帛之將，采服之等，壇帟之次，祝嘏之辭，登降之數，歌奏之節，若是乎文之盛也。而又齊明以先之，威儀以攝之，位著以格之，對越如在。《楚語》曰：「精物以臨監享祀，無有苛慝於神者，謂之一純。」其斯以爲禮乎！是故文也者禮之形也，可以肄而知禮也者，文之實也。秩自天衷，非人之所能與也，故精意以享，然則孔、顏之博約，中庸之明誠，斯亦政也已。

今吾廣之爲郡也，左朱明，右蒼梧，北包峻嶠，南帶溟海，五方湊集，一都會也。統轄州縣視他郡五倍，而軍府之事十居其七。嗟乎，繁且難矣！論者皆曰：「民僞滋蔓，威以董之，猶懼不戢，禮、文尚安所施乎？」是不然，御繁以簡，圖難於易，皆吾心也。夫惟近海之民，其性多知，其習之流也詐以慝；近嶠之民，其性多直，其習之流也悍以愚。加以卉服之夷聯絡溪洞，魋結箕踞，有餘風焉。自宋周濂溪氏明刑弼教，而後廣人知學，蕉荔荒墟，到于今弦歌蓋藹如也。俗之易一，亦明矣哉。

昔者嘗竊論之，言顧行謂之忠，行顧言謂之信，合忠與信而不貳，謂之誠。君之資近乎是矣。誠以銷僞，禮以易刑，舉而措之，於政乎何有？乃若西甌伏莽之戎，時勞簡書，非我版圖也。《書》曰「至誠感神，矧兹有苗」，君何慮焉？且君與濂溪氏皆楚産也，學要于一，適符《楚語》，事神猶事人也。佐不佞故敢以政學合一之説，爲君誦之。

## 贈蘇紹興序

陽朔蘇子朮爲兵部郎，覯予必論學。及其出守紹興也，問政焉，予辭不獲，則告之曰：「莫學非政也，莫政非學也。吾嘗聞諸夫子矣，居處恭，執事敬，與人忠，學莫有要焉者也。雖然，居處不恭，不可以臨民矣；執事不敬，不可以守官矣；與人不忠，不可以事君矣，學也獨非政也乎哉？又嘗聞諸夫子矣，先有司，赦小過，舉賢才，政莫有要焉者也。雖然，有司不先，不可以言簡矣；小過不赦，不可以言恕矣；賢才不舉，不可以言明矣，政也獨非學也乎哉？夫學也者，知之而後行者也；政也者，行之本於知者也。

「昔歲癸未，予往紹興覯陽明子焉，執茶以況學，曰：『知茶之可飲也而飲之，吾之知斯已矣，行也其即知乎？』予對曰：『唯唯否否。知猶目也，行猶足也。目見公之門，而足步以從之，乃可以登公堂也。謂目與足非一體，固不可；謂目爲足，則決不可。《書》曰：「非知之艱，行之惟艱。」《易》曰：「有不善未嘗不知，知之未嘗復行也。」是知行並進，不可以知爲行之説也。』陽明子默然，爲間曰：『子之言然。』」

嗟乎！蘇子行矣，其亦以恭敬與忠先之乎。先之以身，則有司不令而從，小過日可免，而賢才日可興也。嗟乎！流風餘韻，豈無守陽明子之前言者乎？爲我告曰：「毋謂吾惟致吾良知也夫！」

## 送琉球官生歸國序

黄子敎南廱，琉球梁生炫、鄭生憲、蔡生朝器、陳生繼成受業焉。問：「何如斯可以謂之人矣？」曰：「樂。」問樂，曰：「畏。」未達，曰：「人惟無所樂，則營營然而謀也，戚戚然而憂也，惴惴然與物讎也，其視鳥獸有以異乎？」曰：「無以異也，然則可以爲人乎？」曰：「否。人惟無所畏，則凡可以恣而言者無不言也，雖尤而不顧；凡可以恣而行者無不行也，雖悔而不顧。既使其身傀然如不終日，而其心亦不能以終日安也。如是則樂安。」從生曰然。

然則人之所以爲人者，可知已。守之一，修之吉，動之無入而不自得，斯之謂樂；心無所忘，亦無所忽，居其室與昊天入，居其位與昊天出，斯之謂畏。畏則反身而誠，而樂生焉；樂則心與天地同流，而人成焉。世之談名理者，類言孔、顔之所謂樂，而不知其根諸畏也。非畏則心日放，而無忌憚矣，畏其聖功乎？非畏則昊天明命，曷繇而存乎？夫天非徒高高在上而已也，氣以成形，而理賦焉。吾之明德炯然在中者，天也。士庶人能畏天命者，斯能成其身；侯王能畏天命者，斯能保其國。成其身者樂惟内融，保其國者樂與人同。是故畏也者，聖功之始也；樂也者，聖功之終也。他日其國召歸，俾國人式焉。將行，則又告之曰：「君子之事君也，以人爲大；其事親也，以身爲大。子之行，兼有是責焉耳矣。夫古之學者始乎畏，終乎樂；今之學者始乎自用，終乎乖戾。子行乎哉。畏之至是爲至樂，樂之至是爲至人。以此而成身而不能顯其親者，未之有也。其心畏者其言敬以謹，其心樂者其言和以暢。以此式其國人而不能媚于君者，亦未之有也。非惟是也。畏也者戒慎恐懼之謂也，禮之基也；樂也者歡欣交暢之謂也，樂之經也。大學之敎，立於禮、成於樂而已矣。禮樂之化，達乎海外，其自兹行乎。國君有問，其以予語告之。」

## 贈漕運龔中丞序

天下一身也。聖王治之，必常使血氣流通，股肱相應，然後元首安於上而無虞。今夫東南財賦，西北戎馬，猶之血氣也；宰部宣猷於内，撫臣宣力於外，猶之股肱也。淮之牐，徐之洪，漕輓係焉，其利咽與喉者邪。我祖宗垂憲，淮設運戎，徐陳兵臬，而總紀大臣得兼理之。故水次之倉，亦惟淮、徐，設于郭外，意欲曹伍，亟于利往。蓋呼吸吐茹，不可斯須底滯焉者也。據流通之會以握國軀命，厥惟重哉。

餘姚龔公昔轄吾廣，豈弟之政，愜于輿情，庭鞭弗鳴，市價不貳，旬宣所至，民歌舞之。夫膚革之末，胼胝之結，玩而不視，不蹶則傷，邊圉是也。百粤去天京萬里，其俗西狠而東柔〔一〕，制狼護羊，乃免

〔一〕「狠」，原作「狼」，今據萬曆本改。

殘嚙。其用武也與九邊同。自公遷虔臺，東窘西蠢，珠崖封川，平而復畔。惟吾藩臬承公休風，是煦是吹，節鎮又從而劑補之。民聞有秩宗之推，萬目睽睽，公望是屬。謡曰：「撫羊及狼，賴我歐陽。」跂其繼之，近在章江。」思公來也。屬者公之膺茲簡也，民相與談曰：「淮之入燕一水耳。公今去我，有遠無邇，澤我也者，必天子之廷乎！」咸齎咨不已。吾藩臬聞之，授簡俾予有言。

噫乎！仁人君子之宣力于外也，求民之莫，若毛在躬，拔之痛，罔不省，尺寸之愛，自不容已者也。然席勢倚法，馮怒作威，則泰宇不寧，而四鄰畢聳。惟公懋德，飲人以龢，轍迹所至，惠澤淪浹。《書》之「而康而色」，《詩》之「匪怒伊教」，寔允蹈之。行將入輔大政，賡明良喜起之歌，盡協恭和衷之道，其在公乎。予不佞將假靈彤管，爲天下頌。

## 贈韶州鄭太守考績序

聖皇發迹郢甸，一時志義之臣興於荆湖者，龍從虎躍，蓋有聲應氣求之象焉。夫無所爲而志義，國之禎也；有所爲而志利，國之咎也。是故頌河歌雲，炤景飲醴，此其殊詭之觀，非不斐然瑞矣。然上以致喜則日驕，下以致美則日諂，於是徠讒佞之人，施争奪之政，熏心眩目者寖以昌，則道揆法守者寖以敝，如此而國惡乎不危？然則禎豈在物哉？其在于人，非謂其都三旌之位也，謂其志於義也。志於義，則不趨權以干榮，不躐貴以掇菑，雖隱伏淹滯，猶足以華國。故曰：「君子得其時則駕，不得其時則蓬累而行」，豈屑屑寵利爲也？

溪東鄭公之守韶也，義矣哉。輿人歌舞之，且颺言而稱曰，是哲人也，而公且廉焉，勤慎而寬且厚焉。夫析理之謂哲，忘私之謂公，絶利之謂廉，敏事之謂勤，操心之謂慎，惇大之謂寬，沉毅之謂厚。柄兹七善，于何弗乂？晉而羽儀天朝，固其所哉！然自嘉靖丙戌賜第以來，二十六年於此矣。以尚書户部郎出守雲南之臨安，補任兹土凡六載，始上其績曰最。嗟乎！今之仕者投機之會，輒不滿考而遷。今公無所爲而爲義，乃如是哉。韶之士民爭攀留公，既不能得，其同寮通守趙君綸、節推李君龠及其屬縣令王君欽等，率其吏徒詣予，請言以贈。

嗟乎！予亦奚言，無已則道古乎。夫韶之去荆數千里其遥也，然士民質直好義，其俗則同也。唐之卿相，吾得二人焉。荆産則岑江陵輔太宗，立法節儉，不營家業，湖人至今宗之；韶産則張曲江輔明皇，守法長史，于荆南樓嘯詠其心，未嘗一日忘君也。道揆法守，非人孰植？後之志利者，能無怍哉？溪東行矣，佞人讒夫。今聖皇方大誅斥，則舉直振淹，此其逢與。理以哲析，私以公忘，利以廉絶，事以勤敏，心以慎操，而又寬厚以出之，典憲可因而復也，天下可從而瘳也，江陵其復見也已。《詩》不云乎：「肇禋，迄用有成，惟周之禎。」

## 四如黄先生講稿序

予嘗觀夫《易》自畫後，皇道洩矣；《書》自《謨》後，帝道污矣；《詩》自《南》後，王道寖以熄矣。吾夫子丁周末運，禮制紊廢而樂缺有間，乃作《春秋》，其義主於尊王賤伯，内夏外夷，俾亂賊懼而不肆，綱常正而弗墜，蓋汲汲乎挽其頹而振起之也。《學》《庸》《語》《孟》之書，則明是道而見之躬行，初非托之空言，徒曰講學云爾。秦漢以來，匪惟不行，抑亦不講。至宋而濂洛關閩之儒興，斯道因講授而後著明於世。惜當時君相無復帝王經世之志，卒莫見之行也。予每覽諸儒講義，竊獨悲之。嗟乎！講學明道利於行，猶烝徒楫舟利於涉也。宋自南渡，寰宇日蹙，夷狄大侵，猶恃談名理以正綱常，而元氣不至隕絶。迨史相挾楊后，廢子竑而立理宗，則經書所謂君君臣臣、父父子子、夫夫婦婦者蔑然矣。辟諸舟無楫徒，其不胥淪及溺者幾希。

先生舉進士于咸淳時。居無幾何，而宋社且爲元狄所屋矣。其所著經書講稿，雖殘缺不完，然學《易》則玩象畫，稽《書》則宗科斗，誦《詩》則先《二南》，訂禮考樂則求古制，解《春秋》則諄諄王伯而悼諸夏之亡。孔、曾、思、孟之遺意，屢屢存焉。至於更其名字與其别號，以見天水行違之義。蓋蒙古字學既行宇宙，畢變惟韻，鄉猶可安耳，此其志不亦重可悲乎？九世孫以約氏僉臬江右，刻是稿以傳於家，俾祖父之講明於衰世者，爲子若孫明諸心，措諸躬，終大行於全盛之時，蓋非徒講焉而已也。《詩》不云乎：「孝子不匱，永錫爾類。」

## 振美堂藁序

《書》曰：「《詩》言志，歌永言，聲依永，律和聲。」夫詩也者，樂之始也；樂也者，詩之成也。自樂律不傳，今之所知者詩律而已矣。杜少陵所謂「晚節漸於詩律細」者是也。嘗竊評之，曹、阮、陶、謝之詩，優游雅澹，其音律如黄鍾、大吕；王、楊、盧、駱之詩，繁縟清絶，其音律如無射、應鍾。兼是二體，如《周官》之大合樂，庶幾其集大成矣乎！古今大家，亦惟少陵乃能與於此。

吾友燕峰詹公汝約自少積學，馳名藝苑，尤工於詩，夙爲李空同所知。及陟巍躋膴以來，學益富而詩益工。嘗參予藩，陟位長臬，凡聽審五辭，研究輕重，必得其情，嶺海翕然戴之。時發爲聲律，雄健精深，真所謂漢廷老吏者。比以大中丞巡視河道，予覲于沛上。時適妖寇煽亂，公檄清、沛、曹、濮、睢、陳、徐、邳之師，遂奏膚功，而齊魯安堵。方觴予南池亭上，想像少陵之遊，若神與謀焉。出其詩，則近體、長句，益典而麗，又如節制之兵，折衝樽俎而不譁，所謂晚節漸工，非邪？

瀕行出是編，俾予序之。夫律之爲言法也，出師以律，是謂軍法；問讞以律，是謂刑法。師而不律，則士志弗齊；刑而不律，則民情弗得。其與詩、樂一道也，未有能涖師祥刑而不工於詩者也。公方被簡命，入爲司寇，行將輔弼聖明。俾刑措而不用，兵偃而不試，則雖《咸》《英》《韶》《濩》，自此興矣，夫豈徒以詩鳴者邪？予不佞爰載筆以俟。

## 孔子家語序

《孔子家語》傳自先聖二十二世孫猛者，凡四十四篇。魏王肅所註，乃全書也。元人王廣謀删節，以行於世，纔十之三四。近年郴陽何燕泉氏考證而重註之。每思企見肅本而不可得，乃日蒐輯類書所引《家語》，以補綴其下，其用心亦云勤矣。然「哀公問政」章重有答問，見於大全者最爲顯著，而猶未之逮焉。信乎，精博之難也！嘗閱王文恪公所著《震澤長語》，知公家藏有宋版肅本，乃貽書其姻家貞山陸君浚明，即詢得之，因録而藏焉。

嗟乎，先聖之道其猶天地乎！説者謂「乾道一而純，坤道二而雜」。《論語》之言純粹且精，猶之乾也；《家語》之言雜於《戴記》而廣博，猶之坤也。誠使習其辭者會諸心，乾坤易簡之道，其在吾矣，而又奚言之擇哉？斯編也，燕泉公嘗徧求諸海内而不獲，佐乃一旦得諸貞山。今柱史餘姚馮君按蜀，又將刻之，俾與《論語》並行，以淑斯世。嗚呼！固斯編之遭也，其亦乾坤不可得而毀者乎。

## 横州陸氏家譜序

嘉禾陸氏，唐宣公贄之後。自諱景春者戍馴象，家横州七世矣。月江先生諱嘉鯉者，正德初掌吾郡教，予獲交焉，因識其子州守某。及董學西粤，校士得今臨高尹湯臣以首譽髦，兄弟講明道學，殊有象山之風。州守乃考宗系世德，原所自出，則漢大中大夫賈在德慶時，登錦石山，恍若鬼神與會。覺寤，得大中祠碑，因立祠焉。於戲！祖孫一氣也，氣一理也。保宗祊以立德，可弗惟理之循乎？循理而行，所謂道學也。學道非他也，格物而已者也；格物非他也，辨其孰爲物欲，孰爲物理，務决去而求必得之者也。質之美者明之盡，知行合一而禮義出焉；反之者制事以勝欲，制心以勝怠，其由禮義乎？

吾於《論衡》得《新語》之要焉，曰：「天地生人，以禮義之性。人能察己，所以受命則順矣。順之謂道。」以子貢之賢，不受命而貨殖焉，流於物欲而不察其故，非率性之道也。大中獨知之，非格物之隆旨乎？於唐制而得啓告之要焉，曰：「天所視聽，皆因於人，天降災祥，皆考其德，非於人事之外別有天命也。」善言天人者，莫尚乎皋陶，而宣公獨知之，非立德之宏綱乎？於論録而得爲學之要焉，曰：「乾以易知，坤以簡能。」吾知此理即乾也，行此理即坤也。知之在先，故曰「乾知大始」；行之在後，故曰「坤作成物」。善言知行者，莫尚乎仲尼，而象山獨知之，非學道之樞機乎？

是故天人本一也，而有上下之交焉，故曰「達于上下」；知行本一也，而有先後之序焉，故曰「知之未嘗復行也」。惟其本一，是以合一。昔者嘗以此質諸陽明而孚信矣。夫漢儒世皆宗董而大中之覺先，唐儒世皆宗韓而宣公之源遠，宋儒世皆宗程朱而象山之語明。於戲，陸氏子孫其尚無忝爾祖哉！學道非僞爲也，其誠在立德；立德非虛爲也，其實在格物。

## 壽印岡羅太守序

凡天下之物，必待索而後獲，亦有不盡然者。予家南海，嘗聞引絙索珠於鮫人之淵，汎舶索琛於

有利者，一之什逐夫見，廛之易貿經每，宮南赴，冠弱及。已而獲弗直匪，之有者魚爲墜隕，國之夷島

而。焉進獲弗多，者偕計與之向，仕筮名策既。也無能不亦，[一]者徒莩莫而食鼎朝，矣富或。否有獲

旦，文之家百子諸，史之來以固、遷，籍之》經六《三五集乃」。也物外真利聲「：曰嘆後然，去以擯或進

亟。焉形順和之心吾則，華英擷；焉乎惡好之心吾則，失得考；焉存理義之心吾則，德道究。之觀夕

萬物？者何。也老將之身知不，乎休休益日知神，至代樂憒，之通或若，之攻而徐，之謀或若，之求而

機，危觸，途險履彼視。獲不索無，向所吾隨，逐奔事不，庭户出不故是。也故之證以書籍，我於備皆

徒力索而未必獲者，果孰爲勞逸也哉？《書》曰：「學于古訓乃有獲」，此之謂也。

印岡羅先生者，博雅君子也。予計偕時已聞其名，兹涖南雍，始定交焉。相慕之久，蓋三十餘年

于兹矣。每造其家，盈架皆書，縹緗墉如，牙籤櫛如。談名理則如取如携，辯古今則如貫如綴。瑩所

疑則如驪龍之卧，而明珠可握也；徵所闕則如武庫之啓，而奇琛畢萃也。其剖徵而不謬也，如庖丁之

道大窾，刃常新發於硎；其詣極而不窮也，如痀瘻丈人之承蜩，纍丸愈多而愈不失其錙銖也。猗嘻，

其獲多，其養深矣！其獲多，其養深，故其心定以静，是以行年八十而有孺子之容焉。世有剽竊《圓

覺》之説，自以爲道學者，往往斥去經籍，恐溺其心，然而顛冥於聲利，亦既多矣，其視先生賢不肖何

如也！

[一]「徒」，萬曆本、北大本作「徙」，義較長。

仲春某日，爲懸弧之辰，東橋顧公命予有言，爲先生祝。猗嘻！其獲多，其養深，其心定以静，則先生之壽詎有涯矣，予又何言之能祝？惟書先生之學獲諸其心者以歸之，以見先生之所繇壽者，在此而不在彼。若夫陳臬牧民，政迹茂異，東橋公昆仲常序之矣，予無庸以贅爲也。

## 陸賈新語序

西漢以來著書者，莫先於陸賈。史載其時時前説稱《詩》《書》，如文武並用，及行仁義，法先聖，皆法《語》之言也。意其所著《新語》，必得孔孟緒餘，不畔于大道。正德庚辰，待對京邸，得其本，蓋譾言耳。當時每奏一篇，高帝未嘗不稱善，左右呼萬歲，何以能感動大君若是與？且文氣萎弱，非漢初體也，因棄去弗省。近閲王充《論衡》多引其書，如曰「天地生人也，以禮義之性。人能察己，所以受命則順」，與子貢不受命而貨殖同義。又曰「順之謂道」，與《中庸》率性同義。又曰「離婁之明，不能察帷薄之内，師曠之聰，不能聞百里之外」，雖其始末未審爲何而發，似亦指耳目之官，當聽命於心。何其言之醇與！乃録此本，而校以《論衡》無一語同者，乃知其贋也。草次書此，以弁其端，俾觀者有所稽焉。

## 廣東通志序

吾廣十郡，各自爲志，今會而通之者，何居？蓋備一方文獻以牖民彝，而迪我聖明之率典也。在昔唐虞，聲教暨南交之日久矣。疆理于周，作鎮于楚，南武紀于漢，先賢傳于吴。記、志、圖經，迭出于晉唐之間，文獻非不足也。然不會而通之，則統之無宗，紛員嵬瑣，甚或略鉅而詳小，遺古而稡今，無乃草澤之私言與？欽惟太祖高皇帝之有天下也，稽古立政，首命儒臣仿《周禮》建邦圖數與張弛貢賦，爲《洪武志》。《志》繫以紀年者，示繼述貽萬世也。天順初元，英廟始成《一統志》，惟識其大者，而吾廣與焉，然成化以後所增諸縣，猶未之登載也。

嘉靖乙未，侍御四明戴公璟乃纂通志，成於倉猝，命曰《初稿》，意將有待云。丁巳，少司馬督府毘陵談公愷覽而少之，檄我藩司聘予，俾重加蒐輯。予病，謝不能也。代以奉化王公鈁，禮請益敦。會侍御姑蘇徐公仲楫至，枉顧衡門，稽首再拜以請。予業已納還聘幣，力謝固辭，公請愈虔，至于再三，而幣復重。拜不獲終辭，乃於仲冬開局于貢院，左轄新建魏公良貴、大參莆田張公英、新建吴公桂芳主議，臬閫諸公，則陪位焉。時少參錢塘陳公善、温陵田公楊職守在外，寔與聞之。前期有司咨耆舊，索經籍，至是告備，而所徵鄉貢進士陳紹文、黎民表、梁紹曾，及予中子在素皆集。予乃發凡舉例，歸諸廣郡太守會稽陶君大有達于有位，僉以爲韙。然州縣續志積至百餘，方博求往古以補事之，鉅而略者不遑及也。郡檄復徵庠生，多辭不至。越明春，至者惟曾元魯、黄萬春、陳冕、歐大任、林喬、黎民懷、梁有兆，而予長子在中與焉。人各分彙，裒不踰三，凡四閲月而竣事。

予每夕歸，病於憊，則令少子在宏釐次之。惟碑碣詩文交互鼎來，視之怢焉，莫能鑒也。諗于魏公曰：「焉有綜貫百家，能裁揃菁華者乎？」曰：「顧提舉起經其選也。」乃召顧君以監謄至局，删節分註，已於事而竣。歷代題名前脱後闕，考之茫焉，莫能補也。諗于陶君曰：「焉有閎覽載牒，能研覈古今者乎？」曰：「陳縣丞達其選也。」乃召陳君以供餼至局，參伍博記，已於事而竣。於是草創，編爲七十卷。

會紹曾北上，惟留陳、黎二生討論修飾，然題辭論贊，猶謙讓未遑，予則總之。顧所紀録，悉確有據，惟潤色而已。何者？千鈞之重，加以錙銖則移，萬里之流，祛其蕭葦則駛，予悉容心於其間哉？第性本疏愚，言且耄拙，幽痗頻作，載筆殊艱，每欲已之。適王公擢憲留臺，代以莆田鄭公絅，亟令有司贊成其事，而侍御歸安潘公季馴尤惓惓注意，遂鍥諸梓，仍檄學諭陳君具箴、劉君裁、康君日章次第校讎。會潘公以交代去，左轄姑蘇楊公伊志、大參豫章徐公南金皆以遷去，而右轄豐城雷公賀、大參萬安劉公慤、少參盱江袁公應樞、海鹽馮公臯謨僉以校完，遂貯諸庫，以俟代巡侍御漢陽蔡公結、左轄福清翁公世經偕至，而後頒行焉。凡三歷寒暑而後成，蓋事事不敢苟故也。予乃拜手颺言曰：「猗乎，一方文獻，庶其犕備矣哉！」

惟皇上帝，降衷于下民，有恒性焉。日用由之而不知，則寖以澆訛，匪獻敷厥政化，將泯泯棼棼于何其人？惟后王君公，降德于兆民，有成憲焉。承以大夫師長，而罔所鑒觀，則易以愆忘，匪文緝厥訓典，將敗制越軌于何其率？是故善思治者厚其生殖、均其地征以綏之，阜其財求、利其器用以富之，茂正其德、節邁其性以教之。而又輕繇少事以振其急，約法省刑以持其後，使之務利而避害，懷仁而畏威，此輔世之大經也。然猶時遣皇華之使諏謀詢度，慶賀其福事，賻補其札喪，賙委其凶荒，禀襘其師役，哀吊其禍裁。凡此五物者，治其事故及其利害爲一書，其禮俗、政事、教治、刑禁之逆順爲一書，其悖逆、暴亂、作慝猶犯令者，與夫因喪荒而厄貧，及康樂、和親、安平者，又各爲一書焉。外史合爲四方之志，掌其成書，稽之政令，以保天下元元，畏天命而憫人窮故也。是則會而通之者，其來尚矣。

遵我太祖作《志》之初猷，其諸《周禮》是宗乎！故大司徒掌地域廣輪之數，令遂人造縣鄙形體之法，形方正其華離，司書括其圖記，量人分其涂數，保章辨其星野，用是土訓掌道地圖以詔地事，誦訓掌道方志以詔觀事，如指諸掌矣。始總一方，中列十郡，而終以羅浮、南海者，粤之望也，是皆志之管也。故首《圖經》，訓方氏掌道政事，與其上下之志，傳而誦之，乃爲編年。自周訖于正德，由今昉昔，鑒戒炯矣，其猶資治之史乎！故次之以《事紀》，太宰施典于邦國，以治官府。邦則牧監州縣，國則封建諸侯；官則用人，府則理財，後世不能易也。我朝揆文教，奮武衛，設方伯連帥，監夏殷而損益之，猶夫周也，書其姓名、邑里，作《職官表》。大司徒以三物賓興，必先德行。今也藝焉而已，然猶貺恩以勸孝焉，作《選舉表》。國有仁賢，則職方之圖，土地、人民、政事賴之矣。由是庠序之教始于釋奠，鄉射蒐于大宗伯，五禮皆可舉也。凡大合樂必遂養老，肄絃歌，施《英》《韶》，以協大師，律、同皆可奏也。禮樂明備，則文章焕然可述。故凡書掌於外史者，達于四方，摛之罔極，而琬琰昭焉，作五《志》。乃若考德行，察道藝，鄉大夫以興賢能者，内史因之修諸家，毋有壞於廷者，其馭敍一而已矣。故名宦有聲兹土，人物罔玷厥躬者，與夫流寓之進退，列女之貞烈，皆核實，作《列傳》。而異教、諸夷、祥眚、神怪，則爲《外志》終焉。猗乎！蒐之弗精，輯之弗詳，是謂鞫備，寔予之罪也夫！

抑又嘗竊聞之，《尚書大傳》南交宅于荆揚裔土，非至秦漢而後通中國也。證以《水經註》，則陶水之渚有堯行宫，而舜奏九成於韶石。逖聞雖若，不可究詰，然羲叔平秩，夏伯貢樂，迹其在兹與。周公之懲荆舒也，蠻揚之翟，得與王會。孔子作《春秋》，有《鐸氏微》，而高固相楚，傳其書于服嶺，故海濱稱鄒魯，寔秦漢之先也。獨慨夫屯門放洋，葱嶺倭奴之間，猥行天竺之教，斷髮偏袒，不過裸國之雄爾。中華道汚，妖氣召之，於是達磨駐廣，以《楞伽》印心；盧能居韶，以《壇經》傳法，非無言語文字也。宋人王安石、蘇轍輩靡然歸之，喜其頓悟超脱，自見本性，出乎六籍之外，吾人染焉，自是堯舜周孔之道駁而不純矣。其流至於束書不觀，浮談無根，政治弗彊，禍且逮國。匡山之敗，蓋可睹也。元品南人，寘儒於娼丐之間，而尊西僧爲帝師，演媟慆淫，典禮盡滅。《書》曰：「不虞天性，不迪率典」，殆胡元之謂與！

我太祖驅除元亂，申明五常，論道化之本，惟師堯、舜精一執中；設官分職，以爲民極，則行周公之法度；治世良規，復誦孔子節愛之言而師法之。然則將欲正風俗，得賢才，俾民一變至道，誠無以易此矣。當是時，敗倫之誅，榜示天下，而吾廣夫婦之愚不肖無一犯者。薦紳先生又多博學反約，行道濟時之英，然顓愎相謾，談禪而侮聖學者，間亦有之。觀於《外志》，則八蠻以天竺爲禍首。設使人盡修禪，從事於涅槃示寂，則生靈何辜而自掇焚如之僇乎？古之邁種德以式今者，至明也，而自昧之；天之降葆命以牖民者，至善也，而自棄之。翩其反而吾道自足，毋以旁求爲也。誦法聖人之言而内省其私，恒與德性相感發，則典禮之敍秩於天者，由衷而出。尊親等殺，動皆中節，名教樂地，薰爲大和。上帝降之百祥，皇極嚮用五福。《周禮》慶賀之事，當滋至矣。《書》曰：「其稽我古人之德，矧曰其有能稽謀自天？」殆今日之謂與！夫仁者擇善以禔身，知者備禍於未形。邇來夷寇交侵，誰不思禦？其書召禍，柰何惑之！是故民之志於趣福也，猶赴冬日之陽、夏日之陰也。禁胡書以端其習，遵成憲以厚其生，則民志定而妖氛熄矣。

是編也採擷頗繁，舊志百僅存一，大類皇華分彙而合成之。雖無甚高論，然愚者一得，於輔世福民之道，獨諄切焉。其事則粤，其文則史，其義則通天下之志。苟潤澤而時措之，豈但備一方文獻而已哉！於戲，豈但備一方文獻而已哉！

## 唐音類選序

唐詩以音名久矣。音由心起，與政通者也。史臣稱太宗除隋之亂，比迹湯武。嗟乎諒哉！夫變六朝之體，成一代之音，駢偶爲律，錯雜古體，寔肇於太宗。觀《帝京篇》，則可見已。其始言之也，惟敍秦川、函谷之勝，笳管煙月之景焉爾。言之不足，輒及於妖姸羅綺，然後崇文駐輦，淹留墳典，而篇章成焉。何者？湯之不邇聲色，閑邪也，武之克堪用德，存誠也，故能創業貽謀，克配天命，太宗蓋能步其迹云。是以世有女禍，政雜於夷，亦自其音召之也。迨幸武功慶善宫，乃樂其所自生者。燕飲賦詩，被之管絃，樂名《九功之舞》，惟用教坊俗調，以夾鍾爲律本，於是淫哇之風浹於四海矣。公卿名士，宮府邊庭，翕然化之。而詩體古與律復分爲二，雖絶句、小詞，樂伶皆能歌而奏之。後世爲詩，莫不宗唐，而不知太宗所肇也。

宋元以來選唐詩者，獨襄城楊士弘有《唐音》，新寧高棅有《品彙》，大行於世，皆爲詞林所尚，然沿流不泝其源，效音不論其心，雖誨淫樂禍之詞，亦以爲工焉。《三百篇》之旨，凡其感發善心，懲創逸志，如吾夫子所云「思無邪」者，泯而弗聞矣。門人潘上舍光統乃廣蒐博採，凡唐人詩集百餘家，皆究心研慮，歷五寒暑。凡遺逸在《初學記》《樂府詩集》《文苑英華》《太平御覽》諸書，又數十家，亦皆選及無遺焉。其大指則謂音雖起於心，而通於政，君寔主之，而臣鄰承之，然後士民感其善則日入於治，懲其邪則日免於亂。帝舜作歌，而皋陶賡之。喜起明良，所以感也，叢脞惰墮，所以懲也。

故初唐之詩，太宗爲主，而承以虞、魏諸臣，其音碩以雄，其詞宏以達，洋洋乎其盈矣哉！故貞觀之治幾致刑措，然心則不純，有愧湯、武，此女亂所由作。而王、楊、盧、駱猶襲六朝之緒，陳、杜、沈、宋雖力振之，時稱其工，而猶諂事武、韋。噫，可耻也哉！盛唐之詩，玄宗爲主，而張説、蘇頲世稱燕、許者，鳴于館閣，李白、杜甫名爲大家者，鳴于朝野，王、孟、高、岑，名亦次之，然貴妃、禄山表裏爲亂，而詞不能掩，故其音豐以暢，其詞直而晦，文勝質矣。中唐之詩，德宗爲主，時則内閹外鎮，承敝擅權，雖欲撥亂，而不能自强。其後奕葉，輔導無人。迄于元和，憲宗得裴度，始建淮西之勳，而蕃夷横獷，莫或遏之，故其音悲以壯，其詞鬱以幽。前則有劉長卿之峻潔，韋應物之沖澹，後則有韓愈之博大，柳宗元之超曠，皆其最也。晚唐之詩，文宗僅知絶句，而臣民習之，精緻亡愧盛時，然鉅篇闃爾蔑聞，排律惟應科第，拘拘偶對，恣爲綺靡，杜牧、李商隱、温庭筠、許渾，其邁焉者也。其音怨以肆，其詞曲而隱，其五季之先驅乎。夫御家慆欲，不能閑邪也；臨政假仁，不能存誠也。太宗則然，奚以責其後？此其所以爲唐也。

嗟乎，《三百篇》之遺軌，其猶存乎！賦、興兼比，句有短長，而理寓乎情景之中，後世所以宗其古也。《邶》之《柏舟》曰：「覯閔既多，受侮不少。」《小雅》之《車攻》曰：「允矣君子，展也大成。」間有偶對以諧協其韻，曷嘗拘哉？後世顓爲律詩，則非詩人之意矣。至於賡歌變爲聯句，《南風》之詩變爲琴操，後之古與律詩、絶句，大抵循風人之義爾。而雅、頌、古體，唐人亦能爲之，然選者弗及也。於是選兹三者，備録於後，凡爲二十有四卷云。

編成，予閲之，略加訂正，俾梓行焉。不揣愚陋，用敍其首。

# 泰泉集卷第四十二

## 序壬

### 香山縣志序

夫志何爲者也？其殆肇諸《周官》乎！大宰以六典佐治，而大司徒掌土地之圖、人民之數，於賓興賢能尤數數焉。庶富而施教，典故當爾也。乃若保章之辨封域，春官統之；職方之圖民物，夏官統之；司民之登版，秋官統之；匠人之授田，冬官統之；六典之書，則掌于太史，凡辨法者考焉。邦國四方之志，則承其流者也。周之致隆，其以人才爲本者與。志之作也，其斯而已矣。《周官》法度，久廢不行。迄漢建武中，始詔南陽，撰作風俗，故沛、三輔有耆舊節士之序，魯、廬江有名德先賢之贊。郡國之書，由是彬如也。其存而傳者，袁康之《越絶書》，惟重計倪，常璩之《華陽志》，博收名士。由是言之，志而舍人才，尚何志哉？

我聖祖開天，召儒修志，總以太史，固《周官》法度也。文獻昭備，垂二百祺。《關雎》《麟趾》之意洽，而《菁莪》《棫樸》之治成矣。迨今皇上重光先烈，化洽裨海，凡有土地、人民、政事者，必務得人焉。

有徒志而文者，市人猶且得而誹之。敝邑褊小，僻在海嶼，未可謂無人。顧簡册久逸，可使寂而隳與？舊志創自永樂中邑人容君悌與。迄成化甲辰，庠生黄君經增損以爲新志，詳於鳥獸草木，而名宦、人物則略。至是，賢令文巖鄧君復延縣文學齊君啓和、郎君良、胡君禮開局纂修，補其未備，俾予裁定之。予方在苫，謝未能也，乃令門人楊上舍維震輩撰次論贊。比及祥禫，躬爲潤色，昭其晦，芟其蕪，立綱振目，稍可觀省，凡八卷云。是故《風土》以觀媺惡，《民物》以察登耗，《政事》以審弛張，《教化》以知興替，《官師》以稽賢否，《黎獻》以考盛衰，《藝文》以備徵信，《雜志》以辨妖祥。一邑之事，亦略具矣。矧邑負仁山，以施仁政，《周官》之本，其在兹哉！

予不佞忝從太史氏後，是用僭言於首。

## 瓊臺會藁序

佐嘗讀《書》，至夏后氏揆文教，史臣贊以文命敷于四海，輒掩卷嘆曰：「嗟乎，帝王之治，未嘗一日而無文也！」堯之文思，舜之文明，迄禹而祇承益至。凡其陳謨範而貽典則，豈徒尚忠而已哉？蓋道之在天下，彰諸事物，固粲然殊，而其統諸身心，則渾然一也。周衰文弊，異端起而横議作，孔、孟立教，貫而約之，亦必學文焉先，匪是弗治故爾。漢唐以來，詞章之習勝，始有無用之文，虚寂之説騰，始有無文之學。逮宋，程、朱輩出，而後貫道之文復明於世。我聖祖高皇帝崇重儒道，尤慎選翰苑之臣，論文則以明道德、通世務爲賢，以華藻怪險爲戒。百餘年來，式克欽承，以永有辭者，瓊臺丘文莊公其人哉！時則諸鉅公敍其所爲文，若何椒丘，則謂一本於道，足以追蹤濂洛而無愧。程篁墩則謂究本之論，扶世立教之意，行之可興文治。楊石淙則謂隨地與人論天下之事，如指諸掌，譬諸五穀療飢，藥石伐病，種種有益，鑿鑿可行。是皆天下之公言也。顧《今藁》《類藁》各自爲帙，同鄉學憲鄭君廷鵠乃彙輯，合爲十二卷，梓之以傳，名之曰《瓊臺會藁》云。

夫瓊之去畿輔遠矣，而聖祖嘗稱爲南溟奇甸。比公出而輿人誦之，不啻神州，至誠前知，亦神矣哉！《禹貢》之紀山川也，終之以聲教所至，各以地言，惟南獨言其方，以离明之象，愈遠愈光也。數千載後，名世者有待於明興焉，奮于淮海之外，可豫占也已。斯二者，公嘗言之，蓋自任人文之重也。故其經筵之啓沃聖心，國史之闡揚謨烈，奏議章表之論思獻納，經綸匡濟，可謂麗正之臣矣。詩、賦、頌、箴、記、序、論、説、誌、銘之作，則出其緒餘者也。至于柄文衡，造多士，詞章騁浮靡者必斥，虚寂立門户者必辯，一時士風翕然頓變，公之有功文教也大矣。

佐先王父獲在交遊之末，嘗槩其平生不可及者有三：自少至老，手不釋卷，其好學一也；詩文滿天下，絶不爲中官作，其介慎二也；俸禄所入，惟置一園，清白罕有其比，其廉静三也。爲學以自得爲本，接待則以禮處人，履約反身，孔孟正脉，於是乎在，可謂聞道矣。而世或以博學少之，然則《易》之化成天下，《詩》之緝熙光明，其所觀所示，果何物與？若以易簡快樂，惟求諸心，無事於文，則三聖授受，孔、孟相承者，皆非道也。由此觀之，公之文行於世，可以距異端，消横議，豈容一日而不傳哉？

公著述最富，掌國學文教最久。《朱子學的》《家禮儀節》先行于世，及受知孝廟，晚登政府，取其所著書于大内，用以權衡百度，則《大學衍義補》經進者也。又有《世史正綱》，以紀世變，明正統。二書論議，多前所未發，皆别行之，故集中弗採焉。

## 白沙先生集序

佐荒遁粤洲之麓，葺先人弊廬，讀書談道其中。時引山泉，注而爲塘，明霞净緑，上下輝映，登降巖樾，玩而忘返。有朋問曰：「白沙陳子昔唫嘯黄雲紫水之間，樂亦同乎？」予對曰：「吾方求我爾，樂則吾不知也。」曰：「陳子之學，以自然爲宗，以忘己爲大，以無欲爲至，其亦若子之求乎？」曰：「夫道一而已矣。在天地萬物謂之理，在我謂之性。性命於天，道之隱也。道弘於人，性之顯也。聖人之道，其天命之流行乎，天何言哉？吾無隱乎爾。是故日用常行，念念精察，已發者往，未發者來，逝者如斯，澄渟於此，暗室隱微，纖毫畢見，天之貞明，昭昭於此。向之玩者，其諸微之顯乎？羲皇得之觀察，仲尼得之川上，故曰『觀水有術，必觀其瀾，日月有明，容光必照焉』。道之本也，吾與諸朋一而已矣，陳子又奚間之有？」

曰：「學道奚始？」曰：「格物。物理曷謂之天理也？本於賦予稟受，自然明覺，莫之爲而爲者也，如惻隱非内交要譽，惡其聲而然是也。物欲曷謂之人欲也？不安於品節限制，而鑿以私智，非天之所以與我者也，如貨殖而必先言其不受命是也。去其所本無，而復其所固有，則萬物皆備於我矣。其知至則其意誠，心廣體胖，樂莫大焉。勉然至於自然，克己至於忘己，可欲至於無欲，求我之驗也。」

曰：「陳子禪乎？」曰：「禪謂之性，吾謂之心。禪謂之心，吾謂之意。應無所住而生其心，必盡空理障，則誤以意爲心矣。慧能曰：『何期自性本自清浄，何期自性本不生滅，何期自性本自具足。』楊簡曰：『忽省此心之清明，忽省此心之無始末，忽省此心之無所不通。』合而觀之，則誤以心爲性矣。陳子去耳目支离之用，全虛完不測之神，豈有是哉？」「然世皆攻支离而師易簡，敢問陳子惡乎師？」

曰：「師朱子。曷爲其師朱子也？《觀過説》謂：勿忘勿助之間，天理流行，鳶飛魚躍，元無間斷，即告林緝熙者也。《答林擇之》謂：從涵養中漸體出端倪來，一一便爲己物，即告賀克恭者也。《語類》謂：天下之理，至無之中，有至有者存，即告張廷祥者也。言非聖人，不能無謬，釋尊德性爲存心，世皆攻之矣，而陳子則否，豈非厚哉？」「然則陳子徒明體與？」曰：「内無攻心之疾，則外不見從事之難，陳子之用也。」有朋喜曰：「吾今而後，知吾道之一也，敢不承乎？」會江西學憲篁溪鄭子纂《白沙集》成，遣使至自古虔，遂書以爲序。

## 鬱洲遺稿序

唐、宋間詩文宗匠，世所繩譽者，不曰秋水芙蓉，則曰流泉灑落蒼翠，擬諸形容，若極其美矣，佐竊嗛焉。蓋雕飭雖去，而景象則弗弘，音響雖清，而膏馥則弗遠，大人豈如是哉？今夫黄河之出崑崙也，窮而探之，則源星宿，切扶桑，涵蓬島而入蜺羅，其瀾渙如也。然後洪流混混，從天而來，入海而匯，迤延八裔，不能致其淺；潛渫百川，不能增其深；蒸雲液雨，不能盡其仁；含垢納污，不能傷其潔。吾度如之，發爲詩文，斯天下之大觀也已。故少師梁文康公《鬱洲遺稿》，佐不敢律以唐、宋詩文，而惟以海觀焉。何也？昭其度也。於乎！大人以天下爲度，居相位者孰不以自許哉？然臨利害僅毫髮，輒惴惴焉思爲之所，矧又較計毁譽，喜諛惡直，福威之下，夫誰忤之？韓魏公曰：「不以同異爲喜怒，不以喜怒爲用舍。」賈似道曰：「我不知孰爲好人，但順我者即爲好耳。」度之不同，乃如是哉！治亂之源，槩可占已。

當毅皇帝時，公首百揆，石齋楊公宅憂甫闋，亟起之，俾位于己上。敬所蔣公方在庶寮，則延譽宫府，力拔爲輔。比南巡狩，公欲奉天子行實以往，楊公不可，蔣公益不可，且嘖有煩言，公無少見於顔色，亦未嘗輒語人也。及佐督學西粤，蔣公始語其詳，服公盛德，不特同升之感而已。先是，西安張御史璉者論列詆毁，人不能堪，而公引慝薦揚，竟至大用，璉終身感之。夫東里、南陽，皆賢相也，然遠抑庵不使入閣，斥一峰不得立朝，視公之度何如也！神道、誌銘，公之德業詳矣，而佐獨舉一事補其遺闕，以見公之所以爲大者，初不係於詩文也。於乎！人性猶之水也，發而爲情，過往來續，澄停於中，猶之淵也。自非敦養其性，以時出之，則所以紀天地、綱民物者荒矣，天下亦殆矣哉！是故一語不合，睚眦隨之，甚至怒室而色市，不可磯者也。覆水坳堂之上，而芥爲之舟，置杯焉則膠，淺中者也。

公家順德，實分自南海。始號厚齋，晚取鬱水靈洲爲號，其亦鎮定之義與。佐生也晚，辱公之知，夙夜自虞天性，惟磯且淺焉是懼，故三致意於斯云。

## 東川劉文簡公集序

東川先生劉文簡公集，凡二十四卷，乃孫給諫君起宗授簡俾佐爲序。既受以卒業，則慨然嘆曰：嗟乎，先生真我師也！讀其文，則莊重醇篤，如冠倫之賢，端紳笏，立巖廊，人望而敬之。誦其詩，則肅雝温栗，如振瑶珮，簉鵷鷺，宫羽徵角，自中節奏。石齋楊公稱其著作務師古人，晚益簡勁，真知言哉！當敬皇帝時，鋭情在宥，延儒臣，侍經幄，晉接燕對，疇咨治道，雖綜核精嚴，然待下最爲有禮。嘗親御午門，讞審大獄，言官麗泮輩頌繫一時，輒赦出之。故諫行言聽，郅盛韙焜燿于無窮，直講啓沃之功，先生居多。及武宗登極，昏椓漸張。晉翰長，主京試，論以爲臣不易，命題刻録，則以法語風焉。天下傳颺翕服，貂璫嘖嘖，宸衷知其心固忠精也。及掌邦禮，司綸綍，直講如故，格心寀至，輿情以公輔歸之。

正德辛巳夏六月朔，佐甫入翰林，厠吉士之末，有詔俾往受業。將及門，而先生薨矣。嗚呼！覯德未由而學已私淑，先生真我師哉！方是時，天下隆平，士大夫競以德業相砥礪，邊隅不聳，中州奠安，倉溢紅腐，庫餘赤仄，而皂卒口羞言錢，矧爲薦紳者乎？嘗觀吾夫子之翼《周易》也，至健惟乾，有君道焉；至順惟坤，有臣道焉。健非過剛也，進德修業以帥臣也；順非過柔也，主利正義以承君也。故《上繫》惟言賢人德業，《下繫》始及理財爲義焉。《大學》治平之道，亦不過如此而已。惟我孝、武，克程聖經，以昭鴻化。士以不辱爲節，刑以不用爲祥，財以不斂爲富。若先生者，乃默襄燮乎其間，豈非有用之儒哉？生於其心，發諸其聲，達於其辭，徵諸其政，則是集也，其殆國史之副也夫！

先生及第在憲廟成化丁未，及長宫詹，則在今聖上龍飛之初，寔四朝元老云。

## 巽峰文集序

文學之臣，自漢始以侍從、著作爲職，若東方朔、枚皋、王褒之屬，其尚則詞；司馬遷、荀悦、班固之屬，其尚則史。然詞林之靡，摛藻騁華，史筆之刻，峻文失實，世或少之。至於招選名儒，講論六藝，而韋賢、劉向、夏侯勝、桓榮輩，乃以經學顯。唐、宋因之，各自名家。惟伊川程子論思獻納，壹是以仲尼爲宗，而後五三《六籍》澤于大道，蓋醇如也。

仰惟國家統一聖緒，同文底績，逮弘治之隆，丕越前古。時則有若故洗馬永新巽峰尹先生者，窮經績學。弱冠，首薦敦行高蹈，篤於事親。正德初，以母命乃就甲科，士論翕然重之。比佐入翰林，時先生同在史局，講學質疑，輒相契焉。已而改齋王君宜學、梓溪舒君國裳，皆起自遠謫，相與麗澤以道，竊嘆江右之多賢。及佐嬰疾，疏歸得允，恐溘爾先犬馬填溝壑，乃持簡丐先生書所作以識別。其詩宫羽諧合，詠歎中雅，寶而藏之。明年丁亥，先生與王、舒二君後先訃至。烏虖！學蔽於無友，道衰於寡儔，可勝悼哉！

先達劉文安公起家永新，亦自司經荐至扆閣。先生德容豐潤，視二君羸削，蓋大不侔。常晤語，輒以文安期待之，雖天固難諶，而其所自立者，則過人遠矣。昔伊川在經筵將進，必宿齋豫戒，潛思存誠，冀以感動上意，真可謂正己格君者。而其爲説，常於文義之外反復推明，歸之人主。當講顔子不改其樂，則於謀國用人，巽而諷焉，使居大任，其伊傅矣乎。先生能自得師，誦其言，法其行，而又嘗冠其巾以見志。燕居齋明，動中禮義，真伊川之倫也夫。道若通衢，然人皆由之不有爲之先容者，則中路多岐，一遇市肆，奇殽異酒，沉酣其中，梱于行而迷所向矣焉。得入聖人之門，循堂室而造諸，是故晦庵經術一宗伊川者，學以至聖人之道，固待紹介以爲之先容也。先生尚友之志，其亦猶是與。憶在經筵，先生進講《説命》，上驚問其姓名，蓋諷及純心用賢，雖伊川復起，不能過也。烏虖！使天假以年，究竟其用，致明主於三代之隆，夫豈難哉？嗣子祖懋克世甲科，來參吾藩，文章政事寔肖先生。間出示全集，多昔未及見者，辟諸天球不琢，而粹温之色，和平之聲，殆有邇之而愈光，遠之而愈章者矣。

佐實無似，乃獲苟延，液樠之樗，無所用之，寧不愧哉？惟慨夫文史之流匪僻則俳，講學之失寢奇以異，故序而歸之，以見先生深於造道，非但爲一時文學之臣而已也。

## 贈張净峰序

中丞净峰張公既平封瀧叛寇，嶺西之民樂有寧宇，聖天子嘉焉，晉秩司馬，兼總憲紀，而元戎陳公亦加宫保。懋賞所及，舄奕滂洽，寔異數也。於是吾廣三司咸謂宜有言以賀，佐乃序曰：

胡粤相去至遠也，然氣機之動恒相關焉。胡固當討，而粤豈可玩者哉？今之猺、獞莽伏于粤，大抵苗類也。虞夏之際，嘗徂征以格之，分北以宅之，故曰三苗丕敍。蠻夷既服，戎乃通貢，屏緻强胡，使之遠喙，故曰西戎即敍。觀諸河套，則析支、渠搜之迹可尋也已。顓意於苗，而狄患自弭，其猶醫攻偏疾，鍼其左而右輒通者乎。肆我高皇當逐虜之秋，先事南征，逮廣帥及德慶李質以所部納款，荆揚裔土，悉爲我有，然後迤北殘胡傳檄而定，聖謨成算，遠襲舜、禹，葢可睹矣。於戲，粤之所係重矣哉！厥後鎮粤名臣有若葉文莊公，嘗平瀧水峒寨，鄧襄敏公奏置千夫長以守禦之，飭詰既周，而封川亦賴以無患，何者？三江之會實扼兩廣，當務莫有急焉者也。邇者九邊多事，論建者先焉，而兹土積寇曾莫省憂。公初涖鎮，首疏其事。歲乙巳秋，受命致討覆其巢穴，餘黨悉平。甫奏膚功，而朔方亦捷，天聲之動乎氣機者如此，豈細故也哉？宸衷倚毗，俾公遥贊本兵，於南北邊事無所不綜，其必有規恢萬載之策，以躋斯世于虞夏之隆者矣，而佐何足以知之？雖然，惇德允元而難任人，亦虞夏之所以服蠻夷者也。慨自程朱之後，吾儒誠信感孚之效日衰，近代惟薛文清、章文懿庶其似者，而任人蝟興，浮僞相煽，臨政即戎，夫奚賴焉？惟公之學尊信程朱，敦尚踐履，其文章風節，既與薛、章相類，而其勳業，自平交戡黎受知聖明，以迄于今，眂諸葉、鄧抑且過之，嗣是嚮用所究，蓋有儒先之所弗及爲者矣。將使胡粵一家，以蒙至治，而開太平于萬世，舍公其誰歟？徵諸感孚之素，良可知已。《書》曰「至誠感神，矧兹有苗」，公之謂也。然則今日之賀，豈獨一方之慶哉？

## 贈虞東崖序

虔之開督府也，控制四省，俗雜夷夏，溪峒之交，伏莽興戎甚矣，拊循之難也。歲壬寅，東崖虞公以僉都御史至，慨然曰：「民未覿德，其可覿刑乎？」首敷上德教，以善養之。既乃申賞罰之令以昭勸沮，制財用之節以足兵食，孚厥不諶之尤者，則皆翕然而化。惟是汀州積寇憑陵負險，運籌取之渠魁，斯得建學立師，輯其餘黨。自是溪南諸酋相率執其群，不逞以降，東南爲之澄然。甲辰冬，聖天子用廷議，以江右荒歉，當得宣猷乎惠之臣，乃進公副都御史，俾往撫之，吏民皇皇，不忍公舍。汀州守曹子、貳守繆子、武平令孫勳等，乃顓伻不遠千里，俾予表公之績。

竊惟仕、學一道也。不學無術，則政隨以隳，未有學術醇而政弗舉者也。公自爲諸生，以學行爲遠近所師。登進士，兩令巖邑，一以節愛爲本。入爲御史，凡建白巡歷，雖風猷稜厲，而澤物之志所至有孚，進貳廷尉，可以躐華要矣。乃遽陳情終養，竭愛日之誠焉。比涖虔，名位益顯，居常恭慎，自將夙夜翼翼如也，興學揆教，以振起斯道爲己任。予嘗與談名理，有前哲所未發者。仕學兼優，海内如公亦罕儷矣哉！

夫恭慎，敬也；終養，孝也；揆教，文也；孚惠，仁也。學非敬弗成，行非孝弗敦，德非文弗彰，道非仁弗修。敬以成學，故能以善養心，而心誠存焉；孝以敦行，故能以善養親，而親誠安焉；文以彰德，故能以善養士，而士誠服焉；仁以修道，故能以善養民，而民誠孚焉。譬諸有源之水，盈科而進，沛溢四海，莫之窮也已。且嘗聞之：虔南之民巧，其敝也僿；湖南之民拙，其敝也嗇；嶺南之民柔，其敝也黠；漳南之民剛，其敝也激。僿者返樸，嗇者中禮，黠者效誠，激者向義，伊誰使然歟？矧夫江右衣冠人物所萃，而政令視昔尤專，則善治從可知矣。行將入亮帝采，以終沛溢之澤，謂之好善優於天下者，非與？佐也不佞，載筆以俟。

## 西洲存詩序

天惟純祐命，我聖明紀元之初，駿茂彙征，畢振明德。于時西洲唐公養高瓊南，以户曹郎起，績學之士推異倫焉。予方備員史館，辱與過從之末，時時枉下問，吐情素，誼至密也。歲癸未春試，獲從公後爲同考官，校閱多藝，未嘗不相觀以冀得人。及予叨册使南渭，公遂董學西粵，嗣是音徽恒相聞云。比公循承休顯，予亦董學西粵，僅一覿公于藤，伸歡道舊，訢如也。公入贊大政，予則棄官歸養，乃聞明堂、安南、從享三大議，丕匡聖烈，罷少司徒而歸，考終于家，節完終始，天下燁燁卬景光而欽慕之。

猗與，懿矣哉！

瓊自文莊公後，博洽乃有公紹軌，故其詩文鵠跱虎躍，飆發雲委，斐焉有昌黎之風。然猶方寸海納，踵邇達遐，桐鄉海瓊，皆首摘其稿以作範傳世，志尊鄉也。蓋昔在俊髦，矢口成詩，精練藏於鑛朴，良冶鑄焉，故桐鄉有歐、蘇之儗。及躋顯庸，運力無方〔一〕，神情玄定，則得于海瓊居多，兼二妙而通以博蘊，故所存詩卓然豐腆，世所歸重。漢人有言曰：「詠歎中雅，轉運中律，嘽緩舒繹，曲折中節。」夫詩豈易言哉？

公一揮灑，雍容矩度，晚唐百家，奔軼絶塵，莫之能逮。乾坤肇開，陰陽翕接，覃覃乎盛世之音也已！昔周、召興《二南》之風，有道隆平，莫不由之。及治定功成，雅以諷君，頌以昭德，寔多出旦、奭之手。含淳葆性，萬世法程，《三百篇》之宗也。施于聖明，仁涵道濡，其繼成周之永者與。顧公之詩真可以風，而雅、頌乃出他人，則隆乾棟，轉坤軸，蓋未究焉耳。然而昭明在躬，道映天下若公者，夫豈徒以詩傳而已哉？

嗣子長穆，戊戌進士，官終郎中。次秩，樂育黌序，槧簡英發，予深許之。乃編斯集，屬予爲序，趍庭肯構，續公音徽者，其斯人也夫。

〔一〕「力」，萬曆本作「用」。

## 秋齋文集序

明興將二百載，海内文章凡三變。洪武初，括蒼、金華鉅儒迭出，閩中王孟揚輩起而傚之，壹是以班、馬、韓、柳爲宗，故其體洪博而深厚。永樂至于天順，館閣顯師歐陽，三楊其尤也，繩襲至西涯、篁墩而益盛，故其體簡質而紆徐。成化末，林見素、羅圭峰蜕陳化新，駸駸庚革。逮弘、德之間，關、洛諸英，始務爲瑰瑋，故其體奇崛而閎肆。大抵南士迭相倡和，而後昭融於北，誰謂越無人哉？莆田周氏，時則有若鶴洲太守、翠渠方伯、耻齋都運，皆以文鳴，閩産之傑然者也。秋齋先生以魁壘之才，晚出弘、德間，積學浩富，作爲詩文，不逐時好，力挽國初雄渾之氣，直欲頡頏宋劉，而與漢、唐名家相長雄，殆志士也夫！

先生諱宣，字彦通，弘治乙丑進士，登朝爲御史。當毅皇帝南巡狩，嘗抗疏諫止，風節凜然。董學陳臬，敷邕化原，燕冀之士，烝烝鄉風。夫昌黎、樓煩遺烈餘彩，厥惟舊矣；河東、龍門先賢之轍迹，昭昭爾也。按轡採風，遐蒐玄覽，啓厥耳目，載以心意，非惟浮英華而摭往實，雖黄唐聖緒，亦皆廣涵潛茹，韞崇不遺。及南浮江淮，逾大庾，抵蒼梧，覽靈洲鬱水之勝，溟海鉅觀盡矣，雖太史公所荐歷，殆不是過。故其發諸胸次，含弘迤衍而肅括有體。仁義之人，其言藹如者非邪？施于政事，如其文章，長我風紀，主我雄藩，去我螣蟊，雨我禾黍，一一皆可以垂後。故到于今廣之民萌輿頌，必曰「周方伯，周方伯」！家衖三賢，不得專美於前矣。

佐在史館，獲交先生。及涖敝鄉，時時簪盍，得相資焉。嘗録國史，偶紊顛末，讀不能明，先生過瞬，即爲緒正改録以見貽，如宿習者，乃知先生精博異常，非佐所能及也。比註山西舊牘去職，尋以勘事復至，殊不以夷險少介顔色，蓋其荐歷益久，故其充養益深。居無何，返莆，竟不究大用，而遂考終矣。嗟乎，嗟乎！天之冥報固將有在邪！先生有子鯤，克世甲科，來參吾藩。政暇，手自校讎是集以傳。昔鄭之桓、武相繼，善於其職，風人所爲賦《緇衣》也。故述其梗槩，識之卷首。

## 從化縣志序

從化舊無志。志之者，今令灌陽吕子天恩也。既梓且衮，以嘗受業，乃請序於予。予閲之終篇，深有感焉，遂序曰：

天下大勢之所趍，天地鬼神不能易，而易之者人也。昔疑斯語，乃今信之。嗟乎，從化自昔一羈縻溪峒耳！隋唐之際，馮盎所據。迄于宋、元，畔服靡常。作邑以來，孚諟之日久矣。吕子始至，觀其形勝，則北山以南扶輿淑清，兩峰秀峙，流溪襟帶，翠巘碧瀾，暉映上下，玩之令人樂而忘去。問其風俗，則楓陬茅麓，鏗琅皆弦誦聲。勝冠之士相拱揖而談道真，使搦彤管，輒成縟辭，枹鼓不戒於其心，而寇警反在新順，逖聞不軌，則樵夫笑之。稽諸郡乘，俗雜魋結，性狠善鬭，激氣服蔓，誣謂人謀，乘雹盗牛，競誇天賜，法以繩之，每每揭竿而稱亂，今豈有是哉？揆厥所元，則高原瘠壤，商旅罕至，非有果布之湊也。灌溉翻斛，椎練犓楮，終歲仡仡，取給篁竹，絶無外務，非有聲色狩獵之娱也。抱其顓慤，不知書業，夫誰與易之？故設學之初，儒衣烏駭，被選就廪，至者畏蹴不寧，何則？其質錮而其見蔽也。自黎氏起甲族，登玉堂之署，爲柱下史，經緯禮俗，先之牖之。李長汀輩又多蟬聯科薦，而髻髦嚮風，以故比屋詩書，牙璋不聳，儒者之效也。吕子清慎且勤，民治益固。凡其所徵文獻，寔多取諸韶山云。

夫堯舜之道集於仲尼，洋洋文德洽于裨海，百越則信遐矣。其可稱道者，吾廣南越也，蒼梧西越也，象郡駱越也，江右揚越也，八閩東越也，永嘉甌越也，會稽於越也。溪峒皆介其間，至於勾吴斷髮文身之鄉也，荆楚篳簬籃縷之俗也，巴蜀魚鳧蠶叢之國也，鉅壙深林，均爲荒服，奎耀文明，在在鄒魯，無間阻焉。一遭元狄腥羶，則雖闕里像設，亦皆左衽，而矧横目之民哉？匪我聖祖汛掃彍蒸，則仲尼心傳雖在，孰推行之？且百夷羅施，古稱鬼方，棄而弗圖，以教化難也。今雲貴且建藩，而軒冕等中州矣。向謂符祝役人之魂，土木换人之骨者，又安在哉？蓋天下有道，固有仲尼所不與易者存焉。誠使其始若不能易也，貞潔其身以先之，設爲禮文以牖之，重以節用愛人之令，則民性無拂，而道之浹者深矣！邪僻銷而守義固，忍爲干紀作亂之事乎？故曰「基廣則難傾，根深則難拔，理節則不亂，膠結則不遷」。予而今而後，知天下大勢之所趨而卒易焉者，仲尼之道行也。顧污暴乃背吾道，何也？惟禮與文，道固在兹哉！予深有感於是，故表而出之，以風世焉。

# 黄生兩京賦序

序曰：祝誦宅炎，弇州播歌，厲山繼作，白阜紀地，倉庚載鳴，青陽布德，雕虎劃嘯，清飆奏籟，雖聽音與觀事異軌，神靈與翹跂殊迹，然其爲感召一也。卬惟二祖並建天邑，皇上復宣重光，丕闡人文，皈章鴻業，裨海内外斐然嚮應，豈非郅隆之會哉？揚粤隃嶠，即爲韶郡，文儒鉅工，昔蓋霦霦如也。曲江之後，武溪之前，邵謁乃産于翁源，詩以鳴唐。予詠其集，愯然異之，何則？《易》之《離》爲文明，萬物皆相見，南方之卦也。故珠犀、玳瑁、沉檀、布果之湊，萃于極南，徧于中縣，而文隨之，屬續火官，照耀乎始，其來遠矣。

歲甲寅，黄生器先從予受學，贄以詩文詞賦，志存探道機玄。諗其邑籍，則又翁源人也。趣慕好古，直追周、漢，予益異焉。示以郡詩，則刻之以風，與談名理，則悟之以默，駸駸泝源洙泗矣。當今握樞應紀，貞符錫羡，卿雲、甘露之頌，神雀、白鹿之歌，洋洋渢渢，彪炳朝署。予三入承明，乃不能效技蟲鳥以舒鳴嘯，而猶潭心孔經，以迄皓首，亦固矣哉！間嘗伏念孟堅賦兩都，盛稱洛邑，以抑西土怨思；平子賦二京，推本勞逸，戒殫物窮侈之失。宣上諷下，歸之典要，並有六義遺風焉。禁林曩哲，則有若李古廉氏、陳光世氏，近年藝苑，則有若桑悦、余光，雖云能賦，然揚禕摛藻，未知其麗則儕諸班、張何如也？

黄生隱居青龍山中，應詔起爲建寧博士。年踰三十，驟告致仕而歸閩臬，戴子繩其高節，至願爲之執鞭焉，可謂卓然大雅，超軼先民也已。在閩乃覃思發憤，著爲此篇，畢盛明於羲軒，儗列聖於姚、姒，思唐風，鑒殷盤，極情文之致，達變通之紀，雖極於炫曜，而卒歸於諷諭，其志業不亦偉與？嗟乎！向使黄生歷金門，上玉堂，優游論思，賜清閒之燕，其所紀述，足贊離明之治，獨琤琤韶濩乎哉？今黄生絶意榮觀，而予亦老碧山，緬懷始見，貽書述厥飢渴之慕、魚水之驩，擬諸儀封，豈木鐸亦讖邪？曲肱可枕，則予與黄生灝乎有餘樂矣，其所乎愜，蓋溢乎詞外。此第敍其賦云。

## 内江蕭氏雙節序

嘗觀於水，自淮以北者宗大河，故《記》曰：「三王之祭川也，先河而後海。」自淮以南皆宗大江，故《書》曰：「岷山導江，東爲中江，入于海。」蓋江、河源也，海其委也，治化亦然。蒼姬有道之長，委焉而已。任姒母德，殆其源與。肇詠河洲，載歌江永，則關雎麟趾之化自北而南，槩可知已。

洪惟明辟，紹法有周。高后光翊開天，文后嗣徽繼統，各著《内訓》，播于椒掖。迨于聖母，纘崇女教，昭式萬邦，皇極敷言，丕興梱内。乃今蕭氏雙節聯出中江，志潔義高，豈非鮮哉？夫臣無二心，天之制也，從一而終，婦之貞也。王澤熄，大道隱，以節見於天下者，雖士大夫猶且難之，而况爲婦者乎？揚雄草《玄》，非無文也，而不知己於美新；華歆擲金，非無行也，而不知己於附魏，豈亦德不足以御險者與？《易》於内《兑》外《坎》，名之曰節者何？《兑》，説也，説則不知己；《坎》，險也，險則不欲行。說以行險，非得中正之道，其孰能之？

於戲！龍飛郢甸，化始江漢，徵諸二氏，可謂說以行險而中正者矣。求諸天下千百人中，越數千里得一二焉，已云盛矣，况同出於一邑者乎？又况同出於一門姒娣者乎？予嘗備員史氏，紬金匱石室之藏，未有若斯之懿烈者也。御險以德，安貞以教。若陳氏守節三十年，淑其子孫，有聲庠序，可謂難矣，矧贈孺人李氏守節二十有八年而没，有侍御世延爲之子，不尤難與？昔歐陽文忠早孤，率母之教，乃大成立，爲宋碩輔，至于今誦之不衰。惟公振紀，風行海流，霈而爲潤澤，升而爲霖雨，媲美文忠，寔優爲之。溯委于源，其所從來者遠矣。予述所聞，用昭《二南》風化，重見于今日云。

## 贈別後治鄭子序

後治鄭子自御史謫丹陽，時予見其清慎，甚重之。比予宅憂，鄭子以鹽課提舉至廣，執弟子禮而問學焉。予未有以言也，然重其清慎益加於前矣。及服闋北上，忤時宰南歸，乃進諸生，誨之曰：「作聖之功，求諸心之所同然而已矣。欲者，理之反也；利者，義之悖也。言之切而不行者，理、義是也；行之切而不言者，利、欲是也。内省克念，其在兹乎。」鄭子深以爲韙焉，豈其清慎寡欲、絶利有乎于中與？

比擢河東運同，告行曰：「先生講學，於道、德、性、命未肯輕示人也，豈心之所同然易見，而其奥固難言乎？」予曰：「講學所當明辨者有六：道、德、性、命與理〔一〕、義是也。何謂道？曰：『道者，理之統體，天地人物自然同有，如路而共由者也。德即道之得於心者也。義又道之發用制事，處物之宜也。』何謂理？曰：『理者，道之散殊，天地人物本然各具，有條而不紊者也。性即理之具於心者也。命又理之所自出於天者也。』聖人作《易》，蓍數卦爻備斯六者，其體統之大，於道德無所拂逆，而發用之妙，理義亦無所差謬，是謂體用一源。窮天下之理，盡人物之性，而合於天道，是謂顯微無間。故曰和順於道、德而理於義，窮理盡性，以至於命。夫天地以生物爲心者也。積陰之極，一陽來復。前此天地之心幾乎息矣，至此乃復，可見於人，則爲静極而動，本心幾息而復見其端也。於此存養省察，無一息之停，則純乎天理而仁矣。仁則復其天命之初，道、德自我而全，理、義自我而出，以其純粹無惡，則謂之至善，以其真實無妄，則謂之至誠。既學聚問，辨明乎此，必仁以行之，故以求仁爲要也。求仁，則六者皆在其中矣。鄭子深於《易》者也，而河東又堯、舜故俗，薛文清道學之所肇也。轉運政暇，而深造有得焉，其尚以告我。」

〔一〕「理」，原作「禮」，據下文「何謂理」，「理者……」，「理義自我而出」，可知「禮」乃「理」之誤，故據萬曆本改。

## 送香山鄧尹序

聖天子秉乾剛以照臨位著三歲，則計吏治之最而登進之，獻績歲數與入覲適同，然相值鮮矣。令甲署上考者，雖遐荒卑秩，例得升朝，且貤恩封。以故裨海之内濯磨效能，辟則春陽布而蜚征奮，穆清之上，真如天運焉於神矣哉！

吾香山斗絶海島，民淳利博，嚚慝攸伏，寔巖邑也。令率不待歲輒去，一及覲期，則已詫難矣，而奚績之獻乎？文巖鄧公學優而行礪，才高而辭美。其爲令也，修我城塹，廣我儲積，以戒戎作，以備飢歉，是謂容保之績，而民作忠；完我黌序，梓我禮約，以興絃誦，以作髦髦，是謂教民之績，而民作讓；崇我社稷，奠我山川，以飭壇壝，以祀百神，是謂懷柔之績，而民作敬；弘我公署，敷我惠澤，以遏豪强，以均糧役，是謂牧愛之績，而民作和；清我留屯，正我魚課，以杜争訟，以勤哨守，是謂畫一之績，而民作肅。具兹五者，政斯卓異也已。是故行之期月，而按治瑞山陳公薦之于廷。既及三歲，而撫按、司郡僉書其考曰上上。聖衷簡在，其自兹行矣哉！

瀕行，掌校張君天敍率其輔若而人，邑丞葉君榮率其輔暨其屬若而人，羅生元衮、李生祖白暨其同舍若而人，耆舊胥徒以至里甲又若而人，旄倪且送且攀者，蓋千計也。二生進曰：「鄧公政以成身，恩以榮親，吾邑前此未之嘗聞也。賀以相之，辭以彰之，其諸古之道與？」泰泉子曰：「然。夫履天下之至險而不怯，眂之以平者也；析天下之至難而不謬，灼之以明者也。予觀鄧公剸裁嚚慝，揆理最精，神鬼出没，龍蛇糾結，若不可解。一言定之，而上下翕然愜以服，非其心之平且明，其孰能諸？諺有之曰：『瓦注者巧，金注者殙。』兹言雖鄙，可以博喻。嗟乎，外重則内固也！世之怵於利害者，烏足與有爲哉？惟平也，故天下之至險者安；惟明也，故天下之至難者易。執此以往，可以光輔我聖天子矣，豈其棲棲滯一隅邪？是故偉公之績，而必偉公之心，乃所以彰公也。」

## 東莞縣志序

史遷有言曰：「孔氏著《春秋》，隱、桓之間則章，至定、哀之際則微。」以予觀於劉太史存業所纂舊志，則反是。章於後而微於前，夫豈有所罔褒忌諱於其間與？蓋亦往牒湮圮，亡所於徵焉爾。然獨晉黄舒氏孝行昭卓，當時擬諸曾子，千載而下，聞風者莫不感發興起，參里之山，到于今猶蔚蔚有耿光云。

昔者孫子學古之爲令也，來從予遊而問政。予始示以《鄉禮》，卒授以《樂典》，而告之曰：「君子立政，必以化民爲本，所謂謹庠序之教，申之以孝弟之義，人人親其親，長其長，而天下平，非迂語也。自其德性之知而牖之，使篤於行，雖逐利不軌之民流爲蠻髦，肆其寇虐者，可孚而化也，况於甿庶之良者乎？故《大學》之教，興其藝以樂學。《詩》也者，興此者也。《禮》也者，立此者也。《樂》也者，成此者也。周衰教弛，曾子聞孝於仲尼，因心擴充，筆諸《大學》，本忠恕以闡一貫之蘊，而聖學王道管是矣。何者？自明而誠，一也。充其德性，潤身以及天下國家，貫也。養蒙以正，自昭明德，誦肄風雅。禮以節之，樂以和之，其善不肅而成，其惡不嚴而治，此予之所爲述也。潤澤而力行之，其在子乎？」於是修飭庠序，虔祀先師，然後延邑儒、補舊志以備文獻，而未成也。

越十有五年，吾門貳守張子仲孝宅憂，歸自福州。讀《禮》暇，乃以書紹介曰：「邑大夫蓮峰喬公將贊而見，以邑志之成也。鄉薦紳廷尉評石涌謝公、司徒郎艾陵林公實載筆蒐輯，凡天施、地化、人事之紀，粲然大備。敢冀爲序，以冠篇端。」既乃枉顧弊廬，稽首再拜以請。時猶鋟梓未竣。今年秋，乃見完書。覽之終篇，作而嘆曰：

猗乎，下之化上，疾於風草，諒矣哉！方司馬氏之初王晉也，取賢斂才，振舉淹滯，所頒令條，則忠恪孝敬，迄于學以爲己是也。聲稱甫浹于南，而參里之賢，始有聞焉。向使爲牧守者尊禮而賓師之，出使長民，淑其子弟，則四郊飆動而敬應矣。雖奚山蛋浦，有父母者亦皆驩洽，遠邇慕效，則蠻髦寇敓之俗，日見其消也，豈非轉移之大機乎？然當是時，剖符大都武人，鷹擊爲治，不尚文教，即有文吏，又皆選蠕觀望。至于陳虞荔、孔奂以國用不足，奏立煮海鹽税，奪吾民利，富之且不能，又奚能教也？用是觀之，自郡爲縣，惟以鹽官莞榷得名，其外本内末之義見矣。隋、唐迄宋四百餘年，進士惟少府監姜誠一人。政和、紹興間，科第漸興，而名儒李用父子，則出于淳熙建學之後。蓋吏兹邑者，始惟以築堤辦賦得名，全是乃霦霦有程朱之教。

迨我聖朝，而俊傑名臣鼎來迭出，此志所以弗容弗章也。風化之效，焉可誣哉？夫鏡所以察形也，古所以知今也。居今之世，志古之道，所以自鏡也。《書》曰：「先王克明德慎罰。」《春秋傳》曰：「明德，務崇之之謂也。慎罰，務去之之謂也。」中公巫臣釋《書》告君，似亦忠矣，而自爲謀，則陷身於淫爲大罰，非徒欺人，而是自欺。悲夫，悲夫！此誠意所以爲人鬼關也。故《大學》不言慎罰，惟先慎德。慎必于其獨者，决去不善，而必得其善，則誠矣。誠則形，形則孝弟行，仁讓興，而天下國家特舉而措之爾。故曰苟志於仁矣，無惡也，誠故也。斯須不忠不信，僞而不誠，則藏身不恕，無以喻人，徒瑣瑣於聽訟理財，曷由以一心而貫千萬人之心哉？故曰「大畏民志，此謂知本」。又曰：「德者，本也；財者，末也。」人惟自孩提後習染澆訛，知有慾而不知有身，知有貨而不知有親，資雖美而弗學，則德性無由反乎其初矣。酌古宜今，若魏莊渠氏者，其猶有周之遺教乎。得其書而觀之，考按圖志，詢訪民俗，特行公移，睠兹邑如大郡然。立社興學，以教子弟而行鄉約，誦讀之中禮樂存焉，茅蠣之郊絃歌藹如也。行之越期月，而盜弭民安，士有馴行，荒慓之徒鱗集，仰流嚮道而遷義者衆矣。

故予述《鄉禮》，如其所行，而增社倉以豫教與養，立保伍以備祀與戎。《樂典》則律以和聲，宫倡商和，雖分實合。凡大合樂必遂養老，而君臣、父子、長幼、男女之倫，皆形見焉，所以教天下之爲孝弟也。莊渠氏嘗問王純甫以《周官·大司樂》矣，今庶幾其少有聞乎，惜不及與之上下其論也！

邇者邑俗之美，不殊乎昔。然屯門放洋、烏艚鹽販者，厭飯稻羹魚之常，而趨珠璣、犀象、果布之湊，商賈貨利，東往樜林，西通山越，而弄兵恣掠者有之。聖天子方興禮樂以致隆平，雖昏迷侮慢之夷，亦皆晻然而化，舞干羽而格苗頑，不是過也。喬大夫修理學校，以化民爲大務，非爲成孫子之志，而且備録魏氏之教，俾永有聞焉。推之天下，絜矩之道其大行矣乎！然則斯志也，立治本以垂世規者也。微邪章邪，無庸論也已。

# 泰泉集卷第四十三

## 序癸

### 梓溪文集序

宋歐陽公文章經濟天下，翕然宗之。荆舒繼起，摛詞雖工，掩於相業，愛而傳者罕矣。方是時，二程在朝，忠言入告，上每俯躬嘉納，風及用舍，亦勤首肯。然典禮法度一變，雖巽誘諄切，莫之能繹也。臣從善則可以善君。吁，難矣哉！毅皇帝豫遊時，史官敢諫者，惟梓溪舒先生一人。罹杖後病卧院中，掌院者懼禍，使人摽出之。先生屹不爲動，曰：「吾官于此，當死于此。」既謫閩，裹瘡就道。或勸俟痊，先生曰：「死，吾分也，敢少留耶！」宅憂，扶柩自江而湖。忽雲垂波立，舟楫危甚，爲文籲祭，風濤頓息，人服其精誠。于時再諫，再杖。抵家，則没矣，年四十有四爾。謂之烈丈夫者，非邪？平生清苦，家無立壁。儲御史良材爲小築會城，居其妻孥。佐曩歲過之，二子奏奉，出其文集相示。於乎！先生勵志聖賢之學，氣節文章，蓋餘事也。江右大魁惟一峰以道鳴世，先生實繼之。其策名清時同，令德榮問同，官止修撰，抱道而終又同，雖儕之伊洛諸賢可也，夫豈徒以文傳者哉？

憶歲丙子，偕陵陽梅君百一北上，偶論武王伐殷，歲在鶉火。《通考・象緯》弗載，因推步之，歲自鳥帑，旅于龍首。我聖祖殄平僞漢，丁未改元，星紀吴分也，壬午靖難，析木燕分也。福德所在，其應如嚮，可弗詳乎？梅嘆曰：「向見國裳，亦論到此。」佐自是知先生。比入史館，先生復官，造朝相見握手，謂曰：「吾識君於百一久矣！」自是過從驩甚。嘗曰：「心術與學術相符者也，懷居與懷利相因者也。怠勝敬，欲勝義，則其心死，其學僞。吾儕格君，其豫如此。」佐恒衣其德言。

每察先生端居終日，讀書治事之暇，未嘗晝寢，夜必計過自訟，晤即相告，蓋乾乾惕若，其真積深矣。嘗謝貽恩，騎入吏部，堂屬嘖有煩言，先生將奏其作威，佐謂曰：「曾記《定性書》乎？人於怒時，遽忘其怒。」先生謝曰：「吾子督過是也。」即焚其草。每言曆象，古太史職也，中星以日爲主，七政以歲爲主，凡盈虛朓朒，伏逆遲留，如指諸掌。觀望星氣，占則必應，佐弗能及也。其論西山變律，謂擴前哲所未發。佐謂此乃京房執始變虞之屬耳，孰謂不然。居二日，來曰：「吾過矣。檢《漢志》，果京房律也。」因言鍾律度量，所以治曆明時，康節粗得大意，而不能建律運曆。將舉禮樂，必也《周官》乎，觀《大司樂》，則律曆備矣。佐深韙之。惜其著述散逸，兹集特十一爾。吾廣方伯張公鏊、學憲張公希舉，皆先生鄉人也，聞而欲刻之。先一夕，佐夢先生來顧，語笑如昔，懇曰：「吾文欲刻，盍慎擇諸明發？」而二公果至。於是手自校選，定爲五卷。

於乎，先生信神明矣哉！蓋其爲人也，其死忠勇，其孝感誠，其從善敏，其自治嚴，其禔身潔，其處貧樂，故能合内外，貫天人，名理如程朱，詩文如韓歐，而多所自得。使若荆舒之逢，時則率典迪而娟嫉者消矣。然則先生進退存亡，其爲天下國家所關係，豈細故哉？佐於是重有感焉。

## 漸山文集序

聖皇在宥，昭乎上玄，降釐錫羡，史不絶書，天符人瑞，寔相表裏。乃者己亥之春〔一〕，有詔慎選宫僚，遂招駿茂，徠巖穴，奮羽儀，恪位著，朱芾相先，紳掖畢集，翼翼鏘鏘如也。是時，予叨以春坊司諫，起自荒遁，始獲交諭德漸山屠子，晨夕挹其龍光，覿厥黼藻，蓋有受三益而錫百朋者矣。

漸山諱應竣，字文升，平湖甲族，尚書康僖公之子。丙戌，第進士，被選讀書翰林，當授史官，輒湔郎署。居無何，聲實方聞，復入翰林爲殿讀，翊善簡在，遂晉今官。其有辭以名世也，寔不勞而成焉。家積縹緗，爹於鄴侯，雖石室之秘，羽陵之藏，莫之過也。二昆繩武甲科，世爲大夫，而漸山英穎天出，凡奧渫之編，聱牙之牘，一經其目，悉自得之，故學不待閉門距躍而自顓攻，文不待蒐羅綴緝而自充達。語曰：「勤揭厲以涉大川，不如輕舟之逸也；披砂礫以求簡珠，不如武庫之富也。」何則？成之不勞，由蓄之有素焉爾。

自予觀之，序、解以贈述，則神應無方；碑、記以鋪張，則精能惟覈；疏、表以敷奏，則情貢忠曲；

〔一〕「者」，原作「首」，今據萬曆本改。

書、說以酬酢，則動攝會機；誌銘以昭孝，則緒貫幽明；傳狀以闡德，則裁周志節。隨其所至，而體要備矣，矧夫有道之隆，衡言不革，無私之照，至賾不遺。是以修辭躧西京，直筆媲南董，率迪人紀，駿發天經。於《歸養》見匪躬之節焉，於《凱雅》見允塞之猷焉，於《述諫》見蹇諤之風焉，於《鳴楸》見才用之窈焉，於《雷解》見仁愛之徵焉，於《說弓》見材勇之橈焉，於《讓陸》見寵利之釁焉，於《議薛》見道真之難焉。正誼發乎構思，浩氣動乎操觚，卓識烈於秋陽，危言皎乎金鏡，是皆脂韋澒洞之徒望而慚焉者也。抑嘗竊有聞焉，仁賢在國，不爲華而爲實，休祥在治，不以物而以文。是故商實非他也，命之純佑者也；周禎非他也，典之緝熙者也。摛藻詣精，雖爲末藝，而衷誠著焉，彝憲具焉。美則愛、愛則傳者，尚在兹哉！

屠子既没，其嗣進士仲律刻集以傳，而門生侍御蕭世延氏代巡吾廣，俾予爲序。顧予憮謬，敢辱群言之首哉？然禮有前輕，竊取乘葦之義，則亦不得而辭矣。《詩》不云乎：「雖有絲麻，無棄菅蒯。」此之謂也。

## 贈黄南海序

隃嶺而南，襟帶海隅，列郡以十數，廣爲大。廣之蹠山海中也，華離蟺聯，分邑以十數，南海爲大。南海訟牒總總，乘以魁慝，已莫可理，牙璋一動，餉運械隨，日益叢沓。故郡所委務，軍旅爲大，百爾環視，諸令莫先。先則從而訾睨之，藩臬譙讓鼎鼎。甚矣，難乎令！敝邑雖絶島，然多寄業，亦病南海之殉利者。聞諗諸他邑亦如之，蓋積習然也。故曰「甚矣，難乎令」！

鄧大夫令敝邑，聞報補南海令者，曰春野黄大夫矣，則喜以告曰：「南海其瘳矣乎！」是學以廣才者也，豈惟試邑其蜚英而翔於朝者乎？黄大夫至，彪剔慝除，民煦以甦。大夫且曰：「夫邑務，豈無軍旅急乎哉？」乃興黌序，拔譽髦。歲大比，賓無留良焉，咸繩其知人。讞獄冤滯，陳臬惟允，盜逖境寧，而旌淑以迪棐彜。暇則新厥公宇，無所勞費，民益安之。縱浪之久，於焉攸砥，蓋有前政之所弗能纓者矣。輿情歌舞軼於陽夏之上，而撫按疊疏其有光輔材焉。鄧大夫之言，明徵也已。《書》曰：「知人則哲，安民則惠。」惠哲之所逌，能其由諸衷乎！執此以往，真足以光輔我聖明矣。舜之咨牧曰：「柔遠能邇」，安民也；「惇德允元」，知人也。皋陶陳之，舜輒用焉，諫垣獻謨，其裕有餘矣哉！

春野治邑甫餘二年而覲，覲還，而士氓欣欣曰：「澤我猶有期也？」予謂曰：「《漢史》陽夏公霸邦，相僅數稔耳。今也需材光輔，視漢亦亟甚矣。能哲而惠，奚俟三年？」於是乎還席未温，天子有召。

## 贈歐陽約庵之留臺序

昭代立國，肇自南都，後雖定鼎冀方，而留臺守我聖祖成憲尤謹。歲戊申，歐陽公自應天撫臣來鎮百粤。比及三年，丕著熙績，聖天子簡命總憲留臺，凡典禮賞罰，政令違慝，皆得與聞而匡糾之，其任隆矣。梧州翁守世經以公德澤之在粤也，淪浹民夷，無有遠邇，然仁昭義立，必梧焉先。乃合輿情，馳使訓導陳嘉遇授簡俾佐紀之。

佐惟天之垂象也，星有執法，垣列左右；聖之則天也，臺有總憲，鶚峙南北。誠以敍秩命討，天意玄微，必比兩而參伍之，則昭德塞違，舉無弗當，唐虞所謂同寅協恭和衷者，顧不當如是邪！施于有周，陳臬鎬京，布令象魏，不啻足矣！然東郊保釐，必曰樹之風聲，兹固風紀所逌名也。平王而降，《周官》法度日以堙弛，仲尼志行周公之道，揖諸夢寐，作爲《春秋》，繫王於天，或書以否，豈非示人以紀法所自出，而傳堯舜之心於史外者與？二百四十二年之中，悖典庸禮，命德討罪，違天甚矣！惟齊桓北却狄而南伐楚，差强人意，然救邢書次緩也，伐楚書遂專也，恤患近仁而失之緩，攘夷近義而失之專，功烈乃屢屢若此。向使仲尼究用於魯，則王道寖昌，奚止來歸之績哉？

洪惟我朝統馭華夷，憲章《周禮》，蓋有仲尼欲爲而不得爲，投機際會欲優爲之者矣，是亦時使然也。日者安南逆黨争立煽亂，犯我海曲，公討平之。亟檄藩臬恤孤繼絶，順天命也，不亦仁乎？珠崖叛黎鞠頑肆屠，驛奏以聞，出師征之，元惡折首，餘黨悉膏鈇鉞，章天討也，不亦義乎？仁則果行，義斯孫出，真儒之效逴逴也已！

夫經世之道，經術盡之。公生而奇頴，博洽五車。登進士時，幾占魁選。及佐入詞林，論《春秋》家學者必首稱焉。嘗竊聞之，深於《春秋》者，守經事則能措，遇變事則能權，留務視古，保釐匡糾，亦風紀餘事耳。繼自今登泰階以輔皇極，超軼有周，追媲唐虞，凡所優爲者未之涘也。佐不佞謹載筆以侯。乃若清理軍餉，安置邊堡，均平徭役，無一不可迪率典者，翁守既鑱示無極矣。兹不悉書。

## 東所先生文集序

東所張先生文集十有三卷，乃代巡友山蕭公畀學憲來溪張公校定，梓行於世者。先生諱詡，字廷實，世家番禺。登進士，養高林泉者六年。部檄起之，乃授户部主事。復謝病歸隱，闢所居爲小西湖，築看竹亭，閉户天游，終日默然自得，屢薦不起。佐爲諸生時，嘗奉郡侯命往徵文，獲旅見焉。時傳聞前星已耀，先生獨向佐謂曰：「昔張子厚聞皇子生便喜，見餓莩食便不美。子素穎悟，試言其繇。」佐對曰：「横渠學在《西銘》。德性所發，寔能踐之。是心也憂以天下，樂以天下。」先生欣然曰：「得之矣！」自是佐乃知聖學必自性其情始。

及領鄉書後，罹先考艱，遂不復見先生。會以薦起，擢南京通政司參議，往即上疏辭歸，遂考終於家矣。先生天資峭直，人有不韙，輒擯斥之，或以爲過於剛；當路詣廬致禮，未嘗報謁，或以爲過於静；接見親賓，嚴威儼恪，語少涉私，不復與言，或以爲過於慎；其再起也，奏繳照會，徑返初服，或以爲過於高。然嘗讀羅一峰《剛峰記》，而見其不墮於柔，讀章楓山《與徐方伯書》，而見其不謁公府，觀陳剩夫《心學圖》，而見其不忘敬畏，誦莊定山《直沽詩》，而見其隱居復出。四子者，皆賢傑也。先生之行寔兼之，而出處尤無可議。則是集也，真傳世之文哉！

當白沙倡道東南，先生首往從游，或又以爲唫風弄月，尋樂於黄雲紫水間，非知先生者也。聖人之道，知而後好，好而後樂，豈容頓至哉？德之未修，則相與講學，徙義改過，行必求慊於心，故曰「樂則行之，憂則違之」。既立乎其大，言行相顧，而猶謹信恒如弟子之時，操存惟恐緩懈，則邪妄乘之，故曰「庸言之信，庸行之謹，閑邪存其誠」，德進業修，藏而後發。是故居上位而不驕，在下位而不憂，日見之行，無往非樂矣，此人之所以詣乎天者也。仲尼之樂，得諸發憤而忘憂者，其在兹邪！故曰聖人之道，乾道也。先生蓋深知之。故其所著《白沙遺言纂要》，論道則首曰：「夫道，以天爲至。」論學則首曰：「無所事乎畏，則怠而入於忘。」確哉言乎，必先有事乎此，而後所謂舞雩三三兩兩，正在勿忘勿助之間者，可以漸至而深得也。是故德非剛不立，學非静不成，行非潔不高，而主於敬畏，則一以貫之矣。世之譊譊尋樂者，棄下學而圖上達，喜後獲而惡先難。稽之集中，皆無是也，然則先生所以傳世者，又豈徒文而已哉？

先是，少司徒三峰高公公韶爲侍御時，代巡吾廣。下車首訪白沙，爲立特祠，置田供祭，與先生往來最厚。其再起，則三峰之薦也。佐董學廣右，得備同僚。每晤言，猶拳拳鄉慕不忘。蕭公名世延，與高公皆内江人，先後一心，信道惟篤。然則倡自東南者，其在西蜀矣乎！佐不佞嘗侍先生，默自得師，畀有言焉，不敢辭也，於是乎序。

## 宋史新編序

宋舊史成於元至正己酉，丞相脱脱爲都總裁，契丹、女真亦各爲史，與宋並稱帝，謂之《宋》《遼》《金》三史云。是時纂修者大半虜人，以故是非不公，冠屨莫辨。景泰間，翰林學士吉水周公敍嘗疏于朝，自任筆削，羈於職務，書竟弗成。今吾友莆田柯子維騏，以癸未進士筮仕户曹，輒謝病歸，蓋未始一日居乎其位也。養高林壑，覃思博考，乃能會通三史，以宋爲正，删其繁猥，釐其錯亂，復參諸家紀載可傳信者，補其闕遺，歷二十寒暑，始克成書，合二百卷，而三百二十年行事粲然悉備。名之曰《宋史新編》，示不沿舊也。本紀則正大綱而存孤危，志、表則略細務而舉要領，列傳則崇勳德而誅亂賊，先道學而後吏治。遼、金與夏，皆列《外國傳》，等諸四裔焉。於是春秋大義，始昭著於萬世，而論贊之文，並非因襲，簡而詳，贍而精，嚴而不刻，直而有體。南、董之筆，西漢之書，不得專美於前矣。予竊喜是編行則三史廢。稽天運、陳人紀者，其誰舍諸？乃言曰：

天下之道，立於本而行於文。夏殷而後，文莫盛於周；漢唐而後，文莫盛於宋。制禮作樂，以致隆平而《六經》成，周之文也；表章學庸，以錫多士而道學興，宋之文也。然植本發源，則不能以亡異。迹宋之先，瑣瑣禄仕，逮事柴氏，殊罔駿功。太祖受禪，仁不勝力，太宗襲位，友愛亦虧，眡周之得天下，寔大相遠。《詩》曰：「后稷肇祀，庶無罪悔，以迄于今。」言世德纂隆也。廓除北漢，則僭僞盡矣。向使藉隆平之基，而致《天保》《采薇》之治，則契丹賓服，燕雲自歸。顧乃勤其驕兵，倉皇取敗。《詩》

曰：「於鑠王師，遵養時晦。」當如是邪！澶淵之役，歲幣之輸，其弱已甚，雪耻除兇，豈無長策？而天書聖祖之降，肆爲矯誣，可謂昧矣。繼以仁宗之令主，猶不能除厲階而遏西賊，況值女真作難，馮陵昧弱，寧復振乎？《詩》曰：「執競武王，無競維烈。不顯成康，上帝是皇。」法乾剛也。不能畜威以自强，此其最異於周者也。乃若厲王以好利用榮夷公，神宗以興利用王安石，載誦《板》《蕩》《桑柔》，而「三不足」之説，有足徵焉。

蓋亂之生也，讒邪比周，猶思用賢，故其詩曰：「維此惠君，人民所瞻。秉心宣猶，考慎其相。」亂之成也，耆壽俊罔憖遺，而思舊章之不愆，故其詩曰：「雖無老成人，尚有典刑。曾是莫聽，大命以傾。」祖宗罔紹，猶思畏天，故其詩曰：「敬天之怒，無敢戲豫。敬天之渝，無敢馳驅。」天變罔畏，猶思恤言，故其詩曰：「辭之輯矣，民之洽矣。辭之懌矣，民之莫矣。」監謗禁黨，瞶禍翫災，又何其同也！大都宋之南渡，弗逮周之東遷，藩城屏翰，曾無一焉。而且斮東澈，殲岳飛，至於廢竑立昀〔一〕，豔妻奸相，制其家法，不待逢厓，先自亡也已。本源既壞，枝流可知，文弊而塞，膠戾乖刺，舊史所謂「聲容盛而武備衰，論建多而成效少」，非不韙也。《詩》亦有之曰：「殷鑒不遠，在夏后之世。」於戲，觀是編者，尚永鑒之哉！

〔一〕「昀」，原作「均」，今據《宋史》卷二四三《楊皇后傳》改。

## 贈周崦山司寇序

蓋聞蓄威雖崇，不足以敵怨，興利徒勤，不足以補害。何則？黔首至愚，其心同也。吾粤雄鎮東南，雖都會聲明，而溪峒莽伏，畔服無常。惟聖皇慎簡崦山周公來殿兹土，下車之始，雖纖悉弊端，釐革殆盡，未期而德政翔洽，於是上信其賢，遂擢刑部左侍郎。屆行，梧守翁君世經畀有紀焉。

猗與，公之至德，其猶水與！夫水之爲物也，不雜則清，不動則平。惟清故明，明則能鑒天下之形，惟平故貞，貞則能一天下之情，孰謂静定之學非通達時宜者耶？苟心無所主，則動不能定。吾見其假公以興利，倚法以蓄威，譬之濁其源而形易遁，洶其波而情易危，戒亦弗孚，夫誰與我？少或徼名以飭之，則始修而終怠，陽辭而陰攫者，世亦多矣，此吏治所以鮮廉平也。佐獲交於公三十年矣。冰蘖之操，始終如一，匪直士民信之，蜃蠣之墟，含靈之屬，亦皆歸淳詠德。《詩》曰：「豈弟君子，民之攸墍。」其斯之謂乎！

屬者土人莫蕐假岑氏之族，擁兵數百，横行邕桂。公授策鎮安，功成指顧，非養之定静，其奚有是？兵固刑之大者也。不動聲色，而寢一方禍亂，俾鞫頑犯順之徒無所施其螯毒，經略之才可謂奇偉，施諸折獄，則明清于單辭，非公其孰審克之？先正有言，明清所照，如淵之澄，非有他也。利欲不萌，性之貞也。特此往贊，敢豫頌曰：「一人有慶，兆民賴之，其寧惟永。」

# 陽谷醫書貽稿序

《詩》曰：「君子有穀，貽孫子。」夫穀也者，善也。先正謂心如穀種，仁則其生之性，蓋斯義也。陽谷公之用心仁矣。《醫書貽稿》命名取義，其在斯與。嗟乎，士習之久盩於仁也！自入黌序，屑屑干禄，一居位著，輒怵然而虐人。徐觀其所事，則媮爲一切以自利者，靡不至也。晉於巖廊居，嘗雄飛虎視，及遇利害僅毛髮，即寒心銷志，選愞莫之敢圖矣，況能吐胸中之奇乎？予讀養齋徐先生所撰墓表，與唐太史所爲傳，深慨慕之。當毅皇帝南巡時，群臣雖剖心析肝，罔或回天者，獨感陽谷公一言，夢寤召見，逡巡遂還通州。比江彬謀挾乘輿，幸宣府，則又密爲之轉移，特胗視俄頃間耳。而駕還彬誅，社稷至于今休，則公之力也。故曰「仁者必有勇」，公豈但良於醫哉？

今觀是書，卷分三類：上部胗脉主方，必心臟焉先；中部望而知之，必首視氣色；下部藥始上清，以及咽喉。則經進於毅皇帝者也，然後推類盡其餘焉，予於是乎得理道矣。何則？仁，人心也。根於心，生於色，誠之不可揜者也。清必自上，則下不勞而遠，雖良相引君當道，志於仁，術豈異哉？能以公之心爲心，則醫國有餘裕矣。予識公二子，希曾以茂宰字民，希孟自諫垣出守，皆愷悌君子，所至稱循，足徵所貽之善也。刻此書以貽世，則公之仁蓋有不可勝用焉者矣。嘗考《春秋》，魯至莊、僖，勢莫强焉，然長勺之戰，詭謀取勝，已不仁矣。荆舒弗懲，反以楚師伐齊取穀，不已甚乎！周公、伯禽之所貽，於是替矣，魯人奚頌焉？風有變風，雅有變雅，予以是知《魯詩》爲頌之變也。楚子期伐陳，季札救陳，謂子期曰：「不務德而力争諸侯，民何罪焉？請退師務德而安民。」子期乃還。是吴之懲荆，賢於魯萬萬也。及觀樂於魯，豫知列國興廢，如切脉然。於戲！陽谷公心足以行仁，言足以裨國，乃知延陵世不乏季子也。然則予所爲序者，豈獨以其書哉？

## 惠政宜民録序

天下之動，情僞相感而利害生，其情易知也，其僞難知也。知言者察之，較若白黑，夫將焉廋？甚矣，人之好僞也！巧爲文辭，騁厥浮藻，載以姓名，紀以歲月。凡百粉飾，以聳觀聽者靡弗至也。然其矜侉曲陂，卒不可揜，是猶虎圈嗇夫，喋喋利口，吾奚取焉？今觀是録，條分盻列，其目一十有九，皆不過直述大意。所載姓名，偶及一二，歲月顛末，終篇蔑如。蓋記事則寂寥而簡短，摛辭則質樸而無華，是猶趙文子言吶吶如不出諸其口，而人自信之，謂之情者，非邪？

嘗論夫人之爲道也，養其性而已矣。考其性之善與不善，豈有他哉，徵其情而已矣。仲尼立教論學，必曰「説」「樂」「不愠」，論政必曰「上好信，則民莫敢不用情」，夫豈難知者哉？一時弟子若顔淵者，爲邦之志則大矣。省其所發，惟曰「無所不説」，惟曰「不改其樂」，而未始以遷怒爲也。曾參之唯，宜若頓悟，無所事事，而論及臨民，不曰「如得其情，則哀矜而勿喜」，則曰「無情者不得盡其辭，大畏民志」。二子非深得於仲尼者與？何則？情也者，誠實之謂也；僞也者，虚妄之謂也。以情感人，雖不求利，誰能害之？以僞感人，雖欲求利，利未得而僇辱隨之矣。故曰「人無所不至，惟天不容僞」。

予涖南雍，懷雲何侯寔來受業，蓋嘗以此相告，然未知其所自養者何如也。及令東莞，民大穌洽，色笑匪怒，化行泮宫，鞭扑不加，自無冤獄，輿情僉謂百餘年來，循吏一人而已。故録中雖欲名言，有不可得而盡者焉。徵諸情以相感，則其所養者真可以達之天下國家，匪兹邑所能稽也。昔何武自外擢大司空，所居無赫赫名，而去後常見思，豈其倫乎？《詩》曰：「惟其有之，是以似之。」此之謂也。

侯名价，楚之衡陽人。

## 贈鄭韶州序

泰泉子與來朋講學于棲霞之椒，甫及克己復禮之説，而英德吴令伻至問贈言焉，遂敍其説以贈。曰：「己者有我之私也，禮者有物之則也。有我則妄而無物，無我則誠而有物。既有物矣，安得無則？既無物矣，安得有則？故物則之復，必己私盡克而後可。謝上蔡曰：『人誰識真我？真我者何？理是已。』今夫鷄鳴而起，凡百日用器物，皆以爲我而不知其非真我也，甚至左右厮役雖惡且逆，亦以爲我而曲護之。客氣一動，怞怵震怒，言貌變而耳目昏，不能反躬，而天理滅矣。於戲，天豈遠乎哉！地上之氣，皆天也。呼吸視聽，與天氣相入而不須臾離，故天之聰明明威無非人，而人之出往游衍無非天也。能識真我，而以我視，以我聽，以我言，以我動，則循理而天矣。苟認外物爲我，而妄亂天則，是自賊者也。仁者固如是乎！

「溪東鄭公守韶考最，予嘗稱之。其事上以敬，其待下以寬，禮重薦紳，哀矜庶獄，勸勞農桑，賑濟飢饉，至於殺人以媚人，則斷斷乎決不肯爲也。邇因下海之兵劫庫，誣及平民五十七人，公灼見無辜，棄官争之，已而輿情隨天以定。噫，仁矣哉！昔者皋陶明刑淑問，而不仁者遠。其言『天敍有典』，必曰『敕我』，『天秩有禮』，必曰『自我』。凡命德討罪，皆自天出，而己私不與焉。若皋陶者，可謂識真我矣！洪惟明天子之心與天爲一，折民惟刑，必依典禮，英德雖遯在遐荒，然帝德光冒海隅，誰敢以己私奸之？公可謂邁種德者矣。兹行入覲天庭，明者必陟，公其治行之稱首乎，吾見天之終定也。」

## 巖居稿序

同寮無錫華鴻山先生棲遲碧山，積學日富，作爲詩歌，命曰《巖居稿》，托門人尤氏持以示予。予誦之，嘆曰：「嗟乎，天下之學術分也久矣！談道學者訾詩文，工詩文者嫉伊洛。鴻山之詩追蹤陶、杜，卓然大雅，卒澤於道，醇如也。昔孔子誦《鴟鴞》之詩曰：『爲此詩者，其知道乎！』及誦《蒸民》，亦如之。夫盈天地間，物物皆道，民彝物則非精也，草木鳥獸非粗也。漢魏以後，詩變極矣。陶曰：『娟娟雲間月，灼灼林中花。』杜曰：『風鳶藏近渚，雨燕集深條。』猶有《三百篇》比、興之義焉。如作詩，必言乾坤太極爲知道，則《蒸民》是而《鴟鴞》非矣。謝方石選集伊洛遺音，而謂近世道學詩，爲識者所姍笑，殊不知程朱佳什，正合唐人也，可謂知言矣。陶之『不喜亦不懼』，即正心也，杜之『安爲動主理信然』，即定性也，則宋人所謂道學者，先已得之矣。斯集也，情因乎景，性出乎情，謂非知道者與？於是乎書。」

## 贈邑大夫陳侯序

予嘗誦《詩》，至「維桑與梓，必恭敬止」，輒作而嘆曰：「嗟乎，父母之邦，吾未嘗一日去懷也！」邑令得人，喜而不寐，夫豈私哉？親其所親故也。廓而充之，民吾同胞，奚邑之間？文王之令有之曰：「助予體民，若毛在躬，拔之痛，無不省。」洙泗言仁，蓋源乎此。由此論之，盈宇宙一體也，豈但《西銘》所云而已？我聖皇體民，以文王之心爲心，凡饕餮之吏鷹擊烏攫，浚膏脂以靡吾民者，必嚴寘于理，柰何恬熙日久，衣冠之盜日興，伏莽之戎日夥！吾邑僻在孤島，連得賢令，若有天佑焉。

先是，文巖鄧公置營浮虛，式遏寇虐。今竹澗陳公繼至，首除戎器，以戒不虞。今年孟夏，海賊過之，營卒建旗鳴鼓，相顧失色而遁。比及秋杪，番寇大舉，鄰邑被侵，聚百十艘，將攻邑城。公乃運籌堅守，雉堞皆置兵鳴桴，往來不絶，賊衆莫測多少。薄暮，公帥文學龍子納言數人躬自巡督，每堞必懸三燈。時復出奇發砲，曄曄若震電中，賊皆喙息，窺伺旬餘，竟皆引去，城賴以全，公之功也。生靈讙欣相賀，龍子以輿情詣予，求贈言焉。

嗟乎，親之外皆民也，民之外皆物也！古有捄雀渡蟻，終被天休，而況於一體者乎？方春遇荒，公即豫請郡庫贏餘以賑，體公意者皆樂爲勸，闔邑以濟。其體民善政，又不止遏寇一事而已。推宰吾邑之心，以輔當宁，保民而治，吾於公乎屬望焉！公爲人慈祥愷悌，世家江右之新城，博通群籍，尤深於《易》。

## 贈英德諶侯序

人有恒言曰：「君子之欲有爲於天下，莫重乎其始進也。」豈惟仕哉，爲學亦然；豈惟學哉，百爾事物亦莫不然者。予與二三講學之暇，聞人稱山水之美，則必遊焉，適吾性也。跬步之始，風煙夐異。登其巘，則曠如也；探其巖，則奥如也。仙葩珍禽，琪草靈泉，呈秀獻清者，莫不駢集於前矣。此其近小者也。

曩歲與甘泉湛子爲羅浮之遊。春雨初霽，消屏埃壒，遵黄龍洞而北，未抵朱明，已挹超然之趣。比至，則璇房瑶室，璀璨奪目，罙入而不能自已。振衣直上，則四百三十二峰皆羅列於吾下。何則？適吾性而弗能舍也。乃語二三子曰：「猗乎，君子之學以爲己，而其仕則以爲人也！亦聞諸先正矣乎，學而爲人，則不能以自善，仕而爲己，則不能以兼善，皆其始進之病也。今日之遊，雖泉翁道之，然窮登極探，詣高臻妙，由人乎哉，抑亦由己之性也。」於是二三子者悚然有省。

今年夏，予將避暑棲霞，適英州吳別駕伻來，與其僚屬具書稱州牧諶近津之賢。近津，南昌奇士也。予涖南雍，嘗來受業，今作牧，特初筮爾。首修德政，以辨善惡，而奸邪慴服。督府談十山公亟加激揚，戎院王白崖公又旌獎之，其殆能重乎其始進者邪！

予昔以《五品條約》敷教，教人盡性而已矣。性也者，理之統於心者也。善吾所固有，惡吾所本無。固有者在物爲理，本無者在物爲欲。格物之始，惟窮夫理欲之大端，無以支離爲也。察之真，由之熟，則固有之理盡還於我，而其所本無者矢去川決，靡有留焉者矣。以此治人，人自能內省其惡而同歸於善，亦豈能已哉？己善而人善，是之謂盡性。合內外之道，夫豈難事哉？亦豈由人乎哉？跬步進而不息，則美大由此，聖神由此，晉而爲名公鉅卿，光輔明天子以兼善天下亦由此，今於近津之始進占之矣。夫予尚何言哉？亦惟喻以朱明之遊。是爲序。

## 贈京尹何价之任江寧序

京尹秩六品，畿內皆得訊理。臺察抗揖，以禮待之，重赤縣也。懷雲何子令東莞，三年晉擢是職，予與二三子者送之，且問言焉。予謂何子曰：「子有懷乎！吾語子懷。昔狄梁公望大行之雲，想像親廬在其下，此懷親之雲也。《易·象》『聖人作而萬物覩』，曰『雲從龍』，此則懷君之雲也。予嘗登衡岳之顛，薄暮，步祝融峰之試心石而憩焉。絶崖萬丈，壁立巉駮，從者震慄，予獨燕息久之。海日瞳瞳，儵忽復出，圜如籠燈，照耀予面目。俯視洞庭，一衣帶水耳。久之復下，人皆賀以爲奇也，於是賦『娱晴曦』之詩，豈山靈慰予君親之懷哉？矧生其陽，扶輿清淑，必有所鍾矣。

「子之於衡雲，猶梁公之於大行也。方其滃渤鬱律，胚渾函凝，睠戀庭闈，此懷浩興，蓋觀光齒胄，無時不然也。及其筮仕也，應承臺察，復往司郡，倦而息焉。曲肱之外，悠悠揚揚，白衣蒼狗，飄忽無方，萬竅怒噫，雌雄競起，或如箻筶之叫號，或如吏卒之嘯指，如蜩如蜮，如虎如兕，而今豈有是乎？乘舸浮海，以討番寇，有嘉折首，膚公既奏，回首望之，氛祲潰薄，鼓濤騰霄，冰夷、天吴，猶出没而乘潮也，今則帖然平矣。於是乎艤楫白下之滸，彈冠秣陵之里，麗日中天，彤霞斐亹，結而爲文，散而成綺，飛龍其近矣乎。此則子之所以移孝而致君者也。然嘗聞之，善有元，事有會，天下同歸而殊塗，一致而百慮。知其元而衆善舉也，得其會而萬事理也。膚寸觸石，不崇朝而雨天下，卷舒萬變，皆在我耳，天何言哉？」

於是授簡二三子者書以贈之。二三子謂誰，麥子文任、孫子裔興與其弟振興也。

## 廣東鄉試録序

聖天子崇尚人文以臻至治，億萬斯年，永孚于休。嘉靖四十年，廣東例當大比，御史蔡結奉命巡按，寔監臨之方，以得人爲急務，乃申明成憲，百爾具舉。藩臬諸臣嚮風承流，先事繕修貢院，禮聘文儒，戒勵有司儲備供億，祗承德意唯謹。時則提督兵部右侍郎、兼僉都御史張臬始莅節鎮，廓清百粤，副都御史楊伊志綏定南詔，總兵平江伯陳王謨振揚戎旅，嶺海多士得以雍容就試。屆期，合提學僉事王學顔所簡士二千七百有奇，鎖院而三試之。以大昇及教諭黄士元爲考試官，教授秦紹益，教諭孫燿、童天胤、曾諶、蕭標、翟務忠、曾士彦爲同考試官。經理于内者，提調則左布政使劉廷詰、左參政馮覲，監試則按察使熊逵、副使張子弘。防範于外，則左參議馮皋謨，副使賀鏤、鄭維誠、宋大武，僉事皇甫渙、李仲，參將鍾坤秀、張四維、門崇文。前期以入賀行者，右參政劉慤、僉事王學、都指揮僉事金堂，皆與聞之。既撤棘，得士之中式者七十有五人，擇其文二十篇爲録以獻，甚盛典也。大昇當序諸首簡。

竊惟徐、兖、荆、揚以南，皆海隅之地也。《書》稱堯舜之德，曰「帝光天之下，至于海隅蒼生」。周、召成文王功于不怠，則曰「丕冒海隅出日，罔不率俾」。今泰山有日觀，而羅浮亦宵中見日，蓋陽德所鍾，先於東南，而山澤之氣通焉爾。氣通則地靈，粤才夙稱海濱鄒魯，則有繇也。

欽惟人祖高皇帝光宅四海，詒謀列聖，惟以堯舜執中之傳徵諸《寶訓》，爲萬世法者至矣。迨我睿宗獻皇帝，純德同符乎文王，大化淳流于南國。聖天子繼統中興，治道隆盛，凡在光被仁覆之下，懷生之類，亦皆翕然闓澤，而况駿茂異倫者乎？多士當斯世，獲薦于鄉，雖唐虞舉黎獻，成周登賢能，何以加兹？且是科也歲值辛酉，稽諸字訓，其義甚美。蓋辛者新也，酉者有也。《易》曰：「富有之謂大業，日新之謂盛德。」揆厥所元，則乾父坤母，賦人以易簡之理，故德性之知，本無不能也。擴而充之，善端弘則德進而可久，久而無窮，則日新矣；舉而措之，才美著則業修而可大，大而無外，則富有矣。是乃學以至乎聖人，配乎天地者也。業隨德而時發，其諸地承天而時行與！

乾以易知者，誠也；坤以簡能者，才也。敬義夾持，少有不至，則修詞居業僞焉而已。僞則陰晦難親，嵬瑣僨事，罔與成功，將焉用之？唐虞成周所謂文章道藝者，豈顓以此求賢論秀哉？帝臣所以緝熙，致中和，召休徵，如《詩》《書》所稱者，皆本其道心推之，安見其繁且難也？自力政廢德而敷奏明試，以及賓興之典，一切不行，人各以其習尚自見。於是善爲説辭者，則言語而已矣；長於經濟者，則政事而已矣；精於稽古者，則文學而已矣。能知本者，其惟顔氏之子乎！爲學而見道卓爾，非不博文也；爲仁而請事斯語，非不聽言也；爲邦而得聞治法，非不興事也。服膺聖教而融諸德性，則典禮由衷而出，約而履之，所謂道心則然也。彼辯易簡者，乃盡去言語文字，事理以爲障，無乃非博約之教乎？於戲，立教雖善，好學者鮮，則遁世而道弗行矣！

今多士將進而服采濟時，則有孔、顔之所不及爲者，平日所學謂何，而德業可汩没無聞哉？夫帝王效天法地，懋建德業，必得人而後有成。故舜之承堯也，得五臣焉；武王之繼述文王也，得九人焉。其同心共事，必先其大且急者。天下方饑且溺，則禹、稷視爲由己，必地平天成，烝民乃粒，以至神龜出洛，錫聖敘疇，而後其心始安。周公之留君奭以夾輔也，曰「耇造德不降我，則鳴鳥不聞」，必致隆平，頌《清廟》，詠鳳凰于《卷阿》，以證成功，而後其心始安。何者？才與誠合，動天感神則瑞應，固其宜也。豈惟是哉？伏生、班固亦言之矣。明良喜起，徵表于天，俊乂百工相和而歌《卿雲》〔一〕，帝乃偶之〔二〕，有曰「日月光華，旦復旦兮」，言日新也。文王之化，不徒應於麟趾騶虞，他如赤烏、白雉、玄秬、黃犛之事，君臣動色，左右相趨，蓋用昭明寅畏，承聿懷之福。《天保》歌之，有曰「俾爾多益，以莫不庶」，言富有也。方今諸福之物，可致之祥，疊見駢臻，不可殫紀，殆有前史靡得而言者焉。

茲計偕行矣，休烈淳耀，時至氣和，其尚體天地之撰哉！日躔壽星，萬寶收成，道荆揚，濯江漢，而觀南國恭儉之風，遡聽恩紀，集詠《禾稼》《耕織》諸篇而繹思之，則知睿宗之厚民生，猶岐周也。懷保惠鮮，仁翔于裨海之外，而人無能名其藏諸用而爲業之大者耶。日躔奎壁〔三〕，百嘉鬯遂，道徐、兖以入燕，瞻望大朝之門，高朗達天，朱紱青衿，攄獻其忠者濟濟如也。追誦本始，則知太祖遏元虜以肇人文，而聖天子億萬年執中之治，顯諸仁而爲德之盛者，永永無極矣。謂之超虞邁唐，信矣哉！

向之進修也，帝制王猷，稽古有得，猶見日於海隅也。乃今盛德大業，上下與天地同流者身親見之。獲近清光而夙夜匪懈，即所以事天也。昭受天寵，自今始矣。瑞應繇人，貴乎自立。若五人暨九人者位冠群臣，業施後世，豈真不可希而及哉？其德性固與人同也。張文獻公曰：「功濟生人者其祥

〔一〕「乂」，原作「入」，今據萬曆本改。
〔二〕「偶」，《尚書大傳》卷一下作「倡」。
〔三〕「壁」，原作「璧」，今據萬曆本改。

大！」崔清獻公曰：「人瑞，國之寶！」二公皆鄉先正也，才與誠合，能不愧乎？其言豈非久大之期與？《語》曰：「唐虞之際，於斯爲盛。」

大昇不佞敢拜手颺言，上以爲今日頌，而下以爲多士勖。

## 贈方伯東溪徐公序

昔者嘗竊聞之，爲治不在多言，顧力行何如耳。佐則曰爲學不在多言，顧力行何如耳。夫吾夫子，大聖人也，陶潛猶詠其所行，曰事在中都，蓋徵其政也。然夫子每於道，惟恐未能，而其經世之志則在《春秋》，故言之曰：「我欲托之空言，不如見諸行事之深切著明也。」猗乎，學惟尚行，奚以言爲哉？見於《魯論》之首。學以爲己，將以行之，亦惟悦、樂、不愠而已。斯學也，堯、舜之所傳，顔淵之所好者也。故君子尊德性必道問學，而道問學即所以尊德性，豈二乎哉？

佐性本愚，竊嘗從事于此。比在册府，出涖南雍，表章宋儒性學四篇以式髦士，蓋周子所謂定之以中正仁義而主静，立人極焉。程伯子因有《定性》之書，及叔子作《好學論》，既曰「覺者約其情，使合於中，正其心，養其性」，而張子《西銘》則言：「體本天地之塞，性本天地之帥。」存養慎獨，氣以理配，而後能踐形也。其學誠爲知本。泝諸夫子，豈非同歸一貫者歟？然擅詞華者蔑棄德性，溺禪宗者擯斥《六經》，藉而陽儒陰釋、浮談上達者，尤多於是乎！恣爲機械呶呶焉。自謂體認本來，包羅天地，甚至有詈孔聖爲頑鈍，存湛一爲菩提者矣。

疇昔丁未之秋，詞林有競進者，當路陰主禪徒。今大方伯東溪徐公方掌諫垣，未始納交，乃獨言于聖天子，謂佐能讓，輿論昭乎，俾佐心事皎若戴日而行天，此則公寔大造于我也。比公董學齊魯，教人以尚行爲本，其風化所及，視中都之政有光焉。邇者輔轄吾藩，道洽百粤。未幾，茂膺帝簡，遂晉左轄，服嶺甿庶，遠至邇安，而潮陽鉅寇亦底寧謐。有本之學，其效固章章矣乎！夫海濱夙稱鄒魯，而學術日入於禪。妖僧真空自潮入廣，靡然師之者無慮萬人，至鑿粤山以建祠宇，公聞即毁而逐之，煽惑之徒莫不飆驅而霧散。公之力行，其崇正絀邪何如也！

佐嘗曰：「古之學者説、樂而不愠，今之學者愠而不説、樂。」説、樂而不愠，則其心和順；其心和順，則德性斯日復于善。愠而不説、樂，則其心乖戾；其心乖戾，則德性斯日入于不善。誠能察而由焉，自是爲仁必本孝弟，省身必主忠信，雖絜矩以臻治平，中和以昭位育，皆管是矣。德性用事，下觀而化，尚奚奸宄邪慝之弗消乎？是故爲學也，爲治也，其揆一焉者也。《語》曰：「齊一變至於魯，魯一變至於道。」百粤蒙福，自今滋以深矣。衢之先正趙清獻公，亦力行而不尚言者也。佐不佞敢爲公願之。

## 春日登玄覽臺詩序

昔吾夫子之施教，至易簡也。本諸其心，達之於政，一言焉，仁而已矣。仁之爲文，上而君親，下而民物，一者合而成人焉。其心所欲立達，與人爲一，未嘗自私而有己。苟一念私己，違禮趨利，則失其本心，而非人矣。故曰「仁者，人也」，又曰「仁人，心也」。是以壯年强仕，志在行道，則文王在茲。血氣既衰，樂在林泉，則周公不夢，所以從周之文與禮，而教人博約以求仁者，存心用世之道，豈外是哉？世謂不必讀書，循禮而直截求諸明心見性者，非也。删述《六經》，何爲者乎？東周之志不行，其在川上，弟子從遊舞雩之下者，林泉之樂也。

答子貢問政，曰「足食足兵，民信之矣」。要哉言乎！人心孰不願飽逸而無欺僞？見之政事，亦其所欲立達之推也。道不達乎政，則問弟子以用世之志焉。由、求及赤，惟志于兵食，禮文之末，獨曾點從容酬對，有仁者與物同春氣象，而不能用世，樂在林泉，意亦寓乎其間。如行其志，廓之邦國，即己欲立達，與人爲一者也。故孟武伯問由、求及赤之仁，夫子皆稱許其才，而曰不知其仁者，蓋適符所言之志，皆非爲邦之本也。然則與點之嘆，取其有志於仁，而林泉自樂，不亦章章矣乎！

登臺有感，情見乎辭。時則嘉靖甲子莫春三日也。

## 遊名山記序

天下之文繁矣，必精擇而後行，猶名山焉，先知其夷險，乃可登也。履夷避險而不遺曲折，其見道之明者乎；升高自卑而不由旁徑，其遵路之正者乎。尋繹光景，萬象呈新，觴詠真率，威儀惟謹，斯善遊者矣。惟學亦然,故曰「致廣大而盡精微,極高明而道中庸。温故而知新,敦厚以崇禮」,未有尊德性而遺道問學者也。朱子曰:「沉酣文藝,反蔽良心。」陸子曰:「束書不觀,浮談無根。」數言盡之矣。然則讀書,其苟談心學而求諸空寂,屏絶書籍,謂無與於我,是猶欲遊名山而無稽,則亦躓於途也已。嗟乎!博文而約之以禮,多識而貫之以一,吾所以直指洙泗之真傳,斷斷乎其不可易也。

昔歲甲申,忝從太史之役,道吴門。獲交南濠都公穆,與之上下其論,博洽古今,非吾所及也。時公以太僕少卿致政家食,貌古情孚,心甚服之。晤間,乃出所著《遊名山記》見示。敍事曲暢,彙物分明。凡觀覽,雖一夷一險,莫不鋪敍詳密,如在目前。時時覽之,神會天遊,得以養吾仁知之性,雖不出户,而心之所樂者廣且大矣。惜其所記乃足迹所及,猶多所遺也。今括蒼賓巖何君廣採旁羅,凡史志、文集所載者,輯萃無遺,爲書三十幾卷,而都氏平生見聞所不及者畢在。吾得縱觀之,所樂之廣且大,睎昔無慮百倍,真可爲博學多識之助,足以播諸天下,摛之無窮云。

夫名山大川起於崑崙,漢桑欽《水經》,蓋托始焉。嘗考河圖之文,天一地六,在北者蓋天氣行乎地中,先天之坤,後天之坎也。洛書之文,陽止陰上,位乎西北,蓋山下出泉,黄河自中國流入于海,先天之艮,後天之乾也。兹編首載京師諸名山,躆乾苞坤,乃徧及天下,其亦托始崑崙之義與。

君名鏜,字振卿,嘉靖丁未以《毛詩》大魁多士。當簡入中秘,爲詞林宗,而才大數奇,遇躓復起,以尚書刑部郎出守吾廣潮郡。適逢寇變,督府元戎統大軍,分五道,駐潮諸司往謁無虚日,籌畫策應,羽檄旁午，然公處之裕如，積倉裹糧，兵食饒足。旦夕方與嘉賓名士載酒遊韓山，如無事時，且刻韓文而諷誦之，上下皆服其德量。則其學術，豈顓外而遺内者邪？比鉅寇悉殲，轅門奏捷，功冠彝常，當有殊錫，而素以學行馳名海内，遂擢學憲江西，特常調爾。其往也，授簡俾序兹記。顧惟菲陋，曷敢當諸？夫江西，文獻大邦也。士林霦霦，自宋以迄于今，皆宗内外合一之道，其風醇矣盛矣！佐學荒言耄，無能闡明，姑摭拾舊聞，漫書以歸之。

## 瑶石類稿序

昔人論《詩》，必言音者，何也？音生於心，發於聲，入律吕而成文者也。通倫理而動天地，感鬼神，其用大矣哉！肇自黄唐，章於虞周，辟則河源，來自天稷，洋洋乎流衍布濩，不可息已。是故虞廷出納五言，而《韶》《箾》興焉，周克殷商，作爲七律，而《武》《象》起焉。史遷曰：「《詩》三百五篇，孔子皆絃歌之，以求合《韶》《武》之音。」故其雅言，必先乎《詩》。洙泗之斆，過庭之訓，匪《詩》弗學，雖淡而不厭，蓋味其理義，則猶芻豢也。其與門弟子言雖窮阨，猶詠歌以自娱。觀諸世家，匪直聞《韶》而已。曾子屨穿肘見，貧亦甚矣，而歌聲若出金石，故其述《大學》也，引《詩》倡歎，不一而足。疏者謂其博學可以爲政，豈非邇之事父，遠之事君，自孝弟而慈，達之天下，而人人得其均平者乎？行其典禮，厚自身始，此謂知本，不外乎博學於雅言，而非若後世之超悟任乎心靈也。

予性愚魯，自幼篤信古詩，得開元《詩樂》《登歌》諸譜，製管吹之，五聲、六律、十二管還相爲宫，合而成音，乃知《周官》成均之法，宫唱商和，各有羽變之轉，而清角流徵生焉。《樂記》曰：「小大相成，終始相生，倡和清濁，迭相爲經」，其斯之謂與！唐人以五、七言絶句爲樂音，如「水調六么」「陽關三疊」，至於「寒雨連江」「黄沙北上」，無不可被之管弦者。繁聲切響，必先審音，則《詩》不徒作，亦章章明矣。

瑶石黎子惟敬天資明睿，羈貫即從予講學于粵洲先廬，於書無所不讀。予竊不自揆，以《詩》爲教，每歌盛世先進之詩，黎子編爲《明音類選》，予遂爲删削成編，今潘子少承刻之以傳世者是也。黎子敏于精詣，日邁月征，採菁茹實，知而必能作詩，駸駸乎凌唐而轢漢，寔不負其信古之志焉。於是乎邇則棲遲北郭，遠則卜築朱明，鷗管可以協乎《鳳韶》，雉噫可以翕乎鸞嘯，雖入金鑾，升玉署，遷東都司馬副郎，仰裨機務神情，飄飄乎若乘明霞而眇濁塵者。故其爲五、七言諸詩，鉅篇短章，無非畸懷妙詠，虞廷賡歌，周阿矢音，行將見之。少承復選萃而梓行焉。世當有知音者，必不以予言爲私也。

## 師暇裒言序

大司馬自湖吴公總師百粤，平倭遏寇，既寧謐奏功，聖天子褒錫之，乃修文事，輯所製文成編，名之曰《師暇裒言》云，爰俾予爲序。予老且病，一切應酬屏絶，目且夢夢然。日使兒曹奉誦之，諦聽忘倦，心忽爽朗，乃作而歎曰：「猗與，美矣！善矣！昔人讀檄已疾，豈欺我哉！」於是口授序言，令筆諸簡曰：

文者，言之成章而達諸用者也，其由學問之所陶成，而心匠之所經營乎！今夫善陶者之治埴也，型隨其器，善匠者之治木也，斲因其材。及臻厥成，則圓者中規，方者中矩，曲者中鉤，直者中繩，結構而塗塈之，廣厦連延，雖帡幪千萬人裕如也。奠居於中，而門庭暴客莫敢窺焉。仁者之言，何以異兹？

昔宋歐陽子力追古作，媲美昌黎，擒詞純潔，一代宗之。我朝永樂初，内閣東里楊公爲文取法歐陽，而平易過之，遂爲詞林所宗。厥後三羅氏出，各成名家。大江以西，鴻儒碩學，霦霦盛矣哉！然一峰之文尊信宋儒，言皆氣節，尚剛以振俗；圭峰之文出入子史，言皆政事，尚可以矯時；念庵之文傳習陽明，言皆良知，尚寂以超悟。予弗之逮也，守常温故，亦惟聖人之經焉爾。

然夫子嘗正《禮》《樂》，獨未之見，而漢儒《戴記》存焉，《儀禮》《周禮》又不立於學官。漢人有言曰：「《六經》之道同歸，《禮》《樂》之用爲急。」豈其誣與？意者書雖不傳，而用則會通於其中，猶陰陽之播於四時也。是故《詩》道性情，其體和以平，發《禮》《樂》之源者也，其猶規之誠運乎；《書》道政事，其體疏以達，宣《禮》《樂》之化者也，其猶矩之誠絜乎；《易》道陰陽，其體曲而中，蘊《禮》《樂》之奥者也，其猶鉤之誠設乎；《春秋》道名分，其體謹以嚴，捄《禮》《樂》之變者也，其猶繩之誠懸乎。

公之製文也，詠歌取諸《詩》，議事取諸《書》，説理取諸《易》，敍事取諸《春秋》。其中節文秩然

《禮》也，音響琅然《樂》也。蔚而純，豐而潔，剛而濟柔，平易而勁，奇而出於正，新而不過於超，真所謂成章而達於用者也，又豈予之所逮哉？行將晉位三旌，光輔聖天子展其謨猷，修明禮樂，廓其廣居與。天下由之，雖邊圉吾見其靖也，匪直岍嶓百粵而已。仁人之言，其利溥哉！猗與，仁人之言，其利溥哉！

# 泰泉集卷第四十四

## 題跋

### 書雙槐歲抄目録後

先大父長樂府君藴道立德，思奮庸于時，領薦後即挈家游宦，十有五年於外，乃返會城以老。故見聞甚富，然必參伍研覈，歲增月潤，始成是編。惟館閣一二事，猶闕疑焉。比佐竊禄留院，堂之東一鉅櫃扃鐍，案牘雖吴元年，楮墨完整如新，因據而補之，洪武中科第及永樂初吉士姓名是也。憶孩提時府君抱哺，日置諸膝，先考過庭，時時問及名理神化。披閲《語類》諸書，且誦且談。既瑩所疑，則笑曰：「程、朱語我矣，又奚疑焉？」其篤信如此。聞邸報時事，輒嘆曰：「蠻夷猾夏，寇賊姦宄，雖帝世不能無也，然明良率作，俻其本以勝之。今也機軸轉移，竟何如哉，竟何如哉！」江湖之憂，形諸抄中者深矣。及佐七八齡，教以數與方名，偶弄筆作河洛點畫，見之喜溢眉宇，遂遣就外傅。今恭閲是編，音容如在，感念罔極，爲之愀然。因書目録後以示子孫，尚寶藏之。

## 書皇極經世書傳後

《皇極經世》本有全書，先君得諸《道藏》，手自録之。今《性理》所載，乃蔡西山《指要》，非其全也。祝氏泌鈐以泰爲元，六十四卦皆用四爻，與邵子異矣。廖應淮《玄玄集》從之。惟朱隱老始宗本旨爲之説，然未盡也。先君自成化乙巳隱居粤洲草堂，潛心《内外篇》，會意《先天圖》，垂二十年，始悟氣以六變，體以四分，用九則三十六宫，用六則二十四閏，聲音律吕，圓唱方和，而後乾坤坎離用焉，天地萬物之理貫于一矣，乃著《管窺》以闡之。凡所註釋有未備者，佐附以膚見。其推步也，年月日時分秒晝夜進退，積成一元消長，則命算工補其闕焉。於戲！此窮理盡性，至命之學也。世以術數少之，觀于先君所敍，則可見矣。

## 書周少參所藏勑命後

廣東布政司左參議臣震，集所奉綸音爲一衺，蓋昭王言以自勑厲也。臣佐謹書其後曰：「王言，令也；聖言，經也。無其德言則非經，無其位令則弗從，惟明明后爲能兼之。是故其辭蔚以厚，其事曲而中，其垂世也遠。」《記》曰：「王言如絲，其出如綸。」君子之仕也，忘其身也；其使於外也，忘其家也。王者顯其身，必及其親，則民作孝；恤其勞，必及其家，則民作忠。《伊訓》曰：「始于家邦，終于四海。」夫國無兵則非其國也，民無食則非其民也。廣儲蓄以備不足，則國斯富矣；萃器械以備不虞，則兵斯强矣。《大雅》曰：「乃積乃倉，乃裹餱糧。于橐于囊，思輯用光。弓矢斯張，干戈戚揚。」是故臣於綸音見勸忠之道焉，見勸孝之道焉，見足食之道焉，見足兵之道焉。合忠與孝，臣之敬也；足兵與食，君之明也。《詩》曰：「維此聖人，瞻言百里。」

## 題丘文莊公陳氏祠堂記後

始祖何以廟？追遠也，收族也。追遠，孝也；收族，仁也。士庶人何以有始祖之廟？志於孝也，志於仁也；匪僭也，匪謟也。禮踰其制則僭，祭非其鬼則謟。廟所以有記，備文獻也，垂不朽也。備文獻必其信者也，垂不朽必其賢者也，匪信匪賢，君子何觀？

東莞陳琹樂氏建始祖之廟，約其制而不敢踰，丘文莊公以爲題而記之，然慮夫文之贋也，弗敢以勒貞珉。及諸孫郡倅致敬，見瓊臺刻集，乃嘆曰：「信矣！」始書而鐫之。歲月之不同，職此繇也。於乎！思深哉〔一〕，其猶有古之遺矩乎。吾於是見記者之賢焉，見傳者之信焉，見追遠之孝焉，見收族之仁焉。四善具矣，引于勿替，保爾宗祊，是在陳氏子孫。

〔一〕「深」，原作「深」，今據萬曆本改。

## 題吴虞二先生玄端像卷

衡山文君徵仲家藏吴草廬、虞邵菴二先生玄端像，俾予識其後。二先生者，世之所謂君子人也。昔吾夫子嘆才難，而冀見有恒，後世蓋可知矣。按草廬鳴道學于當時，邵菴以鄉後進獲從之遊，又相繼爲翰林學士，故得以傳如此，豈所謂附驥者邪？觀虞詩有「未喪斯文」之句，其所自負亦可見，又不特以詩轥轢范、揭諸人而已，豈皆真得聖人之傳者邪？然草廬在宋，舉進士不獲晉用，仕元，立朝大節，惟拒不書金字佛經一事而止。平生著述邃於經學，宜以堯舜之道啓沃其君。及勸講，乃以唐太宗《金鏡》進，豈虞不能用之邪？抑毁方瓦合，儒者之常邪？是卷特繪事精絶，謦欬若聞，觀感之餘，不覺肅然生敬，因論其世，書以歸之。若乃以道學尊吴而劣虞爲文士，則非予所敢知也。

## 題滕用亨禎符詩

嘉靖丙戌，佐予告歸省，時文待詔徵仲亦致仕南歸，阻凍潞河，間出此卷見示。既卒業，則作而歎曰：嗟乎！世之方治也，明良孚恊，以承天休，一德配命，溥爲大穌。其君子則安其位而不危，小人則斂其技而不敢肆，珍符靈瑞，往往流爲頌聲。而凡以藝鳴者，咸自達于天子朝著之上，濟濟熙熙如也，若祖宗之世是已。

當是時，館閣公卿工爲文者，嘗得其集而考之，大率歌頌之詞半焉。用亨特一庶士耳，猶且以其詩獻，矧素不以文鳴而雅有體裁若此，則其他湮滅亡傳者可勝道哉！隆平休烈，舄奕萬世，不獨字藝可羨而已。用亨乃徵仲同郡人，本名權行，其字用衡，後又更衡爲亨云。

## 題劉少參先人家書後

東樓公之訓，富哉言乎！經籍所載不越此矣。其要有八：一曰孝，二曰謙，三曰和，四曰頤，五曰惠，六曰慎，七曰睦，八曰文。

君子之仕非以爲身，以顯親也。親之望於其子，非以自顯，以繩祖也，兹訓之所以首孝乎。《詩》云：「王之藎臣，無念爾祖。」今夫築基而亢，不可以承柱，范鐏而實其中，不可以涵注，物則然矣。故君子必虚己而尊人訓，所以及謙卑也。《詩》曰：「民之靡盈，誰夙知而莫成？」君子之於天下，有重於山者，雖違衆可也；有輕於羽者，雖同衆可也。時剛時柔，乃成和德，偏拗其可弗戒乎？《洪範》曰：「高明柔克。」大夫士有省於君者，必自異於齊民。服食所以養體也，輿馬所以養威也，邸第所以養氣也。用財自養，訓則周焉。《易》曰：「頤貞吉。觀頤，自求口實。」小人之難養也甚矣！慈以畜之，則遠之不怨也；莊以涖之，則近之恒孫也。恩威以馭童僕，能無訓乎？《易》曰：「旅即次，懷其資，得童僕，貞。」苟有其車，必見其式；苟有其言，必聞其聲。君子之出辭氣也，可不慎與？《詩》曰：「慎爾出話。」人道必自親親始，同姓從宗合族屬，異姓主名治際會，不可以不與知也。睦婣之事，訓必悉之，所以廣親親也。《詩》云：「兄弟婚姻，無胥遠矣。」文之用大矣哉！邇之事親，以慶于家也；遠之事君，以華于國也。訓之所及者是也。《春秋傳》曰：「言之無文，行之不遠。」

是故孝則名揚而民作忠，謙則受益而民作讓，和則性不偏而民作順，頤以自養則身安而民賴之，惠則威不暴而民懷，慎則威重而民畏，睦則恩洽而民作孚，文則徵，徵則傳，而民仰其責。以此錫民，於從政乎何有？《詩》曰：「孝子不匱，永錫爾類。」

## 書郴州文學張府君碑陰

泰泉子讀張府君外誌，嘯然言曰：「嗚呼！君子於此可以觀孝也已。」夫寓形宇宙，凡迹焉皆寄也。苟盡以寄觀之，則情奚從生？然情有出於不容忘者，而忍於忘是蒙莊之徒也，而奚以天衷爲？是故孝子之不忍死其親也，始焉升屋而復，設重而銘，襲而飯含，祭而噫歆，何也？冀魂魄之或依也。逮其遠也，讀其書則悲其手澤，聞其諱則愀然弗忍聞也。雖有桑梓，猶致其恭，而況易簀之地，音塵如在者乎？或曰廟以宅神，而致死之非也；墓藏體魄，而致生之亦非也。兹胡爲者曰不然，獨不聞鳥獸之喪其群乎，反巡過其故鄉，而躑躅焉，啁噍焉，然後乃能去之，而況於人乎？而況於爲人望者乎？兹誌之作，固永思之，仁義起之，禮天衷之，自不容於忘焉者也，故曰可以觀孝也已。

## 題屠直齋桂山書屋

桂林山水奇秀甲于有邦。嘉靖戊子，予陳臬至焉，青羅碧玉詠於昌黎者信矣。迨范石湖《驂鸞志》，則謂山尤擅美，蓋自蒼梧至桂林，以灘計丈者三百六十，然後聳爲桂山。從平原視之，高入雲霄，幾與嶽埒，且又散爲諸峰，若兒孫羅立然。予嘗賦詩云「桂山何高高，高可肩岱宗。秀色灑百粤，玄匠開萬峰」者，此也。少司空直齋屠公讀書精廬，適與山對。每延秀入闥，肅爾具瞻，真若師友然。其岳丈爲參贊機務、南京大司馬張涇川翁，座主爲少傅、内閣大學士蔣敬所翁。二翁皆西粤名德也，多授以詞翰，則爲卷而珍藏之，旦夕瞻仰，猶之山也；附以一時交遊所作，猶之羅立於山旁者也。間以示予，俾爲序焉。

嗟乎！公之此卷其有求仁之道也。夫嘗取諸象，以人理惟峻以竦，在人則敬；惟堅以確，在人則剛；惟峭以厲，在人則廉；惟嶒以遠，在人則寬；惟秀以麗，在人則文。敬者仁之輿也，剛者仁之質也，廉者仁之守也，寬者仁之地也，文者仁之發也。《記》稱《詩》云：「高山仰止，景行行止。」《詩》之好仁也如此，其殆公之謂乎！公爲人篤行以敬，制事以剛，守官以廉，臨政以寬，潤身以文，求仁之道兼備有之，真所謂富貴而成名者。穹階洪業將於二翁乎埒矣，誰謂學山而不至於山哉？予故致深望焉，而爲之載筆。

## 書贈黎韶山卷後

夫是詩之作，何爲者也？天下方有道，而韶山子以危言去位，人皆愛莫助之，是詩所繇作也。嗟乎！吾重有感焉爾矣。昔吾夫子嘗曰：「文王既没，文不在兹乎？」然則獲麟何悲焉？蓋誠悲夫王道自己而遏，而天下莫之宗也。麟爲王瑞，夫亦物耳，然且悲之，而况在其躬者乎？夫子不有天下，猶之文王也，其道則王道也。文王王道成而《麟趾》歌焉，是亦王也已，而况麟之靈昭昭於萬世者乎？是故韶山子者傷麟之阨，捄道之窮，抗疏以貢忠，其詞閎，其議公，其令名蓋與天壤相爲終者也。嗚呼！偉矣哉，然力不能以回天者，何也？蓋天之未定也。

今夫有珷玞於此，藉以緹錦，篆以傳國，其誰玉視之？惟玉而璞，以石則斥焉，寧刖以衛之，誠不愛其死矣。衛玉者誠不愛其死，故璞終于璽，而誦龢氏之名到今不衰，則夫忠以衛道，而人之誦之也宜何如哉！宜何如哉！徵諸此而又有聖祖之典，在吾是以知天之終定也。《詩》云：「天生烝民，有物有則，民之秉彝，好是懿德。」

## 書柯尚立卷

甚矣人之爲道之難也，必也覺乎。覺者何也？明德也。天之所以牖民，所不學而知且能者也。閒居爲不善，人或指之，未有不惡然慚、惺然悟者，何則？其自然明覺未始息也。苟能充之，遇親則孝，遇君則忠，萬善出其躬矣。雖在夢寐，燭而呼之，則寤耄耋而憶齠齒之時，猶赫赫目前事，皆明德爲之也。然則明德在人，其殆日月之容光，罔弗照者乎。《書》曰：「光被四表，格于上下。」帝堯明覺之極功也。伊尹曰：「予，天民之先覺也，將以斯道覺斯民也。」顔淵如愚，退而省其私，亦足以發，皆明德之謂也。志伊學顔，而有覺焉；至知至能，可使愚明而柔强，故曰人皆可以爲堯舜，諒哉！予視學廣西，凡弗率者陳臬以耻之，使有覺焉。《大學》，明德立教之遺矩也。同年柯尚立氏醇朴近道，俾講業于柯山，而述其源以示之。

## 葉中舍母還金詩跋

人有恒言，學莫先於義利之辨。鴻儒鉅公，童而講之，白首瞀如也。嗟乎！莫夜之金，無故之獲，視若肺胕牢不可割，觀於是編，能無泚與？葉母於是乎賢於薦紳遠矣！柳亭中舍幼獲之而不匿，大與常兒異，蓋亦胎教致然也。語曰：「非是母不生是子」，信矣哉！存其赤子之心而擴充之，無所往而非義也。吾於葉子深有望焉。

## 書孔子通紀後

右《孔子通紀》八卷，吾廣督學憲副南山潘公所著也，其紀祀典，評群賢，詳且公矣。孟氏有言：

「匹夫而有天下者，德必若舜、禹，而又有天子薦之者，故仲尼不有天下。」濂溪「王祀萬世無窮」，及康節「仲尼以萬世爲土」之論，蓋皆因之也。我聖祖明詔正天下，神祇仍存王號，而成化中加樂舞八佾，籩豆十二，豈非以德侔天地，道冠古今，删述《六經》，垂憲萬世，其功寔賢於堯、舜也與？惟是生卒年月，《春秋》三傳所紀不同。公則據《長曆》及《闕里志》諸書而考正之，寔周靈王二十一年庚戌十一月庚子之辰，甲申時。即魯襄公二十二年今之八月二十七日也，已交寒露，月建丙戌。卒於周敬王四十一年四月乙丑，即魯哀公十六年今之二月十八日也，世皆忽之，不行祭奠，愧於僧道多矣。

於乎！《六經》在世，如日月行天，然求諸吾心，以自昭明德推之用世，則内君子而外小人，尊中國而攘夷狄，燮理陰陽，參贊化育，皆此道也。司馬遷以爲勞而無功，陸九淵則謂爲註脚，無乃禦人以口給而上同媚衆，以取寵盜名與。於乎！其何傷於日月哉？公因謂孔子所深惡者三〔一〕：鄉愿也，佞人也，鄙夫也。此三者賊德亂道，變壞風俗，然今之鄉愿人愛之，佞人人畏之，鄙夫之貴者人敬之，富者人悦之，故人多樂爲之而不知省。此其所以敢於侮聖人之言，雖非聖者無法，亦悍然有所不顧與。

又言弘治十二年闕里廟災，斯文大厄，逆知夷狄之患，極陳安攘之策。明年，小王子火篩之衆果相率而至大同，殘暴州縣，害不可言。然則感召關係，豈小小哉？非毁《六經》，其爲災也大矣。夫《書》之明俊德，《詩》之思無邪，皆言心也。謂心學當求諸佛老，其爲罪也大矣。論從祀諸賢，則曰節

〔一〕「深」，原作「滚」，今據萬曆本改。

行之美足以維持名教，著述之善足以羽翼聖經，二者皆無歉焉而後可，故仕莽如揚雄，臣虜如吴澄，皆削之。荀卿言性惡則僅書蘭陵令，雖司馬光非孟子而宗揚雄，猶致譏議，可謂萬世之公論矣。

公名府，字孔修，上虞人。後以終養求去，士論高之。

## 書三遷志後

孟子本姬姓，魯公伯禽之裔。有孟孫氏者，後世因去孫而氏孟。有曰激公宜者，娶仇氏，生孟子。三歲而父卒，母有賢德，凡三遷而舍于學宮之傍。或訛仇以爲李云。世皆議其勸梁、齊行王道，而不知有周天子在上，其説謬矣。觀於首告梁惠王曰：「未有仁而遺其親者也，未有義而後其君者也。」蓋惠王之父擊猶如所封而稱侯罃，乃僭王號而不知尊周，則所以規諷之者至矣。《大事記》據《戰國策》《韓非子》，於周慎靚王二年，書惠王會諸侯于臼里，將復尊周天子，不克。於乎！存乎人者，孰無仁義之良心哉？此孟子規諷之驗也。故愚謂孟子之心，即仲尼東周之志，惜《三遷志》不深考云。

## 大學註疏跋

《註疏》釋《大學》曰：以其記博學可以爲政，兩言知本，似非闕誤，蓋一貫之道也。夫子雅言，《詩》《書》執禮，皆文之當博，物之已格者。知其本始，推之末終，則能惇典庸禮，研究貫徹，故曰此謂知本，此謂知之至也。爲政以聽訟爲難，能大畏民志，則本立矣，故又曰此謂知本。何則？身主於心，心見於事，事不外物，皆實學也。曾子始言慎獨，合天德王道而一之，實擴夫子所未發。蓋在性爲善，在物爲理，處物爲義，少或自欺，則非義理當然之極，而何至善之能止哉？雅言文必躬行而主忠信，則大道得矣，知本之謂也。仁者，德之本也；讓者，禮之本也。仁則推之孝弟而慈，成絜矩平均之善；讓則推之理財用人，絶争奪娼嫉之惡。故曰邇之事父，遠之事君，曰孝友施于有政；曰能以禮讓於爲國乎？何有？施博由於守約，非知本而何？誠本於明，必先博學以明至善也。後之言知本而棄《六經》者，其於《大學》之道，亦遠矣哉！

## 性理群書跋

右《性理群書》四十四卷，宋末勿軒熊氏之所輯也。《前集》首列濂溪、明道、伊川、康節、涑水、晦庵六先生遺像，而次以贊、訓、戒、箴、規、銘、詩、賦、序、記、説、録、辯、論、圖、書、祭文、行實，凡爲彙一十有八。《後集》則晦庵所編周、程、張子《近思録》，併覺軒蔡氏模所編《朱子近思續録》及南軒東萊《近思别録》也。熊氏句爲之解，較諸《性理大全》有博約之序，而理氣有無雜擾之説廓如矣。家藏自先高大父朝貴府君，蓋元梓刻也。予幼時極好觀之，今前後殘缺，尚冀補完而精力不暇及云。熊氏名禾，字去非，仕宋參軍。入元不復仕，而更名剛大，亦高士也。

## 朱子成書跋

右《朱子成書》不爲卷。其書有十：曰《太極圖》，曰《通書》，曰《西銘》，曰《正蒙序記》，皆稱姓名或稱晦翁。曰《易學啓蒙》，則稱雲臺真逸。曰《家禮》，則不稱姓名。曰《律吕新書》，蔡元定所著，而朱子序之。曰《皇極經世指要》，則元定輯康節之書，撮其大略而自序者。曰《周易參同契》，漢魏伯陽所作，朱子註之，題其後，則隱姓名而稱空同道士鄒訢〔一〕。曰《陰符經》，則唐李筌得於石室中云，出於黄帝者，亦朱子所註而序，不稱姓名。謂其大要以至無爲宗，以天文地理爲數，天下之故，皆無而生有，人能自有以返無，則宇宙在手矣。蓋取其近於《太極圖説》也，乃元季廬陵黄瑞節所輯，各有附録焉。《性理大全》收入其前八書，而小註盡在。予嘗編《理學本源》，首《太極》《通書》，而取明道《定性》、伊川《好學論》以繼之，終以《西銘》者，窮理盡性，約情求仁之道也。欲以四子及門人諸説各附其後，而别爲《理學文選》，則纂入群書，詩文庶有倫要。雖録成編，而未及梓行，姑附見於此。

## 題明心寶鑑後

此先曾大父七十翁所珍藏也。人間私語，天聞若雷；暗室欺心，神目如電。四言每日常誦之，亦

---

〔一〕「士」，原作「七」，今據萬曆本改。

以誨人，故家世相傳。讀書修身，必以慎獨爲要。嗟乎！君子之事親也，視於無形，聽於無聲，推之應酬上下，以適四方。居常内省，無形之中默然若見焉，無聲之中寂然若有聞焉。戒慎恐懼，惟恐欺妄萌而惡念作，天必聞之，神必譴之，所以讀書者自檢，惟此而已。雖淡而不厭，以理義爲芻豢故也。少放其心，則無所不至矣。傳曰：「心不在焉，視而不見，聽而不聞，食而不知其味。」嗟乎！安用讀書爲哉？是則此書之切於警世也，四言盡之矣。

## 題雙槐文集後

右《雙槐文集》十卷，先君編次，而像贊及附録一卷，則佐之所增也。仰惟我祖考道絀於時，位不滿德，然格君之忠，傳家之孝，好學之智，及物之仁，寔槩見於此云。

## 心易類編題辭

夫子之言性與天道，於《易》盡之矣。會而通之，其在心乎，故曰：「《易》無思也，無爲也，寂然不動，感而遂通天下之故。非天下之至神，其孰能與於此？」又曰：「聖人以此洗心，退藏於密。」惟能潔净其心，寂然不動，信道篤而順理行，非禮非義，絶乎思慮，而後筮之，則人合天矣。此《心易類編》之所由作也。

傳曰：「天不人不因，人不天不成。」故《易》無達吉，惟人自召。《大有》上九曰：「自天祐之，吉，無不利。」《大傳》再三言之。蓋君子之學《易》也，居則觀《象》玩《辭》，必盡乎天之理；動則觀變玩占，必合乎天之道。道也者理之會，如《五典》之率性者是也；理也者道之通，如五禮之在事者是也。窮理自得，反身而誠，雖應酬人事，而凡所思爲，尚何天道之弗順哉？《大有》之極而不居其有，則其志尚謙晦，避權崇善，以剛在上而能下，從六五中虚之主，既端蹈履以孚之，天且不違，而况於人乎？此其持盈守中，滿而不溢，天人所以交相助也。故曰天之所助者順也，人之所助者信也。履信思乎順，又以尚賢也。

乃若通變宜民，自與吉會，故曰《易》窮則變，變則通，通則久。是其明於天之道，察於民之故，以人合天，天亦順而助之。若聽天之自變，則不能通以致久。自非大聖人如黄帝、堯、舜氏，其孰能與於此世之治也？在上位者以寵利居成功，天變於上而不知，民窮於下而不恤，惟饕貴富，爲天下僇，則雖治必亂矣。

人有言曰：「塗之人可以爲禹。」禹之事舜，明君中虚者也。不矜不伐，以宅百揆，可謂《大有》之世。善居上位者，非惟與舜心乎，而常恐動與天違，故其言曰：「惠迪吉，從逆凶，惟影響。」又曰：「滿招損，謙受益。」時乃天道，此其所以能順天命，而四海不至於困窮也與。是故君子柔而剛，則能遷善；剛而柔，則能順理。故曰：「乾元，『用九』，乃見天則。」亦惟循禮義中正，而不敢自肆於民上焉耳。先王知其然，故能修禮以達義，體信以達順。蓋行其典禮，俾有品節，則達之天下，無不宜也；反身而誠，不自欺妄，則達之天下，無不順也。天人相與之際，其在兹哉！

## 書敍言卷

鄺太守和仲嘗受業於予，居仁由義之日久矣。茲往鬱林，予期其仕學之大成也，告之曰：「陽明之學，致良知而已，子知之乎？」曰：「知之。」「甘泉之學於白沙也，勿忘勿助之間而已矣，子知之乎？」曰：「知之。」是二者貫于一者也，仕者本于學者也。

夫德性之知本有良能，集義養氣必自仁始。自事親從兄達之至于臨民宰物，寧過於厚，毋過於薄；寧過於愛，毋過於忍。本吾之良知而靡有不致焉，則本然之衷以完，天地之帥，吾其性，而仁不可勝用矣。自撫字教育達之至于折獄催科，必有事焉。義以爲質，禮以行之，斟酌中節，而不粗率以遺忘；孫以出之，從容中道，而不矜侉以匆遽。惟勿忘勿助之間，而罄無不宜焉，則吾浩然之氣以生，天地之塞，吾其體，而義不可勝用矣。此謂人人親其親，長其長，而天下平；此謂國不以利爲利，以義爲利也。事也豈外心乎哉？政也豈外學乎哉？是故性也者氣之靜也，氣也者性之動也，其幾在我，而由人乎哉！二之則不是。

## 書辯學論後

李生少藩《辯學論》曰：「善學聖人之道，會朱陸異同而得其要者，其惟陽明乎！」予嘗與陽明言德性之知，本無不能，惟言明德，則良能在其中矣。陽明曰：「明德與良知，所謂燈是火也。」後在敷文書院爲對聯云：「欲求明俊德，惟在致良知。」蓋先知後行，從予言也，豈非服善者哉？矧《傳習録》援引經書，根極理要，即所謂傳學於文，思則得之者。朱陸之學自異而同，少藩明睿所照，真有顔子之資矣。但所論象山超然獨得，善學孟子，比之南能頓宗；朱子守顔子博約之訓，下學上達，比之北秀漸宗，未免爲禪學所惑。譬則引盜跖上堂，而同室之人皆駭笑而不自覺矣。何者？天之生物，使之一本，人之爲學，決無二理。

孔子曰：「君子博學於文，約之以禮。」孟子曰：「博學而詳説之，將以反説約。」其言一也，其理一也。今以博約之訓專歸顔子，然則孟子私淑，將不爲二本邪？孔子曰：「學而不思則罔，思而不學則殆。」孟子曰：「心之官則思。先立乎其大者，則小者不能奪。」正以學問不可無思辨爾。其言一也，其理一也。今以先立其大專歸孟子，然則《論語》《中庸》之説，豈皆鈍根邪？

昔者南能學於五祖，雖日供薪水之役，然聽人誦經，聞師説法已數年矣，一旦豁然貫通，自鈍而利，遂有本無一物之悟。及其爲師，告衆曰：「不必沉空守寂，還須廣學多聞。」則其頓悟，未嘗無漸，亦未嘗不以漸宗施教也。若必以頓宗爲是，則朱、陸未生之前，已有河南吕希哲氏與二程遊，後遂惑於浮屠之説，所著《大學解》曰：「致知、格物，修身之本也。知者良知也，與堯、舜同者也。理既窮，則知自至。與堯、舜同者忽然自見，默而識之」，即所謂頓宗也。朱子作《雜學辯》斥之，以爲此乃一聞千悟、一超直入之虚談，非聖門明善誠身之實務也。正以有良知而無良能，則不能盡其才而造至善，非所以由知止而漸至能得之域爾。夫物來知起，誰無惻隱羞惡之心哉？苟不擴而充之，則雖終日高談，只是禪耳。

少藩始謂大學之道，首明明德，舍明明德之外，豈復有所謂學乎？此與予拙見同者也。但發揮惟言良知，而不及良能，然則大學之道，惟以知止爲始，不復以能得爲終矣，此與予拙見異者也。苟謂學以致良知而止，然則夫子於君子之道，一則曰無能，二則曰未能，不亦贅邪？如是則知而不能，與明德猶爲二本，燈終非火矣，其不流爲一聞千悟、一超直入之虛談者幾希，故予不可以不辯。

## 書管子後

道家者流出於黄帝，而伊、吕本清静，用權謀，戰必勝，攻必取，皆有書焉，惟《管子》尚傳于世。嘗考其書，有曰：「明一者皇，察道者帝，通德者王，得兵勝者霸。」又曰：「道生天地，天地生萬物。動静開闔，大之無外，小之無内，在人則心也。心處其道，九竅循理。動乃失位，静乃自得。虚其欲，神將入舍，掃除不潔，神乃留處。天曰虚，地曰静。虚無無形曰道，化育萬物曰德。禮義而中正者，治之本也。」此其所以一匡天下者與，老子之學寔宗之。

觀其道德之説，大抵以清静自然爲宗，其曰我無爲而民自化，我無欲而民自朴，則三皇之治也。失道而後德，則皇降而帝矣；失德而後仁，失仁而後義，則帝降而王矣；失義而後禮，其朝聘盟會，春秋霸世與。執古以御今，必復三皇之治。虚無之説也，蓋亦有所自得，與訓詁詞章異，然而非時中之道矣。吾於是乎有感。

## 文子題辭

文子姓辛，葵丘人，號曰計然，范蠡師事之。劉向録其書九篇，《唐志》録十二篇，元魏李暹註與今篇目同，豈暹析之與？其《傳》謂爲老子弟子，故或録老子遺言云。然篇首《道原》即與《淮南子》同，凡儒、墨、名、法諸家，皆見剽竊，辭多抵捂而不相合。顔籀以其生春秋末〔一〕，而稱周平王問，疑依托者。然三代之書，經秦火幸而存者，其錯亂參差類如此。《爾雅》，周公作也，而有張仲孝友；列子，鄭穆公時人，而有子陽餽粟是也。或又曰：其稱平王，乃楚平王，序者誤以爲周爾。柳宗元辯其辭，有若可取者，蓋駁書也。因刊去謬雜而取其似是者，録而藏之。

## 書先祖長樂府君七誘墨刻後

博文而約之以禮，多學而貫之以一，此孔門正傳也。先祖長樂府君發明，作《七誘》《唐子允傳》，書

〔一〕「顔籀」，原作「顔榴」，今據《郡齋讀書志》卷一一改。

而刻之，以示博學知本者焉，可謂有見也已。曾子得孔門正傳，作《大學》，格致明善，以反躬而誠，故曰此謂知本，此謂知之至也。推之爲政，惇典庸禮，孝弟而慈，自家而國，天下治且平矣。凡所援引，皆《詩》《書》、執禮，子所雅言，雖明堂辟雍之教化，不外乎是，然則約其博，豈非一貫之道乎？雖《中庸》言文王之所以爲文，即《七誘》之本旨也。嗟乎！學必博通《六經》，而後能知本，故《書》曰：「學于古訓，乃有獲。」此仲尼之所以信而好古也。今之空談心學，以爲知本，而藐《六經》爲註脚者，可慨矣夫。

## 題櫰景流芳卷後

此我先祖考長樂府君言行録也。不曰「言行録」而曰「櫰景流芳」者，正以手植雙槐，有亭貽後，仰止景迹，欲流芳悠久焉爾。夫《禮》言：先祖有善而不知，知而不傳，謂之不仁不孝。惟慎其誣而取信可也，矧盛德懿訓有不能盡述者，又焉敢誣乎？兹特其大略爾。今佐據家藏往牘，必確有明徵而後採之，付嫡長子在中輯爲此卷，録者必書姓名於後，以示信焉。卷成，謹識歲月，以垂百世。猗與！爲子若孫者尚仰體植櫰之志，以光前人哉。

## 書遊羅浮詩卷後

獻歲，甘泉湛子約予爲羅浮之遊。仲春乙巳，乃克啓行。侍予遊者，黎民表惟敬、梁孜舜伯也。

戊申，偕甘泉登天華峰，釋菜四賢祠〔一〕，冒靈雨徧覽名勝。暮宿沖虛觀。二鼓，有若仙人語予曰：「朱明夙居神明之廬，不有朱明，曷遊沖虛？」覺而悟曰：「豈山靈欲予卜居於朱明洞耶？」夫朱明，心也；沖虛，道也。會道必於吾心，其是之謂乎。雨聲淋浪，勢如建瓴，比曉朗霽，乃賦《緩聲歌》三章。首言太信誠也，次言太玄默也，終言太初赤子之心也。存誠默識，不失其初心，道在是矣。嘉靖庚戌季夏題。

## 書平胡凱旋曲墨刻後

遥聞邊事，憂不能寐，輾轉間作爲此曲，被之絃索可歌也。曲成而報至，虜已退矣，聲音之感召乃如此。時庚戌仲冬朔日。

## 書禮典後

予嘗因大宗伯掌邦之五禮，輯三禮而會通之，或連章，或截句，次第合爲一篇，作《禮典》焉。首郊社，次明堂大饗，次祭社稷，次禘于太廟、四時祫祭，次祭五祀及諸侯釁廟，爲吉禮者七，次奔喪，次喪

〔一〕「菜」，原作「萊」，今據萬曆本改。

服，爲凶禮者二，次大師，爲軍禮者一，次諸侯相朝，爲賓禮者一，次公冠，次大昏，爲嘉禮者二，皆逸禮也。未及成編，附于《六藝流别》，凡一卷云。

夫聖人制禮，本天秩，緣人情，而使之中節者也。上下殊事，古今異宜，協諸義而協，則以義起，如此而已。《禮運》曰：「大禮必本於天，殽於地，列於鬼神，達於冠昏、喪祭、射御、朝聘。聖人以禮示之，故天下國家可得而正也。」又曰：「夫禮本於太一，分而爲天地，轉而爲陰陽，變而爲四時，列而爲鬼神。其降曰命，其官於天也。」禮之時義大矣哉！

極大曰太，未分曰一，一必有兩，兩必變四，太極儀象之在人者也。故《儀禮》十七篇，皆侯國受於王朝，藏於有司，以爲正天下之具者，《戴記》則後儒衍其文義焉耳。蓋藏禮以修義，渾淪而無形，體信以達順，至誠而不貳，本太一也；堂階位著以辨尊卑，柴瘞升沉以秩上下，明天地也；昏則媵御交洗，祭則君夫人異酌，法陰陽也；覲則壇有四門，喪則服有四制，變四時也；羶薌蕭光以報氣，黍稷鬱鬯以報魄，列鬼神也。天人本一而無二，於斯見之矣。是故吾夫子雅言必以《詩》《書》、執禮，而且學《易》期無大過，豈非動容周旋中禮，言即其所行者與？曾子作《大學》，子思作《中庸》，皆博學於文，而《戴記》載之。嗟乎！天秩人情，本一而無二致也，故明明德與天命之性，皆自孝始。

嘗得古註疏發明《大學》之義矣，然《中庸》之言，與《大學》一揆。蓋舜之大孝以德言，即天下之大本也；武王、周公之達孝以禮言，即天下之達道也。因心之孝見於祭先，自敬其所尊、愛其所親而推諸天下國家，則親親之殺，尊賢之等，本諸仁義而典禮行焉。人人親其親，長其長，凡有血氣者莫不尊親,則盡性修道,渾渾乎太極在我矣。位育功化,豈虚語哉?揆厥所元,格物致知,即明善也;誠意正心,即誠身也;事神治人,皆出於此,即知本也。後世學未知本,已藐《詩》《書》、執禮爲註脚,於戲!孔子之道其不明不行矣乎。

## 書删正黄庭經後

神仙家書奚止萬卷,惟《黄庭經》其文高古。寫自王羲之者獨得其宗,惟以伏氣、固精、存神爲主。道流浮談養生,皆未嘗及,比舍根蒂而言枝葉,不亦惑哉!《崇文總目》云:《黄庭外景經》記天皇氏至帝嚳受道得仙事,其書已亡。陶弘景撰《内景玉經》以爲疏義,乃妄改此本爲《外景》,以補亡書。觀其大綱,則上下前後之中惟堅内守焉,豈外乎哉?先君子既加删正而會其要,句析之精而守於一,則浮談皆可廢矣。老子不云乎,「多言數窮,不如守中」。

## 書餘冬序録後

《餘冬序録》六十五卷,少宰郴陽燕泉何公孟春所撰。公博極群書,尤擅史學,裁斷古今君臣政令,甚明而切。聖賢道學則宗周、程,而於九流伎藝,亦亹亹焉。其言曰:「天可徵者惟人,人可恃者惟天。天寄人以視聽,人受天爲聰明。天人一理也。三代已根此論,而後世則昧理與命,而惟求諸鬼神術數，則謬矣。」蓋自伏羲肇《易》卦，神農興醫藥，黄帝立律曆，迨周公制禮，凡占候巫祝之類悉皆設官。然惠王時神降于莘，内史過告，以丹朱馮身，房后生穆王，則怪亂矣。《左傳》卜筮益誣。迄漢，術數皆不立官，而焦贑、京房之《易》，倉公淳于之醫，陰陽、日者始記於史，人主始信禨祥矣。

道家興於前，而築太乙壇以祈靈；佛氏興於後，而信赤伏符以用讖。怪亂紛綸，而莫之勝載也。唐作《六典》，始設三式官守，然尊老子以爲祖，巫祝所由盛也。宋人作《武經總要》，三式備焉，乃妄祖司命天尊趙玄朗以擬老子，而避其諱。每載籍中字，玄改曰元，朗改曰明，天玄日朗，像侔君上而避之，卒兆元後明興之讖，豈非人受諸天，故爾神與。三式者，一曰太乙以知天，二曰六壬以知人，三曰奇門以知地。而燕泉所録貴人登天門與遁甲之説，日者類爲總括，謂擇時者所宜選用，先君用之有奇驗焉。然《剋擇通書》與《大統曆》往往相反，所載九宫三白、年神方位雖同，然二十四向各分吉凶，劫殺所臨，必連五位，而不敢犯馬前六害，即對咸池者，《淮南子》月方忌之，而《曆》無所載。凡破壞修營，《曆》言天德，以至母倉所會之辰，或太歲各神出遊日，併工無妨，而《通書》則必避也。矧神藏殺没，惟甲、丙、庚、壬、乙、丁、辛、癸、艮、巽、坤、乾，而十二正時則無有，往往瑣屑難行，惟專用奇門，則裕如矣。其言尅應，必於視聽言動求之，最爲近理。天之聰明，固在人哉。

程子嘗言聲音字義，與天地之氣相爲流通，善測者輒有靈應。如漢高帝避柏人而去之，曰：「柏人者，逼於人也。」搜之，果有伏賊。宋楊么據洞庭曰：「欲破我者，除是飛來。」後爲岳飛所擒。於戲！心神所會，即天機也，又豈但玄朗之讖哉？燕泉詳載其事，可謂善言天者矣。

## 九州問題辭二首

漢枚叔始作《七發》，以諷諫吴王，自後曹子建、張景陽之徒紛然效之，文勝質博，溺心而無益於世者多矣。唐柳子厚效叔作《晉問》，以諷當世而隆道實，然其體猶七也。先大父雙槐府君乃作《七誘》，示人文毋勝質，博毋溺心，蓋學貴知本之義。佐不揣狂斐，乃作《九州問》以效柳文，其體則九。《易》曰：「乾元用九，天下治也。」用以諷諫天下之人，俾自治其本云。先考嘗得東坡《廣成子解》，以守一處和爲要。蓋佐自少多病，領薦後未能計偕，閉門習静，因以守一自名。猗與！得一而天下理矣，自治以一而必慎其獨，其《大學》之本哉。

人心惟危，即所謂感於物而動性之欲也。予領薦後，書小齋左右曰：「主静以立本，慎動以安身。」南雄店主來迎，意欲爲予貨殖，笑却其贄而謝之。因觀水程，自五羊至南京，皆揚州境也；由徐、兖達京師，得售則志行矣。嗟乎！人惟能屏絶貨利、聲色、畋獵、逸遊而静以復初，則思慮不起，鬼神莫知，仙術弗能易吾好〔一〕，威武弗能屈吾守，約洙泗經傳以輔皇極，則事業章矣哉。

〔一〕「術」，萬曆本、北大本作「道」。

# 泰泉集卷第四十五

## 圖經上

### 廣東圖經有序

五嶺雖逖在荆揚之裔土，而聲教所曁亦云久矣。顧《丘》《索》堙坳莫稽而益紀，《山海》番禺之桂，爰始爲舟，則其通于中國蓋帝世也。故伏生《尚書大傳》首言堯撫交趾，定爲荒服，舜沈四海，謡採朱于帝德之光，丕冒海隅日出，厥有徵哉。大禹平水土而方物致自南海，成湯域四方而獻令正及南荒，然夏忠商質，文獻罕存，六籍以來所可紀者，亦惟自周迄今焉爾。周武王初疆理南海，關旅通道于八蠻，天竺至于儋耳，莫不通貢，謂之藩服，今所謂蕃也。成王時洛邑王會，揚粵貢于成周，方物以翟。惠王命楚子熊惲鎮南方，夷越之亂，其谿峒雜類與民錯居者，曰蜑，曰猺[一]，曰獞[二]，曰

[一] 「猺」，萬曆本、北大本作「㺐」。
[二] 「獞」，萬曆本、北大本作「俚」。

獠，曰㐌，好相攻討，浸以微弱，稍役服之。於是百粵以漸屬楚，然叛服不常云。吾廣爲百粵綱維，安可闕諸？瓊臺丘氏曰：「天下之山皆起於西北，突起而爲嶺；天下之川皆委於東南，渟涵以爲海。廣南居嶺海之間，纍然小堪輿也。」朱子謂：「天旋地轉，閩浙反爲天地之中，則百越其齊魯與！」白沙陳氏曰：「星臨雪應」，此語非謬。由是觀之，上能齊魯其民，民一變至於道，則圖經之作，夫豈直爲險阻地俗而設者哉？

廣東輿地，唐虞三代時在揚州之外境，大越之南裔。周顯王三十五年，楚敗越，越遂散微，其君長分處江南海上，臣服於楚，謂之百粵，又曰揚粵。《天官書》日月五星起揚粵斗牛之次，連貫營室，故分野包青齊而接鄒魯。近楚則爲翼軫，星紀鶉尾，實負南海，故少陰多陽，物恒榮茂，皆由山澤蒸燠，仁氣流通。五嶺發自衡岳，其下三江分流，同入于海。一曰大庾，其西南湞水出焉，南流與肄水合，是曰南江。龍川之水，東來合之，是曰東江。二曰騎田，其北湟水出焉，東南流出洭浦，爲桂水。三曰都龐，其西鐘水出焉，東流合于南江。四曰甿渚，其南臨賀水出焉，南流至于封川，爲封溪水，與桂、繡二水合，抵于番禺，是曰西江。五曰臨源，其南灕水出焉，其北湘水出焉，南流合于南江。

秦始皇二十四年，滅楚。遣王翦略取揚粵，猶陸梁不服。三十四年始平之，以其地爲三郡。負山險阻南北數千里，置南海郡尉以典之，徙天下吏民罪讁者南戍五嶺。秦末趙佗遂王其地，漢因封之。元鼎五年，平南越，置南海、合浦、蒼梧、桂林、鬱林、交趾、九真七郡。元封初，又略得南海中大州方千里，置儋耳、珠崖二郡，後兼置交趾部刺史。是時人文日盛，衣冠禮樂逐齒中州。建安八年，改爲交州。十五年，徙治南海，在今城南五十里，舊番禺縣治。二十二年，始於尉佗越故都築立城郭，綏和百粤，民用寧集。三國吴分置廣州，自此交州徙治龍編。晉平吴後，西南二江各置都護，宋、齊因之。梁復置東江都護，陳因之。隋開皇十年，平陳，置廣州總管，治大庾。二十年，仍治南海。唐貞觀初，屬嶺南道，後爲嶺南五府節度使、五管經略使治所。咸通中，分爲嶺南東道。乾寧二年，陞爲清海軍節度。五季初，爲南漢僭據。宋開寶四年，平南漢，置廣南東路經略安撫司，以廣州守臣兼領。元置廣東道宣慰司及肅政廉訪司於廣州。

國朝改置廣東等處承宣布政使司、廣東等處提刑按察司、廣東都指揮使司，並治廣州府。其北三百五里曰韶州府，東北一百五十里曰南雄府，是爲嶺南道。其東二百二十里曰惠州府，又東六百五十里曰潮州府，是爲嶺東道。其西九十里曰肇慶府，又西一百九十里曰高州府，是爲嶺西道。海岸之北八十里曰廉州府，又南二百里曰雷州府，是爲海北道。又南一十里海中曰瓊州府，是爲海南道。東南近海，其民華以浮，則多颶風石尤；西北近嶺，其民質以悍，則多山嵐草瘴。詰兵守海，因督護舊迹分爲三路，揆文教以化邇，奮武衛以服遠，張弛惟時，不愆成憲，寔經略之大端也。

廣州府，本古南海疆理，周末屬楚，亦名南武，有楚庭焉。秦爲南海郡，治番禺，後尉佗僭據，徙都南武。漢平南粤，復爲南海郡，屬交趾部刺史。建安八年，改爲交州。十五年，徙交州刺史，治南海。吴又遷交州，治龍編，而於此置廣州，領三郡，廣州得名始此，俄復舊。永安七年，復置廣州，領郡七。

晉太康元年，平吴，革郡一，以荆州三郡來屬。永嘉初，又革之，自大興至義熙增郡八，凡領十有四郡。南朝宋革郡一，增郡五，凡領十有八郡。齊復增郡五，凡領二十有三郡。梁析置十有二州，廣州惟存五郡，後增郡一，凡領六郡，於州置督府。陳因之，後又增郡一，凡領七郡。隋開皇十年，平陳，析置三州，廢始興郡入焉。置廣州總管，治大庾。二十年，徙治南海，又廢洭州入焉。仁壽元年，改曰番州。大業元年，復爲南海，又廢岡州及東官、綏建、樂昌、清遠四郡入焉，凡領縣十有五。

唐復置廣州總管府，陞大都督府，屬嶺南道。天寶初，改州爲南海郡。乾元初，復爲廣州。唐末置清海軍節度，領縣十有三。五季時爲南漢僭都，宋爲廣州清海軍。大觀初，陞爲帥府，領縣九，南渡後領縣八。祥興初，改翔龍府。元置廣州路總管府，設録事司，治南海，屬廣東道宣慰使司，領縣七。

洪武初，改廣州府，領州一、縣一十有四。其山白雲，其水鬱水。附郭曰南海縣。城西有石門之山，其西南有三江口。番禺縣城北有粤秀之山，粤井在焉。南八十里而近，曰順德縣，有五峰之山，碧鑑之水匯焉。西北二百十六里曰三水縣，有堯山，其下洭水合翁水、陶水，東南流入于海。東北三百四十二里曰從化縣，有北山流溪之水出焉。東南二百五十里曰東莞縣，有鳳臺之山，媚珠之池。東一百九十里曰增城縣，增江之水出焉。南流入于海。

東二百十里曰龍門縣，有温泉。南一百五十里曰香山縣，有山對峙如臺，曰南、北臺。其外大海是環，接于牂牁，曰石岐海。西南二百三十里曰新會縣，有奇石屹立海中，相對如門，曰厓門之山。北二百三十里曰新寧縣，南爲塞門之海。北二百五十里曰清遠縣，有峽山、中宿，福地在焉。其陽有古禺之宫，飛來之宇，須水經流其下。西北五百六十里曰連州，有静福之山，仙靈宅焉。湟水經涯口，合湞水東南入于海。東北二百里曰陽山縣，陽溪之水出焉。西二百九十里曰連山縣，有長徑之山，雙溪之水，自西南合衆流入于湟水。

大抵廣之阸塞，皆在西北，故秦置三關於湟谿、陽山，其東南軒豁，肄水出焉，於水口置涯浦關。三關失險，敵至石門，雖欲東浮黄木，西泛紫水，罔攸濟已。其形勝則負山帶海，博敞彌目，中環大江，水陸會同。位于離，故恒燠，瀕于海，故多風，地勢使然也。陽德之盛，鍾爲人文，蜚英騰茂，甲於他州，然山深海鉅，民性輕剽。順德以東，潢池弗靖；清遠以北，戎伏于莽。昔聞繁富，今則凋瘵。史稱番禺爲一都會，而島夷南金、珠璣、果布之湊，亦日寖殲趨矣，豈士習惰窳之所致與？將教化漸靡而不可反與？

韶州府，本秦南海郡地。漢平南粤，置曲江、湞陽、洽洭三縣，隸桂陽郡，統於荆州。三國吴分置始興郡，治曲江，統縣七。晉永嘉初，改屬湘州。咸和三年，復屬荆州。南朝宋元徽四年，改廣興公相。齊復爲始興郡，隸廣州。梁天監初，置衡州于洽洭，置陽山郡于湞陽。普通元年，改東衡州，徙治陳大建初，［復置］東衡州〔一〕。隋開皇九年，平陳，廢陽山縣，改東衡州曰始興縣，始興郡屬焉，尋廢。又廢始興郡爲縣，以其地屬廣州。唐置韶州，治曲江，領縣四。貞觀初，屬嶺南道。天寶初，改爲始興郡，後復爲韶州。五季時，南漢分置雄州。宋仍置韶州，領縣四，英州領縣一，屬廣南東路。元置韶州路。

洪武初，改韶州府，領縣六。其山韶石，其水肄水。附郭曰曲江縣。東北有玉山，武水、桂水出焉。武水南流，合于湞水，是爲曲江。桂水東流，與武水合。西北八十里曰樂昌，三瀧之水出焉。南流合于武水。瀧口西岸有任將軍城。東北八十里曰仁化縣，有錦石巖，會湞之水出焉。西一百里曰乳源縣，臘嶺在焉。東南九十里曰翁源縣，有翁山焉，壁立千仞，靈池之水出焉。其巔八泉之所會也，南流與湞水合，入于海。南二百二十里曰英德縣，英山之産，是多奇石，有碧落之洞，是多石乳。洭水出其陽，流爲羅溪。

惟韶據廣上流，北嶺峭險，南谷平易，乃楚越之襟喉也。氣候近衡岳而稍寒，隆冬降雪，則歲大有。人物之盛莫過開元，迄宋鴻儒相繼。昔人謂中州清淑之氣，至郴而止，豈其然乎！

南雄府，本秦南海郡地。漢兼屬桂陽郡。三國吴置始興郡，治曲江，此地屬焉。南朝宋屬廣興郡，齊復屬始興郡。隋屬廣州。唐初屬韶州。南漢置雄州。宋爲南雄州，屬廣南東路。宣和中，改保

〔一〕「復置」二字殘缺不全，今據萬曆本、粤圖本、北大本、暨大本補。

昌郡。元置南雄路。

洪武初，改南雄府，領縣二。其山大庾，其水湞江。附郭曰保昌縣，凌江之水出焉。合昌水至城西，與湞水合，南流入于海。西一百十里曰始興縣，有天柱之峰，斜階之水出焉。西流合湞江，入于海。郡當五嶺之首，若天之所以限南北者。自秦發閭左之戍，故大庾古稱塞上嶺。横浦、涯浦二關相望，猶長城也。迨唐鑿岨通道，化爲夷原，控帶群蠻，襟會百粤，其廣之北門乎。雖逼於叢隘，瘴癘時作，然珠璣客里，文風漸染。向使保昌裕於送迎，始興安於守禦，則衣冠日盛矣。提封褊小，又奚病焉？

惠州府，本秦南海郡地，漢、晉因之。宋分屬南海、東官二郡。梁置梁化郡。隋廢郡，置循州，治歸善縣。大業初，改龍川郡。唐武德初，復置循州，屬嶺南道。天寶初，改海豐郡。乾元初，復爲循州。南漢移循州，治龍川縣，以歸善縣置禎州。宋天禧中，避仁宗諱，改曰惠州。宣和中，賜郡名博羅。元改置惠州路。

本朝洪武初，廢循州，改爲惠州府，領縣八。其山羅浮，其水龍江。附郭曰歸善縣。有石埭之山，豐湖之水匯焉。西北三十里而近，曰博羅縣。有羅山，而浮山自海浮來傅之〔一〕，故名羅浮。夜半見日，是曰朱明洞天。東三百里而遥曰海豐縣，有黑龍之山。北一百五十里曰河源縣，有龍山。東北四

〔一〕「傅」，原作「傳」，今據萬曆本改。

百里曰龍川縣，有霍山。其下有龍江之水，是曰東江，南流入于海。東北四百八十里曰長樂縣，有嵩螺之山。又東五百五十里曰興寧縣，有龍歸之洞，通海之河。又東北五百八十里而遥，曰和平縣，溪洞之叢也。

夫五嶺擁從衡岳如君，而羅浮傑出其東，爲之佐命。鐵橋分水，合羅陽南流入于海，而鶴岫左翔，龍津右躍，山川襟帶，奇麗相聯，故其秀氣東達於潮，南萃於廣，人文蓋霦霦焉。然礦徒聚於五邑，寇賊因而竊發，飭戎長樂，置衛碣石，所以扼險也。龍川以東，趙佗作令，故多屈强而慆淫；歸善以西，蘇軾謫居，故漸好文而尚禮。山川風氣轉移在人，然則世道污隆，可弗揆厥元乎？至於多暑少寒，颶風霪雨，則與南海同也。

潮州府，本秦南海郡揭陽縣，漢因之。晉咸和中，屬東官郡。義寧末，又分立義安郡。宋、齊因之，梁兼置東揚州，後改曰瀛洲，陳罷州。隋廢郡，置潮州，治海陽縣。大業中罷州，復爲義安郡。唐武德中，復爲潮州。貞觀中，隸江南道。開元中，置福建經略使，改隸福建，後改嶺南道。天寶初，改潮陽郡，復隸福建，後仍隸嶺南。乾元初，復爲潮州。五代時，屬南漢，分置敬州。宋開寶中，始內附，仍爲潮州。至元中，改潮州路總管府。

本朝洪武二年，改路爲潮州府，領縣七。其山揭嶺，其水三河。附郭曰海陽縣，有韓山，其下韓江之水匯焉。西一百四十里曰潮陽縣，有東山，練江在其南，東南入于海。西南八十里而近，曰揭陽縣，有揭陽之山，飛泉之嶺。西北三百里而遥，曰程鄉縣，有百花之洲，山下有水環之。東二百里而遥，曰饒平縣，其下有三澳海。西南三百里而遥，曰惠來縣。東北百六十里曰大埔縣，漳溪之水出焉。

郡之西北，密邇贛及汀、漳，限以高山疊嶂，下流之水，會遶其東，以趨于海。内包沃野，川原廣衍，實廣、惠之襟喉，閩、越之門户也。習尚言語，多與閩同，氣候視嶺表差異。蚶田魚埠富饒，最擅礦場，利害大都類惠。加以畲户桀驁難馴，寇常出没山澳，武備可弗嚴與！雖經韓愈、趙德之教，文物洊盛，而日趨淫靡，獄訟繁矣。

肇慶府，本秦南海郡地。漢武帝平南粤，分屬蒼梧、合浦二縣。三國吴及晉屬蒼梧郡。劉宋置綏建郡，治四會縣。梁置高要郡，治高要縣。隋平陳，廢綏建郡，入四會縣，又廢高要郡，置端州。大業初，改信安郡。唐復改端州，又於四會縣置南綏州，屬嶺南道。貞觀中，改爲湞州，尋廢。天寶初，改端州爲高要郡。乾元初，復爲端州。宋置興慶軍節度。重和初，以潛邸爲肇慶府，隸廣南東路。元至正中，改置肇慶路，隸廣西，尋復隸廣東。

本朝洪武元年，改路爲府，領州一、縣八。其山定山，其水端溪。附郭曰高要縣。有石室之山，崧臺之石。七星巖竇聯如北斗，是曰定山。其南端溪，東南流入于海。北一百三十里曰四會縣，有金岡山。其北有龍江水，灘流而南，經龍橋會于綏江。南一百四十里曰新興縣，有龍山，盧溪之水經焉。南七十里曰高明縣，有龍峒、三洲水。南二百四十里曰陽春縣，有射木山，博麻之水出焉。南三百四十里曰陽江縣，有海陵山，在大海中。南三百二十里曰恩平縣，有鼍山、龍潭。西二百一十里曰德慶州，領縣三，晉康之水出焉。州南一百五十里曰瀧水縣，有天黄山。西一百二十里曰封川縣，有豐壽山。西北三百里曰開建縣，有忠讜山，忠讜之水出焉。

夫肇慶所統諸縣，昔皆州郡也，張官置吏，縣則略矣。矧控江帶山，延袤數千里，據上游而當要衝，扼之可無策乎？《越絶傳》稱江海外越溪峒諸猺是已。永樂以來，嶺西屢勤鈇鉞，每羽檄旁午，先已鳥舉亡迹。吏士甫銜命裹糧而馳，比至入，則蕭然惟蓬藋耳，駐則反爲所屠。其伐之不可得，得之不可守，大都如此，抑亦山深川闊，迭相出没故也。故當其出没，宜行韓雍秋調之法以鵰剿，歸峒則行馮拯括丁之法以招懷，漸立甲堡，誨以社學，使有生事之樂，以易其跋涉剽掠之勞，則山麓可樵，淴塘可漁，隸里廛而識文字，夷獠日化爲良民矣。

高州府，本秦南海郡地。漢分置高梁縣，隸合浦郡。桓帝置高興郡，靈帝改曰高梁。吴復改高梁，省高興。晉復置高興郡。梁兼置高州。隋平陳，郡廢州存。大業初，廢州，置高涼郡，治高涼縣。唐武德中，復置高州。天寶初，改高梁郡。乾元初，復爲州，治電白縣。五代時，爲南漢所據。宋開寶中，得其地，又廢潘州，以茂名縣來屬。景德初，併入竇州，徙治茂名，尋復置高州。元至正間，改置高州路。

本朝洪武初，改高州府，徙治茂名，領州一、縣五。其山高涼，其水鑑江。附郭曰茂名縣，有昇真之山，其巔有金、玉二井，水常不竭。東四十五里曰電白縣，有銅魚之山，東河之水出焉，入于大河。北八十五里曰信宜縣，有龍山，形甚險峻，其上有風、雨二窖，歲旱可雩，竇江之水出焉。東西分流，至縣合流，入于海。西南九十里曰化州，領縣二，有千秋之山，陵水出焉，南流與羅水合。州南七十里曰吴川縣，零洞之水合潭峨，入于大海。其中洲曰硇洲，其産多葛。西一百二十里曰石城縣，吴川之水出焉。自鑑江分流至限門，入于海。

是郡也，山叢土厚，谿洞中聯。隋初馮盎盤據三世，跨有八州之地，形勢使然也。東南距海，雖有沙帶限門之阻，而水深潮平，倏忽變生，備倭營堡，不容少弛。西南倚於博陸，山箐盤深，猺、獞伺隙以虔劉我人民，胡可滋蔓？且於二廣爲衢術之交，寇攘竊發，則東西壤地斷絶矣，盍亦豫爲之圖乎？

廉州府，本秦合浦郡地，隸象郡。漢武平南粤，置合浦郡。吴改珠官郡，復爲合浦郡。晉因之。宋泰始中，以合浦郡兼置臨漳郡及越州。梁又拓其地，置交州，分合浦、徐聞，置合州，尋改爲南合州。隋大業初，改曰禄州，尋改合州。又廢州爲合浦郡，治合浦縣。唐初，罷郡爲越州。貞觀中，改爲廉州。天寶初，復爲合浦郡，隸邕管經略使。乾元初，又復爲廉州。開寶中，平南漢，仍爲郡，又徙州治於長沙塲，改太平軍。咸平初，復爲廉州。元置廉州路。

本朝洪武初，改爲廉州，屬雷州府。十四年，復爲府，領州一、縣二。其山大廉，其水廉江。附郭曰合浦縣。有五黄之山，其産多異果。珠母之海，三池匯焉，是生珠璣。西一百四十里曰欽州，領縣一。南有文筆之山，欽江之水出其東，南流入于海。北一百二十里曰靈山縣，西有石六之峰，其巖曰三海之巖，嵌空如月，其陰刀布藏焉。南岸二江會于城門，以入于欽江。

夫廉，古珠官也。扼塞海北，遠鎮交南，視嶺外諸郡最爲樞筦。鑿山爲城，踐海爲池，有天險焉。颶風一作，百里震動。南登海角，西望天涯，真南裔也。漢馬援既平徵側之亂，標於分茅嶺銅柱，以爲華夷之限，於今賴之。惟寧越四峒陷入交阯，守土之臣邀功喜事，直欲犁庭搗穴郡縣之。賴我聖明謝絶其請，憬彼荒夷，歸我侵地，民得免於湯火，誰之賜與？媚珠海寨，寶藏所興，領以内臣，雖嘗釐革，迄今未聞投珠於淵也。昔人以爲所獲不能補其所亡，近事足爲明鑒。若夫嚴永安之軍衛以防四達之衝，謹沿海之防以備倭夷之擾，復博白於我土以均道里之勞，皆安攘之不可廢者也。今兵備特劄于靈山，達堡增屯于衛北，交寇峒獠，惟廉爲重，可以其僻遠而易視之哉？

雷州本戰國楚地。楚熊惲據有夷越，遂屬焉。秦屬象郡。漢爲徐聞縣，屬合浦郡。吴督於交州。宋屬越州。齊分置徐聞，爲齊康郡。梁分置合州，尋改南合州。隋因之。大業初，州廢，入合浦。唐武德間，復置南合州。貞觀初，改爲東合州，尋改雷州。天寶初，改爲海康郡。至德初，復爲雷州。五代時屬南漢。宋隸廣南西路。元改置雷州路。

本朝羅福以全城歸附，改爲雷州府，領縣三。其山擎雷，其水雷水。附郭曰海康縣。有英靈之山，羅湖之水匯焉。北一百八十里曰遂溪縣，有斜離之山。東、西二溪合流，入于海。南一百五十里曰徐聞縣，石門之嶺龍虎峙焉，瀕海十里，航海之津渡也。

夫雷，三面距海，東通閩浙，北負高凉，有平田沃壤之利。然雷出而震，地濕而熱，蓋五嶺之地，南盡於此，積土薄而陽氣洩也。廉、雷之交，颶風最大，驅潮則鹹流逆上，挾雨則拔屋撼山。東洋之地，彌望渺漫，凶祲之至，不繫於人事矣。所恃以保障者，其捍海之堤乎！故西湖以潴其澤，二渠以釃其派，然後斥鹵之地化爲耕桑，而雷之民亦可免於爲魚。堤防之飭，是在司牧者。他如永安、寧川以達石城，三道皆陸，所以衛遂溪而守隘之禁當嚴。齊康、永、寧，海澳之衝也，備倭之責尤重，國初重臣經略之迹，猶有存者。選練而簡稽之，以固沿海之防，非惟雷郡安，而廉、瓊亦資其控制之利矣。

瓊州府，本古雕題、離耳二國。漢武帝平南越，遣軍往漲海洲上略得之，始置珠崖、儋耳二郡，督於交州。昭帝始元三年，罷儋耳，併入珠崖。元帝初元中，用賈捐之議，棄其郡，改隸合浦。光武建元中，以朱崖縣屬合浦郡，仍督於交州。吴復置珠崖郡，隸交部。蜀遥領於建寧〔一〕，晉因之。平吴後，省入合浦郡。宋元嘉，復立珠崖部。梁置崖州及珠崖郡。隋初郡廢，領於揚州司隸刺史，又析西南地置臨振郡。唐武德，立崖、儋、振三州。貞觀初，隸嶺南道，因瓊山改名瓊州，治瓊山縣。乾封中，瓊山没于峒，以臨振歸屬崖州。天寶改三州爲郡。乾元初復爲州。貞元初置都督府。五代時屬南漢。宋仍爲瓊州。熙寧改爲瓊管安撫司。大觀初，以黎母山置鎮州及靖海軍節度。政和廢鎮州，以其池及靖海軍歸瓊州，屬廣南西路。宣和中，改瓊管安撫都監。元改置瓊州路，屬海北海南道宣慰司。天曆初，改乾寧軍民安撫司。至正末，以廣西行中書省領之。

本朝洪武初，改爲瓊州，尋陞爲府，領州三、縣十。其山瓊山，其水瓊海，故附郭曰瓊山縣。西六十里曰澄邁縣，有大勝之山，澄江之水出焉。西一百八十里曰臨高縣，有那盤之嶺，長江經流其下。南八十里曰安定縣。其南五峰如指，雲霧蔽之，曰黎母山。滴水合建江入于海。東一百六十里曰文

〔一〕「蜀」，原作「屬」，今據萬曆本、北大本改。

昌縣。七洲之下，有泉出焉。其味甘冽，謂之淡泉。東二百九十里曰會同縣，是多怪石，黎水分流，大塘瀦之，歲常不涸。東南三百五十里曰樂會縣。三山之嶺，其巔有井，名曰金牛，歲旱禱之應。萬泉之水合于博敖，以入于海。西南三百七十里曰儋州，有松林之山，新昌之水出焉。南二百九十里曰昌化縣，有峻靈之山，其上石如冠帽，是名落膊。南北之江，海艘泊焉。東四百七十里曰萬州，有東嶺之山，中有石室丹井，金仙之水瀦焉。南六十里曰陵水縣，有聲山，響如人言。有都籠水，西南流入于海。南一千四百一十里曰崖州，有鼇山，其巖曰大、小洞天。水南之水經于城南，有龍潛焉，其深莫測。西南三百二十里曰感恩縣，東有息風之山，中有巨穴，颶風將作，禱之則止。東北有南龍之江，源于黎母，南流入于海。

夫瓊，中國外境也。大海是環，番夷四達，廣袤三千餘里，西南雄郡無逾此者。且邊海之饒見稱往古，風潮雖異，而氣候無惡，漢人所謂鱗介易我衣裳者，豈其然乎？隋唐之際，馮冼内屬，荒梗之俗爲之一變。明興，聖諭稱爲南溟奇甸，爲華夏之風。自是鼎臣繼出，名滿神州，至誠前知，信有徵矣。慝惟俚峒盤據腹心，而我之控制反在其外。生熟雜蹂，屢爲榛梗，五指、珠崖最稱險惡，文昌、萬州尚易馴制。特以諸邑營戍寖成廢弛，恣其趦趄耳。沿邊海防尤爲諸夷觀望，名存而實亡者，不獨瓊管爲然也。嘗聞之珠崖之變，起於髪髧。方今香蠟、藤葛、皮毛、齒革，取辦於瓊者不一，故齊民腹背受敵而息肩亡繇，柔遠能邇，盍豫圖之？

羅浮者，山總名也。羅山在番禺東二百里，其上有桂樹、神湖，浮山自海來傅之〔一〕。其上有平田
嘉穀，崖巘皆合爲一，臨于博羅之上。北望增城，南望東莞，高三千六百丈。巔曰飛雲，頂帶岨起，峰
曰聚霞，周迴二十里。夜半見日，故其中麓曰朱明洞。其峰四百三十有二。飛雲頂西曰上界三峰，高
三十仞，不可以上。其下迤衍有匯水，與潮汐應，曰瑤池，當二山之隩，實惟泉源福地。其中有石如
梁，曰鐵橋，湍水出焉。分東、西流注于潭，又南流注于淵，五龍蟠焉。歲旱禱之，則躍出而雨。
其嶺十有五。其石室、長溪各七十有二，瀑布九百八十。其洞穴潛通句曲，仙靈所居也。是多玉
樹芝草，珍禽奇獸。神湖東三百里有昇天橋。其陽有谷，夜聞鈞天之音，是謂夜樂洞。有鳥焉，其狀
如鷄，五采而文，浴于谷口之水，是曰鳳凰之谷，其下石槽之水出焉。有石臼洞、八仙石，中路有書堂
坑。鐵橋西曰大石樓，其南有橋曰度仙。相去五里曰小石樓，有石門，徑路十里可至。上而巑岏至巔
三百丈，周迴二百里，下而斜矗至麓三千三百丈，周迴五百二十里。

羅山之陽有瑤石臺，高六百丈，廣七十丈。其上多奇石，其下有峰曰華山。其南曰香臺。又南曰
會真，多木無草，有五色雀。又南有谷焉，前望朱明洞，後臨蝦蟇峰，是曰青霞之谷。又南有丹竈，夜
有光見于東北龍虎峰，如霞而五色，其草多芝。其東北有桃源洞，其東南有會仙橋。其陰有玉鵝峰，
神女居之，下有三穴，出風雲而雨。東北曰大獅峰。又北九十里有連阜，接于增城，曰鵝嶺。又東兩

〔一〕「傅」，原作「傳」，今據萬曆本改。

峰間出，曰大旗，曰小旗。又東一峰曰致雲。又南一峰秀麗特起，曰仙女。又西南一峰如貝而文，曰賽寶。又東南曰雙髻峰，有仙壇、符竹，羅水出焉。釣魚臺東南爲碧溪，又西南流爲羅陽水，又東南有白鶴峰。又南有峰，平而圓，曰石鼓，扣之有聲，是謂神鉦。又南爲松徑口，其東爲龍尾岡。又東南四十里，龍江之水自龍穴出焉，西北與羅陽水合，南流注于海。自松徑口至于白水山，百里而近，羅浮之東麓也。

浮山之陽有蓬萊峰，其上多龍公竹。有鳥焉，毛彩如孔雀而五距，名曰碧鷄。其下有壇，列仙之所集也。其東南曰獅子峰，多萬年松。又南曰麻姑峰，女仙之所集也。有獸焉，麕身、狼尾、馬足而黄色，名曰麒麟，或降于麻姑臺。其西有觀源洞。又西雲峰巖之下有蝴蝶洞，其西水簾出焉，是謂水簾洞。其南有菖蒲澗，其西南有天漢橋。又西南有孤青峰，對石樓，南仙奕石鑑在焉。其南金沙洞中有花首臺。蓬萊峰之西曰錦繡峰，是多異花草。又西四峰疊出，曰鉢盂，曰玳瑁，曰抛毬，曰鷄鳴。其陰雲母峰之西北，曰鳳凰岡，神女居之。其山雲母之水出焉，西北注于增城之西青山而成淵，神龜潛焉，是曰龜淵。淵東石徑可以步躄而上。又西南曰飛來峰，其傍有梅花村。又西南五里有鹿角嶺。自中路之南平疇迤邐而西，曰藍田。又南曰賣酒田。又西南曰泊頭，其北爲小羅浮岡，其下有跳魚石。又西北有牛嶺，十里至增城。又西有奉宸橋，其南有七星松，仙靈之所息也。羅陽之水西流與增江合，其一南流與龍江合，三十里波羅之水入焉，又南流注于海。自泊頭至于白雲山，二百里而遥，羅浮之西麓也。

蓋廣東三面皆瀕海地也。《禹貢》三江，皆從會稽入于南海。會稽之南，五嶺復有三江，又從廣城南一百里合流入于南海，分東、西二道焉。東道八十里，出古斗村南，自此浩淼無際。又東南二百里，抵東莞南海衛。又南六十里，出虎頭門。又南一百五十里，抵南頭城，下海可抵甌越。自嶺東惠州府海豐縣南八十里，出甲子門，又東至潮州府城南一百五十里，出潮陽東北，可抵閩越。又東則抵青、濟，以至登、萊。島嶼環抱，爰有蜃樓鮫室，是爲東海，其別則渤澥，故東海又名渤海云。海運自金陵之龍江爲通路，東往海門，而南行可以至廣州古斗海。晉劉裕滅南燕，還建康，遣孫處襲盧循，至東衝，即此道也。西道七十里，出上弓灣，見西海壖。又西南二百里，抵新會縣。出城南八十里，爲崖門。又南七十里，廣海衛扼其要衝，官軍每征海寇，必集於此。又西峴岡至南寧，有夜郎。豚水出牂牁江，可通巴蜀。漢武帝發夜郎兵，會番禺，即此道也。

其西南由憑祥，海路可抵駱越。又自嶺西陽江縣西南抵電白縣，東一百里而往西南，出限門，則川流皆放于海。爰有海游、水犀、龍鯉，是多文魮、珠鱉。有海人焉，見之則風。有魚焉，腹有兩洞，皮可鐇刀劍，其名曰䱜。中有軒轅之丘，鸞自歌，鳳自舞，是爲天樂。其外有炎洲。洲上有獸焉，如狸而青，鐵椎擊之輒死，張口向風而活，其名曰風生，可以已疾。洲之下多鮫人，蜃氣或蒸爲海市。去海康縣東十里，對面即爲瓊海，郡邑則居島上，又南則通島夷藩服之國以千百數。自巴蜀而抵于寘之西，則水皆西流，注于西海，海一而已。自青、齊北至滄州，則爲北海，亦曰瀛海。其別至于極北，爲瀚海，南與渤海合。自碣石通朝鮮諸國，直抵扶桑，一望汪洋溟涬，三神山在焉。其西海則通西域樓蘭、姑師，邑有城郭。臨鹽澤，至條支，則臨大海。惟南海居東南委輸之極，爲萬水所宗，故出虎頭、甲子二門，則東、西二洋，隨舶所之。東可以至倭國，西可以通西蕃，故曰海爲百谷之王，以其下也翕受自北，而東西迤演，夾乎左右，故南海獨弘且遠，稱天池焉。

予嘗觀鄉先正所論而深繹之。天人之際，淵乎不可測已。及考堯時冬至，日在牽牛，推步自戌，故曰日短星昴。積三千有餘歲，日軌不及天步，漸還於箕，則奎壁昏中，鶉尾臨于星紀，故老人星位乎丙者，恒見海中。開元之世，踵羲叔之故智，測晷南交，亦已著明矣。證諸羲文之《易》，西北山之所起也。乾主乎月，自南而降，交坤中而成坎，陽止陰上者，自是動乎下而爲迅雷，則離火上通。東南澤之所瀦也。坤主乎水，自北而升，交乾中而成離，陰入陽下者，自是説乎上而爲廣澤，則坎水下壅。故天地立於氣而乘於水，渾儀象之。眡諸圖經，其猶嶺海與。水交於日，澤通於山，炎動流濕，潤説就燥，則寒氣至而霰雪降矣。

《爾雅》言：「岠齊州以南，戴日爲丹穴」，故羅浮夜半見日，有鳳凰谷焉，蓋先天之艮、後天之乾也。《蒙莊》亦言：「南溟者，天池也。鯤化鵬徙，摶扶摇而上者九萬里。」今近嶺不聞颶風，惟積于夏秋之間，乃起于海，若負大翼而致力然，蓋先天之兑、後天之巽也。夫鳥有鳳而魚有鯤，曷至於人而疑之？翕翼奮躍，迪哲炳靈者，紛綸莫數。一獻作相，寔應珍符，揚粵其誠鄒魯與！世或以溪峒伏寇相訾詬，嗟乎！萑符之盜，伊川之戎，中州且然，獨揚粵乎哉？

# 泰泉集卷第四十六

## 圖經下

### 廣西圖經有序

夫蒼梧之野，載在《虞史》《山海經》，號古書，而有桂林八樹久矣。兹土之通中國也，《九丘》堙坳莫徵，志輿地者乃自秦始，不已末虖？余嘗誦《詩》，至「帝省其山」，然後知九夷八蠻，治則通道，亂則閉關，天雖宰之，然喙夷刋木，蓋有人力焉。今乃彌望，猶林麓莽蒼，戎伏其間。嗟虖！拔柞棫以繁生齒，夫豈無建懷柔之長策者邪？《春秋》之義，内中國，外夷狄。夷狄而中國，則中國之何也？大一統以昭無外也。自谷永招降烏滸蠻，開置七縣，唐末羈縻益廣。迄今冠帶之國無慮數十，咸知挾《詩》《書》、戢干盾以齒中州，庠序猶有未建者焉，然向慕則駸駸矣。於是補《圖經》之缺，俾周知廣輪之數，險阨之要。圖以詔地事，志以詔觀事，古之制也。

廣西輿地，三代時蓋藩服，世稱古百粤。粤即越國。周顯王時，楚滅越，其族散處江南海上，各爲君長，有甌越、雒越之屬甚蕃，故曰百粤。以揚州南境，又曰揚越。秦始皇帝利粤之犀象、珠璣，乃使尉屠睢統五軍，監禄鑿渠，以通糧道。殺西甌君譯吁宋，越人皆入叢薄中，與禽獸處，莫肯爲秦。陰置桀駿以爲將，夜攻秦人，殺尉屠睢，秦乃發適戍以備之。後王翦滅楚，乘勝略定揚粤。

陸梁地爲桂林、象郡，荔浦以南隸焉。秦末爲南粤王趙佗所據，以蒼梧王其同姓，傳至趙光。時漢孝武帝平南越，光遂降漢，以其地爲蒼梧、鬱林、合浦郡，屬交趾部。其北爲零陵郡，屬荆州。吴仍漢制，分領於荆、交二州，其後析交州之蒼梧、鬱林以屬廣州，合浦屬交州如故。晉以始安、臨賀屬湘州，宋、齊因之，梁分湘、廣之交爲桂州。迄于陳、隋，州郡因革紛如，莫之勝紀。唐以其地隸嶺南道，後分爲嶺南西道，領州郡三十有三，又開拓諸蠻峒落，置羈縻州郡數十。五代時，入于南漢。宋平南漢，以屬廣南西路，領州二十、府二、軍五。元因之，改爲廣西道，領路十有五、府一、州四。明興，分其地爲府十有二、州九、長官司二，統曰廣西云。

夫廣西，荒裔也。其地脊而險，辟如石田，無所用之，且多山林溪洞。猺、獞諸蠻連絡而居，眂編氓蓋十之七。然東僯荆楚〔一〕，層山峻嶠，自九疑之南綿亘數百里，而桂嶺復崛焉，叢丘以環省城。繇蒼梧度灘瀧，凡三百六十，乃至桂林。蓋桂嶺之高，幾與衡嶽埒。北臨清湘，地益坦夷，山川益深秀可居。西北居牂牁、夜郎之上游，山石險屹，水復湍急，控扼洞落，接乎黔中。其南山皆濱江，以勾漏、都嶠爲勝。西南多荒山大澤，村峒布濩，與龍編近壤，犬牙相入。源于興安，環桂林，經平樂至于梧，是

〔一〕「僯」，疑爲「鄰」之訛。

爲灕江；源于廣源，經太平、南寧至潯州，與右江合，是爲左江；源于峨利，與大理大槃水通，經慶遠、柳州，出大藤峽，是爲右江。右江東流至于梧，與灕合，南入于海。故梧當五嶺三江之會，二廣於此襟喉焉。迹其形勝，大抵鎮以桂嶺，絡以三江。東北楚也，其氣清淑，故其民秀而文；西南貊也，其氣瘴癘，故其民悍而質。北益多寒，故霜雪降焉；南益多暑，故蒸濕生焉。地因其宜，天運其施，君子之政惟時也。

桂林府，本秦郡北疆，漢分屬零陵、蒼梧，東漢爲始安侯國。三國吴置始安郡，屬荆州。晉屬廣州。宋改爲始建國。齊復爲始安郡。梁兼置桂州於蒼梧，鬱林之境無定所。大同六年，始移於今治。隋初郡廢，大業初又廢州，復爲郡。唐武德中，復爲桂州。天寶初，又復爲始安郡。至德間，改郡曰建陵。乾元初，復爲桂州。光化間，陞静江軍節度。五代時，屬南漢。宋仍爲州，紹興間陞静江府。元改静江路。

本朝改桂林府，領州一、縣八。其山桂嶺，其水桂江，故附郭曰臨桂縣。北一百三十里而遥，曰興安縣，有海陽之山，其下湘、灕之水出焉。西北五十二里而近，曰靈川縣。南一百四十里曰陽朔縣，興平之水出焉，南流入于灕。西南一百里曰永福縣，有鳳窠之山，鳳嘗棲之，其上有池。西北八十里曰義寧縣，有靈鷲之山。其上有瀑泉，有義江，分流入于永福，又東流入于灕。西一百五十里曰古田縣。東北一百五十里曰全州，洮水出焉，領縣一。州南九十里曰灌陽縣，灌水出焉。灕水經臨桂者爲桂江，經靈州者本秦史禄所鑿，號靈渠，北流至于全州，合洮、灌二水，入零陵，是爲湘水。故桂林當楚越之交，被山帶江，控制蠻荒數千里，蓋西南一都會也。世謂桂嶺靡天，灘波經地，水環湘桂，山類蓬瀛，其山水誠奇環甲天下。靈川以北，陽朔以南，山峒多猺、獞，古田尤深阻，盤據日盛，寖至于永福。故獨桂城之民有寧宇，全次之，人文亦盛於他州。

柳州府，秦桂林郡地。漢屬鬱林郡。三國吳復屬桂林，後又析置爲馬平郡。梁大同中，兼置龍州，以龍見得名，治龍江南。隋開皇中，廢郡，徙州治江北，尋廢，以馬平縣置象州。大業初，州廢，以其地屬始安郡。唐置昆州，治馬平縣，尋改南昆州。貞觀八年，始改柳州，謂地當柳星云。天寶初，改龍城郡。乾元初，復爲柳州。光化後，爲楚馬氏所據。五代時，屬南漢。宋仍爲柳州。咸淳初，徙治柳城縣之龍江。元至元中，改置柳州路。

本朝改柳州府，領州二、縣十。附郭曰馬平縣。有駕鶴之山，泉匯于坎。其下柳江之水出焉，經潯、藤入于南海。東北一百三十里曰洛容縣，洛清之水出焉，東流入于柳江。西北一百九十里曰羅城縣。北七十里曰柳城縣。又北三百一十里曰懷遠縣，大融之水出焉，會于牂牁。其地日淪於猺、獞。西北二百五十里曰融縣，有真仙之巖。石洞玲瓏，流泉觸之，清如環珮，是爲靈壽之溪。其東北融水出焉，經柳城入于柳江。南七十里曰來賓縣。東南一百三十里曰象州，西有象山，其上多雲，領縣一。州南一百里曰武宣縣。南三百里曰賓州，領縣二。州西北一百里曰遷江縣，武郎之水出焉。西八十五里曰上林縣，郡内山水清曠，石峰多奇秀峭拔，仙靈遺迹往往而在，其民亦多聰潁。東北連昭、桂，西南接交、邕，控扼番落，封疆不啻千里。衆流逶迤，與牂牁會。邊于夜郎，爲駱越要害，足以鎮壓諸蠻云。

其地雖連桂林，然風氣乃與中州異。多暖少寒，有霜無雪，惟土薄地緜。故寒暑之氣不正，陽恒泄，陰恒盛。陽氣泄，故冬多暖；陰氣盛，故春多寒。氣既不正而相搏〔一〕，加以山林迴復，草茅障翳，於是瘴發而瘧作矣。猺獠日侵而莫誰何，豈非以旬宣罕至之故邪？

慶遠府，秦象郡地，漢爲交趾日南界，後淪于蠻。唐始置粵州，乾封中改曰宜州，治龍水縣。天寶初，改龍水郡。乾元初，復爲宜州。五代時，爲楚馬氏所有，後屬南漢。宋平嶺南，仍爲宜州，屬廣西路。宣和初，置慶遠軍節度。咸淳初，改慶遠府。元至元中，改置慶遠路。

本朝復改爲慶遠府，領州四、縣五、長官司二。附郭曰宜山縣。北有會仙之山，多靈草嘉木。又北九十里曰天河縣，龍江之水出焉，會洛蒙小江，東流與融水合，經潯、藤入于南海。西一百五十里曰思恩縣。西二百一十五里曰河池州。南一百一十里曰忻城縣，烏泥之水出焉。西三百四十二里而遥，曰南丹州，領縣一。州西北一百八十里曰荔波縣，帶溪之水出焉，東流入于龍江。西南四百二十里而遥，曰東蘭州，危峰疊境，列峙如戟。又西南二百四十里曰那地州。永定長官司、永順長官司皆在府城之西，大都土壤遐僻，江山險峻，雖有奇境，人迹罕至，猺獠巢穴，較柳爲多。近獞人侵奪編氓，腴田殆盡，雖勤戍守不衰止。西北控牂牁、昆明十五部地，最爲嶺南要害。然府治之境名賢聲光猶在，夷習日以寖變，自宋施于今，綽有文風焉。

〔一〕「搏」，原作「搏」，今據萬曆本改。

平樂府，秦桂林郡地。漢屬蒼梧郡。三國吴置平樂等縣，屬始安郡。宋屬始建國。齊屬始安郡。隋初廢郡，以縣屬桂州。大業初，州廢，縣仍屬始安。唐置樂州，治平樂縣。貞觀中，改昭州，以昭潭得名。天寶初，爲平樂郡。乾元初，爲昭州。五代時屬南漢。宋開寶中，仍爲昭州，屬廣南西路。元大德，改爲平樂府。

本朝因之，領州一、縣六。附郭曰平樂縣。山之奇者有目巖焉，誕江、平水出其東，樂水、茘水出其西，合流入于灕江。西北一百里而遥，曰恭城縣，有銀殿之山，白雲所興。有平川，有西水，有葛溪，分流而合，入于樂水。東北二百六十里曰富川縣，富江之水出焉。東二百八十里而遥，曰賀縣，有臨賀嶺，有臨水，有賀水。西一百三十里曰茘浦縣，有蒙山，其下蒙水出焉。西南一百里曰修仁縣，茘水經焉，西南流入于灕。又西南二百七十里曰永安州，激江之水出焉，東流與蒙水合，入于南海。

是郡也，居梧、桂之中，與清湘、九疑、鬱相摎焉。環以縈密諸山，匯以灕、樂二水，勝槩天出，蓋嶺表要領也。自梧而北，灕、瀧險惡，至是始平，故曰平樂。以江水近府始迤演，故曰府江。然猺、獞嘯險爲亂，去城不二里，輒嚆矢鏦矛，禦人而魚肉之。於是設關程期，以節民出入，間猶不免。於是沿江置寨，哨堡森如，乃稍有行旅。其氣候不齊，一日數變，自昔號瘴鄉。臨賀之境山水益清秀，其地近楚，寔五嶺之一。然溪峒益阻，弄兵者益繁。循茘水而西，益多瘴癘。至于永安，四阻大山，地尤荒陋，猺、獞淵藪也。大槩民苦剽敚無寧歲，故文物自府治外，罕有可觀者。

梧州府，秦桂林、象郡地，後爲南粤所據。漢武帝平南粤，置蒼梧郡廣信縣于今治。元封五年，置交趾部刺史，治此。建安中，始改交趾部爲交州。三國吴屬廣州，晉以後因之。梁屬成州。隋廢郡爲蒼梧縣，屬封州。唐屬静州，尋以縣置梧州。天寶初，改蒼梧郡。乾元初，復爲梧州。五代時屬南漢。宋仍爲梧州。元至元中，改置梧州路。

本朝改爲梧州府，領州一、縣九。附郭曰蒼梧縣。西六十里而近，曰藤縣，有鐔江、繡江，合流入于南海。又西二百四十里曰容縣，有大容山，有都嶠洞天。西南二百九十里曰岑溪縣，皇華之水出焉。東北一百五十里曰懷集縣，有四門巖、朝巖、燕巖最奇，懷溪之水出焉。合諸水，經四會，入于南海。西北三百三十五里曰鬱林州，領縣四，南流之水出焉。過羅望江，入定川江，南流入于海。州西南七十里曰博白縣，有大荒山，其上有池，雙角山，其下有江。東四十五里曰北流縣，有勾漏之山，寶洞石室，白沙玉田，風雲生焉。峰巒鬱律，又起爲會靈之臺，龍湫在焉。其北有緑藍水，南七十里曰陸川縣，有鳴石之山，崑崙之水出焉。北六十里曰興業縣，有鐵圍山。

蓋梧之東南爲古桂林，其民多文學，西南爲象郡，其民多輕悍。史稱其南極水陸之衝，地總百粵，山連五嶺，蓋二廣上游、八桂門户也。故於此建節鎮，則南援容、邕，西顧桂、柳，東應韶、廣，北可以坐制陽峒諸夷，而安南無宿憂。今華夏四嚮承化俗日以丕變，州縣得以端委而治，校諸有唐五管之設，不亦善乎？其氣候雖疆域遼邈，然不甚相懸，繇山勢迫蹙，往往重巒環鎖，如坐甑中。衆水繚繞，合流而東，得以宣泄其湮鬱，故春夏多雨，江常泛漲，六七月之交炎暑酷甚，積雨蒸鬱，瘴氣間作。窮冬乃有微霜，盤水或凝薄冰，俄頃即涣，而雪則罕見。寒暑每眡晴雨，冬可揮扇，而夏或襲裘。嶺表炎荒，大抵然也。乃若山水之勝，則北流爲最。勾漏之秀連及廉、潯，既擅靈奇於天下，而繡江之源是之自出，又合鐔江、皇華之水會三江，入于南海。因天然險隘，設關以扼海涯，蓋當甌駱地維盡處，復啓兹要津云。

潯州府，秦桂林郡地。漢置鬱林郡，治布山縣，其東屬蒼梧。吴以後因之。梁分鬱林於此，置桂平郡。隋廢桂平郡爲縣，屬鬱林郡。唐屬藭州。貞觀間，始置潯州，治桂平。天寶初，改潯江郡。乾元初，復爲潯州。宋省，尋復置。元至元中，改置潯州路。

本朝洪武元年，以貴、横二州及永淳縣來屬。三年，改路爲府，改貴州爲貴縣。九年，以横州、永淳縣割屬南寧府，領州一、縣三。附郭曰桂平縣。有白石之山，與勾漏洞通，巖巒秀絶，仙靈棲焉。黔水、鬱水合爲潯江，經藤、梧，入于南海。東一百三十里曰平南縣，有藭石之山，龔江之水出焉。東流會諸水，入于南海。西一百四十里曰貴縣，南山峭拔，秀色千里。有浮水、汎水合流，入于鬱江。有紫泉，其出不恒。西二十五里曰武靖州，大藤之水出焉，是爲峽江。流經武宣，湍鳴雷鬬，合諸水，入于南海。

夫潯，水國也。北黔南鬱，限以二江，大隍縈迴，中開沃野，封域廣袤，實有古三州之地，眂他郡蓋猶褊小。雖山林奇秀，映帶城郭連數百里，勢如游龍，然蠻溪獠峒近際其境，鴟𪀚叢焉。加以草木蔚薈，蒸嵐成瘴，無時無之。惟平南江山夷曠，瘴毒稍清。繇郡達于南寧，益少寒多暑，一日之間，氣候每殊，故行部者不恒至而恃險，遂相煽驅民之善，是在威德。

南寧府，秦桂林郡地。漢爲鬱林郡之領方縣地。晉分置晉興郡。隋平陳，廢郡爲縣，屬簡州，後改曰宣化縣，屬鬱林郡。唐初，於縣置南晉州。貞觀中，改爲邕州。天寶初，改明寧郡。乾元初，復爲邕州，後置建武軍節度。宋仍爲邕州，隸廣南西路。大觀初，改軍名永寧。元至元中，改置邕州路。泰定初，改爲南寧路。

本朝改路爲府，領州三、縣三。附郭曰宣化縣。有馬退之山，馳奔雲矗，亘數百里，諸山來朝，勢若星拱。崑崙之山因險設關，以扼蠻峒，邕水出焉。合八尺水、扈水，入于鬱江，是爲夜郎豚水。北八十里而近，曰武緣縣，有西江水、南流水，合靈犀水，入于鬱江。東三百一十里曰横州，有烏蠻灘，有横槎江，有月江。州西一百三十里曰永淳縣，東班之水出焉，合横槎，入于鬱江。西南三百里曰上思州，有十萬山，其下上思之水出焉。西二百五十里曰歸德州。

夫南寧，昔之邕管也。桂管嘗並稱大府，蓋度嶺而西，地理延袤，與蠻錯居者三十六峒，永平、横山二寨尤險要。永平通交、廣，達于海外；横通自和羅殿諸蠻，控連巴蜀。諺云：「雲南頭，楚分尾」，其民俗頗雜。故西南有金城之固，銅柱之封，以限華夷。上思雖近入職方，實爲唇齒。横距邕爲犬牙之地，內制廣源，外控交趾，寔欽、廉咽喉也。永淳三面臨江，背扼大麓，亦良邑。惟武緣西接太平、思恩，襟帶溪洞獠，或爲害焉。

太平府，漢交趾郡地，號麗江。晉以來夷獠居之。唐爲羈縻州，隸邕州都督府，其後或臣或叛。宋平嶺南，於左、右二江溪峒立五寨，其一曰太平。與古萬、遷隆、永平、横山四寨各隸州、縣、洞，屬邕州建武軍節度。元初仍爲五寨，後廢，置太平路於麗江，以控制左江溪峒州縣。

本朝洪武二年，改屬太平府，初治馱盧。未幾，復還麗江。領州十有五、縣四。左州、養利州在其東北，太平、安平、上下凍州在其西北，思城、茗盈、龍英三州及崇善縣在其北。北而稍東曰全茗州。又稍東曰萬承州。又東北曰陀陵縣，曰結安州，曰結倫州，曰都結州。又東北稍遠，曰鎮遠州，曰永康縣。其東曰思同州。又正東曰羅陽縣。

蓋太平爲郡，山圍水繞，壤連交趾。設治于兹，内以防察土官，外以控制交夷，乃左江之要衝，邊陲之藩屏也。疊障拱護者，以青連爲最。江水源于廣源，分流于憑祥，于龍州，會于崇善，經府治，是爲麗江。合右江，滙于合江鎮，歷潯、梧，東入于南海。自餘州縣，皆培塿蹄涔不足數者。其氣候多暄燠，服氣調節，乃免瘴毒。其民多土夷，沐浴聖仁日久，漸趨於文。

思恩軍民府，漢屬交趾郡。唐置思恩州，隸邕州管。宋隸邕州遷隆鎮。元屬田州路。明興，因之。初爲州，居民僅百户，後漸增以夷獞。正統五年，陞編户二十里，尋改爲軍民府。正德七年，增鳳化縣。嘉靖八年，縣革，舊治在寨城山。弘治中，乃徙治橋利，就巖險壘石爲城而居，四面皆斬山絶壁，府署據礌确，觸處皆芒利砱砑之石，如在矛戟中。瘴霧昏塞，薄午始開，中土來居者輒生疾疫。嘉靖壬午，又徙于荒田，去橋利六十里。其地四野寬曠，皆膏腴田，而後山起伏蜿蜒，敷爲平原環抱，涵蓄雨水，夾繞後山而出，合流入武緣江，達于南寧。山之四圍者重疊盤旋，皆軒豁秀麗，乃割武緣、止戈二里氓庶以益之。江水既通，商賈集焉，於是益近内地，夷獞遠矣。

思明府，漢屬交趾郡。唐置思明州，隸邕州都督府。宋隸邕州永平寨。元至元二十四年，改置思明路。洪武元年，改爲思明府，屬州六。東南曰忠州，西南曰西平州。西北曰思明州。西曰上石西州，曰下石西州。府本峒落，其形勝石山卓立，江水迴繞而已。江水源于上思，入于龍州，是爲明江。其民皆蓬頭跣足，有膂力，喜戰，頗畏官法，無醫藥。假貸則刻竹比指，信若契書。伏波所立銅柱在府界，故南最近交趾，禄州、西平州皆没入焉。今所統惟四州。

鎮安府，漢屬交趾郡，於感馱巖側鎮安洞建右江鎮安軍民府宣撫司。元改鎮安路。洪武二年，以舊治僻遠，移建廢湅州，改鎮安府，設經歷司、胡閏寨巡檢司，編户二里。高山峻嶺，環帶左右。城北有聯峰，曰㟁筆山。其東有峭峰，曰雲山。又有雷高嶺，其上石若人立。西五十里曰敢山，泉水出焉，而感馱巖在其西，相去四百五十里。江曰馱命，曰歸順，在其西南；泉曰㖤來，曰㖤桑，在其西北。南有黑洞水。其民性資梗執，情義乖疏，婚聘則用牛酒，自餘亡大詫異者。

田州，漢屬交趾郡。唐隸邕州都督府。宋置田州，屬邕州横山寨。元置田州路軍民總管府。洪武初，改田州府，省來安府入焉。嘉靖七年，改名田寧府。領州二，曰恩城，曰果化；縣一，曰上林。八年，革田寧府，降爲田州，惟領縣而已。

州治山平地曠如田然，故以田名縣。東南密邇交趾，西南與鎮安相唇齒。村落星布，亡慮數千所。置州縣，亦皆村落稍巨者。其民禮義粗疏，男裹青布，女戴竹笠，耕織與中州頗近，然兵械常在衣衽中，故所製篏銀刀劍獨精銛。弘治、嘉靖間，嘗去土官，旋復之。蓋夷獠之俗，治以中國法令，必盱而震，矧天性眂死如歸，血人于刃甘焉，人號之曰狼兵。夫以羊將狼，能必其弗害乎？故復之爲便。或懼其狹然修途，廣陸無所憑險，故問罪必克。名山有横山，宋人市馬之迹猶存。其大川則石江也，水自唏瀾泉外，無太甘洌者。恩城有暖巖山，果化無山，二州今改屬南寧云。田州之東一十五里曰奉議州，北一百八十里曰泗城州，領程縣。二百五十里曰利州，其西上林界。五十里曰向武州，領富勞縣。州南五里曰都康州，皆宋横山寨所隸也。思明府北一百里曰江州，領羅白縣。又北四十里曰龍州。府之西七十里曰思陵州，皆近安南。成化間，陞憑祥縣爲州。弘治五年，又陞鎮安府歸順峒爲州。兹十州俱隸廣西布政司。

自思明府逮歸順州，皆土官也。大抵土官皆羈縻。夷酋大者爲郡，小者爲縣，又小者爲州，唐宋以來皆世襲，多儂、黄、岑、趙，而莫、蒙、韋、周次之。地險人夷，變故叵測。争地則讎其鄰，故界限不可無别；争官則讎其族，故苗裔不可無統。其所以圖報於國家者，惟貢賦戎兵，故額設不可無紀。土官絶嗣及叛逆誅滅，始銓流官代之。

府一：曰思恩；州四：曰上思，曰上石西，曰左，曰養利；縣二：曰崇善，曰永康是也。其土官州縣隸府者，南寧、潯州、慶遠皆有之，惟太平爲多。漸有嚮文者，惟是猺、獞、獠、蠻四種。猺則椎髻跣足，生深山重谿中，種禾、豆、山芋，雜以爲糧。俗喜讎殺，履險若飛。兒始能行，則烙其跟蹠，使頑木不仁，故茨棘莫能傷焉。獞有生熟二種：性略馴者編入版籍，謂之熟獞；而其生者則兇狠梗化，不可制服。獠則以射生爲活，依山林而居，俗呼山獠。舊傳其類有飛頭鑿齒、花面赤褌之屬，無酋長版籍，一村中推有勇力者稱爲郎火，蓋其侏儺語也。蠻以藥箭射生爲活，取鳥獸盡，即他徙。多甯姓，其居邕南稍有稱名者。

四種雖殊，其類一也。今種類日繁，而各郡皆有之，惟左、右兩江居多。人物獷悍，風俗荒怪，且有蠱毒之害，大率略同，不可以中國教法繩治。其氣候寒多熱少，瘴癘時化，蓋居多依山故爾。然被聖明風化，漸有頎秀入庠序、登科甲者焉。予督學時，度府江三百里皆黄茅白葦，其高如山，風動成濤聲。沿江嶺路舊設石堡，及至平樂，行教規，作勸化文。令知府龍大有招致之，其至者三十餘人，貌頗白皙〔一〕，拜揖循禮。有能誦《四書》者送入社學，獎以華綵，皆稽首訢躍而去，其父兄誇以爲盛事。沿村鳴鼓樂，其族類皆來慶之，燕飲閱歲而後已。時土官如思明知府，亦以建學爲請，蠻貊之易感如此。予謂人性皆善，天下無不可化之人，用夏變夷，在我無不可行之道，因附見其槩焉。

〔一〕「皙」，原作「晳」，逕改。

# 泰泉集卷第四十七

## 碑

### 重建丞相汪公祠碑

天命哲后，造邦必有良臣。夾輔用樹峻，垂鴻于無極，蓋其道在三而已。一曰典學，二曰尚賢，三曰燭奸。當夫狄德腥聞，群雄波沸，我聖祖奮劍汛掃，底于鬻蒸。惟時高郵汪公廣洋游寓太平，旅群儒入見，悃誠孚合，留贊大猷，洊擢都諫，至右司郎中。雖戎馬倥偬，而日資啓沃。嘗勸講賓之初筵，演繹明切，宸忠興感，儆于有位，罔不激昂黽勉，以弘聖休，斯謂典學。運籌密勿，石畫既多；歷知軍州，益閑戎務；三參大省，入爲中書左丞。雖劉誠意之勳，竟莫能間。論功封忠勤伯，誥詞擬之子房、諸葛，斯謂尚賢。右丞楊憲娼嫉作威，嗾侍御史劉炳劾公，遷之海南。公初不自明也，上覺憲讒，亟召公還而誅憲，斯謂燭奸。奸不燭不可以尚賢，賢不尚不足以成學，任相之道，不當爾耶！

洪武六年春，公自右丞相出爲吾廣行中書省參政，旬宣撫綏，一如江右山陝。時公署摧敝，撤而新之，甫四閱月而落，民不病役。凡我輿人，匪直霑澤，緊帡幪是賴，故頌公盛美，至今不衰。居廣一年，召爲左御史大夫，後復拜右丞相、知軍國事。時同官胡惟庸不法，酖殺劉誠意，事亦敗露，煩言及公。比切責勑下，而公没于道矣。吏民思公，祠諸公署之左，歲時報焉。

於乎！張良近太公之材略，諸葛近伊尹之出處，先正有是言也。夫成湯學而後臣，武王受戒丹書，敬躋義持，同歸于治。元季風愆極矣，公一諷誦而上下合德，王業寖昌，雖謂近于伊、吕，其誰曰不然？矧國史稱公少從余闕學，通《詩》《書》，則其授受非無源也。其曰「爲人寬和自守，與奸同處而不能去」，豈偕惟庸與偕憲之時固爾殊乎？不以偕憲者偕惟庸，則寵利章矣。抑隨武子謀其身，不遺其友，亦公之志乎。乾以柄剛爲德，坤以含章從事，公殆安貞者也。則夫尸而祝之，可無怍也已。然合祀土神，歲久傾圮。

嘉靖辛亥，方伯張公鏊、劉公采與參伯項公喬、徐公禎、周公鯤、趙公承謙、尹公祖懋建議，謂功不可泯，祭不可瀆，宜創新祠于公署右。聞諸撫臺崦山周公、巡臺友山蕭公，皆報可。於是始專祠公，事神之敬，報施之仁，兩盡之矣。以予嘗守太史，俾載筆。予辭不獲，乃發其幽光，以昭于來許。

## 歐陽公平安南逆黨碑

聖皇二十七祀，歐陽公涖百粤而龢其民，既乃戢兵，遠邇咸有寧宇。甫踰期，克有戎勳。先是，安南内亂，其族目莫正中帥衆來奔。居無何，逆黨范子儀謀挾之以争立，煽誘其海東諸蠻，蝟合豕突，擾我欽州，僇官掠地，奪貨圍城，恣厥矯虔，邊鄙其聳。公至，聞變亟圖之，乃與總戎平江伯陳公議曰：「制勝之道，務在萬全。欽接蠻壤，無山海限隔。我兵潛度，當犁其巢。彼以舟爲長技，不先破之，而罙入其阻，則主客之勢既弗相當，水陸之行又弗相及，其何以全取勝？未戰而算，惟形是度，虜在吾目中矣。」

於是密速海道副使黄君光昇，躬募東莞、新會戈船百有六十艘，器械、餱糧胥飾以備，已於事而竣。乃選習水戰之將，以都指揮俞大猷董之，擐集甲士，務飽而嬉，已於事而竣。乃行，參政沈君應龍、分守參議方君民悦暨廉守胡鰲相與襄之，密機事，戒輕進，嚴烽候，盛間諜，比次其艘，授以成算，已於事而竣。乃僉謀以大艘泊衝頭嶺之滸，以伺其來。賊果至龍門港、跳梁諸村，如公所度云。乃僉謀都帥移戈船泊鳳凰江，以扼其必出之衝，遇賊兵逆戰，大敗之，俘斬奔潰，隻舟莫返。

公聞捷，又度其勢必危涣而易流患也，即申命都帥督水陸兵徑擣其春蘭之穴，以殲渠魁。將士賈勇先登，獲其醜幾三百人，斬馘千級，其餘俘獲不可數計。稽諸前政，成功之奇速，未有若是之烈也。

夫用兵之法，一曰形，二曰氣，三曰威，四曰奇。湟灕之師，以形勝也；浪泊之戰，以氣摧也；南中之擒，以威讋也；山越之擣，以奇破也。伏波、諸葛之神略，公實兼之，故能度其形而措勝，養其士而氣鋭，奪其港而申威，覆其穴而出奇。華戎清謐，喜氣磅礴，於是胡守銘之堅石，俾予序而頌曰：

「雷爲戈兮日爲蓋，肅旂旐兮耀炎海。操參伐兮靖氛靄，窫窳誅兮光帝載，震萬世兮道無外。」

## 韶州周中丞去思碑

惟粵人文肇曲江，暨南海，昌大炳耀，庸甲于有邦。揆厥所繇，則天經通地軌，政洽化暢，以迄于成。惟良牧之功，皇帝即阼，萬方丕平，恒軫愍元元，無遠弗及。嘉靖初元，廷尉成山周公作牧韶州，夙夜賡乃德心，式克光承休命。乃慎張弛〔一〕，節用費，振弊淹，敦勸相，合六邑而康乂之。韶人相與戒告曰：「爾尚迪公猷哉！爾乃自孽作戾，爾則匪人。爾乃掇災于天，罔粟食。爾乃尚克由正，各自觀省，用是庶獄日鮮，盜賊姦宄日屏。」

逖茲土三載，將獻嘉績如京師，乃有里民蕭九宸、黎仕欽、周潔率若而人，里耆鍾源、吴宗仁率若而人，各籲于巡院曰：「我公牧我韶，實大有造于我。彰善癉惡，樹我風聲；威我懷我，甫底于成；行遽釋我，實我困哉！」鄉大夫士鄧元率若而人，賢良侯鐸、鄧覲率若而人，庠士謝鰲率若而人，又各籲曰：「我公牧我韶，實大有造于我。敦《詩》執禮，譽髦我士；惠我懋我，甫底于成；行遽釋我，寔我困哉！」戎卒餘子梁全、蘇璲率若而人，省祭胥史黃珠率若而人，各籲曰：「自我公牧我韶，兵寢其羽，民狎于野，寔大有造于我。行遽釋我，寔我困哉！」

巡院允其請，俾仍舊聽韶之政，韶人得久于煦澤化益。用新冢宰，以公績最聞，有詔陟公于臬于

〔一〕「慎」，原作「鎮」，今據萬曆本改。

藩，以至中丞，遂卿大理。韶人思公，若赤子之慕慈母，雖逾一紀，罔忍釋恒，願樹碑以表去思。或曰：「公將陳我臬，旬宣我藩，必光臨我。」又曰：「公將總戎務以撫百粤，必光臨我。」已乃相報告曰：「公位列九卿，常在天子左右，曷云能來？盍相與樹諸，以無忘公休？」

會今牧鹿溪鄭侯來纂公政，烝其里民暨耆壽俊，令之曰：「嗟爾民，養民惟政，發政惟仁。吾惟節爾財，制爾度，去爾戕害。凡爾所好，吾其爾張；凡爾所惡，吾其爾弛。惟率由成山公之舊，爾其慎守之。」烝其戎兵暨其餘子，令之曰：「嗟爾師旅，民非兵，罔衛；兵非民，罔攸食其穀〔一〕。爾甲冑謹爾扃鑰，以爲我扞衛。衣糧時給，吾不爾稽。惟率由成山公之舊，爾其慎守之。」烝其髦士暨大夫君子，告曰：「昔成山公牧韶，韶治實惟毁淫祠以建社學，創書院以表名臣，用風厲不類不若之徒。鬯芳旁布，晻然而化，德以教興，善由道啓，吾其師之，敢不夙夜尚圖厥終哉？」於是韶郡大治，如成山公時。歲甲午秋七月，鄉士朱潤、義民方師顔、里耆黄貴鑾等數百人，咸造庭下，跽而請曰：「潤等沐浴成山公之德澤寔深，瞻仰履綦之光邈不可挹，如天之愛，其何以能忘？樹碑以表去思，用攄我衆，誠惟彝典哉！」鄭侯允其請，俾佐載筆。

於戲！德薄者其化弗光，政龐者其澤弗遠。光化則感而靡渝，可以觀德已；澤遠則思而彌篤，可以觀政已。在漢良牧，時則有若周君光，疏鑿樂昌之瀧，自瀑亭至于曲江，入于海，民猶頌其功。鎮海

〔一〕「穀」，原作「穀」，今據萬曆本、北大本改。

裔，壽享不訾，碑而銘之，韶粵之人文迄今有聞。矧公嘉績萬于前人，其繫風教甚大，是宜有傳以宣播無極。乃歌曰：「峨峨成山，殿此南州。下我膏澤，如水之流。相我稼穡，勸我蠶績。於萬斯年，公之德無斁。」

載賡歌曰：「成山奕奕，殿此韶石。惠我人斯，如雨之澤。遏彼寇虐，息此斧斨。於萬斯年，公之壽無疆。」

又載賡歌曰：「成山峻兮，殿韶郡兮。俎豆萃萃，胥教訓兮。明德乃宣，格于天兮。輔我皇辟，於萬斯年兮。」

## 梧州秋調營碑

皇明聲教昭冒函夏之外。颸壖屭區，俎豆莘莘，介胄之士有不挾册綈章者，塗人睍且笑之。以故武服弗共而文寢以僿，圖回化理之臣，夙夜所以深省憂也。

夫蒼梧，兩粵之襟要，而節鎮之地也。左羅瀧，右府江，陽峒在其北，容邕環其南，伏莽之戎叢焉。提兵四向以控扼之，故民萌廬旅者什三，戍卒持闟戟而萃者什七，嬉恬選耎，亡以支隱虞。及有警而動牙璋，徵土兵經旬時而往，則已遷徙鳥舉，亡所於獲。雖或京觀其鯨鯢，亦炫飾而已，甚非安民靖寇之良算也。

先是，韓襄毅公立秋調法，雖歲有糜費，動必成功。嘉靖戊戌，今提督蔡公始復行之。官目士兵周復以期，立營造舟，以居以哨。藩臬閫帥僉議曰：「宜乃謀及總戎，亦皆孚協。」於是穆卜潘田之麓，惟吉，簡工鳩徒，爲廳三間，寢三間，俾官目居之。教場之後爲中營，容八百人；其東爲左營，容四百人；西爲右營，又容八百人。爲營房千五百間，俾上班士兵居之。前爲坊牌桅臺，昭曠雄偉。哨船百艘，則分二等：淺者四十，官使在其中者二，以行府江；大者六十，官使在其中者三，以行左、右江，至于肇、廣。有警以備巡課，無事則官目與兵分居之。

始自今年，集士兵，期以九月，悉詣軍府訓練，以控思、柳諸峒暨橫山、淥水者二千人，分命駐平樂以控府江，遥制荔浦、陽朔者一千人，申命駐岑、藤之交以控六十三山諸峒者又一千人，皆用鎮安兵。己亥則思恩兵，庚子則田州兵，辛丑則泗城兵，壬寅則歸順、都康兵，癸卯則向武、奉議暨湖潤、上林兵。其數皆四千，調集分戍，皆如鎮安。輪班休息，六年而復。居營率以十間，官目先而兵次之。懸牌于門，書姓名而時稽之。給其餱糧，節其出入，謹其貿易，遠其樵蘇。藝精功多，則有犒賞旌耀；違令犯科者，輕則罰，重則誅。仁義並用，固經武之長道也。

嗟乎！運指而不至於肘，則瘫瘓之患成；用兵而不能神速如志，則門庭之寇生。今則運動隨吾呼吸，深居堅壁，肅若無人，詗知出没，則飆馳赴之。出其所不趨，趨其所不意，民未被菑而寇已殲，兵法所謂先勝而後求戰者也。或曰善騎射，精器械，耐罷勞，亡若土兵者，謡俗以爲狼。故師行，十當賊百，引以自近，宜慮其後，愚曰不然。粤貊可以三尺法治，與戎狄至相懸也。成周王會，蒼梧翡翠在焉，蓋馴服自三王之世，已爲販章之宇矣。食其土之毛者，使捍其土之患。葛藟猶庇其本根，而況含靈者乎？公之踐是猷也，周毖弘遠，光邁前人。居處有所，則不露師；尊卑有禮，則不偪上。更番休息，則兵不宿；勞逸適均，則怨不作。部領統一，則勢不相權；賞罰必信，則士用命。嚴禁擾掠，不斬即刵，則號令肅；諜察不遺，批亢擣虚，則威靈振。弛張損益，如淵不測；讋以德威，洽以和澤。畫一之令，約而易遵；愛戴之心，驩而忘死。賈勇折衝，何冠不摧？此萬世利也。福我百粤，績不已偉乎？功築告成，輿人誦曰：

公來督軍，新營闇闇，戈甲如雲，囂敓不我聞，公德孔殷，億載萬年，闡天子之文；公來循拊，新營百堵，將士如虎，式遏寇虜，公德孔膴，億載萬年，振天子之武；遡彼三江，汎汎其艭，寇莫我敢訌，既喙且降，公德孔厖，億載萬年，殿天子之邦。

既乃郡守朱君鴻漸以告太史，伐石爲紀，史佐載筆，書厥終始。

## 重修宋太傅張公祠碑

蓋聞君臣大義，無所逃于天地之間。凡爲臣死節者，忠魂義氣充塞天地，無所不至，不可以方所求者也。舜之事堯，迄于受終，盡厥道矣。孟子謂卒於明條，與史遷不合。然鳴條近今莒之日照，有蒼梧山焉。曏余遊九疑〔一〕，則有舜祠云，豈非南巡陟方，涉歷匪一，神之昭著，固所謂不可以方所求者與！

宋太傅、樞密副使、越國張公，諱世傑，范陽人。始事帝㬎，後從端宗、帝昺，其忠義大節昭于天地，真與日月相焜燿矣。《宋史》謂公死平章山下，《元史》謂公死海陵港口，而《一統志》載公墓在陽江，蓋山、港皆在鉅海故也。弘治己未，白沙陳公獻章貽書陽江令柯君昌，始建祠于縣城西門隅，而香山潮居里赤坎村有公墓焉。相傳公死時，諸將自海陵函骨葬于此，然則祀在陽江，墓在潮居，殆猶九疑之視鳴條乎。焄蒿悽愴，在在興感，萬世並垂宇宙，當與舜同也。

嗚呼！南渡之初，志於復讎滅寇者，岳公飛也。中原父老日夕引冀岳家軍，而丞相秦檜主和，竟譖殺之，宋室遂以不競。時則如日之既食，闇闇然光輪猶在也。及其末造，元酋張弘範將大軍迫臨安，朝臣請遷都以避，而背城借一、志以滅虜者，公與文樞密天祥也。虜屯臯亭，民亦引冀官軍，而丞相陳宜中主和，詔不許戰。至是公乃提兵入定海以伺二王，而宜中遁去，時則如日之暵暵然入于地中，惟成長夜焉爾。向使公遂其志，則播遷必不至於閩廣，弘範必不得肆於厓山，而德祐其少康矣乎。《春秋傳》曰：「政不可不慎也。務三而已：一曰擇人，二曰因民，三曰從時。」用匪人而不擇，咈民望而不因，時可爲而不從，宜其亡矣。

〔一〕「九疑」，萬曆本、北大本作「九嶷」。

余嘗讀《宋》《元》二史，而深悲公之心事有當表白者，世固未之考也。元人修《宋史》，謂公少從張柔戍杞，有罪遂奔宋。及我朝修《元史》，始作《張柔傳》。謂柔本定興豪俠，金貞祐間河北盜起，柔聚族黨，結隊伍，驍勇之士多慕義從之。金主用爲元帥，以衆降元，累封至蔡國公，則柔固叛逆之臣也。意公戍杞之時，必勸柔去夷歸夏，毋爲元兵所敗，拳拳乃心宋室。柔實讎之，夫何罪焉？且弘範者，柔之子也。虜知其與公世讎，於是任使弘範，竟成厓山之功。嗚呼！宋亡元興，天耶人耶？抑公忠義當昭于天地之間，真宰固司之耶？

始公總都督府兵，遣將四出，取浙西諸郡，復平江諸城，如拾芥然。使顓用之，猶可爲也。比卞彪説降，斷舌磔之，雖忠義憤發，則大事去矣，而况瓣香祝天之時耶？生而始終一心，没而昭明在上，公之神靈固無彼此之間也。我國家建皇極，敍彝倫，弘在三之規，垂不二之訓，以昭於世，公其可弗祀耶？

祠既歲久傾頹，莽對江流，進謁殊愴。今西粤鄧君壽鼎來知縣事，以表揚忠義，政之大端，捐俸修之。正廳仍舊，加之采飾，兩廊、前門則撤而新之。巷口樹小坊，扁曰宋太傅張公祠，以聳瞻趨，可謂知所先務矣。昔柯令經營將落，徵記於白沙先生。先生時已在病，諾而未成，昌亦去任，故祠卒苟簡。鄧君既巖而壯之，乃具書幣，俾陳掌教觀鳳來徵記，以補江門之闕。予固不辭，而暴公心於千載之下，俾鏤幽石，以志丕烈。銘曰：

元精汩潏，炎宋九隉。惟公逢厓，忠義之特。天步方艱，提兵衛國。叛相沮公，虜不可攖。焦山之戰，死者萬人。得人死力，見公貞純。厓山之陣，氣薄蒼旻。戴寶弗言，公志可伸。公志弗伸，悲哉慘黷。籠鵰猶奮，天地翻覆。腥羶浩祲，山崩鬼哭。風颶舟摧，星從日浴。浩然正氣，苞羅九垓。炳炳烈烈，爲霆爲雷。魄湛海流，百折不迴。瞻此新祠，天彝永開。

## 從化縣尹吕侯去思碑

嘉靖癸丑冬十有一月，從化縣尹灌陽吕侯天恩六載考最，適報朝命判肇慶府，陟賢明也。縣之耆民劉治成、黎民璁率厥士庶，攀援行轍，不可得留，則立碑以表去思焉。刻其輿誦曰：「惟我君侯，勤宣令德。澤我黔黎，于今七年。室無私饋，門無私謁。朝夕廩費，惟俸是資。笞勞弗囂，政平訟理。承上洽下，温温其恭。惟遇作威，則憺然不屈。」

乃者臺察下令庾庫使訐其短，考訊至于垂絶復甦，篤稱仁廉，而無貳辭。君侯喜愠不形於色，承風指者反加禮重。尋遇分藩盗名搢紳，巽諛畏甚，建事多盭。獨君侯庭折之，右左皆聳，力辯益張，彼乃内慚自殞，而縣政賴以無擾。自非剛大之氣，曷克臻兹？

于時新、恩、莞、順至于南海，島戎蝟發，遵清遠而北，山越繹騷。凡厥有司，袨服搴旗，日夜犇走，莫或免民于罹。而我旄倪市舞郊嬉，砥路引恬，不復知有桴警。自非匡濟之才，曷克臻兹？

羊石降祥，歲無大荒，衣冠致寇，頃乃鮮稔。尩羸嗷嗷，萃于會城，賑之無策，幾郅大變。而我畎畝荐歌有年，琴瑟擊鼓，報蜡爲樂，宇寧户泰，爲闔郡稱首。自非嘉惠之仁，曷克臻兹？猗嘻鑠哉！介石持操，終始弗渝。中誠宣效，遠至邇安。倅車西遷，僅同常格。不爲鑽刺，惟知利我士民。用垂頌聲，昭布良顯。猗嘻鑠哉！

## 惠州府通判吴君去思碑

凡吏吾粤而隳志節于石門之泉者，固無庸齒。其或承部使旴往征徼衔政聲，輒潛剽利以濟其私。否則勉强奉公，一旦聞陟，攫取稇載，如渴蛟饑虎者有之。乃若遇事將行者，惟引望助費。既得，猶欿然不足，蓋其常也。徐考其政迹，皆無士民譽，其素履可槩見已。惠陽薦紳大夫暨師生偕來具狀，再拜稽首，請文刻于貞珉，以昭郡倅吴君去思。吾方病，謝未能也。俄而諸生來扣吾學者，跪而懇吾曰：「世之自立者鮮厥終矣，兹固皭如確如，視始弗渝者邪。夫子弗可以弗紀。」吾乃書之曰：

君名晉，字三接，豐城人也。倅惠五載，攝郡署邑者屢矣。絶苞苴，清壅牘吏弊，拔根芟去。而督礦榷鹽，脂韋澒涊者易沾利垢，獨君纖毫無所涅焉。其崇文教，則建先師廟于博羅邑學，且造籩豆、簠簋諸器，秩祭焕然一新，皆捐己俸，民以不擾。復創置贍乏田于首善兩庫，以廣多士婚葬燈油之惠。至于敬老恤貧，旌賢表節，鑿濠建橋，又其餘事也。城罹回禄，叩輒返風；民憂旱魃，禱斯致雨。誠且格神，而矧人之難治者乎？

郡治密邇軍衛，前此屬兵督屯，如匪其人，則專事敲扑，以延歲月，其逋負千萬，至有皓首羈縻莫能輸納者。君承當道督徵之命，推度利便，簡易通融，量其遠近，本折隨宜，向之逋負者十完八九，而輸納者殆不逾日。上既不失國用軍需，下復不朘兵民膏血，僉稱其貞焉。嘗引年求去，及上命致仕，喜見顔色。瀕行，八邑賮贈水手，一無所取，始終清潔，絶利一源，世蓋鮮其倫矣。回視吾向所云者，其賢不肖何如也！時則民有八頌，童有十謡，軍士皆攀轅遮道，復立有曳韡亭石云。然輿情猶謂必得吾言，傳信來祀。猗乎！吾言奚足徵哉？亦惟徵諸往事焉耳。

憶歲丁未涖詹事府，時君自録事擢主簿。當國總宮冡者，則夏少師也。夏以嬖妾育于蘇綱者，册爲夫人，援引聯衿督府銑者開河套，釁于邊圉。綱視二婿爲囊槖，而艾侍御朴則廵視太倉，出入其門，通利孔焉。吾嘗詣夏，夏出所製《漁家傲》，掀髯得意，謂河套指日可復。邀吾和之，吾句有「千金不數陳平計」，蓋諷其貪也。夏大詬怒，將煩君往解，吏皂皆言君雖同鄉，與夏不相往來。是時吾已知君之異於人人矣。比夏計嗾吾去，去之三日，而朴與綱坐黄正大事，納倉通賄下獄，皆謫戍窮荒。居無何，銑與夏又皆坐邊釁姦黨，前後棄市，而同鄉依附有卒於震駴者。君以滿考，得擢上林苑監左丞。

庚戌秋，虜大舉内侵，營于良牧署，肆其荼僇。於是屬官遇害，民廬被爇，庶甿妻子以及牛馬騾驢、財帛、芻糧，悉掠以去。君即疏請蠲免徵輸，甸民賴君以甦。自是四署之地，荐遭水旱，輒爲奏聞停減，而禁革奸弊，省刑罰，均賦役，興社學，立義塚，撫流移，節冗費，疏不一上，仁政大敷，而惠郡施舍弛張，即其推也。猗乎！天下國家之大計，敗於貪而成於廉，曾謂柄臣所見，乃不君逮邪？《詩》曰

「貪人敗類」，語曰「利令智惛」，此四海所逌以困窮也。

吾聞豐城東鄉有柏林焉，君祖封君居之，篤生御史中丞公，詒謀濟美。夫柏有貞心勁質，特立高朗，出坌薉、貫歲寒而不改柯易葉，故君子儀之，較諸草木之彫於霜雪、殘於兵刃者，其霄壤也。夫吾既書君志節之大，而又爲之歌，以畀惠士民，恒誦以懷焉，而併刻之。其辭曰：

惠之山兮羅浮嵾嶐，惠之江兮東西雙龍。山吾節兮江吾澤，澤及士民兮節乎我德。德澤洽兮勒此輿言，與江長永兮山與長存。

## 高州太守周公生祠碑

古者聖帝明王政事要道，惟曰知人安民而已。牧守承流宣化，獻績于朝，亦惟考斯二者，以陟明黜幽。自漢以迄于今，知人則興學校，安民則修城池，固古之道也。學校興則吉士匹休于周邦，城池固則有俶媲美于申伯。大雅且可以復作，而流芳百世，況於俎豆其地乎哉？循吏莫盛於漢，如文翁、郭伋諸君子，固非後世所及，無庸論已。顧予獨有取于宋范文正公仲淹，與其子忠宣公純仁，深足以爲今之師法焉。

當道學之未興也，仁宗表章《中庸》，以賜多士，仲淹首勸横渠誦之，由是嚮道之士輩出。嘗自誦曰：「士當先天下之憂而憂，後天下之樂而樂。」被其知遇者，學古入官，皆名士也。及出將禦趙元昊，首城靈夏，訓練烝徒，邊圉以安，由是軍中有西賊破膽之謡焉。其能承流宣化，未之前聞也。忠宣以任子恩累官宰輔，克光于前人。於戲！世濟其美，厥亦鮮哉。

吾友毘陵周襄敏公，學術端而詞翰著，撝謙未嘗自彰。及在邊防，首以邊關爲重。其子今高州太守白溪公，亦以任子恩自京秩出牧，學術詞翰，其視襄敏真克肖者。方今聖天子懋圖知人安民之政治，寔克承而宣之。高爲吾廣僻郡，俗雜峒猺，時有流賊，民不奠居，由是絃誦之士雖莘莘相聞，而科第頗罕於昔。公至，即布令以勸農桑，諭俗以惇倫理，開拱極書院，選俊髦數十人而館穀之，朝夕躬爲講解，務精理學，士皆驩欣，遠者畢至。日程其課，月試其藝，一如三場之制而賞罰之。於是懦者思鋭，慵者益勤，文教大興而士風振矣。然夙興夜寐，剖决如流，公獄清而群廢舉，百爾儲贖，皆登諸籍。稽其出入，聞于監司，絶無所私。一時政猷勵精，節操堅白，監司而下，莫不以公爲稱首。

其始見城池也，功築卑窪，漸就剥墊，且覆以陰屋，翳漏難居。寇至莫能駐立，又焉能禦防乎？乃捐俸節費，得金百餘而改之。卑者增高，窪者增浚，蒸土練糯，雉堞如石，號爲陽城，内外居民，熙然若在春臺而遊華胥矣。復建東營以備戰守，新麗譙以察刻漏，成南橋以濟行旅，皆設郡以來未之前聞也。及鄉闈賓興，登薦書者二人，自餘駸駸嚮風未艾。流賊有桀黠者，先公未至時，度城丈尺以爲梯。比公朝覲竊至，則城堞巍峨，短不克乘矣。營卒逐之，喙息而遁〔一〕，按堵如故，闔郡以安。

〔一〕「喙」，原作「啄」，今據萬曆本改。

比聞公以陟明得拜少卿，貳守李君渭、節推楊君逢元輩從民之請，立生祠以表去思。前後凡爲十二楹，左右翼以廊廡，大門扁曰白溪周公生祠，昭報德也。於戲！公之視襄敏，猶忠宣之視文正，孰謂古今人不相及邪？其餘周恤困窮，審釋無辜，節愛之事，在民口碑者尤多，不及縷書。

## 明翰林院學士奉政大夫一齋先生豐公墓碑

先生諱熙，字原學，鄞人。系出宋名臣清敏公稷之後。曾祖考寅，洪武中授訓導，陞九江德化教諭。祖考慶，正統己未進士，累官至布政使。卜葬遇筮者，得《豐》之《革》，喜曰：「卦符吾姓，吾子孫其逢吉乎！」所著有《古易筮法》《簡庵集》。考耘，郡學教授，世傳儒業。以先生貴，封翰林編修，加贈春坊右諭德。母王氏，繼母周氏，皆宜人。

先生生而頴異，志趣卓絶。讀書精舍，嘗署其壁曰：「立志當以聖人爲的，遜第一等事于人，即非夫也。」兢兢遡則往昔，即童時嶄然見頭角。十六遭母喪，水漿不入口者數日，倚廬三年。郡守姜昂器之曰：「此吾郡顔子也。」弱冠，師姚鏌，授毛、鄭《詩》。舉弘治乙卯鄉薦。己未廷對，孝廟親閲卷，大奇之，置第一，已而易置第二，特賜狀元袍帶嘉寵之。注翰林院編修，陞侍講，與修《孝宗實録》，轉春坊右諭德。時逆瑾用事，朝士多媚之，先生獨不附。瑾銜刺骨，出掌南京院事。考滿便道歸省，父没喪之，一如喪母。既免喪，疏乞終養繼母，不報，復原職。時資望隆赫，中外士莫不傾心，謂宜握持鈞軸，以襄化理，而忌者陰沮之，久之不調。

今上御極，陞學士，詔定大禮。先生議不合，方進，用事者撼以危禍，冀得附己，而先生卒守前議不變，遂得罪，戍鎮海衛。居十有三年，杜門著書，絶口不言時事。嘉靖丁酉某月日卒。先是，彗星見文昌。卒之日，天鼓鳴，浙省榜眼石坊忽崩壞。

先生性嚴重，不妄交一人。其可者必肫肫見中底，而不可者即通顯人，未嘗一迹其門，故卒與世齟齬。博極群籍，潛心《六經》，而尤邃於《禮》。爲文古雅典則，不規規摹擬，而出入弛張，一不盭於矩度。至金石之作，尤其所擅長者也。嘗同考禮闈，主試順天武舉各一，得人最多。所著有《魯詩正説》《古易傳義》《禮教儀節》《白庵集》《一齋集》。配史氏，封宜人。子男二：長坊，鄉舉解元，嘉靖癸未進士，南京吏部主事；次墀，葬于縣東五十里北山之原。

歲辛巳，先生奉詔教庶吉士，佐與焉。時首甲楊維聰等皆同授業，多攻習古文，背誦如流者，佐獨默默，先生異之。每召與講究禮樂刑政之教，以及洙泗濂洛之學。嘗論及《大學補傳》，佐對曰：「物有本末，知本而已矣。學于古訓，問于師友，則知本。知本則知至善，知至善則理欲之擇，如粟之有秕，秕去則粟精，皜然一矣。定静安慮，以至能得之謂也。苟言知而不言能，豈非圓覺哉？疏《大學》者，謂博學可以爲政，故屢引《詩》《書》、孔子以及群言，而誠意反諸身，其本則一。爲要一以貫之，又焉補哉？是故博學以明之，反身以誠之，孔氏之正脉也。」

論及異教，佐對曰：「二氏本源，惟《老子》及《四十二章經》而已，餘書皆後世附會，無可觀者。今之新學，自謂用功於二氏日久，而後悟良知爲聖學，『心隨《法華》轉，非是轉《法華》』，何以經書文字爲哉？嘗觀佛氏諸書，多至五千餘卷，支離謬妄，甚於老氏。《華嚴》《楞伽》《維摩》《楞嚴》《般若》《寶積》之類，皆互相矛盾。如悉達太子悦妙德女，則與阿難受戒《楞嚴》者異矣；《楞伽》所謂五法、三自性、八識、二無我，則與《維摩》不二法門異矣，餘固難以更僕數也。獨《金剛》之應無所住而生其心，近於寂然不動；《壇經》之不思善、不思惡，近於未發之中，皆剿竊吾儒以入之者。惟漢明帝時所譯《四十二章經》，斷欲去愛，近於寡欲養心，故陶弘景剽取以爲真誥，此仙佛同源之説所由張與。今乃反以《六經》爲支離，而謂彼爲易簡與良知同，又倡儒釋同性之説，當因《圓覺經》。取其經考之，但知近覺爾。至於禪那諸修、二十五輪，凡百有八句，皆言漸悟而非頓宗也，不亦支離之甚乎？夫博文而約之以禮，多學而貫之以一，吾道固無二本也。周子曰：『豈不易簡？豈爲難知？』而奚以旁求爲哉？」先生大喜曰：「先哲闢邪，未有若子之博而明也。」及佐授官後，每左顧及相召，必與佐言，終日弗倦；或評佐詩文，必有起予之嘆，蓋知佐深矣。先生遇忌日，必茹蔬素，諸生往賀壽辰，每素服悲痛而出，其純孝蓋天性也。及大禮罷杖，鄉後進受業者王子相、陸子釴〔二〕，皆不變其塞，蓋化於先生也。時佐不肖出使南渭，亦轉臬僉，棄官歸養。先生在閩，手教再三，墨妙筆精，觀其心畫，而其自得者可知也。佐顓蒙頑鈍，莫副先生素所期待，則恒内自訟以爲耻焉。

〔二〕「釴」，萬曆本作「鉽」。

嗚呼！皜然一德，爲國朝名臣，光于清敏若先生者，歷選詞林，一人而已。坊更名道生，屬者貽書俾佐表先生之墓。佐義不敢辭，且慨夫學失其本，陽儒陰釋，故摭郡志，憶往言，草創書之，以垂諸無斁。

## 嶺西平新興寇碑

粤之形勢，五嶺三江爲大。嶺之支隴，叢於西北而爲巖洞；江之川流，匯於東南而爲裨海。群蠻出没，巢與民邇，故其爲寇切於門庭，非若絶漠之虜猶可豫防也，蓋《詩》所謂蠻荆者。莽伏郴、連、雄、韶之境，徑隘溪瀧，路岐有數，故殿以虔臺，勦以正兵，而章江、荆湖遂安瀾以無事，乃若《逸周書》所謂蠻揚者。猺、獞包犵，種類猥雜，盤據康、瀧、新、恩之交，而包跨端溪、四會，萬山聯絡，坑塲深昧，勦之非出奇，則不能決勝。何也？湞水出大庾，湟水出騎田，灕、湘之水出臨源，鍾水出黄龎，皆自西北而合流，注于南江。龍川之水又合之，則爲東江，至于波羅入海，則通浙，劉裕遣孫處所由以襲番禺者也。臨賀之水迭出町渚，南流至于封川，而合流則爲西江，牂牁、夜郎豚水又合之，則通蜀，漢武遣馳義侯所由以會伏波者也。凡甌閩、荆嶲諸浪寇，四往皆歸之于嶺西，故其兇彙日繁，殺掠日憯，毒螫吾民久矣。一聞大征，則竄屏葭葦，魚逝鳥舉而無迹，官軍迷道，輒爲所傷。嘉靖元、二與丙申之敗，蓋可睹已。《周禮》曰：「負固不服，則侵之。」《孫子》曰：「攻其無備，出其不意。」其殆鵰勦之師乎。

今提督印巖王公節制百粤，振揚司馬九伐之威，精練明習武經之旅，藩臬參戎禀授成算，順借征倭狼目官兵，分爲三哨，登陸罙入，仍集鄉兵，守南鄉諸路以截之。時方仲秋，猺浪百徒皆謂賓興之際，寧暇用武，於是恬不設備，兵至就俘，餘皆喙息于雲挾山箐。前後乘勝擒馘一千二百有奇，奪還被擄男婦一百三十有奇，并獲賊械、牛馬無算。孟冬，振旅而還，衆皆驩呼，以爲自昔未破之巢穴今已蕩平，未翦之兇殘今皆撲滅，矧鵰勦奇功，新令得與大征同賞，歌《出車》以勞還卒，豈非慶與？《易》曰：「陰陽不測之謂神。」李靖曰：「奇正者，天人相變之陰陽也。」然則運籌握機，變正出奇，其神之所爲乎？是故善用兵者必善用《易》，然後能之。

惟公清慎且勤，知仁而勇，得聖人洗心之道，而又朝聽夕訪，吏牘必躬，食不重肉，衣不華采，利用安身，以爲民先，故隨心之所向，動有成功。今夫雲上於天，日霈爲雨，則人將慎往，見險而避，及時而需，宴樂象之。是故掌邦禮者，擇奇功而慶賞行焉。洊雷日轟，繞以擊人，人亦褻玩其威。惟倐焉震驚百里，則恐懼修省隨之。是故掌邦刑者貪墨賊殺，必於其尤，而不仁者遠。今江嶺要害，莫若新興之戎。天聲所破，莽不容伏，而民害既消，遠至邇安，豈非無前之偉績哉？休兵飲至，公不自居，惟疏聞以昭聖武，於是天子褒焉。公行，將有社稷之役，惟以心推之，以神行之，民之嚮化猶草木之蕃於春也。世隨道隆，其自兹與？人之恒言曰：「善用《易》者善用兵。」愚則曰：「善用兵者善用世。」有司具述其事，愚不佞載筆書之，俾嶺西吏民立碑紀功，貽于有永。

## 鄭公阡碑

鄭公阡在莆陽城南，廣化寺左，葵山公屢奉璽書褒贈，祖考諸墓皆在焉。乃勒石神道，用昭聖恩，且摛世德光耀于罔極，禮也。

祖逸庵，諱崇，字本志，其先興化縣人。曾大父德驥，洪武中以尺籍隸興化軍，徙莆城南之石門。大父永，再徙城東。父商，壽官，皆有隱德。公爲人醇謹疏爽，樂善好義，尤敦孝敬。歲時饗祀，酒饌芳潔，肆將必躬，不委他人。凡婚嫁賓宴，務從豐厚。親朋有窮乏者，輒賙予之，揮金無靳色。囊篋日消，未嘗逐什一之利。坐是致貧，然初志益篤，不自知其絀也。莆人稱公長者，事有不平詣之，决以片言，輒心愜而去，有陳太丘之遺風焉。

弘治甲子某月日，公卒，距其生宣德丙辰，享年六十有九。配黄，同邑人，守儉服，勤内政，井井不紊，家賴以裕，先二十年卒。子二人，長瑛，次即主事。繼李，撫主事如己出，治絲苧日夜不輟手。四女，皆適望族。

主事諱瓚，字宗獻。莊重寡言，舉措必以禮。平居與物無忤，至抗俗嫉邪，則義形于色。自謂迂戇，不能徇俗，曰：「世之愚莫我若也。」號愈愚子。性孝友。幼時讀書，將就寢，必造逸庵牀下，問起居，晨興亦如之。早失所恃，事繼母彌謹。書過目即成誦。下筆爲文，簡當平實，而歸宿於理。在郡庠，試輒居首，名公貴人争迎爲塾師。束脩惟以養親及贍其同産，無私儲焉。

正德丁卯，舉于鄉。戊辰，連第進士，授户部主事，分曹太倉。逆瑾方煽虐，凡財賦所入地靡不搜索，公以清修獲免。已而齎鏹宣府，悉入羸羨于官。歸，衝寒得疾，至京數日卒。初，逸庵殁，無以爲葬，方憂虞圖歸以畢情事，格于制，未遂也。至是垂絶，謂其配陳曰：「吾父喪在淺土，吾母老，子又幼，今且死。天乎！吾後事惟汝是賴。」又顧長子，勉以力學養母，遂瞑。是歲己巳閏九月二十九日也，年纔三十有四爾。家無羨錢，假貸以爲殮具，弔者無不出涕。

陳，同邑之玉山村人。父珪，母周氏。年十六于歸，守禮食貧，克盡婦道。己巳，迎至京師，甫半載公殁，將以死從，既而竊自念曰：「吾即死，吾願畢矣，誰爲養吾姑，鞠吾兩稚子？其若遺言何？」乃忍弗死，以其喪歸之。又明年，哭其姑，時家益貧。久之，山陰胡侍御文静按閩，邑人王蘗谷大用請義舉助之，二人皆同年也。於是胡助以罰鍰，乃克葬于兹阡。中爲逸庵，左黄，又左李，右主事，而空其右焉。當其時，陳惟竭力襄事，朝夕恓惶，繐帷間食，惟饘粥而已。二子幼，多疾疢，日持瓣香禱于神，無故不令出中門，夜則篝燈課之誦讀。嘉靖壬午，葵山公領鄉薦，陳始喜曰：「吾可以見吾夫于地下矣！」亡何寢疾，以九月二十日卒，年四十有六。竟祔右壙，從夫兆也。

二子：長絅，即葵山公，娶陳司訓洧女；次紹，郡庠生，蘗谷妻以女，曰：「吾與乃父有宿言。」孫男幾人，某某。葵山公以己丑進士，又主事户部。初贈考爲承德郎，再贈奉直大夫、户部河南清吏司員外郎。母陳初贈安人，再贈宜人。至是嘉績茂著，獲貤恩，祖、考俱贈通議大夫、提督兩廣軍務兼理巡撫、兵部右侍郎，兼都察院右僉都御使。祖妣黄、繼李、母陳，俱贈淑人。

於戲！孝以事親，勇於爲義，雖古聖人繩武詒謀，莫之能違也。昔者聞諸《尚書大傳》暨《左氏春秋》矣：伯禽之事周公也，受商子橋梓之訓，而孝敬益敦；郰叔紇之篤生仲尼也，嘗帥甲三百，出臧孫於圍。非輕財勇於義者，其孰能之？郰魯之先，此其所以開示萬世法程者與！拜茲阡而誦世德，雖謂之聯橋梓，師孔林，可也。惟葵山公克循周孔之道，惠澤雱流，孝聞九重，義孚百粵，可謂無忝所生者矣！是用大書以永式後昆，俾引于勿替云。

## 嶺東平三饒寇碑

漢人有言曰：「兵者，所以明德除害也。」故舉得於外，則福生於内，確哉言乎！乃今徵之矣。欽惟聖皇在宥，啓迪鴻猷，四海玄同，臻于悠久。夫朔南之相距，固萬里也，然德意所孚，如在咫尺。雖不軌不諰之徒，時或蘖牙其間，亦皆闔然而服，翛然而化，殆猶日月，容光必照，而奚微小之遺哉！

自歲丁未，倭奴窺潮東鄙。戊午，遂侵饒平。於是逆賊張璉負固竊發，始則肆行剽掠，恐喝鄉衆，以遏追呼；旋苞三饒，築重城，結圍寨以自固；已而四往結聚。大埔則賊酋蕭雪峰，程鄉則賊酋梁寧、王朝曦、王子雲，南洋則賊酋王伯宣，煽動飆發，海陸相爲犄角，自是流劫于外，跳梁而不可禦矣。初破閩之雲霄鎮，轉掠三河，詭執縣官，要求招撫。時方罹倭患，瀕海所在盜起，故璉得以陽降陰叛，而其徒因尊向之。比陷鎮海衛，破南靖縣城，遂逼豫章，憲臣被害。潮素號繁庶，王伯宣復導倭奴大行殺僇，民不聊生，莽多暴骨。雖有良將遮守要害，莫可誰何，三省乃各上其事于朝。辛酉秋，簡命少司馬兼都憲百川張公起諸家食，賜之璽書，俾撫百粤，與總兵平江伯陳公興師討之。復特敕代巡侍御蔡公紀覈功次。會議僉同，乃下令選調漢達土目官軍，合十萬有奇，而檄吾藩預備糧賞。且逆慮其敗走，不北入贛，則東入閩，先遣奇兵萬人，餉金萬兩，趨往虔臺，分發詔安、和平二哨以防守，而又戒約閩之海道提師西遏。

公遂移鎮駐潮，乃分我師爲五道，指授方略，刻期齊發。密令大兵臨寨，則多方設奇。豫簡精卒，持利戟剿滅梁寧，以斷其羽翼。先鋒至寨，生擒賊帥宋興，璉已奪氣矣。而王子雲復被擒於程鄉。前後俘馘數多，璉漸窮蹙。

于時中哨由大埔渡江，夷道刊木，憑陵險阻，以衝其腋。分守嶺東左參議馮君皋謨，與鎮守廣西副總兵王君寵監統之，攻克烏槎等九村，及圩嶺等寨。前哨由饒平北入，分巡嶺東僉事張君冕，與瓊雷參將門君崇文監統之，簡奇兵三十爲左哨，控扼要地，防遏海倭，統以惠潮參將張君四維，仍令與前哨夾擊，攻克石湖、馬岡等巢寨。後哨督賴家營以扼其亢，則分巡嶺西僉事皇甫君涣，與肇廣參將鍾君坤秀監統之，攻克小靖、埔坪等巢寨。右哨由大埔胡料鄉以掣其臂，則分巡南韶僉事賀君涇，與潯梧參將祝君明監統之，攻克白堠、吴家畲等巢，而饒平連結大埔之湊，遂摧折矣。

公先榜諭，令賊能俘賊者，俱准報功給賞。是後右二哨計擒蕭雪峰以獻，璉勢益孤，思遁海而震疊無措。中及前、左三哨，麾兵齊進，其徒遂紿璉擒之，及其謀主李逢時歸于我師，賊帥僞都督詹世旺等皆携僞印以降。適王伯宣統衆數千入府城下，公密運籌，使守巡及知府何鏜分兵執之。即磔伯宣于市，觀者驩抃稱快。倭奴曁璉殘黨俘馘無算，巢穴次第悉平，潮民始出湯火云。

是舉也，四月十八日始臨寨行誅，迄五月十三日獲璉而告武成，信神速矣哉！昔齊伐燕，五旬而舉之，自詫人力不至於此。今也不浹旬月而賊酋自縛，大類炎帝之世夙沙來歸，而堯戰丹水，舜征有苗，風斯下已。於是有司稱賀，公遜謝曰：「我聖皇天也，肅將天威，惟恐不副，敢貪功乎？」於是馮君立碑紀功，乃授簡俾予載筆。猗乎！公承天命，克襄天功而不居，可謂至矣。嘗聞進賢之北湖肖二曜，百川歸之，涵混天碧，有日月得天之象焉。公寔鍾靈挺生，履星辰而上之，其在今哉。輔成天德，丕寧萬國，既昭萬世無疆之休，則垂萬世無疆之聞。《易》曰：「日月得天，而能久照。」《詩》曰：「明明天子，令聞不已。」此之謂也。

# 泰泉集卷第四十八

## 神道碑

### 朝列大夫國子祭酒魯文恪公神道碑

公諱鐸，字振之，其先荆之長林人，元季始家景陵東岡。魯氏其稱蓋久，然至公乃大顯。公幼學，治《尚書》，博通群籍，辭翰敻出。成化壬寅，督學薛綱得所試文，深器重之，傳示全楚，由是知名。丙午領薦，卒業成均。弘治丙辰，歸棲南莊，嘗賦《梧鳳》之詩，聞者壯其志。己未，改築東湖之蓮北，静學授徒，時或不爨，訢如也。壬戌，舉禮部第一人。對大廷，有沮之者抑置二甲第二，改翰林庶吉士。閣試居首，西涯李文正公乃見稱賞。

甲子冬，授編修，預修《孝宗實録》。武宗即阼，詔諭安南，充正使，賜一品服以行。丁卯正月，入交阯關，布儀注，大頭目黎能讓等請略其節目，公曰：「吾奉天子詔行萬里，惟知明此禮而已。」持之益堅，能讓等退而肆儀惟謹，國王進逆界上。及如天使館宣詔命，始終無違禮者。明日大讌殿中，盛陳明珠金貝，公不少顧，悉謝遣之。又明日行，王送之富良江上，其臣昇贐，追送三日，固却以歸。出入其境，皆命關吏檢其行囊，自品服外無一羡物。明年，交人入謝，宣揚於朝，人謂得體。

丁卯冬，考績晉國子司業，尋以父年踰八衮，懇乞終養得歸，遭艱盡禮。是年冬，邑有犬而角，衆以爲問，公曰兵象也。未幾，劇盜嘯聚，大肆剽殺。其酋戒下毋犯公家，於是里人多負襁相依，恃以無恐。或有馬牛見掠者，往紿爲公物，輒還之。庚午冬，有行取之命。辛未復職。甲戌，經城外海子上，遇數巨璫，呵不得近，公取道其旁不爲動，遂上疏養病，得旨祭掃。

乙亥五月，家居，被命晉南京國子祭酒。丙子正月涖任，訓諸生曰：「隱不違君，仕不遺親，君子之大義也；誠以作聖，思而通神，君子之全功也。聖賢明訓布在方策，要當力行之。爾若徒侈文辭，勞誦説，豈學之道哉？」以士多競進，乃置精微簿，書其名籍月日，據簿撥歷，人不能欺。有曠年不復館者，盡檄而來，自是六館凛然。凡歲廪役銀與税局月供豕肉，皆出聖祖成憲，悉頒給諸生，一無自私，士頌其清。

九月，改涖北監，約束一如南雍。侯伯在弟子列者，循禮惟謹。是年，鄉邑大水，蕩民田廬，死亡過半，有司以聞。事下户部，公力請大臣往賑，於是敕都御史吴廷舉以往，多所存活。八月，復以病再疏，得允。比至家，偃息城中夢野臺，作已有園書院以教子弟。多蒔花木以環亭池，歌嘯其間。嘉靖壬午，今上入承大統，徵用舊人，公首被詔，以病乞休，明年三月得請。刑部尚書林俊疏言：「經師易得，人師難得。鐸學足以訂頑立懦，道足以鎮雅黜浮，與謝鐸人品爲類。宜如孝宗用謝鐸故事，令吏部以禮部侍郎掌祭酒事起之于家，遣官以速其行。」一時撫按、臺諫交疏論薦，皆稱公莊重渾厚之文，淳懿端慤之行，於是推卿佐者五，皆不果用。公嘗曰：「大臣同心贊化，無所猜貳，雖唐虞三代之治可復也。吾老矣，少延日昃之歌，則吾分已足，尚奚望焉？」丁亥九月十有四日卒于正寢，壽六十有七。

公性恬退，器量深閎，文章節槩見推天下。家居以身率物，作家訓。立祠東岡，約伏臘，則合族申命。又作《俗言》數章以勸鄉人。未嘗一造官府，惟野服徒步，行田圃以自娱。嘗諭諸子曰：「今世儒者往往取孟子肯綮之説，自立門户，迹其行事，其弗畔者幾希，此學者之大戒也。聖賢之道不離日用，人惟行所無事，則能事畢矣。」又曰：「今人出息取利，勢不得不爲忍人，小民怨讟叢厥躬，不祥莫大焉。爾曹戒之。」所著諸藁，皆藏于家。

嘉靖己丑十月朔，上賜諭祭。十一月四日，葬于止林之原。上賜諭葬，謚曰文恪，蓋異數也。公功不及匡濟，而高風直節激昂士類；位不至卿相，而榮名重望傾動朝野，亦可謂全歸者矣。銘曰：

東岡碧梧挺南荆，頫蔭巴丘連洞庭。五華雲岫開風城，羲農終古留神靈。化爲威鳳丹穴生，朝陽雝雝梧上鳴。翩然凌氛儀帝廷，百鳥闃絶啁哳聲。九苞揚輝若木英，《箾韶》協奏聞蓬瀛。於樂辟廱駛二京，坐令函夏皆文明。功成戢羽歸景陵，夢野臺下滄浪清。峨冠之徒睎濯纓，上林爰止藏儀刑。帝掞天詞饗以牲，駿錫文恪受大名。惟公瑞世流芳馨，後千萬禩徵此銘。

# 嘉議大夫應天府尹陳公神道碑

夫静以鏡萬物，則化普玄同；誠以貫百爲，則功昭不宰。故恩怨後旌别而泯者静，虚之臻也；慶威先刑賞而孚者誠，動之極也。宰斯道者亶其然乎！若予廣天游陳公，殆其選已。

公諱錫，字祐卿，南海人也。先世肇迹莆陽，檢校江右，殷滄江之詩譽，贊上猶之鐸音。考珙，贈户部主事。妣林氏，贈安人。神媪告夢，沙嶼降祥，天順甲申正月生公。幼齡而諳誦《孝經》，羈貫而蜚英梟藻。督學拔置從化，遂登鄉書。弘治乙丑，乃陟進士。

初釋褐，使豫章，知宸濠畜異志，賦詩滕閣，憂在廊廟，人莫之測也。正德戊辰，拜户部主事。司廒則詰内璫混竊之奸，司漕則革通州倉庾之弊。辛未，轉員外郎，典章奏牘，守經達權。癸酉，調吏部司封員外郎，名齊藻鏡，智駢耆蔡，銓除攸咨，得人爲盛。甲戌，轉司勳郎中。保國公朱永孫麒求襲，會議，公駁永子暉繼襲公爵〔一〕，令止其躬，則麒安得復以誥券爲據？太宰韙其識，武宗納其議。名器不濫，由公一言。

丁丑，拜福建督儲參政。首擿司糧貪吏，論法戍邊，而後定賦制用，軍民稱平。會左轄伍符遏衛餉，致軍叛，公出諭之，衆情底定。昔叔敖甘寢而郢人投兵，公蓋有焉。壬午，晉右轄。癸未，轉左。

〔一〕「駁」，萬曆本、北大本作「謂」。

宣明教化，俗易風移，出内維時，務執其要。丁亥，晉應天府尹。發粟賑江北之歉，逐奸下勾注之令，畿内康寧，苛慝不作。中牟有馴雉之化，沈猶無飲羊之俗，可謂追媲者也。

己丑，三疏乞休，得允。優游嘉遁，杜口世事，創祀大宗，惠賙族黨。甲辰三月，卒于家，壽八十一，御賜葬祭。配番禺伍氏，封安人，雅好浮屠，悟入戒定。生旅没寧，比終不亂。壽八十，合葬于潯岡。惟公博覽藝籍而專求諸心，兼通理數而卒衷於道，與物無忤，所至斯孚，端默寡尤，終始若一，可謂誠且静也已。是以考沖和於韻宇，徵儀則於閨庭，參與評於月旦，仰繩譽於天京，紹太丘之芳訊，景天游之嘉名，刊兹貞琰，以垂德聲。其辭曰：

惟金有鏐，惟玉有瑶。懿矣陳公，蔚爲世標。淵學内溢，碩材外昭。鶴鳴聞野，龍光達霄。騰茂地曹，凝芬天部。衍潤民嵒，振肅王度。曳組閫垣，鳴環京輅。風調草偃，既穀且富。昌衢云止，浮丘告旋。流輝中漢，凝神至玄。其誠渾渾，其静淵淵。德鑄靈極，道象帝先。孝友睦媚，内外罔間。並躋上壽，遠邇欽歎。詒裕延光，蘭芳玉燦。定窀同歸，皇文有焕。

## 贈通議大夫工部右侍郎兼都察院右僉都御史黄公神道碑

南海有邃學之儒，曰一蘭黄公。暨其夫人，令德孔偕，詒穀于子，聖明揆厥慶源，降制有曰：「爾秉性直方，行崇廉讓，學不干禄，義能濟人，兹特加贈通議大夫、工部右侍郎、兼都察院右僉都御史。

蕭氏有德有儀，克媲君子，特加贈淑人。爰勒石神道，以摛潛德，播休光於無極。」

公諱璉，字良器，少有至性。奉親餘暇，博綜經史。弱冠，選入邑學，通朱氏《詩》。督學欲廪餼之，公終讓于詹孟和曰：「彼母老且貧，無使菽水不給。」成化辛卯，門人崔廣少年得舉，往謁總督韓襄毅公，問師，則以公對，韓乃延爲館賓。時韓方執威柄，擅生殺，公不應命，韓使人諭意曰：「子之榮枯吾手中耳，往則省元可得。」公滋不説，乃罄先世餘貲予諸弟，使轉販吴楚，遂屏居城西授徒，囂囂自得。

乙巳，命使如占城。里人徐幹者以尺伍當從〔一〕，貸公六十金以行。比渡洋，命使胥溺，幹飄流得歸。公唁之，匿，乃呼其子謂曰：「汝疑吾責此負邪？汝父間關萬死得生，吾忍言負邪？」幹乃來謝，舉券付之，感泣而去。居常教子，必先踐履而後文業。長子成進士，官留都，每貽書勵之曰：「縣魚之操，毋謂矯也。」好學，雖老不倦，遇異書，不吝費購之。談經必究旨歸，觀史每見君臣行事相類而理亂懸殊者，輒評以己意，大都主於章善遏惡，垂憲程世。慕邵子之爲人，賦詩每效其體。太守林公時一造焉，歎曰：「河汾之風，今在兹矣。」弘治壬戌，受封南京户部主事。晚於所居廣致禽魚，蒔花卉，吟嘯其間。一日忽若不樂，檢平生所製詩文，雜所讀書，爇諸庭，家人莫測。詰旦寢疾，踰月卒，壽七十有六。

〔一〕「尺」，原作「尸」，今據萬曆本改。

夫人蕭氏，亦南海望族，端雅貞慧，容德不群。連執舅姑喪，百務叢迫，處之如無事。時提挈遺孤，應酬賓祭，動輒中度，入夜猶紡績不少休。同爨五十餘年，内外亡間言戾色。卒時壽六十有五，合葬于虎嶺之原。子男二：長衷，兵部右侍郎；次褧，前府都事。

夫投機之會，可獵取通顯，而恬於勢利，迹類鑿坯。昔阮瑀清修而記室曹府，孟嘉盛德而參軍桓幕，方斯蔑如也。槩公之平生有五焉：嘉遁不可以闡道也，故篤義以振俗；守道不可以徇時也，故砥行以遠迹；抗迹不可以拒人也，故勤誨以求志；明志不可以苦節也，故乘物以遊心；冥心不可以昧終也，故煅义以返素。卷懷應遇，以順性命，其殆高世之逸民乎！銘曰：

黄源于洛，委兹南海。曲江、武溪，並流交匯。有蘭在涘，含醇抱貞。學繇静殖，名以德馨。彼竊王鈇，風偃草靡。鹿門之躅，匪遠伊邇。鳳騫鵬徙，豈顧潢池？居珍懷玉，于以俟時。德則有鄰，莘莘紳佩。學則有繩，憲憲昜弟。司馬壯猶，天子是崇。府公繼軌，大事在戎。宣勩滇楚，蜚英宇縣。天子申之，鴻錫寵眷。人亦有言，夫貴妻尊。簪蒿飯藿，寔所思存。鷺服魚軒，既封既敕。生也如賓，没則聯璧。中命自天，金緋煒煌。賁兹窀藏，永世其芳。

## 通議大夫刑部右侍郎致仕雪臺劉公神道碑

劉氏之先，出自陶唐，厥後昌大，世家大庾。時則有若公者顯庸，爲碩學名臣。公諱節，字介夫，初號梅國，更爲雪臺，老稱涵虛翁。曾王父文遠、王父原芳、父滋，司訓合浦，奕世皆有令德。母歐氏賢淑，克相其家。

公生而穎異，容止端莊。八齡隨任習小學，通偶律。適鄉飲，廉守臨學，見而奇之，試以賓主長聯，公對以君臣，其應如響。守驚異曰：「幼志交泰，壯行可知，他日冠倫才也。唐之國瑞復鍾於劉矣。」未幾失怙，歸鄉向學，益力明《毛詩》，博極群書。年十六，充郡庠生。首晉廩員，屢擅場不偶，造詣日益宏遠。弘治辛酉元旦，賦詩有筆掃萬夫之志，人或未之信也。督學邵公寶得其文，歎曰：「雄才可空冀北，矧江右乎？」英聲自是遜振。

比鄉試，侍御周公進隆素負經學，監臨校閱，罕當意者。及得公卷，始大愜服，遂擢第一。乙丑會試，名在第六。及廷對，敷陳剴切，遂寘二甲，授兵部武選主事。時逆瑾竊政，偶迕時宰，謫尹宿松。宿松邑小，事劇民悍，吏緣爲奸，公發摘如神。有假威肆螫者，廉得其實，斃之杖下，合境肅然。勸農興學，邑遂大治。甫二載，當道交薦，晉守廣德。邑民立碑，以昭去思。比涖州事，迎母就養，治如宿松，而養老賑荒，惠政益著。剖斷精敏，囹圄一空。撫巡各疏請加擢，俾毋稽政教於一州。

癸酉，晉四川提學僉事。欲疏終養，母止之曰：「汝當成賢圖報，勿以我而後君也。汝昔赴考，貽我慮多矣。按歷必毋憚遠，庶體我心。」乃往蜀，申條約，正倫理，首明《關雎》之義，婚姻以時，縉紳斐然嚮風。歲試諸生，雖僻壤必至，遵母教也。及得陳中丞講、張吏部庭卷，謂其傑出，已而講發解舉首，庭亦擢魁。少師石齋楊公言諸朝曰：「吾蜀董學得人矣。」丁丑詣京，考最具疏，得誥貤恩，晉雲南兵備副使，飭戎金騰，邊夷畏之。己卯，復奉命提學廣西。是年當賓興，監臨留公提調，釐正録文，得會魁施昱爲舉首，滇士讙謂公知人。比過家，猶欲疏辭，母命不獲，已乃悒悒就道。至則施教、鑒別如蜀。壬午賓興，得士録文亦如蜀，而甲科始有連捷者。

癸未，考績歸省，得報，晉福建左參政。會太宜人疾作，留侍湯藥，竟宅憂，哀毀喪葬，曲盡禮制。比起復，補任河南督理糧餉，會計惟允。丁亥，晉浙江右布政使，適左轄久病，剸裁蕪滯，尋奉命代之。戊子，復當賓興，時方更化，遣朝臣主試。公因上疏請增解額，雖不果行，公議韙之。浙號名藩，出納最冗，公親閱文籍，革盡吏弊。己丑冬，晉都察院右副都御史，巡撫山東。時遭荒歉，加以蝗蝻水患，盜賊蠭起。公連疏蠲逋賦，通錢法，謹婚喪，招逃徙，禁濫役，築河防，百爾政務，惟先内治。乃嚴檄守巡兵憲討王文、王世英二鉅寇，悉平之。於是勾稽各司巡歷事迹，以驗公勤，官皆奉職，疆域清謐。復疏訪用境内材賢，教養孔氏子孫，上皆嘉納。他如宗室禄米，官師俸廩，以至軍馬城池、獄市驛遞、惠民藥局、漏澤園之類，群廢畢舉，而張弛措注，無一不宜者。值冬無雪，隨禱輒應。及春，時雨霑足，大有穀麥，齊魯之人皆舉手交頌曰：「公之孚惠愜于天人矣，前政未之聞也。」

庚寅，奉敕總督江淮漕運，仍兼巡撫。即疏漕政五事，曰儹運轉，專責任，申考察，省查點，禁盤披；巡撫五事，曰治水患，足食廩，寬馬政，豁重課，革冗員。猶慮綜理未周也，復申議漕政八事，巡撫六事，次第行之。嘗奉命祭告祖陵、皇陵，以祈繼嗣。疏請建碑亭于基運、翔聖二山，以崇祖靈，答神貺。又疏舉人才，併及泰州布衣王艮，尋懇請裁革管倉内臣，由是貂璫介胄寂不敢肆，而兵民頌美如在東郡時。

居無何，祀典告成，推恩王父及父，俱贈如己官；祖母張、母歐及先配周、繼配尹，皆淑人。三年績最，進階資治尹，廕子音國子生。壬辰，晉刑部右侍郎，佐理詳允，獄無冤滯，大司寇聶公賢雅重之。是時朝野皆知公忠精可大用，然負文名，亦見娼於人。癸巳星變，疏乞致仕，詔從其請，年五十有八爾。

公歸，立義館、延塾師以訓族，搆書院、貯群籍以授徒。伯兄巽蚤世，則撫恤其義子；季弟甫治產，則厚遺以贍其不足。凡創莊居池館，散其素積，賙及姻黨。時或出覽名勝，觴詠自適，人樂從之遊。乙卯秋，往崇義山莊，歸而痰作，雖櫛沐應酬如故。自知不起，遂令人易簀正寢，謂諸孫曰：「吾其順命也夫。」言畢而逝，享年八十。子男二人：長魯，戊子舉于鄉，先公十年卒；次音，知雲南鶴慶府。丁巳某月日，窆公于嘉善里鳳凰山之陽，禮也。

於戲！世之學而仕者，隨俗則剿說，尚道則歸禪，而不知博學於文，孔氏之教也。公嘗輯有《廣文選》《周詩遺軌》《春秋列傳》《兩漢七朝文類》《聲律發蒙》，蓋六藝靡不通焉。士論咸曰：「洽聞如道原，而好古過之。」世之文士不適於用者多矣，而不知博當反諸約也。公詩宗《風》《雅》，文效《左傳》，多所自得，而其奏議皆行之可遠。士論咸曰：「著作如子政，而宜於匡時。」世之知君親大義者，或計較名利，擠排士類，以濟其私。故寮寀交游，量不容物，卑疵而前，孅趍而言，惟恐觸諱忌而相傷也。在廣德，屬令不恭則恕其狂；在桂林，同寅不協則解其難。士論咸曰：「大度如文饒，而不念舊惡。」

人之生也，違禮義之則，失天地之中，靦然於世而忘反躬者，世多有之。公則禔身接物，動必循禮；立政宜民，行必由義；解冠引逸，退必見幾；易簀知亡，没必順正。士論咸曰：「定命如文公，而能養之以福。」於戲！自非碩學名臣，寧有是哉？

艾生雲龍偕公孫堯士請文書德，刊于樂石。予素辱公知愛，其奚可辭？銘曰：「綜藝文，葆貞性；既柔嘉，復剛正。洊風教，敷聖傳；梅斯馨，晻以宣。治兵民，堪大受；陟都臺，佐司寇。威兼惠，公滅私；雪斯白，混不緇。早懸車，老林壑；發英華，垂著作。涵太虚，天地中；壽八袠，命考終。事親孝，移於國；穀遠貽，施普博。仰德輝，峨鳳凰；於萬年，永厥藏。」

## 通議大夫兵部右侍郎鐵橋黄公神道碑

吾黄氏蕃於南海，邃學顯仕，蔚爲宗衮，則鐵橋公最賢。公諱衷，字子和，其先自汴遷居會城。父璉，嘗夢祝融神降庭，覺而生公。

幼超頴岐嶷，三歲誦《孝經》，問《孝經》何别於天子、諸侯，父大異之。五歲誦《大學》《國風》，屬對應聲有奇語。八歲習舉子業。十歲學古詩文，駢儷四六，舉筆數百餘言，見者稱爲龍駒。年十七，補郡庠生。弱冠，領薦高等。

弘治丙辰，登進士二甲。觀政兵部，予告畢姻。比復部，尚書馬公文升器重之。己未，授南户部河南司主事，所管四監、二十倉場、九庫，綜務周詳。明年，督摧上新河商船，釐革稱便。改監江北諸倉，查括積歲侵羨，得粟十萬餘。主守官攢懼罪，公爲白于總督原之。比江北大飢，資以賑貸。初寓館之夕，外庭隸卒忽自驚譟，謂有怪抛擲瓦礫，且曰：「前部使者皆不寓此。」公意其假鬼物爲奸也，呼夜直官卒杖而遣之，怪不復作。壬戌考最，得貤恩典。癸亥，督摧揚州，尋丁内艱，僅四十日，輸摧銀九千三百餘兩，前此即一歲之入也。

正德丙寅，復除本部山東司主事，晉河南司員外郎。丁卯，部查福建侵負，舉公往詰。途次聞外艱，即日南奔，哀毁守禮，如居内艱時。服闋，銓衡擬改御史，力辭，乃補南兵部武選員外。晉禮部儀制郎中，復轉武選，尋又遷考功。時有正郎不檢，公再考書殿，將挾刃以逞，公不爲動，徐謂其所親曰：「刺客淺謀也。考若不公，當以上聞，何至是哉？」其人愧屈。時留都擅才名者，劉麟、朱應登、顧璘、陳沂、王韋，與公皆以摛藻聞，而公兼以政績著。未幾，出守湖州。湖爲浙劇郡，公至，條便宜十一事上，巡臺採行之。訐奸决獄，咸得隱情，太宰楊公一清議擢學憲，不果用。

甲戌，稍遷福建都轉運使。鹽筴叢弊，一切奏革，巡臺力薦于朝，晉廣西督糧參政，巡察邊務。至則墨吏之陰結土酋、攬户之恣爲奸利者，悉嚴繩之，境内肅然，由是亦多與物忤。己卯，寧庶人反，公聞諸督府楊公旦請討，楊謂公不達時務，公憤曰：「大夫出境，有安國家、利社稷者，專之可也。此而不討，何謂便宜行事？」楊色大沮。時柳、慶旱，且將議征古田，公患賑歉亡措，預發贖金市麥，令右江民種之。復奏發梧州鹽利銀四萬，轉鄰省粟八萬石分儲，各以次備賑。明年，公視師于柳，民多僵殍之遺，兵有脱巾之漸，發帑轉給。適軍儲至，又下令定價，頓減十之六七。民獲賑金以糴，軍獲贏糧以市，軍民兩利，咸目公爲活命佛云。古田之役，公帥師由洛容取道進征，斬首二千餘級，戮劇賊蒙公文黨衆，輿情稱快。論功加俸一級，兼賜銀幣，巡臺相繼論薦。

辛巳八月，晉雲南右布政使。壬午春，詔徵象十駕，撫臣欲奏停之，公曰：「鹵簿所需，可弗供邪？第不可擾民耳！」乃發價，分檄土官平買，如期而竣。貴州征芒市，公慮寇逸，調兵往截。事平，貴州撫臣以功奏，獲賜銀幣。癸未，遂轉左轄，乃清吏弊，均官俸，奏立經久之規。巡察疏公忠清公亮，宜加重任。甲申，擢右副都御史，巡撫雲南。薦賢黜貪，安民禦寇，立法清里役以節財力。復條陳地方利病八事，曰增州正以靖地方，設官吏以主獄禁，禁兼併以防外虞，興學校以正民風，省冗兵以裕儲蓄，重威德以馭土官〔一〕，酌參提以謹曠職，處鐵貨以省繁役，咸切急務。

無何，移鎮湖廣，兼理戎務得代。發金馬關，軍民遮道哭留，公下車慰諭，乃退。比入楚，首劾分巡、守備不職者二人，兩鎮騷擾之徒歛迹，武職尅剥之弊盡懲，奸吏多望風解去。復修沔陽州龍淵、滄浪等隄，延袤景陵數萬丈，士民立碑以紀功德。在鎮數月，積粟八十餘萬石，銀四萬餘兩。户部疏聞，上嘉獎賞以銀幣，用示激勸，蓋異數也。

丙戌，湖北盜起。前此，官軍率先聲驚遁，兵散復出。公密委守巡官，授以方略，集軍民兵刻日進

〔一〕「土官」，原作「上官」，今據萬曆本改。

剿，獲僞號首惡六人，斬首二百四十餘，生擒六百九十餘，溺死者幾四百，餘黨及脅從詿誤者，或發戍，或釋放，亦七百餘人。捷聞，上奇其功，賜銀三十兩，金豸服一襲，紵絲四表裏。已而湖南益陽諸縣流賊擾亂，公復剿平之，獲首惡四名，斬首一百級，生擒六百八十二。捷聞，部議加恩，會沮者指爲湖北餘黨，覆奏略撫鎮功，惟奉旨令撫按、給賞有功官屬而已，於是湖南軍民立生祠於石鼓山，以報公績。

適歲旱潦，大飢，公分命賑恤，全活數萬。

廣西土酋岑猛作亂，敕公調永順、保靖二司土兵爲前鋒，猛走死，餘黨盧蘇等復煽。撫鎮議調前兵，公疏言：「土兵屢調，於國勢未安，事體未宜，地方未便。」反覆千餘言，時議韙之，仍以功拜銀幣之賜。大内將營仁壽宫，廷議推公才望，乃晉工部右侍郎、兼僉都御史，督理運木。公悉心計處，美材斯得，仍運顯陵楠、杉大木。事竣，賜銀三十兩，紵絲一表裏。

三載考績，祖、考及妣皆貤恩，廕子入監讀書。舊患足疾，勞瘁漸瘻，至是連疏乞休，不允。及改兵部右侍郎，得報即抵家，疏四上，皆不允辭。又推兩京總憲及大司空，皆未報。會有忌公者恣爲飛語中公，謂公潛至京師，乘山轎謁人京邸。皆知爲致仕王侍郎藎，非公也。後令校尉密查，自廣至京驛遞關文，雖偵伺無迹，猶勸冠帶閒住。或勸公自明，公曰：「事久當白，何必辯也？」已而言官果奏根究讒人，竟亦報罷。久之，奉詔復職。

致仕既歸，病足，杜門不至公府，撫按、臺諫屢薦起用。時予亦棄官歸養，吏部移文督府錢公如京勸公就道，公致書力辭。予亦辭免，相與吟嘯自適怡如也。因莫逆，遂敍宗盟，公既盡以俸賚所積營世祠，修先隴，復祖居。公歲租於族人以備墓祭，建室樹祠以專祀厥考，諸父有墓田之捐，宗族有宅舍之給。立弟參軍大夫蓜之子堪爲己後，重宗法也。乃卜西郭外，築矩洲書院，遊詠爲樂。壬子歲首，公自筮得《巽》之《離》，例當觀之卦不變爻辭，而以下爻爲主。公仰思曰：「得非日昃之《離》，大耋之嗟邪？明年其不免矣。」癸丑四月一日，考終正寢，年八十。公詩文字畫莊整，類其爲人。所著有《矩洲文集》十卷、《詩集》十卷、《奏議》十卷、《海語》一卷、《世載》二卷，皆傳于世。配劉氏，封安人，加封淑人，以戊午某月日合葬仙居洞梅瀧辰向之原。

於戲！公之才美行誼，仁周于族，澤加于民，非直文章過人也。然剛毅不容于時，無由建亮弼之功，豈不惜哉？而芳名遐壽夐異於世，亦足以不朽矣！銘曰：

汴源東流，粵城西闢。鍾滙淑靈，挺生儒碩。陟第巍巍，建功赫赫。飆動滇池，雷行楚陌。皓日晰臨，玄霖滂液。恩威互施，民夷咸懌。沔隄虹延，荆庾岳積。盜興自湖，蠻踵于益。秉鉞即戎，揮戈就馘。靖我幅員，絶彼毒螫。聲騰玉扆，恩賚金帛。石鼓報祠，湘沅流澤。峨冠儼像，緇衣懷蓆。膺命伐檀，戴星往役。仁壽成宮，顯陵莫祏。萬棟既隆，千椿不易。柄謝本兵，海涵横逆。身雖矩洲，績猶圓璧。隴梅舒素，洞草摇碧。嗚呼鐵翁，此維真宅。

# 泰泉集卷第四十九

## 墓表上

### 亞中大夫山西右參政巵山葛公墓表

明有世臣，弼教種德，流聲光於無窮者，巵山葛公其人也。木，公名也；仁甫，字也；近齋，號也；巵山，其讀《易》藏修之所也。家世瑯琊，五季漢時始徙上虞。入國朝，徵士貞生御史啓，啓生垍，垍生鏞，兩世皆贈如公父官。鏞生浩，通議大夫、大理寺卿，是爲兩谿翁，即公之父也。封淑人俞氏，公母也。

正德丁卯，公領鄉薦。丁丑，登進士。初授刑部主事，進員外郎中。出知淮安府，薦擢山東按察司副使、山西布政使司右參政。公之登仕也爲主事，時有兄弟争襲滯獄，諭以因心大義，憬然感寤，量擬遣之。大司寇林公以是使顓奏牘，奉敕録囚直隸，多從洗釋。有不可生，夜必焚香籲天；迨凌寒當決，猶思讞免，使挾衣自隨，毋至凍死。及爲郎中，又奉敕録囚江右，一如直隸時。久操硃墨，漬入膚理，其洗冤尤多。此公之詳刑也。

在淮安，則節財力以裕民，弛鹽禁以弭盜，申明保伍，修理社學。疏河塞，則增閘儲泄以時，往來便之。毁淫祠，改建龍溪書院，則擇師以教俊髦，躬考校而造就之。旱蝗，民多流亡，則減夫役，蠲差繇，招集復業數萬口。詞訟罰贖，使自量劑，輸穀于倉者數萬斛。已乃奏裁免税糧，開豁逃里，政教並行，公私兼裕，而淮民賴以生全。此公循良之政也。

副使山東，實奉璽書整飭天津兵備。適渤海口决，漕舟壅阻，建議興工築其要害。功竣，水復故流。上聞，有牢醴綵幣之賜。軍民雜糅，多剽竊水陸間者。嚴賕吏之罰，慎門鑰之防，盜遂解散，闔境肅然。癸巳春，邊將失機，給事中曾公忭、御史聞人公詮性勘情罪，檄請偕行，公出議論，聞者悦服。無何，禮部侍郎黄公綰撫綏大同，復檄請偕行，凡百贊襄，無不曲當將士心者。察情守法，動則中權。此公之陳臬也。

其在山西，寔奉璽書提督糧儲。于時藩封歲禄，邊圉運餉，積多缺乏，帑藏無備。乃於嚴冬冒犯風雪，登降山谷，督夙逋，催新賦，粟漸可支，課賴以足。民有告飢者，則從而賑之。逾年，積勞成疾，具疏乞歸，竟至彌留衣冠，端坐而逝，此公之以死勤藩事者也。公之去淮也，士民遮道攀留。其去天津也，雖士亦攀留如淮。及没于晉，自宗室以至士民，皆哀而挽之。淮人迎喪，盡慟復作，大槨韜其來柩，祀諸名宦祠。公何以得此於人也？其秉心公也，其析理明也，其臨事敏也，其禔身廉也，其愛民誠也。是故公則足以折獄，明則足以辨冤，敏則從事有功，廉則人無訾議。合署一于誠，誠則動物故也。

生于成化丙午四月十四日，卒于嘉靖乙未七月十五日，春秋五十，公之壽也。前董氏，贈安人。

繼潘氏，封安人。子男三：光、焜、熫。女二：長適章弘仁，次許聘某，公之配與其所出也。娥江東滸黄泥山之陽，公之墓也。兩溪翁命予表公墓，將命者誰？公之介弟官生臬也。

## 中順大夫四川按察司副使懷古吴公墓表

嗚呼！此吾同年懷古吴公墓也。公之始令進賢也，公直通乎神明，清苦勵乎冰雪，勤敏徹乎夙夜，舒太史稱之。其趣召用也，試河南道御史，則言事寧忤當道，而不知其有己。左遷後軍都事，則供職省過，寧雄飛雌伏，而不見其怨尤。其遷南刑曹也，署郎中事，勤於其職，明達法律，民自以不冤。及出僉臬事在江西，則冰蘗有聲。轉廣東，則風裁益著，廉而不激，和而不流。裁斷獄訟，明毅有守，紀功覈實，精察不欺，嶺南之民至今稱其仁焉。陟閩藩參議，三載政益懋修，而民懷之。往督古田銀礦，化導賊徒，務盡心力，至於感疾，猶事綜理。及晉副蜀臬，飭兵威茂，歸展先墓，而疾不可爲矣。生某年月日，卒某年月日，壽五十有四。

嗚呼！公性温克而中實剛方，勤儉清慎，始終一致。渭崖霍公素重許可，爲文弔公，稱其仁正公直而不獲壽祉，蓋天道難知，尚有俟於後云。公之先家本姑蘇，十一世祖潛爲宋丞相，以忠名著信史；始遷宣城焉。四世祖元頤，洪武中國子博士。曾祖讓，湖廣按察副使。祖文常，有德弗耀，祀于鄉賢，以季子宗周貴，贈户部員外郎。考宗儒，博雅能文，庚子鄉貢進士，未仕而卒，以公貴，贈南京刑部署郎中。

公蚤孤，能自力學，以至有成。爲詩文，皆淳正可誦。娶楊氏，封孺人，側室馬氏。子男一，山卿，今爲太學生。女三：楊熜、楊文炫、劉詔，其婿也。孫男二：夢相、注相。女一。

公既葬宋山之原，墓猶未表，山卿俾予書焉。予憶赴南宮，遇公于途，愛其風儀端粹，議論醇正，詢知爲吴丞相後，心甚敬之。及涖政吾廣，敷政優優，洽于民心；參藩于閩，益堅所守，正直忠厚，公蓋兼有焉，可謂不忝厥先矣。方將陳力究用，而位乃止此，薦紳聞其訃者莫不惜之。予納交最久，尤切盡傷，是以書其墓而不辭，亦以知公之深故也。

## 承德郎兵部主事象峰梁公墓表

嘉靖七年秋七月十有九日，職方副郎象峰梁君卒。其年，新建伯陽明公來視粤師，以十月六日命官權窆君于大象岡。越十有三年春正月，乃遷葬，從先兆焉，禮也。於乎！君與予素同學業，又同在宦邸，交處最深。篤行之大者有三：曰篤忠藎也，篤孝愛也，篤交誼也。

當毅皇帝南巡時，君與同官抗疏極諫，毅皇帝怒，杖之闕下，幾瀕於死。時粤産立朝預諫者，君一人而已。正德末，逆臣江彬領四家兵，從車駕遊豫。受佛朗機夷人賄，薦其使火者亞三，能通番漢語，毅皇帝喜而效之，降玉趾，日與晉接。及車駕還京，君時掌四夷館，火者亞三以事見，兀坐不跪，君杖之。彬聞而怒曰：「彼嘗與天子遊戲，豈肯下跪一主事耶？何其不揣量也？」意將加害，有力捄之者乃釋。此其視媕婀選愞者，將無逕庭耶？故曰篤忠藎。

先世以客户自南雄珠璣巷遷來，君嘗訪求其地，言于郡守，樹坊表識之。十三世祖郡馬公以及祖考，皆采摭行實，欽録敕詞，編于家乘，傳之族人。復自斶俸貲盡修祖墓，不少諉于族人，而又立義隴以爲族人恤。此其視乾没自利、罔念宗祊者，將無逕庭耶？故曰篤孝愛。

陽明公巡撫南贛，君歸省，寔從之遊，與論敬義，竦然有得。知霍渭厓于未遇時，納交最密，皆力主其學術議論，人百近之弗少變。一時名士如少谷鄭善夫、棠陵方豪輩，又皆折節與交，能不言而飲人以和，見者莫不信嚮死生禍福，刎頸願焉。此其視面而不心、徒徵逐而罔忠信者，將無逕庭耶？故曰篤交誼。

君諱焯，字日孚。起自郡學諸生，連登正德甲戌進士，初授禮部主事，荐晉職方。其生之年爲成化癸卯，壽僅四十有六，知者惜之。其葬在金利都小金山之原，君所素定也。有丈夫子三人，索文表厥墓。余故特書其大者，以爲其後之人忠於朝、教於家、求友於天下之式。

## 封文林郎監察御史翠峰黎公墓表

癸未秋八月一日，封君翠峰黎先生卒于家，其子御史貫方按行大江以西，僅四閱月，遂奔喪。適予使岷，道出豫章，聞輿言曰：「天錫黎公，振我風紀之墜，以壽我民，仁函于威，法修以明。嗟嗟天虖！乃弗終我慶。」又曰：「此邦邅屯久矣。命使者更凡五六，罔或綴厥度。天胡弗壽公考以及于我也？」相與涕洟以咨。及御史授簡俾予書先生墓，然後知先生之爲人與其教子之詳也。仁者固有後，然庭訓之功亦閎矣哉！

先生幼喪父母，哀無時。事大母如母。族人將兼其産，避諸外王父，弗與校。日謀裕蠱，不遺餘力，家以迄豐。愛其弟，雖長不使服勞，曰：「吾哀之猶晬而失怙時也。」撫其孤三人與子均，見者莫知其爲弟息也〔一〕。李氏姊夫婦淪没，携其八歲孤以歸，教之成人，且爲理其産嘗被侵者。高大母墓蕪没自元季矣，恒號於人者，累年後果獲之，誌石猶在，人以爲孝感。有横民侵其田，人曰：「盍訟諸？」曰：「彼爲富類是多矣。吾訟之，則人亦訟之，彼將惡露而家敗，是吾罪也。」聞者歎服。

居嘗語不及私。非鄉飲燕會，足迹不至於縣庭，邑大夫程君相輩咸稱重之〔二〕。與人交，謙抑如不能，及賙困阨，奮若湍焉。里中有闃墻捕鳥者，委曲開諭，卒皆改。以故熏其德者不啻炤景飲醴，蓋齗齗如也。

御史始被選爲翰林庶吉士，以書戒之曰：「恩殊報輕，吾之耻也；攻文尚詞，職之末也。」及授今

〔一〕「其」，萬曆本作「孰」。
〔二〕「程君相」，萬曆本、北大本作「程君輔」。

官，又數以書諭曰：「御史以執法爲職，不惟其嚴，惟其恕。恕以濟嚴，民蹈其仁。」迨奉命按行，獲奉敕歸省，先生於是受封，鄉之人榮豔之。蓋登進士以致貤恩，前此未始有也。御史居亡何，促之行，曰：「古人有言：『親不可遺，君不可後。』毋以吾故而稽王命也。」御史拜教以行。未幾，訃至。於乎！仁矣哉。御史始按閩，凡利病，髮櫛而苗耨之幾盡，直聲殷殷在朝著。先生之澤，殆未艾也。

先生諱元昌，字德隆，世家番禺。曰三宣義者，仕宋端平時。高大父景英，始遷今從化之韶峒。曾大父子禮、大父仕珍、父珪，皆不燿其德。母顧氏，以景泰乙亥四月二日寔生先生，封太孺人。李氏則先生之配也。子男二：長即御史，次質。女一，適張瓚。孫男四，女三。其葬在邑東某山之原云。

## 文林郎知德化縣事敬所倫君墓表

敬所先生諱彝，字宗常。倫氏列通志，郡望本京兆。唐有侍御史慶。迄宋，筠軒主簿遊宦入廣，遂爲南海人。高祖傑，曾祖德銘，祖友諒，至考舉，以耆德彰。妣易氏，天順丁丑七夕，寔篤生先生。少從叔父鄉進士昇爲《毛詩》學。成化癸卯，以儒士領解額，講業坡山，從之遊者亡慮數百人，成名者多鉅卿。

弘治庚戌，登乙科，署直隸旌德學訓導。甫八閱月，丁外艱。壬子，復官南陵，教思風發，材賢鼎出。甫奏效，復丁内艱。正德戊辰，復補職北直隸威縣學。又八閱月，滿九載，考最謁銓。己巳，拜閩德化縣知縣。鋪其德威，樹厥群廢，惠政大浹，士民以穌。

癸酉，聞子詔獲解額，乃歸老南海。壽七十有五，卒于正寢，嘉靖辛卯九月十有七日也。配蕭氏，長史究之女，孝而懿，檢整家衖，能輔先生。先十有五年，卒于正德丁丑正月十有三日，距其生天順壬午十月二十有八日，壽五十有七。子男四人：長即詔，四川南部知縣；次誥，邑庠生；次謨；次諫，乙酉鄉進士。女一人，適梁軥。孫男五人，女六人。越壬辰十有二月二十有九日，合葬北郭之黽塘云。

泰泉子表其墓曰：吾聞君子立身有二難，或失則罔；立教有四端，或蔽則柅；立政有六美，或違則咎。夫文難工，行難力。工而失之浮，力而失之怪，不亦罔乎？孝爲行端，節爲義端，惠爲仁端，禮爲讓端。孝蔽於薄終，節蔽於耦怨，惠蔽於繼富，禮蔽於徇名，不亦柅乎？能寬，能嚴，能慎，能明，能廉，能能，是之謂六美。寬而不嚴以令下，則違；明而不慎以獲上，則違；廉而不能以舉事，則違，不亦咎乎？于嗟乎先生！

雅尚静樸，宗黨師淑，明經績文，金質玉聲，其立身有如此者。宅憂由禮，義舉助葬，喪耦斂嫁，建言明禁，捐俸恤貧，罰厥淹女，祀賢鄉飲，視履罔私，其立教有如此者。鄭虎賴丞，典正獄犴，靈山致雨，興化返盜，嚴以寬矣；告神感鳩，洞析譖誣，葉守裘使，亟索靳與，明以慎矣；延莆士輿世丁溪之教，門兩隘用籍兵壯之武，凡百借供億，皆捐祗候，於里甲罔秋毫歛，能以廉矣，其立政有如此者。門人御史陳君則狀其行，與人月旦評，其賢食德弗既，式穀其後之人焉。于嗟乎先生！

## 鄉貢進士玄洲劉君墓表

庚有文人劉君希曾諱魯者，梅國翁適子也。翁以魁元顯庸，而君志在克家，故始以梅泉易其字，後乃更稱玄洲云。君生而奇頴，五齡能誦《詩》，七齡通《童蒙》《小學》，九齡善大書。十二侍翁京邸，講習《毛詩》《四書》，明其大義。十四肄舉業，輒成章。十五隨翁謫宿松，適南昌。龔君暹自春官下第，來授徒，遂從之遊，而業益進。

踰年，歸庚授室，尋又隨翁守廣德。適龔君再至，則卒業焉。十八歸入郡庠，即復往省，蓋趍庭承學，所得爲多。會李空同以督學至，檄使需試。已而翁亦督學四川，君歸試于空同，空同亟稱之。自是績學于庠，名燁燁起，同舍皆遜服。繼空同者田水南、邵端峰、周玉巖，試皆前列，邵則以廩餼優之。時中丞王陽明講學虔臺，君思脱去，凡近則往師焉。其所超詣，蓋斷斷如也。

歲大比，丙子、壬午、乙酉，試俱不利。戊子，復侍翁于浙藩，歸而督學趙竹岡試之，驚曰：「魁江右者，子也。」比徹棘登名，監臨諸執事猶以不果魁爲詘。是時，梅國翁宏才美政，昭乎上下，掞辭矢詩，蔚爲宗工，人謂接武在君矣。然五上春官不第，禮曹提調嘗私録其卷，以示人曰：「天下才子如劉某乃爾蹇躓，豈其命邪？」君志仡仡，不以是少剉也。於是入南雍，友天下士，文日以豐敏，人咸期以大魁，君亦無所於讓。

及侍翁家居，詩文行楷益臻精妙，評質低昂，婉愉終日，而橋梓真樂，蓋有溢於文字之外者。癸卯秋，弟音以任子謁銓，君挾之北上。冬，抵濟寧，感寒疾，比艤臨清，稍劇。念翁初度，猶彊起遥拜賦詩。甲辰春，抵連窩，病乃革。語友人王應瑞代書遺囑，惟念親老，且面誨音曰：「弟他日當官，惟在忠君而已。」語不及私，奄奄而逝，正月十二日也。距其生弘治乙卯四月二十三日，享年五十。

先是，君將行，畫史陽逸夫作《龍躍圖》以贈。方舉筆，而樵僮持一紫芝至，芝下有『天地王魁』字，一座驚喜，以爲佳兆。圖成，君作贊以寓志，而竟不然。豈董生《繁露》所謂天地人連三爲王，兹無人焉，而三斗近鬼，恰符年數，殆造物者潛其機也邪？猗嗟嗟，悲哉悲哉！

世之貴游子弟大都醉醲飽鮮，自詑雄飛豪舉，夫奚暇以《詩》《書》爲？即小有才，必挾藝以驕人，狼貪烏攫，凶于其家。諺曰：「燥自取燒，浮自取漂。」言疏俊害事也。君爲人沉默謙厚，鄉道德，藐才藝，而外之紛華亡足動其中。往來宦邸有賮饋至數百金者，拒不一睨。蚤夜以思，惟知追古賢哲而與之俱，此其視世貴游賢不肖何如也！所著詩文多逸，惟《梅泉稿》《玄洲課録》藏于家，蓋有不朽者存焉。漱芳擷菁，躪轢秦漢，信可謂文人也已。揚雄氏之贊文曰：「雉之不禄，而鷄蓋穀。」其君之謂邪？

君之先庚望族也，七世祖國寶，洪武初爲賦役長。曾祖諱原芳，贈通議大夫、都察院右副都御史；曾祖母張氏，贈淑人。祖諱滋，合浦訓導，贈奉政大夫、四川按察司僉事，加贈如曾祖官；祖母歐氏，封太宜人，贈淑人。父即梅國翁，名節，累官刑部右侍郎致仕；母周氏，封宜人，贈淑人；繼母鍾氏、尹氏，俱封淑人。君則周出也。元配許氏，生女壽姑，適王太守之孫懷，再適千户穆世臣。側室白氏，生子堯卿，殤；楊氏生子堯弼，聘朱氏，女賢姑，許適某。以嘉靖某年月日，葬君于西郭楊梅頭之原。

其年，予罹艱經庾，梅國翁覯予，以表墓見屬，淚涔涔下，曰：「非公也，莫知吾兒者。」予爲之悲。至是其姪婿易恒持狀來速。嗚呼！玄洲念不忘親之謂孝，誨不忘君之謂忠。《周語》有之曰：「孝，文之本也；忠，文之質也。」而君兼之矣。是故生而庾靈毓其秀，没而芝苻兆其終，夫豈常流哉？夫豈常流哉？是用表君之藏，以俟録文獻者徵焉。

## 敕封孺人黎母李氏墓表

此黎母李氏夫人墓也。先是，嘉靖初元，休命自天，褒嘉御史貫爰作耳目，昭有令績，寔惟父母媲德胥教，克有令休，是用貤封，以示丕勸，惟良顯哉！乃封翠峰公如其官，母爲孺人。龍章鸞迴，光動閭里，繡豸珠翟，輝映左右，蓋湛恩也。邑之人競相告曰：「懿哉！前此未始有也，非盛德其何以致是？」乃者翠峰公眉壽令終，予表厥墓。越甲午九月十八日，夫人卒，年七十有六。十二月甲寅，葬于番禺南塘嶺之原，去翠峰公墓三十里而近云。御史君復俾予表厥墓，誼在姻厚，其何敢辭？

按：李氏之先承奉安政者，宋紹興中始入廣，因家焉。曾祖道、祖恒、考松青，始徙從化之白岡。妣黎氏，以天順己卯九月十一日生。夫人自幼寡言笑，遵梱儀，靡有少愆。稍長，肄女紅，精勤有成，閨外罕見綦迹。松青公獨賢之，曰：「此女端淑異常，必享厚福，盍慎擇所歸？」乃歸翠峰公。其女德有如此者。

公蚤失怙恃，銜恤立家，夫人相祀，恒以不逮事舅姑爲恨，時薦必至悽愴涕下。公有幼弟幼妹，夫人婚嫁之，不少靳惜。公有姊適李氏，蚤喪，夫人鞠其遺孤如子。仁恤宗黨，亡不得其懽心。其婦道有如此者。

御史君第讀書中秘，迎養至京師。夫人每見異賜，謂曰：「此大官所供耶。既禄食而又享此，盍亦知所報稱乎？」故御史君入内臺，夙夜其勤，忠藎有聲。及論先師王祀事，雖忤旨下獄不色懼，曰：「吾能毋貽親憂，足矣。」及放歸，買民舟亟馳至家，夫人曰：「女歸何亟耶？能毋負聖明，吾足矣。」蓋有滂母之風焉。其母儀有如此者。

夫人考妣墓久失所在，語御史君使訪求焉。既得之，則喜曰：「吾罔極之懷少慰矣。」其不遺親有如此者。

勖諸孫，使世其科。届秋期，忽自謂曰：「吾幸見吾兒登仕，吾壽且踰耆矣。得再見吾孫中科，雖從夫子於九原，願亦足矣。」既而長孫民表果領甲午鄉薦，喜甚。力疾受賀，猶諄諄誨之。其詒孫謀有如此者。

逾日，疾復作。治命毋用金銀殮葬，曰：「吾必不起，慎毋爲後日患也。」其明慎有如此者。

《詩》稱女士、令妻、壽母，夫人以一人之身兼有之，且能孝其親、慈其孫、慮其終焉，又人所鮮能者，可不謂賢矣乎？是可以表也已。

夫人有子二人：長即御史君；次質，先乙酉年卒。女一人，適同邑士張瓚。孫男四人：長即民表，次民衷，次民裒，次民褒，孫女三人：長適黄正郎子啓讓，次許梁僉憲子有邦，次尚幼。曾孫女一人。烏虖！夫人光輔名家，顯有懿德，而能式穀其子若孫，俾宣忠績以贊皇猷，勿替引之，則永有聞焉。故予表其墓，必特表其大者，以示其後昆，用克靈承聖天子之休命。

## 鄉進士頤齋陳君及配張氏合葬墓表

此予故友陳君及其室張氏合葬墓也。君諱翁年，字敬頤。其先五世祖惟善，世爲南海鉅族，暨高祖志全，皆隱德不仕。曾祖禮，始仕爲訓術，贈大理寺評事；妣顔氏，贈孺人。祖騏，號益庵，雲南按察司副使；妣彭氏，贈孺人。父繹，郡庠生；妣梁氏。君之生也，適益庵翁初度，因命名焉。爲人丰姿清潤如玉，覯者知其不凡。

初，予先大父與益庵翁同舉于鄉，情誼最厚。君之父又與先父同學，日相過從。君天資聰顥，讀書過目成誦，終身不忘。予羈貫時所爲文字，君一見之，輒爲益庵翁誦，翁許可，謂能遠到。比予入學，又與君講世好，相麗澤纚纚，終日意其愜也。即誦予少作，隻字不遺，同舍生盡驚伏，且曰：「吾祖素知人，子學將大成也。」自是予每請益，君亦往來評騭，闢翕間群疑洞釋。益庵翁壽八袠，目雙闇，猶日談名理。君侍側，爲代讀經籍。每剖析一二，悉中肯綮，且循禮謹敕，先意承志。翁喜，每對人曰：「吾有順孫矣。」僉憲無錫馮君夔改周子《太極圖》，陰陽、五行、六虚合而爲一，且爲之説，往質於翁。翁辯之大義數十，訓釋條暢，君所潤色也。馮君得辯，服翁精博，且異其詞氣英鋭。翁告以故，馮君延見，與語《易》。君探賾詣微，多發程朱之奥，馮君歎曰：「嶺海奇士也。」自是君以邃《易》馳名。與同里對閭陳子治者，試皆前列。正德癸酉，同領鄉薦，名皆高等。未上春官，會予宅先父喪，日營宅兆，謀諸君。君齋戒，出蓍卦之，遇《豫》之八，謂曰：「先隴高原，象雷之奮，《豫》以待矣。建侯行師，利孰大焉。」予先父墓蹻聚龍岡，上果有陪穴，遂從其言。蓋君素精於理，故神於占如此。

丙子，君先予行，逾嶺與陳子治同得病，館于南安，亦對閭焉，先後皆没。君没時，端坐正音，如對官長然。屬纊，語不及亂。嗚呼！非有養者歟？迨予訃偕遇其喪，哭之慟，雖鄉人亦咤醇德不禄，弔者輒沾襟云。享年僅三十有一，其生以成化丙午十二月十八日，殁以正德丙子八月十四日。

配張氏，番禺人，靖州知州琮之孫，知縣直之長女也。柔嘉懿淑，克修婦道。當君殁時，二子萬甫三歲，億甫七閲月，鞠育成立，教之力學。萬領嘉靖辛卯鄉書，億充國學生，而家衖益振。孀居二十餘年，内外無間言。其生以弘治己酉五月二十三日，殁以嘉靖戊申正月十一日，享年六十。君先窆于白鷺岡子山午向之原，啓藏合葬，禮也。予叨世好，且慨《易》學之精，世罕君儷。追惟平生，竦然感懷，尚忍書墓邪？然承家有子，則九京可無憾矣！顧世鮮有知君善名理者，兹故表之，俾永有聞焉。

## 明處士泉塘吕君墓表

處士泉塘吕君，以辛丑八月二十日葬鳳山之原，今十年矣。仲子天恩來令從化，請予表其墓，予乃大書曰：烏虖！孝，誠萬善之始也。天地之德其流川，其化敦；人之立德其倫盡，則其仁肫。以予觀於吕君，其德人哉！幼齡逮事王父，跪進飲食，如見上官焉，夜候其寢安乃退。事父母承顔下色，務得其歡心。及居喪，踊慟以至骨立，路人見而哀之。卜葬畢，泥風水之説，躬往邑後山阜視地，自謂獲吉。北闕及丈許，平石瑩伏，僅可容柩，觀者異焉。既窆，雖善堪輿者皆謂青鳥不能過也。其孝感如此。

歲歉，節羡餘以周族。鄉閭稱貸，多不受償。俗謂福澤豐厚爲滿人，輒稱曰滿公、滿公云。壯未有子，或勸之納媵，君曰：「人患不孝，不患無後。」既而連舉二子。其誨子弟必以禮義，冒貨崇飲者必抑之，家庭内外爲之肅然。嘉靖壬子，有司遷學，捐貲助之，殫慮經理。用布絲輿像，奉入新廟，一無所損。比宫庭告成，巍焕倍常，周知縣應禄、黎教諭獻達諸少傅蔣公，紀諸貞珉焉。自是人材彙進矣。歲甲午，長子某舉于鄉。丁酉，某復登第。天佑善人，章章如此。

夫君之懿德，始於其親，及於其族，達於其鄉，食報於其子，其猶泉乎，孝固其源也。天相赴南宫，旅没于廣，抱學行而不及施，泉之始發而闕焉者也；天恩志向超卓，治邑有聲，發而沛然者也。放于四海，吾深有望焉。

君諱某，字時毅，其先東平人。後漢時徙零陵，故今爲灌陽人。曾祖宗敬、祖信璋、父仕榮，世有潛德。母周氏，以成化戊戌某月日生君。娶馬氏，生二子，女一人，婿庠生周大智。孫男四，某某，女五，皆許聘。其福澤固未有涯也。匯積厚而發流遠，適與其別號相符，豈所謂音義氣理相通者邪？予故表之，以爲爲善者勸。

## 明贈奉政大夫工部郎中復庵吴公墓表

公諱效，字復初，瓊山人。其先系本莆田，唐永貞初，户部尚書賢秀始遷瓊，家于郡東。久之，村都皆化其姓曰吴，封曰張吴，言吴氏自此大也。曾祖考諱遂，始從郭南道義衢，妣陳氏。祖考諱俊，號古心，布衣，妣王氏。考諱康，爵里士，號槐陰叟，妣李氏。

公生而卓犖，外朴渾而内明秀。家貧，事父母務得其歡心。羈貫志學，即以古道自厲，言必依禮，人以爲迂，公自信確如也。入邑庠，張教諭稱爲古儒。射圃肄禮，當耦輒中鵠，陸憲副奇之曰：「射以觀德，子其優矣。」弘治乙卯，應試會城。預廩，丁内艱。同舍謂牒先憂，按日以請，可補。公曰：「吾以七月試廩，九月聞訃，十月始抵舍，支補當註何日？欺公罔利，心其安乎？」

雷守豐其贄帛，聘教郡子弟，據《禮》「不聞往教」辭焉。里有驅車者，季子道逢之，負石柱立，車突柱折，季子死焉，其人惶怖出錢帛助喪，公泣曰：「兒不幸罹此，命也，汝何與？」辭之，一亡所受。見鄉人健訟，不知向學，取朱、吕《鄉約》行之。創精舍爲堂，曰嘉會堂。東曰麗澤軒，業舉者居之；西曰養正軒，訓蒙者居之；後爲崇本祠，祀晦庵、東萊。月朔如《約》申戒諭，違者直月糾約舉之，都約、約正、約副同治之。悼四禮久廢，演圖説以便省勸，闤闠服其化者數百家。里無譁訟，子弟競力學，罔遊惰失業。

正德丙寅，詔修《敬皇帝實録》，檄求典故，兩學舉公屬筆，及成編，太守以金幣報之。初誦克己章，即慨然有希顔志，因扁其居曰復庵，自爲記，略曰：「夜氣清於不梏之時，善念萌於有感之際。知而克之，則萬善極而四海準矣。」庵右構一署訓子，曰尋樂處。每讀經義子史，怡然有得，不自知其身之老也。尤嗜《伊洛淵源》，手抄終日，字無遺舛。或問之，曰心定故爾。喜植名花木，畜魚鳥自適。

嘉靖癸未，仲子會期舉進士，授南京户部主事。乙酉，遭母喪歸。越二年，丁亥冬十有一月初十日，公以疾卒于正寢，距其生天順甲申夏五月十有四日，享壽六十有四。明年戊子閏十月二十有八日，葬于石山雲亭之陽。配博茂劉氏，有賢行，先公三年卒。壬辰，會期除户部主事。癸巳九月，蒙恩例贈如其官，敕詞有曰：「茂學淳行，名乎鄉邦，追配先哲。」迨丙申，會期以營繕郎中績最，復貤贈如其官，誥詞有曰：「敦復之學，遠宗往賢，居貞之素，近礪澆俗。士禮迪訓，閭訟悔心。」皆實録也。

子男四：長景期，訓科；次即會期，薦歷郎署，以功加四品服色；次遠期；次懋期。孫男四：熙、魯、勳，俱庠生；煦。曾孫男三：兆元、兆蓄、兆霖。女四：適梁清、李芬、陳朝綱、雲儲，俱士人。孫女六：長適王天奇，庠生；次適丘文莊公孫冀，庠生；次適陳士瑛，舉人；次適陳一貫，庠生；次適王贊襄，舉人；次適王嘉慶，庠生。

於戲！瓊以南溟奇甸見稱于聖祖高皇帝。自兹奇士傑出若公者，殆其選哉。夫克己之幾，惟不遠復而已，果而確，固無難也。驗諸旦晝，則不善有知焉者鮮矣；擴諸感端，則善有弗復焉者鮮矣。公得諸孟氏，見諸自記，豈非善發敦復之藴者與？雖没齒遁世，而今上皇帝褒贈及之，真可謂流芳無窮者。鄉薦紳俞景山氏謂公弗徼粟於先事之牒，而過未萌，幾乎不貳者矣。人莫不愛其子也，或顛之而遽忘怨尤，其爲不遷怒孰大焉？終困其身，慎厥取予，雖曰其庶乎屢空，奚以加兹？

輿情舉公祠于鄉賢，禮也。今郎中君將大顯庸，而忤時弗校，真能振其家學。遺熙、勳來請墓表，方且績文循禮，待舉于有司，其得諸博約之傳者乎！子孫勿替，世濟其美。張吴之名，豈我誣哉？是用大書，以貽有永。

## 沙洲處士歐公墓表

沙洲處士歐公，以嘉靖戊申九月二十九日卒。又明年，庚戌十二月某日，葬于大崙山七世祖上舍府君墓下，禮也。嗟乎！來復必於七日，觀德必於七世，天人一道也，况於行誼繩其祖者乎？太史公稱番禺一都會，珍果之湊，若龍眼、離支流俎天下，而順德陳村爲最。公世居之貨殖，至者目論色授，輒操奇贏，業以致裕，析毫毛利，乃義分明。霜時濟人緩急，亡復訾省，以致人皆義之。居常孝思。歲時伏臘，立祠修譜。事慈母霍氏如母。恤人之喪，撫人之孤，善與人交，慎其終始，故鄉里歸其賢云。性嗜詩書，築沙洲草堂，胸次日與魚鳥相韭泳，吟嘯訢如也。工爲詩律，多傳而謳之。所著《家禮雜議》《保家録》各一卷，詩賦、箴銘、贊頌若干首，藏于家。

公諱某，字某，沙洲别號也。曾祖某、祖某、父某，輸粟助邊，授將仕郎。母黄氏，生母盛氏，配孔氏。子男四人，長大任，績學邑，從予遊，次某某；女五人，婿某某。孫男二人，某某，女一人，尚幼。公生以弘治己酉九月二十三日，得年六十。嗟乎！清世逸民如公，乃弗上壽，豈非數哉？夫惟言以立文，文以立禮，禮以立行，行以立誼，是之謂不朽。

# 泰泉集卷第五十

## 墓表中

### 貞山先生給事中陸公墓表

給事中陸公諱粲，字子餘，一字浚明。嘗讀書貞山，遠邇聞其學行，稱爲貞山先生。其先得姓自姜齊陸鄉元侯通。至漢，豫章都尉烈令吴，子孫因家焉。宋季辟亂，始居長洲之陳湖。曾祖諱瑄。祖諱溱，以別子貴，贈工部主事。考諱應賓，世傳儒業，旁通軒岐，爲醫學正科。母胡氏，生公郡城絃歌里。

幼穎悟絶人。六歲，日誦數千言，善屬對，能評《漢史》，塾師大奇之。九歲，工爲文。十有四，選入邑學，受業於伯氏焕。焕與季氏采皆太學生，並稱聰警。兄弟自相師友，鄉黨謂爲三鳳云。後又傳經義于錢鴻臚貴，而學益進。雖族有太宰，然布素謹敕，出入敻異貴游，人雅重之。先正震澤王文恪公鏊見所作，歎曰：「此子當魁天下，今翰林無此文也。」

嘉靖乙酉，以《春秋》舉鄉薦第四。丙戌，舉會試第三。比廷對，石文隱公珤將寘首選，忌者計沮，遂列名第三甲。尋被選入翰林，爲庶吉士。連七試，居首，館中故事所亡也。少師石淙楊公一清稱爲通儒，才足用世，非但文士而已。丁亥冬，詔簡五人充史職，公復居第一。内批改授，乃補工科給事中，輿情駭異，亦故事所亡者。蓋新貴人用事，公與同輩不肯往揖，新貴人銜之，媒孽於内，故有是命。拜官甫三日，聞邊警，即上疏請修寧夏邊墻，以遏虜衝。

又疏言：「古今禍亂之原每生於壅蔽，壅蔽之害常起于上下之不交，故聖祖御製《大誥》，首言君臣同游，其慮至深遠也。請每日視朝罷，退御便殿，接見群臣，商確政事。至於經筵，月惟三御，寒暑又皆間歇，惟日講最爲親近，然接對不過數刻，情意不交。請如洪熙時開弘文閣，慎簡天下博聞有道之士，置諸近侍，更番入直。聽政之暇，從容下問，講經史，論治道，涵養漸磨，自然有益。」

又論人才不獨進士可大用，舉人、監生有賢能者亦宜同升教職。卓異有成效者，暨王府官一體遷轉。邊方長吏，視内地尤當慎簡，不宜以願就遠方、苟圖利禄者充之。其考察才力不及調遠省者，亦宜調停。今朝廷屢議通鹽法，修馬政，然太僕、苑馬、鹽運皆不擇人，而徒變法無益也。又陳四事，曰久任使、慎考察、汰冗官、復制科，上皆采納。

戊子春，奉命考牧，劾御馬太監閻洪欺罔，因上十事，上允行之，宦官爲之奪氣。其秋，始用朝官主試各省，公往浙，最稱得人。還朝，適有張福弑母獄，廠衛與法司異斷未決，上命會鞫。熊都御史浹請依法司所奏，被譴以回護免官。公抗疏言：「大獄之疑，必當詳慎，不宜輕斥大臣。廠衛積威已久，每株送囚犯於法司，法司雖知冤濫，莫敢平反。今据理與争輒黜，誠恐法吏以浹爲戒，非國之福也。」

上震怒，下公錦衣獄，杖三十，踰月釋之。適奏黄河清，自靈寶達平陽，凡六日。廷臣欲稱賀，鉅僚以畏公言而止，自是代言者有新進立異之指矣。

時内閣張、桂用事，公夜草疏論之，有鬼嘯于庭，公笑謂曰：「死即死爾，吾義不可已也。」言既嘯乃寂。翼旦疏入，自分必死杖下，乃獲旨璁以原職，蕚落散官，以尚書致仕。二人貴震天下，一旦免黜，百僚震悚，都下讙稱奇男子。梓其疏者，售獲大利。岳司副倫、王給事準繼有章上，内批曰：「陸粲等何不早言？」俱下詔獄。既而霍韜事韜上疏詆公，辯蕚與己同薦王瓊，初不受賄，且謂石淙與腹心門生㖌公爲之。於是聖意頓回，召璁還政府，而石淙亦退矣。公謫丞貴州都鎮驛，與倫、準偕出都城。有賦《三生行》美之者，一時競和，以爲盛事。公抵謫所，旦夕讀書如常時。士子執經請業，與之講授，有掇科第者。

壬辰，稍遷知江西永新縣。縣素嚚訟，蕃盜號難治。公損益保伍法，隨户稽口；召諸藏盜者與之好語，令捕送自贖；有出入可疑者，保長率其甲夫捕之。前後獲盜數百人。時彭、陳二渠魁行劫江湖，莫敢誰何。力請于郡，出其黨周繼於獄，釋其罪，而購以重賞，令設伏擒之以獻。又有鄧、姜二劇盜猝起郡邑間，公密布方略，旋亦就擒。土豪左鐸攘敓殺人暨唆訟，號十虎三彪者，悉斃之杖下，道路稱快。有張軒者客死廬陵，族衆誣害其幼子虎，欲私其産。公廉得其實，斷還虎業。其鋤暴植弱此類也。

乃纂《家禮》以教愚氓，邀士大夫共行鄉約，俸外革去私供堂饌，明清法律，修廣庠序，賑給師儒、寒俊、孝子、貞婦，由是吏畏民懷，夜户不闔，澆訛之俗漸於禮義，而江湖遂以肅清。嘗欲引疾求去，假寐齋廬，彷彿有人謂曰：「昌黎子豈鄙夷陽山者邪？」驚寤，以告趙别駕廷松，廷松署其堂曰夢韓尹學士臺，爲之記及《童虎傳》，皆實録也。撫臺高都憲公韶、巡院李侍御循義連章褒薦。

甲午春，公念太夫人春秋高，上疏乞休，即日就道，士民攀號追送者數百里不絶。既歸，養志惟謹，祭先惟敬，事寡姊，撫孤甥，皆極恩禮。復特祠外王舅胡少參琮于居第之西，報其育己也。又畫王文恪、楊少師、錢鴻臚三像，懸而敬事之，報其知己也。陸長史鍾、張都水約托孤，皆撫之成人。徐文學元禄亦賴以成名，且又造就其子，嘗曰：「爲人不以死生利害動其心，然後可以幹天下大事。」又曰：「忠孝少虧，雖積百善，亡足稱矣。」優游林壑十有八年，尺牋不入京師。達官道吴，非就見不往答。時情餽遺，一無所受。前後撫按推薦及科道會舉章凡三十餘上，皆尼不行。大臣有屢事者薦剡及公，公貽書友人曰：「吾不幸乃爲匪人所污。」其勁直每如此。

乙酉，侍太夫人疾，親調湯藥，衣不解帶。比宅憂，哀痛踰禮，苫在殯側，不入便寢。經理窀穸，日漸羸尫，見者憂之，竟弗克終喪紀。病痢且革，清明不亂，顧其子曰：「大丈夫當馬革裹尸，今待盡牖下，得無爲馬文淵笑邪？」言訖翛然而逝，辛亥十二月二十五日也。距其生弘治甲寅六月二十六日，春秋五十有八爾。夫人盛氏，右都御史應期女，早卒，不再娶。子男一人，曰延枝，太學生，娶毛氏。女一，嫁尚寶司卿王有壬，文恪孫也。側室女一，嫁縣學生史訪。孫男一，曰嘉年。孫女二。延枝以乙卯十二月十六日，葬公于吴縣貞山之陽黄村原新阡。

嗚呼！公於忠孝之道盡之矣，而嚴氣正性，未嘗員刓委屈，所謂崑玉比質者也。憶予己亥起厠宫僚北上，艤舟吴門，始晤公。公長身朗秀，美鬚髯，風采英發，貫穿經史，練達典故而多心得。故其析疑經國，持論堅定。與之語，輒中準繩，纚纚不休。王文恪嘗出所記，輒訂其疑似一二。在永新，時與羅文莊公欽順談道，亦訂其《困知記》數條。二公心服，皆翻然從之。博識古今奇字，見楊修撰慎《韻林》，移書疵摘，每相契合。又嘗索予所記《革除遺事》，證以所見，無一不精確。姜憲副龍者博達，少所許可，嘗曰：「文章、節行、政事，三者有一，足以名世。求其全者，惟吾浚明公乎！」公著述專法遷、固，雄深雅健，無論魏晉。比予家居麗澤，時寄數篇，潭思日以雋永。著《左氏春秋鐫》及《附註》，皆有前賢所未發者，今行于世。文集及《胡傳辨疑》□□□《煙霞山房書尺》《庚巳編》[一]，藏於家。他若《禮史二記註釋》《見聞隨筆》《鈎玄抉秘》諸録，皆未成書。

公雖剛毅，然見善撝謙，恒若不及。後生有好古工文者，必加推重，與之莫逆。如彭君年，其著者也。彭君狀公行，謂公孝弟廉明，如漢廬江太守；忠諫節義，如吴選曹尚書；文章該洽，如晉平原内史；經術淹通，如唐太子侍讀。予深以爲然。嗚呼！向使公登翊泰階，得如宣公展其謀猷，則格我聖明，匪直貞元之世而已。惜公靖獻之初，已沮於人，甫行所學，一斥弗復，雖流風百世，可以立懦，而年僅下壽，賫志以終。嗚呼！命也夫；嗚呼！命也夫。

[一]「疑」下所缺三字，底本及各本均墨釘。《國朝獻徵録》卷八〇所録該文，則無所缺三字。

## 承事郎惠州府龍川縣知縣鳳坡韋君墓表

嘉靖二年，平南韋君以選爲惠州府龍川縣知縣。六年，致其事。十有四年十有二月初八日，卒于家。越明年二月十有七日，葬于太平橋龍灣之原。厥孤應詔等狀其遺行，俾應奎詣泰泉子表其墓。

泰泉子曰：

於乎！惟兹有用之器，藏此窀宫矣。夫故度者用之府也，學者用之資也，才者用之樞也，力者用之駕也，時者用之程也。不務五者而能成其用者，未之有也。

方其業《羲經》，偕其仲、季種學績文，馳聲郡校。仲領乙卯鄉書，則益自砥礪，沉潛經史，亡間寒暑，非其度之弘歟？守郡者遣子甥輩從之遊，縉紳子弟往受業者百餘人。考必甲於人，出其門者多名士。及貢諸天子之庭，遊成均而聲益大，非其學之驗歟？其令龍川也，詢瘼正俗，明罰敕法，乃日會計以樹群廢。首復儒學于古循州文廟故址，構亭榭以踞鰲湖之勝。乃立城隍廟、養濟院各一；撫按、行臺、府縣公署，演武亭以及傳舍各二址；學、吏舍，郵亭各六；街道、陂灞至於旗車、鼓吹，無不焕然者。非其才之優歟？兵備施公儒委之討寇，戰于歸善桃子園，共獲生擒首級四百名顆；提督姚公鏌委之討田州岑猛，統平南、桂平、貴縣、龍川民兵，共獲生擒首級三百一十名顆；及家居，而邑寇流劫潯、梧，則奏于朝，起兵平之。非其力之裕歟？歷官五稔，公出二稔府庫積贓罰紙價，凡一千四百餘兩，稻穀三千餘石，重懲豪民黄坤之惡，而不受所賂，當路者皆重之。歸則結草爲廬，引水爲池，訓子務農，優游閭里，非其時之宜歟？

夫建府弘則其容厚，取資博則其積充，運樞敏則其獲疾，執駕壯則其行堅，循程嚴則其功就。若君於五者，可謂不失其用成矣，故曰有用之器也。若乃發受於天，彰施於中，收完於終者，則有天存焉。

君諱邦憲，字君成，享年六十有一。娶馮氏，子二：長即應詔，縣學生；次應德，以武功充本縣平領鎮護印巡檢。繼潘氏，無出。側室朱氏，子一，即應奎，亦縣學生。自其祖而上，家世之詳，見狀元舒梓溪所爲墓碑，兹可略也。

## 奉政大夫南寧府同知蓮峰陳公墓表

君子之於天下也，集義而已矣。義之大者有五：斷大事也，決大疑也，恤大難也，禦大敵也，成大役也。必卓有定見，守有定力，絶無所爲而爲，而死生禍福皆非所顧，此之謂必有事焉而勿正。苟或放於利而行，慮夫害而怯，晝夜頷頷，乃曰勿忘勿助之間云者，義曷由集哉？予於故友蓮峰陳公有取焉。

公諱志敬，字一之，東莞之北栅人。自幼篤學，從祖猷知必亢宗。弱冠有聲庠序。進士陳寧令邑，遣二子受業。弘治甲子，以《易》領薦，卒業辟雍。嘉靖壬午北上，值同邑舉子林載陽爲漕運官軍擊死清河閘，同行者皆趣程上春官，公獨留治其喪，且具白當道寘諸法。癸未會試後，始抵京師。予素與公厚，方出禮闈，晤諸薦紳，皆歎咤以爲難，一時髫髦争識公面，其恤大難之仁有如此者。

及判潯郡，首定催科之規，公私便之。署篆平南，修城貴縣，措注亦皆曲當。乙酉，吏部奏汰冗員，遂改南寧，仍董糧務。丙戌，姚都憲鏌督兵數十萬往征岑猛，駐節邕管署事。凡百供億，動愜事情。丁亥，田州既平，其酋盧蘇、王受復叛，欲攻武緣。督府檄往守城，至即修城鑿池。二酋距城三十里而陣，守將張經輩大懼，議欲南奔，公拔劍誓與城俱亡。有欲行成者，公叱止之，乃堅壁固壘，且戰且守，賊遂引去。其禦大敵之勇有如此者。

戊子，晉本府同知。新建伯王陽明守仁來撫二酋，遣公單車往諭威德，蘇、受款服歸命。已而密征八寨，公提武緣鄉兵以往，斬首八十餘級。百粤熙恬若無事時，公之駿功也。陽明疏薦，陟左江兵備僉事。會被論且去，疏格不行。辛卯，林都憲富繼至，適征忠、江二州，檄公率思恩兵破其巢穴，渠魁相繼就擒。民情恟恟未定，公乃建議遷衛周安，以扼要害，築城荒田，以撫新降，招來安集，二州以安。其成大役之信有如此者。

先是，太平推官陝人藺宗遠旅櫬道南寧〔一〕，親屬六七輩皆淪没，停留者十餘年，捐俸爲之易棺賈

〔一〕「櫬」，原作「襯」，各本俱同，但萬曆本下文「藺孤歸櫬録」則作「櫬」字。黄佐《明中憲大夫蓮峰陳公宜人趙氏鍾氏墓》（拓片見《東莞歷代碑刻選集》，上海古籍出版社二〇一四年，第八五頁）亦作「櫬」字。今據以改。下文「櫬」字亦據以改，不再出校。

舟，得返其鄉。是時，戍柳正郎關中劉仕著《繭孤歸櫬録》〔一〕，比之郭元振云。癸巳，公懇求休致得歸，給諫徐川常泰亦以事謫戍者，則贈之文，謂其涖邕之政，不但禮士夫，惠及百姓，且又義在恤喪，功在平寨，而急流勇退，與漢二疏、唐巨源異代齊名矣。人以爲韙。公比家居，能睦族黨。嘗上疏陳鹽政之弊，薦紳稱之。

嘉靖己酉三月，終于正寢，距其生成化戊戌，享年七十有二。於戲！義，剛德也。仁以濟之，勇以行之，信以成之，而後可以集事。公何慊乎哉，而其治郡才猷逴犖如是。向使陽明之疏得行，將闡其匡濟，必能爲國家斷大事，決大疑，而乃厪澤一方以老。於戲！豈非天哉？顧予自正德庚午即識公面，因知公心，蓋剛正人也。乃者王進士鳳翎狀公行，請表公墓，槩與予所見所聞、所傳聞乎焉。於是大書其事，以勖天下之好義者。

## 文林郎臨武縣知縣湖西廖公墓表

廖公諱任，字志尹，歸善人也。天性樂易篤學，通《詩經》，舉正德庚午鄉試高等，刻策一篇。丁丑，偕友人譚汝時、姚應昌上禮部。譚、姚後先遘疾，舟人以疫告，願稍避之，公獨撫視不去。比歿，爲

〔一〕「孤」，原作「邸」，今據《明中憲大夫蓮峰陳公宜人趙氏鍾氏墓》改。

經紀喪事，同行者咸愧服。及授臨武知縣，政不外飾，務節財寬力以休裕民萌，獨於興學、養士、賑饑，即傾帑廩無難色。居二載，引疾歸，日棲息西湖，不問家事。里居二十載，未嘗涉迹公庭。及垂耄，遇朝廷大慶令節，必夙興衣冠，拜祝如禮。鄉人評之曰宦成而業不增，年老而恭益至云。

嘉靖戊申，考終于正寢，壽七十有七。娶某氏，克盡婦道。子男七人，孫男十八人，以某年月日葬公于湖山之原。郡縣二學舉公祠于鄉賢，時惟文選郎中楊君載鳴謫惠郡，推載公賢行之槩如此，予獨謂尚遺其大者焉。孟子曰：「仁之實，事親是也；義之實，從兄是也。」居仁由義，大人之事備矣。世之縉紳大夫匪直孜孜名利，而彝倫之大，視如弁髦而棄之。蓋有與親離析而居，無一日之定省者矣，而況其繼者乎？同胞争訟，計及錙銖，蓋以爲常矣，而况弟之庶者乎？

公敬事繼母，獲其歡心，友愛庶弟，和氣藹然，故能推之以忠君仁民。非其有則不取，而又明禮義以聯宗族，敦《詩》《書》以課子孫。閭里質成，咸得其情而退；戚姻有助，每賑其匱；細行必矜，片言無苟。蓋與人交，未嘗浪謔失信，惟持敬終身。於戲！非有其實者，能若是乎？予故大書特書以表公墓，用式其後之人云。

## 明故承事郎梅莊范公暨徐氏孺人墓表

建寧自鴻儒丕興，而後望族多。作德之士，范氏其著者也。公諱岦，字邦峻，其先婺人。宋淳祐間，尚書右丞鍾始遷甌寧之衢村。迄國朝，公兄嵩顯庸于弘治時，差官吾廣臬司副使〔一〕。贈祖保暨考貢士澄俱如己官，階中憲大夫。

公天性穎敏，少業科舉，有志用世。見兄登進士，即棄之。歲甲申，捧檄得授七品散官。雖承恩寵，益撝謙自戢，恂恂如也。慕林和靖之高遁，因號梅莊以見志云。時俗匽薄挾勢，輒尚矜驁，懷詐諼以自利。公與人交，誠信無隱，洞見肺腑，而且端慎，公門絶不見其履迹。聞人長短得失，未嘗談及，所談及者又皆人之善行，人以是敬且愛之。厥考奉祖母楊最孝。既没，式遵其行。奉母吴恭人承顔順志，病侍湯藥惟謹。免喪，猶哀慕不忘。值忌日，必懸二親像，奠祭如事生。其處昆仲尤篤友愛，聚首輒治具，款洽終始如一。教子若孫，必延經明行修者以爲館賓，且善用財。雖不喜侈靡，然賓祭豐腆，周恤不吝，月評重之。生以成化壬寅，卒以嘉靖甲辰，壽六十有三。

娶徐氏，諱淑英，户部正郎鉉之女也。自幼通經史大義，既歸梅莊公，克惇內則，獲事姑氏吴恭人。吴恭人有疾，親進藥餌，不委諸嫗婢。每主饋，必親調旨甘。侍食畢，必敬問所與，吴恭人甚賢之。比居吴恭人喪，哀毁如禮。遇祭，必致孝惟豐，而猶嗛然不自足。與妯娌處，睦而勿逆。以是內外無間言，故梅莊公亦得以徜徉林壑，日與良朋游冶，而無家累憂。其守藏最謹而出納有節。惟賓祭則辦給必饒，周恤則樂施必普。協于梅莊公，真若梁孟光之比焉。居常愉婉，及訓孫子，則甚嚴切。

〔一〕「差」，萬曆本作「叅」，義較長。

每指架上書謂曰：「是代百年之耕也。吾聞心如穀種爾，可怠荒弗思穫乎？」故二子力學，遊冑監有聲，諸孫亦皆競秀，弗納於邪，故鄉鄙無不聞其賢淑者。生以成化癸卯，卒以嘉靖丁未，壽六十有五。子男二人：尋、昂，俱太學生。昂今爲吾廣課司副提舉，以績陟中都留守斷事。

於戲！作德如梅莊公，而徐孺人有相之道，厥行章章如是，可弗表哉？墓在古太平站之原。梅莊公窆于象山，孺人窆于龜山，挺靈相望拱揖，儼然如賓，而岑蔚蕭椮，復若響答。靈爽陟降，其在兹乎。是用大書以貽厥後昆，俾歲時揭虔展省，嗣慶貺于無斁。

## 處士潘君墓表

君諱杞，字材夫，姓潘氏。先世閩之甲族，宋理宗景定中，始祖達德始入廣，家于沖鶴，遂爲順德人。傳至曾祖考銘，族益蕃碩。祖考文澤、考真惠，皆能振其家聲。妣香山蓮塘鄭氏。兄弟五人，君行四。自始遷至是，凡八世矣。

君生有穎質，幼稱警悟。初習舉子業，師事尾山黄弁，學《詩》通大義，復從邑庠生梁子楝受《春秋左傳》。强記力索，文史多諳梗槩。所作塲屋文字，亦斐然成章。年十有五，時伯兄桃、仲兄梅並在黌序，乃捐學業，代考綜理家政。夙夜服勤，遺考以逸。俾與賓遊，罄其懽賞，且旨甘珍綺，無弗豫備。歲時奉觴稱壽，喜見眉宇，以君善幹蠱故也。二親壽終，君擗踴哀慕，自飯含以至復土，靡所不慎。事其三兄，怡怡如一。仲兄梅領薦北上，凡百悉由君理，二十載内外無間言。常戒勵季弟椿毋忤物掇禍。比君没，椿爲文祭之曰：「念我於兄，事之如父；兄之於我，撫之如子。」蓋實録云。君義不苟取，囊無私畜。年踰弱冠，娶于馬岡佘宅，以所獲奩資置附郭田百畝，課僕自耕。後藉世業田千畝，孳以豐裕。外姑伍氏獨生君婦，其四子皆非所出，而嗇于財。伍有餽遺，君輒不受。及伍旅卒于沖鶴，喪具百費，一循家禮，皆出自君，不煩其子，人以爲難。嘗書壁牖示其子光統曰：「孝者道之經也，義者行之表也，儉者德之共也，侈者惡之大也。知此四者，然後可以爲人矣。」每歲必擇賢師使之顓業，得文字佳者，輒手録授之。未幾病作，嘉靖己亥卒，距其生弘治庚申，享年四十。配佘氏，有内行。子男一人，即光統，太學生。葬于安利祖山丁向之原。

揆君平生志行，友其兄弟如其親之教，率而行之，不敢有專焉；恤其外姻如其家之儀，推而行之，不敢有替焉。世之殷富者偷懦避事，惟私利自謀，而君樽節成家，無即慆昵，可謂能身教者矣。《詩》曰：「好樂無荒，良士休休。」君之謂也。是用特書表諸墓，以式厥後昆。

## 黎氏賢女三娘墓表

嗚呼！悠悠蒼天，胡可告耶？鳳德不禄，鴟義競穀。蘭畹不榮，棘塗暴生。寶玉霾壚，瓦石爰居？孔道蕪坳，狹邪接軫。予於黎氏女子，子之方長而折者，閱數日猶慟傷焉。

之子也生雖居長，而次於從姊行，故名三娘云。先世自某府君始遷從化，爲甲族。曾大父諱某，有德弗耀，封監察御史。大父諱某，正德丁丑進士，荐歷翰林臺諫，文行昭逴。孔廟奏議，海内誦之。父某，即予子婿，嘉靖丙辰進士，爲大行人。適賫德音南還至家，將笄三娘歸于李份，既已請期，而三娘病痘疹逝矣。嗚呼痛哉！

三娘生而貞静，性淳且慧。三四齡，讀《孝經》，明大義。十齡時，隨母歸寧。予見其端慎沉默，動有儀矩，言不輕發，喜曰：「淑德享福人也。」舉家無大小，皆欽重焉。夙夜依祖母太夫人居處，跬步不失尺寸，太夫人甚鍾愛之。日勤女紅，刺繡精緻，諸女眷眂之莫不稱賞，然三娘猶競競懼母嚴譴，未始少間也。由是内衖無大小，無弗賢之者。太夫人暨其母與之簪珥，比病輒還之。病危，則又盡散其所爲女紅與諸姊妹，若豫知其逝者。病既瀕死，猶端坐無或傾側，彷彿若見軒車來逆，即長欷向父言曰：「兒不活矣！」既瞑，淚猶涔涔承睫，若睠戀不能捨其親者，歲丁巳冬十有二月某日也。距其生辛丑某月日，年僅十有七爾。嗚呼痛哉！

古之婚禮，先嫁三月，教以婦德、婦言、婦容、婦功。若三娘，則夙成無待於教者也。去婚期惟隔旬日，而溘爾不待矣。嗚呼！既慧且淑，不榮以禄；彼哉不淑，黄項稿馘；悠悠蒼天，胡可告邪？没之日，太夫人及其父母皆哭之慟，世母及其群姊妹如之。雖予梱内，亦皆哭之失聲，蓋傷其賢也。嘗讀《詩》《書》，言天不一而足，或徵諸人，或咎諸時。至於靈均《天問》、河東《天論》，則究詰怨咨，不知命之辭也。然則傷賢女而過慟者，盍亦歸諸命哉？賢女墓在竻園某向之原，葬以是月晦日。予寔拉淚撰表，大書鐫石，俾垂于永。

## 中憲大夫直隸安慶府知府硯山林公墓表

公諱鍾，字大和，姓林氏，系出殷少師比干之後。先世自莆田遷南雄，再遷高要，迨三水建縣，遂改隸焉。世有隱德。考高以明《易》齒胄，入幕蜚英，仕汀郡照磨，贈主事，加贈郎中。妣唐氏，封太宜人。公生于汀署，幼顥而恪。年十有五，補弟子員。太守黄顒見其文，大奇之。

正德己卯，舉于鄉。嘉靖癸未，登進士，授西安知縣。以績最被旌，擢南刑部浙江司主事，遷南户部廣西司員外郎，又晉南刑部廣東司郎中。適北陲有警，太宰疏公賢能可任，乃轉户部陝西司郎中，專理三邊、大同軍餉。尋奔太宜人喪，服闋，復補户部雲南司郎中。戊戌四月，出守安慶，恭迎聖母梓宫，祔葬于郢。百爾供億，勞瘁成疾。庚子九月二十有八日卒于官。距其生弘治己酉四月二十有七日，享年五十有二。

公之令西安也，界于龍游，民素嚚訟。鑒前政之鮮終，乃清操特立，濯櫛奸胥之秕政，殲除彊豪之姦宄，士振其德，民安其業。考績北上，郡人繪其生像。比遷之日，載道遮留，立感思碑焉。江山鄭子記之，謂其寬而有立，嚴而不虐，遇士以禮，字民以仁，而先持之以廉。公明恕，以故獄訟平而徭役均，租庸減而夫差省。他如作粥活飢，停徵恤逋，包苴請托不行，而當道以他邑疑獄難讞者委之，往往得白，數被旌異，略無德色。蓋實録也。

其在南曹也爲主事，則動謹道揆，不怵禍福，故獄經公者咸稱無冤。副户郎則政尚正大，監江浦諸倉，凡納郡縣輸不爲羸羨，曰：「足斯已矣，何必厲民？」及正郎署，則以明敏精厲受知于大司寇聞公淵。獄有干涉權貴，諸司或跼蹐不能治者，悉以屬公。無所左右，一斷以法，由是賢聲丕顯，而太宰亦且見知矣。及理邊餉，經畫有條，裕芻糧，節冗費，儲胥賴以有濟。起復再至，人猶繩其美焉。

其守安慶也，郡當南北之衝，百爾繁劇。詢民利害，期與更始，綜理大綱，僚屬受事，故自處整暇而百廢咸植。尤篤意人材，旌孝節，正文體，皖城遠邇，斐然向風。當辨治之餘，建懷寧之學。歲己亥六月，聖母祔郢，綜理精密，故梓宫利往而民不告勞。巡撫歐陽公鐸、巡按邢公第上其最績，有白金文綺之賜。會巡江之卒恃監司勢，需索驛傳，聚毆津吏，關市騷動，縛數人乃定。御史臨郡以爲慢己，誣奏公厚遺祔郢大臣，上知其罔，廢格不行，人服其不阿。蓋公賦性叡聰，篤行孝友，事二親則始終盡禮，撫幼弟則人無間言。及膺官守，身教大行，樹之風聲，必先旌淑。在西安新趙清獻之祠，在安慶表余忠宣之墓，其志向可見也。

當其嚮用人，皆期公大受永年而位終于中大夫，年遽止于下壽？嗟哉命矣！夫葬以嘉靖癸巳十月某日，墓在禮塘祖隴之右。配鄧氏，有淑行，封宜人。子男五：材、梁、楝、喬，俱鄧出。梁以丙午賓興，署安福教事，餘俱邑庠生。椿，側室江出。女二：長適庠生鄒一麟，次適上舍楊希奭。孫男十一：焕，郡庠生；煉、烜，俱邑庠生；焯、熺、煒、烶、焵、熑、熠、炌。孫女十三。

嗚呼！公器養弘資，績宜簡在，豈惟文學吏治澤及京輔已哉？先民有言：「惟天之度，乃聖之胚。」公二子受學於予，予迪以弘于天，俾毋殺于物，庶將大有成焉，亦公之所繇以裕其身者也。於是梁與喬率厥昺弟，相與琢石書德，用昭不朽。文曰：「奕奕硯山，闡德之宇。德宇既弘，道綱斯舉。賦政于外，自宰而曹。澤符海潤，名埒嵩高。督餉于邊，儲胥日裕。遐振威靈，恪勤位著。出守皖邦，衝劇弗譁。殿以剛毅，濟此柔嘉。既閑戎政，康及黔首。文武之績，公則兼有。有穀未罄，孫子是貽。於萬斯禩，丕鑠無期。」

## 明京闈鄉進士石橋藍君墓表

予觀太史公傳，首稱申、轅二生，崇力行而譏阿世，未嘗不歎其知本也。我聖祖開國之初，即立學官以教國子，先德後藝，程其課業，積分而升，俾人人皆修潔其行，楷法孔氏，無敢浮談求異者。核其實行灼灼，乃登諸朝焉。間有貨佞圖榮者，市人猶得指而笑之。予涖南廱，修志立傳，録其登名，關係大綱者不過三人而已；其不仕而修潔者，未或之及也。玆南海藍丞，持黄進士嘉省狀來拜籲，請表其父石橋君墓。於戲！此真其人歟。

石橋君諱田璧，字德潤，世出汝南。宋建炎中，諱珪者以侍從謫居建安，代有顯人，後徙崇安。八世祖誠仕元逢亂，與弟智俱以行誼見重鄉里，後各以山、澗易名，志嘉遁也。洪武初，俱膺禮聘智，起爲廣西按察僉事，而誠堅不肯起，世稱徵君焉。著述俱富而積于詩，有《藍山》《藍澗》二集傳世。誠生漋，卜築將村里，聚族日盛。漋生權，權生文炫，文炫生珙，則君高祖也。曾祖鐵、祖溟，皆業儒，不事進取。父杰，始治舉業，攻《易》，深得程朱心法，學者宗之，稱南峰先生。

君幼潁。垂髫，補弟子員。年十八，董學者予之廩，以額設不敷，特旌給之。正德丙子，與父偕赴秋試。舟覆俱溺，君不死而失父，哀號動天。明日，得父骸歸葬。母曹氏先歿，敬養繼母熊氏如己母，撫庶弟田龍暨熊所出諸妹，篤愛猶同胞焉。先世田廬悉付庶弟，乃别築小屋以居。受徒自給，博文談道，旦夕裕如也。教人條析經義，兼通時務，必見諸行事，勿徒托諸空言而已。郡守姑蘇張君文麟察其賢，分俸資助，甚禮重之。

初，讀書武夷，與甌寧李君默雅相友善，矯厲慷慨，以古儒自期。李君尋登進士，爲天官大夫，而君後十餘年，始以論秀入太學。既積分上等，試政中書。又二年，始舉于順天。己丑，試南宫，黜。少師楊公一清素重其爲人，亟嘆惜之，君復歸武夷。是時，李君校文禮闈，不及品鑒，冀其後獲，爲文贈之，然君殊不以窮通得喪介意。壬辰，再黜。太宰王公瓊簡舉人爲州縣，見君庭參，時甚屬意焉。試席已布矣，君聞消息，即不入試，其自持若此。

乙未，南宫三黜而歸，連遭二母喪，矢心礪行，不復出矣。乃修先墓，濟姻族，平諍訟，賙窘急，通溝洫，興廢疇，人皆感之。初，歸自京師，時道遇貴璫挾取客舟索賄，津路騷然，君出片語折之，璫遂愧謝。及居鄉，閩藩獄變，峒賊嘯聚，君約束庶甿練習，出費犒給，百爾悉亡所靳。忽傳寇至，寇聞君方略，畏喙而遁。君天性剛毅，敬事宗廟，尊禮親賓，中外凜凜然。時與鄉人讌會，投壺雅歌，不少見厓岸，以是人皆親而愛之。己亥六月十七日考終于家，遡其生弘治乙卯八月初九日，年僅四十有五。配暨氏，義十世昆之女。子男二：長垠，庠生，不仕；次坊，由太學生丞吾南海，即來請文者。嘗游吾門，賢能練達，得自庭訓。孫男四：某某。女六，長適鴻臚丞王聘伊，次適某某，餘尚幼。

於乎！學貴知本而後可以推之政，學與治一道也。故君子恒以力行爲尚，阿世爲戒。若石橋君者，長於修潔，短於進取，雖漢名儒，曷以加哉？登名京闈，有德弗食，其殆貽穀于後之人也。夫是用大書，以表其墓。

# 泰泉集卷第五十一

## 墓表下

### 文林郎湖廣興山知縣劉公墓表

君子闡德樹業、濟時揚休于聖明之廷，必自修諸家始，而慎修惇倫，則始於事親，以爲事事之本，此孝所以首百行也。予昔涖南雍，得賢士焉，曰劉子用章。比歸舊隱，久之，則劉子于于然受官來矣。其判肇慶也，陳力剸劇，迎刃而解，政教翔洽。端、康之間，虀英上下，無弗敬愛之者，然猶敕勵自持。語及先人輒齎咨，淚涔涔下曰：「在昔孝子，潔白其心，以郅隆於親，必述美烈，以播芬于無窮。章也夙夜奔走，從雙旌之後以治民事，將三年於此矣，而先人墓碣猶未之立也，其何以攄終天之懷也乎？」乃狀其尊公之行，詣予請表焉。予憫其篤孝，乃大書諸貞珉曰：

公諱琛，字懷獻，其先揚之泰州東臺埸人。始祖諱成者，國初累武功，授南京水軍千户，尋調守禦嘉興所，子孫遂占籍嘉興。成生六丈夫，枝派寖繁。三傳至曾祖暨祖考，則公之所自出也。公本武胄而幼穎，始業儒，補秀水庠生，益恂恂敦雅，劬書績文，同舍不復知其爲將門子。

督學上蔡李先生來按郡，試輒優等，名日隆起。程藝決科，每奇於數，竟以貢升南太學。謁銓，拜湖廣歸州興山縣知縣。縣僻在萬里山中，當楚蜀谿逕，賓旅絡繹，吏卒給輸費苦。公應酬無難色，而飭其任職，教馴其民，未嘗一日懈。且土瘠民貧，俗尚健訟，公煦育裁抑之，稍稍向理。未幾，以親老謝事歸，開門授徒，族人子弟賴以成立者甚衆。文儒之盛，今多推重劉氏云。

嘉靖乙未某月某日，公中風嬰疾奄逝，距其生成化壬辰某月某日，壽七十有四。子男多孱弱，獨力營葬于某山之原，則用章也。

嗟乎！文經武緯，治世之善經也。創業尚武，則搴旗挺劍，顯庸於威燀，承平則文儒彈冠而興，羽儀朝著，以躋世於唐虞之隆，奚以拘介爲哉？世儒闇於大較，猥謂將門出將，是乃不權輕重者也。嘉興當蘇、松之交，財賦雄於天下。周衰力政，吴越之奮武久矣。漢承其俗，而嚴助之徒，猶襲戰國筴計以相角。迨唐陸宣公出，始以文章道德爛焉。位冠群臣，聲施後世，自是吴越之士斐然嚮風矣。何者？積習久則移亦難也。若公者，其亦劉氏之敬輿乎！身教以率之，俾武易爲文，特數載間耳，而承家接軌，多賢子孫，予是以摛公貽謀之善于無極。

## 封承德郎刑部福建司主事袁公墓表

汝南袁氏自漢以來多顯且賢，自汴隨宋南遷，遂爲吴人。元海道萬户寧一生福，福生琮，琮生敬，是爲介隱公，昆季四人。入皇朝，有遂安知縣政、兵部員外郎端，而介隱公以仲子幼孤，出贅俞氏，生子鼎，官慶符教諭。再娶趙氏，生二子：鼒以子衮貴，封儀制主事；公其季也，諱鼐，字臣用，以系出汝南，遠慕先世高操，别號懷雪，人咸以懷雪公稱之。枝山祝允明氏爲傳其事。

甫成童，即頎然魁碩，資性復聰敏異衆，與兄鼒並從里中張槎翁學。學徒百人，師稱潁雋者，必曰袁氏二子。介隱謂之曰：「師雖稱汝進益，但以兄鼎已困躓庠校，吾老矣，不能待汝也，曷治生乎？毋謂吾勞汝，即所以愛汝。」於是年十四而冠，十五而娶，贊理家政，勤敏不懈，真能代勞者，里閈繩美之。介隱公下世，奉母敬事如父，色養旨甘，務得其懽心。凡事白于兄鼒而後行。承家聚盍四十餘年，開拓基庇，婚娶子女，鉅細注記，分毫無私。凡廬屋資産，聽其分析，一無所較。遇艱苦未嘗少避。鼒或不可意，顔輒凌厲，候其和巽解之，復怡怡如也。

始家于在城集祥里，後徙城外，再徙瑞秀里。家日充拓，子姓漸蕃衍，謂兄曰：「吾輩可言學矣。」乃築别館，訪延名師，購蓄異書，不吝金帛，復命群從結交知名之士。不數年，昆季咸游庠校。每社會論文及不時游聚，兄喜謂公曰：「吾與弟擇師，諸子能擇友。」逢令日，友朋譿坐滿堂，必供設豐美，任卜其夜。記一冬日，庭雪盈尺，諸雋談飲。漏已過半，觥觴盈滿，僮僕無倦色，鷄鳴而散。次日公語諸昆曰：「昨雪飲何如？」裴答曰：「雪厚而忭深，全無寒意。」公笑曰：「汝豈知暖酒者是老父也！」是夜宴集者，皆里中高流，公之好客類此。

嘉靖乙酉，季弟褰發解留都。丙戌，第進士，選入翰林爲庶吉士，後任刑部主事。三載考績，覃恩受封如褒官。貤誥至郡，禮備，法駕道從，公章服望闕舞謝。奠廟畢，再拜儀制兄，揚言曰：「教褒成名顯親者，吾兄之功也。」入室，同配冠披坐堂上，相顧喜曰：「今日至此，當知皇恩之渥矣。」受封錫之典，享朱紫之榮者，凡二十餘年。

公壯歲好游。始與一達官入東廣，舟過嚴灘時雪霽，公手自煮雪烹茗，觀湍瀨徹底澄清，慕子陵之高風，戀賞徘徊者久之，每談以誇勝事。再過大庾嶺，觀唐僕射手植喬松，望南海波濤，寓六榕寺，遨遊三月而歸。再游武林，時鄉先輩方伯林公秉藩政，與公交。庫有折俸官錢，召易銀鑼，公易之歸。族叔昱貧而無業，委之轉鬻，入利不問，助其置産。後他郡以私鑄事覺，株連及昱。昱負之遁去，公挺身出曰：「錢出于浙庫，事在公，昱何爲若此？」入南都察院獄。四十日，事白歸，昱不敢來見。昱死，其孤遺赤貧，公仍週恤之。時有僕亦被逮，隨公入獄。主者意欲入賄，不勝拷訊，僕無怨言。昱見僕羞慚滿顔，甚于見公也。僕後以病死，公命瘞於先墓傍，鑱石志其事。

公輕財好施，族黨交識之，貧乏者不嫌其假貸。以誠待人，有券契兩篋中，多僞罔。下世之日，囊無遺積，人多知之，不知者不以爲然也。

公素喜談論，終日亹亹，對客不倦。襟度開朗，中無城府。人不堪其意者，面言其曲。受封後每衣錦入公府，郡中有利病可言者，對上官陳説。上官見公質直喜言，亦多聽之，分庭抗禮，敬款如達官，不以爲封君也。復以子褒貴，四方縉紳以年好通家，過吴者必至訪問，見公咨諏世務，上下今古，靡不歡悦願交也。性喜書史圖畫，多聚藏之，列置左右，朝暮翻閲，以此爲樂。早歲喜雲間沈民則真楷、張汝弼草書，日再臨擬，逮老不已。病耳發，猶書小楷千文數册，緘之書笥。至性誠孝，每談介隱公之没，值于幼齡，白首感觸，即欷歔涕泗，有終身之慕焉。居常樂易自然，不事嬉遊。與人言説，必根於倫理名教。吴中舊事遺話，開口即不少息，聞者樂聽。此咸公之大節也。

生于成化七年辛卯五月十五日，卒于嘉靖二十八年己酉十二月十有七日，享年七十有九。配葛氏，封安人，先公卒以嘉靖十六年丁酉十一月二十一日，舉葬于賓華山祖塋之次。時公亦隨治壽壙，命裝纂次家乘世系〔一〕，裝因是有《八述》之撰：曰皇澤，曰遠系，曰本支，曰旁奕，曰家紀，曰文獻，曰祖德，曰塋兆。命弟褎配行實。子男六人：表，臨江通判，娶朱氏；裝，國子生，娶史氏；褎，國學生，娶吴氏，繼龔、繼周；衮，廣西提學僉事，娶馬氏，繼文庶；襲，娶陸氏；衷，聘張。女八人：婿張瀾、湯儔，國學生；張守誠、申誠，吴江縣學生；伍孝先、施鎏、顧寵，長洲縣學生；一幼。孫男幾人：尊尼，舉人；中吴，縣學生；平，府學生；牟年，縣學生；連珠、連璧、皋、連封，餘幼。孫女幾人。曾孫男幾人，曾孫女幾人。

裝、褎等卜以嘉靖三十六年丁巳某月日葬，合葛安人之兆。惟公下世之歲，長兄表在，諸凡主專，卜葬無期，志石未備。長兄壬子歲冬不禄，而公靈柩久攢墓舍，裝等不孝之罪無所逃矣。公碩德懿行，聞之宗黨者有素。裝鈍劣無以彰述，謹以行實陳上，乞賜名筆志之，庶後之子孫有所徵焉。

〔一〕「裝」，原作「䊵」，今據萬曆本及下文「裝」字改。

# 石川處士姚公暨陪葬三子墓表

公諱經，字宗理，南海蠕岡下園里人。譜系出唐相梁國公崇。自永新徙保昌者，曰南漢節度副使節。傳至愈中，宋末徙南海，爲著姓，則始遷祖也。高祖子齡，曾祖禮廣，父覆遐。前母孔氏，母羅氏。公少負奇氣，讀書通大義。早失怙，喪葬以禮，事母得其懽心。里俗事遠商，公輟儒業，販遊邕管貿易，必仗忠信，未嘗挾詐罔人徼利。業有公田，蠶奪於族兄，置弗校。或問之曰：「分自一體，尺寸地，忍於魚肉耶？」宗子汝和蕩其業，復謀鬻宅。公乃券其室而收其直，歲稱息以給之使復，仍其居不爲動。汝和又惑於後妻，詈公而取其直，日就顛躓以死。公復爲經綜後事，加存恤焉。妻弟仇德廣没，遺孤方在襁褓，爲之區處，翼其成立，且捐地以爲兆域，使存没各得其所。嘗平勞氏兄弟財産之訟，里人皆義之。諸子既有孫，命之同居合爨，世勿分析。條畫家政，行禮用財，著遺言二十篇以貽永訓，躬自勤約以率先焉。性雖坦易無城府，然當執持，則方嚴不可奪。值歲凶，稱貸不能償者，悉焚券不問。好義樂施類此，里人咸稱爲忠厚長者云。別號石川，人稱石川先生。

嘉靖丙午九月十二日卒，距其生成化丁酉十月二十五日，享壽七十。娶仇氏，同鄉仇惟之女。子男四人：文寬、文貫、文粹、文暢。女二：同鄉陳文朝、梁彦能其婿也。

文寬，字裕夫，別號東皋。從父西遊，信孚益裕。善詩，與名商結蘭亭詩社。嘗離膝下，即有愛日之詠。遭喪盡禮。仲弟罹意外之訟，詣官代責，以孝友聞。及代掌家政十一年，勤約不懈，克肖其父。

敬養宗嫂梁氏及從伯，皆賙以粟。梁鳳仇直，則盡睦婣之情。嘗至烏蠻灘，遇狼兵南下，擁萬衆至舟張矢。以理喻之，且展襟露腹，狼兵竟不敢射而退。癸丑，歲大祲，所賙給多存活。嘉靖丙辰九月初十日卒，距其生弘治己未三月二十四日，年五十有八。娶梁氏，同鄉梁智之女。子男六人：光宇、光翰、光南，俱郡庠生；光國、光泮、光業，泮，邑庠生。女二人：長適周相邦，次未行。孫男一人，啓正。女八人，尚幼。

文貫，字道夫，別號悟齋。幼讀書，有穎性。年十二，能賦中秋詩。比長商販，未嘗廢學。執父喪盡禮。伯兄或嫚駡，未嘗敢忤也。嘗歸自横，抵禓洲，舟覆，同鄉孔振寄箱中百金，寧失己物，竟不敢私，以金歸之。時饋瞽者季世通以米衣。族妹夫梁時卿病篤召醫，舉數金畀其子，病賴以寧，人稱其行誼。嘉靖庚申五月初六日卒，年六十，距其生弘治辛酉正月十九日。娶黎氏，同鄉黎富女，先二年卒。子男四人：光普，郡庠生；光典，蚤卒；光世，郡庠生；光虞，鄉貢進士。女三人：長適楊松，次適梁紹熙，季未行。孫男二人：啓猷、啓臣。女四人，俱幼。

文粹，字純夫，別號蟠山。穎敏好讀書，日誦數千言。習舉子業，爲文清暢。累試有司，不第，乃棄去。嘉靖初，予自廣右棄官歸養，以父命來從游，館于粵洲草堂。日究經史百家言，予謂當反躬力踐，不爲徒博，自是守約崇禮矣。父欲合食，力贊成之，倡率兄弟。一錢尺帛，不入私室。因修譜，問宗法於予，既知所自出，遂編纂《姓氏》諸書。與之談《易》「一陽來復」，起自天地之中，亦如祖之有始。予遂授以《太玄》八十一首，始于中，相生以至于養，妙悟玄理，欲爲集註。會父病告歸，而予亦北上，遂不果成。

比宅喪，苫塊柩側，哀毀過禮。居鄉，惓惓以修禮復古爲事。親舊子弟弱冠，必勸其父兄三加，如朱子儀式，四禮由是興於鄉矣。建樓以居，同食子姓，間五層四，男女異路，其制酌古得宜，蓋近所未有也。歲時伏臘，必爲酒食，以合族而戒以訓辭，故其族老少無違禮者。賦性温雅，平生無疾言遽色，然論及古人道義，則毅然自任。內弟仇直少孤，教養以至成人。里嫗有死於路者，具棺殯焉。處家嚴而有方，內外斬然雍睦無間言，而里閈化之。教子弟誦習，恒示以筆法，句讀必端整毋鹵莽。時爲發明《大易》精義，立課程以稽勤惰，諸子皆霦霦嚮學矣。

嘉靖己酉五月十七日卒，距其生正德壬申二月二十一日，年三十有八。鄉人据輿論，以果行良士銘其旌。娶郭氏，同鄉郭譓之女。無子，以伯兄之子光泮爲嗣。女二人：長許聘倫繼學，次尚幼。從子光普、光翰、光世、光南、光虞暨光泮，皆從予遊，嚮學有立，而虞登鄉薦，餘皆駸駸漸進未艾云。

文暢率群從子，以庚申歲九月壬午，葬石川先生于邑西南埇頭鷓鴣嶺之原。三子皆祔，聯墳墓以追遠，用周禮也。嗟乎！世之鉅族甬立殉財者衆矣，能同財合食，久而不隳，豈非孚化有素而然哉？予觀於石川先生天性至孝，幼齡失怙，嘗泣問曰：「父在，今壽幾何矣？」迨三子者每遇先生忌日，則每悲歎其不能起九原而舉箸也。感其言者，孰不興罔極之思乎？傳曰：「一孝立而萬善從之」，此姚氏之所以日昌也。是用表諸墓，以爲世勸。

## 處士林君惟吉墓表

君諱棟，字惟吉，姓林氏，系出殷少師比干之後。其先自莆田遷南雄，宋末再遷高要，迨三水建縣，遂改隸焉。高祖禘、曾祖道緣，皆隱居力善稱長者。祖高以《易》學入胄監，銓爲汀郡照磨，贈主事，加贈郎中。父鍾，癸未進士，安慶知府。母鄧氏，封宜人。

君生而潁異，其少也巽以從令，游有鄉，處有所，好讀書而不事嬉戲。嘗自誦曰：「學必稽古，乃可入官。苟弗讀書，理亡能獲也。」每一經目，久猶成誦，少忘即温繹之。年十八，選充邑弟子員，提學默泉吴公鵬、宅平陳公塏皆試高等。其冠也，志廣業勤，文名日起。沖和而章敬，柔惠小物而能下人。親賢樂善，惄如飢渴。五舉弗第，勵業彌堅，一鄉之名士樂與交焉。喜賦近詩，意興閒遠。作字務師古人，不好服玩，獨愛古書名畫。客至，鑒玩移日，意豁如也。夫言，身之文也。言文而發之，合而後行，其不徒言者乎！故修於家者喪父必致其哀，奉母必致其悦，敬長友弟，不爲不義。所養深厚，人皆器其遠到，以其德之恪也。恪於德以臨事，其何不濟？居業可試而卒鬱不一施，豈古所謂賢人？困阨廉士，無名者邪！

卒于嘉靖丁未十有二月二十有五日，距其生正德癸酉十有一月二十有八日，年始三十有五爾。初娶陳氏，早卒；繼娶袁氏，性不妬忌而有賢行。子男三人：熺、煒、焿，皆學舉子業。焿，袁出；熺、煒，皆側室李出。女一，適梁懋。君之弟喬從予講學，篤於恩誼，躬卜宅兆，以庚申十有二月窆于新村岡之原，以近先壠也。嗚呼！文以立言，言以昭信，信以成行。行，德之符也；德，福之基也。符則合於天，基則構於人。天不遺人，食報其在子孫邪！是用表之，以貽永世。

## 興化府知府定江唐公墓表

公諱守勳，字允懋，定江其別號也。先世雄州人，元末遷南海季華鄉。高祖諱佛養，曾祖諱廣基，祖諱景華，皆隱德不仕。自景華公徙居廣州會城，遂爲番禺人。考諱綱，號東陵，以公貴，贈南京户部主事。母某氏，封安人。

定江公幼穎，日記數千言。羈貫能屬文。弱冠，舉辛卯鄉試，南宫下第歸，杜門績學，不妄交游，善行孚於鄉里，有司聞而賢之。歲庚子，督府以蒼梧舊有嶺表書院，禮聘名賢以主院事。提學默泉吴公有薦公學行可爲師表，遂膺聘焉。至則端範帥人，講求實學，非徒文辭爲也。凡游其門而取第服官者，皆彬彬稱賢士。

甲辰，登進士。筮仕知閩縣，留心民事。首遇大飢，乃白于上官，出儲粟於會城，四隅躬自賑給；又遍歷邑境，俵散惟均，餓莩賴以存活者不可數計。縣舊有勸農亭，爲豪右所據，公力請復之。時省耕斂，又輕徭緩征，以恤民艱。邑舊例，歲收綱銀以支公費，不足者或豫期徵，下民甚苦之。公則裁革浮冗，撙節出入，而每歲綱銀積有餘羨，故承凶荒後，民樂其生者熙如也。庠生蔡姓者以訟株連坐，黜退。公召試之，惜其才，乃爲辯復，竟登甲科，時咸服公知人。

丙午入覲，聞父訃奔歸，自以不及送終爲恨。苫塊不離，哀毁踰節，病絶復甦，盡力營葬，極其周備。服闋，補任貴溪。貴溪衝繁難治，公捐俸餘以修邑學，立賢祠以樹表章，建醫學以濟民病，復譙樓以防不虞。縣素無城郭，忽有流賊突至境内，衆情恟恟。公率僚幕簡民兵，親往禦之，擒其渠魁，斬其餘黨，境賴以安。撫按交獎之，而公竟不居其功，人皆服其不伐。鄉貴假索夫役，則裁却之，皆能諒公節省民勞，不以爲尤。中官恃勢，所過搔擾，知公峻直不阿，亦心服不敢肆。邑民與鄰縣安仁民搆争山墳，監司檄公與安仁吕令會勘。吕惟偏護其民，公毅然不從，惟達于司，竟得直。居年餘，撫按交薦。

癸丑，陞南京户部貴州司主事，民攀轅如失怙恃。父老謀脱履以識去思，公撝謙不與，士民到今懷之。比入户曹，督糧浦子口，鉤稽惟詳，出納惟慎。未幾，轉員外郎。丙辰，擢郎中，掌司務事。每念留都重地，積貯爲先，倭寇屢作，客兵行糧，支費浩繁，斡旋撙節，以資軍儲、濟缺乏。己未，倭寇犯閩。莆陽濱海，爲出没之衝。銓司知公才略，擢守興化，即捧檄就道，不憚炎暑，志在滅寇，以靖一方。行至贛州，遘疾而卒，是年五月十三日也。距其生正德辛未九月二十八日，年僅四十有九。遠近聞者莫不揮淚悽惻，惜其用之弗究也。

公醇直寬厚，恬澹無慾，終其身無一媵幸。宦南都時，家服皆侍譚安人于家，惟携兩僕供役，昕夕惟居部署。公暇則爲詩文，力追古作，有遺集若干卷，刻藏于家。公篤于倫理，友愛其弟四人，勉以力學，稽其書課，如同嚴師，諸弟領薦馳譽，竟有成名。從姪孤貧，不能自存，每給貲置室，扶植備至。業師湯朝達之弟既以其祖宅鬻于公，後公還其契券，不索原直。同年東莞令孫春湖卒于旅邸，公躬治其喪，助其殯殮。韶人有授閩縣學職者，貧無行貲，公助費赴任；及卒于官，又捐俸以歛，且恤其妻子。蓋其學本于義理故也。及居官守，廉介自持，未嘗營私，以清受知于上下，而温恭有恪，益慎以勤。居鄉不干公門，卒之日，囊無厚積，其循良修潔大槩可知矣。

公配王氏，封安人。子男三人：長與齡，次與達，次與疇。與齡娶行太僕寺卿何彦女，與疇聘大理寺丞莫如士女，與齡、與疇俱庠生，與達則早卒矣。女三人：長適參政陳紹儒子庠生弘宷，次許適知府盧宁子龍光，一尚幼。孫男一人，某。以某年月日葬公于某山某向之原。與齡持石川公所撰行狀，拜籲請表其墓，未幾亦卒。予甚哀之，而又喜其有後也，况其仲季敬順諸叔，承家節操有餘裕焉。傳曰：「盛德必百世祀。」其公之謂乎！

## 承事郎廣州府推官綺川莫君墓表

此故承德郎吾郡節推綺川莫君墓也。昔者吾友浄峰張惠襄公岳督府蒼梧，時獎其賢能，曰：「性資温厚而見事明决，操持端慎而蒞政周詳。」比歐陽公必進繼至，則以忠信之資、安詳之政考居最焉。察院楊君以誠曰：「性資雅静，政理平明。」藩司蔡君雲程曰：「司理而民稱平，署縣而政無擾。」臬司黄君光昇曰：「理刑而安詳停妥，署縣而節省鎮静。」分守陳君仕賢曰：「詳慎足以明刑，敏練足以集事。」分巡張君煌曰：「温厚之資，端謹之操，理刑咸稱平允，署邑猶愜輿情。」太守曹君逵則又以「政事練達，詳慎廉勤」稱之。夫人各有心，數君子者發諸心聲，稱其善美，如出一人之口，何則？其所以感之者同也。胡獨至于求賂不遂者，反嫁禍而害之？嗚呼！天定勝人，彼又焉能使終害君哉？殆亦命也已矣。

按狀，君諱子麟，字瑞卿，世爲横州鉅族。祖考侮，太學生。妣李氏。考懼，弘治乙卯鄉貢進士，仕終福州府通判，妣零氏。君幼學時，在三山師于陳先生者，與其子玉互相淬厲，遂明《周易》，旁通經史。比郡倅公致政，舉室皆還，獨君偕一力卒業，二年乃歸。督學谷坪李公中試其文藝，取而置諸二賢書院，躬自教之，於是得聞心性之學矣。丙戌，丁外艱，祭葬如禮。服闋，會陽明王公守仁至邕，遂與陳豹谷受學焉。是時同遊二十餘人，陽明曰：「莫、陳二子可教，吾聽其履聲知之。」

辛卯，領鄉薦高等，上春官下第，讀書南廱。數月，以病乃歸。乙未，復下第，往卒業。癸卯，丁内艱，盡禮如喪考時。丁未，又復下第，筮仕吾郡推官。戊申，遂署郡篆。其立政弼教，信如數君子所稱者。未幾，承檄掌連州。己酉，掌番禺，皆劇任也。剸裁悉中肯綮，上下交相愛重之。是年賓興，察院陳君策取入貢院，充受卷官。庚戌春，檄往潮州諸府，凡事之大小皆屬查理，委任甚專，而廉明之聲益著。居無幾何，而策擢守松江，於是受枉矣。君亦不直所枉，解組而歸，藩臬有留者志不少變。

辛亥，染目疾，二年始痊。甲寅，喪偶。丙辰，再娶。丁巳四月，病熱，夜夢老翁以對聯示之，若報其逝者。覺而語諸妻子，或至泣下，則更寬譬之曰：「生死猶晝夜也。一陰一陽之謂道。晝夜之常，原始要終之理爾。吾兒能自立不朽，猶吾常在也。」是冬，猶抱幼女。雖病漸瘳，起居猶憊。戊午七月十有六日早，病乃猝作，入夜，儵然而逝。距其生弘治甲子十有二月二十有二日，享年五十有五。娶唐氏，指揮宏女，賢淑宜家，以甲寅五月先歿。繼娶陳氏，司訓貫孀女。子男二：長夢說，娶王氏，知縣彦常女；次夢周，娶侯氏，知縣嘉祐女，俱庠生。女二：長適陸屏塘州守子應賓，次適陳豹谷郡守子起樵。繼室惟生二幼女，俱在襁褓。葬以戊午十有二月十有八日，墓在横之東隅那陽嶺卯乙山酉辛向云。

嗚呼！崇蘭向榮，風雨萃之；驥方就駕，巖路傾蹶，君之謂也。君天性篤孝，事父終身，未嘗觸其一怒。事祖母如母。每遇親病，衣不解帶，竭力周旋。居憂盡禮，爲鄉人所法。予繼谷坪董學，而惠襄公則又繼予者，廉其學行，皆加意樂育焉。其在吾郡也，承委抽分番舶，還至驛湝，出箱囊對同事者矢而後發，無一介長物，同事者莫不嘆服。其峻却鄉識餽遺，與封還揭陽令紬絹，人皆知之。策既一麾作郡，非復舉劾時矣。君何所求，詎以贐送而變初志哉？予嘗因君行知其清白，勉贈以義利之説。兹表其墓，必先書數君子之公言者，令聞廣譽，固志節之符也。天之終定，其在兹乎。蘭雖謝而芳留，驥雖蹶而子繼。是用大書以勵其後昆。

## 敕封太安人周母劉氏墓表

嘉靖乙巳秋九月，工部都水清吏司主事東莞周君望以考績書最，銓衡上聞，例下禮官，俾視草之臣宣制，贈其考友梅府君諱嚴惠如其官，封其母劉氏爲太安人。錫之敕命，褒辭有曰：「德厚而莊，性和而則，佐夫以正，愛子知勞，可謂賢已。」又曰：「遐齡方茂，禄養兼隆，榮而且壽，今古爲難。」猗乎！休兹恩綸，焕發賁自雲漢章卯之壄，寔昭回焉。惇天彝以勵良顯，皇言之大盡之矣。是時，太安人年八十有二。越明年春正月二日，考終于京師，壽八十有三。君奉柩南歸。又明年己未春二月十有七日，安葬于白石嶺龍聚岡癸山丁向之原。乃豫撰狀詣予，稽顙再拜，請表其墓。

按狀，太安人爲邑之耆民劉君韜女，友梅之父爲其擇配，必求鉅族懿德，因納采焉。友梅罹父艱，以長子纘承家業；太安人年方及笄，遂歸嬪于友梅。主理中饋，克盡婦道。居常以不及養舅爲憾。姑李天年八十有七，太安人奉事朝夕，孝敬備至。治家勤儉，每暇則勞役女工，紡績不輟，且賦性閒静易直。遇姻族訢驩，相接無惰容。凡閨門之内無大小，無不悦其柔順莊睦者。

生子男六人：長曰立，次曰正，曰旦，曰里，曰望，即主事君，曰宜，女二人。孫男八人，女七人。曾孫男二人，女三人。暨外孫男四人，女一人。含飴繞膝而玉立者凡數十指，振振于前，是皆太安人之所及見者也。友梅五十九歲告終，家素澹泊，太安人處之怡然。惟撫教諸子姪，俾體前志，嚴厲有加而卓有條紀。

嘉靖庚子，遣望游邑庠，爲弟子員，督令績學精進。己酉，領鄉薦。癸丑，登甲科。分署淮浦工曹，督理漕艘。時太安人年七十有九矣，髮間有一二莖白者，康强輕健，不杖而履甚捷。望兼程取道迎養，宦居者三載。及事竣北上，遂獲貤封，太安人喜形於色，曰：「吾兹見子有成。垂老獲從命婦，後又何幸焉！」是年冬十二月二十有五日得疾，僅七日而没。其衣衿棺槨，皆望體古禮歲制、時制之義，以豫具者。

於戲！生榮死哀，壽考康寧，始終無憾，豈非世之所難哉？吾見薦紳之獲養其親者，蓋亦鮮矣。黄項槁馘日夕引冀龍章，而年或不待得預霑被矣，而衰憊羸尩者有之；又或縈於家衖而戀戀荔蕉之圃〔一〕，不詣帝鄉以享鐘鼎，則亦徒有其名而已。太安人躬逢堯舜之澤，珠翟煒煌，坐受豐禄，爲之子者往返雖勞，而心寔安焉，亦旗山廉泉之間所僅見者也，夫豈冥兆素定使然哉？嚮用五福，固亦攸由德本之也〔二〕。

自其毓秀於劉翁而遵姆訓，執女紅，則得魯姬之恒焉；自其贊相於友梅而警鷄鳴，勤昧旦，則得冀妻之敬焉；自其薦蘋蘩以饗舅，供滫瀡以娱姑，則得桓婦之孝焉；自其躬澹泊以明志，勤紡績以勸學，則得孟母之嚴焉。恒以立心，心立而本正矣；敬以聚德，德聚而行裕矣；孝以行仁，仁行而施普

〔一〕「縈」，萬曆本作「榮」。
〔二〕「由」，萬曆本作「好」。

矣；嚴以克愛，愛克而教成矣。全是四者而大耋，視履不易，此主事君之所以鴻漸鳳起，考祥而未艾也。用是載筆以詒後昆，摛之罔極。

## 豫庵處士經翁墓表

夫揆文奮武，仁之先也；攘夷保夏，義之大也。張弛機宜，動與理合，陳臬所及，遠至邇安，非間出之才〔一〕，其孰能之？遡厥所元，必有存樹風猷，没垂徽烈，以爲積善流芳之勸者矣。若吾懷赤經公，有豫庵處士翁爲之祖，殆其人哉！

翁諱永瓚，字仲器，先世祥符之高橋人。宋靖康中，始祖孟椿以御史按廣西，卒于官。其子評事六卿公迎櫬至全，聞汴京已陷，因葬全，留家焉。洪武初，五世祖德安徙居昇平鄉，傳至克銘，則公之父也。敦禮重義，睦族和鄰，益亢厥宗。母蔣氏。翁七歲而喪父，及十有四而喪母，兄復早殁，遺寡嫂唐氏無嗣守節，視之如子。及長，娶唐處士暹女，同養嫂氏，恭順備至，無異母姑。及嫂卒，同服三年喪以報之。烏虖噫嘻！世俗澆訛，不愛其親，殖末離根，悖德罔顧，此《王風》所爲賦《葛藟》也。使人盡如翁，則天倫惇矣。

〔一〕「間」，原作「問」，今據萬曆本、北大本改。

翁早喪考妣，哀慕終身，歲時祭奠，竭盡誠敬。聞一善言，必服膺焉；見一善行，必思齊焉。且又恒誦而述之，以勸教子孫宗族。性復嚴恪，不喜紛華。燕飲之禮，服飾之制，自壯至老，未嘗徇時更易，尤不喜酒。不遇賓祭，子姓滿前，無敢私飲，面少赭，即不敢見。烏虖噫嘻！世俗怡淫，罔知孝祀，泆于非彝，崇飲喪儀，不可以訓家；罔典聽，乃自速辜，此周公所爲誥妹邦也。使人盡如翁，則彝訓迪矣。

翁待僮僕有恩，聞子姓詈其爲奴者，即斥戒曰：「彼亦人子也。汝免爲奴，幸矣，安得以奴詈人？」老僕有勤苦農業、没而無子者，祭祀別爲位而酹之，終身弗棄。烏虖噫嘻！世俗驕矜，忘人之功，記人之過，視人如隸，毁詈自豪，矧於輿臺報祀與食，此《鄭詩》所爲刺《狡童》也。使人盡如翁，則民德厚矣。

翁善治生，家日益裕，遇稱貸者恒輕其息。創置店舍，館留石工父子五十餘年。每值橋路傾圮，令往計之，隨即修砌，如黄埧等橋亡慮十餘所。及宜湘南北、柳蒲上下等路，亡慮數千百丈。皆出己貲，不煩他歛，蓋天性然也。烏虖噫嘻！世俗吝嗇，奪人之財，攘臂爲之，捐己之貲，如割肺腑，矧以一家溥利鄉國，此《春秋》所爲善施舍也。使人盡如翁，則國事濟矣。

正德丙寅，長子赤岡公世昆與其婦林孺人同時駢殞，遺孫懷赤甫五齡，翁自撫育之，寢食弗離。及成童，見其頴悟，翁色喜曰：「爾父好儒，當繼其志。」於是延聘趙生豪爲塾師，教養諸孫，授粲孔厚。庚辰，懷赤入泮，翁出金資之曰：「此吾力耕所得，皆善錢也。他日得官，苟以吾善錢易惡錢以來，吾死不瞑目矣。」辛巳，翁逾七句，以耆德令聞爲州守張諍禮于鄉飲賓席，歸而掃軌，不復再預，其自重如此。

嘉靖壬午，翁以高年令子孫析爨，以釐家政。時同室六十餘人，依依然俱不忍分割，諸婦妯娌猶合食一月，乃就各室，寔翁家教所致也。戊子秋，懷赤鄉試登第歸，翁傷長子家婦弗見，泣數行下，既而曰：「他日出仕，惟儒官爲宜。有司問刑，或誤抵人于法，吾不願汝爲也。」己丑，懷赤歸自會試，即令刻大圖書二：一曰分家已定，二曰公道無私。取析産分單鈐之，以杜後言。乃日治後事，爲歸全計，凡棺槨、衣衾、宅兆，俱親制定。闔家子孫男女諸婦，各照服制給麻布，以貽孝思。

辛卯秋九月十二日，考終于正寢。疾革時，惟連呼懷赤，教子孫讀書，聲縷縷而逝。距其生景泰庚子二月初一日，享壽八十有二。葬于赤岡母墓之側，翁所卜也。子男七人，孫男十六人。彦宲，即懷赤，累官至吾廣按察司僉事，飭兵海北道，歷攝嶺南、嶺東。文經武緯，膏澤及民，方禦倭寇，懋建戎功，嶺海賴以大寧。而被讒去位，廣民攀留不可得，至有涕泣者。曾孫男二十六人，玄孫男幾人。

懷赤焚香具禮，再四稽首，遣人賫幣持侍御文君希儒所撰行狀。猗與！以予觀於豫庵翁，天信有顯道哉！既富方穀，詒厥于後。壽考胤祚之盛，雖罄粤土而較之，鮮有其倫焉。矧懷赤佩翁之訓，仁涵義立，惠我元元，當據輿論而垂青史，則翁之風猷徽烈，將永有傳矣。是用表諸貞珉，摛之罔極。

# 泰泉集卷第五十二

## 墓誌一

### 通議大夫户部右侍郎贈都察院右都御史筠溪鍾公墓誌

瓊有鉅儒曰筠溪鍾公，諱芳，字仲實，系出魏侍中繇。傳至唐，中書侍郎紹京始徙贛，家龍南。又傳至宋，龍圖閣學士仙安撫廣西，討平黎寇，著績於瓊，其裔孫淳傳德賢克偉。至鎧，乃徙萬州，公高祖也。曾祖惠，洪武中徙崖，遂爲崖州人。祖京、考明，俱贈户部右侍郎。祖母孫氏、母彭氏，俱贈淑人。繼母楊氏，封太淑人。祖嘗育於外親，冒黄姓，至公顯庸後，始奏復焉。

公自幼穎異。十歲入州學。十二喪母，知哀慕。又十年，喪父，哀毁轉篤，其真知力行，蓋天性也。弘治辛酉，領鄉薦第二。正德戊辰，試禮闈。康修撰海擬首選，不果，乃寘第七，文名大震。登進士二甲第三，改翰林庶吉士，授編修。忤時左遷寧國府推官。精於吏事，能折滯獄，如朱氏婚媾，趙氏發冢，皆一訊即服。他郡咸求質成，公應之犁然，無不愜當者。會大水歲侵，議行振恤，民獲奠居。政暇則啓迪來學，部使者交薦其賢。

壬申，陞漳州府同知。癸酉，供事場屋，閱卷刻文，爲監司所咨，得人最多。尋攝府事。時兵憲欲征漳寇，公主相機撫勦，督府卒從公議。鎮守中官市絹需擾，嚴加禁覈。擒漳浦豪猾徐姓者置諸法，自是獄市靖矣。乃行鄉約于諸邑，作詩以風勸。相其父老教詔其子弟，俾知敦化向學，逾年而民俗丕變。甲戌，陞南京户部員外郎，士民攀轅，播于歌頌。既去任，李巡按如圭猶以異才薦之，遂署南吏部稽勳郎中，轉考功。一時名公如劉太宰春羅、少宰欽順，凡甄别優劣，皆從公言。三載績最，覃恩考妣，遂實授。尋祭掃南歸。

辛巳，陞浙江提學副使。施教較文，必參名檢，敦行力學者爲上，穎悟淹貫、言行知慎者次之，挑達諧蕩者，文雖工必懲。自是浙士斐然嚮風，刻公《存養》諸稿以傳。屬大比，力止續考，且沮權貴子入試。何巡按鉞始憾終悟，乃特薦之。

癸未，陞廣西右參政，單車罙入洛容，諭降賊帥羅朝墮等千餘人，陷賊者來歸如市。尋調兵扼險，攻柳州馬平之穿山峽，賊皆喙息。時貴縣多虎患，父老遮道泣愬，公爲告山神，蒐獲六虎，餘悉遠遁，其患遂息。會督府盛中丞應期召議軍事，公留蒼梧，而姚公鏌代至，益重公。鵰勦六青諸峒，招降賀縣、思柳等寨，皆公策也。乙酉，提調鄉試，裁定録文，畢收名士。屬入覲，有多編門隸爲奸吏者，參治如法而後行。丁亥，討田州叛賊岑猛，公檄數其罪惡，而留梧調度兵餉，相機策應，迄成威猛之功。捷聞，有白金文綺之賜。迨凱旋，湖兵不戢，公諭禁以長柄大牌，梧民賴以安堵。時平樂賊畏威越境東掠，肇慶告急，督府以兵屬公。乃選精鋭順流急擊，復邀其歸路，大敗之，俘馘無算。捷聞，有銀牌綵幣之賜。潯州斷藤峽賊時出掠，公以奇兵讋之。群酋請通峽，督府檄公募舟數千通焉，於是酋有販杉木於梧市者，人謂亘古所無也。猛賊既平，餘孽盧蘇等復叛，公請如原議撫定，主者不從，師久無功。上命新建伯王公守仁總制徂征，公言善後之策，當分置土官。王公聽從其言，果不勞而定，於是撫按屢薦。

戊子，陞江西右布政使。提調鄉試，譽髦多入彀者。尋入覲京師，無所饋遺，人亦諒公廉約。還任，掌司事，凡藩祿軍需之難處者，每經區畫，悉得大體。擒治奸吏豪民不過三四輩，而闔省肅然大治，撫按復交薦之。庚寅，陞南京太常寺卿。辛卯春，大臣奉命來行祭告禮，欲比正祭。公疏言告祭主於誠，不在備物，禮當與正祭異，惟用脯醢酒果。上從之，著爲令。尋攝國學，講論經義，求諸身心，胄子莫不感動。十一月，疏乞休，不允。

壬辰，陞南京兵部右侍郎，與參贊王公廷相協恭革弊。如馬快船舊累戎伍，設法以蘇其困，操船者必稽役以給其餉。諸凡秕蠹，爲之頓清。八月，疏乞休，不允。癸巳，改户部右侍郎，奉敕總督太倉。尋以考察自陳乞休，不允。與許司徒讚經略邊儲，以紓民力。復查舊規，嚴限以警濡滯之頑，散餘米給軍，以免鬻船之患，於是漕政大舉。八月，東宫誕生，貤恩二代，廕孫倬入監讀書。會大同軍亂，殺主將。公上疏請止誅叛逆，招降其脅從者，大與當路忤。其後上悟，改敕竣事，一如公言。

甲午四月，考滿，奉旨復職。七月，南京太廟灾，公自陳修省以回天變，言甚剴切，且乞休益力。上重違公請，准致仕。中途聞繼母喪，兼程奔還。家居十餘年，未嘗一至城府，惟以書史自娱。有干以私者，謝曰：「吾守志猶嫠婦，豈以晚而改節邪？」甲辰十一月十七日，薨于家，距其生成化丙申二月二十二日，享年六十有九。配王氏，封淑人。子男二：長允謙，己丑進士，累官知福州府；次允直，壬午鄉進士，早卒。女二：長適張進士子穀，次適丘文莊公曾孫祈。孫男二：曰倬，曰儲。女一，適郡庠生岑昇。

公所著有《易學疑義》《春秋集要》及詩文集各若干卷。其爲文雄渾精深，氣隨理昌，論學以程、朱爲宗。嘗與予言：「性根諸心，非學弗培。故道問學即所以尊德性，非有二也。」又謂：「存養兼動靜，非端默静坐之謂。知行本自合一。知以利行，行以踐知。理無内外，心亦無内外也。」其爲學博極而精，雖律曆、醫卜之書，靡不通貫，然皆取衷于正理。至論郊祀之禮，惟主合祀，力辯漢儒禘郊之非，深得坤道承天之義。會上建南北郊，具奏，格不果行，深以爲恨。論樂，初以陳暘去四清爲是，聞予言夷則以下四均，舍是則迭相陵而不調，即幡然肯從。其虚受類此。晚年卜築于瓊，名其居曰對齋，義取對越上帝，謂事道即事天也。其用功益密，所造益深矣。

公性簡重，寡嗜慾。事繼母至孝。兄甦、弟英蚤夭，禮恤嫠嫠，俾守貞得所，人以爲難。計偕北行，時同年邵銓病危，公留療治，雖試期已逼，弗顧也。其行誼類此，真可謂能踐其知者矣！

福州君將以某年月日葬公于某原，煢煢苫塊，使從子倬遠來速銘。予生也晚，辱公道誼，切劘最厚，蓋知公莫予過者，其可辭乎？銘曰：

鍾易而黄，公復厥初；贛徙而瓊，公康厥居。公之積學，寔培厥性；亦復而康，天乃終定。積小高大，仕猶學然；翔于天庭，肇自左遷。洋洋文教，赫赫武備；遂陟奉常，以至卿貳。始終一德，知則必行；醇哉鉅儒，可式後生。

## 中憲大夫南京太常寺少卿毅齋黄公墓誌

國家必有慎憲炳幾之臣獻納匡捄，而後中外賴以乂安。正德之季，忠賢滿朝。若吾廣毅齋黄公，殆其人也已。公諱重，字子任，南海人。正德戊辰進士，授行人。罹外艱歸，服闋復職。壬申，使伊藩葬祭，事竣，却其金帛、鞍馬。行至懷慶，遣人馳投以金，復却之。筮仕之初，行已蓋皭如也。癸酉，使遼東勞夷人，却鎮巡例贈，如使伊時。甲戌，以績最擢户科給事中，巡視内十庫、光禄寺，宿弊俱革。乃建言重名器、久任用、慎薦舉、省摧課四事，户部奏從所請，商旅稱便。已而清理畿内倉場，貴避焉。丁丑，復以績最獲貤恩父母。時左都御史彭澤坐夷情削籍，公奏請寬宥，以昭往功，輿論韙之。

尋進兵科右給事中，考選京衛武官，淑慝罔弗當者。會毅皇帝北巡，迎駕有勞，賜金幣數事。遂疏乞歸省，復賜寶鏹以行。庚辰，復任，尋罹内艱歸。癸未，服闋，補吏科右給事中。市魁李陽鳳挾中官勢恣爲奸利，方付刑部，俄改錦衣獄。尚書林俊執奏不聽授，乃疏慎政令以圖治安。會災異修省，復疏詔令不常，爵賞太濫，聽言不弘，營建不節，言甚剴切，聞者危之。甲申夏，進兵科左給事中。太監藩真出鎮荆湖，違例丐請，公封駁不避。秋，以言禮杖于午門外。尋進户科都給事中，賜金幣、寶鏹。丙戌，充武舉考官，取孫堪爲首，時稱得人。丁亥，畿内飢，疏請賑濟，詔行其言，多賴存活。入侍經筵，擢南京太常少卿。先是，三擬進秩，皆不報，久乃獲遷。比涖事，養牲役廚，人受其惠。己丑星變，以自陳致仕，忌者快之，公論深惜焉。時同年呂柟謫金陵，嘗書「喬岳大川氣象，青天白日襟懷」以贈。歸構草堂，刻柟書以自況云。公平居和易諧謔，然嫉惡向義，則勇奮不顧。有姊適曾氏而貧，每損貲贖還其産業。同寮張漢卿落職貧甚，瀕行，傾囊賙焉。鄉之漁民有官責，其逋課垂死者，見即爲之代償。潘伯通等十人誣陷盜獄，爲白其冤，皆得釋。他如革横刷之舟，築捍潦之堳，鄉人頌德，輒自遜謝。其行誼類此。

巡撫錢如京疏請起用，而公已卒嘉靖己亥七月，壽六十有二。訃聞，上遣官特賜諭祭，以某年月葬于新會龜山之原。予與公臭味相同者，茲銘其窆，誼安可辭？銘曰：

惟椓有昏，其蠧也漸；公思鋤之，慎我成憲。惟衮罔闕，其來也微；公思補之，炳于先幾。赫赫清卿，望者逾艾；彼何人斯，淪胥以敗。和若混俗，義則超群；我銘公藏，以昭後昆。

## 通奉大夫湖廣左布政使鴈峰何公墓誌

嘉靖癸巳仲冬十有二日，湖廣左布政使鴈峰何公卒于九江。越明年，柩歸。又明年孟春廿四日，窆于新會大鴈山之原。其弟庫部君翾偕其子思存，俾予誌且銘焉，禮也。烏虖！予辱公交誼最厚，其敢以辭？

夫天下難處之事三，而公優爲之，是可以不朽矣。在毅皇帝時，佛朗機夷人假貢獻以窺我南海。逆彬甘賄，使侍上肄夷語，於是夷酋憑恃寵靈，部見踞驁。公爲御史，疏其利害，請銷患未萌，逐之出境。朝議從之，而薄海帖然以定。及按湖廣，藩封星羅其間，出令多肘掣。禄米不時給，則恒譁于有司。公乃奏以守臣抽分，充其缺乏，而人無弗稱便者。詰發襄府僞宫，復楚世子侵地，諸司皆盱駴曰：「前此所亡有也。」副臬備戎于徐州，時河溢爲患，藉兵夫餘力築長隄焉。自沛亘徐，連絡百里。隄成而大水至，民免爲魚者，刻石頌之。嗟乎！宗藩以與王室俱而難勸，河患以與天地俱而難平，夷種以與生民俱而難治。雖聖人親親，能使不怨焉耳矣；治水行所亡事焉耳矣；治夷狄以不治焉耳矣。故曰天下難處之事三，而公優爲之。不朽之名，其在兹哉！故予詳書其大者，衆善可得而概也。

公諱鰲，字子魚，其先徐人。始遷南雄，再遷今順德之黄連。曾祖考永安以上，多隱德。祖考昌，鄉進士，令浙之麗水、宣平，有政聲。考一達，游庠序，抱學弗售，以公貴贈監察御史。母陳氏，贈孺人。公明《禮經》，領弘治甲子鄉薦第五人，登正德戊辰進士。令浙之慶元，平均里賦，鷙擊豪梗而龢會之，以治行第一入爲御史。嘗彈糾大臣之奔趨固位者，巡湖廣，恤災擿伏，多赫赫可誦。出守松江，革科斂，清册税，除機户，正糧役，小民蒙其美利，而巨室或嗛之。遇旱，暴烈日中，且拜且禱，雨應期至。復有靈芝、醴泉之異，皆辭而弗有，人以是益賢公。

晉浙江按察副使，分巡寧紹，獄訟以清。改兵備徐州，定驛傳條約，歲省費以巨萬計。去縣令奉職之尤無狀者，盜日以銷而民安作。晉參閩省政事，尋晉右轄，又遂遷湖省左轄，皆以最陟，而論者猶謂其不足以償昔淹滯云。

生于成化甲辰十月，壽僅五十。鄉評以公孝友明達，學術足以大用，而弗究于行，咸恫惜之。予交於公久，而知其底裏卓卓。晚更號復所，蓋其志益𨄅矣，庸詎知其遽云逝哉？娶梁氏，贈孺人，先十七年卒。繼室潘氏，封孺人，先八月卒。子男四：長即思存，邑弟子員，次思懿，皆梁出；次思聰，次思慎，皆潘出。女四：長適黄廷瑶，次適潘方整，其二尚幼未行，皆先後淪亡。而公之葬，寔與梁氏、潘氏同兆異窆焉，亦禮也。銘曰：

治戒不虞，維夷維河；矧維懿親，煩嘖孔多。卓哉鴈峰，處難則易；優優其政，磊磊其志。夷則遏之，河則隄之；楚于奉藩，惠寔宜之。志賫以没，政播則永；我銘公藏，以鴻厥慶。

## 封承德郎刑部主事前宜興縣丞劉公墓誌

正德十有三年，天子曰：「祥刑繫國大紀，使峻文決理，則無以禁奸暴、衛元元。爾夙夜恪恭明允，三載考厥最，繄教成於父，朕貴顯之如爾官。」於是劉公暹獲受敕命，人韙以爲宜有是。始公丞宜興時，督運至京師，聞仲子得進士，即棄官歸，曰：「國事有吾兒屬矣，吾何僕僕爲邪？」謝事五年而得封，蓋信其志也。

公字汝曦，世居大庾。高大父文泰、曾大父谷賢、大父貴良，皆弗耀。父敬，以齒德例授冠服。母黄氏。公髫年英穎，聲鴻鄉塾。鄉先生蔣南皋奇之，字以仲女。張郡守弼舉材應藩省檄，公謝母老，遂補掾郡曹，號文亡害，故郡守屢更而信任不易。及從事銀臺，鄭通政禮公優異，出入輒目曰儒掾也。滿考，註八品資歸。

弘治辛酉，需次銓部，疏時政、民隱十餘事，上方鋭情化理，多採納，薦紳皆驚愕謂賢。癸亥，拜廣右藩司照幕。會造弘治錢，督府屬公監鑄。尋征柳慶蠻，部使者委以閲驗功級。甫竣事，督府又檄使勘議哨堡，裁處侵疆事宜，無不獲上心者。無何，又委之監榷鹺木諸税，商旅稱便。陳中丞益賢之，以練政、體達夷情薦于朝，請補倅田郡。時逆瑾竊王鈇，不果用，然當路自是旌奬推擢亡虚時。

六載考最，陞宜興丞。顓理糧儲，民服其廉慎，輸賦不敢後。張中丞旌爲他郡勸。尋奉俞中丞檄兼治水利，每督疏築必躬。未幾，吴松水溢，阡陌盡圮，惟公所治獨完。部使者至，即摭一郡利病上之，從公言，民則大悦，嘖嘖歸功云。居宜興五載，按部撫巡無不嘉。公操守非但最其能，蓋公本業儒，故所至能緣飾以與《詩》《書》合，政聲日殷殷起，人猶以爲絀。及子貴而後志乃信，然未嘗以色加人。篤行孝友，鄉黨户知之。貲多捐以濟人于險，亡責報意，鄉人亦亡不敬且親公，故陽明王中丞名其所居之堂曰善慶，撫巡暨郡守爲表其第曰褒嘉，旌淑以勵俗，禮也。

公生於景泰壬申，卒於嘉靖丁亥，壽七十有六。配蔣氏，封安人。子男三：長宇，陰陽正術；次寅，案官刑部郎中，即公所繇獲封者，以病予告，獲侍公考終，人謂純孝；次寀，殤。女二，撫其弟女一，歸戚永華、許雲翊、甘時鼎。孫男四：自南，學官弟子，自東、自新、自北，皆幼。女四：長二，歸何景舜、鄧鏜，皆學官弟子，二尚幼。卒之明年十月某日，合葬公于長嶺之原。公德不大試而獲榮以壽，鄉獻狀其事者，猶有不憖遺之嗟。嗚虖！是可以銘公矣。銘曰：

福以仁備，譽以儒致，惟公之懿。繇幕而丞，政達化興，惟公之能。績學于蚤，信志于老，惟公之造。長嶺之陽，幽有銘章，惟公之藏。

## 格齋張處士墓誌

格齋張先生諱安民，字從敬，蘇之常熟人。父懋，以鄉薦教諭武邑，親老謝歸，傳家無長物，人皆賢之。生丈夫子三人，先生最少。潭潛經史，與伯仲二兄自相師友，砥礪必以名教。鄉之俊髦多從之遊，先生誨誘亹亹，模範甚整。顯庸如大理少卿吴君堂輩，皆其所造就者。

教子尤有義方。長子文鳳，登己丑進士，筮仕廣州新會令。便道欲迎養，先生曰：「予老矣，狐死首丘，安能録録投骸嶺海間乎？女能善撫字，上不負聖明，下不負所學，於吾足矣。吾未没齒，遹觀女政之成也。」從子太守文麟，方家居，亦勉使從先生之言，曰：「吾能善事叔父母，女詒慮。」文鳳乃視篆，遵詔令，移文請分俸助養于家。部使者暨藩臬皆報可，始自嘉靖壬辰，月支俸糧一石。先生時方八袠，有司例改冠服，太守君因率諸子姪爲壽，先生受之，逍遥林壑，蓋嚼如也。

蘇當東南之湊，百貨輻集，稍以勢力營貿，即成素封之家，而先生壺觴嘯傲，絶不事産積。雖常屢空，不以屑意，有古黔婁之風焉。每興洽，喜爲聲詩，其蜕去塵利，芥視軒冕，每見諸辭，人喜誦之。縱浪大志，忘其身之老也。考終，壽八十有三。配周氏，黽勉成家，教子且責且訓，繼之以泣，愛而知勞，與先生媲德。先生憐其早逝，不忍再娶，鰥居四十餘年，無一妾媵，人皆義之。子男一，即文鳳，今爲工部主事，其墓合窆云。銘曰：

於穆先生，醇德絜修。恬澹寡慾，浩然天游。貨利弗殖，榮貴弗求。莘莘學徒，遵我範猷。屢空奚戚，匹美黔婁。淑人克相，敬姜之儔。鰥不再偶，義問四周。庭訓所詒，敷政優優。湛恩將貤，賁此林丘。國史作銘，以永爾休。

## 東皋蕭處士墓誌

古之君子抱道自樂，與天爲徒，不嬰世垢，而優游於韁鎖柴柵之外者，吾於晉得一人焉，曰陶靖節。觀其寄傲羲皇，盤桓松菊，時或登東皋以舒嘯，蓋其志常伸於物表，舉天下榮禄不足誘其中，而肯折腰升斗間哉？晞陶而陶者，吾於唐得一人焉，曰王無功。觀其取東皋以自號，而自比於桂凌霜露，而置床頭《周易》，且著《五斗先生傳》《醉鄉記》《無心子》以見志，而任真嗜酒，有足徵也已。百世下高風芳躅相輝映於無窮，誰能繼之？

日者雄州東城峥嶸林樾中，遠山環峙，活水鏡静，鳴禽下上，葩卉交馨，舒嘯亭巋然在焉。詢諸路人，則曰此東皋蕭處士舊寓也。嗟乎！染指鼎餗、引領簪紱者，世亦何限？曾謂復有斯人邪？令人歆羨陫惻，不能自已。其子元芳，稽首百拜以誌銘請。感仰之餘，又安容辭？

按狀，洪，隱士諱也；希範，字也。出自信武節度使巨卿。二十世祖元，仕南雄路總管，因家保昌。傳至父瑛，則其家系也。幼而岐嶷，長而雋敏。少奉父母而能孝養，失怙恃而能卓立。温恭而能毅，豪爽而能正，則其德性也。嘗泛舟鄱陽，上匡廬，游洞庭，挹扶輿清淑，歸諸肺腑而發之篇章，簡澹佚宕，有晉唐餘韻。且能肆力於典籍，靡所不究，則其才學也。

成化中，江右大歉，輦粟二百石往賑其饑。郡守江璞上其事于朝，得授將仕郎。弘治以來，鄉飲位以大賓，則其德澤及於人而獲乎上也。壽餘五袠，而子孫若干人，皆克承其家。雖其出處視陶與王異，而其尚志古人，亦可嘉矣。向使天假以年，能擴而充之，其殆庶幾乎。兆原舊在正塘，近有水患，乃今遷于龜嶺。銘曰：

緬懷東皋，舒嘯惟陶。王子繼之，樂彼香醪。觀爾尚志，解其天弢。噫嘻後昆，自邇斯高。

## 南所崔隱君墓誌

隱君崔氏，諱權，字允中，宋觀文殿大學士清獻公十世孫。其先自汴而寧都，乃由河源遷南海。

高大父子璲，始定居桂華之三山焉。曾大父伯箕、大父鑾、父源，皆有隱行。君生三年，母葉氏下世；又六年，復失怙，以故終身慕之。遂顓究心青囊術，不事舉業。乃卜葬，制服哀踊如初喪。每忌日，必齋戒涕泣，祭奠無改乎其初。創小宗祠以祀禰，未及落而卒。嗚呼！君賢乎哉。嘗觀名賢碩輔之後，知有成業而不知成身者有之，知成身而不知成物者有之，知成物而不知成親者有之。於斯兼備，乃成君子。嗚呼！君誠賢矣哉！

守先人故廬，闢南所以教子，因以自號。晚年屏絶塵事，築室于圃以課耕，植蘭盈畹，每曰：「蘭不以無人而不芳，吾事之猶君子然。蘭乎蘭乎，吾之莫逆也。」或誘以利，則啞然笑之。有求見商賈，必指蘭曰：「此吾斷金也。」勸其讀書求仕，惟諷詠杜詩以自娱，有樂天知命之懷焉，謂能成身矣。天性易直，與親朋未嘗少阿，有顯過者面斥之，多赬顔去，然人洞知其中無府城，皆愛之。强梗者多薰而爲善良，可謂能成物矣。族人議新家廟，苦地狹，君曰：「是近吾廚，吾寧無爨爾，不使吾先人少妥靈所。」即撤以益之。有侵墓田者，曰：「是與私産不同，且先君子之所重也。」助族長直諸官乃已。百爾先志，雖手澤遺書，必加褒輯焉。凡父母所愛姻婭，必訪而通問之，可謂能成親矣。

長子爌與予同領鄉書，每誨之，俾與予交密，曰：「此端人也。」逾五載考終，壽五十有九。娶碧江李氏，派出文溪子。男五女一，孫男三。爌以戊寅十二月己酉窆君于鬱岡之原，首巽趾乾，從先兆也。揆君之志，寔能追遠昔清獻公高風大節，力辭相位，論者謂之千載一人。今君樂天知命，殆不忝其先者乎。唯君不食其報，先世不弛其澤。語曰：「公侯子孫，必復其始。」唯子若孫，勖之而已。銘曰：

仰惟清獻，學術最貞。罔嗜利慾，辭厥榮名。君克承家，隱德有成。此惟吉宅，君没而寧。德裕後昆，如蘭日馨。

# 泰泉集卷第五十三

## 墓誌二

### 前中憲大夫饒州府知府棠野祁公墓誌

嘉靖癸巳正月乙卯，前饒州太守祁公卒于家。是年十有二月丁酉，葬從先兆，其孤儻來索銘。乃者正德癸酉冬，予計偕，罹先考憂，道金陵。公病痢于旅，慰藉甚至，且曰：「脱不諱，幸銘我墓。」去之二十載，竟以是疾卒，而葬復值冬云。嗚呼！豈非讖邪？顧辱公久要，則銘又安敢辭？

按狀，公諱敕，字惟允，别號棠野，廣之東莞人。南宋有銀青光禄大夫者，始遷自南雄。六傳至高祖以泰，高年被徵，不仕。曾祖振宗，鄉稱長者，妣李氏。祖秉剛，有學行，累贈奉直大夫、户部員外郎，妣盧氏，累封太宜人。考順，爲時名臣，累官江西左布政使，贈通奉大夫。前母鍾氏，贈宜人。母廖氏，封太夫人。

公五齡，通《論語》諸書。十有二，爲詩文，有奇語。十有五，而《春秋》業成。踰冠領魁，薦于鄉，即藏修不出。企慕濂溪、延平，爲之贊，師其心學，充養日粹，後進多從之遊。久之，逆瑾誅，乃北上。

正德丁丑，再試登第，賜進士出身，例得歸省。庚辰，始赴銓，拜刑部貴州司主事。會季兄政上春官，没于途，即移疾護其喪歸，家居慎修。督學魏公校至邑臨訪，與語稱重之，因謂師生宜以爲式。

甲申詣京，復除刑部福建司主事。七月伏闕，諍禮得罪，獲釋。尋晉階承德郎，貤恩父母及妻。其於庶獄詳讞明允，廷尉稱平。三載以績最聞。丁亥，晉本部雲南司署員外郎，迭署諸司印。受知尚書胡公寧，委以章奏。甫六月，晉本部四川司署郎中。平反公恕，都民謂之祁佛爺。嘗辨曹恕、王良弼獄，知爲岳氏張雄所誣，立出之。公餘益績學，名其齋曰新，作箴以自警。戊子鄉試，初，簡廷臣學行者主各省文柄，公受命往廣西考校。比入彀，皆名士，而録文亦甚馴雅。事竣，取道歸省，有司致贐，一無所受。晤總制陽明王公于廣，與論窮神知化大旨，王公稱服，語人曰：「祁正郎深於養者也。」抵家無何，即拜饒州之命，單車往視事。少保桂公蕚素重公，適桂家居，然未嘗敢私謁。時方習鷹鷙聲爲能，而公雍容裁斷，讞獄輒得其情，出無辜者百餘人，民驩呼以爲神明。自是舞文吏無所售其奸，而訟日簡。會水旱荐飢，躬檢踏以聞，得蠲常賦，民賴存活甚衆。乃嚴儲水法，修預備倉，革排門夫役。令下，民皆稱便。復增築鄱陽白馬隄、浮梁、胡曰渠〔一〕，皆不擾而事集。嘗議鑿井濟囚喝，忽泉湧東廡下，士民謂公德所致，名之曰「應德泉」而歌詠之。

暇則臨學，與諸生談道。置簿以揚善紀過，恒獎其勤而賙其乏。凡廟器射圃，修飾完備，弦歌俎

〔一〕「胡曰渠」，明遇庭訓《本朝分省人物考》卷三《廣東廣州府・祁敕》作「胡白渠」。

豆，藹然改觀。每月旦，令父老集于社學，訓戒子弟。置没官田以爲館穀費，按治下其法于諸郡縣，俾踵行之。義士閔穆、劉總、葉賢仕暨張、李二節婦，皆見旌獎。增祀鄉賢于學宫，又别祀于其鄉社，皆前此所未及舉者。其表正風俗此類也。

淮府官校豪横，稍加戒諭，即詣謝求自新。首相姻家有爲訓導者，謀補教諭員缺，沮以大義，當道報可，輿論快之。公槖舊有可私入者，如吏員新參鹽商税船及存留耗糧，歲不下數千金，盡皆釐革。其正潔又多類此。部使者考核，治行爲列郡稱首，疏于朝。饒人歌之曰：「有影黄堂月，無痕碧水秋。」至有私祠于家者。時有命燒造郊壇磁磚，限毋過七十日。或獻計謂：「以土爲胚，飾之以磁，庶可易成。」公恐欺君，俾工匠如法爲之。猝不能就，及逮赴詔獄，怡然就道，凡餽者悉却之。士民遮泣不忍别，形諸歌頌其卷曰「一磁不持」云。及抵京師，法司以公賢能，議罪從輕。上覽奏，遂謫貴州婺州縣典史，公殊不以夷險介意。南還渡揚子江，盜至，舟人惶駴，公端坐自如，盜驚歎而去。

壬辰九月，行次袁州，感疾，歸就醫。疾亟，猶冠幘，力止家人禱禳，臨終惟以太夫人爲念而已。距其生成化辛丑十有一月二十一日，壽五十有三，聞者莫不傷邦哲云亡，惜其用之不究也。娶黎氏，封安人。子男二：長即儻，次佃，皆事儒業。女二：長適尚書王公績次子弘諭，次適士人蔡宗爽。

公天資端重，事父母孝謹。與朋友和易有終，接人無貴賤親疏，一於誠慤。周恤患難，如恐不及。嘗躬治翟典史德瑞、余同知昌期喪。同官石主事英中坐罪當死，每周旋營捄。外祖廖公無繼嗣，爲之立後，仍予祭田二十畝。尤潛心義理之學，嘗自誦曰：「士君子求不失此心而已。進退榮辱，有命存焉。」故居官冰蘖自持，未嘗有分外之積。晚罹降謫，亦未嘗色憂。評者謂通奉府君賞左遷貴州石阡守，後至方伯，公之謫實酷似而遽止於是。烏呼！其命也夫。銘曰：

祁氏之先，奚食晉封；克舉其子，爰亢厥宗。施于嶺海，家茲莞邑；方伯彬彬，英聲茂實。諸子肖之，如午於奚；鴈行鴻漸，膴仕攸躋。天球粹温，見此棠野；趾美江西，尤其肖者。仁則及物，譴則及身；其位雖屈，其道彌伸。牛眠之原，有橋有梓；我銘公幽，以勖孫子。

## 奉訓大夫南京中軍都督府經歷樗亭黃公墓誌

黃氏顯庸，廣爲最。其在南海曰裝、字子章者，系源于汴，遷自某官，至長公而益著。曾祖某，洪武初舉人材不就。祖某暨考某，俱以長公貴，贈少司空兼中丞。祖母某、母蕭，俱淑人。其舉于鄉，爲正德丁卯。內艱服闋，試禮部下第，乃業齒胄，歷部事。嘉靖甲午，始銓前軍都事。三年，遷南中軍經歷。卒于臨清，某年月日也。距其生成化癸酉某月日，壽僅五十有六。將葬，其族子延年以狀來請誌銘。嗟嗟乎！子章庸而弗顯，命矣夫。

平生博記書史，如農務殖。績文則簡確，得諸深潭之思，其善學有如此者。勢利紛華，漠然無情，及其待物，則未常有違諸非道之言、不義之色。莫或敢至其前，然人或忤之，容而不較，其德性有如此者。居喪不踰苫塊，事長公如父，處族姻罔有違言，其居家有如此者。出語簡默，與人類寡合，然乎以道誼，則必傾盡珍華不御。自奉雖約，而賙恤未始吝嗇，其處衆有如此者。權度世務，每中幾宜，而遇事粥粥若無能。詞翰壺奕，類多精練，而退然不肯少自表襮。家庭詩社，倡和鏗鍧，人至以謝客子由擬之，其材藝有如此者。群居終日，語不一及長公之貴。鄉人近之，如未嘗有長公。藩臬以長公故，往來必請正席，遜避之，亦如未嘗有長公。方長公之守湖也，豪右有論死者緘數百金，走千里以求援，峻却不内。比鎮滇楚，故吏修謁致贄，悉報以禮，罔敢干以私，其持守有如此者。前軍案牘浩繁，夙夜殫慮，務祛宿弊。武勳襲廕，秋毫無所與，太宰書其成績曰最，其守官有如此者。家食恒遨遊觴詠，脱落榮利。及旅病不起，作書長訣家人，視其心惺神閒，絶不色戚，其見道有如此者。

觀其善學與其德性，曰柔而立矣；觀其居家與其處衆，曰直而温矣；觀其材藝與其持守，曰愿而恭、簡而廉矣；觀其守官與其見道，曰擾而毅、亂而敬矣。《臯陶》所稱日嚴六德，蓋庶幾焉。而不及中壽，位終下大夫，嗟嗟，命矣夫！

娶李氏，封孺人。子男一，賓文，側室馬氏出。女二，長適庠生葉相，次尚幼。葬以某年月日，其原則梅隴某山某向也。廣人以長公暨子章家學得諸厥考一蘭公，文聲峻燁，謂不替蘇眉山云。

銘曰：

蘭猗猗，一而岐。碩無朋，長者巍。季秀挺，晞及之。中道萎，吁可悲。茁其芽，享在兹。

## 故處士質軒鄒公墓誌

嘉靖癸巳春正月八日，質軒鄒府君卒。及葬，其孫君哲寔守我邦，乃將嚴君命，俾佐誌且銘焉，以掩諸幽，禮也。

府君諱抑，字恒修，其先宋威武節度公，始家莆之東山。曾祖諱某、祖諱元秀、父諱體誠，世履隱德。府君承懿緒於諸舅季，且幼失怙，即哀慕如成人。事母林氏孝敬備至，雖甚勞，必問安否牀下，風雨不廢。知《詩》《書》，則鋭情《小學》《家禮》，力行之，人謂鄒有才子弟矣。長益端恪自將，不妄言笑，見者必悚立。凡發慮揆事，必度于衷，鄉人慕賴之，推以爲長。每質成，輒當或致謝，必竣却不受，修潔之操皭如也。

伯兄卒於巡宰，亡後，府君走千里營殯以歸。斥其俸餘，濟己貲以建祠祀先，歲時無違禮。崇教廢庵，本先人故業也，贖諸官，以與衆共。會築頹隄，集衆疏釃，亡所於處，則以爲隄館。府君身其事，且歲不廢，自是瀕海田歲稼乃登，家食其利云。積粟時散諸貧急者，而薄其息，他徙者或不之索，然人皆義府君，終不忍負。歲大侵，悉予貸者粟。或曰：「市則利倍，盍市諸？」府君笑曰：「非爾所知也。吾聞市利不如市義。市利，利一時爾，歲食吾粟，必歲歲吾感。吾惟義之市，而利寧有茈乎？」竟悉予之。

鄰人湯從慶闔門病疫，其母死，俗以傳染相譌恐，亡敢近者。府君躬爲殮，卒以無患，向怯避者乃更相語曰：「公真福人，吾儕奚敢傚邪？」家臨通逵，行旅絡繹，渴則掬于河，病其不便，貯井水飲之。

今侍郎林公汝英嘗行至其所，問施水爲誰，有老叟對曰：「吾里鄒公也，行之將四十年于此矣。」因陳其善行十數事，公嘆曰：「昔陽雍給水漿以濟人渴，其後五男皆至卿相。彼一善且爾，况其多乎？」公後爲文壽府君曰：「後必大興，吾言將驗。」

烏虖！慆淫作而禮義絶，財利崇而任恤衰。狺狺焉競刀錐，則骨肉不遑顧。蹈道率履者，群乃誹以爲迂。以爲迂而止者皆是也，以爲迂而止之者又皆是也，則俗奚而不頹乎？覺其非而止者吾未之見，覺其非而止之者吾又未之見也，而况仁及於塗之人乎？府君於是乎德遠於人矣。

府君生於天順戊寅十月三十日，享年七十有四。元配鄭氏，賢淑善治梱，且愛而能誨，先府君卒。繼配黄氏，慈範接軌，方壽且康。有子八人。長師魯，有學行，舉鄉進士，署郴州學正。自侍郎何燕泉公領薦後，科第缺有間，郴士服教訓，乃盛乎其初。秩滿，以府君高年，即棄官歸，士論高之。敕封承德郎、户部主事。次師文、師德、師孔，郡庠生，暨適朱偉女子，皆鄭氏出。次師召、師曾、師禹、師清，暨適張夢吉女子，皆黄氏出。孫長守愚，即君哲，丙戌進士。荐歷户部郎中，出守廣州，賢而有文，惠政卓卓。次守謙，邑庠生。守訥、守介、守爲、守正、守志、守廉、守可、守欽、守訒、守直、守方、守中、守吾、守淳。曾孫曰通、造、逢。其流慶蓋未有艾，人咸以林公之言爲信。葬以今年甲午冬某月日時，其墓在東山下小山之陰，乙趾辛向。鄭氏先府君葬其右，而虚其左者，以有俟也。銘曰：

德人韞玉，于彼東山；其澤海流，我觀其瀾。源于周親，以及閭里；有洌弗食，施于孫子。孫子憲憲，既駿既厖；善教善政，于校于邦。其慶則緜，其德則揭；我銘窆宫，以永芳烈。

## 贈奉直大夫南京中軍經歷談君合葬墓誌

南海之平洲，談氏家焉。衣冠奕葉，猶不忘稼穡。子若孫咸朴而文，或以材胥筮仕。至宗人經歷，發身賢科，揚于天子之廷爲最顯，世有孝德，父母安之。至誠齋夫婦，以子貴，獲貤誥贈爲最顯。誠齋諱綸，字克用，天性悃愊，不作機事，故名齋以見志。屏絶紛華，日優游畎畝中，秧稻拾穗以爲樂。自業農外一無所好，其心未嘗見異物而遷，故不入城市，訢然自得。配梁氏，諱文貞，字汝一。端重寡言笑，能孝事舅姑，和睦宗族，重其德者無不愛之。

粵正德己卯，積德方判吉安，從新建伯討平寧叛，其他嘉績尤多，遂晉南京中軍都督府經歷。乃嘉靖改元，遇恩贈誠齋奉直大夫如子官，梁爲宜人。崇德報功，國有彝典，於是乎進律貤恩，禮也。誠齋享年七十有九，宜人享年八十有四，合葬于本里大羅崗之原。子男二：曰儲，曰仁，儲即宗人經歷，爲文職一品首領，纍以最自中軍陟今官。惟公夫婦顯於令子，然子匪由教，則奚以顯其親？是宜銘，以勸後之人。銘曰：

猗惟同德，同貴同壽，以昌厥後。我銘同藏，昭厥樸厚，以永厥阜。

# 贈兵部職方司主事存耕曾君合葬墓誌

予同年曾子公裕，以窆乃考妣之期告，且曰：「非子言無以掩諸幽，敢以誌銘請？」予誼不可辭，乃按狀書之。

南海曾氏諱安者，始自山南遷鹽步之虎榜村，生子諱景弘，遂世居其地，即存耕君之祖暨父也。存耕君諱尚讚，字鳴盛，别號存耕。少失怙，昆弟七人，皆祖撫育之，克底成立。其事祖也，愛敬猶父也。祖之視諸孫也，於四昆弟中尤鍾愛之，亡以異於子也。昆弟分田業，獨推讓取其下者。遭昆弟喪，必躬浴而殮之，蓋天性孝友人也。資賦朴直，讀書知大義。里中有事質之，必爲之處分，各得其平而退。其事家人産，惟懼田園不治；其訓子若孫，惟懼心蕪不治。曰：「吾存此耕此，遺若不亦利乎？」因號存耕。及公裕登辛巳進士歸，恒勖之，俾勿忘。生正統乙丑，卒嘉靖甲申，壽八十。

娶石潭馮銓次女，勤儉相家，恭執婦道。其事姑孔氏，敬愛亦猶母也。諧睦妯娌，上下皆得其懽心，猶夫存耕公之友也。人謂曾門於是乎和且致祥矣。其待童僕以寬，不知鞭扑爲何物。家雖貲無贏餘，而樂周施，見人貧急者必恤之。人有疾病，則爲禱之。性不事華靡，及既貴，未始或奢。其慈良安節大類此。生正統辛酉，卒嘉靖癸巳，壽九十有三。

公裕爲兵部職方清吏司主事，考最得贈存耕君如其官，馮氏封太安人。子男三人：曰世福，能克其家；曰世禄，先逝；曰世昌，即公裕，今爲廣西按察司僉事，甫改福建，輒奔喪歸。孫男九人，曾孫七人。以今甲午十二月合葬於茭塘都少石崗之原。銘曰：

百歲爲期，翁也將幾，姥也益幾，可謂壽而祺。再命受服，翁也將沐，姥也親沐，可謂榮以禄。少石之封，啓兹窀宫，媲德乎其中，將緜慶于無窮。

## 封奉直大夫南京户部員外郎顔君墓誌

此顔封君之墓也。諱珙，字廷器，惠之長樂人。其先世家吉水，宋景定初，長樂尉仁山之子福留家南郭，族日益大。傳至考光，成化間業善岐黄，官于醫學。君少抱宏才，奇於數。甫長，紹父業醫，聞人疾亟往濟之，多賴以存活。有司聞于朝，復官之。其事父及繼母，待異母弟及宗族皆盡道，有人所不及者。家庭隙搆，一切含忍不校。長幼緝睦，下至臧獲，各循矩矱，蓋誂如也。鄉鄰之貧乏稱貸者必賙，不能償者焚其券，人咸德之。於財若甚富，然服食、居室、器用，一於儉朴，未嘗少自侈縱。偶適山莊，有使酒大唾駡者，巽諭至再，乃愧去。越三日暴亡，無怨言。又有暴横陵其少子者，衆皆爲君不平，君反厚遺之，惟責子而已，鄉人誦公雅量。每有紛争，賴公解息，皆感服焉。

教子若孫，皆提撕有法，多底於成。長子體嚴領正德丙子鄉薦，君聞陽明王先生賢而倡道，爲良知之教，於是理裝，使就學於章貢。嘉靖癸未，體嚴上春官，以陽明《傳習録》取進士，令閩之南安。具書戒敕之曰：「敬以事上，寬以恤民，廉潔以持身，實心以理政。」體嚴奉以周旋，故能有成績。後轉守郴，又調守安吉，戒敕愈至，以是終獲譽命。癸巳，晉爲南京户部員外郎。無何，遇貤恩，君獲誥封如子官。天語有曰：「質朴不華，純誠無僞。醫能濟利，儉克持家。是以積有慶源，篤生令子。」蓋書其實云。及賀客至，君惟謝曰：「福降自天，善慶自祖，珙何敢耀焉？」聞者敬服。保惜名節，以蒼松自號。卒年六十有一。

配同邑鄒氏，封太宜人。子男三人：長容端，即體嚴。某年月日葬于某原。體嚴衰絰，躬持邑博雷君裕所狀公行來請銘，以掩諸幽，禮也。昔予先大父嘗尹兹土，每稱公祖考之賢，異於闔族，曰：「仁者必有後。」迄今果然，銘安可辭？乃銘曰：

顔氏之慶，逮君有成；孰豐其川，匯此滄溟。惟祖惟考，流其善澤；君益衍之，詒後作則。富不自夸，貴不自豪；曷以徵之，天語之褒。埋玉于兹，萬齡弗圮；公有良知，雖死不死。

## 雪舟居士郭府君墓誌

嘉靖壬辰秋九月己未，潮陽居士郭雪舟府君卒於正寢，甲午春正月壬寅，葬于東廂林岡里。先配丁氏實同穴，禮也。厥孤循夫從予久，相麗也深。乃者其伯兄實夫以大參劉木亭狀來速銘，誼不可辭，書其善以昭勸而掩諸幽，亦禮也。既驚怛惻，殄瘁是懷，其何能言？

唯曰嗟嗟，世方敓攘，蚋醯蠅羶，競訌胥嚚，乃能遜財於同氣，雖出異母，人無間言。群從子姓來質成，無不心服者。從子婦寡亡嗣，有禾千廛瀕苑，丐一孫爲後，慮遠竟弗予，而予他支子，是謂順而義。

唯曰嗟嗟，世方樹私，曷遑亢宗？乃能建始祖墓祠，考祭田，立祭祖，主以合族燕毛，俾一門三百口不睽以散，是謂孝而睦。

唯曰嗟嗟，世方醉醇飽鮮，慆聲漁色，乃能却華采，甘蔬食，勤封殖則謝之，售貨稍廉則麾之。丁氏賢弗壽，年僅不惑，即不再娶，終身恒隱几讀書，旁通曲藝，詠物鳴琴以自適，於世紛澹如也，是謂静而貞。

唯曰嗟嗟，世方暴慢，用失家衖，乃能訓子以《六經》，究竟心學。怒以威之，寬以迪之，無或納于邪；夙興躬灑掃，無或見其晝寢；門庭井突，亦無或弗蠲。俾内外是式，是謂慈而教。

唯曰嗟嗟，世方攻訐怠怵，虐衆自賢，乃能談笑受妄人之侮，且謝過焉。見權而横者，戒子以勿近而外敬之，是謂和而毅。

唯曰嗟嗟，知順不知義，其蔽也利；知孝不知睦，其蔽也狹；知静不知貞，其蔽也流；知慈不知教，其蔽也姁；知和不知毅，其蔽也隨。府君其克免矣夫！

府君諱漢，字文仁。高祖若雄、曾祖調昌、祖聰，皆有潛德。父吾，以義旌門受冠服，嫡母生母皆楊氏。其生成化壬午五月十四日，壽五十有九。先十九年卒。娶丁孺人，宋大夫允元之後，先十九年卒。子男六：長廷秀，即實夫，舉戊子鄉進士；次廷序，即循夫，舉壬午鄉進士；次廷瑞、廷向、廷茂、廷美。女一，嫁士人楊斌。孫男五：時舉、時見、時望、時允、時言。鄉黨謂府君食報當無涯云。銘曰：

郭氏之先，裔自汾陽。固始遷閩，家普魏唐。宋有義重，篤孝致祥。仕廣遷潮，族大以昌。提領分居，南陽之岡。慶延府君，舄奕用光。人炎是趨，不以其藏。我穀是詒，不襮而章。既世厥孝，胤也孔良。我銘幽宮，以永不忘。

## 趙妻王氏墓誌

經沈子謂予曰〔一〕：「吾交同學趙子詩甚善也。别來聞其喪偶，近以狀來告窆期，且索予銘，子其無辭？」

按狀，王氏諱梅英，齡二十歸于趙。精饋養，工幂縫。事太母暨舅姑務厚，處妯娌務和，接女賓務莊，馭臧獲務嚴以恕，内外截截無疵言。子詩得肆力于進士業，罔俯仰累者其助也。正德己卯，冢子殤，哭之成病，竟弗起。病且革，謂子詩曰：「學成惟志，業精惟勤。精業成學以顯庸于世，惟乃先之休，吾目瞑矣。」是歲某月日也，壽僅三十有五。子男一，女二。其兆在某原，窆以某月日。

子詩大父鳴盛，官方伯；父天錫，官國子。王氏爲郡伯德孚之季女，蓋皆甲族云。始天錫艱于

〔一〕「經」，萬曆本作「涇」。

嗣，幾四衺，生子詩，嘗曰：「當得賢婦昌吾門。」既而果然。子詩於其没也，哭之悲，爲其賢也。沈子爲子詩索予銘也，至于再，至于三，且曰：「非子言無以掩幽。」蓋其爲賢而索之也。予於子詩之狀見婦道焉，於沈子見友道焉。銘曰：

學也期成，器也期觚。没不忘規，以成其夫。有德弗食，伊後之詒。嗟吁吁！

## 敕封孺人亡妻李氏墓誌

此亡妻敕封孺人李氏墓也。先世系出太原，有商於廣者，遂爲南海人。祖介軒公，諱嗣，起家進士，清勤最著，累官都察院右副都御史，終户部左侍郎。高祖定遠、曾祖朴，皆以介軒貴，贈如其官。父諱辰，以恩蔭入監，授鴻臚寺鳴贊。銓曹憸人，索賄不得，出丞融縣。母鍾氏。先，粤洲府君爲予擇配，枚卜名儒巨室，皆不協。予領解後，協卜聘焉。比終先考喪，乃娶。

事先妣陳氏太孺人及姻戚無違禮。予性嚴静，獨宿攻書。晨昏惟以旨甘奉先妣，恒異案餐粗食淡，無怨言。相見每呵止其嬉笑，或責其慵於祭享，皆婉順聽從，無敢出一語。丈母來，輒聞而喜之。歸予三年，始生長女，即適參政黎民衷者。連舉殤子，有開頗早慧，予乃北上。庚辰，會試得雋，需對大廷。逾年始賜進士第，入翰林，授編修。先妣嘗寄音書，賴其家托得人達，慰予望雲之思。

嘉靖甲申春正月，奉使册封岷府，過家將母，因上疏陳請乞假。比及復命，有開病痘不救，先妣痛傷，爲宗祀大計，爲予聘側室林氏，令偕嫡北行。謂曰：「爾妹在室，且留孫女日含飴左右，猶爾在旁也。」予不得已，遂携挈登舟，然無日不思戀也。比至南雄，産女不育，欲返棹，而部檄速復命者至矣，因是壹鬱成痰火之疾。

屆京，適考滿獲貤封焉，即連上四疏乞歸，賜允。出潞河，阻凍。還張家灣，館于蕭中書宅，生長子在中。及抵家，先妣大喜，被命服抱長孫，謂曰：「吾令息婦隨行，今遂老懷矣。」已而愈人左遷，予提學廣西，三疏棄官歸養，後起用。及遷掌留都翰林院，復歸迎養，皆不從行。迄今休于林壑，耆年多病，恫瘝在躬，抑豈知降割乃在梱内耶？

吾妻晨夕端坐，未嘗晝寢，静久而齒落復生。今年痢劇獲痊，尋病足腫，即以祭享杯斝密付側室。仲冬九日黎明，遂考終焉。距其生弘治甲寅八月十九日，壽七十有二。季冬十月癸酉，陪葬先隴聚龍岡之原。子男三：在中、在素，皆吾妻出，在宏，側室林氏出。在素乙卯領鄉薦，在中與在宏，皆府庠生。女一，封安人。孫男一，謙之。女四，俱幼。銘曰：

鳴鴈邕邕，雌别其雄，于嗟食宿爾異宫。敬順聽從，壽穀亦豐，子孫百世吾其同。

# 泰泉集卷第五十四

## 墓誌三

### 文林郎監察御史韶山黎公墓誌

粵若升猷右文之世，乃有攄蓋立節之臣。謀國則夷險不貳，殉道則寵辱俱忘，於韶山黎公見之矣。公以嘉靖己酉八月九日考終于家，士類盡傷，輿情殄瘁，嗟嗟命矣夫！越明年十有二月二十六日，葬于鴻鵠嶺。銘其德以掩諸幽，禮也。予忝親誼，忍公銘也邪？然非予，則孰知公者，銘其可辭？

公諱貫，字一卿，同郡從化人也。宋提督公之後。高祖子禮、曾祖仕珍、祖珪，皆隱德弗耀。父元昌，耆耋好禮，鄉黨歸仁焉。母李氏，有淑德，夢一鶴銜火自天而下，遂誕公。幼穎敏，端重如成人。年十三，通算學，善賦詩。十六，補邑庠生，明《易》《詩》二經。正德丁卯，舉于鄉。辛未，始計偕，中乙榜。司教建平，捐俸祠名宦鄉賢，及修王叔英墓，提學御史張璿、巡按張仲賢皆以異才稱薦之。丙子，校文江西，多得名士。

丁丑，上春官，崔文敏公銑置諸前列，殿試賜進士第。内閣覆閲所對策，忠懇過人，乃選爲庶吉士。讀書翰林，文名日起，與進賢舒芬、關中許宗魯、臨清閻閎輩以志行相砥礪，館閣皆推重焉。己卯，授監察御史，巡城能恤火甲，靖獄市。大駕北征，戒嚴巡檄，回鑾以守城功被褒賞。庚辰，奉命往福建刷卷兼查盤有司倉庫、軍衛、器械，劾奏鎮守太監尚春，追還官銀十三餘萬兩，糧二十六萬石，前此使命所未有也。封事累十上，其論絶貢獻、復史官、通言路，尤切治道。考績獲貤封，父如己官，母及妻皆孺人。

方流賊起山東，破城邑，而兩廣盜亦時發。用公建議，賴以奏功。時冗食日多，帑藏日罄，乃請稽歲入之數，權其輕重爲定式。且令户部覆考績者，視糧完否黜陟之。朝議韙其言，著爲令。時元舅玉田伯蔣輪求以其子主獻皇帝祀，選除奉祠，世襲，且多所干索，治中王槐阿附成之。公劾奏：「神不享非類。以外戚主陵祀，非禮，決不可行。且又求乞無厭，他日驕恣如薄昭、王鳳，則蔓不可圖矣。」上優詔答之。尚書林公俊會議曰：「御史言是。」然竟不能從。會三邊有警，論列太監晏宏、都御史王珝當罷去，而以致仕尚書楊一清代之，上從其言，果靖虜患。

甲申，巡按江西，首械豪民互訟聚衆劫奪者，獄訟爲之肅清。逆濠既伏誅，其宗室多株連，乃疏治其從逆數人，餘悉末減。始濠未作逆，求新建伯王守仁巡撫江西，有得其書迹者，同寮多欲論列，公獨止之曰：「此間諜耳！」衆疑乃釋。至是釐正平濠功次，益愜人心，自餘鋤强理枉，輿人誦之。甫五月，而封君訃至矣。凡命使罹憂，例復命領公移，乃得守制。公徑奔喪還家，或懇止之，公哭曰：「吾方寸已亂，其如後罪何？」尋有詔許人代領，人以爲孝感。服闋，行至贛州，病作。上疏乞歸，詔報可，遂家食七年。

庚寅，督還朝。時汪鋐掌院恃權，見公涖事判案，不覺嘆服，事多咨訪，然心寔忌公。會大學士張孚敬多所羅織，方釐正祀典，請去先師王爵及減籩豆佾舞之數，公率同列會疏，奮筆謂曰：「萬世無窮王祀夫子，報德報功之無盡。使周子而愚人也，則可？」乃抗疏極言之。鋐使人止公曰：「疏上，必得重禍，且三日即當差往廣西矣。」公不聽，上果震怒，命法司廷鞫。鋐迎合孚敬，欲置諸死，刑部尚書許讚獨不可。會上怒稍解，乃罷爲民，公還朝僅六十日耳。給事中孫應奎、菅懷理皆論救，上譙讓不行。去國之日，士民爭識其面云。家居，杜門却掃，奉太夫人菽水歡如也。會有詔起廢，已請旨點用，輒爲鄉人用事者所沮。九江通判林樆上言，請復夫子王爵與御史貫官，謫判化州。而兩京科道及巡按薦章前後十餘上，皆不果用。銓部議守邊，撫臣欲以僉都御史起公，又爲同年當國者所沮。嗟嗟命也！

夫公之生，爲成化癸卯八月十日，壽六十有七。配李氏。子男三人：長民表，次民衷、民褎，皆業進士舉，而民表以甲午賓興。女三人，庠生黄啓讓、梁有兆、林喬，其婿也。孫男六人：邦琰、邦瑀、邦玖、邦璇、邦理、邦球。女六人：長許聘陶溥，次許聘李成性，皆庠生，餘幼。銘曰：

鯤海儲英，鶴輝降祉。猗與韶山，允矣君子。算達《九章》，《詩》精四始。睿質天成，徽文霞起。其一

幼齡在泮，壯心塞淵。鹿苹彙進，鳧藻高騫。觀光翼甸，振鐸郎川。承歡三樂，旌淑九玄。其二

丁年載逢，甲科其舍。挺挺郄林，洋洋董賈。接武玉鸞，儲材金馬。賦闈慶成，詞摛大雅。其三

蘭臺執憲，楓陛馳聲。霜蜚内籞，風偃中城。獄市無擾，徒御不驚。回鑾慶賞，攬轡澄清。其四

乃巡八閩，方集百務。案牘文移，倉廂府庫。瑶鏡燭毫，珠衡披霧。繩彼盜閽，肅我皇度。其五

嘉猷入告，正色立朝。弛張大政，舉措群寮。皂囊責冀，丹筆懲昭。堅冰將至，見晛曰消。其六

爰按江西，首摧豪右。法與秋飂，澤隨春究。甸罄既刑，株連悉宥。哀切嚴親，孝感明后。其七

貞無常祐，義有必敦。抗言王祀，返服丘樊。麟書未泯，鳳德終存。誰踰日月，莫毁乾坤。其八

至大難容，光靈易遠。青瑣佑持，雌塗左轉。明至斯乎，分定何損？白日可回，浮雲自卷。其九

昊天不弔，梁木其傾。爵因屏貴，身以退榮。芳流竹素，道溢丹青。垂于永世，勒此幽銘。其十

## 中憲大夫武昌府知府鶴庵王公墓誌

鶴庵王公墓在某原，葬以某年月日。其子範輅甫營兆域而豫，來請銘。嗚呼！孤忠大節、高年遐福如公者，豈非鮮哉？當毅皇帝豫大已極，藩支闇焰，舄奕熏灼，人皆挾妾婦媚以事權貴人，乃權貴人猶弗慊，則賂遺之。於是權貴人始説，更相薦達，驟至大位，有忤之者輒攖奇禍。于時蒼梧吳公廷舉忤閹，幾寘於死；胡襄毅公世寧忤藩人，又幾寘於死，最章章者也。比予守太史時，則聞鶴庵公忤閹且忤藩，疏終養歸，凡百權貴人無善之者，竟罹苛礉以老，於是惻惻爲公長太息矣。

公諱鑾，字廷和，其先蜀金堂人。自雪溪公者令大庾，遂家焉。至元，有道源院山長舜舉。入明，

温州倅汝彰傳克銘，傳愈，傳瑄，傳仲貴，則公考也，以公貴，封虞衡司主事。

公少穎敏醇謹。年十二，通經書，張守弼選入郡學，文譽日起。領弘治辛酉鄉薦，登正德戊辰進士。出宰邵武，首置先師祭田，勸農養老，省徭節費，抑豪民，白誣獄，循良聲藉藉聞閩中。擢工部都水司主事，管閘沽頭。閹人史宣以織龍衣至，辱官虐民，豐沛間大罹荼毒。公抗疏請糾治之，候命計日，每言駕帖至，將受拲械，家人皇皇，公獨怡然。已而命下，果逮繫。宣行重賄，欲寘公死，大杖公不死，竟得直還任，宣遂斥去。繼理南旺，假官樊麟倚閹豎廖鵬詐爲詔書，馳驛往返川廣、閩浙，人皆不敢詰。公獨廉知其僞，搜得賊贓數萬解京，僇麟于市，由是群小皆側目。

晉都水郎中，歲計有羸盡歸之，大司空趙公璜嘆曰：「何都水羨餘之多也！」内府物料，群不逞憑藉江彬、錢寧及閹人劉養執筆横索，雖堂准至司，公一切止之，查筭果得冒支狀，於是各省獲免官銀數十萬兩。有張朝者托請黄麻爲乾没計，堂已准收，公駁送逮朝，寘于法，刑官相謂曰：「此詰奸射鵰手也。」

逾年，出知武昌。舊有虎患，至則引咎告神，虎遂滅迹，民服其精誠。以土瘠用廣，乃節省解户盤費，遂著爲令。清出侵欺冒支官糧萬七千石，治指揮劉良等罪，軍政積弊，爲之一清。鎮守閹人李崇儒進貢魚鮓〔一〕，科斂無厭，公連疏劾罷之。總兵軍門贊畫，亦裁革其馬匹供應，於是民困以甦，有司亦得不擾，政聲遂爲湖藩冠。會商船告稱一茶二税，公考税課經管始末，謂楚府當退還武昌。建議白當

〔一〕「李崇儒」，《明世宗實録》卷三六、《明史》卷一八八《王鑾傳》作「李景儒」。

道，未敢議行，公即引證條陳，懇疏于朝至再，於是稅課竟還武昌。藩司以摧稅責成於公，公移文辯之，楚府指摘其語，謂公欺罵親王。公知勢不可留，遂陳歸養，弗俟命行矣。

抵家承歡。久之，封君、安人相繼考終，公曰：「人子至情吾獲少伸，雖三黜何恨焉？」輿論多之。清戎御史馬紀素銜公不下己，遂誣奏麻鐵銀兩那移未明，公即疏辯得白。丁内外艱，服闋詣銓，時宰剛愎，憾其不私謁，竟以擅回籍碍例奏罷之。南科撫巡屢薦不行，公亦恬退自樂，建祠修譜，友于兄弟，訓迪子姓。暇則事筆墨以自娱，而詩文日益工。居嘗節儉，以助廉潔。每語人曰：「大丈夫蓋棺事始定。苟豫知明日死，今日不可作惡也。」人以爲名言。既而閹焰日消，楚藩亦降大戾。公年高德邵，子孫森立，人咸謂有天道焉。

己酉十一月二十七日卒，距其生成化癸巳二月十三日，壽七十有七。娶劉氏，封安人。側室杜氏、張氏。子男十：長符，次範，光禄寺署丞，次軾，郡學生，次輅，領鄉薦，通判吾廣，綽有政聲，次轍，郡學生，劉出；次雨，郡學生，次雲，次需，杜出；次全，次會，張出。而符、軾、轍早世。女六，李寵、孫繼禄、俞詔、彭護、商時弼、蔡雍，其婿也。孫男九：懷、愷、恂、慎、惟、恍、悰、惲〔一〕，而懷、愷早世。女五：長適謝賜，次適張一山，餘未行。曾孫男六：延、逢、遜、迪、暹、遷。女四，俱幼。

初，公在沽頭，時有鶴瑞，遂以鶴顔其庵。自以忤權貴人，三罹詔獄，復自稱鶴庵呆人。嗚呼！忤

---

〔一〕前文曰「孫男九」，其後只列八人，此處當有誤。

權貴人如吴、胡二公者，位至列卿，而公竟不起，豈其命哉？曩歲，予亦罷權貴人陰中致仕，道庾，公來顧惠，風度奇峻，昂然鶴也，於是賦《有鶴》以銘其幽云。銘曰：

有鶴于飛，于沽依依。喙血聿止，我其適歸？彼何人斯，妬我衮衣。癉此下民，我胡不痍？

有鶴于飛，于彼楚國。職税孔殷，維商之瘼。彼競作羅，我其寥廓。將我父母，我胡不樂？

有鶴在陰，其子和鳴。嗣我好爵，我壽且寧。彼貽我痛，既懵既懲。無曰高遠，昊天明明。

## 中憲大夫廣西按察司副使南浦錢公墓誌

南浦錢公既考終，越二載將葬，其子藻狀公行，詣予留院求銘。嗚呼！公予同年良友也，銘其可辭？

按狀，公諱鐸，字振之，世居維揚通州永安里，近始遷州城。其先貴一，甫爲土著姓，生忠，忠生遂，遂生盛，俱有隱德。盛以公貴，贈中憲大夫、鄖陽知府。配戴氏，贈恭人。

公生而偉異好學，明《尚書》，入邑庠。正德辛巳，第進士，奉命近畿纂修《毅皇帝實録》。嘉靖癸未，授刑部山東司主事。時方沍寒，獄囚瘦死，即請于司寇趙公，飲以米粥椒漿，多所全活，遂承爲例。甲申七月既望，以諫大禮杖于闕前，瀕死得甦。丙戌秋，審決江南重囚，皆得其罪。丁亥三月，晉四川司員外郎。勳戚有擅役黑窑廠官軍者，屬公鞫問，多方囑救，公不聽，罪其家人、管勾數十人，皆發編伍，聞者快之，然亦爲公危。時胡端敏爲司寇，最慎稱許，獨奇公曰：「真法司也。」自是名日大起。

戊子春，晉江西司署郎中。考績書最，吏部益才公。會肇慶缺守，思得人以遏寇虐，撫瘡痍，推公補之。内閣李文康爲鄉土計，欲易公守河間，然竟莫能奪也。公既涖郡，首視郡邑學校。郊外荒塾，不利賓興，乃力言諸按部御史，從諸生所請，併遷入城，廟黌焕然，由是魁鄉試者踵接。郡人謀創生祠報功，以公力遜而止。其他賑困窮，汰冗費，嚴法令，杜請托，立保伍，建公署，凡百興革，無一不合民情者。御史薦公于朝，有曰：「剛明自持，法平政舉，廉静不擾，吏畏民懷。」蓋覈實云。

方給由，遽以外艱去，行李蕭然，哀毁盡禮，杜門者三載。乙未夏，補守鄖陽。其地巖險，俗甚嚚悍難治，公剸劇鋪惠，民以大穌。居無何，擢廣西按察副使，飭兵府江。江之灘聯阻萬山，湍流石激，其險凡三百六十，猺賊淵藪也。公設護兵，造哨舲，建營房數百以居狼兵，嘗生縛賊酋梁明輩，自是賊喙息，而往來若履夷者。荔浦、朦朧、三洞盤亘將千里，諸蠻巢其中，歲久撫剿無策，公以至誠開示禍福，降者日至。沿荔浦以底修仁、永安，自此乃有行旅，不費一鏃而民獲寧宇，公之功也。

公既剛直而功成於明作，由是讒間得行，爲上官所忌，遂致政家居。脱屣世故，怡情山水。客至輒雅歌，舉口與親舊相狎，若布衣時。歲辛丑十二月二十三日，卒于正寢，距其生成化丁酉十一月十日，壽六十有五。娶李氏，諱淑潔，封恭人，同郡御史周之孫。性端重，不妄言笑，孝事姑嫜，慈及子姓，而尤重賓祭，克盡婦道以輔公，故公所至有聲。生于成化丙申十二月二十三日，後公十月二十一日卒，壽六十有七。子男二：長即藻，次薰，俱太學生。孫男三：九德、九功、九敍。孫女三：長瑗，適千户王廷揚，蚤世；次瑶，許徐允升；次琰，尚幼。以某月日合葬于清幹鄉之塋。

嗚呼！公起家刑官，兵又刑之大者，其治佳兵，無異祥刑，予以是知公必昌厥後。銘曰：

刑之愆民，睊睊公明；刑自不冤，兵之忒叢。荆棘公詰，兵寇喙息；家通州世，德優積至。公禄以遒，卜云吉清；幹域公返，真此其宅。

## 封徵仕郎南京户科給事中何公墓誌

松逸何公，諱千之，字伯强，順德人。其先文廣，建炎中始自保昌遷廣城。傳三世曰彌深，宋末再遷馬寧。又六世曰義順，以之子世亮爲後，即公之祖也。考璉，邑庠生，母陳氏。成化甲午十有二月二十日生。

公性度坦夷，色肫肫裕以充，見者知其德人矣。世俗營利，桄墟蠣穴亡不豪奪。公享禄養十餘年，未嘗營貲産，月旦高之。受貤封者往往炫燿冠服，呵從塞途，以出入公府爲榮顯。公乃安居山林，日惟飲酒課孫而已。有司屢禮於其門，未嘗報謝，諒其樸直益篤焉。禔身既端，循義日久，益爲人所信。每揚人善，面規人過，鄉族賴以勸沮。有欲訟者一言剖之，輒心愜而去。子彦當諫垣，每誨之以忠。及抗疏忤時，或爲之危，公怡然曰：「死亦其職也，奚愧之有？」既而聞其出守，貽書惟勖以勤慎，不及其私。雖澹泊自守，然恒樂施予，如浚螭川涌，修龍泉滘路，遺命猶切切建躍龍橋，用備水旱、通往來。烏乎！謂之德人，非邪？

嘉靖癸卯九月二十九日，考終于家，壽七衺矣。配麥氏，封孺人。子男六：長即彦，乙未進士，知衡州府，次銘、鍇、鏞、銓、鎮，而銘、銓乃先卒，鏞、鎮俱縣庠生，女二：長適梁梓，次適香山庠生袁紹基。孫男七，某某。女七，尚幼。其葬也以丙午某月日，墓在馬岸山艮向之原。銘曰：

人以利樂，公以義約；優游雲壑，縻爾好爵。天與之齡，君與之榮；公豈終歉，彼豈終盈？馬岸奕奕，公幽之即；我銘其藏，以永無泐。

## 封夫人王氏墓誌

嘉靖庚子，予會大司寇桐溪錢公于京師，聞遣其子元善南歸。居亡何，夫人王氏訃至，乃知夀之亟歸，以迎其母也。比予視篆留院，公具書，以侍御方君克狀來速誌銘，然後知夫人有異於人者焉。

初，公爲南司徒，以是年夏奏績便道過家，夫人促元善隨行就銓，冀觀厥成，復送至桐，間謂公曰：「婦無夫前，榮願足矣。」凡所與語若訣别然者，因往視墓所，公莫喻其意也。迄秋，公得刑部之報于途。孟冬抵任，後元善即歸，未至家而夫人逝矣。嗟乎！利害將臨，壯夫惛瞀，矧死生之故，其孰豫知之？兹夫人所以異於人歟。

按狀，夫人行七。祖相，兖州通判。父奎，温州節推，母周氏。王、錢俱桐城甲族，九江經府今贈尚書錢一貞先生，與節推交莫逆，當指腹婚約。會一貞生公甫晬，而夫人適生，遂諧約焉，其作合已異常人矣。夫人生三歲失恃，至性端慤，動止異凡女。事繼母丘氏如所生。節推教以俗傳《女孝經》《論語》諸書，輒能諳究。稍長，習女紅類，皆精工。年十七歸公。其姑方夫人治内嚴重，諸婦莫當其意。夫人事之，無不夷懌，乃嘆曰：「真吾婦也！」

及公登壬戌進士，出令青田，携夫人以行。一貞誨諸堂下曰：「婦相夫以正，毋以華服飾，素有者毋庸再置爲也，行矣其毋我違。」夫人銜訓惟謹。其後令定海，召爲御史，荐歷藩臬，以至巡撫都御史，入爲侍郎，皆從焉。敦尚雅素，以訓自勵。遇公有咈意事，每以理譬之，言輒多中。既鞠元善，慮胤未蕃，中年即置妾侍。迨公出鎮兩廣，晉南司徒，皆遣之相從。夫人惟居家課孫，綜理産業。年既暮，猶躬紡績，以爲婦女先。創居郡城，自門堂以及器用，仡仡經畫，靡不周備。族里敬慕其賢，視爲内則。其孝敬勤儉，始終如一，尤難能也。卒之日，夙興，盥櫛既畢，綜家事如平時。抵暮，追念遠人，愴然語姚氏婦，如有所屬者。頃之疢作，就寢，奄然而逝。寔十有一月二日亥時，距其生成化己亥，享年六十有二。

始封孺人，晉淑人，再晉夫人。每躬遇朝廷册封、親蠶諸大禮，得與食禁臠，拜彩幣之賜。其没也，例有恤典，詔如所請，遣官諭祭，命有司治葬事。以壬寅十二月窆于縣西桐山之陽，其宅兆公所豫卜者也。子男一，即元善，廕太學生。

於乎！方君世姻，兹豈我欺也哉！暨夫人之行皆過人者，而其終尤與人異，自非性識明而知理道，則其異焉如此哉！桐溪位歷通顯，有光烈于世，亦夫人之賢爲之助也，是宜銘。銘曰：

女也克孝，士行是蹈；婦也遵教，鄉所則效。吁嗟夫人，秉德禔身；克相夫君，卓爲名臣。達于生死，冀覿厥嗣；聞于天子，龍光賁祀。桐山之陽，窾宮攸藏；令德芬芳，眎我銘章。

## 封太宜人江氏墓誌

錢塘徐尚賓君自狀其母太宜人之行，具書，使其婿陸相來請，曰：「葬有期矣，非子言無以掩諸幽，願子之惠之也。」已而書再三來請，曰：「葬期益邇矣，願子之終惠之也。」予辱在同年誼，焉敢辭？

按狀，太宜人姓江氏，諱守貞，廣濟知縣直齋翁長女，母封孺人仲氏。以景泰庚辰生，幼顯而悋。父爲上海校官時，母教以《孝經》《小學》，輒能記憶，甚篤愛之。及爲令，考績便道歸，以年當適人，不忍割愛，乃贅竹亭封君使綜家政，而復之任，寔成化戊戌歲也。竹亭宣力貿易於外，太宜人治内，綽有條理，相與葺建垣室，煥然若新，而家衖日益饒裕。父母在任，忘其無子，而中外稱譽，真若有二子焉者。

丁未，直齋翁解組歸，太宜人奉養，則恭敬不違。有疾，則製藥侍側，旦夕不怠。及殯葬，無不如禮者。比喪竹亭，哀毁、殯葬亦如之。尋喪次子岳與岳之婦子，繼而仲孺人亦淪没。連遭荼苦，或訟出无妄，與尚賓君形影相弔。然處變循禮，雖囊篋代匱，而先業不失尺寸，人皆謂丈夫不如也。

尚寶君甫三齡，即口授以《書》。及出就外傅夜歸，躬督課誦，手界影格，鉅細相半，俾肄字，大小皆能書焉。弱冠，命游邑庠，時家衖中微，巾服、束脩皆豫爲之，所膳供師友，必務豐潔，亡靳簪珥。及尚寶君成進士，爲南雍博士，太宜人就養，俄中浮言，慰之曰：「言出無稽，久當自白。」既而果然。無何，謫簿于黟，尋令固始，太宜人防範内外，肅穆有章。已而陟刑部主事，時宰欲改爲御史，太宜人止之曰：「吾聞地據要則多阻，官居要則多虞。汝起滯爲郎，足矣，勿圖要路以詒我憂也。」於是尚寶君力辭獲。己未閲月，同官改者四人，罷斥過半，其先見類若此。

性慈而樂施，媚睦救恤，惟勤衣食，自奉儉約，而周給家衆惟恐不及。吐音清峻，與人談，聽者忘倦。製醢醬脯醢，味極珍美，人鮮能效之。始封太安人，進太宜人，壽八十一，以嘉靖庚子終。子男二，長山即尚寶君，典誥敕于内閣，官至少卿。孫男一，女六。卜以某年月日啓龍井之原，與封君合窆。於乎！尚寶君蹶而復起，卒以詞翰顯，孰非太宜人之教邪？銘曰：

始服其勤，封君之婦；終食其德，尚寶之母。黽勉從事，何有何無；門楣有女，乃勝丈夫。《詩》稱女士，令德壽母；兼而有之，耀此杭土。龍井蒼蒼，合于厥藏；義方之詒，百世其昌。

## 將仕郎翰林院待詔衡山文公墓誌

公初諱璧，字徵明，後以字行，更字徵仲。世爲衡山人，故人稱之曰衡山先生。其先自蜀徙廬陵，宋衡州教授實始家衡山，於文信公天祥爲叔父。兵亂失其譜系，可知者元鎮遠大將軍、管軍都元帥俊卿，佩金虎符，鎮武昌。長子定開，從高皇帝平僞漢，賜名添龍，終荆州左護衛千户。次子定聰，選充散騎舍人，從其妻父湖廣都指揮蔡本守蘇州。永樂中，復從本徙浙。定聰次子惠贅于張氏，遂留居蘇州，寔公曾祖也，吴有文氏自惠始。惠生洪，淶水縣學教諭，公之祖也，贈南京太僕寺丞，復以次子森貴，加贈南京太僕寺少卿。祖母陳氏，贈安人。繼顧氏、吕氏，皆贈恭人。洪生林，公之父也，仕終温州府知府。文章政事，爲世名臣，學者稱交木先生。母祁氏，繼吴氏，贈封俱安人。

公生而少慧，貌古神完。八九歲，語言猶不分明，他人或易視之，而其兄奎爽朗俊偉。交木獨器公，曰：「此兒他日必有所成，非乃兄所及也。」隨侍往滁，讀書務稽古人之德，能自得師。交木命往從莊定山昶遊。昶與語，奇之，贈行有「忘年得友」之句。既而見諸人浮談上達，互相標榜，其勢甚熾，遂口不談及。乃受業於吴文定公寬，被選爲郡校弟子員。時作爲詩文，漸臻精工。

性簡静，居常不喜受人之惠。有俞中丞諫者知其貧，極力欲周旋之。因謁見，問問曰：「聞汝甚貧，何以爲生？」公對曰：「生亦未甚貧。」俞指其襴衫曰：「何得破損至此？」公復對曰：「雨下，惟衣舊衣爾。」蓋不欲受其惠也，俞益敬服。嘗造其廬，見門前河道湮塞，謂曰：「據堪輿家言，此河一通，汝必第矣，吾當爲汝通之。」公懇告曰：「開河必壞民廬舍，孰若不開爲愛。」他日俞悔曰：「此河當通，向不與文生言，則功成久矣。」家中穿井，有二缸相合，聞驩呼以爲財，欲啓之。公亟止之曰：「儻其中有異物，將何以處之耶？」於是家人恐懼，不敢復視。其廉慎類此。

弘治己未，聞交木有疾，挾醫而往，至則殁已三日矣。故事卒于官者，郡邑咸賻，官尊則益厚。時所賻幾千金，公盡却之，爲書以謝曰：「吾父以廉吏稱，而吾忍污其死耶？《傳》不云乎：『父死之謂何，又因以爲利！』」温人駭異曰：「廉官則吾見之矣，未有爲公子而廉者也。」由是聲稱藉甚，温人爲立却金亭以識之。

公善書畫。初游郡校，時校官嚴厲，辨色而入，張燈而散。群居無所事事，諸生或飲噱嘯歌，或投壺博弈，公日惟臨寫千文，以十本爲率，書遂大進，尤工八分，駸駸漢魏。西涯李文正公東陽以篆自負，及見公隸，曰：「吾之篆，文生之隸，蔑以加矣。」同郡有沈周先生者，博學多才，而善於畫。公慕之，見其所作，往往彷彿得寫意，蓋以神采遂出其上。

嘉靖壬午冬，予初授官史館，得公藝文於王司業同祖，因雅知公。居無何，聞巡撫李梧山充嗣以公及故元老劉文肅公忠同薦，公尋以歲貢至，會予寓舍，與之上下議論古今經籍，無一不知者，且折衷具有卓識。予出白沙墨迹，即歎訝久之，因曰：「吾初入學，忽夢一老人告曰：『他日出處與陳獻章同。』」已而命下，擢公翰林待詔。蓋白沙亦以薦爲檢討，適相類也。

時楊修撰慎、薛吏部蕙皆有文名。楊則自負博洽，菲薄宋賢；薛則顓精内典，泡影經籍。聞予談公學行，皆未以爲然。已而晤公，二人乃大詘服，遂爲莫逆交。時大司寇見素林公俊愛公尤深，每晤余，必速公共語。三日不相見，輒折簡邀之。一時諸名士覿德相先，户外屨常滿。

供奉二年，輒引疾求去。疏下吏部，寢不行，强起就列。又一年，考滿，例磨勘。馬考功理勸詣部，當得恩澤，君不肯往。或勸暫且告病，笑而不答。復上疏乞休，至于再，至于三，語益懇切。吏部始以聞，於是詔從其請。時年纔五十有七，非懸車之期也。鄭御史洛上章請留，不報。士論莫不高之。

會予省親南歸，丙戌孟冬，與公同辭朝，出潞渚阻凍，同寓灣中。旦夕過從，相與倡和，殊甚驩洽。比凍消，乃聯舟而下。將抵臨清，則有官吏率數人，負韊矢跪路左以迎。或詭何之，則曰：「兵備道迎候文公。」比至，則一彖服者詣舟，稽首四拜，捧縑綳請染翰，公峻拒之。其人復詣予語及，復稽首四拜，托余轉請，公乃諾焉。其爲人所重類此。

蓋公於書畫，雖小事未嘗苟且。或答人簡札，少不當意，必再三易之不厭，故愈老而愈益精妙，有細入毫髮者。或勸其草次應酬，曰：「吾以此自娱，非爲人也。閒則爲之，忙則已之，孰能强予耶？」有賫人以十金求作畫者，公面斥之曰：「僕非畫工，汝勿以此污我。」其人大慚而去。凡貴富者來求，多靳不與，貧交往往持以獲厚利。片楮隻字，争得以爲寶玩，至自待而舉火者。尤好賙人之急，或有所入，往往緣手散去，有感泣者。

張少傅孚敬，始名璁，交木守温州時所取士也，嘗薦諸吴文定公。歲壬午，張在留都部曹遇公，即以大禮爲言，公唯唯而已。既而官京師，方柄用，公遂遠嫌，不相往來。楊邃庵一清起用至京師，止都門外，傾朝往見，公獨不往，曰：「尚未面君，吾何見焉？」及會，謂曰：「余汝父同年相好，何相見之晚也？」公曰：「生非敢後。自先君之没，有一字見及者，未嘗不答。」楊曰：「此則余之罪也。」聞者爲之縮舌。

嘗訓諸子曰：「道德性命，宋儒講之詳矣，而孝弟忠信，禮義廉耻，則人之所當行者也。今人孰不知之？一關利害，便不能踐。汝等於日用彜倫但不安於心者勿爲之，是即孝弟忠信也；便宜於己者勿爲之，是即禮義廉耻也。循是而行，雖不至於聖賢，亦可以寡過矣。」

寧藩宸濠嘗遣使召之，力辭而遁。使者求公弗得，案間書幣封識如故，乃持之而返，世皆稱公見幾。然各王府以幣納交者，公悉却不受。如周府以古鼎、古鏡，露封其書，徽府以金寶瓶及銀幣約數百鎰，悉却不受。使者謂：「意本無求，惟少通微誠於賢者爾，盍啓封一觀乎？」公謝曰：「既見書，當有回啓，不若不見之爲愈也。」平生足迹未嘗一涉邪狹之館。嘗謂諸子曰：「交結親王，狎妓飲酒，律有明條，安可犯哉？汝其識之。」致仕後，監司以修理牌坊爲名，多致厚餽，公並謝却曰：「吾非欲自異也，但以利交，私心自不安爾。」

優游林壑三十餘年，四方文儒道吴者莫不過從，亦有枉道至者。名士如彭年、陸師道、周天球、文行並有顯聞，皆出其門。藝文布滿海内，家傳人誦，而公㧑謙自牧，未嘗一置身於有過之地。壽屆九十，嘉靖己未二月二十日，與嚴侍御杰書其母墓誌，執筆而逝，翛然若仙，人皆嘆異。先是，予遣人持薄禮豫觴之，抵吴，以戊午冬月。公復余書，謂懸弧之辰，尚隔期月，不知能到與否。且録前數載初度詩，意若有所跂者。至是仙逝，殆類前知云。

夫人崑山吴氏，河南參政愈之女。其母夏氏，出太常卿昶。昶受知成祖，文翰傳家。夫人素守家範，及歸，事公惟謹。家食時，凡朔望行香及居官早朝，必躬自薪爨，不委他人。代公料理家事，婚嫁築室，公皆不與聞，而百務具舉。性雖慈，而教子亦甚嚴厲。手不廢絲枲，而經畫調度，井然有條。燈下必親書一日出入之事，至于没齒。事或差謬，按籍而閱，則日月並存。與公同生於成化庚寅十一月，夫人初一日，而公則初六也。卒於嘉靖壬寅八月二十一日，壽七十有三。生子男三人：長彭，嘉興府學訓導；次嘉，縣學生；次臺，先卒。女二人：長適王曰都，次適劉鯤。孫男五人：元肇，國子生，元發，府學生，俱彭出；元輔、元弼，府學生，俱臺出；元善，嘉出。女四人：長適袁夢麟，次適朱循，次適顧咸寧，次適尹象賢。曾孫男四人：應周、應孔、應珠、應辰。女四人。玄孫男一人，禾孫。以庚申十月廿九日，權厝於花涇橋之新阡。彭以予與公交厚最久，知公素詳，惟撰事略來速銘。銘曰：

奕奕衡山，傳秀吴中；展也徵仲，炳靈祝融。遷自廬陵，始揆文教；中奮武衛，復摛光耀。敦詩說禮，浹水承家；施于交木，邦桀國華。交木惟橋，衡山惟梓；節操交章，高朗南紀。其守堅白，其言明清；廓而閎之，苞湘帶荆。意象經營，神氣盈軸；瞻而仰之，朱陵青玉。衡山之道，惟直是行；彼爲眇論，尚口匪誠。衡山之門，惟寔是履；沖泊粹醇，誦義千里。中丞騰薦，元輔齊名；彈冠充賦，委珮揚廷。待詔金門，含毫玉署；疇不少需，鴻漸鳳舉。確乎懷卷，翩然不留；停雲搆館，頫視虎丘。墨妙筆精，四方是寶；賙及困窮，且以娛老。期頤之壽，歸潔其身；志惟帥氣，天不違人。至大而剛，不愧以怍；懿此碩儒，光于信國。

# 泰泉集卷第五十五

## 墓誌四

### 中順大夫韶州知府樓山陳公墓誌

嘉靖乙巳，歲大饑。樓山陳公守韶州，發粟躬審而日賑之，冒領之弊頓革。曲江、英德西接連州、清遠，熟猺負巖而巢，乘歉肆掠，則又編置猺官約束，使不犯敓，民乃無恐。是歲四月不雨，至于六月。公日僕僕雩于蘊隆中，感病卒。卒時雷雨震電，稍甦而言及郡事，縷縷乃瞑，二十二日也。謂之以死勤事者，非耶？昔舜勤民事而野死，公豈其裔耶？烏虖，何其符也！既殯兩月，公弟綰至自上虞，扶柩歸葬，乃詣予請誌銘。

按狀，公諱紹，字用光。其先唐建州守靖，由台徙饒，三世孫德又徙德興。尚書祠部郎慶，八世至宋進士遠爲郎。建炎時，乃家上虞云。曾大父霈、大父頊，皆耆宿不耀。父北莊翁逑，以公貴，封御史。母嚴氏，封太孺人。

公生而穎異，弱冠舉于鄉。乙未，登進士第，筮仕廬州府推官，以平反明允聞。時項守、趙判不相能，撫按使廉其事，公直項非趙，輿論韙之。秩滿徵詣京師，例得要官，適趙亦候銓，挾怨騰謗。或勸詣文選自辯，公堅不往，曰：「吾豈詘己媚人者耶？」乃出爲南京河南道御史，而文選尋以賕敗，鑽刺者皆連株，人服其先見。

庚子，崇明海寇嘯亂，傳僞檄至留都，當事者選耎，武弁亦多失律。公抗疏論劾，朝命如其言，而責且逮焉。乃咸震讋，力戰獻捷，人以激厲歸公功。辛丑，巡上江。按部立巡牌，編甲伍。南至彭蠡，北抵鉅海，爲之廓清。復命，則疏守令賢否以聞，無不當人心者。壬寅秋，虜擾邊圉，公疏言：「中國無司馬，乃侵軼至此。」人爲公危，然竟亦不罪。癸卯滿考，未行，例書最，乃擢知韶。

公至，洞察吏弊民病，即榜清本源、申聖諭、禁侈佚、稽積滯十餘事，而一郡肅然。乃修張文獻墓，祠九皋公父子，新余襄公堂以端風化，簡七校子弟，置師于濂溪書院而館穀之。俗有髫年納婦惟論門户者，輒加禁絶。傜役舊以人一丁配糧一石，下户苦之，公建議糧五斗準一丁。凡賓禮支應，里甲爲瘠，乃裁冗費，輪均平民，悉稱便。歲暇，則募丁壯捐罪贖以修郡堂，踰月而考成，民不知費，亦罔告勞者。

然或健訟而無力者，則盡蠲其贖，以故訟獄得公，咸誦不冤云。如英德民楊全毆死吴福泰，誣蔣效文，吏爲所賄，其情隱以獪。公一訊之，全乃伏罪，不敢懟。翁源民池成鑑等謀殺嫂姪，賄毁僞卷，兩造熒惑，經年不能决。公以片言折，洞其詭衚，冤乃雪。其政事犁然而上下愜，皆此類也。

故治韶甫三年，撫按皆旌焉。卒之日，遺篋惟書籍而已。廣郡程别駕鐸以盤庫至，嘆其清白，自以爲不可及。烏虖！公遠器也，乃止此耶！詎其生弘治辛酉十一月二十日，壽僅有四十有五。以某月日葬于某山之原。配鍾氏，贈孺人。繼孫氏，封孺人。子男三：泰道、泰亨、泰治；女二：長許聘前御史謝君瑜之子，次尚幼。銘曰：

壽而德，嗇于躬，孰與殀而豐？吏墨而通？孰與固厥窮位二千石，聲光融？年未及艾寔令終，于嗟乎，樓山公。

## 大中大夫雲南左參政東岡鍾公墓誌

東岡鍾公致政十有七年，考終于家，嘉靖戊子七月也，以其年葬于唐園。其孤鳳林持鄉進士尹君嵩狀來，拜泣請誌其墓，予辭不獲，乃書曰：

國家之運，其猶天乎。於穆之運始於元，盛於亨。我孝皇在宥，則亨之會也。方是時，中外臣工精白成德，天下莫不知貴貴而尊賢。公爲給諫，歸至省城，雖兒童亦競傳曰：「鍾黄門至矣。」群有司日往候之，禮腆而意恪。正德初，璫竊王鈇，縉紳氣奪，雖顯有爵位，市人易視之。故曰周之士貴以肆，秦之士賤以拘。非士之賦才爾殊也，亦上之遇之使然也，故予於公乎有感。

按狀，公諱渤，字元溥，東莞人。少端顥，年十有二，從鍾先生琪學《春秋》，既精益勤。二十有一舉于鄉，從之遊者甚衆。

弘治癸丑，試春官，對大廷，皆冠嶺南。觀吏部政，以例歸省之初，還朝選爲刑科給事中。尋奉命驗太倉，加秤糧銀，廉得督倉太監以下罪，劾奏以聞。丙辰，山西巡按御史許奏按察副使失庫銀罪，命公往勘，獲庫吏柴光盜銀實迹，洗副使冤釋之，人稱其神明。戊午考績，進階徵仕郎，封父如己官，母、妻皆孺人。辛酉，擢吏科右給事中。適朝覲，備奏考察之弊，且乞歸省，有旨行諸該部。會遼陽兵動，敕公勘問，劾鎮巡大臣啓釁納侮以聞；及復命，再疏分兵固圉以捍外患，上皆嘉納。尋擢兵科左給事中。復疏歸省，得予告歸，甫期月還朝。甲子，會計天下倉積，奉命往湖廣查盤，治侵剋諸罪。有差事未竣，進兵科都給事中。聞父憂，復命終制。

正德丁卯，起復補工科。無何，逆瑺横搆，以倉庫事罰米百餘石，終無以辦。己巳，拜浙江參議。民方罹旱疫，發廩賑饑，咸受其惠。辛未，進雲南左參政。時蠻寇叛，公運糧固守，與有功焉。御史上其事于朝，而公已致政歸矣。癸酉，朝廷賚賜臨其家授之，賞前功也。

公儀表魁碩，性度慎約。既致政，凡四爲鄉飲正賓，足迹不復履省城。積俸有田二十餘頃，乃建宗祠，置祭田，立鄉館，修學宫、道路、橋梁之弊且廢者，人以爲難云。所著有《東岡集》藏于家。公生於天順丁丑四月七日，壽七十有二。

嗚呼！士君子之用世，厥惟時哉。學可以仕矣，而或不顯；顯矣，而患非其時。時之不逢，雖孔、孟窮且阸。譬諸膴田，凶歲蓏蓑罔奏功。公之顯晦，動與時會，豈非德之積累感召然邪？因公而及國家之大者，以見際遇之難也，用以勵其後之人。銘曰：横坑之水流瀰瀰，豐積爾轂貽孫子，于嗟東岡藏於此。

## 朝列大夫漳州府同知馮公墓誌

大夫諱逾，字宗禮，南海沙丸人，宋馮樞密京之後。曾祖以來，皆棲遲不仕。大夫童時，飭躬力學。成化戊子，以朱氏《詩》薦于鄉。越明年，試禮部不第，卒業胄監。謁銓拜福建市舶正，提舉閩之市舶，豐盈甲天下。而大夫乃履堅秉貞，出納惟謹，譽騰上下，庶商宜之，部使者旌焉。九載政成，守臣以嘉績上聞天子，貤恩誥贈父晁奉直大夫、協正庶尹如己官，母張氏暨先室何氏贈宜人，繼室梁氏封亦如之。

既而擢拜朝列大夫，食從四品俸，同知福建漳州府事。立政有紀，節操彌厲。先是，官于漳者致富不貲，大夫乃自公祿外皆不苟取。三載政成，大夫以歷敭宦業十有餘年，秩齒方面，典可以光親奕世，俸可以修墓治廬，於布衣足矣。遂浩然解組而歸，時或登高，臨流陶情，適性優游。十有四年，復營室于會城，池館軒豁，以寓其悠然之趣焉。其自奉甚約，悃愊自將，至於建祖墳，營家廟，無不竭力。其遺訓厥後，精當縝密，足爲世則。

正德乙亥，終于正寢，距其生宣德乙卯，壽八十有一。公四子二女，惟洙與瀾以予守太史，乃來乞銘。予曰：「嗟嗟乎！大夫其實足旌也已。行全而衷無愧焉，守介而國無負焉，政齊而民無懟焉，知幾而身無辱焉。四者君子之所難能也，大夫兼備焉，其足旌也已，其足旌也已！」銘曰：

馮有哲人，或隱或仕。迨于蒙菴，克先其世。發迹名科，筮仕閩涘。履素守貞，終始匪二。九載績衺，天恩爰畀。賁于泉壤，榮及兩配。荐膺膴仕，金緋烜煒。倦政南歸，壽考且懿。緬懷高風，宜昌後嗣。

## 恒齋張處士墓誌

公諱鏴，字時侃，同郡東莞人也。其先家保昌，系出文獻公。宋末，始遷莞之京山。六世祖振奇捐粟餉兵，從義士熊飛勤王，死于狄難。曾祖成、祖秉祥、父球，世有潛德，母某氏，以弘治辛亥生公。質性沉毅，及長，體幹魁梧。習舉業，試弗利，即謝去。探綜群籍，談道自樂，里中子弟從之遊。其教人以遲鈍爲進退之階，輕俊者皆造就焉。爲文字自成一家，尤長於唫詠。事父母每食必後，出入必告，病革必禱于天，請以身代。居喪慟毀，衾歛必躬，時薦必以素食。諸兄五人，悉以沃産讓之，自取其瘠者，友愛内外無間言。長兄爲豪右誣繫，出己貲捄出之。仲兄、四兄没日，皆親執湯浴，如事父然。婚嫁其孤，皆如己出。里人有鬻産于公以舉親喪者，公力止之，遂捐金助之襄事。縣卒拘逋税者，偶遇諸途，憫其貧，恐斃于訊杖，出袖中金脱之。有質成者折以片言，悔息而去。宗祠久圮，倡族鼎建，力董工役，旬月告成。家居動遵矩矱，接人煕若春陽，待子姓則山立淵浚，有過輒庭扑之。朋舊過從，命觴浩歌，以淵明自況。構山亭，扁曰恒齋，自記有曰：「恒，吾性也，貧賤富貴，一於此而已矣。」學者稱爲恒齋先生。惟灌蒔花卉，行吟泉石間，怡然自得，視勢利泊如也。

歲庚戌，子仲孝令平陽，迎養公。往見其門無私謁，喜；聞其庭無留獄，喜；又扣其囊無餘貲，尤喜；遂出所題何太宰文淵《却金亭》詩，以風切之。凡縉紳一覿後，杜門端坐而已。歲遭大荒，公速仲孝賑捄，多所全活。

辛亥冬，公病哽咽，趣裝南歸。壬子夏，抵家，喜曰：「吾得首丘，無憾矣。」將屬纊，顧左右曰：「傳語吾兒，惟清白耳。」言畢三欷而没，時五月三十日也，壽六十有二。其秋，訃至平陽，父老灑泣曰：「天何奪我蠲租太父之速也！」咸作詩文哀之。癸丑冬，祔葬社岡祖塋之右。娶黄氏，子男一人，即仲孝。丁酉，舉于鄉，初筮仕進未可量。女一人，適陳極。孫男一人，禮維，尚幼。憶予在京邸，仲孝來受學，見其篤志嚮道，心甚重之。及遇浙士，皆稱其循良，始知得於公者淳且深矣。公所著《筆籌集》，語多悟道，佳句類陶云。銘曰：

天地有恒，幬載不貳。素絲無恒，隨染輒異。猗嗟先生，嘉遁求志。顔恒于齋，俟命居易。自浙賦歸，浩浩一致。有德如玉，於鑠純懿。韞櫝藏諸，售于厥嗣。登我明堂，爲瑚璉器。鯉庭所貽，龍淵初試。如何昊蒼，不獲長侍？竁兹社丘，俾爾昌熾。玄化浪遷，惟恒不逝。不逝者存，俯仰無愧。

## 封承德郎户部主事蘭谿縣丞玉溪吴公墓誌

公諱思齊，字希文，高州電白人，先世家浙之麗水。曾祖考子清、祖考政，俱有隱德。考綸，鄉貢進士，武緣教諭，妣張氏。公少潁邁，善屬文，性至孝，尤崇禮節，不競紛華。罹考艱免喪，猶廬墓三年。時鄉俗喪家例作佛事，具酒殽以延弔客，公惟尊《家禮》，弔者一茶而退。十旬具祭，鄉黨咸訝，多誹之者，久乃翕然慕效，風俗爲之一變。今士人之家居喪有禮者，公倡之也。爲弟子員，文名煒煒冠於郡邑。司文柄者至，輒奇之，八舉不得一第，輿論皆稱詘云。

嘉靖丁亥，貢入太學。辛丑，授蘭谿縣丞。或爲之不滿，公曰：「古稱一命之士，苟存心於愛物，於人必有所濟。官不負人，人負官爾，吾何擇焉？」比視事，邑素囂訟稱難治，公一惟披瀝至誠，拊而循之，有藹然惻怛之意。且善鞫獄，每決判，輒得其情，民咸感信悦服，吐露真狀，莫敢爲欺。凡有訟於當道者，則懇曰：「必批吴縣丞。」不爾則號泣於庭，必得請乃止。比事有當關白長吏，使就彼聽理者，則抱其楹莫肯去。

湯溪、永康之間有大溫焉，水灌二邑田，久爲豪家所堙，二邑民相與訐訟者數十年，屢經委勘，竟莫能決。有委公者，公則親詣其地，周覽歷觀，相其地勢，視其源委，古溫之界已默得於心。亟命鳩夫數百人曰：「吾將用之。」衆莫測也。夫既集，則指示其處令濬之，果得古溫界迹，二邑民咸懽呼羅拜曰：「公神人也。」兩溫遂復，豪家莫敢喙焉。後每遇旱，溫乏水，則扣禱曰「吴公其賜我水」云。

邑有離相寺，勢家將利而有之，預令小僮削髮投入爲僧，久之，乃縱火焚其寺，遂逐其僧，奪其址。僧訟之，當路檄縣鞫訊，勢家屬長吏必置之死，長吏幽之於獄，已垂斃矣。適長吏去，公署篆，囑復如之。公弗聽，曰：「吾安能殺人以媚人乎？」亟出之，給其址還焉。又有勢家佃丁爲盜，就執，獄既具，使人謂曰：「吾佃丁必不爲盜也，可釋之？」公以贓仗已明，彼既輸服，卒置于法。民有徐玭者或誣以人命，數年莫能白。公廉知死者溺水，欲爲伸理，玭知公意，令其子夜懷百金來謁，公曰：「吾本知汝父受誣，當出。若受汝賂，是私汝也。人命至重，吾敢徇私耶？」叱去不受，卒爲伸理。其志在濟人，不畏强禦，不爲苟得類如此。

居二載，以子守貞登進士，已系仕籍，遂慨然曰：「吾可以止矣。」列牘丐歸，得以禮致仕。家居，築精舍於郊西海濱，名曰觀瀾書院。日惟訓迪子孫，使敦尚禮讓，勿爲浮薄。至其待人，則無小大貴賤一接以禮，鄉里無弗愛且敬者。

守貞初爲水曹，公一日思之，入京視焉。適改民曹，時值太廟告成，覃恩中朝，封承德郎、户部山西清吏司主事。陛承恩命，人皆榮之。嗣後守貞歷中外，每書示之，必曰：「吾兒當盡心爲國爲民，勿以我老爲念。清、勤二字，兒素志也，尚勉終之。」或見時俗尚通多速化，有勸守貞以隨時者，公曰：「人各有志。吾兒志如此，安可强耶？」守貞奉令承教，所至賢聲大著。

嘉靖己未六月二日壬寅，公考終于正寢，距其生成化己亥十一月十三日甲子，享年八十有一。先配劉氏，繼配陳氏，封安人。子男五人：長守仁，散官；次守禮，俱劉出；守忠，散官；次即守貞，貴州布政司右參議；次守謙，庠生；女一人，適百户張世武，俱陳出。孫男十人：士元、士允，守仁子；士侃、士化、士儀，守忠子；士舉、士皋，守貞子；士宷、士某、士某，守謙子。士元、士侃、士化、士舉、士儀，俱庠生。女孫三人：守禮女適劉永賢，守忠女適庠生范德貴，守貞女字百户應襲李某。曾孫男五人：太見、太重，士侃子；太寵，士元子；太望、太奇，士化子。

先是，公自卜兆於仙人題字嶺，窀穸夙具，將以某歲某月日安厝，并遷前母劉氏合葬焉，禮也。於乎！五福鍾以公者，信備矣哉！然富寔在天，故《語》曰：「如不可求，從吾所好」，德則在人。故《詩》曰：「永言配命，自求多福。」公廉能詒後，亨有鍾鼎，修其在我，而天自從之。吾鄉耆壽俊若公，其殆傑然者乎！是宜銘。銘曰：

憲憲吳侯，秉德維茂；纂戎學業，堂基克構。績文豐藝，勤味道腴；篤孝循禮，終喪結廬。墓且不忘，志奚少替？光裕爲期，八舉弗第。學優則仕，副令蘭谿；明詳滙寺，惠洽黔黎。善繼有人，登雲秉笏；適往玉京，貤封顯秩。式穀爾後，天自弗違；賢聲赫赫，如璞發輝。清白傳緒，亦弗違天；遐福上壽，何殊嶺仙。峨峨玆嶺，鬱鬱有璞；輝不可霾，神猶可作。神存化著，高風載興；於萬斯禩，吾銘足徵。

## 誄

### 僉憲筆山侯先生誄

嘉靖丁未夏五月，予北上過徐，會餘姚嚴子中論當今人材，首及筆山先生。嚴子告曰：「先生已考終矣。」予愀然再諗，嚴子又曰信，猶希夫傳之未真也。比至京師，永嘉鄭生申之來，又諗，又曰信，乃質明，瓣香設位哭之。因嘆予與先生志同道合，擯棄之迹亦頗相類，道降世衰，將欲傾否，必偕先生同升而後可以有濟也。天不憖遺，吾道其孤也。夫淚涔涔不能止也。

乃憶丁酉之秋，先生訪予山館，見予卧榻書，曰：「中夜醒時，常自内省旦晝之事。」因劇談夜氣之説，援先哲格言，謂與陽復同一機也，學顔子之所學，其在兹乎！予對曰：「周子圖、書，聖人主静，君子慎動，正謂是也。不遷不貳，亦惟一陽爲主於内而已。」先生益喜，談道辨難，坐至夜分乃別。越己亥，予起廢備宫寮之末。逾嶺過南安，則先生方爲少府，開道源書院，坐光霽亭者數月矣。出所爲《復説》，則所得於《易》與圖、書者乎契益深，其造理益精而詞益以達也。遂以書院集授簡，俾予序焉。

予謂顔子之所以不遠復者，懲忿窒慾而已矣。懲忿則怒不遷，窒慾則過不貳。明道《定性書》曰：「怒時遽忘其怒，而觀理之是非」，懲忿之要指也。伊川《好學論》曰：「覺者無縱其情，至於邪僻」，窒慾之法言也。然其源則存乎主静，故能主静以慎動，則性定而情自約，雖君相父母天下，以建中而寅亮者，其道亦豈外兹哉？

先生遂書予言於集首，因謂曰：「吾夫子論學，亦嘗及諸此乎？」予曰：「《語》之首章是已。古之學者説，樂而不愠，故其仕也休休如有容；今之學者愠而不説、樂，故其仕也戚戚如不足。夫子之言，即約情定性以立人極者也。堯舜之所傳，顔子之所學，亦豈外兹哉？」先生首肯者久之，曰：「公可謂深知道源者矣。」嗟乎！言猶在耳，而哲人已萎，吾道其孤矣夫。乃誄曰：

天迴地游，無往不復；于嗟先生，信道惟篤。夜氣在我，如冬而春，如晦而朔，如子而寅。世運亦然，泰極而否；否終則傾，窮則有始。《復》之爲卦，迷者終凶；宵人在位，賢哲弗容。陰柔之才，去本既遠；倚法作威，終迷不返。先生高明，能審其幾；静存微陽，於仁弗違。直養浩然，懲忿窒慾；寤程夢周，中行獨《復》。彼宵人者，肆其披猖；安危利菑，樂所以亡。天地閉塞，先生遂隱；陳臬漳南，至即旋軫。天地之紀，寔惟善人；邦國殄瘁，道將曷伸？嗚呼哀哉！

先生雖徂，浩然不死；有子克家，貞下元起。惟兹之象，弗戒無號；爲鬼爲蜮，如蠻如髦。窮滋極珍，甘食美服；惟貨是徇，不耻僇辱。迷復之義，乃爾夢夢；冥冥長夜，如晦如冬。先生之神，乘彼箕尾；下憫斯人，曷維其已？紛員胥傚，吾恒處睽；非兹之慟，吾誰慟爲？嗚呼哀哉！

日月姤矣，已届遁矣；暑退寒因，芳華迅矣。由《否》而《觀》，必《剥》及《坤》；芸芸者物，將歸其根。零露沾衣，勁風落木；慘爾盡傷，與誰言《復》？惟握其機，坤轉乾旋；逝者不作，曷扶其顛？龍潛鳳伏，鴞鳴豺奮；貞媛負薪，밯姷衣錦。視凶爲吉，茹毒爲良；悠悠昊蒼，曷由其常？嗚呼哀哉！

# 泰泉集卷第五十六

## 傳上

### 國子三賢傳

洪武以來，貢入胄監爲名臣可考者，稽諸國史郡志，得數十人焉，然不能盡書也。書其最可稱者三人而已，成材亦難矣哉！作《國子三賢傳》。

師逵，字九達，山東東阿人。少孤，事母孝。年十三，母疾危殆，思食藤花菜，地不常有。逵亟出求，至城南二十五里得之。及歸，夜已二鼓，道遇虎。逵驚而呼天，虎舍之去。持菜還，母食之，遂愈。由國子生擢監察御史，陞陝西按察使，時獄囚淹繫殆千人。逵至，審其罪，量輕重而決遣之，浹旬之間，獄爲之空。丁母憂去官，廬墓側，不茹葷飲酒者三年。永樂初政，召爲兵部侍郎，尋轉吏部。文皇帝征虜，命逵總督餽運。逵建議請軍量其程置堡，使更遞轉輸，則民不困乏而軍得足食，從之。昭皇帝嗣位，進南京户部尚書，兼掌吏部事。宣德二年正月丙申卒，年六十二。遣官賜祭，命有司治葬事。

初，逵任吏部時，典銓衡者率任己自用，不咨於人，往往不愜輿論。逵能詢衆以求公當，且能持廉。其扈從在北京，文皇帝間語左右曰：「六部扈從之臣不貪者，惟逵。」蓋上知之有素云。

黄觀，字瀾伯，池州貴池人。父贅于邑城許氏，生觀，遂從母家姓。明《尚書》，補邑諸生。嘗築翠微書舍，績學其間。受業於元翰林待制黄哻。哻死王事，觀益砥礪以忠義自許。

洪武甲子，貢入胄監。是歲領鄉薦，即罹外艱。戊辰十月起復，仍入監讀書，造詣日益精深，同舍推服。嘗繪父母墓爲圖，携以自隨，閲之涕淚輒下。辛未，會試第一。三月丁酉，入對《禦戎策》，大要以天道福善禍淫之機，人事練兵講武之法爲言。高皇帝嘉之，擢狀元及第，時年二十八。是月甲辰，拜翰林院修撰。日侍御前，敷奏明爽，上甚愛重，每賜顧問。命編寫《省貪》等録，既成，八月壬申，聞祖母喪，承重還家守制。乙亥正月壬戌，服闋復任。上以其有政事才，凡法司諸榜文，令觀撰成，即書之。又令清理軍職貼黄，兼管註銷諸司案牘，其見委任如此。命侍東宫講論，累遷尚寶司卿、禮部右侍郎，乃奏復其姓。會更官制，進本部侍中。

壬午五月，往上游諸郡徵兵。至安慶，聞内難已平，慟哭謂人曰：「吾妻素有志節，必不肯受辱。」明日，家僮自京逃來，言將執家屬，夫人雍氏出通濟門，先擠二女于河，即自沉焉，觀遂招魂，葬之江上。舟次李陽河，乃朝服東向再拜，於羅刹磯湍急處，紿舟人奮棹，佯爲溲解，投水而死，時年三十九。都察院右都御史陳瑛奏言觀及周是修等不順天命，請加追僇。文皇帝曰：「彼食其禄，自盡其心爾。」竟不問。永樂末，詔觀親黨有編伍者，皆釋之。

楊鼎，字宗器，陝西咸寧人。少聰悟，日記萬言。家貧，父善禄命，知其必大貴，領鄉試首薦。正統丙辰，上春官不第。當入北監，聞祭酒陳敬宗學行，乃求入南監卒業。不携一僮以自隨，攻苦力學，躬自執爨恬如也。敬宗試其文，察其行，嘆曰：「閉户端居，甘人所苦，雖簞瓢之樂，不是過也。」每亟稱其賢。

有郡守欲以其子妻之，鼎以不告父母爲辭，乃托鼎同鄉兵部尚書徐琦與敬宗言曰：「鼎清貧而彼富裕，父母聞之，于心必安。」敬宗亦勸鼎從之，鼎對曰：「原憲雖貧，於道則富；猗頓雖富，於道則貧，鼎也敢貧富乎哉？」敬宗益美其操守，旦夕與之講解，亹亹不倦。

己未，鼎中會試第一，廷試第二，拜翰林院編修。一時館閣鉅公如楊士奇輩，皆重其素履。鼎既仕，勵志功業，略去詞華。嘗建言修飭戎備，通漕三邊，人誚其迂。及胡虜大舉，詔鼎撫守近畿，有經略功。欲擢爲副都御史，力辭不就，遂循資自侍講累遷户部尚書，以功名終。鼎娶時年已三十，夫婦相敬如賓。有子時暢，官至太常卿、兼翰林院侍講學士。

贊曰：於戲！唐、虞敷教，彝倫而已。我聖祖敕諭國學師徒有曰：「古今賢能，以學爲本，次特以操持輔弼其所學。斯二事既行，則善名於兩間矣。」蓋學也者，知也；操持也者，行也。知所以知乎此者也，行所以行乎此者也。知以覺之，行以恒之，聖學無餘藴矣。然五品之中，三綱尤重，故列聖玉音，皆謂國家以綱常爲治。若三人者其所知行，可謂無愧矣。故特表而出之，以爲修德學道者勸云。

## 道學二先生傳

曹端，字正夫，河南澠池人，别號月川。通《五經》，講明理學，學者稱爲月川先生。應試永樂戊子鄉貢進士。己丑，中春官乙榜，擢霍州學正。壬寅，改蒲州，乃嚴立條約，講授不倦。其教人惟以躬行爲主，後生多所成就。恒言佛以空爲性，則非天命之性、秉彝之理也；老氏以無爲道，則非率性之道、共由之路也。大悖名教，是謂匪彝。讀其書、詣其居者，必禁止之，自以身爲表率。其事父母，飲食、衣服惟務精潔，養志婉色，必盡其心。及遭親喪，五味不入口，寢苫枕塊，始終一無所間。廬墓六年，有祥物來應，鬼神享其誠，閭里稱其孝。

先祖之合祀者，建祠堂以事之，四時有薦；外族之無後者，建義祠以奉之，百世不絕。作詩以勸兄弟同居，立言以戒男女不義。詣縣上書，請毁淫祀；貽書於人，止修神廟。身既卧病，力詆巫覡之謬；偶與僧會，直言神佛之妄。屢舉同僚之喪，每篤師弟之恩。貧不赴任者賻之，客死於道者葬之。年荒，勸官賑濟，全活者衆。每諭學徒喪祭以禮，一郡皆化。此其尊聞行知，爲可法也。甲辰，蒲、霍二州學者相與上章交留之，霍州先上，得旨留任，蒲州後達，以不及留爲歉云。

居常，日事著述，惟恐理道不明。有《家規輯略》《四書詳説》《太極西銘通書釋文》《孝經述解》《性理文集》《儒家宗統譜》《存疑録》《夜行燭》《月川詩圖》等編。宣德甲寅，卒于官，葬霍之高氏原。二子琇、琛廬墓，邦人謂爲孝子。二州學建立祠堂于學宫之次。正統庚申，河南僉事姑蘇張敬、澠池知縣臨淮胡復，於其鄉亦立特祠祀之。

章懋，字德懋，金華蘭谿人。少游庠校，讀書學問，負經濟志略，然不自衒露。與人交，恂恂儒者也。天順壬午，舉鄉薦，以《易》魁浙士。丙戌，再至禮部，褎然舉首，入翰林爲庶吉士。丁亥冬，除編修。

戊子春正月，朝廷舉張燈故事，命下，詞臣詠詩。懋謀諸同官黄仲昭、莊昶曰：「國家無事，海宇乂安。内朝燃燈，朝士踏歌，傳之往史，已非盛事，此蘇長公所以有疏而深惜其君之不用也。今天子仁聖，孝奉兩宫，將以備耳目之娱，極天下之養，則斯舉固足以爲樂。然而大孝在乎養志，雖舍是亦無有不樂者，吾輩盍進諫焉？」越明日，偕二人同上章，大要以培養聖德爲本。上怒，左遷懋知臨武縣。時修撰羅倫亦以起復元臣言事坐貶，時人稱爲「翰林四諫」。

會廷臣論救，上頓悟，命仲昭俱改南京大理寺評事。既至，留心職業，日取刑書故牘詳閲之，遂至精練。平反庶獄，老吏不如。法所當執，雖貴卿莫奪也。南倖入視北爲縮，例益以堂隸顧直之羸，懋獨無所益。三年考績，省親予告，尋擢福建按察僉事。閩有番舶銀礦屢爲患，懋建議許民與番互市，商夷兩便。弛銀礦禁，聽民採取，自是不復盜，患遂息。浮税病民，令以海田抵之。泰寧寇作梗，陽爲清戎，往掩捕之，寇悉就擒。沙、尤饑，盜起，開倉賑濟，即時解散。會與巡察不相得，加之行部積勞，觸瘴成疾，因有去志。考績至京，遂疏求謝事。吏部尚書尹旻固留不可，三詰而終不變，乃可之。時年四十一。

至家即杜門，足不入城府。奉親之外，日惟讀書講學，甘貧守道，若將終身。詣門請誨者無間遠近，常往來楓木庵中，學者稱曰楓山先生。嘉遁將二十年，廷臣論薦無虚日。孝宗勵精圖任，儒宿北以謝鐸爲祭酒，南以屬懋，懋方遭父喪，力辭。詔添設司業，虚位以待。及終制就官，謹榘度，尚德化，厲廉耻，六館之士翕然向風。豪傑有志者排日執經，質問所疑，隨方而答，人人自以爲得師。姑蘇尤樾母病，據例不得歸省，晝夜涕泣，懋許之歸。或以爲言，懋曰：「吾寧以違制獲罪，不忍絶其母子之情也。」聞者歎服。

兩疏學政、時政，條陳宿弊，皆不報。凡再乞休，不允。正德改元，陳勤聖學、隆繼述、謹大婚、重詔令、敬天戒五事。先後五疏乞休，又不允。居無何，引年以請，凡三疏，始允。尋轉南京太常寺卿，辭；進南京禮部侍郎，又辭，詔許致仕。懋既退，而逆瑾之難作，縉紳相繼蒙禍，人服其先見。當道咸疏懋耆儒宿德，詔有司歲時存問，以風天下。

今上登極，詔陞南京禮部尚書致仕，辭不允。辛巳，歲且暮〔一〕，忽遘疾，親朋子姪更迭問候，至屬纊語不亂。衢守林有年至，疾已劇，卧榻上與論古今天下事甚悉。次夕，與姪贄論君大夫保國保天下之道，因及春秋列國名卿，推許士會父子。庶幾歲除，令親友各歸守歲，嚮晦遂卒，年八十六。是日未

〔一〕「且」，原作「旦」，今據萬曆本改。

旦，有星墜所居之前山，有司以聞。與葬祭，贈太子太保〔一〕，謚文懿。

懋胸度夷坦，與人言輒露肝膽，或詐亦不逆億也。見人有善，不啻在己。汲引後進，惟恐不及。居常無甚異同，至臨大事，决大議，是非可否，確乎不拔。性寡嗜慾，衣服、飲食、宮室、器用，隨遇而安。薄田僅自給，不求增益。辭受取予，出處去就，一於道義。一毫不歉，萬鍾弗顧。故自入翰林以至八座，立朝僅四十日，官不過三考，乞休凡十餘疏。難進易退，當於古人中求之。其心常在天下，每聞進一善人，行一善政，喜動顔色，否則愀然不樂，夜必露天焚香，默以親賢遠姦、康國庇民爲禱。民生利害，輒爲上官言之。

其學以關、閩、濂、洛爲宗，本之自得，非有傳授，亦世所間見也。於書無所不讀，於天下事無不理會。要在精究而力行之，不襲口耳，不涉支離，故能真見獨到，洞貫道妙。其發之議論，精實切當，多有前賢所未發者。嘗謂人心有小大，大以窮理，小以慎獨。謂政體始於格君心，收人才，固民心。格言至［論］〔二〕，不一而足，皆其所獨得者。一時同志若羅倫、謝鐸、莊昶、陳獻章，皆極推許。諸人皆蚤世，惟懋年踰大耄，巍然獨存，殆天佑之，以壽斯道也。然倫嘗立鄉約過嚴，則貽書責之，其盡交誼如此。文章不甚求工，達意而止。或以相諷，曰：「小技爾，予弗暇。」或勸以著述，曰：「先儒之言，至矣

〔一〕「太子太保」，《明史》卷一七九《章懋傳》作「太子少保」。
〔二〕「論」字漫漶不清，今據萬曆本、粵圖本、北大本、暨大本補。

患盡矣，又何加焉？第删其繁蕪可也。」嘗欲摘選程、朱後諸儒經書粹語爲《集説》，及刊《宋史》之繆，力不足而止。平生所著，惟《蘭谿金華鄉賢祠志》及遺文數卷而已〔一〕。子孫皆夭殁，孫誥不慧。年八十一始生子接，既膺恤典，上優詔録接爲國子生。

贊曰：學貴躬行而達之政教，立言非所先也。今掇孔、孟一言以爲易簡，使人樂趍其門庭，無乃賢知之過乎？《宋史·道學傳》周子其倡也，觀其讀書，以修己治人，乃發其心，得爲圖與書，曷嘗剿説哉？二程師之，與張子互相規勸，惟恐流於佛老。如論清虚一大，則慮其過高。夫《中庸》之釋鳶魚，猶川上之歎逝也。孟子必有事焉而勿正之説，猶義以爲質，而孫以出之也。程子合而言之，特以察于天地，道未嘗息，人之體道，亦無容間息云爾。朱子則謂觀過知仁，仁則自然過厚，勿忘勿助之間，天理流行，鳶飛魚躍，元無間斷，自是講學者遂以自然爲宗矣。吕希哲氏釋《大學》曰：「致知者，致良知也。物理既格，則知自至。堯、舜與人同者，忽然自見。」世又掇其言，以爲知而不行，是未知也；良知既致，是即行也。講學者又以爲宗，而不復讀書。嗟乎！月川、楓山二先生，信躬行君子哉，其達之政教者賢於人遠矣。

〔一〕「卷」，萬曆本、北大本作「句」。

## 廣州先賢傳

高固，南海人。周顯王時，楚子熊商滅越而臣服之，是爲楚威王。固以才能歸楚，爲威王相。時魯君子左丘明，因孔子史記具論其語，成《左氏春秋》。鐸椒爲威王傳，爲王不能盡觀《春秋》，采取成敗，卒四十章，爲《鐸氏微》，由固進之。大都楚君至莊王最賢，致霸諸侯，能討罪逆，以服人心。《春秋》進之，子孫復能繼述，以故文教日興，五羊啣穀，萃於楚庭。南海人爲畫圖以表著固功，故後世郡守，猶繪諸廳事。廣州稱五羊城者，由是得名也。

初，南海有勇獲者，仕於吴王夫差爲將。周敬王三十八年，魯哀公之十三年也。哀公會晉定公午及夫差于黄池，聞越王勾踐伐吴，入其國都，太子友與戰，告敗于王，王惡其聞也，自刎七人於幕下。既會，道齊、宋而越聞愈章，乃命王孫雄先與獲帥徒師，以爲過賓於宋，以焚其北郛焉而過之。南海介荆揚裔土，周初通貢中國。王會以翟貢，稱蠻揚焉，尚力而已。迄附於楚，固乃顯庸，有文事云。

贊曰：楚子羋姓國也，其封以鬻熊爲文王師，子孫遂以王父名爲熊氏。篳路藍縷，以處草莽，習於蠻夷，惟事桃弧棘矢，不復知有文事矣，故《春秋》人之。至莊王殺陳夏徵舒，以賢君討有罪，其文猶貶而不予。至於其他，則書楚子者，何哉？董仲舒曰：「齊桓不予專地而封，晉文不予致王而朝，楚莊不予專殺而討，以其霸也。然略其蠻夷，埒諸桓、文，則進而中國之矣，此鐸氏所爲《微》也。」高固以此引君，俾之向道，而文教日興，豈非賢哉？吴周瑜有言：昔楚國封於荆山之側，地不滿百里，繼嗣賢能，廣土開境，立基於郢，遂據荆揚，奄有南海，傳業延祚九百餘年，非尚其霸力與？吾獨以爲奮武不過可以革面，而揆文則可以革心。楚國所以長久者，高氏啓沃之功也。

鄧宓，番禺人，有謀略權勇。武帝元狩末，交趾部刺史羅弘舉宓茂才，爲屬國都尉，尋爲南海郡丞。後至日南太守，善於柔遠，民夷懷之。卒葬馬鞍山。後建武中，馬援南征交趾徵側，駐兵南海，開拓土宇。至此，每風雨晦冥，聞人馬之聲迹之，得宓墓。

楊孚，字孝元，南海人。章帝朝舉賢良，對策上第，拜議郎。和帝即位，欲用兵匈奴。孚奏言：「創造用武，守業尚文，故周勝殷則有『載戢干戈』之頌。太宗息兵，嘗言自勝衣冠，念不及兵。先帝繼述，虜來則應，未嘗先伐，故孝章之謚追配孝文。《詩》曰：『允文文王，克開厥後。』又曰：『倬彼雲漢，爲章于天。』二帝之謂也。願陛下繩美祖宗，毋輕用武。」

永元十二年，荒旱，令在廷議政令得失。孚曰：「漢制，郡國之士誦肄《孝經》，察其志行，選舉孝廉。故帝謚必稱孝者，躬行化率也。王莽不服母喪，天下誅之。然今時公卿大夫罹父母憂，不得去位，而黎萌孝悌力田，反得爵級，非所以爲民表儀也。且郡邑侵漁，不知紀極，貨賂通于上下，治道衰矣。宜詔中外臣民，均行三年通喪，而吏治必務廉平，以勸選舉之士。庶幾克誠小民，副承天意。」帝從其議，詔禁有司假勢行邪。其有巧法析律，飾文增辭，貨行於言，罪成乎手，事發，重罪之。賜三老、孝悌、力田爵三級，爲父後者爵二級，窮民不能自存者予粟。

時南海屬交趾，部刺史夏則巡行封部，冬則還天府表奏，舉刺不法。其後競事珍獻，孚乃枚舉物性靈悟，指爲異品，或爲韻語，使士民識之，其實皆常物也，遂著《南裔異物志》。自後羅浮璹琩之屬日絶，世謂能通神明。

孚家在江滸北岸，嘗移洛陽松柏種植宅前，隆冬蜚雪盈樹，人因目其所嚮爲河南。或問其故，孚曰：「此偶然爾。草木豈能動天哉？」孚後爲臨海太守，復著《臨海水土記》，亦以正貢獻也。世服孚高識，不徒博雅。

贊曰：嶺海甿庶施奪於官也，自漢已然矣。夫漢承秦弊，不能遠襲三代道法。雖鄉舉里選，德舉言揚，虚文而已。楊孚爲議，即始探本論之。三年通喪，不行於官，何以教孝？貨行於言，競事珍獻，何以勸廉？《書》曰：「不作無益害有益，功乃成；不貴異物賤用物，民乃足。」又曰：「不寶遠物，則遠人格；所寶惟賢，則邇人安。」觀於《漢史》所書，交趾、日南所進，黄犀、白雉，歲月不絶，而孝廉如曹操、孫權，亦皆得舉，其濁如泥，他可知矣。内治亡本而欲勤兵外圉，先自敗也已。孚之高識，豈非鮮哉？

世謂通神致雪，爲德之符，則鋭瑣矣。夫天地之氣，生殖變化，無所弗至，未有物能移易天地者。故橘不踰淮，鸜鵒不踰濟，囿於氣也。若謂璹琩聞聲而日絶，松柏致雪而冬盈，則是天地生德反爲物役矣。偶然之對，真窮理之言哉！

陳臨，字子然，南海人也。家居海島，奮志不同蠻俗，郡舉孝廉。永建中，官至蒼梧太守。推誠而理，導人以孝悌。民有遺腹子爲其父報怨殺人者，爲吏所獲。臨知其無嗣，令其妻侍獄中，後産一男。郡人歌曰：「蒼梧府君恩廣大，能令死囚有後代，德參古賢天報施。」建安中，被徵爲廷尉。後本郡以五月五日祠臨東城門上，令小童潔服舞之。其後子孫蕃盛，播於嶺徼，世以爲陰德所致云。

董正，字伯和，番禺人。少有令姿，耽意術籍。年十五，通《毛詩》《三禮》《春秋》。賦性高潔，貧寒不戚，志在規俗。孑立躬耕，以足父母衣食。暇即講《詩》《書》，陳禮法，遠近多從之游。鄉閭或少爲不善，必相戒曰：「吾伯和得無入於耳否？」有不平者，多詣正直之。

隱士南陽車遂聞正令名，不遠千里，徑來投正。正與同志，恩如兄弟。數年，車遂得病，正爲傾家救恤。病篤，正呼遂字曰：「德陽君更有以見屬否？」遂瞪視曰：「以死累君！」言迄而絕。正爲停柩於堂，殮殯之禮，一視兄弟之喪，躬送喪於南陽而返。遂以學行知名，部府以其有用世才，常詣其廬，疇咨理道。

熹平末，張角、袁術起難，天下大亂。正每仰觀天象，知漢曆之不長，輒掩涕太息。或勸使出仕，嘆曰：「潛龍以不見爲德，君子以藏寶自完。吾惟俟時，何乃相迫邪？」南海太守舉孝廉，力辭以單少，遁入陵山，遣家屬還府舉扳。數被徵命，皆不就。

粵産素多奇瑰之貨。番禺爲都會，商賈湊集，貿遷易以致富。加以夷獠叢雜，習尚輕悍，鬬争射利，未嘗知學。感正清白，偷俗自爾日變。

建安中，正卒，葬番禺之東。衆爲刻碑表曰：「有漢徵士董君之墓。」過者必式。晉隆和中，南海太守袁宏追慕其風采，乃訪求世俗，條列行誼，聞于朝。有詔旌表門閭，墓禁樵牧。

贊曰：君子守道，非以自善也，蓋將以爲天下用也。然必用舍之極定于中，乃可以用於天下而無憾。故時當可用，彈冠而往，非通也；苟非其時，雖鑿坏以遁，非固也。東漢之季，社君昏椓，紀綱陵遲，從以鴟張鯨突之盜，競排其鼎，可謂大厦將奪，風雨萃之；黨錮諸賢，禍烈焚如，而尚可以仕乎？儉德避難，兹其時也。董正養真衡宇，泥視軒冕，嘉遁之貞，百世所師。嗚呼！遐裔而有斯人，殆豪傑特起者哉。

疎源，字元流，南海人。出給郡役爲户曹佐。源性廉潔，家貧，餉宴不至，同第人餉先至，呼之共食，源未嘗聽，由是知名。後爲尚書郎，習練故事，爲九卿所重。故人有詣源欲通苞苴者，源絶口不答，臨别便與訣曰：「子以言污我，從此與君絶矣。」居嘗拱手端坐，人望之儼然。儤直遇隆寒，擁敗絮，震掉戰栗，吏獻裘，堅却之。從司徒上書言事，忤權貴，得罪，廢于家而卒。

羅威，字德仁，番禺人。天性惇慤，髫髾即知禮讓。八歲喪父，哀毁如成人。母年七十，事母至孝，勤身苦體以奉供養。怡顔遜言，未嘗有迅聲厲色。朝暮供侍，奇果珍味隨時進前。遇寒，常身先温被席，母乃寢。夏月，必撤帳而卧〔一〕，曰：「吾留蚊蚋，恐去齧吾母。」制行雅飭，口不挂俚褻之言，足不及貴富者之門，待妻孥如嚴賓然。

先世遺以負郭之田，力耕以自給，非其力不食也。鄰家牛數犯其穡，威刈芻潛納其門而去，不令人知，數數如此。牛主驚怪，不知爲誰，陰使人廣求，乃覺是威，感其長者，自是收檢莫敢犯。出遇老

〔一〕「撤」，原作「撒」，今據萬曆本改。

稚負戴於塗，率爲代其任。邑人化之，孝慈成俗。令異其行過人，辟召署門下史，威辭不就。强之頗力，遂偕母遁于增城縣界。令去，還復故居。後居母喪，泣血骨立，日進溢米、食蔬醢者三年。既葬，結廬於墓，朝夕盡哀。白鹿止其墓側，馴擾如家所畜者，世以爲孝感所致。

威與同邑唐頌篤行齊名。王僧孺之爲南海太守也，下教求士。有曰：「此境三閩奧壤，百粵舊都，漢開吴别，分星畫部，風序泱泱，衣簪斯盛。其川岳所産，豈直明珠、大貝、桂蠹、翠羽？孝實人經，則有羅威、唐頌；學惟業本，又聞陳元、士燮。自是高尚獨往，相望於嶼巖；懷仁抱義，繼宗於前史。」蓋以廣之多賢，由三數公者倡也。陳元、士燮皆以文學震一時，然躬行或少愧焉。

贊曰：三代而上，其取人也尚行；三代而降，其取人也尚言。人之所取，吾之所以蘄取，皆于言焉，則勢之所至，務爲外也必矣，務乎其外則不暇以自善；人之所取，吾之所以蘄取，皆于行焉，則勢之所至，不務爲外也必矣，不務乎其外則不容以不自善。是蓋古今大較，而君子之日難其人也。若羅威者，賢乎哉！其倫理篤，其行誼孚，其感召神，其令名昭晳而無窮，所謂匹夫而化鄉人者也。烏虖，賢矣哉！世之言威者，昧於論其世，而以爲宋之南渡産也，而不知吾廣賴以變澆漓之俗者，其倡也。區區以宦業顯者，每夸豔而縷指之：「名德如威」，莫或加齒焉。烏虖，其於風教何如也！

唐頌，字德雅，番禺人。奉養以孝聞。連遭父母喪，摧毁幾至滅性。逮葬，躬負土爲墳，于墳左爲小廬，覆以苫茨，寢處其中，扶服哭踊，朝夕捧盥、進膳，事之如生者凡六年。有甘露降于塚樹，馨郁霮霽，彌月不已。人或訪頌，見白鹿拾食廬次如豢畜，咸異之，稱爲「唐大孝」。頌［自］是終身衣不純采〔一〕，非祭不近酒肉，忌日必齊肅以祭，見父母所遺物，或經父母所歷，輒捧手而泣。人始以爲矯，及察之，恒皆然，而後知其篤行之純，蓋天性也。有司察孝廉，仕爲布山令。

布山在麓林境中，雜以民夷，號難治。頌鋪以太和，不事威讋，挫彊拊柔，惠及嫠嫠，民感其仁，無梗化者。後頌卒，民報祀之。

南齊永明中，范雲爲廣州刺史。至任，首遣使祭孝子南海羅威、唐頌，蒼梧頓琦、丁密等墓，蓋以勵俗也。廣人以威、頌皆先賢，嘗尸祝之，其祠今不存。

贊曰：廬墓，孝乎？曰孝。其亦有所本乎？曰有。然吾聞之也，張南軒之言曰：「古不墓祭，非略也，知鬼神之情狀不可以墓祭也。」胡致堂之言曰：「送死之禮，即遠而無近。墓藏體魄而致生之，是不知也；廟以宅神而致死之，是不仁也。」墓祭猶無當於義，而况廬墓乎哉！曰：「古者之爲禮也，去國則哭於墓而後行；反其國不哭，奠墓而入。」是顔淵氏之教也，然則非歟？孔子葬泗上，子貢廬於冢，魯世世以時祀孔子冢。烏虖！事師且然，况親也哉！《詩》云：「惟桑與梓，必恭敬止。」敬親所植也，體魄所藏，當何如哉？義起而祭，因心而廬，孝之道也，禮也，二公蓋有爲而言爾。乃若孝格于皇天，化行於蠻貊，唐頌近之。

〔一〕「自」字漫漶不清，今據萬曆本、粵圖本、北大本、暨大本補。

王範，南海人也。好讀書，有鑒識，州閭推重之。吴孫皓時，閉户不出，或問其繇，對曰：「見彈繳而弗避，非靈禽也；處亂世而求聞達，非知士也。」人以爲名言。郭馬亂廣州，逐刺史徐旗，範從旗避難，朝夕不離側者五年。既歸，以琴書自娱，未嘗妄交。有司賢其行，薦辟之，皆辭。

晉平吴後，遵行九品官人之法，每州置大、小中正，俱以本土人爲之。刺史熊逵薦州人，德充才盛無踰範者舉秀才，乃以範爲廣州大中正。選舉人才，第其高下，皆愜輿論。時秘書丞河内司馬彪號博學，嘗著《九州春秋》盛行于時。範閲之，見其略於嶺服，紀録弗稱，乃蒐羅百粤典故爲書，名曰《交廣二州春秋》。泰康八年，表上之。訂述該覈，衆見之稱服。自是名動京師。範爲人卓犖不群，未嘗事流俗事。篤學，至老不廢。交、廣素缺修載，自範始創爲之。

贊曰：吾廣故荒落，文獻或不足于徵。幼學時思式于古我聞人，求諸簡袠，莫之或睹也；或睹焉，特近世焉耳矣。乃博觀類書，見所謂「傳」「志」爲吾廣作者，蓋群如也，蓋但有其目焉耳矣；求諸簡袠而卒莫之或睹也，豈兵燹之後散爲煙霧，不可得邪？抑纂述之儒世乏其儔，無以紹邪？不爾，何寥寥也？若乃王範《交廣春秋》事贍詞工，昔稱之而今不傳。嗚呼！識時之通，事上之忠，秉心之公，亦足以芳耀於無窮矣。

黄舒，東莞人。事親至孝。家貧，力業以供瀡瀡。當侍養時，雖盛暑未嘗脱冠帶；其所頤指，雖千里之外，往焉而不以爲難。人以其善養志，以純孝稱之。

後父卒，皇皇如欲無生，躬自負土爲墳以葬，結屋廬其側，藉苫以居。深野無人，豺狼左右號，而舒安之。每夜寒月，號哭聲飄蕭出林薄，隨悲風遠聞，人爲泣下。却酒肉弗御，日進淖糜一盂。久之，形容枯槁。人勸其還，哭而弗答。母喪，亦如之。閭巷謂舒生能致養，没能致哀，皆曰今之曾參也。有司奏旌其門，因目其居曰參里。參里之傍有山，岑蔚可愛，舊未有名，亦以舒故，遂稱曰參里山。宋懷遠《南越志》載舒事，謂不讓古人云。

姚成甫，番禺人。幼聰悟，以學義知名。喪父宅憂，幾於毀滅，遂成羸疾。及長，州辟長史、主簿，皆不就。以父不仕，復修世業。家雖貧，而性耽山水，不爲世事所嬰。棲遁丘園，以服食自娱。吴刺史陸胤苦南海水鹹鹵，導泉爲甘溪。後寖湮涸，成甫復濬之，郡蒙其利。

晉咸安中，採菊於菖蒲澗，遇一老父，教之服菖蒲，曰：「此安期生所餌，可以忘老。」成甫如其言，身遂輕健。築室甘溪之上，並魚鳥以爲侶，挹原泉以自潔。歲被徵辟，皆不行。郡人高其誼，咸愛敬之。年八十餘卒。

黄恭，字義仲，南海人。少性恬漠，履尚清潔。刺史鄧岱覿面察言，即器重之，録爲記室參軍。草檄聲罪，山越讋服。比轉封山令，居夷剖事，甚有治材，然非其好也。州察孝廉，舉爲佐著作郎。父憂去職。比服闋，不起，教授生徒，發明聖籍，鄉里推重。徵辟不就，乃補廣州大中正，於是蒐輯王氏《交廣春秋》，補其遺漏，以君親倫理爲重。

其論合浦之士有尹牙者，爲郡主簿，受知大守，問其愁悴，荅以重讎未報，即變姓易名爲執之。天子奇其才，因赦不問。此事邦君之大義也，評者比諸刺客，則謬矣。丁茂孝感，人謂之虛，然則通于神明者非邪？朱厓令女與母争死不辱，反爲鄙論所非，皆違至道，不應經義。其他研覈，皆此類也。後復廣爲《十三州記》，首釋郡縣弘指，世傳其書。族子整爲平越司馬，博洽工文詞，有集十卷。

劉删，字正簡，番禺人。少篤學，有志操，州郡舉爲諮議。侯景之亂，候官令徐伯陽浮海南至廣州，見其所爲文，歎曰：「嶺左英奇也。」及伯陽爲司空侯安都記室，亟薦其詞學。太建初，召至京師，除臨海王長史，與記室張正見輩爲文會之友。王以其才行，深禮遇之。後卒于官。

贊曰：仁人不枉道而干禄，智士不失身以隨人。劉删席珍進德，摛詞居業，非航海而至者，無由邇其光輝，豈非忠信而篤學者與！竊嘗怪夫江東分王垂五百年，吾廣未有以德業著者，豈椎結箕踞之風未變，輕悍之習尚存，故不足於用歟？然秦關既開，華風日盛，材秀頎然挺生。惜范瑗、陸胤所著者，不盡傳耳。

曾謂十室之邑，果無忠信者歟！觀諸《晉書》《南史》，其能自表見，大都競浮虚而鮮實用，躋顯庸以貽僇辱，固亡足數。矧嶺表去天萬里，或者奮昂汲引之無其階乎？史稱揚粤之俗，重土樂鄉，而不能自激以有爲，豈其然歟？向使旅進金陵，仕不待召，則將侣狎客而衒浮華，喪良心而淪荒亂矣。《易》曰：「天地變化，草木蕃。天地閉，賢人隱。」語曰：「燕昭好馬，駿馬來庭；葉公好龍，真龍入室。」信有自哉！

李文孺，字元質，南海人。少善書札，漸摛文藻，以詞翰知名。仕爲番禺從事。元和中，應湖南徵辟，道樂昌，遊泐溪石室。衆推作記，揮毫立成，情景畢萃，見者驌服。轉觀察推官，罹憂東還。

帥府孔戣甚重之，延爲記室，每事周咨。會韓愈謫潮州刺史，請於戣加優禮，戣從之。月給送使錢，愈遜謝不受，時論兩稱賢。後在湖南，以侍御史充節度判官。江陵有兄弟甲科者，召讌，固辭。帥譙其傲，幕客不能終篇。文孺爲足之曰：「韡韡棣華，異有懷而靡及；幡幡瓠葉，同式飲以庶幾。」誚其非奉使也。其人惶恐謝過，成禮而去。帥大悅，厚幣謝之。

太和中，遷明州刺史。其地瀕海，每蕃航至，商賈雜湊。文孺豫行禁令，民夷自以不犯。性剛方嚴，每讌筵歌妓，未嘗正視。海防小吏誣民爲盜，即以其罪坐之，觀察使争之不得。百務整如，垣屋摧剥，不顧也。比罷歸，家徒壁立，惟玩圖讀書而已。曾孫休亦好學，有祖風致。

贊曰：自昔文人不矜細行。李文孺積學，善於詞藻，可謂文人矣。而燕飲不邇聲色，不亦賢乎！其爲政也，重民命而不治垣屋，節用愛人，急先務者也。嗚呼！造命豈獨君相然哉？巡關守郵之吏，一輕重其手，可以生人，可以殺人焉，矧於貴此者哉？是故君子端委而思民命之我寄也。朝以聽政，晝以訪問，夕以修令，夜以安身；堂不求高，室不求安；不耀威，不崇侈。

鄭愚，番禺人。家世殷富。幼顓力學。開成二年，進士擢第，釋褐秘書省校書郎，累遷尚書郎。

咸通初，爲桂管觀察使。所至廉察吏弊，闔境肅然。三年，嶺南西道節度使蔡京苛慘淫刑，爲邕州軍士所逐，詔以愚代之。瘡痏嗷嗷，方撫循不暇，會南詔入寇，安南都護蔡襲告急。敕發荆南、湖南兩道兵二千，桂管義征子弟三千，詣邕州受愚節度。而嶺南東道又奏蠻兵必向邕州，宜先保護，未可馳赴。乃敕愚分兵備禦，而所發諸道兵竟不進襲。又進求益兵，愚支扞半載，邕州得免無虞。朝廷復督責之，愚乃自言：「儒臣無將略，請任武臣。」於是詔義武節度使康承訓代爲節度使，發荆、襄、洪、鄂四道兵萬人與之，俱亟往救襲，則已無及矣。承訓上言愚在鎮善禦守狀，朝廷於是始知愚之功，即召爲禮部侍郎。

咸通八年，知貢舉。舊制詩賦多出古句爲題，士習蹈成篇。時詔放雲南子弟還國，愚以此試之，士多閣筆。及放榜，鄭洪業第一人及第，輿論咸頌其公云。黄巢平後，廣州殘破。僖宗中和初，命愚出鎮南海，以撫綏功召拜尚書左僕射。後三載，愚薨。

愚嘗游湖南大潙山寺，聞僧轉《法華》、演三乘也。初求涅槃而受佛戒，謂之下乘羊車；漸求自然慧樂，謂之中乘鹿車；又求安樂佛智，度脱一切，謂之上乘白牛車。佛智如大雲所雨，衆生有上、中、下性，所潤則一，而常滋茂。受戒之初，則出火宅，至於慧樂以後，則出入火宅而根塵不染矣。故娑竭龍女聞文殊師利宣説是經，禮獻寶珠，佛即受之。衆見其忽變成男子，具菩薩行，此所謂度脱者也。愚笑而辯之，謂姚秦鳩摩羅什譯是經，已自謂忽有障慾，姚興使宫女一交而生二子焉，豈亦度脱之驗與？因作虚祐師銘曰：「但無事，心即安；少思慮，簡悲歡。」此止觀之要法也。吾儒之知止而能定且静者，自有慧智，何必事此演説爲哉？僧衆聞者，莫不敬服。

贊曰：粤人之相唐者，三人而已。宋李昴英氏曰：曲江之張、日南之姜、晚得劉瞻于湟是也。《唐詩紀事》謂：愚唐末爲相，而新、舊史皆不書，何哉？蓋僖、昭亂世，史失其職，故劉煦、宋祁靡所據爾。《文苑英華》：咸通中，愚自禮部侍郎除鎮廣南西道，時懿宗制授守邕州刺史、兼御史大夫，稱其「挺超卓之奇名，蘊精剛之利器」，「宣布惠和」，棟材旂績，已以相業期之矣。其召還也，乃在僖宗乾符中，當以侍郎進同中書門下平章事可知。然劉瞻之後，愚寔繼之，似無可疑者。然《紀事》謂其過湖南帥府，見魏公崔鉉，贄以文章，着錦半臂，非薦紳服飭也。而志又謂愚無子，今之瀕海多鄭氏大族，譜皆稱其子孫，則紀、志多誣，詎可盡信哉？觀其辯禪乘而崇儒理，最爲確論。今之喜誦佛書者，可以愧矣。

## 詩人邵謁傳

邵謁者，翁源人。詩道大昌於唐，而中原荆蜀多名家者。五嶺以南，當開元盛時以詩文鳴者，曲江公張九齡一人而已。柳宗元以謂九齡兼攻詩文，但不能究其極，顧於南士，獨稱詩人廖有方者焉。其言曰：「交州多南金、珠璣、玳瑁、象犀，其産皆奇怪，至於草木亦殊異。吾嘗怪陽德之炳耀，獨發於紛葩瓌麗而罕鍾乎人。今廖生剛健重厚，孝悌信讓，以質乎中而文乎外，爲唐詩有大雅之道。夫固鍾於陽德者耶，是世之所罕也。今之世恒人，其於紛葩瓌麗則凡知貴之矣，其亦有貴廖生者耶？果能是，則吾不謂之恒人也，實亦世之所罕也。」宗元之貴有方者，其言如此，而又於世之貴有方者加厚望焉。必其詩之果當乎其心也，其爲人之果足貴於世也。然有方之詩與其爲人之詳，不可得而傳也。

後世所録唐詩以傳者，獨謁與曲江公巋然並存。然則嶺南詩人如有方而不傳者，不知凡幾，而可謂粤無人哉？謁以晚唐一介士獲永其名，至與諸名家並行，其詩當不下人矣。使宗元見之，當何如而貴之也。

世傳謁顛末可異焉。始謁之家食也，貧且賤，屈爲縣吏。令有客至，日使楮沝者三，謁不應；又頤指之者三，謁不應。令乃怒，慢罵之。謁瞪視曰：「咄！吏豈供汝楮沝者耶？且讀書干禄亦易與耳。大丈夫當仰居人上，安能俯爲人役？」令益怒，大言曰：「死狗胥敢爾！盍牽來？」於是左右提曳之。謁不爲動，掉臂而出，握刀截其髻，着縣門，矢之曰：「學苟不成，有如此髮！」發憤讀書，罔間晝夜。築書堂隱起水心，距縣十里許。平居雙髻蓬然如里中兒，親友多笑之，謁不自沮也。久之，博通經子百家，束髮苦唫，尤工古調。學既成，爲有司所舉。抵京師，隸國子，聲華燁燁薦紳間。

嗟乎！謁之成名也，由胸中耿耿者激之也。天道莫不有陽明，而陰濁勝之；人莫不有勁氣，而物欲柔之。故其事君，必突梯潔楹以求容也；其處官，必狐蹲蠖屈以求媚也；其臨難，必甘辱以求免也；其制事，必枉道以干求也。得志則求滿，失意則求哀也；言則僞而堅也，貌則恭而詐也。苟可攫富取貴，無不爲者，無他，失其羞惡之本心也。苟能充其本心而擴之，其氣可以礴天地，其誠可以入金石，孚豚魚，天下事亡難處者，而獨工爲詩乎哉？今有會稽之竹箭，揉而笴之，鏃以鋼金，附以南鵬之勁翮，引滿而發，貫犀兕七屬之甲不難也。使寸寸而屈之，曾不足以爲挺。《易·坤》之「六二」曰：「直、方、大，不習無不利。」直方而大，利孰加哉？

謁居京師最久，所與善皆名士，然剛躁與時戾，以是竟不第甲科。作詩多刺時事，其《論政》一篇曰：「賢哉三握髮，爲有天下憂。孫弘不開閣，丙吉寧問牛。内政由股肱，外政由諸侯。股肱政若行，諸侯政自修。一物不得所，蟻穴潰山丘。莫言萬木死，不因一葉秋。朱雲若不直，漢帝終自由。子嬰一失國，渭水東悠悠。」是時藩鎮强戾，宰相多非其人，故謁詩及焉。温庭筠以其數奇而不遇也，乃榜其所作三十餘篇以振公道。後甫釋褐而卒。卒後降巫賦詩，自稱邵先輩，世共神之。

迹謁之爲人，大抵剛而無養，躁而無制。躁而無制，故其言淩突而觸人；剛而無養，故其動猖披而自放。使或聞道而集義，以充其氣，固宗元之所謂鍾於陽德者，其所樹立曷止是哉？志鬱不施，没有餘靈，可哀也已！

謁有詩集，南漢史官胡賓王者序之，以傳其後。吾廣詩人有何鼎、孟賓于之屬，然皆不逮邵謁。

## 鍾允章傳

鍾允章，番禺人。其先徙自邕州。允章博學能文辭。南漢劉龑之據廣也，設科取士，允章以進士及第，累遷至中書舍人，尤見知於晟。晟喜其文思敏捷，營建離宫，碑記暨誥敕，多命允章爲之。運筆斯須，華藻眩目，由是名聞于諸國。晟遊羅浮山，應制爲詩文，多稱旨。每曰：「允章倚馬才也。」拜工部郎中、知制誥。

乾和六年，使允章聘楚以求婚，楚不許。允章還，晟曰：「馬公復能經略南土乎？」是時馬希廣新立，希萼起兵武陵，湖南大亂。允章具言楚可攻之狀。晟遣巨象指揮使吳珣等伐之，克賀、桂、連、宜、嚴、梧、蒙七州。晟以允章與其功，賞賚不可勝紀。有司奏允章名儒，宜爲儲君輔導。晟命教長子衛王繼興。

晟卒，繼興即位，更名鋹。以藩府舊僚稍敬重之，擢尚書左丞，參政事。時鋹淫戲無度，委政宦侍陳延壽、龔澄樞等。女巫樊胡子、宮婢盧瓊仙朋妖亂政，宮禁爲之污褻，允章深嫉之，抗疏請誅亂法者數人以正綱紀。鋹不能從，群小皆反目。

大寶二年，鋹祀天南郊。前三日，允章與禮官登壇四顧指麾，宦者許彥真望見之，曰：「此謀反耳！」乃拔劍升壇，允章迎叱之。彥真馳走，告允章反。鋹下允章獄，遣禮部尚書薛用丕治之。允章與用丕有舊，因泣下曰：「吾今無罪，自誣以死，固無恨。然吾二子皆幼，不知父冤，俟其長，公可告之。」彥真聞之，罵曰：「反賊，欲使而子報仇邪！」復入白鋹，并捕二子繫獄，遂族誅之。是日天色慘黷，道路以允章素忠鯁，皆爲之掩涕。彥真誅後，始收葬焉。

贊曰：嗟乎！室待柱極而存，國以仁賢爲楨，豈不諒哉？劉氏以蕞爾國，其興廢本亡足齒者，然猶有烱戒焉。乾亨締構楊、趙相，大有拓疆蘇、李將。澄樞朋巫國乃蹷，廷琄就屠社斯屋。允章亡而國隨之矣。向使德澤素厭於民而務急親賢，當何如也？故曰：「得賢者霸，得聖者王，得智者强，得佞者亡。」

# 泰泉集卷第五十七

## 傳下

### 徐妙錦傳

徐氏妙錦者，先世鳳陽人。父中山武寧王達，開國元勳，母夫人賈氏。妙錦夙承姆訓，性復端静，雖生長王公家，然執禮柔嘉，且寡言笑。長姊適燕王，後正位中宮，是爲仁孝文皇后；次姊代王妃。洪武末，諸藩不靖，代王被逮，妙錦乃爇香告天，矢不適人。齋戒潔清若事佛，然實無佛可事。自是親藩來求婚，皆謝絶之。有妹及笄，亦歸安王爲王妃矣。家人或勸之，妙錦堅志如故。仁孝文皇后崩，時妙錦年已二十有八。

文廟聞妙錦賢且美，欲聘爲皇后，命内使暨六尚女官往諭旨。妙錦稱病辭，匿不出，家人復來勸之曰：「此朝命也，可終避耶？」女官隨即直抵病榻，妙錦擁被呻唫，内使遥列房櫳外，與女官皆叩首請。不得已，乃徐徐引起，自以手指其面曰：「吾所以不嫁者，豈有他哉？正以貌陋且有麻痕，非婦容也。」女官皆羅跪仰視，良久乃進言曰：「尊貌明瑩如玉，安得有麻？特謙辭爾。」妙錦即謬指數處曰：

「此皆斑斑作點，豈非麻乎？」女官既出，內使亦隨去復命。妙錦即削髮爲尼，旦夕望虛空禮佛，未嘗一日懈。文廟聞之，竟虛中宫，不復册立。

洪熙改元，妙錦乃養髮返初服。宣德初，上仁宗皇后張氏尊號爲皇太后。皇太后自爲東宫妃時，聞禁中往事，歆羡其節行高潔，每歎以爲古今罕有。至是始下教令，達于宣宗，欲一見之。於是遣女官將命至留都，召妙錦赴北京，叙戚里恩誼，敕有司具舟楫飲膳，禮視公主，且遣内使護行。及至，即延入宫中相見，輒自稱徐達第三女，肅拜謙謙雅敕，皇太后以下皆尊敬之。每晨入晚出，或出不待晚，凡數日。進退恭重，不失跬步，宫娥見之，莫不悚然，私相語曰：「此辭皇后不爲者也。」特賜金帛服用諸物，優養其老，復遣内使護送還留都舊第。正統庚申正月卒，年六十有一，祔葬鍾山先塋之次。予聞其志操於勳衛徐天賜甚詳，惜不能盡憶也。復得墓誌陳璉集中，略其始終，然與聞諸天賜者相合。天賜乃妙錦長兄，魏國公徐輝祖曾孫云。

太史氏曰：《書》稱二女釐降，《禮》云天子一娶九女。使妙錦在當時繼長姊正位中宫，亦禮當然也。顧乃遜避若將浼焉，亦甚高潔矣哉！世稱光武不能屈子陵，子陵亦呼帝文叔，睎若韋布，皇甫士安猶疵其面君耀節，不入《高士傳》。烏虖！世之丈夫子汲汲求仕，低首屈膝，惟恐不榮以禄，故遺子陵以高，然此猶以君臣言也。若中宫則與帝敵體，並主天下，大與委質事君者異。妙錦乃竟堅厥貞守，文皇帝亦竟不之强，皆盛德事也，烏虖難哉！

## 黄侍郎傳

太史氏曰：頃余嘗聞諸父老言，英、憲時，朝士類樸魯亡近名者，然視一官如肺腑不可割，且閔閔然惟速化之圖，甚或奪情起復以爲常，雖負宿望者猶然。甚矣！頹風浩起，孤芳其隕，是故天下之士靡也夫。古之君子之事學也，不啻求口實以自飽，而人之知我與上之顯庸我，譬則盎睟在躬，彼自見之，而我何與焉？夫如是，故名立而心不勞。烏虖！居其時不受變于俗，豈非魁傑人哉？作《黄侍郎傳》。

黄公孔昭，字世顯，台州黄巖人。年十四，遭母金夫人喪，自京師扶柩歸葬，盡哀成禮。比北上，復遭父職方主事彦俊喪，亦如之。食貧力學，人憫其孤苦。舉明經爲訓導，不果，笑曰：「丈夫乃不能少自槩見耶！」天順四年，遂取進士，拜工部屯田主事。屯田號濁曹，當路銜公不附己，故以此慁之。已而同官果疾公廉，嗾吏陷公，反敗去。公獨署一司事，事輒舉，由是知名。遷都水員外，督造江南。會吏部文選司坐事盡逐，召改文選，遷郎中。嘗言國家當儲才以待用，故庠序巖穴之士每加咨訪，及其既用，恒致意於監司督學輩，使成就之。不幸或坐累，則陰爲之援救，其人不知也。日開門延客，或勸遠嫌，公曰：「朝廷以銓衡寄我，凡以得人也。語曰：『知人未易，人未易知。』吾終日延款，心察而籍記之，猶懼不及。一與輿情闕絶，徒据紙上考覈語，譬若隔墻而聽聲，夫惡知其人之妍醜？且閉門而不閉其心，特沽名耳，吾不爲也。」

冢宰用人，或徇干請，公持不可，甚至推案憑怒，左右皆匿。公拱立不去，顏色愈和，俟其怒止，復言之。又推案憑怒，則又拱立如前，俟其怒止，復言之者數四。雖不能盡沮，然其後多憤事者，始悔不從公言矣。談論諸人驟進〔一〕，公力爭，且策其必敗，已而果然。內閣一任子將選而死，乞京銜掩棺，公沮之曰：「朝廷名器將以勵天下，非賻襚類也。」嘗朝罷，中貴人執筆者立禁城柳陰，使邀公語，公徑趍出。冢宰有故人爲方伯者，每推舉爲都御史，公輒不應。其人至京師，冢宰使之見公，遂至下跪。公扶而謝之，曰：「公重臣也，乃行此禮，某安敢當？某安敢當？」明日復推舉，公復不應。問之，則曰：「彼所欠者，大臣體段爾。」冢宰諗知其由，謂曰：「女誤矣，女誤矣。黄某不離銓司，女陞難矣。」

凡在文選十五年，滿考待次。每推陞，皆爲用事者所沮，遂請老，冢宰尹公旻不可。時朝廷設東廠，使之邏伺，最能爲福禍。一日，旻遇管廠中貴人，與之語，嘖嘖稱吏部黄郎中之賢。旻問何以知之，曰：「人道其短長屢矣，然吾日密察之，無有也。以此知之。」因曰：「爲郎中幾年於此矣？」曰：「九年於此矣。」復嘖嘖曰：「吾日密察之久矣，不知其官已九年矣。」旻大喜，歸而造公，告之故，且令往投一刺爲謝，公竟不往。久之，始陞右通政，專清武職。居無何，旻以私敗，株連甚衆，卒不能累公。又五年，始陞南京工部右侍郎。刷剔利弊，多所建明。行人吴敍、御史余濬連章請任公銓衡，御史曹璘以公與陳檢討獻章、林員外俊輩同薦，皆不報。冢宰王公恕欲引公自輔，兩薦爲吏部侍郎，亦不報。

〔一〕「論」，原作「倫」，今據粤圖本、北大本、暨大本改。

弘治四年六月卒，年六十四。子俌，第進士，終文選郎中，有父風烈。諸孫縮，以任子恩累官南京都察院經歷。

烏虖！學之在人，其猶楨歟。楨以成室者也，學以成身者也。人而不學，履富貴而免於顛冥者鮮矣。以余所聞，鄉有白沙先生，及官京師，見司寇見素先生，即前所謂陳檢討、林員外者。若公，余不及見，獲交縮而聞其平生。縮又曰：「先公爲善，不自表襮，以故世罕知之。日縮之竊禄後軍也，同官胡都事者，泰和人，自言其父受先公恩最深，縮駭未始聞也。曰：『亡父爲河南訓導，公以進士奉使至，知亡父迎養之孝甚習。及在銓司，亡父謁選，得遷教授，其地南北相望遠甚，蓋公偶忘之。亡父欲棄官，則無於所養；欲迎母，則道里藐也，日撫膺泣。或謀曰：「黄郎中者，不可以私干而可以情訴也。」往訴之公。公始記憶，曰：「吾罪也。」自檢，聞諸冢宰，使具告爲疏于朝，竟改便郡，遂得迎養。』此蓋先公破格爲之，無所利而爲之者也。顧世所知者，爲侍郎時論薦樊公瑩、章公懋事，謂焯焯爾。向非官後軍，則不聞此。若此者尚多有之，而不傳，蓋不自表襮之故也。」夫人惟求名之心急於學，故其學不固，而亦惡乎成其名？若公者，其殆闇然而日章者歟！今縮與余論學，日亹亹焉。《詩》曰：「惟其有之，是以似之。」於此又益知其有所自云。

## 東崖公傳

公諱齊南，字宗望，姓高氏。其先楚人，元末有興六者避兵，始入蜀。其後僑寓内江，因家焉。曾祖朝瑞、祖明，皆有厚德，而家日起。父友恭貢爲胄子〔一〕，仕婺川、江山二縣令，所在以遺愛聞。公自幼淳謹體癯，讀書不輟。父母懼其成疾，密撤去之，公亦密自淹誦，不令父母知。弱冠，明《胡氏春秋》，在邑學岸然冠一時。成化戊子，薦于有司。屢上春官，數每奇，乃往三山林瀚氏之門卒業。居胄監，心忽動，即請歸。比至家，則母夫人劉已卧病矣。侍湯藥數月，得終養焉。邑薦紳皆稱其孝，蕭方伯儼至形諸輓詩。

丁未筮仕，令江西之南城。爲政廉勤，吏畏民服，御史鄧公輔特舉于朝。壬子，詔營益府，主其事者多侵軼軍民居。公剸量償易，輿人頌之。申明學校之政，首行射禮，眂弟子員可教者親爲講解，南城於是有《春秋》之學。遭時荐饑，力舉行賑濟，冒盛暑不少休，因勞而瘧，闔邑士民競爲禱，其得人心此類也。

初考入京，上疏言六事：一曰杜穿鑿以正聖經，二曰申憲綱以遵聖訓，三曰廣存恤以溥聖恩，四曰免遞解以重民命，五曰緩私債以蘇民困，六曰除民害以安良善。方是時，業《春秋》者屬比甚鑿，大失聖人意，在外官寮弛憲綱以便己。養濟院雖設，有名亡實，道殣相望。軍民陳言例遞解者多脱逃死亡，官莫能詰。小民坐債，有司不徒以富豪漁利爲斷，而興訟犯科，每至於漏網，故公及之。朝議韙其

〔一〕「友恭」，原作「反恭」，今據明郭子章《黔記》卷二九《守令表》，明洪价修、明鍾添纂《嘉靖思南府志》卷五《官師志》，清顧文曜、羅文黻等編訂《嘉慶内江縣志》卷三五《選舉志》改。

言，下所司舉行。以九年績最，陟岳州府倅。履任僅七月，浩然嘆曰：「吾可以知退矣！」賦《歸田十詠》，挂冠謝去，人皆高之。

家居惟求静績文，不輕至公門。嘗創修譜牒，欲建家廟，置義田，未就而疾作。其卒則壬戌四月也，年六十有七。子公韶，官内臺三年，例應貤贈，而公原品出御史上，乃贈承德郎。配李氏，蚤卒，繼以其從女弟，事舅姑婉而有禮。公嘗曰：「吾不愧官箴、免家累者，吾妻助也。」及公韶得解，謂公曰：「考公素履，此子其必能償君不足乎！」既而果然。及言事謫雲南，連擢副使，未始見喜愠色。受封太安人，既貴且老矣，猶勤女紅。其撫姻戚孤嫠，仁而有序，宗黨無不賢公夫婦者。公韶之復起也，母寔趣之行。比居官，恒不怡，輒請老。部使者欲使終養，不可，上疏乞致其事，遂棄官歸。論者謂肖公之孝云。公有六子，公韶今爲廣西按察使。公夏、公武暨公元之子鉞，皆舉于鄉。嗟乎！高氏固宜多才子孫哉。嘉靖戊子，有司祀公于鄉賢祠。鄉之人咸曰：「宜多有歌其事者。」

太史氏曰：「近世循吏吾見亦罕矣，矱擭以與秩宗者〔一〕，固無庸齒，苟免簿書，則自視穎出，曷嘗知風化哉？而况於經義忠愛蔚然者耶？」予讀東崖公詩文，皆篤實閎肆可誦，至封事，謂不能建白一二，上負聖明，下負愚赤，則悚然自愧昔爲近臣矣。於乎！公之志於世道何如也？是故翡翠蘭苕，顔色相鮮，悦人者也；原泉之水，達澮川，豐禾黍，致用者也。

〔一〕「宗」，萬曆本作「終」，疑作「終」是。

## 董大理傳

董大理，名怡，字世良，上海人也。其先居汴，宋南渡初，徙家吴會里，世多隱君子。至父綸，仕爲御史。公初領鄉薦，入太學，爲司成林文安所知，歷事承運庫。手書進呈揭帖，孝宗見其字類沈度，欲官之中書，左右諭上意，公辭乃已。弘治丙辰，擢進士，授工部主事，分司徐州洪。約束漕舟，公私稱便。滿考，改刑部，歷員外郎、郎中，明習律例。有族子二人同毆殺叔母，公謂法當敍服制重輕。司寇不從，擬以同罪，果爲大理所反，始悔不用公言。乙丑九月，奉敕録囚浙江，平反死獄六十餘人，減釋徒流以下數十人，無不明慎。人人感泣，至有圖像奉之者。事竣還朝，時逆瑾干政，凡復命者必往謁。既不往謁，又無所賂遺，大拂其意，乃摭公踰限，罰米二百石餉邊。

正德戊辰五月，吏部以歷俸十年已上，練達刑名，晉大理寺丞。又明年庚午五月，始遷右少卿。時中外多故，公兩署篆，參駁明當。會審大獄，折以片言，具得其情。吴僉事廷舉被瑾逮繫，止坐以枉道。陶給事中諧劾瑾，謫戍肅州。家人至都，黨禁方嚴，公獨周旋其間，卒獲保全，他多類是。凡事涉危疑，展采錯事，以身當之，以是受知閔莊懿、許襄毅二公。獨深屢以奏讞忤瑾意，奪俸三月。會瑾敗，言官謝訥論康修撰黨瑾，因及公，猥謂驟遷，由是落職家居。

癸酉七月，始上疏，略曰：「臣本東海編民，材質庸劣，遭遇先帝明聖，列官郎署。臣待罪工部者三年，刑部者八年，陛下俯從廷議，拔臣於淹滯之中，擢官大理，恩數踰分。然祖宗用人，著在令甲，如臣循資遷轉者亦常有之，而言者以爲驟。方逆瑾憑寵肆虐時，罰米奪俸，回話待罪，挫辱百至，而言者以爲夤緣，臣寔冤之。臣身爲法官，既不能誅討元惡，又不能乞身求退，罪深責薄，放歸田里，臣復何言？但禮進義退，人臣之節，不可不明。乞敕銓曹，覈臣履歷及推舉事由，明臣心迹，以禮致仕。俾臣素節得白于後世，即死無憾矣。」

事下吏部，不報。辛巳四月，今上即位，覃恩詔以章服閒居。歲有薦辟，皆辭不行。居常娛情書史，意興所到，輒發爲歌詩。客至，惟以觴奕爲樂，不復問人間事。嘉靖丁亥八月九日卒，年七十有四。

予涖南廱，公子宜陽來受業，具狀及太宰玉峰先生所撰墓碑銘，泣請曰：「先公年五十七而始生不肖孤，不肖孤生十八年而先公歿。顧遺行雖表表，宜陽亦何能悉？乃今獲從先生長者遊，習聞公之故，曁耳目所能追憶，如前所陳，皆可誦説，施于後世者。竊自伏念先公浮沉常調，晚始一奮，人方謂淹也，而乃以驟去。一斥不復，齎志以歿，此馬遷所以抒情於少卿，柳子所以哀鳴於京兆者也。夫萋菲之讒，詩人歎息；流言之興，聖人懼焉。故屈平譖於上官，伍員毁於宰嚭，賈傅短於絳灌，董相沮於公孫，自古賢哲困於多口者衆矣。千載悠悠，誰復知已？歷觀傳記所載，心竊傷之。先公有昔人之行，而不幸同其迹。宜陽辱在門下，伏乞覽其事而悲之，作傳藏之名山，俾後世知有先公，獲附諸張釋之、于定國之後，以並托不朽，乃宜陽又何憾焉，乃宜陽又何憾焉！」予於是大書其事云。

夫國史考見得失之迹，以傳信異代，乃不盡然，大都緣憎愛翻衮正，以故論建失真。予在史館閲實録，見謝給諫彈事，會呂涇野至，問：「對山何如人？」曰：「直節人也。致孝於親，且篤交誼。嘗拯空同于死獄，然性度高邁，侃侃面斥人短，坐是致怨。比在留都，晤馬谿田爲余言，空同下獄時，瑾欲殺之，急乃書片紙出曰：『對山救我』。家人往告康，康即上馬馳至瑾門，閽不爲通，噚曰：『我天下魁人也，汝公乃我鄉里。』瑾素聞康名，常冀一見不可得。聞之，即攝衣迎康。康遽上坐，瑾留飲，康談笑睨瑾曰：『自古三秦豪傑有幾？』瑾愕然，曰：『請先生見教。』康曰：『昔桓温問王猛：「三秦豪傑，何以不至？」猛捫蝨而談世務：「三秦豪傑，舍猛而誰？」何温闇若此哉？』瑾面發赤，疑其譏己，因問曰：『於今三秦豪傑有幾？』康默然屈指曰：『三人爾。昔王三原秉銓衡，進賢退不肖。今則有密勿親信秉大鈞者。』意蓋指瑾也。瑾轉發喜色，因復問曰：『尚有一人，其先生乎？無謂王猛在前而吾不識？』康曰：『公何謬稱海也？此一人乃今之李白也，海何能爲役？』瑾因問之，則曰：『海不敢道，海不敢道。昔曹操憎禰衡，假手黄祖殺之，姦雄小智也。李白醉，使高力士脱鞾，可謂輕傲力士。力士脱鞾而不辭，容物大度也。』瑾俯首思，曰：『先生豈謂李夢陽邪？此人罪當誅。』康即起辭出，曰：『海不敢道者此也。』瑾謝曰：『敬聞命矣。』明日即赦出之。其後空同反嫉害對山，優伶至爲《中山狼》雜劇以刺空同，然對山未嘗讎空同也。」由是觀之，黨邪非邪？大理之冤，可類推已。空同後讎對山，時人作《中山狼傳》譏之。

論曰：先生慎罰，不聞株連。諺有之曰：「戈必有鈚，縑必有匹。」給諫儕大理於康子，以其倫也。嗟乎！康子信豪傑哉。予聞谿田言，憖寘於耳，而宜陽述大理孝行縷縷，且又天性下急，坦直無他腸，絶與康子類。當逆瑾毒痛薦紳，大理必有拯救，人不及知者，乃得齊名青史，稱康董焉。辟諸日月相焜，耀於無窮。嗟乎偉矣！

## 白沙先生傳

陳獻章，字公甫，新會人。世以所居村稱爲白沙先生。弱冠，精舉子業，領正統丁卯鄉薦第九人。兩赴禮闈，下第。聞臨川吴與弼名，遂從之游，受業歸。暇日，或與門徒習射於野。未幾，流言四起。時學士錢溥謫順德，雅重之，勸之北上，遂復遊太學。祭酒邢讓使和《此日不再得》詩，驚曰：「龜山不如也。」由是名振京師。歷事吏部，日抱案牘，與群吏雜立廳事下不懈，侍郎尹旻聞而賢之。

成化己丑，復下第。既歸，遂不復出矣。四方從學者日益衆，天下日益聞其名。江西布政使陳煒修復白鹿洞書院，走書幣聘爲士子師，報書謝不往。壬寅，布政使彭韶薦諸朝，請以聘吴與弼故事起之。部檄至，獻章以母老且久病辭。巡撫都御史朱英懼其終不起也，且題薦末云：「臣已促獻章就道矣。」因曰：「先生萬一遲遲其行，則如予誑君何？」乃起，至京師，吏部用故事考試，獻章上疏，略曰：「臣母以貧賤早寡，俯仰無聊，殷憂成疾，老而彌劇。臣又以病軀憂老母年未暮而氣則衰，心欲爲而力不逮，雖欲效分寸於旦夕，豈復有所惜哉？臣所以日夜憂憊，欲處而未能者，又以此也。夫内無攻心之疾，則外不見從事之難。上有至仁之君，則下多曲成之士。惟陛下以大孝化天下，以至誠體萬物，之心，憫臣久病思親不能自已之念，乞放臣暫歸田里，日就醫藥，奉侍老母以窮餘年。」疏上，明日，授翰林院檢討。俾親終疾愈，仍來供職，蓋異數也。獻章表謝而歸，家居作詩，談道自樂。歲有薦辟，皆援詔不行。弘治庚申卒，年七十有三。

獻章孝友和易，以道學見知于時。歸自臨川，閉户讀書，徹夜不寐，少困而以水沃其足。久之，乃歎曰：「夫學，貴乎自得也。自得之，然後博之以典籍之言也，否則典籍與我能相涉乎？」遂築一臺，名春陽，日静坐其中，足不出閾外者數年。久之，又以爲苟欲静則非静矣，於是隨動静以施其功。嘗有書荅張元禎曰：「夫學，至無而動，至近而神，藏而後發，形而斯存。知至無于至近，則何動而非神？故藏而後發，明其幾矣；形而斯存，道在我矣。夫動，已形者也，形斯實矣。其未形者，虚而已矣。虚其本也，致虚所以立本也。」其訓學者則曰：「去耳目支離之用，全虚圓不測之神。」又曰：「舞雩三三兩兩，正在勿忘勿助之間，便是鳶飛魚躍。」蓋其所自得者在此。惟自然及超脱之説，與下學上達，若不相爲謀爾。然善論辯，修容儀，一時縉紳争先見之。雖中宫、緇流、番夷、商賈接之，盡得其歡心。

嘗受知於修撰羅倫、御史袁道、經歷張嶶，於其没也，皆服緦麻三月。慕先哲崔與之之爲人，懸畫像，朝夕事之如師。厓山祠廟之建，皆獻章創其議。爲詩清勁有法，與江浦莊昶齊名，世稱陳莊。嘗束茅代筆，人争效之，謂之茅筆字。四方嚮慕者多從之遊，如遼東賀欽、嘉魚李承箕、南海張詡、增城湛雨、東莞林光，皆燦然者也。進士姜麟使貴州，特取道師之。下至市井婦孺，皆稱爲陳道統云。

## 周憲使傳

周志新，字日新，南海人。文皇帝常呼爲「周新」，因改焉，而以志新爲字。洪武己卯，舉于鄉，筮仕大理寺評事。每有疑獄，一言而白。壬午，拜監察御史。彈劾敢言，貴戚畏之，目爲冷面寒鐵，人因稱爲「冷面寒鐵公」。京師中或怖小兒，輒曰「冷面寒鐵公來」，皆匿。

永樂元年，巡按福建，奏言：「朝廷設立軍民諸司，彼此頡頏，兩非統屬。今都司所轄各衛，每府官過門或遇諸途，輒怒府官不下馬，甚至鞭辱僕隸。衛所公務徑行，有司理辦稍不從，即呵責吏典。請自今府、衛相見行平禮，遇諸途則分道而行。所有公務，不許徑行府縣，有司官吏毋得凌辱。遇聖節、正旦、冬至，在外衛所悉於府治行禮，開讀詔書。雖邊海衛所，亦從布政司差人，都司毋與。」上悉從之。

二年，巡按北京。時制令所屬吏民有犯徒、流者免罪，就發北京民稀處種田。監候詳擬，往復數月，多死獄中。新奏請：「今後死罪及職官有犯，詳擬待報。其吏民犯徒、流者，悉從北京行部或巡按詳允，就發種田。如此則下無淹滯之患，上不負寬恤之恩。」上諭都察院官曰：「御史言是也。」且命北京百姓有犯應決者，許其收贖，燕民大悦。三年九月，擢雲南按察使。未赴，有旨改浙江。有冤民淹繫，聞之喜曰：「冷面寒鐵公來也，吾無患矣！」及至，洗其冤放之，自是異政日著。一日視篆，忽旋風吹異葉至前，左右言城中無此木，獨一僧寺有之，去城差遠。新悟曰：「此必寺僧殺人埋其下也，冤魂報我矣。」發之，得婦人屍，人稱爲神明。一巨商遠還，未抵家而日暮，恐孤行爲人所圖，潛以其貲置一祠石下。至家，妻問之，告以故。明日求之，無有也，往訴之新。新曰：「是必而妻有外遇也。」覆之果然。蓋歸語妻時，摟之者竊聽，先往取之矣，遂併治之。有訴爭雨傘者，甲曰：「我傘也。」乙曰：「我傘也，彼奪之。」所言記，驗皆同。新命剖之，各持其半去，陰遣人尾其後。甲曰：「我始欲助汝傘價之半，得非汝利也。」乙詈曰：「傘本我物，寧能抵價屬汝？」於是甲就縛，正其罪。其燭奸類此。

境中有虎害，爲文告城隍，須臾得虎，格殺之。初，往浙，道上蠅蚋迎馬而聚。尾之，見一暴屍，惟小木布印。及至任，令人市布，得印誌同者鞫之，乃刼布商賊也。悉以其贓召布商家給之，家人大驚，始知其死於賊也。它如辨豆獲盜，人皆服之。其除暴類此。

會夏秋潦，瀦田盡没。永樂九年，湖州府無徵糧米十七萬二千四百餘石，所司一槩催徵，民日逃亡，奏乞遣官覆驗，上即命户部覈實蠲免。嘗巡屬縣，微服觸縣官，收繫獄中，與囚語，遂知一縣疾苦。明日往迓，乃自獄出。縣官恐懼伏謝，竟以罪去。由是諸郡邑吏聞風股栗，莫敢恣肆。錢塘知縣葉宗行，號廉能，嘗偵之。入其居，無長物，惟笠澤魚腊一束，其家所寄者也，袖少許以出。明日召飲，出示葉，葉益砥礪，號「錢塘一葉清」。後卒于任，爲文往祭，哭之甚哀。其旌別淑慝類此。

寮宷一日餽以鵝炙，懸于室，後有遺者指示之。新未顯時，其妻治褥以給，及同官内燕，荆釵布裙以往，大類田野婦。各相慚恧，更爲澹素。其廉介類此。故當是時，周憲使之名震天下，澤及無告，民自不冤，雖三尺童子皆頌其美焉。

初，錦衣衛指揮紀綱用事，使千户往浙緝事，多作威福，受吏賕。新時進須知如京師，遇諸涿州，捕繫之。千户脱走，訴于綱，綱乃更誣奏新。上怒，令馳馬逮新，承綱意者榜掠無完膚。既至，伏陛前，猶抗聲曰：「按察司行事與在内都察院同，陛下所詔也。臣奉詔擒奸惡，柰何罪臣？臣死且不憾！」上愈怒，命戮之。臨刑，大呼曰：「生爲直臣，死當作直鬼！」他日，顧問侍臣曰：「周新何許人？」對曰：「廣東。」上歎曰：「廣東乃有此好人邪！枉殺之矣。」後紀綱以罪誅，事益白。新既不禄，其妻獨挈遺衣及書數卷歸廣，貧居如洗。僉都御史楊信民巡撫時，存問其家，周以月俸。嘗語人：「周志新，當代第一人，吾黨所未及也。」新無子。景泰初，其妻卒於家，浙人在廣東藩臬，皆會葬云。

贊曰：嗚呼，新之死於紀綱也，可哀也哉！律身之廉，臨政之明，洗冤澤物之仁，與夫持風裁、臨患難之直而不撓，可謂剛且大也。語曰直木先伐，又曰物忌芳潔，其新之謂與！同里彭森傳其行曰：「公發姦擿伏，有廣漢風。而宋有『鐵面御史』，公似過之，擬人於其倫矣！」又曰：「被刑之夕，司天奏文星墜，上以是悔。自後見一人衣紅立日中，呵之，問爲誰。曰：『臣周新也。上帝以臣剛直，命爲城隍，爲陛下治奸臣貪吏。』言已不見，天顔憮然。」嗚呼！豈其然乎？豈亦鄭伯有、魏元徽之比乎？近世劉球、毛吉爲奸盜所殺，嘗附魂於人，傳者亦著其説，夫何疑於新乎？要之，新之清風勁節，固不待於此，而自可傳於不泯也。

## 應節婦傳

應節婦，姓陳氏，台州仙居人。處士從謙女。幼端静，不妄言笑，性尤明悟女工。暇輒讀書，通《孝經》《小學》《論語》。年二十，歸同邑應府君宗儒。府君剛嚴，事之如賓。綜理梱務，無不當府君心者。相與偉八載，而府君以往役暴卒。及舁至家，節婦抱尸大慟，周睬面目哀虐，人不忍聞。久之，昏仆，移時乃蘇。水漿絶不入口者七日。自歛迄終喪，無少愆於禮。

府君貲産素饒，族有利之者諷使改適，節婦正色斥絶，自是不復敢言，乃肆凌虐，亦屹不爲動。計既不行，假税糧徭役日見侵削，節婦思絶禍端。適歲歉，遂盡散其蓄積，然猶覬覦不已，蹊田竊券，攘敚百出，自是家益窶。日或一炊，幾不能存活，人皆憐之，節婦織紝食力晏如也。先是，府君畜一白馬，出入以自乘。或勸之鬻，則涕泣謝不忍，芻秣益勤，死則埋之。其甘貧明義類此。諸孤知書，端坐教之，口授以大義。稍長，就外傅。莫歸，猶督之誦習至夜分以爲常。間語以孝弟忠信及善惡報應諸事，反覆開諭，使知趨向，尤善坊微。子若孫服食動止，稍不如禮，必行撻罰。曾孫或擊鼓爲戲，亂無音節，亦必呵止之，使閑其童心。故應氏之門，無小大無敢譁入其户，如無人焉。雅尚澹泊，肉食惟二三下筯而止，無故未嘗烹一小牲。素寡疾，見子若孫有服藥帕其首者，即不色喜。年踰八十，步履如少壯。夜猶篝燈績數刻而後寢，其勤儉蓋天性也。卒年八十有八。臨終謂家人曰：「吾一生苦守志六十年。今兒孫成立，下見吾夫無憾矣！」葬之日，議從府君之兆。或指節婦所自爲穴以告，啓之，手澤宛然，見者莫不歎其志之素定也。滕李氏者，亦化之守志終身云。弘治庚戌，郡縣上其事，有詔表其宅里。

贊曰：世揚揚自負英傑者豈不衆哉？聆其論撰，則古聖賢若可伯仲。然一臨利害，輒恇餒詭隨，渝厥守，甚或甘爲獸禽。蓋心有弗貞，辟諸舟不定，風波猝搖爾。諺曰：「健婦勝大丈夫。」諒哉！予觀於應節婦，矢死如共姜，勤儉如文伯母，教訓之嚴如申國夫人，可謂賢矣。至究其所以成身者，端静其本也。節婦有子，諱昌，佐縣分宜，以清白聞。諸孫良，起家史官，予獲交焉。方潛心正學，嚮用未艾。應氏之澤，固有源哉！

## 邵貞女傳

貞女邵氏，諱褅廉，南海人也。世居平溪村，爲衣冠族。曾大父夔，寧府紀善。父琛，母梁氏。年未笄，憑媒黎嫗許嫁郡庠生潘濂。既委禽矣，乃聞濂素病瘵，父母欲悔親，女執不可，私謂所親曰：「吾聞虛塲買物有定錢者，尚不食言，矧婚配邪？」事遂尼。

歲庚午，濂以《易》領第四名，文解赴春官，中乙榜，辭不就。南歸病作，卒于儀真。訃至，父母將分梳如潘宅。分梳者，定聘後男或死，女家遣奠，取木梳折而爲二，以與死者决，而別議婚。女死亦如之，俚俗所爲也。女聞之，毅然曰：「梳可作兩段，身不可許兩姓。苟若此，有死而已。」哀瘁遽毁。家人爲好言慰之曰：「夏溪潘宅，門閥素劣。濂雖得一第，然世有傳尸病，幸其死，安知非福耶？」女指日自誓以必死，且聞濂父母俱老，欲往事之終身，家人斥其愚。是日沐浴整粧，自經于閨中，驚捄不及而死，時年二十有二。家人怒其死，焚而瘞諸路，聞者傷之。

濂字宗周，聰穎善爲舉子業。其鄉人云：「女未死時，夢少年儒衣冠者謂曰：『我死矣，爾能不他適否？』覺猶彷佛見之。未一月而濂訃至。」

於乎！臣之事君，女之事夫，一道也。臣受君聘拜，自獻其身矣，而改事他人，則不足以爲純臣，宋進士吴澄是也。雖爲大儒，世猶非之。然則女之死雖過，謂之貞，非邪？風俗薄惡，弁髦視其夫，郵置視其家，朝衰麻而暮燕婉者亦多矣，方之貞女何如也？女之一死，其關於風化綱常甚大，惜無有表章之者，吾憫焉。吾聞靖州王宸女許嫁陶紘，未行而紘死，女聞之自經，事聞，表其閭墓。諸暨孟藴受蔣文勖聘，未成婚而文勖死，孟執喪三年，養其舅姑盡孝，宣德中旌表之。嗚呼，世固有幸不幸哉！

# 泰泉集卷第五十八

## 行狀

### 桂山先生行狀

先生諱琚，字仲玉，姓曹氏，世爲郴州桂陽人。居近桂枝嶺，學者稱曰桂山先生。曾祖仕仁、祖榮啓，都司斷事。考章，都昌主簿，封承德郎、工部主事。母蒙氏，封安人。

先生幼顓謹，就族兄洪外傅，終日端坐，洪甚異之。年十二，善屬文。試以物彙爲題，立就。夜誦或至四鼓，親舊邀飲未嘗赴。承德公慮其攻苦太甚，誡焉。

成化丁酉，鄉試下第。與邑士范淵輩四人爲文會，相觀而善，時稱「四友」。去家而館，蔬食自甘訢如也。太夫人嘗使人繼肉，淵見之，稱曰：「昔聞孟母斷機，今見曹母鼎肉。」自是文益日有名。庚子，舉于鄉，入太學。詘己與天下士交，有所聞即筆之，而因以驗其所自得。

弘治丙辰，始第進士高等。觀吏部政，居冢宰滽命習刑名，同年或忽之。先生究心律學，吏事益練。丁巳，除工部都水主事，差理濟寧諸河道。區畫文移，皆出自己，不假吏胥。首察官船違例貨，懲其尤怙勢者一人，遂不敢犯。兩岸隙地，聽民營居懋遷，月收其稅。每季終則會以報部，用備河防，而財亡浪費者。河道役夫例納椿草，歲操其贏，折錢儲之，有司因爲奸利不可稽。亦歲會之，報部加稽焉，宿弊乃革。政暇，諸生從之講學，多成名者。庚申，竣事當代籍，素所治者爲册三，彼此各執其一，而以其一復于部，績羨銀萬有奇。其後部有大役，不足則於濟寧取之。是冬給由，考爲河政最。辛酉，被命修太學館千餘，成不半載，謝祭酒鐸稱重其能。今太廟屏墻翼翼，前此未有也。送汝王之國，冬沍。或議入俟冰解，先生不可，窮日之力，陸行至其國，即馳使于廣西，亦公事也。進署虞衡員外郎。

壬戌，事竣歸省。九月，宅太夫人憂。癸亥七月，復宅承德公憂，杜綦公門，執喪唯謹，營葬至于病。正德丙寅，起復乃愈。行抵濟寧，士民交迓之。是年，真拜員外郎。河決盧溝，即往督隄。隄成，又往督河南、江西諸省織造。丁卯，進署郎中。會織造事又竣，還視事。值除夕，有旨造煙火架，費出不經，草疏上之。堂官以疏進，獲俞允。新寧伯奏給京軍胖襖，蓋援邊戍例也。復疏其事，體不同宜，嚴戒止，亦獲俞允。時政方操切，言路漸阨，許都諫天錫，骨鯁士也，見二奏以爲難。戊辰，陞廣東廣州府知府，交代亦爲册，如濟寧時。及視郡事，時中官有奉命查盤者，勢灼甚。或勸折節以免禍，先生曰：「拙於奉承，得禍或淺；巧於奉承，得禍必深。吾寧拙不能巧也。」每事裁抑之，乃欲重盤郡庫以洩憾，先生抗言不從，亦畏沮，終不能加害。濱海田產，蟛蜞害稼，民養鴨飼之稱便。總督陳都憲金議復鴨埠之舊，以充軍餉，檄先生規畫之。即攜行李一挑以自隨，巡行七邑，改紀惟力。每發，即集官吏於庭檢示之，乃行。及還，亦如之。

嘗行番禺道中，有得水牌來告者，視其所書，則後山殘民也。自言被誣爲盜，喙息且死，乞招撫以延旦夕。即上其事于總督，招之，得男婦數百人，而後山盜日靖。廣商例納給引錢，舊多自私。先生以五分爲率，貯其三於庫，備賑濟，二以爲公用。農民例納紙價，先生罷之，曰：「是求仕而教之以貪也。」派辦料物解京者，舊攬於豪猾，每侵尅不完。先生勾稽加懲，且令州縣擇均徭之殷實者領焉。當道以爲宜，至今爲例。有林氏夫遠出，莫知死由，繼姑訟其妻妾三人成獄。先生知其冤，指曰：「此一人有子，奚亦同謀邪？矧訟出繼姑，必皆誣也。」出之。又有同父弟死於溺，爲其生母所訟者。巡按委先生勘，不俟宿，一鞫之得其情，蓋謀果出於婿也，一郡皆稱神明云。有民年七十矣，取財以訟嚇，得罪則以老免。先生罪其子以示懲，訐告之風漸革。

惠、潮諸郡用兵，巡撫劉都憲洪委先生軍旅。會連山猺發，又議討之。先生謂兵力不可分，遂下令撫猺，猺皆聽命，而惠、潮之寇亦平。他如禁張燈以正民俗，躬送牲以肅祀事，教育生徒敦行鄉飲，皆人所迂而力行之者也。然持法不撓，卒爲當路所陰中。

辛未，調廣西梧州府，士民争送之百里而遥。後山殘民朱福洪聞先生去，集健夫數百，護舟以行。其感人如此。既抵梧，時陳總督金總制七省，而林都憲廷選爲總督。陳調狼兵征江西寇，惠、潮又方有事。林難之，以兵部咨曰：「即起兵，曰若本地方有事，亦宜斟酌。」詢諸先生，先生對曰：「咨文持兩端，吏家故事也。江西之寇株連閩、廣，成則同功，否則責有攸歸，奚其惑？」林遂遣狼兵行。及江西平，惠、潮亦奏凱。林受賚，先生入賀，林喜曰：「予當謝，子何賀也？」自是知先生益深。鐵嶺寨爲盜賊要害，嘗設戍守。會賊出攬水，林欲撤戍追之，先生進曰：「攬水賊過道耳。思患豫防，宜增兵鐵嶺，遏其伏。」林追之以他兵，不及，而賊果偵鐵嶺兵少，大出殺掠。林歎曰：「曹守遠慮，不可及也。」與巡按舒御史晟俱旌賞之，委任加專焉。

妖賊李通寶竊發，林檄先生巡諸邑。會北流已陷，殺鬱林署印官，擒巡捕、通判以去。林促先生歸議，謂曰：「賊勢如此，吾輩死無所矣！」先生正色對曰：「始入見時，諸將候門下，將謂公必有奇計以滅賊，今爲此言，士卒且解體矣。」林悟，拉入後寢問計。先生請選梧兵之壯鋭者追捕之，而留其老弱以居守。又曰：「從征江西狼兵，已在河下矣，出常格，懸重賞，以爲梧兵助，萬全之策也。」林稱善，因屬先生督軍。先生遽曰：「諾」。林大喜。先生退，即狀妖賊始末以入，林得據以爲疏，益喜，時夜且艾矣。黎明，遂偕諸將行。聞賊在陸川，冒險追之。迄夜，營平樂。比曉視之，則萬山中也。進與賊遇，戰于新橋，斬十餘級。賊入于莽，追斬之，又十餘級，遂歸于秋風根，蓋其巢也。諜知其必遁八黄山，又知賊皆衣青，即抽兵使衣白，伏八黄山以待。夜半賊果至，伏發，追斬五十餘級。捷聞，林喜甚，曰：「吾不圖書生而能此也？」

先生駐鬱林，林令諸閫臬將大軍爲援。通寶來攻，狼兵又敗之，追斬百餘級。於是其黨咎通寶曰：「爾謂能役神兵以護我，今安在邪？」皆欲散，通寶懼而逃。匿荒圃中，遊騎圍之，不知其通寶也。有被虜機兵在旁，大呼「通寶在此」，遂斬之以歸，餘黨悉平。乃出令招民之脅從者，其來如雨。因給牛俾耕，選其子弟入學。林聞之，慰勞備至，且留先生以爲殿，而諭諸將班師。時城郭悉經燹，瓦礫滿目。先生隨即改建公署、學宫、堞樓之屬，未幾皆完美，而民不知費。尋建議復鬱林守備之舊，林從其請，乃歸梧。是役也，凶寇殄平，百廢具舉，未嘗遺大軍一矢。林大異之，曰：「材猷如此，非人所及也。」

甲戌春，巡按朱御史志榮與陳憲副陽交惡，蓋朱索賄之故。初，林以朱無厭，謂先生宜往諭之。比至，則藩臬皆已徧索，咸勸先生稍副其求，不爾嬰怒且被辱。及朱見先生，即露諸言。先生不得已，應曰：「已如諸藩臬議矣。」朱意始解，陽因奏及先生。四月，朝廷命官校逮志榮去，陽代先生辯。法司文致，謂應之亦罪也，上其事。

乙亥四月，有旨皆降調，先生即買舟歸桂陽郡，致所積柴薪貲，盡却之。歸之一月，而有織金文綺表裏之賚，蓋賞先生軍功也。於是家居，無復仕進意。或曰此註誤爾，復出當隮顯庸。笑而不應，蓋先生於行藏酌之已熟故也。閉門著書課子，公府未嘗覿其面。丁丑，有盜在邑，提兵者至，乃一出見。始兵猶首鼠進退，用先生策攻之，盜竟遁。

嘉靖甲申正月七日，卒于正寢。距先生之生天順丁丑三月二十有四日，壽六十有八。配顔氏，封安人，懿德宜其家。子男三：曰直，博古今，工於績文，志操卓卓。壬午，領鄉薦。顔出。曰登，曰星，側室蕭氏出。

先生爲人質慤醇粹，正氣溢顔面，人見之若難近，然卒感其誠，亡弗愛之者。其爲學以辨義利爲先。佐爲諸生時受知先生，嘗語佐曰：「子頴異，當遠到天下第一等事，毋自讓也。且人之不能有爲者，非他也，利溺之也。吾之所以期子者，非他也，利欲未嘗入于中也。」故佐所以食貧困學，而不敢一日謬用其心者，先生之教也。嘗擇諸生之敏者十有六人，館穀于光孝寺，俾專所業，佐與焉。政暇，過臨講究，或至秉燭而歸。庚午、癸酉舉鄉者十有二人，第進士者今四人矣。

校文最號知人。嘗曰某雖有盛名，然文氣滯，必待後舉；某文浮於理，雖亟顯，必不能久，已而果然。其於道誼，奮往若歸。凡事涉名教，扶植不啻在己。涖廣，以東所張主政詡養高林下，首加禮重。至新會，爲文走祭白沙陳檢討獻章，寤寐其高風。南海隱士何時矩、梧郡推官李江，皆白沙徒也。禮時矩爲賓，江嘗不獲乎上，則營捄惟力。在太學時，一同年死，捐貲賻之。爲政於鰥寡孤獨，恤之常恐不及。惟遇權貴，則顔色亦悋，不少假。出守時，瀕行，廣人有爲堂官者與同年請托，皆拒不行。中官有廣産者饋送甚腆，厲聲却之。府吏有罪當編伍，巡按未減之，終持不可，而亦莫能撓也。梧人有陳臯于廣者，以譎凌先生，先生斥其奸。始人疑之，今敗露，爲天下所惡，先生之言乃驗。先生心罔私萌，人亦不忍干以私。宦轍所至，冰蘖之聲殷四方，雖窮鄉童稚，亦知其青天白日云。

或評先生謂德勝才，然先生之才，才與誠合者也。觀其剸劇，雖古魁人，何以能過？位不滿德，繫天爲之。今陳憲副陽者進用，復其舊矣，而先生竟不肯起，氣節截截，蓋可概見也。於乎！調之高者其知音寡，積之大者其運用難，世寧獨先生哉？雖然，子惠之孚，材猷之著，在在有徽聲焉，爲先生者亦可以無憾矣！

佐不敏，幸承先生訓，謹述所見所聞、所傳聞，爲狀如左。

## 常齋鍾先生行狀

曾祖考諱康穗，不仕。祖考諱暐，仕驛丞。考諱恕，贈文林郎、福建道監察御史。母梁氏，封太孺人。貫廣州府順德縣都粘堡桃村里。

先生諱善經，字理夫。自幼岐嶷成童，淹貫經書，尤明《周易》。郡縣試其舉業，稱爲異材，補縣學弟子員。丁卯，領解額高等，績學于家者三年。辛未，與南宮選，殿試賜同進士出身。壬申六月，授福建興化府推官。

既涖任，持法馭下，鎮静有矩度。獄訟煩劇，剖析動協輿情。操持文律，如老吏斷案。藩臬暨部使者見，輒自以爲不及。乃試以疑獄，擬讞皆當。屢委握群縣符，所在稱平。鄉士大夫亡慮數百人，然亡一人不譽其賢能者。嘗理賑濟，布置有方，貧民沾實惠，全活甚衆。

詐假官曰楊日新者，勢張甚，寮寀尊禮之。先生詰以數語，不能對，即縛送臬司，按驗治如律。總鎮崔太監使一指揮往拳府吏林京熊，先生折以義理，止京熊毋受拳，且叱指揮去。崔震怒求事，竟莫能中傷。及相見，反屈服焉。其發奸擿伏、不畏强禦多類此。

然先生不自表暴，詢諸其家，莫能記憶。一老僕隨先生行者，惟言吾主翁以誠實待人，人皆愛之。

惟記當道考語，如分巡道云：「宅心公正，士林徧著賢聲；佐政詳明，民庶稱無冤獄。」分守道則云：「廉明懋著，不威而民自服；上下交孚，用晦而明益顯。」巡按則云：「片言可以折獄，一介不以取人。」若此者甚多，惜餘皆忘之矣。然先生行政，即此亦可槩見也。

丙子正月，考滿離任，父老遮道留。及北上，途遇欽取。丁丑四月，選福建道試監察御史，差往盧溝橋，及抽分竹木廠事。甫竣，即丁外艱。戊寅正月，奔喪還家。迄服闋，念母老不肯起，部檄屢下。癸未五月，乃至京，實授福建道監察御史。嘗劾奏某官某事不法，以風力聞。居亡何，貤恩得贈封父母，屢乞終養，不遂。乃移疾省覲，杜門養疾，有司屢勸駕，不起。己丑五月，丁内艱。會新例養疾日久者皆間住，都憲林公、侍御李公、楊公，交章以學行薦于朝，未報而先生卒矣。辛卯六月二十有一日也，年四十有五。鄉之人亡親疏、小大、賢愚，皆齎咨涕洟曰：「善人亡矣！」娶黎氏，封孺人。子四人，女二人，皆未婚嫁。

先生爲人，天性孝友誠慤，不言而躬行。其兩丁艱也，皆不進鹽酪者百日，哀毀終三年，未嘗御酒肉。衰麻雖盛暑不去體，而半武不出户，祭葬無少踰禮。其居家處鄉也，創建家廟，出自己資，所入散給宗族。待人雖童孺，必敬慎不敢欺。長姊早喪，育二孫女如己女。既長，擇婿厚嫁之。弟善綸亦早喪，厚恤其孤寡，同居合爨，内外亡間言。二猶子與己子均分産業，一無所私。身外事絶無干謁。惟鄉人有急難，則亟爲拯救，有冤抑，則力白之而後已。嘗謂守身如處女，不可受人指點，故其中所操存，皎然如一日，而清議必推重云。

先生既没，貧不能殮，當道競周其喪，人弔之者如趨市。閭里閲月，猶相向談及，輒聞嘖嘖聲，此亦足驗人心之公，發於秉彝好德而不容已也。獨惜其宦業未及紀，姑録其大槩，以備採録焉。

## 方伯節庵陶公逸事狀

儒生持文墨以自衒，而謀則迂；俗吏執政刑以操切，而理則罔，二者皆過也。闇然而學，霈然而施，遂志含章，見諸事爲，斯則優乎。

佐童子時，日繞先大父膝。每先君侍食，輒與論古今諸鉅公，嘗曰：「夫人豈易知哉？方伯陶公雖出恩廕，然績學屬文，魁儒固莫之逮也。」因及公行事縷縷，惜也顓蒙，久忘之矣。嘉靖丁亥，自史局歸省，方修郡志，即有陳臬之命，大都据邑乘草次成書，而藩臬名宦無所於徵。門人同事者今州守吴君畀，乃隨所見書之，稍爲更定，不暇精覈。若公亦其一也。及視學西廣，修通志，時已上疏在告。諸生惟録今侍郎唐君平侯舊本以塞責，於公傳尤略，迄遁歸而梓行，覽之必嘆。

適大參徐君健夫過談及之，徐君曰：「子亦知陶公之嗜學乎？昔宰新會，遺黎嘗告我矣。公之丞謂曰：『丞嘗問學矣乎？』公竦然起，對曰：『某從先大夫在浙，曾受業周先生。先大夫没，而學殖隨落，今業已爲吏，其奈之何？』言訖泣下。尹慰之曰：『丞無悲，我爲丞師可乎？』公雪泣謝曰：『幸甚！願安承教。』因下拜，執弟子禮。尹乃與公約曰：『每晨後當授丞以經史，講解大義，然後出視事，於丞何如？丞能無辭煩難乎？』公喜見眉宇，又下拜曰：『幸甚！謹敬如教。』自是背誦覆講，日有新得。尹亦喜曰：『始見丞風儀，扣丞才識，已大過人。今敏學若此，吾雖叨甲第，萬不及也。異日必大顯庸，爲國名臣。丞切毋忘吾言。』

「未幾，尹卒于官，公執喪一如父師，治其後事，賻其歸槖，甚周且厚。臨行，謂尹二子曰：『先公廉而貧。其教愛某過於骨肉，如天之德，何能報乎？行矣，日後兄弟倘不能掇巍躋膴，勿憚一來。或倖如先公言，計數年，某必可至方面，此時當有以處子，子其識之。』二子泣謝而别。喪未抵家，而公已繼爲尹矣。及薦陟臬僉，二子學無所成，果負笈而來。公館穀豐備，使依其族人之在瀧水者，已而録爲瀧水庠生，廩餼之，皆得貢爲學官云。嗟乎！公之學行，卓卓如是，而碑傳漫不之及，何邪？世徒知開府蒼梧，創祠厓山，章疏文出公手，而不知其學術所自。嗟乎！王尹之教公，與公之報王尹，雖古人中蔑以加矣。」

佐方愧不能詳志公，而徐君言又與先大父合，聽之豁然惟恐其盡也。徐君又曰：「夫子明訓，好謀而成，陶公用兵如神，要亦學本於此。我國家以軍衛民，無所謂民壯。天順以後始募之，後乃列諸租庸。公在新會，擇子弟之材武者爲敢勇，日訓練騎射，熟其爲人。迨將出師，將擊東則聲西，人莫能測。公署後爲池，而亭其中，居常不安橋板。夜静，乃呼敢勇之可與謀者三數人焉，先度一人，與之謀。既反，然後復度一人，又與之謀。盡三數之謀，而擇其可。臨期制宜，則出三數人之外，雖三數人亦不之知也。謀定即發兵，兵皆莫知所如往，惟視旗所向，或於文移封上硃書示之。以故常出賊不意，戰則必勝。今則羽檄四馳，繪圖擇日，將逾歲時，然後吏士始注韎韐。及往，則蓬藋已翳豺豹矣。嗟乎！求好謀如公，安可得哉？」

近予同館臬僉李君時言將祠公於名宦，予偶往報謁而出，至門乃問予，予以徐君之言告。語未畢，李君搴予還坐，盡之喜曰：「信如徐君言，豈惟俎豆一邦，當芳耀于青亡窮矣。彼矜科第，騁華藻，何爲者哉？」爲之三嘆。公之懿烈，其動人如此。

公婿佘君世亨，以予與公孫瑞之有連，乃偕瑞之弟舉之〔一〕，俾予狀公逸事。予不辭而書之，俾刻諸碑陰，用妥公靈云。

## 郡志自敍先世行狀

黄氏族最蕃，其先系所傳不同。一曰嬴姓，出帝高陽之後陸終。陸終之後受封于黄，即《春秋》所書黄人者，後併于楚，子孫散處江南，以國氏。一曰已姓，帝少昊之後臺駘，封於汾川，亦爲黄國，後併于晉。子孫仕晉者有黄淵，仕衛有黄夷。或又謂嬴之始得姓於伯翳，祖皋陶而本金天。三者之説，曷

〔一〕「瑞之」，原作「瑞充」，今據上文「瑞之」及《明文海》卷三九二所録該事狀改。

取衷哉？

蓋伯翳與高陽同出，而黃國近楚。自漢以來，黃氏顯者多江夏郡，意者江南諸黃，皆同出乎此。而其族在北者，容或別出金天，不可知也。若吾宗之所自出，相傳爲蜀漢將軍忠之裔。唐末，有篤者隱居，有奇操，石晉徵拜諫議大夫。值亂，乃徙筠州。入宋，子孫益衍，巍科膴仕，往往而有。其昭然可據者，則諫議裔孫、度支員外郎漢卿爲一世。舊有家乘，蠹漏過半，名字多缺略。其可見者，雖文節公庭堅，亦以爲出諫議後。既與山谷之譜不合，矧其所載，又或與傳志相牾，豈成都之黃，寔流於金華耶？是又不可知也。

漢卿生某，某生某，二世皆闕其名。某生處士文敬，文敬生迪功郎重載，重載生朝奉，即楚州監税雍。雍生元西臺御史憲昭，以直諫馳聲朝署。會禁漢人、南人不得蓄兵器，犯者論死，乃上疏言：「天生五材，誰能去兵？苟以南北異視，人人疑懼，爲變非小。」忤虜君臣意，貶嶺南，卒於途。子從簡藐然孤孑入廣，留家南海之西濠，是爲始遷祖也。南海縣中隅第十圖民籍。

元末，左丞何真起兵衛鄉閭，衆推奉爲副，累有功，官至宣慰司副使。有三子：長蚤世。次教，徙居疊滘，與宗人定家禮，變夷習，鄉人化之。次敏，洪武癸酉鄉貢進士，有學行，未及筮仕卒。教生溫德，字朝貴，年十有四失怙，能幹蠱，讀書成儒業，事繼母以孝聞。母病，思食柿，且欲致其兄嫂。時兵燹後，郊野皆荒榛，無居人。冒星霧走百里，往舅家求之。邂逅一嫗，携柿一筐來，乃其妗也。母食柿而愈，人嘖嘖以爲難。弱冠，英發善謀，上書永嘉侯朱亮祖。亮祖奇其言，留轅門，言之平章廖永忠，俾長百夫，慷慨辭不就。永忠怒，係諸尺伍，繇廣州右衛，已而調南海衛以困苦之。居無何，又徙隸香山守禦以卒。少時有相者見之，曰：「子貌殊奇偉，隆準闊頤，有德君子也。然火色不壽，後昆其必興乎。」

子諱泗，字惟清，當家事日落，乃事懋遷以致裕。永樂丙申，邑大饑，穀價翔貴，獨平糶。貧者造門，輒予之粟。嘗有峒民來易粟，誤倍其直。既去矣，會其數過贏，呼而還之，曰：「掩人之誤而利其有，猶盜也，吾豈爲哉？」正統末，盜李千户來攻香山城，城門閉者三月，民有菜色，爲粥以飼之。子女有流離者出金贖之，歸其父母。鄉人感其德義，稱爲長者。

子諱瑜，字廷美，即先大父也。幼聰頴，明《尚書》。景泰丙子，舉于鄉。入成均，與天下士講肄。爲文章必援經術，證時務，人盡遜謂弗如也。天順癸未，疏正身、正家六事，凡數千言上之。觸權貴，將得罪，賴吏部尚書王翺、户部侍郎薛遠捄之而免，繇是譽日章。成化初，御史缺員，吏部首舉之。一俞姓者夤緣易疏中名以入。命下，殊不色愠，曰：「吾名近彼姓，安知始吾，聽非錯耶？」己丑，授長樂知縣。廣、惠爲鄰郡，曰：「吾鄉人涖鄉人，先化而後政之。」乃首捐俸遷建學校，日與學官、弟子論經史，修樹群廢，於恤政力焉。兄弟有訟，教之讓，盧公林劇盜，教之從良，而皆有所信。豪氓殺人，匿其屍，訊不詞服，法司欲從疑釋。公請自訊，忽蚱蜢折左股，斃于硯，謂曰：「女折其左股，沉黑水池中，神告我矣。」氓驚服。其洗燭冤奸此類也。御史龔晟旌爲諸令之冠，上其績于朝。壬辰，有藩一官墨索賄，不予，假事辱之，嘆曰：「吾倔强可終制耶？」即浩然致政去，民攀留不可，則立其生祠。槼所化盜盧公林者，親肩公輿過嶺，評者謂剛而能感。見素林俊所撰墓表。既歸，徙家會城番山下，手植槐一，構亭吟嘯其中，自稱雙槐老人。曰：「子若孫能更植其一，則吾志畢矣。」時呼先考及佐，指眡之曰：「念哉其勿忘！」

先考諱鐖，字宗大。七歲，善屬對鼓琴，風姿娟娟如瓊瑶，見者稱爲玉童子。十六，補郡學弟子員，通《詩》《春秋》二經，摭茹百家言，滌去舉子陳陋習，務追《莊》《騷》，薄墳典，奇峭天出。督學張習雅知之，曰：「漢魏乃有此作。」然竟不能取合有司。一夕，同舍生攘鷄貰酒邀之，謝不往，即束書歸，曰：「是固嘗業舉擅場者，吾胡可與似哉？」自是絶意進士舉，隱居粤山之椒，今迎真觀廢址是。乃研九流，明五行，通三才之蘊。雖星氣象數之書，軒岐釋老之學，太一雷晶之笈，歘火靈飛之符，皆詣其極。嘗撰《三五玄書》，著論曰：

天地以無爲祖，人物以有爲母，三才以動爲户，五行以因爲府。馮翼未形之謂無，氣質始靈之謂有，屈伸往來之謂動，生尅迭用之謂因。無則有，有則動，動則因，因則終始。始終以至無窮，人莫知所從，故能爲死爲生，時息時行，雖入於涫涫紛紛，而未始離其根。嗚呼！大哉道也，斯其神乎。聖人握宇宙之柄，懸萬化之鏡，故能前民用，知吉凶，以窮理盡性至於命。夫《易》惟八，八其八而爲六十四；皇極惟九，九其九而爲八十一。《太玄》《洞極》《潛虛》《經世》，其數皆不外是乎出，然其究三五而已矣。是故五曜緯天，虛其中，經以四方之宿；五嶽緯地，虛其中，經以四海之流；五事緯人，虛其中，經以四德之端。

維北曰水，玄冥司規，正位乎坎，在天爲雲雨，在地爲川澤，在人爲聽，在蟲爲介，其祥眚黑；維東曰木，蒼精司矩，正位乎震，次乎巽，在天爲風雷，在地爲林藪，在人爲貌，在蟲爲鱗，其祥眚青；維南曰火，朱明司衡，正位乎離，在天爲震電，在地爲岡陵，在人爲視，在蟲爲羽，其祥眚赤；維西曰金，白藏司權，正位乎兑，次乎乾，在天爲霜雹，在地爲金石，在人爲言，在蟲爲毛，其祥眚白；維中曰土，黄靈司繩，正位乎坤，次乎艮，在天爲霜霧，在地爲墳衍，在人爲思，在蟲爲蠃，其祥眚黄。是故三爲五宗，五爲三輔。五禮肇乎三統，而民性中矣；五音協乎三禮，而民情和矣；五倫行乎三德，而民彝正矣。

虚其一，倍其四，中外相維，則八卦、九章皆五行也；生數五，成數五，天地相承，則圖河、書洛皆三才也。參伍而衍繹之，禮樂于明，鬼神于幽，政道于大，術數于小。苟違三偕五而能成，吾未之前見也。是故人知《易範》爲數學之宗，而不知唐虞之世，七政、五典、六府、三事，無乎而非此也。至揆所原，則數雖有十、百、千、萬以及萬萬不可窮，蓋全則爲聖，爲賢，駁則爲讖緯，爲釋老，惟人神明之耳。然皆出乎三，成乎五，本乎一。故曰三十輻共一轂，又曰心爲太極，此之謂也。見《三五玄書》第一卷。

嘗讀邵子《皇極經世》，作而歎曰：「自箕子以來，合術於道，其惟堯夫乎？」稽玄微，訂音聲，作《皇極管窺》十三篇。晚年潛心《大易》《中庸》，曰：「《中庸》，《易》之疏義也。《太極》《通書》《定性》《西銘》，猶《中庸》也。」乃述《易説》數篇，皆出深覃之思。《易説》未成書，故不載於《藝文志》。佐幼時學爲古文，菲薄宋作，則教之曰：「來居，吾語汝。夫前之三代，由夏歷商，而文成於周；後之三代，由漢歷唐，而文成於宋。名理醇粹，宋其周之齊軌乎。是故周至玄矣，道同乎伏羲；程至大矣，見卓於顔淵；朱至博矣，功亞乎仲尼。再闢渾淪，不亦玄乎？心普萬物，不亦大乎？功在六籍，不亦博乎？」又曰：「孔門傳心之要，一言而已，慎獨是也〔一〕，故爲學必主於獨。」

平生未嘗袒露星月下，夢寐爲不善言，必扣齒籲天以謝。居暗室抱寂終日，臨妻孥無有惰色，其所養蓋醇如也。天性至孝，先意承志，惟恐不及。父母有怒，長跪扣頭，俟釋乃起。一味之甘，必獻廟奉親，而後敢嘗。居喪，手磁漆斂於柩，自斂及殮，無不躬者。長樂府君既葬，日猶哭諸墓。方晨有虎突至，則俯伏而去。旁有山人廖翼與一頭陀見之，大駭。先考初不自覺也，翼爲作《黄孝子感虎歌》以美之。《黄孝子遇於菟》：孝子慟哭不自覺，氣吞於菟怡若無。於菟初來威烈烈，咆哮未發石欲裂。須臾俯伏孝子前，扣頭致敬腰爲折。吾儕旁觀股交戰，孝子淚眼何曾見？乃知至孝通蒼旻，嗟爾於菟良有神。翼，字飛卿，南海人。爲訓蒙師，善堪輿之術。老乃落魄山水間，辟穀服氣，顔如童子，竟不知所終，亦一奇士也。凡田宅財幣，兄弟欲之即與，亡所靳。捐己田七十畝有奇爲祭田，以贍其族之人。鄉鄰或肆凌轢，人所不堪，退縮不與校。飲酒微醺，即哦邵子詩，評者謂類康節云。大學士石瑶所撰墓表。始先考嘗言，幼學時，夜每静巔調息，以凝炁精，夢游清虚之府，見真仙焉。及壯有室，即瀉白液如乳。夢一冕衣裳者，貌峥嶸如龍蜃可怖，再拜告曰：「我鍾山神也，七七之際，公當爲吾主人。」覺猶環珮璆然。發書占之，曰：「吾他日其旅殯乎？」正德癸酉秋

---

〔一〕「獨」，原作「動」，今據明鄧遷修、黄佐纂《嘉靖香山縣志》卷六《黎獻志》改。

七月，與佐計偕如京師，至玉峽而病，笑曰：「七七之期至矣。數也，命也，何壽殀問哉？」十月，抵儀真而歿，年果四十有九。初號清虚子，晚更號粤洲。

佐自幼知讀書，先考躬教之。十有二而舉子業成，乃更學古文，嘗撰《粤會賦》。比及弱冠，撰《廣州人物傳》，以補范瑗、陸胤二家之闕，蓋尊鄉也。先考見之，召佐于庭，盱衡而誨曰：「汝其未免爲鄉人也夫。《賦》與《傳》，槩徵之矣。夫文也者，詞藻云乎哉？必也載乎道；學也者，誦讀云乎哉？必也誠乎身。元凱之癖於傳也，相如之俳於賦也，聖道奚與焉？《易》曰：『默而成之，不言而信，存乎德行。』今汝其未免爲鄉人也夫。」於是佩服六籍，反身踐之。迨領薦書，先考則又誨曰：「夫幼學壯行，學而未優，行斯躓矣。」於是止，不敢行。正德之末，始入翰林，獲與一代之英游焉。砭其所偏，訂其所失，然後知道在兹也。守太史六年，四疏予告省母，乃伏謁先考墓道，泣而誓曰：「所不如庭誨者，神靈厭之。」

會御史華亭蘇公恩代巡至廣，檄郡守范君䘵曰〔一〕：「郡乘缺有間矣，其盍修諸？夫邦國土地之圖，地域廣輪之數，總于六典。以典逆冢宰之治，則太史職也。」䘵乃詣佐問焉。佐以爲馭世善經，其大有三：曰德政，曰風俗，曰賢才，志非是莫之先也。探篹前記，綴輯舊聞，如沈懷遠《南越志》，王範《交廣春秋》，黄恭《交廣記》，顧微、裴淵《廣州記》，第山水蟲魚之瑣嵬者爾。李昴英、陳大震修於宋、

〔一〕「范君䘵」，原作「范君禄」，今據萬曆本、北大本及下文「䘵」字改。

元，而五代以上軼略弗詳。成化初，都御史姑蘇韓公雍使教授王文鳳續焉，大者不書，而淫祠、佛老、獻諂詩文，雖微必録，蕺且陋矣。於是蒐羅今古，删補成編。

古者别生分類，故《禹貢》錫土姓，凡百官受姓者居畿内，以夾輔天子，其族則爲百姓，堯之平章百姓是也。與天子同族者曰同姓，婚姻王室者曰異姓，庶民曰庶姓。虞夏殷周，大宗巨室，徙轉萬方，始雜於黎民矣，《周書》之「百姓有過，在予一人」是也。自姓别族則爲氏，女子則氏其姓，《春秋》所書夫人某氏是也。姓有因事改者，如魯之展、智之輔是也。吾黄氏之先，其姓嬴邪己邪，不可得其確矣。今之爲行狀者，曰諱某，字某，姓某氏而已。或曰黄帝生於姬水，《史記》謂姓公孫，而後世皆姬姓黄氏。莆田黄氏，族譜未嘗言，而江西弋陽潭石黄氏，有按察使溥者與先祖嘗通譜，述其源云。

# 泰泉集卷第五十九

## 祭文上

### 出使歸省祭告祖考墓文

佐愚不肖蒙無知識，賴我祖考教育成人，訓以經書子史。祖考提携勉勵，得儁黌宫。及領庚午鄉薦，先考猶及見之。蹉跎十年，始登辛巳進士。忝入詞林，濫直史館，音容杳邈，皆不及見矣。兹膺聖天子明命，册封岷府，便道歸省母親，拜奠墓下，曷勝感慕？夙佩明訓，惟旦夕種德能勤，罔有違貳，論思獻納，修辭立誠，庶免爽愆。式克顯揚于世，昭受帝簡，天其申命用休。尚饗！嘉靖三年正月十有三日。

### 出使歸省祭告香山高祖考妣墓文

惟高大父，體道懷仁。隱居弗試，蔚爲席珍。惟高大母，淑慎厥身。永貞志節，女士之淳。同心合窾，大比嶙峋。鬱葱佳氣，絢于蒼旻。德垂後裔，祖既牧民。施及不肖，壯志忝伸。金榜玉堂，叨爲王人。肅將王命，册封于岷。稽首墓道，明薦式陳。永言保之，克輔楓宸。尚饗！嘉靖三年正月十有八日。

## 出使歸省祭告香山曾祖考妣墓文

壽星之塘，林巒蒼蒼，俯視南極，赫奕其光。連貫星紀，底于丙方，卜宅之始，龜兆告祥。曾祖考妣，霾玉合藏，星耀于天，寖明寖昌。考既崇德，操存孔良，平糶發粟，賑時大荒。窮氓受惠，邑宰表揚，妣以賢淑，内助烝嘗。宗黨稱孝，與仁並彰，大父受教，出宰爲郎。施及不肖，濫竽玉堂，欽承王命，封冊煒煌。稽首墓道，牲醴是將，式陳明薦，匪曰馨香。永言保之，勵翼儔芳，家國齊壽，萬世無疆。尚饗！嘉靖三年正月二十日。

## 道州祭濂溪先生文

孔孟云逝，道梗弗除。孰芟闢之，範我馳驅？緬惟先生，揭圖闡書。書曰立誠，運乾之樞。圖曰主静，剖坤之符。静則動慎，誠乃明乎。作聖有方，萬世取途。功用宓戲，出有入無。上隆蒼極，下奠黄壚。展繼絶學，卓爲世儒。佐生也晚，匪哲而愚。瞻山仰斗，沾馥味腴。寤寐如見，紖經其居。營道之隩，光霽有廬。揭虔在目，摳衣以趍。皇皇厥路，彭彭其車。永矢同歸，罔敢或渝？尚饗！嘉靖三年三月十有四日。

## 道州祭蕭孝子中美文

嗚呼！孝，百行之源也。善人，天地之紀也。《詩》曰：「有馮有翼，有孝有德。」言國家用人，以德爲先也。嗚呼！蕭君抱孝德，乃不及顯庸而歿邪。我來咨詢，良用傷悼。絜酒馳奠，表我寸誠。尚饗！

## 祭李略陽文

嗟先生兮好修，中温温兮天球。集若英兮房葯，蹀藝圃兮夷猶。鹿呦呦兮魁能，桃灼灼兮弦歌。時不可兮褰衣，略陽之人兮涕洟。歸來兮雲水，花茸茸兮在礒礒。前長離兮後斎皇，邀月荒兮相醉鄉。嘰瓊蘂兮玄圃，佩含景兮翺翔。蘭秀兮堦下，竹立兮盈户。三峨兮秋風，忽歲月兮遲莫。天門開兮建霞旌，詄蕩蕩兮紫庭。神如雲兮媵先生，虡爲馬兮箕尾爲乘。蹇淹留兮龍章賁，胡不百年兮嗟大耋？大耋嗟兮悵天涯，悵天涯兮風木孔悲。椒醑奠兮若有望，盍歸乎來兮舉我巵？嗚呼哀哉，尚饗！

## 祭少師梁文康公文

嗚呼！昔在武皇，寰瀛蜚蕩。公位三旌，實繫隆望。扈聖南征，國事綴旒。甘寢秉羽，宗稷罔憂。

六璽弗從，一言遂忤。乃媢乃嘰，釁成齟齬。德施怨掇，嘖有煩言。公不與校，色笑春温。公之弘量，地容天蓋。懿其芳聲，金昭玉粹。童稚輿隸，猶懽以欽。孰是匪人，而有忍心。褰裳南歸，潛光丹嶠。天子眷焉，赫赫寵詔。格天北陸，取日南離。汗青萬年，誰能掩之？解蜕乘箕，壽符其德。揭虔槐庭，攬涕蘭室。繼軌明農，迹多愧公。忍哀致羨，嗟嗟令終。嗚呼哀哉，尚饗！

## 焚黄告墓文

佐奉承先訓，竊禄詞林，三載考滿，仰荷貤恩，乃嘉靖四年閏十二月二十三日，敕贈先考爲文林郎、翰林院編修。先已敬告于家廟，禮也。兹者歸省，得以勒敕命于貞珉，樹表墓道，工用告成，式陳虔告。惟是音容日遠，追慕靡從。祇奉命書，悲喜交集，敬録以焚，益增哀隕。近以時政改官江西，行將遠違，惟神靈其佑之。尚饗！嘉靖七年五月九日。

## 祭見素林尚書文

佐聞至教無文，至哀不飾。于嗟乎先生，天不遺憖，而就窀穸。哭先生而無言，歎浮浮之罔極，如有言則淺哉乎！其知先生，佐亦何能乎？爲後世之評者曰：先生之逢時而出也，爲麟儀儀；其見幾而作也，爲鳳師師。特以俔先生出處之迹而已，於其中又何知？惟夫守天彝而畜君，雖九死而不移。

矧閭外而焕内，甘片善其猶飴，此則先生所以優於天下，佐雖言而不足以盡之。尚饗！

## 祭越狂梁處士賢文

嗚呼越狂，煬和韜光，邦之良也。抱德若璞，洗心若濯，志之確也。居貞考槃，飯糲衣寬，分之安也。饋不以正，辭寧隕命，守之定也。君子過從，有失弗容，告之忠也。小人罔利，不逆以忌，厚之至也。三益孔偕，九京弗薶，我之懷也。匪兹飲食，以申肝鬲，神之格也。尚饗！

## 世祏祠落成祭告文

昔我先考，修真葆光；隱兹粤洲，肇開草堂。先祖來臨，歸感奇夢；天書金牌，迴龍翔鳳。謂兹福地，子孫必興；佐今得之，竭力經營。甲子以來，戊子始復；己丑落成，年間廿六。先祖功德，中興我家；先考承之，隱德無瑕。主當不祧，百世無斁；故兹名祠，扁曰「世祏」。凡我子孫，有德有功；兩旁祔食，垂勸無窮。牌位填金，寔膺皇命；孚夢妥靈，水長山静。尚饗！嘉靖八年十一月十五日。

## 祭鍾侍御父母墓文

蓋聞君子制事，求心安而理得，矧於人子事親，竭其力而奚恤。事莫大於宅兆，盍觀考亭之賢？

靈龜告以吉食，馳白鶴而力遷。人情於焉無憾，神道以之永謐。稽諸古以皆然，豈徼福而泥術？太孺人之就窆，偕封君以同藏。潛一德於黄壚，垂後嗣以烈光。嘉遁貞而鶴鳴，柔道章而士行。趨庭聞其《詩》《禮》，舉案儗於梁孟。乃宗黨之云睦，寔鄉鄰之所尊。撫梧楸而感慨，思復起於九原。既貤封而有禄，且詒穀而有子。永終譽於百年，並松喬而不死。嗟執紼之不與，何以表乎寸心？薦澗蘋於墓下，庶風輿之並臨。尚饗！

## 祭同年詹文化祖考文

佐聞眂其隅，知其宅；眂其慶，知其德。嗟嗟二翁，顯有令則。以吾文化而爲孫若子，則知天之所以報善人者，如取攜而無惑。懷玉之陽，原泉孔長。止而爲淵，其容汪汪；流而爲川，其年穰穰。譬諸二翁之澤，蓋有所積而彌昌。嗟嗟二翁，可謂不亡。尚饗！

## 祭改齋王太史思文

嗟嗟乎天，君胡爲死？死忠者臣，死孝者子。臣子之義，炳然民彝。義苟可死，甘死如飴。維君秉志，百挫不折。昔貶嶺南，今死伏闕。嶺南始會，美若風儀。及會京國，怪君之衰。死不以衰，寔死于諫。風儀在天，與日俱旦。昔我計偕，君勖我忠。貽我魁贊，我心寔同。既忝同寅，益不我鄙。進我於道，言猶在耳。嚨言師心，寔繁有徒。格致之説，君維我乎。豈維我乎，謂我日進。臨別期我，羅浮萬仞。我學未成，誰箴我愆？痛君之死，嗟嗟乎天。嗚呼哀哉，尚饗！

## 祭界塘王太史相文

嗚呼界塘，胡溘爾而云亡？人孰不死，死孰有繫於綱常？如以忠而獲罪，雖溘死庸奚傷？

嗚呼界塘，不矯亢而卓犖。恒評子之德器，真若天球之不琢。中渾函乎粹温，外光輝而沃若。憶在稠人廣坐，雖笑謔而可傳。談人之短以懲怨，與露己之長而自賢。蓋終身之所未嘗有，雖僮僕不見其有愆。發所學以摛詞，渺江河之滂潩。天地劃以争迴，誰復測其茫昧？出之舂容而有餘，揆之矩矱而不悖。

嗚呼界塘，予恒有遠到之期。躋蘭臺與芸閣，每聯轡而相隨。憶一別於都門，增臨風之愴悲。去歲茲月，遺以手札。促予駕以北上，謂封章之未達。將伏闕而獻言，忠懇斷斷而溢發。蓋先受杖者二日，訝聞訃之非真。及戴尹告以家信，始哭諸寢而沾巾。貫精誠於白日，孰謂吾館之無人？

嗚呼界塘，胡溘死於顛沛？聞忍痛而至絶，懼老親之憂懟。悵衣冠之詒禍，爲天下而一慨。嗚呼哀哉，尚饗！

## 祭臧禮部應奎文

昔求友於天下，自陋邑而名都。歎有志之甚鮮，蓋寤寐而儀圖。每望洋於學海，思濟之以烝徒。浩川源之無窮，非卬友而莫嘑。慨理學之不明，師成心而自誣。或以藝文爲正道，或以習静爲工夫。外彝倫與日用，亦何異於浮屠？憶館燕而來顧，出片言而相孚。誦《定性》而有得，欲内外之俱無。君謂予爲實學，蓋將翼我而乘桴。曾邂逅之幾何，羌銜命而即途。及議禮而死官，遭衣冠之毒痛。予此去其從誰，爰緘哀而詣湖。嗟嗟賢徵，夫何辜矣？鳳凰于飛，弊於籢矣。騏驥千里，止中衢矣。樹蘭九畹，云何枯矣？繘井羸瓶，凶兆符矣。天乎人邪，吾道孤矣。嗚呼哀哉，尚饗！

## 祭同年安户部璽文

嗚呼君信，命也不辰。能辭介胄、襲章甫以事君，而不能壽考以侍親；能理金穀、蠲逋負以澤民，而不能隱忍以全身。雖所學之甫試，嗟有志而莫伸。知者以爲命，不知者則怨旻穹之匪仁。嗚呼君信，風儀秀拔。貞諒内積，音徽外發。偕射策於彤廷，遂蜚聲於黄甲。際嘉運之初開，謂鴻材之必達。嗚呼君信，曾幾同朝。輝輝龍淵，濯濯鳳條。出霜硎而遽隕，晞朝陽而蚤凋。然福在於永譽，不必鐘鼎而壽。亦惟不朽，不必松喬。迄遺腹而有子，信天道之孔昭。嗚呼！吉凶之來，有召斯與。薰自取留，猶自取去。柔自取束，剛自取柱。嗚呼君信，吾不知其所以自取。寫哀致奠，有涕如雨。嗚呼痛哉，嗚呼哀哉，尚饗！

## 祭同年蔣工部泮文

嗚呼！良化之年四十有四耳。雖官爲大夫，考工攸寄，然匡濟之略，正大之志，凡其所得於學者，曾不概見而少試。疢疾淹延，詎知其遂死邪？夫一氣之聚散，死生乃其常理。洞達人之大觀，等彭聃於殤子。夭何足悲？壽又何喜？獨聞良化之訃，涕淚而不能已。

嗚呼哀哉！昔語我以致疾之由，實傷情於伉儷。貴黄小之翩翩，中饋涣而無紀。矧母愛之所鍾，將痛傷其溘爾。藉璽書以承顔，庶榮光于桑梓。泝奔濤以前往，扶靈匶而纍欷。及瓜洲而震動，遽賫恨以没齒。嗚呼哀哉！憶潞渚之過從，每方舟而並艤。自彭城之睽别，蓋君行而予止。慨藥餌之弗神，竟莫銷其脹痞。日月幾何，手足誰啓？嗚呼哀哉！食誰供兮魚菽，膳誰視兮滫瀡？旐翩翩兮雙入，門闃闃兮獨倚。謂蒼浪兮蓋高，不少鑒兮下里。薶九京兮悵無極，台之山兮越之水。嗚呼哀哉，尚饗！

## 祭余封君文

嗚呼！濂溪之拙，惟公慕之。恬静寡慾，能自得師。蹈其吉德，率是良志。胸次悠然，春滿庭翠。赤城煙景，卆歲優游。建標霞起，界道泉流。將謂期頤，始踰八袠。天不憖遺，喪此台哲。憲憲令子，甲科英翹。柄握銓衡，翱翔雲霄。自忤三揖，遂行萬里。聞公訃音，淚如河水。嗟嗟直道，鮮不顛危。抵禍重輕，繫明盛衰。詘則必伸，困則必起。是謂天常，寔亦人理。夙夜行役，望其猶來。亦既至止，哭公泉臺。天涯相遇，申悲道故。菲儀何取，達此衷愫。嗚呼哀哉，尚饗！

## 祭葉憲副母文

嗚呼！古今之傳列女者賢矣，而或不榮以禄。或榮且禄，而壽弗遐，亦非福也。惟靈毓德名門，秉坤之静，女紅姆訓，婉娩恭敬，可謂女而有士行矣。作配儒胄，敬慎自持，相與如賓，動惟厥時，使夫子雍容於庠序，得肆力於《書》《詩》，其於室家可謂宜矣。既失所天，子名乃成，中秘外臺，敭歷有聲，赫赫龍章，悠悠鶴齡，所獲於天者，可謂壽而榮矣。《詩》稱女士，令妻壽母，兼而有之，軒輊千古，而矧自承恩以至考終，孫曾盈前，有樂亡苦，是千百之中不能以一二數也。雖蘊九京，竟何負乎?·某等獲交令子，寔非一朝。或同年而雋，或同官而寮。感戴星而悲岵陟，望瑶席而奠漿椒。苟寸誠之可達，諒來格之非遥。嗚呼哀哉，尚饗！

## 祭同年吴進士母文

維杭爲郡，實維婺南。惟婺降英，鍾厥不凡。秉德專貞，罔二以參。姆訓以善，妙契如函。勖于女紅，載績載蠶。相承事君，徽聲溢談。視利則怯，趨義則貪。延陵休風，千古與參。家衖用昌，思禮克咸。美媲螽斯，則百斯男。篤生令胤，頭角嶄嶄。折葦教之，俾學是耽。苟可淑子，奚吝珥簪？《戴經》既明，鶴書起巖。揚于王庭，如驥就驂。又如蛟龍，興于淵潭。泥金耀光，賁于萊衫。榮也可待，訃音在緘。婺之隕矣，翳于霾嵐。哀風蕭蕭，韻生松杉。義均年家，情何以堪？彼蒼者旻，胡乃弗監？令德令終，没奚留慚？酹漿薦蘋，表我至誠。嗚呼哀哉，尚饗！

## 祭同年朱進士母文

惟靈含章祕儀，温恭維則。有子克昌，將食厥德。伊子之賢，馳徽江陽。赫赫甲科，蠖伸鳳翔。理貫萬微，經明《二戴》。學殖之豐，慈訓攸賴。解紛迎刃，希古振纓。政明于試，慈訓夙成。銓曹推擇，抱疢弗赴。指嚙心動，矧維大故。捧檄負米，自古則然。蘄養弗逮，噫豈其天？天胡畀德，弗畀之食。胡不百年，遽此窀穸？婺光曉沉，萱庭夕空。淚河東翻，九幽莫通〔一〕。嗚呼哀哉！峨峙已流，去慈萬里。戒馳舊閭，誰倚扊衛。昔瞻龍髯，莫攀國哀，甫畢復罹家艱。嗚呼哀哉！壹者之別，勤勤誨忠。壹者之還，窅然音容。杯圈猶存，鄰春弗相。慘慘緒風，蕭蕭繐帳。嗚呼哀哉！惟天報施，彌久乃彰。馬鬣鸞迴，玄壚之光。辱友賢子，異姓兄弟。風木傳悲，非無從涕。采彼芹藻，致奠緘詞。仗茲明信，靈其戾斯。嗚呼哀哉，尚饗！

## 祭左春坊土神文

惟神聰明正直，主此宮坊。佐以職事入居于此，竊嘗有志撥亂反正，旋乾轉坤，以建匡時功業，而困于下僚，未膺寵擢。切願得君行志，及時登庸，惟神其保佑之，出入動靜，百順是祈。尚無俾小人嫉害，無俾志願弗伸，務使正大光明之心，見於事爲，及於民物，用致雍熙。仗我神靈，尚日相佐，以濟天下。惟神鑒佐至誠，迄于有終，無作神羞，伏冀尚饗！

〔一〕「九」，原作「丸」，逕改。

## 祭告先墓文

佐自去歲仲春復供史職，兼宫諫，充經筵講官，迴翔北扉，輔迪東駕，夙夜提身，罔敢枉道，寔惟祖考明訓，奉以周旋。乃於冬暮，復承聖恩，陞轉今官，視篆留院，皆祖考餘慶所及也。屬者便道省覲，迎養以行，式陳明薦，曷勝追慕？佐席兹寵靈，思欲奮建家邦休烈，用播前人，光于有永。惟我祖考，永駿惠之。尚饗！嘉靖二十年九月四日。

## 祭聚龍岡土神文

昔歲遠違先人墳塋，守官京邸。寔蒙神休，祖考妥靈于兹土。屬者便道歸省，式修祀事，用伸微誠，伏惟神永終佑之。尚饗！

## 祭崔封君文

聖隆治平〔一〕，匪物其瑞。瑞寔在人，遐齡超類。慶雲晨散，華芝夕萎。豈如平格，安享期頤。稿

〔一〕「聖隆治平」，萬曆本作「聖治隆平」。

扶

海門巍巍，扶

輿清淑。鍾于先生，受此戩穀。始游黌序，腹笥言泉。遺珠在澤，其光燁然。充賦王廷，蜚英胄監。鵬搏鯤化，志凌九萬。振纓從政，丞彼天台。凱弟父母，民無不懷。由其本心，既淵且塞。揭誠名齋，如恐不充。閑邪葆和，故能久存。五逢元祀，三抱曾孫。矍鑠鞍韉，優游桑梓。有赫龍章，貤以太史。麗眉台背，瀛洲之仙。既踰九袠，胡不百年？恩命再貤，當晉卿貳。期月可期，胡不少俟？或謂其歉，孰知其多？古亦有言，人壽幾何？子雲一命，每詫爲異。鼎魁秩宗，人誰能企？方且奮庸，爲世羽儀。楊輝扆閣，濯曜天池。端在其躬，復在其子。終相國家，公也不死。將乘箕尾，助天之明。將配于社，協地之靈。將游而鱗，或翱而鶴。將衣而霓，或棲而嶽。先生之神，無所不之。鑒此微衷，庶其格思。尚饗！

# 泰泉集卷第六十

## 祭文下

### 祭鄒静齋文

嗚呼！玉衡初迴乎北陸兮，風蕭蕭而颸悲。悼尊靈之不留兮，與蘭芳而同萎。輿人繽紛以攀援兮，仰一山之巍巍。佩庭訓以周旋兮，膏澤下而在兹。揆德馨之有源兮，實靈椿之所貽。恃博霄以茂施兮，祝萬年以爲期。何艾耆而未暮兮，倏日黯乎崦嵫？羌陟岵以瞻望兮，指昊天而涕洟。乃緤馬以維舟兮，淚淫淫以相追。聞夫子之姱修兮，日敦禮而明《詩》。漱芳潤而能祇兮，折桂闕之瓊枝。鳴聖鐸之琅琅兮，儼菁莪之有儀。滋楚蘭於郴畹兮，佩德華之芬菲。挂高冠之切雲兮，受恩服於皇闈。荐郎署而歷朱旛兮，光燁燁乎金緋。朝采秋菊於壺公兮，夕搴木蘭之江籬。乘箕尾以登遐兮，昭質没世而無虧。奠蕙肴於瑶席兮，酹椒漿而陳詞。佇降歆之腌靄兮，駟玉虬而驂雲螭。嗚呼哀哉，尚饗！

## 祭龔宜人文

嗟嗟宜人，賦德柔嘉。俔彼天球，温粟無瑕。纂組《詩》《書》，惟姆是則。俔彼菀林，有楚其特。贊相夫子，策名亨衢。俔彼瑟琴，静好孔俱。徊事姑嫜，和洽妯娌。俔彼鳴鳩〔一〕，心如結只。燕御弗專，鞠育惟勤。俔彼螽斯，其羽詵詵。自吴徂粤，陳臬甫棘。俔彼鳳鸞，翩翩比翼。熊車暫邁，魚軒倏摧。俔彼隕璧，顧之傷懷。豈謂結髮，而弗執手？俔彼並耕，不終厥耦。嗚呼哀哉！雲輀返旐，鉛華在帷。毘陵眇邈，云胡不悲？嗚呼哀哉！德以章榮，如何弗禄？奠我椒漿，悼此賢淑。嗚呼哀哉，尚饗！

## 祭霍尚書韜文

嗚呼！天地中正，衷降惟均。克濟陽剛，世能幾人？惟公秉德，奮迹南海。石頭之鄉，見此磊磊。大魁春省，家食七年。結廬樵嶺，嘯傲雲煙。養晦俟清，聖作乃起。筮仕職方，抗言大禮。天子曰俞，繼統則然。繼嗣則否，嘉爾能言。國是未定，病告歸隱。禮書既成，孚協惟允。天子曰都，爾副宫詹。

〔一〕「鳴鳩」，萬曆本、北大本作「鳲鳩」。

部檄促之，離隱出潛。乃晉宮端，鑾坡之長。親蠶郊祀，執持崛强。天子曰咈，爾毋予違。械而釋之，寵眷弗衰。罹艱服闋，晉貳天官。黜陟惟公，詣銓者懽。天子曰吁，爾勤爾忠。乃遷留都，以掌秩宗。向成大典，乃辭兹命。舍北而南，惟公恬静。乃申禮制，斥去奇衺。澤及尼娼，使有厥家。前後建明，逾四十疏。齗齗懇切，遠邇傳播。乃晉宮保，以輔皇儲。進言留駕，天下晏如。志所猷爲，寔不止此。天不憖遺，今也則已。

其所獨見，《周官》《繫辭》。斥以爲僞，卓然不移。象山之學，指爲禪刹。儕諸莽操，確然不拔。《詩傳》《漢書》，乃芟乃裁。改紀惟方〔一〕，毅然不回。心之所韙，尊崇猶天。其所弗韙，淪之于淵。如彼稼穡，藨蔉惟力。忽爾揚翹，阪田之特。如彼涉川，洶湧波濤。綍纚弗勤，蘭槳自操。填胸正氣，彪炳森列。上爲列星，耿耿不滅。聖情倚注，待公素隆。邦之殄瘁，云誰不恫？儉以訓家，勤以誨子。有子克家，駪駪卓起。亦既卓起，高舉于鄉。傳公之芳，公也不亡。牲醴匪馨，惟誠斯格。惟公精靈，顧我陫側。嗚呼哀哉，尚饗！

〔一〕「方」，萬曆本作「力」。本書卷五八《桂山先生行狀》亦有「改紀惟力」之句，疑作「力」是。

## 祭梁吏部津文

嗚呼！德性粹温，學力焕發，玉之瑑也。淬礪爾至，范鑄我從，金之鍊也。孝子其親，孚宗及黨，行之善也。展如之人，濟質以文，邦之彦也。弱冠擅場，裦然舉首，徵豹變也。甲科郎署，躋此天曹，象鴻漸也。簪盍于京，石畫惟國，何適願也？倏爾南歸，黯然北駐，誠睠戀也。寧處司封，不副銓柄，卓哉見也。將謂雄飛，云胡厄閏，潸然嘆也。瑚璉之器，瑑而弗實，將安薦也？鏌鋣之鈹，鍊而弗貍，將安獻也？回則弗壽，蹠則弗殛，天之緬也。匪物之馨，緊情之真，薄言奠也。嗚呼哀哉，尚饗！

## 祭孫大尹學古文

嗚呼春湖，身之任重以行道，猶車之載物以行途。材良而器攻，圓其外而方其中，柳子之所爲説車者也。嗚呼春湖，資性端慤，知識濬明，材不徒良，而有弘模。殖學績文，中充外美，器不徒攻，而有遠圖。中不方則不能載，春湖則剛大之養，有執有容，中不徒方而有卷舒；外不圓則窒拒而滯，春湖則撝謙之動，不諂不瀆，外不徒圓而有休乎。是宜駕駟虬於萬里，從飛龍於天衢，而賢勞悴於圍棘，沾小疾而遽徂。

嗚呼春湖，敬者禮之興也，鐘者音之興也。能敬以和，則禮定而樂作，若騁雙輪於大都。嘗質禮疑而審鐘律，刻《樂典》以成書，尚期《類禮》之稅藁，謂將小補於吾儒。惠而好我，今則焉如？苟此志之大行，必溥化於寰區。論七始而有明，寔知新而起予。何既載而遽梶，嘆吾道之益孤。浩浩乾坤，誰與爲徒？奠椒漿其來格，淚既盡而欷歔。嗚呼春湖，哀哉尚饗！

## 祭何京兆母文

嗚呼！樹蘐欲榮，秋霜萃只。愛日欲延，景弗逮只。古岡嵬峨，鍾淑粹只。梱德母儀，温且惠只。和熊喻織，勤慈誨只。英英令子，掇蟾桂只。陟贊天京，高車倅只。判筆如山，昭匡濟只。政乎澤流，徹丹陛只。珠翟貤封，肇崇貴只。胡不百年，嗟賈墜只。凡厥薦紳，興其喟只。潞波瀸瀸，駕言逝只。丹旐繐帷，紛容裔只。瞻靈展敬，歆予酹只。嗚呼哀哉，尚饗！

## 祭程雪崖副總兵文

嗚呼！昔歲丙午，奠公之母；晤于城闉，慰公荼苦。及予北遊，公情綢繆；遠言送之，鬱水靈洲。比在京邸，緘書致禮；道誼之交，其淡如水。予既忤時，抱病自頤；公數相過，款語忘疲。聞公嬰疾，冀公康吉；日月幾何，倏已奄忽。世道炎涼，隨世弛張；惟公厚我，久要不忘。公之識見，足以制變；淵謀先幾，清霜紫電。公之文儒，夙尚《詩》《書》；雅歌賡韻，振玉聯珠。迹雖甲胄，心則俎豆；百粵用師，殊勳屢奏。官爲總戎，宛然章逢；彼何人斯，蟊賊内訌。歸休奚怍，胸次磊落；厭兹樊籠，返彼寥廓。天道無端，盜亦衣冠；杞人懷憂，嗟公不存。散財鄉黨，不虞人詆；人謂適偏，我謂豪爽。師旅之功，磊落之胸；蕩爲太虛，與化無窮。嗚呼哀哉，尚饗！

## 祭黎韶山侍御親家文

嗚呼！棟之弗隆，大厦斯騫；椒蘭云萎，芳烈彌宣。聞公雅修，自我弱植；遥集古英，超詣道極。德居鴻漸，聲蜚鹿鳴；振纓韶峒，秉鐸建平。先我登朝，瓊林玉署；衡言芳革，危行仍著。陸沉金馬，超逴烏臺；嘉猷風穆，廣譽川來。按轡郊圻，鉅奸脱距；薦剡班行，遺賢連茹。乃巡八閩，劾彼闒闟；乃巡江右，蘇此良氓。皂囊亹亹，赤墀肅肅；匪直糾繩，寔惟啓沃。野既寧謐，朝亦澄清；天子曰都，嘉汝克明。乃疏時政，奇衺必去；乃疏用人，正直是與。賢如歐陽，繇公以升；蠹如濠黨，繇公以懲。正德末弊，嘉靖新政；天子曰俞，嘉汝克敬。玉田戚畹，氣欿孔張；人皆齘齘，公有彈章。裁其寵權，以警貴豎；天子曰吁，念兹舅氏。濂溪有言，報德報功；垂教萬世，王祀無窮。宰璁削之，力諍九死；天子曰咈，先師孔子。天下之事，如人一家；棟其橈矣，廉隅乃邪。天地之道，如人一體；元氣太和，體斯弗瘻。事體不復，公病亦深；藥醪誤進，膏肓乃侵。庭階玉樹，龍躍鵲起；薄言奠公，公也不死。嗚呼哀哉，尚饗！

## 祭項甌東參政文

嗚呼！世方求富，公獨持廉；世方挾貴，公獨履謙。肥甘弗御，旦夕虀鹽；緇衣既敝，弗易以縑。冰蘖之操，久而愈嚴；惠而好我，時駐車幨。講學考德，義理是厭；晚生自稱，整冠肅袇。聞過則喜，若病得砭；見善則書，以智養恬。閑庭何有，草色疏簾；私室何有，緗帙牙籤。寤周夢程，日富月贍；發爲文章，包括洪纖。仕學之優，寔公所兼；及民之澤，如雨斯漸；除民之害，如割斯銛。鋪行香户，得免酷炎；市豪舟盜，望風自潛。火甲所遭，吉網羅鉗；薄言懲之，歡動閭閻。相鼠之風，匪匹伊鶼；薄言禁之，潔其門檐。直道而行，實惠所霑；聞公訃音，哀慟黎黔；如何蒼昊，奪此具瞻！嗚呼哀哉，尚饗！

## 祭徐養齋尚書文

自歲己丑之左遷，始定交于桂林。方董學而談道，每晤語而愜心。謂知先而行後，譬明目而舉足。苟冥行而失路，斯倀倀焉而亡目。故物欲之與物理，乃格致之所先。能繇兹而誠好惡，終將絜矩而罔愆。時人以行而爲知，心則物理之未辨。與聖門而殊塗，墮圓覺之偏見。益相孚而劄記，常商略以瑩疑。偶疏愚而諧合，若唱壎而和篪。及棄官以歸養，公轉轄于吾省。酌甃井之寒泉，滌浩懷之耿耿。經十載而鵲起，比雙翼以鴻翔。公貳留都之宗伯，佐綰翰苑之篆章。喜昔睽而今同，輒申歡而道故。出詩文以印證，知蓄積之日富。迄遷北而裁詩，冀論德於青宮。倏旋南而公歸，乃獨斆於辟雍。罹内艱而起復，已隱居于方茂。觸權貴之歸期，出城偃而相候。謂佐直而如矢，焚銀魚于碧山。寤孔、孟而夢程、朱，將不朽于兩間。曾歲月之幾何，乃訃音之傳報。愧德業之負公，徒臨風而懷悼。既爲位以哭公，寫平素之深情。望毘陵於天末，爰緘辭而竭誠。嗚呼哀哉，尚饗！

## 祭劉碧山大尹文

嗚呼！朋友之墓，有宿草而不哭，古之禮也。展如碧山之賢，實鄉同年之兄弟也。於此而不用其情，又惡乎與物而同體邪？仰惟先生天資極高，學有根柢，侍東所之門墻，躡白沙之遐軌，鳴道嶺東，作邑湖南，而政教之美，真足以名世。頫視名利之徒，醉生夢死，猶出入禪間慕羶之蟻也。躋七十而上仙，謝塵壒而不睨；餘碧山之巍巍，貽仰止之濟濟。矧有克家之子孫，足以續書香而取科第。宜含笑於九原，返天真於脱屣。嗚呼，尚饗！

## 祭長樂先祖名宦祠文

仰惟我祖，寔天生德。中和孝友，聰穎峻特。學必立誠，思必無邪。操存有要，博通五車。領薦于鄉，遂遊太學。抗疏陳言，志在爲國。嘉謨若行，可致隆平。權奸梲之，持憲弗成。小試牛刀，乃宰茲邑。化盜爲良，仁恕及物。遷建黌序，文教日輝。直道難合，拂衣言歸。民立生祠，辭之甚力。學前直街，今有遺迹。祠于名宦，邇于先師。佑啓後人，賢範在茲。佐雖病中，夢寐恒見。祠既鼎新，緘詞致奠。神靈陟降，烈烈流芳。俎豆萬年，家世有光。尚饗！嘉靖三十二年二月十一日，遣長樂縣儒學教諭門人梁邦猷致祭。

## 祭鐵橋司馬宗丈文

汴梁之系，公獨亢宗。遷于南越，厥初實同。儁聲清劭，奕世熙隆。蘭庭秀發，藻藝精通。粤薦蜚英，燕臺闡步。三署金陵，兩曹玉府。肅我王綱，孤忠自負。江夏文强，汝南叔度。朱旛五馬，出守湖州。賦均土則，訟簡纍囚。萑苻攝伏，麥穗思柔。晉秩八閩，克修鹽筴。司牧兩藩，旬宣無斁。才規劉晏，政齊召奭。夙夜官聯，賢聲赫赫。帝心簡在，洊陟中丞。奉公執憲，直筆持繩。自滇而楚，周爰經營。熊軾所屆，休有光榮。肅肅司空，擢居其貳。督木飾材，盤根日試。嘉績霄騰，本兵鼎峙。守正持權，名高招惎。

南箕貝錦，有隕自天。多憎群嗜，今古同然。投簪緑野，結志平泉。國是旋妥，義問彌宣。介立懷邦，功成身退。蹇蹇名臣，維公作對。南渭之役，脱我顛沛。登龍矩洲，追驥泰岱。昊天僭信，莫肯憖遺。禄干台斗，神乘尾箕。邦國震悼，親串驚馳。哲人云萎，余將疇依？杖屨斯遥，几筵俄設。赤舄雖遺，鬐齡已耋。生榮死哀，達人洞澈。敬奠清酤，旌余情切。尚饗！

## 祭梁刑部有譽文

嗚呼公實，今何所之。清逸之才，聰穎之資，甲科之彦，省署之奇。矢筆成章，神動天隨。粲如星光，垂于南離。健如罡風，騰于尾箕。如春陽之和煦，如華川之逶迤；如鵬之運，如駿之馳。純如夏璜，古如商彝，邃如延藻，鋭如佩觿。節飾如魚之須，浮動如鱗之而。從厥方員，必中規矩，豈其精靈，浩然渺彌？在地結爲華岳，在天化爲虹螭。飛爲蓬島之九光，秀爲羅浮之三芝。云胡不艾，以底于耆？當優爲清廟之珪璋，而劣彼明堂之桷榱。豈一豎之爲祟，惟漢文與杜詩。蓋由妖壽之有命，抑亦投劑之庸醫。

嗟！天地之將發散，必先翕聚而後宜；皇極之將敷錫，亦惟五福之斂時。恒沉珠以調息，以朱、邵而爲師。矧五行之在味，偏於寒則致危；胡明理而慎動，乃醫道之未知。慨晤面之不再，徒舉奠而傷悲。嗚呼哀哉，尚饗！

## 祭李吏部价文

嗚呼！昔丁未歲，晤會京師。執贄承教，自愧師資。日敷陳其素學，時質正其雄詞。譬秋濤之與瑞錦，沛原泉而密絲。出宰花封，來集茆舍。疑問自朝思辨，迄夜知學。聖道之弘，于天斥立；異門之近，於霸有得。斯一貫之可傳，無本奚《六經》之能謝？予既遁世，子方顯途；累書請益，靡言弗孚。入宛陵而爲文，以弔靖獻；詠邊塞而言志，以滅匈奴。凡其議銓衡而策兵食，無非攄忠悃而建弘模。遺文炳存，抗疏高舉。逸翮獨翔，孤風誰侶？遊草堂而詠歸，借河塘而燕處。既灸火而刲羊，遂失聲而絕癘。玉折惟縝，蘭摧其香。道悠路促，運短意長。嘆宏才之俊傑，期大業之克昌。固大化之有盡，匪庸醫之弗臧。顏夭且貧，跖壽而富；昊天寔明，海籌豈誤？仰陋巷之世禄長存，覓東陵之盜區無路。思善人之必履祥，忍慟傷而道情愫。嗚呼哀哉，尚饗！

## 祭太宰朱恭靖公文

嗚呼！三吴重望，公寔喬嶽；好修篤行，惟皇舊學。佐厠翰苑，獲瞻德容；淵淵其靖，温温其恭。聞昔倫魁，受知孝廟；大對洋洋，根極治要。摛詞深厚，果類宣公；格君華國，非衆可同。及宰南銓，秉公持正；人嘖嘖言，天終自定。執別東閣，闊間姑胥；再逢色笑，雅言藹如。郡倅謙賓，玉桃侑酒；終席驩談，幸與公偶。比湴南廱，扶喪迅歸；稽顙求碑，公不靳揮。發彩流光，華我考妣；有德之言，誦者興起。壽幾九袠，榮邇三旌；巍巍名德，冠于列卿。没有遺言，期避家諱；純孝揚庭，鴻名節惠。不負所學，豈忝所生？巖石傳賦，確哉公誠。誠斯動物，播于青史；勒珉圖徽，矧公有子。執紼弗獲，愧此遐方；緘辭奠墓，芹獻椒觴。尚饗！

## 祭陳參政母文

天有顯道，積善必興；觀夫暨子，梱德斯徵。宗祊丕顯，後裔光承；潯麓吉宅，蔭及雲仍。猗與宜人，夙明義理；秉德淑貞，如玉之玭〔一〕。閑于姆教，允爲女士；無忝湯孫，不越率履。嬪于封君，今之太丘；維德之行，閨範弘修。既孝且睦，悌于天游；和熊誨驥，濟剛以柔。慶鍾洛南，趾美甲第；發軔署郎，善畫邊計。陳臬牧民，克威克惠；參閩大政，荐至名世。鵲起鴻漸，夫子既賢；乃考終命，奚異登仙？庭階蘭玉，可謂福全；嗟今之人，疇能及焉？維此玄宫，寔天降祐；丞相嘉名，依岡面滸。將舉靈輀，乇于吉土；靈其賁臨，鑒兹清酤。尚饗！

〔一〕「玭」，原作「玼」，今據萬曆本、北大本改。

## 祭婿黎參政民衷文

嗚呼！德性自天，金粹玉温；受學趨庭，《詩》《禮》素聞。斆我《庸言》，夙夜敬恪；發爲文章，約統其博。既善居室，尤善事親；從兄友弟，睦婣以仁。領薦四年，遂登甲榜；授大行人，出使二廣。廣右士民，欽仰清高；復命在途，遂擢吏曹。荐歷考功，益持廉謹；廣右之遷，自安其分。歸省壽母，萊衫訢訢；軍門僚屬，咸羨其醇。巡歷潯、邕，巡臺稱美；促歸視篆，僅二日爾。迎春之日，大盜入城；進劫藩庫，力拒以兵。寡不敵衆，絶無捄援；精忠貫日，萬目所見。臺察悲歎，疏其丹心；見危授命，冠絶古今。年四十七，文山合轍；光照汗青，萬古烈烈。嗚呼哀哉，尚饗！

# 泰泉集後序

今海内學士大夫，文章著録者無慮千百矣，率巵辭無當，故實罕稽其建標。獨詣力障横流者，功固不細，或弗能原本《六經》，故其言不雅馴，每嘆夫著述之難也。《泰泉先生集》六十卷，嗣子在中、在素、在宏刻既成，大任歸自河洛，俾序末簡。嗟乎！摳衣授業四十年于兹，無所發明，奚足以窺先生之藴也？

夫仲尼不作，著述誠難矣。漢去仲尼不遠，七十子之徒遺教未泯，《易》《詩》《書》《春秋》《三禮》，皆顓門師授。高、惠、文、景以來，文章爾雅，陸生《新語》、賈生《至言》、劉安《鴻烈》、馬遷《史記》、子政《説苑》、次公《鹽鐵》、揚雄《太玄》，庶幾乎著述也。他如《過秦》二論、《天人三策》，長卿諭意巴蜀，莊助風旨淮南，鼂錯實塞下之議，吾丘挾弓弩之駁，斯咸謩畫宗社，施著令甲，非經術之彪顯哉！後儒高譚頓悟，佹志玄虚，工尚秇文，競馳靡曼。志玄虚則聞見黜，習靡曼則懿實寡，豈仲尼所謂論篤君子者耶？今自先生集觀之，其於陰陽律曆之變，山川輿地之廣，性命道德之原，帝王經綸之業，備於論著，遜志好古，日新富有。聖以爲的，道在人倫，故耻於標立門户；心以爲師，學弘天則，故究於參贊璣衡。蓋篤信乎洙泗之實學，而發揮乎西京之鴻裁，視玄虚靡曼之徒度越萬里矣。惜鼎鉉未登，蓍蔡已没，天不憖遺，哲人其萎，車服禮器，故在精廬，徒能與諸生誦河東之篋而已。

先生所著,又有《樂典》《通曆》《庸言》《鄉禮》《小學古訓》《姆訓》《詩經通解》《春秋傳意》《六藝流別》《革除遺事》《翰林記》《南廱志》《廣東通志》《廣西通志》《廣州志》《香山志》《羅浮山志》,不在集中。百世之下論著述者,於先生之書可按睹矣。小子謭劣,誠奚足窺先生之蘊哉?

萬曆改元,歲在癸酉二月朔,門人順德歐大任百拜書。

# 附録一　黄佐詩文輯佚

## 一、詩

### （一）宋行宮（録自明鄧遷修、黄佐纂《嘉靖香山縣志》卷七《藝文志》，嘉靖二十七年刻本）

沙涌清夜月，曾照宋行宮。未抵黄龍府，空悲白鴈風。丹心思蹈海，正氣化成虹。若遂厓門願，吾鄉有大忠。

### （二）人日和陳天游韻[一]（録自嘉靖本《泰泉集》卷庚）

東風吹偏海天涯，隱几蕭條忽見花。人日鈎詩誰對酒，草堂携鶴自移家。衝星劍佩真吾事，滿地江湖又歲華。何事步兵從晉室，春來猶詠故侯瓜。

[一]《人日和陳天游韻》，本書卷一二録有一首，嘉靖本則録有二首，今據嘉靖本輯録另一首。

（三）冬至早過承天門時同行者趙校書羅贊善唐司諫閔中允謝司直（録自四庫本《泰泉集》卷八）

去年濟水逢長至，今日蓬山得並遊。西苑未聞歸大内，南郊何處禮圓丘。葭傳淑氣三千界，鼎現丹光十二樓。最是昔曾趨走地，朝陽依舊殿東頭。

（四）發龍灣別王惟吉張廷彦（録自清屈大均輯《廣東文選》卷三四，康熙二十六年三閭書院刻本）

日日摛毫紀玉音，敢期清夢到山林。賈生對策曾前席，疏傳歸來更賜金。日月行瞻丹闕迥，煙霞歸去草堂深。相看已是康衢叟，擊壤無忘報國心。

（五）舟次匡廬寄同朝諸公（録自清屈大均輯《廣東文選》卷三四，康熙二十六年三閭書院刻本）

翰墨同時侍禁闈，恩榮寧謂及寒微。舍人舊掌絲綸誥，御史新裁錦繡衣。天上鵷鸞還接武，江邊鷗鷺已忘機。他時行部如相覓，秋水蘆花是釣磯。

## （六）遊南華次章樸庵韻漫作禪語（録自嘉靖本《泰泉集》卷壬）

南能無伎倆，妙境還誰履。拈花裂虚空，莫問如何是。

## （七）張太傅墓（録自明鄧遷修、黄佐纂《嘉靖香山縣志》卷七《藝文志》，嘉靖二十七年刻本）

陽江不見潮居里，此地真存太傅墳。想像雲中金甲在，松濤猶似擁千軍。

## （八）草堂别友人集杜句（録自嘉靖本《泰泉集》卷癸）

倚江柟樹草堂前，忽漫相逢是别筵。縱酒欲謀良夜醉，將詩不必萬人傳。朝廷衮職誰能補，鄉里衣冠不乏賢。此别應須各努力，濁醪粗飯任吾年。

## （九）草堂夜坐有懷梁南皋用韻集杜二首〔一〕（録自嘉靖本《泰泉集》卷癸）

琴瑟几杖柴門幽，請公一來開我愁。夜如何其初促膝，歲云莫矣增離憂。飄零已是滄浪客，角壯

〔一〕該詩第一首與本書卷一四《草堂夜餞陳兩江大尹集杜句》部分詩句有重複。

翻同麋鹿遊。走覓南隣愛酒伴，江花未盡會江樓。

東流之外西日微，羲和迭送將安歸。江中淘河嚇飛燕，天上浮雲如白衣。即事非今亦非古，暫時相賞莫相違。因知貧病人須棄，獨立蒼茫自詠詩。

### （十）與李子同賦觀奕（録自嘉靖本《泰泉集》卷癸）

清簟疏簾看奕棋，百年世事不勝悲。惟將遲暮供多病，不及前賢更勿疑。庾信羅含俱有宅，李陵蘇武是吾師。名垂萬古知何用，獨立蒼茫自詠詩。

## 二、記

### （一）中離山記（録自劉業勤纂修《乾隆揭陽縣志》卷八《藝文志上》，民國二十六年重印本）

中離山之名，古未有也。其得名於時，則自中離先生始。蓋天壤間物無常主，時焉而已矣。時至，則名因主而始彰。是故濂溪之得名，以周濂溪主之；象山之得名，以陸象山主之。倡明道學，照映今古。由今視昔，離山之得名，非以薛中離爲之主乎？故曰：「天地間物無常主，時焉而已矣。時至，則名因主而始彰。」且中離之説，昉於誰乎？

余嘗讀《易》，至《離卦》而知中離之義矣。夫中離一，中虚而外實，體柔而用剛。故《易》於《離卦》曰：「《離》：利貞。亨。」《彖》曰：「《離》，麗也。日月麗乎天，百穀草木麗乎土。重明以麗乎正，乃化成天下。」《象》曰：「明兩作，《離》。大人以繼明照乎四方。」而《程傳》以爲陰麗於上下之陽，取其中虚，則爲明義。朱子《本義》曰：「陰麗於陽，其象爲火，體陰而用陽也。」中離山之義，蓋本諸此。

夫麗易至於不正。麗而正焉，則教澤之在離山，見於當時，垂於後世，與「重明以麗乎正，乃化天下」、「大人以繼明照乎四方」者何異哉？聚處四方生徒，講明正學。於時竹居子築東山之巖，曰一真巖，東泓子築石門之麓，曰大中巖，三山並聳，中通外直，有似於《離》，遂名曰中離山。迹其形勝，登山則有迎仙橋、步雲堦之異，入門則有中離洞、會講堂之奇。以觀天文，雲中屋、偃月窩可觀也；以察地理，觀海亭、望陸壇可賞也。至於酌清泉以自潔，則活水流觴之亭建焉；茂對時以育物，則蓮塘釣磯之臺築焉。他如巖前巖後，奇峰聳秀，則有聯句《十八景》寓焉。此蓋離山之大觀也。

余叨年誼，受中離先生教益不淺。今中離往矣，乃弟竹居命中離仲子宗釜來謁請記。余嘗思之，中離學有淵源，師靖軒，宗陽明，以忠信不欺爲主本，以良知良能爲實學，其有得於孔孟正傳之深者乎。蓋其學本至誠，未有誠而不動者。當時名宦若季彭山、劉晴川諸君，日詣離山，互相講論，鄉士大夫若黄子國卿、成子子學、郭子維藩、林子光祖、楊子日贊、楊子惟執，處士若陳明德、鄭萬化，罔不離山是遊。景行行止，而士之以文學顯、以德行稱者，彬彬多出其門。中離子孫，亦皆心學相傳，科第流山形勢之奇，而又感於一時相與倡明道學之盛，故特詳爲之説，以傳不朽焉。秘，此所以擢巍科、擅芳譽而名重於天下。回視濂溪、象山，至今耿耿不磨，殆異世而同符矣。余得離芳，方興而未艾也。雖然，方今道學大朗，人心復古，中離一倡群和，皆有志於聖賢之學，而獨能窮其

## （二）番禺二山小記（録自郭棐《嶺海名勝記》卷一，明萬曆二十四年刻本）

番山，在番禺邑治東南一里。峰巒圓秀，上多木緜，其下爲泮宮。自南聯屬而北一里，曰禺山，其上多松柏。其陽曰西竺山，上有廣果寺，今廢。二山相連如長城。南漢時，劉龑鑿平之，就番山積石爲朝元洞，後改曰清虚，以沉香爲臺觀，極一時之華麗云。又按《圖經》，番山在郡學後，今有亭焉。禺山自譙樓、雙闕，連西埜山，至貢院後玄覽臺，皆其地也。《山海經》曰：「桂林在賁禺東。」註云：「賁禺，即番禺也。」《吴録》曰：「禺山乃尉佗葬地，即貢院云。」今山之南，木緜紅噴如錦，北則松柏交翠，鷹鶴棲鳴，可入圖畫，誠會城之勝槩云。

## 三、序

### 賀嶺南海寇平序[1]（録自明談愷撰《平粤録》卷下，明嘉靖三十六年蒼梧刻本）

司馬兼御史中丞十山公節制百粤之二年，有積盜伏嶺西之莽，連絡新會溪峒，四出焚剽，居民大恐。所司請討，公曰：「嘻！我視兹蠢若蜣螽蛙沸，于何弗殲？惟是赤子若屬，于麾拔之痛罔不省，其何忍殲？吾聞之也，武不可黷，寇不可玩。玩寇黷武，民用滋盜。惟畜威，德乃昭；惟于備，患乃銷。辟則密其腠理，何疾疹之能爲？其尚曹伍相保，毋我藩闖，乃罔猘以蔓。」司禁受畫銜訓，已於事而竣。乃命司械，櫜兜戟纛，甲胄弓戈，罔或有弗繕，已於事而竣。乃命司儲，餱糧泉幣，操其奇羸，以充軍需，罔或少漁於民，已於事而竣。乃用僉謀，陳便宜以聞。乃命司戎，集漢夷官軍、兩江土軍，分哨惟二，列爲鶖鸛，合爲魚麗，以待彼之來，惟險是扼，已於事而竣。乃命藩臬都帥各統其軍，逗遛者治以律。春二月，師入嶺西諸峒，盡克之，群盜日殲以降，俘馘亡算。嶺南亦如之。迄夏，振旅而還。

[1] 該篇序文本書卷三七已收録，題爲《贈大司馬陶公序》，但無論題名還是内容，兩篇序文略有出入，因故將該序文亦收入附録之中，以資對照。

是役也，費省獲多，人百其勇。師行所至，不聞健步疾嘑聲，民賴以奠枕，公之功也。休兵[歃][一]至，公固辭曰：「茲惟聖皇神猷，二三子所繇以樹多也，吾何力之有？」三司諸公以告佐曰：「時雨之澤溥矣哉！師肅而勇，奇而不失其正，基于公仁故也。勇則不折，正則不肆，仁則不忍。三善備矣，故所向有成功，夫孰不歌舞之？然猶惇讓不居，歸諸聖皇之休烈。猗與！公之盛美，豈有前乎？是不可以無紀。」乃俾佐颺言公之丕仁昭績，風示于無極。

嘉靖三十五年歲次丙辰，賜進士出身、中順大夫、詹事府少詹事、兼翰林院侍讀學士、前南京國子祭酒、經筵講官、同修國史玉牒泰泉黄佐撰。

# 四、傳

## （一）《李文溪傳》[二]（録自李昴英《李忠簡文溪集》，清李際明重編本）

李昴英，字俊明，番禺人。寶慶間以《春秋》擢進士第三人。初調汀州推官，遷太學正。除武學博

[一] 『歃』字原文殘缺不全，據《泰泉集》卷三七補。

[二] 此傳記與《廣州人物傳》所録《李昴英傳》有所不同，故輯録於此。

士，未行。摧鋒戍卒繇惠寇廣，崔與之登城撫之。昴英偕楊汪中出城諭賊，事平，召除太學博士，試館職，爲校書郎。累疏言事，上意嚮納。丁喪，服闋。淳祐初赴闕，擢右正言。劾奏知臨安府趙與𥳑聚斂害民，理宗難之，至牽裾力諫。後罷歸。適權鄉郡丘迪嘉虐殺無辜，昴英徼告勑，乞辯平民之冤，於是全活甚多，以此竟褫閣職而歸。淳祐壬子，徐清叟薦起，除直寶謨閣、江西提刑兼知贛州。被召赴闕，兼國史實録院檢討，尋擢龍圖閣待制、吏部侍郎。屬中官董宋臣竊弄威福，御史洪天錫攻之，俄解言職。昴英奏乞與俱貶，留疏拜辭，遂歸居文溪。卒年五十有七，謚忠簡。

論曰：孔子稱叔向曰古之遺直，於子産曰古之遺愛也，李昴英信兼有之。觀其攻擊賈、史輩，揭綱常於宇宙間，而奸諛爲之寒膽。惠先鄉間，寧褫職而不顧。粒饑氓，肉白骨，在在歌舞之，非胸中仁涵義茹，其何以有是！白沙陳獻章曰：「嘗觀《文溪存稿》，初涉其流，渺瀰汪洋，若江河之奔駛。而又好爲生語，險怪百出，讀者往往驚絶，至或不能以句，以謂文溪直文耳。徐考其實，則見其重内輕外，難進而易退，蹈義如弗及，畏利若懦夫，卓乎有以自立。『不以物喜，不以己悲』，蓋亦庶幾乎浩然而自得者矣。」斯言也，殆知言也乎。

（二）《六祖傳》（録自郭棐《嶺海名勝記》卷十四，明萬曆二十四年刻本）

唐慧能，姓盧氏，新州人。少孤貧，流移南海，鬻薪供母。年二十四，聞人誦《金剛經》，有省。乃往黄梅，參五祖忍大師，忍使充薪水之役。

一日，會衆傳法，弟子神秀爲偈，書壁間曰：「身是菩提樹，心如明鏡臺。時時勤拂拭，勿使惹塵埃。」能不識字，聞人誦之，乃爲偈，請人書其側曰：「菩提本無樹，明鏡亦非臺。本來無一物，何處惹塵埃。」忍見之，遂傳法於能。爲説《金剛經》，至「應無所住而生其心」言下大悟，曰：「何期自性本自清浄，何期自性本不生滅，何期自性本自具足，何期自性本無動摇，何期自性能生萬物。」忍即以達摩所傳衣鉢授之，且曰：「汝既傳此，命如懸絲，可速去，恐人害汝。」因送之九江驛，令上船曰：「合是吾渡汝。」能謂曰：「迷時師度，悟了自度。」忍曰：「如是如是，今佛法由汝大行矣！」

南行度庾嶺，果有惡僧欲奪之者。至廣州法性寺，值印宗法師講《涅槃經》，因二僧論風、旛義，一曰「風動」，一曰「旛動」，議語不已。能進曰：「不是風動，不是旛動，仁者心動。」印宗聞之，悚然知其能也。遂邀入室，執弟子禮，請衣鉢出示，告於衆曰：「此肉身菩薩也！」因爲立戒壇，薙髮爲僧，時儀鳳元年正月十五日也。

又十六年，居曹溪寶林寺爲人師，往來參禮者常數千人。武后、中宗降勑徵之，能竟不奉詔，遂送百衲袈裟及錢帛等以供養。常嘆曰：「七寶布施，等恒河沙。億劫脩行，盡大地墨。不如無爲之運無碍也。慈弘濟四主，大庇三有。」先天二年七月八日，忽謂門人曰：「吾將行矣。」至八月三日，奄然而化，有異香滿室、白虹屬地之祥。門人以香泥塑其身，置諸塔，曰「靈照之塔」。其説布天下。凡言禪，皆本曹溪大鑒云。有《金剛經解》于世。

初，能説法時，南海僧志道往參之，請曰：「學人覽《涅槃經》十餘年，未明大意。」能曰：「汝何處未了？」對曰：「諸行無常，是生滅法。生滅滅已，寂滅爲樂。於此疑惑。」能反覆開釋，又爲之偈，有曰：「外現衆色象，一一音聲相。平等如夢幻，不起凡聖見。不作涅槃解，二邊三際斷。常應諸相用，而不起用想。分别一切法，不起分别想。劫火燒海底，風鼓山相擊。真常寂滅樂，涅槃相如是。」志道遂有所得。其所説皆此類也。見世所傳《六祖壇經》。後有微公者居寺中，頗能知佛法。

（三）《僧徒傳》（録自郭棐《嶺海名勝記》卷十四，明萬曆二十四年刻本）

法嗣行思，安成人，劉氏子。聞曹溪法席，乃往參禮，問曰：「當何所爲，即不落階級？」祖曰：「汝曾作甚麽來？」曰：「聖諦亦不爲。」曰：「落何階級？」曰：「聖諦尚不爲，何階級之有？」祖深器之。一日，謂思曰：「從上衣法雙行。吾受衣以來，遭此多難，况乎後代，其争必多。衣即留鎮山門，汝當分化一方。」思既得法，歸住青原山，付法石頭。謚弘濟禪師。

懷讓，金州杜氏子。初謁嵩山安和尚。安指詣曹溪，祖問：「甚麽處來？」曰：「嵩山來。」曰：「甚麽物，恁麽來？」讓無語。經八載，乃白祖曰：「某甲有箇會處。」曰：「作麽生？」曰：「説一物，即不中。」曰：「還假脩證否？」曰：「脩證則不無污染，即不得。」曰：「秪此不污染，諸佛之所護念，汝既如是，吾亦如是。」後居衡岳，付法馬祖。謚大慧禪師。

玄覺，温州人，戴氏子。丱歲出家，精天台止觀玄妙法門，與玄策同詣曹溪。繞祖三匝，振錫而立。祖曰：「大德自何方來，生大我慢？」曰：「生死事大，無常迅速。」曰：「何不體取無生，了無速乎？」曰：「體即無生，了本無速。」祖曰：「如是如是！」覺方具威儀參禮，須臾告辭。祖曰：「返太速乎，少留一宿。」時謂「一宿覺」。後著《證道歌》《永嘉集》。謚無相禪師。

法海，曲江人。初見六祖，問即心即佛。祖曰：「前念不生即心，後念不滅即佛。成一切相即心，離一切相即佛。聽吾偈曰：『即心名慧，即佛乃定。定慧等持，意中清浄。悟此法門，由汝習性。用本無生，雙脩是正。』」海遂信受。

法達，豐城人。念《法華經》三千部，未知宗趣。祖令念至《方便品》，曰：「止。此經以因緣出世爲宗，何者？因緣，唯一大事，一大事即佛知見，汝勿錯聽。吾偈曰：『心迷《法華》轉，心悟轉《法華》。誦經久不明，與義作讎家。無念念即正，有念念成邪。有無俱不計，長御白牛車。』」達聞偈領悟。

智通，安豐人。看《楞伽經》，不會三身四智，禮師求解。祖曰：「三身者：清浄法身，汝之性也；圓滿報身，汝之智也；千百億化身，汝之行也。若離本性别説三身，即名有身無智；若悟三身無有自性，即名四智菩提。」通遂頓悟。

智常，貴溪人。初禮大通，示以本性猶如虚空，反觀自性，了無一物可見，是名正見，猶未決了。師示以偈曰：「不見一法存無見，大似浮雲遮日面。不知一法守空知，還如太虚生閃電。此之知見瞥然興，錯認何曾解方便。汝當一念自知非，自己靈光常顯現。」常聞偈豁然。

志道，南海人。初參六祖，問：「《涅槃經》云：『生滅滅已，寂滅爲樂』，未審何身寂滅，何身受樂？」祖曰：「佛爲一切迷人，以常樂涅槃翻爲苦相，終日馳求，乃示涅槃真樂。刹那無有生相，刹那無有滅相，更無生滅可滅，是則寂滅現前。當現前時，亦無現前之量，乃謂常樂。此樂無有受者，亦無不受者。」更示以偈，道踴躍作禮而退。

智隍，始參五祖，自謂正受。結庵河北，長坐二十餘年。後遇玄策激勵，遂參曹溪。祖愍其遠來，便垂開決，隍豁然契悟，二十年所得心都無影響。後回河北，開化四衆。

志誠，泰和人。初參神秀，秀令往曹溪質疑。乃隨衆參請，祖曰：「今有盗法之人，潛在此會。」誠出，具陳其事。祖曰：「汝師若爲示衆？」曰：「長令大衆住心觀静，長坐不卧。」曰：「住心觀静，是病非禪，長坐拘身，於理何益？」誠聞偈誨謝，即誓依歸。

玄策，金華人。游方河朔，知智隍曾謁黄梅，所得未真，與論入定有心無心，隍不語良久。問：「嗣誰？」策曰：「師曹溪。」曰：「六祖以何爲禪定？」曰：「祖云『玄湛玄寂，體用如如。五陰本空，六塵非有。不出不入，不定不亂。禪性無住，離住禪寂。禪性無生，離生禪想。心如虚空，亦無虚空之量』。」隍聞此説，遂造曹溪。祖意與策冥符，隍始開悟。

神會，襄陽人。年十四爲沙彌，謁六祖。祖曰：「知識遠來，將本來否？若有本，則合識主。」曰：「以無住爲本，見即是主。」後祖授記云：「此子向後設有把茅蓋頭，也只成得箇知解宗徒。」祖滅後，曹溪頓旨沈廢于荆吴、嵩岳，漸門盛行于秦洛。天寶間，方定兩宗，乃著《顯宗記》。

志徹，江西人。姓張，名行昌。少任俠，爲北宗門徒。行刺，揮刃不損，驚仆悔謝，即願出家，祖令他日易形而來。後再至曹溪，問《涅槃經》常、無常義。祖爲宣説，忽如醉醒。祖曰：「汝今徹也，宜名志徹。」禮謝而去。

崛多三藏，天竺人。於六祖言下契悟。後游五臺，見一僧結庵静坐。問曰：「奚爲？」曰：「觀静。」曰：「觀者何人？静者何人？」僧茫然。曰：「汝出誰門耶？」曰：「秀禪師。」曰：「我西域異道最下種者，不墮此見。兀然空坐，於道何益！」僧却問師：「所師者何人？」曰：「我師六祖。汝何不速往曹溪，決其真要。」僧即往參六祖。崛多後不知所終。

本静，絳州人。幼披緇於曹溪之室，受記司空山無相寺。天寶三年，遣使楊光庭採常春藤，因造丈室。禮問曰：「願和尚開示。」曰：「爲求佛耶？問道耶？」「若欲求佛，即心是佛；若欲求道，無心是道。」庭具以所遇奏聞，即勑光庭詔静到京，住白蓮亭。謚大曉禪師。

慧忠，諸暨人，姓冉氏。自受心印，居黨子谷。肅宗上元二年，詔徵赴京，居千福寺。代宗臨御，復迎止光宅精藍。時大耳三藏自云得他心通，命忠試驗，至三問，而藏罔測。肅宗嘗問：「師在曹溪得何法？」忠對曰：「陛下還見空中一片雲麼？」曰：「見。」曰：「釘釘着，懸挂着？」後謚大證禪師。

匾擔山曉了，傳記不載，北宗門人。忽雷澄撰塔記，略曰：「師住匾擔山，號曉了，六祖之嫡嗣也。得無心之心，了無相之相。」

## 五、墓表

明中憲大夫蓮峰陳公宜人趙氏鍾氏墓[一]

明中憲大夫、廣西南寧府同知、陞授左江兵備道按察使司僉事蓮峰陳公暨配宜人趙氏、副室鍾氏合窆墓表。

賜進士出身、中順大夫、詹事府少詹事[二]、兼翰林院侍讀學士、前南京國子監祭酒、經筵講官、同修國史玉牒泰泉黄佐撰。

君子之於天下也，集義而已矣。義之大者有五：斷大事也，決大疑也[三]，恤大難也，禦大敵也，成大役也。必卓有定見，守有定力，絶無所爲而爲，而死生禍福皆非所顧，此之謂必有事焉而勿正。苟或放於利而行，慮夫害而怯，晝夜額額，乃曰勿忘勿助之間云者，義曷爲由集哉？予於故友蓮峰陳公

[一] 該篇墓表本書卷五〇已有録，題爲《奉政大夫南寧府同知蓮峰陳公墓表》，但無論題名還是内容，兩篇墓表均有所出入，因將該墓表收入附録，以資對照。該墓表原碑拓片見《東莞歷代碑刻選集》，兹據以輯録。根據兩塊墓表的内容，以及表文中的職官稱謂等，該墓表應該並非黄佐所撰原文。黄佐所撰墓表應該就是本書卷五〇所録《奉政大夫南寧府同知蓮峰陳公墓表》，而該墓表則應是陳志敬後人在清代雍正、道光年間重修立石時做了修改。

[二] 「少詹事」，原作「正詹事」，今據本書卷首黎民表《黄佐行狀》《明史·黄佐傳》改。

[三] 「斷大事」「決大疑」，原作「繼大疑」「決大事」，今據該墓表下文、本書卷五〇所録墓表改。

有取焉。

公諱志敬，字一之。其先宋季自贛徙南雄，有朝奉郎諱常者，始家東莞之大寧，六傳乃居北栅。高祖堯欽，曾祖孝思，皆厚德不耀。祖珪好禮能文，常仗義輸粟六百石，得授七品散官。父縉，邑庠生。母張氏。公自幼篤學，從祖猷□之，謂必亢宗。弱冠，有聲庠序。進士陳寧來爲邑令，見其經學醇粹，遣二子師焉。弘治甲子，以《易》領薦，卒業太學。嘉靖壬午北上，值同邑舉人林載陽爲漕運官軍擊死於清河閘，同舟者皆趨程上春官，無一肯顧之者。公獨留治其喪，且白當道，置數人於法。癸未會試後，始抵京師，天下髫髦聞而韙之。予素與公厚，方出禮闈，晤方西樵諸公，皆歎咤以爲不可及。一時士林争識公面。其悉大難之仁有如此者。

比謁選，得潯州府判，莅任首定催科之規，公私便之，督糧參政胡堯元大見旌奬。常署篆平南、脩城、貴縣，皆措置得宜。乙酉，改南寧，仍重糧務。丙戌，姚都憲鏌督兵數十萬征討岑猛，駐節邕管。公署府事，凡百供億，從容應之，給餽轉餉，動[愜]上下事情〔一〕。丁亥，田州既平，其酋盧蘇、王受復叛，欲攻武緣。督府檄公與大將往守，公至即脩城鑿池。二酋距城三十里而陣，守將張經輩震慴，議欲南奔，公拔劍誓與城俱亡。賊至城下，有欲行成者，公叱止之，乃堅壁固壘，且戰且守，賊遂引去。

〔一〕「愜」字漫漶不清，今據本書卷五〇所録墓表補。下文「周」「南寧」「疏陳鹽政」七字均漫漶不清，亦據以補，不再出校。

其禦大敵之勇有如此者。

戊子，晉本府同知。新建伯王公守仁來撫二酋，遣公單車往諭威德，蘇、受款服。已而密征八寨，公提武緣鄉兵以往，斬首八十餘級。百粤恬熙若無事時，公之駿功也。辛卯，林都憲富繼至，適征忠、江二州，檄公率思恩兵往，搗破其巢穴，於是忠州□□目黄廷器、江州□□黄永鐸相繼就擒。二州民情恟恟未定，公乃建議遷衛[周]安，以扼要害，築城荒田，以撫新降，招徠安集，二州以安。其成大役之信有如此者。

先是，太平推官陝人藺宗遠卒於官，旅櫬道[南寧]，親屬六七輩淪歿莫返，蓋停留者十餘年。公倡議捐俸，爲之易棺買舟，托其鄉人，得還關中。是時，戍柳正郎關中劉仕著《藺孤歸櫬録》，比之郭元振云。癸巳，陽明疏保擢公左江兵備僉事，公以戎政疲劇，懇休歸里。給諫太原常泰亦以事謫戍者，則贈之文，略曰：涖邕之政，卓爾難述。然禮在大夫，惠在百姓，義在恤死喪，功在平寨酋，而急流勇退，漢之兩疏，唐之巨源，真可以異代齊名矣。公比家居，能睦族黨。上[疏陳鹽政]之敝，□□□所稱。

嘉靖己酉三月二十四日終於正寢，距生成化戊戌二月十五日，享年七十有一。配宜人趙氏，宋宗室進士趙必瑑之□□，勤女紅，曲盡婦道，生成化辛丑四月二十九日，終嘉靖丁未十一月十五日，享年六十有七。副室鍾氏，明經華生孫女，生正德癸酉八月十四日，終嘉靖甲寅九月二十八日，享年四十有二。並合葬小捷山丁未向之原。子男三人，長廷對，邑庠生；次廷頌，出繼，先歿；次廷封。女六人，何□、彭□、□球、王依、鍾楸、盧承祜，其婿也。孫男三人，長履，邑庠生；次復，次益。女二人，長适蔡嘉遇，次許鄧其迴。曾孫男二人，燕毛、燕嘉。女一人，許聘王就謀。

於戲！義，剛德也。仁以濟之，勇以行之，信以成之，而後可以集事。公何慊乎哉，而其文治武功，才猷卓犖如是。向使陽明之疏得行，將闡其匡濟，必能爲國家斷大事、決大疑，而乃廛澤一方以老。嗚呼！豈非天哉？顧予自正德庚午始識公面，因知公心，蓋剛正人也。乃者王進士鳳翎狀公行，請表公墓，槩與予所見所聞、所傳聞罔不孚焉。於是大書其事，以勖天下之好義者。

大明嘉靖三十六年歲在丁巳冬十二月壬寅，男廷對、廷封，孫履、復，曾孫燕毛、燕翼等立石。

太高王父去予遠矣，讀黄先生之文，猶僾如见。於戲，太高王父其不朽乎，黄先生其不朽乎！顧非黄先生，不足以表太高王父；非太高王父，又何足以文黄先生。予每披誦，輒伏拜不能去。知道義之感，兩相得而益彰。企慕之情，百餘年如一日。鑒惟碑成，□□字題魯魚，非所以昭來許也。敢盥手拜録，槩仍其舊，重付石鐫，以存先人之遺。雍正四年，來孫□珩謹識。

大清道光十六年歲次丙申八月壬子初九日庚申，十六世孫房長禧全等重修立石。

# 附録二 《泰泉集》題記

## （一）湖南圖書館藏萬曆本葉啓勳題記

希齋官南京國子監祭酒時，曾手自編定其詩爲十卷。嘉靖廿一年，其門人李時行刊版於嘉興。後其子在中、在素、在宏彙輯遺稿，合而編之，刻於萬曆元年，此本是也。首有嘉靖廿一年張璧及萬曆七年陳紹儒二序，每半葉十行，每行廿字。

希齋詩體頗正而取材太陳，格雖聳高而氣少奔逸，文則章疏切實，體裁雅潔，頗多有道之言。蓋其博極群書，篤守洙泗之學，而不以聚徒講學名，故所論述皆有根柢。黎民表稱其操履端謹，模範嚴整，居無惰容，燕無媟語，宜其立言不苟，類其爲人。正、嘉之際，學問漸岐，而希齋獨恪守先儒，不爲高論，可謂篤實之士矣。《四庫全書總目》箸録李時行刊本，有詩無文。《提要》所載希齋《春夜大醉言志》詩，此本亦有之，而無自注，則館臣所謂「是將以嘲風弄月之詞，而牽合於理學」者，殆不然乎！

史稱希齋弟子多以行業自飭，而梁有譽、歐大任、黎民表詩名最箸。是集前有黎民表《行狀》，後有大任後序，或者注爲其所删歟。朱彝尊《静志居詩話》稱，嶺表自南園五先生後，風雅中墜，文裕力爲起衰，如黎維敬、梁公實輩，皆其弟子。嘉靖中南園後五先生，二子與焉。蓋嶺南詩派，文裕實爲領袖[一]，不可泯也。然則希齋可傳者，又不屢在區區詞采間矣。

丙子二月晦日，定侯葉啓勳記。

## （二）南京圖書館藏萬曆本題記

《黄文裕公泰泉先生文集》六十卷，明萬曆刊本。

明黄佐撰。佐字才伯，泰泉，其號也。登正德庚辰進士第，歷官翰林宫詹、侍讀學士。卒，贈禮部右侍郎，謚文裕。此集前載隆慶五年制誥，又嘉靖二十一年南京禮部尚書南郡張璧及萬曆七年南京工部尚書南海後學陳紹儒二序，後載門人歐大任跋。蓋文裕嗣子在中、在素、在宏編刊也。卷一之三：賦；卷四：騷辭、樂章、琴操、樂府；卷五：四言古詩；卷六、七：五言古詩；卷八：五言古詩[二]、七言古詩；卷九：七言古詩及七言長短句；卷十：五言律詩；卷十一：五言律詩、排律；卷十二：七言律詩；卷十三：七言律詩、七排、五六言絶句；第十四：七言絶句、聯句、集古

[一] 「袖」字下原衍「可」字，據朱彝尊《静志居詩話》卷一一删。

[二] 「五」，原作「古」，今據《泰泉集》目録改。

詩；卷十五：對策；卷十六：符命、頌、敍録；卷十七：箴上；卷十八：箴下、贊、銘、誦、謡、祝辭、字辭；第十九、二十：奏疏；卷二十一、二：書、啓；卷二十三：問對、設論；卷二十四：策問；卷二十五、六、七：論、議；卷二十八：説；卷二十九：原、解、辯、考、述、禁諭；卷三十之三十三：記；卷三十四之四十三：序；卷四十四：題跋；卷四十五、六：圖經；卷四十七：碑；卷四十八：神道碑；卷四十九之五十一：墓表；卷五十二之五十五：墓誌〔二〕、誄；卷五十六、七：傳；卷五十八：行狀；卷五十九、六十：祭文。文裕著書二十二種，多至二百六十餘卷，宜乎别集之富也。

## （三）南京圖書館藏嘉靖本題記（《善本書室藏書志》卷三七，光緒刻本）

《泰泉集》十卷，嘉靖刊本。

嶺南黄佐才伯甫。

佐字才伯，香山人。正德庚辰進士，選庶吉士，授編修，出爲廣西提學僉事。棄官歸養。東宫立，召爲左司諫，遷侍讀、諭德、國子祭酒。母喪服除，進少詹事、兼翰林學士，推吏部右侍郎。罷歸卒，年

〔二〕「墓誌」，原作「墓表」，今據《泰泉集》目録改。

七十七，謚文裕。少以奇雋名。入翰苑，博綜今古，窮究禮學、經濟。修詞摛藻，足升盛唐之奥。是集乃佐官南京國子監祭酒時手自編定，嘉靖壬寅，門人李時行尹嘉興時所刻，後有自跋。平湖屠應埈序首，并列莆田林雲同、武進薛應旂二序。今爲《四庫》著録，有華復初一印。

# 附録三 《泰泉集》序跋（録自嘉靖本《泰泉集》）

## （一）屠應埈《泰泉集序》

平湖屠應埈撰

夫詩，人聲之精者也。志感物而氣宣，音比律而節會，言該有象，思入無垠。變化協天地之章，情狀接鬼神之秘，摛草木之賁藻，彎鳥獸之麗文，寄興乎風雲，舒嘯于溪谷。雖巨細殊揆，而神理同原，如瑶光火齊，不施以丹堊，綠蓼結緑，不繪以銀黄，雪煜含暉，燿燁吐曜，乃性情之極致，而道德之流衍也。迨夫排比作而大義乖，鴳黄勝而遺響絶，雕玉騁巧，餙羽眩奇。晉、魏以還，大雅不作，浸淫建于陳、隋，侈靡日流，六義總廢。綜華究實，中盛于唐，後有作者，則以唐爲宗矣。

明興，統一經術，詩道未振而緝熙藝苑，朝不乏人。至成化、弘治間，宇内晏寧，協氣充淆，薦紳先生得以沐浴膏潤，枕籍圖書，闡赜抽玄，銜腴絢質，反衰世之絶軌，彰熙洽之懿休，纚纚洋洋，天下靡然興于詩云。于時學者率祖杜氏，近乃崇尚初唐，而彼此互觀，粲焉彪焕。譬則椒蘭菌桂，殊榮異質而各颺其馥；球琳弘璧，錯陳間列而各擅其精。不朽之傳，俟諸所好，豈不猶今哉？

泰泉黄子名佐，字才伯，以嶺表之秀，弱冠登庸，操瑄麟臺，蜚英玉署，才致超越，有雲霄之譽久矣。既乃反駕碧山，濡醇群籍，龍吟瓊海，鳳矯羅浮，發之聲詩，會詮條貫。觀其五七言、近體，雄深麗逸，旨遠格精，足以入室王、楊，升堂李、杜。至于賦、樂府、古詩，兼總古今，旁通音調，端方入矩，圓融出規，殆憑軾而馳漢魏，結轡以馭風騷也。夫其以沖曠絶塵之思，閎肆博物之詞，大者該九閎，遠者披八紘，高者擊膠葛之上，細者析秋毫之内，利若刺刃，光如連貝，辯合懸河，捷擬遺風，調六間于黄鍾，齊九莖於大籥，霓電激光乎青几，咸夏作聲於素札，可謂學林之鉅匠，昭代之名家矣。

昔唐盛時，張文獻公九齡亦奮迹五嶺，倡雅中朝，峻節徽文，爲世名相，典刑靡爽，遺集具存。即泰泉子所著，體裁無減而篇什之富過之。今方視篆南扉，羽儀東禁。他日列位台衡，勒銘彝鼎，宣經營之休問，播雅頌之元聲，以黼黻大猷，襄潤鴻業，豈徒儲芳於尺梓，鋭意於空言哉？

集凡十卷，其門人李君時行尹浙之嘉興，因携刻之，屬予爲序。泰泉子于翰苑爲先輩，嗣又並官宫寀，予歸卧山中，心所嚮往。究觀終帙，敍諸簡端，世固有以予爲知言者爾。

嘉靖壬寅秋八月朔。

## （二）林雲同《泰泉集敍》

奉勅提督學校、中順大夫、廣東按察司副使、前翰林吉士莆田林雲同譔。

余不佞少習《尚書》，攻舉子業，莫知《詩》所繇興。第聞諸長老言，《詩》自孔子删後，學士大夫慕古，類不逮李白云「大雅久不作，吾衰竟誰陳」是也。夫古今人不相及，匪時勢固然。學者不能攝理性情，務趨贍博，工綺麗，枝葉煩而根實斲，故其詞語纖縟，趣味無可咀嚼。彼《三百篇》，王化之遺也，而多出於閭里細民、婦人女子，彼亦何師授誦説哉？樂不淫，哀不傷，其至焉。然有小大正變不同，亦皆由衷之發，無勉强造作，故吟詠反覆，動人深長思爾，志復古者當如何？本諸性情而已矣，性情中和而已矣，中和亦善養以還吾本體而已矣，豈有他哉？雖然，豈易言哉？

侍讀泰泉先生，自髫齔即以奇雋名，一時貴人折節下之。其所爲文，傳誦海内。及登甲第，入翰林，遂裒然爲詞園冠。宗工鉅匠歛衽畏慕，才志之士争執鞭恐后。辛丑，余宦遊入廣，先生不鄙棄，過余論文。余以所聞長老言質之，先生曰：「夫文有禮、樂焉。自其秩然有節度者爲禮，自其鏗然有聲響者爲樂。夫禮，理也，中之謂也；樂，樂也，和之謂也。」公所得深矣，然非吾心之中和，又安有是禮、樂哉？故曰：「人而不仁，如禮何？人而不仁，如樂何？」於虖，公所得深矣！

一日，庠生霍喬輩携先生詩二帙見余，余方歆望先生，亟取讀之，諸體咸備，然各沉蓄藴藉，不事聲色，而精華炯炯，若有遏之益光，塞之逾溢者。位置整嚴，音韻諧協，而一段真味，古澹淵永，如太羹玄酒，商彝周鼎，又當自得於規矩準繩、鏗鏘動盪之外。且其愛不忘規，忠寓以諷，憫時歎世，撫己酬物，雖意已獨至，而温柔優厚，絶無圭角，謂公性情中和之養有素，而禮樂自爾流布顯洩不然哉？

昔人論作詩之法，至元爲多，如揭曼碩五事之議，謂養性以立詩本，讀書以厚詩資，識詩體於源委正變之餘，求詩味於鹽梅薑桂之表，運詩妙於舞蹈遊戲之境，似得古人肯綮而又推廣之者。要其言果是，則惟先生足以當之。古詩復見，豈非斯世人文之大幸哉？先生志行醇飭，所植立甚厚，不輕與人交，一語不苟出。今詩特其端緒稍稍外見耳，亦非所謂有德者有言耶？先生名位日盛，行將左右天子，興禮樂以位天地，育萬物，而淳熙雍穆之化，殆復見矣。詩之復古，又豈足云？

李進士將赴嘉禾，告余欲梓傳，以序請，余譾劣何知。太史氏有言：「『高山仰止，景行行止。』雖不能至，心切嚮往焉。」遂序之。李進士名時行，蓋學先生而有得者。詩五七言、古風、近體、律、絶句若干首，揔爲十卷云。

嘉靖壬寅三月朔，書于藥洲外館。

## （三）薛應旂《泰泉集序》

余少則聞今天下有黄泰泉先生。先生生嶺南，既入史館，尋復歸泰泉山中。及起掌翰留院，余獲遂覯見。先生出斯集授余序之，余諷讀既久，乃作序曰：

蓋觀天運群動，地效萬形，玄化應感，莫疾乎風。風之爲用大矣哉！是故先生作樂以宣之。夫詩，樂也。然寓言喻志，巽入默移，豈直樂云？夫固所以爲風也，《烝民》《南薰》，《卿雲》江水，遐哉藐乎，厥義迥矣。迨周太史采陳以觀生，仲尼删述以經世，至今《三百篇》與《易》《書》並訓懲勸，蓋特深焉。漢、魏以降，藝軌争馳，文質偏勝，唐人獨尚，作者彬彬。開元、天寶，號稱極盛，然已不逮元鼎、黄初，其去前古則逾遠矣。宋、元名家，大都韻文，風義浸微，詎能動物？迨我明初，高、楊詩人，沿襲勝國，莫闡王猷，際茲昌辰，亦何取於綺靡邪？弘、德以還，宣湮通畜，振藻揚芳，時則有二李、何、徐，樹聲藝林，風流宇内。然長沙逞才，其究則近；關西擬古，其究則易；信陽推類，其究則弱；長洲精詣，其究則促。雖亦文章之巨觀，終難與乎風雅之極致也。泰泉粹質殊才，貞志玄德，博綜丘墳[二]，窮往烈。發沉鬱之思，恊聲氣之元，參體互變，運哲盡神，真足以刊數代，横八紘，洋洋乎與邃古同流矣。謂爲造化含生，振起淪溺以爲世風者，非邪？然則斯集也，獨無重繫乎哉？先生著作種種，余之今序，序其詩耳。其諸載在金匱石室，藏諸高山大川，尚庶見之，俾天下後世述焉。

嘉靖歲壬寅夏四月既望，南京吏部考功主事武進薛應旂謹序。

## （四）李時行《泰泉先生詩集後敍》

夫詩之道，難言矣。黄、唐、虞、夏、商、周，篇什華實彬彬，遐哉邈追矣。暨漢，始有五言。魏、晉之交，諸體競彩，咸陶鑄性情，劚鑚文理，寫玄黄之光魄，鏤卉物之景貌，偉茁壯毅，縟綵彪炳，吁可觀也。世歷緜曖，條流棼揉，泥蟠經史，飆駭煙雲。梁、宋以來，綺靡尤泰。迨於唐，始復嚴整格律，馳騖

[二]「博」，原作「慱」，今據明薛應旂《方山薛先生全集》卷一〇《泰泉詩集序》改。

風雅，推準《三百》之趣，圓備六義之旨，辟諸升堂，其亦庶乎。循兹而降，代益短略，繁條弱植，萎薾附俗，將謂疊耀前光而多謬來識，無貴乎覽焉。

我明膺籙御宇，握珠照士，文明會其極，緜亘而彌昌，筆區雲蒸，藝苑霞蔚，材英秀發，海嶽降神，乃篤生我泰泉先生。輝掩南禺，鑒縣上世，翔集經典之圃，該鍊子史之術，按轡回正之路，擇源涇渭之流，反彼頽綱，振兹洪響。凡古章今律，短韻邇篇〔一〕，總掇如干首。策九代而驅軌，披四始而畫界，拓西京而植幹，憑建安而飛采，鎔冶陶、謝，斷截殊途，衙麾陳、杜，隸走百氏，故其情深而不詭，風清而不雜，事信而不誕，義直而不隨，體約而不煩，文麗而不侈，可謂往林之金矩，來英之玉牒矣。時行溷游宫牆，朽凋時晷，海洋寓矚，景切餘波，高堅懸企，志深鑽仰。以爲《韶濩》之曲，瞽者能宣其音，千里之駕，御人能調其足。爰輯舊聽，讎諸文梓，沉衷臆説，庸布蠡測，憲章懿讚，以俟鴻脩焉。

嘉靖壬寅秋八月既望，賜進士第、文林郎、知嘉興縣事門人青霞李時行頓首書。

〔一〕「篇」，原作「篇」，今據明李時行《李駕部前集》卷三《黄泰泉先生詩集序》改。

# 附録四 《泰泉集》提要

## （一）文淵閣《四庫全書》本《泰泉集》提要

《泰泉集》十卷，明黄佐撰。佐字才伯，香山人。正德辛巳進士，改庶吉士，授編修。出爲江西、廣西按察司僉事，召入爲左司諫，歷官至少詹事、兼翰林學士，爲忌者所劾罷。卒，贈禮部右侍郎，謚文裕。事迹具《明史·文苑傳》。

佐少以奇雋知名。及官翰林，明習掌故，博綜今古，於經濟、理學尤爲究心。嘗與王守仁辨「知行合一」之旨，多所闡發。生平著述至二百六十餘卷。所撰如《樂典》《革除遺事》諸書，今俱已别著於録。此集刻於嘉興，乃其爲司成以前之所作也。佐才力博贍，摛詞掞藻，足以雄視一時，海内亦奉爲壇坫。嶺南自南園五子以後，風雅中墜，至佐始力爲提倡，如梁有譽、黎民表等，皆其弟子。廣中文學復盛，論者稱佐有起衰救弊之功。其詩吐屬沖和，頗見研練。朱彝尊謂其取材太陳，故格雖聳高，而氣少奔逸。然在茶陵宗派消歇之餘[一]，七子議論方興之會，獨能力追正始，不失雅音，猶爲不惑於岐

[一]「茶陵」，原作「荼陵」，今據清永瑢等《四庫全書總目》卷一七二《集部·别集類二五》改。

趨者焉。至其《春夜大醉言志》詩，落句有云：「倦游却憶少年事，笑擁如花歌《落梅》」，此不過嘲風弄月之詞，自注乃以欲盡理還爲喻，强附道學，實爲迂鑿無當。王世貞謂此乃佐爲美官講學，恐人得而持之，故有此語，當得其情，然究不免通人之蔽矣。乾隆四十二年九月恭校上。

## （二）《四庫全書總目》卷一七二《泰泉集》提要

明黄佐撰。佐有《泰泉鄉禮》，已著録。此集乃佐官南京國子監祭酒時手自編定，其門人李時行刊版於嘉興者也。佐少以奇雋知名，及官翰林，明習掌故，博綜今古。生平著述至二百六十餘卷，在明人之中，學問最有根柢。文章銜華佩實，亦足以雄視一時。嶺南自南園五子以後，風雅中墜，至佐始力爲提倡，如梁有譽、黎民表等，皆其弟子。廣中文學復盛，論者謂佐有功焉。其詩吐屬沖和，頗見研練。於時茶陵之焰將熸，北地之鋒方鋭，獨能力存古格，可謂不失雅音。惟其《春夜大醉言志》詩有云：「倦游却憶少年事，笑擁如花歌《落梅》」，自註以爲欲盡理還之喻，是將以嘲風弄月之詞而牽合於理學，殊爲無謂。王世貞《藝苑卮言》謂此乃佐爲儒官講學，恐人得而持之，故有此語，當得其情。白璧微瑕，惟在閒情一賦，是亦昭明太子深惜於靖節者矣。

# 附録五 《文裕公年譜》（録自黄佛頤《先三鄉賢年譜·文裕公年譜》，清光緒二十九年香山黄氏純淵堂刻本）

先文裕公諱佐，字才伯，號希齋，又號太霞子，晚更號泰泉居士，學者稱泰泉先生。

**明孝宗弘治三年庚戌**

十一月十七日，公生於承宣里第。其夜，雙槐公夢有紫綬金章者入室，寤而報公誕生，粤洲公亦獻吉夢焉。天稟明睿。晬盤之日，左手執筆，右手提劍，人咸異之。

**四年辛亥，二歲**

**五年壬子，三歲**

按：門人黎民表撰《行狀》云，公三歲即畫地作天字。

**六年癸丑，四歲**

受《孝經》。

**七年甲寅，五歲**

隨粤洲公執養親禮。日探家笥藏書，問知經史難字。觀周、程六君子遺像，即自誓必如此而後爲人。

八年乙卯，六歲

九年丙辰，七歲

雙槐公教以數與方名，公偶弄筆作「河洛」點畫，雙槐公大喜，遂遣就外傅。一日，問諸師曰：「《大學》自綱領條目外，何以釋本末而不及終始耶？」爲文已混融如宿儒矣，師辭不能教。

十年丁巳，八歲

大父雙槐公卒。

十一年戊午，九歲

十二年己未，十歲

公著《漱芳録》。自序云：「佐生髮未燥，自愧夫心茅無徑，弗足爲五車容也。故旁覽載籍，境與意會，輒手録之，積累既夥，彙而成册。」大意則欲以資舉業也。

十三年庚申，十一歲

十四年辛酉，十二歲

公習舉子業成，乃更學爲古文詞及皇極象數之學。著有座右銘、《正騷》《粤會賦》。

十五年壬戌，十三歲

十六年癸亥，十四歲

**十七年甲子，十五歲**

著《志學銘》以自勖。

**十八年乙丑，十六歲**

公集有《正己賦》，序稱弘治己丑。按：弘治無己丑，疑爲是年乙丑之誤。

**武宗正德元年丙寅，十七歲**

僉事李公希顔署學事，召補郡學弟子員。試孔氏遺書論，公謂曾子發堯舜之所未發，慎獨是也。大異之，置第一。

粤洲公命纂集《權度策》。策存集中。

**二年丁卯，十八歲**

督學林公廷玉至，凡李公所取士，悉更試之。雖奇公，而不令入場屋，曰：「吾以成其才也。」公自是沈潛義理，至忘寢食。久之，歎曰：「孔門之學，知行並進，豈可偏廢乎？」公少時所見已如此。

**三年戊辰，十九歲**

**四年己巳，二十歲**

三月，廣州太守曹公琚擇諸生之雋異，檄請作養，首加禮於公。同學有請俸入之餘以爲利者，公獨不受，且白罷之。

是歲，撰《廣州人物傳》，以補范瑗、陸胤之闕。嘉靖五年，明山姚修撰淶爲之序，後南海倫修撰以訓又序之。

**五年庚午，二十一歲**

公應鄉試，以《詩經》中式第一。公以所得百金上粵洲公，令給家費。不及束裝北上，作《九州問》以見志。

**六年辛未，二十二歲**

正月，著《小學古訓》成，公自爲序。嘉靖十年，巴陵方田爲之解，命工梓之。越三年甲辰，新安程易重梓之。

是歲，公聘妣李孺人。

**七年壬申，二十三歲**

**八年癸酉，二十四歲**

七月，公侍粵洲公計偕北上。十月，粵洲公途次儀真，病卒。公哀號隕絶，扶柩而還。

**九年甲戌，二十五歲**

十二月，攢粵洲公於聚龍岡先兆，每日必往。至禫，猶不食肉。

**十年乙亥，二十六歲**

先是，弘治丁巳，粵洲公於雙槐公塋建茅亭，以藉展拜。及是，公乃改築爲堂八楹，旁齋各三間六楹，左爲廚，右爲庫，堂懸扁曰永思，志感也。

**十一年丙子，二十七歲**

公終喪，遂娶李孺人以事陳太孺人。

**十二年丁丑，二十八歲**

公再計偕北上。至京，值病作，不克終試。同鄉大學士梁公儲慰留之，公竟歸。

是歲，著《詩經通解》二十五卷成。公自序云：「予少誦《詩》，因旁及註疏。《玉海》首明《集傳》之意，而附諸説異同於其下，命曰《詩傳旁通》。正德庚午，得嚴氏粲《詩緝》〔一〕，復采入焉。自是日加删潤。癸酉〔二〕，罹憂廢業。丁丑北上，不克終試而歸，乃復修改，并及禮樂，更命曰《詩經通解》。

**十三年戊寅，二十九歲**

**十四年己卯，三十歲**

初，公自京師歸，焚其路引，有終焉之志。太孺人督勸不已，至是歲，復束裝北上，赴禮部試。

**十五年庚辰，三十一歲**

公至京，以失引例不入試。禮部尚書毛公澄、侍郎王公瓚皆聞公名，許預試。同考檢討張公衍慶得公文，置第一。大學士石公珤病其專，抑置十八名。

是時，武宗南巡，車駕始還京，不及廷試。公需於慶壽寺得觀佛書所謂「明得心源」之説，知宋學

---

〔一〕「詩緝」，原作「詩輯」，今據本書卷三五《詩經通解序》、嚴粲《詩緝》（明味經堂刻本）改。

〔二〕「癸酉」，原作「癸丑」。據上文「八年癸酉」黄佐之父病卒，此處言黄佐「罹憂廢業」，可知「癸丑」乃「癸酉」之誤，故據以改。

之流爲禪者，實出於此。

十六年辛巳，三十二歲

三月，武宗崩，世宗即位。五月，始廷試。大學士蔣公冕閲公卷，又欲置第一，大學士楊公廷和以公言切直，移置二甲十一名。覆閲廷策，選爲庶吉士，五試皆第一。蔣公以乾清宫成，命賦題試諸吉士，公獨先成，文奇字奥，長老驚歎，以爲張平子、王文考之流也。

世宗嘉靖元年壬午，三十三歲

公素不喜干謁，而同列又有毁之者。或恐公不與館職，公曰：「即不偶，雖州守亦願爲之。」命下，授編修。十月，偕衆往見内閣，楊公廷和曰：「予目近視，今日乃識君耳！」色若有憾焉者。是月，公上《新政要務疏》，又上《修舉新政疏》，皆留中不行。惟刑部尚書莆林公俊是其議，遂與定交。按：公撰《翰林記》二十卷，及與廖侍講道南同撰《殿閣詞林記》二十二卷，當在是時。

二年癸未，三十四歲

元旦，公侍班殿上，鴻臚寺引夷使徑至御前，命賜酒飯。公考定朝儀，草奏欲正之。或曰舊制也，不果上。未幾，浙有宋素卿之變，人以爲先見。按：宋素卿通倭，事在是年五月。二月，公充會試同考官，閲北春秋卷。録成，而《詩》義不稱，衆不肯署名。公易之，乃授梓。時大禮議興，毛尚書澄謂：「兄終弟及，無追尊之禮，惟漢有之，宜倣其禮。」公從其説，署名牘尾，異議者以爲黨。公以太孺人在家，求歸。

九月甲申，册封南渭王，奉命充岷府副使以行，成都楊修撰慎作詩送之。

冬，道經杭州，會友人梁日孚，致陽明王公守仁傾仰之意，公即往紹興見之。時王公方宅憂，留公七日，食息與俱，因論及良知。公曰：「知猶目也，行猶足也。雖乃一時俱到，其實知先行後。」王公曰：「君太信宋儒。」公曰：「知之非艱，行之惟艱，豈宋儒耶？夫子亦曰『知之未嘗復行也』。」王公歎曰：「直諒多聞，吾益友也。」瀕行，詣公舟，復與論禦戎、治河諸策乃别。按：公門人黎民表撰《行狀》稱公四疏省親，得允後歸。至杭訪王公守仁，與論良知。《明史》公本傳因之。考公所著《庸言》，則云：「癸未冬，予册封道杭，會同窗梁日孚，謂陽明仰予，予即往紹興見之。」據此則《行狀》及史誤矣，今特改屬而附訂之於此。

十二月，入楚。甲寅，至衡山，游焉。值風霧至，絶頂忽霽，作詩紀事。次年初夏朏夕，爲之記。

## 三年甲申，三十五歲

正月，自永州過粤，順道歸省太孺人，作文祭告先墓而行。

三月八日，册封事竣，辭宴、幣及銀食器諸物，仍令有司以復。十四日，抵道州，至祁陽，得疾自永州。十月，復抵家，拜太孺人，即具《出使陳情疏》，未報。有司覈復命者，公力疾還朝。太孺人爲公聘側室林氏，命公偕李孺人北行。至京，禮部尚書席書及諸議禮者皆始進用，欲援公爲助，遣人通意，公謝絶之。

十二月，大學士楊一清召還，首詢公以典故，公引證以答。集有《上楊石淙書》。又餽文集，欲引用，公亦辭不往。

公撰《黃氏家乘》二十卷，長洲文待詔徵明爲之序。八月乙巳，高陵吕修撰柟又序之。

是歲，泰泉書院落成。孟冬，公爲《興作記》，勒于石。按：書院創始於二年，至是落成，在粵城北棲霞山，即今白雲新景泰寺址。

**四年乙酉，三十六歲**

閏十二月，公三年考滿，贈粵洲公文林郎、翰林院編修，母陳氏封太孺人。命至，太孺人奉璽書泣曰：「恨而祖若父不及見今日也。」

**五年丙戌，三十七歲**

三月，公上疏乞給假省親，不報。八月、九月，疏凡三上，始獲允。

十月，上賜公道里費。出次潞河，阻凍，還張家灣，館於蕭中書宅。

十一月三日，長子在中生。

**六年丁亥，公三十八歲**

公在潞河，過元夜，凍解乃行。時文待詔徵明亦引歸，並舟而還，唱酬甚適。

五月抵家，太孺人得抱孫，甚喜。公晨夕問安視膳，多仿《顏氏家訓》行之。

七月，公復以程期促迫，上疏請養病。

冬，巡按御史華亭蘇公檄郡守范禄請修《廣州府志》[一]，書成，却幣辭宴。會王公守仁總制兩廣，手書其先世參議綱死增城事，俾采入焉，且命其門客繕寫校正，定爲七十卷刊之。

## 七年戊子，三十九歲

公於會城越井岡修復粤洲草堂，堂前面塘倚荔築涵一亭，公自爲記。建世祐祠，大學士全州蔣公冕爲之記。祠前建寶書樓，以奉敕命，貯書籍。明年，南海黄侍郎衷爲之記。又於雙槐公塋築恩光亭，建敕命碑刻及墓表，布政司徐公問爲之記。

五月，公作《焚黄告墓文》。時大禮成，釐翰林官爲二等，文學淵源者留用，政事精通者補外。公初已留用，後有譖之者，乃出公爲江西按察司僉事。

六月，聞命遂行。秋，至境上，上疏乞休侍養。疏下，都察院奏覆，唯列公學行甚稱，趣令赴任。按：公《庸言》云：陽明王公平八寨，駐廣，予已僉臬江右。時開講，官民畢集，折簡招予。予往見，大喜曰：「昔與尊兄論良知，兄言明德則良能可兼，已作敷文書院對聯矣，曰『欲求明峻德，惟在致良知』。予曰：『明德即是良知，所謂燈即是火耳。』」隨改督廣西學校官如故。或曰君命數臨，辭謝不已，恐爲太孺人憂。公乃强起，抵蒼梧軍門，舊謁者必跽，公長揖而出，撫臣不悦，公責以君臣大義，愧謝焉。道經府江，猺賊出没，召主守者詰之，諭以威信，其酋皆叩首而去。

[一]「范禄」，原作「范禄」，今據本書卷五八《郡志自敍先世行狀》改。

歲暮，抵桂林。

是歲六月二十七日，次子在素生。

**八年己丑[一]，四十歲**

公在桂林修書院，育人材，與諸生發明「理一分殊」之旨，因輯《理學本源》頒行郡邑。又出令嚴士習，撤淫祠，行射禮，舉節孝，立鄉社，擇士民之秀者爲弟子員，以風勵之。猺獞感悅，寇掠少輯。宗室故與諸生爲仇，督學者至，執梃而後敢出。公遺以《小學古訓》，皆遵約束。有來觀射至終事不譁，且上書稱贊者。公以廣西舊通志闕略，遂發凡舉例，重修之。書成，凡六十卷，公爲後序。參修者，廣西巡撫莆田林公富也。

是歲，世祏祠落成，公有祭告文。

**九年庚寅，四十一歲**

八月，公校士懷集，得家書云太孺人感疾，公即日疏致仕，以符印付有司，棄官竟歸。御史劾公擅離職守，下巡撫林富逮問，富言公誠有罪，第爲親受過，情有可原。時大學士李公時薦公有程朱之學，宜充經筵講官，世宗亦知公名，而銓部覈謂公母老且病非詐，止令致仕而已。

---

[一]「己丑」，原作「己酉」。嘉靖八年乃己丑年，逕改。

**十年辛卯，四十二歲**

公家居，遠近學者踵至，始闢粤洲草堂以居之。又建釣魚臺於泰泉上。

二月，令門人黎民表、梁有譽輩輯《六藝流别》成，凡二十卷，公序之。是時，部使者如蜀張公峨、歙汪公思、閩張公岳數來問難，聞言甚悦。巡撫陶公諧召還兵部，奏薦公有「文章華國，謀猷經邦」之語，諫臣董進第等以遺逸薦，禮部侍郎吕公柟以宫僚薦，皆爲議禮者沮之。會新會令長樂陳士興延公訂定邑志，公乃發例，俾門人述焉。書成，刻於秋孟。三閲月工竣，公自爲序。公屏居常有廟廊之憂，賙貧赴義，意惟恐後。是歲，增置粤洲公義田以贍族人。

十一月，廣東藩議王公洙爲撰《黄氏義田記》，立石香山邑城。按：記今嵌香城始祖御史祠壁。

**十一年壬辰，四十三歲**

公臨事審密而能斷。時海賊許折桂入寇，至琵琶洲，會城將閉矣，公畫策以授守者，賊遂請降。城中有夷達官舍，自永樂中安置，其後供費日廣，而軍儲至不給。武臣議請裁革，衆大噪，刑白馬爲誓，以仇主者。公聞變，亟出慰諭，仍言于院使，俾復其舊，衆始感悦。又有楊指揮者與三學生徒詬競，其僚屬從使之，歃血教場，欲殲諸生，公言於鎮守平之。

**十二年癸巳，四十四歲**

**十三年甲午，四十五歲**

**十四年乙未，四十六歲**

公先督學廣西，所著《鄉禮》，凡六卷。粤藩参議西溪徐乾梓之，頒行郡邑。

是歲大水，穀不登，鄉落多盜，諸耆民請於李方伯中復舉行焉。

是歲，戴巡按熺改粤洲草堂爲粤洲書院。

會有詔於廣州買香，海舶不至，責居民爲香户，人多逃匿。張方伯鏊患之，率屬以請，公指授條約，城中大悦，而人亦願供香。有同鄉惡其繩己，力沮壞之。後盜益起不可治，而省城有叛卒之變，識者以爲不用公策至此。按：《廣東通志》，潮州柘林兵叛，犯廣州，提督吴桂芳討平之。事在嘉靖四十三年四月。

**十五年丙申，四十七歲**

公輯《内則》《曲禮》及《列女傳》諸書，爲《姆訓》一卷，自爲序，門人梁有譽書其後。

陳巡按大用於粤洲書院前隙地爲公建泰泉精舍，公雖爲議禮者所阻，然名聲並起，朝廷亦欲用公。

閏十二月，世宗幸平臺，召大學士夏言、顧鼎臣等，謂曰：「向者李時曾薦黄佐可用，今翰林少此舊臣也，可補之否？」皆叩首曰：「佐實可用。」遂以翰林院編修、左春坊左司諫起公于家。

**十六年丁酉，四十八歲**

**十七年戊戌，四十九歲**

**十八年己亥，五十歲**

七月二日，三子在宏生。

九月，公束裝北上。

**十九年庚子，五十一歲**

二月，公至京供職。作《九經政要箴》，先成法而後規諫，又取「訓」「蒙」二字更正之。將以進，先啓輔臣曰：「儲貳爲天下之本，而輔導之職，則以預養爲本。」輔臣不悦，書不果上。按：公《庸言》云：「予入翰林，兼宮諫，時見大興隆寺廢址，建議欲立爲射圃，如洪武舊制，令觀政及歷事諸士習射，因講習車戰砲弩以備狄，仍效洪武辛亥銓試，授官，射策之制，所以驗其才識也。」

三月，充經筵講官，值暑輟講。

會安南莫登庸通使請封，詔大臣處分，有力言可取以覬進者，公示以永樂征交事迹，且言當從其請以羈縻之。後登庸效順，兵費不損，公之力也。

是年冬，進侍讀，掌南京院事。

**二十年辛丑，五十二歲**

公赴南京，便道歸省。正月，宿通州。二月，至德州。四月，至江西。五月，抵家。九月，作文祭告先墓。奉太夫人以行，門人梁有譽賦詩送公。

**二十一年壬寅，五十三歲**

春，公迎養太夫人於南京，税於院中玉亭，賦詩爲壽，太夫人懽甚。大僚如張公邦奇、徐公問、馬公理日來省問，遺以甘旨，且作詩紀事焉。

公編成《革除遺事》十六卷，助編者黄巖符侍御驗也。見公集中《與潘榕溪書》。

是歲仲冬，南京禮部尚書南郡張公璧爲公集序。

**二十二年癸卯，五十四歲**

三月，公具疏給假，送太夫人還鄉，不報。召爲右諭德兼修撰，同修玉牒。公奉太夫人行至潞河。大臣有欲公主順天鄉試者，適公未至，以他人代之，後皆得重譴，而公免於禍。

九月，至京。尋陞南京國子監祭酒，復還金陵。涖任，頒《五倫條約》，禁止超撥之法，及清餼廩之乾没者以給諸生，有《清如水》之謡。公以今之留都，猶古之東郊也，驕淫服美，士習益陋，乃作《南廱志》，訓以宗之恭儉。書成，凡二十四卷，公自爲序。贊其事者，監丞趙恒，博士王製、周瑞，助教梅鶩也。

**二十三年甲辰，五十五歲**

仲春，公著《樂典》三十六卷成，以示諸生。學士張公治見之，曰：「《簫韶》九成，可復聞也。」公主試南京，因以策士。公始爲此書，夢夫子告以知崇禮卑之説，積思二十年始成。嘗與洹野崔公質論之，至是其傳始廣。公自序稱少時先公出所藏《樂雜記》而教詔之，退而卒業，然算及星曆未之好也。嘉靖庚寅，荒遁粤洲之麓，乃始玩悟參伍，而後成均之法稍明。竊不自揆，輯古訓而通釋之。

公著《樂典》成，後因大宗伯掌邦之五禮，輯三禮而會通爲一篇，作《禮典》四十卷，自爲序。又手編定集十卷，門人李時行梓於嘉興。

四月，太夫人忽思歸，曰：「吾恐金陵終，苦熱毒禽。」言謂不如歸去耳。公聞而大恐。六月，具疏乞休，未及報。七月四日，太夫人病卒於南京，公哀慟切至，諸生皆哭。歸祔廬於先墓之側。

**二十四年乙巳，五十六歲**

十一月二十六日，合葬太夫人於粤洲公兆，南京兵部尚書四明張公邦奇爲作墓誌銘。

**二十五年丙午，五十七歲**

時香山令閩鄧遷倡修邑志，請公裁定，公以方在苫謝之。乃令門人楊維震輩撰次論贊，比及祥禫，躬爲潤色。書成，凡八卷，公序之。

**二十六年丁未，五十八歲**

元日，公迎召命，起公少詹事、兼翰林院侍讀學士。公行至大庾，刑部侍郎劉公節逆謂之曰：「聞大臣有起用者道經留都，公惟遣人投刺，有之乎？」又曰：「翰林舊風今亦變矣，後來者坐起，未嘗遜前輩也。」公但唯唯而已。至京入西苑，見輔臣夏言抗禮，惟施再拜，左右大駭。與談及河套事，言愈不悦。會吏部右侍郎缺，所司推禮部右侍郎崔桐及公，給事中徐霈、御史艾楨言桐與左侍郎許成名競進，至相詬詈。因誣公及同官王用賓亦覬望，宜皆止勿用。言中主之，遂皆賜罷。張公治爲之流涕曰：「指讓爲争，與指鹿爲馬，何以異哉！」同列多來慰藉，公亦不辯，遂歸。

**二十七年戊申，五十九歲**

公抵家，諸生復請公講學，乃爲條約以申告之。朔望皆至精舍請業，諸生多以行業自飭。有宦游四方者，人見其持論必知之，曰此泰泉先生弟子也。

都御史張公岳扁泰泉書院堂曰棲霞。

**二十八年己酉，六十歲**

公舊著《鄉禮》六卷，粤藩刻之以行。是年，又以《士相見禮》及《投壺鄉射》諸篇附之，合七卷。二月，香山令鄧遷爲之序。四月，順德何瀫又序之。

**二十九年庚戌，六十一歲**

二月乙巳，湛公若水約公爲羅浮之游，門人黎民表、梁孜從焉。戊申，偕登天華峰，釋菜四賢祠，冒雨徧覽名勝。莫宿沖虚觀，大雨達旦，乃霽。公賦《緩聲歌》三章。過朱明洞，至青霞谷，望飛雲、石樓諸勝，復經梅花村，返櫂而歸。

**三十年辛亥，六十二歲**

**三十一年壬子，六十三歲**

公自庚寅棄官歸養，講學粤洲，門弟子執業，日録所聞。迄己酉罷講，裒爲十二卷，公名之曰《庸言》。是年七月，門人何价、孫學古、陸湯臣等命工梓成之，黎民表爲後序。

**三十二年癸丑，六十四歲**

二月，遣門人長樂縣教諭梁邦猷致祭雙槐公長樂縣生祠，公自撰祭文。

**三十三年甲寅，六十五歲**

**三十四年乙卯，六十六歲**

是歲，次子在素以《詩經》中式本科鄉試四十四名。

**三十五年丙辰，六十七歲**

先是，二十九年，公游羅浮歸，從門人歸善姚泓得舊志録本，黎民表復得圖記鉅幅於故家。公遂博訪旁采，綱以圖經，至是成《羅浮山志》十二卷，自爲之序，黎民表爲後序。門人姚泓與兄瀾及張文鉅、徐國瞻、湯相共率錢一萬付梓。適佃人送租錢五千至，亦畀焉，遂竣工。

**三十〔六〕年丁巳**〔一〕**，六十八歲**

公自中歲謝病，少通賓客，前後著述多所釐正，惟《廣東通志》自宋元來未有修輯之者，公亦私有紀載。十一月，撫按談愷、徐仲楫敦請終業，開局於貢院，次子在素與焉。三歷寒暑而後成，公序之。談公、徐公以書成奏薦公，繼之者又數上，咸謂真儒聖于學，今罕儷云。

〔一〕「六」字原脱，今據上下文所列紀年補。

**三十七年戊午，六十九歲**

公删定門人所編《明音類選》成。仲春，公爲之序。閏七月，黎民表爲後序，潘光統刻之以傳。

**三十八年己未，七十歲**

**三十九年庚申，七十一歲**

**四十年辛酉，七十二歲**

九月，門人潘光統築滋蘭山房，公名其堂曰貽馨。復携卷求言，公書戊午所作夢中小詞并引贈之。映奎按：公所書墨迹，近復得之於粤城故家，款署嘉靖辛酉孟冬朔旦，泰泉山人黄某書于求在我軒中。求在我軒者，即公集中所銘之内省軒也。卷末附文衡山待詔畫蘭一幅，因合裝之云。

**四十一年壬戌，七十三歲**

時潮夷張璉叛〔一〕，五月平之。公作《平潮夷雅》十有一章。仲秋，子在素刻公《六藝流别》成。按：在素公書目録後云：「兹書編自辛卯，告完日就蠹矣。歐君大任因加精校，懼其湮也，乃命工鋟諸梓。」

**四十二年癸亥，七十四歲**

**四十三年甲子，七十五歲**

公命門人潘光統輯《唐音類選》成。孟冬，公爲之序。

〔一〕「張璉」，原作「張連」，今據本書卷五《平潮夷雅》改。

**四十四年乙丑，七十六歲**

十一月九日，妣李夫人卒。十二月十日，陪葬聚龍岡先兆，公作墓誌。門人劉兵憲穩來弔，備言已行《鄉禮》保甲法于南韶，弭盜安民之策，無出此者。已而郭分守應聘又潤色，行之于廣州，公賦《朔風詩》三章以美之。

**四十五年丙寅，七十七歲**

公自去歲已患羸疾。七月，疾革，召門人林喬、陳冕、黎民表、黎襄輩，示以《十一夜偶成》，有「詒謀無厚業，忠孝種心田」之語。二十六夕，公將易簀，猶講《易·繫》曰：「『自天祐之，吉无不利』，當以王弼注爲是。」又作詩有「氣完光岳，身在雲霄」之語。整襟撫帶曰：「弘毅之學，當如是也，小子識之。」乃卒。子在素、在宏以穆宗隆慶元年十二月二十二日攢於聚龍岡先兆，門人黎民表爲撰《行狀》。二年，詔贈公禮部侍郎。四月，遣廣東布政司右參政謝鵬舉諭祭。五年，追謚「文裕」，崇祀郡邑鄉賢。

神宗萬曆元年，子在素等刊公全集六十卷成。二月，門人歐大任撰後序。七年九月，工部尚書南海陳紹儒又序之。公所著尚有《纘春秋明經》十二卷、《春秋傳意》十二卷、《通曆》三十六卷〔一〕、《革除遺事》節本六卷、《明千家姓纂》十二卷、《論原》十卷、《論式》三卷、《舉燭雜編》無卷數，著書年月均未詳，並記於此。

先祖雙槐、粵洲、泰泉三先生，以理學俎豆宮牆，爲百粵儒宗。映奎學行譾薄，恒以弗克纘承爲

---

〔一〕「通曆」，原作「通歷」，今據本書卷首黎民表所撰《黄佐行狀》改。

憾。曩從兄石孫曾有泰泉公年譜之輯，稿存於家，十數年前，爲人攫去不返，映奎常耿耿於中。今歲以校刊《家乘續編》竣，遂出先集家譜及諸載籍，命男佛頤重輯之。並命增輯雙槐公、粵洲公年譜，合一卷，俾三先生家學淵源，與夫出處大節，均得考見，因附刊家乘之後。吾宗子弟儻能睠仰先德，奮然興起，則於數典不忘之意，尤足慰耳。

光緒癸卯臘月，裔孫映奎敬識。

# 附録六　黄佐傳記選録

## （一）《明史》卷二八七《文苑傳·黄佐》（中華書局一九七四年點校本）

黄佐，字才伯，香山人。祖瑜，長樂知縣，以學行聞。正德中，佐舉鄉試第一。世宗嗣位，始成進士，選庶吉士。嘉靖初，授編修，陳《初政要務》，又請修舉新政，疏皆留中。尋省親歸，便道謁王守仁，與論知行合一之旨，數相辨難，守仁亦稱其直諒。還朝，會出諸翰林爲外僚，除江西僉事。旋改督廣西學校，聞母病，引疾乞休，不俟報竟去，下巡撫林富逮問。富言佐誠有罪，第爲親受過，於情可原，乃令致仕。

家居九年，簡宫僚，命以編修兼司諫，尋進侍讀，掌南京翰林院。召爲右諭德，擢南京國子祭酒。母憂除服，起少詹事。謁大學士夏言，與論河套事不合。會吏部缺左侍郎，所司推禮部右侍郎崔桐及佐。給事中徐霈、御史艾朴言：「桐與左侍郎許成名競進，至相詬詈；而佐及同官王用賓亦争覬望，惟恐或先之，宜皆止勿用。」言從中主之，遂皆賜罷。

佐學以程、朱爲宗，惟理氣之説，獨持一論。平生譔述至二百六十餘卷。所著《樂典》，自謂洩造化之秘。年七十七卒。穆宗詔贈禮部右侍郎，謚文裕。

佐弟子多以行業自飭，而梁有譽、歐大任、黎民表詩名最著云。

（二）顧起綸《國雅品·士品·黄佐傳》（丁福保輯《歷代詩話續編》，中華書局一九八三年點校本）

黄詹事才伯，性尚沖和，韻含芳潤，玄覽鰲洲，藏珍瓊海，爲一代名家。其詩譬之龍躍懸河，鳳鳴阿閣，輝映高絶。屠諭德謂其「利若刺刃，光如巨貝」，故詞林宗匠也。如《虎丘》云：「夫椒先自敗，於越遂能軍。月落苧蘿冷，花深麋鹿群。」《興安道》云：「密雲虚礙馬，芳草遠隨人。」《夜坐》云：「野色入河漢，鐘聲連翠微。」《洞庭》云：「未央月轉芙蓉殿，太液波涵翡翠樓。」《採蓮》云：「青山亦有飛來日，何事蕭郎未見還？」《並頭花》云：「十年不到芙蓉闕，坐對雙紅聽曙鷄。」並得開元風格，大曆情興，足以接武曲江，追駕嶺表矣。

余早歲羈旅都下，嘗因張文肅交公，其風度弘朗，閒素超脱。丙午間，少宰員缺，廷推忤忌者。一日罷二侍一詹，公與少宗伯崔、許二公也。公遂不旋踵，飄然解龜去都。余追至通會送之，把余臂曰：「子有勝致，他日能訪我羅浮之巔乎？」後十有三載，余自鬱迂道一造其門，值颶風大作，遂觴余五層之樓，遥覽羅浮秀色，宛在浮白間，彌日而别。公雅有古誼，將無以言掩之。

## （三）郭棐《粤大記》卷二四《獻徵類·黄佐》（《日本藏中國罕見地方志叢刊》，書目文獻出版社一九九〇年影印本）

黄佐，字才伯，號泰泉，一號太霞子。祖瑜，號雙槐，爲長樂令。父畿，邃於理學，稱爲粤洲先生。弘治庚戌生公。是夕，雙槐夢有紫綬金章者入室，喜謂必亢厥宗。幼頴悟，五歲觀周，程六君子遺像，自誓必如此而後爲人。十二歲，舉業成。弱冠，舉庚午鄉試第一，作《九州問》以見志。潛心理奥，至忘寢食。嘆曰：「孔門之學，知行並進，豈可偏廢乎？」

庚辰，中會試十六名。逾年廷試，初擬進呈，移寘二甲十一名，選庶吉士第一。以乾清宫題試諸吉士，公獨先成，諸老奇其文，謂張平子、王文考之流也[一]。授翰林院編脩。時嘉靖初元，公上《初政要疏》及《脩舉新政疏》，刑書林公大韙其議，遂與定交。會試充考試官。值議大禮，公與尚書毛澄同疏，有謂公爲黨者。會册封南渭王[二]，充岷府副使。事竣，堅辭金幣。歸家，陳情養母，不允，力疾還朝。

[一]「王文考」，原作「王文秀」，今據本書卷首黎民表《黄佐行狀》、黄佛頤《文裕公年譜》改。

[二]「南渭王」，原倒爲「渭南王」，今據本書卷首黎民表《黄佐行狀》、卷一二《九月十七日大封宗室奉命充南渭册禮使》及《明史》卷一〇二《諸王世表》乙正。下文選録《雍正廣東通志》中《黄佐傳》「渭南王」，亦據以乙正，不再出校。

三年滿考，贈粵洲如其官。上省親疏，力懇得允。春出潞河，與文公徵明聯舟，唱酬甚適。至杭，訪王陽明，論良知之學。抵家，上疏養病。有司請修《廣州志》，書成，却幣辭宴。

戊子，大禮成，有譖公者，出爲江西按察僉事。上疏乞養親，隨補廣西僉事提督學校。抵蒼梧，謁軍門，秉禮不跪，撫臣銜之。經府江，猺賊出没，諭以恩信，皆叩首去。抵省城，則脩書院，育人材，日與諸生講明理一分殊之旨，因輯《理學本源》以端士習。又撤淫祠，行射禮，舉節孝，立鄉社，擇土民及猺、獞之子弟者教之，風化大行。校士懷集，偶得家報母疾，即日疏丐致仕，棄官竟歸。撫臣以前憾，偕御史劾公擅離職守，朝議止着致仕。

既歸，卜築粵洲草堂，遠近學者從之遊。時多宗象山之學，謂朱子爲支離者，公固折衷之曰：「朱子有萬世之定論，亦有一時問答之言。」又作《格物説》以明本指。都御史陶公諧薦公，有「文章華國，謀猷經邦」之語。禮部侍郎吕柟以宮僚薦。丙申，駕幸平臺，上謂相臣曰：「向李時曾薦黄佐可用。」皆叩首曰：「佐才實可用。」遂以翰林脩撰、左春坊起公於家。至京，作《六經政要箴》，又更正《訓蒙三字經》，欲上之。輔臣不悦，書不果上而止。充經筵講官，遇事規諷。陞翰林侍讀，掌南京院事，便道歸省，奉母宜人以行。陞右諭德，兼脩撰，同脩玉牒。陞南京國子祭酒。頒《五倫條約》，禁止超撥之法。作《南雝志》，又作《樂典》，龍湖張治見之曰：「《簫韶》九成，可復聞也。」主試南都，因以策士。

丁母憂歸，廬于墓側。起復，陞少詹事、兼翰林侍讀學士。入京，見輔臣抗禮，惟再拜。談及河套事，夏言不悦。會吏部右侍郎缺，欲以公及王公用賓推補。先是，崔公桐與許公成名互争，言官劾之，併及王公，謂公亦有覬覦。奉旨致仕，公不辨。抵家，諸生復從講學，日録所聞，名曰《庸言》，蓋篤信孔、孟，而學貴力行。晚歲謝病，少通賓客。

公仕籍三十年，立朝僅數載。雖屏居，有廟廊之憂。嘗作《鄉禮》，寓保甲之法，鄉邦賴之。丙寅七月疾革，猶作詩，有「氣完光岳，身在雲霄」及「貽謀無厚業，忠孝種心田」之語，斂襟拊帶曰：「弘毅當如是也。」年七十有七。子在中、在素、在宏。在素舉乙卯鄉試。

公問學該博，與廖洞野齊名。所著文集六十卷、《樂典》三十六卷、《庸言》十三卷、《革除遺事》十六卷、《翰林志》二十卷、《廣東通志》七十卷、《廣西志》六十卷、《南雝志》二十四卷，《詩經通解》《春秋傳意》《明音類選》各若干卷，傳于世。學者稱「泰泉先生」。

## （四）過庭訓《本朝分省人物考》卷一一一《黄佐傳》（明天啓刻本）

黄佐，字才伯，泰泉其號也，廣東之香山人。正德庚辰進士，歷官翰林宫詹、侍讀學士。卒，贈禮部右侍郎，謚文裕。所著書二十二種。平生服膺博約之訓，慎獨而力于行。其操觚命譔，爾雅名家，理學之士率墮理窟，萎薾腐迂，而獨不然。蓋理學而兼辭藻者，本朝如佐不幾見也。其五七言、近體，雄深麗逸，旨遠格精，足以入室王、楊，升堂李、杜。至于賦、樂府、古詩，兼總古今，旁通音調，端方入矩，圓融出規，殆憑軾而馳漢魏，結轡以取風騷也。

（五）錢謙益《列朝詩集》丁集第二《黄少詹佐》（清順治九年毛氏汲古閣刻本）

佐字才伯，香山人。正德庚辰進士，選庶吉士，授編修。出爲廣西提學僉事，棄官歸養。東宫立，召爲左司諫，遷侍讀、諭德、國子祭酒。母喪服除，拜少詹事、兼翰林學士，推吏部右侍郎。言者忌之，劾罷。贈禮部右侍郎，謚文裕。

才伯髫齔以奇雋名，及入翰苑，博綜今古，著書凡二十二種。究心于理學、經濟，而修詞掞藻，傑然争雄藝苑。嶺南人在詞垣者，瓊臺、香山，後先相望，而梁公實、黎惟敬皆出才伯門下，於是南越之文學，彬彬然比于中土矣。才伯有漫興詩，落句云「倦游却憶少年事，笑擁如花歌《落梅》」。自注云：「欲盡理還之喻。」王元美云：「此公作美官講學，恐人得而持之故也。」今刻《泰泉集》，不入此注，故附記之。

（六）黄宗羲《明儒學案》卷五一《諸儒學案·文裕黄泰泉先生佐》（中華書局一九八五年點校本）

黄佐，字才伯，號泰泉，廣之香山人。正德庚辰進士。改庶吉士，授編修，出爲江西提學僉事。棄官歸養，久之，起右春坊右諭德，擢侍讀學士，掌南京翰林院事。卒，贈禮部右侍郎，謚文裕。

先生以博約爲宗旨。博學於文，知其根而溉之者也；約之以禮，歸其根則千枝萬葉，受澤而結實者也。博而反約於心，則視聽言動之中禮，喜怒哀樂之中節，彝倫經權之中道，一以貫之而無遺矣。蓋先生得力於讀書，典禮、樂律、詞章，無不該通，故即以此爲教。是時陽明塞源拔本論，方欲盡洗聞見之陋，歸併源頭一路，宜乎其不能相合也。然陽明亦何嘗教人不讀書？第先立乎其大，則一切聞見之知，皆德性之知也。先生尚拘牽於舊論耳。某幼時喜博覽，每舉《楊用修集》，韓孟郁上桂謂某曰：「吾鄉黄才伯，博物君子也。子何不讀其集乎？」今爲《泰泉學案》，念亡友之言，爲之潸然。

## （七）朱彝尊《静志居詩話》卷一一《黄佐》（清嘉慶扶荔山房刻本）

黄佐，字才伯，香山人。正德辛巳進士[一]，改庶吉士，授編修。出爲江西按察僉事，調廣西，召入爲左司諫，歷侍讀、諭德、國子祭酒、少詹事、兼翰林學士。卒，贈禮部右侍郎，謚文裕。有《泰泉集》。

文裕撰體頗正，而取材太陳，故格雖聳高，而氣少奔逸。然嶺表自南園五先生後，風雅中墜，文裕力爲起衰，如黎維敬、梁公實輩，皆其弟子。嘉靖中，南園後五先生，二子與焉。蓋嶺南詩派，文裕實爲領袖，不可泯也。《春夜大醉言志》云：「拔劍起舞臨高臺，北斗插地銀河迴。長空贈我以明月，天

[一]「辛巳」，本書卷首陳紹儒序中作「庚辰」，徐紹棨《廣東藏書紀事詩》按語中亦有考辨。今不改。

下知心惟酒杯。門前馬躍簫鼓動，栅上鷄啼天地開。倦游却憶少年事，醉擁如花歌《落梅》。」

蒙叟云：「公自注云：『欲盡理還之喻。』」王元美云：「此公作美官講學，恐人得而持之故也。」《宫怨》云：「上陽宫殿倚雲霞，天外時聞度翠華。魚鑰重重鎖窗户，夜來春雨到梨花。」《采蓮曲》云：「隔花相見兩徘徊，蕩槳低頭笑不來。雙棲白鷺忽驚起，遥見浮萍一道開。」

## （八）吴道鎔、張學華《廣東文徵》卷一〇《明·黄佐傳》（香港中文大學出版部一九七三年改編本）

黄佐，字才伯，香山人。正德庚辰進士，選庶吉士，授編修。值朝議出諸翰林爲外僚，除江西僉事，改督廣西學。聞母病，不俟報遽去官，撫臣擬逮問，朝議以爲親受過，於情可原，令致仕。尋簡宫僚命，以翰林兼司諫，累遷南京祭酒。母憂起復，除少詹事，與夏言論河套事不合。會吏部左侍郎缺，所司擢崔桐及佐。有忌之者請止勿用，言從中主之，皆賜罷。佐爲學以博約爲宗，嘗曰：「詞章之説勝，始有無用之文；虚寂之説行，始有無文之學。」故出其門者，多以學行交修自飭，而梁有譽、黎民表、歐大任爲最著云。學者稱泰泉先生。卒年七十七。穆宗朝贈吏部右侍郎，謚文裕。

案：泰泉祖雙槐先生，父粤洲先生，累世儒宗，至泰泉而益著。論者謂瓊臺、江門二氏之後，粹然一出於正者也。嘗言學必博通《六經》，而後能知本。所著書陳紹儒《泰泉集》序共二十餘種，《明史》

稱二百六十餘卷。兹從阮《志·藝文略》録出，以備參考。

凡《詩傳通解》二十五卷（存）、《禮典》四十卷（未見）、《續春秋明經》十二卷（存）、《樂典》三十六卷（存）、《樂記解》十一卷（存）、《通曆》三十六卷（未見）〔一〕、《南廱志》二十四卷（存）〔二〕、《革除遺事》十六卷（未見）、節本六卷（存）、《東嘉先哲録》二十卷（未見）、《廣州人物傳》二十四卷（存）、《廣東通志》七十卷（存）、《廣州府志》（佚）、《香山縣志》八卷（未見）、《羅浮山志》十二卷（存）、《翰林記》二十卷（存）、《小學古訓》一卷（存）、《理學本源》（未見）、《姆訓》一卷（存）、《庸言》十二卷（存）、《明千家姓纂》十二卷（佚）、《漱芳録》（未見）、《泰泉集》十卷（存）、《泰泉全集》六十卷（存）、《两都賦》二卷（存）。又番禺梁文忠藏有《泰泉鄉禮》一書手鈔本。乾隆時採進四庫館，書成發還，阮《志》未著録。

（九）郝玉麟《雍正廣東通志》卷四五《人物志·黄佐》（文淵閣《四庫全書》本）

黄佐，字才伯，香山人。父畿，以學行名。佐幼潁悟，一覽成誦。弱冠，舉正德庚午鄉試第一，作《九州問》以見志。潛心理奥，至忘寢食。庚辰，登進士，選庶吉士。諸老奇其才，謂張平子、王文考之

〔一〕「通曆」，原作「通歷」，今據本書卷首黎民表所撰《黄佐行狀》改。

〔二〕「南廱志」，原作「南癰志」，今據本書卷首黎民表所撰《黄佐行狀》改。

流也。授翰林編修。時嘉靖初，上《政要疏》及《修新政疏》，尚書林俊韙之。會册封南渭王，充副使。事竣乞歸覲，抵家，遂請告。

戊子，出爲江西僉事。上疏乞養親，改補廣西僉事、提督學校。至則修書院，育人材，正士習，毁淫祠，行射禮，舉節孝，立鄉社，即猺、獞子弟皆教之，風化大行。聞報母疾，即日棄官去。督府以佐初謁傲憾之，遂劾其擅離職守，坐免。既歸，卜築粤洲草堂，文學士多從之遊。戊戌冬，命選宫僚，吏部尚書許讚疏薦海内名士十人充之，尚書霍韜爲首，而佐與焉，起除中允。嘗作《六經政要箴》，欲上之，見忌於少師夏言，乃止。充講官，遇事規諷，轉侍讀，掌南院事。便道歸省，奉母以行。轉諭德，兼修撰，出爲南京國子祭酒。頒《五倫條約》，禁止超撥之法。學士張治見所作《樂典》，歎曰：「《簫韶》九成，可復聞也。」

尋以母憂去，起擢少詹事、兼侍讀學士。既至，談及河套事，夏言不悦。會吏部右侍郎缺，以佐及王用賓推補。先是，崔桐與許成名争補是職，言官劾之，遂併論佐覬覦，勒致仕歸。從遊者益衆，日録所聞，名曰《庸言》。晚歲謝病，簡賓客，惟事著述。嘗作《鄉禮》寓保甲之法。卒年七十七。

佐問學該博，所著《禮》《樂典》《翰林志》《廣東志》《廣西志》《南雍志》《革除遺事》《泰泉集》《詩經通解》《春秋傳意》《明音類選》諸書。隆慶初，贈禮部侍郎，謚文裕。

（十）阮元《道光廣東通志》卷二七八《黄佐傳》（上海古籍出版社一九九〇年影印本）

黄佐，字才伯，號泰泉，香山人。四歲受《孝經》，五歲能隨父幾執養親禮。張恒《儒林録》。及就外傳，問曰：「《大學》自綱領條目之外，何以釋本末而不及終始？」師不能答。《嶺海名勝記》。至十二歲而舉子業成，乃更學爲古文詞，及究心皇極象數，著座右銘、《正騷》、《粤會賦》。正德庚午，鄉薦第一。作《九州問》以見志。沉潛理奥，至忘寢食，歎曰：「孔門之學，知行並進，豈可偏廢乎？」丁外艱，日必至墓所，至禫猶不食肉。

庚辰，登進士。明年，世宗即位，始廷試，選庶吉士，授編修。《儒林録》。陳《初政要務》，又請修舉新政，疏皆留中。《明史》本傳。康陵既祔，大禮議興。禮官毛澄議兄終弟及，無追尊之禮，宜仿漢定陶王故事。佐主其説，署名牘尾，異議者以爲黨，因力請終養。《嶺海名勝記》。便道謁王守仁，與論知行合一之旨。數相辯難，守仁亦稱其直諒。還朝，會出諸翰林爲外僚，除江西僉事，旋改督廣西學校。《明史》。抵蒼梧，謁軍門，秉禮不跪，撫臣銜之。端士習，撤淫祠，行射禮，舉節孝，立鄉社，擇士民之秀者爲弟子員[一]，以風勵之，猺、獞感悦。偶得家報母疾，即疏請致仕，竟棄官歸。撫臣以前憾劾佐擅離職守，欲中以法。時大學士李時薦佐有程朱之學，宜充經筵講官，世宗亦知佐名，銓部以母老且病非詐，

[一]「士」，原作「士」，今據本書卷首黎民表《黄佐行狀》改。

覈覆止令致仕。家居九年，遠近學者從遊日衆，闢粤洲草堂以居之。巡撫陶諧薦佐文章華國，謀猷經邦，諫臣董進第以遺逸薦，禮部侍郎吕柟以宫僚薦，皆爲議禮者沮之。《儒林録》。會簡宫僚，命以編修兼司諫，尋進侍讀，掌南京翰林院。召爲右諭德，擢南京國子祭酒。《明史》。丁母憂，歸祔，廬于墓側。《儒林録》。服闋，起少詹事。謁大學士夏言，與論河套事不合。會吏部缺左侍郎，所司推禮部右侍郎崔桐及佐，給事中徐霈、御史艾朴言：「桐與左侍郎許成名競進，至相詬詈；而佐及同官王用賓亦争覬望，惟恐或先之，宜皆止勿用。」言從中主之，遂皆賜罷。

佐學以程朱爲宗，惟理氣之説，獨持一論。《明史》。教人以博約爲宗旨，蓋佐得力於讀書。典禮、樂律、詞章，無不該通，故即以此爲教。是時，陽明方欲盡洗聞見之陋，歸併源頭一路，宜乎其不能相合也。黄宗羲《明儒學案》。語諸及門曰：「詞章之説勝，始有無用之文；虚寂之説行，始有無文之學。《魯論》示人篤信好學，始乎悦、樂、不愠，終乎知禮、知命、知言，必真知之，必誠行之，乃成君子。」《嶺海名勝記》。生平操履端謹，模範嚴整，居無惰容，燕無媟語。私第鄰府寺，敲扑喧雜，而處之裕如。布帷木榻，不求更新。細繹經文，每至夜分不休。終歲少入私室。少癯然，晚年乃更豐碩，知其所養充粹也。通籍三十年，在朝僅數載。雖屏居，有廟廊之憂。賙貧赴義，意唯恐後。嘗增置義田以贍族人。所至表孝義，居鄉必爲言于官。《儒林録》。年七十七卒。穆宗詔贈禮部右侍郎，謚文裕。《明史》[一]。

---

[一] 「明史」，原作「宋史」，今據《明史》卷二八七《黄佐傳》改。

所著有詩文集六十卷，《樂典》三十六卷，《詩經通解》二十五卷，《春秋傳意》十二卷，《庸言》十二卷，《鄉禮》七卷，《革除遺事》十六卷，《翰林記》二十卷，《廣州府志》六十卷，《廣東通志》七十卷，《廣西通志》六十卷，《南雍志》二十四卷，《香山志》八卷，《小學古訓》《姆訓》《西京賦》《敷教録》各一卷，《漱芳集》《廣州人物傳》《六藝流別》《明音類選》《羅浮山志》各若干卷行於世〔二〕，學者稱泰泉先生。《儒林録》。其弟子多以行業自飭，而梁有譽、歐大任、黎民表詩名最著云。《明史》。

## （十一）陳灃《光緒香山縣志》卷一三《黄佐傳》（光緒刻本）

黄佐，字才伯。四歲受《孝經》，五歲能隨父饑執養親禮。張恒《儒林録》。及就外傅，問曰：「《大學》自綱領條目之外，何以釋本末而不及終始？」師不能答。《嶺海名勝記》。至十二歲而舉子業成，乃更學爲古文詞及皇極象數之學，著座右銘、《正騷》《粤會賦》。黎民表撰《行狀》。學使者以孔氏遺書命論題，佐謂曾子發堯舜之所未發，慎獨是也。申《志》。

正德庚午，鄉薦第一，作《九州問》以見志。沈潛理奥，至忘寢食，歎曰：「孔門之學，知行並進，豈

〔二〕《廣州人物傳》，原作《廣東人物傳》，今據明黄佐《廣州人物傳》、本書卷首黎民表《黄佐行狀》、卷五八《郡志自敘先世行狀》改。

可偏廢乎？」丁外艱，日必至墓所，禫猶不食肉。庚辰，登進士。明年，世宗即位，始廷試，選庶吉士。《儒林録》。五試皆第一，諸老奇其才，以爲張平子、王文考之流也。授編修。暴《志》。陳《初政要務》，又請修舉新政，疏皆留中。《明史》本傳。康陵既祔，大禮議興。禮官毛澄議兄終弟及，無追尊之禮，宜仿漢定陶王故事。佐主其説，署名牘尾，異議者以爲黨。《嶺海名勝記》。册封南渭王，充岷府副使，事竣堅辭金幣。歸家即具《出使陳情疏》，未報。促復命，力疾還朝。《儒林録》。

三年滿考，贈父畿如其官，上省親疏，力懇得允。春出潞河，與文徵明聯舟，唱和甚適。郭棐《粤大記》。便道謁王守仁，與論知行合一之旨，數相辨難。《明史》。佐曰：「知猶目也，行猶足也，雖乃一時俱到，其實知先行後。」守仁曰：「君太信宋儒。」佐曰：「知之非艱，行之爲艱，豈宋儒耶？夫子亦曰：『知之未嘗復行也。』」守仁歎曰：「直諒多聞，吾益友也。」申《志》。

抵家，上疏養病。有司請修《廣州志》，書成，却幣辭宴。《粤大記》。還朝，會出諸翰林爲外僚，除江西僉事，旋改督廣西學校。《明史》。至蒼梧，謁軍門。舊謁者必跪，佐長揖，撫臣不悦。甫抵任，與諸生發明理一分殊之旨，輯《理學本源》諸書，頒行郡邑。張《府志》。修書院，育人材，正士習，毁淫祠，行射禮，舉節孝，立鄉社。即猺、獞子弟皆教之，風化大行。郝《通志》。聞母疾，乞休，不俟報竟去。下巡撫林富逮問，富言佐誠有罪，第爲親受過，情有可原。《明史》。時大學士李時薦佐有程朱之學，宜充經筵講官，世宗亦知佐名，而部覈謂佐母老且病非詐，止令致仕。家居，遠近學者踵至，始闢粤洲草堂以居之。又以時人多宗象山，謂朱子爲支離，因折衷以告之。曰：「朱子有萬世不易之定論，亦有一時答問之言偶書若註於傳註者，則非定論也。如《易》曰：『一陰一陽之謂道。』《本義》曰：『陰陽迭運者氣也，而其理則所謂道。』此定論也。若註《中庸》，分道體之大小，而謂陸子静尊德性之功多，又取其『上天之載』等語以解無極，則非定論也。論《大學補傳》曰：『物有本末，知本而已。學于古訓，問于師友，則知本。知本則知至善，知至善則理欲之擇[一]，皜然一矣。疏《大學》者，謂博學可以爲政，故屢引《詩》《書》、孔子以及群言，而誠意反諸身，其本則一。爲要一以貫之，又焉補哉？是故博學以明之，反身以誠之，孔氏之正脉也。』」《行狀》。參《泰泉集》。

作《格物説》以明本指。《粤大記》。曰：「天生蒸民，有物有則。則也者，理也。違則，欲也。窮究其理之謂格。理欲明則好惡誠。反身而誠，彊恕而行，絜矩之本也。」曰：「盈天地皆物也，將一一格諸？」曰：「否，先其大者。本則身，厚則倫，物格則萬物備於我矣。理一分殊，必自格物始。《泰泉集》。佐學以程朱爲主，惟理氣之説，獨持一論。《明史》。謂道之大原，天人一也。陽動而水木以生育爲功，知仁交際而萬化出；陰静而火金以制勝爲事，禮義交際而萬化入。此謂全體太極，雖圖、書、《易》《範》，一以貫之，而理、氣奚二之有？繼善成性之後，吾能存存，知及仁守，則禮義是之自出，敍秩生於吾心，自然而然，乃明命之受於天，而流行不已者也。自私自利之念萌焉，則不受命。故子罕言利，以防其萌；與命、與仁，則無行而不與也。」《行狀》。教人以博約爲宗旨，蓋得力於讀書。典禮、樂律、詞章，無不該通，故即以此爲教。是時，陽明方欲盡洗聞見之陋，歸併源頭一路，宜乎其不能合也。黄宗羲《明儒學案》。巡撫陶諧薦佐文章華國，謀猷經邦，諫臣董進第等以還逸薦，禮部侍郎吕柟以宫僚薦，皆爲議禮者沮之。

丙申冬，以翰林編修兼左春坊左司諫，起於家。金《通志》云：「戊戌，上命選宫僚，吏部尚書許讚疏薦海内名

---

[一] 「擇」字下原衍「精」字，今據本書卷四七《明翰林院學士奉政大夫一齋先生豐公墓碑》删。

士十人充之，佐與焉，起除中允。至京師，作《九經正要箴》。充經筵講官，遇事規諫。《儒林録》。尋進侍讀，掌南京翰林院。召爲右諭德，擢南京國子祭酒。《明史》。頒《五倫條約》，禁超撥，清廩餼以給諸生。出舊著《樂典》使肄習。學士張治曰：「《樂典》一書，《簫韶》九成，可復作也。」佐始爲此書，夢夫子告以知崇禮卑之説，積思二十年始克成之，申《志》。自謂洩造化之秘。《明史》。丁母憂歸，廬於墓側。《粵大記》。服闋，起少詹事。謁大學士夏言，與論河套事不合。《明史》。或勸佐委蛇從時，佐曰：「爵賞於君，命縣於天。道長時也，道消亦時也，吾惟與道偕行而已。」申《志》。會吏部缺左侍郎，所司推禮部右侍郎崔桐及佐。給事中徐霈、御史艾朴言：「桐與左侍郎許成名競進，至相詬詈；而佐及同官王用賓亦覬望，宜皆止勿用。」言從中主之，遂皆賜罷。《明史》。佐不辨。《粵大記》。

歸卜築禺山之陽，從遊者日益衆，日録所聞曰《庸言》。張《府志》。語諸及門曰：「詞章之説勝，始有無用之文；虚寂之説行，始有無文之學。《魯論》示人篤信好學，始乎悦、樂、不愠，終乎知禮、知命、知言，必真知之，必誠行之，乃成君子。」《嶺海名勝記》。蓋佐篤信孔、孟，而學貴力行。《粵大記》。遊其門者，人見之必推曰泰泉先生弟子也。張《府志》。生平操履端謹，模範嚴整，居無惰容，燕無媟語。私第鄰府寺，敲扑喧雜，而處之裕如。布帷木榻，不求更新。紬繹經文，每至夜分不休。終歲少入私室。少癯然，晚更豐碩，知其所養充粹也。

通籍三十年，在朝僅數載。雖屏居，有廟廊之憂。周貧赴義，意惟恐後，增置義田以贍族人。所至表孝義，居鄉必爲言於官。《儒林録》。臨事審密而能斷。壬辰，海賊許折桂寇廣州，至琵琶洲，城門將閉，佐畫策以授守者，賊遂降。城中有夷達官舍，自永樂中安置，供費不給。武臣議裁革，衆大譟，刑白馬爲誓。佐聞變亟出慰諭，言於院使，復其舊，衆感悦。楊指揮與三學生徒訢競，歃血教場，欲殲諸生。佐言於鎮守平之，城獲安。安南莫登庸通使請封，詔大臣處分，有力言可取以覬進者，佐示永樂征交事迹，且言當從其請，以羈縻之。後登庸效順，兵費不損，佐之力也。會有詔廣州買香，海舶不至，責民爲香户，民多逃匿。方伯張鏊率屬以請，佐指授條約，民悦，願供香。嶺外風俗日侈，伏戎漸盛，作《鄉禮》以寓保甲之法，《行狀》。鄉邦賴之。

丙寅七月，疾革，《粤大記》。將易簀，猶講《易・繫》曰：「『自天祐之，吉無不利。』當以王弼注爲是。」申《志》。作詩有「氣完光岳，身在雲霄」之句。整襟拊帶，曰：「宏毅之學，當如是也，小子識之。」乃卒。《儒林録》。年七十有七。穆宗詔贈禮部右侍郎，謚文裕。《明史》。遣官諭祭，祀鄉賢。張《府志》。學者稱泰泉先生。《儒林録》。子在中，諸生；在素，嘉靖乙卯鄉薦，通判漳州；在宏，亦諸生。《粤大記》。參《黄氏家乘》。

佐博綜今古，究心於理學、經濟，而修詞掞藻，傑然争雄藝苑。嶺南人在詞垣者，瓊臺、香山，先後相望，於是南越之文學，彬彬比於中土矣。《列朝詩集小傳》。參《廣輿記》。著書凡三十九種，見《藝文》。詩會詮條貫，取材於西京，劄正於李唐，研精於南宋。其言奥以文，其思婉而微，粹然一出於正。《明詩綜》引屠文升、陳師孔語。爲南園後五子之師。《嶺南群雅》。其弟子多以行業自飭，而梁有譽、歐大任、黎民表詩名最著云。《明史》本傳。孔門教人，但云博文約禮，至宋儒始衍即物窮理之説，故佐時有目考亭爲支離者。佐學本程、朱而不肯雷同，以博約爲宗，先知後行。其格物、理氣諸論，皆卓有發明，惜舊志未顯。兹薈萃群書，輯爲此傳，補所未備云。祝《志》。

## （十二）黄培芳等纂修《黄氏家乘》卷三《黄佐傳》（清道光二十七年廣州純淵堂刻本）

公字才伯，號希齋，又曰太霞子，晚更曰泰泉居士。粤洲公子。正德丁卯年二月，補府學生。己巳年三月，廣州太守曹公琚考居優等，而館穀之。庚午鄉試，以《詩經》中式第一。庚辰會試，中式十八名。殿試二甲十一名。明年嘉靖辛巳，賜進士出身，選翰林院庶吉士。壬午十一月，改編修。癸未二月，充會試同考官。九月，充岷府册封副使。甲申二月，至永州册南渭王及妃，禮成而還。乙酉十月，考滿，贈父如己官，母封太孺人，妻李氏封孺人。丙戌九月，給假省親。十月，賜道里費。歷官江西按察司僉事、廣西督學、左春坊左司諫、經筵講官、翰林院侍讀、掌南京院事、右諭德、兼修撰、同修玉牒、南京國子監祭酒、詹事府少詹事，兼翰林院侍讀學士，贈禮部右侍郎，遣官諭祭，謚文裕，崇祀名宦鄉賢。學者稱泰泉先生。南園後五先生皆其弟子。著書三十九種，《明史·藝文志》著録十九種，國朝《四庫全書》著録三種，附存七種。欽定《詩經》，采擇最夥。

公生弘治庚戌年十一月十七乙未日亥時，終嘉靖丙寅年七月二十六日戌時，年七十七。妣李氏，户部侍郎諱嗣公孫女，誥贈夫人，生弘治甲寅年八月十九日卯時，終嘉靖乙丑年十一月初九日寅時，年七十二。與公合葬景泰坑聚龍岡粤洲公兆之下。庶室林氏，生正德庚午年二月初九日辰時，終萬曆戊戌年八月初十日子時，年八十九。男三：在中、在素，李出；在宏，林出。女一，適廣西參政黎民衷。

## （十三）黄培芳《香石詩話》卷二所附《黄佐傳》（清嘉慶十五年嶺海樓刻嘉慶十六年重校本）

先八世祖文裕公，諱佐。著有《泰泉集》。《春夜大醉言志》詩云：「拔劍起舞臨高臺，北斗插地銀河迴。長空贈我以明月，天下知心惟酒杯。門前馬躍簫鼓動，柵上鷄啼天地開。倦遊却憶少年事，笑擁如花歌《落梅》。」錢受之云：「末二語公自註『欲盡理還之喻』。」譚康侯云：「此詩直是徐庾樂府，在王、楊、沈、宋而上。公爲前明一代理學名儒，論『知先行後』之旨，王陽明深爲折服。」説者謂：「論學之醇正過於陳白沙，著述之富至三十種，邱瓊山亦不能及。翁覃溪先生視學吾粤時，每按臨他郡返會城，必詣祠拜謁。全謝山、杭堇浦兩先生主講粤中，每舉公爲訓。公固不專以詩名，而其詩獨得中音正派。」顧元言云：「詹事性尚沖和，韻含芳潤。譬之龍躍懸河，鳳鳴阿閣，輝映高絶，信足接武曲江。」陳師孔云：「泰泉擒詞酌雅，取材於西京，割正於李唐，研精於南宋。其言奥以文，其思婉而微，粹然一出於正。」張崇象云：「才伯博極群書，而能返約於心。其詩穎出流俗，質鉅而力雄。」屠文升云：「才伯詩會詮條貫，近體雄深麗逸，旨遠格精，樂府、古詩兼總古今，出規入矩。」朱竹垞云：「嶺表自南園五先生後，風雅中墜，文裕力爲起衰，如黎維敬、梁公實輩，皆其弟子。嘉靖中，南園後五先生，二子與焉。蓋嶺南詩派，文裕實爲領袖，其功不可泯也。」按華夫《雜録》《楚庭稗珠》《粤臺徵雅》諸書參互考訂，後五先生皆出門下云。

## （十四）徐紹棨《廣東藏書紀事詩》「黄文裕寶書樓」所附《黄佐傳》（台灣文海出版社一九七五年影印本）

百年遺迹寶書樓，明月長空一望收。文裕《春夜大醉言志》詩有「長空贈我以明月」句。

六藝品流精鑒别，名山史筆足千秋。

黄佐，字才伯，號希齋，晚號泰泉，香山人。明正德五年庚午，鄉試第一。十五年庚辰，按：《明史》《府志》不記年干，題名碑録作辛巳，相去一年，而黄文裕公祠牌坊作庚辰，今尚可睹。成進士，選庶吉士，授編修。累擢少詹事，與大學士夏言論河套事不合，尋罷歸。日與諸生論道。其學以博約爲宗，嘗曰：「詞章之説勝，始有無用之文；虚寂之説行，始有無文之學。」故出其門者，多以學行交修自飭，以梁有譽、黎民表、歐大任爲最箸，故學者稱爲泰泉先生。卒謚文裕。

生平箸述二百六十餘卷。言禮有《泰泉鄉禮》，樂有《樂典》，義理有《庸言》，文章有《六藝流别》，詩有《唐音類選》《明音類選》，掌故有《革除遺事》《南雍志》《翰林記》《廣州人物傳》。所修之《廣東通志》，史例贍詳，尤負盛名。至《泰泉全集》，文章銜華佩實[一]，足以雄視一時。其《春夜大醉言志》詩有「長空贈我以明月」句。然其學問之浩瀚淵博，胥由於藏書。

泰泉有寶書樓，搜庋秘籍，爲一時冠。《廣州府志》謂寶書樓在舊藩司左，明祭酒黄佐建。按：舊藩司在雙門底，即今之永漢路。寶書樓在黄文裕公祠内，即中華書局左鄰。己卯，廣州淪陷，蕩爲灰燼，僅餘入門之石牌坊而已。癸巳，災區重建，闢爲青年文化宫。大司成牌坊以文獻故，仍得矗立門前，誠足爲後人景仰也。

[一]「佩」，原作「配」，今據《四庫全書總目》卷一七二《泰泉集》提要改。

# 附録七　黄佐世祠楹聯（録自黄培芳等纂修《黄氏家乘》卷五《事迹》，清道光二十七年廣州純淵堂刻本）

黄培芳撰

頭門（此係舊聯，餘俱另撰）

著書三世傳青史

遺構千秋近紫微

大堂檐柱

江夏譽無雙祖父子並堪千古

海濱傳不朽德功言合萃一堂

## 大堂正柱

群仰儒宗紀歲鈔闡皇極禮樂總於泰泉後爲南園五子師範

永隆廟亨保穗石衍鐵城衣冠盛夫粤嶠始自西臺一代直聲

## 寢室

三賢連祀宫牆秩宗諭祭擴俎豆以明禋肅肅雍雍維其敬矣

四庫咸收家集國史垂名窮淵源於理學子子孫孫勿替引之

# 後記

《泰泉集》的點校整理，從二〇〇八年獲得古委會立項開始，至今已經十多年了。期間點校整理工作斷斷續續，總有這樣那樣的事情干擾，屢屢中斷。直至我校中國史學科組與出版社簽訂了出版合同，而《泰泉集》的整理出版也忝列其中，這才迫使自己不得不集中精力，最終完成點校任務。

開始選擇點校整理底本時，考慮到萬曆本是《泰泉集》足本，又是足本中最早的版本，所以決定用萬曆本作爲工作底本。但在其後點校整理過程中，逐漸發現現存四個萬曆本（分别收藏在南京圖書館、蘇州圖書館、湖南省圖書館、日本宫内廳書陵部）不但均有很多版刻殘缺，而且其中的很多錯誤，已被中山大學圖書館收藏的重刻本校改。而中大本保存完好，極少殘缺不全之處，是《泰泉集》現存各種版本中的善本，所以決定更换工作底本。在向中山大學圖書館提出申請之後，得到王蕾副館長的大力支持，最終圖書館批准了我的申請，在此向中山大學圖書館及王蕾副館長表示衷心的感謝！

文集的整理，前後得到其他許多單位、藏書機構以及師友、學生的熱情幫助，在這裏也要向這些單位和個人表達我衷心的感謝。感謝全國高校古委會批准《泰泉集》點校整理項目，這才使得這部文集能够得以整理完成並最終出版。此外，還要感謝國家圖書館、北京大學圖書館、廣東省立中山圖書館、南京圖書館、蘇州圖書館、浙江圖書館、暨南大學圖書館，以及日本宫内廳書陵部。以上藏書機構在我搜集資料及查閲文集時，提供了切實幫助和周到服務，保證了點校整理工作的順利進行。

感謝在文集整理期間給予我幫助的諸位師友，他們或幫助我聯繫藏書機構，或幫我前往圖書館複印、查閲資料，或解答我在文集整理過程中遇到的各種問題和困惑，爲我的點校整理工作提供了諸多便利。這些師友是中山大學曹家齊、劉勇、易素梅三位教授，中山大學圖書館石聲偉博士，北京大學張帆教授，中國社科院李鳴飛博士，國家圖書館楊印民先生，廣東省立中山圖書館倪俊明、李毅萍兩位副館長、王麗琴女士，南京大學楊曉春教授，江蘇教育學院沈仁國教授，蘇州圖書館薛培武先生（薛培武先生與我素未謀面，但在我查閲蘇州圖書館藏本期間提供了很多熱情幫助，並不厭其煩解答我的問題），日本明治大學櫻井智美教授，以及暨南大學歷史系劉正剛主任，圖書館羅志歡教授，古籍所張玉春、趙燦鵬、屈文軍幾位教授，還有廖粤同學。在此向以上諸位師友表示由衷的感謝。

《泰泉集》底本的録入和校對頗費時日，這項工作得到我的研究生陳柳晶、鄭立勇、邵嬋、李曉明、劉敬宜、王婷、王其良、武海波、梁艷、丁書雲、吴澤文、劉璐、王莽、趙梓彤、柳煦、梁嘉健、梁天麒、汪益、申家盼、劉爍偉、高弘澤，以及古籍所博士後田曉霈和碩士生許文燕諸君的傾力相助。他們幫我録入文集全書，並承擔了大部分校對任務，工作十分辛苦。這裏我也向他們表示誠摯的謝意！

此外要感謝鳳凰出版社林日波、陳曉清、汪允普三位老師。《泰泉集》的整理成果，本計劃在社會科學文獻出版社出版，當時我校中國史學科組與出版社簽訂了出版一套中國史著作的協議，但因自己拖拉，未能如期交稿。疫情期間我終於交稿時，却因字數超標（合同上註明是二十五萬字，而《泰泉集》的整理成果則有七十萬字，自己馬虎到簽合同時竟然完全没有留意字數），所以出版社要我再追加一筆費用才能出版。在向學校相關部門申請追加經費未果的情况下，自己只好聯繫其他出版社。這期間，鳳凰出版社林日波老師最終同意我可以不用追加經費，他們決定出版《泰泉集》的整理成果。對此我深感欣慰，也被鳳凰出版社這種不計成本、嘉惠學林之舉感動，在此向鳳凰出版社表示衷心的感謝！

需要説明的是，《泰泉集》的點校整理是一項十分艱苦的工作，黄佐創作詩文喜歡用典，並且大量引用前人著作，文中往往頗多難解之處。儘管我在點校整理過程中查閲了許多相關文獻資料，有的地方亦反復推敲，但因學識淺陋，破句及各種錯誤還是很多，希望能够得到各位專家讀者的批評指導。

是爲後記。辛丑正月於羊城暨南園。